MIGUEL DE CERVANTES

Novelas ejemplares

Entremeses

La Galatea

OBRASELECTAS

— MIGUEL DE CERVANTES —

NOVELAS EJEMPLARES
ENTREMESES
LA GALATEA

ISBN: 84-8403-640-5
Depósito Legal: M-12712-2000

Edición y Producción: *José Mª Fernández*
Diseño de cubierta: *Juan Manuel Domínguez*
Impreso por BROSMAC, Móstoles (Madrid)
Encuadernado por ATANES-LAINEZ, Móstoles (Madrid)

DM
EDIMAT Libros
Ediciones y Distribuciones Mateos

EDMOBSECERV

IMPRESO EN ESPAÑA - PRINTED IN SPAIN

INTRODUCCIÓN

CONTEXTO HISTORICO

El Siglo de Oro es la faceta cultural del esplendor fundamentalmente político y económico que vive nuestro país en el siglo XVI y parte del XVII, esplendor que tiene sus orígenes en la estrategia unificadora de Isabel y Fernando y en el descubrimiento de los nuevos mercados de ultramar.

Carlos I de España y V de Alemania asume la responsabilidad de continuar la obra emprendida por los Reyes Católicos y consolidar un Imperio sumamente heterogéneo: Austria, Estiria, Carintia, Trieste, Tirol, Países Bajos, Franco-Condado, Cataluña, Valencia, Cerdeña, Nápoles, Sicilia, además de Castilla, León y las posesiones de ultramar. La necesaria fuerza aglutinadora proviene tanto de la legalidad dinástica del Emperador (cohesión política) como de las relaciones económicas interdependientes entre Castilla y el resto del Imperio. Esta dependencia estrecha del reino de Castilla respecto del exterior es origen, motor y fin del tesón mostrado por los monarcas Carlos I y después Felipe II, a la hora de mantener la unidad del Imperio. El bajo nivel de industrialización, un cierto abandono de la agricultura y el aumento de la producción lanera son, por ejemplo, causas directas de nuestra dependencia respecto a Flandes. El oro y la plata americanos si bien pueden ser causa de desarrollo en sus comienzos, amén de servir para mantener los ejércitos españoles, arrastran fuera de la Península una valiosa mano de obra y, en último término, la ausencia de planificación económica los convierte en factor desestabilizador.

Pero lo cierto es que Carlos I consolida el Imperio español. Y hereda no solamente tierras; hereda una mentalidad: «La lucha contra el infiel —la Reconquista— se vivió intensamente, lo que trajo consecuencias importantes. El clero tendrá un papel relevante; se desarrolló un cristianismo militante, de acusada intolerancia. La defensa de la fe y la función militar se asocian en los ideales de la nobleza.

Se consolida el predominio de una aristocracia guerrera. La Reconquista se traducía en cuantiosos beneficios; los reyes hacían frecuentes donaciones de tierras a sus lugartenientes. Esto determinó el triunfo de una economía latifundista y pastoril.»[1]

---

[1] G. Brunetto Paladino: *El Absolutismo*. Serie de Historia Universal, núm. 21, Ed. Cincel-Kapelusz. Madrid, 1979, pág. 8.

La lucha contra los residuos medievales, necesaria para consolidar el centralismo monárquico, se muestra tanto en las limitaciones impuestas a la nobleza y su desprestigio[2] como en la represión de movimientos que, con un cierto carácter popular, pudieran suponer un freno a los nuevos tiempos. Tal fue el caso de la revuelta de los comuneros[3] o el de la germanía valenciana. El propio poder de la Iglesia es limitado por el monarca, que se convierte así en cúspide suprema rodeada de connotaciones religiosas. El poder del Emperador, monarca absoluto, emana directamente de lo divino. Ideológicamente, esto supone una imagen de defensa del Catolicismo a ultranza frente a la penetración protestante en el Imperio, como ocurre en Alemania, donde «las luchas entre los príncipes luteranos y católicos eran muy complejas; tenían como trasfondo el problema de las secularizaciones y confiscaciones de tierras, que eran la secuela de los triunfos o derrotas militares»[4].

En 1547 y pocos meses antes del nacimiento de Cervantes, Carlos I derrota a los protestantes en Mühlberg, aunque este triunfo no supone la definitiva pacificación alemana. En 1556, el emperador abdica en su hijo, Felipe II.

Éste pondrá aún más celo que su padre en la defensa de lo católico y en los intentos de unificación religiosa. Pero mientras Carlos I poseía un sentido de lo universal, el nuevo emperador gobierna a sus súbditos con una mentalidad en exceso castellana, que unida a una mayor burocratización del aparato estatal, merced a un absolutismo monárquico llevado a sus últimas consecuencias, provocará un estado de permanente sublevación en los dominios españoles.

«Felipe II llevó hasta el exceso la preocupación de asegurarse esta autoridad absoluta. Al trasladar a Madrid, y luego al palacio —convento de El Escorial, el centro vital del Imperio, hispanizó tanto el poder que le hizo insoportable en ciertos puntos de sus posesiones, y, con sus escrúpulos, retrasó el ritmo de una maquinaria ya poco ágil. Secretarías, consejos, alcaldías, cancillerías, audiencias, llegaron a ser al mismo tiempo costosas para el Estado y ruinosas para los administrados.»[5] Sin embargo estos negativos efectos, siendo causa directa de la caída del Imperio, tardarán tiempo en sentirse. Es obvio que tanto Carlos I como Felipe II dispusieron de gran apoyo popular. Especialmente en el caso del último emperador, lo religioso era un componente aglutinador de primer orden y un problema político de primera magnitud. En el plano económico, España conoce una época de cierto esplendor. El tráfico con las posesiones ultramarinas se canaliza a través de Sevilla, que se convierte así en centro mercantil principal.

---

[2] Baste recordar la labor de desprestigio llevada a cabo contra este grupo social por literatos de la época, como Lope de Vega *(Fuenteovejuna, Peribáñez...)*, y la visión del monarca absoluto de los mismos, visión que alcanza su punto cumbre con Calderón.

[3] Aunque la participacion de las capas sociales más bajas confirió a la revuelta un carácter revolucionario y nacionalista (fundamentalmente por reacción frente al enriquecimiento de los consejeros flamencos de Carlos I) es sobradamente conocido que fue la nobleza castellana quien alentó el movimiento comunero.

[4] G. B. Paladino, *op. cit.*, pág. 13.

[5] P. Vilar: *Historia de España*. 10.ª ed. Grijalbo, Barcelona, 1980, pág. 48

La fluidez del comercio marítimo es vital y la razón última de dos importantes empresas militares. La primera, en 1571 contra los turcos, que hostigaban a las naves españolas en el Mediterráneo. La batalla de Lepanto supone, en el plano ideológico, un acto de afirmación imperial. No ocurre lo mismo con la segunda de las campañas militares. Inglaterra sostenía actos de piratería en las rutas marítimas contra los barcos españoles. Por otra parte, los dominios de Flandes se cuestionaban por la penetración calvinista, en un estado de guerra permanente. Felipe II decide invadir Inglaterra tanto para acabar con el hostigamiento marítimo como para disponer de una sólida plataforma sobre la que lanzarse contra los calvinistas. En 1588 la escuadra española, «La Invencible», es destruida frente a las costas inglesas por un temporal. Es el principio del fin.

Diez años más tarde muere el emperador. La crisis económica es incontenible. Con Felipe III se vuelve a un neofeudalismo como consecuencia de los privilegios que obtiene la nobleza castellana. Comienza la época de los validos: con Felipe III, el duque de Lerma; con Felipe IV, el conde-duque de Olivares. Los reyes viven de las rentas de pasadas glorias imperiales y más parecen dedicar su tiempo a grandes festejos que a resolver los graves problemas del país. Poco difiere esta mentalidad de la de gran parte de su pueblo. En efecto, se sigue soñando con ideales ya perdidos. El Imperio seguirá, por muchos años, viviendo dentro de los españoles, pero los españoles ya no vivirán en él, sencillamente porque ese Imperio va dejando de existir.

Y en aquella caída, un escritor recoge con ironía y escepticismo el fin de un esplendor. Se llama Miguel de Cervantes Saavedra.

MIGUEL DE CERVANTES

Uno de los rasgos más característicos del Príncipe de los Ingenios fue el valor, hecho no insólito en un siglo de gigantes que abrió Colón y que cerró Cervantes, en afortunados versos de un poeta del siglo XVI.

Esta especie rara que es el hombre en singular, en un mundo donde abundan los plurales, nació en Alcalá de Henares, en un día ignorado (probablemente el 29 de septiembre, festividad de San Miguel, aunque la fecha exacta no ha podido ser esclarecida), cuarto hijo, el menor, de Rodrigo de Cervantes, cirujano, y de Leonor de Cortinas, siendo bautizado el 9 de octubre de 1547 en la parroquia de Santa María la Mayor, hecho incuestionable que anula las pretensiones de Madrid (capital), Sevilla, Lucena, Toledo, Esquivias, Alcázar de San Juan y Consuegra.

Otros tres hermanos más habrán de venir tras Miguel. La penuria económica de la familia Cervantes les hace trasladarse en 1551 a Valladolid, sede de la Corte, habiendo puesto en venta la casa de Alcalá. Antes de salir de apuros, al año siguiente de su llegada, el padre es encarcelado por unas deudas y permanece dos años en prisión. La pobreza familiar será una constante de incuestionables consecuencias, en la infancia de Miguel en su vida futura y, por tanto, en su producción literaria.

Nuevo traslado, esta vez a Córdoba, donde vivía el abuelo, Juan de Cervantes. Estos años siguen permaneciendo oscuros para la historia. Es probable que en Córdoba comenzase a ir a la escuela de un pariente lejano de la familia y que estudiara posteriormente dos cursos de gramática con los jesuitas. El fallecimiento del abuelo paterno obligaría a la familia a trasladarse a Cabra y a Sevilla, ciudad esta ultima donde pudo cursar también estudios con los jesuitas.

A partir de sus veinte años los datos sobre la vida de Miguel de Cervantes parecen más fiables. A esa edad, la familia se encuentra en Madrid y él estudia Retórica y Arte Poético con López de Hoyos, aunque por breve tiempo.

En 1569 marcha a Italia y sirve de camarero al cardenal Giulio Acquaviva y Aragón, legado del papa Pío V, para los funerales en memoria del príncipe Carlos, y elevado a cardenal el 17 de mayo de 1570. ¿A qué responde tan extraña marcha? Bien pudiera hablarse de huida. Miguel había sostenido un duelo con un tal Antonio de Sigura, causándole algunas heridas, y la pena establecida por la justicia real era extremadamente severa: cortarle la mano derecha y diez años de destierro.

Con el cardenal recorre Italia: Milán, Florencia, Palermo, Venecia, Parma, Ferrara, Roma; la Italia renacentista de la que Cervantes aprenderá algo más que su idioma. La influencia de esa Italia en ebullición, de sus escritores, de sus diseños arquitectónicos, sobre el futuro escritor es decisiva.

Algunas descripciones de este viaje a Italia pueden encontrarse en *La Galatea*, primera obra que publicó después de su cautiverio en Argel.

Poco tiempo dura su servicio al cardenal. En 1570 se enrola en el ejército, ante el llamamiento general efectuado para dar un golpe mortal a los turcos. Posiblemente intervino en la expedición a Chipre, pequeña y breve campaña; sin embargo, es Lepanto la batalla que recordará durante el resto de su vida.

Cervantes marcha en la compañía de Diego de Urbina, a bordo de la galera «Marquesa». Casualmente, su hermano Rodrigo había asistido también al llamamiento y ambos se encuentran en el mismo barco. El 7 de octubre de 1571, la flota española al mando de don Juan de Austria consigue uno de los mayores triunfos del Imperio. Miguel, que había enfermado poco antes de la batalla, se incorpora y mantiene una actitud heroica, muy consecuente con sus principios de soldado español.

Recibe dos arcabuzazos en el pecho y otro en la mano izquierda, que le quedará inutilizada para el futuro. Junto con el resto de los heridos, es conducido a Mesina, donde se instaló un hospital. Durante seis meses convalece de sus heridas, al cabo de los cuales, en 1572, se traslada a Nápoles con el tercio de Lope de Figueroa. Toma parte en las campañas de Corfú, Navarino y Túnez, y regresa a Palermo como «soldado aventajado».

Durante su estancia en Nápoles tiene lugar uno de los pocos espisodios sentimentales que se conocen del genial español. Ella se llamó «Silena», que por supuesto es un nombre literario. Fruto de aquellos amores es un hijo llamado Promontorio. Poco más se sabe; el hermetismo de Cervantes, no sólo en este tema, sino en todos los que atañen a su vida afectiva, es total, para desesperación de sus biógrafos.

A finales de septiembre de 1575 sale de Nápoles, con destino a España, la galera «Sol», llevando a bordo a los hermanos Cervantes: Miguel y

Rodrigo. Miguel llevaba una carta de recomendación de don Juan de Austria para su hermano, el rey; carta que le permitiría obtener la graduación de capitán. Cerca de Marsella, la «Sol» fue apartada del resto de la escuadrilla por la tempestad y, en solitario, atacada por varias naves turcas. Las cartas de recomendación, la de don Juan de Austria y otra más del duque de Sessa, hicieron pensar a los atacantes que habían dado con un personaje importante. Llevando a los prisioneros a Argel, pusieron un alto precio a su cabeza: 500 escudos de oro.

En Argel, Miguel realizaría cuatro tentativas de fuga. La primera fracasó por la delación de un moro al que le había confiado la idea. El rescate de algunos cautivos permitió a la familia Cervantes conocer el paradero de sus hijos; sin embargo las gestiones de la madre para obtener la fuerte suma pedida resultaron infructuosas. En 1577 es liberado Rodrigo, gracias al pago de 30 escudos por los padres mercedarios. Él y Miguel habían quedado de acuerdo para que el primero fletara un barco que, esperándoles en algún lugar de la costa africana, les permitiera la huida. Cervantes y algunos cautivos escapan y esperan en una cueva de la costa la llegada de la galera. Pero son nuevamente traicionados y conducidos en presencia del rey de Argel, quien ordena el traslado a su «baño» de Miguel, que se había confesado autor del plan. Allí compartió su cautividad, en mejores condiciones, con otros dos mil cautivos.

Dos nuevos intentos de fuga fracasaron como los anteriores. Por fin, el 29 de mayo de 1580 el padre trinitario fray Juan Gil llega a Argel decidido a liberarle, una vez conseguidos los 500 escudos, que fueron aportados por los trinitarios y por los comerciantes españoles en Argel. El momento no pudo ser más oportuno, pues Miguel se encontraba ya a bordo de un barco que le habría de conducir a Constantinopla.

Poco tiempo después de su liberación, se embarca con destino a Denia. De allí, marcharía a Valencia para participar en una procesión de ex cautivos y a finales de año se encuentra en Madrid. Su amigo Mateo Vázquez, secretario del rey, se encontraba en Lisboa y allí viaja Cervantes para pedirle algún trabajo. Ironías del destino, su antiguo amigo le encarga una misión diplomática frente al rey de Argel. Vuelta a Lisboa, donde la inactividad le lleva a pedir un empleo en las Indias, que no es atendido. Finalmente, regresa a Madrid.

En el año 1576, y a petición del maestro López de Hoyos, Cervantes se daría a conocer como poeta, con un soneto escrito con motivo de la muerte de doña Isabel de Valois, esposa de Felipe II, y que se incluiría en la Relación verdadera de la enfermedad, felicísimo tránsito y sumptuosas exequias fúnebres de la Serenísima Reina de España Doña Isabel de Valois, Nuestra Señora. Con los sermones, letras y epitafios a su túmulo.

Estos primeros versos publicados por Cervantes son los siguientes:

Aquí el valor de la española tierra.
Aquí la flor de la francesa gente;
Aquí quien enmendó lo diferente
De oliva cornando aquella guerra.

Aquí, en pequeño espacio veis se encierra
Nuestro claro lucero de Occidente;
Aquí yace enterrada la excelente
Causa que nuestro bien nada destierra.

Mirad quién es el mundo y su pujanza,
Y nomo de la más alegre vida
La muerte lleva siempre la victoria.

También mirad la bienaventuranza
Que goza nuestra Reina esclarecida
en el eterno reino de la gloria.

Podemos multiplicar los ejemplos sobre la indudable calidad del Cervantes poeta, pero nos limitaremos a la transcripción de su primer soneto impreso y a remitir al lector de estas líneas a los capítulos de su inmortal obra *Don Quijote de la Mancha*, donde podrán encontrar diversos poemas del autor que nos ocupa.

Un año importante en su vida fue 1583. Acaba de escribir *La Galatea* y se representan en los corrales de la ciudad del Manzanares algunas de sus comedias: *Los tratos de Argel, La destrucción de Numancia* y otras más. Ese mismo año conoce a Ana de Villafranca, casada con el representante de comedias Alonso Rodríguez. De sus amores es buena prueba una hija, bautizada con el nombre de Isabel de Saavedra.

Al año siguiente un asunto literario le lleva a Esquivias, donde conoce a otra mujer, Catalina de Salazar y Palacios, de diecinueve años y de una cierta nobleza de sangre. Cervantes la pide en matrimonio y el 12 de diciembre de 1584 se celebra la boda en Esquivias. Luna de miel en Madrid y vuelta al pueblo, donde viven en casa de la madre de Catalina. De momento, por la estimable dote aportada, viven sin agobios económicos: dote a la que habría que añadir algunos dineros provenientes del estreno de comedias en los corrales. El nombre de Miguel de Cervantes comienza a sonar.

En 1585, año de publicación de *La Galatea*, muere su padre. Durante los años siguientes, Cervantes viajará por toda Andalucía a consecuencia del cargo que obtiene de Comisario para proveer víveres a la armada «La Invencible» que por esos años Felipe II prepara contra Inglaterra. Este cargo le habría de proporcionar más amarguras que satisfacciones, en base a razones muy complejas.

En 1587 está en Écija. Tenía órdenes de recoger todo el grano que pudiera tanto de los campesinos como de las propiedades eclesiásticas. Pero estas órdenes chocaban con otras disposiciones legales según las cuales el grano debía ser pagado antes de la expropiación. La burocracia impuesta por Felipe II hizo de tales pagos un laberinto de papeles y una prueba de fuego para la paciencia de los campesinos. La situación era, a todas luces, injusta. Añádase que él, Cervantes, que desde su infancia ha vivido la pobreza, es uno de los directamente encargados de mantener la injusticia. La primera de las amarguras de estos años es la misma razón de su cargo.

En Écija se le plantea el primero de los dos conflictos que tiene con la Iglesia. Cumpliendo órdenes, toma bienes que pertenecen a ella. El provisor del Arzobispado de Sevilla dictó contra él sentencia de excomunión. En 1588 consigue que la sentencia sea anulada. Pero ese mismo año encarcela al sacristán de Castro del Río por negarse a entregar trigo eclesiástico; el provisor del Obispado de Córdoba hará caer sobre él otra excomunión. Mal año, el de 1588. La Hacienda pública le adeudaba sus honorarios; la situación de pobreza en que vive es tal que habrá de pedir fiado para comprarse ropa y, por si fuera poco, circulan constantemente rumores sobre la honorabilidad de su actuación.

Cervantes se convierte en la víctima de una situación. La mayor parte de los historiadores coinciden en señalar 1588, derrota de «La Invencible», como el año del principio del fin de la decadencia española. A partir de 1560 la situación económica del país es agobiante. Los Países Bajos están en guerra; el dominio de los mares por la flota española es cuestionado por los ingleses e incluso por los turcos; Lepanto no pudo acabar con la piratería. La defensa a ultranza del Imperio se convierte en una sangría económica y convierte al país en un campo de mutilados de guerra. Aunque no hubiera existido Lepanto, España no podría haber mantenido por mucho tiempo su hegemonía. Con este panorama las Indias se ven como un paraíso de paz y bienestar.

En 1590, Cervantes pide de nuevo un cargo en Indias. Petición denegada. Va de cuando en cuando a Madrid. Un año de profunda depresión personal es 1590. En 1592 el corregidor Francisco de Moscoso le recluye en la cárcel de Castro del Río, acusándole de haber robado 300 fanegas de trigo. Comprobada su inocencia es puesto rápidamente en libertad.

Al año siguiente, queda sin empleo y, para colmo de males, muere su madre. En 1594 obtiene empleo de cobrador de ciertos tributos (alcabalas) en la provincia de Granada. El cargo necesitaba una cierta garantía financiera y Catalina, su mujer, se la proporciona. El dinero recaudado lo pone Cervantes en la Banca de Simón Freire de Lima. Más desgracias. La banca quiebra, pero la Hacienda se hace oídos sordos y le exige la entrega de lo recaudado. Este asunto habrá de dejar secuelas durante bastantes años.

En 1597 se le encarcela en Sevilla por unos meses. Todavía en 1598 ha de seguir presentando cuentas para justificar las cobranzas de 1591 y 1592. Parece probado documentalmente que Cervantes no cometió fraude alguno en sus tiempos de recaudador y la sospecha de que le hicieron «cabeza de turco» de una situación desastrosa puede ser perfectamente válida. Cierto es que hubo varios llamamientos incumplidos de presentación ante el juez, pero la burocracia existente, por la que un presunto delincuente podía pasar varios anos en prisión antes de ser juzgado, bien pudiera ser una causa para desatender el apercibimiento de la Justicia.

En 1602, Lope de Vega se encuentra en Sevilla, tras su «Camila Lucinda» nombre poético de Micaela de Luján. En los ambientes literarios de la ciudad bética, donde el nombre de Miguel de Cervantes es conocido, hay un revuelo con la llegada del Fénix. Sus seguidores se congratulan; sus enemigos se mofan. Cervantes está, por aquellas fechas, más cerca de los segundos.

Ese mismo año ingresa en la cárcel de Sevilla, donde permanecerá hasta el siguiente. En tal ocasión debió de escribir la primera parte del *Quijote*, pensada en un principio como novela corta al estilo de *Rinconete y*

Cortadillo y *El celoso extremeño*, escritas por las mismas fechas. Sospechar que fue en este momento y no en otro cuando escribe «El Ingenioso Hidalgo...» no es una simple intuición. El «Prólogo» de esta primera parte de su inmortal obra es un agudo ataque a Lope de Vega, que por aquellos tiempos, como se ha señalado, se encuentra en la ciudad del Betis. En 1604, Cervantes se encuentra en Valladolid; la ciudad del Pisuerga es desde 1601 sede de la Corte, aunque por poco tiempo.

En ese año de 1604, entabla contacto con Francisco de Robles, librero del rey, a quien cuenta el argumento del *Quijote*. Entusiasmado con la idea, el librero le compra los privilegios de publicación. A mediados de enero de 1605 el libro sale a la calle, habiendo sido el impresor Juan de la Cuesta. La edición se agota rápidamente.

Pero en la vida de Cervantes no hay año de sosiego, ni aun el del comienzo de su fama. En Valladolid, cerca de su casa, el 27 de junio de 1605 aparece el caballero navarro Gaspar de Ezpeleta gravemente herido. Al día siguiente falleció sin haber delatado a su agresor. Las sospechas recaen sobre la familia de Cervantes, por lo que son encarcelados. Poco tiempo duró esta injusticia y son puestos en libertad con cierta rapidez.

En 1606 la Corte se traslada a Madrid. Cervantes había acabado ya *El coloquio de los perros* y *El casamiento engañoso* cuando sigue a la Corte. Ese mismo año, en Toledo, acaba *La ilustre fregona*. Tras recoger a su mujer en Esquivias, fija su residencia definitiva en la ciudad del Manzanares.

La Gitanilla quedará lista en 1607. El *Quijote* comienza a ser traducido a otros idiomas; es el mejor de los síntomas: Cervantes ya puede vivir de sus libros. Todavía algunas secuelas del turbio asunto de las recaudaciones de Granada distraen su ánimo.

En los años siguientes, Cervantes ingresa en la «Congregación de indignos esclavos del Santísimo Sacramento», una cofradía a la que ya pertenecían Lope de Vega, Espinel y otros; asimismo profesa en la Orden Tercera de San Francisco. Todavía habrá de intentar obtener un cargo de relevancia. El conde de Lemos fue nombrado virrey de Nápoles y el inmortal escritor solicitará puesto en la pequeña Corte. Petición denegada.

En 1613 se publican las *Novelas ejemplares,* en número de doce, cediendo los derechos de publicación al mismo Francisco de Robles, ya gran amigo de Cervantes. En 1614 concurre al certamen poético organizado con motivo de la beatificación de Santa Teresa y obtiene el tercer premio. En ese año se publica *El viaje al Parnaso* y el falso «Quijote» de Avellaneda le hará apresurarse para acabar la Segunda Parte de su *Quijote*, de la que ya había escrito bastantes capítulos. En 1615 sale a la luz esta Segunda Parte y *Ocho comedias y ocho entremeses nuevos*.

Publicada la segunda parte del *Quijote* y concluidos *Los trabajos de Persiles y Segismunda*, libro que vería la luz ya muerto su autor, Miguel de Cervantes, muy enfermo, escribió así a su protector, el conde de Lemos:

> «Puesto ya el pie en el estribo,
> Con las ansias de la muerte,
> Gran Señor, ésta te escribo.»

Ayer me dieron la Extremaunción y hoy escribo ésta; el tiempo es breve, las ansias crecen, las esperanzas menguan, y, con todo, llevo la vida sobre el deseo que tengo de vivir, y quisiera yo ponerle coto hasta besar los pies de V. E., que podía ser fuese tanto el contento de ver a V. E. bueno en España que me volviese a dar la vida; pero si está decretado que la haya de perder, cúmplase la voluntad de los cielos, y por lo menos sepa V. E. este mi deseo, y sepa que tuvo en mí un tan aficionado criado de servirle, que quiso pasar aún más allá de la muerte mostrando su intención; con todo esto, como en profecía, me alegro de la llegada de V. E.; regocíjome de verle señalar con el dedo, y realégrome de que salieron verdaderas mis esperanzas, dilatadas en la fama de las bondades de V. E.

Con gran serenidad otorgó testamento, nombrando albaceas a su mujer y al licenciado Francisco Núñez, convecino de la misma casa de la calle del León. Mandó que le enterraran en las monjas Trinitarias, y, luego de otras disposiciones, entregó su alma a Dios el 23 de abril de 1616, día en el que también perdió Inglaterra a su escritor universal, William Shakespeare.

En 1633, y por traslado de las Trinitarias a la calle de Cantarranas, se llevaron allí los huesos de las religiosas fallecidas, suponiéndose que se hizo del mismo modo con los de don Miguel de Cervantes, el gran hombre que vivió en pobreza e incomprensión en un pueblo que parece complacerse en mermar la gloria de sus hijos vivos.

OBRAS COMPLETAS DE CERVANTES

El epitafio, las cinco redondillas y la elegía a la muerte de la reina doña Isabel de Valois, Madrid, 1576.

Dos sonetos a Ruffina de Chamberí, Argel, 1577.

Carta en verso a Mateo Vázquez, secretario de S. M., Argel, 1578.

Odas religiosas en loor a Nuestra Señora, Argel, 1579.

Dos sonetos, en el *Romancero*, de Padilla, Madrid, 1581.

Sonetos, contenidos en la *Austriada*, de Rufo, Madrid, 1581.

La Galatea, Madrid, 1583.

La Numancia, comedia, Madrid, 1584.

Varias poesías, en el *Jardín espiritual*, de Padilla, Madrid, 1585, y en el *Cancionero*, de Maldonado, Madrid, 1586.

Varios sonetos, en *Las grandezas y excelencias de la Virgen*, de Padilla, Madrid, 1587, y en la *Filosofía Cortesana*, de Alonso de Barros, Madrid, 1588.

Un soneto, en el *Tratado acerca de las enfermedades de los riñones*, de Francisco Díaz, Madrid, 1588.

La gran turquesa, La Jerusalem, La batalla naval, La Amaranta, El bosque amoroso, comedias, 1586.

La Arsinda, La Confusa, Los tratos de Argel, comedias, 1587.

Un romance, en la *Flor de varios y nuevos romances*, de Villalba, Madrid, 1591.

Un romance en honor de San Jacinto, primer premio de los juegos florales celebrados en Zaragoza, por los padres dominicos, en 1595.

Un soneto al marqués de Santa Cruz, en el *Comentario, en breve compendio, de disciplina militar*, Madrid, 1596.

Soneto a la entrada del marqués de Medina Sidonia en Cádiz, Madrid, 1596.

Soneto a Herrera, Sevilla, 1597.

Dos sonetos y varias quintillas a la muerte de Felipe II, Sevilla, 1598.

Soneto de loor de la *Dragontea* de Lope de Vega, Madrid, 1602.

Primera parte de *El Ingenioso Hidalgo Don Quijote de la Mancha*, Madrid, 1605.

Sonetos a un ermitaño, al conde de Saldaña y a un valentón metido a pordiosero, Madrid, 1608.

Dos canciones a la Armada Invencible.

Carta a don Diego de Astudillo Carrillo, relación de lo sucedido en la cárcel de Sevilla.

Diálogo de Sillena y Selanio.

Los entremeses *Doña Justina y Calahorra, Los Mirones y Los Refranes* (de discutible autenticidad).

Las novelas ejemplares, *Rinconete y Cortadillo, La Gitanilla, La fuerza de la sangre, El amante liberal, El curioso impertinente, El casamiento engañoso, El licenciado Vidriera, El coloquio de los perros, La española inglesa, El celoso extremeño, Las dos doncellas, La señora Cornelia* y *La tía fingida.* (De esta última se duda de su autenticidad por no haberse publicado hasta 1814.)

Viaje al Parnaso y adjunta al Parnaso, Madrid, 1614.

Ocho comedias y ocho entremeses, Madrid, 1615.

Segunda parte de *El Ingenioso Hidalgo Don Quijote de la Mancha*, Madrid, 1615.

Trabajos de Persiles y Segismunda, Madrid, 1617.

NOVELAS EJEMPLARES

LA GITANILLA

Parece que los gitanos y gitanas solamente nacieron en el mundo para ser ladrones: nacen de padres ladrones, críanse con ladrones, estudian para ladrones y, finalmente, salen con ser[1] ladrones corrientes y molientes a todo ruedo[2], y la gana del hurtar y el hurtar son en ellos como accidentes inseparables, que no se quitan sino con la muerte. Una, pues, desta nación, gitana vieja, que podía ser jubilada en la ciencia de Caco[3], crió a una muchacha en nombre de nieta suya, a quien puso por nombre Preciosa, y a quien enseñó todas sus gitanerías, y modos de embelecos, y trazas de hurtar. Salió la tal Preciosa la más única[4] bailadora que se hallaba en todo el gitanismo, y la más hermosa y discreta que pudiera hallarse, no entre los gitanos, sino entre cuantas hermosas y discretas pudiera pregonar la fama. Ni los soles, ni los aires, ni todas las inclinaciones del cielo, a quien más que otras gentes están sujetos los gitanos, pudieron deslustrar su rostro ni curtir las manos, y lo que es más, que la crianza tosca en que se criaba no descubría en ella sino ser nacida de mayores prendas que de gitana, porque era en extremo cortés y bien razonada. Y, con todo esto, era algo desenvuelta; pero no de modo que descubriese algún género de deshonestidad; antes, con ser aguda, era tan honesta, que en su presencia no osaba alguna gitana, vieja ni moza, cantar cantares lascivos ni decir palabras no buenas. Y finalmente, la abuela conoció el tesoro que en la nieta tenía, y así, determinó el águila vieja sacar a volar su aguilucho y enseñarle a vivir por sus uñas.

Salió Preciosa rica de villancicos, de coplas, seguidillas y zarabandas[5], y de otros versos, especialmente de romances, que los cantaba con especial donaire. Porque su taimada abuela echó de ver que tales juguetes y gracias, en los pocos años y en la mucha hermosura de su nieta, habían de ser felicísimos atractivos e incentivos para acrecentar su caudal, y así se los procuró y buscó por todas las vías que pudo, y no faltó poeta que se los diese; que también hay poetas que se acomodan con gitanos, y les venden sus obras, como los hay para ciegos, que les fingen milagros y van a la parte de la ganancia. De todo hay en el mundo, y esto de la hambre tal vez hace arrojar los ingenios a cosas que no están en el mapa.

Crióse Preciosa en diversas partes de Castilla, y a los quince años de su edad, su abuela putativa la volvió a la Corte y a su antiguo rancho, que es

---

[1] Consiguen ser.

[2] En todo momento.

[3] «Dicen haber sido hijo de Vulcano, porque siendo ladrón famoso hacía grandes estragos de robos, muertes e incendios y por esto decían echar fuego por la boca.» (Covarrubias.)

[4] Excelente.

[5] Danzas populares españolas.

adonde ordinariamente le tienen los gitanos, en los campos de Santa Bárbara, pensando en la Corte vender su mercadería, donde todo se compra y todo se vende. Y la primera entrada que hizo Preciosa en Madrid fue un día de Santa Ana[6], patrona y abogada de la villa, con una danza en que iban ocho gitanas, cuatro ancianas y cuatro muchachas, y un gitano, gran bailarín, que las guiaba, y aunque todas iban limpias y bien aderezadas, el aseo de Preciosa era tal que poco a poco fue enamorando los ojos de cuantos la miraban. De entre el son del tamborín y castañetas y fuga del baile salió un rumor que encarecía la belleza y donaire de la Gitanilla, y corrían los muchachos a verla, y los hombres a mirarla. Pero cuando la oyeron cantar, por ser la danza cantada, ¡allí fue ello! Allí sí que cobró aliento la fama de la Gitanilla, y de común consentimiento de los diputados de la fiesta, desde luego le señalaron el premio y joya de la mejor danza, y cuando llegaron a hacerla en la iglesia de Santa María, delante de la imagen de Santa Ana, después de haber bailado todas, tomó Preciosa unas sonajas[7], al son de las cuales, dando en redondo largas y ligerísimas vueltas, cantó el romance siguiente:

—Árbol preciosísimo,
que tardó en dar fruto
años que pudieron
cubrirle de luto,
y hacer los deseos
del consorte puros,
contra su esperanza
no muy bien seguros;
de cuyo tardarse
nació aquel disgusto
que lanzó del Templo
al varón más justo:
santa tierra estéril,
que al cabo produjo
toda la abundancia
que sustenta el mundo;
casa de moneda,
que dio a Dios la forma
do se forjó el cuño
que como hombre tuvo;
madre de una hija
en quien quiso y pudo
mostrar Dios grandezas
sobre humano curso.
Por vos y por ella
sois, Ana, el refugio
do van por remedio
nuestros infortunios.

[6] Santa Ana era patrona de Madrid y de algunos gitanos que vivían en las afueras de la ciudad.

[7] Pandereta.

En cierta manera,
tenéis, no lo dudo,
sobre el Nieto imperio
piadoso y justo.
A ser comunera
del alcázar sumo,
fueran mil parientes
con vos de consumo.
¡Qué hija, y qué nieto,
y qué yerno! Al punto
a ser causa justa
cantárades triunfos.
Pero vos, humilde,
fuisteis el estudio
donde vuestra hija
hizo humildes cursos
y agora a su lado,
a Dios el más junto,
gozáis de la alteza
que apenas barrunto.

El cantar de Preciosa fue para admirar a cuantos la escuchaban. Unos decían: «¡Dios te bendiga la muchacha!» Otros: «¡Lástima es que esta mozuela sea gitana! En verdad en verdad que merecía ser hija de un gran señor.» Otros había más groseros, que decían: «¡Dejen crecer a la rapaza, que ella hará de las suyas! ¡A fe que se va añudando[8] en ella gentil red barredera para pescar corazones!» Otro más humano, más basto y más modorro[9], viéndola andar tan ligera en el baile, le dijo: «¡A ello, hija, a ello! ¡Andad, amores, y pisad el polvito atán menudito!» Y ella respondió, sin dejar el baile: «¡Y pisárelo yo atán menudó!»[10]

Acabáronse las vísperas, y la fiesta de Santa Ana, y quedó Preciosa algo cansada; pero tan celebrada de hermosa, de aguda y de discreta, y de bailadora, que a corrillos se hablaba della en toda la Corte. De allí a quince días volvió a Madrid con otras tres muchachas, con sonajas y con un baile nuevo, todas apercibidas de romances y de cantarcillos alegres, pero todos honestos; que no consentía Preciosa que las que fuesen en su compartía cantasen cantares descompuestos, ni ella los cantó jamás, y muchos miraron en ello, y la tuvieron en mucho. Nunca se apartaba della la gitana vieja, hecha su Argos[11], temerosa no se la despabilasen[12] y traspusiesen; llamábala nieta, y ella la tenía por abuela. Pusiéronse a bailar a la sombra en la calle de Toledo, y de los que las venían siguiendo se hizo luego un gran corro, y en tanto que bailaban, la vieja pedía limosna a los circunstantes, y llovían en ella ochavos y cuartos

[8] Anudando.
[9] «Hombre muy tardo, callado y cabizbajo.» (Covarrubias).
[10] Estribillo popular.
[11] Argos: personaje mitológico que tenía cien ojos. Entendemos que la gitana vieja no dejaba de vigilar a Preciosa
[12] Robasen.

como piedras a tablado[13], que también la hermosura tiene fuerza de despertar la caridad dormida.

Acabado el baile, dijo Preciosa:

—Si me dan cuatro cuartos, les cantaré un romance yo sola lindísimo en extremo, que trata de cuando la Reina nuestra señora Margarita salió a misa de parida en Valladolid y fue a San Llorente[14], dígoles que es famoso, y compuesto por un poeta de los del número, como capitán de batallón.

Apenas hubo dicho esto, cuando casi todos los que en la rueda estaban dijeron a voces:

—Cántale, Preciosa, y ves aquí mis cuatro cuartos.

Y así granizaron sobre ella cuartos, que la vieja no se daba manos a cogerlos. Hecho, pues, su agosto y su vendimia, repicó Preciosa sus sonajas, y al tono correntío y loquesco cantó el siguiente romance:

—Salió a misa de parida
la mayor reina de Europa,
en el valor y en el nombre
rica y admirable joya.
Como los ojos se lleva,
se lleva las almas todas
de cuantos miran y admiran
su devoción y su pompa.
Y para mostrar que es parte
del cielo en la tierra toda,
a un lado lleva el Sol de Austria[15];
al otro, la tierna Aurora
A sus espaldas le sigue
un lucero que a deshora
salió, la noche del día
que el cielo y la tierra lloran.
Y si en el cielo hay estrellas
que lucientes carros forman,
en otros carros su cielo
vivas estrellas adornan.
Aquí el anciano Saturno
la barba pule y remoza,
y aunque es tardo, va ligero;
que el placer cura la gota.
El dios parlero va en lenguas

[13] Alusión a la diversión que consistía en derribar a pedradas un gallo encerrado en un cántaro y colocado sobre un tablado.

[14] Hecho histórico, protagonizado por la esposa de Felipe III que días después de dar a luz al príncipe Felipe salió a oír misa en la iglesia de San Lorenzo (Valladolid).

[15] Poema alegórico: «el Sol de Austria» es Felipe III; «la tierna Aurora», la infanta doña Ana; «Margarita» es Margarita de Austria, esposa de Felipe II, y «Lucero», Felipe IV, nacido el 8 de abril de 1605 (Viernes Santo) en Valladolid.

lisonjeras y amorosas,
y Cupido en cifras varias,
que rubíes y perlas bordan.
Allí va el furioso Marte
en la persona curiosa
de más de un gallardo joven,
que de su sombra se asombra.
Junto a la casa del Sol
va Júpiter, que no hay cosa
difícil a la privanza
fundada en prudentes obras.
Va la Luna en las mejillas
de una y otra humana diosa;
Venus casta en la belleza
de las que este cielo forman.
Pequeñuelos Ganimedes[16]
cruzan, van, vuelven y tornan
por el cinto tachonado
desta esfera milagrosa.
Y para que todo admire
y todo asombre, no hay cosa
que de liberal no pase
hasta el extremo de pródiga
Milán con sus ricas telas
allí va en vista curiosa;
las Indias con sus diamantes,
y Arabia con sus aromas.
Con los mal intencionados
va la envidia mordedora
y la bondad en los pechos
de la lealtad española.
La alegría universal,
huyendo de la congoja
calles y plazas discurre,
descompuesta y casi loca.
A mil mudas bendiciones
abre el silencio la boca,
y repiten los muchachos
lo que los hombres entonan.
Cuál dice: «Fecunda vid,
crece, sube, abraza y toca
el olmo felice tuyo

[16] Personaje mitológico, famoso por su joven belleza.

que mil siglos te haga sombra,
para gloria de ti misma,
para bien de España y honra,
para arrimo de la Iglesia,
para asombro de Mahoma.»
Otra lengua clama y dice:
«Vivas, ¡oh blanca paloma!,
que nos has de dar por crías
águilas de dos coronas,
para ahuyentar de los aires
las de rapiña furiosas;
para cubrir con sus alas
a las virtudes medrosas.»
Otra, más discreta y grave,
más aguda y más curiosa,
dice, vertiendo alegría
por los ojos y la boca
«Esta perla que nos diste,
nácar de Austria, única y sola,
¡qué de máquinas que rompe!,
¡qué de designios que corta!,
¡qué de esperanzas que infunde!,
¡qué de deseos mal logra!,
¡qué de temores aumenta!,
¡qué de preñados aborta!»
En esto, se llegó al templo
del Fénix santo que en Roma
fue abrasado[17], y quedó vivo
en la fama y en la gloria.
A la imagen de la vida,
a la del cielo Señora,
a la que por ser humilde
las estrellas pisa agora,
a la Madre y Virgen junto,
a la Hija y a la Esposa
de Dios, hincada de hinojos
Margarita así razona
«Lo que me has dado te doy,
mano siempre dadivosa;
que a do falta el favor tuyo,
siempre la miseria sobra.
Las primicias de mis frutos

[17] Se refiere a San Lorenzo.

te ofrezco, Virgen hermosa
tales cuales son las mira,
recibe, ampara y mejora
A su padre te encomiendo,
que, humano Atlante, se encorva
al peso de tantos reinos
y de climas tan remotas.
Sé que el corazón del Rey
en las manos de Dios mora,
y sé que puedes con Dios
cuanto quieres piadosa.»
Acabada esta oración,
otra semejante entonan
himnos y voces que muestran
que está en el suelo la Gloria.
Acabados los oficios
con reales ceremonias,
volvió a su punto este cielo
y esfera maravillosa.

Apenas acabó Preciosa su romance, cuando del ilustre auditorio y grave senado que la oía, de muchas se formó una voz sola, que dijo:

—¡Torna a cantar, Preciosica, que no faltarán cuartos como tierra![18]

Más de doscientas personas estaban mirando el baile y escuchando el canto de las gitanas, y en la fuga dél acertó a pasar por allí uno de los Tinientes[19] de la villa, y viendo tanta gente junta preguntó qué era, y fuele respondido que estaban escuchando a la Gitanilla hermosa, que cantaba.

Llegóse el Tiniente, que era curioso, y escuchó un rato, y por no ir contra su gravedad, no escuchó el romance hasta la fin, y habiéndole parecido por todo extremo bien la Gitanilla, mandó a un paje suyo dijese a la gitana vieja que al anochecer fuese a su casa con las gitanillas, que quería que las oyese doña Clara, su mujer. Hízolo así el paje, y la vieja dijo que sí iría.

Acabaron el baile y el canto, y mudaron lugar, y en esto llegó un paje muy bien aderezado a Preciosa, y dándole un papel doblado, le dijo:

—Preciosa, canta el romance que aquí va porque es muy bueno, y yo te daré otros de cuando en cuando, con que cobres fama de la mejor romancera del mundo.

—Eso aprenderé yo de muy buena gana —respondió Preciosa—, y mire, señor, que no me deje de dar los romances que dice, con tal condición, que sean honestos, y si quiere que se los pague, concertémonos por docenas, y docena cantada, y docena pagada; porque pensar que le tengo de pagar adelantado es pensar lo imposible.

[18] Abundantemente.
[19] Tenientes, pero no con el significado actual, sino con el de alguacil.

—Para papel siquiera que me dé la señora Preciosica —dijo el paje— estaré contento, y más, que el romance que no saliere bueno y honesto no ha de entrar en cuenta.

—A la mía quede el escogerlos —respondió Preciosa.

Y con esto, se fueron la calle adelante, y desde una reja llamaron unos caballeros a las gitanas.

Asomóse Preciosa a la reja, que era baja, y vio en una sala muy bien aderezada y muy fresca muchos caballeros que, unos paseándose y otros jugando a diversos juegos, se entretenían.

—¿Quiérenme dar barato, cenores? —dijo Preciosa, que, como gitana hablaba ceceoso, y esto es artificio en ellas, que no naturaleza.

A la voz de Preciosa y a su rostro, dejaron los que jugaban el juego, y el paseo los paseantes, y los unos y los otros acudieron a la reja por verla, que ya tenían noticia della, y dijeron:

—Entren, entren las gitanillas, que aquí les daremos barato.

—Caro sería ello —respondió Preciosa— si nos pellizcacen.

—No, a fe de caballeros —respondió uno— bien puedes entrar, niña, segura que nadie te tocará a la vira[20] de tu zapato; no, por el hábito[21] que traigo en el pecho.

Y púsose la mano sobre uno de Calatrava.

—Si tú quieres entrar, Preciosa —dijo una de las tres gitanillas que iban con ella—, entra enhorabuena; que yo no pienso entrar adonde hay tantos hombres.

—Mira, Cristina —respondió Preciosa—: de lo que te has de guardar es de un hombre solo y a solas, y no de tantos juntos; porque antes el ser muchos quita el miedo y el recelo de ser ofendidas. Advierte, Cristinica, y está cierta de una cosa: que la mujer que se determina a ser honrada, entre un ejército de soldados lo puede ser. Verdad es que es bueno huir de las ocasiones; pero han de ser de las secretas, y no de las publicas.

—Entremos, Preciosa —dijo Cristina—; que tú sabes más que un sabio.

Animólas la gitana vieja, y entraron, y apenas hubo entrado Preciosa, cuando el caballero del hábito vio el papel que traía en el seno, y llegándose a ella se le tomó, y dijo Preciosa:

—¡Y no me le tome, señor; que es un romance que me acaban de dar ahora, que aún no le he leído!

—¿Y sabes tú leer, hija? —dijo uno.

—Y escribir —respondió la vieja—; que a mi nieta hela criado yo como si fuera hija de un letrado.

Abrió el caballero el papel y vio que venía dentro dél un escudo de oro, y dijo:

—En verdad, Preciosa, que trae esta carta el porte dentro: toma este escudo que en el romance viene.

—Basta —dijo Preciosa—, que me ha tratado de pobre el poeta. Pues cierto que es más milagro darme a mí un poeta un escudo que yo recebirle:

---

[20] Correa de tela o badana que se colocaba entre la suela y la pala del zapato.

[21] «Caballero de hábito, el que trae en el pecho la insignia de alguna orden de caballería, que comúnmente llaman hábitos.» (Covarrubias.)

si con esta añadidura han de venir sus romances, traslade todo el *Romancero general* y envíemelos uno a uno; que yo les tentaré el pulso, y si vinieren duros seré yo blanda en recebillos.

Admirados quedaron los que oían a la Gitanica, así de su discreción como del donaire con que hablaba

—Lea, señor —dijo ella—, y lea alto; veremos si es tan discreto ese poeta como es liberal.

Y el caballero leyó así:

—Gitanica, que de hermosa
te pueden dar parabienes:
por lo que de piedra tienes
te llama el *mundo Preciosa*
Desta verdad me asegura
esto, como en ti verás;
que no se apartan jamás
la esquiveza y la hermosura.
Si como en valor subido
vas creciendo en arrogancia,
no le arriendo la ganancia[22]
a la edad en que has nacido;
que un basilisco se cría
en ti, que mata mirando,
y un imperio que, aunque blando,
nos parezca tiranía
Entre pobres y aduares,
¿como nació tal belleza?
¿O cómo crió tal pieza
el humilde Manzanares?[23]
Por esto será famoso
al par del Tajo dorado
y por Preciosa preciado
más que el Ganges caudaloso.
Dices la buenaventura
y dasla mala contino[24]
que no van por un camino
tu intención y tu hermosura.
Porque en el peligro fuerte
de mirarte o contemplarte,
tu intención va a desculparte,
y tu hermosura a dar muerte.
Dicen que son hechiceras
todas las de tu nación

[22] «Frase que se suele usar para significar que alguno esta en peligro o expuesto a algún trabajo o castigo por algún hecho.» (Dic. de Aut.)

[23] Humilde porque casi no tenía agua.

[24] Continuamente.

pero tus hechizos son
de más fuerzas y más veras;
pues por llevar los despojos
de todos cuantos te ven,
haces, ¡oh niña!, que estén
tus hechizos en tus ojos.
En sus fuerzas te adelantas,
pues bailando nos admiras,
y nos matas si nos miras,
y nos encantas si cantas.
De cien mil modos hechizas:
hables, calles, cantes, mires,
o te acerques, o retires,
el fuego de amor atizas.
Sobre el más exento pecho
tienes mando y señorío,
de lo que es testigo el mío
de tu imperio satisfecho.
Preciosa joya de amor,
esto humildemente escribe
el que por ti muere y vive,
pobre, aunque humilde amador.

—En *pobre* acaba el último verso —dijo a esta sazón Preciosa—: ¡Mala señal! Nunca los enamorados han de decir que son pobres, porque a los principios, a mi parecer, la pobreza es muy enemiga del amor.

—¿Quién te enseña eso, rapaza? —dijo uno.

—¿Quién me lo ha de enseñar? —respondió Preciosa—. ¿No tengo yo mi alma en mi cuerpo? ¿No tengo ya quince años? Y no soy manca, ni renca, ni estropeada del entendimiento. Los ingenios de las gitanas van por otro norte que los de las demás gentes: siempre se adelantan a sus años; no hay gitano necio, ni gitana lerda[25], que como el sustentar su vida consiste en ser agudos, astutos y embusteros, despabilan el ingenio a cada paso, y no dejan que críe moho en ninguna manera. ¿Ven estas muchachas mis compañeras, que están callando y parecen bobas? Pues éntrenles el dedo en la boca y tiéntenlas las cordales[26] y verán lo que verán. No hay muchacha de doce que no sepa lo que de veinte y cinco, porque tienen por maestros y preceptores al diablo y al uso, que les enseña en una hora lo que habían de aprender en un año.

Con esto que la Gitanilla decía tenía suspensos a los oyentes, y los que jugaban le dieron barato, y aun los que no jugaban. Cogió la hucha[27] de la vieja treinta reales, y más rica y más alegre que una Pascua de Flores, antecogió sus corderas y fuese en casa del señor Tiniente, quedando que otro día volvería con su manada a dar contento a aquellos tan liberales señores.

[25] «Dícese comúnmente de la bestia espaciosa y torpe.» (Covarrubias.)
[26] Muelas del juicio.
[27] Bolsa para guardar dinero.

Ya tenía aviso la señora doña Clara, mujer del señor Tiniente, como habían de ir a su casa las gitanillas, y estábanlas esperando como el agua de mayo ella y sus doncellas y dueñas, con las de otra señora vecina suya, que todas se juntaron para ver a Preciosa. Y apenas hubieron entrado las gitanas, cuando entre las demás resplandeció Preciosa como la luz de una antorcha entre otras luces menores. Y así, corrieron todas a ella: unas la abrazaban, otras la miraban, éstas la bendecían, aquéllas la alababan. Doña Clara decía:

—¡Este sí que se puede decir cabello de oro! ¡Estos sí que son ojos de esmeraldas!

La señora su vecina la desmenuzaba toda, y hacía pepitoria[28] de todos sus miembros y coyunturas. Y llegando a alabar un pequeño hoyo que Preciosa tenía en la barba, dijo:

—¡Ay, qué hoyo! En este hoyo han de tropezar cuantos ojos la miraren.

Oyó esto un escudero de brazo[29] de la señora doña Clara, que allí estaba, de luenga barba y largos años, y dijo:

—¿Ese llama vuesa merced hoyo, señora mía? Pues yo sé poco de hoyos, o ése no es hoyo, sino sepultura de deseos vivos. ¡Por Dios, tan linda es la Gitanilla, que hecha de plata o de alcorza no podría ser mejor! ¿Sabes decir la buenaventura, niña?

—De tres o cuatro maneras —respondió Preciosa.

—¿Y eso más? —dijo dona Clara—. Por vida del Tiniente, mi señor, que me las has de decir, niña de oro, y niña de plata, y niña de perlas, y niña de carbuncos[30], y niña del cielo, que es lo más que puedo decir.

—Denle, denle la palma de la mano a la niña, y con que haga la cruz —dijo la vieja—, y verán qué de cosas les dice; que sabe más que un doctor de melecina[31].

Echó mano a la faltriquera la señora Tinienta, y halló que no tenía blanca. Pidió un cuarto a sus criadas, y ninguna le tuvo, ni la señora vecina tampoco. Lo cual visto por Preciosa, dijo:

—Todas las cruces, en cuanto cruces son buenas; pero las de plata o de oro son mejores; y el señalar la cruz en la palma de la mano con moneda de cobre sepan vuesas mercedes que menoscaba la buenaventura, a lo menos la mía; y así, tengo afición a hacer la cruz primera con algún escudo de oro, o con algún real de a ocho, o, por lo menos, de a cuatro; que soy como los sacristanes: que cuando hay buena ofrenda, se regocijan.

—Donaire tienes, niña, por tu vida —dijo la señora vecina.

Y volviéndose al escudero, le dijo:

—Vos, señor Contreras, ¿tendréis a mano algún real de a cuatro? Dádmele, que en viniendo el doctor mi marido os lo volveré.

—Sí tengo —respondió Contreras—; pero téngole empeñado en veinte y dos maravedís, que cené anoche. Dénmelos, que yo iré por él en volandas[32].

---

[28] Pepitoria: guiso a base de pescuezos y alones de ave; pero aquí entendemos: recuento, análisis.

[29] «Criado que sirve a las señoras, acompañándolas cuando salen de casa v asistiendo en su antecámara.» (Dic. de Aut.)

[30] Piedra preciosa.

[31] Medicina

[32] Rápidamente.

—No tenemos entre todas un cuarto —dijo doña Clara—, ¿y pedís veinte y dos maravedís? Andad, Contreras, que siempre fuisteis impertinente.

Una doncella de las presentes, viendo la esterilidad de la casa, dijo a Preciosa:

—Niña, ¿hará algo al caso que se haga la cruz con un dedal de plata?

—Antes —respondió Preciosa— se hacen las cruces mejores del mundo con dedales de plata, como sean muchos.

—Uno tengo yo —replicó la doncella—; si éste basta, hele aquí, con condición que también se me ha de decir a mí la buenaventura.

—¿Por un dedal tantas buenaventuras? —dijo la gitana vieja—. Nieta, acaba presto, que se hace noche.

Tomó Preciosa el dedal y la mano de la señora Tinienta, y dijo:

—Hermosita, hermosita,
la de las manos de plata
más te quiere tu marido
que el Rey de las Alpujarras.
Eres paloma sin hiel;
pero a veces eres brava
como la leona de Orán,
o como tigre de Ocaña
Pero en un tras, en un tris,
el enojo se te pasa
y quedas como alfeñique,
o como cordera mansa.
Riñes mucho y comes poco:
algo celosita andas;
que es juguetón el Tiniente,
y quiere arrimar la vara.
Cuando doncella, te quiso
uno de una buena cara;
que mal hayan los terceros,
que los gustos desbaratan.
Si a dicha tú fueras monja
hoy tu convento mandaras,
porque tienes de abadesa
más de cuatrocientas rayas[33].
No te lo quiero decir...,
pero poco importa; vaya,
enviudarás, y otra vez,
y otras dos, serás casada
No llores, señora mía;
que no siempre las gitanas
decimos el Evangelio[34];

[33] Se refiere a las rayas de la mano.
[34] Con el sentido de «buenas noticias».

no llores, señora; acaba.
Como te mueras primero
que el señor Tiniente, basta
para remediar el daño
de la viudez que amenaza.
Has de heredar, y muy presto,
hacienda en mucha abundancia;
tendrás un hijo canónigo;
la iglesia no se señala.
De Toledo no es posible.
Una hija rubia y blanca
tendrás, que si es religiosa
también vendrá a ser perlada[35].
Si tu esposo no se muere
dentro de cuatro semanas,
verásle corregidor
de Burgos o Salamanca.
Un lunar tienes, ¡qué lindo!
¡Ay Jesús, qué luna clara!
¡Qué sol, que allá en los antípodas
escuros valles aclara!
Más de dos ciegos por verle
dieran más de cuatro blancas...
¡Agora sí es la risica!
¡Ay, que bien haya esa gracia!
Guárdate de las caídas,
principalmente de espaldas;
que suelen ser peligrosas
en las principales damas.
Cosas hay más que decirte;
si para el viernes me aguardas,
las oirás, que son de gusto,
y algunas hay de desgracias.

Acabó su buenaventura Preciosa, y con ella encendió el deseo de todas las circunstantes en querer saber la suya, y así se lo rogaron todas; pero ella las remitió para el viernes venidero, prometiéndoles que tendrían reales de plata para hacer las cruces.

En esto vino el señor Tiniente, a quien contaron maravillas de la Gitanilla; él las hizo bailar un poco, y confirmó por verdaderas y bien dadas las alabanzas que a Preciosa habían dado, y poniendo la mano en la faltriquera, hizo señal de querer darle algo, y habiéndola espulgado, y sacudido, y rascado muchas veces, al cabo sacó la mano vacía y dijo:

—¡Por Dios, que no tengo blanca! Dadle vos, doña Clara, un real a Preciosa, que yo os lo daré después.

---

[35] Prelada.

—¡Bueno es eso, señor, por cierto! ¡Sí, ahí está el real de manifiesto! No hemos tenido entre todas nosotras un cuarto para hacer la señal de la cruz, ¿y quiere que tengamos un real?

—Pues dadle alguna valoncica[36] vuestra, o alguna cosita; que otro día nos volverá a ver Preciosa, y la regalaremos mejor.

A lo cual dijo doña Clara:

—Pues porque otra vez venga, no quiero dar nada ahora a Preciosa.

—Antes si no me dan nada —dijo Preciosa—, nunca más volveré acá. Mas sí volveré, a servir a tan principales señores; pero trairé tragado que no me han de dar nada, y ahorraréme la fatiga de esperallo. Coheche vuesa merced, señor Tiniente: coheche, y tendrá dineros, y no haga usos nuevos, que morirá de hambre. Mire, señora: por ahí he oído decir (y aunque moza entiendo que no son buenos dichos) que de los oficios se ha de sacar dineros para pagar las condenaciones de las residencias y para pretender otros cargos.

—Así lo dicen y lo hacen los desalmados —replicó el Tiniente—; pero el juez que da buena residencia no tendrá que pagar condenación alguna, y el haber usado bien su oficio será el valedor para que le den otro.

—Habla vuesa merced muy a lo santo, señor Tiniente —respondió Preciosa; ándese a eso y cortarémosle de los harapos para reliquias.

—Mucho sabes, Preciosa —dijo el Tiniente—. Calla, que yo daré traza que sus Majestades te vean, porque eres pieza de reyes.

—Querránme para truhana[37] —respondió Preciosa—, y yo no lo sabré ser, y todo irá perdido. Si me quisiesen para discreta, aún llevarmen hían[38]; pero en algunos palacios más medran los truhanes que los discretos. Yo me hallo bien con ser gitana y pobre, y corra la suerte por donde el cielo quisiere.

—Ea, niña —dijo la gitana vieja—, no hables más que has hablado mucho, y sabes más de lo que yo te he enseñado. No te asotiles[39] tanto, que te despuntarás; habla de aquello que tus años te permiten, y no te metas en altanerías, que no hay ninguna que no amenace caída.

—¡El diablo tienen estas gitanas en el cuerpo! —dijo a esta sazón el Tiniente.

Despidiéronse las gitanas, y al irse, dijo la doncella del dedal:

—Preciosa, dime la buenaventura, o vuélveme mi dedal; que no me queda con qué hacer labor.

—Señora doncella —respondió Preciosa—, haga cuenta que se la he dicho, y provéase de otro dedal, o no haga vainillas[40] hasta el viernes, que yo volveré y le diré más venturas y aventuras que las que tiene un libro de caballerías.

Fuéronse, y juntáronse con las muchas labradoras que a la hora de las avemarías suelen salir de Madrid para volverse a sus aldeas, y entre otras vuelven muchas, con quien siempre se acompañaban las gitanas, y volvían

[36] Diminutivo de valona: cuello grande que cae sobre los hombros, espalda y pecho.
[37] Para el oficio de bufón.
[38] Me llevarían.
[39] Sutilizar: «Discurrir generosamente o con profundidad.» (Dic. de Aut.)
[40] Vainicas (labor).

seguras. Porque la gitana vieja vivía en continuo temor no le salteasen a su Preciosa.

Sucedió, pues, que la mañana de un día que volvían a Madrid a coger la garrama[41] con las demás gitanillas, en un valle pequeño que está obra de quinientos pasos antes que se llegue a la villa, vieron a un mancebo gallardo y ricamente aderezado de camino. La espada y daga que traía eran, como decirse suele una ascua de oro[42], sombrero con rico cintillo y con plumas de diversos colores adornado. Repararon las gitanas en viéndole, y pusiéronsele a mirar muy despacio, admiradas de que a tales horas un tan hermoso mancebo estuviese en tal lugar, a pie y solo.

El se llegó a ellas, y hablando con la gitana mayor, le dijo:

—Por vida vuestra, amiga, que me hagáis placer que vos y Preciosa me oyáis aquí aparte dos palabras que serán de vuestro provecho.

—Como no nos desviemos mucho, ni nos tardemos mucho, sea en buena hora —respondió la vieja.

Y llamando a Preciosa, se desviaron de las otras obra de veinte pasos, y así en pie, como estaban, el mancebo les dijo:

—Yo vengo de manera rendido a la discreción y belleza de Preciosa, que después de haberme hecho mucha fuerza para excusar llegar a este punto, al cabo he quedado más rendido y más imposibilitado de excusallo. Yo, señoras mías (que siempre os he de dar este nombre, si el cielo mi pretensión favorece), soy caballero, como lo puede mostrar este hábito —y apartando el herreruelo[43], descubrió en el pecho uno de los más calificados que hay en España—; soy hijo de Fulano —que por buenos respetos aquí no se declara su nombre—, estoy debajo de su tutela y amparo; soy hijo único, y el que espera un razonable mayorazgo. Mi padre está aquí en la Corte pretendiendo un cargo, y ya está consultado[44], y tiene casi ciertas esperanzas de salir con él. Y con ser de la calidad y nobleza que os he referido, y de la que casi se os debe ya de ir trasluciendo, con todo eso, quisiera ser un gran señor para levantar a mi grandeza la humildad de Preciosa, haciéndola mi igual y mi señora. Yo no la pretendo para burlalla, ni en las veras del amor que la tengo puede caber género de burla alguna; sólo quiero servirla del modo que ella más gustare: su voluntad es la mía. Para con ella es de cera mi alma, donde podrá imprimir lo que quisiere, y para conservarlo y guardarlo no será como impreso en cera, sino como esculpido en mármoles, cuya dureza se opone a la duración de los tiempos. Si creéis esta verdad, no admitirá ningún desmayo mi esperanza; pero si no me creéis, siempre me tendrá temeroso vuestra duda. Mi nombre es éste —y díjoselo—, el de mi padre ya os lo he dicho. La casa donde vive es en tal calle, y tiene tales y tales señales; vecinos tiene de quien podréis informaros, y aun de los que no son vecinos también, que no es tan escura la calidad y el nombre de mi padre y el mío que no le sepan en los patios de palacio, y aun en toda la Corte. Cien escudos traigo

[41] Tributo que pagaban los musulmanes a sus príncipes. En la jerga tiene el significado de robo, beneficio.

[42] Con mucho oro.

[43] Tipo de capa corta.

[44] Propuesto al rey para ocupar el cargo pretendido.

aquí en oro para daros en arra y señal de lo que pienso daros; porque no ha de negar la hacienda el que da el alma.

En tanto que el caballero esto decía, le estaba mirando Preciosa atentamente, y sin duda no le debieron de parecer mal ni sus razones ni su talle; y volviéndose a la vieja, le dijo:

—Perdóneme, abuela, de que me tomo licencia para responder a este tan enamorado señor.

—Responde lo que quisieres, nieta —respondió la vieja—; que yo sé que tienes discreción para todo.

Y Preciosa dijo:

—Yo, señor caballero, aunque soy gitana, pobre y humildemente nacida, tengo un cierto espiritillo fantástico acá dentro, que a grandes cosas me lleva. A mí ni me mueven promesas, ni me desmoronan dádivas, ni me inclinan sumisiones, ni me espantan finezas enamoradas; y aunque de quince años (que, según la cuenta de mi abuela, para este San Miguel los haré), soy ya vieja en los pensamientos y alcanzo más de aquello que mi edad promete, más por mi buen natural que por la experiencia. Pero con lo uno o con lo otro sé que las pasiones amorosas en los recién enamorados son como ímpetus indiscretos que hacen salir a la voluntad de sus quicios; la cual, atropellando inconvenientes, desatinadamente se arroja tras su deseo, y pensando dar con la gloria de sus ojos, da con el infierno de sus pesadumbres. Si alcanza lo que desea, mengua el deseo con la posesión de la cosa deseada, y quizá abriéndose entonces los ojos del entendimiento, se ve ser bien que se aborrezca lo que antes se adoraba. Este temor engendra en mí un recato tal, que ningunas palabras creo y de muchas otras dudo. Una sola joya tengo, que la estimo en más que a la vida, que es la de mi entereza y virginidad, y no la tengo de vender a precio de promesas ni dádivas, porque, en fin, será vendida, y si puede ser comprada, será de muy poca estima; ni me la han de llevar trazas ni embelecos: antes pienso irme con ella a la sepultura, y quizá al cielo, que ponerla en peligro que quimeras y fantasías soñadas la embistan o manoseen. Flor es la de la virginidad que, a ser posible, aun con la imaginación no había de dejar ofenderse. Cortada la rosa del rosal, ¡con qué brevedad y facilidad se marchita! Este la toca, aquel la huele, el otro la deshoja, y, finalmente, entre las manos rústicas se deshace. Si vos, señor, por sola esta prenda venís, no la habéis de llevar sino atada con las ligaduras y lazos del matrimonio; que si la virginidad se ha de inclinar, ha de ser a este santo yugo; que entonces no sería perderla, sino emplearla en ferias que felices ganancias prometen. Si quisiéredes ser mi esposo, yo lo seré vuestra; pero han de preceder muchas condiciones y averiguaciones primero. Primero tengo de saber si sois el que decís; luego, hallando esta verdad, habéis de dejar la casa de vuestros padres y la habéis de trocar con nuestros ranchos, y tomando el traje de gitano, habéis de cursar dos años en nuestras escuelas en el cual tiempo me satisfaré yo de vuestra condición, y vos de la mía; al cabo del cual, si vos os contentáredes de mí, y yo de vos, me entregaré por vuestra esposa; pero hasta entonces tengo de ser vuestra hermana en el trato, y vuestra humilde en serviros. Y habéis de considerar que en el tiempo de este noviciado podría ser que cobrásedes la vista, que ahora debéis de tener perdida, o, por lo menos, turbada, y viésedes que os convenía huir de lo que ahora seguís con tanto ahínco; y cobrando la libertad perdida, con un buen arrepentimiento se perdona cualquier culpa. Si con estas condiciones queréis entrar a ser soldado de nuestra milicia, en vuestra mano está, pues faltando alguna dellas no habéis de tocar un dedo de la mía.

Pasmóse el mozo de las razones de Preciosa, y púsose como embelesado, mirando al suelo, dando muestras que consideraba lo que responder debía. Viendo lo cual Preciosa, tornó a decirle:

—No es éste caso de tan poco momento, que en los que aquí nos ofrece el tiempo pueda ni deba resolverse; volveos, señor, a la villa, y considerad de espacio lo que viéredes que más os convenga, y en este mismo lugar me podéis hablar todas las fiestas que quisiéredes, al ir o venir de Madrid.

A lo cual respondió el gentilhombre:

—Cuando el Cielo me dispuso para quererte, Preciosa mía, determiné de hacer por ti cuanto tu voluntad acertase a pedirme, aunque nunca cupo en mi pensamiento que me habías de pedir lo que me pides; pero pues es tu gusto que el mío al tuyo se ajuste y acomode, cuéntame por gitano desde luego, y haz de mí todas las experiencias que más quisieres; que siempre me has de hallar el mismo que ahora te significo. Mira cuándo quieres que mude el traje, que yo querría que fuese luego; que con ocasión de ir a Flandes[45] engañaré a mis padres y sacare dineros para gastar algunos días, y serán hasta ocho los que podré tardar en acomodar mi partida. A los que fueren conmigo yo los sabré engañar de modo que salga con mi determinación. Lo que te pido es (si es que ya puedo tener atrevimiento de pedirte y suplicarte algo), que si no es hoy, donde te puedes informar de mi calidad y de la de mis padres, que no vayas más a Madrid; porque no querría que algunas de las demasiadas ocasiones que allí pueden ofrecerse, me salteasen la buena ventura que tanto me cuesta.

—Eso no, señor galán —respondió Preciosa—; sepa que conmigo ha de andar siempre la libertad desenfadada, sin que la ahogue ni turbe la pesadumbre de los celos; y entienda que no la tomaré tan demasiada, que no se eche de ver desde bien lejos que llega mi honestidad a mi desenvoltura; y en el primer cargo en que quiero estaros es en el de la confianza que habéis de hacer de mí. Y mirad que los amantes que entran pidiendo celos, o son simples, o confiados.

—Satanás tienes a tu pecho, muchacha —dijo a esta sazón la gitana vieja—: ¡mira que dices cosas que no las diría un colegial de Salamanca! Tú sabes de amor, tú sabes de celos, tú de confianzas: ¿cómo es esto, que me tienes loca y te estoy escuchando como a una persona espiritada[46] que habla latín sin saberlo?

—Calle, abuela—respondió Preciosa—, y sepa que todas las cosas que me oye son nonadas y son de burlas, para las muchas que de más veras me quedan en el pecho.

Todo cuanto Preciosa decía, y toda la discreción que mostraba, era añadir leña al fuego que ardía en el pecho del enamorado caballero. Finalmente,

---

[45] Referencia a las guerras de Flandes.

[46] Poseída por los demonios.

quedaron en que de allí a ocho días se verían en aquel mismo lugar, donde él vendría a dar cuenta del término en que sus negocios estaban, y ellas habrían tenido tiempo de informarse de la verdad que les había dicho. Sacó el mozo una bolsilla de brocado, donde dijo que iban cien escudos de oro, y dióselos a la vieja; pero no quería Preciosa que los tomase en ninguna manera; a quien la gitana dijo:

—Calla niña; que la mejor señal que este señor ha dado de estar rendido es haber entregado las armas en señal de rendimiento; y el dar, en cualquiera ocasión que sea, siempre fue indicio de generoso pecho. Y acuérdate de aquel refrán que dice: «Al cielo rogando, y con el mazo dando.» Y más, que no quiero yo que por mí pierdan las gitanas el nombre que por luengos siglos tienen adquerido de codiciosas y aprovechadas. ¿Cien escudos quieres tú que deseche, Preciosa, y de oro en oro[47], que pueden andar cosidos en el alforza de una saya[48] que no valga dos reales, y tenerlos allí como quien tiene un juro[49] sobre las hierbas de Extremadura? Y si alguno de nuestros hijos, nietos o parientes cayere, por alguna desgracia, en manos de la justicia, ¿habrá favor tan bueno que llegue a la oreja del juez y del escribano, como destos escudos, si llegan a sus bolsas? Tres veces por tres delitos diferentes me he visto casi puesta en el asno para ser azotada, y de la una me libró un jarro de plata, y de la otra una sarta de perlas, y de la otra cuarenta reales de a ocho que había trocado por cuartos, dando veinte reales más por el cambio. Mira, niña, que andamos en oficio muy peligroso y lleno de tropiezos y de ocasiones forzosas, y no hay defensas que más presto nos amparen y socorran como las armas invencibles del gran Filipo: no hay pasar adelante de su plus ultra. Por un doblón de dos caras[50] se nos muestra alegre la triste del procurador y de todos los ministros de la muerte, que son arpías de nosotros las pobres gitanas, y más precian pelarnos y desollarnos a nosotras que a un salteador de caminos; jamás, por más rotas y desastradas que nos vean, nos tienen por pobres; que dicen que somos como los jubones de los gabachos de Belmonte: rotos y grasientos, y llenos de doblones.

—Por vida suya, abuela, que no diga más; que lleva término de alegar tantas leyes en favor de quedarse con el dinero, que agote las de los Emperadores: quédese con ellos, y buen provecho le hagan, y plega a Dios que los entierre en sepultura donde jamás tomen a ver la claridad del sol, ni haya necesidad que la vean. A estas nuestras compañeras será forzoso darles algo; que ha mucho que nos esperan, y ya deben de estar enfadadas.

—Así verán ellas —replicó la vieja— monedas déstas, como ven el Turco agora. Este buen señor verá si le ha quedado alguna moneda de plata, o cuartos, y los repartirá entre ellas, que con poco quedarán contentas.

—Sí traigo —dijo el galán.

Y sacó de la faltriquera tres reales de a ocho, que repartió entre las tres gitanillas, con que quedaron más alegres y más satisfechas que suele quedar

[47] Todos de oro.

[48] Traje de mujer que se vestía a cuerpo o con otras ropas encima.

[49] Derecho de propiedad.

[50] Se refiere al doble ducado, de los Reyes Católicos, acuñado durante el siglo XVI y que tenía impresos los bustos de Isabel y Fernando.

un autor de comedias cuando, en competencia de otro, le suelen retular por las esquinas: Víctor, Víctor[51].

En resolución, concertaron, como se ha dicho, la venida de allí a ocho días, y que se había de llamar cuando fuese gitano Andrés Caballero, porque también había gitanos entre ellos deste apellido.

No tuvo atrevimiento Andrés —que así le llamaremos de aquí en adelante— de abrazar a Preciosa; antes, enviándoles con la vista del alma, sin ella, si así decirse puede, las dejó, y se entró en Madrid, y ellas, contentísimas, hicieron lo mismo. Preciosa, algo aficionada, más con benevolencia que con amor de la gallarda disposición de Andrés, ya deseaba informarse si era el que había dicho. Entró en Madrid, y a pocas calles andadas, se encontró con el paje poeta de las coplas y el escudo, y cuando él la vio, se llegó a ella, diciendo:

—Vengas en buena hora, Preciosa: ¿leíste por ventura las coplas que te di el otro día?

A lo que Preciosa respondió:

—Primero que le responda palabra, me ha de decir una verdad, por vida de lo que más quiere.

—Conjuro es ése —respondió el paje— que aunque el decirle me costase la vida, no la negaré en ninguna manera.

—Pues la verdad que quiero que me diga —dijo Preciosa— es si por ventura es poeta.

—A serlo —replicó el paje—, forzosamente había de ser por ventura. Pero has de saber, Preciosa, que ese nombre de poeta muy pocos lo merecen, y así yo no lo soy, sino un aficionado a la poesía; y para lo que he menester, no voy a pedir ni a buscar versos ajenos: los que te di son míos, y éstos que te doy agora también; mas no por eso soy poeta, ni Dios lo quiera.

—¿Tan malo es ser poeta? —replicó Preciosa.

—No es malo —dijo el paje—; pero el ser poeta a solas no lo tengo por muy bueno. Hase de usar de la poesía como de una joya preciosísima, cuyo dueño no la trae cada día, ni la maestra a todas gentes, ni a cada paso, sino cuando convenga y sea razón que la muestre. La Poesía es una bellísima doncella, casta, honesta, discreta, aguda, retirada y que se contiene en los límites de la discreción más alta. Es amiga de la soledad; las fuentes la entretienen; los prados la consuelan; los árboles la desenojan; las flores la alegran; y, finalmente, deleita y enseña a cuantos con ella comunican.

—Con todo eso —respondió Preciosa—, he oído decir que es pobrísima, y que tiene algo de mendiga.

—Antes es al revés —dijo el paje—, porque no hay poeta que no sea rico, pues todos viven contentos con su estado, filosofía que la alcanzan pocos. Pero, ¿qué te ha movido, Preciosa, a hacer esta pregunta?

—Hame movido —respondió Preciosa— porque como yo tengo a todos o los más poetas por pobres, causóme maravilla aquel escudo de oro que me diste entre vuestros versos envuelto; mas agora que sé que no sois poeta, sino aficionado de la poesía, podría ser que fuésedes rico, aunque lo

[51] Vencedor. Existía la costumbre de escribir en las paredes esta palabra para celebrar triunfos académicos o universitarios.

dudo, a causa que por aquella parte que os toca de hacer coplas se ha de desaguar cuanta hacienda tuviéredes; que no hay poeta, según dicen, que sepa conservar la hacienda que tiene, ni granjear lo que no tiene.

—Pues yo no soy désos —replicó el paje—: versos hago, y no soy rico ni pobre; y sin sentirlo ni descontarlo, como hacen los ginoveses sus convites[52], bien puedo dar un escudo, y dos, a quien yo quisiere. Tomad, preciosa perla, este segundo papel y este escudo segundo que va en él, sin que os pongáis a pensar si soy poeta o no; sólo quiero que penséis y creáis que quien os da esto quisiera tener para daros las riquezas de Midas[53].

Y en esto le dio un papel, y tentándole Preciosa, halló que dentro venía el escudo, y dijo:

—Este papel ha de vivir muchos años, porque trae dos almas consigo: una, la del escudo, y otra, la de los versos, que siempre viven llenos de *almas y corazones*. Pero sepa el señor paje que no quiero tantas almas conmigo, y si no saca la una, no haya miedo que reciba la otra: por poeta la quiero, y no por dadivoso, y desta manera tendremos amistad que dure; pues más aína[54] puede faltar un escudo, por fuerte que sea, que la hechura de un romance.

—Pues así es —replicó el paje— que quieres, Preciosa, que yo sea pobre por fuerza, no deseches el alma que en ese papel te envío, y vuélveme el escudo; que como le toques con la mano, le tendré por reliquia mientras la vida me durare.

Sacó Preciosa el escudo del papel, y quedóse con el papel y no lo quiso leer en la calle. El paje se despidió, y se fue contentísimo, creyendo que ya Preciosa quedaba rendida, pues con tanta afabilidad le había hablado.

Y como ella llevaba puesta la mira en buscar la casa del padre de Andrés, sin querer detenerse a bailar en ninguna parte en poco espacio se puso en la calle do estaba, que ella muy bien sabía; y habiendo andado hasta la mitad, alzó los ojos a unos balcones de hierro dorados, que le habían dado por señas, y vio en ella a un caballero de hasta edad de cincuenta años, con un hábito de cruz colorada en los pechos, de venerable gravedad y presencia; el cual apenas también hubo visto a la Gitanilla, cuando dijo:

—Subid, niñas, que aquí os darán limosna.

A esta voz acudieron al balcón otros tres caballeros, y entre ellos vino el enamorado Andrés, que cuando vio a Preciosa perdió la color y estuvo a punto de perder los sentidos: tanto fue el sobresalto que recibió con su vista. Subieron las gitanillas todas, sino[55] la grande, que se quedó abajo para informarse de los criados de las verdades de Andrés.

Al entrar las gitanillas en la sala, estaba diciendo el caballero anciano a los demás:

—Esta debe ser, sin duda, la Gitanilla hermosa que dicen que anda por Madrid.

—Ella es —replicó Andrés—, y sin duda es la más hermosa criatura que se ha visto.

---

[52] Alusión a la costumbre genovesa de descontar, a las personas con quienes negociaban, el importe de un convite que le hubiesen ofrecido antes.

[53] Personaje mitológico que tenía la capacidad de convertir en oro todo lo que tocaba.

[54] Más pronto.

[55] Excepto.

—Así lo dicen —dijo Preciosa, que lo oyó en entrando—; pero en verdad que se deben de engañar en la mitad del justo precio. Bonita, bien creo que lo soy; pero tan hermosa como dicen, ni por pienso.

—¡Por vida de don Juanico mi hijo —dijo el anciano—, que aun sois más hermosa de lo que dicen, linda gitana!

—¿Y quién es don Juanico, su hijo? —preguntó Preciosa.

—Ese galán que está a vuestro lado —respondió el caballero.

—En verdad que pensé —dijo Preciosa— que juraba vuesa merced por algún niño de dos años. ¡Mirad que don Juanico, y qué brinco![56] A mi verdad que pudiera ya estar casado, y que, según tiene unas rayas en la frente, no pasarán tres años sin que lo esté, y muy a su gusto, si es que desde aquí allá no se le pierde, o se le trueca.

—Basta —dijo uno de los presentes—; que sabe la Gitanilla de rayas.

En esto, las tres gitanillas que iban con Preciosa, todas tres se arrimaron a un rincón de la sala, y cosiéndose las bocas unas con otras, se juntaron por no ser oídas. Dijo la Cristina:

—Muchachas, este es el caballero que nos dio esta mañana los tres reales de a ocho.

—Así es la verdad —respondieron ellas—; pero no se lo mentemos, ni le digamos nada, si él no nos lo mienta. ¿Qué sabemos si quiere encubrirse?

En tanto que esto entre las tres pasaba, respondió Preciosa a lo de las rayas:

—Lo que veo con los ojos, con el dedo lo adivino: yo sé del señor don Juanico, sin rayas, que es algo enamoradizo, impetuoso y acelerado, y gran prometedor de cosas que parecen imposibles; y plega a Dios que no sea mentirosito, que sería lo peor de todo. Un viaje ha de hacer agora muy lejos de aquí, y uno piensa el bayo y otro el que le ensilla; el hombre pone y Dios dispone; quizá pensará que va a Oñez, y dará en Gamboa.

A esto respondió don Juan:

—En verdad, gitanica, que has acertado en muchas cosas de mi condición, pero en lo de ser mentiroso vas muy fuera de la verdad, porque me precio de decirla en todo acontecimiento. En lo del viaje largo has acertado, pues, sin duda, siendo Dios servido, dentro de cuatro o cinco días me partiré a Flandes, aunque tú me amenazas que he de torcer el camino, y no querría que en él me sucediese algún desmán que lo estorbase.

—Calle, señorito —respondió Preciosa—, y encomiéndese a Dios, que todo se hará bien. Y sepa que yo no sé nada de lo que digo, y no es maravilla que como hablo mucho y a bulto, acierte en alguna cosa, y yo querría acertar en persuadirte a que no te partieses, sino que sosegases el pecho y te estuvieses con tus padres, para darles buena vejez, porque no estoy bien con estas idas y venidas a Flandes, principalmente los mozos de tan tierna edad como la tuya. Déjate crecer un poco, para que puedas llevar los trabajos de la guerra, cuanto más que harta guerra tienes en tu casa: hartos combates amorosos te sobresaltan el pecho. Sosiega, sosiega, alborotadito, y mira lo que haces primero que te cases, y danos una limosnita por Dios y por quien tú eres; que en verdad creo que eres bien nacido. Y si a esto se junta el ser

[56] Joya pequeña.

verdadero, yo cantaré la gala[57] al vencimiento de haber acertado en cuanto te he dicho.

—Otra vez te he dicho, niña —respondió el don Juan que había de ser Andrés Caballero—, que en todo aciertas sino en el temor que tienes que no debo de ser muy verdadero; que en esto te engañas, sin duda alguna: la palabra que yo doy en el campo, la cumpliré en la ciudad y adonde quiera, sin serme pedida, pues no se puede apreciar de caballero quien toca en el vicio de mentiroso. Mi padre te dará limosna por Dios y por mí; que en verdad que esta mañana di cuanto tenía a unas damas, que a ser tan lisonjeras como hermosas, especialmente una dellas, no me arriendo la ganancia.

Oyendo esto Cristina, con el recato de la otra vez, dijo a las demás gitanas:

—¡Ay, niñas, que me maten si no lo dice por los tres reales de a ocho que nos dio esta mañana!

—No es así —respondió una de las dos—, porque dijo que eran damas, y nosotras no lo somos, y siendo él tan verdadero como dice, no había de mentir en esto.

—No es mentira de tanta consideración —respondió Cristina— la que se dice sin perjuicio de nadie y en provecho y crédito del que la dice. Pero con todo esto, veo que no nos da nada, ni nos mandan bailar.

Subió en esto la gitana vieja, y dijo:

—Nieta, acaba, que es tarde y hay mucho que hacer y más que decir.

—¿Y qué hay, abuela? —preguntó Preciosa—. ¿Hay hijo o hija?

—Hijo, y muy lindo —respondió la vieja—. Ven, Preciosa y oirás verdaderas maravillas.

—¡Plega a Dios que no muera de sobreparto! —dijo Preciosa.

—Todo se mirará muy bien —replicó la vieja—. Cuanto más, que hasta aquí todo ha sido parto derecho, y el infante es como un oro.

—¿Ha parido alguna señora? —preguntó el padre de Andrés Caballero.

—Sí, señor —respondió la gitana—; pero ha sido el parto tan secreto, que no lo sabe sino Preciosa y yo, y otra persona; y así, no podemos decir quién es.

—Ni aquí lo queremos saber —dijo uno de los presentes—, pero desdichada de aquella que en vuestras lenguas deposita un secreto y en vuestra ayuda pone su honra

—No todas somos malas —respondió Preciosa—; quizá hay alguna entre nosotras que se precia de secreta y de verdadera tanto cuanto el hombre más estirado que hay en esta sala Y vámonos, abuela, que aquí nos tienen en poco. ¡Pues en verdad que no somos ladronas ni rogamos a nadie!

—No os enojéis, Preciosa —dijo el padre—; que, a lo menos de vos, imagino que no se puede presumir cosa mala; que vuestro buen rostro os acredita y sale porfiador de vuestras buenas obras. Por vida de Preciosita que bailéis un poco con vuestras compañeras; que aquí tengo un doblón de oro a dos caras, que ninguna es como la vuestra, aunque son de dos reyes.

Apenas hubo oído esto la vieja, cuando dijo:

---

[57] Exaltaré, alabaré.

—Ea, niñas, haldas en cinta[58], y dad contento a estos señores.

Tomó las sonajas Preciosa, y dieron sus vueltas, hicieron y deshicieron todos sus lazos, con tanto donaire y desenvoltura, que tras los pies se llevaban los ojos de cuantos las miraban, especialmente a los de Andrés, que así se iban entre los pies de Preciosa como si allí tuvieran el centro de su gloria; pero turbósela la suerte de manera que se la volvió en infierno: y fue el caso que en la fuga del baile se le cayó a Preciosa el papel que le había dado el paje, y apenas hubo caído, cuando lo alcanzó el que no tenía buen concepto de las gitanas, y abriendolo al punto, dijo:

—¡Bueno! ¡Sonetico tenemos! Cese el baile, y escúchenle; que según el primer verso, en verdad que no es nada necio.

Pesóle a Preciosa, por no saber lo que en él venía, y rogó que no le leyesen, y que se le volviesen, y todo el ahínco que en esto ponía eran espuelas que apremiaban el deseo de Andrés para oírle. Finalmente, el caballero le leyó en alta voz, y era éste:

«Cuando Preciosa el panderete toca
y hiere el dulce son los aires vanos,
perlas son que derrama con las manos;
flores son que despide de la boca.
Suspensa el alma, y la cordura loca, queda
a los dulces actos sobrehumanos,
que, de limpios, honestos y de sanos,
su fama el cielo levantado toca.
Colgadas del menor de sus cabellos
mil almas lleva, y a sus plantas tiene
amor rendidas y una y otro flecha[59].
Ciega y alumbra con sus soles bellos
su imperio amor por ellos le mantiene,
y aún más grandezas de su ser sospecha.»

—¡Por Dios —dijo el que leyó el soneto—, que tiene donaire el poeta que lo escribió!

—No es poeta, señor, sino un paje muy galán y muy hombre de bien —dijo Preciosa.

(Mirad lo que habéis dicho, Preciosa, y lo que vais a decir; que ésas no son alabanzas del paje, sino lanzas que traspasan el corazón de Andrés, que las escucha. ¿Queréislo ver, niña? Pues volved los ojos y veréisle desmayado encima de la silla, con un trasudor de muerte; no penséis, doncella, que os ama tan de burlas Andrés que no le hiera y sobresalte el menor de vuestros descuidos. Llegaos a él enhorabuena, y decidle algunas palabras al oído, que vayan derechas al corazón y le vuelvan de su desmayo. ¡No, sino andaos a traer sonetos cada día en vuestra alabanza y veréis cuál os le ponen!)

[58] Faldas remangadas.
[59] Referencia a las flechas de Cupido.

Todo esto pasó así como se ha dicho: que Andrés en oyendo el soneto, mil celosas imaginaciones le sobresaltaron. No se desmayó; pero perdió la color de manera que, viéndole su padre, le dijo:

—¿Qué tienes, don Juan, que parece que te vas a desmayar, según te ha mudado la color?

—Espérense —dijo a esta sazón Preciosa—: déjenmele decir unas ciertas palabras al oído, y verán como no se desmaya.

Y llegándose a el le dijo, casi sin mover los labios:

—¡Gentil ánimo para gitano! ¿Cómo podréis, Andrés, sufrir el tormento de toca[60], pues no podéis llevar el de un papel?

Y haciéndole media docena de cruces sobre el corazón, se apartó dél, y entonces Andrés respiró un poco y dio a entender que las palabras de Preciosa le habían aprovechado.

Finalmente, el doblón de dos caras se lo dieron a Preciosa, y ella dijo a sus compañeras que lo trocaría y repartiría con ellas hidalgamente. El padre de Andrés le dijo que le dejase por escrito las palabras que había dicho a don Juan, que las quería saber en todo caso. Ella dijo que las diría de muy buena gana, y que entendiesen que, aunque parecía cosa de burla, tenían gracia especial para preservar el mal de corazón y los vaguidos de cabeza, y que las palabras eran:

«Cabecita, cabecita,
tente en ti, no te resbales,
y apareja dos puntales
de la paciencia bendita.
Solicita
la bonita
confiancita;
no te inclines
a pensamientos ruines;
verás cosas
que toquen en milagrosas,
Dios delante
y San Cristóbal gigante.»

—Con la mitad destas palabras que le digan, y con seis cruces que le hagan sobre el corazón a la persona que tuviese vaguido de cabeza —dijo Preciosa—, quedará como una manzana[61].

Cuando la gitana vieja oyó el ensalmo y el embuste, quedó pasmada, y más lo quedó Andrés, que vio que todo era invención de su agudo ingenio. Quedáronse con el soneto, porque no quiso pedirle Preciosa, por no dar otro tártago[62] a Andrés; que ya sabía ella, sin ser enseñada, lo que era dar sustos y martelos[63], y sobresaltos celosos a los rendidos amantes.

[60] Tormento del agua. Método de tortura utilizado con los presos.
[61] Sana.
[62] Pena, disgusto.
[63] Celos.

Despidiéronse las gitanas, y al irse, dijo Preciosa a don Juan:

—Mire, señor, cualquiera día desta semana es próspero para partidas, y ninguno es aciago; apresure el irse lo más presto que pudiere, que le aguarda una vida ancha, libre y muy gustosa, si quiere acomodarse a ella.

—No es tan libre la del soldado, a mi parecer —respondió don Juan—, que no tenga más de sujeción que de libertad; pero, con todo esto, haré como viere.

—Más veréis de lo que pensáis —respondió Preciosa—, y Dios os lleve y traiga con bien, como vuestra buena presencia merece.

Con estas últimas palabras quedó contento Andrés, y las gitanas se fueron contentísimas.

Trocaron el doblón, repartiéronlo entre todas igualmente, aunque la vieja guardiana llevaba siempre parte y media de lo que se juntaba, así por la mayoridad, como por ser ella el aguja[64] por quien se guiaban en el maremagno de sus bailes, donaires, y aun de sus embustes.

Llegóse, en fin, el día que Andrés Caballero se apareció una mañana en el primer lugar de su aparecimiento, sobre una mula de alquiler, sin criado alguno, halló en él a Preciosa y a su abuela, de las cuales conocido, le recibieron con mucho gusto. Él les dijo que le guiasen al rancho antes que entrase el día y con él se descubriesen las señas que llevaba, si acaso le buscasen. Ellas, que, como advertidas, vinieron solas, dieron la vuelta, y de allí a poco rato llegaron a sus barracas.

Entró Andrés en la una, que era la mayor del rancho, y luego acudieron a verle diez o doce gitanos, todos mozos y todos gallardos y bien hechos, a quien ya la vieja había dado cuenta del nuevo compañero que les había de venir, sin tener necesidad de encomendarles el secreto; que, como ya se ha dicho, ellos le guardan con sagacidad y puntualidad nunca vista. Echaron luego ojo a la mula, y dijo uno dellos:

—Ésta se podrá vender el jueves en Toledo.

—Eso no —dijo Andrés—, porque no hay mula de alquiler que no sea conocida de todos los mozos de mulas que trajinan por España.

—Par Dios, señor Andrés —dijo uno de los gitanos—, que aunque la mula tuviera más señales que las que han de preceder al día tremendo[65], aquí la transformáramos de manera que no la conociera la madre que la parió, ni el dueño que la ha criado.

—Con todo eso —respondió Andrés—, por esta vez se ha de seguir y tomar el parecer mío. A esta mula se ha de dar muerte, y ha de ser enterrada donde aun los huesos no parezcan.

—¡Pecado grande! —dijo otro gitano—: ¿a una inocente se ha de quitar la vida? No diga tal el buen Andrés, sino haga una cosa. mírela bien agora, de manera que se le queden estampadas todas sus señales en la memoria, y déjenmela llevar a mí y si de aquí a dos horas la conociere, que me lardeen[66] como a un negro fugitivo.

---

[64] Se refiere a la aguja de las brújulas de los navegantes.

[65] El día del Juicio Final.

[66] Derretir al fuego. A los esclavos huidos y luego capturados se les castigaba echando sobre la piel grasa derretida e hirviendo.

—En ninguna manera consentiré —dijo Andrés— que la mula no muera, aunque más me aseguren su transformación: yo temo ser descubierto si a ella no la cubre la tierra. Y si se hace por el provecho que de venderla puede seguirse, no vengo tan desnudo a esta cofradía, que no pueda pagar de entrada más de lo que valen cuatro mulas.

—Pues así lo quiere el señor Andrés Caballero —dijo otro gitano—, muera la sin culpa, y Dios sabe si me pesa, así por su mocedad, pues aún no ha cerrado (cosa no usada entre mulas de alquiler), como porque debe ser andariega, pues no tiene costras en las ijadas, ni llagas en la espuela.

Dilatóse su muerte hasta la noche, y en lo que quedaba de aquel día se hicieron las ceremonias de la entrada de Andrés a ser gitano, que fueron: desembarazaron luego un rancho de los mejores del aduar[67], y adornáronle de ramos y juncia; y sentándose Andrés sobre un medio alcornoque, pusiéronle en las manos un martillo y unas tenazas, y al son de dos guitarras que dos gitanos tañían, le hicieron dar dos cabriolas, luego le desnudaron un brazo, y con una cinta de seda nueva y un garrote le dieron dos vueltas blandamente.

A todo se halló presente Preciosa, y otras muchas gitanas, viejas y mozas, que las unas con maravilla, otras con amor, le miraban: tal era la gallarda disposición de Andrés, que hasta los gitanos le quedaron aficionadísimos.

Hechas, pues, las referidas ceremonias, un gitano viejo tomó por la mano a Preciosa, y puesto delante de Andrés, dijo:

—Esta muchacha, que es la flor y la nata de toda la hermosura de las gitanas que sabemos que viven en España, te la entregamos, ya por esposa, o ya por amiga; que en esto puedes hacer lo que fuere más de tu gusto, porque la libre y ancha vida nuestra no está sujeta a melindres ni a muchas ceremonias. Mírala bien, y mira si te agrada, o si ves en ella alguna cosa que te descontente, y si la ves, escoge entre las doncellas que aquí están en la que más te contentare que la que escogieres te daremos; pero has de saber que una vez escogida, no la has de dejar por otra, ni te has de empachar ni entremeter ni con las casadas, ni con las doncellas. Nosotros guardamos inviolablemente la ley de amistad: ninguno solicita la prenda del otro; libres vivimos de la amarga pestilencia de los celos. Entre nosotros, aunque hay muchos incestos, no hay ningún adulterio; y cuando lo hay en la mujer propia, o alguna bellaquería en la amiga, no vamos a la justicia a pedir castigo; nosotros somos los jueces y los verdugos de nuestras esposas o amigas; con la misma facilidad las matamos y las enterramos por las montañas y desiertos como si fueran animales nocivos: no hay pariente que las vengue, ni padres que nos pidan su muerte. Con este temor y miedo ellas procuran ser castas, y nosotros, como ya he dicho, vivimos seguros. Pocas cosas tenemos que no sean comunes a todos, excepto la mujer o la amiga, que queremos que cada una sea del que le cupo en suerte. Entre nosotros así hace divorcio la vejez como la muerte: el que quisiere, puede dejar la mujer vieja, como él sea mozo, y escoger otra que corresponda al gusto de sus años. Con estas y con

---

[67] Llamábase así a las aldeas o poblaciones de los árabes. En este caso se refiere al campamento de los gitanos.

otras leyes y estatutos nos conservamos y vivimos alegres; somos señores de los campos, de los sembrados, de las selvas, de los montes, de las fuentes y de los ríos: los montes nos ofrecen la leña de balde; los árboles, frutas; las viñas, uvas; las huertas, hortalizas; las fuentes, agua; los ríos, peces, y los vedados, caza; sombra las peñas, aire fresco las quiebras, y casas las cuevas. Para nosotros, las inclemencias del cielo son oreos, refrigerio las nieves, baños la lluvia, música los truenos y hachas[68] los relámpagos. Para nosotros son los duros terrenos colchones de blandas plumas; el cuero curtido de nuestros cuerpos nos sirve de arnés impenetrable que nos defiende, a nuestra ligereza no la impiden grillos, ni la detienen barrancos, ni la contrastan paredes; a nuestro ánimo no le tuercen cordeles ni le menoscaban garruchas, ni le ahogan tocas, ni le doman potros[69]. Del sí al no, no hacemos diferencia cuando nos conviene: siempre nos preciamos más de mártires que de confesores. Para nosotros se crían las bestias de carga en los campos y se cortan las faltriqueras en las ciudades. No hay águila, ni otra ave de rapiña, que más presto se abalance a la presa que se le ofrece que nosotros nos abalanzamos a las ocasiones que algún interés nos señalen, y, finalmente, tenemos muchas habilidades que felice fin nos prometen porque en la cárcel cantamos, en el potro[70] callamos, de día trabajamos, y de noche hurtamos, o, por mejor decir, avisamos que nadie viva descuidado de mirar dónde pone su hacienda. No nos fatiga el temor de perder la honra, ni nos desvela la ambición de acrecentarla, ni sustentamos bandos, ni madrugamos favores. Por dorados techos y suntuosos palacios estimamos estas barracas y movibles ranchos; por cuadros y países de Flandes, los que nos da la naturaleza en esos levantados riscos y nevadas peñas, tendidos prados y espesos bosques que a cada paso a los ojos se nos muestran. Somos astrólogos rústicos, porque como casi siempre dormimos al cielo descubierto, a todas horas sabemos las que son del día y las que son de la noche; vemos cómo arrincona y barre la aurora las estrellas del cielo, y cómo ella sale con su compañera el alba, alegrando el aire, enfriando el agua y humedeciendo la tierra, y luego, tras ella, el sol, *dorando cumbres* (como dijo el otro poeta) *y rizando montes*; ni tememos quedar helados por su ausencia cuando nos hiere a soslayo con sus rayos, ni quedar abrasados cuando con ellos perpendicularmente nos toca: un mismo rostro hacemos al sol que al yelo, a la esterilidad que a la abundancia. En conclusión, somos gente que vivimos por nuestra industria y pico[71], y sin entremeternos con el antiguo refrán: «Iglesia, o mar, o casa real», tenemos lo que queremos, pues nos contentamos con lo que tenemos. Todo esto os he dicho, generoso mancebo, porque no ignoréis la vida a que habéis venido y el trato que habéis de profesar, el cual os he pintado aquí en borrón; que otras muchas e infinitas cosas iréis descubriendo en él con el tiempo, no menos dignas de consideración que las que habéis oído.

Calló en diciendo esto el elocuente y viejo gitano, y el novicio dijo que se holgaba mucho de haber sabido tan loables estatutos, y que él pensaba hacer profesión en aquella orden tan puesta en razón y en políticos funda-

---

[68] Antorchas.

[69] Distintos tormentos.

[70] En el tormento.

[71] Labia.

mentos, y que sólo le pesaba no haber venido más presto en conocimiento de tan alegre vida, y que desde aquel punto renunciaba a la profesión de caballero y la vanagloria de su ilustre linaje, y lo ponía todo debajo del yugo, o, por mejor decir, debajo de las leyes con que ellos vivían, pues con tan alta recompensa le satisfacían el deseo de servirlos, entregándole a la divina Preciosa, por quien él dejaría coronas e imperios, y sólo los desearía para servirla.

A lo cual respondió Preciosa:

—Puesto que estos señores legisladores han hallado por sus leyes que soy tuya, y que por tuya me han entregado, yo he hallado por la ley de mi voluntad, que es la más fuerte de todas, que no quiero serlo si no es con las condiciones que antes que aquí vinieses entre los dos concertamos. Dos años has de vivir en nuestra compañía primero que de la mía goces, porque tú no te arrepientas por ligero, ni yo quede engañada por presurosa. Condiciones rompen leyes; las que te he puesto sabes: si las quisieres guardar, podrá ser que sea tuya y tú seas mío, y donde no, aún no es muerta la mula, tus vestidos están enteros, y de tu dinero no te falta un ardite; la ausencia que has hecho no ha sido aún de un día; que de lo que dél falta te puedes servir y dar lugar que consideres lo que más te conviene. Estos señores bien pueden entregarte mi cuerpo; pero no mi alma, que es libre, y nació libre, y ha de ser libre en tanto yo quisiere. Si te quedas, te estimaré en mucho; si te vuelves, no te tendré en menos; porque, a mi parecer, los ímpetus amorosos corren a rienda suelta, hasta que se encuentran con la razón o con el desengaño; y no querría yo que fueses tú para conmigo como es el cazador, que en alcanzando la liebre que sigue, la coge y la deja por correr tras la otra que le huye. Ojos hay engañados que a la primera vista tan bien les parece el oropel como el oro; pero a poco rato bien conocen la diferencia que hay de lo fino a lo falso. Esta mi hermosura que tú dices que tengo, que la estimas sobre el sol y la encareces sobre el oro, ¿qué sé yo si de cerca te parecerá sombra, y, tocada, caerás en que es de alquimia. Dos años te doy de tiempo para que tantees y ponderes lo que será bien que escojas o será justo que deseches; que la prenda que una vez comprada nadie se puede deshacer della sino con la muerte bien es que haya tiempo, y mucho, para miralla y remiralla, y ver en ella las faltas o las virtudes que tiene; que yo no me rijo por la bárbara e insolente licencia que estos mis parientes se han tomado de dejar las mujeres, o castigarlas, cuando se les antoja; y como yo no pienso hacer cosa que llame al castigo, no quiero tomar compañía que por su gusto me deseche.

—Tienes razón, ¡oh Preciosa! —dijo a este punto Andrés— y así, si quieres que asegure tus temores y menoscabe tus sospechas jurándote que no saldré un punto de las órdenes que me pusieres, mira qué juramento quieres que haga, o qué otra seguridad puedo darte, que a todo me hallarás dispuesto.

—Los juramentos y promesas que hace el cautivo porque le den libertad pocas veces se cumplen con ella—dijo Preciosa—; y así son, según pienso, los del amante; que, por conseguir su deseo, prometerá las alas de Mercurio y los rayos de Júpiter, como me prometió a mí un cierto poeta, y juraba por la laguna Estigia. No quiero juramentos, señor Andrés, ni quiero promesas;

sólo quiero remitirlo todo a la experiencia deste noviciado, y a mí se me quedará el cargo de guardarme, cuando vos le tuviéredes de ofenderme.

—Sea ansí —respondió Andrés—. Sólo una cosa pido a estos señores y compañeros míos, y es que no me fuercen a que hurte ninguna cosa, por tiempo de un mes siquiera; porque me parece que no he de acertar a ser ladrón si antes no preceden muchas liciones.

—Calla, hijo —dijo el gitano viejo—; que aquí te industriaremos de manera que salgas un águila en el oficio; y cuando lo sepas, has de gustar dél de modo que te comas las manos tras él. ¡Ya es cosa de burla salir vacío por la mañana y volver cargado a la noche al rancho!

—De azotes he visto yo volver a algunos desos vacíos —dijo Andrés.

—No se toman truchas, etcétera —replicó el viejo—: todas las cosas desta vida están sujetas a diversos peligros, y las acciones del ladrón, al de las galeras, azotes y horca; pero no porque, corra un navío tormenta, o se anegue, han de dejar los otros de navegar. ¡Bueno sería que porque la guerra come los hombres y los caballos, dejase de haber soldados! Cuanto más, que el que es azotado por justicia entre nosotros, es tener un hábito en las espaldas que le parece mejor que si le trujese en los pechos, y de los buenos. El toque está en no acabar acoceando el aire en la flor de nuestra juventud y a los primeros delitos; que el mosqueo[72] de las espaldas, ni el apalear el agua en las galeras, no lo estimamos en un cacao. Hijo Andrés, reposad ahora en el nido debajo de nuestras alas, que a su tiempo os sacaremos a volar, y en parte donde no volváis sin presa, y lo dicho: que os habéis de lamer los dedos tras cada hurto.

—Pues para recompensar —dijo Andrés— lo que yo podía hurtar en este tiempo que se me da de venia, quiero repartir doscientos escudos de oro entre todos los del rancho.

Apenas hubo dicho esto, cuando arremetieron a él muchos gitanos, y levantándole en brazos y sobre los hombros, le cantaban el «¡Víctor, víctor, y el grande Andrés!», añadiendo: «¡Y viva, viva Preciosa, amada prenda suya!»

Las gitanas hicieron lo mismo con Preciosa, no sin envidia de Cristina y de otras gitanillas que se hallaron presentes, que la envidia también se aloja en los aduares de los bárbaros y en las chozas de pastores como en palacios de príncipes, y esto de ver medrar al vecino que me parece que no tiene más méritos que yo, fatiga.

Hecho esto, comieron lautamente[73]; repartióse el dinero prometido con equidad y justicia; renovaronse las alabanzas de Andrés; subieron al cielo la hermosura de Preciosa.

Llegó la noche, acocotaron la mula y enterráronla de modo que quedó seguro Andrés de ser por ella descubierto; y también enterraron con ella sus alhajas, como fueron silla y freno y cinchas, a uso de los indios, que sepultan con ellos sus más ricas preseas.

De todo lo que había visto y oído, y de los ingenios de los gitanos, quedó admirado Andrés y con propósito de seguir y conseguir su empresa

[72] Azote público.

[73] Espléndidamente, con abundancia.

sin entremeterse nada en sus costumbres, o, al menos, excusarlo por todas las vías que pudiese, pensando exentarse de la jurisdicción de obedecellos en las cosas injustas que le mandasen, a costa de su dinero.

Otro día les rogó Andrés que mudasen de sitio y se alejasen de Madrid, porque temía ser conocido si allí estaba; ellos dijeron que ya tenían determinado irse a los montes de Toledo y desde allí correr y garramar[74] toda la tierra circunvecina.

Levantaron, pues, el rancho, y diéronle a Andrés una pollina en que fuese; pero él no la quiso, sino irse a pie, sirviendo de lacayo a Preciosa, que sobre otra iba, ella contentísima de ver cómo triunfaba de su gallardo escudero, y él ni más ni menos, de ver junto a sí a la que había hecho señora de su albedrío.

¡Oh, poderosa fuerza deste que llaman dulce dios de la amargura —título que le ha dado la ociosidad y el descuido nuestro—, y con qué veras nos avasallas, y cuán sin respecto nos tratas! Caballero es Andrés, y mozo de muy buen entendimiento, criado casi toda su vida en la Corte y con el regalo de sus ricos padres, y desde ayer acá ha hecho tal mudanza, que engañó a sus criados y a sus amigos; defraudó las esperanzas que sus padres en él tenían; dejó el camino de Flandes, donde había de ejercitar el valor de su persona y acrecentar la honra de su linaje, y se vino a postrar a los pies de una muchacha, y a ser su lacayo, que, puesto que hermosísima, en fin, era gitana: privilegio de la hermosura, que trae al redopelo[75] y por la melena a sus pies a la voluntad más exenta.

De allí a cuatro días llegaron a una aldea dos leguas de Toledo, donde asentaron su aduar, dando primero algunas prendas de plata al alcalde del pueblo, en fianzas de que en él ni en todo su término no hurtarían ninguna cosa.

Hecho esto, todas las gitanas viejas, y algunas mozas, y los gitanos, se esparcieron por todos los lugares, o, a lo menos apartados por cuatro o cinco leguas de aquel donde habían asentado su real. Fue con ellos Andrés a tomar la primera lición de ladrón; pero aunque le dieron muchas en aquella salida, ninguna se le asentó; antes, correspondiendo a su buena sangre, con cada hurto que sus maestros hacían se le arrancaba a él el alma, y tal vez hubo que pagó de su dinero los hurtos que sus compañeros habían hecho, conmovido de las lágrimas de sus dueños. De lo cual los gitanos se desesperaban, diciéndole que era contravenir a sus estatutos y ordenanzas, que prohibían la entrada a la caridad en sus pechos, la cual, en teniéndola, habían de dejar de ser ladrones, cosa que no les estaba bien en ninguna manera.

Viendo, pues, esto Andrés, dijo que él quería hurtar por sí solo, sin ir en compañía de nadie; porque para huir del peligro tenía ligereza, y para acometelle no le faltaba el ánimo; así, que el premio o el castigo de lo que hurtase quería que fuese suyo.

Procuraron los gitanos disuadirle deste propósito, diciéndole que le podrían suceder ocasiones donde fuese necesaria la compañía, así para aco-

[74] Hurtar.

[75] Violentamente.

meter como para defenderse, y que una persona sola no podía hacer grandes presas.

Pero, por más que dijeron, Andrés quiso ser ladrón solo y señero[76], con intención de apartarse de la cuadrilla y comprar por su dinero alguna cosa que pudiese decir que la había hurtado, y deste modo cargar lo que menos pudiese sobre su conciencia.

Usando, pues, desta industria, en menos de un mes trujo más provecho a la compañía que trujeron cuatro de los más estirados ladrones della; de que no poco se holgaba Preciosa, viendo a su tierno amante tan lindo y tan despejado ladrón; pero, con todo eso, estaba temerosa de alguna desgracia; que no quisiera ella verle en afrenta por todo el tesoro de Venecia, obligada a tenerle aquella buena voluntad por los muchos servicios y regalos que su Andrés le hacía.

Poco más de un mes se estuvieron en los términos de Toledo, donde hicieron su agosto, aunque era por el mes de septiembre, y desde allí se entraron en Extremadura, por ser tierra rica y caliente.

Pasaba Andrés con Preciosa honestos, discretos y enamorados coloquios, y ella poco a poco se iba enamorando de la discreción y buen trato de su amante, y él, del mismo modo, si pudiera crecer su amor, fuera creciendo: tal era la honestidad, discreción y belleza de su Preciosa. A doquiera que llegaban, él se llevaba el precio[77] y las apuestas de corredor y de saltar más que ninguno; jugaba a los bolos y a la pelota extremadamente; tiraba la barra con mucha fuerza y singular destreza; finalmente, en poco tiempo voló su fama por toda Extremadura y no había lugar donde no se hablase de la gallarda disposición del gitano Andrés Caballero y de sus gracias y habilidades, y al par desta fama corría la de la hermosura de la Gitanilla, y no había villa, lugar ni aldea donde no los llamasen para regocijar las fiestas votivas suyas, o para otros particulares regocijos. Desta manera iba el aduar rico, próspero y contento, y los amantes, gozosos con sólo mirarse.

Sucedió, pues, que, teniendo el aduar entre unas encinas, algo apartado del camino real, oyeron una noche, casi a la mitad della, ladrar sus perros con mucho ahínco y más de lo que acostumbraban; salieron algunos gitanos, y con ellos Andrés, a ver quién ladraba, y vieron que se defendía dellos un hombre vestido de blanco, a quien tenían dos perros asido de una pierna; llegaron y quitáronle, y uno de los gitanos le dijo:

—¿Qué diablos os trujo por aquí, hombre, a tales horas y tan fuera del camino? ¿Venís a hurtar por ventura? Porque en verdad que habéis llegado a buen puerto.

—No vengo a hurtar —respondió el mordido—, ni sé si vengo o no fuera de camino, aunque bien veo que vengo descaminado. Pero decidme, señores, ¿está por aquí alguna venta o lugar donde pueda recogerme esta noche y curarme de las heridas que vuestros perros me han hecho?

—No hay lugar ni venta donde podamos encaminaros —respondió Andrés—; mas para curar vuestras heridas y alojaros esta noche no os falta-

[76] Único, solitario.

[77] El premio.

rá comodidad en nuestros ranchos. Veníos con nosotros, que, aunque somos gitanos, no lo parecemos en la caridad.

—Dios la use con vosotros —respondió el hombre—, y llevadme donde quisiéredes; que el dolor desta pierna me fatiga mucho.

Llegóse a él Andrés y otro gitano caritativo —que, aun entre los demonios hay unos peores que otros, y entre muchos malos hombres suele haber alguno bueno—, y entre los dos le llevaron.

Hacía la noche clara con la luna, de manera que pudieron ver que el hombre era mozo de gentil rostro y talle; venía vestido todo de lienzo blanco, y atravesada por las espaldas y ceñida a los pechos una como camisa o talega[78] de lienzo. Llegaron a la barraca o toldo de Andrés, y con presteza encendieron lumbre y luz, y acudió luego la abuela de Preciosa a curar al herido, de quien ya le habían dado cuenta. Tomó algunos pelos de los perros, friólos en aceite, y, lavando primero con vino dos mordeduras que tenía en la pierna izquierda, le puso los pelos con el aceite en ellas, y encima un poco de romero verde mascado; lióselo muy bien con paños limpios, y santiguóle[79] las heridas, y díjole:

—Dormid, amigo; que, con el ayuda de Dios, no será nada.

En tanto que curaban al herido, estaba Preciosa delante, y estúvole mirando ahincadamente, y lo mismo hacía él a ella; de modo que Andrés echó de ver en la atención con que el mozo la miraba; pero achacólo a que la mucha hermosura de Preciosa se llevaba tras sí los ojos. En resolución, después de curado, le dejaron solo sobre un lecho hecho de heno seco, y por entonces no quisieron preguntarle nada de su camino ni de otra cosa.

Apenas se apartaron dél, cuando Preciosa llamó a Andrés aparte, y le dijo:

—¿Acuérdaste, Andrés, de un papel que se me cayó en tu casa cuando bailaba con mis compañeras, que, según creo, te dio un mal rato?

—Sí acuerdo —respondió Andrés—, y era un soneto en tu alabanza, y no malo.

—Pues has de saber, Andrés —replicó Preciosa—, que el que hizo aquel soneto es ese mozo mordido que dejamos en la choza; y en ninguna manera me engañó, porque me habló en Madrid dos o tres veces, y aun me dio un romance muy bueno. Allí andaba, a mi parecer, como paje, mas no de los ordinarios, sino de los favorecidos de algún príncipe; y en verdad te digo, Andrés, que el mozo es discreto, y bien razonado, y sobremanera honesto, y no sé que pueda imaginar desta su venida y en tal traje.

—¿Qué puedes imaginar, Preciosa? —respondió Andrés—. Ninguna otra cosa sino que la misma fuerza que a mí me ha hecho gitano le ha hecho a él parecer molinero y venir a buscarte. ¡Ah, Preciosa, Preciosa, y cómo se va descubriendo que te quieres preciar de tener más de un rendido! Y si esto es así acábame a mí primero, y luego matarás a este otro, y no quieras sacrificarnos juntos en las artes de tu engaño, por no decir de tu belleza.

---

[78] «Saco o bolsa ancha y corta de lienzo, estopa u otra tela que sirve para llevar dentro las cosas.» (Dic. de Aut.)

[79] Santiguar: «Es decir algunas oraciones devotas y santas sobre algún enfermo, haciéndole algunas cruces y echándole bendiciones...» (Covarrubias.)

—¡Válame Dios —respondió Preciosa—, Andrés, y cuán delicado andas, y cuán de un sotil cabello tienes colgadas tus esperanzas y mi crédito, pues con tanta facilidad te ha penetrado el alma la dura espada de los celos! Dime, Andrés: si en esto hubiera artificio o engaño alguno, ¿no supiera yo callar y encubrir quién era este mozo? ¿Soy tan necia, por ventura, que te había de dar ocasión de poner en duda mi bondad y buen término? Calla, Andrés, por tu vida, y mañana procura sacar del pecho deste tu asombro adónde va, o a lo que viene. Podría ser que estuviese engañada tu sospecha, como yo no lo estoy de que sea el que he dicho. Y para más satisfacción tuya, pues ya he llegado a términos de satisfacerte, de cualquiera manera y con cualquiera intención que ese mozo venga, despídele luego y haz que se vaya; pues todos los de nuestra parcialidad te obedecen, y no habrá ninguno que contra tu voluntad le quiera dar acogida en su rancho; y cuando esto así no suceda, yo te doy mi palabra de no salir del mío, ni dejarme ver de sus ojos, ni de todos aquellos que tú quisieres que no me vean. Mira, Andrés, no me pesa a mí de verte celoso; pero pesarme ha mucho si te veo indiscreto.

—Como no me veas loco, Preciosa —respondió Andrés—, cualquiera otra demostración será poca o ninguna para dar a entender adónde llega y cuánto fatiga la amarga y dura presunción de los celos. Pero, con todo eso, yo haré lo que me mandas, y sabré, si es que es posible, qué es lo que este señor paje poeta quiere, dónde va, o qué es lo que busca; que podría ser que por algún hilo que sin cuidado muestre, sacase yo todo el ovillo con que temo viene a enredarme.

—Nunca los celos, a lo que imagino —dijo Preciosa—, dejan el entendimiento libre para que pueda juzgar las cosas como ellas son: siempre miran los celosos con antojos de allende[80], que hacen las cosas pequeñas, grandes; los enanos, gigantes, y las sospechas, verdades. Por vida tuya y por la mía, Andrés, que procedas en esto y en todo lo que tocare a nuestros conciertos cuerda y discretamente; que si así lo hicieres, sé que me has de conceder la palma de honesta y recatada, y de verdadera en todo extremo.

Con esto se despidió de Andrés, y él se quedó esperando el día para tomar la confesión al herido, llena de turbación el alma y de mil contrarias imaginaciones. No podría creer sino que aquel paje había venido allí atraído de la hermosura de Preciosa; porque piensa el ladrón que todos son de su condición. Por otra parte, la satisfacción que Preciosa le había dado le parecía ser de tanta fuerza, que le obligaba a vivir seguro y a dejar en las manos de su bondad toda su ventura.

Llegóse el día, visitó al mordido, preguntóle cómo se llamaba y adónde iba, y cómo caminaba tan tarde y tan fuera de camino aunque primero le preguntó cómo estaba, y si se sentía sin dolor de las mordeduras. A lo cual respondió el mozo que se hallaba mejor y sin dolor alguno, y de manera que podía ponerse en camino. A lo de decir su nombre y adónde iba, no dijo otra cosa sino que se llamaba Alonso Hurtado, y que iba a Nuestra Señora de la Peña[81] de Francia a un cierto negocio, y que por llegar con brevedad camina-

[80] Anteojos de aumento.

[81] Sierra situada entre Salamanca y Ciudad Rodrigo, donde fue hallada una imagen de la Virgen y fundado un monasterio de frailes dominicos.

ba de noche, y que la pasada había perdido el camino, y acaso había dado con aquel aduar, donde los perros que le guardaban le habían puesto del modo que había visto.

No le pareció a Andrés legítima esta declaración, sino muy bastarda, y de nuevo volvieron a hacerle cosquillas en el alma sus sospechas, y así le dijo:

—Hermano, si yo fuera juez y vos hubiérades caído debajo de mi jurisdicción por algún delito, el cual pidiera que os hiciera las preguntas que yo os he hecho, la respuesta que me habéis dado obligara a que os apretara los cordeles[82]. Yo no quiero saber quién sois, cómo os llamáis o adónde vais; pero adviértoos que si os conviene mentir en este vuestro viaje, mintáis con más apariencia de verdad. Decís que vais a la Peña de Francia, y dejáisla a la mano derecha, más atrás deste lugar donde estamos bien treinta leguas, camináis de noche por llegar presto, y vais fuera del camino por entre bosques y encinares que no tienen sendas apenas, cuanto más caminos. Amigo, levantaos y aprended a mentir, y andad enhorabuena. Pero por este buen aviso que os doy, ¿no me diréis una verdad? Que sí diréis, pues tan mal sabéis mentir. Decidme: ¿sois por ventura uno que yo he visto muchas veces en la Corte, entre paje y caballero, que tenía fama de ser gran poeta, uno que hizo un romance y un soneto a una gitanilla que los días pasados andaba en Madrid, que era tenida por singular en la belleza? Decídmelo, que yo os prometo por la fe de caballero gitano de guardaros el secreto que vos viéredes que os conviene. Mirad que negarme la verdad, de que no sois el que digo, no llevaría camino, porque este rostro que yo veo aquí es el que vi en Madrid. Sin duda alguna que la gran fama de vuestro entendimiento me hizo muchas veces que os mirase como a hombre raro e insigne, y así se me quedó en la memoria vuestra figura, que os he venido a conocer por ella, aun puesto en el diferente traje en que estáis agora del en que yo os vi entonces. No os turbéis; animaos, y no penséis que habéis llegado a un pueblo de ladrones, sino a un asilo que os sabrá guardar y defender de todo el mundo. Mirad: yo imagino una cosa, y si es ansí como la imagino, vos habéis topado con vuestra buena suerte en haberos encontrado conmigo: lo que imagino es que, enamorado de Preciosa, aquella hermosa gitanica a quien hicisteis los versos, habéis venido a buscarla, por lo que yo no os tendré en menos, sino en mucho más; que, aunque gitano, la experiencia me ha mostrado adónde se extiende la poderosa fuerza del amor y las transformaciones que hace hacer a los que coge debajo de su jurisdicción y mando. Si esto es así, como creo que sin duda lo es, aquí está la gitanilla.

—Sí, aquí está; que yo la vi anoche —dijo el mordido; razón con que Andrés quedó como difunto, pareciéndole que había salido al cabo la confirmación de sus sospechas—. Anoche la vi —tornó a referir el mozo—; pero no me atreví a decirle quién era, porque no me convenía.

—Desa manera —dijo Andrés—, vos sois el poeta que yo he dicho.

—Sí soy —replicó el mancebo—; que no lo puedo ni lo quiero negar. Quizá podía ser que donde he pensado perderme hubiese venido a ganarme, si es que hay fidelidad en las selvas y buen acogimiento en los montes.

---

[82] Tipo de tormento.

—Hayle, sin duda —respondió Andrés—, y entre nosotros, los gitanos, el mayor secreto del mundo. Con esta confianza podéis, señor, descubrirme vuestro pecho; que hallaréis en el mío lo que veréis, sin doblez alguno. La Gitanilla es parienta mía, y está sujeta a lo que quisiere hacer della. Si la quisiéredes por esposa, yo y todos sus parientes gustaremos dello; y si por amiga, no usaremos de ningún melindre, con tal que tengáis dineros, porque la codicia por jamás sale de nuestros ranchos.

—Dineros traigo —respondió el mozo—; en estas mangas de camisa que traigo ceñida por el cuerpo vienen cuatrocientos escudos de oro.

Este fue otro susto mortal que recibió Andrés, viendo que al traer tanto dinero no era sino para conquistar o comprar su prenda; y con lengua ya turbada, dijo:

—Buena cantidad es ésa; no hay sino descubrimientos, y manos a labor, que la muchacha, que no es nada boba, verá cuán bien le está ser vuestra.

—¡Ay, amigo! —dijo a esta razón el mozo—. Quiero que sepáis que la fuerza que me ha hecho mudar de traje no es la de amor, que vos decís, ni de desear a Preciosa, que hermosas tiene Madrid que pueden y saben robar los corazones y rendir las almas tan bien y mejor que las más hermosas gitanas, puesto que[83] confieso que la hermosura de vuestra parienta a todas las que yo he visto se aventaja. Quien me tiene en este traje, a pie y mordido de perros no es amor, sino desgracia mía.

Con estas razones que el mozo iba diciendo iba Andrés cobrando los espíritus perdidos, pareciéndole que se encaminaban a otro paradero del que él se imaginaba. Y deseoso de salir de aquella confusión, volvió a reforzarle la seguridad con que podía descubrirse, y así, él prosiguió diciendo:

—Yo estaba en Madrid en casa de un título, a quien servía no como a señor, sino como a pariente. Éste tenía un hijo único heredero suyo, el cual, así por el parentesco como por ser ambos de una edad y de una condición misma, me trataba con familiaridad y amistad grande. Sucedió que este caballero se enamoró de una doncella principal, a quien él escogiera de bonísima gana para su esposa si no tuviera la voluntad sujeta como buen hijo a la de sus padres, que aspiraban a casarle más altamente; pero, con todo esto, la servía a hurto de todos los ojos que pudieran, con las lenguas, sacar a la plaza[84] sus deseos. Solos los míos eran testigos de sus intentos. Y una noche, que debía de haber escogido la desgracia para el caso que ahora os diré, pasando los dos por la puerta y calle desta señora, vimos arrimados a ella dos hombres, al parecer, de buen talle. Quiso reconocerlos mi pariente, y apenas se encaminó hacia ellos, cuando echaron con mucha ligereza mano a las espadas y a dos broqueles[85], y se vinieron a nosotros, que hicimos lo mismo, y con iguales armas nos acometimos. Duró poco la pendencia, porque no duró mucho la vida de los contrarios, que de dos estocadas que guiaron los celos de mi pariente y la defensa que yo le hacía, las perdieron, caso extraño y pocas veces visto. Triunfando, pues, de lo que quisiéramos, volvimos a casa, y secretamente, tomando todos los dineros que pudimos, nos

[83] Aunque.
[84] «Publicar o hacer notoria alguna cosa que estaba oculta o se ignoraba.» (Dic. de Aut.)
[85] Escudos pequeños de madera o corcho.

fuimos a San Jerónimo[86], esperando el día, que descubriese lo sucedido y las presunciones que se tenían de los matadores. Supimos que de nosotros no había indicio alguno, y aconsejáronnos los prudentes religiosos que nos volviésemos a casa y que no diésemos ni despertásemos con nuestra ausencia alguna sospecha contra nosotros; y ya que estábamos determinados de seguir su parecer, nos avisaron que los señores alcaldes de Corte habían preso en su casa a los padres de la doncella y a la misma doncella, y que entre otros criados a quien tomaron la confesión, una criada de la señora dijo cómo mi pariente paseaba a su señora de noche y de día; y que con este indicio habían acudido a buscarnos, y no hallándonos, sino muchas señales de nuestra fuga, se confirmó en toda la Corte ser nosotros los matadores de aquellos dos caballeros, que lo eran, y muy principales. Finalmente, con parecer del conde mi pariente, y del de los religiosos, después de quince días que estuvimos escondidos en el monasterio, mi camarada, en hábito de fraile, con otro fraile se fue la vuelta de Aragón, con intención de pasarse a Italia, y desde allí a Flandes, hasta ver en qué paraba el caso. Yo quise dividir y apartar nuestra fortuna, y que no corriese nuestra suerte por una misma derrota; seguí otro camino diferente del suyo, y en hábito de mozo de fraile, a pie, salí con un religioso, que me dejó en Talavera. Desde allí aquí he venido solo y fuera de camino, hasta que anoche llegué a este encinal, donde me ha sucedido lo que habéis visto. Y si pregunté por el camino de la Peña de Francia fue por responder algo a lo que se me preguntaba; que en verdad que no sé dónde cae la Peña de Francia, puesto que sé que está más arriba de Salamanca.

—Así es verdad —respondió Andrés—, y ya la dejáis a mano derecha, casi veinte leguas de aquí; porque veáis cuán derecho camino llevábades si allá fuérades.

—El que yo pensaba llevar —replicó el mozo—no es sino a Sevilla; que allí tengo un caballero ginovés, grande amigo del conde mi pariente, que suele enviar a Génova gran cantidad de plata, y llevo designio que me acomode con los que la suelen llevar, como uno dellos, y con esta estratagema seguramente podré pasar hasta Cartagena, y de allí a Italia, porque han de venir dos galeras muy presto a embarcar esta plata. Esta es, mi buen amigo, mi historia: mirad si puedo decir que nace más de desgracia pura que de amores aguados. Pero si estos señores gitanos quisiesen llevarme en su compañía hasta Sevilla, si es que van allá, yo se lo pagaría muy bien; que me doy a entender que en su compañía iría más seguro, y no con el temor que llevo.

—Sí llevarán —respondió Andrés—; y si no fuéredes en nuestro aduar, porque hasta ahora no sé si va al Andalucía, iréis en otro que creo que habremos de topar dentro de dos días, y con darles algo de lo que lleváis, facilitaréis con ellos otros imposibles mayores.

Dejóle Andrés, y vino a dar cuenta a los demás gitanos de lo que el mozo había contado y de lo que pretendía, con el ofrecimiento que hacía de la buena paga y recompensa. Todos fueron de parecer que se quedase en el aduar. Sólo Preciosa tuvo el contrario, y la abuela dijo que ella no podía ir a Sevilla, ni a sus contornos, a causa que los años pasados había hecho una

---

[86] Ir a la iglesia de San Jerónimo (Madrid) para refugiarse.

burla en Sevilla a un gorrero llamado Triguillos[87], muy conocido en ella, al cual le había hecho meter en una tinaja de agua hasta el cuello, desnudo en carnes, y en la cabeza puesta una corona de ciprés, esperando el filo de media noche para salir de la tinaja a cavar y sacar un gran tesoro que ella le había hecho creer que estaba en cierta parte de su casa. Dijo que como oyó el buen gorrero tocar a maitines, por no perder la coyuntura, se dio tanta prisa a salir de la tinaja, que dio con ella y con él en el suelo, y con el golpe y con los cascos se magulló las carnes, derramóse el agua y él quedó nadando en ella, dando voces que se anegaba.

Acudieron su mujer y sus vecinos con luces, y halláronle haciendo efectos de nadador, soplando y arrastrando la barriga por el suelo, y meneando brazos y piernas con mucha priesa, y diciendo a grandes voces: «¡Socorro, señores, que me ahogo!» Tal le tenía el miedo, que verdaderamente pensó que se ahogaba. Abrazáronse con el, sacáronle de aquel peligro, volvió en sí, contó la burla de la gitana, y, con todo eso, cavó en la parte señalada más de un estado en hondo, a pesar de todos cuantos le decían que era embuste mío; y si no se lo estorbara un vecino suyo, que tocaba ya en los cimientos de su casa, él diera con entrambas en el suelo, si le dejaran cavar cuanto él quisiera. Súpose este cuento por toda la ciudad, y hasta los muchachos le señalaban con el dedo y contaban su credulidad y mi embuste. Esto contó la gitana vieja, y esto dio por excusa para no ir a Sevilla. Los gitanos, que ya sabían de Andrés Caballero que el mozo traía dineros en cantidad, con facilidad le acogieron en su compañía y se ofrecieron de guardarle y encubrirle el tiempo que él quisiere, y determinaron de torcer el camino a mano izquierda y entrarse en La Mancha y en el reino de Murcia. Llamaron al mozo y diéronle cuenta de lo que pensaban hacer por él; él se lo agradeció, y dio cien escudos de oro para que los repartiesen entre todos. Con esta dádiva quedaron más blandos que unas martas; sólo a Preciosa no contentó mucho la quedada de don Sancho, que así dijo el mozo que se llamaba; pero los gitanos se le mudaron en el de Clemente, y así le llamaron desde allí adelante. También quedó un poco torcido Andrés, y no bien satisfecho de haberse quedado Clemente, por parecerle que con poco fundamento había dejado sus primeros designios; mas Clemente, como si le leyera la intención, entre otras cosas le dijo que se holgaba de ir al reino de Murcia, por estar cerca de Cartagena, adonde, si viniesen galeras, como él pensaba que habían de venir, pudiese con facilidad pasar a Italia. Finalmente, por traelle más ante los ojos, y mirar sus acciones y escudriñar sus pensamientos, quiso Andrés que fuese Clemente su camarada, y Clemente tuvo esta amistad por gran favor que se le hacía. Andaban siempre juntos, gastaban largo, llovían escudos, corrían, saltaban, bailaban y tiraban la barra mejor que ninguno de los gitanos, y eran de las gitanas más que medianamente queridos, y de los gitanos en todo extremo respetados.

Dejaron, pues, Extremadura y entráronse en La Mancha y poco a poco fueron caminando al reino de Murcia. En todas las aldeas y lugares que pasaban había desafíos de pelota, de esgrima, de correr, de saltar, de tirar la barra y de otros ejercicios de fuerza, maña y ligereza, y de todos salían vencedores

[87] Parece ser que este personaje era Antón Ruiz Triguillos, que vivía en 1599.

Andrés y Clemente, como de sólo Andrés queda dicho; y en todo este tiempo que fueron más de mes y medio, nunca tuvo Clemente ocasión, ni él la procuró, de hablar a Preciosa hasta que un día, estando juntos Andrés y ella, llegó él a la conversación, porque le llamaron, y Preciosa le dijo:

—Desde la vez primera que llegaste a nuestro aduar te conocí, Clemente, y se me vinieron a la memoria los versos que en Madrid me diste; pero no quise decir nada, por no saber con qué intención venías a nuestras estancias; y cuando supe tu desgracia, me pesó en el alma, y se aseguró mi pecho, que estaba sobresaltado, pensando que como había don Joanes en el mundo, y que se mudaban en Andreses, así podía haber don Sanchos que se mudasen en otros nombres. Háblote desta manera porque Andrés me ha dicho que te ha dado cuenta de quién es y de la intención con que se ha vuelto gitano —y así era la verdad: que Andrés le había hecho sabidor de toda su historia, por poder comunicar con él sus pensamientos—. Y no pienses que te fue de poco provecho el conocerte, pues por mi respecto y por lo que yo de ti dije, se facilitó el acogerte y admitirte en nuestra compañía, donde plega a Dios te suceda todo el bien que acertares a desearte. Este buen deseo quiero que me pagues en que no afees a Andrés la bajeza de su intento, ni le pintes cuán mal le está preservar de este estado; que puesto que yo imagino que debajo de los candados de mi voluntad está la suya, todavía me pesaría de verle dar muestras, por mínimas que fuesen, de algún arrepentimiento.

A esto respondió Clemente:

—No pienses, Preciosa única, que don Juan con ligereza de ánimo me descubrió quién era: primero le conocí yo, y primero me descubrieron sus ojos sus intentos; primero le dije yo quién era, y primero le adiviné la prisión de su voluntad, que tú señalas, y él, dándome el crédito que era razón que me diese, fió de mi secreto el suyo, y él es buen testigo si alabé su determinación y escogido empleo; que no soy, ¡oh Preciosa!, de tan corto ingenio que no alcance hasta dónde se extienden las fuerzas de la hermosura, y la tuya, por pasar de los límites de los mayores extremos de belleza, es disculpa bastante de mayores yerros, si es que deben llamarse yerros los que se hacen con tan forzosas causas. Agradézcote, señora, lo que en mi crédito dijiste, y yo pienso pagártelo en desear que estos enredos amorosos salgan a fines felices, y que tú goces de tu Andrés, y Andrés de su Preciosa, en conformidad y gusto de sus padres, porque de tan hermosa junta veamos en el mundo los más bellos renuevos que pueda formar la bien intencionada naturaleza. Esto desearé yo, Preciosa, y esto le diré siempre a tu Andrés, y no cosa alguna que le divierta de sus bien colocados pensamientos.

Con tales afectos dijo las razones pasadas Clemente, que estuvo en duda Andrés si las había dicho como enamorado, o como comedido; que la infernal enfermedad celosa es tan delicada y de tal manera, que en los átomos del sol se pega, y de los que tocan a la cosa amada se fatiga el amante y se desespera. Pero, con todo esto, no tuvo celos confirmados, más fiado de la bondad de Preciosa que de la ventura suya, que siempre los enamorados se tienen por infelices en tanto que no alcanzan lo que desean. En fin, Andrés y Clemente eran camaradas y grandes amigos, asegurándolo todo la buena intención de Clemente y el recato y prudencia de Preciosa, que jamás dio ocasión a que Andrés tuviese della celos.

Tenía Clemente sus puntas de poeta, como lo mostró en los versos que dio a Preciosa; Andrés se picaba un poco, y entrambos eran aficionados a la música. Sucedió, pues, que estando el aduar alojado en un valle cuatro leguas de Murcia, una noche, por entretenerse, sentados los dos, Andrés al pie de un alcornoque, Clemente al de una encina, cada uno con una guitarra, convidados del silencio de la noche, comenzando Andrés y respondiendo Clemente, cantaron estos versos:

ANDRÉS

Mira, Clemente, el estrellado velo
con que esta noche fría
compite con el día,
de luces bellas adornado el cielo;
y en esta semejanza,
si tanto tu divino ingenio alcanza
aquel rostro figura
donde asiste el extremo de hermosura.

CLEMENTE

Donde asiste el extremo de hermosura
y adonde la preciosa
honestidad hermosa
con todo extremo de bondad se apura
en un sujeto cabe
que no hay humano ingenio que le alabe,
si no toca en divino,
en alto, en raro, en grave y peregrino.

ANDRÉS

En alto, en raro, en grave y peregrino
estilo nunca usado,
al cielo levantado
por dulce al mundo y sin igual camino,
tu nombre, ¡oh Gitanilla!,
causando asombro, espanto y maravilla,
la Fama yo quisiera
que le llevara hasta la octava esfera.

CLEMENTE

Que le llevara hasta la octava esfera
fuera decente[88] y justo,
dando a los cielos gusto

[88] Conveniente.

cuando el son de su nombre allá se oyera,
y en la tierra causara,
por donde el dulce nombre resonara,
música en los oídos,
paz en las almas, gloria en los sentidos.

ANDRÉS

Paz en las almas, gloria en los sentidos
se siente cuando canta
la sirena, que encanta
y adormece a los más apercebidos;
y tal es mi Preciosa
que en lo menos que tiene ser hermosa:
dulce regalo mío,
corona del donaire, honor del brío.

CLEMENTE

Corona del donaire, honor del brío
eres, bella Gitana,
frescor de la mañana,
céfiro blando en el ardiente estío;
rayo con que Amor ciego
convierte el pecho más de nieve en fuego;
fuerza que ansí la hace
que blandamente mata y satisface.

Señales iban dando de no acabar tan presto el libre y el cautivo, si no sonara a sus espaldas la voz de Preciosa, que las suyas había escuchado. Suspendiólos el oírla, y sin moverse prestándole maravillosa atención, la escucharon. Ella —o no sé si de improviso, o si en algún tiempo los versos que cantaba le compusieron—, con extremada gracia, como si para responderles fueran hechos, cantó los siguientes:

—En esta empresa amorosa
donde el amor entretengo,
por mayor ventura tengo
ser honesta que hermosa.
La que es más humilde planta,
si la subida endereza
por gracia o naturaleza
a los cielos se levanta.
En este mi bajo cobre,
siendo honestidad su esmalte,
no hay buen deseo que falte
ni riqueza que no sobre.

No me causa alguna pena
no quererme o no estimarme;
que yo pienso fabricarme
mi suerte y ventura buena.
Haga yo lo que en mí es,
que a ser buena me encamine,
y haga el cielo y determine
lo que quisiere después.
Quiero ver si la belleza
tiene tal prerrogativa
que me encumbre tan arriba
que aspire a mayor alteza.
Si las almas son iguales,
podrá la de un labrador
igualarse por valor
con las que son imperiales.
De la mía lo que siento
me sube al grado mayor,
porque majestad y amor
no tienen un mismo asiento.

Aquí dio fin Preciosa a su canto, y Andrés y Clemente se levantaron a recebilla. Pasaron entre los tres discretas razones y Preciosa descubrió en las suyas su discreción, su honestidad y su agudeza, de tal manera, que en Clemente halló disculpa la intención de Andrés; que aún hasta entonces no la había hallado, juzgando más a mocedad que a cordura su arrojada determinación.

Aquella mañana se levantó el aduar, y se fueron a alojar en un lugar de la jurisdicción de Murcia, tres leguas de la ciudad, donde le sucedió a Andrés una desgracia que le puso en punto de perder la vida. Y fue que, después de haber dado en aquel lugar algunos vasos y prendas de plata en fianzas, como tenían de costumbre, Preciosa y su abuela, y Cristina con otras dos gitanillas, y los dos, Clemente y Andrés, se alojaron en un mesón de una viuda rica, la cual tenia una hija de edad de diez y siete o diez y ocho años, algo más desenvuelta que hermosa, y, por más señas, se llamaba Juana Carducha. Ésta, habiendo visto bailar a las gitanas y gitanos, la tomó el diablo, y se enamoró de Andrés tan fuertemente, que propuso de decírselo y tomarle por marido, si él quisiese, aunque a todos sus parientes les pesase; y así, buscó coyuntura para decírselo, y hallóla en un corral donde Andrés había entrado a requerir dos pollinos. Llegóse a él, y con priesa, por no ser vista, le dijo:

—Andrés —que ya sabía su nombre—, yo soy doncella y rica; que mi madre no tiene otro hijo sino a mí, y este mesón es suyo, y amén desto tiene muchos majuelos y otros dos pares de casas. Hasme parecido bien: si me quieres por esposa, a ti está; respóndeme presto, y si eres discreto, quédate, y verás qué vida nos damos.

Admirado quedó Andrés de la resolución de la Carducha, y con la presteza que ella pedía le respondió:

—Señora doncella, yo estoy apalabrado para casarme, y los gitanos no nos casamos sino con gitanas; guárdela Dios por la merced que me quería hacer, de quien yo no soy digno.

No estuvo en dos dedos de caerse muerta la Carducha con la aceda respuesta de Andrés, a quien replicara si no viera que entraban en el corral otras gitanas. Salióse corrida y asendereada[89], y de buena gana se vengara si pudiera. Andrés, como discreto, determinó de poner tierra por medio y desviarse de aquella ocasión que el diablo le ofrecía; que bien leyó en los ojos de la Carducha que sin los lazos matrimoniales se le entregara a toda su voluntad, y no quiso verse pie a pie y solo en aquella estacada; y así, pidió a todos los gitanos que aquella noche se partiesen de aquel lugar. Ellos, que siempre le obedecían, lo pusieron luego por obra, y cobrando sus fianzas aquella tarde, se fueron.

La Carducha, que vio que en irse Andrés se le iba la mitad de su alma, y que no le quedaba tiempo para solicitar el cumplimiento de sus deseos, ordenó de hacer quedar a Andrés por fuerza, ya que de grado no podía; y así, con la industria, sagacidad y secreto que su mal intento le enseñó, puso entre las alhajas de Andrés, que ella conoció por suyas, unos ricos corales y dos patenas de plata, con otros brincos suyos, y apenas habían salido del mesón, cuando dio voces, diciendo que aquellos gitanos le llevaban robadas sus joyas; a cuyas voces acudió la justicia y toda la gente del pueblo.

Los gitanos hicieron alto, y todos juraban que ninguna cosa llevaban hurtada y que ellos harían patentes todos los sacos y repuestos de su aduar. Desto se congojó mucho la gitana vieja, temiendo que en aquel escrutinio no se manifestasen los dijes de la Preciosa y los vestidos de Andrés, que ella con gran cuidado y recato guardaba, pero la buena de la Carducha lo remedió con mucha brevedad todo, porque al segundo envoltorio que miraron dijo que preguntasen cuál era el de aquel gitano gran bailador, que ella le había visto entrar en su aposento dos veces y que podía ser que aquél las llevase. Entendió Andrés que por él lo decía, y, riéndose, dijo:

—Señora doncella, esta es mi recámara y este es mi pollino; si vos halláredes en ella ni en él lo que os falta, yo os lo pagaré con las setenas[90], fuera de sujetarme al castigo que la ley da a los ladrones.

Acudieron luego los ministros de la justicia a desvalijar el pollino, y a pocas vueltas dieron con el hurto; de que quedó tan espantado Andrés, y tan absorto, que no pareció sino estatua, sin voz, de piedra dura.

—¿No sospeché yo bien? —dijo a esta sazón la Carducha—. ¡Mirad con qué buena cara se encubre un ladrón tan grande!

El Alcalde, que estaba presente, comenzó a decir mil injurias a Andrés y a todos los gitanos, llamándolos de público ladrones y salteadores de caminos. A todo callaba Andrés, suspenso e imaginativo, y no acababa de caer en la traición de la Carducha. En esto se llegó a él un soldado bizarro, sobrino del Alcalde, diciendo:

—¿No veis cuál se ha quedado el gitanico podrido de hurtar? Apostaré yo que hace melindres y que niega el hurto, con habérsele cogido en las

---

[89] Perseguida.

[90] Siete veces el valor de una determinada cantidad. En este caso el valor de las alhajas.

manos; que bien haya quien no os echa en galeras a todos. ¡Mirad si estuviera mejor este bellaco en ellas, sirviendo a Su Majestad, que no andarse bailando de lugar en lugar y hurtando de venta en monte! A fe de soldado que estoy por darle una bofetada que le derribe a mis pies.

Y diciendo esto, sin más ni más, alzó la mano y le dio un bofetón tal, que le hizo volver de su embelesamiento y le hizo acordar que no era Andrés Caballero, sino don Juan y caballero. Y arremetiendo al soldado con mucha presteza y más cólera, le arrancó su misma espada de la vaina y se la envainó en el cuerpo, dando con él muerto en tierra.

Aquí fue el gritar del pueblo, aquí el amohinarse el tío Alcalde, aquí el desmayarse Preciosa y el turbarse Andrés de verla desmayada; aquí el acudir todos a las armas y dar tras el homicida. Creció la confusión, creció la grita, y por acudir Andrés al desmayo de Preciosa, dejó de acudir a su defensa, y quiso la suerte que Clemente no se hallase al desastrado suceso, que con los bagajes había ya salido del pueblo. Finalmente, tantos cargaron sobre Andrés, que le prendieron y le aherrojaron con dos muy gruesas cadenas. Bien quisiera el Alcalde ahorcarle luego, si estuviera en su mano; pero hubo de remitirle a Murcia, por ser de su jurisdicción. No le llevaron hasta otro día, y en el que allí estuvo pasó Andrés muchos martirios y vituperios, que el indignado Alcalde y sus ministros y todos los del lugar le hicieron. Prendió el Alcalde todos los más gitanos y gitanas que pudo, porque los más huyeron, y entre ellos Clemente, que temió ser cogido y descubierto.

Finalmente, con la sumaria del caso y con una gran cáfila[91] de gitanos, entraron el Alcalde y sus ministros con otra mucha gente armada en Murcia, entre los cuales iba Preciosa y el pobre Andrés, ceñido de cadenas, sobre un macho y con esposas y piedeamigo[92]. Salió toda Murcia a ver los presos, que ya se tenía noticia de la muerte del soldado. Pero la hermosura de Preciosa aquel día fue tanta, que ninguno la miraba que no la bendecía, y llegó la nueva de su belleza a los oídos de la señora Corregidora, que por curiosidad de verla hizo que el Corregidor, su marido, mandase que aquella gitanica no entrase en la cárcel, y todos los demás sí, y a Andrés le pusieron en un estrecho calabozo, cuya escuridad y la falta de la luz de Preciosa le trataron de manera, que bien pensó no salir de allí sino para la sepultura. Llevaron a Preciosa con su abuela a que la Corregidora la viese, y así como la vio dijo:

—Con razón la alaban de hermosa.

Y llegándola a sí, la abrazó tiernamente, y no se hartaba de mirarla, y preguntó a su abuela que qué edad tendría aquella niña.

—Quince años —le respondió la gitana—, dos meses más o menos.

—Ésos tuviera agora la desdichada de mi Constanza. ¡Ay, amigas, que esta niña me ha renovado mi desventura!—dijo la Corregidora.

Tomó en esto Preciosa las manos de la Corregidora, y besándoselas muchas veces, se las bañaba con lágrimas, y le decía:

—Señora mía, el gitano que está preso no tiene culpa, porque fue provocado: llamáronle ladrón, y no lo es, diéronle un bofetón en su rostro, que

[91] Compañía, conjunto.

[92] Artilugio que se colocaba a los reos para que no pudieran ocultar el rostro.

es tal que en él descubre la bondad de su ánimo. Por Dios y por quien vos sois, señora, que le hagáis guardar su justicia, y que el señor Corregidor no se dé priesa a ejecutar en él el castigo con que las leyes le amenazan; y si algún agrado os ha dado mi hermosura, entretenedla con entretener el preso, porque en el fin de su vida está el de la mía. Él ha de ser mi esposo, y justos y honestos impedimentos han estorbado que aun hasta ahora no nos habemos dado las manos[93]. Si dineros fueren menester para alcanzar perdón de la parte, todo nuestro aduar se venderá en pública almoneda, y se dará aún más de lo que pidieren. Señora mía, si sabéis qué es amor, y algún tiempo le tuvisteis, y ahora le tenéis a vuestro esposo, doleos de mí, que amo tierna y honestamente al mío.

En todo el tiempo que esto decía, nunca la dejó las manos, ni apartó los ojos de mirarla atentísimamente, derramando amargas y piadosas lágrimas en mucha abundancia. Asimismo la Corregidora la tenía a ella asida de las suyas, mirándola ni más ni menos con no menos ahínco y con no más pocas lágrimas. Estando en esto, entró el Corregidor, y hallando a su mujer y a Preciosa tan llorosas y tan encadenadas, quedó suspenso, así de su llanto como de la hermosura. Preguntó la causa de aquel sentimiento, y la respuesta que dio Preciosa fue soltar las manos de la Corregidora, y asirse de los pies del Corregidor, diciéndole:

—¡Señor, misericordia, misericordia! ¡Si mi esposo muere yo soy muerta! Él no tiene culpa; pero si la tiene, déseme a mí la pena, y si esto no puede ser, a lo menos entreténgase el pleito en tanto que se procuran y buscan los medios posibles para su remedio; que podrá ser que al que no pecó de malicia le enviase el cielo la salud de gracia.

Con nueva suspensión quedó el Corregidor de oír las discretas razones de la Gitanilla, y que ya, si no fuera por no dar indicios de flaqueza, la acompañara en sus lágrimas. En tanto que esto pasaba, estaba la vieja gitana considerando grandes, muchas y diversas cosas, y al cabo de toda esta suspensión e imaginación, dijo:

—Espérenme vuesas mercedes, señores míos, un poco, que yo haré que estos llantos se conviertan en risa, aunque a mí me cueste la vida.

Y así, con ligero paso, se salió de donde estaba, dejando a los presentes confusos con lo que dicho había. En tanto, pues, que ella volvía, nunca dejó Preciosa las lágrimas ni los ruegos de que se entretuviese la causa de su esposo, con intención de avisar a su padre que viniese a entender en ella. Volvió la gitana con un pequeño cofre debajo del brazo, y dijo al Corregidor que con su mujer y ella se entrasen en un aposento, que tenía grandes cosas que decirles en secreto. El Corregidor, creyendo que algunos hurtos de los gitanos querían descubrirle, por tenerle propicio en el pleito del preso, al momento se retiró con ella y con su mujer en su recámara, adonde la gitana, hincándose de rodillas ante los dos, les dijo:

—Si las buenas nuevas que os quiero dar, señores, no merecieran alcanzar en albricias el perdón de un gran pecado mío, aquí estoy para recebir el castigo que quisiéredes darme; pero antes que le confiese quiero que me digáis, señores, primero, si conocéis estas joyas.

---

[93] No se han celebrado los esponsales.

Y descubriendo un cofrecito donde venían las de Preciosa, se lo puso en las manos al Corregidor, y en abriéndolo, vio aquellos dijes pueriles, pero no cayó en lo que podían significar. Mirólos también la Corregidora, pero tampoco dio en la cuenta; sólo dijo:

—Estos son adornos de alguna pequeña criatura.

—Así es la verdad —dijo la gitana—, y de qué criatura sean lo dice ese escrito que está en ese papel doblado.

Abriólo con priesa el Corregidor, y leyó que decía:

Llamábase la niña doña Constanza de Azevedo y de Meneses; su madre, dona Guiomar de Meneses, y su padre, don Fernando de Azevedo, caballero del hábito de Calatrava. Desaparecíla día de la Ascensión del Señor, a las ocho de la mañana, del año de mil quinientos v noventa y cinco. Traía la niña puestos estos brincos que en este cofre están guardados.

Apenas hubo oído la Corregidora las razones del papel, cuando reconoció los brincos, se los puso a la boca, y dándoles infinitos besos, se cayó desmayada. Acudió el Corregidor a ella, antes que a preguntar a la gitana por su hija, y habiendo vuelto en sí, dijo:

—Mujer buena, antes ángel que gitana, ¿adónde está el dueño, digo la criatura cúyos eran estos dijes?

—¿Adónde, señora? —respondió la gitana—. En vuestra casa la tenéis: aquella gitanica que os sacó las lágrimas de los ojos es su dueño, y es sin duda alguna vuestra hija, que yo la hurté en Madrid de vuestra casa el día y hora que ese papel dice.

Oyendo esto la turbada señora, soltó los chapines, y desalada y corriendo salió a la sala adonde había dejado a Preciosa, y hallóla rodeada de sus doncellas y criadas, todavía llorando. Arremetió a ella, y sin decirle nada, con gran priesa le desabrochó el pecho y miró si tenía debajo de la teta izquierda una señal pequeña, a modo de lunar blanco, con que había nacido, y hallóle ya grande, que con el tiempo se había dilatado. Luego con la misma celeridad, la descalzó, y descubrió un pie de nieve y de marfil, hecho a torno, y vio en él lo que buscaba, que era que los dos dedos últimos del pie derecho se trababan el uno con el otro por medio de un poquito de carne, la cual, cuando niña, nunca se la había querido cortar, por no darle pesadumbre. El pecho, los dedos, los brincos, el día señalado del hurto, la confesión de la gitana y el sobresalto y alegría que habían recebido sus padres cuando la vieron, con toda verdad confirmaron en el alma de la Corregidora ser Preciosa su hija; y así, cogiéndola en sus brazos, se volvió con ella adonde el Corregidor y la gitana estaban.

Iba Preciosa confusa, que no sabía a qué efeto se habían hecho con ella aquellas diligencias, y más viéndose llevar en brazos de la Corregidora, y que le daba de un beso hasta ciento. Llegó, en fin, con la preciosa carga doña Guiomar a la presencia de su marido, y trasladándola de sus brazos a los del Corregidor, le dijo:

—Recebid, señor, a vuestra hija Constanza, que ésta es sin duda; no lo dudéis, señor, en ningún modo, que la señal de los dedos juntos y la del pecho he visto, y más, que a mí me lo está diciendo el alma desde el instante que mis ojos la vieron.

—No lo dudo —respondió el Corregidor, teniendo en sus brazos a Preciosa—, que los mismos efetos han pasado por la mía que por la vuestra, y más, que tantas puntualidades juntas, ¿cómo podían suceder, si no fuera por milagro?

Toda la gente de la casa andaba absorta, preguntando unos a otros qué sería aquello, y todos daban bien lejos del blanco; que ¿quién había de imaginar que aquella Gitanilla era hija de sus señores?

El Corregidor dijo a su mujer, y a su hija, y a la gitana vieja, que aquel caso estuviese secreto hasta que él le descubriese; y asimismo dijo a la vieja que él le perdonaba del agravio que le había hecho en hurtarle el alma, pues la recompensa de habérsela vuelto mayores albricias merecía, y que sólo le pesaba de que, sabiendo ella la calidad de Preciosa, la hubiese desposado con un gitano, y más con un ladrón y homicida.

—¡Ay! —dijo a esto Preciosa—, señor mío, que ni es gitano, ni ladrón, puesto que es matador. Pero fuelo del que le quitó la honra, y no pudo hacer menos de mostrar quién era y matarle.

—¿Cómo que no es gitano, hija mía? —dijo doña Guiomar.

Entonces la gitana vieja contó brevemente la historia de Andrés Caballero, y que era hijo de don Francisco de Cárcamo, caballero del hábito de Santiago, y que se llamaba don Juan de Cárcamo[94], asimismo del mismo hábito, cuyos vestidos ella tenía, cuando los mudó en los de gitano. Contó también el concierto que entre Preciosa y don Juan estaba hecho de aguardar dos años de aprobación para desposarse o no. Puso en su punto la honestidad de entrambos y la agradable condición de don Juan.

Tanto se admiraron desto como del hallazgo de su hija, y mandó el Corregidor a la gitana que fuese por los vestidos de don Juan. Ella lo hizo así, y volvió con otro gitano que los trujo.

En tanto que ella iba y volvía, hicieron sus padres a Preciosa cien mil preguntas, a quien respondió con tanta discreción y gracia, que aunque no la hubieran reconocido por hija, los enamorara. Preguntáronle si tenía alguna afición a don Juan. Respondió que no más que aquella que la obligaba a ser agradecida a quien se había querido humillar a ser gitano por ella; pero que ya no se extendería a más el agradecimiento de aquello que sus señores padres quisiesen.

—Calla, hija Preciosa —dijo su padre— (que este nombre de Preciosa quiero que se te quede, en memoria de tu pérdida y de tu hallazgo); que yo, como tu padre, tomo a cargo el ponerte en estado que no desdiga de quién eres.

Suspiró oyendo esto Preciosa, y su madre, como era discreta, entendió que suspiraba de enamorada de don Juan, y dijo a su marido:

—Señor, siendo tan principal don Juan de Cárcamo como lo es, y queriendo tanto a nuestra hija, no nos estaría mal dársela por esposa.

Y el respondió:

—Aún hoy la habemos hallado, ¿y ya queréis que la perdamos? Gocémosla algún tiempo; que casándola, no será nuestra, sino de su marido.

---

[94] Según Rodriguez Marin, Juan de Cárcamo, era un personaje real, su padre no se llamaba Francisco, sino Alonso de Cárcamo, y era corregidor de varias ciudades.

—Razón tenéis, señor —respondió ella—; pero dad orden de sacar a don Juan, que debe de estar en algún calabozo.

—Sí estará —dijo Preciosa—; que a un ladrón, matador, y sobre todo gitano, no le habrán dado mejor estancia.

—Yo quiero ir a verle, como que le voy a tomar la confesión —respondió el Corregidor—, y de nuevo os encargo, señora, que nadie sepa esta historia hasta que yo lo quiera.

Y abrazando a Preciosa, fue luego a la cárcel y entró en el calabozo donde don Juan estaba, y no quiso que nadie entrase con él. Hallóle con entrambos pies en un cepo y con las esposas a las manos, y que aún no le habían quitado el piedeamigo. Era la estancia escura; pero hizo que por arriba abriesen una lumbrera, por donde entraba luz, aunque muy escasa, y así como le vio le dijo:

—¿Cómo está la buena pieza? ¡Que así tuviera yo atraillados cuantos gitanos hay en España, para acabar con ellos en un día, como Nerón quisiera con Roma, sin dar más de un golpe! Sabed, ladrón puntoso, que yo soy el Corregidor de esta ciudad, y vengo a saber, de mí a vos, si es verdad que es vuestra esposa una gitanilla que viene con vosotros.

Oyendo esto Andrés, imaginó que el Corregidor se debía de haber enamorado de Preciosa; que los celos son de cuerpos sutiles y se entran por otros cuerpos sin romperlos, apartarlos ni dividirlos; pero, con todo esto, respondió:

—Si ella ha dicho que yo soy su esposo, es mucha verdad; y si ha dicho que no lo soy, también ha dicho verdad, porque no es posible que Preciosa diga mentira.

—¿Tan verdadera es? —respondió el Corregidor—. No es poco serlo, para ser gitana. Ahora bien, mancebo, ella ha dicho que es vuestra esposa; pero que nunca os ha dado la mano. Ha sabido que, según vuestra culpa, habéis de morir por ella, y hame pedido que antes de vuestra muerte la despose con vos, porque se quiere honrar con quedar viuda de un tan gran ladrón como vos.

—Pues hágalo vuesa merced, señor Corregidor, como ella lo suplica; que como yo me despose con ella, iré contento a la otra vida, como parte désta con nombre de ser suyo.

—¡Mucho la debéis de querer! —dijo el Corregidor.

—Tanto —respondió el preso—, que a poderlo decir, no fuera nada. En efeto, señor Corregidor, mi causa se concluya; yo maté al que me quiso quitar la honra; yo adoro a esa gitana: moriré contento si muero en su gracia, y sé que no nos ha de faltar la de Dios, pues entrambos habremos guardado honestamente y con puntualidad lo que nos prometimos.

—Pues esta noche enviaré por vos —dijo el Corregidor—, y en mi casa os desposaréis con Preciosica, y mañana a mediodía estaréis en la horca; con lo que yo habré cumplido con lo que pide la justicia y con el deseo de entrambos.

Agradecióselo Andrés, y el Corregidor volvió a su casa y dio cuenta a su mujer de lo que con don Juan había pasado, y de otras cosas que pensaba hacer.

En el tiempo que él faltó dio cuenta Preciosa a su madre de todo el discurso de su vida, y de cómo siempre había creído ser gitana y ser nieta de aquella vieja; pero que siempre se había estimulado en mucho más de lo que de ser gitana se esperaba.

Preguntóle su madre que le dijese la verdad, si quería bien a don Juan de Cárcamo. Ella, con vergüenza y con los ojos en el suelo, le dijo que por haberse considerado gitana, y que mejoraba su suerte con casarse con un caballero de hábito y tan principal como don Juan de Cárcamo, y por haber visto por experiencia su buena condición y honesto trato, alguna vez le había mirado con ojos aficionados; pero que, en resolución, ya había dicho que no tenía otra voluntad que aquella que ellos quisiesen.

Llegóse la noche, y siendo casi las diez, sacaron a Andrés de la cárcel, sin las esposas y el piedeamigo, pero no sin una gran cadena que desde los pies todo el cuerpo le ceñía. Llegó deste modo, sin ser visto de nadie, sino de los que le traían, en casa del Corregidor, y con silencio y recato le entraron en un aposento, donde le dejaron solo. De allí a un rato entró un clérigo y le dijo que se confesase, porque había de morir otro día. A lo cual respondió Andrés:

—De muy buena gana me confesaré; pero, ¿cómo no me desposan primero? Y si me han de desposar, por cierto que es muy malo el tálamo que me espera.

Doña Guiomar, que todo esto sabía, dijo a su marido que eran demasiados los sustos que a don Juan daba; que los moderase, porque podría ser perdiese la vida con ellos. Parecióle buen consejo al Corregidor, y así entró a llamar al que le confesaba, y díjole que primero habían de desposar al gitano con Preciosa, la gitana, y que después se confesaría, y que se encomendase a Dios de todo corazón, que muchas veces suele llover sus misericordias en el tiempo que están más secas las esperanzas.

En efeto, Andrés salió a una sala donde estaban solamente doña Guiomar, el Corregidor, Preciosa y otros dos criados de casa. Pero cuando Preciosa vio a don Juan ceñido y aherrojado con tan gran cadena, descolorido el rostro y los ojos con muestra de haber llorado, se le cubrió el corazón y se arrimó al brazo de su madre, que junto a ella estaba, la cual, abrazándola consigo, le dijo:

—Vuelve en ti, niña, que todo lo que ves ha de redundar en tu gusto y provecho.

Ella, que estaba ignorante de aquello, no sabía cómo consolarse, y la gitana vieja estaba turbada, y los circunstantes, colgados del fin de aquel caso.

El Corregidor dijo:

—Señor tiniente cura, este gitano y esta gitana son los que vuesa merced ha de desposar.

—Eso no podré yo hacer si no preceden primero las circunstancias que para tal caso se requieren. ¿Dónde se han hecho las amonestaciones? ¿Adónde está la licencia de mi superior, para que con ella se haga el desposorio?

—Inadvertencia ha sido la mía —respondió el Corregidor—; pero yo haré que el vicario la dé.

—Pues hasta que la vea —respondió el tiniente cura—, estos señores perdonen.

Y sin replicar más palabras, porque no sucediese algún escándalo, se salió de casa y los dejó a todos confusos.

—El padre ha hecho muy bien —dijo a esta sazón el Corregidor—, y podría ser fuese providencia del cielo ésta, para que el suplicio de Andrés se dilate, porque, en efeto, él se ha de desposar con Preciosa y han de preceder primero las amonestaciones, donde se hará tiempo al tiempo, que suele dar dulce salida a muchas amargas dificultades; y con todo esto, quería saber de Andrés, si la suerte encaminase sus sucesos de manera que sin estos sustos y sobresaltos se hallase esposo de Preciosa, si se tendría por dichoso, ya siendo Andrés Caballero, o ya don Juan de Cárcamo. Así como oyó Andrés nombrarse por su nombre, dijo:

—Pues Preciosa no ha querido contenerse en los límites del silencio y ha descubierto quién soy, aunque esa buena dicha me hallara hecho monarca del mundo, la tuviera en tanto, que pusiera término a mis deseos, sin osar desear otro bien sino el del Cielo.

—Pues por ese buen camino que habéis mostrado, señor don Juan de Cárcamo, a su tiempo haré que Preciosa sea vuestra legítima consorte, y agora os la doy y entrego en esperanza por la más rica joya de mi casa, y de mi vida, y de mi alma; y estimadla en lo que decís, porque en ella os doy a doña Constanza de Meneses, mi única hija, la cual, si os iguala en el amor, no os desdice nada en el linaje.

Atónito quedó Andrés viendo el amor que le mostraban, y en breves razones doña Guiomar contó la pérdida de su hija y su hallazgo, con las certísimas señas que la gitana vieja había dado de su hurto; conque acabó don Juan de quedar atónito y suspenso, pero alegre sobre todo encarecimiento; abrazó a sus suegros, llamólos padres y señores suyos, besó las manos a Preciosa, que con lágrimas le pedía las suyas.

Rompióse el secreto, salió la nueva del caso con la salida de los criados que habían estado presentes; el cual sabido por el Alcalde, tío del muerto, vio tomados los caminos de su venganza, pues no había de tener lugar el rigor de la justicia para ejecutarla en el yerno del Corregidor.

Vistióse don Juan los vestidos de camino que allí había traído la gitana; volviéronse las prisiones y cadenas de hierro en libertad y cadenas de oro; la tristeza de los gitanos presos, en alegría, pues otro día los dieron en fiado[95]. Recibió el tío del muerto la promesa de dos mil ducados, que le hicieron porque bajase[96] de la querella y perdonase a don Juan, el cual, no olvidándose de su camarada Clemente, le hizo buscar, pero no le hallaron ni supieron dél, hasta que desde allí a cuatro días tuvo nuevas ciertas que se había embarcado en una de dos galeras de Génova que estaban en el puerto de Cartagena, y ya se habían partido.

Dijo el Corregidor a don Juan que tenía por nueva cierta que su padre, don Francisco de Cárcamo, estaba proveído por Corregidor de aquella ciu-

[95] Libertad bajo fianza.

[96] Renunciase a la querella.

dad, y que sería bien esperalle, para que con su beneplácito y consentimiento se hiciesen las bodas.

Don Juan dijo que no saldría de lo que él ordenase; pero que, ante todas las cosas, se había de desposar con Preciosa.

Concedió licencia el Arzobispo para que con sola una amonestación se hiciese. Hizo fiestas la ciudad, por ser muy bien quisto el Corregidor, con luminarias, toros y cañas el día del desposorio; quedóse la gitana vieja en casa, que no se quiso apartar de su nieta Preciosa.

Llegaron las nuevas a la Corte del caso y casamiento de la Gitanilla; supo don Francisco de Cárcamo ser su hijo el gitano y ser la Preciosa la gitanilla que él había visto, cuya hermosura disculpó con él la liviandad de su hijo, que ya le tenían por perdido, por saber que no había ido a Flandes; y más porque vio cuán bien le estaba el casarse con hija de tan gran caballero y tan rico como era don Francisco de Azevedo. Dio priesa a su partida, por llegar presto a ver a sus hijos, y dentro de veinte días ya estaba en Murcia, con cuya llegada se renovaron los gustos, se hicieron las bodas, se contaron las vidas, y los poetas de la ciudad, que hay algunos, y muy buenos, tomaron a cargo celebrar el extraño caso, juntamente con la sin igual belleza de la Gitanilla. Y de tal manera escribió el famoso licenciado Pozo[97], que en sus versos durara la fama de la Preciosa mientras los siglos duraren.

Olvidábaseme decir cómo la enamorada mesonera descubrió a la justicia no ser verdad lo del hurto de Andrés el gitano, y confesó su amor y su culpa, a quien no respondió pena alguna, porque en la alegría del hallazgo de los desposados se enterró la venganza y resucitó la clemencia.

[97] Según las investigaciones de Rodríguez Marín, este personaje es real y se llamaba Francisco del Pozo, que en Murcia, en 1602, había aprobado la obra de Lope de Vega El veneno saludable.

EL AMANTE LIBERAL

—¡Oh, lamentables ruinas de la desdichada Nicosia[1], apenas enjutas de la sangre de vuestros valerosos y mal afortunados defensores! Si como carecéis de sentido, le tuviérades ahora, en esta soledad donde estamos, pudiéramos lamentar juntas nuestras desgracias, y quizá el haber hallado compañía en ellas aliviara nuestro tormento; esta esperanza os puede haber quedado, ¡mal derribados torreones!, que otra vez, aunque no para tan justa defensa como la en que os derribaron, os podéis ver levantados; mas yo, desdichado, ¿qué bien podré esperar en la miserable estrechez en que me hallo, aunque vuelva al estado en que estaba antes deste en que me veo? Tal es mi desdicha, que en la libertad fui sin ventura, y en el cautiverio, ni la tengo ni la espero.

Estas razones decía un cautivo cristiano, mirando desde un recuesto las murallas derribadas de la ya perdida Nicosia, y así hablaba con ellas, y hacía comparación de sus miserias a las suyas, como si ellas fueran capaces de entenderle; propia condición de afligidos que, llevados de sus imaginaciones, hacen y dicen cosas ajenas de toda razón y buen discurso. En esto salió de un pabellón o tienda, de cuatro que estaban en aquella campana puestas, un turco, mancebo de muy buena disposición y gallardía, y llegándose al cristiano le dijo:

—Apostaría yo, Ricardo amigo, que te traen por estos lugares tus continuos pensamientos.

—Sí traen —respondió Ricardo, que este era el nombre del cautivo—; mas, ¿qué aprovecha si en ninguna parte a do voy hallo tregua ni descanso en ellos, antes me los han acrecentado estas ruinas que desde aquí se descubren?

—Por las de Nicosia dirás —dijo el turco.

—Pues, ¿por cuáles quieres que lo diga —repitió Ricardo—, si no hay otras que a los ojos por aquí se ofrezcan?

—Bien tendrás que llorar —repitió el turco—, si en esas contemplaciones entras; porque los que vieron hará dos años esta nombrada y rica isla de Chipre en su tranquilidad y sosiego, gozando sus moradores en ella de todo aquello que la felicidad humana puede conceder a los hombres, y ahora los ve o contempla, o desterrados della o en ella cautivos y miserables, ¿cómo podrán dejar de no dolerse de su calamidad y desventura? Pero dejemos estas cosas, pues no llevan remedio, y vengamos a las tuyas, que quiero ver si le tienen, y así te ruego, por lo que debes a la buena voluntad que te he mostrado y por lo que te obliga el ser entrambos de una misma patria, y habernos criado en nuestra niñez juntos, que me digas qué es la causa que te trae tan demasiado triste; que puesto caso que sola la del cautiverio es bas-

[1] Capital de la isla de Chipre, que se rindió a los invasores turcos en septiembre de 1570.

tante para entristecer el corazón más alegre del mundo, todavía imagino que de mas atrás traen la corriente tus desgracias. Porque los generosos ánimos como el tuyo no suelen rendirse a las comunes desdichas tanto que den muestras de extraordinarios sentimientos, y háceme creer esto el saber yo que no eres tan pobre que te falte para dar cuanto pidieren para tu rescate; ni estás en las torres del mar Negro[2], como cautivo de consideración que tarde o nunca alcanza la deseada libertad. Así que, no habiéndote quitado la mala suerte las esperanzas de verte libre, y con todo esto, verte rendido a dar miserables muestras de tu desventura, no es mucho que imagine que tu pena procede de otra causa que de la libertad que perdiste, la cual causa te suplico me digas, ofreciéndote cuanto puedo y valgo; quizá para que yo te sirva ha traído la fortuna este rodeo de haberme hecho vestir deste hábito, que aborrezco. Ya sabes, Ricardo, que es mi amo el cadí[3] desta ciudad, que es lo mismo que ser su obispo; sabes también lo mucho que vale y lo mucho que con él puedo; juntamente con esto no ignoras el deseo encendido que tengo de no morir en este estado que parece que profeso, pues cuando más no pueda tengo de confesar y publicar a voces la fe de Jesucristo, de quien me apartó mi poca edad y menos entendimiento, puesto que sé que tal confesión me ha de costar la vida, que a trueco de no perder la del alma daré por bien empleado perder la del cuerpo. De todo lo dicho quiero que infieras y que consideres que te puede ser de algún provecho mi amistad, y que para saber qué remedios o alivios puede tener tu desdicha es menester que me la cuentes como ha menester el médico la relación del enfermo, asegurándote que la depositaré en lo más escondido del silencio.

A todas estas razones estuvo callando Ricardo, y viéndose obligado dellas y de la necesidad, le respondió con éstas:

—Si así como has acertado, ¡oh amigo Mahamut! —que así se llamaba el turco—, en lo que de mi desdicha imaginas, acertaras en su remedio, tuviera por bien perdida mi libertad, y no trocara mi desgracia con la mayor ventura que imaginarse pudiera; mas yo sé que ella es tal que todo el mundo podrá saber bien la causa de donde procede, mas no habrá en él persona que se atreva, no sólo a hallarle remedio, pero ni aun alivio, y para que quedes satisfecho desta verdad, te la contaré en las menos razones que pudiere; pero antes que entre en el confuso laberinto de mis males, quiero que me digas qué es la causa que Hazán Bajá, mi amo, ha hecho plantar en esta campaña estas tiendas y pabellones antes de entrar en Nicosia, adonde viene proveído por virrey o por bajá, como los turcos llaman a los virreyes.

—Yo te satisfaré brevemente—respondió Mahamut—, y así has de saber que es costumbre entre los turcos que los que van por virreyes de alguna provincia no entran en la ciudad donde su antecesor habita hasta que él salga della y deje hacer libremente al que viene la residencia; y en tanto que el bajá nuevo la hace, el antiguo se está en la campaña esperando lo que resulta de sus cargos, los cuales se le hacen sin que él pudiera intervenir a valerse de sobornos y amistades, si ya primero no lo ha hecho. Hecha, pues,

---

[2] Se refiere a las Siete Torres, situadas en Constantinopla y citadas por Andrés Laguna en su libro Viaje a Turquía.

[3] Juez.

la residencia, se la dan al que deja el cargo en un pergamino cerrado y sellado, y con ella se presenta a la Puerta del Gran Señor, que es como decir en la corte ante el Gran Consejo del Turco; la cual vista por el visir bajá, y por los otros cuatro bajaes menores, como si dejésemos ante el presidente del Real Consejo y oidores, o le premian o le castigan, según la relación de la residencia; puesto que si viene culpado, con dineros rescata y excusa el castigo. Si no viene culpado y no le premian, como sucede de ordinario, con dádivas y presentes alcanza el cargo que más se le antoja, porque no se dan allí los cargos y oficios por merecimientos, sino por dineros: todo se vende y todo se compra. Los proveedores de los cargos roban a los proveídos en ellos y los desuellan; deste oficio comprado sale la sustancia para comprar otro que más ganancia promete. Todo va como digo, todo este imperio es violento, señal que prometía no ser durable; pero a lo que yo creo, y así debe de ser verdad, le tienen sobre sus hombros nuestros pecados, quiero decir, los de aquellos que descaradamente y a rienda suelta ofenden a Dios, como yo hago: Él se acuerde de mí por quien Él es. Por la causa que he dicho, pues, tu amo, Hazán Bajá, ha estado en esta campaña cuatro días, y si el de Nicosia no ha salido como debía, ha sido por haber estado muy malo; pero ya está mejor y saldrá hoy o mañana, sin duda alguna, y se ha de alojar en unas tiendas que están detrás deste recuesto que tú no has visto, y tu amo entrará luego en la ciudad, y esto es lo que hay que saber de lo que me preguntaste.

—Escucha, pues —dijo Ricardo—; mas no sé si podré cumplir lo que antes dije, que en breves razones te contaría mi desventura, por ser ella tan larga y desmedida, que no se puede medir con razón alguna; con todo esto, haré lo que pudiere y lo que el tiempo diere lugar, y así te pregunto primero si conoces en nuestro lugar de Trápana[4] una doncella a quien la fama daba nombre de la más hermosa mujer que había en toda Sicilia; una doncella, digo, por quien decían todas las curiosas lenguas y afirmaban los más raros entendimientos que era la de más perfecta hermosura que tuvo la edad pasada, tiene la presente y espera tener la que está por venir, una por quien los poetas cantaban que tenía los cabellos de oro, y que eran sus ojos dos resplandecientes soles, y sus mejillas purpúreas rosas, sus dientes perlas, sus labios rubíes, su garganta alabastro, y que sus partes con el todo, y el todo con sus partes, hacían una maravillosa y concertada armonía, esparciendo naturaleza sobre todo una suavidad de colores tan natural y perfecta, que jamás pudo la envidia hallar cosa en que ponerle tacha. Qué, ¿es posible, Mahamut, que ya no me has dicho quién es y cómo se llama? Sin duda creo, o que no me oyes, o que cuando en Trápana estabas, carecías de sentido.

—En verdad, Ricardo —respondió Mahamut—, que si la que has pintado con tantos extremos de hermosura no es Leonisa, la hija de Rodolfo Florencio, no sé quién sea; que ésta sola tenía la fama que dices.

—Ésa es, ¡Oh, Mahamut! —respondió Ricardo—; ésa es, amigo, la causa principal de todo mi bien y de toda mi desventura; ésa es, que no la perdida libertad, por quien mis ojos que han derramado, derraman y derramarán

[4] Se refiere a Trápani, puerto de gran importancia en las antiguas rutas de comercio; situado en la parte occidental de Sicilia.

lágrimas sin cuento, y la por quien mis sospiros encienden el aire, cerca y lejos, y la por quien mis razones cansan al cielo que las escucha y a los oídos que las oyen; ésa es por quien tú me has juzgado por loco o, por lo menos, por de poco valor y menos ánimo; esta Leonisa, para mí leona, y mansa cordera para otro, es la que me tiene en este miserable estado. Porque has de saber que desde mis tiernos años, o a lo menos desde que tuve uso de razón, no sólo la amé, mas la adoré y serví con tanta solicitud como si no tuviera en la tierra ni en el cielo otra deidad a quien sirviese ni adorase. Sabían sus deudos y sus padres mis deseos, y jamás dieron muestra de que les pesase, considerando que iban encaminados a fin honesto y virtuoso, y así muchas veces sé yo que se lo dijeron a Leonisa, para disponerle la voluntad a que por su esposo me recibiese; mas ella, que tenía puestos los ojos en Cornelio, el hijo de Ascanio Rótulo, que tú bien conoces: mancebo galán, atildado, de blandas manos y rizados cabellos, de voz meliflua y de amorosas palabras, y, finalmente, todo hecho de ámbar y de alfeñique, guarnecido de telas y adornado de brocados, no quiso ponerlos en mi rostro, no tan delicado como el de Cornelio, ni quiso agradecer siquiera mis muchos y continuos servicios, pagando mi voluntad con desdeñarme y aborrecerme, y a tanto llegó el extremo de amarla, que tomara por partido dichoso que me acabara a pura fuerza de desdenes y desagradecimientos, con que no diera descubiertos aunque honestos favores a Cornelio. Mira, pues, si llegándose a la angustia del desdén y aborrecimiento la mayor y más cruel rabia de los celos, ¡cuál estaría mi alma de dos tan mortales pestes combatida! Disimulaban los padres de Leonisa los favores que a Cornelio hacía, creyendo, como estaba en razón que creyesen, que atraído el mozo de su incomparable y bellísima hermosura, la escogería por su esposa, y en ello granjearían yerno más rico que conmigo, y bien pudiera ser, si así fuera; pero no le alcanzaran, sin arrogancia sea dicho, de mejor condición que la mía, ni de más altos pensamientos, ni de más conocido valor que el mío. Sucedió, pues, que en el discurso de mi pretensión alcancé a saber que un día del mes pasado de mayo, que este de hoy hace un año, tres días y cinco horas, Leonisa y sus padres, y Cornelio y los suyos, se iban a solazar con toda su parentela y criados al jardín de Ascanio, que está cercano a la marina, en el camino de las Salinas.

—Bien lo sé —dijo Mahamut—: pasa adelante, Ricardo, que más de cuatro días tuve en él, cuando Dios quiso, más de cuatro buenos ratos.

—Súpelo —replicó Ricardo—, y al mismo instante que lo supe me ocupó el alma una furia, una rabia y un infierno de celos, con tanta vehemencia y rigor, que me sacó de mis sentidos, como lo verás por lo que luego hice, que fue irme al jardín donde me dijeron que estaban, y hallé a la más de la gente solazándose, y debajo de un nogal sentados a Cornelio y a Leonisa, aunque desviados un poco. Cuál ellos quedaron de mi vista, no lo sé; de mí sé decir que quedé tal con la suya, que perdí la de mis ojos, y me quedé como estatua sin voz ni movimiento alguno; pero no tardó mucho en despertar el enojo a la cólera, y la cólera a la sangre del corazón, y la sangre a la ira, y la ira a las manos y a la lengua; puesto que las manos se ataron con el respeto a mi parecer debido al hermoso rostro que tenía delante. Pero la lengua rompió el silencio con estas razones: «Contenta estarás, ¡oh, enemiga mortal de mi descanso!, en tener con tanto sosiego delante de tus ojos la causa que hará que los míos vivan en perpetuo y doloroso llanto. Llégate, llégate, cruel, un poco más, y enrede tu yedra a ese inútil tronco que te busca; peina o ensortija aquellos cabellos de ese tu nuevo Ganimedes, que tibiamente te solicita; acaba ya de entregarte a los banderizos[5] años dese mozo en quien contemplas, porque perdiendo yo la esperanza de alcanzarte, acabe con ella la vida que aborrezco. ¿Piensas, por ventura, soberbia y mal considerada doncella, que contigo sola se han de romper y faltar las leyes y fueros que en semejantes casos en el mundo se usan? ¿Piensas, quiero decir, que este mozo, altivo por su riqueza, arrogante por su gallardía, inexperto por su edad poca, confiado por su linaje, ha de querer, ni poder, ni saber guardar firmeza en sus amores, ni estimar lo inestimable, ni conocer lo que conocen los maduros y experimentados años? No lo pienses, si lo piensas, porque no tiene otra cosa buena el mundo, sino hacer sus acciones siempre de una misma manera, porque no se engañe nadie sino por su propia ignorancia. En los pocos años está la inconsciencia mucha; en los ricos, la soberbia; la vanidad, en los arrogantes, y en los hermosos, el desdén, y en los que todo esto tienen, la necedad, que es madre de todo mal suceso. Y tú, ¡oh, mozo!, que tan a salvo piensas llevar el premio más debido a mis buenos deseos que a los ociosos tuyos, ¿por qué no te levantas dese estrado de flores donde yaces, y vienes a sacarme el alma, que tanto la tuya aborrece? Y no porque me ofendas en lo que haces, sino porque no sabes estimar el bien que la ventura te concede, y vese claro que le tienes en poco, en que no quieres moverte a defendelle por no ponerte a riesgo de descomponer la afeitada[6] compostura de tu galán vestido. Si esa tu reposada condición tuviera Aquiles, bien seguro estuviera Ulises de no salir con su empresa aunque más le mostrara resplandecientes armas y acerados alfanjes[7]; vete, vete, y recréate entre las doncellas de tu madre, y allí ten cuidado de tus cabellos y de tus manos, más despiertas a devanar blando sirgo[8] que a empuñar la dura espada.»

»A todas estas razones jamas se levantó Cornelio del lugar donde le hallé sentado, antes se estuvo quedo, mirándome como embelesado sin moverse, y a las levantadas voces con que le dije lo que has oído, se fue llegando la gente que por la huerta andaba, y se pusieron a escuchar otros más improperios que a Cornelio dije, el cual, tomando ánimo con la gente que acudió, porque todos o los más eran sus parientes, criados o allegados, dio muestras de levantarse; más antes que se pusiese en pie puse mano a mi espada y acometíle, no sólo a él, sino a todos cuantos allí estaban. Pero apenas vio Leonisa relucir mi espada, cuando le tomó un recio desmayo, cosa que me puso en mayor coraje y mayor despecho, y no te sabré decir si los muchos que me acometieron atendían no más de a defenderse, como quien se defiende de un loco furioso, o si fue mi buena suerte y diligencia, o el cielo, que para mayores males quería guardarme, porque, en efeto, herí siete u ocho de los que hallé más a mano. A Cornelio le valió su buena diligencia, pues fue tanta la que puso en los pies, huyendo, que se escapó de mis manos. Estando en este tan manifiesto peligro, cercado de mis enemigos, que ya ofendidos

[5] Fogosos.
[6] Acicalada.
[7] Tipo de cuchillo curvo.
[8] Seda torcida.

procuraban vengarse, me socorrió la ventura con un remedio que fuera mejor haber dejado allí la vida, que no, restaurándola por tan no pensado camino, venir a perderla cada hora mil y mil veces, y fue que de improviso dieron en el jardín mucha cantidad de turcos de dos galeotas de corsarios de Biserta[9], que en una cala, que allí cerca estaba, habían desembarcado sin ser sentidos de las centinelas de las torres de la marina, ni descubiertos de los corredores[10] o atajadores de la costa. Cuando mis contrarios los vieron dejándome solo, con presta celeridad se pusieron en cobro[11]; de cuantos en el jardín estaban, no pudieron los turcos cautivar más de tres personas y a Leonisa, que aún se estaba desmayada; a mí me cogieron con cuatro disformes heridas, vengadas antes por mi mano con cuatro turcos, que de otras cuatro dejé sin vida tendidos en el suelo. Este asalto hicieron los turcos con su acostumbrada diligencia, y no muy contentos del suceso, se fueron a embarcar, y luego se hicieron a la mar, y a vela y remo[12] en breve espacio se pusieron en la Fabiana[13]. Hicieron reseña por ver qué gente les faltaba, y viendo que los muertos eran cuatro soldados de aquellos que ellos llaman leventes[14], y de los mejores y más estimados que traían, quisieron tomar en mí la venganza, y así mandó el arráez[15] de la capitana bajar la entena para ahorcarme.

»Todo esto estaba mirando Leonisa, que ya había vuelto en sí, y viéndose en poder de los corsarios, derramaba abundancia de hermosas lágrimas, y torciendo sus manos delicadas, sin hablar palabra, estaba atenta a ver si entendía lo que los turcos decían; mas uno de los cristianos del remo le dijo en italiano cómo el arráez mandaba ahorcar aquel cristiano, señalándome a mí, porque había muerto en su defensa a cuatro de los mejores soldados de las galeotas. Lo cual oído por Leonisa, la vez primera que se mostró para mí piadosa, dijo al cautivo que dijese a los turcos que no me ahorcasen, porque perderían un gran rescate, y que les rogaba volviesen a Trápana, que luego me rescatarían. Esta, digo, fue la primera y aún será la última caridad que usó conmigo Leonisa, y todo para mayor mal mío. Oyendo, pues, los turcos lo que el cautivo les decía, le creyeron, y mudóles el interés la cólera. Otro día por la mañana, alzando la bandera de paz volvieron a Trápana, aquella noche la pasé con el dolor que imaginarse puede, no tanto por el que mis heridas me causaban, cuanto por imaginar el peligro en que la cruel enemiga mía entre aquellos bárbaros estaba.

»Llegados, pues, como digo, a la ciudad, entró en el puerto la una galeota y la otra se quedó fuera; coronóse luego todo el puerto y la ribera toda de cristianos, y el lindo de Cornelio, desde lejos, estaba mirando lo que en la galeota pasaba. Acudió luego un mayordomo mío a tratar de mi rescate, al cual dije que en ninguna manera tratase de mi libertad, sino de la de Leonisa, y que diese por ella todo cuanto valía mi hacienda, y más le ordené que vol-

---

[9] Puerto en la costa norte de Túnez.
[10] Exploradores.
[11] Se refugiaron.
[12] «A vela y remo»: Rápidamente.
[13] Se refiere a la isla Favignana, situada al oeste de Sicilia.
[14] Marinos turcos.
[15] Capitán de una embarcación arabe.

viese a tierra y dijese a los padres de Leonisa que le dejasen a él tratar de la libertad de su hija, y que no se pusiesen en trabajo por ella. Hecho esto, el arráez principal, que era un renegado griego llamado Yzuf, pidió por Leonisa seis mil escudos, y por mí, cuatro mil, añadiendo que no daría el uno sin el otro: pidió esta gran suma, según después supe, porque estaba enamorado de Leonisa y no quisiera él rescatarla, sino darle al arráez de la otra galeota, con quien había de partir las presas que se hiciesen por mitad, a mí, en precio de cuatro mil escudos, y mil en dinero, que hacían cinco mil, y quedarse con Leonisa por otros cinco mil. Y esta fue la causa por que nos apreció a los dos en diez mil escudos. Los padres de Leonisa no ofrecieron de su parte nada, atenidos a la promesa que de mi parte mi mayordomo les había hecho; ni Cornelio movió los labios en su provecho, y así, después de muchas demandas y respuestas, concluyó mi mayordomo en dar por Leonisa cinco mil, y por mí, tres mil escudos.

»Aceptó Yzuf este partido, forzado de las persuasiones de su compañero y de lo que todos sus soldados le decían; mas como mi mayordomo no tenía junta tanta cantidad de dinero, pidió tres días de término para juntarlos, con intención de malbaratar mi hacienda hasta cumplir el rescate. Holgóse desto Yzuf, pensando hallar en este tiempo ocasión para que el concierto no pasase adelante, y volviéndose a la isla de la Fabiana, dijo que llegado el término de los tres días volvería por el dinero. Pero la ingrata fortuna, no cansada de maltratarme, ordenó que estando desde lo más alto de la isla puesta a la guarda una centinela de los turcos, bien dentro a la mar, descubrió seis velas latinas, y entendió, como fue de verdad, que debían ser o la escuadra de Malta, o algunas de las de Sicilia. Bajó corriendo a dar la nueva, y en un pensamiento se embarcaron los turcos que estaban en tierra, cuál guisando de comer, cuál lavando su ropa, y zarpando con no vista presteza dieron al agua los remos y al viento las velas y puestas las proas en Berbería, en menos de dos horas perdieron de vista las galeras, y así, cubiertos con la isla y con la noche, que venía cerca, se aseguraron del miedo que habían cobrado. A tu buena consideración dejo, ¡oh, Mahamut amigo!, que consideres cuál iría mi ánimo en aquel viaje tan contrario del que yo esperaba, y más cuando otro día habiendo llegado las dos galeotas a la isla de la Pantanalea[16], por la parte del mediodía los turcos saltaron en tierra a hacer leña y carne como ellos dicen, y más cuando vi que los arraeces saltaron en tierra y se pusieron a hacer las partes de todas las presas que habían hecho. Cada acción déstas fue para mí una dilatada muerte. Viniendo, pues, a la partición mía y de Leonisa, Yzuf dio a Fetala que así se llamaba el arráez de la otra galeota seis cristianos, los cuatro para el remo, y dos muchachos hermosísimos, de nación corsos, y a mí con ellos, por quedarse con Leonisa, de lo cual se contentó Fetala, y aunque estuve presente a todo esto, nunca pude entender lo que decían, aunque sabía lo que hacían, ni entendiera por entonces el modo de la partición si Fetala no se llegara a mí y me dijera en italiano: "Cristiano, ya eres mío; en dos mil escudos de oro te me han dado; si quieres libertad, has de dar cuatro mil; si no, acá morir." Preguntéle si era también suya la cristiana; díjome que no, sino que Yzuf se quedaba con ella, con

[16] Referencia a la isla Pantalaria, situada entre Sicilia y Túnez.

intención de volverla mora y casarse con ella. Y así era la verdad, porque me lo dijo uno de los cautivos del remo que entendía bien el turquesco, y se lo había oído tratar a Yzuf y a Fetala. Díjele a mi amo que hiciese de modo como se quedase con la cristiana, y que le daría por su rescate sólo diez mil escudos de oro en oro. Respondióme no ser posible, pero que haría que Yzuf supiese la gran suma que le ofrecía por la cristiana; quizá, llevado del interés, mudaría de intención y la rescataría. Hízolo así, y mandó que todos los de su galeota se embarcasen luego, porque se quería ir a Tripoli[17] de Berbería, de donde él era. Yzuf asimismo determinó irse a Biserta y así se embarcaron con la misma priesa que suelen cuando descubren o galeras de quien temer, o bajeles a quien robar. Movióles a darse priesa, por parecerles que el tiempo mudaba con muestras de borrasca. Estaba Leonisa en tierra; pero no en parte que yo la pudiese ver, sino fue que al tiempo de embarcarnos llegamos juntos a la marina. Llevábala de la mano su nuevo amo y su más nuevo amante, y al entrar por la escala que estaba puesta desde tierra a la galeota volvió los ojos a mirarme, y los míos, que no se quitaban della, la miraron con tan tierno sentimiento y dolor, que sin saber cómo se me puso una nube ante ellos, que me quitó la vista, y sin ella y sin sentido alguno di conmigo en el suelo. Lo mismo me dijeron después que había sucedido a Leonisa porque la vieron caer de la escala a la mar, y que Yzuf se había echado tras della y la sacó en brazos. Esto me contaron dentro de la galeota de mi amo, donde me habían puesto sin que yo lo sintiese; mas cuando volví de mi desmayo y me vi solo en la galeota y que la otra, tomando otra derrota[18], se apartaba de nosotros, llevándose consigo la mitad de mi alma o, por mejor decir, toda ella, cubrióseme el corazón de nuevo, y de nuevo maldije mi ventura y llamé a la muerte a voces, y eran tales los sentimientos que hacía, que mi amo, enfadado de oírme, con un grueso palo me amenazó que si no callaba me maltrataría. Reprimí las lágrimas, recogí los suspiros, creyendo que con la fuerza que les hacía reventarían por parte que abriesen puerta al alma que tanto deseaba desamparar este miserable cuerpo; mas la suerte aún no contenta de haberme puesto en tan encogido estrecho[19], ordenó de acabar con todo, quitándome las esperanzas de todo mi remedio, y fue que en un instante se declaró la borrasca que ya se temía y el viento que de la parte de mediodía soplaba y nos embestía por la proa comenzó a reforzar con tanto brío, que fue forzoso volverle la popa y dejar correr el bajel por donde el viento quería llevarle.

»Llevaba designio el arráez de despuntar la isla y tomar abrigo en ella por la banda del Norte; mas sucedióle al revés su pensamiento, porque el viento cargó con tanta furia, que todo lo que habíamos navegado en dos días, en poco más de catorce horas nos vimos a seis millas o siete de la propia isla de donde habíamos partido, y sin remedio alguno íbamos a embestir en ella y no en ninguna playa, sino en unas muy levantadas peñas que a la vista se nos ofrecían, amenazando de inevitable muerte nuestras vidas. Vimos a nuestro lado la galeota de nuestra conserva[20], donde estaba Leonisa

[17] Puerto de Libia.
[18] Dirección de la nave.
[19] Hoy diríamos en «haberme puesto en tal dificultad».
[20] Compañía que se hacen varias naves navegando juntas para auxiliarse y defenderse.

y todos sus turcos y cautivos remeros haciendo fuerza con los remos para entretenerse y no dar en las peñas. Lo mismo hicieron los de la nuestra con más ventaja y esfuerzo, a lo que pareció, que los de la otra, los cuales, cansados del trabajo y vencidos del tesón del viento y de la tormenta, soltando los remos, se abandonaron y se dejaron ir a vista de nuestros ojos a embestir en las peñas, donde dio la galeota tan grande golpe, que toda se hizo pedazos. Comenzaba a cerrar la noche, y fue tamaña la grita de los que se perdían y el sobresalto de los que en nuestro bajel temían perderse, que ninguna cosa de las que nuestro arráez mandaba se entendía ni se hacía; sólo se atendía a no dejar los remos de las manos, tomando por remedio volver la proa al viento y echar las dos áncoras a la mar para entretener con esto algún tiempo la muerte que por cierta tenían, y aunque el miedo de morir era general en todos, en mí era muy al contrario, porque con la esperanza engañosa de ver en el otro mundo a la que había tan poco que déste se habían apartado, cada punto que la galeota tardaba en anegarse o en embestir en las peñas era para mí un siglo de más penosa muerte. Las levantadas olas que por encima del bajel y de mi cabeza pasaban me hacían estar atento a ver si en ellas venía el cuerpo de la desdichada Leonisa

»No quiero detenerme ahora, ¡oh, Mahamut!, en contarte por menudo los sobresaltos, los temores, las ansias, los pensamientos que en aquella luenga y amarga noche tuve y pasé, por no ir contra lo que primero propuse de contarte brevemente mi desventura. Basta decirte que fueron tantos y tales, que si la muerte viniera en aquel tiempo tuviera bien poco que hacer en quitarme la vida.

»Vino el día con muestras de mayor tormenta que la pasada, y hallamos que el bajel había virado un gran trecho, habiéndose desviado de las peñas un buen trecho, y llegádose a una punta de la isla, y viéndose tan a pique de doblarla, turcos y cristianos, con nueva esperanza y fuerzas nuevas, al cabo de seis horas doblamos la punta, y hallamos más blando el mar y más sosegado, de modo que más fácilmente nos aprovechamos de los remos, y abrigados con la isla tuvieron lugar los turcos de saltar en tierra para ir a ver si había quedado alguna reliquia de la galeota que la noche antes dio en las peñas; mas aún no quiso el cielo concederme el alivio que esperaba tener de ver en mis brazos el cuerpo de Leonisa, que, aunque muerto y despedazado, holgara de verle, por romper aquel imposible que mi estrella me puso de juntarme con él como mis buenos deseos merecían, y así rogué a un renegado que quería desembarcarse que le buscase y viese si la mar le había arrojado a la orilla. Pero, como ya he dicho, todo esto me negó el cielo, pues al mismo instante tornó a embravecerse el viento de manera que el amparo de la isla no fue de algún provecho. Viendo esto Fetala, no quiso contrastar contra la fortuna, que tanto le perseguía, y así mandó poner el trinquete al árbol y hacer un poco de vela; volvió la proa a la mar y la popa al viento, y tomando él mismo el cargo del timón, se dejó correr por el ancho mar, seguro de que ningún impedimento le estorbaría su camino; iban los remos igualados en la crujía y toda la gente sentada por los bancos y ballesteras[21], sin

[21] «La tronera o abertura por donde en la nave o los muros se disparaban las ballestas.» (Dic. de Aut.)

que en toda la galeota se descubriese otra persona que la del cómitre[22], que por más seguridad suya se hizo atar fuertemente al estanterol[23]. Volaba el bajel con tanta ligereza que en tres días y tres noches, pasando a la vista de Trápaga, de Melazo[24] y de Palermo, embocó por el Faro de Micina[25], con maravilloso espanto de los que iban dentro y de aquellos que desde la tierra los miraban.

»En fin, por no ser tan prolijo en contar la tormenta como ella lo fue en su porfia, digo que cansados, hambrientos y fatigados con tan largo rodeo, como fue bajar casi toda la isla de Sicilia, llegamos a Trípol de Berbería, donde a mi amo, antes de haber hecho con sus leventes la cuenta del despojo, y dádoles lo que les tocaba, y su quinto al rey, como es costumbre, le dio un dolor de costado tal que dentro de tres días dio con él en el infierno. Púsose luego el virrey de Trípol en toda su hacienda, y el alcaide de los muertos que allí tiene el Gran Turco que, como sabes, es heredero de los que no le dejan en su muerte; estos dos tomaron toda la hacienda de Fetala, mi amo, y yo cupe a éste que entonces era virrey de Trípol, y de allí a quince días le vino la patente de virrey de Chipre, con el cual he venido hasta aquí sin intento de rescatarme, porque aunque él le ha dicho muchas veces que me rescate, pues soy hombre principal, como se lo dijeron a los soldados de Fetala, jamás he acudido a ello, antes le he dicho que le engañaron los que le dijeron grandezas de mi posibilidad, y si quieres, Mahamut, que te diga todo mi pensamiento, has de saber que no quiero volver a parte donde por alguna vía pueda tener cosa que me consuele, y quiero que juntándose a la vida del cautiverio los pensamientos y memorias que jamás me dejan, de la muerte de Leonisa vengan a ser parte para que yo no la tenga jamás de gusto alguno, y si es verdad que los continuos dolores forzosamente se han de acabar o acabar a quien los padece, los míos no podrán dejar de hacerlo, porque pienso darles rienda de manera que a pocos días den alcance a la miserable vida que tan contra mi voluntad sostengo.

»Ese es, ¡oh, Mahamut, hermano!, el triste suceso mío; esta es la causa de mis suspiros y de mis lágrimas; mira tú ahora y considera si es bastante para sacarlos de lo profundo de mis entrañas y para engendrarlos en la sequedad de mi lastimado pecho. Leonisa murió, y con ella mi esperanza, que puesto que la que tenía ella viviendo se sustentaba de un delgado cabello, todavía, todavía...

Y en este «todavía» se le pegó la lengua al paladar, de manera que no pudo hablar más palabra ni detener las lágrimas que, como suele decirse, hilo a hilo le corrían por el rostro en tanta abundancia, que llegaron a humedecer el suelo. Acompañóle en ellas Mahamut; pero pasándose aquel parasismo causado de la memoria renovada en el amargo cuento, quiso Mahamut consolar a Ricardo con las mejores razones que supo; mas él las atajó, diciéndole:

---

[22] «Cierto ministro de la galera a cuyo cargo está la orden y castigo de los remeros.» (Covarrubias.)

[23] «Una columna que media entre la popa de la galera y crujía, adonde el capitán de la nave o galera asiste para mirar si va bien.» (Covarrubias.)

[24] Es Milazzo, puerto del noroeste de Sicilia.

[25] Mesina.

—Lo que has de hacer, amigo, es aconsejarme qué haré yo para caer en desgracia de mi amo y de todos aquellos con quien yo comunicare, para que, siendo aborrecido dél y dellos, los unos y los otros me maltraten y persigan de suerte que, añadiendo dolor a dolor y pena a pena, alcance con brevedad lo que deseo, que es acabar la vida.

—Ahora he hallado ser verdadero —dijo Mahamut—, lo que suele decirse, que lo que se sabe sentir se sabe decir, puesto que[26] algunas veces el sentimiento enmudece la lengua; pero comoquiera que ello sea, Ricardo, ora llegue tu dolor a tus palabras, ora ellas se le aventajen, siempre has de hallar en mí un verdadero amigo o para ayuda o para consejo; que aunque mis pocos años y el desatino que he hecho en vestirme este hábito están dando voces que de ninguna destas dos cosas que te ofrezco se puede fiar ni esperar alguna, yo procuraré que no salga verdadera esta sospecha, ni pueda tenerse por cierta tal opinión, y puesto que tú no quieres ni ser aconsejado ni favorecido, no por eso dejaré de hacer lo que te conviniere, como suele hacerse con el enfermo que pide lo que no le dan y le dan lo que le conviene. No hay en toda esta ciudad quien pueda ni valga como el cadí, mi amo, ni aun el tuyo, que viene por visorrey[27] della, ha de poder tanto, y siendo esto así, como lo es, yo puedo decir que soy el que más puedo en la ciudad, pues puedo con mi patrón todo lo que quiero. Digo esto porque podría ser dar traza con él para que vinieses a ser suyo, y estando en mi compañía, el tiempo nos dirá lo que habemos de hacer, a ti para consolarte, si quieres o pudieres tener consuelo, y a mí para salir désta a mejor vida, o, a lo menos, a parte donde la tenga más segura cuando la deje.

—Yo te agradezco —respondió Ricardo—, Mahamut, la amistad que me ofreces, aunque estoy cierto que, con cuanto hicieres, no has de poder cosa que en mi provecho resulte; pero dejemos ahora esto, y vamos a las tiendas, porque, a lo que veo, sale de la ciudad mucha gente, y sin duda es el antiguo virrey que sale a estarse en la campana por dar lugar a mi amo que entre en la ciudad a hacer la residencia.

—Así es —dijo Mahamut—; ven, pues, Ricardo, y verás las ceremonias con que se reciben; que sé que gustarás de verlas.

—Vamos en buena hora —dijo Ricardo—; quizá te habré menester, si acaso el guardián de los cautivos de mi amo me ha echado menos, que es un renegado, corso de nación y de no muy piadosas entrañas.

Con esto dejaron la plática, y llegaron a las tiendas a tiempo que llegaba el antiguo bajá, y el nuevo le salía a recebir a la puerta de la tienda.

Venía acompañado Alí Bajá, que así se llamaba el que dejaba el gobierno, de todos los jenízaros que de ordinario están de presidio en Nicosia después que los turcos la ganaron, que serían hasta quinientos; venían en dos alas o hileras, los unos con escopetas y los otros con alfanjes desnudos. Llegaron a la puerta del nuevo bajá Hazán, la rodearon todos, y Alí Bajá, inclinando el cuerpo, hizo reverencia a Hazán, y él con menos inclinación le saludó; luego se entró Alí en el pabellón de Hazán, y los turcos le subieron sobre un poderoso caballo, ricamente aderezado, y trayéndole a la redonda

[26] Aunque.
[27] Virrey.

de las tiendas y por todo un buen espacio de la campaña, daban voces y gritos, diciendo en su lengua: «¡Viva, viva Solimán sultán y Hazán Bajá en su nombre!» Repitieron esto muchas veces, reforzando las voces y los alaridos, y luego le volvieron a la tienda, donde había quedado Alí Bajá, el cual, con el cadí y Hazán, se encerraron en ella por espacio de una hora solos.

Dijo Mahamut a Ricardo que se habían encerrado a tratar de lo que convenía hacer en la ciudad acerca de las obras que Alí dejaba comenzadas. De allí a poco tiempo salió el cadí a la puerta de la tienda, y dijo a voces en lengua turquesca, arábiga y griega, que todos los que quisiesen entrar a pedir justicia u otra cosa contra Alí Bajá podrían entrar libremente; que allí estaba Hazán Bajá, a quien el Gran Señor enviaba por virrey de Chipre, que les guardaría toda razón y justicia. Con esta licencia, los jenízaros dejaron desocupada la puerta de la tienda y dieron lugar a que entrasen los que quisiesen. Mahamut hizo que entrase con él Ricardo, que, por ser esclavo de Hazán, no se le impidió la entrada.

Entraron a pedir justicia, así griegos cristianos como algunos turcos, y todos de cosas de tan poca importancia, que las más despachó el cadí sin dar traslado a la parte, sin autos, demandas ni respuestas, que todas las causas, si no son las matrimoniales, se despachan en pie y en un punto, más a juicio de buen varón que por ley alguna, y entre aquellos bárbaros, si lo son en esto, el cadí es el juez competente de todas las causas, que las abrevia en la uña y las sentencia en un soplo, sin que haya apelación de su sentencia para otro tribunal.

En esto entró un chauz, que es como alguacil, y dijo que estaba a la puerta de la tienda un judío que traía a vender una hermosísima cristiana; mandó el cadí que le hiciese entrar, salió el chauz, y volvió a entrar luego, y con él un venerable judío, que traía de la mano a una mujer vestida en hábito berberisco, tan bien aderezada y compuesta, que no lo pudiera estar tan bien la más rica mora de Fez ni de Marruecos, que en aderezarse llevan la ventaja a todas las africanas, aunque entren las de Argel con sus perlas tantas. Venía cubierto el rostro con un tafetán carmesí; por las gargantas de los pies que se descubrían, parecían dos carcajes, que así se llaman las mamillas[28] en arábigo, al parecer de puro oro, y en los brazos, que asimismo por una camisa de cendal[29] delgado se descubrían o traslucían, traía otros carcajes de oro sembrados de muchas perlas; en resolución, en cuanto el traje, ella venía rica y gallardamente aderezada. Admirados desta primera vista el cadí y los demás bajaes, antes que otra cosa dijesen ni preguntasen, mandaron al judío que hiciese que se quitase el antifaz la cristiana; hízolo así, y descubrió un rostro que así deslumbró los ojos y alegró los corazones de los circunstantes, como el sol que por entre cerradas nubes, después de mucha escuridad, se ofrece a los ojos de los que le desean: tal era la belleza de la cautiva cristiana, y tal su brío y su gallardía. Pero en quien con más efeto hizo impresión la maravillosa luz que había descubierto, fue en el lastimado Ricardo, como en aquel que mejor que otro la conocía, pues era su cruel y amada Leonisa, que tantas veces y con tantas lágrimas por él había sido

[28] Pulseras.

[29] Tela de seda o lino muy fina.

tenida y llorada por muerta. Quedó a la improvisa vista de la singular belleza de la cristiana, traspasado y rendido el corazón de Alí, y en el mismo grado y con la misma herida se halló el de Hazán, sin quedarse exento de la amorosa llaga el del cadí, que, más suspenso que todos, no sabía quitar los ojos de los hermosos de Leonisa. Y para encarecer las poderosas fuerzas de amor se ha de saber que en aquel mismo punto nació en los corazones de los tres una a su parecer firme esperanza de alcanzarla y de gozarla, y así, sin querer saber el cómo, ni el dónde, ni el cuándo había venido a poder del judío, le preguntaron el precio que por ella quería.

El codicioso judío respondió que cuatro mil doblas, que vienen a ser dos mil escudos; mas apenas hubo declarado el precio, cuando Alí Bajá dijo que él los daba por ella, y que fuesen luego a contar el dinero a su tienda; empero Hazán Bajá, que estaba de parecer de no dejarla, aunque aventurase en ello la vida, dijo:

—Yo asimismo doy por ella las cuatro mil doblas que el judío pide, y no las diera ni me pusiera a ser contrario de lo que Alí ha dicho si no me forzara lo que él mismo dirá que es razón que me obligue y fuerce, y es que esta gentil esclava no pertenece para ninguno de nosotros, sino para el Gran Señor solamente, y así digo que en su nombre la compro: veamos ahora quién será el atrevido que me la quite.

—Yo seré —replicó Alí—, porque para el mismo efeto la compro, y estáme a mí más a cuento hacer al Gran Señor esté presente por la comodidad de llevarla luego a Constantinopla, granjeado con él la voluntad del Gran Señor, que como hombre que quedo, Hazán, como tú ves, sin cargo alguno, he menester buscar medios de tenelle, de lo que tú estás seguro por tres años, pues hoy comienzas a mandar y a gobernar este riquísimo reino de Chipre; así que por estas razones y por haber sido yo el primero que ofrecí el precio por la cautiva está puesto en razón, ¡oh, Hazán!, que me la dejes.

—Tanto más es de agradecerme a mí —respondió Hazán— el procurarla y enviarla al Gran Señor, cuanto lo hago sin moverme a ello interés alguno, y en lo de comodidad de llevarla, una galeota armaré con sola mi chusma[30] y mis esclavos, que la lleve.

Azoróse con estas razones Alí, y levantándose en pie, empuñó el alfanje, diciendo:

—Siendo, ¡oh, Hazán!, mis intentos unos, que es presentar y llevar esta cristiana al Gran Señor, y habiendo sido yo el comprador primero, está puesto en razón y en justicia que me la dejes a mí, y cuando otra cosa pensares, este alfanje que empuño defenderá mi derecho y castigará tu atrevimiento.

El cadí, que a todo estaba atento, y que no menos que los dos ardía, temeroso de quedar sin la cristiana, imaginó cómo poder atajar el gran fuego que se había encendido, y juntamente quedarse con la cautiva, sin dar alguna sospecha de su dañosa intención, y así, levantándose en pie, se puso entre los dos, que también lo estaban, y dijo:

[30] Remeros.

—Sosiégate, Hazán, y tú, Alí, estáte quedo; que yo estoy aquí, que sabré y podré componer vuestras diferencias de manera que los dos consigáis vuestros intentos, y el Gran Señor, como deseáis, sea servido.

A las palabras del cadí obedecieron luego; y aun si otra cosa más dificultosa les mandara, hicieran lo mismo, tanto es el respeto que tienen a sus canas los de aquella dañada secta. Prosiguió, pues, el cadí, diciendo:

—Tú dices, Alí, que quieres esta cristiana para el Gran Señor, y Hazán dice lo mismo; tú alegas que por ser el primero en ofrecer el precio ha de ser tuya; Hazán te lo contradice, y aunque él no sabe fundar su razón, yo hallo que tiene la misma que tú tienes, y es la intención, que sin duda debió de nacer a un mismo tiempo que la tuya, en querer comprar la esclava para el mismo efeto sólo le llevaste tú la ventaja en haberte declarado primero, y esto no ha de ser parte para que de todo en todo quede defraudado su buen deseo, y así me parece será bien concertaros en esta forma que la esclava sea de entrambos, y pues el uso della ha de quedar a la voluntad del Gran Señor, para quien se compró, a él toca disponer della y en tanto pagarás tú, Hazan, dos mil doblas, y Alí otras dos mil y quedaráse la cautiva en poder mío para que en nombre de entrambos yo la envíe a Constantinopla, porque no quede sin algún premio, siquiera por haberme hallado presente, y así me ofrezco de enviarla a mi costa, con la autoridad y decencia que se debe a quien se envía, escribiendo al Gran Señor todo lo que aquí ha pasado y la voluntad que los dos habéis mostrado a su servicio.

No supieron, ni pudieron, ni quisieron contradecirle los dos enamorados turcos, y aunque vieron que por aquel camino no conseguían su deseo, hubieron de pasar por el parecer del cadí, formando y criando cada uno allá en su ánimo una esperanza que, aunque dudosa, les prometía poder llegar al fin de sus encendidos deseos. Hazán, que se quedaba por virrey en Chipre, pensaba dar tantas dádivas al cadí, que, vencido y obligado, le diese la cautiva. Alí imaginó de hacer un hecho que le aseguró salir con lo que deseaba, y teniendo por cierto cada cual su designio, vinieron con facilidad en lo que el cadí quiso, y de consentimiento y voluntad de los dos se la entregaron luego, y luego pagaron al judío cada uno dos mil doblas. Dijo el judío que no la había de dar con los vestidos que tenía, porque valían otras dos mil doblas, y así era la verdad, a causa de que en los cabellos que parte por las espaldas sueltos traía, y parte atados y enlazados por la frente, se parecían algunas hileras de perlas que con extremada gracia se enredaban con ellos; las manillas de los pies y manos asimismo venían llenas de gruesas perlas; el vestido era una almalafa[31] de raso verde, toda bordada y llena de trencillas de oro: en fin, les pareció a todos que el judío anduvo corto en el precio que pidió por el vestido, y el cadí, por no mostrarse menos liberal que los dos bajaes, dijo que él quería pagarle, porque de aquella manera se presentase al Gran Señor la cristiana. Tuviéronlo por bien los dos competidores, creyendo cada uno que todo había de venir a su poder.

Falta ahora por decir lo que sintió Ricardo de ver andar en almoneda su alma, y los pensamientos que en aquel punto le vinieron, y los temores que le sobresaltaron viendo que el haber hallado a su querida prenda era para

---

[31] Manto árabe que cubría desde la cabeza a los pies.

más perderla; no sabía darse a entender si estaba dormiendo o despierto, no dando crédito a sus mismos ojos de lo que veían, porque le parecía cosa imposible ver tan impensadamente delante dellos a la que pensaba que para siempre los había cerrado; llegóse en esto a su amigo Mahamut, y díjole:

—¿No la conoces, amigo?

—No la conozco —dijo Mahamut.

—Pues has de saber —replicó Ricardo— que es Leonisa

—¿Qué es lo que dices, Ricardo? —dijo Mahamut.

—Lo que has oído —dijo Ricardo.

—Pues calla y no la descubras —dijo Mahamut—, que la ventura va ordenando que la tengas buena y próspera, porque ella va a poder de mi amo.

—¿Parécete —dijo Ricardo— que será bien ponerme en parte donde pueda ser visto?

—No —dijo Mahamut—, porque no la sobresaltes o te sobresaltes, y no vengas a dar indicio de que la conoces ni que la has visto; que podría ser que redundase en perjuicio de mi designio.

—Seguiré tu parecer —respondió Ricardo.

Y así anduvo huyendo de que sus ojos se encontrasen con los de Leonisa, la cual tenía los suyos, en tanto que esto pasaba, clavados en el suelo, derramando algunas lágrimas. Llegóse el cadí a ella, y asiéndola de la mano se la entregó a Mahamut, mandándole que la llevase a la ciudad y la entregase a su señora Halima y le dijese la tratase como esclava del Gran Señor. Hízolo así Mahamut y dejó solo a Ricardo, que con los ojos fue siguiendo a su estrella hasta que se le encubrió con la nube de los muros de Nicosia. Llegóse al judío y preguntóle que adónde había comprado o en qué modo había venido a su poder aquella cautiva cristiana. El judío le respondió que en la isla de Pantanalea la había comprado a unos turcos que allí habían dado al través, y queriendo proseguir adelante, lo estorbó el venirle a llamar de parte de los bajaes, que querían preguntarle lo que Ricardo deseaba saber, y con esto se despidió dél.

En el camino que había desde las tiendas a la ciudad tuvo lugar Mahamut de preguntar a Leonisa en lengua italiana que de qué lugar era. La cual le respondió que de la ciudad de Trápana; preguntóle asimismo Mahamut si conocía en aquella ciudad a un caballero rico y noble que se llamaba Ricardo. Oyendo lo cual Leonisa dio un gran suspiro y dijo:

—Sí, conozco por mi mal.

—¿Cómo por vuestro mal? —dijo Mahamut.

—Porque él me conoció a mí por el suyo y por mi desventura —respondió Leonisa

—¿Y por ventura —preguntó Mahamut— conocisteis también en la misma ciudad a otro caballero de gentil disposición, hijo de padres muy ricos, y él por su persona muy valiente, muy liberal y muy discreto, que se llamaba Cornelio?

—También le conozco —respondió Leonisa—, y podré decir más por mi mal que no a Ricardo; mas, ¿quién sois vos, señor que los conocéis y por ellos me preguntáis?

—Soy —dijo Mahamut— natural de Palermo, que por varios accidentes estoy en este traje y vestido diferente del que yo solía traer, y conózcolos porque no ha muchos días que entrambos estuvieron en mi poder, que a Cornelio le cautivaron unos moros de Trípol de Berbería y le vendieron a un turco que le trujo a esta isla, donde vino con mercancías, porque es mercader de Rodas, el cual fiaba de Cornelio toda su hacienda.

—Bien se la sabrá guardar —dijo Leonisa—, porque sabe guardar muy bien la suya; pero decidme, señor, ¿cómo o con quién vino Ricardo a esta isla?

—Vino —respondió Mahamut— con un corsario que le cautivó estando en un jardín de la marina de Trápana, y con él dijo que habían cautivado a una doncella que nunca me quiso decir su nombre. Estuvo aquí algunos días con su amo, que iba a visitar el sepulcro de Mahoma, que está en la ciudad de Almedina, y al tiempo de la partida cayó Ricardo tan enfermo e indispuesto, que su amo me lo dejó por ser de mi tierra, para que le curase y tuviese cargo dél hasta su vuelta, o que si por aquí no volviese, se le enviase a Constantinopla, que él me avisaría cuando allá estuviese, pero el cielo lo ordenó de otra manera, pues al sin ventura Ricardo, sin tener accidente alguno, en pocos días se acabaron los de su vida, que tanto aborrecía, siempre llamando entre sí a una Leonisa, a quien él me había dicho que quería más que a su vida y a su alma; la cual Leonisa me dijo que en una galeota que había dado al través de la isla de Pantanalea se había ahogado, cuya muerte siempre lloraba y siempre plañía, hasta que le trujo a término de perder la vida, que yo no le sentí enfermedad en el cuerpo, sino muestras de dolor en el alma.

—Decidme, señor —replicó Leonisa—, ese mozo que decís, en las pláticas que trató con vos, que, como de una patria, debieron ser muchas, ¿nombró alguna vez a esa Leonisa con todo el modo con que a ella y a Ricardo cautivaron?

—Sí nombró —dijo Mahamut—, y me preguntó si había aportado por esta isla una cristiana dese nombre, de tales y tales señas, a la cual holgaría de hallar para rescatarla, si es que su amo se había ya desengañado de que no era tan rica como él pensaba, aunque podía ser que por haberla gozado la tuviese en menos; que como no pasasen de trescientos o cuatrocientos escudos, él los daría de muy buena gana por ella, porque un tiempo la había tenido alguna afición.

—Bien poca debía de ser —dijo Leonisa—, pues no pasaba de cuatrocientos escudos; más liberal era Ricardo, y más valiente y comedido: Dios perdone a quien fue causa de su muerte, que fui yo, que soy la sin ventura que el lloró por muerta, y sabe Dios si holgara de que él fuera vivo para pagarle con el sentimiento que viera que tenía de su desgracia el que él mostró de la mía; yo, señor, como ya os he dicho, soy la poco querida de Cornelio y la bien llorada de Ricardo, que por muy muchos y varios casos he venido a este miserable estado en que me veo, y aunque es tan peligroso, siempre por favor del cielo he conservado en él la entereza de mi honor, con la cual vivo contenta en mi miseria; ahora ni sé dónde estoy, ni quién es mi dueño, ni adónde han de dar conmigo mis contrarios hados, por lo cual os ruego, señor, siquiera por la sangre que de cristiano tenéis, me aconsejéis en mis trabajos; puesto que el ser muchos me han hecho algo advertida, sobrevienen cada momento tantos y tales, que no sé cómo me he de avenir con ellos.

A lo cual respondió Mahamut que él haría lo que pudiese en servirla, aconsejando y ayudándola con su ingenio y con sus fuerzas; advirtióla de la diferencia que por su causa habían tenido los dos bajaes, y cómo quedaba en poder del cadí su amo para llevarla presentada al Gran Turco Selín[32], a Constantinopla; pero que antes que esto tuviese efeto, tenía esperanza en el verdadero Dios, en quien él creía, aunque mal cristiano, que lo había de disponer de otra manera, y que la aconsejaba se hubiese bien con Halima, la mujer del cadí su amo, en cuyo poder había de estar hasta que la enviasen a Constantinopla, advirtiéndole de la condición de Halima, y con ésas le dijo otras cosas de su provecho, hasta que la dejó en su casa y en poder de Halima, a quien dijo el recado de su amo.

Recibióla bien la mora por verla tan bien aderezada y tan hermosa. Mahamut se volvió a las tiendas a contar a Ricardo lo que con Leonisa le había pasado, y hallándole, se lo contó todo punto por punto, y cuando llego al del sentimiento que Leonisa había hecho cuando le dijo que era muerto, casi le vinieron las lágrimas a los ojos. Díjole cómo había fingido el cuento del cautiverio de Cornelio por ver lo que ella sentía; advirtióle la tibieza y la malicia con que de Cornelio había hablado; todo lo cual fue píctima[33] para el afligido corazón de Ricardo, el cual dijo a Mahamut:

—Acuérdome, amigo Mahamut, de un cuento que me contó mi padre, que ya sabes cuán curioso fue, y oíste cuánta honra le hizo al Emperador Carlos V, a quien siempre sirvió en honrosos cargos de la guerra. Digo que me contó que cuando el Emperador estuvo sobre Túnez, y la tomó con la fuerza de la Goleta, estando un día en la campaña y en su tienda, le trujeron a presentar una mora por cosa singular en belleza, y que al tiempo que se la presentaron entraban algunos rayos del sol por unas partes de la tienda y daban en los cabellos de la mora, que con los mismos del sol en ser rubios competían, cosa nueva en las moras, que siempre se precian de tenerlos negros. Contaba que en aquella ocasión se hallaron en la tienda, entre otros muchos, dos caballeros españoles: el uno era andaluz y el otro era catalán, ambos muy discretos, y ambos poetas, y habiéndola visto el andaluz, comenzó con admiración a decir unos versos que ellos llaman coplas, con unas consonancias o consonantes dificultosas, y parando en los cinco versos de la copla, se detuvo sin darle fin ni a la copla ni a la sentencia, por no ofrecérsele tan de improviso los consonantes necesarios para acabarla; mas el otro caballero, que estaba a su lado y había oído los versos, viéndole suspenso, como si le hurtara la media copla de la boca, la prosiguió y acabó con las mismas consonancias. Y esto mismo se me vino a la memoria cuando vi entrar a la hermosísima Leonisa por la tienda del Bajá, no solamente escureciendo los rayos del sol si la tocaran, sino a todo el cielo con sus estrellas.

—Paso, no más —dijo Mahamut—; detente, amigo Ricardo, que a cada paso temo que has de pasar tanto la raya en las alabanzas de tu bella Leonisa,

---

[32] Selim II, hijo de Solimán, que comenzó la conquista de Chipre en 1571.

[33] «Emplasto que se pone sobre el corazón para desahogarlo y alegrarlo.» (Covarrubias.)

que, dejando de parecer cristiano, parezcas gentil Dime, si quieres, esos versos o coplas, o como los llamas, que después hablaremos en otras cosas que sean de más gusto, y aun quizá de más provecho.

—En buen hora —dijo Ricardo—, y vuélvote a advertir que los cinco versos dijo el uno, y los otros cinco el otro, todos de improviso, y son éstos:

Como cuando el sol asoma,
por una montaña baja,
y de súpito nos toma,
y con su vista nos doma
nuestra vista, y la relaja;
como la piedra balaja[34],
que no consiente carcoma
tal es el tu rostro, Aja,
dura lanza de Mahoma,
que las mis entrañas raja.

—Bien me suenan al oído —dijo Mahamut—, y mejor me suena y me parece que estés para decir versos, Ricardo, porque el decirlos o el hacerlos requiere ánimos de ánimos desapasionados.

—También se suelen —respondió Ricardo— llorar endechas, como cantar himnos, y todo es decir versos; pero, dejando esto aparte, dime qué piensas hacer en nuestro negocio, que puesto que no entendí lo que los bajaes trataron en la tienda, en tanto que tú llevaste a Leonisa, me lo contó un renegado de mi amo, veneciano, que se halló presente y entiende bien la lengua turquesca, y lo que es menester ante todas cosas es buscar traza como Leonisa no vaya a mano del Gran Señor.

—Lo primero que se ha de hacer —respondió Mahamut— es que tú vengas a poder de mi amo; que esto hecho, después aconsejaremos en lo que más nos conviniere.

En esto vino el guardián de los cautivos cristianos de Hazán, y llevó consigo a Ricardo; el cadí volvió a la ciudad con Hazán, que en breves días hizo la residencia de Alí y se la dio cerrada y sellada, para que se fuese a Constantinopla; él se fue luego, dejando muy encargado al cadí, que con brevedad enviase la cautiva, escribiendo al Gran Señor de modo que le aprovechase para sus pretensiones. Prometióselo el cadí con traidoras entrañas, porque las tenía hechas ceniza por la cautiva. Ido Alí lleno de falsas esperanzas, y quedando Hazán no vacío dellas, Mahamut hizo de modo que Ricardo vino a poder de su amo. Íbanse los días, y el deseo de ver a Leonisa apretaba tanto a Ricardo, que no alcanzaba un punto de sosiego. Mudóse Ricardo el nombre en el de Mario, porque no llegase el suyo a oídos de Leonisa antes que él la viese, y el verla era muy dificultoso a causa que los moros son en extremo celosos y encubren de todos los hombres los rostros de sus mujeres, puesto que en mostrarse ellas a los cristianos no se les hace de mal; quizá debe de ser que por ser cautivos no los tienen por hombres cabales.

---

[34] Especie de rubí.

Avino, pues, que un día la señora Halima vio a su esclavo Mario, y tan visto y tan mirado fue, que se le quedó grabado en el corazón y fijo en la memoria; y quizá poco contenta de los abrazos flojos de su anciano marido, con facilidad dio lugar a un mal deseo, y con la misma dio cuenta dél a Leonisa, a quien ya quería mucho por su agradable condición y proceder discreto, y tratábala con mucho respeto, por ser prenda del Gran Señor. Díjole cómo el cadí había traído a casa un cautivo cristiano de tan gentil donaire y parecer, que a sus ojos no había visto más lindo hombre en toda su vida, y que decían que era chilibí, que quiere decir caballero, y de la misma tierra de Mahamut, su renegado, y que no sabía cómo darle a entender su voluntad sin que el cristiano la tuviese en poco por habérsela declarado. Preguntóle Leonisa cómo se llamaba el cautivo, y díjole Halima que se llamaba Mario, a lo cual replicó Leonisa:

—Si él fuera caballero y del lugar que dicen, yo le conociera; mas dese nombre Mario no hay ninguno en Trápana; pero haz, señora, que yo le vea y hable, que te diré quién es y lo que dél se puede esperar.

—Así será —dijo Halima—, porque el viernes, cuando esté el cadí haciendo el zalá[35] en la mezquita, le haré entrar acá dentro, donde le podrás hablar a solas, y si te pareciere darle indicios de mi deseo, haráslo por el mejor modo que pudieres.

Esto dijo Halima a Leonisa, y no habían pasado dos horas cuando el cadí llamó a Mahamut y a Mario, y con no menos eficacia que Halima había descubierto su pecho a Leonisa, descubrió el enamorado viejo el suyo a sus dos esclavos, pidiéndoles consejo en lo que haría para gozar de la cristiana y cumplir con el Gran Señor, cuya ella era, diciéndoles que antes pensaba morir mil veces que entregalla una al Gran Turco. Con tales afectos decía su pasión el religioso moro, que la puso en los corazones de sus dos esclavos. Quedó puesto entre ellos que Mario, como hombre de su tierra, aunque había dicho que no la conocía, tomase la mano en solicitarla y en declararle la voluntad suya, y cuando por este modo no se pudiese alcanzar, que usaría él de la fuerza, pues estaba en su poder, y esto hecho, con decir que era muerta se excusarían de enviarla a Constantinopla.

Contentísimo quedó el cadí con el parecer de sus esclavos, y con la imaginada alegría ofreció desde luego libertad a Mahamut, mandándole la mitad de su hacienda después de sus días; asimismo prometió a Mario, si alcanzaba lo que quería, libertad y dineros con que volviese a su tierra rico, honrado y contento. Si él fue liberal en prometer, sus cautivos fueron pródigos ofreciéndole de alcanzar la luna del cielo, cuanto más a Leonisa, como él diese comodidad de hablarla.

—Esa daré yo a Mario cuanta él quisiere —respondió el cadí—, porque haré que Halima se vaya en casa de sus padres, que son griegos cristianos, por algunos días, y estando fuera, mandaré al portero que deje entrar a Mario dentro de casa todas las veces que él quisiere, y diré a Leonisa que bien podrá hablar con su paisano cuando le diere gusto.

Desta manera comenzó a volver el viento de la ventura de Ricardo, soplando en su favor, sin saber lo que hacían sus mismos amos.

---

[35] Oración.

Tomando, pues, entre los tres este apuntamiento, quien primero lo puso en plática[36] fue Halima, bien así como mujer, cuya naturaleza es fácil y arrojadiza para todo aquello que es de su gusto. Aquel mismo día dijo el cadí a Halima que cuando quisiese podría irse a casa de sus padres a holgarse con ellos los días que gustase; pero como ella estaba alborozada con las esperanzas que Leonisa le había dado, no sólo no se fuera a casa de sus padres, sino al fingido paraíso de Mahoma no quisiera irse; y así le respondió que por entonces no tenía tal voluntad, y que cuando ella la tuviese lo diría, mas que había de llevar consigo a la cautiva cristiana.

—Eso no —replicó el cadí—, que no es bien que la prenda del Gran Señor sea vista de nadie, y más que se le ha de quitar que converse con cristianos, pues sabéis que en llegando a poder del Gran Señor la han de encerrar en el serrallo y volverla turca, quiera o no quiera.

—Como ella ande conmigo —replicó Halima—, no importa que esté en casa de mis padres, ni que comunique con ellos, que más comunico yo, y no dejo por eso de ser buena turca; y más que lo más que pienso estar en su casa serán hasta cuatro o cinco días, porque el amor que os tengo no dará licencia para estar tanto ausente y sin veros.

No la quiso replicar el cadí por no darle ocasión de engendrar alguna sospecha de su intención.

Llegóse en esto el viernes, y él se fue a la mezquita, de la cual no podía salir en casi cuatro horas; y apenas le vio Halima apartado de los umbrales de casa, cuando mandó llamar a Mario; mas no le dejara entrar un cristiano corso que servía de portero en la puerta del patio si Halima no le diera voces que le dejase, y así entró confuso y temblando, como si fuera a pelear con un ejército de enemigos.

Estaba Leonisa del mismo modo y traje que cuando entró en la tienda del Bajá, sentada al pie de una escalera grande de mármol, que a los corredores subía; tenía la cabeza inclinada sobre la palma de la mano derecha y el brazo sobre las rodillas, los ojos a la parte contraria de la puerta por donde entró Mario de manera que, aunque él iba hacia la parte donde ella estaba, ella no le veía. Así como entró Ricardo, paseó toda la casa con los ojos, y no vio en toda ella sino un mudo y sosegado silencio, hasta que paró la vista donde Leonisa estaba; en un instante, al enamorado Ricardo le sobrevinieron tantos pensamientos, que le suspendieron y alegraron, considerándose veinte pasos a su parecer, o poco más, desviado de su felicidad y contento; considerábase cautivo, y a su vez gloria en poder ajeno. Estas cosas revolviendo entre sí mismo, se movía poco a poco, y con temor y sobresalto, alegre y triste, temeroso y esforzado, se iba llegando al centro en donde estaba el de su alegría, cuando a deshora volvió el rostro Leonisa, y puso los ojos en los de Mario, que atentamente la miraba. Mas cuando la vista de los dos se encontraron, con diferentes efetos dieron señal de lo que sus almas habían sentido. Ricardo se paró y no pudo echar pie adelante; Leonisa, que por la relación de Mahamut tenía a Ricardo por muerto, y el verle vivo tan no esperadamente, llena de temor y espanto, sin quitar dél los ojos ni volver las espaldas, volvió atrás cuatro o cinco escalones, y sacando una pequeña cruz

[36] Puso en práctica.

del seno, la besaba muchas veces, y se santiguó infinitas, como si algún fantasma u otra cosa del otro mundo estuviera mirando.

Volvió Ricardo de su embelesamiento, y conoció por lo que Leonisa hacía la verdadera causa de su temor, y así le dijo:

—A mí me pesa, ¡oh, hermosa Leonisa!, que no hayan sido verdad las nuevas que de mi suerte te dio Mahamut, porque con ella excusara los temores que ahora tengo de pensar si todavía está en su ser y entereza el rigor que contino has usado conmigo. Sosiégate, señora, y baja, y si te atreves a hacer lo que nunca hiciste, que es llegarse a mí, llega y verás que no soy cuerpo fantástico; Ricardo soy, Leonisa; Ricardo, el de tanta ventura cuanta tú quisieres que tenga.

Púsose Leonisa en esto el dedo en la boca, por lo cual entendió Ricardo que era señal de que callase o hablase más quedo; y tomando algún poco de ánimo, se fue llegando a ella en distancia que pudo oír estas razones:

—Habla paso[37], Mario, que así me parece que te llamas ahora, y no trates de otra cosa de la yo te tratare; y advierte que podría ser que el habernos oído fuese parte para que nunca nos volviésemos a ver. Halima, nuestra ama, creo que nos escucha, la cual me ha dicho que te adora; hame puesto por intercesora de su deseo. Si a él quieres corresponder, aprovecharte ha más para el cuerpo que para el alma; y cuando no quieras, es forzoso que lo finjas, siquiera porque yo te lo ruego y por lo que merecen deseos de mujer declarados.

A esto respondió Ricardo:

—Jamás pensé ni pude imaginar, hermosa Leonisa, que cosa que me pidieras trujera consigo imposible de cumplirla; pero la que me pides me ha desengañado. ¿Es por ventura la voluntad tan ligera que se pueda mover y llevar donde quisieren llevarla, o estarle ha bien al varón honrado y verdadero fingir en cosas de tanto peso? Si a ti te parece que alguna destas cosas se debe o puede hacer, haz lo que más gustares, pues eres señora de mi voluntad, mas ya sé que también me engañas en esto, pues jamás la has conocido, y así no sabes lo que has de hacer della; pero a trueco que no digas que en la primera cosa que me mandaste dejaste de ser obedecida, yo perderé del derecho que debo a ser quien soy, y satisfaré tu deseo y el de Halima fingidamente, como dices, si es que se ha de granjear con esto el bien de verte, y así finge tú las respuestas a tu gusto, que desde aquí las firma y confirma mi fingida voluntad. Y en pago desto que por ti hago, que es lo más que a mi parecer podré hacer, aunque de nuevo te dé el alma que tantas veces te he dado, te ruego que brevemente me digas cómo escapaste de las manos de los corsarios y cómo veniste a las del judío que te vendió.

—Mas espacio —respondió Leonisa—, pide el cuento de mis desgracias; pero, con todo eso, te quiero satisfacer en algo. Sabrás, pues, que a cabo de un día que nos apartamos, volvió el bajel de Yzuf con un recio viento a la misma isla de Pantanalea, donde también vimos a vuestra galeota; pero la nuestra, sin poderlo remediar, embistió en las peñas. Viendo, pues, mi amo tan a los ojos[38] su perdición, vació con gran presteza dos barriles que estaban

---

[37] Despacio.

[38] Tan cerca.

llenos de agua, tapólos muy bien y atólos con cuerdas el uno con el otro; púsome a mí entre ellos, desnudóse luego, y tomando otro barril entre los brazos, se ató con un cordel el cuerpo, y con el mismo cordel dio cabo[39] a mis barriles, y con grande ánimo se arrojó a la mar, llevándome tras sí. Yo no tuve ánimo para arrojarme, que otro turco me impelió y me arrojó tras Yzuf, donde caí sin ningún sentido, ni volví en mí hasta que me hallé en tierra en brazos de dos turcos, que vuelta la boca al suelo me tenían, derramando gran cantidad de agua que había bebido. Abrí los ojos, atónita y espantada, y vi a Yzuf junto a mí, hecha la cabeza pedazos; que, según después supe, al llegar a tierra dio con ella en las peñas, donde acabó la vida. Los turcos asimismo me dijeron que tirando de la cuerda me sacaron a tierra casi ahogada; solas ocho personas se escaparon de la desdichada galeota.

»Ocho días estuvimos en la isla, guardándome los turcos el mismo respeto que si fuera su hermana, y aun más. Estábamos escondidos en una cueva, temerosos ellos que no bajasen de una fuerza de cristianos que están en la isla, y los cautivasen; sustentáronse con el bizcocho mojado que la mar echó a la orilla, de lo que llevaban en la galeota, lo cual salían a coger de noche. Ordenó la suerte, para mayor mal mío, que la fuerza estuviese sin capitán, que pocos días había que era muerto, y en la fuerza no había sino veinte soldados; esto se supo de un muchacho que los turcos cautivaron, que bajó de la fuerza a coger conchas a la marina. A los ocho días llegó a aquella costa un bajel de moros que ellos llaman caramuzales[40], viéronle los turcos, y salieron de donde estaban, haciendo señas al bajel, que estaba cerca de tierra, tanto, que conoció ser turcos los que los llamaban; ellos contaron sus desgracias, y los moros los recibieron en su bajel, en el cual venía un judío, riquísimo mercader, y toda la mercancía del bajel, o la más, era suya; era de barraganes[41] y alquiceles[42], y de otras cosas que de Berbería se llevan a Levante. En el mismo bajel los turcos se fueron a Trípol, y en el camino me vendieron al judío, que dio por mí dos mil doblas, precio excesivo, si no le hiciera liberal el amor que el judío me descubrió.

»Dejando, pues, los turcos en Trípol, tornó el bajel a hacer su viaje, y el judío dio en solicitarme descaradamente; yo le hice la cara que merecían sus torpes deseos. Viéndose, pues, desesperado de alcanzarlos, determinó de deshacerse de mí en la primera ocasión que se le ofreciese; y sabiendo que los dos bajaes Alí y Hazán estaban en aquesta isla, donde podía vender su mercaduría tan bien como en Xío[43], en quien pensaba venderla, se vino aquí con intención de venderme a alguno de los bajaes, y por eso me vistió de la manera que ahora me ves, por aficionarles la voluntad a que me comprasen. He sabido que me ha comprado este cadí para llevarme a presentar al Gran Turco, de que estoy no poco temerosa; aquí he sabido de tu fingida muerte, y séte decir, si lo quieres creer, que me pesó en el alma y que te tuve más envidia que lástima, y no por quererte mal, que ya que soy desamorada, no soy ingrata ni desconocida, sino porque habías acabado con la tragedia de tu vida.

---

[39] Salvamento.

[40] Embarcaciones turcas que servían para transportar mercancías.

[41] Abrigo hecho con tela de lana impermeable al agua.

[42] «Vestidura morisca a modo de capa.» (Corominas.)

[43] Se refiere a la isla de Chíos, situada en el mar Egeo, cerca de Turquía.

—No dices mal, señora —respondió Ricardo—, si la muerte no me hubiera estorbado el bien de volver a verte; que ahora en más estimo este instante de gloria que gozo en mirarte, que otra ventura, como no fuera la eterna, que en la vida o en la muerte pudiera asegurarme mi deseo; el que tiene mi amo el cadí, a cuyo poder he venido por no menos varios accidentes que los tuyos, es el mismo para contigo que para conmigo lo es el de Halima; hame puesto a mí por intérprete de sus pensamientos. Acepté la empresa, no por darle gusto, sino por el que granjeaba en la comodidad de hablarte; porque veas, Leonisa, el término a que nuestras desgracias nos han traído, a ti a ser medianera de un imposible que en lo que me pides conoces, a mí a serlo también de la cosa que menos pensé, y de la que daré por no alcanzalla la vida, que ahora estimo en lo que vale la alta ventura de verte.

—No sé qué te diga, Ricardo —replicó Leonisa—, ni qué salida se tome al laberinto donde, como dices, nuestra corta ventura nos tiene puestos; sólo sé decir que es menester usar en esto lo que de nuestra condición no se puede esperar, que es el fingimiento y engaño; y así digo que de ti daré a Halima razones que antes la entretengan que desesperen. Tú de mí podrás decir al cadí lo que para seguridad de mi honor y de su engaño vieres que más convenga; y pues yo pongo mi honor en tus manos, bien puedes creer del que le tengo con la entereza y verdad que podían poner en duda tantos caminos como he andado y tantos combates como he sufrido. El hablarnos será fácil y a mí será de grandísimo gusto el hacello, con presupuesto que jamás me has de tratar cosa que a tu declarada pretensión pertenezca, que en la hora que tal hicieres, en la misma me despediré de verte, porque no quiero que pienses que es de tan pocos quilates mi valor que ha de hacer con él la cautividad lo que la libertad no pudo: como el oro tengo de ser, con el favor del cielo, que mientras más se acrisola, queda con más pureza y más limpio. Conténtate con que he dicho que no me dará, como solía, fastidio tu vista; porque te hago saber, Ricardo, que siempre te tuve por desabrido y arrogante, y que presumías de ti algo más de lo que debías; confieso también que me engañaba, y que podría ser que hacer ahora la experiencia me pusiese la verdad delante de los ojos el desengaño, y estando desengañada, fuese con ser honesta más humana. Vete con Dios, que temo no nos haya escuchado Halima, la cual entiende algo de la lengua cristiana, o a lo menos de aquella mezcla de lenguas que se usa, con que todos nos entendemos.

—Dices muy bien, señora —respondió Ricardo—, y agradézcote infinito el desengaño que me has dado, que le estimo en tanto como la merced que me haces en dejarme verte; y como tú dices, quizá la experiencia te dará a entender cuán llana es mi condición y cuán humilde, especialmente para adorarte; y sin que tú pusieras término ni raya a mi trato, fuera él tan honesto para contigo, que no acertaras a desearle mejor. En lo que toca a entretener al cadí, vive descuidada; haz tú lo mismo con Hamila, y entiende, señora, que después que te he visto ha nacido en mí una esperanza tal, que me asegura que presto hemos de alcanzar la libertad deseada. Y con esto quédate a Dios, que otra vez te contare los rodeos por donde la fortuna me trujo a este estado después que de ti me aparté, o, por mejor decir, me apartaron.

Con esto se despidieron, y quedó Leonisa contenta y satisfecha del llano proceder de Ricardo, y él contentísimo de haber oído una palabra de la boca de Leonisa sin aspereza.

Estaba Halima cerrada en su aposento, rogando a Mahoma trujese Leonisa buen despacho de lo que le había encomendado; el cadí estaba en la mezquita recompensando con los suyos los deseos de su mujer, teniéndolos solícitos y colgados de la respuesta que esperaba oír de su esclavo, a quien había dejado encargado hablase a Leonisa, pues para poderlo hacer le daría comodidad Mahamut, aunque Halima estuviese en casa. Leonisa acrecentó en Halima el torpe deseo y el amor, dándole muy buenas esperanzas de que Mario haría todo lo que pudiese; pero que había de dejar pasar primero dos lunas antes que concediese con lo que deseaba él mucho más que ella, y este tiempo y termino pedía, a causa que hacía una plegaria y oración a Dios para que le diese libertad. Contentóse Halima de la disculpa y de la relación de su querido Mario a quien ella diera libertad antes del término devoto, como él concediera con su deseo; y así rogó a Leonisa le rogase dispensase con el tiempo y acortase la dilación, que ella le ofrecía cuanto el cadí pidiese por su rescate.

Antes que Ricardo respondiese a su amo, se aconsejó con Mahamut de qué le respondería; y acordaron entre los dos que le desesperase y le aconsejase que lo más presto que pudiese la llevase a Constantinopla, y que en el camino, o por grado o por fuerza, alcanzaría su deseo; y que para el inconveniente que se podía ofrecer de cumplir con el Gran Señor, sería bueno comprar otra esclava, y en el viaje fingir o hacer de modo como Leonisa cayese enferma, y que una noche echarían la cristiana comprada a la mar, diciendo que era Leonisa, la cautiva del Gran Señor, que se había muerto; y que esto se podía hacer y se haría en modo que jamás la verdad fuese descubierta, y él quedase sin culpa con el Gran Señor, y con el cumplimiento de su voluntad; y que para la duración de su gusto después se daría traza conveniente y más provechosa. Estaba tan ciego el mísero y anciano cadí, que si otros mil disparates le dijeran, como fueran encaminados a cumplir sus esperanzas, todos los creyera, cuanto más que le pareció que todo lo que le decían llevaba buen camino y prometía próspero suceso; y así era la verdad, si la intención de los dos consejeros no fuera levantarse con el bajel y darle a él la muerte en pago de sus locos pensamientos. Ofreciósele al cadí otra dificultad, a su parecer mayor de las que en aquel caso se le podía ofrecer, y era pensar que su mujer Halima no le había de dejar ir a Constantinopla si no la llevaba consigo; pero presto la facilitó, diciendo que en cambio de la cristiana que habían de comprar para que muriese por Leonisa, serviría Halima, de quien deseaba librarse más que de la muerte.

Con la misma facilidad que él lo pensó, con la misma se lo concedieron Mahamut y Ricardo, y quedando firmes en esto aquel mismo día dio cuenta el cadí a Halima del viaje que pensaba hacer a Constantinopla a llevar la cristiana al Gran Señor, de cuya liberalidad esperaba que le hiciese gran cadí del Cairo o de Constantinopla. Halima le dijo que le parecía muy bien su determinación, creyendo que se dejaría a Ricardo en casa; mas cuando el cadí la certificó que le había de llevar consigo y a Mahamut también, tornó a mudar de parecer y a desaconsejarle lo que primero le había aconsejado. En resolución, concluyó que si no la llevaba consigo no pensaba dejarle ir de ninguna manera. Contentóse el cadí de hacer lo que ella quería, porque pensaba sacudir presto de su cuello aquella para él tan pesada carga.

No se descuidaba en este tiempo Hazán Bajá de solicitar al cadí le entregase la esclava, ofreciéndole montones de oro, y habiéndole dado a Ricardo de balde, cuyo rescate apreciaba en dos mil escudos, facilitábale la entrega con la misma industria que él se había imaginado de hacer muerta la cautiva cuando el Gran Turco enviase por ella. Todas estas dádivas y promesas aprovecharon con el cadí no más de ponerle en la voluntad que abreviase su partida; y así solicitado de su deseo y de las importunaciones de Hazán, y aun de las de Halima, que también fabricaba en el aire vanas esperanzas, dentro de veinte días aderezó un bergantín de quince bancos[44], y le armó de buenas bojas, moros y de algunos cristianos griegos; embarcó en él toda su riqueza, y Halima no dejó en su casa cosa de momento, y rogó a su marido que la dejase llevar consigo a sus padres para que viesen Constantinopla. Era la intención de Halima la misma que la de Mahamut; hacer con él y con Ricardo que en el camino se alzasen con el bergantín; pero no les quiso declarar su pensamiento hasta verse embarcada, y esto con voluntad de irse a tierra de cristianos, y volverse a lo que primero había sido, y casarse con Ricardo, pues era de creer que llevando tantas riquezas consigo, y volviéndose cristiana, no dejaría de tomarla por mujer.

En este tiempo habló otra vez Ricardo con Leonisa, y le declaró toda su intención, y ella le dijo la que tenía Halima, que con ella había comunicado; encomendáronse los dos el secreto, y encomendándose a Dios, esperaban el día de la partida, el cual llegado, salió Hazán, acompañándolos hasta la marina con todos sus soldados, y no los dejó hasta que se hicieron a la vela, ni aun quitó los ojos del bergantín hasta perderle de vista; y parece que el aire de los suspiros que el enamorado moro arrojaba impelía con mayor fuerza las velas que le apartaban y llevaban el alma. Mas como aquel a quien el amor hacía tanto tiempo que sosegar no le dejaba, pensando en lo que había de hacer para no morir a manos de sus deseos, puso luego por obra lo que con largo discurso y resoluta determinación tenía pensado; y así, en un bajel de diez y siete bancos, que en otro puerto había hecho armar, puso en él cincuenta soldados, todos amigos y conocidos suyos, a quien él tenía obligados con muchas dádivas y promesas, y dioles orden que saliesen al camino y tomasen el bajel del cadí y sus riquezas, pasando a cuchillo cuantos en él iban, si no fuese a Leonisa la cautiva; que a ella sola querían por despojo aventajado a los muchos haberes que el bergantín llevaba; ordenóles también que le echasen a fondo, de manera que ninguna cosa quedase que pudiese dar indicio de su perdición. La codicia del saco les puso alas en los pies y esfuerzos en el corazón, aunque bien vieron que poca defensa habían de hallar en los del bergantín, según iban desarmados y sin sospecha de semejante acontecimiento.

Dos días había ya que el bergantín caminaba, que al cadí se le hicieron dos siglos, porque luego en el primero quisiera poner en efeto su determinación; mas aconsejáronle sus esclavos que convenía primero hacer de suerte

[44] Bancos de los remeros.

que Leonisa cayese mala, para dar color a su muerte, y que esto había de ser con algunos días de enfermedad. Él no quisiera sino decir que había muerto de repente, y acabar presto con todo, y despachar a su mujer, y aplacar el fuego que las entrañas poco a poco le iba consumiendo; pero, en efeto, hubo de condescender con el parecer de los dos.

Ya en esto había Halima declarado su intento a Mahamut y a Ricardo, y ellos estaban en ponerlo por obra al pasar las cruces de Alejandría, o al entrar en los castillos de la Natolia[45]; pero fue tanta la priesa que el cadí les daba, que se ofrecieron de hacerlo en la primera comodidad que se les ofreciese; un día, al cabo de seis que navegaban y que ya le parecía al cadí que bastaba el fingimiento de la enfermedad de Leonisa, importunó a sus esclavos que otro día concluyesen con Halima, y la arrojasen al mar amortajada, diciendo ser la cautiva del Gran Señor.

Amaneciendo, pues, el día en que según la intención de Mahamut y de Ricardo había de ser el cumplimiento de sus deseos, o el fin de sus días, descubrieron un bajel que a vela y remo les venía dando caza. Temieron fuese de corsarios cristianos, de los cuales ni los unos ni los otros podían esperar buen suceso; porque, de serlo, se temía ser los moros cautivos, y los cristianos, aunque quedasen con libertad, quedarían desnudos y robados; pero Mahamut y Ricardo con la libertad de Leonisa y de la de entrambos se contentaron; con todo esto que se imaginaban, temían la insolencia de la gente corsaria, pues jamás la que se da a tales ejercicios, de cualquiera ley o nación que sea, deja de tener un ánimo cruel y una condición insolente. Pusiéronse en defensa, sin dejar los remos de las manos a hacer todo cuanto pudiesen; pero pocas horas tardaron que vieron que les iba entrando, de modo que en menos de dos se les pusieron a tiro de cañón. Viendo esto, amainaron, soltaron los remos, tomaron las armas y los esperaron, aunque el cadí dijo que no temiesen, porque el bajel era turquesco, y que no les haría daño alguno. Mandó poner luego una banderita blanca de paz en el peñol de la popa, porque le viesen los que ya ciegos y codiciosos venían con gran furia a embestir el mal defendido bergantín. Volvió en esto la cabeza Mahamut y vio que de la parte de poniente venía una goleta, a su parecer de veinte bancos, y díjoselo al cadí, y algunos cristianos que iban al remo dijeron que el bajel que se descubría era de cristianos; todo lo cual les dobló la confusión y el miedo, y estaban suspensos sin saber lo que harían, temiendo y esperando el suceso que Dios quisiere darles.

Paréceme que diera el cadi en aquel punto por hallarse en Nicosia toda la esperanza de su gusto: tanta era la confusión en que se hallaba, aunque le quitó presto della el bajel primero, que sin respeto de las banderas de paz ni de lo que a su religión debían, embistieron con el del cadí con tanta furia, que estuvo poco[46] en echarle a fondo. Luego conoció el cadí los que le acometían, y vio que eran soldados de Nicosia, y adivinó lo que podía ser, y diose por perdido y muerto; y si no fuera que los soldados se dieron antes a robar que a matar, ninguno quedara con vida. Mas cuando ellos andaban más encendidos y más atentos en su robo, dio un turco voces, diciendo:

[45] Anatolia. en Turquía.

[46] Faltó poco.

—Arma, soldados, que un bajel de cristianos nos embiste. Y así era la verdad, porque el bajel que descubrió el bergantín del cadí venía con insignias y banderas cristianescas, el cual llegó con toda furia a embestir el bajel de Hazán; pero antes que llegase preguntó uno desde la proa en lengua turquesca que qué bajel era aquél. Respondiéronle que era de Hazán Bajá, virrey de Chipre.

—Pues, ¿cómo —replicó el turco— siendo vosotros moso limanes[47], embestís y robáis ese bajel, que nosotros sabemos que va en él el cadí de Nicosia?

A lo cual respondieron que ellos no sabían otra cosa más de que al bajel les habían ordenado le tomasen, y que ellos como sus soldados y obedientes habían hecho su mandamiento.

Satisfecho de lo que saber quería, el capitán del segundo bajel que venía a la cristianesca dejó de embestir al de Hazán, y acudió al del cadí, y a la primera rociada mató más de diez turcos de los que dentro estaban, y luego le entró con grande ánimo y presteza; mas apenas hubieron puesto los pies dentro, cuando el cadí conoció que el que le embestía no era cristiano, sino Alí Bajá, el enamorado de Leonisa, el cual, con el mismo intento que Hazán, había estado esperando su venida, y por no ser conocido había hecho vestidos a sus soldados como cristianos, para que con esta industria fuese más cubierto su hurto. El cadí, que conoció las intenciones de los amantes y traidores, comenzó a grandes voces a decir su maldad, diciendo:

—¿Qué es esto, traidor Alí Bajá? ¿Cómo siendo tú moso limán, que quiere decir turco, me salteas como cristiano? Y vosotros, traidores soldados de Hazán, ¿qué demonio os ha movido a cometer tan grande insulto? ¿Cómo por cumplir el apetito lascivo del que aquí os envía queréis ir contra vuestro natural señor?

A estas palabras suspendieron todos las armas, y unos a otros se miraron y se conocieron, porque todos habían sido soldados de un mismo capitán y militado debajo de una bandera, y confundiéndose con las razones del cadí y con su mismo maleficio, ya se les embotaron los filos de los alfanjes y se les desmayaron los ánimos: sólo Alí cerró los ojos y los oídos a todo, y arremetiendo al cadí, le dio una tal cuchillada en la cabeza, que si no fuera por la defensa que hicieron cien varas de toca con que venía ceñida, sin duda se la partiera por medio; pero con todo esto le derribó entre los bancos del bajel, y al caer dijo el cadí:

—¡Oh, cruel renegado, enemigo de mi divino profeta! ¿Y es posible que no ha de haber quien castigue tu crueldad y tu grande insolencia? ¿Como, maldito, has osado poner las manos y las armas en tu cadí, y en un ministro de Mahoma?

Estas palabras añadieron fuerza a las primeras, las cuales oídas de los soldados de Hazán, y movidos de temor que los soldados de Alí les habían de quitar la presa, que ya ellos por suya tenían, determinaron de ponerlo todo en aventura; y comenzando uno y siguiéndole todos, dieron en los soldados de Alí con tanta priesa, rancor[48] y brío, que en poco espacio los para-

[47] Musulmanes.
[48] Rencor.

ron tales, que, aunque eran muchos más que ellos, los redujeron a número pequeño; pero los que quedaron, volviendo sobre sí, vengaron a sus compañeros, no dejando de los de Hazán apenas cuatro con vida, y éstos muy malheridos.

Estábanlos mirando Ricardo y Mahamut, que de cuando en cuando sacaban la cabeza por el escotillón de la cámara de popa, por ver en qué paraba aquella grande herrería que sonaba; y viendo cómo los turcos estaban casi todos muertos, y los vivos malheridos, y cuán fácilmente se podía dar cabo de todos, llamó a Mahamut y a dos sobrinos de Halima, que ella había hecho embarcar consigo para que ayudasen a levantar el bajel, y con ellos y con su padre, tomando alfanjes de los muertos, saltaron en crujía, y apellidando «¡Libertad, libertad!», y ayudados de las buenas boyas, cristianos griegos, con facilidad y sin recebir herida los degollaron a todos, y pasando sobre la goleta de Alí, que sin defensa estaba, la rindieron y ganaron con cuanto en ella venía. De los que en el segundo encuentro murieron, fue de los primeros Alí Bajá, que un turco, en venganza del cadí, le mató a cuchilladas.

Diéronse luego todos, por consejo de Ricardo, a pasar cuantas cosas había de precio en su bajel y en el de Hazán a la goleta de Alí, que era bajel mayor y acomodado para cualquier cargo o viaje, y ser los remeros cristianos, los cuales, contentos con la alcanzada libertad y con muchas cosas que Ricardo repartió entre todos, se ofrecieron de llevarle hasta Trápana, y aun hasta el cabo del mundo si quisiese; y con esto Mahamut y Ricardo, llenos de gozo por el buen suceso, se fueron a la mora Halima y le dijeron que, si quería volverse a Chipre, que con las buenas boyas le armarían su mismo bajel, y le darían la mitad de las riquezas que había embarcado; mas ella, que en tanta calamidad aún no había perdido el cariño y amor que a Ricardo tenía, dijo que quería irse con ellos a tierra de cristianos, de lo cual sus padres se holgaron en extremo.

El cadí volvió de su acuerdo, y le curaron como la ocasión les dio lugar, a quien también dijeron que escogiese una de dos: o que se dejase llevar a tierra de cristianos, o volverse en su mismo bajel a Nicosia. Él respondió que, ya que la fortuna le había traído a tales términos, les agradecía la libertad que le daban, y que quería ir a Constantinopla a quejarse al Gran Señor del agravio que de Hazán y de Alí había recebido, mas cuando supo que Halima le dejaba y se quería volver cristiana, estuvo en poco de perder el juicio. En resolución, le armaron su mismo bajel y le proveyeron de todas las cosas necesarias para su viaje, y aun le dieron algunos cequíes[49] de los que habían sido suyos, y despidiéndose de todos con determinación de volverse a Nicosia, pidió antes que se hiciese a la vela que Leonisa le abrazase, que aquella merced y favor sería bastante para poner en olvido toda su desventura. Todos suplicaron a Leonisa diese aquel favor a quien tanto la quería, pues en ello no iría contra el decoro de su honestidad. Hizo Leonisa lo que le rogaron, y el cadí le pidió le pusiese las manos sobre la cabeza, porque él llevase esperanzas de sanar su herida; en todo le contentó Leonisa. Hecho esto, y habiendo dado un barreno al bajel de Hazán, favoreciéndoles un levante fresco que parecía que llamaba las velas para entregarse en ellas, se las

[49] Antiguas monedas de oro.

dieron, y en breves horas perdieron de vista al bajel del cadí, el cual, con lágrimas en los ojos, estaba mirando cómo se llevaban los vientos su hacienda, su gusto, su mujer y su alma.

Con diferentes pensamientos de los del cadí navegaban Ricardo y Mahamut; y así, sin querer tocar en tierra en ninguna parte, pasaron a la vista de Alejandría de golfo lanzado[50], y sin amainar velas, y sin tener necesidad de aprovecharse de los remos llegaron a la fuerte isla del Corfú, donde hicieron agua, y luego sin detenerse pasaron por los infamados riscos Acroceraunios[51], y desde lejos al segundo día descubrieron a Paquino, promontorio de la fertilísima Tinacria, a vista de la cual y de la insigne isla de Malta volaron, que no con menos ligereza navegaba el dichoso leño.

En resolución, bajando la isla, de allí a cuatro días descubrieron la Lampadosa[52], y luego la isla donde se perdieron, con cuya vista se estremeció toda, viniéndole a la memoria el peligro en que en ella se había visto; otro día vieron delante de sí la deseada y amada patria; renovóse la alegría en sus corazones, alborotáronse sus espíritus con el nuevo contento, que es uno de los mayores que en esta vida se pueden tener, llegar después de luengo cautiverio salvo y sano a la patria; y al que a éste se le puede igualar es el que se recibe de la victoria alcanzada de los enemigos.

Habíase hallado en la galeota una caja llena de banderetas y flámulas de diversos colores de sedas, con las cuales hizo Ricardo adornar la galeota. Poco después de amanecer sería, cuando se hallaron a menos de una legua de la ciudad, y bogando a cuarteles[53], y alzando de cuando en cuando alegres voces y gritos, se iban llegando al puerto, en el cual en un instante pareció infinita gente del pueblo, que habiendo visto cómo aquel bien adornado bajel tan de espacio se llegaba a tierra, no quedó gente en toda la ciudad que dejase de salir a la marina.

En este entretanto había Ricardo pedido y suplicado a Leonisa que se adornase y vistiese de la misma manera que cuando entró en la tienda de los bajaes, porque quería hacer una graciosa burla a sus padres. Hízolo así, y añadiendo galas a galas, perlas a perlas, y belleza a belleza, que suele acrecentarse con el contento, se vistió de modo que de nuevo causó admiración y maravilla. Vistióse asimismo Ricardo a la turquesca, y lo mismo hizo Mahamut y todos los cristianos del remo, que para todos hubo en los vestidos de los turcos muertos.

Cuando llegaron al puerto serían las ocho de la mañana, que tan serena y clara se mostraba, que parecía que estaba atenta mirando aquella alegre entrada. Antes de entrar en el puerto hizo Ricardo disparar las piezas de la galeota, que eran un cañón de crujía y dos falconetes; respondió la ciudad con otras tantas.

Estaba toda la gente confusa, esperando llegase el bizarro bajel; pero cuando vieron de cerca que era turquesco, porque se divisaban los blancos turbantes de los que moros parecían, temerosos y con sospechas de algún

[50] Rápidamente, sin hacer escala.
[51] Montes griegos.
[52] Isla Lampedusa del grupo de las Pelagias.
[53] Remando alternativamente los remeros pares y los impares.

engaño, tomaron las armas y acudieron al puerto todos los que en la ciudad son de milicia, y la gente de a caballo se tendió por toda la marina; de todo lo cual recibieron gran contento los que poco a poco se fueron llegando hasta entrar en el puerto, dando fondo junto a tierra, y arrojando en ella la plancha, soltando a una los remos, todos, uno a uno, como en procesión, salieron a tierra, la cual con lágrimas de alegría besaron una y muchas veces, señal clara que dio a entender ser cristianos que con aquel bajel se habían alzado. A la postre de todos salieron el padre y madre de Halima, y sus dos sobrinos, todos, como está dicho, vestidos a la turquesca; hizo fin y remate la hermosa Leonisa, cubierto el rostro con un tafetán carmesí; traíanla en medio Ricardo y Mahamut, cuyo espectáculo llevó tras sí los ojos de toda aquella infinita multitud que los miraba.

En llegando a tierra hicieron como los demás, besándola postrados por el suelo. En esto llegó a ellos el capitán y gobernador de la ciudad, que bien conoció que eran los principales de todos; mas apenas hubo llegado cuando conoció a Ricardo, y corrió con los brazos abiertos y con señales de grandísimo contento a abrazarle. Llegaron con el gobernador Cornelio y su padre, y los de Leonisa con todos sus parientes, y los de Ricardo, que todos eran los más principales de la ciudad. Abrazó Ricardo al gobernador, y respondió a todos los parabienes que le daban; trabó de la mano a Cornelio, el cual, como le conoció y se vio asido dél, perdió la color del rostro, y casi comenzó a temblar de miedo, y teniendo asimismo de la mano a Leonisa, dijo:

—Por cortesía os ruego, señores, que antes que entremos en la ciudad y en el templo a dar las debidas gracias a Nuestro Señor de las grandes mercedes que en nuestra desgracia nos ha hecho, me escuchéis ciertas razones que deciros quiero.

A lo cual el gobernador respondió que dijese lo que quisiese, que todos le escucharían con gusto y con silencio.

Rodeáronle luego todos los más principales, y él, alzando un poco la voz, dijo desta manera:

—Bien se os debe acordar, señores, de la desgracia que algunos meses ha en el jardín de las Salinas me sucedió con la pérdida de Leonisa; también no se os habrá caído de la memoria la diligencia que yo puse en procurar su libertad, pues, olvidándome del mío, ofrecí por su rescate toda mi hacienda, aunque ésta, que al parecer fue liberalidad, no puede ni debe redundar en mi alabanza, pues la daba por el rescate de mi alma. Lo que después acá a los dos ha sucedido requiere para más tiempo otra sazón y coyuntura, y otra lengua no tan turbada como la mía; basta deciros por ahora que, después de varios y extraños acaescimientos, y después de mil perdidas esperanzas de alcanzar remedio de nuestras desdichas, el piadoso cielo, sin ningún merecimiento nuestro, nos ha devuelto a la deseada patria, cuanto llenos de contento, colmados de riquezas; y no nace dellas ni de la libertad alcanzada el sin igual gusto que tengo, sino del que imagino que tiene ésta en paz y en guerra dulce enemiga mía, así por verse libre, como por ver, como ve, el retrato de su alma; todavía me alegro de la general alegría que tienen los que me han sido compañeros en la miseria. Y aunque las desventuras y tristes acontecimientos suelen mudar las condiciones y aniquilar los ánimos valerosos, no ha sido así con el verdugo de mis buenas esperanzas; porque con más valor y entereza que buenamente decirse puede, ha pasado el naufragio de sus desdichas y los encuentros de mis ardientes cuanto honestas importunaciones; en lo cual se verifica que mudan el cielo, y no las costumbres, los que en ellas tal vez hicieron asiento. De todo esto que he dicho quiero inferir que yo le ofrecí mi hacienda en rescate, y le di mi alma en mis deseos; di traza en su libertad y aventuré por ella, más que por la mía, la vida; y todos estos que en otro sujeto más agradecido pudieran ser cargos de algún momento, no quiero yo que lo sean; sólo quiero lo sea este en que te pongo ahora.

Y diciendo esto, alzó la mano y con honesto comedimento quitó el antifaz del rostro de Leonisa, que fue como quitarse la nube que tal vez cubre la hermosa claridad del sol, y prosiguió diciendo:

—Ves aquí, ¡oh, Cornelio!, te entrego la prenda que tú debes de estimar sobre todas las cosas que son dignas de estimarse; y ves aquí tú, ¡hermosa Leonisa!, te doy al que tú siempre has tenido en la memoria. Esta sí quiero que se tenga por liberalidad, en cuya comparación dar la hacienda, la vida y la honra no es nada. Recíbela, ¡oh, venturoso mancebo!, recíbela, y si llega tu conocimiento a tanto que llegue a conocer valor tan grande, estímate por el más venturoso de la tierra. Con ella te daré asimismo todo cuanto me tocare de parte en lo que a todos el cielo nos ha dado, que bien creo que pasará de treinta mil escudos; de todo puedes gozar a tu sabor con libertad y quietud y descanso, y plega al cielo que sea por luengos y felices años. Yo sin ventura, pues quedo sin Leonisa, gusto de quedar pobre, que a quien Leonisa le falta, la vida le sobra.

Y en diciendo esto calló, como si al paladar se le hubiera pegado la lengua; pero desde allí a poco, antes que ninguno hablase, dijo:

—¡Válame Dios, y cómo los apretados trabajos turban los entendimientos! Yo, señores, con el deseo que tengo de hacer bien, no he mirado lo que he dicho, porque no es posible que nadie pueda demostrarse liberal de lo ajeno: ¿qué jurisdicción tengo yo en Leonisa para darla a otro? O, ¿cómo puedo ofrecer lo que está tan lejos de ser mío? Leonisa es suya, y tan suya, que, a faltarle sus padres, que felices años vivan, ningún opósito tuviera a su voluntad; y si se pudieran poner las obligaciones que como discreta debe de pensar que me tiene, desde aquí las borro, las cancelo y doy por ningunas; y así de lo dicho me desdigo, y no doy a Cornelio nada, pues no puedo; sólo confirmo la manda de mi hacienda hecha a Leonisa, sin querer otra recompensa sino que tenga por verdaderos mis honestos pensamientos, y que crea dellos que nunca se encaminaron ni miraron a otro punto que el que pide su incomparable honestidad, su grande valor e infinita hermosura.

Calló Ricardo en diciendo esto, a lo cual Leonisa respondió de esta manera:

—Si algún favor, ¡oh, Ricardo!, imaginas que yo hice a Cornelio en el tiempo que tú andabas de mí enamorado y celoso, imagina que fue tan honesto como guiado por la voluntad y orden de mis padres, que, atentos a que le moviesen a ser mi esposo, permitían que se los diese; si quedas desto satisfecho, bien lo estarás de lo que de mí te ha mostrado la experiencia cerca de mi honestidad y recato. Esto digo por darte a entender, Ricardo, que siempre fui mía sin estar sujeta a otro que a mis padres, a quien ahora humildemente, como es razón, suplico que me den licencia y libertad para disponer la que tu mucha valentía y libertad me ha dado.

Sus padres dijeron que se la daban, porque fiaban de su discreción que usaría della de modo que siempre redundase en su honra y en su provecho.

—Pues con esa licencia —prosiguió la discreta Leonisa—, quiero que no se me haga de mal mostrarme desenvuelta, a trueque de no mostrarme desagradecida; y así, ¡oh, valiente Ricardo!, mi voluntad, hasta aquí recatada, perpleja y dudosa, se declara en favor tuyo; porque sepan los hombres que no todas las mujeres son ingratas, mostrándome yo siquiera agradecida. Tuya soy, Ricardo, y tuya seré hasta la muerte, si ya otro mejor conocimiento no te mueve a negar la mano que de mi esposo te pido.

Quedó como fuera de sí a estas razones Ricardo, y no supo ni pudo responder con otras a Leonisa, que con hincarse de rodillas ante ella y besarle las manos, que le tomó por fuerza muchas veces, bañándoselas en tiernas y amorosas lágrimas. Derramólas Cornelio de pesar, y de alegría los padres de Leonisa, y de admiración y de contento todos los circunstantes. Hallóse presente el obispo o arzobispo de la ciudad, y con su bendición y licencia los llevó al templo, y dispensando en el tiempo, los desposó en el mismo punto. Derramóse la alegría por toda la ciudad, de la cual dieron muestra aquella noche infinitas luminarias, y otros muchos días la dieron muchos juegos y regocijos que hicieron los parientes de Ricardo y Leonisa. Reconciliáronse con la Iglesia Mahamut y Halima, la cual, imposibilitada de cumplir el deseo de verse esposa de Ricardo, se contentó con serlo de Mahamut. A sus padres y a los sobrinos de Halima dio la liberalidad de Ricardo, de las partes que le cupieron del despojo, suficientemente con que viviesen. Todos, en fin, quedaron contentos, libres y satisfechos, y la fama de Ricardo, saliendo de los términos de Sicilia, se extendió por todos los de Italia y otras muchas partes, debajo del nombre del *Amante Liberal* y aun hasta hoy dura en los muchos hijos que tuvo en Leonisa, que fue ejemplo raro de discreción, honestidad, recato y hermosura.

RINCONETE Y CORTADILLO

En la venta del Molino[1], que está puesta en los fines de los famosos campos de Alcudia, como vamos de Castilla a la Andalucía, un día de los calurosos del verano se hallaron en ella acaso dos muchachos de hasta edad de catorce a quince años; el uno ni el otro no pasaban de diez y siete; ambos de buena gracia, pero muy descosidos, rotos y maltratados. Capa no la tenían; los calzones eran de lienzo, y las medias, de carne[2]; bien es verdad que lo enmendaban los zapatos, porque los de uno eran alpargates, tan traídos como llevados, y los del otro picados[3] y sin suelas, de manera que más le servían de cormas[4] que de zapatos. Traía el uno montera verde de cazador; el otro, un sombrero sin toquilla[5], bajo de copa y ancho de falda[6]. A la espalda y ceñida por los pechos, traía el uno una camisa color camuza[7], encerada, y recogida toda una manga[8]; el otro venía escueto y sin alforjas, puesto que[9] en el seno se le parecía[10] un gran bulto, que, a lo que después pareció, era un cuello de los que llaman valones[11], almidonado con grasa, y tan deshilado de roto, que todo parecía hilachas. Venían en él envueltos y guardados unos naipes de figura ovada, porque de ejercitarlos se les habían gastado las puntas, y porque durase más se las cercenaron y los dejaron de aquel talle. Estaban los dos quemados del sol, las uñas caireladas[12] y las manos no muy limpias; el uno tenía una media espada, y el otro, un cuchillo de cachas amarillas, que los suelen llamar vaqueros[13].

Saliéronse los dos a sestear en un portal o cobertizo que delante de la venta se hace, y sentándose frontero el uno del otro, el que parecía de más edad dijo al más pequeño:

---

[1] Venta situada en el camino de Toledo a Córdoba, próxima a Almodóvar del Campo, que existió en la realidad.

[2] Medias calzas.

[3] Tipo de zapatos de lujo.

[4] Cepo de madera que antiguamente echaban al pie del esclavo fugitivo.

[5] Adorno que rodeaba la copa del sombrero.

[6] Ala del sombrero.

[7] Camuza es la «piel de la cabra montés.» (Dic. de Aut.)

[8] «Cierto género de cojín o maleta, abierta por las dos cabeceras por donde se cierra y asegura con unos cordones.» (Dic. de Aut.)

[9] Aunque.

[10] Se le veía.

[11] Tipo de cuello que caía por los hombros y la espalda y que por la parte delantera llegaba hasta el pecho.

[12] Largas y sucias.

[13] Cuchillo largo usado para matar o cortar el ganado.

—¿De qué tierra es vuesa merced, señor gentilhombre, y para dónde bueno camina?

—Mi tierra, señor caballero —respondió el preguntado—, no la sé, ni para dónde camino, tampoco.

—Pues en verdad —dijo el mayor— que no parece vuesa merced del cielo, y que éste no es lugar para hacer su asiento en él: que por fuerza se ha de pasar adelante.

—Así es —respondió el mediano—; pero yo he dicho verdad en lo que he dicho, porque mi tierra no es mía, pues no tengo en ella más que un padre que no me tiene por hijo y una madrastra que me trata como alnado[14]; el camino que llevo es a la ventura, y allí le daría fin donde hallase quien me diese lo necesario para pasar esta miserable vida.

—¿Y sabe vuesa merced algún oficio? —preguntó el grande.

—No sé otro sino que corro como una liebre, y salto como un gamo, y corto de tijera muy delicadamente.

—Todo eso es muy bueno, útil y provechoso —dijo el grande—, porque habrá sacristán que le dé a vuesa merced la ofrenda de Todos Santos[15] porque para el Jueves Santo le corte florones de papel para el monumento.

—No es mi corte desa manera —respondió el menor—, sino que mi padre, por la misericordia del Cielo, es sastre y calcetero, y me enseñó a cortar antiparas, que, como vuesa merced bien sabe, son medias calzas con avampiés[16], que por su propio nombre se suelen llamar polainas, y córtolas tan bien, que en verdad que me podría examinar de maestro, sino que la corta suerte me tiene arrinconado.

—Todo eso y más acontece por los buenos[17] —respondió el grande—, y siempre he oído decir que las buenas habilidades son las más perdidas; pero aún edad tiene vuesa merced para enmendar su ventura. Mas si yo no me engaño y el ojo no me miente, otras gracias tiene vuesa merced secretas, y no las quiere manifestar.

—Sí tengo —respondió el pequeño—; pero no son para el público, como vuesa merced ha muy bien apuntado.

A lo cual replicó el grande:

—Pues yo le sé decir que soy uno de los más secretos mozos que en gran parte se puedan hallar; y para obligar a vuesa merced que descubra su pecho y descanse conmigo, le quiero obligar con descubrirle el mío primero; porque imagino que no sin misterio nos ha juntado aquí la suerte, y pienso que habemos de ser, déste hasta el último día de nuestra vida, verdaderos amigos. Yo, señor hidalgo, soy natural de la Fuenfrida, lugar conocido y famoso por los ilustres pasajeros que por él de continuo pasan; mi nombre es Pedro del Rincón; mi padre es persona de calidad, porque es ministro de la Santa Cruzada: quiero decir que es bulero, o buldero[18], como los llama el vulgo.

[14] «El hijo que trae cualquiera de los casados al segundo matrimonio, que también llaman antenado.» (Covarrubias.)

[15] Colecta más abundante que de costumbre, por ser muchas las misas que se celebran ese día.

[16] Parte de las polainas que caen encima del zapato, sobre el empeine.

[17] A los buenos.

[18] El que predica y publica las bulas.

Algunos días le acompañé en el oficio, y le aprendí de manera, que no daría ventaja en echar las bulas al que más presumiese en ello. Pero habiéndome un día aficionado más al dinero de las bulas que a las mismas bulas, me abracé con un talego, y di conmigo y con él en Madrid, donde, con las comodidades que allí de ordinario se ofrecen, en pocos días saqué las entrañas al talego, y le dejé con más dobleces que pañizuelos[19] de desposado. Vino el que tenía a cargo el dinero tras mí; prendiéronme; tuve poco favor, aunque, viendo aquellos señores mi poca edad, se contentaron con que me arrimasen al aldabilla[20] y me mosqueasen[21] las espaldas por un rato y con que saliese desterrado por cuatro años de la Corte. Tuve paciencia, encogí los hombros, sufrí la tanda y mosqueo, y salí a cumplir mi destierro, con tanta priesa, que no tuve lugar de buscar cabalgaduras. Tomé de mis alhajas las que pude y las que me parecieron más necesarias, y entre ellas saqué estos naipes —y a este tiempo descubrió los que se han dicho, que en el cuello traía—, con los cuales he ganado mi vida por los mesones y ventas que hay desde Madrid aquí, jugando a la veintiuna[22], y aunque vuesa merced los ve tan astrosos y maltratados, usan de una maravillosa virtud con quien los entiende, que no alzará que no quede un as debajo; y si vuesa merced es versado en este juego, verá cuánta ventaja lleva el que sabe que tiene cierto un as a la primera carta, que le puede servir de un punto y de once; que con esta ventaja, siendo la veintiuna envidada, el dinero se queda en casa. Fuera desto, aprendí de un cocinero de un cierto embajador ciertas tretas de quínolas[23] y del parar, a quien también llaman el andaboba, que así como vuesa merced se puede examinar en el corte de sus antiparas, así puedo yo ser maestro en la ciencia vilhanesca[24]. Con esto voy seguro de no morir de hambre; porque aunque llegue a un cortijo, hay quien quiera pasar tiempo jugando un rato; y desto hemos de hacer luego la experiencia los dos: armemos la red, y veamos si cae algún pájaro destos harrieros que aquí hay quiero decir que jugaremos los dos a la veintiuna como si fuese de veras; que si alguno quisiese ser tercero, él será el primero que deje la pecunia[25].

—Sea en buen hora —dijo el otro—, y en merced muy grande tengo la que vuesa merced me ha hecho en darme cuenta de su vida, con que me ha obligado a que yo no le encubra la mía, que, diciéndola más breve, es ésta: Yo nací en el piadoso lugar puesto entre Salamanca y Medina del Campo; mi padre es sastre; enseñóme su oficio, y de corte de tisera[26], con mi buen ingenio, salté a cortar bolsas[27]. Enfadóme la verdad estrecha del aldea y el desamorado trato de mi madrastra. Dejé mi pueblo, vine a Toledo a ejercitar mi oficio, y en él he hecho maravillas; porque no pende relicario de toca ni hay

---

[19] Pañuelos.

[20] Lugar donde ataban a los jóvenes en las cárceles para ser azotados.

[21] Los azotes más suaves se llamaban de mosqueo.

[22] Juego de naipes en que el ganador es el jugador que hace veintiún puntos o más se acerca.

[23] Juego de naipes, que al igual que el «parar» y «andaboba» citados a continuación, estaban prohibidos.

[24] Se refiere al juego de naipes, ya que se consideraba a Vilhan el inventor de éstos.

[25] El dinero.

[26] Tijera.

[27] Robar.

faltriquera tan escondida que mis dedos no visiten ni mis tiseras no corten, aunque le estén guardando con los ojos de Argos. Y en cuatro meses que estuve en aquella ciudad, nunca fui cogido entre puertas, ni sobresaltado ni corrido de corchetes, ni soplado de ningún cañuto[28]; bien es verdad que hará ocho días que una espía doble dio noticia de mi habilidad al Corregidor, el cual, aficionado a mis buenas partes, quisiera verme; mas yo, que, por ser humilde, no quiero tratar con personas tan graves, procuré de no verme con él, y así, salí de la ciudad con tanta priesa, que no tuve lugar de acomodarme de cabalgaduras ni blancas[29], ni de algún coche de retorno, o por lo menos de un carro.

—Eso se borre —dijo Rincón—; y pues ya nos conocemos, no hay para qué aquesas grandezas ni altiveces: confesemos llanamente que no teníamos blanca, ni aun zapatos.

—Sea así —respondió Diego Cortado, que así dijo el menor que se llamaba—; y pues nuestra amistad, como vuesa merced, señor Rincón, ha dicho, ha de ser perpetua, comencémosla con santas y loables ceremonias.

Y levantándose Diego Cortado, abrazó a Rincón, y Rincón a él, tierna y estrechamente, y luego se pusieron los dos a jugar a la veintiuna con los ya referidos naipes, limpios de polvo y paja, mas no de grasa y malicia, y a pocas manos, alzaba tan bien por el as Cortado, como Rincón, su maestro.

Salió en esto un harriero a refrescarse al portal, y pidió que quería hacer tercio. Acogiéronle de buena gana, y en menos de media hora le ganaron doce reales y veinte y dos maravedís, que fue darle doce lanzadas y veinte y dos mil pesadumbres. Y creyendo el harriero que por ser muchachos no se defenderían, quiso quitalles el dinero; mas ellos, poniendo el uno mano a su media espada y el otro al de las cachas amarillas, le dieron tanto que hacer, que a no salir sus compañeros, sin duda lo pasara mal.

A esta sazón pasaron acaso por el camino una tropa de caminantes a caballo, que iban a sestear a la venta del Alcalde, que está media legua más adelante; los cuales, viendo la pendencia del harriero con los dos muchachos, los apaciguaron, y les dijeron que si acaso iban a Sevilla, que se viniesen con ellos.

—Allá vamos —dijo Rincón—, y serviremos a vuesas mercedes en todo cuanto nos mandaren.

Y sin más detenerse, saltaron delante de las mulas y se fueron con ellos, dejando al harriero agraviado y enojado, y a la ventera admirada de la buena crianza de los pícaros: que les había estado oyendo su plática sin que ellos advirtiesen en ello y cuando dijo al harriero que les había oído decir que los naipes que traían eran falsos, se pelaba las barbas y quisiera ir a la venta tras ellos a cobrar su hacienda, porque decía que era grandísima afrenta y caso de menos valer que dos muchachos hubiesen engañado a un hombrazo tan grande como él. Sus compañeros le detuvieron y aconsejaron que no fuese, siquiera por no publicar su inhabilidad y simpleza. En fin, tales razones le dijeron, que aunque no le consolaron, le obligaron a quedarse.

---

[28] Soplón, delator.

[29] Monedas de plata.

En esto, Cortado y Rincón se dieron tan buena maña en servir a los caminantes, que lo más del camino los llevaban a las ancas; y aunque se les ofrecían algunas ocasiones de tentar las valijas de sus medios amos, no las admitieron, por no perder la ocasión tan buena del viaje de Sevilla, donde ellos tenían grande deseo de verse.

Con todo esto, a la entrada de la ciudad, que fue a la oración, y por la puerta de la Aduana, a causa del registro y almojarifazgo[30] que se paga, no se pudo contener Cortado de no cortar la valija o maleta que a las ancas traía un francés de la camarada[31]; y así, con el de sus cachas[32] le dio tan larga y profunda herida, que se parecían patentemente las entrañas, y sutilmente le sacó dos camisas buenas, un reloj de sol y un librillo de memoria[33]; cosas que cuando las vieron no les dieron mucho gusto, y pensaron que pues el francés llevaba a las ancas aquella maleta, no la había de haber ocupado con tan poco peso como era el que tenían aquellas preseas, y quisieran volver a darle otro tiento; pero no lo hicieron, imaginando que ya lo habrían echado menos y puesto en recaudo lo que quedaba.

Habíanse despedido antes que el salto[34] hiciesen de los que hasta allí los habían sustentado, y otro día vendieron las camisas en el malbaratillo[35] que se hace fuera de la puerta del Arenal, y dellas hicieron veinte reales.

Hecho esto, se fueron a ver la ciudad, y admiróles la grandeza y suntuosidad de su mayor iglesia, el gran concurso de gente del río, porque era en tiempo de cargazón de flota y había en él seis galeras, cuya vista les hizo suspirar, y aun temer el día que sus culpas los habían de traer a morar en ellas de por vida. Echaron de ver los muchos muchachos de la esportilla que por allí andaban; informáronse de uno dellos qué oficio era aquél, y si era de mucho trabajo, y de qué ganancia.

Un muchacho asturiano, que fue a quien le hicieron la pregunta, respondió que el oficio era descansado y de que no se pagaba alcabala[36], y que algunos días salía con cinco y con seis reales de ganancia, con que comía y bebía y triunfaba como cuerpo de rey, libre de buscar amo a quien dar fianzas y seguro de comer a la hora que quisiese, pues a todas lo hallaba en el más mínimo[37] bodegón de toda la ciudad.

No les pareció mal a los dos amigos la relación del asturianillo, ni les descontentó el oficio, por parecerles que venía como de molde para poder usar el suyo con cubierta y seguridad, por la comodidad que ofrecía de entrar en todas las casas; y luego determinaron de comprar los instrumentos necesarios para usalle, pues lo podían usar sin examen[38]. Y preguntándole al asturiano qué habían de comprar, les respondió que sendos costales peque-

---

[30] Derecho de importación o exportación de mercancías, aunque fuese entre puertos de España.

[31] La compañía.

[32] Su cuchillo.

[33] Cuaderno de apuntes y notas.

[34] Robo.

[35] Lugar donde se vendían ropas y objetos usados y de procedencia dudosa.

[36] Impuesto que debían pagar vendedor y comprador, por la compra-venta de las mercancías.

[37] Insignificante.

[38] Prueba necesaria para ejercer los oficios de tipo manual.

ños, limpios o nuevos, y cada uno tres espuertas de palma, dos grandes y una pequeña, en las cuales se repartían la carne, pescado y fruta, y en el costal, el pan, y él los guió donde lo vendían, y ellos, del dinero de la galima[39] del francés, lo compraron todo, y dentro de dos horas pudieran estar graduados en el nuevo oficio, según les ensayaban las esportillas y asentaban los costales. Avisóles su adalid de los puestos donde habían de acudir; por las mañanas, a la Carnicería y a la plaza de San Salvador; los días de pescado, a la Pescadería y a la Costanilla; todas las tardes, al río; los jueves, a la Feria.

Toda esta lición[40] tomaron bien de memoria, y otro día bien de mañana se plantaron en la plaza de San Salvador, y apenas hubieron llegado, cuando los rodearon otros mozos del oficio, que por lo flamante de los costales y espuertas vieron ser nuevos en la plaza; hiciéronles mil preguntas, y a todas respondían con discreción y mesura. En esto llegaron un medio estudiante y un soldado, y convidados de la limpieza de las espuertas de los dos novatos, el que parecía estudiante llamó a Cortado, y el soldado, a Rincón.

—En nombre sea de Dios —dijeron ambos.

—Para bien se comience el oficio —dijo Rincón—, que vuesa merced me estrena, señor mío. A lo cual respondió el soldado:

—La estrena no será mala, porque estoy de ganancia[41] y soy enamorado, y tengo de hacer hoy banquete a unas amigas de mi señora.

—Pues cargue vuesa merced a su gusto, que ánimo tengo y fuerzas para llevarme toda esta plaza, y aun si fuese menester que ayude a guisarlo, lo haré de muy buena voluntad.

Contentóse el soldado de la buena gracia del mozo, y díjole que si quería servir, que él le sacaría de aquel abatido oficio; a lo cual respondió Rincón que, por ser aquel día el primero que le usaba, no le quería dejar tan presto, hasta ver, a lo menos, lo que tenía de malo y bueno; y cuando no le contentase, él daba su palabra de servir a él antes que a un canónigo.

Rióse el soldado, cargóle muy bien, mostróle la casa de su dama para que la supiese de allí adelante y él no tuviese necesidad, cuando otra vez le enviase, de acompañarle. Rincón prometió fidelidad y buen trato. Diole el soldado tres cuartos, y en un vuelo volvió a la plaza, por no perder coyuntura; porque también desta diligencia le advirtió el asturiano, y de que cuando llevasen pescado menudo, conviene a saber, albures, o sardinas, o acedías[42], bien podían tomar algunas y hacerles la salva[43], siquiera para el gasto de aquel día; pero que esto había de ser con toda sagacidad y advertimiento, porque no se perdiese el crédito, que era lo que más importaba en aquel ejercicio.

Por presto que volvió Rincón, ya halló en el mismo puesto a Cortado. Llegóse Cortado a Rincón, y preguntóle que cómo le había ido. Rincón abrió la mano y mostróle los tres cuartos. Cortado entró la suya en el seno y sacó una bolsilla, que mostraba haber sido de ámbar[44] en los pasados tiempos; venía algo hinchada, y dijo:

---

[39] Robo frecuente y pequeño.
[40] Lección.
[41] Estoy de compras.
[42] Tipo de pez parecido al lenguado.
[43] Probarlas.
[44] El ámbar era una sustancia olorosa con la que solían tratarse las pieles.

—Con ésta me pagó su reverencia del estudiante, y con dos cuartos; mas tomadla vos, Rincón, por lo que puede suceder.

Y habiéndosela ya dado secretamente, veis aquí do vuelve el estudiante trasudando y turbado de muerte, y viendo a Cortado, le dijo si acaso había visto una bolsa de tales y tales señas, que, con quince escudos de oro en oro y con tres reales de a dos y tantos maravedís en cuartos y en ochavos, le faltaba, y que le dijese si la había tomado en el entretanto que con él había andado comprando. A lo cual, con extraño disimulo, sin alterarse ni mudarse en nada, respondió Cortado:

—Lo que yo sabré decir desa bolsa es que no debe de estar perdida, si ya es que vuesa merced la puso a mal recaudo.

—¡Eso es ello, pecador de mí —respondió el estudiante—: que la debí de poner a mal recaudo, pues me la hurtaron!

—Lo mismo digo yo —dijo Cortado—; pero para todo hay remedio, si no es para la muerte, y el que vuesa merced podrá tomar es, lo primero y principal, tener paciencia; que de menos nos hizo Dios y un día viene tras otro día, y donde las dan las toman, y podría ser que, con el tiempo, el que llevó la bolsa se viniese a arrepentir y se la volviese a vuesa merced sahumada[45].

—El sahumerio lo perdonaríamos—respondió el estudiante.

Y Cortado prosiguió, diciendo:

—Cuanto más, que cartas de descomunión hay, paulinas[46], y buena diligencia, que es madre de la buena ventura; aunque, a la verdad, no quisiera yo ser el llevador de tal bolsa, porque si es que vuesa merced tiene alguna orden sacra, parecermería[47] a mí que había cometido algún grande incesto, o sacrilegio.

—¡Y cómo que ha cometido sacrilegio! —dijo a esto el adolorido estudiante—: que puesto que yo no soy sacerdote, sino sacristán de unas monjas. el dinero de la bolsa era del tercio de una capellanía, que me dio a cobrar un sacerdote amigo mío, y es dinero sagrado y bendito.

—Con su pan se lo coma —dijo Rincón a este punto—; no le arriendo la ganancia: día de juicio hay, donde todo saldrá en la colada, y entonces se verá quién fue Callejas[48] y el atrevido que se atrevió a tomar, hurtar y menoscabar el tercio de la capellanía. ¿Y cuánto renta cada año? Dígame, señor sacristán, por su vida.

—¡Renta la puta que me parió! ¿Y estoy yo agora para decir lo que renta? —respondió el sacristán con algún tanto de demasiada cólera—. Decidme, hermano, si sabéis algo; si no, quedad con Dios, que yo la quiero hacer pregonar.

—No me parece mal remedio ése —dijo Cortado—; pero advierta vuesa merced que no se le olviden las señas de la bolsa, ni la cantidad puntualmen-

---

[45] Perfumada; pero en el texto se entiende por entregada de buena gana y aumentada en su contenido.

[46] Cartas de excomunión contra los ladrones dadas por Paulo III.

[47] Pareceríame.

[48] Según el Diccionario de la Academia: «Uno que se jacta de poderes o de autoridad.»

te del dinero que va en ella; que si yerra en un ardite, no parecerá en días del mundo, y esto le doy por hado.

—No hay que temer deso —respondió el sacristán—, que lo tengo más en la memoria que el tocar de las campanas: no me erraré en un átomo.

Sacó en eso, de la faldriquera un pañuelo randado[49] para limpiarse el sudor, que llovía de su rostro como de alquitara, y apenas le hubo visto Cortado, cuando lo marcó[50] por suyo; y habiéndose ido el sacristán, Cortado le siguió y le alcanzó en las Gradas, donde le llamó y le retiró a una parte, y allí le comenzó a decir tantos disparates, al modo de lo que llaman bernardinas[51], cerca del hurto y hallazgo de su bolsa, dándole buenas esperanzas, sin concluir jamás razón que comenzase, que el pobre sacristán estaba embelesado escuchándole. Y como no acababa de entender lo que le decía, hacía que le replicase la razón dos y tres veces.

Estábale mirando Cortado a la cara atentamente y no quitaba los ojos de sus ojos. El sacristán le miraba de la misma manera, estando colgado de sus palabras. Este tan grande embelesamiento dio lugar a Cortado que concluyese su obra, y sutilmente le sacó el pañuelo de la faltriquera, y despidiéndose dél, le dijo que a la tarde procurase de verle en aquel mismo lugar, porque él traía entre ojos que un muchacho de su mismo oficio y de su mismo tamaño, que era algo ladroncillo, le había tomado la bolsa, y que él se obligaba a saberlo, dentro de pocos o de muchos días.

Con esto se consoló algo el sacristán, y se despidió de Cortado, el cual se vino donde estaba Rincón, que todo lo había visto un poco apartado dél; y más abajo estaba otro mozo de la esportilla, que vio todo lo que había pasado y cómo Cortado daba el pañuelo a Rincón, y llegándose a ellos les dijo:

—Díganme, señores galanes: ¿voacedes son de mala entrada[52], o no?

—No entendemos esa razón, señor galán —respondió Rincón.

—¿Que no entrevan[53], señores murcios[54]? —respondió el otro.

—No somos de Teba ni de Murcia —dijo Cortado—; si otra cosa quiere, dígala; si no, váyase con Dios.

—¿No lo entiende? —dijo el mozo—. Pues yo se lo daré a entender, y a beber, con una cuchara[55] de plata: quiero decir, señores, si son vuesas mercedes ladrones. Mas no sé para qué les pregunto esto, pues sé ya que lo son. Mas, díganme: ¿cómo no han ido a la aduana del señor Monipodio?

—¿Págase en esta tierra almojarifazgo de ladrones, señor galán? —dijo Rincón.

—Si no se paga —respondió el mozo—, a lo menos regístranse ante el señor Monipodio, que es su padre, su maestro y su amparo; y así, les acon-

---

[49] Adornado con encajes.

[50] Señaló.

[51] «Razones que ni atan ni desatan, y no significando nada, pretende el que las dice, con su disimulación, engañar a los que le están oyendo.» (Covarrubias.)

[52] Ladrones.

[53] Entrevar: entender, conocer.

[54] Ladrones.

[55] «Meter con cuchara una cosa»: Repetir con insistencia.

sejo que vengan conmigo a darle la obediencia, o si no, no se atrevan a hurtar sin su señal, que les costará caro.

—Yo pensé —dijo Cortado— que el hurtar era oficio libre, horro de pecho[56] y alcabala, y que si se paga, es por junto, dando por fiadores a la garganta y a las espaldas, pero pues así es, y en cada tierra hay uso, guardemos nosotros el désta, que por ser la más principal del mundo será el más acertado de todo él. Y así, puede vuesa merced guiarnos donde esté ese caballero que dice, que yo tengo barruntos, según lo que he oído decir que es muy calificado y generoso, y además hábil en el oficio.

—¡Y cómo que es calificado, hábil y suficiente! —respondió el mozo—. Eslo tanto, que en cuatro años que ha que tiene el cargo de ser nuestro mayor y padre no han padecido sino cuatro en el *finibusterrae*[57], y obra de treinta envesados[58] y de sesenta y dos en gurapas[59].

—En verdad, señor —dijo Rincón—, que así entendemos esos nombres como volar.

—Comencemos a andar, que yo los iré declarando por el camino —respondio el mozo—, con otros algunos que así les conviene saberlos como el pan de la boca.

Y así, les fue diciendo y declarando otros nombres de los que ellos llaman *germanescos* o de la *germanía*, en el discurso de su plática, que no fue corta, porque el camino era largo, en el cual dijo Rincón a su guía.

—¿Es vuesa merced, por ventura, ladrón?

—Sí —respondió él—, para servir a Dios y a las buenas gentes, aunque no de los muy cursados; que todavía estoy en el año del noviciado.

A lo cual respondió Cortado:

—Cosa nueva es para mí que haya ladrones en el mundo para servir a Dios y a la buena gente.

A lo cual respondió el mozo:

—Señor, ya no me meto en tologías[60]; lo que sé es que cada uno en su oficio puede alabar a Dios, y más con la orden que tiene dada Monipodio a todos su ahijados.

—Sin duda —dijo Rincón— debe de ser buena y santa, pues hace que los ladrones sirvan a Dios.

—Es tan santa y buena —replicó el mozo—, que no sé yo si se podrá mejorar en nuestro arte. Él tiene ordenado que de lo que hurtásemos demos alguna cosa o limosna para el aceite de la lámpara de una imagen muy devota que está en esta ciudad, y en verdad que hemos visto grandes cosas por esta buena obra porque los días pasados dieron tres ansias[61] a un cuatrero que había murciado dos roznos, y con estar flaco y cuartanario, así lo sufrió sin cantar como si fuera nada. Y esto atribuimos los del arte a su buena devoción, porque sus fuerzas no eran bastantes para sufrir el primer desconcierto del verdugo. Y porque sé que me han de preguntar algunos vocablos de

---

[56] Tributo que se pagaba al Rey o al señor de un territorio.
[57] Horca.
[58] Azotados.
[59] Galeras.
[60] Teologías.
[61] Tipo de tormento.

los que he dicho, quiero curarme en salud y decírselo antes que me lo pregunten. Sepan voacedes[62] que *cuatrero* es ladrón de bestias; *ansia* es el tormento; roznos, los asnos, hablando con perdón; primer *desconcierto* es las primeras vueltas de cordel que da el verdugo. Tenemos más: que rezamos nuestro rosario, repartido en toda la semana, y muchos de nosotros no hurtamos en día del viernes, ni tenemos conversación con mujer que se llame María el día del sábado.

—De perlas me parece todo eso —dijo Cortado—; pero dígame vuesa merced: ¿hácese otra restitución u otra penitencia más de la dicha?

—En eso de restituir no hay que hablar —respondió el mozo—, porque es cosa imposible, por las muchas partes en que se divide lo hurtado, llevando a cada uno de los ministros y contrayentes la suya; y así, el primer hurtador no puede restituir nada; cuanto más que no hay quien nos mande hacer esta diligencia, a causa que nunca nos confesamos, y si sacan cartas de excomunión, jamás llegan a nuestra noticia, porque jamás vamos a la iglesia al tiempo que se leen, si no es los días de jubileo, por la ganancia que nos ofrece el concurso de la mucha gente.

—¿Y con sólo eso que hacen, dicen esos señores —dijo Cortadillo— que su vida es santa y buena?

—Pues, ¿qué tiene de malo? —replicó el mozo—. ¿No es peor ser hereje o renegado, o matar a su padre y madre o ser solómico?

—*Sodomita*, querrá decir vuesa merced —respondió Rincón.

—Eso digo —dijo el mozo.

—Todo es malo —replicó Cortado—. Pero pues nuestra suerte ha querido que entremos en esta cofradía, vuesa merced alargue el paso; que muero por verme con el señor Monipodio, de quien tantas virtudes se cuentan.

—Presto se les cumplirá su deseo —dijo el mozo—, que ya desde aquí se descubre su casa. Vuesas mercedes se queden a la puerta, que yo entraré a ver si está desocupado, porque estas son las horas cuando él suele dar audiencia.

—En buena sea —dijo Rincón.

Y adelantándose un poco el mozo, entró en una casa no muy buena, sino de muy mala apariencia, y los dos se quedaron esperando a la puerta. Él salió luego y los llamó, y ellos entraron, y su guía les mandó esperar en un pequeño patio ladrillado, que de puro limpio y aljimifrado[63] parecía que vertía carmín de lo más fino. Al un lado estaba un banco de tres pies y al otro un cántaro desbocado, con un jarrillo encima, no menos falto que el cántaro; a otra parte estaba una estera de enea, y en el medio, un tiesto, que en Sevilla llaman *maceta*, de albahaca.

Miraban los mozos atentamente las alhajas de la casa en tanto que bajaba el señor Monipodio; y viendo que tardaba, se atrevió Rincón a entrar en una sala baja, de dos pequeñas que en el patio estaban, y vio en ellas dos espadas de esgrima y dos broqueles de corcho, pendientes de cuatro clavos, y un arca grande, sin tapa ni cosa que la cubriese, y otras tres esteras de enea tendidas por el suelo. En la pared frontera estaba pegada a la pared una imagen de Nuestra Señora, destas de mala estampa, y más abajo pendía una

[62] Ustedes.
[63] Limpio, acicalado.

esportilla de palma, y encajada en la pared, una almofia[64] blanca, por do coligió Rincón que la esportilla servía de cepo para limosna, y la almofia, de tener agua bendita, y así era la verdad.

Estando en esto, entraron en la casa dos mozos de hasta veinte años cada uno, vestidos de estudiantes, y de allí a poco, dos de la esportilla y un ciego; y sin hablar palabra ninguno, se comenzaron a pasear por el patio. No tardó mucho, cuando entraron dos viejos de bayeta[65], con antojos, que los hacían graves y dignos de ser respectados, con sendos rosarios de sonadoras cuentas en las manos. Tras ellos entró una vieja halduda[66], y, sin decir nada, se fue a la sala, y habiendo tomado agua bendita, con grandísima devoción se puso de rodillas ante la imagen, y a cabo de una buena pieza[67], habiendo primero besado tres veces el suelo y levantado los brazos y los ojos al cielo otras, se levantó y echó su limosna en la esportilla, y se salió con los demás al patio. En resolución, en poco espacio se juntaron en el patio hasta catorce personas de diferentes trajes y oficios. Llegaron también de los postreros dos bravos y bizarros mozos, de bigotes largos, sombreros de grande falda, cuellos a la valona, medias de color, ligas de gran balumba[68], espadas de más de marca[69], sendos pistoletes cada uno en lugar de dagas, y sus broqueles pendientes de la pretina; los cuales, así como entraron, pusieron los ojos de través en Rincón y Cortado, a modo de que los extrañaban y no conocían. Y llegándose a ellos, les preguntaron si eran de la cofradía. Rincón respondió que sí, y muy servidores de sus mercedes.

Llegóse en esto la sazón y punto en que bajó el señor Monipodio, tan esperado como bien visto de toda aquella virtuosa compañía. Parecía de edad de cuarenta y cinco a cuarenta y seis años, alto de cuerpo, moreno de rostro, cejijunto, barbinegro y muy espeso; los ojos, hundidos. Venía en camisa, y por la abertura de delante descubría un bosque: tanto era el vello que tenía en el pecho. Traía cubierta[70] una capa de bayeta casi hasta los pies, en los cuales traía unos zapatos enchancletados[71]; cubríanle las piernas unos zaragüelles[72] de lienzo, anchos, y largos hasta los tobillos; el sombrero era de los de la hampa, campanudo de copa y tendido de falda; atravesábale un tahalí[73] por espalda y pecho, a do colgaba una espada ancha y corta, a modo de las del perrillo[74]; las manos eran cortas, pelosas, y los dedos, gordos, y las uñas, hembras[75] y remachadas; las piernas no se le parecían, pero los pies eran descomunales, de anchos y juanetudos[76]. En efecto, él representaba el más

---

[64] Jofaina, escudilla grande.

[65] Vestidos con trajes de bayeta. Bayeta: «tipo de paño flojo y poco espeso...» (Covarrubias.)

[66] Vestida con faldas anchas.

[67] Espacio de tiempo.

[68] Muy vistosas.

[69] De mayor tamaño que el permitido por la ley.

[70] Puesta.

[71] Tipo de zapatos sin talón.

[72] Pantalón ancho.

[73] Cinto ancho.

[74] Llamadas «del perrillo», por llevar como marca un pequeño perro en la hoja.

[75] Anchas y cortas.

[76] Con juanetes.

rústico y disforme bárbaro del mundo. Bajó con él la guía de los dos, y trabándoles de las manos, los presentó ante Monipodio, diciéndole:

—Estos son los dos buenos mancebos que a vuesa merced dije, mi sor[77] Monipodio: vuesa merced los desamine[78], y verá cómo son dignos de entrar en nuestra congregación.

—Eso haré yo de muy buena gana —respondió Monipodio.

Olvidábaseme decir que así como Monipodio bajó, al punto todos los que aguardándole estaban le hicieron una profunda y larga reverencia, excepto los dos bravos, que a medio magate[79] como entre ellos se dice, se quitaron los capelos[80], y luego volvieron a su paseo por una parte del patio, y por la otra se paseaba Monipodio, el cual preguntó a los nuevos el ejercicio, la patria y padres.

A lo cual Rincón respondió:

—El ejercicio ya está dicho, pues venimos ante vuesa merced; la patria no me parece de mucha importancia decilla, ni los padres tampoco, pues no se ha de hacer información para recebir algún hábito honroso.

A lo cual respondió Monipodio:

—Vos, hijo mío, estáis en lo cierto, y es cosa muy acertada encubrir eso que decís; porque si la suerte no corriere como debe, no es bien que quede asentado debajo de signo de escribano, ni en el libro de las entradas: «Fulano, hijo de Fulano, vecino de tal parte, tal día le ahorcaron, o le azotaron», u otra cosa semejante, que, por lo menos, suena mal a los buenos oídos; y así, torno a decir que es provechoso documento[81] callar la patria, encubrir los padres y mudar los propios nombres; aunque para entre nosotros no ha de haber nada encubierto, y sólo ahora quiero saber los nombres de los dos.

Rincón dijo el suyo, y Cortado también.

—Pues de aquí adelante —respondió Monipodio— quiero y es mi voluntad que vos, Rincón, os llaméis *Rinconete*, y vos, Cortado, *Cortadillo*, que son nombres que asientan como de molde a vuestra edad y a nuestras ordenanzas, debajo de las cuales cae tener necesidad de saber el nombre de los padres de nuestros cofrades, porque tenemos de costumbre hacer decir cada año ciertas misas por las ánimas de nuestros difuntos y bienhechores, sacando el estupendo[82] para la limosna de quien las dice de alguna parte de lo que se garbea; y estas tales misas, así dichas como pagadas, dice que aprovechan a las tales ánimas por vía de naufragio[83]; y caen debajo de nuestros bienhechores el procurador que nos defiende, el guro[84] que nos avisa, el verdugo que nos tiene lástima, el que cuando uno de nosotros va huyendo por la calle y detrás le van dando voces: «¡Al ladrón, al ladrón! ¡Deténganle, deténganle!», se pone en medio y se opone al raudal de los que le siguen,

---

[77] Por «señor».
[78] Examine.
[79] De cualquier manera.
[80] Sombreros.
[81] Consejo.
[82] Estipendio, paga.
[83] Sufragio.
[84] Alguacil.

diciendo: «¡Déjenle al cuitado, que harta malaventura lleva! ¡Allá se lo haya; castíguele su pecado!» Son también bienhechoras nuestras las socorridas que de su sudor nos socorren, ansí en la trena[85] como en las guras[86], y también lo son nuestros padres y madres que nos echan al mundo, y el escribano, que si anda de buena[87] no hay delito que sea culpa ni culpa a quien se dé mucha pena; y por todos estos que he dicho hace nuestra hermandad cada año su adversario[88] con la mayor popa y soledad[89] que podemos.

—Por cierto —dijo Rinconete, ya confirmado con este nombre— que es obra digna del altísimo y profundísimo ingenio que hemos oído decir que vuesa merced, señor Monipodio, tiene. Pero nuestros padres aún gozan de la vida; si en ella les alcanzáremos, daremos luego noticia a esta felicísima y abogada confraternidad, para que por sus almas se les haga ese naufragio o tormenta, o ese adversario que vuesa merced dice, con la solenidad y pompa acostumbrada, si ya no es que se hace mejor con *popa y soledad*, como también apuntó vuesa merced en sus razones.

—Así se hará, o no quedará de mí pedazo —replicó Monipodio.

Y llamando al guía, le dijo:

—Ven acá, Ganchuelo; ¿están puestas las postas?

—Sí —dijo la guía, que Ganchuelo era su nombre—: tres centinelas quedan avizorando[90], y no hay que temer que nos cojan de sobresalto.

—Volviendo, pues, a nuestro propósito —dijo Monipodio—, querría saber, hijos, lo que sabéis, para daros el oficio y ejercicio conforme a vuestra inclinación y habilidad.

—Yo —le respondió Rinconete— sé un poquito de floreo de Vilhán[91], entiéndeseme el retén; tengo buena vista para el humillo; juego bien de la sola, de las cuatro y de las ocho; no se me va por pies el raspadillo, verrugueta y el colmillo; éntrome por la boca de lobo como por mi casa, y atreveríame a hacer un tercio de chanza mejor que un tercio de Nápoles, y a dar un astillazo al más pintado mejor que dos reales prestados.

—Principios son —dijo Monipodio—; pero todas ésas son flores de cantueso viejas[92], y tan usadas, que no hay principiante que no las sepa, y sólo sirven para alguno que sea tan blanco[93], que se deje matar de media noche abajo[94], pero andará el tiempo, y vernos hemos: que asentando sobre ese fundamento media docena de liciones, yo espero en Dios que habéis de salir oficial famoso, y aun quizá maestro.

—Todo será para servir a vuesa merced y a los señores cofrades —respondió Rinconete.

—Y vos, Cortadillo, ¿qué sabéis? —preguntó Monipodio.

---

[85] Cárcel.
[86] Galeras.
[87] De buena voluntad.
[88] Aniversario.
[89] Pompa y solemnidad.
[90] Ojeando.
[91] Engaños en el juego de naipes.
[92] Engaños, trampas que conocen todos.
[93] Incauto, ingenuo.
[94] Avanzada la noche, de madrugada.

—Yo —respondió Cortadillo— sé la treta que dicen mete dos y saca cinco[95], y sé dar tiento a una faltriquera con mucha puntualidad y destreza.

—¿Sabes más? —dijo Monipodio.

—No, por mis grandes pecados —respondió Cortadillo.

—No os aflijáis, hijo —replicó Monipodio—, que a puerto y a escuela habéis llegado donde ni os anegaréis ni dejaréis de salir muy bien aprovechado en todo aquello que más os conviniere. Y en esto del ánimo, ¿cómo os va, hijos?

—¿Cómo nos ha de ir —respondió Rinconete— sino muy bien? Ánimo tenemos para acometer cualquier empresa de las que tocaren a nuestro arte y ejercicio.

—Está bien —replicó Monipodio—; pero querría yo que también le tuviésedes para sufrir, si fuese menester, media docena de ansias sin desplegar los labios y sin decir «esta boca es mía».

—Ya sabemos aquí —dijo Cortadillo—, señor Monipodio, qué quiere decir *ansias*, y para todo tenemos ánimo, porque no somos tan ignorantes que no se nos alcance que lo que dice la lengua paga la gorja[96], y harta merced le hace el Cielo al hombre atrevido, por no darle otro título, que le deja en su lengua su vida o su muerte: ¡como si tuviese más letras un *no* que un sí!

—¡Alto, no es menester más! —dijo a esta sazón Monipodio—. Digo que sola esta razón me convence, me obliga, me persuade y me fuerza a que desde luego asentéis por cofrades mayores y que se os sobrelleve el año del noviciado.

—Yo soy dese parecer —dijo uno de los bravos.

Y a una voz lo confirmaron todos los presentes, que toda la plática habían estado escuchando, y pidieron a Monipodio que desde luego les concediese y permitiese gozar de las inmunidades de su cofradía, porque su presencia agradable y su buena plática lo merecía todo.

El respondió que, por dalles contento a todos, desde aquel punto se les concedía, advirtiéndoles que las estimasen en mucho, porque eran no pagar media nata[97] del primer hurto que hiciesen; no hacer oficios menores en todo aquel año; conviene saber: no llevar recaudo de ningún hermano mayor a la cárcel, ni a la casa, de parte de sus contribuyentes; piar el turco puro[98]; hacer banquete cuando, como y a donde quisieren, sin pedir licencia a su mayoral; entrar a la parte desde luego con lo que entrujasen[99] los hermanos mayores, como uno dellos, y otras cosas que ellos tuvieron por merced señaladísima, y los demás, con palabras muy comedidas, las agradecieron mucho.

Estando en esto, entró un muchacho corriendo y desalentado, y dijo:

—El alguacil de los vagabundos viene encaminado a esta casa; pero no trae consigo gurullada[100]

---

[95] Treta que consiste en meter dos dedos y sacar monedas.

[96] Garganta. Es decir: «paga la garganta en la horca».

[97] «Media anata»: cierto tributo pagado al obtener determinados cargos, que valía el sueldo de medio año.

[98] Beber vino puro, sin aguar.

[99] Almacenasen, guardasen.

[100] Ronda de alguaciles.

—Nadie se alborote —dijo Monipodio—, que es amigo y nunca viene por nuestro daño. Sosiéguense, que yo le saldré a hablar.

Todos se sosegaron, que ya estaban algo sobresaltados, y Monipodio salió a la puerta, donde halló al alguacil, con el cual estuvo hablando un rato, y luego volvió a entrar Monipodio, y preguntó:

—¿A quién le cupo hoy la plaza de San Salvador?

—A mí —dijo el de la guía.

—Pues, ¿como —dijo Monipodio— no se me ha manifestado una bolsilla de ámbar que esta mañana en aquel paraje dio al traste con quince escudos de oro y dos reales de a dos y no sé cuántos cuartos?

—Verdad es —dijo la guía— que hoy faltó esa bolsa; pero yo no la he tomado, ni puedo imaginar quién la tomase.

—¡No hay levas[101] conmigo! —dijo Monipodio—. ¡La bolsa ha de parecer, porque la pide el alguacil, que es amigo y nos hace mil placeres al año!

Tornó a jurar el mozo que no sabía della. Comenzóse a encolerizar Monipodio de manera que parecía que fuego vivo lanzaba por los ojos, diciendo:

—¡Nadie se burle con quebrantar la más mínima cosa de nuestra orden, que le costará la vida! Manifiéstese la cica[102], y si se encubre por no pagar los derechos, yo le daré enteramente lo que le toca, y pondré lo demás de mi casa, porque en todas maneras ha de ir contento el alguacil.

Tornó de nuevo a jurar el mozo y a maldecirse, diciendo que él no había tomado tal bolsa ni vístola de sus ojos; todo lo cual fue poner más fuego a la cólera de Monipodio y dar ocasión a que toda la junta se alborotase, viendo que se rompían sus estatutos y buenas ordenanzas.

Viendo Rinconete, pues, tanta disensión y alboroto, parecióle que sería bien sosegalle y dar contento a su mayor, que reventaba de rabia, y aconsejándose con su amigo Cortadillo, con parecer de entrambos, sacó la bolsa del sacristán, y dijo:

—Cese toda cuestión, mis señores; que esta es la bolsa, sin faltarle nada de lo que el alguacil manifiesta; que hoy mi camarada Cortadillo le dio alcance, con un pañuelo que al mismo dueño se le quitó, por añadidura.

Luego sacó Cortadillo el pañizuelo y lo puso de manifiesto; viendo lo cual Monipodio, dijo:

—Cortadillo el Bueno (que con este título y renombre ha de quedar de aquí adelante) se quede con el pañuelo y a mi cuenta se quede la satisfacción deste servicio; y la bolsa se ha de llevar el alguacil, que es de un sacristán pariente suyo y conviene que se cumpla aquel refrán que dice: «No es mucho que a quien te da la gallina entera tú des una pierna della.» Más disimula este buen alguacil en un día que nosotros le podemos ni solemos dar en ciento.

De común consentimiento aprobaron todos la hidalguía de los dos modernos y la sentencia y parecer de su mayoral, el cual salió a dar la bolsa al alguacil, y Cortadillo se quedó confirmado con el renombre de *Bueno*,

---

[101] Ardid, trampa.

[102] Bolsa.

bien como si fuera don Alonso Pérez de Guzmán el Bueno, que arrojó el cuchillo por los muros de Tarifa para degollar a su único hijo.

Al volver que volvió Monipodio, entraron con él dos mozas, afeitados[103] los rostros, llenos de color los labios y de albayalde los pechos, cubiertas con medios mantos[104] de anascote[105], llenas de desenfado y desvergüenza, señales claras por donde, en viéndolas Rinconete y Cortadillo, conocieron que eran de la casa llana[106], y no se engañaron en nada; y así como entraron se fueron con los brazos abiertos, la una a Chiquiznaque y la otra a Maniferro, que éstos eran los nombres de los dos bravos; y el de Maniferro era porque traía una mano de hierro, en lugar de otra que le habían cortado por justicia. Ellos las abrazaron con grande regocijo, y les preguntaron si traían algo con que mojar la canal maestra[107].

—Pues, ¿había de faltar, diestro[108] mío? —respondió la una, que se llamaba la Gananciosa—. No tardará mucho a venir Silbatillo tu trainel[109], con la canasta de colar atestada de lo que Dios ha sido servido.

Y así fue verdad, porque al instante entró un muchacho con una canasta de colar cubierta con una sábana.

Alegráronse todos con la entrada de Silbato, y al momento mandó sacar Monipodio una de las esteras de enea que estaban en el aposento, y tenderla en medio del patio. Y ordenó asimismo que todos se sentasen a la redonda; porque en cortando la cólera[110], se trataría de lo que más conviniese. A esto dijo la vieja que había rezado a la imagen:

—Hijo Monipodio, yo no estoy para fiestas, porque tengo un vaguido de cabeza dos días ha que me trae loca; y más que antes que sea medio día tengo de ir a cumplir mis devociones y poner mis candelicas a Nuestra Señora de las Aguas y al Santo Crucifijo de Santo Agustín, que no lo dejaría de hacer si nevase y ventiscase. A lo que he venido es que anoche el Renegado y Centopiés llevaron a mi casa una canasta de colar[111], algo mayor que la presente, llena de ropa blanca, y en Dios y en mi ánima que venía con su cernada[112] y todo, que los pobretes no debieron de tener lugar de quitalla, y venían sudando la gota tan gorda, que era una compasión verlos entrar jadeando y corriendo agua de sus rostros, que parecían unos angelicos. Dijéronme que iban en seguimiento de un ganadero que había pesado ciertos carneros en la Carnicería, por ver si le podían dar un tiento en un grandísimo gato[113] de reales que llevaba. No desembanastaron ni contaron la ropa, fiados en la entereza de mi conciencia; y así me cumpla Dios mis bue-

---

103 Arregladas con afeites, cosméticos.
104 Mantos doblados
105 Tela de lana.
106 Mancebía.
107 La garganta.
108 Hábil con la espada.
109 Criado de rufián o de mujer pública.
110 Comiendo algo.
111 Canasta de lavar ropas.
112 «Ceniza utilizada en la lejía para colar los paños.» (Covarrubias.)
113 Bolsa de dinero hecha con piel de gato.

nos deseos y nos libre a todos de poder de justicia que no he tocado la canasta y que se está tan entera como cuando nació.

—Todo se le cree, señora madre —respondió Monipodio— y estése así la canasta, que yo iré allá, a boca de sorna[114], y haré cala y cata[115] de lo que tiene, y daré a cada uno lo que le tocare, bien y fielmente, como tengo de costumbre.

—Sea como vos lo ordenáredes, hijo —respondió la vieja—; y porque se me hace tarde, dadme un traguillo, si tenéis, para consolar este estómago, que tan desmayado anda de contino.

—¡Y qué tal lo beberéis, madre mía! —dijo a esta sazón la Escalanta, que así se llamaba la compañera de la Gananciosa.

Y descubriendo la canasta, se manifestó una bota a modo de cuero, con hasta dos arrobas de vino, y un corcho que podría caber sosegadamente y sin apremio hasta una azumbre; y llenándole la Escalanta, se lo puso en las manos a la devotísima vieja, la cual, tomándolo con ambas manos, y habiéndole soplado un poco de espuma, dijo:

—Mucho echaste, hija Escalanta; pero Dios dará fuerzas para todo.

Y aplicándoselo a los labios, de un tirón, sin tomar aliento, lo trasegó del corcho al estómago, y acabó diciendo:

—De Guadalcanal es, y aún tiene un es no es de yeso el señorico. Dios te consuele, hija, que así me has consolado; sino que temo que me ha de hacer mal, porque no me he desayunado.

—No hará, madre —respondió Monipodio—, porque es trasañejo[116].

—Así lo espero yo en la Virgen —respondió la vieja.

Y añadió:

—Mirad, niñas, si tenéis acaso algún cuarto para comprar las candelicas de mi devoción, porque con la priesa y gana que tenía de venir a traer las nuevas de la canasta se me olvidó en casa la escarcela[117].

—Yo sí tengo, señora Pipota —(que éste era el nombre de la buena vieja), respondió la Gananciosa—; tome: ahí le doy dos cuartos; del uno le ruego que compre una para mí, y se la ponga al señor San Miguel; y si puede comprar dos, ponga la otra al señor San Blas, que son mis abogados. Quisiera que pusiera otra a la señora Santa Lucía, que, por lo de los ojos, también le tengo devoción; pero no tengo trocado; mas otro día habrá donde se cumpla con todos.

—Muy bien harás, hija, y mira no seas miserable: que es de mucha importancia llevar la persona las candelas delante de sí antes que se muera, y no aguardar a que las pongan los herederos o albaceas.

—Bien dice la madre Pipota —dijo la Escalanta.

Y echando mano a la bolsa, le dio otro cuarto, y le encargó que pusiese otras dos candelicas a los santos que a ella le pareciese que eran de los más aprovechados y agradecidos. Con esto, se fue la Pipota, diciéndoles:

---

[114] Noche.
[115] Tantearé, contaré.
[116] Vino con tres años.
[117] Tipo de bolsa.

—Holgaos, hijos, ahora que tenéis tiempo; que vendrá la vejez, y lloraréis en ella los ratos que perdisteis en la mocedad, como yo los lloro; y encomendadme a Dios en vuestras oraciones, que yo voy a hacer lo mismo por mí y por vosotros porque Él nos libre y conserve en nuestro trato peligroso sin sobresaltos de justicia.

Y con esto, se fue.

Ida la vieja, se sentaron todos alrededor de la estera, y la Gananciosa tendió la sábana por manteles; y lo primero que sacó de la cesta fue un grande haz de rábanos y hasta dos docenas de naranjas y limones, y luego una cazuela grande llena de tajadas de bacalao frito, manifestó luego medio queso de Flandes, y una olla de famosas aceitunas, y un plato de camarones, y gran cantidad de cangrejos, con su llamativo[118] de alcaparrones ahogados[119] en pimientos, y tres hogazas blanquísimas de Gandul[120]. Serían los del almuerzo hasta catorce, y ninguno dellos dejó de sacar su cuchillo de cachas amarillas, si no fue Rinconete, que sacó su media espada. A los dos viejos de bayeta y a la guía tocó el escanciar con el corcho de colmena. Mas apenas habían comenzado a dar asalto a las naranjas, cuando le dio a todos gran sobresalto los golpes que dieron a la puerta. Mandóles Monipodio que se sosegasen, y entrando en la sala baja, y descolgando un broquel, puesto mano a la espada, llegó a la puerta, y con voz hueca y espantosa preguntó:

—¿Quién llama?

Respondieron de fuera:

—Yo soy, que no es nadie, señor Monipodio: Tagarete soy, centinela desta mañana, y vengo a decir que viene aquí Juliana la Cariharta, toda desgreñada y llorosa, que parece haberle sucedido algún desastre.

En esto llegó la que decía, sollozando, y sintiéndola Monipodio, abrió la puerta, y mandó a Tagarete que se volviese a su posta y que de allí adelante avisase lo que viese con menos estruendo y ruido. Él dijo que así lo haría. Entró la Cariharta, que era una moza del jaez de las otras y del mismo oficio. Venía descabellada y la cara llena de tolondrones, y así como entró en el patio se cayó en el suelo desmayada. Acudieron a socorrerla la Gananciosa y la Escalanta, y desabrochándola el pecho la hallaron toda denegrida y como magullada. Echáronle agua en el rostro, y ella volvió en sí, diciendo a voces:

—¡La justicia de Dios y del Rey venga sobre aquel ladrón desuellacaras, sobre aquel cobarde bajamanero[121], sobre aquel pícaro lendroso[122], que le he quitado más veces de la horca que tiene pelos en las barbas! ¡Desdichada de mí! ¡Mirad por quién he perdido y gastado mi mocedad y la flor de mis años, sino por un bellaco desalmado, facineroso e incorregible!

—Sosiégate, Cariharta —dijo a esta sazón Monipodio—, que aquí estoy yo, que te haré justicia. Cuéntanos tu agravio, que más estarás tú en contar-

[118] Manjar que excita la sed.
[119] Sumergidos en vinagre y cubiertos de pimientos.
[120] Pan de ese pueblo que era llevado a Sevilla.
[121] Ratero, ladrón.
[122] Con liendres o huevos de piojos.

le que yo en hacerte vengada; dime si has habido algo con tu respecto[123], que si así es y quieres venganza, no has menester más que boquear.

—¿Qué respecto? —respondió Juliana—, respectada me vea yo en los infiernos si más lo fuere de aquel león con las ovejas y cordero con los hombres. ¿Con aquél había yo de comer más pan a manteles, ni yacer en uno? Primero me vea yo comida de adivas[124] estas carnes, que me ha parado de la manera que ahora veréis.

Y alzándose al instante las faldas hasta la rodilla, y aun un poco más, las descubrió llenas de cardenales.

—Desta manera —prosiguió— me ha pagado aquel ingrato del Repolido, debiéndome más que a la madre que le parió. ¿Y por qué pensáis que lo ha hecho? ¡Montas[125] que le di yo ocasión para ello! No, por cierto; no lo hizo más sino porque estando jugando y perdiendo, me envió a pedir con Cabrillas, su trainel, treinta reales, y no le envié más de veinticuatro, que el trabajo y afán con que yo los había ganado ruego ya a los Cielos que vayan en descuento de mis pecados. Y en pago desta cortesía y buena obra, creyendo él que yo le sisaba algo de la cuenta que él allá en su imaginación había hecho de lo que yo podía tener, esta mañana me sacó al campo, detrás de la güerta del Rey y allí, entre unos olivares, me desnudó, y con la petrina[126], sin excusar ni recoger los hierros, que en malos grillos y hierros le vea yo, me dio tantos azotes, que me dejó por muerta. De la cual verdadera historia son buenos testigos estos cardenales que miráis.

Aquí tornó a levantar las voces, aquí volvió a pedir justicia, y aquí se la prometió de nuevo Monipodio y todos los bravos que allí estaban.

La Gananciosa tomó la mano a consolalla, diciéndole que diera de muy buena gana una de las mejores preseas que tenía porque le hubiera pasado otro tanto con su querido.

—Porque quiero —dijo— que sepas, hermana Cariharta, si no lo sabes, que a lo que se quiere bien se castiga; y cuando estos bellacones nos dan, y azotan, y acocean, entonces nos adoran; si no, confiésame una verdad, por tu vida: después que te hubo Repolido castigado y brumado, ¿no te hizo alguna caricia?

—¿Cómo una? —respondió la llorosa—. Cien mil me hizo, y diera él un dedo de la mano porque me fuera con él a su posada; y aun me parece que casi se le saltaron las lágrimas de los ojos después de haberme molido.

—No hay dudar en eso —replicó la Gananciosa—. Y lloraría de pena de ver cuál te había puesto: que estos tales hombres, y en tales casos, no han cometido la culpa cuando les viene el arrepentimiento. Y tú verás, hermana, si no viene a buscarte antes que de aquí nos vamos, y a pedirte perdón de todo lo pasado, rindiéndosete como un cordero.

—En verdad —respondió Monipodio—que no ha de entrar por estas puertas el cobarde envesado si primero no hace una manifiesta penitencia del cometido delito. ¿Las manos había él de ser osado ponerlas en el rostro

---

123 Amante, querido.
124 Chacales.
125 ¡Vaya!
126 Correa, pretina.

de la Cariharta, ni en sus carnes, siendo persona que puede competir en limpieza y ganancia con la misma Gananciosa que está delante, que no lo puedo más encarecer?

—¡Ay! —dijo a esta sazón la Juliana—. No diga vuesa merced, señor Monipodio, mal de aquel maldito; que con cuán malo es, le quiero más que a las telas de mi corazón, y hanme vuelto el alma al cuerpo las razones que en su abono me ha dicho mi amiga la Gananciosa, y en verdad que estoy por ir a buscarle.

—Eso no harás tú por mi consejo —replicó la Gananciosa—, porque se extenderá y ensanchará y hará tretas en ti como en cuerpo muerto. Sosiégate, hermana, que antes de mucho le verás venir tan arrepentido como he dicho, y si no viniere, escribirémosle un papel en coplas, que le amargue.

—¡Eso sí —dijo la Cariharta—: que tengo mil cosas que escribirle!

—Yo seré el secretario cuando sea menester —dijo Monipodio—; y aunque no soy nada poeta, todavía, si el hombre se arremanga, se atreverá a hacer dos millares de coplas en daca las pajas; y cuando no salieren como deben, yo tengo un barbero amigo, gran poeta, que nos hinchará las medidas a todas horas, y en la de agora acabemos lo que teníamos comenzado del almuerzo, que después todo se andará.

Fue contenta la Juliana de obedecer a su mayor, y así todos volvieron a su *gaudeamus*[127], y en poco espacio vieron el fondo de la canasta y las heces del cuero. Los viejos bebieron *sine fine*; los mozos, adunia[128]; las señoras, los quiries[129]. Los viejos pidieron licencia para irse. Diósela luego Monipodio, encargándoles viniesen a dar noticia con toda puntualidad de todo aquello que viesen ser útil y conveniente a la comunidad. Respondieron que ellos se lo tenían bien en cuidado, y fuéronse.

Rinconete, que de suyo era curioso, pidiendo primero perdón y licencia, preguntó a Monipodio que de qué servían en la cofradía dos personajes tan canos, tan graves y apersonados. A lo cual respondió Monipodio que aquéllos, en su germanía y manera de hablar, se llamaban *abispones*, y que servían de andar de día por toda la ciudad abispando en qué casas se podía dar tiento de noche, y en seguir los que sacaban dinero de la Contratación, o Casa de la Moneda, para ver dónde lo llevaban y aun dónde lo ponían; y en sabiéndolo, tanteaban la groseza del muro de la tal casa y diseñaban el lugar más conveniente para hacer los guzpátaros —que son agujeros— para facilitar la entrada. En resolución, dijo que era la gente de más o de tanto provecho que había en su hermandad, y que de todo aquello que por su industria se hurtaba llevaban el quinto, como su Majestad de los tesoros; y que, con todo esto, eran hombres de mucha verdad, y muy honrados, y de buena vida y fama, temerosos de Dios y de sus conciencias, que cada día oían misa con extraña devoción.

—Y hay dellos tan comedidos, especialmente estos dos que de aquí se van agora, que se contentan con mucho menos de lo que por nuestros aranceles les toca. Otros dos que hay son palanquines[130], los cuales, como

[127] Fiesta, diversión.
[128] En abundancia.
[129] Nueve veces. Repetidamente.
[130] Ladrones.

por momentos mudan casas, saben las entradas y salidas de todas las de la ciudad, y cuáles pueden ser de provecho y cuáles no.

—Todo me parece de perlas —dijo Rinconete—, y querría ser de algún provecho a tan famosa cofradía.

—Siempre favorece el Cielo a los buenos deseos —dijo Monipodio.

Estando en esta plática, llamaron a la puerta; salió Monipodio a ver quién era, y preguntándolo, respondieron:

—Abra voacé, sor Monipodio, que el Repolido soy.

Oyó esta voz Cariharta, y alzando al cielo la suya, dijo:

—No le abra vuesa merced, señor Monipodio; no le abra a ese marinero de Tarpeya, a ese tigre de Ocaña.

No dejó por esto Monipodio de abrir a Repolido; pero viendo la Cariharta que le abría, se levantó corriendo y se entró en la sala de los broqueles, y cerrando tras sí la puerta, desde dentro, a grandes voces, decía:

—Quítenmele de delante a ese gesto de por demás, a ese verdugo de inocentes, asombrador de palomas duendas[131].

Maniferro y Chiquiznaque tenían a Repolido, que en todas maneras quería entrar donde la Cariharta estaba; pero como no le debajan, decía desde afuera:

—¡No haya más, enojada mía: por tu vida que te sosiegues, ansí te veas casada!

—¿Casada yo, malino? —respondió la Cariharta—. ¡Mira en qué tecla toca! ¡Ya quisieras tú que lo fuera contigo, y antes lo sería yo con una sotomía[132] de muerte que contigo!

—¡Ea, boba —replicó Repolido—, acabemos ya, que es tarde, y mire no se ensanche por verme hablar tan manso y venir tan rendido; porque, ¡vive el Dador, si se me sube la cólera al campanario que sea peor la recaída que la caída! Humíllese, y humillémonos todos, y no demos de comer al diablo.

—Y aun de cenar le daría yo —dijo la Cariharta— porque te llevase donde nunca más mis ojos te viesen.

—¿No os digo yo? —dijo Repolido—. ¡Por Dios que voy oliendo, señora trinquete[133], que lo tengo de echar todo a doce, aunque nunca se venda!

A esto dijo Monipodio:

—En mi presencia no ha de haber demasías: la Cariharta saldrá, no por amenazas, sino por amor mío, y todo se hará bien: que las riñas entre los que bien se quieren son causa de mayor gusto cuando se hacen las paces. ¡Ah, Juliana! ¡Ah, niña! ¡Ah, Cariharta mía! Sal acá fuera, por mi amor, que yo haré que el Repolido te pida perdón de rodillas.

—Como él eso haga —dijo la Escalanta—, todas seremos en su favor y en rogar a Juliana salga acá fuera.

—Si esto ha de ir por vía de rendimiento que güela a menoscabo de la persona —dijo el Repolido—, no me rendiré a un ejército formado de esguízaros[134]; mas si es por vía de que la Cariharta gusta dello, no digo yo hincarme de rodillas, pero un clavo me hincaré por la frente en su servicio.

---

[131] Caseras, domesticadas.

[132] Esqueleto.

[133] Insulto para llamarla desgarbada y alta.

[134] Hombres pobres y pícaros.

Riyéronse desto Chiquiznaque y Maniferro, de lo cual se enojó tanto el Repolido, pensando que hacían burla dél, que dijo con muestras de infinita cólera:

—Cualquiera que se riere o se pensare reír de lo que la Cariharta contra mí, o yo contra ella, hemos dicho o dijéremos, digo que miente y mentirá todas las veces que se riere o lo pensare, como ya he dicho.

Miráronse Chiquiznaque y Maniferro de tan mal garbo y talle, que advirtió Monipodio que pararía en un gran mal si no lo remediaba; y así, poniéndose luego en medio dellos, dijo:

—No pasen más adelante, caballeros; cesen aquí palabras mayores, y desháganse entre los dientes; y pues las que se han dicho no llegan a la cintura, nadie las tome por sí.

—Bien seguros estamos —respondió Chiquiznaque— que no se dijeron ni dirán semejantes monitorios por nosotros: que si se hubiera imaginado que se decían, en manos estaba el pandero que lo supiera bien tañer.

—También tenemos acá pandero, sor Chiquiznaque —replicó el Repolido—, y también, si fuere menester, sabremos tocar los cascabeles, y ya he dicho que el que se huelga, miente; y quien otra cosa pensare, sígame, que con un palmo de espada menos hará el hombre que sea lo dicho dicho.

Y diciendo esto, se iba a salir por la puerta afuera. Estábalo escuchando la Cariharta, y cuando sintió que se iba enojado, salió diciendo:

—¡Ténganle, no se vaya, que hará de las suyas! ¿No ven que va enojado, y es un Judas Macarelo[135] en esto de la valentía? ¡Vuelve acá, valentón del mundo y de mis ojos!

Y cerrando con él, le asió fuertemente de la capa, y acudiendo también Monipodio, le detuvieron. Chiquiznaque y Maniferro no sabían si enojarse o si no, y estuviéronse quedos esperando lo que Repolido haría, el cual, viéndose rogar de la Cariharta y de Monipodio, volvió diciendo:

—Nunca los amigos han de dar enojo a los amigos ni hacer burla de los amigos, y más cuando ven que se enojan los amigos.

—No hay aquí amigo —respondió Maniferro— que quiera enojar ni hacer burla de otro amigo; y pues todos somos amigos, dense las manos los amigos.

A esto dijo Monipodio:

—Todos voacedes han hablado como buenos amigos, y como tales amigos se den las manos de amigos.

Diéronselas luego, y la Escalanta, quitándose un chapín[136], comenzó a tañer en él como un pandero; la Gananciosa tomó una escoba de palma, nueva, que allí se halló acaso, y, rascándola, hizo un son que, aunque ronco y áspero, se concertaba con el del chapín. Monipodio rompió un plato e hizo dos tejoletas, que, puestas entre los dedos y repicadas con gran ligereza, llevaba el contrapunto al chapín y a la escoba.

Espantáronse Rinconete y Cortadillo de la nueva invención de la escoba, porque hasta entonces nunca la habían visto. Conociólo Maniferro, y díjoles:

---

[135] Judas Macabeo.

[136] Calzado de mujer.

—¿Admíranse de la escoba? Pues bien hacen, pues música más presta y más sin pesadumbre, ni más barata, no se ha inventado en el mundo; y en verdad que oí decir el otro día a un estudiante que ni el Negrofeo, que sacó a la Arauz del infierno; ni el Marión, que subió sobre el delfín y salió del mar como si viniera caballero sobre una mula de alquiler, ni el otro gran músico que hizo una ciudad que tenía cien puertas y otros tantos postigos, nunca inventaron mejor género de música, tan fácil de deprender, tan mañera de tocar, tan sin trastes, clavijas ni cuerdas, y tan sin necesidad de templarse; y aun voto a tal que dicen que la inventó un galán desta ciudad, que se pica de ser un Héctor de la música[137].

—Eso creo yo muy bien —respondió Rinconete—; pero escuchemos lo que quieren cantar nuestros músicos, que parece que la Gananciosa ha escupido, señal de que quiere cantar.

Y así era la verdad, porque Monipodio le había rogado que cantase algunas seguidillas de las que se usaban; mas la que comenzó primero fue la Escalanta, y con voz sutil y quebradiza cantó lo siguiente:

Por un sevillano rufo a lo valón
tengo socarrado todo el corazón.

Siguió la Gananciosa cantando:

Por un morenico de color verde,
¿cuál es la fogosa que no se pierde?

Y luego Monipodio, dándose gran priesa al meneo de sus tejoletas, dijo:

Riñen dos amantes; hácese la paz:
si el enojo es grande, es el gusto más.

No quiso la Cariharta pasar su gusto en silencio, porque tomando otro chapín, se metió en danza, y acompañó a las demás diciendo:

Detente, enojado, no me azotes más:
que si bien lo miras, a tus carnes das.

—Cántese a lo llano[138] —dijo a esta sazón Repolido—, y no se toquen historias pasadas, que no hay para qué: lo pasado sea pasado, y tómese otra vereda, y basta.

Talle llevaban de no acabar tan presto el comenzado cántico, si no sintieran que llamaban a la puerta apriesa, y con ella salió Monipodio a ver quién era, y la centinela le dijo cómo al cabo de la calle había asomado el alcalde de la Justicia, y que delante dél venían el Tordillo y el Cernícalo, corchetes neutrales. Oyéronlo los de dentro, y alborotáronse todos de manera que la Cariharta y la Escalanta se calzaron sus chapines al revés, dejó la esco-

[137] Un gran músico
[138] Sencillo.

ba la Gananciosa, Monipodio sus tejoletas, y quedó en turbado silencio toda la música; enmudeció Chiquiznaque, pasmóse el Repolido y suspendiéndose Maniferro, y todos, cuál por una y cuál por otra parte, desaparecieron, subiéndose a las azoteas y tejados, para escaparse y pasar por ellos a otra calle. Nunca disparado arcabuz a deshora, ni trueno repentino espantó así a banda de descuidadas palomas como puso en alboroto y espanto a toda aquella recogida compañía y buena gente la nueva de la venida del alcalde de la Justicia. Los dos novicios, Rinconete y Cortadillo, no sabían qué hacerse; estuviéronse quedos, esperando ver en qué paraba aquella repentina borrasca, que no paró en más de volver la centinela a decir que el alcalde se había pasado de largo, sin dar muestra ni resabio de mala sospecha alguna.

Y estando diciendo esto a Monipodio, llegó un caballero mozo a la puerta, vestido, como se suele decir, de barrio; Monipodio le entró consigo, y mandó llamar a Chiquiznaque, a Maniferro y al Repolido, y que de los demás no bajase alguno. Como se habían quedado en el patio Rinconete y Cortadillo, pudieron oír toda la plática que pasó Monipodio con el caballero recién venido, el cual dijo a Monipodio que por qué se había hecho tan mal lo que le había encomendado. Monipodio respondió que aún no sabía lo que se había hecho; pero que allí estaba el oficial a cuyo cargo estaba su negocio, y que él daría muy buena cuenta de sí.

Bajó en esto Chiquiznaque, y preguntóle Monipodio si había cumplido con la obra que se le encomendó de la cuchillada de a catorce[139].

—¿Cuál? —respondió Chiquiznaque—. ¿Es la de aquel mercader de la encrucijada?

—Ésa es —dijo el caballero.

—Pues lo que en eso pasa —respondió Chiquiznaque— es que yo le aguardé anoche a la puerta de su casa, y él vino antes de la oración; lleguéme cerca dél, marquéle el rostro con la vista, y vi que le tenía tan pequeño que era imposible de toda imposibilidad caber en él cuchillada de catorce puntos; y hallándome imposibilitado de poder cumplir lo prometido y de hacer lo que llevaba en mi destruición...

—*Instrucción*, querrá decir vuesa merced —dijo el caballero—, que no *destruición*.

—Eso quise decir —respondió Chiquiznaque—. Digo que viendo que en la estrecheza y poca cantidad de aquel rostro no cabían los puntos propuestos, porque no fuese mi ida en balde, di la cuchillada a un lacayo suyo, que a buen seguro que la pueden poner mayor de marca.

—Más quisiera —dijo el caballero— que se le hubiera dado al amo una de a siete que al criado la de a catorce. En efeto, conmigo no se ha cumplido como era razón, pero no importa; poca mella me harán los treinta ducados que dejé en señal. Beso a vuesas mercedes las manos.

Y diciendo esto, se quitó el sombrero y volvió las espaldas para irse; pero Monipodio le asió de la capa de mezcla que traía puesta, diciéndole:

—Voacé se detenga y cumpla su palabra, pues nosotros hemos cumplido la nuestra con mucha honra y con mucha ventaja: veinte ducados faltan, y no ha de salir de aquí voacé sin darlos, o prendas que lo valgan.

[139] De catorce puntos.

—Pues, ¿a eso llama vuesa merced cumplimiento de palabra —respondió el caballero—: dar la cuchillada al mozo habiéndose de dar al amo?

—¡Qué bien está en la cuenta el señor! —dijo Chiquiznaque—. Bien parece que no se acuerda de aquel refrán que dice: «Quien bien quiere a Beltrán, bien quiere a su can.»

—¿Pues en qué modo puede venir aquí a propósito ese refrán? —replicó el caballero.

—¿Pues no es lo mismo—prosiguió Chiquiznaque—decir: «Quien mal quiere a Beltrán, mal quiere a su can»? Y así, Beltrán es el mercader, voacé le quiere mal, su lacayo es su can, y dando al can se da a Beltrán, y la deuda queda líquida y trae aparejada ejecución: por eso no hay más sino pagar luego sin apercibimiento de remate.

—Eso juro yo bien —añadió Monipodio—, y de la boca me quitaste, Chiquiznaque amigo, todo cuanto aquí has dicho; y así, voacé, señor galán, no se meta en puntillos con sus servidores y amigos, sino tome mi consejo y pague luego lo trabajado; y si fuere servido que se le dé otra al amo, de la cantidad que pueda llevar su rostro, haga cuenta que ya se la están curando.

—Como eso sea —respondió el galán—, de muy entera voluntad y gana pagaré la una y la otra por entero.

—No dude en esto —dijo Monipodio— más que en ser cristiano: que Chiquiznaque se la dará pintiparada, de manera que parezca que allí se le nació.

—Pues con esa seguridad y promesa —respondió el caballero—, recíbase esta cadena en prenda de los veinte ducados atrasados y de cuarenta que ofrezco por la venidera cuchillada. Pesa mil reales, y podría ser que se quedase rematada porque traigo entre ojos[140] que serán menester otros catorce puntos antes de mucho.

Quitóse, en esto, una cadena de vueltas[141] menudas del cuello, y diósela a Monipodio, que al color y al peso bien vio que no era de alquimia[142]; Monipodio la recibió con mucho contento y cortesía, porque era en extremo bien criado; la ejecución quedó a cargo de Chiquiznaque, que sólo tomó término de aquella noche. Fuese muy satisfecho el caballero, y luego Monipodio llamó a todos los ausentes y azorados. Bajaron todos, y poniéndose Monipodio en medio dellos, sacó un libro de memoria que traía en la capilla de la capa, y dióselo a Rinconete que leyese, porque él no sabía leer. Abriólo Rinconete, y en la primera hoja vio que decía:

[140] Sospecho.
[141] Eslabones.
[142] Latón.

MEMORIAL DE LAS CUCHILLADAS QUE SE HAN DE DAR ESTA SEMANA

La primera, al mercader de la encrucijada: vale cincuenta escudos. Están recibidos treinta a buena cuenta. Secutor[143]*, Chiquiznaque.*

—No creo que hay otra, hijo —dijo Monipodio—; pasá adelante, y mirá donde dice: *Memoria de palos.*

Volvió la hoja Rinconete, y vio que en otra estaba escrito: *Memoria de palos.* Y más abajo decía:

Al bodegonero de la Alfalfa[144]*, doce palos de mayor cuantía, a escudo cada uno. Están dados a buena cuenta ocho. El término, seis días Secutor, Maniferro.*

—Bien podía borrarse esa partida —dijo Maniferro—, porque esta noche traeré finiquito della.

—¿Hay más, hijo? —dijo Monipodio.

—Sí, otra —respondió Rinconete— que dice así:

Al sastre corcovado que por mal nombre se llama el Silguero, seis palos de mayor cuantía a pedimiento de la dama que dejó la gargantilla. Secutor, el Desmochado.

—Maravillado estoy —dijo Monipodio— cómo todavía está esa partida en ser. Sin duda alguna debe de estar mal dispuesto el Desmochado, pues son dos días pasados del término y no ha dado puntada en esta obra.

—Yo le topé ayer —dijo Maniferro—, y me dijo que por haber estado retirado por enfermo el Corcovado no había cumplido con su débito.

—Eso creo yo bien —dijo Monipodio—, porque tengo por tan buen oficial al Desmochado, que si no fuera por tan justo impedimento, ya él hubiera dado al cabo con mayores empresas. ¿Hay más, mocito?

—No, señor —respondió Rinconete.

—Pues pasad adelante —dijo Monipodio—, y mirad donde dice: Memorial de agravios comunes.

Pasó adelante Rinconete, y en otra hoja halló escrito:

Memorial de agravios comunes, conviene a saber: redomazos[145]*, untos de miera*[146]*, clavazón de sambenitos y cuernos*[147]*, matracas*[148]*, espantos, alborotos y cuchilladas fingidas, publicación de nibelos, etc.*

—¿Qué dice más abajo? —dijo Monipodio.

—Dice —dijo Rinconete— unto de miera en la casa...

—No se lea la casa, que ya sé yo dónde es —respondió Monipodio—, y yo soy el tuáutem[149] y esecutor desa niñería, y están dados a buena cuenta cuatro escudos, y el principal es ocho.

---

[143] Ejecutor.

[144] Plaza de la Alfalfa.

[145] Golpe dado con disimulo.

[146] Sustancia utilizada por los pastores para curar la roña al ganado. Mal- oliente y desagradable.

[147] «Sambenitos»: para motejar de judío. «Cuernos»: para señalar infidelidades conyugales.

[148] Libelos.

[149] Persona indispensable.

—Así es la verdad —dijo Rinconete—, que todo eso está aquí escrito; y aún más abajo dice: Clavazón de cuernos.

—Tampoco se lea —dijo Monipodio— la casa ni a dónde: que basta que se les haga el agravio, sin que se diga en público: que es un gran cargo de conciencia. A lo menos, más quería yo clavar cien cuernos y otros tantos sambenitos, como se me pagase mi trabajo, que decillo sola una vez, aunque fuese a la madre que me parió.

—El esecutor desto es —dijo Rinconete— el Narigueta.

—Ya está hecho y pagado —dijo Monipodio—. Mirad si hay más, que, si mal no me acuerdo, ha de haber ahí un espanto de veinte escudos; está dada la mitad, y el esecutor es la comunidad toda, y el término es todo el mes en que estamos, y cumpliráse al pie de la letra, sin que falte una tilde, y será una de las mejores cosas que hayan sucedido en esta ciudad de muchos tiempos a esta parte. Dadme el libro, mancebo, que yo sé que no hay mas, y sé también que anda muy flaco el oficio, pero tras este tiempo vendrá otro y habrá que hacer más de lo que quisiéremos: que no se mueve la hoja sin la voluntad de Dios, y no hemos de hacer nosotros que se vengue nadie por fuerza cuanto más que cada uno en su casa suele ser valiente y no quiere pagar las hechuras de la obra que él se puede hacer por sus manos.

—Así es —dijo a esto el Repolido—. Pero mire vuesa merced, señor Monipodio, lo que nos ordena y manda, que se va haciendo tarde y va entrando el calor más que de paso[150].

—Lo que se ha de hacer —respondió Monipodio— es que todos se vayan a sus puestos, y nadie se mude hasta el domingo, que nos juntaremos en este mismo lugar y se repartirá todo lo que hubiere caído, sin agraviar a nadie. A Rinconete el Bueno y a Cortadillo se les da por distrito hasta el domingo desde la Torre del Oro, por defuera de la ciudad, hasta el postigo del Alcázar, donde se puede trabajar a sentadillas con sus flores; que yo he visto a otros de menos habilidad que ellos salir cada día con más de veinte reales en menudos[151], amén de la plata, con una baraja sola, y ésa, con cuatro naipes menos. Este distrito os enseñará Ganchoso; y aunque os extendáis hasta San Sebastián y San Telmo, importa poco, puesto que es de justicia mera mixta que nadie se entre en pertenencia de nadie.

Besáronle la mano los dos por la merced que se les hacía, y ofreciéronse a hacer su oficio bien y fielmente, con toda diligencia y recato.

Sacó, en esto, Monipodio un papel doblado de la capilla de la capa, donde estaba la lista de los cofrades, y dijo a Rinconete que pusiese allí su nombre y el de Cortadillo; mas porque no había tintero, le dio el papel para que lo llevase, y en el primer boticario los escribiese, poniendo: «Rinconete y Cortadillo, cofrades; noviciado, ninguno; Rinconete, floreo[152]; Cortadillo, bajón[153], y el día, mes y año, callando padres y patria.» Estando en esto, entró uno de los viejos abispones y dijo:

---

150 Rápidamente.

151 En moneda de poco valor.

152 Experto en trampas con los naipes.

153 Ratero.

—Vengo a decir a vuesas mercedes como agora topé en Gradas a Lobillo el de Málaga, y díceme que viene mejorado en su arte de tal manera, que con naipe limpio quitará el dinero al mismo Satanás, y que por venir maltratado no viene luego a registrarse y a dar la sólita obediencia[154]; pero que el domingo será[155] aquí sin falta.

—Siempre se me asentó a mí —dijo Monipodio— que este Lobillo había de ser único en su arte, porque tiene las mejores y más acomodadas manos para ello que se pueden desear, que para ser uno buen oficial en su oficio, tanto ha menester buenos instrumentos con que le ejercita como el ingenio con que le aprende.

—También topé —dijo el viejo— en una casa de posadas, de la calle de Tintores, al Judío, en hábito de clérigo, que se ha ido a posar allí por tener noticia que dos peruleros[156] viven en la misma casa, y querría ver si pudiese trabar juego con ellos aunque fuese de poca cantidad, que de allí podría venir a mucha. Dice también que el domingo no faltará de la junta y dará cuenta de su persona.

—Ese judío también —dijo Monipodio— es gran sacre[157] y tiene gran conocimiento. Días ha que no le he visto, y no lo hace bien. Pues a fe que si no se enmienda, que yo le deshaga la corona; que no tiene más ordenes el ladro que las tiene el turco, ni sabe más latín que mi madre. ¿Hay más de nuevo?

—No —dijo el viejo—; a lo menos que yo sepa.

—Pues sea en buen hora —dijo Monipodio—. Voacedes tomen esta miseria —y repartió entre todos hasta cuarenta reales—, y el domingo no falte nadie, que no faltará nada de lo corrido.

Todos le volvieron las gracias. Tornáronse a abrazar Repolido y la Cariharta, la Escalanta con Maniferro y la Ganànciosa con Chiquiznaque, concertando que aquella noche, y después de haber alzado de obra[158] en la casa, se viesen en la de la Pipota, donde también dijo que iría Monipodio, al registro de la canasta de colar, y que luego había de ir a cumplir y borrar la partida de la miera. Abrazó a Rinconete y a Cortadillo, y echándoles su bendición, los despidió, encargándoles que no tuviesen jamás posada cierta ni de asiento, porque así convenía a la salud de todos. Acompañólos Ganchoso hasta enseñarles sus puestos, acordándoles que no faltasen el domingo, porque, a lo que creía y pensaba, Monipodio había de leer una lición de posición[159] acerca de las cosas concernientes a su arte. Con esto se fue, dejando a los dos compañeros admirados de lo que habían visto.

Era Rinconete, aunque muchacho, de muy buen entendimiento, y tenía un buen natural, y como había andado con su padre en el ejercicio de las bulas, sabía algo de buen lenguaje y dábale gran risa pensar en los vocablos que había oído a Monipodio y a los demás de su compañía y bendita comunidad, y más cuando por decir *per modum sufragii* había dicho *por modo de*

---

[154] «Lo acostumbrado.» (Dic. de Aut.)
[155] Por estará.
[156] Perulero: «El que ha venido rico de las Indias, del Perú.» (Covarrubias.)
[157] Ladrón, astuto.
[158] Acabado el trabajo.
[159] De oposición, magistral.

naufragio, y que sacaban el estupendo, por decir estipendio, de lo que se garbeaba[160], y cuando la Cariharta dijo que era Repolido como un *marinero de Tarpeya* y un tigre de Ocaña, por decir Hircania, con otras mil impertinencias a estas y a otras peores semejantes. Especialmente le cayó en gracia cuando dijo que el trabajo que había pasado en ganar los veinte y cuatro reales lo recibiese el cielo en descuento de sus pecados y sobre todo le admiraba la seguridad que tenían y la confianza de irse al cielo con no faltar a sus devociones, estando tan llenos de hurtos, y de homicidios, y de ofensas de Dios. Y ríase de la otra buena vieja de la Pipota, que dejaba la canasta de colar, hurtada, guardada en su casa y se iba a poner candelillas de cera a las imágenes, y con ello pensaba irse al cielo calzada y vestida. No menos le suspendía la obediencia y respeto que todos tenían a Monipodio, siendo un hombre bárbaro, rústico y desalmado. Consideraba lo que había leído en su libro de memoria y los ejercicios en que todos se ocupaban. Finalmente exageraba cuán descuidada justicia había en aquella tan famosa ciudad de Sevilla, pues casi al descubierto vivía en ella gente tan perniciosa y tan contraria a la misma naturaleza, y propuso en sí de aconsejar a su compañero no durasen mucho en aquella vida tan perdida y tan mala, tan inquieta, y tan libre y disoluta. Pero, con todo esto, llevado de sus pocos años y de su poca experiencia, pasó con ella delante algunos meses, en los cuales le sucedieron cosas que piden más luenga escritura, y así se deja para otra ocasión contar su vida y milagros, con los de su maestro Monipodio, y otros sucesos de aquellos de la infame academia, que todos serán de grande consideración y que podrán servir de ejemplo y aviso a los que los leyeren.

[160] Robaba.

LA ESPAÑOLA INGLESA

Entre los despojos que los ingleses llevaron de la ciudad de Cádiz[1], Clotaldo, un caballero inglés, capitán de una escuadra de navíos, llevó a Londres una niña de edad de siete años, poco más o menos, y esto contra la voluntad y sabiduría del conde de Leste[2], que con gran diligencia hizo buscar a la niña para volvérsela a sus padres, que ante él se quejaron de la falta de su hija, pidiéndole que, pues se contentaba con las haciendas y dejaba libres a las personas, no fuesen ellos tan desdichados que, ya que quedaban pobres, quedasen sin su hija, que era la lumbre de sus ojos y la más hermosa criatura que había en toda la ciudad.

Mandó el conde echar bando[3] por toda su armada que, so pena de la vida, volviese la niña cualquiera que la tuviese; mas ningunas penas ni temores fueron bastantes a que Clotaldo le obedeciese, que la tenía escondida en su nave, aficionado, aunque cristianamente, a la incomparable hermosura de Isabel, que así se llamaba la niña. Finalmente, sus padres se quedaron sin ella, tristes y desconsolados, y Clotaldo, alegre sobre modo, llegó a Londres y entregó por riquísimo despojo a su mujer a la hermosa niña.

Quiso la buena suerte que todos los de la casa de Clotaldo eran católicos secretos, aunque en lo público mostraran seguir la opinión de su reina. Tenía Clotaldo un hijo llamado Ricaredo, de edad de doce años, enseñado de sus padres a amar y temer a Dios y a estar muy entero en las verdades de la fe católica. Catalina, la mujer de Clotaldo, noble, cristiana y prudente señora, tomó tanto amor a Isabel, que como si fuera su hija la criaba, regalaba e industriaba[4], y la niña era de tan buen natural, que con facilidad aprendía todo cuanto le enseñaban. Con el tiempo y con los regalos fue olvidando los que sus padres verdaderos le habían hecho, pero no tanto que dejase de acordarse y suspirar por ellos muchas veces, y aunque iba aprendiendo la lengua inglesa, no perdía la española, porque Clotaldo tenía cuidado de traerle a casa secretamente españoles que hablasen con ella. Desta manera, sin olvidar la suya, como está dicho, hablaba la lengua inglesa como si hubiese nacido en Londres.

Después de haberle enseñado todas las cosas de labor que puede y debe saber una doncella, la enseñaron a leer y escribir más que medianamente;

---

[1] Se refiere al hecho real ocurrido en Cádiz en 1596. Los ingleses al mando del conde de Essex saquearon dicha ciudad, capturando las riquezas de los galeones españoles y llevándoselas a Londres.

[2] Conde de Essex, en la realidad.

[3] Pregonar un edicto.

[4] Enseñaba.

pero en lo que tuvo extremo5 fue en tañer todos los instrumentos que a una mujer son lícitos, y esto con toda perfección de música, acompañándola con una voz que le dio el Cielo tan extremada, que encantaba cuando cantaba.

Todas estas gracias, adqueridas y puestas sobre la natural suya, poco a poco fueron encendiendo el pecho de Ricaredo, a quien ella, como a hijo de su señor, quería y servía. Al principio le salteó amor con un modo de agradarse y complacerse de ver la sin igual belleza de Isabel y de considerar sus infinitas virtudes y gracias, amándola como si fuera su hermana, sin que sus deseos saliesen de los términos honrados y virtuosos. Pero como fue creciendo Isabel, que ya cuando Ricaredo ardía tenía doce años, aquella benevolencia primera y aquella complacencia y agrado de mirarla se volvió en ardentísimos deseos de gozarla y de poseerla: no porque aspirase a esto por otros medios que por los de ser su esposo, pues de la incomparable honestidad de Isabela —que así la llamaban ellos— no se podía esperar otra cosa, ni aun él quisiera esperarla aunque pudiera; porque la noble condición suya y la estimación en que a Isabelita tenía no consentían que ningún mal pensamiento echase raíces en su alma. Mil veces determinó manifestar su voluntad a sus padres, y otras tantas no aprobó su determinación, porque él sabía que le tenían dedicado para ser esposo de una muy rica y principal doncella escocesa, asimismo secreta cristiana como ellos, y estaba claro, según él decía, que no habían de querer dar a una esclava —si este nombre se podía dar a Isabela— lo que ya tenían concertado de dar a una señora, y así, perplejo y pensativo, sin saber qué camino tomar para venir al fin de su buen deseo, pasaba una vida tal, que le puso a punto de perderla. Pero pareciéndole ser gran cobardía dejarse morir sin intentar algún género de remedio a su dolencia, se animó y esforzó a declarar su intento a Isabela

Andaban todos los de su casa tristes y alborotados por la enfermedad de Ricaredo, que de todos era querido, y de sus padres con el extremo posible, así por no tener otro, como porque lo merecía su mucha virtud y su gran valor y entendimiento. No le acertaban los médicos la enfermedad, ni él osaba ni quería descubrírsela. En fin, puesto en romper por las dificultades que él se imaginaba, un día que entró Isabela a servirle, viéndola sola, con desmayada voz y lengua turbada le dijo:

—Hermosa Isabela, tu valor, tu mucha virtud y grande hermosura me tienen como me ves; si no quieres que deje la vida en manos de las mayores penas que pueden imaginarse, responda el tuyo a mi buen deseo, que no es otro que el de recibirte por mi esposa a hurto[6] de mis padres, de los cuales temo que, por no conocer lo que yo conozco que mereces, me han de negar el bien que tanto me importa. Si me das la palabra de ser mía, yo te la doy, desde luego, como verdadero y católico cristiano, de ser tuyo; que puesto que[7] no llegue a gozarte, como no llegaré, hasta que con bendición de la Iglesia y de mis padres sea, aquel imaginar que con seguridad eres mía será bastante a darme salud y a mantenerme alegre y contento hasta que llegue el feliz punto que deseo.

---

[5] Destacó.

[6] «Sin saberlo, ni entenderlo nadie.» (Dic. de Aut.)

[7] Aunque.

En tanto que esto dijo Ricaredo, estuvo escuchándole Isabela, los ojos bajos, mostrando en aquel punto que su honestidad se igualaba a su hermosura, y a su mucha discreción su recato. Y así, viendo que Ricaredo callaba, honesta, hermosa y discreta, le respondió desta suerte:

—Después que quiso el rigor o la clemencia del Cielo, que no sé a cuál destos extremos lo atribuya, quitarme a mis padres, señor Ricaredo, y darme a los vuestros, agradecida a las infinitas mercedes, que me han hecho, determiné que jamás mi voluntad saliese de la suya, y así, sin ella tendría no por buena, sino por mala fortuna la inestimable merced que queréis hacerme. Si con su sabiduría fuere yo tan venturosa que os merezca, desde aquí os ofrezco la voluntad que ellos me dieren, y en tanto que esto se dilatase o no fuese, entretengan vuestros deseos saber que los míos serán eternos y limpios en desearos el bien que el Cielo puede daros.

Aquí puso silencio Isabela a sus honestas y discretas razones, y allí comenzó la salud de Ricaredo y comenzaron a revivir las esperanzas de sus padres, que en su enfermedad muertas estaban.

Despidiéronse los dos cortésmente: él, con lágrimas en los ojos; ella, con la admiración en el alma de ver tan rendida a su amor la de Ricaredo; el cual, levantado del lecho, al parecer de sus padres por milagro, no quiso tenerles más tiempo ocultos sus pensamientos. Y así, un día se los manifestó a su madre diciéndole en el fin de su plática, que fue larga, que si no le casaban con Isabela, que el negársela y darle la muerte era todo una misma cosa. Con tales razones, con tales encarecimientos subió al cielo[8] las virtudes de Isabel, Ricaredo, que le pareció a su madre que Isabela era la engañada en llevar a su hijo por esposo. Dio buenas esperanzas a su hijo de disponer a su padre a que con gusto viniese en lo que ya ella también venía, y así fue; que diciendo a su marido las mismas razones que a ella había dicho su hijo, con facilidad le movió a querer lo que tanto su hijo deseaba, fabricando excusas que impidiesen el casamiento que casi tenía concertado con la doncella de Escocia.

A esta sazón tenía Isabela catorce y Ricaredo veinte años, y en esta tan verde y tan florida edad su mucha discreción y conocida prudencia los hacía ancianos.

Cuatro días faltaban para llegarse aquél en el cual sus padres de Ricaredo querían que su hijo inclinase el cuello al yugo santo del matrimonio, teniéndose por prudentes y dichosísimos de haber escogido a su prisionera por su hija, teniendo en más la dote de sus virtudes que la mucha riqueza que con la escocesa se les ofrecía. Las galas estaban ya a punto, los parientes y los amigos convidados, y no faltaba otra cosa sino hacer a la reina sabedora de aquel concierto, porque sin su voluntad y consentimiento entre los de ilustre sangre no se efectúa casamiento alguno; pero no dudaron de la licencia, y así se detuvieron en pedirla. Digo, pues, que, estando todo en este estado, cuando faltaban los cuatro días hasta el de la boda, una tarde turbó todo su regocijo un ministro de la reina, que dio un recaudo[9] a Clotaldo que su Majestad mandaba que otro día[10] por la mañana llevasen a su presencia a su prisionera

[8] Exaltó, alabó.
[9] Recado.
[10] Al día siguiente.

la española de Cádiz. Respondióle Clotaldo que de muy buena gana haría lo que su Majestad le mandaba. Fuese el ministro, y dejó llenos los pechos de todos de turbación, de sobresalto y miedo.

—¡Ay —decía la señora Catalina—, si sabe la reina que yo he criado a esta niña a la católica, y de aquí viene a inferir que todos los desta casa somos cristianos!; pues si la reina le pregunta qué es lo que ha aprendido en ocho años que ha que es prisionera, ¿qué ha de responder la cuitada que no nos condene, por más discreción que tenga?

Oyendo lo cual, Isabela le dijo:

—No le dé pena alguna, señora mía, ese temor, que yo confío en el Cielo que me ha de dar palabras en aquel instante, por su divina misericordia, que no sólo no os condenen, sino que redunden en provecho vuestro.

Temblaba Ricaredo, casi como adivino de algún mal suceso. Clotaldo buscaba modos que pudiesen dar ánimo a su mucho temor, y no los hallaba sino en la mucha confianza que en Dios tenía y en la prudencia de Isabela, a quien encomendó mucho que por todas las vías que pudiese excusase el condenallos por católicos: que puesto que estaban prontos con el espíritu a recebir martirio, todavía la carne enferma rehusaba su amarga carrera. Una y muchas veces les aseguró Isabela estuviesen seguros que por su causa no sucedería lo que temían y sospechaban; porque aunque ella entonces no sabía lo que había de responder a las preguntas que en tal caso le hiciesen, tenía viva y cierta esperanza que había de responder de modo que, como otra vez había dicho, sus respuestas les sirviesen de abono.

Discurrieron aquella noche en muchas cosas, especialmente en que si la reina supiera que eran católicos no les enviara recaudo tan manso, por donde se podía inferir que sólo quería ver a Isabela, cuya sin igual hermosura y habilidades habría llegado a sus oídos, como a todos los de la ciudad; pero ya en no habérsela presentado se hallaban culpados, de la cual culpa hallaron sería bien disculparse con decir que desde el punto que entró en su poder la escogieron y señalaron para esposa de su hijo Ricaredo, pero también en esto se culpaban, por haber hecho el casamiento sin licencia de la reina, aunque esta culpa no les pareció digna de gran castigo.

Con esto se consolaron, y acordaron que Isabela no fuese vestida humildemente, como prisionera, sino como esposa, pues ya lo era de tan principal esposo como su hijo.

Resueltos en esto, otro día vistieron a Isabela a la española con una saya entera de raso verde acuchillada y forrada en rica tela de oro, tomadas las cuchilladas[11] con unas eses de perlas, y toda ella bordada de riquísimas perlas; collar y cintura de diamantes, y con abanico a modo de las señoras damas españolas; sus mismos cabellos, que eran muchos, rubios y largos, entretejidos y sembrados de diamantes y perlas, le servían de tocado. Con este adorno riquísimo y con su gallarda disposición y milagrosa belleza se mostró aquel día a Londres sobre una hermosa carroza, llevando colgados de su vista las almas y los ojos de cuantos la miraban. Iban con ella Clotaldo y su mujer y Ricaredo, en la carroza, y a caballo, muchos ilustres parientes suyos.

[11] Aberturas de la saya.

Toda esta honra quiso hacer Clotaldo a su prisonera por obligar a la reina la tratase como a esposa de su hijo.

Llegados, pues, a palacio y a una gran sala donde la reina estaba, entró por ella Isabela dando de sí la más hermosa muestra que pudo caber en una imaginación. Era la sala grande y espaciosa, y a dos pasos se quedó el acompañamiento, y se adelantó Isabela, y como quedó sola pareció lo mismo que parece la estrella o exhaltación que por la región del fuego en serena y sosegada noche suele moverse, o bien ansí como rayos del sol que al salir del día por entre dos montañas se descubre. Todo esto pareció, y aun cometa que pronosticó el incendio de más de una alma de los que allí estaban, a quien Amor abrasó con los rayos de los hermosos soles de Isabela. La cual, llena de humildad y cortesía, se fue a poner de hinojos ante la reina y en lengua inglesa le dijo:

—Dé vuestra Majestad las manos a esta su sierva que desde hoy más se tendrá por señora, pues ha sido tan venturosa que ha llegado a ver la grandeza vuestra.

Estúvola la reina mirando por un buen espacio, sin hablarle palabra, pareciéndole, como después dijo a la camarera que tenía delante un cielo estrellado, cuyas estrellas eran las muchas perlas y diamantes que Isabela traía su bello rostro, y sus ojos el sol y la luna, y toda ella una nueva maravilla de hermosura. Las damas que estaban con la reina quisieran hacerse todas ojos[12], por que[13] no les quedase cosa por mirar en Isabela: cuál alababa la viveza de sus ojos, cuál la color del rostro, cuál la gallardía del cuerpo y cuál la dulzura de la habla, y tal hubo que, de pura envidia, dijo:

—Buena es la española; pero no me contenta el traje.

Después que pasó algún tanto la suspensión de la reina, haciendo levantar a Isabela, le dijo:

—Habladme en español, doncella, que yo lo entiendo bien, y gustaré de ello.

Y volviéndose a Clotaldo, dijo:

—Clotaldo, agravio me habéis hecho en tenerme este tesoro tantos años ha encubierto; mas él es tal que os haya movido a codicia: obligado estáis a restituírmele, porque el derecho es mío.

—Señora —respondió Clotaldo—, mucha verdad es lo que vuestra Majestad dice: confieso mi culpa, si lo es haber guardado este tesoro a que estuviese en la perfección que convenía para parecer ante los ojos de vuestra Majestad, y ahora que lo está pensaba traerle mejorado pidiendo licencia a vuestra Majestad para que Isabela fuese esposa de mi hijo Ricaredo y daros, alta Majestad, en los dos, todo cuanto puedo daros.

—Hasta el nombre me contenta —respondió la reina—: no le faltaba más sino llamarse Isabela la española, para que no me quedase nada de perfección que desear en ella; pero advertid, Clotaldo, que sé que sin mi licencia la teníades prometida a vuestro hijo.

—Así es verdad, señora —respondió Clotaldo—; pero fue en confianza que los muchos y revelados servicios que yo y mis pasados tenemos hechos

---

[12] Estar atentas.

[13] Para que.

a esta corona alcanzarían de vuestra Majestad otras mercedes más dificultosas que las desta licencia: cuanto más que aún no está desposado mi hijo.

—Ni lo estará —dijo la reina— con Isabela hasta que por sí mismo lo merezca. Quiero decir que no quiero que para esto le aprovechen vuestros servicios ni de sus pasados: él por sí mismo se ha de disponer a servirme y a merecer por sí esta prenda, que yo la estimo como si fuese mi hija.

Apenas oyó esta última palabra Isabela, cuando se volvió a hincar de rodillas ante la reina, diciéndole en lengua castellana:

—Las desgracias que tales descuentos traen, serenísima señora, antes se han de tener por dichas que por desventuras; ya vuestra Majestad me ha dado nombre de hija: sobre tal prenda, ¿qué males podré temer o qué bienes no podré esperar?

Con tanta gracia y donaire decía cuanto decía Isabela, que la reina se le aficionó en extremo y mandó que se quedase en su servicio, y se la entregó a una gran señora, su camarera mayor, para que la enseñase el modo de vivir suyo.

Ricaredo, que se vio quitar la vida en quitarle a Isabela, estuvo a pique de perder el juicio, y así temblando y con sobresalto, se fue a poner de rodillas ante la reina, a quien dijo:

—Para servir yo a vuestra Majestad no es menester incitarme con otros premios que con aquellos que mis padres y mis pasados[14] han alcanzado por haber servido a sus reyes, pero pues vuestra Majestad gusta que yo la sirva con nuevos deseos y pretensiones, querría saber en qué modo y en qué ejercicio podré mostrar que cumplo con la obligación en que vuestra Majestad me pone.

—Dos navíos —respondió la reina— están par partirse en corso, de los cuales he hecho general al barón de Lansac: del uno dellos os hago a vos capitán, porque la sangre de do venís me asegura que ha de suplir la falta de vuestros años. Y advertid a la merced que os hago, pues os doy ocasión en ella a que, correspondiendo a quien sois, sirviendo a vuestra reina, mostréis el valor de vuestro ingenio y de vuestra persona y alcancéis el mejor premio que a mi parecer vos mismo podéis acertar a desearos. Yo misma os seré guarda de Isabela, aunque ella da muestras que su honestidad será su más preciada guarda. Id con Dios, que pues vais enamorado, como imagino, grandes cosas me prometo de vuestras hazañas. Felice fuera el rey batallador que tuviera en su ejército diez mil soldados amantes que esperaran que el premio de sus victorias había de ser gozar de sus amadas. Levantaos, Ricaredo, y mirad si tenéis o queréis decir algo a Isabela, porque mañana ha de ser vuestra partida.

Besó las manos Ricaredo a la reina, estimando en mucho la merced que le hacía, y luego se fue a hincar de rodillas ante Isabela, y queriéndola hablar no pudo, porque se le puso un nudo en la garganta que le ató la lengua, y las lágrimas acudieron a los ojos, y él acudió a disimularlas lo más que le fue posible. Pero con todo eso no se pudieron encubrir a los ojos de la reina, pues dijo:

[14] Antepasados.

—No os afrentéis, Ricaredo, de llorar, ni os tengáis en menos por haber dado en este trance tan tiernas muestras de vuestro corazón, que una cosa es pelear con los enemigos y otra despedirse de quien bien se quiere. Abrazad, Isabela, a Ricaredo y dadle vuestra bendición, que bien lo merece su sentimiento.

Isabela, que estaba suspensa y atónita de ver la humildad y dolor de Ricaredo, que como a su esposo le amaba, no entendió lo que la reina le mandaba, antes comenzó a derramar lágrimas, tan sin pensar lo que hacía y tan sesga[15] y tan sin movimiento alguno, que no parecía sino que lloraba una estatua de alabastro. Estos afectos de los dos amantes, tan tiernos y tan enamorados, hicieron verter lágrimas a muchos de los circunstantes, y sin hablar más palabra Ricaredo y sin haberle hablado alguna a Isabela, haciendo Clotaldo y los que con él venían reverencia a la reina, se salieron de la sala, llenos de compasión, de despecho y de lágrimas.

Quedó Isabela como huérfana que acaba de enterrar a sus padres, y con temor que la nueva señora quisiese que mudase las costumbres en que la primera la había criado. En fin, se quedó, y de allí a dos días Ricaredo se hizo a la vela, combatido, entre otros muchos, de dos pensamientos que le tenían fuera de sí: era el uno el considerar que le convenía hacer hazañas que le hiciesen merecedor de Isabela, y el otro, que no podía hacer ninguna, si había de responder a su católico intento, que le impedía no desenvainar la espada contra católicos, y si no la desenvainaba había de ser notado de cristiano o de cobarde, y todo esto redundaba en perjuicio de su vida y en obstáculo de su pretensión. Pero, en fin, determinó de posponer al gusto de enamorado el que tenía de ser católico, y en su corazón pedía al Cielo le deparase ocasiones donde, con ser valiente, cumpliese con ser cristiano, dejando a su reina satisfecha y a Isabel merecida.

Seis días navegaron los dos navíos con próspero viento siguiendo la derrota de las islas Terceras[16], paraje donde nunca faltan o naves portuguesas de las Indias orientales o algunas derrotadas[17] de las occidentales. Y al cabo de los seis días les dio de costado un recísimo viento que en el mar Océano tiene otro nombre que en el Mediterráneo, donde se llama mediodía, el cual viento fue tan durable y tan recio, que sin dejarles tomar las islas les fue forzoso correr a España, y junto a su costa, a la boca del estrecho de Gibraltar, descubrieron tres navíos, uno poderoso y grande, y los dos pequeños. Arribó la nave de Ricaredo a su capitán, para saber de su general si quería embestir a los tres navíos que se descubrían, y antes que a ella llegase vio poner sobre la gavia mayor[18] un estandarte negro, y llegándose más cerca, oyó que tocaban en la nave clarines y trompetas roncas, señales claras o que el general era muerto o alguna otra principal persona de la nave. Con este sobresalto llegaron a poderse hablar, que no lo habían hecho después que salieron del puerto. Dieron voces de la nave capitana diciendo que el capitán Ricaredo pasase a ella, porque el general la noche antes había muerto de una

[15] Seria, sosegada.
[16] Las islas Azores.
[17] Apartadas de su rumbo.
[18] En lo alto del mástil.

apoplejía. Todos se entristecieron, si no fue Ricaredo, que se alegró, no por el daño de su general, sino por ver que quedaba él libre para mandar en los dos navíos, que así fue la orden de la reina: que faltando el general, lo fuese Ricaredo, el cual con presteza se pasó a la capitana, donde halló que unos lloraban por el general muerto y otros se alegraban con el vivo. Finalmente, los unos y los otros le dieron luego la obediencia y le aclamaron por su general con breves ceremonias, no dando lugar a otra cosa dos de los tres navíos que habían descubierto, los cuales, desvirtuándose del grande, a las dos naves se venían.

Luego conocieron ser galeras, y turquescas, por las medias lunas que en las banderas traían, de que recibió gran gusto Ricaredo, pareciéndole que aquella presa, si el Cielo se la concediese, sería de consideración, sin haber ofendido a ningún católico. Las dos galeras turquescas llegaron a reconocer los navíos ingleses, los cuales no traían insignias de Inglaterra, sino de España, por desmentir a quien llegase a reconocerlos, y no los tuviese por navíos de corsarios. Creyeron los turcos ser naves derrotadas de las Indias y que con facilidad las rendirían. Fuéronse entrando poco a poco, y de industria[19] los dejó llegar Ricaredo hasta tenerlos a gusto de su artillería, la cual mandó disparar a tan buen tiempo, que con cinco balas dio en la mitad de una de las galeras, con tanta furia, que la abrió por medio toda. Dio luego a la banda[20], y comenzó a irse a pique sin poderse remediar. La otra galera, viendo tan mal suceso, con mucha priesa le dio cabo[21], y la llevó a poner debajo del costado del gran navío; pero Ricaredo, que tenía los suyos prestos y ligeros, que salían y entraban como si tuvieran remos, mandando cargar de nuevo toda la artillería, los fue siguiendo hasta la nave, lloviendo sobre ellos infinidad de balas. Los de la galera abierta, así como llegaron a la nave, la desampararon, y con priesa y celeridad procuraban acogerse a la nave. Lo cual visto por Ricaredo y que la galera sana se ocupaba con la rendida, cargó sobre ella con sus dos navíos, y sin dejarla rodear ni valerse de los remos la puso en estrecho, que los turcos se aprovecharon asimismo del refugio de acogerse a la nave, no para defenderse en ella, sino por escapar las vidas por entonces. Los cristianos de quien venían armadas las galeras, arrancando las branzas[22] y rompiendo las cadenas, mezclados con los turcos, también se acogieron a la nave, y como iban subiendo por su costado, con la arcabucería de los navíos los iban tirando como al blanco; a los turcos no más, que a los cristianos mandó Ricaredo que nadie los tirase. Desta manera, casi todos los más turcos fueron muertos, y los que en la nave entraron, por los cristianos que con ellos se mezclaron, aprovechándose de sus mismas armas, fueron hechos pedazos: que la fuerza de los valientes, cuando caen, se pasa a la flaqueza de los que se levantan; y así, con el calor que les daba a los cristianos pensar que los navíos ingleses eran españoles, hicieron por su libertad maravillas. Finalmente, habiendo muerto casi todos los turcos, algunos españoles se pusieron a bordo del navío, y a grandes voces lla-

[19] Con astucia.
[20] Diole en el costado.
[21] Echó una maroma para remolcar.
[22] Argollas en las que se encadenaba a los galeotes.

maron a los que pensaban ser españoles entrasen a gozar el premio del vencimiento.

Preguntándoles Ricaredo en español que qué navío era aquél, respondieron que era una nave que venía de la India de Portugal, cargada de especería, y con tantas perlas y diamantes, que valía más de un millón de oro, y que con tormenta habían arribado a aquella parte, toda destruida y sin artillería, por haberla echado a la mar la gente, enferma y casi muerta de sed y de hambre, y que aquellas dos galeras que eran del cosario Arnaute Marni[23], el día antes la habían rendido, sin haberse puesto en defensa, y que, a lo que habían oído decir, por no poder pasar tanta riqueza a sus dos bajeles, la llevaban a jorro[24] para meterla en el río de Larache, que estaba allí cerca.

Ricaredo les respondió que si ellos pensaban que aquellos dos navíos eran españoles, se engañaban, que no eran sino de la señora reina de Inglaterra, cuya nueva dio que pensar y que temer a los que la oyeron, pensando, como era razón que pensasen, que de un lazo habían caído en otro. Pero Ricaredo les dijo que no temiesen algún daño, y que estuviesen ciertos de su libertad, con tal que no se pusiesen en defensa.

—Ni es posible ponernos en ella —respondieron—, porque, como se ha dicho, este navío no tiene artillería ni nosotros armas: así que nos es forzoso acudir a la gentileza y liberalidad de vuestro general, pues será justo que quien nos ha librado del insufrible cautiverio de los turcos lleve adelante tan gran merced y beneficio, pues le podrá hacer famoso en todas partes, que serán infinitas, donde llegare la nueva desta memorable vitoria y de su liberalidad, más de nosotros esperada que temida.

No le parecieron mal a Ricaredo las razones del español, y llamando a consejo a los de su navío, les preguntó cómo haría para enviar todos los cristianos a España sin ponerse a peligro de algún siniestro suceso, si el ser tantos les daba ánimo para levantarse. Pareceres hubo que los hiciese pasar uno a uno a su navío, y así como fuesen entrando debajo de cubierta, matarlos, y desta manera matarlos a todos, y llevar la gran nave a Londres, sin temor ni cuidado alguno.

A eso respondió Ricaredo:

—Pues que Dios nos ha hecho tan gran merced en darnos tanta riqueza, no quiero corresponderle con ánimo cruel y desagradecido, ni es bien que lo que puedo remediar con la industria lo remedie con la espada. Y así soy de parecer que ningún cristiano católico muera; no porque los quiero bien, sino porque me quiero a mí muy bien, y quería que esta hazaña de hoy ni a mí ni a vosotros, que en ella me habéis sido compañeros, nos diese, mezclado con el nombre de valientes, el renombre de crueles porque nunca dijo bien la crueldad con la valentía. Lo que se ha de hacer es que toda la artillería de un navío destos se ha de pasar a la gran nave portuguesa, sin dejar en el navío otras armas ni otra cosa más del bastimento[25], y no dejando la nave de nuestra gente, la llevaremos a Inglaterra, y los españoles se irán a España.

[23] Arnaute Marni fue el corsario que atacó y se apoderó en 1575 de la galera «Sol», en la que iba Cervantes.

[24] A remolque.

[25] Provisiones del barco.

Nadie osó contradecir lo que Ricaredo había propuesto, y algunos le tuvieron por valiente y magnánimo y de buen entendimiento. Otros le juzgaron en sus corazones por más católico que debía. Resuelto, pues, en esto Ricaredo, pasó con cincuenta arcabuceros a la nave portuguesa, todos alerta y con las cuerdas encendidas[26]. Halló en la nave casi trescientas personas, de las que habían escapado de las galeras. Pidió luego el registro de la nave, y respondióle aquel mismo que desde el borde le habló la vez primera, que el registro le había tomado el corsario de los bajeles, que con ellos se había ahogado. Al instante puso el torno en orden, y acostando su segundo bajel a la gran nave, con maravillosa presteza y con fuerza de fortísimos cabestrantes[27] pasaron la artillería del pequeño bajel a la mayor nave. Luego, haciendo una breve plática a los cristianos, les mandó pasar al bajel desembarazado, donde hallaron bastimento en abundancia para más de un mes y para más gente, y así como se iban embarcando, dio a cada uno cuatro escudos de oro españoles, que hizo traer de su navío, para remediar en parte su necesidad cuando llegasen a tierra, que estaba tan cerca, que las altas montañas de Abila[28] y Calpe[29] desde allí se parecían[30]. Todos le dieron infinitas gracias por la merced que les hacía, y el último que se iba a embarcar fue aquel que por los demás había hablado, el cual le dijo:

—Por más ventura tuviera, valeroso caballero, que me llevaras contigo a Inglaterra que no que me enviaras a España, porque aunque es mi patria y no habrá sino seis días que della partí, no he de hallar en ella otra cosa que no sea de ocasiones de tristezas y soledades mías. Sabrás, señor, que en la pérdida de Cádiz, que sucedió hará quince años, perdí una hija que los ingleses debieron de llevar a Inglaterra, y con ella perdí el descanso de mi vejez y la luz de mis ojos, que, después que no la vieron, nunca han visto cosa que de su gusto sea. El grave descontento en que me dejó su pérdida y la de la hacienda, que también me faltó, me pusieron de manera que ni más quise ni más pude ejercitar la mercancía, cuyo trato me había puesto en opinión de ser el más rico mercader de toda la ciudad. Y así era la verdad, pues fuera del crédito, que pasaba de muchos centenares de millares de escudos, valía mi hacienda dentro de las puertas de mi casa más de cincuenta mil ducados. Todo lo perdí, y no hubiera perdido nada como no hubiera perdido a mi hija. Tras esta general desgracia y tan particular mía, acudió la necesidad a fatigarme, hasta tanto que, no pudiéndola resistir, mi mujer y yo, que es aquella triste que está allí sentada determinamos irnos a las Indias, común refugio de los pobres generosos. Y habiéndonos embarcado en un navío de aviso seis días ha, a la salida de Cádiz dieron con el navío estos dos bajeles de corsarios, y nos cautivaron, donde se renovó nuestra desgracia y se confirmó nuestra desventura. Y fuera mayor si los corsarios no hubieran tomado aquella nave portuguesa que los entretuvo hasta haber sucedido lo que él había visto.

---

26 Con las mechas de los arcabuces encendidas.
27 Tornos de madera para coger cabos e izar las velas.
28 Monte próximo a Ceuta.
29 Hoy Peñón de Gibraltar. Abila y Calpe formaban las llamadas columnas de Hércules.
30 Se veían.

Preguntóle Ricaredo cómo se llamaba su hija. Respondióle que Isabel. Con esto acabó de confirmarse Ricaredo en lo que ya había sospechado, que era que el que se lo contaba era el padre de su querida Isabela. Y sin darle algunas nuevas della, le dijo que de muy buena gana llevaría a él y a su mujer a Londres, donde podía ser hallasen nuevas de las que deseaban. Hízolos pasar luego a su capitana poniendo marineros y guardas bastantes en la nao portuguesa.

Aquella noche alzaron velas, y se dieron priesa a apartarse de las costas de España, porque el navío de los cautivos libres —entre los cuales también iban hasta veinte turcos, a quien también Ricaredo dio libertad, por mostrar que más por su buena condición y generoso ánimo se mostraba liberal que por forzarle amor que a los católicos tuviese— rogó a los españoles que en la primera ocasión que se ofreciese diesen entera libertad a los turcos, que asimismo se les mostraron agradecidos.

El viento, que daba señales de ser próspero y largo, comenzó a calmar un tanto, cuya calma levantó gran tormenta de temor en los ingleses, que culpaban a Ricaredo y a su liberalidad, diciéndole que los libres podrían dar aviso en España de aquel suceso, y que si acaso había galeones de armada en el puerto podían salir en su busca y ponerlos en aprieto, y en término de perderse. Bien conocía Ricaredo que tenían razón, pero venciéndolos a todos con buenas razones, los sosegó; pero más los quietó el viento, que volvió a refrescar de modo que dándole en todas las velas, sin tener necesidad de amainallas ni aun de templallas, dentro de nueve días se hallaron a la vista de Londres, y cuando en él, victoriosos volvieron, habría treinta que dél faltaban.

No quiso Ricaredo entrar en el puerto con muestras de alegría por la muerte de su general, y así mezcló las señales alegres con las tristes; unas veces sonaban clarines regocijados; otras, trompetas roncas; unas tocaban los atambores alegres y sobresaltadas armas, a quien con señas tristes y lamentables respondían los pífaros; de una gavia colgaba, puesta al revés, una bandera de medias lunas sembrada; en otra se veía un luengo estandarte de tafetán negro, cuyas puntas besaban el agua. Finalmente, con estos tan contrarios extremos entró en el río de Londres con su navío, porque la nave no tuvo fondo en él que la sufriese, y así, se quedó en la mar a lo largo.

Estas tan contrarias muestras y señales tenían suspenso el infinito pueblo que desde la ribera los miraba. Bien conocieron por algunas insignias que aquel navío menor era la capitana del barón de Lansac, mas no podían alcanzar cómo el otro navío se hubiese cambiado con aquella poderosa nave que en la mar se quedaba; pero sacólos desta duda haber saltado en el esquife, armado de todas armas, ricas y resplandecientes, el valeroso Ricaredo, que a pie, sin esperar otro acompañamiento que aquel de un innumerable vulgo que le seguía, se fue a palacio, donde ya la reina, puesta a unos corredores, estaba esperando le trujesen la nueva de los navíos.

Estaba con la reina y con las otras damas Isabela, vestida a la inglesa, y parecía tan bien como a la castellana. Antes que Ricaredo llegase, llegó otro que dio las nuevas a la reina de cómo Ricaredo venía. Alborotóse Isabela oyendo el nombre de Ricaredo, y en aquel instante temió y esperó malos y buenos sucesos de su venida.

Era Ricaredo alto de cuerpo, gentil hombre y bien proporcionado. Y como venía armado de peto, espaldar, gola y brazaletes y escarcelas, con unas armas milanesas de once vistas, grabadas y doradas, parecía en extremo bien a cuantos le miraban; no le cubría la cabeza morrión alguno, sino un sombrero de gran falda, de color leonado, con mucha diversidad de plumas terciadas a la valona[31]; la espada, ancha; los tiros[32], ricos; las calzas, a la esguízara[33]. Con este adorno, y con el paso brioso que llevaba, algunos hubo que le compararon a Marte, dios de las batallas, y otros, llevados de la hermosura de su rostro, dicen que le compararon a Venus, que para hacer alguna burla a Marte de aquel modo se había disfrazado. En fin, él llegó ante la reina. Puesto de rodillas le dijo:

—Alta Majestad, en fuerza de vuestra ventura y en consecución de mi deseo, después de haber muerto de una apoplejía el general de Lansac, quedando yo en su lugar, merced a la liberalidad vuestra, me deparó la suerte dos galeras turquescas que llevaban remolcando aquella gran nave que allí se parece. Acometíla, pelearon vuestros soldados como siempre, echáronse a fondo los bajeles de los corsarios; en el uno de los nuestros, en vuestro real nombre, di libertad a los cristianos que del poder de los turcos escaparon; sólo truje conmigo a un hombre y a una mujer, españoles, que por su gusto quisieron venir a ver la grandeza vuestra. Aquella nave es de las que vienen de la India de Portugal, la cual por tormenta vino a dar en poder de los turcos, que con poco trabajo, por mejor decir sin ninguno, la rindieron, y segun dijeron algunos portugueses de los que en ella venían, pasa de un millón de oro el valor de la especería y otras mercancías de perlas y diamantes que en ella vienen. A ninguna cosa se ha tocado, ni los turcos habían llegado a ella, porque todo lo dedicó el Cielo, y yo lo mandé guardar, para vuestra Majestad, que con una joya sola que se me dé quedaré en deuda de otras diez naves; la cual joya ya vuestra Majestad me la tiene prometida, que es a mi buena Isabela. Con ella quedaré rico y premiado, no sólo deste servicio, cual él se sea, que a vuestra Majestad he hecho, sino de otros muchos que pienso hacer por pagar alguna parte del todo casi infinito que en esta joya vuestra Majestad me ofrece.

—Levantaos, Ricaredo —respondió la reina—, y creedme que si por precio os hubiera de dar a Isabela, según yo la estimo, no la pudiérades pagar ni con lo que trae esa nave ni con lo que queda en las Indias. Dóyosla porque os la prometí y porque ella es digna de vos y vos lo sois della; vuestro valor solo la merece. Si vos habéis guardado las joyas de la nave para mí, yo os he guardado la joya vuestra para vos. Y aunque os parezca que no hago mucho en volveros lo que es vuestro, yo sé que os hago mucha merced en ello: que las prendas que se compran a deseos y tienen su estimación en el alma del comprador, aquello valen que vale una alma, que no hay precio en la tierra con que aprecialla. Isabela es vuestra, véisla allí; cuando quisiéredes podéis tomar su entera posesión, y creo será con su gusto, porque es discreta y sabrá ponderar la amistad que le hacéis, que no la quiero llamar merced,

[31] A la manera de la valona. Valona era un tipo de cuello grande.
[32] Correas de las que colgaba la espada.
[33] Al estilo suizo.

sino amistad, porque me quiero alzar con el nombre de que yo sola puedo hacer mercedes. Idos a descansar y venidme a ver mañana, que quiero más particularmente oír de vuestras hazañas, y traedme esos dos que dices que de su voluntad han querido venir a verme, que se lo quiero agradecer.

Besóle las manos Ricaredo por las muchas mercedes que le hacía. Entróse la reina en una sala, y las damas rodearon a Ricaredo y una dellas, que había tomado grande amistad con Isabela, llamada la señora Tansi, tenida por la más discreta, desenvuelta y graciosa de todas, dijo a Ricaredo:

—¿Qué es esto, señor Ricaredo, qué armas son éstas? ¿Pensábades por ventura que veníades a pelear con vuestros enemigos? Pues en verdad que aquí todas somos vuestras amigas, si no es la señora Isabela, que como española está obligada a no teneros buena voluntad.

—Acuérdese ella, señora Tansi, de tenerme alguna, que como yo esté en su memoria —dijo Ricaredo—, yo sé que la voluntad será buena, pues no puede caber en su mucho valor y entendimiento y rara hermosura la fealdad de ser desagradecida.

A lo cual respondió Isabela:

—Señor Ricaredo, pues he de ser vuestra, a vos está tomar de mí toda la satisfacción que quisiéredes para recompensaros de las alabanzas que me habéis dado y de las mercedes que pensáis hacerme.

Estas y otras honestas razones pasó Ricaredo con Isabela y con las damas, entre las cuales había una doncella de pequeña edad, la cual no hizo sino mirar a Ricaredo mientras allí estuvo. Alzábale las escarcelas, por ver qué traía debajo dellas, tentábale la espada, y con simplicidad de niña quería que las armas le sirviesen de espejo, llegándose a mirar de muy cerca en ellas, y cuando se hubo ido, volviéndose a las damas, dijo:

—Ahora, señoras, yo imagino que debe de ser cosa hermosísima la guerra, pues aun entre mujeres parecen bien los hombres armados.

—¿Y cómo si parecen? —respondió la señora Tansi—; si no, mirad a Ricaredo, que no parece sino que el sol se ha bajado a la tierra y en aquel hábito va caminando por la calle.

Rieron todas del dicho de la doncella y de la disparatada semejanza de Tansi, y no faltaron murmuradores que tuvieron por impertinencia el haber venido armado Ricaredo a palacio, puesto que halló disculpa en otros, que dijeron que, como soldado, lo pudo hacer para demostrar su gallarda bizarría.

Fue Ricaredo de sus padres, amigos, parientes y conocidos con muestras de entrañable amor recebido. Aquella noche se hicieron generales alegrías en Londres por su buen suceso. Ya los padres de Isabela estaban en casa de Clotaldo, a quien Ricaredo había dicho quién eran, pero que no les diesen nueva ninguna de Isabela hasta que él mismo se la diese. Este aviso tuvo la señora Catalina, su madre, y todos los criados y criadas de su casa. Aquella misma noche, con muchos bajeles, lanchas y barcos, y con no menos ojos que lo miraban, se comenzó a descargar la gran nave, que en ocho días no acabó de dar la mucha pimienta y otras riquísimas mercaderías que en su vientre encerradas tenía.

El día que siguió a esta noche fue Ricaredo a palacio, llevando consigo al padre y madre de Isabela, vestidos de nuevo a la inglesa, diciéndoles que la reina quería verlos. Llegando todos donde la reina estaba en medio de sus damas, esperando a Ricaredo, a quien quiso lisonjear y favorecer con tener junto a sí a Isabela, vestida con aquel mismo vestido que llevó la vez primera, mostrándose no menos hermosa ahora que entonces. Los padres de Isabela quedaron admirados y suspensos de ver tanta grandeza y bizarría junta. Pusieron los ojos en Isabela, y no la conocieron, aunque el corazón, presagio del bien que tan cerca tenían, les comenzó a saltar en el pecho, no con sobresalto que los entristece, sino con un no sé qué de gusto, que ellos no acertaban a entendello. No consintió la reina que Ricaredo estuviese de rodillas ante ella; antes le hizo levantar y sentar en una silla rasa[34], que para sólo esto allí puesta tenían, inusitada merced para la altiva condición de la reina, y alguno dijo a otro:

—Ricaredo no se sienta hoy sobre la silla que le han dado, sino sobre la pimienta que él trujo.

Otro acudió y dijo:

—Ahora se verifica lo que comúnmente se dice, que dádivas quebrantan peñas, pues las que ha traído Ricaredo han ablandado el duro corazón de nuestra reina.

Otro acudió, y dijo:

—Ahora que está tan bien ensillado, más de dos se atreverán a correrle[35].

En efeto, de aquella nueva honra que la reina hizo a Ricaredo tomó ocasión la envidia para nacer en muchos pechos de aquellos que mirándole estaban; porque no hay merced que el príncipe haga a su privado que no sea una lanza que atraviese el corazón del envidioso. Quiso la reina saber de Ricaredo menudamente cómo había pasado la batalla con los bajeles de los corsarios. Él la contó de nuevo, atribuyendo la victoria a Dios y a los brazos valerosos de sus soldados, encareciéndolos a todos juntos y particularizando algunos hechos de algunos que más que los otros se habían señalado, con que obligó a la reina a hacer a todos merced, y en particular a los particulares, y cuando llegó a decir la libertad que en nombre de su Majestad había dado a los turcos y cristianos, dijo:

—Aquella mujer y aquel hombre que allí están —señalando a los padres de Isabela— son los que dije ayer a vuestra Majestad que, con deseo de ver vuestra grandeza, encarecidamente me pidieron los trujese conmigo. Ellos son de Cádiz, y de lo que ellos me han contado, y de lo que en ellos he visto y notado, sé que son gente principal y de valor.

Mandóles la reina que se llegasen cerca. Alzó los ojos Isabela a mirar los que decían ser españoles, y más de Cádiz, con deseo de saber si por ventura conocían a sus padres. Ansí[36] como Isabela alzó los ojos, los puso en ella su madre y detuvo el paso para mirarla más atentamente, y en la memoria de Isabela se comenzaron a despertar unas confusas noticias que le querían dar a entender que en otro tiempo ella había visto a aquella mujer que delante tenía. Su padre estaba en la misma confusión, sin osar determinarse a dar crédito a la verdad que sus ojos le mostraban. Ricaredo estaba atentísimo a

---

[34] Sin respaldo.
[35] Perseguirle.
[36] Tan pronto.

ver los afectos y movimientos que hacían las tres dudosas y perplejas almas, que tan confusas estaban entre el sí y el no de conocerse. Conoció la reina la suspensión de entrambos, y aún el desasosiego de Isabela, porque la vio trasudar y levantar la mano muchas veces a componerse el cabello.

En esto deseaba Isabela que hablase la que pensaba ser su madre: quizá los oídos la sacarían de la duda en que sus ojos la habían puesto. La reina dijo a Isabela que en lengua española dijese a aquella mujer y a aquel hombre le dijesen qué causa los había movido a no querer gozar de la libertad que Ricaredo les había dado, siendo la libertad la cosa más amada, no sólo de la gente de razón, más aún de los animales que carecen della.

Todo esto preguntó Isabela a su madre, la cual, sin responderle palabra, desatentadamente y medio tropezando, se llegó a Isabela, y sin mirar a respeto, temores ni miramientos cortesanos, alzó la mano a la oreja derecha de Isabela y descubrió un lunar negro que allí tenía, la cual señal acabó de certificar su sospecha. Y viendo claramente ser Isabela su hija abrazándose con ella dio una gran voz, diciendo:

—¡Oh, hija de mi corazón! ¡Oh, prenda cara del alma mía! —y sin poder pasar adelante se cayó desmayada en los brazos de Isabela.

Su padre, no menos tierno que prudente, dio muestras de su sentimiento no con otras palabras que con derramar lágrimas, que sesgamente su venerable rostro y barbas le bañaron. Juntó Isabela su rostro con el de su madre, y volviendo los ojos a su padre, de tal manera le miró, que le dio a entender el gusto y el descontento que de verlos allí su alma tenía. La reina, admirada de tal suceso, dijo a Ricaredo:

—Yo pienso, Ricaredo, que con vuestra discreción se han ordenado estas vistas, y no se os diga que han sido acertadas, pues sabemos que así suele matar una subita alegría como mata una tristeza —y diciendo esto, se volvió a Isabela y la apartó de su madre, la cual, habiéndole echado agua en el rostro, volvió en sí, y estando un poco más en su acuerdo, puesta de rodillas delante de la reina, le dijo:

—Perdone vuestra Majestad mi atrevimiento, que no es mucho perder los sentidos con la alegría del hallazgo desta amada prenda.

Respondióle la reina que tenía razón, sirviéndole de intérprete, para que lo entendiese, Isabela, la cual, de la manera que se ha contado, conoció a sus padres, y sus padres a ella, a los cuales mandó la reina quedar en palacio, para que despacio pudiesen ver y hablar a su hija y regocijarse con ella, de lo cual Ricaredo se holgó mucho, y de nuevo pidió a la reina le cumpliese la palabra que le había dado de dársela, si es que acaso la merecía, y de no merecerla, le hiciese digno de alcanzar lo que deseaba. Bien entendió la reina que estaba Ricaredo satisfecho de sí mismo y de su mucho valor, que no había necesidad de nuevas pruebas para calificarle, y así, le dijo que de allí a cuatro dias le entregaría a Isabela, haciendo a los dos la honra que a ella fuese posible.

Con esto se despidió Ricaredo, contentísimo con la esperanza propincua que llevaba de tener en su poder a Isabela sin sobresalto de perderla, que es el último deseo de los amantes. Corrió el tiempo, y no con la ligereza que él quisiera: que los que viven con esperanzas de promesas venideras siempre imaginan que no vuela el tiempo, sino que anda sobre los pies de la pereza misma. Pero en fin llegó el día, no donde pensó Ricaredo poner fin a sus deseos, sino de hallar en Isabela gracias nuevas que le moviesen a quererla más, si más pudiese. Mas en aquel breve tiempo, donde él pensaba que la nave de su buena fortuna corría con próspero viento hacia el deseado puerto, la contraria suerte levantó en su mar tal tormenta, que mil veces temió anegarse.

Es, pues, el caso que la camarera mayor de la reina, a cuyo cargo estaba Isabela, tenía un hijo de edad de veintidós años llamado el conde Arnesto. Hacíanle la grandeza de su estado, la alteza de su sangre, el mucho favor que su madre con la reina tenía, hacíanle, digo, estas cosas más de lo justo arrogante, altivo y confiado. Este Arnesto, pues, se enamoró de Isabela tan encendidamente, que en la luz de los ojos de Isabela tenía abrasada el alma, y aunque, en el tiempo que Ricaredo había estado ausente, con algunas señales le había descubierto su deseo, nunca de Isabela fue admitido, y puesto que[37] la repugnancia y los desdenes en los principios de los amores suelen hacer desistir de la empresa a los enamorados, en Arnesto obraron lo contrario los muchos y conocidos desdenes que le dio Isabela, porque con sus celos ardía y con su honestidad se abrasaba. Y como vio que Ricaredo, según el parecer de la reina, tenía merecida a Isabela, y que en tan poco tiempo se le había de entregar por mujer, quiso desesperarse[38]; pero antes que llegase a tan infame y tan cobarde remedio habló a su madre, diciéndole pidiese a la reina le diese a Isabela por esposa; donde no, que pensase que la muerte estaba llamando a las puertas de su vida. Quedó la camarera admirada de las razones de su hijo, y como conocía la aspereza de su arrojada condición y la tenacidad con que se le pegaban los deseos en el alma, temió que sus amores habían de parar en algún infelice suceso. Con todo eso, como madre, a quien es natural desear y procurar el bien de sus hijos, prometió al suyo de hablar a la reina, no con esperanza de alcanzar della el imposible de romper su palabra, sino por no dejar de intentar cómo no salir desahuciada de los últimos remedios.

Y estando aquella mañana Isabel vestida por orden de la reina tan ricamente que no se atreve la pluma a contarlo, y habiéndole echado la misma reina al cuello una sarta de perlas de las mejores que traía la nave, que las apreciaron en veinte mil ducados, y puéstole un anillo de un diamante, que se apreció en seis mil escudos, y estando alborozadas las damas por la fiesta que esperaban del cercano desposorio, entró la camarera mayor a la reina, y de rodillas le suplicó suspendiese el desposorio de Isabela por otros dos días, que con esta merced sola que su Majestad le hiciese se tendría por satisfecha y pagada de todas las mercedes que por sus servicios merecía y esperaba.

Quiso saber la reina primero por qué le pedía con tanto ahínco aquella suspensión, que tan derechamente iba contra la palabra que tenía dada a Ricaredo, pero no se la quiso dar la camarera hasta que le hubo otorgado que haría lo que le pedía, tanto deseo tenía la reina de saber la causa de aquella demanda. Y así, después que la camarera alcanzó lo que por entonces deseaba, contó a la reina los amores de su hijo, y cómo temía que, si no le daban

---

[37] Aunque.
[38] Suicidarse.

por mujer a Isabela, o se había de desesperar, o hacer algún hecho escandaloso, y que si había pedido aquellos dos días era por dar lugar a que su Majestad pensase qué medio sería a propósito y conveniente para dar a su hijo remedio.

La reina respondió que si su real palabra no estuviera de por medio, que ella hallara salida a tan cerrado laberinto, pero que no la quebrantaría ni defraudaría las esperanzas de Ricaredo por todo el interés del mundo. Esta respuesta dio la camarera a su hijo, el cual, sin detenerse un punto, ardiendo en amor y en celos, se armó de todas armas y sobre un fuerte y hermoso caballo se presentó ante la casa de Clotaldo, y a grandes voces pidió que se asomase Ricaredo a la ventana, el cual a aquella sazón estaba vestido de galas de desposado y a punto de ir a palacio con el acompañamiento que tal acto requería; mas habiendo oído las voces y siéndole dicho quién las daba y del modo que venía, con algún sobresalto se asomó a una ventana, y como le vio Arnesto, dijo:

—Ricaredo, estáme atento a lo que decirte quiero: la reina mi señora te mandó fueses a servirla y a hacer hazañas que te hiciesen merecedor de la sin par Isabela. Tú fuiste, y volviste cargadas las naves de oro, con el cual piensas haber comprado y merecido a Isabela. Y aunque la reina mi señora te la ha prometido, ha sido creyendo que ya no hay ninguno en su corte que mejor que tú la sirva ni quien con mejor título merezca a Isabela, y en esto bien podrá ser se haya engañado; y así llegándome a esta opinión que yo tengo por verdad averiguada, digo que ni tú has hecho cosas tales que te hagan merecer a Isabela, ni ninguna podrás hacer que a tanto bien te levante; y en razón de que no la mereces, si quieres contradecirme, te desafio a todo trance de muerte.

Calló el conde, y desta manera le respondió Ricaredo:

—En ninguna manera me toca salir a vuestro desafío, señor conde, porque yo confieso, no sólo que no merezco a Isabela, sino que no la merece ninguno de los que hoy viven en el mundo. Así que, contestando yo lo que vos decís, otra vez digo que no me toca vuestro desafio; pero yo lo acepto por el atrevimiento que habéis tenido en desafiarme.

Con esto se quitó de la ventana, y pidió apriesa sus armas. Alborotáronse sus parientes y todos aquellos que para ir a palacio habían venido a acompañarle. De la mucha gente que había visto al conde Arnesto armado y le había oído las voces del desafio, no faltó quien lo fue a contar a la reina, la cual mandó al capitán de su guarda que fuese a prender al conde. El capitán se dio tanta priesa, que llegó a tiempo que ya Ricaredo salía de su casa, armado con las armas con que se había desembarcado, puesto sobre un hermoso caballo.

Cuando el conde vio al capitán, luego[39] imaginó a lo que venía, y determinó de no dejar prenderse, y alzando la voz contra Ricaredo, dijo:

—Ya ves, Ricaredo, el impedimento que nos viene. Si tuvieres ganas de castigarme, tú me buscarás, y por la que yo tengo de castigarte, también te buscaré; y pues dos que se buscan fácilmente se hallan, dejemos para entonces la ejecución de nuestros deseos.

---

[39] En seguida.

—Soy contento —respondió Ricaredo.

En esto llegó el capitán con toda su guarda, y dijo al conde que fuese preso en nombre de Su Majestad. Respondió el conde que se daba; pero no para que lo llevasen a otra parte que a la presencia de la reina. Contentóse con esto el capitán, y cogiéndole en medio de la guardia le llevó a palacio ante la reina, la cual ya de su camarera estaba informada del amor grande que su hijo tenía a Isabela, y con lágrimas había suplicado a la reina perdonase al conde, que como mozo y enamorado, a mayores yerros estaba sujeto.

Llegó Arnesto ante la reina, la cual, sin entrar con él en razones, le mandó quitar la espada y llevasen preso a una torre.

Todas estas cosas atormentaban el corazón de Isabela y de sus padres, que tan presto veían turbado el mar de su sosiego. Aconsejó la camarera a la reina para sosegar el mal que podía suceder entre su parentela y la de Ricaredo que se quitase la causa de por medio, que era Isabela, enviándola a España, y así cesarían los efetos que debían de temerse, añadiendo a estas razones decir que Isabela era católica y tan cristiana que ninguna de sus persuasiones, que habían sido muchas, la habían podido torcer en nada de su católico intento. A lo cual respondió la reina que por eso la estimaba en más, pues tan bien sabía guardar la ley que sus padres le habían enseñado, y que en lo de enviarla a España no tratase, porque su hermosa presencia y sus muchas gracias y virtudes le daban mucho gusto, y que, sin duda, si no aquel día, otro, se la había de dar por esposa a Ricaredo, como se lo tenía prometido.

Con esta resolución de la reina quedó la camarera tan desconsolada, que no la replicó palabra, y pareciéndole lo que ya le había parecido, que si no era quitando a Isabela de por medio no había de haber medio alguno que la rigurosa condición de su hijo ablandase ni redujese a tener paz con Ricaredo, determinó de hacer una de las mayores crueldades que pudo caber jamás en pensamiento de mujer principal, y tanto como ella lo era. Y fue su determinación matar con tósigo[40] a Isabela, y como por la mayor parte sea la condición de las mujeres ser prestas y determinadas, aquella misma tarde atosigó a Isabela en una conserva que le dio, forzándola que la tomase por ser buena contra las ansias de corazón que sentía.

Poco espacio pasó después de haberla tomado, cuando a Isabela se le comenzó a hinchar la lengua y la garganta, y a ponérsele denegridos los labios y a enronquecérsele la voz, turbársele los ojos y apretársele el pecho: todas conocidas señales de haberle dado veneno. Acudieron las damas a la reina contándole lo que pasaba y certificando que la camarera había hecho aquel mal recaudo. No fue menester mucho para que la reina lo creyese, y así, fue a ver a Isabela, que ya casi estaba expirando.

Mandó llamar la reina con priesa a sus médicos, y en tanto que tardaban la hizo dar cantidad de polvos de unicornio, con otros muchos antídotos que los grandes príncipes suelen tener prevenidos para semejantes necesidades. Vinieron los médicos, y esforzaron los remedios, y pidieron a la reina hiciese decir a la camarera qué género de veneno le había dado, porque no se dudaba que otra persona alguna sino ella la hubiese envenenado. Ella lo des-

[40] Envenenar con tósigo. Tósigo: veneno, ponzoña.

cubrió, y con esta noticia los médicos aplicaron tantos remedios y tan eficaces, que con ellos y con el ayuda de Dios Isabela quedó con vida, o lo menos con esperanza de tenerla.

Mandó la reina prender a su camarera y encerrarla en un aposento estrecho de palacio, con intención de castigarla como su delito merecía, puesto que ella se disculpaba diciendo que en matar a Isabela hacía sacrificio al Cielo, quitando de la tierra a una católica, y con ella la ocasión de las pendencias de su hijo.

Estas tristes nuevas oídas de Ricaredo le pusieron en términos de perder el juicio: tales eran las cosas que hacía y las lastimeras razones con que se quejaba. Finalmente, Isabela no perdió la vida, que el quedar con ella la naturaleza lo conmutó en dejarla sin cejas, pestañas y sin cabello, el rostro hinchado, la tez perdida, los cueros levantados y los ojos lagrimosos. Finalmente, quedó tan fea, que como hasta allí había parecido un milagro de hermosura, entonces parecía un monstruo de fealdad. Por mayor desgracia tenían los que la conocían haber quedado de aquella manera que si la hubiera muerto el veneno. Con todo esto, Ricaredo se la pidió a la reina, y le suplicó se la dejase llevar a su casa, porque el amor que la tenía pasaba del cuerpo al alma, y que si Isabela había perdido su belleza, no podía haber perdido sus infinitas virtudes.

—Así es —dijo la reina—; lleváosla, Ricaredo, y haced cuenta que lleváis una riquísima joya encerrada en una caja de madera tosca; Dios sabe si quisiera dárosla como me la entregaste; pero pues no es posible, perdonadme: quizá el castigo que diere a la cometedora de tal delito satisfará en algo el deseo de la venganza.

Muchas cosas dijo Ricaredo a la reina disculpando a la camarera y suplicándola la perdonase, pues las disculpas que daba eran bastantes para perdonar mayores insultos. Finalmente, le entregaron a Isabela y a sus padres, y Ricaredo los llevó a su casa, digo, a la de sus padres. A las ricas perlas y al diamante añadió otras joyas la reina y otros vestidos, tales, que descubrieron el mucho amor que a Isabela tenía, la cual duró dos meses en su fealdad, sin dar indicio alguno de poder reducirse a su primera hermosura; pero al cabo deste tiempo comenzó a caérsele el cuero y a descubrírsele su hermosa tez.

En este tiempo los padres de Ricaredo, pareciéndoles no ser posible que Isabela en sí volviese, determinaron enviar por la doncella de Escocia con quien primero que con Isabela tenían concertado de casar a Ricaredo, y esto sin que él lo supiese, no dudando que la hermosura presente de la nueva esposa hiciese olvidar a su hijo la ya pasada de Isabela, a la cual pensaban enviar a España con sus padres, dándoles tanto haber y riquezas que recompesasen sus pasadas pérdidas. No pasó mes y medio cuando, sin sabiduría de Ricaredo, la nueva esposa se le entró por las puertas, acompañada como quien ella era, y tan hermosa que después de la Isabela que solía ser no había otra tan bella en todo Londres. Sobresaltóse Ricaredo con la improvisa vista de la doncella, y temió que el sobresalto de su venida había de acabar la vida a Isabela; y así, para templar este temor se fue al lecho donde Isabela estaba, y hallóla en compañía de sus padres, delante de los cuales dijo:

—Isabela de mi alma: mis padres, con el grande amor que me tienen, aún no bien enterados del mucho que yo te tengo, han traído a casa una doncella escocesa con quien ellos tenían concertado de casarme antes que yo conociese lo que vales. Y esto, a lo que creo, con intención que la mucha belleza desta doncella borre de mi alma la tuya, que en ella estampada tengo. Yo, Isabela, desde el punto que te quise fue otro amor de aquel que tiene su fin y paradero en el cumplimiento del sensual apetito: que puesto que tu corporal hermosura me cautivó los sentidos, tus infinitas virtudes me aprisionaron el alma, de manera que si hermosa te quise, fea te adoro; y para confirmar esta verdad, dame esa mano.

Y dándole ella la derecha y asiéndola él con la suya, prosiguió diciendo:

—Por la fe católica que mis cristianos padres me enseñaron, la cual si no está en la entereza que se requiere, por aquella juro que guarda el Pontífice romano, que es la que yo en mi corazón confieso, creo y tengo, y por el verdadero Dios que nos está oyendo, te prometo, ¡oh Isabela, mitad de mi alma!, de ser tu esposo, y lo soy, desde luego, si tú quieres levantarme a la alteza de ser tuyo.

Quedó suspensa Isabela con las razones de Ricaredo, y sus padres atónitos y pasmados. Ella no supo qué decir ni hacer otra cosa que besar muchas veces la mano de Ricaredo y decirle, con voz mezclada con lágrimas, que ella le aceptaba por suyo y se entregaba por su esclava. Besóla Ricaredo en el rostro feo, no habiendo tenido jamás atrevimiento que llegase a él cuando hermoso.

Los padres de Isabela solemnizaron con tiernas y muchas lágrimas las fiestas del desposorio. Ricaredo les dijo que él dilataría el casamiento de la escocesa, que ya estaba en casa del modo que después verían, y cuando sus padres los quisiese enviar a España a todos tres, no lo rehusasen, sino que se fuesen y le aguardasen en Cádiz o en Sevilla dos años, dentro de los cuales les daba su palabra de ser con ellos, si el Cielo tanto tiempo le concedía de vida, y que si deste término pasase, tuviesen por cosa certísima que algún grande impedimento, o la muerte, que era lo más cierto, se había opuesto a su camino.

Isabela le respondió que no solos dos años le aguardaría, sino todos aquellos de su vida hasta estar enterada que él no la tenía porque en el punto que esto supiese, sería el mismo de su muerte. Con estas tiernas palabras se renovaron las lágrimas en todos, y Ricaredo salió a decir a sus padres cómo en ninguna manera no se casaría ni daría la mano a su esposa la escocesa sin haber primero ido a Roma a asegurar su conciencia. Tales razones supo decir a ellos y a los parientes que habían venido con Clisterna, que así se llamaba la escocesa, que como todos eran católicos, fácilmente las creyeron, y Clisterna se contentó de quedar en casa de su suegro hasta que Ricaredo volviese, el cual pidió de término un año.

Esto ansí puesto y concertado, Clotaldo dijo a Ricaredo cómo determinaba enviar a España a Isabela y a sus padres, si la reina les daba licencia quizá los aires de la patria apresurarían o facilitarían la salud que ya comenzaba a tener. Ricaredo, por no dar indicio de sus designios, respondió tibiamente a su padre que hiciese lo que mejor le pareciese; sólo le suplicó que no quitase a Isabela ninguna cosa de las riquezas que la reina le había dado. Prometióselo Clotaldo, y aquel mismo día fue a pedir licencia a la reina, así para casar a su hijo con Clisterna, como para enviar a Isabela y a sus padres a España. De todo se contentó la reina, y tuvo por acertada la determinación de Clotaldo. Y aquel mismo día, sin acuerdo de letrados y sin poner a su camarera en tela de juicio, la condenó en que no sirviese más su oficio y en diez mil escudos de oro para Isabela, y al conde Arnesto, por el desafío, le desterró por seis años de Inglaterra. No pasaron cuatro días, cuando ya Arnesto se puso a punto de salir a cumplir su destierro, y los dineros estuvieron juntos. La reina llamó a un mercader rico que habitaba en Londres, y era francés, el cual tenía correspondencia en Francia, Italia y España, al cual entregó los diez mil escudos y le pidió cédulas para que se los entregasen al padre de Isabela en Sevilla o en otra plaza de España. El mercader, descontados sus intereses y ganancias, dijo a la reina que las daría ciertas y seguras para Sevilla sobre otro mercader francés, su correspondiente, en esta forma que él escribiría a París para que allí se hiciesen las cédulas por otro correspondiente suyo, a causa que rezasen las fechas de Francia y no de Inglaterra, por el contrabando de la comunicación de los dos reinos[41], y que bastaba llevar una letra de aviso suya sin fecha, con sus contraseñas, para que luego diese el dinero el mercader de Sevilla, que ya estaba avisado del de París. En resolución, la reina tomó tales seguridades del mercader, que no dudó de ser cierta la partida; y no contenta con esto, mandó llamar a un patrón de una nave flamenca que estaba para partirse otro día a Francia a sólo tomar en algún puerto della testimonio para poder entrar en España a título de partir de Francia y no de Inglaterra, al cual pidió encarecidamente llevase en su nave a Isabela y a sus padres, con toda seguridad y buen tratamiento los pusiese en un puerto de España, el primero a do llegase.

El patrón, que deseaba contentar a la reina, dijo que sí haría, y que los pondría en Lisboa, Cádiz o Sevilla. Tomados, pues, los recaudos del mercader, envió la reina a decir a Clotaldo no quitase todo lo que ella le había dado, así de joyas como de vestidos. Otro día vino Isabela y sus padres a despedirse de la reina, que los recibió con mucho amor. Dioles la reina la carta del mercader y otras muchas dádivas, así de dineros como de otras cosas de regalo para el viaje. Con tales razones se lo agradeció Isabela, que de nuevo dejó obligada a la reina para hacerle siempre mercedes; despidióse de las damas, las cuales, como ya estaba fea, no quisieran que se partiera, viéndose libres de la envidia que a su hermosura tenían, y contentas de gozar de sus gracias y discreciones. Abrazó la reina a los tres, y encomendándolos a la buena ventura y al patrón de la nave, y pidiendo a Isabela la avisase de su buena llegada a España, y siempre de su salud, por la vía del mercader francés, se despidió de Isabela y de sus padres, los cuales aquella misma tarde se embarcaron, no sin lágrimas de Clotaldo y de su mujer y de todos los de su casa, de quien era en todo extremo bien querida. No se halló a esta despedida presente Ricaredo, que por no dar muestras de tiernos sentimientos, aquel día hizo que unos amigos suyos le llevasen a caza. Los regalos que la señora Catalina dio a Isabela para el viaje fueron muchos; los abrazos, en abundancia; las encomiendas de que la escribiese, sin número, y los agradecimientos de Isabela y de sus padres correspondieron a todo; de suerte que, aunque llorando, los dejaron satisfechos.

[41] Por la falta de relaciones entre Inglaterra y España.

Aquella noche se hizo el bajel a la vela, habiendo con próspero viento tocado en Francia y tomado en ella los recaudos necesarios para poder entrar en España, de allí a treinta días entró por la barra de Cádiz, donde desembarcaron Isabela y sus padres, y siendo conocidos de todos los de la ciudad, los recibieron con muestras de mucho contento. Recibieron mil parabienes del hallazgo de Isabela y de la libertad que habían alcanzado ansí los moros que los habían cautivado —habiendo sabido todo su suceso de los cautivos a que dio libertad la liberalidad de Ricaredo— como de la que habían alcanzado de los ingleses.

Ya Isabela en este tiempo comenzaba a dar grandes esperanzas de volver a cobrar su primera hermosura. Poco más de un mes estuvieron en Cádiz, restaurando los trabajos de la navegación, y luego se fueron a Sevilla por ver si salía cierta la paga de los diez mil escudos que librados sobre el mercader francés traían. Dos días después de llegar a Sevilla le buscaron, y le hallaron, y le dieron la carta del mercader francés de la ciudad de Londres. Él la reconoció, y dijo que hasta que de París le viniesen las letras y carta de aviso no podía dar el dinero; pero que por momentos aguardaba el aviso.

Los padres de Isabela alquilaron una casa principal frontera de Santa Paula[42], por ocasión que estaba monja en aquel santo monasterio una sobrina suya, única y extremada en la voz, y así por tenerla cerca como por haber dicho Isabela a Ricaredo que si viniese a buscarla la hallaría en Sevilla y le diría su casa su prima la monja de Santa Paula, y que para conocella no había menester más de preguntar por la monja que tenía la mejor voz en el monasterio, porque estas señas no se le podían olvidar. Otros cuarenta días tardaron de venir los avisos de París; y a dos que llegaron el mercader francés entregó los diez mil ducados a Isabela, y ella a sus padres, y con ellos y con algunos más que hicieron vendiendo algunas de las muchas joyas de Isabela, volvió su padre a ejercitar su oficio de mercader, no sin admiración de los que sabían sus grandes pérdidas. En fin, en pocos meses fue restaurado su perdido crédito, y la belleza de Isabela volvió a su ser primero, de tal manera que en hablando de hermosas todos daban el lauro a la Española inglesa: que tanto por este nombre como por su hermosura era de toda la ciudad conocida. Por la orden del mercader francés de Sevilla escribieron Isabela y sus padres a la reina de Inglaterra su llegada, con los agradecimientos y sumisiones que requerían las muchas mercedes della recibidas. Asimismo escribieron a Clotaldo y a su señora Catalina, llamándolos Isabela padres, y sus padres, señores. De la reina no tuvieron respuesta; pero de Clotaldo y de su mujer, sí, donde les daban el parabién de la llegada a salvo y los avisaban cómo su hijo Ricaredo, otro día después que ellos se hicieron a la vela, se había partido a Francia, y de allí a otras partes, donde le convenía ir para seguridad de su conciencia, añadiendo a éstas otras razones y cosas de mucho amor y de muchos ofrecimientos. A la cual carta respondieron con otra no menos cortés y amorosa que agradecida.

Luego imaginó Isabela que el haber dejado a Ricaredo a Inglaterra sería para venirla a buscar a España, y alentada con esta esperanza vivía la más

[42] Se refiere al convento de Santa Paula. Se sabe que dos primas de Cervantes eran monjas de este convento a principios del siglo XVII.

contenta del mundo, y procuraba vivir de manera que cuando Ricaredo llegase a Sevilla antes le diese en los oídos la fama de sus virtudes que el conocimiento de su casa. Pocas o ninguna vez salía de su casa sino para el monasterio; no ganaba otros jubileos que aquellos que en el monasterio se ganaban. Desde su casa y desde su oratorio andaba con el pensamiento los viernes de Cuaresma la santísima estación de la cruz, y los siete venideros del Espíritu Santo. Jamás visitó el río, ni pasó a Triana, ni vio el común regocijo en el campo de Tablada y puerta de Jerez el día, si le hace claro, de San Sebastián, celebrado de tanta gente que apenas se puede reducir a número. Finalmente, no vio regocijo público ni otra fiesta en Sevilla: todo lo libraba en su recogimiento y en sus oraciones y buenos deseos esperando a Ricaredo. Este su grande retraimiento tenía abrasados y encendidos los deseos no sólo de los pisaverdes[43] del barrio, sino de todos aquellos que una vez la hubiesen visto: de aquí nacieron músicas de noche en su calle y carreras de día. Deste no dejar verse y desearlo muchos crecieron las alhajas de las terceras que prometieron mostrarse primas y únicas en solicitar a Isabela, y no faltó quien se quiso aprovechar de lo que llamaban hechizos, que no son sino embustes y disparates; pero a todo esto estaba Isabela como roca en mitad de la mar, que la tocan, pero no la mueven las olas ni los vientos.

Año y medio era ya pasado cuando la esperanza propincua de los dos años por Ricaredo prometidos comenzó con más ahínco que hasta allí a fatigar el corazón de Isabela. Y cuando ya le parecía que su esposo llegaba y que le tenía ante los ojos y le preguntaba qué impedimentos le habían detenido tanto, cuando ya llegaban a sus oídos las disculpas de su esposo y cuando ya ella le perdonaba y le abrazaba y como a mitad de su alma le recibía, llegó a sus manos una carta de la señora Catalina, fecha en Londres cincuenta días había; venía en lengua inglesa; pero leyéndola en español, vio que así decía:

«Hija de mi alma: Bien conociste a Guillarte, el paje de Ricaredo. Éste se fue con él al viaje, que por otra parte te avisé, que Ricaredo a Francia y a otras partes había hecho el segundo día de tu partida. Pues este mismo Guillarte, a cabo de diez y seis meses que no habíamos sabido de mi hijo, entró ayer por nuestra puerta con nuevas que el conde Arnesto había muerto a traición en Francia a Ricaredo. Considera, hija, cuál quedaríamos su padre y yo y su esposa con tales nuevas; tales digo, que aun no nos dejaron poner en duda nuestra desventura. Lo que Clotaldo y yo te rogamos otra vez, hija de mi alma, es que encomiendes muy de veras a Dios la de Ricaredo, que bien merece este beneficio el que tanto te quiso como tú sabes. También pedirás a Nuestro Señor nos dé a nosotros paciencia y buena muerte, a quien nosotros también pediremos a ti y a tus padres largos años de vida.»

Por la letra y por la firma no le quedó que dudar a Isabela para no creer la muerte de su esposo. Conocía muy bien al paje Guillarte, y sabía que era verdadero y que de suyo no habría querido ni tenía para qué fingir aquella muerte, ni menos su madre, la señora Catalina, la habría fingido, por no importarle nada enviarle nuevas de tanta tristeza. Finalmente, ningún discurso que hizo, ninguna cosa que imagino le pudo quitar del pensamiento no ser verdadera la nueva de su desventura.

---

[43] Mozos de poco talento.

Acabada de leer la carta, sin derramar lágrimas ni dar señales de doloroso sentimiento, con sesgo rostro y al parecer con sosegado pecho, se levantó de un estrado donde estaba sentada y se entró en un oratorio, e hincándose de rodillas ante la imagen de un devoto crucifijo, hizo voto de ser monja, pues lo podía ser teniéndose por viuda. Sus padres disimularon y encubrieron con discreción la pena que les había dado la triste nueva, por poder consolar a Isabela en la amarga que sentía; la cual, casi como satisfecha de su dolor, templándole con la santa y cristiana resolución que había tomado, ella consolaba a sus padres, a los cuales descubrió su intento, y ellos le aconsejaron que no le pusiese en ejecución hasta que pasasen los dos años que Ricaredo había puesto por término a su venida, que con esto se confirmaría la verdad de la muerte de Ricaredo y ella con más seguridad podía mudar de estado. Ansí lo hizo Isabela, y los seis meses y medio que quedaban para cumplirse los dos años los pasó en ejercicios de religiosa y en concertar la entrada del monasterio, habiendo elegido el de Santa Paula, donde estaba su prima.

Pasóse el término de los dos años y llegóse el día de tomar el hábito, cuya nueva se extendió por la ciudad, y de los que conocían de vista a Isabela y de aquellos que por sola su fama se llenó el monasterio y la poca distancia que dél a la casa de Isabela había. Y convidando su padre a sus amigos y aquéllos a otros, hicieron a Isabela uno de los más honrados acompañamientos que en semejantes actos se habían visto en Sevilla. Hallóse en él el asistente y el provisor de la Iglesia y el vicario del arzobispo, con todas las señoras y señores de título que había en la ciudad: tal era el deseo que en todos había de ver el sol de la hermosura de Isabela, que tantos meses se había eclipsado; y como es costumbre de las doncellas que van a tomar el hábito de ir lo posible galanas y bien compuestas, como quien en aquel punto echa el resto de la bizarría y se descarta della, quiso Isabela ponerse lo más bizarra que le fue posible; y así, se vistió con aquel vestido mismo que llevó cuando fue a ver a la reina de Inglaterra que ya se ha dicho cuán rico y cuán vistoso era. Salieron a luz las perlas y el famoso diamante, con el collar y cintura, que asimismo era de mucho valor. Con este adorno y con su gallardía, dando ocasión para que todos alabasen a Dios en ella, salió Isabela de su casa a pie, que el estar tan cerca el monasterio excusó los coches y carrozas. El concurso de la gente fue tanto, que les pesó de no haber entrado en los coches, que no les daban lugar de llegar al monasterio. Unos bendecían a sus padres, otros al Cielo, que tanta hermosura la había dotado; unos se empinaban por verla; otros, habiéndola visto una vez, corrían adelante por verla otra. Y el que más solícito se mostró en esto, y tanto que muchos echaron de ver en ello, fue un hombre vestido en hábito de los que vienen rescatados de cautivos, con una insignia de la Trinidad en el pecho, en señal que han sido rescatados por la limosna de sus redentores. Este cautivo, pues, al tiempo que ya Isabela tenía un pie dentro de la portería del convento, donde habian salido a recibirla, como es uso, la priora y las monjas con la cruz, a grandes voces dijo:

—Detente, Isabela; detente, que mientras yo fuese vivo no puedes tú ser religiosa.

A estas voces, Isabela y sus padres volvieron los ojos, y vieron que hendiendo por toda la gente hacia ellos venía aquel cautivo, que habiéndosele caído un bonete azul redondo que en la cabeza traía descubrió una confusa madeja de cabellos de oro ensortijados y un rostro como el carmín y como la nieve colorado y blanco, señales que luego le hicieron conocer y juzgar por extranjero de todos. En efeto, cayendo y levantando llegó donde Isabela estaba, y asiéndola de la mano, le dijo:

—¿Conócesme, Isabela? Mira que yo soy Ricaredo, tu esposo.

—Sí conozco —dijo Isabela—, si ya no eres fantasma que viene a turbar mi reposo.

Sus padres le asieron y atentamente le miraron, y en resolución conocieron ser Ricaredo el cautivo, el cual, con lágrimas en los ojos, hincando las rodillas delante de Isabela, le suplicó que no impidiese la extrañeza del traje en que estaba su buen conocimiento ni estorbase su baja fortuna, que ella no correspondiese a la palabra que entre los dos se habían dado. Isabela, a pesar de la impresión que en su memoria había hecho la carta de la madre de Ricaredo, dándole nuevas de su muerte, quiso dar más crédito a sus ojos y a la verdad que presente tenía, y así, abrazándose con el cautivo, le dijo:

—Vos, sin duda, señor mío, sois aquel que sólo podrá impedir mi cristiana determinación. Vos, señor, sois sin duda la mitad de mi alma, pues sois mi verdadero esposo. Estampado os tengo en mi memoria y guardado en mi alma. Las nuevas que de vuestra muerte me escribió mi señora y vuestra madre, ya que no me quitaron la vida, me hicieron escoger la de la religión, que en este punto quería entrar a vivir en ella. Mas pues Dios con tan justo impedimento muestra querer otra cosa, ni podemos ni conviene que por mi parte se impida. Venid, señor, a la casa de mis padres, que es vuestra, y allí os entregaré mi posesión por los términos que pide nuestra santa fe católica.

Todas estas razones oyeron los circunstantes, y el asistente, y vicario, y provisor del arzobispo, y de oírlas se admiraron y suspendieron, y quisieron que luego se les dijese qué historia era aquélla, qué extranjero aquél, y de qué casamiento trataban. A todo lo cual respondió el padre de Isabela, diciendo que aquella historia pedía otro lugar y algún término para decirse. Y así, suplicaba a todos aquellos que quisiesen saberla diesen la vuelta a su casa, pues estaban tan cerca, que allí se la contarían de modo que con la verdad quedasen satisfechos y con la grandeza y extrañeza de aquel suceso admirados. En esto, uno de los presentes alzó la voz, diciendo:

—Señores: este mancebo es un gran corsario inglés, que yo le conozco, y es aquel que hará poco más de dos años tomó a los corsarios de Argel la nave de Portugal que venía de las Indias. No hay, sin duda, sino que es él, que yo le conozco, porque él me dio libertad y dineros para venir a España, y no sólo a mí, sino a otros trescientos cautivos.

Con estas razones se alborotó la gente y se avivó el deseo que todos tenían de saber y ver la claridad de tan intrincadas cosas. Finalmente, la gente más principal, con el asistente y aquellos dos señores eclesiásticos, volvieron a acompañar a Isabela a su casa, dejando a las monjas tristes, confusas y llorando por lo que perdían en no tener en su compañía a la hermosa Isabela, la cual, estando en su casa, en una gran sala della hizo que aquellos señores se sentasen. Y aunque Ricaredo quiso tomar la mano en contar su historia, todavía le pareció que era mejor fiarlo de la lengua y discreción de Isabela y no de la suya, que no muy expertamente hablaba la lengua castellana.

Callaron todos los presentes, y teniendo las almas pendientes de las razones de Isabela, ella así comenzó su cuento, el cual le reduzco yo a que dijo todo aquello que desde el día que Clotaldo la robó de Cádiz hasta que entró y volvio a él le había sucedido, contando asimismo la batalla que Ricaredo había tenido con los turcos, la liberalidad que había usado con los cristianos, la palabra que entrambos a dos se habían dado de ser marido y mujer, la promesa de los dos años, las nuevas que había tenido de su muerte, tan ciertas a su parecer, que la pusieron en el término que habían visto de ser religiosa. Engrandeció la liberalidad de la reina, la cristiandad de Ricaredo y de sus padres, y acabó con decir que dijese Ricaredo lo que le había sucedido después que salió de Londres hasta el punto presente, donde le veían con hábito de cautivo y con una señal de haber sido rescatado por limosna.

—Así es —dijo Ricaredo—, y en breves razones sumaré los inmensos trabajos míos.

«Después que me partí de Londres por excusar el casamiento que no podía hacer con Clisterna, aquella doncella escocesa católica con quien ha dicho Isabela que mis padres me querían casar, llevando en mi compañía a Guillarte, aquel paje que mi madre escribe que llevó a Londres las nuevas de mi muerte, atravesando por Francia llegué a Roma, donde se alegró mi alma y se fortaleció mi fe. Besé los pies al Sumo Pontífice, confesé mis pecados con el mayor penitenciero absolvióme dellos, y diome los recaudos necesarios que diesen fe de mi confesión y penitencia y de la reducción que había hecho a nuestra universal madre la Iglesia. Hecho esto, visité los lugares tan santos como innumerables que hay en aquella ciudad santa, y de dos mil escudos que tenía en oro di los mil seiscientos a un cambio, que me los libró en esta ciudad sobre un tal Roqui, florentín. Con los cuatrocientos que me quedaron, con intención de venir a España, me partí para Génova, donde había tenido nuevas que estaban dos galeras de aquella Señoría de partida para España. Llegué con Guillarte, mi criado, a un lugar que se llama Aquapendente[44], que viniendo de Roma a Florencia es el último que tiene el Papa, y en una hostería o posada donde me apeé hallé al conde Arnesto, mi mortal enemigo, que con cuatro criados disfrazados, y encubierto, más por ser curioso que por ser católico, entendí que iba a Roma. Creí sin duda que no me había conocido. Encerréme en un aposento con mi criado, y estuve con cuidado y con determinación de mudarme a otra posada en cerrando la noche; no lo hice ansí porque el descuido grande que noté que tenían el conde y sus criados, me aseguró que no me habían conocido. Cené en mi aposento, cerré la puerta, apercibí mi espada, encomendéme a Dios y no quise acostarme. Durmióse mi criado, y yo sobre una silla me quedé medio dormido; mas poco después de la medianoche me despertaron para hacerme dormir el eterno sueño cuatro pistoletes que, como después supe, dispararon contra mí el conde y sus criados, y dejándome por muerto, teniendo ya a punto los caballos, se fueron, diciendo al huésped de la posada que me enterrase, porque era hombre principal, y con esto se fueron.

[44] Ciudad italiana, de la provincia de Roma.

»Mi criado, según dijo después el huésped, despertó al ruido, y con el miedo se arrojó por una ventana que caía a un patio, y diciendo: "¡Desventurado de mí, que han muerto a mi señor!", se salió del mesón. Y debió de ser con tal miedo, que no debió de parar hasta Londres, pues él fue el que llevó las nuevas de mi muerte. Subieron los de la hostería y halláronme atravesado con cuatro balas y con muchos perdigones; pero todos por partes que de ninguna fue mortal la herida. Pedí confesión y todos los sacramentos como católico cristiano; diéronmelos, curáronme, y no estuve para ponerme en camino en dos meses, al cabo de los cuales vine a Génova, donde no hallé otro pasaje sino en dos falugas[45] que fletamos yo y otros dos principales españoles, la una para que fuese delante descubriendo y la otra donde nosotros fuésemos. Con esta seguridad nos embarcamos, navegando tierra a tierra con intención de no engolfarnos; pero llegando a un paraje que llaman las Tres Marías[46], que es en la costa de Francia, yendo nuestra primera faluga descubriendo, a deshora salieron de una cala dos galeotas turquescas, y tomándonos la una la mar y la otra la tierra, cuando íbamos a embestir en ella, nos cortaron el camino y nos cautivaron. En entrando en la galeota nos desnudaron hasta dejarnos en carnes. Despojaron las falugas de cuanto llevaban y dejáronlas embestir en tierra sin echarlas a fondo, diciendo que aquéllas les servirían otra vez a los despojos que de los cristianos toman. Bien se me podrá creer si digo que sentía en el alma mi cautiverio, y sobre todo la pérdida de los recaudos de Roma, donde en una caja de lata los traía, con la cédula de dos mil seiscientos ducados, mas la buena suerte quiso que viniese a manos de un cristiano cautivo español, que los guardó: que si viniera a poder de los turcos, por lo menos había de dar por mi rescate lo que rezaba la cédula, que ellos averiguarían cúya era.

»Trujéronnos a Argel donde hallé que estaban rescatando los padres de la Santísima Trinidad. Hablélos, díjeles quién era y movidos de caridad, aunque yo era extranjero, me rescataron en esta forma: que dieron por mí trescientos ducados, los ciento luego y los doscientos cuando volviese el bajel de la limosna a rescatar al padre de la redención, que se quedaba en Argel empeñado en cuatro mil ducados, que había gastado más de los que traían. Porque a toda esta misericordia y liberalidad se extiende la caridad destos padres, que dan su libertad por la ajena y se quedan cautivos por rescatar los cautivos. Por añadidura del bien de mi libertad hallé la caja perdida, con los recaudos y la cédula. Mostrésela al bendito padre que me había rescatado, y ofrecíle quinientos ducados más de los de mi rescate para ayuda de su empeño. Casi un año se tardó en volver la nave de la limosna; y lo que en este año me pasó, a poderlo contar ahora, fuera otra nueva historia. Sólo diré que fui conocido de uno de los veinte turcos que di libertad con los demás cristianos ya referidos, y fue tan agradecido y tan hombre de bien que no quiso descubrirme; porque a conocerme los turcos por aquel que había echado a fondos sus dos bajeles y quitándoles de las manos la gran nave de la India, o me presentaran al Gran Turco o me quitaran la vida; y de presentarme al Gran Sehor redundara no tener libertad en mi vida. Finalmente, el padre redentor

[45] Embarcación pequeña.
[46] Lugar donde fue capturado Cervantes por Arnaute Mamí.

vino a España conmigo y con otros cincuenta cristianos rescatados. En Valencia hicimos la procesión general, y desde allí cada uno se partió donde más le plugo, con las insignias de su libertad, que son estos habiticos. Hoy llegué a esta ciudad, con tanto deseo de ver a Isabela, mi esposa, que sin detenerme a otra cosa pregunté por este monasterio, donde me habían de dar nuevas de mi esposa. Lo que en él ha sucedido ya se ha visto. Lo que queda por ver son estos recaudos, para que se pueda tener por verdadera mi historia, que tiene tanto de milagrosa como de verdadera.»

Y luego, en diciendo esto, sacó de una caja de lata los recaudos que decía, y se los puso en las manos del provisor, que los vio junto con el señor asistente, y no halló en ellos cosa que le hiciese dudar de la verdad que Ricaredo había contado. Y para más confirmación della ordenó el Cielo que se hallase presente a todo esto el mercader florentín sobre quien venía la cédula de los mil seiscientos ducados, el cual pidió que le mostrasen la cédula y mostrándosela la reconoció, y la aceptó para luego, porque él muchos meses había que tenía aviso desta partida. Todo esto fue añadir admiración a admiración y espanto a espanto. Ricaredo dijo que de nuevo ofrecía los quinientos ducados que había prometido. Abrazó el asistente a Ricaredo y a los padres de Isabela, y a ella, ofreciéndoseles a todos con corteses razones. Lo mismo hicieron los dos señores eclesiásticos, y rogaron a Isabela que pusiese toda aquella historia por escrito, para que la leyese su señor el arzobispo, y ella lo prometió.

El grande silencio que todos los circunstantes habían tenido escuchando el extraño caso se rompió en dar alabanzas a Dios por sus grandes maravillas, y dando desde el mayor hasta el más pequeño el parabién a Isabela, a Ricaredo y a sus padres, los dejaron, y ellos suplicaron al asistente honrase sus bodas, que de allí a ocho días pensaban hacerlas. Holgó de hacerlo así el asistente, y de allí a ocho días, acompañado de los más principales de la ciudad, se halló en ellas.

Por estos rodeos y por estas circunstancias los padres de Isabela cobraron a su hija y restauraron su hacienda, y ella, favorecida del Cielo y ayudada de sus muchas virtudes, a despecho de tantos inconvenientes, halló marido tan principal como Ricaredo, en cuya compañía se piensa que aún hoy vive en las casas que alquilaron frontero de Santa Paula, que después las compraron de los herederos de un hidalgo burgalés que se llamaba Hernando de Cifuentes.

Esta novela nos podría enseñar cuánto puede la virtud y cuánto la hermosura, pues son bastante juntas y cada una de por sí a enamorar aun hasta los mismos enemigos, y de cómo sabe el Cielo sacar de las mayores adversidades nuestras, nuestros mayores provechos.

EL LICENCIADO VIDRIERA

Paseándose dos caballeros estudiantes por las riberas del Tormes, hallaron en ellas, debajo de un árbol, durmiendo, a un muchacho de hasta edad de once años, vestido como labrador. Mandaron a un criado que le despertase; despertó, y preguntáronle de adónde era y qué hacía durmiendo en aquella soledad. A lo cual el muchacho respondió que el nombre de su tierra se le había olvidado y que iba a la ciudad de Salamanca a buscar un amo a quien servir, por sólo que le diese estudio. Preguntáronle si sabía leer; respondió que sí, y escribir también.

—Desa manera —dijo uno de los caballeros—, no es por falta de memoria habérsete olvidado el nombre de tu patria.

—Sea por lo que fuere —respondió el muchacho—: que ni el della ni el de mis padres sabrá ninguno hasta que yo pueda honrarlos a ellos y a ella.

—Pues, ¿de qué suerte los piensas honrar? —preguntó el otro caballero.

—Con mis estudios —respondió el muchacho—, siendo famoso por ellos; porque yo he oído decir que de los hombres se hacen los obispos.

Esta respuesta movió a los dos caballeros a que le recibiesen y llevasen consigo, como lo hicieron, dándole estudio de la manera que se usa dar en aquella Universidad a los criados que sirven. Dijo el muchacho que se llamaba Tomás Rodaja, de donde infirieron sus amos, por el nombre y por el vestido, que debía de ser hijo de algún labrador pobre. A pocos días le vistieron de negro, y a pocas semanas dio Tomás muestras de tener raro ingenio, sirviendo a sus amos con tanta fidelidad, puntualidad y diligencia que, con no faltar un punto a sus estudios, parecía que sólo se ocupaba en servirlos, y como el buen servir del siervo mueve la voluntad del señor a tratarle bien, ya Tomás Rodaja no era criado de sus amos, sino su compañero. Finalmente, en ocho años que estuvo con ellos se hizo tan famoso en la Universidad por su buen ingenio y notable habilidad, que de todo género de gentes era estimado y querido. Su principal estudio fue de leyes; pero en lo que más se mostraba era en letras humanas, y tenía tan felice memoria, que era cosa de espanto; e ilustrábala tanto con su buen entendimiento, que no era menos famoso por él que por ella.

Sucedió que se llegó el tiempo que sus amos acabaron sus estudios y se fueron a su lugar, que era una de las mejores ciudades de la Andalucía. Lleváronse consigo a Tomás, y estuvo con ellos algunos días; pero como le fatigasen los deseos de volver a sus estudios y a Salamanca —que enhechiza la voluntad de volver a ella a todos los que de la apacibilidad de su vivienda han gustado—, pidió a sus amos licencia para volverse. Ellos, corteses y liberales, se la dieron, acomodándole de suerte que con lo que le dieron se pudiera sustentar tres años.

Despidióse dellos, mostrando en sus palabras su agradecimiento, y salió de Málaga —que ésta era la patria de sus señores—, y al bajar de la cuesta de la Zambra, camino de Antequera, se topó con un gentilhombre a caballo, vestido bizarramente de camino[1], con los criados también a caballo. Juntóse con el y supo cómo llevaba su mismo viaje. Hicieron camarada[2], departieron de diversas cosas, y a pocos lances dio Tomás muestras de su raro ingenio y el caballero las dio de su bizarría y cortesano trato, y dijo que era capitán de infantería por Su Majestad y que su alférez estaba haciendo la compañía[3] en tierra de Salamanca. Alabó la vida de la soldadesca; pintóle muy al vivo la belleza de la ciudad de Nápoles, las holguras de Palermo, la abundancia dc Milán, los festines de Lombardía, las espléndidas comidas de las hostelerías; dibujóle dulce y puntualmente el *aconcha, patrón; pasa acá, manigoldo; venga la macarela, li polastri, e li macarroni*[4]. Puso las alabanzas en el cielo de la vida libre del soldado y de la libertad de Italia, pero no le dijo nada del frío de las centinelas, del peligro de los asaltos, del espanto de las batallas, de la hambre de los cercos, de la ruina de las minas, con otras cosas deste jaez, que algunos las toman y tienen por añadiduras del peso de la soldadesca, y son la carga principal della. En resolución, tantas cosas le dijo, y tan bien dichas, que la discreción de nuestro Tomás Rodaja comenzó a titubear y la voluntad a aficionarse a aquella vida, que tan cerca tiene la muerte.

El capitán, que don Diego de Valdivia se llamaba, contentísimo de la buena presencia, ingenio y desenvoltura de Tomás, le rogó que se fuese con él a Italia, si quería, por curiosidad de verla; que él le ofrecía su mesa y aun, si fuese necesario, su bandera, porque su alférez la había de dejar presto.

Poco fue menester para que Tomás tuviese el envite[5], haciendo consigo en un instante un breve discurso de que sería bueno ver Italia y Flandes y otras diversas tierras y países, pues luengas peregrinaciones hacen a los hombres discretos, y que en esto, a lo más largo, podía gastar tres o cuatro años, que añadidos a los pocos que él tenía, no serían tantos que impidiesen volver a sus estudios. Y como si todo hubiera de suceder a la medida de su gusto, dijo al capitán que era contento de irse con él a Italia, pero había de ser condición que no se había de sentar debajo de bandera[6] ni poner en lista de soldado, por no obligarse a seguir su bandera. Y aunque el capitán le dijo que no importaba ponerse en lista, que ansí gozaría de los socorros y pagas que a la compañía se diesen, porque él le daría licencia todas las veces que se la pidiese.

—Eso sería —dijo Tomás— ir contra mi conciencia y contra la del señor capitán, y así, más quiero ir suelto que obligado.

---

[1] De vistosos colores. (Es soldado.)

[2] Se reunieron para seguir juntos.

[3] Reclutando hombres para formar una compañía de soldados.

[4] Dichos y frases italianas que usaban los soldados españoles. «Aconcha patrón»: Prepara la comida, patrón. «Pasa acá»: Ven acá. «Manigolgo»: Bribón. «Macarela»: Es un plato de carne. «Polastri» y «Macarroni»: Pollos y macarrones.

[5] Aceptase.

[6] No quería alistarse como alférez.

—Conciencia tan escrupulosa —dijo don Diego—, más es de religioso que de soldado; pero comoquiera que sea, ya somos camaradas.

Llegaron aquella noche a Antequera, y en pocos días y grandes jornadas se pusieron donde estaba la compañía, ya acabada de hacer, y que comenzaba a marchar la vuelta[7] de Cartagena, alojándose ella y otras cuatro por los lugares que le venían a mano. Allí notó Tomás la autoridad de los comisarios, la incomodidad de algunos capitanes, la solicitud de los aposentadores, la industria y cuenta de los pagadores, las quejas de los pueblos, el rescatar de las boletas, las insolencias de los bisoños, las pendencias de los huéspedes[8], el pedir bagajes más de los necesarios, y, finalmente, la necesidad casi precisa de hacer todo aquello que notaba y mal le parecía.

Habíase vestido Tomás de papagayo[9], renunciando los hábitos de estudiante, y púsose a lo de Dios es Cristo[10], como se suele decir. Los muchos libros que tenía los redujo a unas *Horas de Nuestra Señora y un Garcilaso* sin comento[11], que en las dos faldriqueras llevaba. Llegaron más presto de lo que quisieran a Cartagena, porque la vida de los alojamientos es ancha y varia y cada día se topan cosas nuevas y gustosas.

Allí se embarcaron en cuatro galeras de Nápoles, y allí notó también Tomás Rodaja la extraña vida de aquellas marítimas casas, adonde lo más del tiempo maltratan las chinches, roban los forzados, enfadan los marineros, destruyen los ratones y fatigan las maretas. Pusiéronle temor las grandes borrascas y tormentas, especialmente en el golfo de León, que tuvieron dos, que la una los echó en Córcega y la otra los volvió a Tolón, en Francia. En fin, trasnochados, mojados y con ojeras, llegaron a la hermosa y bellísima ciudad de Génova, y desembarcándose en su recogido mandrache[12], después de haber visitado una iglesia, dio el capitán con todas sus camaradas en una hostería, donde pusieron en olvido todas las borrascas pasadas con el presente gaudeamus[13].

Allí conocieron la suavidad del Treviano, el valor del Montefrascón, la fuerza del Asperino, la generosidad de los dos griegos Candia y Soma, la grandeza del de las Cinco Viñas, la dulzura y apacibilidad de la señora Guarnacha, la rusticidad de la Chéntola, sin que entre todos estos señores osase parecer la bajeza del Romanesco. Y habiendo hecho el huésped la reseña de tantos y tan diferentes vinos, se ofreció de hacer parecer allí, sin usar de tropelía[14], ni como pintados en mapa, sino real y verdaderamente, a Madrigal, Coca, Alaejos, y a la Imperial más que Real Ciudad, recámara del dios de la risa; ofreció a Esquivias, a Alanís, a Cazalla, Guadalcanal y la Membrilla, sin que se le olvidase de Ribadavia y de Descargamaría. Finalmente, más vinos nombró el huésped, y más les dio, que pudo tener en sus bodegas el mismo Baco.

[7] Dirigirse hacia.
[8] Huéspedes eran aquellos que daban alojamiento a otros, y no con el significado actual.
[9] Su traje tenía colores vistosos y estaba coronado de plumas.
[10] A lo fanfarrón.
[11] Sin comentarios o notas.
[12] Puerto hecho por el hombre, no natural.
[13] Fiesta.
[14] Hacer parecer una cosa por otra.

Admiráronle también al buen Tomás los rubios cabellos de las ginovesas y la gentileza y gallarda disposición de los hombres, la admirable belleza de la ciudad, que en aquellas peñas parece que tiene las casas engastadas, como diamantes en oro. Otro día se desembarcaron todas las compañías que habían de ir al Piamonte; pero no quiso Tomás hacer este viaje, sino irse desde allí por tierra a Roma y a Nápoles, como lo hizo, quedando de volver por la gran Venecia y por Loreto a Milán y al Piamonte, donde dijo don Diego de Valdivia que le hallaría si ya no los hubiesen llevado a Flandes, según se decía.

Despidióse Tomás del capitán de allí a dos días, y en cinco llegó a Florencia, habiendo visto primero Luca, ciudad pequeña, pero muy bien hecha, y en la que, mejor que en otras partes de Italia, son bien vistos y agasajados los españoles. Contentóle Florencia en extremo, así por su agradable asiento como por su limpieza, sumptuosos edificios, fresco río y apacibles calles. Estuvo en ella cuatro días, y luego se apartó a Roma, reina de las ciudades y señora del mundo. Visitó sus templos, adoró sus reliquias y admiró su grandeza, y así como por las uñas del león se viene en conocimiento de su grandeza y ferocidad, así él sacó la de Roma por sus despedazados mármoles, medias y enteras estatuas, por sus rotos arcos y derribadas termas, por sus magníficos pórticos y anfiteatros grandes, por su famoso y santo río, que siempre llena sus márgenes de agua y las beatifica con las infinitas reliquias de cuerpos de mártires que en ellas tuvieron sepultura; por sus puentes, que parece que se están mirando unas a otras, y por sus calles, que con sólo el nombre cobran autoridad sobre todas las de las otras ciudades del mundo: la vía Apia, la Flaminia, la Julia, con otras deste jaez. Pues no le admiraba menos la división de sus montes dentro de sí misma: el Celio, el Quirinal y el Vaticano, con los otros cuatro, cuyos nombres manifiestan la grandeza y majestad romana. Notó también la autoridad del Colegio de los Cardenales, la majestad del Sumo Pontífice, el concurso y variedad de gentes y naciones. Todo lo miró y notó y puso en su punto. Y habiendo andado la estación de las siete iglesias[15], y confesádose con un penitenciario, y besado el pie de Su Santidad, lleno de *agnusdeis*[16] y cuentas[17], determinó irse a Nápoles, y por ser tiempo de mutación[18], malo y dañoso para todos los que en él entran o salen de Roma, como hayan caminado por tierra, se fue por mar a Nápoles, donde a la admiración que traía de haber visto Roma añadió la que le causó ver Nápoles, ciudad, a su parecer y al de todos cuantos la han visto, la mejor de Europa, y aun de todo el mundo.

Desde allí se fue a Sicilia, y vio Palermo, y después Micina[19]; de Palermo le pareció bien el asiento y belleza, y de Micina, el puerto, y de toda la isla, la abundancia, por quien propiamente y con verdad es llamado granero de Italia. Volvióse a Nápoles y a Roma, y de allí fue a Nuestra Señora de

[15] Eran San Pedro, San Pablo, San Juan de Letrán, San Sebastián, Santa María la Mayor, San Lorenzo y Santa Cruz.

[16] Agnusdeis: Objeto de devoción, consistente en una lámina impresa con alguna imagen santa, que había sido bendecida y consagrada por el Papa.

[17] Se refiere a las cuentas del rosario.

[18] El tiempo más riguroso del estío.

[19] Mesina.

Loreto, en cuyo santo templo no vio paredes ni murallas; porque todas estaban cubiertas de muletas, de mortajas, de cadenas, de grillos, de esposas, de cabelleras, de medios bultos de cera y de pinturas y retablos, que daban manifiesto indicio de las innumerables mercedes que muchos habían recebido de la mano de Dios por intercesión de su divina Madre, que aquella sacrosanta imagen suya quiso engrandecer y autorizar con muchedumbre de milagros, en recompensa de la devoción que le tienen aquellos que con sus semejantes doseles tienen adornados los muros de su casa. Vio el mismo aposento y estancia donde se relató la más alta embajada y de más importancia que vieron, y no entendieron todos los cielos, y todos los ángeles, y todos los moradores de las moradas sempiternas.

Desde allí, embarcándose en Ancona, fue a Venecia, ciudad que a no haber nacido Colón en el mundo no tuviera en él semejante: merced al Cielo y al gran Hernando Cortés, que conquistó la gran Méjico para que la gran Venecia tuviese en alguna manera quien se le opusiese. Estas dos famosas ciudades se parecen en las calles, que son todas de agua[20]: la de Europa, admiración del mundo antiguo; la de América, espanto del mundo nuevo. Parecióle que su riqueza era infinita, su gobierno prudente, su sitio inexpugnable, su abundancia mucha, sus contornos alegres y, finalmente, toda ella en sí y en sus partes digna de la fama que de su valor por todas las partes del orbe se extiende, dando causa de acreditar más esta verdad la máquina[21] de su famoso arsenal, que es el lugar donde se fabrican las galeras, con otros bajeles que no tienen número.

Por poco fueran los de Calipso[22] los regalos y pasatiempos que halló nuestro curioso en Venecia, pues casi le hacían olvidar de su primer intento. Pero habiendo estado un mes en ella, por Ferrara, Parma y Plasencia volvió a Milán, oficina de Vulcano[23], ojeriza del reino de Francia, ciudad, en fin, de quien se dice que puede decir y hacer, haciéndola magnífica la grandeza suya y de su templo y su maravillosa abundancia de todas las cosas a la vida humana necesarias. Desde allí se fue a Aste, y llegó a tiempo que otro día marchaba el tercio a Flandes.

Fue muy bien recebido de su amigo el capitán, y en su compañía y camarada pasó a Flandes, y llegó a Amberes, ciudad no menos para maravillar que las que había visto en Italia. Vio Gante, y Bruselas, y vio que todo el país se disponía a tomar las armas para salir en campaña el verano siguiente.

Y habiendo cumplido con el deseo que le movió a ver lo que había visto, determinó volverse a España y a Salamanca a acabar sus estudios, y como lo pensó lo puso luego por obra, con pesar grandísimo de su camarada, que le rogó, al tiempo del despedirse, le avisase de su salud, llegada y suceso. Prometióselo ansí como lo pedía, y por Francia volvió a España, sin haber visto París, por estar puesta en armas. En fin, llegó a Salamanca, donde fue

[20] Se refiere a la descripción que hace Hernán Cortés de la ciudad de Méjico: «... muy anchas y muy derechas, y algunas destas y todas las demás, con la mitad de tierra y por la otra mitad de agua...».

[21] Edificio grande y suntuoso.

[22] Cervantes hace referencia a los regalos que la ninfa Calipso hizo a Ulises en la isla Ogigia.

[23] Milán era famosa por la cantidad y calidad de armas que allí se fabricaban.

bien recebido de sus amigos, y con la comodidad que ellos le hicieron prosiguió sus estudios hasta graduarse de licenciado en Leyes.

Sucedió que en este tiempo llegó a aquella ciudad una dama de todo rumbo y manejo. Acudieron luego a la añagaza y reclamo todos los pájaros del lugar, sin quedar *vademécum*[24] que no la visitase. Dijéronle a Tomás que aquella dama decía que había estado en Italia y en Flandes, y por ver si la conocía, fue a visitarla, de cuya visita y vista quedó ella enamorada de Tomás. Y él, sin echar de ver en ello, si no era por fuerza y llevado de otros no quería entrar en su casa. Finalmente, ella le descubrió su voluntad y le ofreció su hacienda. Pero como él atendía más a sus libros que a otros pasatiempos, en ninguna manera respondía al gusto de la señora, la cual, viéndose desdeñada y, a su parecer, aborrecida y que por medios ordinarios y comunes no podía conquistar la roca de la voluntad de Tomás, acordó de buscar otros modos a su parecer más eficaces y bastantes para salir con el cumplimiento de sus deseos. Y así, aconsejada de una morisca, en un membrillo toledano dio a Tomás unos destos que llaman hechizos, creyendo que le daba cosa que le forzase la voluntad a quererla: como si hubiese en el mundo yerbas, encantos ni palabras suficientes a forzar el libre albedrío, y así, las que dan estas bebidas o comidas amatorias se llaman *venéficas*[25], porque no es otra cosa lo que hacen sino dar veneno a quien las toma, como lo tiene mostrado la experiencia en muchas y diversas ocasiones.

Comió en tal mal punto Tomás el membrillo que al momento comenzó a herir de pie y de mano como si tuviera alferecía[26], y sin volver en sí estuvo muchas horas, al cabo de las cuales volvió como atontado, y dijo con lengua turbada y tartamuda que un membrillo que había comido le había muerto, y declaró quién se lo había dado. La justicia, que tuvo noticia del caso, fue a buscar a la malhechora; pero ya ella, viendo el mal suceso, se había puesto en cobro[27], y no apareció jamás.

Seis meses estuvo en la cama Tomás, en los cuales se secó y se puso, como suele decirse, en los huesos, y mostraba tener turbados todos los sentidos, y aunque le hicieron los remedios posibles, sólo le sanaron la enfermedad del cuerpo, pero no de lo del entendimiento; porque quedó sano, y loco de la más extraña locura que entre las locuras hasta entonces se había visto. Imaginóse el desdichado que era todo hecho de vidrio, y con esta imaginación, cuando alguno se llegaba a él, daba terribles voces pidiendo y suplicando con palabras y razones concertadas que no se le acercasen, porque le quebrarían: que real y verdaderamente él no era como los otros hombres: que todo era de vidrio, de pies a cabeza.

Para sacarle desta extraña imaginación, muchos, sin atender a sus voces y rogativas, arremetieron a él y le abrazaron, diciéndole que advirtiese y mirase cómo no se quebraba. Pero lo que se granjeaba en esto era que el pobre se echaba en el suelo dando mil gritos, y luego le tomaba un desmayo

[24] Estudiante. Vademécum: Es el cartapacio de los estudiantes. Por metonimia el estudiante era llamado así.

[25] De veneno.

[26] Enfermedad con movimientos convulsivos y temblores.

[27] Se había escapado.

del cual no volvía en sí en cuatro horas, y cuando volvía era renovando las plegarias y rogativas de que otra vez no le llegasen. Decía que le hablasen desde lejos, y le preguntasen lo que quisiesen, porque a todos los respondería con más entendimiento, por ser hombre de vidrio y no de carne: que el vidrio, por ser de materia sutil y delicada, obraba por ella el alma con más promptitud y eficacia que no por la del cuerpo, pesada y terrestre.

Quisieron algunos experimentar si era verdad lo que decía, y así, le preguntaron muchas y difíciles cosas, a las cuales respondió espontáneamente con grandísima agudeza de ingenio; cosa que causó admiración a los más letrados de la Universidad y a los profesores de la Medicina y Filosofía, viendo que en un sujeto donde se contenía tan extraordinaria locura como era el pensar que fuese de vidrio se encerrase tan grande entendimiento que respondiese a toda pregunta con propiedad y agudeza.

Pidió Tomás le diesen alguna funda donde pusiese aquel vaso quebradizo de su cuerpo, porque al vestirse algún vestido estrecho no se quebrase, y así, le dieron una ropa parda y una camisa muy ancha, que él se vistió con mucho tiento y se ciñó con una cuerda de algodón. No quiso calzarse zapatos en ninguna manera, y el orden que tuvo para que le diesen de comer sin que a él le llegasen fue poner en la punta de una vara una vasera[28] de orinal, en la cual le ponían alguna cosa de fruta de las que la sazón del tiempo ofrecía. Carne ni pescado, no lo quería; no bebía sino en fuente o en río, y esto, con las manos; cuando andaba por las calles iba por la mitad dellas, mirando a los tejados, temeroso no le cayese alguna teja encima y le quebrase; los veranos dormía en el campo al cielo abierto, y los inviernos se metía en algún mesón, y en el pajar se enterraba hasta la garganta, diciendo que aquella era la más propia y más segura cama que podían tener los hombres de vidrio. Cuando tronaba temblaba como un azogado, y se salía al campo, y no entraba en poblado hasta haber pasado la tempestad.

Tuviéronle encerrado sus amigos mucho tiempo; pero viendo que su desgracia pasaba adelante, determinaron de condescender con lo que él les pedía, que era le dejasen andar libre, y así, le dejaron, y él salió por la ciudad, causando admiración y lástima a todos los que le conocían.

Cercáronle luego los muchachos; pero él con la vara los detenía, y les rogaba le hablasen apartados, por que no se quebrase: que por ser hombre de vidrio era muy tierno y quebradizo. Los muchachos, que son la más traviesa generación del mundo, a despecho de sus ruegos y voces, le comenzaron a tirar trapos, y aun piedras, por ver si era de vidrio, como él decía, pero él daba tantas voces y hacía tales extremos[29], que movía a los hombres a que riñesen y castigasen a los muchachos por que no le tirasen. Mas un día que le fatigaron mucho se volvió a ellos, diciendo:

—¿Qué me queréis, muchachos porfiados como moscas, sucios como chinches, atrevidos como pulgas? ¿Soy yo, por ventura, el monte Testacho[30] de Roma, para que me tiréis tantos tiestos y tejas?

---

[28] Canasta de paja.
[29] Se lamentaba con tanta fuerza.
[30] Monte artificial de Roma, formado por fragmentos de cacharros, ladrillos y tejas.

Por oírle reñir y responder a todos le seguían siempre muchos, y los muchachos tomaron y tuvieron por mejor partido antes oílle que tiralle. Pasando, pues, una vez por la ropería de Salamanca, le dijo una ropera:

—En mi ánima, señor Licenciado, que me pesa de su desgracia; pero, ¿qué haré, que no puedo llorar?

Él se volvió a ella, y muy mesurado le dijo:

—*Filiae Hierusalem, plorate super vos et super filios vestros*[31].

Entendió el marido de la ropera la malicia[32] del dicho y díjole:

—Hermano Licenciado Vidriera —que así decía él que se llamaba—, más tenéis de bellaco que de loco.

—No se me da un ardite —respondió él—, como no tenga nada de necio.

Pasando un día por la casa llana y venta común[33] vio que estaban a la puerta della muchas de sus moradoras, y dijo que eran bagajes del ejército de Satanás que estaban alojados en el mesón del Infierno.

Preguntóle uno que qué consejo o consuelo daría a un amigo suyo que estaba muy triste porque su mujer se le había ido con otro.

A lo cual respondió:

—Dile que dé gracias a Dios por haber permitido le llevasen de casa a su enemigo.

—Luego, ¿no irá a buscarla? —dijo el otro.

—Ni por pienso[34]— replicó Vidriera—; porque sería el hallarla un perpetuo y verdadero testigo de su deshonra.

—Ya que eso sea así —dijo el mismo—, ¿qué haré yo para tener paz con mi mujer?

Respondióle:

—Dale lo que hubiere menester; déjala que mande a todos los de su casa; pero no sufras que ella te mande a ti.

Díjole un muchacho:

—Señor Licenciado Vidriera, yo me quiero desgarrar[35] de mi padre porque me azota muchas veces.

Y respondióle:

—Advierte, niño, que los azotes que los padres dan a los hijos honran y los del verdugo afrentan.

Estando a la puerta de una iglesia, vio que entraba en ella un labrador de los que siempre blasonan de cristianos viejos, y detrás dél venía uno que no estaba en tan buena opinión como el primero, y el Licenciado dio grandes voces al labrador, diciendo:

—Esperad, Domingo, a que pase el Sábado.

De los maestros de escuela decía que eran dichosos, pues trataban siempre con ángeles, y que fueran dichosísimos si los angelitos no fueran moco-

[31] *Evangelio de San Lucas*, XXIII, 28: «Hijas de Jerusalén, no lloréis por mí, sino por vosotras y por vuestros hijos.»

[32] Porque no eran hijos del marido.

[33] Mancebía.

[34] De ningún modo.

[35] Separar.

sos. Otro le preguntó que qué le parecía de las alcahuetas. Respondió que no lo eran las apartadas, sino las vecinas.

Las nuevas de su locura y de sus respuestas y dichos se extendieron por toda Castilla, y llegando a noticia de un príncipe o señor que estaba en la Corte, quiso enviar por él, y encargóselo a un caballero amigo suyo que estaba en Salamanca que se lo enviase, y topándole el caballero un día, le dijo:

—Sepa el señor Licenciado Vidriera que un gran personaje de la Corte le quiere ver y envía por él.

A lo cual respondió:

—Vuesa merced me excuse con ese señor, que yo no soy bueno para palacio, porque tengo vergüenza y no sé lisonjear.

Con todo esto, el caballero le envió a la Corte[36], y para traerle usaron con él desta invención: pusiéronle en unas árganas[37] de paja, como aquellas donde llevan el vidrio, igualando los tercios con piedras, y entre paja puestos algunos vidrios, porque se diese a entender que como vaso de vidrio le llevaban. Llegó a Valladolid, entró de noche, y desembanastáronle en la casa del señor que había enviado por él, de quien fue muy bien recebido, diciéndole:

—Sea muy bien venido el señor Licenciado Vidriera. ¿Cómo ha ido en el camino? ¿Cómo va de salud?

A lo cual respondió:

—Ningún camino hay malo como se acabe, si no es el que va a la horca. De salud estoy neutral, porque están encontrados mis pulsos con mi celebro.

Otro día, habiendo visto en muchas alcándaras muchos neblíes y azores y otros pájaros de volatería, dijo que la caza de altanería[38] era digna de príncipes y de grandes señores; pero que advirtiesen que con ella echaba el gusto censo sobre el provecho a más de dos mil por uno. La caza de liebres dijo que era muy gustosa, y más cuando se cazaba con galgos prestados.

El caballero gustó de su locura, y dejóle salir por la ciudad, debajo del amparo y guarda de un hombre que tuviese cuenta que los muchachos no le hiciesen mal, de los cuales y de toda la Corte fue conocido en seis días, y a cada paso, en cada calle y en cualquier esquina, respondía a todas las preguntas que le hacían; entre las cuales le preguntó un estudiante si era poeta, porque le parecía que tenía ingenio para todo.

A lo cual respondió:

—Hasta ahora no he sido tan necio, ni tan venturoso.

—No entiendo eso de necio y venturoso —dijo el estudiante. Y respondió Vidriera:

—No he sido tan necio que diese en poeta malo, ni tan venturoso que haya merecido serlo bueno.

Preguntóle otro estudiante que en qué estimación tenía a los poetas. Respondió que a la ciencia, en mucha; pero que a los poetas, en ninguna. Replicáronle que por qué decía aquello. Respondió que del infinito número de poetas que había, eran tan pocos los buenos, que casi no hacían número.

---

[36] En esa época la Corte estaba situada en Valladolid.

[37] Cestas con armadura de arcos.

[38] Caza con aves rapaces que podían ascender mucho.

Y así, como si no hubiese poetas, no los estimaba; pero que admiraba y reverenciaba la ciencia de la poesía porque encerraba en sí todas las demás ciencias: porque de todas se sirve, de todas se adorna, y pule y saca a la luz sus maravillosas obras con que llena el mundo de provecho, de deleite y de maravilla.

Añadió más:

—Yo bien sé en lo que se debe estimar un buen poeta, porque se me acuerda de aquellos versos de Ovidio que dicen:

Cura ducum fuerunt olim regumque poetae:
Praemiaque antiqui magna tulere chori,
Sanctaque maiestas, et erat venerabile nomen
Vatibus, et largae saepe dabantur opes[39].

Y menos se me olvida la alta calidad de los poetas, pues los llama Platón intérpretes de los dioses, y dellos dice Ovidio:

Est Deus in nobis, agitante calescimus illo[40].

Y también dice:

At sacri vates, et Divum cura vocamur[41].

Esto se dice de los buenos poetas; que de los malos, de los churrulleros[42], ¿qué se ha de decir sino que son la idiotez y la arrogancia del mundo?

Y añadió más:

—¡Qué es ver a un poeta destos de la primera impresión cuando quiere decir un soneto a otros que le rodean, las salvas que les hace diciendo: «Vuesas mercedes escuchen un sonetillo que anoche a cierta ocasión hice, que, a mi parecer, aunque no vale nada, tiene un no sé qué de bonito»! Y en esto tuerce los labios, pone en arco las cejas y se rasca la faldriquera, y de entre otros mil papeles mugrientos y medio rotos, donde queda otro millar de sonetos, saca el que quiere relatar, y al fin lo dice, con tono melifluo y alfeñicado[43]. Y si acaso los que le escuchan, de socarrones o de ignorantes, no le alaban, dice: «O vuesas mercedes no han entendido el soneto, o yo no lo he sabido decir, y así será bien recitarle otra vez y que vuesas mercedes le presten más atención, porque en verdad que el soneto lo merece.» Y vuelve como primero a recitarlo, con nuevos ademanes y nuevas pausas. Pues, ¿qué es verlos censurar los unos a los otros? ¿Qué diré del ladrar que hacen los cachorros y modernos a los mastinazos antiguos y graves? ¿Y qué de los que

---

[39] Versos del *Ars amandi:* III, 405-408 (Ovidio): «En otro tiempo eran los poetas delicia de los dioses y de los reyes y los antiguos cantos obtuvieron grandes premios. Santo respeto y nombre venerable tenían entonces los poetas, a quienes se les concedían frecuentemente riquezas.»

[40] *Fasti,* VI (Ovidio): «Hay un dios en nosotros; impulsados por él nos enardecemos.»

[41] *Amores,* III, elegía IX (Ovidio): «A los poetas se nos considera adivinos y amados de los dioses.»

[42] Fanfarrones, charlatanes.

[43] Delicado.

murmuran de algunos ilustres y excelentes sujetos donde resplandece la verdadera luz de la poesía que, tomándola por alivio y entretenimiento de sus muchas y graves ocupaciones, muestran la divinidad de sus ingenios y la alteza de sus conceptos, a despecho y pesar del circunspecto ignorante que juzga de lo que no sabe y aborrece lo que no entiende, y del que quiere que se estime y tenga en precio la necedad que se sienta debajo de doseles y la ignorancia que se arrima a los sitiales?

Otra vez le preguntaron qué era la causa de que los poetas, por la mayor parte, eran pobres. Respondió que porque ellos querían, pues estaba en su mano ser ricos, si se sabían aprovechar de la ocasión que por momentos traían entre las manos, que eran las de sus damas, que todas eran riquísimas en extremo, pues tenían los cabellos de oro, la frente de plata bruñida, los ojos de verdes esmeraldas, los dientes de marfil, los labios de coral y la garganta de cristal transparente, y que lo que lloraban eran líquidas perlas. Y más, que lo que sus plantas pisaban, por dura y estéril tierra que fuese, al momento producía jazmines y rosas, y que su aliento era de puro ámbar, almizcle y algalia, y que todas estas cosas eran señales y muestras de su mucha riqueza. Estas y otras cosas decía de los malos poetas; que de los buenos siempre dijo bien y los levantó sobre el cuerno de la luna.

Vio un día en la acera de San Francisco unas figuras pintadas de mala mano, y dijo que los buenos pintores imitaban la naturaleza, pero que los malos la vomitaban. Arrimóse un día con grandísimo tiento, porque no se quebrase, a la tienda de un librero, y díjole:

—Este oficio me contentara mucho si no fuera por una falta que tiene.

Preguntóle el librero se la dijese. Respondióle:

—Los melindres que hacen cuando compran un privilegio de un libro, y la burla que hacen a su autor si acaso le imprime a su costa, pues en lugar de mil y quinientos, imprimen tres mil libros, y cuando el autor piensa que se venden los suyos, se despachan los ajenos.

Acaeció este mismo día que pasaron por la plaza seis azotados, y diciendo el pregón: «Al primero, por ladrón», dio grandes voces a los que estaban delante dél, diciéndoles:

—Apartaos, hermanos, no comience aquella cuenta por alguno de vosotros.

Y cuando el pregonero llegó a decir: «Al trasero...», dijo:

—Aquél debe ser el fiador de los muchachos.

Un muchacho le dijo:

—Hermano Vidriera, mañana sacan a azotar a una alcagüeta.

Respondióle:

—Si dijeras que sacaban a azotar a un alcagüete, entendiera que sacaban a azotar un coche[44].

Hallóse allí uno destos que llevan sillas de manos, y díjole:

—De nosotros, Licenciado, ¿no tenéis qué decir?

---

[44] Alude el licenciado a cómo muchas entrevistas amorosas tenían lugar en los coches.

—No —respondió Vidriera—, sino que sabe cada uno de vosotros más pecados que un confesor, mas es con esta diferencia: que el confesor los sabe para tenerlos secretos, y vosotros, para publicarlos por las tabernas.

Oyó esto un mozo de mulas, porque de todo género de gente le estaba escuchando contino[45], y díjole:

—De nosotros, señor Redoma[46], poco o nada hay que decir porque somos gente de bien y necesaria en la república.

A lo cual respondió Vidriera:

—La honra del amo descubre la del criado. Según esto, mira a quién sirves y verás cuán honrado eres: mozos sois vosotros de la más ruin canalla que sustenta la tierra. Una vez, cuando no era de vidrio, caminé una jornada en una mula de alquiler tal, que le conté ciento y veinte y una tachas, todas capitales y enemigas del género humano. Todos los mozos de mulas tienen su punta de rufianes, su punta de cacos y su es no es de truhanes. Si sus amos (que así llaman ellos a los que llevan en sus mulas) son boquimuelles[47], hacen más suertes en ellos que las que echaron en esta ciudad los años pasados. Si son extranjeros, los roban; si estudiantes, los maldicen; si religiosos, los reniegan, y si soldados, los tiemblan. Éstos, y los marineros y carreteros y harrieros, tienen un modo de vivir extraordinario y sólo para ellos: el carretero pasa lo más de la vida en espacio de vara y media de lugar, que poco más debe de haberdel yugo de las mulas a la boca del carro, canta la mitad del tiempo y la otra mitad reniega. Y en decir: «Háganse a zaga»[48] se les pasa otra parte, y si acaso les queda por sacar alguna rueda de algún atolladero más se ayudan de dos pésetes[49] que de tres mulas. Los marineros son gente gentil, inurbana, que no sabe otro lenguaje que el que se usa en los navíos; en la bonanza son diligentes, y en la borrasca, perezosos; en la tormenta mandan muchos y obedecen pocos; su Dios es su arca y su rancho, y su pasatiempo, ver mareados a los pasajeros. Los harrieros son gente que ha hecho divorcio con las sábanas y se ha casado con las enjalmas; son tan diligentes y presurosos, que a trueco de no perder la jornada perderán el alma; su música es la del mortero; su salsa, la hambre; sus maitines, levantarse a dar sus piensos, y sus misas, no oír ninguna.

Cuando esto decía estaba a la puerta de un boticario, y volviéndose al dueño, le dijo:

—Vuesa merced tiene un saludable oficio, si no fuese tan enemigo de sus candiles.

—¿En qué modo soy enemigo de mis candiles? —preguntó el boticario.

Y respondió Vidriera:

—Esto digo porque en faltando cualquiera aceite la suple el del candil que está más a mano, y aún tiene otra cosa este oficio bastante a quitar el crédito al más acertado médico del mundo. Preguntándole por qué, respondió que había boticario que, por no decir que faltaba en su botica lo que receta-

---

[46] Señor Astuto. «... llamamos redoma al hombre cauteloso y astuto, porque está recozido en malicia.» (Covarrubias.).

[47] Fáciles de engañar.

[48] ¡Échense atrás!

[49] Juramentos.

[45] Continuamente.

ba el médico por las cosas que le faltaban ponía otras que a su parecer tenían la misma virtud y calidad, no siendo así, y con esto, la medicina mal compuesta obraba al revés de lo que había de obrar la bien ordenada.

Preguntóle entonces uno qué sentía de los médicos, y respondió esto:

—*Honora medicum propter necessitatem, etenim creavit eum Altissimus. A Deo enim est omnis medela, et a rege accipiet donationem. Disciplina medici exaltabit caput illius, et in conspectu magnatum collaudabitur. Altissimus de terra creavit medicinam, et vir prudens non abborrebit illam*[50]. Esto dice —dijo— el Eclesiástico de la Medicina y de los buenos médicos, y de los malos se podría decir todo al revés, porque no hay gente más dañosa a la república que ellos. El juez nos puede torcer o dilatar la justicia; el letrado, sustentar por su interés nuestra injusta demanda; el mercader, chuparnos la hacienda, finalmente, todas las personas con quien de necesidad tratamos nos pueden hacer algún daño; pero quitarnos la vida sin quedar sujetos al temor del castigo, ninguno. Sólo los médicos nos pueden matar y nos matan sin temor y a pie quedo[51] sin desenvainar otra espada que la de un récipe[52]. Y no hay descubrirse sus delictos, porque al momento los meten debajo de la tierra. Acuérdaseme que cuando yo era hombre de carne, y no de vidrio, como agora soy, que a un médico destos de segunda clase le despidió un enfermo por curarse con otro, y el primero, de allí a cuatro días, acertó a pasar por la botica donde receptaba el segundo, y preguntó al boticario que cómo le iba al enfermo que él había dejado, y que si le había receptado alguna purga el otro médico. El boticario le respondió que allí tenía una recepta de purga que el día siguiente había de tomar el enfermo. Dijo que se la mostrase, y vio que al fin della estaba escrito: *Sumat dilúculo*[53], y dijo: «Todo lo que lleva esta purga me contenta, si no es este *dilúculo*, porque es húmido demasiadamente.»

Por estas y otras cosas que decía de todos los oficios se andaban tras él, sin hacerle mal y sin dejarle sosegar; pero, con todo esto, no se pudiera defender de los muchachos si su guardián no le defendiera. Preguntóle uno qué haría para no tener envidia a nadie. Respondióle:

—Duerme: que todo el tiempo que durmieres serás igual al que envidias.

Otro le preguntó qué remedio tendría para salir con una comisión[54] que hacía dos años que la pretendía. Y díjole:

—Parte a caballo y a la mira de quien la lleva, y acompáñale hasta salir de la ciudad, y así saldrás con ella.

Pasó acaso una vez por delante donde él estaba un juez de comisión que iba de camino a una causa criminal, y llevaba mucha gente consigo y dos alguaciles; preguntó quién era, y como se lo dijeron, dijo:

---

[50] *Eclesiastés*, XXXVIII, 1-4: «Honra al médico por la necesidad, porque el Altísimo lo creó. De Dios viene toda medicina y del rey recibirá dones. La sabiduría del médico exaltará su cabeza y será alabado entre los magnates. El Altísimo creó la medicina en la tierra y el hombre prudente no la desechará.»

[51] Sin trabajo.

[52] Receta.

[53] «Sin dilúculo» quiere decir «tómalo al amanecer». Hace un juego de palabras con «diluculum»: amanecer, y «dilu-culo»: lavar el trasero.

[54] Obtener una comisión.

—Yo apostaré que lleva aquel juez víboras en el seno, pistoletes en la cinta y rayos en las manos, para destruir todo lo que alcanzare su comisión. Yo me acuerdo haber tenido un amigo que en una comisión criminal que tuvo dio una sentencia tan exorbitante, que excedía en muchos quilates a la culpa de los delincuentes. Preguntéle que por qué había dado aquella tan cruel sentencia y hecho tan manifiesta injusticia. Respondióme que pensaba otorgar la apelación, y que con esto dejaba campo abierto a los señores del Consejo para mostrar su misericordia moderando y poniendo aquella su rigurosa sentencia en su punto y debida proporción. Yo le respondí que mejor fuera haberla dado de manera que les quitara de aquel trabajo, pues con esto le tuvieran a él por juez recto y acertado.

En la rueda de la mucha gente que, como se ha dicho, siempre le estaba oyendo, estaba un conocido suyo en hábito de letrado[55], al cual otro le llamó *señor licenciado*, y sabiendo Vidriera que el tal a quien llamaron licenciado no tenía ni aun titulo de bachiller, le dijo:

—Guardaos, compadre, no encuentren con vuestro titulo los frailes de la redempción de cautivos, que os le llevarán por mostrenco.

A lo cual dijo el amigo:

—Tratémonos bien, señor Vidriera, pues ya sabéis vos que soy hombre de altas y profundas letras.

Respondióle Vidriera:

—Ya yo sé que sois un Tántalo[56] en ellas, porque se os van por altas y no las alcanzáis de profundas.

Estando una vez arrimado a la tienda de un sastre, violе que estaba mano sobre mano, y díjole:

—Sin duda, señor maeso, que estais en camino de salvación.

—¿En qué lo veis? —preguntó el sastre.

—¿En qué lo veo? —respondió Vidriera—. Véolo en que pues no tenéis que hacer, no tendréis ocasión de mentir.

Y anadió:

—Desdichado del sastre que no miente y cose las fiestas: cosa maravillosa es que casi en todos los deste oficio apenas se hallará uno que haga un vestido justo, habiendo tantos que los hagan pecadores.

De los zapateros decía que jamás hacían, conforme a su parecer, zapato malo; porque si al que se le calzaban venía estrecho y apretado, le decían que así había de ser, por ser de galanes calzar justo, y que en trayéndolos dos horas vendrían más anchos que alpargates, y si le venían anchos decían que así habían de venir, por amor[57] de la gota.

Un muchacho agudo que escribía en un oficio de provincia le apretaba mucho con preguntas y demandas, y le traía nuevas de lo que en la ciudad pasaba, porque sobre todo discantaba y a todo respondía. Éste le dijo una vez:

---

[55] Vestían de negro y llevaban sotana y manteo.

[56] Personaje mitológico condenado a padecer hambre, por no haber alcanzado los alimentos cercanos a él.

[57] A causa de.

—Vidriera, esta noche se murió en la cárcel un banco[58] que estaba condenado a ahorcar.

A lo cual respondió:

—Él hizo bien a darse priesa a morir antes que el verdugo se sentara sobre él.

En la acera de San Francisco estaba un corro de ginoveses, y pasando por allí, uno dellos le llamó, diciéndole:

—Lléguese acá el señor Vidriera y cuéntenos un cuento[59]. Él respondió:

—No quiero, porque no me le paséis a Génova.

Topó una vez a una tendera que llevaba delante de sí una hija suya muy fea, pero muy llena de dijes, de galas y de perlas, y díjole a la madre:

—Muy bien habéis hecho en empedralla, para que se pueda pasear.

De los pasteleros dijo que hacía muchos años que jugaban a la dobladilla[60] sin que les llevasen a la pena, porque habían hecho el pastel de a dos de a cuatro, el de a cuatro de a ocho, y el de a ocho de a medio real, por sólo su albedrío y beneplácito. De los titereros decía mil males: decía que era gente vagamunda y que trataba con indecencia de las cosas divinas, porque con las figuras que mostraban en sus retablos volvían la devoción en risa, y que les acontecía envasar en un costal todas o las más figuras del Testamento Viejo y Nuevo y sentarse sobre él a comer y beber en los bodegones y tabernas; en resolución, decía que se maravillaba de como quien podía no les ponía perpetuo silencio en sus retablos, o los desterraba del reino.

Acertó a pasar una vez por donde él estaba un comediante vestido como un príncipe, y en viéndole, dijo:

—Yo me acuerdo haber visto a éste salir al teatro enharinado el rostro y vestido un zamarro del revés, y con todo esto, a cada paso, fuera del tablado, jura a fe de hijodalgo.

—Débelo de ser —respondió uno—, porque hay muchos comediantes que son muy bien nacidos e hijosdalgo.

—Así será verdad —replicó Vidriera—; pero lo que menos ha menester la farsa es personas bien nacidas; galanes sí, gentiles hombres y de expeditas lenguas. También sé decir dellos que en el sudor de su cara ganan su pan con inllevable trabajo, tomando continuo de memoria, hechos perpetuos gitanos, de lugar en lugar y de mesón en venta, desvelándose en contentar a otros, porque en el gusto ajeno consiste su bien propio. Tienen más, que con su oficio no engañan a nadie, pues por momentos sacan su mercaduría a pública plaza, al juicio y a la vista de todos. El trabajo de los autores[61] es increíble, y su cuidado, extraordinario, y han de ganar mucho para que al cabo del año no salgan tan empeñados que les sea forzoso hacer pleito de acreedores. Y con todo esto son necesarios en la república, como lo son las

[58] Cambista.

[59] Vidriera juega con los dos significados de la palabra «cuento»: relato y millón. Y su respuesta se refiere a esta segunda acepción, ya que los banqueros solían ser genoveses y a que éstos se quedaban con el dinero español.

[60] Juego de naipes, en el que se doblaba la cantidad a cada juego, con el riesgo de perder todo.

[61] Eran los directores de las companías de teatro.

florestas, las alamedas y las vistas de recreación, y como lo son las cosas que honestamente recrean.

Decía que había sido opinión de un amigo suyo que el que servía a una comedianta, en sola una servía a muchas damas juntas, como era a una reina, a una ninfa, a una diosa, a una fregona, a una pastora, y muchas veces caía la suerte en que sirviese en ella a un paje y a un lacayo, que todas estas y más figuras suele hacer una farsanta.

Preguntóle uno que cuál había sido el más dichoso del mundo. Respondió que. *Nemo*; porque *Nemo novit patrem; Nemo sine crimine vivit; Nemo sua sorte contentus; Nemo ascendit in coelum*[62].

De los diestros[63] dijo una vez que eran maestros de una ciencia o arte que cuando la habían menester no la sabían, y que tocaban algo en presumptuosos, pues querían reducir a demostraciones matemáticas, que son infalibles, los movimientos y pensamientos coléricos de sus contrarios. Con los que se teñían las barbas tenía particular enemistad, y riñendo una vez delante dél dos hombres que el uno era portugués, éste dijo al castellano, asiéndose de las barbas, que tenía muy teñidas:

—Por istas barbas que teño no rostro...

A lo cual acudió Vidriera:

—Olhay, home, naon digáis *teño*, sino *tiño*[64], Otro traía las barbas jaspeadas y de muchos colores, culpa de la mala tinta; a quien dijo Vidriera que tenía las barbas de muladar[65] overo. A otro, que traía las barbas por mitad blancas y negras por haberse descuidado, y los cañones crecidos, le dijo que procurase de no porfiar ni reñir con nadie porque estaba aparejado a que le dijesen que mentía por la mitad de la barba[66].

Una vez contó que una doncella discreta y bien entendida, por acudir a la voluntad de sus padres, dio el sí de casarse con un viejo todo cano, el cual la noche antes del día del desposorio se fue, no al río Jordán[67], como dicen las viejas, sino a la redomilla del agua fuerte y plata[68], con que renovó de manera su barba, que la acostó de nieve y la levantó de pez. Llegóse la hora de darse las manos, y la doncella conoció por la pinta y por la tinta la figura, y dijo a sus padres que le diesen el mismo esposo que ellos le habían mostrado, que no quería otro. Ellos le dijeron que aquel que tenía delante era el mismo que le habían mostrado y dado por esposo. Ella replicó que no era, y trujo testigos como el que sus padres le dieron era un hombre grave y lleno de canas, y que pues el presente no las tenía, no era él, y se llamaba a engaño. Atúvose a esto, corrióse el teñido, y deshízose el casamiento.

---

[62] «Nemo»: nadie. «Nemo novit patrem»: nadie hace a su padre. «Nemo sine crimine vivit»: nadie vive sin crimen. «Nemo sua sorte contentus»: nadie está contento de su suerte. «Nemo ascendit in coelum»: nadie sube al cielo.

[63] Aquellos que manejan bien la espada.

[64] Juego de palabras: tengo en portugués es tenho (teño) y con tiño (barbas teñidas).

[65] Muladar era el lugar donde se echaban las basuras. Aquí se refiere al color y la suciedad de la barba.

[66] Descaradamente.

[67] Se tenía la creencia de que bañándose en el río Jordán se rejuvenecía.

[68] A teñirse con nitrato de plata.

Con las dueñas tenía la misma ojeriza que con los escabechados[69]; decía maravillas de su *permafoy*[70], de las mortajas de sus tocas, de sus muchos melindres, de sus escrúpulos y de su extraordinaria miseria. Amohinábanle sus flaquezas de estómago, sus vaguidos de cabeza, su modo de hablar, con más repulgos que sus tocas, y, finalmente, su inutilidad y sus vainillas[71].

Uno le dijo:

—¿Qué es esto, señor Licenciado, que os he oído decir mal de muchos oficios y jamás lo habéis dicho de los escribanos, habiendo tanto que decir?

A lo cual respondió:

—Aunque de vidrio, no soy tan frágil que me deje ir con la corriente del vulgo, las más veces engañado. Paréceme a mí que la gramática de los murmuradores y el *la, la, la* de los que cantan son los escribanos; porque así como no se puede pasar a otras ciencias si no es por la puerta de la Gramática, y como el músico primero murmura que canta, así los maldicientes, por donde comienzan a mostrar la malignidad de sus lenguas es por decir mal de los escribanos y alguaciles y de los otros ministros de la justicia, siendo un oficio el del escribano sin el cual andaría la verdad por el mundo a sombra de tejados, corrida y maltratada, y así dice el *Eclesiástico: In manu Dei potestas hominis est, et super faciem scribae imponet honorem*[72]. Es el escribano persona pública, y el oficio del juez no se puede ejercitar cómodamente sin el suyo. Los escribanos han de ser libres, y no esclavos, ni hijos de esclavos; legítimos, no bastardos ni de ninguna mala raza nacidos. Juran de secreto fidelidad y que no harán escritura usuraria; que ni amistad ni enemistad, provecho o daño los moverá a no hacer su oficio con buena y cristiana conciencia. Pues si este oficio tantas buenas partes requiere, ¿por qué se ha de pensar que de más de veinte mil escribanos que hay en España se lleve el diablo la cosecha, como si fuesen cepas de su majuelo? No lo quiero creer, ni es bien que ninguno lo crea; porque, finalmente, digo que es la gente más necesaria que había en las repúblicas bien ordenadas, y que si llevaban demasiados derechos, también hacían demasiados tuertos, y que destos dos extremos podía resultar un medio que les hiciese mirar por el virote[73].

De los alguaciles dijo que no era mucho que tuviesen algunos enemigos, siendo su oficio, o prenderte, o sacarte la hacienda de casa, o tenerte en la suya en guarda y comer a tu costa. Tachaba la negligencia e ignorancia de los procuradores y solicitadores, comparándolos a los médicos, los cuales, que sane o no sane el enfermo, ellos llevan su propina, y los procuradores y solicitadores, lo mismo, salgan o no salgan con el pleito que ayudan.

Preguntóle uno cuál era la mejor tierra. Respondió que la temprana y agradecida. Replicó el otro:

—No pregunto eso, sino que cuál es mejor lugar: Valladolid o Madrid.

Y respondió:

---

[69] Los que se tiñen las barbas.

[70] Del francés «per ma foi»: por mi fe, a fe mía.

[71] Vainicas.

[72] *Eclesiastés*, X, 5: «En la mano de Dios está el poder del hombre y sobre la persona del escriba pondrá su honor.»

[73] «... Atender cada uno con vigilancia a lo que ha de hacer...». (Covarrubias.)

—De Madrid, los extremos; de Valladolid, los medios.

—No lo entiendo —repitió el que se lo preguntaba.

Y dijo:

—De Madrid, cielo y suelo; de Valladolid, los entresuelos[74].

Oyó Vidriera que dijo un hombre a otro que así como había entrado en Valladolid, había caído su mujer muy enferma, porque la había probado la tierra[75].

A lo cual dijo Vidriera:

—Mejor fuera que se la hubiera comido, si acaso es celosa.

De los músicos y de los correos de a pie decía que tenían las esperanzas y las suertes limitadas, porque los unos la acababan con llegar a serlo de a caballo, y los otros con alcanzar a ser músicos del Rey. De las damas que llaman *cortesanas* decía que todas, o las más, tenían más de *corteses* que de *sanas*.

Estando un día en una iglesia vio que traían a enterrar a un viejo, a bautizar a un niño y a velar a una mujer, todo a un mismo tiempo, y dijo que los templos eran campos de batalla donde los viejos acaban, los niños vencen y las mujeres triunfan.

Picábale una vez una avispa en el cuello, y no se la osaba sacudir, por no quebrarse; pero, con todo eso, se quejaba. Preguntóle uno que cómo sentía aquella avispa, si era su cuerpo de vidrio. Y respondió que aquella avispa debía de ser murmuradora, y que las lenguas y picos de los murmuradores eran bastantes a desmoronar cuerpos de bronde, no que[76] de vidrio.

Pasando acaso un religioso muy gordo por donde él estaba, dijo uno de sus oyentes:

—De hético no se puede mover el padre..

Enojóse Vidriera, y dijo:

—Nadie se olvide de lo que dice el Espíritu Santo: *Nolite tangere christos meos*[77].

Y subiéndose más en cólera, dijo que mirasen en ello, y verían que de muchos santos que de pocos años a esta parte había canonizado la Iglesia y puesto en el número de los bienaventurados, ninguno se llamaba el capitán don Fulano, ni el secretario don Tal de don Tales, ni el Conde, Marqués o Duque de tal parte, sino fray Diego, fray Jacinto, fray Raimundo, todos frailes y religiosos; porque las religiones son los Aranjueces del cielo, cuyos frutos, de ordinario, se ponen en la mesa de Dios.

Decía que las lenguas de los murmuradores eran como las plumas del águila: que roen y menoscaban todas las de las otras aves que a ellas se juntan. De los gariteros y tahúres[78] decía milagros: decía que los gariteros eran públicos prevaricadores, porque en sacando el barato del que iba haciendo suertes, deseaban que perdiese y pasase el naipe adelante, por que el contrario las hiciese y él cobrase sus derechos. Alababa mucho la paciencia de un

[74] Según Schevill y Bonilla es una alusión «al fangoso de Valladolid y a las muchas nieblas que en él había».

[75] Le había sentado mal el clima.

[76] No sólo de vidrio.

[77] *Paralipómenos*, I, XVI, 22: «No toquéis a mis ungidos.»

[78] Gariteros de «garita» y tahúres de «tahúr»: hurtar. Se refiere a los jugadores ladrones.

tahúr, que estaba toda una noche jugando y perdiendo, y con ser de condición colérico y endemoniado, a trueco de que su contrario no se alzase, no descosía la boca, y sufría lo que un mártir de Barrabás. Alababa también las conciencias de algunos honrados gariteros que ni por imaginación consentían que en su casa se jugase otros juegos que polla y cientos[79]; con esto, a fuego lento, sin temor y nota de malsines, sacaban al cabo del mes más barato que los que consentían los juegos de estocada, del reparolo, siete y llevar, y pinta en la del punto.

En resolución, él decía tales cosas, que si no fuera por los grandes gritos que daba cuando le tocaban o a él se arrimaban, por el hábito que traía, por la estrecheza de su comida, por el modo con que bebía, por el no querer dormir sino al cielo abierto en el verano y el invierno en pajares, como queda dicho, con que daba tan claras señales de su locura, ninguno pudiera creer sino que era uno de los más cuerdos del mundo.

Dos años o poco más duró en esta enfermedad, porque un religioso de la Orden de San Jerónimo, que tenía gracia y ciencia particular en hacer que los mudos entendiesen y en cierta manera hablasen, y en curar locos, tomó a su cargo de curar a Vidriera movido de caridad, y le curó y sanó, y volvió a su primer juicio, entendimento y discurso. Y así como le vio sano, le vistió como letrado y le hizo volver a la Corte, adonde, con dar tantas muestras de cuerdo como las había dado de loco, podía usar su oficio y hacerse famoso por él.

Hízolo así, y llamándose el Licenciado Rueda, y no Rodaja, volvió a la Corte, donde apenas hubo entrado, cuando fue conocido de los muchachos; mas como le vieron en tan diferente hábito del que solía, no le osaron dar grita ni hacer preguntas; pero seguíanle, y decían unos a otros:

—¿Este no es el loco Vidriera? A fe que es él. Ya viene cuerdo. Pero también puede ser loco bien vestido como mal vestido: preguntémosle algo, y salgamos desta confusión.

Todo esto oía el Licenciado, y callaba, e iba más confuso y más corrido que cuando estaba sin juicio.

Pasó el conocimiento de los muchachos a los hombres, y antes que el Licenciado llegase al patio de los Consejos llevaba tras de sí más de doscientas personas de todas suertes. Con este acompañamiento, que era más que de un catedrático, llegó al patio, donde le acabaron de circundar cuantos en él estaban. Él, viéndose con tanta turba a la redonda, alzó la voz y dijo:

—Señores, yo soy el Licenciado Vidriera, pero no el que solía: soy ahora el Licenciado Rueda. Sucesos y desgracias que acontecen en el mundo por permisión del Cielo me quitaron el juicio, y las misericordias de Dios me lo han vuelto. Por las cosas que dicen que dije cuando loco podéis considerar las que diré y haré cuando cuerdo. Yo soy el graduado en Leyes de Salamanca, adonde estudié con pobreza y adonde llevé segundo en licencias[80]: de do se puede inferir que más la virtud que el favor me dio el grado que tengo. Aquí he venido a esta gran mar de la Corte para abogar y ganar la vida; pero si no me dejáis, habré venido a bogar y granjear la muerte: por

[79] Juego de naipes.
[80] Obtuvo el segundo puesto entre todos los licenciados.

amor de Dios que no hagáis que el seguirme sea perseguirme y que lo que alcancé por loco, que es el sustento, lo pierda por cuerdo. Lo que solíades preguntarme en las plazas, preguntádmelo ahora en mi casa, y veréis que el que os respondía bien, según dicen, de improviso os responderá mejor de pensado.

Escucháronle todos y dejáronle algunos. Volvióse a su posada con poco menos acompañamiento que había llevado.

Salió otro día, y fue lo mismo; hizo otro sermón, y no sirvió de nada. Perdía mucho y no ganaba cosa; y viéndose morir de hambre determinó de dejar la Corte y volverse a Flandes, donde pensaba valerse de las fuerzas de su brazo, pues no se podía valer de las de su ingenio. Y poniéndolo en efeto, dijo al salir de la Corte:

—¡Oh, Corte, que alargas las esperanzas de los atrevidos pretendientes y acortas las de los virtuosos encogidos, sustentas abundantemente a los truhanes desvergonzados y matas de hambre a los discretos vergonzosos!

Esto dijo y se fue a Flandes, donde la vida que había comenzado a eternizar por las letras la acabó de eternizar por las armas en compañía de su buen amigo el capitán Valdivia, dejando fama en su muerte de prudente y valentísimo soldado.

EL CELOSO EXTREMEÑO

No ha muchos años que de un lugar de Extremadura salió un hidalgo, nacido de padres nobles, el cual, como un otro Pródigo[1], por diversas partes de España, Italia y Flandes anduvo gastando así los años como la hacienda; y al fin de muchas peregrinaciones, muertos ya sus padres y gastado su patrimonio, vino a parar a la gran ciudad de Sevilla, donde halló ocasión muy bastante[2] para acabar de consumir lo poco que le quedaba. Viéndose, pues, tan falto de dineros, y aún no con muchos amigos, se acogió al remedio a que otros muchos perdidos en aquella ciudad se acogen, que es el pasarse a las Indias, refugio y amparo de los desesperados de España, iglesia de los alzados[3], salvoconducto de los homicidas, pala[4] y cubierta de los jugadores a quien llaman *ciertos*[5] los peritos en el arte, añagaza general de mujeres libres, engaño común de muchos y remedio particular de pocos.

En fin, llegado el tiempo en que una flota se partía para Tierrafirme, acomodándose con el almirante della, aderezó su matalotaje[6] y su mortaja de esparto[7], y embarcándose en Cádiz, echando la bendición a España, zarpó la flota, y con general alegría dieron las velas al viento, que blando y próspero soplaba, el cual en pocas horas les encubrió la tierra y les descubrió las anchas y espaciosas llanuras del gran padre de las aguas, el mar Océano.

Iba nuestro pasajero pensativo, revolviendo en su memoria los muchos y diversos peligros que en los años de su peregrinación había pasado, y el mal gobierno que en todo el discurso de su vida había tenido; y sacaba de la cuenta que a sí mismo se iba tomando una firme resolución de mudar manera de vida, y de tener otro estilo en guardar la hacienda que Dios fuese servido de darle, y de proceder con más recato que hasta allí con las mujeres.

La flota estaba como en calma cuando pasaba consigo esta tormenta Felipo de Carrizales, que este es el nombre del que ha dado materia a nuestra novela. Tornó a soplar el viento impeliendo con tanta fuerza los navíos, que no dejó a nadie en sus asientos; y así, le fue forzoso a Carrizales dejar sus maquinaciones y dejarse llevar de solos los cuidados que el viaje le ofrecía; el cual viaje fue tan próspero, que sin recibir algún revés ni contraste llegaron al puerto de Cartagena[8]. y por concluir con todo lo que no hace a nuestro

[1] Referencia al Hijo Pródigo de los Evangelios.
[2] Propicia, buena.
[3] Deudores, buscaban asilo en las iglesias para no ser detenidos por la justicia.
[4] Encubridores (germanía).
[5] Fulleros.
[6] Provisiones que se llevaban en el navío.
[7] Esterilla que usaban los pasajeros pobres como cama.
[8] Se refiere a Cartagena de Indias, ciudad que perteneció al Perú en la época de Cervantes y hoy es de Colombia.

digo que la edad que tenía Felipo cuando pasó a las Indias sería de ocho años, y en veinte que en ellas estuvo, ayudado de su indus- encia, alcanzó a tener más de ciento y cincuenta mil ensayados[9]. Viéndose, pues, rico y próspero, tocado del natural deseo que todos tienen de volver a su patria, pospuestos grandes intereses que se le ofrecían, dejando el Pirú[10], donde había granjeado tanta hacienda, trayéndola toda en barras de oro y plata, y registrada, por quitar inconvenientes, se volvió a España. Desembarcó en Sanlúcar; llegó a Sevilla, tan lleno de años como de riquezas; sacó sus partidas sin zozobras; buscó sus amigos: hallólos todos muertos; quiso partirse a su tierra, aunque ya había tenido nuevas que ningún pariente le había dejado la muerte, y si cuando iba a Indias, pobre y menesteroso, le iban combatiendo muchos pensamientos, sin dejarle sosegar un punto en mitad de las ondas del mar, no menos ahora en el sosiego de la tierra le combatían, aunque por diferente causa: que si entonces no dormía por pobre ahora no podía sosegar de rico: que tan pesada carga es la riqueza al que no está usado a tenerla ni saber usar della, como lo es la pobreza al que continuo la tiene. Cuidados acarrea el oro y cuidados la falta dél; pero los unos se remedian con alcanzar alguna mediana cantidad, y los otros se aumentan mientras más parte se alcanza.

Contemplaba Carrizales en sus barras, no por miserable, porque en algunos años que fue soldado aprendió a ser liberal, sino en lo que había de hacer dellas, a causa que tenerlas en ser[11] era cosa infructuosa, y tenerlas en casa, cebo para los codiciosos y despertador para los ladrones.

Habíase muerto en él la gana de volver al inquieto trato de las mercancías y parecíale que, conforme a los años que tenía, le sobraban dineros para pasar la vida, y quisiera pasarla en su tierra y dar en ella su hacienda a tributo, pasando en ella los años de su vejez en quietud y sosiego, dando a Dios lo que podía, pues había dado al mundo más de lo que debía. Por otra parte, consideraba que la estrecheza de su patria era mucha y gente muy pobre, y que el irse a vivir a ella era ponerse por blanco de todas las importunidades que los pobres suelen dar al rico que tienen por vecino, y más cuando no hay otro en el lugar a quien acudir con sus miserias. Quisiera tener a quien dejar sus bienes después de sus días, y con este deseo tomaba el pulso a su fortaleza, y parecíale que aún podía llevar la carga del matrimonio; y en viniéndole este pensamiento, le sobresaltaba un tan gran miedo, que así se le desbarataba y deshacía como hace a la niebla el viento, porque de su natural condición era el más celoso hombre del mundo, aun sin estar casado, pues con sólo la imaginación de serlo le comenzaban a ofender los celos, a fatigar las sospechas y a sobresaltar las imaginaciones, y esto con tanta eficacia y vehemencia, que de todo en todo propuso de no casarse.

Y estando resuelto en esto, y no lo estando en lo que había de hacer de su vida, quiso su suerte que pasando un día por la calle, alzase los ojos y viese a una ventana puesta una doncella, al parecer de edad de trece o catorce años, de tan agradable rostro y tan hermosa que, sin ser poderoso para

[9] Monedas de plata.
[10] Perú.
[11] Conservarlas como tales, es decir, en barras.

defenderse, el buen viejo Carrizales rindió la flaqueza de sus muchos años a los pocos de Leonora, que así era el nombre de la hermosa doncella. Y luego, sin más detenerse, comenzó a hacer un gran montón de discursos, y hablando consigo mismo decía:

—Esta muchacha es hermosa, y a lo que muestra la presencia desta casa, no debe de ser rica; ella es niña: sus pocos años pueden asegurar mis sospechas. Casarme he con ella; encerraréla y haréla a mis mañas, y con esto no tendrá otra condición que aquella que yo le enseñare. Y no soy tan viejo que pueda perder la esperanza de tener hijos que me hereden. De que tenga dote o no, no hay para qué hacer caso, pues el Cielo me dio para todos y los ricos no han de buscar en sus matrimonios haciendas, sino gusto: que el gusto alarga la vida y los disgustos entre los casados la acortan. Alto, pues: echada está la suerte, y ésta es la que el Cielo quiere que yo tenga.

Y así hecho este soliloquio, no una vez, sino ciento, al cabo de algunos días habló con los padres de Leonora, y supo cómo, aunque pobres, eran nobles, y dándoles cuenta de su intención y de la calidad de su persona y hacienda, les rogó le diesen por mujer a su hija. Ellos le pidieron tiempo para informarse de lo que decía, y que él también le tendría para enterarse ser verdad lo que de su nobleza le habían dicho. Despidiéronse, informáronse las partes, y hallaron ser ansí lo que entrambos dijeron; y, finalmente, Leonora quedó por esposa de Carrizales, habiéndola dotado primero en veinte mil ducados: tal estaba de abrasado el pecho del celoso viejo. El cual apenas dio el sí de esposo, cuando de golpe le embistió un tropel de rabiosos celos, y comenzó sin causa alguna a temblar y a tener mayores cuidados que jamás había tenido. Y la primera muestra que dio de su condición celosa fue no querer que sastre alguno tomase la medida a su esposa de los muchos vestidos que pensaba hacerle, y así, anduvo mirando cuál otra mujer tendría, poco más o menos, el talle y cuerpo de Leonora, y halló una pobre, a cuya medida hizo hacer una ropa, y probándosela a su esposa, halló que le venía bien, y por aquella medida hizo los demás vestidos, que fueron tantos y tan ricos, que los padres de la desposada se tuvieron por más que dichosos en haber acertado con tan buen yerno, para remedio suyo y de su hija. La niña estaba asombrada de ver tantas galas, a causa que las que ella en su vida se había puesto no pasaban de una saya de raja[12] y una rodilla de tafetán[13].

La segunda señal que dio Felipo fue no querer juntarse con su esposa hasta tenerle puesta casa aparte, la cual aderezó en esta forma: compró una en doce mil ducados, en un barrio principal de la ciudad, que tenía agua de pie[14] y un jardín con muchos naranjos; cerró todas las ventanas que miraban a la calle, y dioles vista al cielo, y lo mismo hizo de todas las otras de la casa. En el portal de la calle, que en Sevilla llaman casapuerta[15], hizo una caballeriza para una mula, y encima della un pajar y apartamiento donde estuviese el que había de curar[16] della, que fue un negro viejo y eunuco; levantó las paredes de las azuteas de tal manera que el que entraba en la casa había de

[12] Paño grueso y de poca calidad.
[13] Rodete de ese tejido.
[14] Agua corriente o de fuente.
[15] El portal de una casa.
[16] Cuidar.

por línea recta, sin que pudiesen ver otra cosa; hizo torno que ...rta respondía al patio.

...ó un rico menaje para adornar la casa, de modo que por tapicerías, estrados y doseles ricos mostraba ser de un gran señor; compró asimismo cuatro esclavas blancas, y herrólas en el rostro[17], y otras dos negras bozales[18].

Concertóse con un despensero que le trujese y comprase de comer, con condición que no durmiese en casa ni entrase en ella sino hasta el torno, por el cual había de dar lo que trujese. Hecho esto, dio parte de su hacienda a censo, situada en diversas y buenas partes, otra puso en el Banco, y quedóse con alguna, para lo que se le ofreciese. Hizo asimismo llave maestra para toda la casa, y encerró en ella todo lo que suele comprarse en junto y en sus sazones, para la provisión de todo el año; y teniéndolo todo así aderezado y compuesto, se fue a casa de sus suegros y pidió a su mujer, que se la entregaron no con pocas lágrimas, porque les pareció que la llevaban a la sepultura.

La tierna Leonora aún no sabía lo que la había acontecido, y así, llorando con sus padres, les pidió su bendición, y despidiéndose de ellos, rodeada de sus esclavas y criadas, asida de la mano de su marido, se vino a su casa, y en entrando en ella les hizo Carrizales un sermón a todas, encargándoles la guarda de Leonora y que por ninguna vía ni en ningún modo dejasen entrar a nadie de la segunda puerta adentro, aunque fuese el negro eunuco. Y a quien encargó la guarda y regalo de Leonora fue a una dueña de mucha prudencia y gravedad, que recibió como para aya de Leonora y para que fuese superintendente de todo lo que en la casa se hiciese y para que mandase a las esclavas y a otras dos doncellas de la misma edad de Leonora, que para que se entretuviese con las de sus mismos años asimismo había recebido.

Prometiólas que las trataría y regalaría a todas de manera que no sintiesen su encerramiento, y que los días de fiesta, todos, sin faltar ninguno, irían a oír misa; pero tan de mañana, que apenas tuviese la luz lugar de verlas. Prometiéronle las criadas y esclavas de hacer todo aquello que les mandaba, sin pesadumbre, con pronta voluntad y buen ánimo. Y la nueva esposa, encogiendo los hombros, bajó la cabeza y dijo que ella no tenía otra voluntad que la de su esposo y señor, a quien estaba siempre obediente.

Hecha esta prevención y recogido el buen extremeño en su casa, comenzó a gozar como pudo los frutos del matrimonio, los cuales a Leonora, como no tenía experiencia de otros, ni eran gustosos ni desabridos; y así, pasaba el tiempo con su dueña, doncellas y esclavas, y ellas, por pasarle mejor, dieron en ser golosas, y pocos días se pasaban sin hacer mil cosas a quien la miel y el azúcar hacen sabrosas. Sobrábales para esto en grande abundancia lo que habían menester, y no menos sobraba en su amo la voluntad de dárselo, pareciéndole que con ello las tenía entretenidas y ocupadas, sin tener lugar donde ponerse a pensar en su encerramiento.

Leonora andaba a lo igual con sus criadas, y se entretenía en lo mismo que ellas, y aun dio con su simplicidad en hacer muñecas y en otras niñerías, que mostraban la llaneza de su condición y la terneza de sus años; todo lo

[17] Marcar el rostro de las esclavas. Esta era una costumbre de la época.

[18] Recién sacadas de su país.

cual era de grandísima satisfacción para el celoso marido, pareciéndole que había acertado a escoger la vida mejor que se le supo imaginar y que por ninguna vía la industria ni la malicia humana podían perturbar su sosiego; y así, sólo se desvelaba en traer regalos a su esposa y en acordarle le pidiese todos cuantos le viniesen al pensamiento, que de todos sería servida.

Los días que iba a misa, como está dicho, era entre dos luces, venían sus padres, y en la iglesia hablaban a su hija, delante de su marido, el cual les daba tantas dádivas que, aunque tenían lástima a su hija por la estrecheza en que vivía, la templaban con las muchas dádivas que Carrizales, su liberal yerno, les daba.

Levantábase de mañana y aguardaba a que el despensero viniese, a quien de la noche antes, por una cédula que ponían en el torno, le avisaban lo que había de traer otro día; y en viniendo el despensero, salía de casa Carrizales, las más veces a pie, dejando cerradas las dos puertas, la de la calle y la de en medio, y entre las dos quedaba el negro.

Íbase a sus negocios, que eran pocos, y con brevedad daba la vuelta, y, encerrándose, se entretenía en regalar a su esposa y acariciar a sus criadas, que todas le querían bien, por ser de condición llana y agradable, y, sobre todo, por mostrarse tan liberal con todas.

Desta manera pasaron un año de noviciado, e hicieron profesión en aquella vida, determinándose de llevarla hasta el fin de las suyas; y así fuera si el sagaz perturbador del género humano no lo estorbara, como ahora oiréis.

Dígame ahora el que se tuviere por más discreto y recatado qué más prevenciones para su seguridad podía haber hecho el anciano Felipo, pues aún no consintió que dentro de su casa hubiese algun animal que fuese varón. A los ratones della jamás los persiguió gato, ni en ella se oyó ladrido de perro; todos eran del género femenino. De día pensaba, de noche no dormía; él era la ronda y centinela de su casa y el Argos[19] de lo que bien quería. Jamás entró hombre de la puerta adentro del patio. Con sus amigos negociaba en la calle. Las figuras de los paños que sus salas y cuadras adornaban, todas eran hembras, flores y boscajes. Toda su casa olía a honestidad, recogimiento y recato: aun hasta en las consejas que en las largas noches del invierno, en la chimenea, sus criadas contaban, por estar él presente, en ninguna ningún género de lascivia se descubría. La plata de las canas del viejo a los ojos de Leonora parecían cabellos de oro puro, porque el amor primero que las doncellas tienen se les imprime en el alma como el sello en la cera. Su demasiada guarda le parecía advertido recato; pensaba y creía que lo que ella pasaba pasaban todas las recién casadas. No se desmandaban sus pensamientos a salir de las paredes de su casa, ni su voluntad deseaba otra cosa más de aquella que la de su marido quería; sólo los días que iba a misa veía las calles, y esto era tan de mañana, que, si no era al volver de la iglesia, no había luz para mirallas.

No se vio monasterio tan cerrado, ni monjas más recogidas, ni manzanas de oro tan guardadas; y con todo esto, no pudo en ninguna manera prevenir ni excusar de caer en lo que recelaba; a lo menos, en pensar que había caído.

---

[19] Personaje mitológico que poseía cien ojos.

Hay en Sevilla un género de gente ociosa y holgazana, a quien comúnmente suelen llamar gente de barrio. Estos son los hijos de vecino de cada colación, y de los más ricos della; gente baldía, atildada y meliflua, de la cual y de su traje y manera de vivir, de su condición y de las leyes que guardan entre sí, habría mucho que decir; pero por buenos respetos se deja.

Uno destos galanes, pues, que entre ellos es llamado *virote*, mozo soltero (que a los recién casados llaman *mantones*), acertó a mirar la casa del recatado Carrizales, y viéndola siempre cerrada, le tomó gana de saber quién vivía dentro; y con tanto ahínco y curiosidad hizo la diligencia, que de todo vino a saber lo que deseaba.

Supo la condición del viejo, la hermosura de su esposa y el modo que tenía en guardarla; todo lo cual le encendió el deseo de ver si sería posible expuñar, por fuerza o por industria, fortaleza tan guardada; y comunicándolo con dos *virotes* y un *mantón* sus amigos, acordaron que se pusiese por obra, que nunca para tales obras faltan consejeros y ayudadores.

Dificultaban el modo que se tendría para intentar tan dificultosa hazaña; y habiendo entrado en bureo[20] muchas veces, convinieron en esto: que fingiendo Loaysa, que así se llamaba el *virote*, que iba fuera de la ciudad por algunos días, se quitase de los ojos de sus amigos, como lo hizo; y hecho esto, se puso unos calzones de lienzo limpio y camisa limpia; pero encima se puso unos vestidos tan rotos y remendados, que ningún pobre en toda la ciudad los traía tan astrosos; quitóse un poco de barba que tenía, cubrióse un ojo con un parche, vendóse una pierna estrechamente, y arrimándose a dos muletas se convirtió en un pobre tullido tal, que el más verdadero estropeado no se le igualaba.

Con este talle se ponía cada noche a la oración a la puerta de la casa de Carrizales, que ya estaba cerrada, quedando el negro, que Luis se llamaba, cerrado entre las dos puertas. Puesto allí Loaysa, sacaba una guitarrilla algo grasienta y falta de algunas cuerdas, y como él era algo músico, comenzaba a tañer algunos sones alegres y regocijados, mudando la voz por no ser conocido. Con esto, se daba priesa a cantar romances de moros y moras, a la loquesca[21], con tanta gracia, que cuantos pasaban por la calle se ponían a escucharle, y siempre, en tanto que cantaba, estaba rodeado de muchachos; y Luis el negro, poniendo los oídos por entre las puertas, estaba colgado de la música del *virote*, y diera un brazo para poder abrir la puerta y escucharle más a su placer; tal es la inclinación que los negros tienen a ser músicos. Y cuando Loaysa quería que los que le escuchaban le dejasen, dejaba de cantar y recogía su guitarra, y, acogiéndose a sus muletas, se iba.

Cuatro o cinco veces había dado música al negro (que por sólo él la daba), pareciéndole que por donde se había de comenzar a desmoronar aquel edificio había y debía ser por el negro; y no le salió vano su pensamiento, porque llegándose una noche, como solía, a la puerta, comenzó a templar su guitarra, y sintió que el negro estaba ya atento, y llegándose al quicio de la puerta, con voz baja, dijo:

---

[20] Habiéndose reunido frecuentemente para conversar del asunto.

[21] A lo loco.

—¿Será posible, Luis, darme un poco de agua, que perezco de sed y no puedo cantar?

—No —dijo el negro—, porque no tengo la llave desta puerta, ni hay agujero por donde pueda dárosla.

—Pues, ¿quién tiene la llave? —preguntó Loaysa.

—Mi amo —respondió el negro—, que es el más celoso hombre del mundo. Y si él supiese que yo estoy ahora aquí hablando con nadie[22], no sería más mi vida. Pero, ¿quién sois vos que me pedís agua?

—Yo —respondió Loaysa— soy un pobre estropeado de una pierna, que gano mi vida pidiendo por Dios a la buena gente; y juntamente con esto, enseño a tañer a algunos morenos y a otra gente pobre y ya tengo tres negros, esclavos de tres veinticuatros[23], a quien he enseñado de modo que pueden cantar y tañer en cualquier baile y en cualquier taberna, y me lo han pagado muy rebién.

—Harto mejor os lo pagara yo —dijo Luis— a tener lugar de tomar lición; pero no es posible, a causa de que mi amo, en saliendo por la mañana, cierra la puerta de la calle, y cuando vuelve hace lo mismo, dejándome emparedado entre dos puertas.

—Por Dios, Luis —replicó Loaysa, que ya sabía el nombre del negro—, que si vos diésedes traza a que yo entrase algunas noches a daros lición, en menos de quince días os sacaría tan diestro en la guitarra que pudiésedes tañer sin vergüenza alguna en cualquiera esquina; porque os hago saber que tengo grandísima gracia en el enseñar, y más que he oído decir que vos tenéis muy buena habilidad, y a lo que siento y puedo juzgar por el órgano de la voz, que es atiplada, debéis de cantar muy bien.

—No canto mal —respondió el negro—; pero, ¿qué aprovecha, pues no sé tonada alguna si no es la de la estrella de Venus, y la de

Por un verde prado,

y aquella que ahora se usa, que dice:

¿A los hierros de una reja
la turbada mano asida?

—Todas ésas son aire —dijo Loaysa— para las que yo os podría enseñar, porque sé todas las del moro Abindarráez, con las de su dama Jarifa, y todas las que se cantan de la historia del gran sofí Tomumbeyo, con las de la zarabanda a lo divino, que son tales, que hacen pasmar a los mismos portugueses; y esto enseño con tales modos y con tanta facilidad, que aunque no os deis priesa a aprender, apenas habréis comido tres o cuatro moyos[24] de sal cuando ya os veáis músico corriente y moliente en todo género de guitarra.

A esto suspiró el negro y dijo:

—¿Qué aprovecha todo esto, si no sé cómo meteros en casa?

---

[22] En el sentido de «con alguien».
[23] Regidores de Ayuntamientos, llamados así en algunas ciudades de Andalucía.
[24] Medidas de capacidad.

—Buen remedio —dijo Loaysa—: procurad vos tomar las llaves de vuestro amo, y yo os daré un pedazo de cera, donde las imprimiréis de manera que queden señaladas las guardas en la cera; que por la afición que os he tomado, yo haré que un cerrajero amigo mío haga las llaves, y así podré entrar dentro de noche y enseñaros mejor que al preste Juan de las Indias; porque veo ser gran lástima que se pierda una tal voz como la vuestra, faltándole el arrimo de la guitarra, que quiero que sepáis hermano Luis, que la mejor voz del mundo pierde de sus quilates cuando no se acompaña con el instrumento, ora sea de guitarra o clavicímbano[25], de órganos o de arpa; pero el que más a vuestra voz le conviene es el instrumento de la guitarra, por ser el más mañero y menos costoso de los instrumentos.

—Bien me parece eso —replicó el negro—, pero no puede ser, pues jamás entran las llaves en mi poder, ni mi amo las suelta de la mano de día, y de noche duermen debajo de su almohada.

—Pues haced otra cosa, Luis— dijo Loaysa—, si es que tenéis gana de ser músico consumado; que si no la tenéis, no hay de qué cansarme en aconsejaros.

—¿Y cómo si tengo gana? —replicó Luis—. Y tanta, que ninguna cosa dejaré de hacer, como sea posible salir con ella, a trueco de salir con ser músico.

—Pues ansí es —dijo el *virote*—, yo os daré por entre estas puertas, haciendo vos lugar quitando alguna tierra del quicio; digo que os daré unas tenazas y un martillo, con que podáis de noche quitar los clavos de la cerradura de loba[26] con mucha facilidad, y con la misma volveremos a poner la chapa de modo que no se eche de ver que ha sido desclavada; y estando yo dentro, encerrado con vos en vuestro pajar o a donde dormís, me daré tal priesa a lo que tengo de hacer, que vos veáis aún más de lo que os he dicho, con aprovechamiento de mi persona y aumento de vuestra suficiencia. Y de lo que hubiéremos de comer no tengáis cuidados, que yo llevaré matalotaje para entrambos y para más de ocho días; que discípulos tengo yo y amigos que no me dejarán mal pasar.

—De la comida —replicó el negro— no habrá de qué temer, que con la ración que me da mi amo y con los relieves[27] que me dan las esclavas sobrará comida para otros dos. Venga ese martillo y tenazas que decís, que yo haré por junto a este quicio lugar por donde quepa, y le volveré a cubrir y tapar con barro; que puesto que dé algunos golpes en quitar la chapa, mi amo duerme tan lejos desta puerta que será milagro, o gran desgracia nuestra, si los oye.

—Pues a la mano de Dios —dijo Loaysa—; que de aquí a dos días tendréis, Luis, todo lo necesario para poner en ejecución nuestro virtuoso propósito; y advertid en no comer cosas flemosas, porque no hacen ningún provecho, sino mucho daño a la voz.

—Ninguna cosa me enronquece tanto —respondió el negro—como el vino; pero no me lo quitaré yo por todas cuantas voces tiene el suelo.

---

[25] Clavicémbalo, instrumento semejante al clavicordio.
[26] Cerradura de resorte.
[27] Residuos de comida.

—No digo tal —dijó Loaysa—, ni Dios tal permita. Bebed, hijo Luis, bebed, y buen provecho os haga, que el vino que se bebe con medida jamás fue causa de daño alguno.

—Con medida lo bebo —replicó el negro—: aquí tengo un jarro que cabe una azumbre justa y cabal; éste me llenan las esclavas, sin que mi amo lo sepa, y el despensero, a solapo, me trae una botilla, que también cabe justas dos azumbres, con que se suplen las faltas del jarro.

—Digo —dijo Loaysa—que tal sea mi vida como eso me parece, porque la seca garganta, ni gruñe ni canta.

—Andad con Dios —dijo el negro—, pero mirad que no dejéis de venir a cantar aquí las noches que tardáredes en traer lo que habéis de hacer para entrar acá dentro, que ya me comen los dedos por verlos puestos en la guitarra.

—¡Y cómo si vendré! —replicó Loaysa—. Y aun con tonadicas nuevas.

—Eso pido yo —dijo Luis—; y ahora no me dejéis de cantar algo, porque me vaya a acostar con gusto; y en lo de la paga, entienda el señor pobre que le he de pagar mejor que un rico.

—No reparo en eso —dijo Loaysa—; que según yo os enseñare, así me pagaréis, y por ahora escuchad esta tonadilla, que cuando esté dentro veréis milagros.

—Sea en buena hora —respondió el negro.

Y acabado este largo coloquio, cantó Loaysa un romancito agudo, con que dejó al negro tan contento y satisfecho, que ya no veía la hora de abrir la puerta.

Apenas se quitó Loaysa de la puerta, cuando, con más ligereza que el traer de sus muletas prometía, se fue a dar cuenta a sus consejeros de su buen comienzo, adivino del buen fin que por él esperaba. Hallólos, y contó lo que con el negro dejaba concertado, y otro día hallaron los instrumentos, tales, que rompían cualquier clavo como si fuera de palo.

No se descuidó el virote de volver a dar música al negro, ni menos tuvo descuido el negro en hacer el agujero por donde cupiese lo que su maestro le diese, cubriéndolo de manera que a no ser mirado con malicia y sospechadamente no se podía caer en el agujero[28].

La segunda noche le dio los instrumentos Loaysa, y Luis probó sus fuerzas, y casi sin poner alguna se halló rompidos los clavos y con la chapa de la cerradura en las manos. Abrió la puerta, y recogió dentro a su Orfeo[29] y maestro, y cuando le vio con sus dos muletas, y tan andrajoso y tan fajada su pierna, quedó admirado. No llevaba Loaysa el parche en el ojo, por no ser necesario, y así como entró, abrazó a su buen discipulo y le besó en el rostro, y luego le puso una gran bota de vino en las manos y una caja de conserva y otras cosas dulces, de que llevaba unas alforjas bien proveídas. Y dejando las muletas, como si no tuviera mal alguno, comenzó a hacer cabriolas, de lo cual se admiró más el negro, a quien Loaysa dijo:

—Sabed, hermano Luis, que mi cojera y estropeamiento no nace de enfermedad, sino de industria, con la cual gano de comer pidiendo por amor

[28] No se podía caer en la cuenta de que había agujero.

[29] Personaje mitólogico que al tañer su lira amansaba las fieras.

de Dios, y ayudándome della y de mi música paso la mejor vida del mundo, en el cual todos aquellos que no fueren industriosos y tracistas morirán de hambre; y esto lo veréis en el discurso de nuestra amistad.

—Ello dirá —respondió el negro—; pero demos orden de volver esta chapa a su lugar, de modo que no se eche de ver su mudanza.

—En buen hora —dijo Loaysa.

Y sacando clavos de sus alforjas, asentaron la cerradura de suerte que estaba tan bien como de antes, de lo cual quedó contentísimo el negro; y subiéndose Loaysa al aposento que en el pajar tenía el negro, se acomodó lo mejor que pudo.

Encendió luego Luis un torzal de cera y, sin más aguardar. sacó su guitarra Loaysa, y tocándola baja y suavemente, suspendió al pobre negro de manera que estaba fuera de sí escuchándole. Habiendo tocado un poco, sacó de nuevo colación y diola a su discípulo, y, aunque con dulce, bebió con tan buen talante de la bota, que le dejó más fuera de sentido que la música. Pasado esto, ordenó que luego tomase lición Luis, y como el pobre negro tenía cuatro dedos de vino sobre los sesos, no acertaba traste; y con todo eso, le hizo creer Loaysa que ya sabía por lo menos dos tonadas; y era lo bueno que el negro se lo creía, y en toda la noche no hizo cosa que tañer con la guitarra destemplada y sin las cuerdas necesarias.

Durmieron lo poco que de la noche les quedaba, y a obra de las seis de la mañana bajó Carrizales y abrió la puerta de en medio, y también la de la calle, y estuvo esperando al despensero, el cual vino de allí a un poco, y dando por el torno la comida se volvió a ir, y llamó al negro, que bajase a tomar cebada para la mula, y su ración, y en tomándola, se fue el viejo Carrizales dejando cerradas ambas puertas, sin echar de ver lo que en la calle se había hecho, de que no poco se alegraron maestro y discípulo.

Apenas salió el amo de casa, cuando el negro arrebató la guitarra y comenzó a tocar de tal manera, que todas las criadas le oyeron, y por el torno le preguntaron:

—¿Qué es esto, Luis? ¿De cuándo acá tienes tú guitarra, o quién te la ha dado?

—¿Quién me la ha dado? —respondió Luis—. El mejor músico que hay en el mundo, y el que me ha de enseñar en menos de seis días más de seis mil sones.

—¿Y dónde está ese músico? —preguntó la dueña.

—No está muy lejos de aquí— respondió el negro—; y si no fuera por vergüenza y por el temor que tengo a mi señor, quizá os le enseñara luego, y a fe que os holgásedes de verle.

—¿Y a dónde puede él estar que nosotras le podamos ver —replicó la dueña—, si en esta casa jamás entró otro hombre que nuestro dueño?

—Ahora bien —dijo el negro—, no os quiero decir nada hasta que veáis lo que yo sé y él me ha enseñado en el breve tiempo que he dicho.

—Por cierto —dijo la dueña— que, si no es algún demonio el que te ha de enseñar, que yo no sé quién te pueda sacar músico con tanta brevedad.

—Andad —dijo el negro—, que lo oiréis y lo veréis algún día.

—No puede ser eso —dijo otra doncella—, porque no tenemos ventanas a la calle para poder ver ni oír a nadie.

—Bien está —dijo el negro—; que para todo hay remedio si no es para excusar la muerte; y más si vosotras sabéis o queréis callar.

—¡Y cómo que callaremos, hermano Luis! —dijo una de las esclavas—. Callaremos más que si fuésemos mudas; porque te prometo, amigo, que me muero por oír una buena voz, que después que aquí nos emparedaron, ni aun el canto de los pájaros habemos oído.

Todas estas pláticas estaba escuchando Loaysa con grandísimo contento, pareciéndole que todas se encaminaban a la consecución de su gusto y que la buena suerte había tomado la mano en guiarlas a la medida de su voluntad.

Despidiéronse las criadas con prometerles el negro que cuando menos se pensasen las llamaría a oír una buena voz; y con temor que su amo volviese y le hallase hablando con ellas, las dejó y se recogió a su estancia y clausura. Quisiera tomar lición, pero no se atrevió a tocar de día, porque su amo no le oyese; el cual vino de allí a poco espacio, y cerrando las puertas según su costumbre, se encerró en casa. Y al dar aquel día de comer por el torno al negro, dijo Luis a una negra, que se lo daba, que aquella noche, después de dormido su amo, bajasen todas al torno a oír la voz que les había prometido, sin falta alguna. Verdad es que antes que dijese esto había pedido con muchos ruegos a su maestro fuese contento de cantar y tañer aquella noche al torno por que él pudiese cumplir su palabra que había dado de hacer oír a las criadas una voz extremada, asegurándole que sería en extremo regalado de todas ellas. Algo se hizo de rogar el maestro de hacer lo que él más deseaba, pero al fin dijo que haría lo que su buen discípulo pedía, sólo por darle gusto, sin otro interés alguno.

Abrazóle el negro y diole un beso en el carrillo, en señal de contento que le había causado la merced prometida, y aquel día dio de comer a Loaysa tan bien como si comiera en su casa, y aun quizá mejor, pues pudiera ser que en su casa le faltara.

Llegóse la noche, y en la mitad della, o poco menos, comenzaron a cecear en el torno, y luego entendió Luis que era la cáfila, que había llegado, y llamando a su maestro, bajaron del pajar, con la guitarra bien encordada y mejor templada. Preguntó Luis quién y cuántas eran las que escuchaban. Respondiéronle que todas, sino su señora, que quedaba durmiendo con su marido, de que le pesó a Loaysa; pero con todo eso, quiso dar principio a su designio y contentar a su discípulo, y tocando mansamente la guitarra, tales sones hizo, que dejo admirado al negro y suspenso el rebaño de las mujeres que le escuchaba.

Pues, ¿qué diré de lo que ellas sintieron cuando le oyeron tocar el *Pésame dello* y acabar con el endemoniado son de la zarabanda, nuevo entonces en España? No quedó vieja por bailar, ni moza que no se hiciese pedazos, todo a la sorda y con silencio extraño, poniendo centinelas y espías si el viejo despertaba. Cantó asimismo Loaysa coplillas de la seguida[30], con que acabó de echar el sello al gusto de las escuchantes, que ahincadamente pidieron al negro les dijese quién era tan milagroso músico. El negro les dijo que era un pobre mendigante, el más galán y gentil hombre que había en toda la pobrería de Sevilla.

---

[30] Seguidillas.

Rogáronle que hiciese de suerte que ellas le viesen, y que no le dejase ir en quince días de casa, que ellas le regalarían muy bien y darían cuanto hubiese menester. Preguntáronle qué modo había tenido para meterle en casa. A esto no les respondió palabra; a lo demás dijo que para poderle ver hiciesen un agujero pequeño en el torno, que después lo taparían con cera; y que a lo de tenerle en casa, que él lo procuraría.

Hablólas también Loaysa, ofreciéndoseles a su servicio, con tan buenas razones, que ellas echaron de ver que no salían de ingenio de pobre mendigante. Rogáronle que otra noche viniese al mismo puesto; que ellas harían con su señora que bajase a escucharle, a pesar del ligero sueño de su señor, cuya ligereza no nacía de sus muchos años, sino de sus muchos celos. A lo cual dijo Loaysa que si ellas gustaban de oírle sin sobresalto del viejo, que él les daría unos polvos que le echasen en el vino, que le harían dormir con pesado sueño más tiempo del ordinario.

—¡Jesús, valme —dijo una de las doncellas—, y si eso fuese verdad, qué buena ventura se nos habría entrado por las puertas, sin sentillo y sin merecello! No serían ellos polvos de sueño para él, sino polvos de vida para todas nosotras y para la pobre de mi señora Leonora, su mujer, que no la deja a sol ni a sombra ni la pierde de vista un solo momento. ¡Ay, señor mío de mi alma, traiga esos polvos, así Dios le dé todo el bien que desea! Vaya y no tarde; tráigalos, señor mío, que yo me ofrezco a mezclarlos en el vino y a ser la escanciadora; y pluguiese a Dios que durmiese el viejo tres días con sus noches, que otros tantos tendríamos nosotros de gloria.

—Pues yo los trairé —dijo Loaysa—; y son tales, que no se hacen otro mal ni daño a quien los toma si no es provocarle a sueño pesadísimo.

Todas le rogaron que los trujese con brevedad, y quedando de hacer otra noche con una barrena el agujero en el torno y de traer a su señora para que le viese y oyese, se despidieron; y el negro, aunque era el alba, quiso tomar lición, la cual le dio Loaysa, y le hizo entender que no había mejor oído que el suyo en cuantos discípulos tenía: ¡y no sabía el pobre negro, ni lo supo jamás, hacer un cruzado![31]

Tenían los amigos de Loaysa cuidado de venir de noche a escuchar por entre las puertas de la calle y ver si su amigo les decía algo o si había menester alguna cosa; y haciendo una señal que dejaron concertada, conoció Loaysa que estaban a la puerta, y por el agujero del quicio les dio breve cuenta del buen término en que estaba su negocio, pidiéndoles encarecidamente buscasen alguna cosa que provocase a sueño, para dárselo a Carrizales, que él había oído decir que había unos polvos para este efeto. Diéronle que tenían un médico amigo que les daría el mejor remedio que supiese, si es que le había; y animándole a proseguir la empresa y prometiéndole de volver la noche siguiente con todo recaudo, apriesa se despidieron.

Vino la noche, y la banda de las palomas acudió al reclamo de la guitarra. Con ellas vino la simple Leonora, temerosa y temblando de que no despertase su marido; que aunque ella vencida deste temor, no había querido venir, tantas cosas le dijeron sus criadas, especialmente la dueña, de la suavidad de la música y de la gallarda disposición del músico pobre (que sin

[31] Determinada manera de tocar la guitarra.

haberle visto le alababa y le subía sobre Absalón[32] y sobre Orfeo), que la pobre señora, convencida y persuadida dellas hubo de hacer lo que no tenía ni tuviera jamás en voluntad. Lo primero que hicieron fue barrenar el torno para ver al músico, el cual no estaba ya en hábitos de pobre, sino con unos calzones grandes de tafetán leonado, anchos, a la marinesca[33], un jubón de lo mismo con trencillas de oro, y una montera de raso de la misma color, con cuello almidonado, con grandes puntas y encaje; que de todo vino proveído en las alforjas, imaginando que se había de ver en ocasión que le conviniese mudar de traje.

Era mozo y de gentil disposición y buen parecer; y como había tanto tiempo que todas tenían hecha la vista a mirar al viejo de su amo, pareciólos que miraban a un ángel. Poníase una al agujero para verle, y luego otra; y porque le pudiesen ver mejor, andaba el negro paseándole el cuerpo de arriba abajo con el torzal de cera encendido. Y después que todas le hubieron visto, hasta las negras bozales, tomó Loaysa la guitarra, y cantó aquella noche tan extremadamente, que las acabó de dejar suspensas y atónitas a todas, así a la vieja como a las mozas, y todas rogaron a Luis diese orden y traza como el señor su maestro entrase allá dentro, para oírle y verle de más cerca y no tan por brújula como por el agujero, y sin el sobresalto de estar tan apartadas de su señor, que podía cogerlas de sobresalto y con el hurto en las manos, lo cual no sucedería ansí si le tuviesen escondido dentro.

A esto contradijo su señora con muchas veras, diciendo que no se hiciese la tal cosa ni la tal entrada, porque le pesaría en el alma, pues desde allí le podían ver y oír a su salvo y sin peligro de su honra.

—¿Qué honra? —dijo la dueña—. El Rey tiene harta[34]. Estése vuesa merced encerrada con su Matusalén, y déjenos a nosotras holgar como pudiéremos. Cuanto más, que este señor parece tan honrado, que no querrá otra cosa de nosotras más de lo que nosotras quisiéremos.

—Yo, señoras mías —dijo a esto Loaysa—, no vine aquí sino con intención de servir a todas vuesas mercedes con el alma y con la vida, condolido de su no vista clausura y de los ratos que en este estrecho género de vida se pierden. Hombre soy yo, por vida de mi padre, tan sencillo, tan manso y tan de buena condición, y tan obediente, que no haré más de aquello que se me mandare; y si cualquiera de vuesas mercedes dijere: «Maestro, sientese aquí; maestro, pásese allí; echaos acá, pasaos acullá», así lo haré como el más doméstico y enseñado perro que salta por el Rey de Francia[35].

—Si eso ha de ser así —dijo la ignorante Leonora—, ¿qué medio se dará para que entre acá dentro el señor maeso?

—Bueno —dijo Loaysa—; vuesas mercedes pugnen por sacar en cera la llave desta puerta de en medio; que yo haré que mañana en la noche venga hecha otra tal, que nos pueda servir.

—En sacar esa llave —dijo una doncella— se sacan las de toda la casa, porque es llave maestra.

---

[32] Personaje bíblico, famoso por su hermosura.
[33] A lo marino.
[34] Es decir, al rey le sobra honra y así hay bastante para todos.
[35] Hace cualquier cosa que le diga.

—No por eso será peor —replicó Loaysa.

—Así es verdad —dijo Leonora—: pero ha de jurar este señor, primero, que no ha de hacer otra cosa cuando esté acá dentro sino cantar y tañer cuando se lo mandaren, y que ha de estar encerrado y quedito donde le pusiéremos.

—Sí juro —dijo Loaysa.

—No vale nada ese juramento —respondió Leonora—; que ha de jurar por vida de su padre, y ha de jurar la cruz, y besalla que lo veamos todas.

—Por vida de mi padre juro —dijo Loaysa—, y por esta señal de cruz, que la beso con mi boca sucia.

Y haciendo la cruz con dos dedos, la besó tres veces.

Esto hecho, dijo otra de las doncellas:

—Mire, señor, que no se le olvide aquello de los polvos, que es el *tuáutem*[36] de todo.

Con esto cesó la plática de aquella noche, quedando todos muy contentos del concierto. Y la suerte, que de bien en mejor encaminaba los negocios de Loaysa, trujo a aquellas horas, que eran dos después de la medianoche, por la calle a sus amigos, los cuales, haciendo la señal acostumbrada, que era tocar una trompa de París[37], Loaysa les habló y les dio cuenta del término en que estaba su pretensión, y les pidió si traían los polvos, u otra cosa, como se la había pedido, para que Carrizales durmiese. Díjoles asimismo lo de la llave maestra. Ellos le dijeron que los polvos, o un ungüento, vendría la siguiente noche, de tal virtud que, untados los pulsos y las sienes con él, causaba un sueño profundo, sin que dél se pudiese despertar en dos días si no era lavándose con vinagre todas las partes que se habían untado, y que se les diese la llave en cera, que asimismo la harían hacer con facilidad. Con esto se despidieron, y Loaysa y su discípulo durmieron lo poco que de la noche les quedaba, esperando Loaysa con gran deseo la venidera, por ver si se le cumplía la palabra prometida de la llave. Y puesto que el tiempo parece tardío y perezoso a los que en él esperan, en fin, corre a las parejas con el mismo pensamiento, y llega el término que quiere, porque nunca para ni sosiega.

Vino, pues, la noche y la hora acostumbrada de acudir al torno, donde vinieron todas las criadas de casa, grandes y chicas, negras y blancas, porque todas estaban deseosas de ver dentro de su serrallo al señor músico; pero no vino Leonora, y preguntando Loaysa por ella, le respondieron que estaba acostada con su velado, el cual tenía cerrada la puerta del aposento donde dormía, con llave, y después de haber cerrado se la ponía debajo de la almohada, y que su señora les había dicho que en durmiéndose el viejo haría por tomarle la llave maestra y sacarla en cera, que ya llevaba preparada y blanda, y que de allí a un poco habían de ir a requerirla por una gatera.

Maravillado quedó Loaysa del recato del viejo; pero no por esto se le desmayó el deseo; y estando en esto, oyó la trompa de París.

Acudió al puesto, halló a sus amigos, que le dieron un botecito de ungüento de la propiedad que le habían significado; tomólo Loaysa, y díjoles que esperasen un poco, que les daría la muestra de la llave. Volvióse al

---

[36] Lo más importante.

[37] Instrumento musical, semejante al birimbao que usan los afiladores.

torno y dijo a la dueña, que era la que con más ahínco mostraba desear su entrada, que se lo llevase a la señora Leonora, diciéndole la propiedad que tenía y que procurase untar a su marido con tal tiento que no lo sintiese, y que vería maravillas. Hizolo así la dueña, y, llegándose a la gatera, halló que estaba Leonora esperando tendida en el suelo de largo a largo, puesto el rostro en la gatera. Llegó la dueña y, tendiéndose de la misma manera, puso la boca en el oído de su señora, y con voz baja le dijo que traía el ungüento y de la manera que había de probar su virtud. Ella tomó el ungüento, y respondió a la dueña como en ninguna manera podía tomar la llave a su marido, porque no la tenía debajo de la almohada, como solía, sino entre los dos colchones y casi debajo de la mitad de su cuerpo; pero que dijese al maeso que si el ungüento obraba como él decía, con facilidad sacarían la llave todas las veces que quisiesen, y ansí no sería necesario sacarla en cera. Dijo que fuese a decirlo luego, y volviese a ver lo que el ungüento obraba, porque luego le pensaba untar a su velado.

Bajó la dueña a decirlo al maeso Loaysa, y él despidió a sus amigos, que esperando la llave estaban. Temblando y pasito, y casi sin osar despedir el aliento de la boca, llegó Leonora a untar los pulsos del celoso marido, y asimismo le untó las ventanas de las narices, y cuando a ellas le llegó le parecía que se estremecía, y ella quedó mortal, pareciéndole que la había cogido en el hurto. En efecto, como mejor pudo le acabó de untar todos los lugares que le dijeron ser necesarios, que fue lo mismo que haberle embalsamado para la sepultura.

Poco espacio tardó el alopiado[38] ungüento en dar manifiestas señales de su virtud, porque luego comenzó a dar el viejo tan grandes ronquidos, que se pudieron oír en la calle; música a los oídos de su esposa más acordada que la del maeso de su negro; y aun mal segura de lo que veía, se llegó a él y le estremeció un poco, y luego más, y luego otro poquito más, por ver si despertaba; y a tanto se atrevió, que le volvió de una parte a otra, sin que despertase. Como vio esto, se fue a la gatera de la puerta y, con voz no tan baja como la primera, llamó a la dueña, que allí estaba esperando, y le dijo:

—Dame albricias, hermana, que Carrizales duerme más que un muerto.

—¿Pues a qué aguardas a tomar la llave, señora? —dijo la dueña—. Mira que está el músico aguardándola más ha de una hora.

—Espera, hermana, que ya voy por ella —respondió Leonora.

Y volviendo a la cama, metió la mano por entre los colchones y sacó la llave de en medio dellos, sin que el viejo lo sintiese; y tomándola en sus manos, comenzó a dar brincos de contento, y sin más esperar abrió la puerta y la presentó a la dueña, que la recibió con la mayor alegría del mundo.

Mandó Leonora que fuese a abrir al músico y que le trujese a los corredores, porque ella no osaba quitarse de allí, por lo que podía suceder; pero que ante todas cosas hiciese que de nuevo ratificase el juramento que había hecho de no hacer más de lo que ellas le ordenasen, y que si no le quisiese confirmar y hacer de nuevo, en ninguna manera le abriesen.

—Así será —dijo la dueña—; y a fe que no ha de entrar si primero no jura y rejura y besa la cruz seis veces.

---

[38] Con opio para producir sueño.

—No le pongas tasa —dijo Leonora—; bésela él, y sean las veces que quisiere; pero mira que jure por la vida de sus padres y por todo aquello que bien quiere, porque con esto estaremos seguras y nos hartaremos de oírle cantar y tañer, que en mi ánimo que lo hace delicadamente. Y anda, no te detengas más, porque no se nos pase la noche en pláticas.

Alzóse las faldas la buena dueña, y con no vista ligereza se puso en el torno, donde estaba toda la gente de casa esperándola, y habiéndoles mostrado la llave que traía, fue tanto el contento de todas, que la alzaron en peso, como a catedrático, diciendo: «¡Viva, viva!», y más cuando les dijo que no había necesidad de contrahacer la llave, porque según el untado viejo dormía, bien se podían aprovechar de la de casa todas las veces que la quisiesen.

—¡Ea, pues, amiga —dijo una de las doncellas—, ábrase esa puerta y entre este señor, que ha mucho que aguarda, y démonos un verde[39] de música que no haya más que ver!

—Más ha de haber que ver —replicó la dueña—: que le hemos de tomar juramento, como la otra noche.

—Él es tan bueno —dijo una de las esclavas—, que no reparará en juramentos.

Abrió en esto la dueña la puerta, y teniéndola entreabierta llamó a Loaysa, que todo lo había estado escuchando por el agujero del torno, el cual, llegándose a la puerta, quiso entrarse de golpe; mas poniéndole la dueña la mano en el pecho, le dijo:

—Sabrá vuesa merced, señor mío, que en Dios y en mi conciencia todas las que estamos dentro de las puertas de esta casa somos doncellas como las madres que nos parieron, excepto mi señora; y aunque yo debo de parecer de cuarenta años, no teniendo treinta cumplidos, porque les faltan dos meses y medio, también lo soy, mal pecado; y si acaso parezco vieja, corrimientos, trabajos y desabrimientos echan un cero a los años, y a veces dos, según se les antoja. Y siendo esto ansí, como lo es, no sería razón que a trueco de oír dos, o tres, o cuatro cantares nos pusiésemos a perder tanta virginidad como aquí se encierra; porque hasta esta negra, que se llama Guiomar, es doncella. Así es que, señor de mi corazón, vuesa merced nos ha de hacer primero que entre en nuestro reino un muy solemne juramento de que no ha de hacer más de lo que nosotras le ordenaremos; y si le parece que es mucho lo que se le pide, considere que es mucho más lo que se aventura. Y si es que vuesa merced viene con buena intención, poco le ha de doler el jurar, que al buen pagador no le duelen prendas.

—Bien y rebién ha dicho la señora Marialonso —dijo una de las doncellas—; en fin, como persona discreta y que está en las cosas como se debe; y si es que el señor no quiere jurar, no entre acá dentro.

A esto dijo Guiomar la negra, que no era muy ladina[40]:

—Por mí, más que nunca jura, entre con todo diablo; que aunque más jura, si acá estás, todo olvida.

Oyó con gran sosiego Loaysa la arenga de la señora Marialonso, y con grave reposo y autoridad respondió:

---

[39] Hartémonos.

[40] Latina; con el sentido de que no sabía hablar bien castellano.

—Por cierto, señoras hermanas y compañeras mías, que nunca mi intento fue, es ni será otro que daros gusto y contento en cuanto mis fuerzas alcanzaren, y así, no se me hará cuesta arriba este juramento que me piden; pero quisiera yo que se fiara algo de mi palabra, porque dada de tal persona como yo soy, era lo mismo que hacer una obligación guarentigia[41]; y quiero hacer saber a vuesa merced que debajo del sayal hay ál[42], y que debajo de mala capa suele estar un buen bebedor. Mas para que todas estén seguras de mi buen deseo, determino de jurar como católico y buen varón, y así, juro por la intemerata eficacia, donde más santa y largamente se contiene, y por las entradas y salidas del santo Líbano monte, y por todo aquello que en su proemio encierra la verdadera historia de Carlomagno, con la muerte del gigante Fierabrás, de no salir ni pasar del juramento hecho y del mandamiento de la más mínima y desechada destas señoras, so pena que si otra cosa hiciere o quisiere hacer, desde ahora para entonces y desde entonces para ahora lo doy por nulo y no hecho ni valedero.

Aquí llegaba con su juramento el buen Loaysa, cuando una de las dos doncellas, que con atención le había estado escuchando, dio una gran voz diciendo:

—¡Este sí que es juramento para enternecer las piedras! ¡Mal haya yo si más quiero que jures, pues con sólo lo jurado podías entrar en la misma sima de Cabra!

Y asiéndole de los greguescos, le metió dentro, y luego todas las demás se le pusieron a la redonda. Luego fue una a dar las nuevas a su señora, la cual estaba haciendo centinela al sueño de su esposo, y cuando la mensajera le dijo que ya subía el músico se alegró y se turbó en un punto y preguntó si había jurado. Respondióle que sí, y con la más nueva forma de juramento que en su vida había visto.

—Pues si ha jurado —dijo Leonora—, asido le tenemos. ¡Oh, qué avisada que anduve en hacelle que jurase!

En esto llegó toda la caterva[43] junta, y el músico en medio, alumbrándolos el negro y Guiomar la negra. Y viendo Loaysa a Leonora, hizo muestras de arrojársele a los pies para besarle las manos. Ella, callando y por señas le hizo levantar, y todas estaban como mudas, sin osar hablar, temerosas que su señor las oyese; lo cual considerado por Loaysa, les dijo que bien podían hablar alto, porque el ungüento con que estaba untado su señor tenía tal virtud que, fuera de quitar la vida, ponía a un hombre como muerto.

—Así lo creo yo —dijo Leonora—; que si así no fuera, ya él hubiera despertado veinte veces, según le hacen de sueño ligero sus muchas indisposiciones; pero después que le unte, ronca como un animal.

—Pues eso es así —dijo la dueña—, vámonos a aquella sala frontera, donde podremos oír cantar aquí al señor y regocijarnos un poco.

—Vamos— dijo Leonora—; pero quédese aquí Guiomar por guarda, que nos avise si Carrizales despierta.

A lo cual respondió Guiomar:

---

[41] Garantía legal.
[42] Otra cosa.
[43] Muchedumbre.

—¡Yo, negra, quedo; blancas, van: Dios perdone a todas!

Quedóse la negra; fuéronse a la sala, donde había un rico estrado, y cogiendo al señor en medio, se sentaron todas. Y tomando la buena Marialonso una vela, comenzó a mirar de arriba abajo al bueno del músico, y una decía: «¡Ay, qué copete que tiene tan lindo y tan rizado!» Otra: «¡Ay, qué blancura de dientes! ¡Mal año para piñones mondados que más blancos ni más lindos sean!» Otra: «¡Ay, qué ojos tan grandes y tan rasgados! ¡Y por el siglo de mi madre que son verdes, que no parecen sino que son de esmeraldas!» Esta alababa la boca, aquélla los pies, y todas juntas hicieron dél una menuda anatomía y pepitoria[44]. Sola Leonora callaba, y le miraba, y le iba pareciendo de mejor talle que su velado. En esto, la dueña tomó la guitarra, que tenía el negro, y se la puso en las manos de Loaysa, rogándole que la tocase y que cantase unas coplillas que entonces andaban muy validas en Sevilla, que decían:

Madre, la mi madre,
guardas me ponéis.

Cumplióle Loaysa su deseo. Levantáronse todas, y se comenzaron a hacer pedazos bailando. Sabía la dueña las coplas, y cantólas con más gusto que buena voz, y fueron éstas:

Madre, la mi madre,
guardas me ponéis,
que si yo no me guardo,
no me guardaréis.

Dicen que está escrito,
y con gran razón,
ser la privación
causa de apetito
crece en infinito
encerrado amor
por eso es mejor
que no me encerréis;
que si yo, etc.

Si la voluntad
por sí no se guarda,
no la harán guarda
miedo o calidad:
romperá, en verdad,
por la misma muerte,
hasta hallar la suerte
que vos no entendéis
que si yo, etc.

[44] Lo analizaron detenidamente.

Quien tiene costumbre
de ser amorosa,
como mariposa
se irá tras su lumbre
aunque muchedumbre
de guardas le pongan,
y aunque más propongan
de hacer lo que hacéis;
que si yo, etc.

Es de tal manera
la fuerza amorosa,
que a la más hermosa
la vuelve en quimera:
el pecho de cera,
de fuego la gana,
las manos de lana
de fieltro los pies;
que si yo no me guardo
mal me guardaréis.

Al fin llegaban de su canto y baile el corro de las mozas, guiado por la buena dueña, cuando llegó Guiomar, la centinela, toda turbada, hiriendo de pie y de mano[45] como si tuviera alferecía, y, con voz entre ronca y baja, dijo:

—¡Despierto señor, señora; y, señora, despierto señor, y levantas y viene!

Quien ha visto banda de palomas estar comiendo en el campo sin miedo lo que ajenas manos sembraron, que al furioso estrépito de disparada escopeta se azora y levanta, y olvidada del pasto, confusa y atónita cruza por los aires, tal se imagine que quedó la banda y corro de las bailadoras, pasmadas y temerosas, oyendo la no esperada nueva que Guiomar había traído; y procurando cada uno su disculpa y todas juntas su remedio, cuál por una y cuál por otra parte, se fueron a esconder por los desvanes y rincones de la casa, dejando solo al músico, el cual, dejando la guitarra y el canto, lleno de turbación, no sabía qué hacerse.

Torcía Leonora sus hermosas manos; abofeteábase el rostro, aunque blandamente, la señora Marialonso; en fin, todo era confusión, sobresalto y miedo. Pero la dueña, como más astuta y reportada[46], dio orden que Loaysa se entrase en un aposento suyo, y que ella y su señora se quedarían en la sala, que no faltaría excusa que dar a su señor si allí las hallase.

Escondióse luego Loaysa, y la dueña se puso atenta a escuchar si su amo venía, y no sintiendo rumor alguno, cobró ánimo, y poco a poco, paso ante paso, se fue llegando al aposento donde su señor dormía, y oyó que roncaba como primero, y asegurada de que dormía, alzó las faldas y volvió corrien-

[45] Temblando.

[46] Serena.

do a pedir albricias a su señora del sueño de su amo, la cual se las mandó[47] de muy entera voluntad.

No quiso la buena dueña perder la coyuntura que la suerte le ofrecía de gozar, primero que todas, las gracias que ella se imaginaba que debía tener el músico; y así, diciéndole a Leonora que esperase en la sala en tanto que iba a llamarle, la dejó y se entró donde él estaba, no menos confuso que pensativo, esperando las nuevas de lo que hacía el viejo untado. Maldecía la falsedad del ungüento y quejábase de la credulidad de sus amigos y del poco advertimiento que había tenido en no hacer primero la experiencia en otro antes de hacerla en Carrizales.

En esto llegó la dueña, y le aseguró que el viejo dormía a más y mejor. Sosegó el pecho y estuvo atento a muchas palabras amorosas que Marialonso le dijo, de las cuales coligió la mala intención suya, y propuso en sí de ponerla por anzuelo para pescar a su señora. Y estando los dos en sus pláticas, las demás criadas, que estaban escondidas por diversas partes de la casa, una de aquí y otra de allí, volvieron a ver si era verdad que su amo había despertado; y viendo que todo estaba sepultado en silencio, llegaron a la sala donde habían dejado a su señora, de la cual supieron el sueño de su amo; y preguntándole por el músico y por la dueña, les dijo dónde estaban, y todas, con el mismo silencio que habían traído, se llegaron a escuchar por entre las puertas lo que entrambos trataban.

No faltó de la junta Guiomar la negra; el negro sí, porque así como oyó que su amo había despertado, se abrazó con su guitarra y se fue a esconder en su pajar, y, cubierto con la manta de su pobre cama, sudaba y trasudaba de miedo; y con todo eso, no dejaba de tentar las cuerdas de la guitarra: tanta era (encomendado él sea a Satanás) la afición que tenía a la música.

Entreoyeron las mozas los requiebros de la vieja, y cada una le dijo el nombre de las pascuas[48], ninguna la llamó vieja que no fuese con su epitecto y adjetivo de hechicera y de barbuda, de antojadiza y de otros que por buen respecto se callan; pero lo que más risa causara a quien entonces las oyera, eran las razones de Guiomar la negra, que, por ser portuguesa y no muy ladina, era extraña la gracia con que la vituperaba. En efeto, la conclusión de la plática de los dos fue que él condescendería con la voluntad della cuando ella primero le entregase a toda su voluntad a su señora.

Cuesta arriba se le hizo a la dueña ofrecer lo que el músico pedía; pero a trueco de cumplir el deseo que ya se le había apoderado del alma y de los huesos y médulas del cuerpo, le prometiera los imposibles que pudieran imaginarse. Dejóle, y salió a hablar a su señora, y como vio su puerta rodeada de todas las criadas, les dijo que se recogiesen a sus aposentos, que otra noche habría lugar para gozar con menos o con ningún sobresalto del músico, que ya aquella noche el alboroto les había aguado el gusto. Bien entendieron todas que la vieja se quería quedar sola; pero no pudieron dejar de obedecerla, porque las mandaba a todas. Fuéronse las criadas, y ella acudió a la sala a persuadir a Leonora acudiese a la voluntad de Loaysa, con una larga y tan concertada arenga, que pareció que de muchos días la tenía estu-

[47] Prometió.
[48] Palabras injuriosas.

diada. Encareciόle su gentileza, su valor, su donaire y sus muchas gracias, pintóle de cuánto más gusto le serían los abrazos del amante mozo que los del marido viejo, asegurándole el secreto y la duración del deleite, con otras cosas semejantes a éstas, que el demonio le puso en la lengua, llenas de colores retóricos, tan demonstrativos y eficaces, que movieran no sólo el corazón tierno y poco advertido de la simple e incauta Leonora, sino el de un endurecido mármol. ¡Oh, dueñas, nacidas y usadas en el mundo para perdición de mil recatadas y buenas intenciones! ¡Oh, luengas y repulgadas tocas, escogidas para autorizar las salas y los estrados de señoras principales, y cuán al revés de lo que debíades usáis de vuestro casi ya forzoso oficio! En fin, tanto dijo la dueña, tanto persuadió la dueña, que Leonora se rindió, Leonora se engañó y Leonora se perdió, dando en tierra con todas las prevenciones del discreto Carrizales, que dormía el sueño de la muerte de su honra.

Tomó Marialonso por la mano a su señora, y casi por fuerza y preñados de lágrimas los ojos, la llevó donde Loaysa estaba, y echándoles la bendición con una risa falsa de demonio, cerrando tras sí la puerta, los dejó encerrados, y ella se puso a dormir en el estrado, o, por mejor decir, a esperar su contento de recudida. Pero como el desvelo de las pasadas noches la venciese, se quedó dormida en el estrado.

Bueno fuera en esta sazón preguntar a Carrizales, a no saber que dormía, que a dónde estaban sus advertidos recatos, sus recelos, sus advertimientos, sus persuasiones, los altos muros de su casa, el no haber entrado en ella, ni aun en sombra, alguien que tuviese nombre de varón, el torno estrecho, las gruesas paredes, las ventanas sin luz, el encerramiento notable, la gran dote en que a Leonora había dotado, los regalos continuos que la hacía, el buen tratamiento de sus criadas y esclavas, el no faltar un punto a todo aquello que él imaginaba que habían menester, que podían desear. Pero ya queda dicho que no había para qué preguntárselo, porque dormía más de aquello que fuera menester; y si él lo oyera y acaso respondiera no podía dar mejor respuesta que encoger los hombros y enarcar las cejas y decir: «¡Todo aqueso derribó por los fundamentos la astucia, a lo que yo creo, de un mozo holgazán y vicioso, y la malicia de una falsa dueña, con la inadvertencia de una muchacha rogada y persuadida!» Libre Dios a cada uno de tales enemigos, contra los cuales no hay escudo de prudencia que defienda ni espada de recato que corte.

Pero, con todo esto, el valor de Leonora fue tal, que en el tiempo que más le convenía, le mostró contra las fuerzas villanas de su astuto engañador, pues no fueron bastantes a vencerla, y él se cansó en balde, y ella quedó vencedora, y entrambos dormidos. Y, en esto, ordenó el Cielo que, a pesar del ungüento, Carrizales despertase, y como tenía de costumbre, tentó la cama por todas partes, y no hallando en ella a su querida esposa, saltó de la cama despavorido y atónito, con más ligereza y denuedo que sus muchos años prometían; y cuando en el aposento no halló a su esposa, y le vio abierto y que faltaba la llave de entre los colchones, pensó perder el juicio; pero, reportándose un poco, salió al corredor, y de allí, andando pie ante pie por no ser sentido, llegó a la sala donde la dueña dormía, y viéndola sola, sin Leonora, fue al aposento de la dueña, y abriendo la puerta muy quedo vio lo que nunca quisiera haber visto, vio lo que diera por bien empleado no tener ojos para verlo. Vio a Leonora en brazos de Loaysa, durmiendo tan a sueño suelto como si en ellos obrara la virtud del ungüento y no en el celoso anciano.

Sin pulsos quedó Carrizales con la amarga vista de lo que miraba; la voz se le pegó a la garganta, los brazos se le cayeron de desmayo, y quedó hecho una estatua de mármol frío; y aunque la cólera hizo su natural oficio, avivándole los casi muertos espíritus, pudo tanto el dolor, que no le dejó tomar aliento. Y, con todo eso, tomara la venganza que aquella grande maldad requería si se hallara con armas para poder tomarla; y así, determinó volver a su aposento a tomar una daga, y volver a sacar las manchas de su honra con sangre de sus dos enemigos, y aun con toda aquella de toda la gente de su casa.

Con esta determinación honrosa y necesaria volvió, con el mismo silencio y recato que había venido, a su estancia, donde le apretó el corazón tanto el dolor y la angustia que, sin ser poderoso a otra cosa, se dejó caer desmayado sobre el lecho.

Llegóse en esto el día, y cogió a los nuevos adúlteros enlazados en la red de sus brazos. Despertó Marialonso, y quiso acudir por lo que, a su parecer, le tocaba; pero viendo que era tarde, quiso dejarlo por la venidera noche. Alborotóse Leonora viendo tan entrado el día, y maldijo su descuido y el de su maldita dueña, y las dos, con sobresaltados pasos, fueron donde estaba su esposo, rogando entre dientes al Cielo que le hallasen todavía roncando; y cuando le vieron encima de la cama callando, creyeron que todavía obraba la untura, pues dormía, y con gran regocijo se abrazaron la una a la otra. Llegóse Leonora a su marido, y asiéndole de un brazo le volvió de un lado a otro, por ver si despertaba sin ponerles en necesidad de lavarle con vinagre, como decían era menester para que en sí volviese. Pero con el movimiento volvió Carrizales de su desmayo, y dando un profundo suspiro, con una voz lamentable y desmayada dijo:

—¡Desdichado de mí, y a qué tristes términos me ha traído mi fortuna!

No entendió bien Leonora lo que dijo su esposo; mas como le vio despierto y que hablaba, admirada de ver que la virtud del ungüento no duraba tanto como habían significado, se llegó a él y, poniendo su rostro con el suyo, teniéndole estrechamente abrazado, le dijo:

—¿Qué tenéis, señor mío, que parece que os estáis quejando?

Oyó la voz de la dulce enemiga suya el desdichado viejo, y abriendo los ojos desencasadamente[49], como atónito y embelesado, los puso en ella, y con grande ahínco, sin mover pestaña, la estuvo mirando una gran pieza, al cabo de la cual le dijo:

—Hacedme placer, señora, que luego luego enviéis a llamar a vuestros padres de mi parte, porque siento no sé qué en el corazón, que me da grandísima fatiga, y temo que brevemente me ha de quitar la vida, y querríalos ver antes que me muriese.

Sin duda creyó Leonora ser verdad lo que su marido le decía, pensando antes que la fortaleza del ungüento, y no lo que había visto, le tenía en aquel

[49] Desencajadamente.

trance, y respondiéndole que haría lo que la mandaba, mandó al negro que luego al punto fuese a llamar a sus padres, y abrazándose con su esposo, le hacía las mayores caricias que jamás le había hecho, preguntándole qué era lo que sentía, con tan tiernas y amorosas palabras como si fuera la cosa del mundo que más amaba Él la miraba con el embelesamiento que se ha dicho, siéndole cada palabra o caricia que le hacía una lanzada que le atravesaba el alma.

Ya la dueña había dicho a la gente de casa y a Loaysa la enfermedad de su amo, encareciéndoles que debía ser de momento[50], pues se le había olvidado de mandar cerrar las puertas de la calle cuando el negro salió a llamar a los padres de la señora; de la cual embajada asimismo se admiraron, por no haber entrado ninguno dellos en aquella casa después que casaron a su hija.

En fin, todos andaban callados y suspensos, no dando en la verdad de la causa de la indisposición de su amo, el cual de rato en rato tan profunda y dolorosamente suspiraba, que con cada suspiro parecía arrancársele el alma.

Lloraba Leonora por verle de aquella suerte, y reíase él con una risa de persona que estaba fuera de sí, considerando la falsedad de sus lágrimas.

En esto llegaron los padres de Leonora, y como hallaron la puerta de la calle y la del patio abiertas y la casa sepultada en silencio y sola, quedaron admirados con no pequeño sobresalto. Fueron al aposento de su yerno, y halláronle, como se ha dicho, siempre clavados los ojos en su esposa, a la cual tenía asida de las manos, derramando los dos muchas lágrimas; ella, con no más ocasión de verlas derramar a su esposo; él, por ver cuán fingidamente ella las derramaba.

Así como sus padres entraron, habló Carrizales, y dijo:

—Siéntense aquí vuesas mercedes, y todos los demás dejen desocupado este aposento, y sólo quede la señora Marialonso.

Hiciéronlo así, y quedando solos los cinco, sin esperar que otro hablase, con sosegada voz, limpiándose los ojos, desta manera dijo Carrizales:

—Bien seguro estoy, padres y señores míos, que no será menester traeros testigos para que me creáis una verdad que quiero deciros. Bien se os debe acordar, que no es posible se os haya caído de la memoria, con cuánto amor, con cuán buenas entrañas, hace hoy un año, un mes, cinco días y nueve horas que me entregaste a vuestra querida hija por legítima mujer mía. También sabéis con cuánta liberalidad la doté, pues fue tal la dote, que más de tres de su misma calidad se pudieran casar con opinión de ricas. Asimismo se os debe acordar la diligencia que puse en vestirla y adornarla de todo aquello que ella se acertó a desear y yo alcancé a saber que le convenía. Ni más ni menos habéis visto, señores, cómo, llevado de mi natural condición y temeroso del mal que, sin duda, he de morir, y experimentando por mi mucha edad en los extraños y varios acaescimientos del mundo, quise guardar esta joya, que yo escogí y vosotros me disteis, con el mayor recato que me fue posible. Alcé las murallas desta casa, quité la vista a las ventanas de la calle, doblé las cerraduras de las puertas, púsele torno, como a monasterio desterré perpetuamente della todo aquello que sombra o nombre de varón tuviese. Dile criadas y esclavas que la sirviesen; ni les negué a ellas ni a

[50] De importancia.

ella cuanto quisieron pedirme; hícela mi igual; comuniquéle mis mas secretos pensamientos; entreguéle mi hacienda. Todas éstas eran obras para que, si bien lo considerara, yo viviera seguro de gozar sin sobresalto lo que tanto me había costado y ella procurara no darme ocasión a que ningún género de temor celoso entrara en mi pensamiento; mas como no se puede prevenir con diligencia humana el castigo que la voluntad divina quiere dar a los que en ella no ponen del todo en todo sus deseos y esperanzas, no es mucho que yo quede defraudado en las mías y que yo mismo haya sido el fabricador del veneno que me va quitando la vida. Pero porque veo la suspensión en que todos estáis, colgados de las palabras de mi boca, quiero concluir los largos preámbulos desta plática con deciros en una palabra lo que no es posible decirse en millares dellas. Digo, pues, señores, que todo lo que he dicho y hecho ha parado en que esta madrugada hallé a ésta, nacida en el mundo para perdición de mi sosiego y fin de mi vida —y esto, señalando a su esposa—, en los brazos de un gallardo mancebo que en la estancia desta pestifera dueña ahora está encerrado.

Apenas acabó estas últimas palabras Carrizales cuando a Leonora se le cubrió el corazón, y en las mismas rodillas de su marido se cayó desmayada. Perdió la color Marialonso, y a las gargantas de los padres de Leonora se les atravesó un nudo que no les dejaba hablar palabra. Pero prosiguiendo adelante Carrizales, dijo:

—La venganza que pienso tomar desta afrenta no es ni ha de ser de las que ordinariamente suelen tomarse, pues quiero que, así como yo fui extremado en lo que hice, así sea la venganza que tomare, tomándola de mí mismo como del más culpado en este delito; que debiera considerar que mal podían estar ni compadecerse en uno de los quince años desta muchacha con los casi ochenta míos. Yo fui el que, como el gusano de seda, me fabriqué la casa donde muriese, y a ti no te culpo, ¡oh niña mal aconsejada! —y diciendo esto se inclinó y besó el rostro de la desmayada Leonora—; no te culpo, digo, porque persuasiones de viejas taimadas y requiebros de mozos enamorados fácilmente vencen y triunfan del poco ingenio que los pocos años encierran. Mas por que todo el mundo vea el valor de los quilates de la voluntad y fe con que te quise, en este último trance de mi vida quiero mostrarlo de modo que quede en el mundo por ejemplo, si no de bondad, al menos de simplicidad jamás oída ni vista; y así, quiero que se traiga luego aquí un escribano, para hacer de nuevo mi testamento, en el cual mandaré doblar la dote a Leonora, y le rogaré que después de mis días, que serán bien breves, disponga su voluntad, pues lo podrá hacer sin fuerza, a casarse con aquel mozo, a quien nunca ofendieron las canas deste lastimado viejo; y así verá que, si viviendo, jamás salí un punto de lo que pude pensar ser su gusto, en la muerte hago lo mismo, y quiero que le tenga con el que ella debe de querer tanto. La demás hacienda mandaré a otras obras pías, y a vosotros señores míos, dejaré con que podáis vivir honradamente lo que de la vida os queda. La venida del escribano sea luego, porque la pasión que tengo me aprieta de manera que a más andar me va acortando los pasos de la vida.

Esto dicho, le sobrevino un terrible desmayo, y se dejó caer tan junto de Leonora, que se juntaron los rostros: ¡extraño y triste espectáculo para los padres, que a su querida hija y a su amado yerno miraban! No quiso la mala dueña esperar a las reprehensiones que pensó le darían los padres de su señora, y así, se salió del aposento y fue a decir a Loaysa todo lo que pasaba aconsejándole que luego al punto se fuese de aquella casa, que ella tendría cuidado de avisarle con el negro lo que sucediese pues ya no había puertas ni llaves que lo impidiesen. Admiróse Loaysa con tales nuevas, y, tomando el consejo, volvió a vestirse como pobre y fuese a dar cuenta a sus amigos del extraño y nunca visto suceso de sus amores.

En tanto, pues, que los dos estaban transportados, el padre de Leonora envió a llamar a un escribano amigo suyo, el cual vino a tiempo que ya habían vuelto hija y yerno en su acuerdo. Hizo Carrizales su testamento en la manera que había dicho, sin declarar el yerro de Leonora, más de que por buenos respectos le pedía y rogaba se casase, si acaso él muriese, con aquel mancebo que él le había dicho en secreto. Cuando esto oyó Leonora, se arrojó a los pies de su marido y, saltándole el corazón en el pecho, le dijo:

—Vivid vos muchos años, mi señor y mi bien todo, que puesto caso que no estáis obligado a creerme ninguna cosa de la que os dijere, sabed que no os he ofendido sino con el pensamiento.

Y comenzando a disculparse y a contar por extenso la verdad del caso, no pudo mover la lengua, y volvió a desmayarse. Abrazóla así desmayada el lastimado viejo; abrazáronla sus padres; lloraron todos tan amargamente, que obligaron y aun forzaron a que en ellas los acompañase el escribano que hacía el testamento, en el cual dejó de comer a todas las criadas de casa, horras las esclavas y el negro, y a la falsa de Marialonso no le mandó otra cosa que la paga de su salario; mas, sea lo que fuere, el dolor le apretó de manera que el seteno día le llevaron a la sepultura.

Quedó Leonora viuda, llorosa y rica; y cuando Loaysa esperaba que cumpliese lo que ya él sabía que su marido en el testamento dejaba mandado, vio que dentro de una semana se entró monja en uno de los más recogidos monasterios de la ciudad. Él, despechado y casi corrido, se pasó a las Indias. Quedaron los padres de Leonora tristísimos, aunque se consolaron con lo que su yerno les había dejado y mandado por su testamento. Las criadas se consolaron con lo mismo, y las esclavas y esclavo, con la libertad; y la malvada de la dueña, pobre y defraudada de todos sus malos pensamientos.

Y yo quedé con el deseo de llegar al fin deste suceso, ejemplo y espejo de lo poco que hay que fiar de llaves, tornos y paredes cuando queda la voluntad libre, y de lo menos que hay que confiar de verdes y pocos años, si les andan al oído exhortaciones destas dueñas de monjil negro y tendido y tocas blancas y luengas. Sólo no sé qué fue la causa que Leonora no puso más ahínco en desculparse y dar a entender a su celoso marido cuán limpia y sin ofensa había quedado en aquel suceso; pero la turbación le ató la lengua, y la priesa que se dio a morir su marido no dio lugar a su disculpa.

LA ILUSTRE FREGONA

En Burgos, ciudad ilustre y famosa, no ha muchos años que en ella vivían dos caballeros principales y ricos: el uno se llamaba don Diego de Carriazo, y el otro, don Juan de Avendaño. El don Diego tuvo un hijo, a quien llamó de su mismo nombre, y el don Juan otro, a quien puso don Tomás de Avendaño. A estos dos caballeros mozos, como quien han de ser las principales personas deste cuento, por excusar y ahorrar letras, los llamaremos con solos los nombres de Carriazo y de Avendaño.

Trece años, o poco más, tendría Carriazo cuando, llevado de una inclinación picaresca, sin forzarle a ello algún mal tratamiento que sus padres le hiciesen, sólo por su gusto y antojo, se desgarró, como dicen los muchachos, de casa de sus padres, y se fue por ese mundo adelante, tan contento de la vida libre, que en la mitad de las incomodidades y miserias que trae consigo no echaba menos la abundancia de la casa de su padre, ni el andar a pie le cansaba, ni el frío le ofendía, ni el calor le enfadaba. Para él todos los tiempos del año le eran dulce y templada primavera; tan bien dormía en parvas como en colchones; con tanto gusto se soterraba en un pajar de un mesón como si se acostara entre dos sábanas de holanda. Finalmente, él salió tan bien con el asumto de pícaro, que pudiera leer cátedra en la facultad al famoso de Alfarache[1].

En tres años que tardó en aparecer y volver a su casa aprendió a jugar a la taba[2] en Madrid, y al rentoy[3] en las ventillas de Toledo, y a presa y pinta[4] en pie en las barbacanas de Sevilla; pero con serle anejo a este género de vida la miseria y estrecheza, mostraba Carriazo ser un príncipe en sus cosas: a tiro de escopeta, en mil señales, descubría ser bien nacido, porque era generoso y bien partido con sus camaradas. Visitaba pocas veces las ermitas de Baco, y aunque bebía vino, era tan poco, que nunca pudo entrar en el número de los que llaman desgraciados, que con alguna cosa que beban demasiada, luego se les pone el rostro como si se le hubiesen jalbegado con bermellón y almagre. En fin, en Carriazo vio el mundo un pícaro virtuoso, limpio, bien criado y más que medianamente discreto. Pasó por todos los grados de pícaro hasta que se graduó de maestro en las almadrabas[5] de Zahara, donde es el *finibusterrae*[6] de la picaresca.

---

[1] Referencia a la novela *Vida del pícaro Guzmán de Alfarache*, de Mateo Alemán.
[2] Juego infantil.
[3] Juego de naipes muy plebeyo.
[4] Juego de naipes prohibido.
[5] Pesca del atún.
[6] El «non plus ultra» («el no va más»).

¡Oh, pícaros de cocina, sucios, gordos y lucios, pobres fingidos, tullidos falsos, cicateruelos[7] de Zocodover y de la plaza de Madrid, vistosos oracioneros[8], esportilleros[9] de Sevilla, mandilejos[10] del hampa, con toda la caterva innumerable que se encierra debajo deste nombre *pícaro!* Bajad el toldo, amainad el brío, no os llaméis pícaros si no habéis cursado dos cursos en la academia de la pesca de los atunes. ¡Allí, allí, que está en su centro el trabajo junto con la poltronería! Allí está la suciedad limpia, la gordura rolliza, la hambre prompta, la hartura abundante, sin disfraz el vicio, el juego siempre, las pendencias por momentos, las muertes por puntos, las pullas a cada paso, los bailes como en bodas, las seguidillas como en estampa, los romances con estribos[11], la poesía sin aciones[12], Aquí se canta, allí se reniega, acullá se riñe, acá se juega, y por todo se hurta. Allí campea la libertad y luce el trabajo; allí van, o envían, muchos padres principales a buscar a sus hijos, y los hallan; y tanto sienten sacarlos de aquella vida como si los llevaran a dar muerte.

Pero toda esta dulzura que he pintado tiene un amargo acíbar que la amarga, y es no poder dormir sueño seguro sin el temor de que en un instante los trasladen de Zahara a Berbería. Por esto las noches se recogen a unas torres de la marina, y tienen sus atajadores y centinelas, en confianza de cuyos ojos cierran ellos los suyos, puesto que tal vez ha sucedido que centinelas y atajadores, pícaros, mayorales, barcos y redes, con toda la turbamulta que allí se ocupa, han anochecido en España y amanecido en Tetuán[13]. Pero no fue parte este temor para que nuestro Carriazo dejase de acudir allí tres veranos a darse buen tiempo. El último verano le dijo tan bien la suerte[14], que ganó a los naipes cerca de setecientos reales, con los cuales quiso vestirse y volverse a Burgos y a los ojos de su madre, que habían derramado por él muchas lágrimas. Despidióse de sus amigos que los tenía muchos y muy buenos; prometióles que el verano siguiente sería con ellos, si enfermedad o muerte no lo estorbase; dejó con ellos la mitad de su alma, y todos sus deseos entregó a aquellas secas arenas, que a él le parecían más frescas y verdes que los Campos Elíseos. Y por estar ya acostumbrado de caminar a pie, tomó el camino en la mano, y sobre dos alpargatas se llegó desde Zahara hasta Valladolid, cantando «Tres ánades, madre». Estúvose allí quince días para reformar la color del rostro, sacándola de mulata a flamenca, y para trastejarse y sacarse del borrador de pícaro y ponerse en limpio de caballero.

Todo esto hizo según le dieron comodidad quinientos reales con que llegó a Valladolid, y aun dellos reservó ciento para alquilar una mula y un mozo, con que se presentó a sus padres honrado y contento. Ellos le recibieron con mucha alegría, y todos sus amigos y parientes vinieron a darle el parabién de la buena venida del señor don Diego de Carriazo, su hijo. Es de advertir que en su peregrinación don Diego mudó el nombre de Carriazo

[7] Ladrones de bolsillos, rateros.
[8] Ciegos fingidos que rezaban oraciones.
[9] Porteadores.
[10] Criados de mujeres públicas o rufianes.
[11] Estribillos.
[12] Que es suelta y libre hasta para lo deshonesto.
[13] Alusión a las incursiones piratas.
[14] Se le dio también el juego.

por el de Urdiales, y con este nombre se hizo llamar de los que el suyo no sabían.

Entre los que vinieron a ver al recién llegado fueron don Juan de Avendaño y su hijo don Tomás, con quien Carriazo, por ser ambos de una misma edad y vecinos, trabó y confirmó una amistad estrechísima.

Contó Carriazo a sus padres y a todos mil magníficas y luengas mentiras de cosas que le habían sucedido en los tres años de su ausencia; pero nunca tocó, ni por pienso, en las almadrabas, puesto que en ellas tenía de contino puesta la imaginación especialmente cuando vio que se llegaba el tiempo donde había prometido a sus amigos la vuelta. Ni le entretenía la caza, en que su padre le ocupaba, ni los muchos, honestos y gustosos convites que en aquella ciudad se usan le daban gusto. Todo pasatiempo le cansaba, y a todos los mayores que se le ofrecían anteponía el que había recebido en las almadrabas.

Avendaño, su amigo, viéndole muchas veces melancólico e imaginativo, fiado en su amistad, se atrevió a preguntarle la causa, y se obligó a remediarla, si pudiese y fuese menester, con su sangre misma. No quiso Carriazo tenérsela encubierta, por no hacer agravio a la grande amistad que profesaban; y así, le contó punto por punto la vida de la jábega y cómo todas sus tristezas y pensamientos nacían del deseo que tenía de volver a ella; pintósela de modo que Avendaño, cuando le acabó de oír, antes alabó que vituperó su gusto.

En fin, el de la plática fue disponer Carriazo la voluntad de Avendaño de manera que determinó de irse con él a gozar un verano de aquella felicísima vida que le había descrito, de lo cual quedó sobremodo contento Carriazo, por parecerle que había ganado un testigo de abono que calificase su baja determinación. Trazaron ansimismo de juntar todo el dinero que pudiesen; y el mejor modo que hallaron fue que de allí a dos meses había de ir Avendaño a Salamanca, donde por su gusto tres años había estado estudiando las lenguas griega y latina, y su padre quería que pasase adelante y estudiase la facultad que él quisiese, y que del dinero que le diese habría para lo que deseaban.

En este tiempo propuso Carriazo a su padre que tenía voluntad de irse con Avendaño a estudiar a Salamanca. Vino su padre con tanto gusto en ello, que hablando al de Avendaño ordenaron de ponerles juntos casa en Salamanca, con todos los requisitos que pedían ser hijos suyos.

Llegóse el tiempo de la partida, proveyéronlos de dineros y enviaron con ellos un ayo que los gobernase, que tenía más de hombre de bien que de discreto. Los padres dieron documentos[15] a sus hijos de lo que habían de hacer y de cómo se habían de gobernar para salir aprovechados en la virtud y en las ciencias, que es el fruto que todo estudiante debe pretender sacar de sus trabajos y vigilias, principalmente los bien nacidos. Mostráronse los hijos humildes y obedientes; lloraron las madres; recibieron la bendición de todos; pusiéronse en camino con mulas propias y con dos criados de casa, amén del ayo, que se había dejado crecer la barba por que diese autoridad a su cargo.

---

[15] Instrucciones.

En llegando a la ciudad de Valladolid, dijeron al ayo que querían estarse en aquel lugar dos días para verle, porque nunca le habían visto ni estado en él. Reprenhendiólos mucho el ayo, severa y ásperamente, la estada, diciéndoles que los que iban a estudiar con tanta priesa como ellos no se habían de detener una hora a mirar niñerías, cuanto más dos días, y que él formaría escrúpulo si los dejaba detener un solo punto, y que se partiesen luego, y si no, que sobre eso, morena[16].

Hasta aquí se extendía la habilidad del señor ayo, o mayordomo, como más nos diere gusto llamarle. Los mancebitos, que tenían ya hecho su agosto y su vendimia[17], pues habían ya robado cuatrocientos escudos de oro que llevaba su mayor, dijeron que sólo los dejase aquel día, en el cual querían ir a ver la fuente de Argales, que la comenzaban a conducir a la ciudad por grandes y espaciosos acueductos. En efeto, aunque con dolor de su ánima, les dio licencia, porque él quisiera excusar el gasto de aquella noche, y hacerlo en Valdeastillas, y repartir las diez y ocho leguas que hay desde Valdeastillas a Salamanca en dos días, y no las veintidós que hay desde Valladolid; pero, como uno piensa el bayo y otro el que le ensilla, todo le sucedió al revés de lo que él quisiera.

Los mancebos, con sólo un criado y a caballo en dos muy buenas y caseras mulas, salieron a ver la fuente de Argales, famosa por su antigüedad y sus aguas, a despecho del Caño Dorado y de la reverenda Priora, con paz sea dicho de Leganitos y de la extremadísima fuente Castellana, en cuya competencia pueden callar Corpa y la Pizarra de la Mancha[18]. Llegaron a Argales, y cuando creyó el criado que sacaba Avendaño de las bolsas del cojín alguna cosa con que beber, vio que sacó una carta cerrada, diciéndole que luego al punto volviese a la ciudad y se la diese a su ayo, y que en dándosela los esperase en la puerta del Campo.

Obedeció el criado, tomó la carta, volvió a la ciudad, y ellos volvieron las riendas, y aquella noche durmieron en Mojados, y de allí a dos días en Madrid, y en otros cuatro se vendieron las mulas en pública plaza, y hubo quien les fiase por seis escudos de prometido, y aun quien les diese el dinero en oro por sus cabales. Vistiéronse a lo payo con capotillos de dos haldas, zahones o zaragüelles y medias de paño pardo. Ropero hubo que por la mañana les compró sus vestidos y a la noche los había mudado de manera que no los conociera la propia madre que los había parido.

Puestos, pues, a la ligera y del modo que Avendaño quiso y supo, se pusieron en camino de Toledo *ad pedem litterae*[19] y sin espadas, que también el ropero, aunque no atañía a su menester, se las había comprado.

Dejémoslos ir, por ahora, pues van contentos y alegres, y volvamos a contar lo que el ayo hizo cuando abrió la carta que el criado le llevó y halló que decía desta manera:

«Vuesa merced será servido, señor Pedro Alonso, de tener paciencia y dar la vuelta a Burgos, donde dirá a nuestros padres que, habiendo nosotros

---

[16] Frase de amenaza en burla, según Correas.
[17] Tenían hecho su negocio.
[18] Se citan varias fuentes madrileñas.
[19] A pie, en tono jocoso.

sus hijos, con madura consideración, considerado cuán más propias son de los caballeros las armas que las letras, habemos determinado de trocar a Salamanca por Bruselas y a España por Flandes. Los cuatrocientos escudos llevamos; las mulas pensamos vender. Nuestra hidalga intención y el largo camino es bastante disculpa de nuestro yerro, aunque nadie le juzgará por tal, si no es cobarde. Nuestra partida es ahora; la vuelta será cuando Dios fuere servido, el cual guarde a vuesa merced como puede y estos sus menores discípulos deseamos. De la fuente de Argales, puesto ya el pie en el estribo para caminar a Flandes.—*Carriazo y Avendaño.*»

Quedó Pedro Alonso suspenso en leyendo la epístola y acudió presto a su valija, y el hallarla vacía le acabó de confirmar la verdad de la carta, y luego al punto, en la mula que le había quedado, se partió a Burgos a dar las nuevas a sus amos con toda presteza, porque con ella pusiesen remedio y diesen traza de alcanzar a sus hijos; pero destas cosas no dice nada el autor desta novela, porque así como dejó puesto a caballo a Pedro Alonso volvió a contar de lo que les sucedió a Avendaño y a Carriazo a la entrada a Illescas, diciendo que al entrar de la puerta de la villa encontraron dos mozos de mulas, al parecer andaluces, en calzones de lienzo anchos, jubones acuchillados[20] de anjeo[21], sus coletos de ante, dagas de ganchos y espadas sin tiros[22]; al parecer, el uno venía de Sevilla y el otro iba a ella. El que iba estaba diciendo al otro:

—Si no fueran mis amos tan adelante, todavía me detuviera algo más, a preguntarle mil cosas que deseo saber; porque me has maravillado mucho con lo que me has contado de que el Conde ha ahorcado a Alonso Genis y a Ribera, sin querer otorgarles la apelación.

—¡Oh, pecador de mí! —replicó el sevillano—. Armóles el Conde zancadilla, y cogiólos debajo de su jurisdicción, que eran soldados, y por contrabando se aprovechó dellos, sin que la Audiencia se los pudiese quitar. Sábete, amigo, que tiene un Bercebú en el cuerpo este conde de Puñonrostro que nos mete los dedos de su puño en el alma. Barrida está Sevilia y diez leguas a la redonda de jácaros; no para ladrón en sus contornos. Todos le temen como al fuego, aunque ya se suena que dejará presto el cargo de Asistente, porque no tiene condición para verse a cada paso en dimes ni diretes con los señores de la Audiencia.

—¡Vivan ellos mil años —dijo el que iba a Sevilla—, que son padres de los miserables y amparo de los desdichados! ¡Cuántos pobretes están mascando barro[23] no más de por la cólera de un juez absoluto, de un corregidor, o mal informado, o bien apasionado! Más ven muchos ojos que dos: no se apodera tan presto el veneno de la injusticia de muchos corazones como se apodera de una sólo.

—Predicador te has vuelto —dijo el de Sevilla—, y según llevas la retahíla, no acabarás tan presto, y yo no te puedo aguardar, y esta noche no vayas a posar donde sueles, sino en la posada del Sevillano, porque verás en

[20] Con aberturas.
[21] Tela basta.
[22] Correas.
[23] Muertos y enterrados.

ella la más hermosa fregona que se sabe; Marinilla la de la venta Tejada es asco en su comparación; no te digo más sino que hay fama que el hijo del Corregidor bebe los vientos por ella. Uno desos mis amos que allá van jura que al volver que vuelva al Andalucía se ha de estar dos meses en Toledo y en la misma posada, sólo por hartarse de mirarla. Ya le dejo yo en señal un pellizco, y me llevo en contracambio un gran torniscón. Es dura como un mármol, y zahareña como villana de Sayago, y áspera como una ortiga; pero tiene una cara de pascua y un rostro de buen año: en una mejilla tiene el sol, y en la otra, la luna; la una es hecha de rosas y la otra de claveles, y en entrambas hay también azucenas y jazmines. No te digo más sino que la veas, y verás que no te he dicho nada, según lo que te pudiera decir, acerca de su hermosura. En las dos mulas rucias que sabes que tengo mías la dotara de buena gana si me la quisieran dar por mujer; pero yo sé que no me la darán: que es joya para un arcipreste o para un conde. Y otra vez torno a decir que allá lo verás. Y adiós, que me mudo.

Con esto se despidieron los dos mozos de mulas, cuya plática y conversación dejó mudos a los dos amigos que escuchado la habían, especialmente a Avendaño, en quien la simple relación que el mozo de mulas había hecho de la hermosura de la fregona despertó en él un intenso deseo de verla. También le despertó en Carriazo; pero no de manera que no desease más llegar a sus almadrabas que detenerse a ver las pirámides de Egipto, u otra de las siete maravillas, o todas juntas.

En repetir estas palabras de los mozos y en remedar y contrahacer el modo y los ademanes con que las decían entretuvieron el camino hasta Toledo, y luego, siendo la guía Carriazo, que ya otra vez había estado en aquella ciudad, bajando por la Sangre de Cristo, dieron con la posada del Sevillano; pero no se atrevieron a pedirla allí, porque su traje no lo pedía[24].

Era ya anochecido, y aunque Carriazo importunaba a Avendaño que fuesen a otra parte a buscar posada, no le pudo quitar de la puerta de la del Sevillano, esperando si acaso aparecía la tal celebrada fregona. Entrábase la noche y la fregona no salía; desesperábase Carriazo, y Avendaño se estaba quedo; el cual, por salir con su intención, con excusa de preguntar por unos caballeros de Burgos que iban a la ciudad de Sevilla, se entró hasta el patio de la posada, y apenas hubo entrado, cuando de una sala que en el patio estaba vio salir una moza, al parecer de quince años, poco más o menos, vestida como labradora, con una vela encendida en un candelero.

No puso Avendaño los ojos en el vestido y traje de la moza, sino en su rostro, que le parecía ver en él los que suelen pintar de los ángeles. Quedó suspenso y atónito de su hermosura, y no acertó a preguntarle nada, tal era su suspensión y embelesamiento. La moza, viendo a aquel hombre delante de sí, le dijo:

—¿Qué busca, hermano? ¿Es por ventura criado de alguno de los huéspedes de casa?

—No soy criado de ninguno, sino vuestro —respondió Avendaño, todo lleno de turbación y sobresalto.

---

[24] «No era el conveniente.» La posada de la Sevillana (no del Sevillano) existió realmente en Toledo y fue destruida en 1936.

La moza que de aquel modo se vio responder, dijo:

—Vaya, hermano, norabuena, que las que servimos no hemos menester criados.

Y llamando a su señor, le dijo:

—Mire, señor, lo que busca este mancebo.

Salió su amo y preguntóle qué buscaba. Él respondió que a unos caballeros de Burgos que iban a Sevilla, uno de los cuales era su señor, el cual le había enviado delante por Alcalá de Henares, donde había de hacer un negocio que les importaba, y que junto con esto le mandó que se viniese a Toledo y le esperase en la posada del Sevillano, donde vendría a apearse, y que pensaba que llegaría aquella noche, u otro día a más tardar. Tan buen color dio Avendaño a su mentira, que a la cuenta del huésped pasó por verdad, pues le dijo:

—Quédese, amigo, en la posada, que aquí podrá esperar a su señor hasta que venga.

—Muchas mercedes[25], señor huésped —respondió Avendaño—, y mande vuesa merced que se me dé un aposento para mí y un compañero que viene conmigo, que está allí fuera, que dineros traemos para pagarlo tan bien como otro.

—En buen hora —respondió el huésped.

Y volviéndose a la moza, dijo:

—Costancica, di a Argüello que lleve a estos galanes al aposento del rincón y que les eche sábanas limpias.

—Sí haré, señor —respondió Costanza, que así se llamaba la doncella.

Y haciendo una reverencia a su amo, se les quitó delante, cuya ausencia fue para Avendaño lo que suele ser al caminante ponerse el sol y sobrevenir la noche lóbrega y escura. Con todo esto, salió a dar cuenta a Carriazo de lo que había visto y de lo que dejaba negociado; el cual por mil señales conoció cómo su amigo venía herido de la amorosa pestilencia; pero no le quiso decir nada por entonces, hasta ver si lo merecía la causa de quien nacían las extraordinarias alabanzas y grandes hipérboles con que la belleza de Costanza sobre los mismos cielos levantaba.

Entraron, en fin, en la posada, y la Argüello, que era una mujer de hasta cuarenta y cinco años, superintendente de las camas y aderezo de los aposentos, los llevó a uno que ni era de caballeros ni de criados, sino de gente que podía hacer medio entre los dos extremos. Pidieron de cenar; respondióles Argüello que en aquella posada no daban de comer a nadie, puesto que guisaban y aderezaban lo que los huéspedes traían de fuera comprado; pero que bodegones y casas de estado[26] había cerca donde sin escrúpulo de conciencia podían ir a cenar lo que quisiesen. Tomaron los dos el consejo de Argüello, y dieron con sus cuerpos en un bodego, donde Carriazo cenó lo que le dieron y Avendaño lo que con él llevaba, que fueron pensamientos e imaginaciones.

Lo poco o nada que Avendaño comía admiraba mucho a Carriazo. Por enterarse del todo de los pensamientos de su amigo, al volverse a la posada le dijo:

---

[25] Gracias.

[26] En Madrid, a los «bodegones» se les llamaba «casas de estado».

—Conviene que mañana madruguemos, porque antes que entre el calor estemos ya en Orgaz.

—No estoy en eso —respondió Avendaño—, porque pienso antes que desta ciudad me parta ver lo que dicen que hay famoso en ella, como es el Sagrario, el artificio de Juanelo[27], las Vistillas de San Agustín, la Huerta del Rey y la Vega.

—Norabuena —respondió Carriazo—; eso en dos días se podrá ver.

—En verdad que lo he de tomar de espacio, que no vamos a Roma a alcanzar alguna vacante.

—¡Ta, ta! —replicó Carriazo—. A mí me maten, amigo, si no estáis vos con más deseo de quedaros en Toledo que de seguir nuestra comenzada romería.

—Así es la verdad —respondió Avendaño—, y aun tan imposible será apartarme de ver el rostro desta doncella como no es posible ir al cielo sin buenas obras.

—¡Gallardo encarecimiento —dijo Carriazo— y determinación digna de un tan generoso pecho como el vuestro! ¡Bien cuadra un don Tomás de Avendaño, hijo de don Juan de Avendaño, caballero lo que es bueno, rico lo que basta, mozo lo que alegra, discreto lo que admira, con enamorado y perdido por una fregona que sirve en el mesón del Sevillano!

—Lo mismo me parece a mí que es —respondió Avendaño— considerar un don Diego de Carriazo, hijo del mismo, caballero del hábito de Alcántara el padre, y el hijo a pique de heredarle con su mayorazgo, no menos gentil en el cuerpo que en el ánimo, y con todos estos generosos atributos, verle enamorado, ¿de quién, si pensáis? ¿De la reina Ginebra?[28] No, por cierto, sino de la almadraba de Zahara, que es más fea, a lo que creo, que un miedo de santo Antón[29].

—¡Pata es la traviesa, amigo! —respondió Carriazo—. Por los filos que te herí me has muerto; quédese aquí nuestra pendencia, y vámonos a dormir, y amanecerá Dios, y medraremos.

—Mira, Carriazo; hasta ahora no has visto a Costanza; en viéndola, te doy licencia para que me digas todas las injurias o reprehensiones que quisieres.

—Ya sé yo en qué ha de parar esto —dijo Carriazo.

—¿En qué? —replicó Avendaño.

—En que yo me iré con mi almadraba y tú te quedarás con tu fregona —dijo Carriazo.

—No seré yo tan venturoso —dijo Avendaño.

—Ni yo tan necio —respondió Carriazo— que por seguir tu mal gusto deje de conseguir el bueno mío.

En estas pláticas llegaron a la posada, y aun se les pasó en otras semejantes la mitad de la noche, y habiendo dormido, a su parecer, poco más de una

[27] Se refiere a las obras del ingeniero Juanelo Turriano, destinadas a llevar las aguas del Tajo a la ciudad de Toledo.

[28] Personaje de las novelas caballerescas.

[29] «Que una tentación de San Antonio.»

hora, los despertó el son de muchas chirimías que en la calle sonaban. Sentáronse en la cama, y estuvieron atentos, y dijo Carriazo:

—Apostaré que es ya de día y que debe de hacerse alguna fiesta en un monasterio de Nuestra Señora del Carmen que está aquí cerca, y por eso tocan esas chirimías.

—No es eso —respondió Avendaño—, porque no ha tanto que dormimos que pueda ser ya de día.

Estando en esto, sintieron llamar a la puerta de su aposento, y preguntando quién llamaba, respondieron de fuera diciendo:

—Mancebos, si queréis oír una brava música, levantaos y asomaos a una reja que sale a la calle, que está en aquella sala frontera, que no hay nadie en ella.

Levantáronse los dos, y cuando abrieron no hallaron persona[30] ni supieron quién les había dado el aviso; mas porque oyeron el son de una arpa, creyeron ser verdad la música, y así, en camisa como se hallaron, se fueron a la sala, donde ya estaban otros tres o cuatro huéspedes puestos a las rejas, hallaron lugar y de allí a poco, al son de la arpa y de una vihuela, con maravillosa voz oyeron cantar este soneto, que no se le pasó de la memoria a Avendaño:

Raro, humilde sujeto, que levantas
a tan excelsa cumbre la belleza,
que en ella se excedió naturaleza
a sí misma, y al cielo la adelantas;
si hablas, o si ríes, o si cantas,
si muestras mansedumbre o aspereza
(efeto sólo de tu gentileza),
las potencias del alma nos encantas.
Para que pueda ser más conocida
la sin par hermosura que contienes
y la alta honestidad de que blasonas,
deja el servir, pues debes ser servida
de cuantos ven sus manos y sus sienes
resplandecer por cetros y coronas.

No fue menester que nadie les dijese a los dos que aquella música se daba por Costanza, pues bien claro lo había descubierto el soneto, que sonó de tal manera en los oídos de Avendaño, que diera por bien empleado, por no haberle oído haber nacido sordo y estarlo todos los días de la vida que le quedaba, a causa que desde aquel punto la comenzó a tener tan mala como quien se halló traspasado el corazón de la rigurosa lanza de los celos, y era lo peor que no sabía de quién debía o podía tenerlos. Pero presto le sacó deste cuidado uno de los que a la reja estaban, diciendo:

—¡Que tan simple sea este hijo del Corregidor que se ande dando músicas a una fregona...! Verdad es que ella es de las más hermosas muchachas

[30] Nadie.

que yo he visto, y he visto muchas; mas no por esto había de solicitarla con tanta publicidad.

A lo cual añadió otro de los de la reja:

—Pues en verdad que he oído yo decir por cosa muy cierta que así hace ella cuenta dél como si no fuese nadie: apostaré que se está ella agora durmiendo a sueño suelto[31] detrás de la cama de su ama, donde dicen que duerme, sin acordársele de músicas ni canciones.

—Así es la verdad —replicó el otro—, porque es la más honesta doncella que se sabe, y es maravilla que con estar en esta casa de tanto tráfago y donde hay cada día gente nueva, y andar por todos los aposentos, no se sabe della el menor desmán del mundo.

Con esto que oyó Avendaño tornó a revivir y a cobrar aliento para poder escuchar otras muchas cosas que al son de diversos instrumentos los músicos cantaron, todas encaminadas a Costanza, la cual, como dijo el huésped, se estaba durmiendo sin ningún cuidado.

Por venir el día, se fueron los músicos, despidiéndose con las chirimías. Avendaño y Carriazo se volvieron a su aposento, donde durmió el que pudo hasta la mañana, la cual venida, se levantaron los dos, entrambos con deseo de ver a Costanza; pero el deseo del uno era deseo curioso, y el del otro, deseo enamorado. Pero a entrambos se los cumplió Costanza saliendo de la sala de su amo tan hermosa, que a los dos les pareció que todas cuantas alabanzas le había dado el mozo de mulas eran cortas y de ningún encarecimiento.

Su vestido era una saya y corpiños de paño verde, con unos ribetes del mismo paño. Los corpiños eran bajos; pero la camisa, alta, plegado el cuello, con un cabezón[32] labrado de seda negra, puesta una gargantilla de estrellas de azabache sobre un pedazo de una columna de alabastro, que no era menos blanca su garganta, ceñida con un cordón de San Francisco, y de una cinta pendiente, al lado derecho, un gran manojo de llaves. No traía chinelas, sino zapatos de dos suelas, colorados, con unas calzas que no se le parecían sino cuanto por un perfil mostraban también ser coloradas. Traía tranzados[33] los cabellos con unas cintas blancas de hiladillo; pero tan largo el tranzado, que por las espaldas le pasaba de la cintura; el color salía de castaño y tocaba en rubio; pero al parecer, tan limpio, tan igual y tan peinado, que ninguno, aunque fuera de hebras de oro, se le pudiera comparar. Pendíale de las orejas dos calabacillas de vidrio, que parecían perlas; los mismos cabellos le servían de garbín[34] y de tocas.

Cuando salió de la sala se persignó y santiguó, y con mucha devoción y sosiego hizo una profunda reverencia a una imagen de Nuestra Señora que en una de las paredes del patio estaba colgada, y alzando los ojos vio a los dos que mirándola estaban, y apenas los hubo visto, cuando se retiró y volvió a entrar en la sala, desde la cual dio voces a Argüello que se levantase.

---

[31] «A pierna suelta.»
[32] Listón de lienzo que se cose a la camisa y rodeando el cuello.
[33] Trenzados.
[34] Adorno de la cabeza usado por las mujeres.

Resta ahora por decir qué es lo que le pareció a Carriazo de la hermosura de Costanza, de lo que le pareció a Avendaño, ya está dicho, cuando la vio la vez primera. No digo más sino que a Carriazo le pareció tan bien como a su compañero, pero enamoróle mucho menos, y tan menos, que quisiera no anochecer en la posada, sino partirse luego para sus almadrabas.

En esto, a las voces de Costanza salió a los corredores la Argüello, con otras dos mocetonas, también criadas de casa, de quien se dice que eran gallegas, y el haber tantas lo requería la mucha gente que acude a la posada del Sevillano, que es una de las mejores y más frecuentadas que hay en Toledo. Acudieron también los mozos de los huéspedes a pedir cebada. Salió el huésped de casa a dársela, maldiciendo a sus mozas, que por ellas se le había ido un mozo que la solía dar con muy buena cuenta y razón, sin que le hubiese hecho menos, a su parecer, un solo grano. Avendaño, que oyó esto, dijo:

—No se fatigue, señor huésped, déme el libro de la cuenta, que los días que hubiere de estar aquí yo la tendré tan buena en dar la cebada y paja que pidieren que no eche menos al mozo que dice que se le ha ido.

—En verdad que os lo agradezco, mancebo —respondió el huésped—, porque yo no puedo atender a esto, que tengo otras muchas cosas a que acudir fuera de casa. Bajad; daros he el libro, y mirad que estos mozos de mulas son el mismo diablo y hacen trampantojos[35] un celemín de cebada con menos conciencia que si fuese de paja.

Bajó al patio Avendaño y entregóse en el libro, y comenzó a despachar celemines como agua, y a asentarlos por tan buena orden, que el huésped, que lo estaba mirando, quedó contento, y tanto, que dijo:

—Pluguiese a Dios que vuestro amo no viniese y que a vos os diese gana de quedaros en casa, que a fe que otro gallo os cantase. Porque el mozo que se me fue vino a mi casa, hará ocho meses, roto y flaco, y ahora lleva dos pares de vestidos muy buenos y va gordo como una nutria. Porque quiero que sepáis, hijo, que en esta casa hay muchos provechos, amén de los salarios.

—Si yo me quedase —replicó Avendaño— no repararía mucho en la ganancia, que con cualquiera cosa me contentaria a trueco de estar en esta ciudad, que me dicen que es la mejor de España.

—A lo menos —respondió el huésped —es de las mejores y más abundantes que hay en ella; mas otra cosa nos falta ahora, que es buscar quien vaya por agua al río; que también se me fue otro mozo que con un asno que tengo famoso me tenía rebosando las tinajas y hecha un lago de agua la casa, y una de las causas por que los mozos de mulas se huelgan de traer sus amos a mi posada es por la abundancia de agua que hallan siempre en ella; porque no llevan su ganado al río, sino dentro de casa beben las cabalgaduras en grandes barreños.

Todo esto estaba oyendo Carriazo, el cual, viendo que ya Avendaño estaba acomodado y con oficio en casa, no quiso él quedarse a buenas noches, y más que consideró el gran gusto que haría a Avendaño si le seguía el humor, y así, dijo al huésped:

---

[35] Escamotean.

—Venga el asno, señor huésped, que tan bien sabré yo cinchalle y cargalle como sabe mi compañero asentar en el libro su mercancía.

—Sí —dijo Avendaño—, mi compañero Lope Asturiano servirá de traer agua como un príncipe, y yo le fío.

La Argüello, que estaba atenta desde el corredor a todas estas pláticas, oyendo decir a Avendaño que él fiaba a su compañero, dijo:

—Dígame, gentilhombre, ¿y quién le ha de fiar a él? Que en verdad que me parece que más necesidad tiene de ser fiado que de ser fiador.

—Calla, Argüello —dijo el huésped—, no te metas donde no te llaman; yo los fío a entrambos, y por vida de vosotras que no tengáis dares ni tomares con los mozos de casa, que por vosotras se me van todos.

—Pues qué —dijo otra moza—, ¿ya se quedan en casa estos mancebos? Para mi santiguada que si yo fuera camino con ellos, que nunca les fiara la bota.

—Déjese de chocarrerías, señora Gallega—respondió el huésped—, y haga su hacienda, y no se entremeta con los mozos, que la moleré a palos.

—¡Por cierto, sí! —replicó la Gallega—. ¡Mirad qué joyas para codiciallas! Pues en verdad que no me ha hallado el señor mi amo tan juguetona con los mozos de casa, ni de fuera, para tenerme en la mala piñón[36] que me tiene: ellos son bellacos, y se van cuando se les antoja sin que nosotras les demos ocasión alguna. ¡Bonica gente es ella, por cierto, para tener necesidad de apetites[37] que los inciten a dar un madrugón[38] a sus amos cuando menos se percatan!

—Mucho habláis, Gallega hermana —respondió su amo—; punto en boca y atended a lo que tenéis a vuestro cargo.

Ya en esto tenía Carriazo enjaezado el asno, y subiendo en él de un brinco, se encaminó al río, dejando a Avendaño muy alegre de haber visto su gallarda resolución.

He aquí tenemos ya —en buena hora se cuente— a Avendaño hecho mozo del mesón, con nombre de Tomás Pedro, que así dijo que se llamaba, y a Carriazo, con el de Lope Asturiano, hecho aguador: transformaciones dignas de anteponerse a las del narigudo poeta. A malas penas acabó de entender la Argüello que los dos se quedaban en casa, cuando hizo designio sobre el Asturiano, y le marcó por suyo, determinándose a regalarle de suerte que, aunque él fuese de condición esquiva y retirada, le volviese más blando que un guante.

El mismo discurso hizo la Gallega melindrosa sobre Avendaño, y como las dos, por trato y conversación y por dormir juntas, fuesen grandes amigas, al punto declaró la una a la otra su determinación amorosa y desde aquella noche determinaron de dar principio a la conquista de sus dos desapasionados amantes. Pero lo primero que advirtieron fue en que les habían de pedir que no las habían de pedir celos por cosas que las viesen hacer de sus personas, porque mal pueden regalar las mozas a los de dentro si no hacen tributarios a los de fuera de casa. «Callad, hermanos —decían ellas,

---

[36] Opinión.

[37] Salsas estimulantes.

[38] Robo, engaño.

como si los tuvieran presentes y fueran ya sus verdaderos mancebos o amancebados—; callad y tapaos los ojos, y dejad tocar el pandero a quien sabe y que guíe la danza quien la entienda, y no habrá par de canónigos en esta ciudad más regalados que vosotros lo seréis destas tributarias vuestras.»

Estas y otras razones desta sustancia y jaez dijeron la Gallega y la Argüello, y en tanto, caminaba nuestro buen Lope Asturiano la vuelta del río, por la cuesta del Carmen, puestos los pensamientos en sus almadrabas y en la súbita mutación de su estado. O ya fuese por esto o porque la suerte así lo ordenase, en un paso estrecho, al bajar de la cuesta, se encontró con un asno de un aguador, que subía cargado, y como él descendía y su asno era gallardo, bien dispuesto y poco trabajado, tal encuentro dio al cansado y flaco que subía, que dio con él en el suelo, y por haberse quebrado los cántaros se derramó también el agua, por cuya desgracia el aguador antiguo, despechado y lleno de cólera, arremetió al aguador moderno, que aún se estaba caballero, y antes que se desenvolviese y apease le había pegado y asentado una docena de palos tales, que no le supieron bien al Asturiano.

Apeóse, en fin, pero con tan malas entrañas, que arremetió a su enemigo, y asiéndole con ambas manos por la garganta dio con él en el suelo, y tal golpe dio con la cabeza sobre una piedra, que se la abrió en dos partes, saliendo tanta sangre, que pensó que le había muerto.

Otros muchos aguadores que allí venían, como vieron a su compañero tan mal parado, arremetieron a Lope y tuviéronle asido fuertemente, gritando:

—¡Justicia, justicia! ¡Que este aguador ha muerto a un hombre!

Y a vuelta destas razones y gritos, le molían a mojicones y a palos. Otros acudieron al caído, y vieron que tenía hendida la cabeza y que casi estaba expirando. Subieron las voces de boca en boca por la cuesta arriba, y en la plaza del Carmen dieron en los oídos de un alguacil, el cual, con dos corchetes, con más ligereza que si volara, se puso en el lugar de la pendencia, a tiempo que ya el herido estaba atravesado sobre su asno, y el de Lope asido, y Lope rodeado de más de veinte aguadores, que no le dejaban rodear, antes le abrumaban las costillas de manera que más se pudiera temer de su vida que de la del herido, según menudeaban sobre él los puños y las varas aquellos vengadores de la ajena injuria.

Llegó el alguacil, apartó a la gente, entregó a sus corchetes al Asturiano, y antecogiendo a su asno, y al herido sobre el suyo, dio con ellos en la cárcel, acompañado de tanta gente y de tantos muchachos que le seguían, que apenas podía hender por las calles.

Al rumor de la gente salió Tomás Pedro y su amo a la puerta de la casa, a ver de qué procedía tanta grita, y descubrieron a Lope entre los dos corchetes, lleno de sangre el rostro y la boca; miró luego por su asno el huésped, y viole en poder de otro corchete que ya se les había juntado; preguntó la causa de aquellas prisiones; fuele respondida la verdad del suceso; pesóle por su asno, temiendo que le había de perder, o a lo menos hacer más costas por cobrarle que él valía.

Tomás Pedro siguió a su compañero, sin que le dejasen llegar a hablarle una palabra, tanta era la gente que lo impedía y el recato de los corchetes y del alguacil que le llevaba. Finalmente, no le dejó hasta verle poner en la cárcel, y en un calabozo, con dos pares de grillos, y al herido en la enfermería, donde se halló a verle curar, y vio que la herida era peligrosa, y mucho, y lo mismo dijo el cirujano.

El alguacil se llevó a su casa los dos asnos, y más cinco reales de a ocho que los corchetes habían quitado a Lope.

Volvióse a la posada lleno de confusión y tristeza, halló al que ya tenía por amo con no menos pesadumbre que él traía, a quien dijo de la manera que quedaba su compañero, y del peligro de muerte en que estaba el herido, y del suceso de su asno. Díjole más: que a su desgracia se le había añadido otra de no menor fastidio, y era que un grande amigo de su señor le había encontrado en el camino y le había dicho que su señor, por ir muy de priesa y ahorrar dos leguas de camino, desde Madrid había pasado por la barca de Azeca, y que aquella noche dormía en Orgaz, y que le había dado doce escudos que le diese, con orden de que se fuese a Sevilla, donde le esperaba.

—Pero no puede ser así —añadió Tomás—, pues no será razón que yo deje a mi amigo y camarada en la cárcel y en tanto peligro. Mi amo me podrá perdonar por ahora; cuanto más que él es tan bueno y honrado, que dará por bien cualquier falta que le hiciere, a trueco que no la haga a mi camarada. Vuesa merced, señor amo, me la haga de tomar este dinero y acudir a este negocio, y en tanto que esto se gasta, yo escribiré a mi señor lo que pasa, y sé que me enviará dineros que basten a sacarnos de cualquier peligro.

Abrió los ojos de un palmo el huésped, alegre de ver que en parte iba saneando la pérdida de su asno. Tomó el dinero y consoló a Tomás, diciéndole que él tenía personas en Toledo de tal calidad que valían mucho con la justicia, especialmente una señora monja, parienta del Corregidor, que le mandaba con el pie, y que una lavandera del monasterio de tal monja tenía una hija que era grandísima amiga de una hermana de un fraile muy familiar y conocido del confesor de la dicha monja, la cual lavandera lavaba la ropa en casa...

—Y como ésta pida a su hija, que sí pedirá, hable a la hermana del fraile que hable a su hermano que hable al confesor, y el confesor a la monja, y la monja guste de dar un billete (que será cosa fácil) para el Corregidor, donde le pida encarecidamente mire por el negocio de Tomás, sin duda alguna se podrá esperar buen suceso. Y esto ha de ser con tal que el aguador no muera y con que no falte ungüento para untar a todos los ministros de la justicia; porque si no están untados, gruñen más que carretas de bueyes.

En gracia le cayó a Tomás los ofrecimientos del favor que su amo le había hecho y los infinitos y revuelcos arcaduces por donde le había derivado, y aunque conoció que antes lo había dicho de socarrón que de inocente, con todo eso, le agradeció su buen ánimo y le entregó el dinero, con promesa que no faltaría mucho más, según él tenía la confianza en su señor, como ya le había dicho.

La Argüello, que vio atraillado a su nuevo cuyo, acudió luego a la cárcel a llevarle de comer; mas no se le dejaron ver, de que ella volvió muy sentida y mal contenta, pero no por esto desistió de su buen propósito.

En resolución, dentro de quince días estuvo fuera de peligro el herido, y a los veinte declaró el cirujano que estaba del todo sano, y ya en este tiempo había dado traza Tomás como le viniesen cincuenta escudos de Sevilla, y sacándolos él de su seno, se los entregó al huésped con cartas y cédula fingida de su amo, y como al huésped le iba poco en averiguar la verdad de aquella correspondencia, cogió el dinero, que por ser en escudos de oro le alegraba mucho.

Por seis ducados se apartó de la querella el herido; en diez, y en el asno y las costas, sentenciaron al Asturiano. Salió de la cárcel; pero no quiso volver a estar con su compañero, dándole por disculpa que en los días que había estado preso le había visitado la Argüello y requerídole de amores, cosa para él de tanta molestia y enfado, que antes se dejara ahorcar que corresponder con el deseo de tan mala hembra; que lo que pensaba hacer era, ya que él estaba determinado de seguir y pasar adelante con su propósito, comprar un asno y usar el oficio de aguador en tanto que estuviesen en Toledo; que con aquella cubierta no sería juzgado ni preso por vagamundo, y que con sola una carga de agua se podía andar todo el día por la ciudad a sus anchuras, mirando bobas.

—Antes mirarás hermosas que bobas en esta ciudad, que tiene fama de tener las más discretas mujeres de España, y que andan a una su discreción con su hermosura, y si no, míralo por Costanza, de cuyas sobras de belleza puede enriquecer no sólo a las hermosas desta ciudad, sino a las de todo el mundo.

—Paso, señor Tomás —replicó Lope—; vámonos poquito a poquito en esto de las alabanzas de la señora fregona, si no quiere que, como le tengo por loco, le tenga por hereje.

—¿Fregona has llamado a Costanza, hermano Lope? —respondió Tomás—. Dios te lo perdone y te traiga a verdadero conocimiento de tu yerro.

—Pues, ¿no es fregona? —replicó el Asturiano.

—Hasta ahora le tengo por ver fregar el primer plato.

—No importa —dijo Lope— no haberle visto fregar el primer plato, si le has visto fregar el segundo, y aun el centésimo.

—Yo te digo, hermano —replicó Tomás—, que ella no friega ni entiende en otra cosa que en su labor, y en ser guarda de la plata labrada que hay en su casa, que es mucha.

—Pues, ¿cómo la llaman por toda la ciudad —dijo Lope— la fregona ilustre, si es que no friega? Mas sin duda debe de ser que como friega plata, y no loza, le dan el nombre de ilustre. Pero, dejando esto aparte, dime, Tomás: ¿en qué estado están tus esperanzas?

—En el de perdición —respondio Tomás—; porque en todos estos días que has estado preso nunca la he podido hablar una palabra, y a muchas que los huéspedes le dicen, con ninguna otra cosa responde que con bajar los ojos y no desplegar los labios: tal es su honestidad y su recato, que no menos enamora con su recogimiento que con su hermosura. Lo que me trae alcanzado de paciencia es saber que el hijo del Corregidor, que es mozo brioso y algo atrevido, muere por ella y la solicita con músicas que pocas noches se pasan sin dársela, y tan al descubierto, que en lo que cantan la nombran, la alaban y la solenizan. Pero ella no las oye, ni desde que anochece hasta la mañana no sale del aposento de su ama, escudo que no deja que me pase el corazón la dura saeta de los celos.

—Pues, ¿qué piensas hacer con el imposible que se te ofrece en la conquista desta Porcia[39], desta Minerva[40] y desta nueva Penélope [41], que en figura de doncella y de fregona te enamora, te acobarda y te desvanece?

—Haz la burla que de mí quisieres, amigo Lope, que yo sé que estoy enamorado del más hermoso rostro que pudo formar naturaleza y de la más incomparable honestidad que ahora se puede usar en el mundo. Costanza se llama, y no Porcia, Minerva o Penélope; en un mesón sirve, que no lo puedo negar; pero, ¿qué puedo yo hacer, si me parece que el destino con oculta fuerza me inclina y la elección con claro discurso me mueve a que la adore? Mira, amigo: no sé cómo te diga —prosiguió Tomás— de la manera con que Amor el bajo sujeto desta fregona, que tú llamas, me la encumbra y levanta tan alto, que viéndole no le vea y conociéndole le desconozca. No es posible que, aunque lo procuro, pueda un breve término contemplar, si así se puede decir, en la bajeza de su estado, porque luego acuden a borrarme este pensamiento su belleza, su donaire, su sosiego, su honestidad y recogimiento, y me dan a entender que debajo de aquella rústica corteza debe de estar encerrada y escondida alguna mina de gran valor y de merecimiento grande. Finalmente, sea lo que fuere, yo la quiero bien, y no con aquel amor vulgar con que a otras he querido, sino con amor tan limpio, que no se extiende a más que a servir y a procurar que ella me quiera, pagándome con honesta voluntad lo que a la mía, también honesta, se debe.

A este punto dio una gran voz el Asturiano, y, como exclamando, dijo:

—¡Oh, amor platónico! ¡Oh, fregona ilustre! ¡Oh, felicísimos tiempos los nuestros, donde vemos que la belleza enamora sin malicia, la honestidad enciende sin que abrase, el donaire da gusto sin que incite, y la bajeza del estado humilde obliga y fuerza a que la suban sobre la rueda de la que llaman Fortuna[42]! ¡Oh, pobres atunes míos, que os pasáis este año sin ser visitados deste tan enamorado y aficionado vuestro! Pero el que viene yo haré la enmienda de manera que no se quejen de mí los mayorales de las mis deseadas almadrabas.

A esto dijo Tomás:

—Ya veo, Asturiano, cuán al descubierto te burlas de mí. Lo que podías hacer es irte norabuena a tu pesquería, que yo me quedaré en mi caza, y aquí me hallarás a la vuelta. Si quieres llevarte contigo el dinero que te toca, luego te lo daré, y ve en paz, y cada uno siga la senda por donde su destino le guiare.

—Por más discreto te tenía —replicó Lope—, ¿y tú no ves que lo que digo es burlando? Pero ya sé que tú hablas de veras, de veras te serviré en todo aquello que fuere de tu gusto. Una cosa sola te pido, en recompensa de las muchas que pienso hacer en tu servicio, y es que no me pongas en ocasión de que la Argüello me requiebre ni solicite; porque antes romperé con

[39] Esposa de Bruto, que se suicidó al morir éste.
[40] Diosa de la guerra, las artes y la sabiduría.
[41] Esposa de Ulises.
[42] Diosa que distribuía los bienes y los males.

tu amistad que ponerme a peligro de tener la suya. Vive Dios, amigo, que habla más que un relator y que le huele el aliento a rasuras[43] desde una legua; todos los dientes de arriba son postizos, y tengo para mí que los cabellos son cabellera[44], y para adobar y suplir estas faltas, después que me descubrió su mal pensamiento, ha dado en afeitarse[45] con albayalde, y así se jalbega el rostro, que no parece sino mascarón de yeso puro.

—Todo eso es verdad —replicó Tomás—, y no es tan mala la gallega que a mí me martiriza. Lo que se podrá hacer es que esta noche sola estés en la posada, y mañana comprarás el asno que dices y buscarás dónde estar, y así, huirás los encuentros de Argüello y yo quedaré sujeto a los de la Gallega y a los irreparables de los rayos de la vista de mi Costanza.

En esto se convinieron los dos amigos, y se fueron a la posada, adonde de la Argüello fue con muestras de mucho amor recebido el Asturiano. Aquella noche hubo un baile a la puerta de la posada, de muchos mozos de mulas que en ella y en las convecinas había. El que tocó la guitarra fue el Asturiano; las bailadoras, amén de las dos gallegas y de la Argüello, fueron otras tres mozas de otra posada. Juntáronse muchos embozados, con más deseo de ver a Costanza que el baile, pero ella no apareció ni salió a verle, con que dejó burlados muchos deseos.

De tal manera tocaba la guitarra Lope, que decían que la hacía hablar. Pidiéronle las mozas, y con más ahínco la Argüello, que cantase algún romance; él dijo que como ellas le bailasen al modo como se canta y baila en las comedias, que le cantaría, y que para que no lo errasen, que hiciesen todo aquello que él dijese cantando, y no otra cosa.

Había entre los mozos de mulas bailarines, y entre las mozas, ni más ni menos. Mondó el pecho Lope, escupiendo dos veces[46], en el cual tiempo pensó lo que diría, y como era de presto, fácil y lindo ingenio, con una felicísima corriente de improviso comenzó a cantar desta manera:

Salga la hermosa Argüello
moza una vez, y no más,
y haciendo una reverencia,
de dos pasos hacia atrás.
De la mano la arrebate
el que llaman Barrabás,
andaluz mozo de mulas,
canónigo del Compás[47].
De las dos mozas gallegas
que en esta posada están,
salga la más carigorda
en cuerpo y sin devantal.

[43] Sedimento del mosto cuando fermenta.
[44] Postizos.
[45] Maquillarse.
[46] Preparándose para cantar.
[47] Así se llamaba a la mancebía de Sevilla.

Engarráfela[48] Torote,
y todos cuatro a la par,
con mudanzas y meneos
den principio a un contrapás[49].

Todo lo que iba cantando el Asturiano hicieron al pie de la letra ellos y ellas; mas cuando llegó a decir que diesen principio a un contrapás, respondió Barrabás, que así le llamaban por mal nombre al bailarín mozo de mulas:

—Hermano músico, mire lo que canta y no moteje a nadie de mal vestido, porque aquí no hay nadie con trapos y cada uno se viste como Dios le ayuda.

El huésped, que oyó la ignorancia del mozo, le dijo:

—Hermano mozo, contrapás es un baile extranjero, y no motejo de mal vestidos.

—Si eso es —replicó el mozo—, no hay para qué nos metan en dibujos; toquen sus zarabandas, chaconas y folías[50] al uso, y escudillen como quisieren, que aquí hay personas que les sabrán llenar las medidas hasta el gollete.

El Asturiano, sin replicar palabra, prosiguió su canto, diciendo:

Entren, pues, todas las ninfas
y los ninfos que han de entrar
que el baile de la chacona
es más ancho que la mar.
Requieran las castañetas
y bájense a refregar
las manos por esa arena
o tierra del muladar.
Todos lo han hecho muy bien,
no tengo que les rectar
santígüense, y den al diablo
dos higas de su higueral.
Escupan al hideputa
por que nos deje holgar,
puesto que de la chacona
nunca se suele apartar.
Cambio el son, divina Argüello,
más bella que un hospital;
pues eres mi nueva musa,
tu favor me quieras dar.

El baile de la chacona
encierra la vida bona.

---

[48] Cógela.
[49] Paso de danza.
[50] Distintos bailes, el último portugués.

Hállase allí el ejercicio
que la salud acomoda,
sacudiendo de los miembros
a la pereza poltrona.
Bulle la risa en el pecho
de quien baila y de quien toca,
del que mira y del que escucha
baile y música sonora.
Vierten azogue los pies,
derrítese la persona
y con gusto de sus dueños
las mulillas[51] se descorchan.
El brío y la ligereza
en los viejos se remoza,
y en los mancebos se ensalza
y sobre modo se entona.

Que el baile de la chacona
encierra la vida bona.

¡Qué de veces ha intentado
aquesta noble señora,
con la alegre zarabanda
el pesame y perra mora[52]
entrarse por los resquicios
de las casas religiosas
a inquietar la honestidad
que en las santas celdas mora:
¡Cuántas fue vituperada
de los mismos que la adoran!
Porque imagina el lascivo
y al que es necio se le antoja.

Que el baile de la chacona
encierra la vida bona.

Esta indiana amulatada,
de quien la fama pregona
que ha hecho más sacrilegios
e insultos que hizo Aroba;
ésta, a quien es tributaria
la turba de las fregonas,
la caterva de los pajes
y de lacayos las tropas,

[51] Zapatillas con suelas de corcho.
[52] Bailes de la época.

dice, jura y no revienta,
que, a pesar de la persona
del soberbio zambapalo[53],
ella es la flor de la olla,

y que sola la chacona
encierra la vida bona.

En tanto que Lope cantaba, se hacían rajas bailando la turbamulta de los mulantes[54] y fregatrices del baile, que llegaban a doce, y en tanto que Lope se acomodaba a pasar delante cantando otras cosas de más tono, sustancia y consideración de las cantadas, uno de los muchos embozados que el baile miraban, dijo sin quitarse el embozo:

—¡Calla, borracho! ¡Calla, cuero[55]! ¡Calla, odrina[56], poeta de viejo, músico falso!

Tras esto, acudieron otros diciéndole tantas injurias y muecas, que Lope tuvo por bien de callar; pero los mozos de mulas lo tuvieron tan mal, que si no fuera por el huésped, que con buenas razones los sosegó, allí fuera la de Mazagatos[57], y aun con todo eso, no dejaran de menear las manos si a aquel instante no llegara la justicia y los hiciera recoger a todos.

Apenas se habían retirado, cuando llegó a los oídos de todos los que en el barrio despiertos estaban una voz de un hombre que sentado sobre una piedra, frontero de la posada del Sevillano, cantaba con tan maravillosa y suave armonía, que los dejó suspensos y los obligó a que le escuchasen hasta el fin. Pero el que más atento estuvo fue Tomás Pedro, como aquel a quien más le tocaba, no sólo el oír la música, sino entender la letra, que para él no fue oír canciones, sino cartas de excomunión que le acongojaban el alma, porque lo que el músico cantó fue este romance:

¿Dónde estás, que no pareces,
esfera de la hermosura,
belleza a la vida humana
de divina compostura?
Cielo impíreo, donde amor
tiene su estancia segura;
primer moble[58] que arrebata
tras sí todas las venturas;
lugar cristalino donde
transparentes aguas puras
enfrían de amor las llamas
las acrecientan y apuran;
nuevo hermoso firmamento,

[53] Otro baile popular.
[54] Mozo de mulas.
[55] Se refiere a los cueros donde se guarda el vino.
[56] Cuero de buey donde se trasiega el mosto.
[57] Pelea sangrienta y peligrosa.
[58] Primum mobile: primer móvil.

donde dos estrellas juntas,
sin tomar la luz prestada,
al cielo y al suelo alumbran;
alegría que se opone
a las tristezas confusas
del padre que da a sus hijos
en su vientre sepultura[59];
humildad que se resiste
de la alteza con que encumbran
gran Jove[60], a quien influye
su benignidad, que es mucha.
Red invisible y sutil,
que pone en prisiones duras
al adúltero guerrero
que de las batallas triunfa[61];
cuarto cielo y sol segundo,
que el primero deja a escuras
cuando acaso deja verse;
que el verle es caso y ventura;
grave embajador, que hablas
con tan extraña cordura,
que persuades callando,
aún más de lo que procuras;
del segundo cielo tienes
no más que la hermosura,
y del primero, no más
que el resplandor de la luna;
esta esfera sois, Costanza,
puesta, por corta fortuna,
en lugar que, por indigno,
vuestras venturas deslumbra.
Fabricad vos vuestra suerte
consintiendo se reduzga
la entereza a trato al uso,
la esquividad a blandura.
Con esto veréis, señora,
que envidian vuestra fortuna
las soberbias por linaje,
las grandes por hermosura.
Si queréis ahorrar camino,
la más rica y la más pura
voluntad en mí os ofrezco
que vio Amor en alma alguna.

---

[59] Alusión a Saturno, que devoró a sus hijos.
[60] Júpiter.
[61] Alusión a Marte, dios de la guerra, amante de Venus, esposa de Vulcano.

El acabar estos últimos versos y el llegar volando dos medios ladrillos fue todo uno: que si como dieron junto a los pies del músico le dieran en mitad de la cabeza, con facilidad le sacaran de los cascos la música y la poesía. Asombróse el pobre, y dio a correr por aquella cuesta arriba con tanta priesa, que no le alcanzara un galgo. ¡Infelice estado de los músicos, murciélagos y lechuzos, siempre sujetos a semejantes lluvias y desmanes! A todos los que escuchado habían la voz del apedreado les pareció bien; pero a quien mejor fue a Tomás Pedro, que admiró la voz y el romance, mas quisiera él que de otra que Costanza naciera la ocasión de tantas músicas, puesto que a sus oídos jamás llegó ninguna.

Contrario deste parecer fue Barrabás, el mozo de mulas, que también estuvo atento a la música; porque así como vio huir al músico, dijo:

—¡Allá irás, mentecato, trovador de Judas, que pulgas te coman los ojos! ¿Y quién diablos te enseñó a cantar a una fregona cosas de esferas y de cielos, llamándola lunes y martes, y de ruedas de fortuna? Dijérasla, noramala para ti y para quien le hubiere parecido bien tu trova, que es tiesa como un espárrago, entonada como un plumaje, blanca como una leche, honesta como un fraile novicio, melindrosa y zahareña como una mula de alquiler, y más dura que un pedazo de argamasa; que como esto le dijeras, ella lo entendiera y se holgara; pero llamarla embajador, y red, y moble, y alteza, y bajeza, más es para decirlo a un niño de la doctrina que a una fregona. Verdaderamente que hay poetas en el mundo que escriben trovas que no hay diablo que las entienda. Yo, a lo menos, aunque soy Barrabás, éstas que ha cantado este músico de ninguna manera las entrevo[62]: ¡miren qué hará Costancica! Pero ella lo hace mejor: que se está en su cama haciendo burla del mismo Preste Juan de las Indias. Este músico, a lo menos, no es de los del hijo del Corregidor; que aquéllos son muchos, y una vez que otra se dejan entender; pero éste, ¡voto a tal que me deja mohíno!

Todos los que escucharon a Barrabás recibieron gran gusto, y tuvieron su censura y parecer por muy acertado.

Con esto, se acostaron todos, y apenas estaba sosegada la gente, cuando sintió Lope que llamaban a la puerta de su aposento muy paso, y preguntando quién llamaba, fuele respondido con voz baja:

—La Argüello y la Gallega somos: ábrannos, que nos morimos de frío.

—Pues en verdad —respondió Lope— que estamos en la mitad de los caniculares.

—Déjate de gracias, Lope —replicó la Gallega—; levántate y abre, que venimos hechas unas archiduquesas.

—¿Archiduquesas y a tal hora? —respondió Lope—. No creo en ellas; antes entiendo que sois brujas, o unas grandísimas bellacas: idos de ahí luego; si no, por vida de... hago juramento que si me levanto, que con los hierros de mi pretina os tengo de poner las posaderas como unas amapolas.

Ellas, que se vieron responder tan acerbadamente y tan fuera de aquello que primero se imaginaron, temieron la furia del Asturiano, y defraudadas sus esperanzas y borrados sus designios se volvieron tristes y malaventura-

62 Entiendo.

das a sus lechos; aunque antes de apartarse de la puerta dijo la Argüello poniendo los hocicos por el agujero de la llave:

—No es la miel para la boca del asno. Y con esto, como si hubiera dicho una gran sentencia y tomado una justa venganza, se volvió, como se ha dicho, a su triste cama.

Lope, que sintió que se habían vuelto, dijo a Tomás Pedro que estaba despierto:

—Mirad, Tomás: ponedme vos a pelear con dos gigantes y en ocasión que me sea forzoso desquijarar por vuestro servicio media docena o una de leones, que yo lo haré con más facilidad que beber una taza de vino; pero que me pongáis en necesidad que me tome a brazo partido con la Argüello, no lo consentiré si me asaetean. ¡Mirad qué doncellas de Dinamarca nos había ofrecido la suerte esta noche! Ahora bien, amanecerá Dios y medraremos.

—Ya te he dicho, amigo —respondió Tomás—, que puedes hacer tu gusto, o ya en irte a tu romería, o ya en comprar el asno y hacerte aguador, como tienes determinado.

—En lo de ser aguador me afirmo —respondió Lope—. Y durmamos lo poco que queda hasta venir el día, que tengo esta cabeza mayor que una cuba y no estoy para ponerme ahora a departir contigo.

Durmiéronse, vino el día, levantáronse, y acudió Tomás a dar cebada y Lope se fue al mercado de las bestias, que es allí junto, a comprar un asno que fuese tal como bueno.

Sucedió, pues, que Tomás, llevado de sus pensamientos y de la comodidad que le daba la soledad de las siestas, había compuesto en algunas unos versos amorosos y escrítolos en el mismo libro do tenía la cuenta de la cebada, con intención de sacarlos aparte en limpio y romper o borrar aquellas hojas; pero antes que esto hiciese, estando él fuera de casa y habiéndose dejado el libro sobre el cajón de la cebada, le tomó su amo, y abriéndole para ver cómo estaba la cuenta, dio con los versos, que leídos le turbaron y sobresaltaron.

Fuese con ellos a su mujer, y antes que se los leyese llamó a Costanza, y con grandes encarecimientos, mezclados con amenazas, le dijo le dijese si Tomás Pedro, el mozo de la cebada, le había dicho algún requiebro o alguna palabra descompuesta o que viese indicio de tenerla afición. Costanza juró que la primera palabra, en aquella o en otra materia alguna, estaba aún por hablarla, y que jamás, ni aun con los ojos, le había dado muestras de pensamiento malo alguno.

Creyéronla sus amos, por estar acostumbrados a oírla siempre decir verdad en todo cuanto le preguntaban. Dijéronle que se fuese de allí, y el huésped dijo a su mujer:

—No sé qué me diga desto. Habréis de saber, señora, que Tomás tiene escritas en este libro de la cebada unas coplas que me ponen mala espina que está enamorado de Costancica.

—Veamos las coplas —respondió la mujer—, que yo os diré lo que en eso debe de haber.

—Así será, sin duda alguna —replicó el marido—: que como sois poeta, luego daréis en su sentido.

—No soy poeta —respondió la mujer—; pero ya sabéis vos que tengo buen entendimiento y que sé rezar en latín las cuatro oraciones.

—Mejor haríades de rezallas en romance: que ya os dijo vuestro tío el clérigo que decíades mil gazafatones[63] cuando rezábades en latín y que no rezábades nada.

—Esa flecha, de la aljaba de su sobrina ha salido, que está envidiosa de verme tomar las horas[64] de latín en la mano e irme por ellas como por viña vendimiada.

—Sea como vos quisiéredes —respondió el huésped—. Estad atenta, que las coplas son éstas:

¿Quién de amor venturas halla?
El que calla.
¿Quién triunfa de su aspereza?
La firmeza.
¿Quién da alcance a su alegría?
La porfía.
Dese modo, bien podría
esperar dichosa palma
si en esta empresa mi alma
calla, está firme y porfía.

¿Con quién se sustenta amor?
Con favor.
¿Y con qué mengua su furia?
Con la injuria.
¿Antes con desdenes crece?
Desfallece.
Claro en esto se parece
que mi amor será inmortal,
pues la causa de mi mal
ni injuria ni favorece.

Quien desespera, ¿qué espera?
Muerte entera.
Pues, ¿qué muerte el mal remedia?
La que es media.
Luego, ¿bien será morir?
Mejor sufrir.
Porque se suele decir,
y esta verdad se reciba,
que tras la tormenta esquiva
suele la calma venir.

[63] Disparates.
[64] Libro de rezos.

¿Descubriré mi pasión?
  En ocasión.
¿Y si jamás se me da?
  Sí hará.
Llegará la muerte en tanto.
  Llegue a tanto.
 Tu limpia fe y esperanza,
que en sabiéndolo Costanza
convierta en risa tu llanto.

—¿Hay más? —dijo la huéspeda.

—No —respondió el marido—; pero, ¿qué os parece destos versos?

—Lo primero —dijo ella—, es menester averiguar si son de Tomás.

—En eso no hay que poner duda —replicó el marido—, porque la letra de la cuenta de la cebada y la de las coplas toda es una, sin que se pueda negar.

—Mirad, marido —dijo la huéspeda—: a lo que yo veo, puesto que las coplas nombran a Costancica, por donde se puede pensar que se hiceron para ella, no por eso lo habemos de afirmar nosotros por verdad como si se las viéramos escribir; cuanto más que otras Costanzas que la nuestra hay en el mundo; pero ya que sea por ésta, ahí no le dice nada que la deshonre ni le pide cosa que le importe. Estemos a la mira y avisemos a la muchacha, que si él está enamorado della, a buen seguro que él haga más coplas y que procure dárselas.

—¿No sería mejor —dijo el marido— quitarnos desos cuidados y echarle de casa?

—Eso —respondió la huéspeda— en vuestra mano está; pero en verdad que, según vos decís, el mozo sirve de manera que sería conciencia el despedille por tan liviana ocasión.

—Ahora bien —dijo el marido—: estaremos alerta, como vos decís, y el tiempo nos dirá lo que habemos de hacer.

Quedaron en esto, y tornó en poner el huésped el libro donde lo había hallado. Volvió Tomás, ansioso, a buscar su libro, hallólo, y porque no le diese otro sobresalto, trasladó las coplas y rasgó aquellas hojas, y propuso de aventurarse a descubrir su deseo a Costanza en la primera ocasión que se le ofreciese. Pero como ella andaba siempre sobre los estribos de su honestidad y recato, a ninguno daba lugar de miralla, cuanto más de ponerse a pláticas con ella; y como había tanta gente y tantos ojos, de ordinario, en la posada, se aumentaba más la dificultad de hablarle, de que se desesperaba el pobre enamorado.

Mas habiendo salido aquel día Costanza con una toca ceñida por las mejillas y dicho a quien se lo preguntó que por qué se la había puesto que tenía un gran dolor de muelas, Tomás a quien sus deseos avivaban el entendimiento, en un instante discurrió lo que sería bueno que hiciese, y dijo:

—Señora Costanza, yo le daré una oración en escrito, que a dos veces que la rece se le quitara como con la mano su dolor.

—Norabuena —respondió Costanza—; que yo la rezaré, porque sé leer.

—Ha de ser con condición —dijo Tomás— que no la ha de mostrar a nadie, porque la estimo en mucho y no será bien que por saberla muchos se menosprecie.

—Yo le prometo —dijo Costanza—, Tomás, que no la dé a nadie; y démela luego, porque me fatiga mucho el dolor.

—Yo la trasladaré de la memoria —respondió Tomás— y luego se la daré.

Estas fueron las primeras razones que Tomás dijo a Costanza y Costanza a Tomás en todo el tiempo que había que estaba en casa, que ya pasaban de veinticuatro días. Retiróse Tomás, y escribió la oración, y tuvo lugar de dársela a Costanza sin que nadie lo viese, y ella, con mucho gusto y más devoción, se entró en un aposento a solas, y abriendo el papel vio que decía desta manera:

«Señora de mi alma: Yo soy un caballero natural de Burgos; si alcanzo de días a mi padre, heredo un mayorazgo de seis mil ducados de renta. A la fama de vuestra hermosura, que por muchas leguas se extiende, dejé mi patria, mudé vestido, y en el traje que me veis vine a servir a vuestro dueño; si vos lo quisiéredes ser mío, por los medios que más a vuestra honestidad convengan, mirad qué pruebas queréis que haga para enteraros desta verdad; y enterada en ella, siendo gusto vuestro, seré vuestro esposo y me tendré por el más bien afortunado del mundo. Sólo, por ahora, os pido que no echéis tan enamorados y limpios pensamientos como los míos en la calle; que si vuestro dueño los sabe y no los cree, me condenará a destierro de vuestra presencia, que sería lo mismo que condenarme a muerte. Dejadme, señora, que os vea hasta que me creáis, considerando que no merece el riguroso castigo de no veros el que no ha cometido otra culpa que adoraros. Con los ojos podréis responderme, a hurto de los muchos que siempre os están mirando: que ellos son tales, que airados matan y piadosos resucitan.»

En tanto que Tomás entendió que Costanza se había ido a leer su papel le estuvo palpitando el corazón, temiendo y esperando, o ya la sentencia de su muerte o la restauración de su vida. Salió en esto Costanza, tan hermosa, aunque rebozada, que si pudiera recebir aumento su hermosura con algún accidente, se pudiera juzgar que el sobresalto de haber visto en el papel de Tomás otra cosa tan lejos de la que pensaba había acrecentado su belleza. Salió con el papel entre las manos hecho menudas piezas, y dijo a Tomás, que apenas se podía tener en pie:

—Hermano Tomás, esta tu oración más parece hechicería y embuste que oración santa, y así, yo no quiero creer ni usar della, y por eso la he rasgado, por que no la vea nadie que sea más crédulo que yo. Aprende otras oraciones más fáciles porque ésta será imposible que te sea de provecho.

En diciendo esto, se entró con su ama, y Tomás quedó suspenso, pero algo consolado, viendo que en sólo el pecho de Costanza quedaba el secreto de su deseo; parecióle que, pues no había dado cuenta dél a su amo, por lo menos no estaba en peligro de que le echasen de casa. Parecióle que en el primero[65] paso que había dado en su presentación había atropellado por mil

[65] El primer.

montes de inconveniente, y que en las cosas grandes y dudosas la mayor dificultad está en los principios.

En tanto que esto sucedió en la posada, andaba el Asturiano comprando el asno donde los vendían; y aunque halló muchos, ninguno le satisfizo, puesto que un gitano anduvo muy solícito por encajalle uno que más caminaba por el azogue que le había echado en los oídos que por ligereza suya; pero lo que contentaba con el paso desagradaba con el cuerpo, que era muy pequeño y no del grandor y talle que Lope quería, que le buscaba suficiente para llevarle a él por añadidura, ora fuesen vacíos o llenos los cántaros.

Llegóse a él en esto un mozo, y díjole al oído:

—Galán, si busca bestia cómoda para el oficio de aguador, yo tengo un asno aquí cerca, en un prado, que no lo hay mejor ni mayor en la ciudad; y aconséjole que no compre bestia de gitanos, porque aunque parezcan sanas y buenas, todas son falsas y llenas de dolamas[66]; si quiere comprar lo que le conviene, véngase conmigo y calle la boca.

Creyóle el Asturiano, y díjole que guiase a donde estaba el asno que tanto encarecía. Fuéronse los dos mano a mano, como dicen, hasta que llegaron a la Huerta del Rey, donde a la sombra de una azuda[67] hallaron muchos aguadores, cuyos asnos pacían en un prado que allí cerca estaba. Mostró el vendedor su asno, tal, que le hinchó el ojo[68] al Asturiano, y de todos los que allí estaban fue alabado el asno de fuerte, de caminador y comedor sobremanera. Hicieron su concierto, y sin otra seguridad ni información, siendo corredores y medianeros los demás aguadores, dio diez y seis ducados por el asno, con todos los adherentes del oficio.

Hizo la paga real[69] en escudos de oro. Diéronle el parabién de la compra y de la entrada en el oficio, y certificáronle que había comprado un asno dichosísimo, porque el dueño que le dejaba, sin que se le mancase ni matase, había ganado con él en menos tiempo de un año, después de haberse sustentado a él y al asno honradamente, dos pares de vestidos y más aquellos diez y seis ducados, con que pensaba volver a su tierra, donde le tenían concertado un casamiento con una media parienta suya.

Amén de los corredores del asno, estaban otros cuatro aguadores jugando a la primera[70], tendidos en el suelo, sirviéndoles de bufete la tierra y de sobremesa sus capas. Púsose el Asturiano a mirarlos, y vio que no jugaban como aguadores, sino como arcedianos, porque tenía de resto cada uno más de cien reales en cuartos y en plata. Llegó una mano de echar todos el resto, y si uno no diera partido a otro, él hiciera mesa gallega[71]. Finalmente, a los dos en aquel resto se les acabó el dinero y se levantaron; viendo lo cual el vendedor del asno, dijo que si hubiera cuarto, que él jugara, porque era enemigo de jugar en tercio. El Asturiano, que era de propiedad del azúcar, que jamás gastó menestra[72], como dice el italiano, dijo que él haría cuarto.

[66] Achaques.
[67] Noria.
[68] Le gustó.
[69] Al contado.
[70] Juego de naipes, tambien llamado quinola.
[71] Les ganó todo el dinero.
[72] Hace alusión a un refrán italiano que indica: decidirse de repente, rápidamente.

Sentáronse luego, anduvo la cosa de buena manera, y queriendo jugar antes el dinero que el tiempo, en poco rato perdió Lope seis escudos que tenía, y viéndose sin blanca, dijo que si le querían jugar el asno, que él le jugaría. Aceptáronle el envite, e hizo de resto un cuarto del asno, diciendo que por cuartos quería jugarle. Díjole tan mal, que en cuatro restos consecutivamente perdió los cuatro cuartos del asno, y ganóselos el mismo que se lo había vendido; y levantándose para volverse a entregarse en él, dijo el Asturiano que advirtiesen que él solamente había jugado los cuatro cuartos del asno; pero la cola, que se la diesen, y se lo llevasen norabuena.

Causóles risa a todos la demanda de la cola, y hubo letrados que fueron de parecer que no tenía razón en lo que pedía, diciendo que cuando se vende un carnero u otra res alguna no se saca ni quita la cola, que con uno de los cuartos traseros ha de ir forzosamente. A lo cual replicó Lope que los carneros de Berbería ordinariamente tienen cinco cuartos, y que el quinto es de la cola, y cuando los tales carneros se cuartean, tanto vale la cola como cualquier cuarto; y que a lo de ir la cola junto con la res que se vende viva y no se cuartea, que lo concedía; pero que la suya no fue vendida, sino jugada, y que nunca su intención fue jugar la cola, y que al punto se la volviesen luego con todo lo a ella anejo y concerniente, que era desde la punta del celebro, con toda la osamenta del espinazo, donde ella tomaba principio y descendía, hasta parar en los últimos pelos della.

—Dadme vos —dijo uno— que ello sea así como decís, y que os la den como la pedís, y sentaos junto a lo que del asno queda.

—¡Pues así es! —replicó Lope—. Venga mi cola; si no, por Dios que no me lleven el asno si bien viniesen por él cuantos aguadores hay en el mundo: y no piensen que por ser tantos los que aquí están me sabré llegar a otro hombre y meterle dos palmos de daga por las tripas sin que se sepa de quién, por dónde o cómo le vino, y más que no quiero que me paguen la cola rata por cantidad[73], sino que quiero que me lo den en ser y la corten del asno, como tengo dicho.

Al ganancioso y a los demás les pareció no ser bien llevar aquel negocio por fuerza, porque juzgaron ser de tal brío el Asturiano que no consentiría que se la hiciesen; el cual, como estaba hecho al tratado de las almadrabas, donde se ejercita todo género de rumbo y jácara[74] y de extraordinarios juramentos y boatos, voleó allí el capelo[75] y empuñó un puñal que debajo del capotillo traía, y púsose en tal postura, que infundió temor y respeto en toda aquella aguadora compañía. Finalmente, uno dellos, que parecía de más razón y discurso, los concertó en que se echase la cola contra un cuarto del asno a una quínola o a dos y pasante[76]. Fueron contentos, ganó la quínola Lope, picóse el otro, echó el otro cuarto, y a otras tres manos quedó sin asno. Quiso jugar el dinero; no quería Lope; pero tanto le porfiaron todos, que lo hubo de hacer, con que hizo el viaje del desposado, dejándole sin un solo maravedí; y fue tanta la pesadumbre que desto recibió el perdidoso, que

[73] A plazos.

[74] Juego de naipes.

[75] «Volear el capelo»: tirar el sombrero.

[76] Al igual que la quinola, juego de naipes.

se arrojó en el suelo y comenzó a darse de calabazadas por la tierra. Lope, como bien nacido y como liberal y compasivo, le levantó y le volvió todo el dinero que le había ganado y los diez y seis ducados del asno, y aun de los que él tenía repartió con los circunstantes, cuya extraña liberalidad pasmó a todos, y si fueran los tiempos y las ocasiones del Tamorlán, le alzaran por el rey de los aguadores.

Con grande acompañamiento volvió Lope a la ciudad, donde contó a Tomás lo sucedido, y Tomás asimismo le dio cuenta de sus buenos sucesos.

No quedó taberna, ni bodegón, ni junta de pícaros donde no se supiese el juego del asno, el desquite por la cola y el brío y la liberalidad del Asturiano; pero como la mala bestia del vulgo, por la mayor parte, es mala, maldita y maldiciente, no tomó de memoria la liberalidad, brío y buenas partes del gran Lope, sino solamente la cola, y así, apenas hubo andado dos días por la ciudad echando agua, cuando se vio señalar de muchos con el dedo, que decían: «Este es el aguador de la cola.» Estuvieron los muchachos atentos, supieron el caso, y no había asomado Lope por las entradas de cualquiera calle, cuando por toda ella le gritaban, quién de aquí, y quién de allí: «¡Asturiano, daca la cola! ¡Daca la cola, Asturiano!» Lope, que se vio asaetear de tantas lenguas y con tantas voces, dio en callar, creyendo que en su mucho silencio se anegaría tanta insolencia; mas ni por ésas, pues mientras más callaba, más los muchachos gritaban, y así, probó a mudar su paciencia en cólera, y apeándose del asno dio a palos tras los muchachos, que fue afinar el polvorín y ponerle fuego, y fue otro cortar las cabezas de la serpiente, pues en lugar de una que quitaba, apaleando a algún muchacho, nacían en el mismo instante, no otras siete, sino setecientas, que con mayor ahínco y menudeo le pedían la cola. Finalmente, tuvo por bien de retirarse a una posada que había tomado fuera de la de su compañero, por huir de la Argüello, y de estarse en ella hasta que la influencia de aquel mal planeta pasase y se borrase de la memoria de los muchachos aquella demanda mala de la cola que le pedían.

Seis días pasaron sin que saliese de casa, si no era de noche, que iban a ver a Tomás y a preguntarle del estado que se hallaba, el cual le contó que después que había dado el papel a Costanza nunca más había podido hablarle una sola palabra, y que le parecía que andaba más recatada que solía, puesto que una vez tuvo lugar de llegar a hablarle, y viéndolo ella, le había dicho antes que llegase: «Tomás, no me duele nada; y así, ni tengo necesidad de tus palabras ni de tus oraciones: conténtate que no te acuso a la Inquisición, y no te canses»; pero que estas razones las dijo sin mostrar ira en los ojos ni otro desabrimento que pudiera dar indicio de riguridad alguna. Lope le contó a él la priesa que le daban los muchachos pidiéndole la cola porque él había pedido la de su asno, con que hizo el famoso esquite. Aconsejóle Tomás que no saliese de casa a lo menos sobre el asno, y que si saliese, fuese por las calles solas y apartadas, y que cuando esto no bastase, bastaría dejar el oficio, único remedio de poner fin a tan poco honesta demanda. Preguntóle Lope si había acudido más la Gallega. Tomás dijo que no; pero que no dejaba de sobornarle la voluntad con regalos y presentes de lo que hurtaba en la cocina a los huéspedes. Retiróse con esto a su posada Lope, con determinación de no salir della en otros seis días, a lo menos, con el asno.

Las once serían de la noche, cuando de improviso y sin pensarlo vieron entrar en la posada muchas varas de justicia, y al cabo, el Corregidor. Alborotóse el huésped, y aun los huéspedes; porque así como los cometas cuando se muestran siempre causan temores de desgracias e infortunios, ni más ni menos la justicia, cuando de repente y de tropel se entra en una casa, sobresalta y atemoriza hasta las conciencias no culpadas. Entróse el Corregidor en una sala, y llamó al huésped de casa, el cual vino temblando a ver lo que el señor Corregidor quería. Y así como le vio el Corregidor, le preguntó con mucha gravedad:

—¿Sois vos el huésped?

—Sí, señor —respondió él—, para lo que vuesa merced me quisiere mandar.

Mandó el Corregidor que saliesen de la sala todos los que en ella estaban y que le dejasen solo con el huésped. Hicieronlo así, y quedándose solos, dijo el Corregidor al huésped:

—Huésped, ¿qué gente de servicio tenéis en esta vuestra posada?

—Señor —respondió él—, tengo dos mozas gallegas, y una ama, y un mozo que tiene cuenta con dar la cebada y paja.

—¿No más? —replicó el Corregidor.

—No, señor —respondió el huésped.

—Pues decidme, huésped —dijo el Corregidor—, ¿dónde está una muchacha que dicen que sirve en esta casa, tan hermosa que por toda la ciudad la llaman la ilustre fregona, y aun me han llegado a decir que mi hijo don Periquito es su enamorado y que no hay noche que no le dé músicas?

—Señor —respondió el huésped—, esa fregona ilustre que dicen es verdad que está en esta casa; pero ni es mi criada ni deja de serlo.

—No entiendo lo que decís, huésped, en eso de ser y no ser vuestra criada la fregona.

—Yo he dicho bien —añadió el huésped—; y si vuesa merced me da licencia, le diré lo que hay en esto, lo cual jamás he dicho a persona alguna.

—Primero quiero ver a la fregona que saber otra cosa; llamadla acá —dijo el Corregidor.

Asomóse el huésped a la puerta de la sala y dijo:

—¡Oíslo, señora, haced que entre aquí Costancica!

Cuando la huéspeda oyó que el Corregidor llamaba a Costanza, turbóse y comenzó a torcerse las manos, diciendo:

—¡Ay, desdichada de mí! ¡El Corregidor a Costanza, y a solas! Algún gran mal debe de haber sucedido; que la hermosura desta muchacha trae encantados a los hombres.

Costanza, que oía, dijo:

—Señora, no se congoje, que yo iré a ver lo que el señor Corregidor quiere, y si algún mal hubiese sucedido, esté segura vuesa merced que no tendré yo la culpa.

Y en esto, sin aguardar que otra vez la llamasen, tomó una vela encendida sobre un candelero de plata, y con más vergüenza que temor fue donde el Corregidor estaba.

Así como el Corregidor la vio, mandó el huésped que cerrase la puerta de la sala; lo cual hecho, el Corregidor se levantó, y tomando el candelero que Costanza traía, llegándole la luz al rostro, la anduvo mirando toda de arriba abajo; y como Costanza estaba con sobresalto, habíasele encendido la color del rostro, y estaba tan hermosa y tan honesta, que al Corregidor le pareció que estaba mirando la hermosura de un ángel en la tierra; y después de haberla bien mirado, dijo:

—Huésped, ésta no es joya para estar en el bajo engaste de un mesón; desde aquí digo que mi hijo Periquito es discreto, pues tan bien ha sabido emplear sus pensamientos. Digo, doncella, que no solamente os pueden y deben llamar ilustre, sino ilustrísima; pero estos títulos no habían de caer sobre el nombre de fregona, sino sobre el de una duquesa.

—No es fregona; señor —dijo el huésped—, que no sirve de otra cosa en casa que de traer las llaves de la plata, que por la bondad de Dios tengo alguna, con que se sirven los huéspedes honrados que a esta posada vienen.

—Con todo eso —dijo el Corregidor—, digo, huésped, que ni es decente ni conviene que esta doncella esté en un mesón. ¿Es parienta vuestra por ventura?

—Ni es parienta, ni es mi criada; y si vuesa merced gustase de saber quién es, como ella no esté delante, oirá vuesa merced cosas que, juntamente con darle gusto, le admiren.

—Sí gustaré —dijo el Corregidor—, y sálgase Costancica allá fuera, y prométame de mí lo que de su mismo padre pudiera prometerse: que su mucha honestidad y hermosura obligan a que todos los que la vieren se ofrezcan a su servicio.

No respondió palabra Costanza, sino con mucha mesura hizo una profunda reverencia al Corregidor, y salióse de la sala, y halló a su ama desolada esperándola, para saber della qué era lo que el Corregidor la quería. Ella le contó lo que había pasado y cómo su señor quedaba con él para contalle no sé qué cosas que no quería que ella las oyese. No acabó de sosegarse la huéspeda, y siempre estuvo rezando hasta que se fue el Corregidor y vio salir libre a su marido, el cual, en tanto que estuvo con el Corregidor, le dijo:

—Hoy hacen, señor, según mi cuenta, quince años, un mes y cuatro días que llegó a esta posada una señora en hábito de peregrina, en una litera, acompañada de cuatro criados de a caballo y de dos dueñas y una doncella, que en un coche venían. Traía asimismo dos acémilas cubiertas con dos ricos reposteros, y cargadas con una rica cama y con aderezos de cocina; finalmente, el aparato era principal, y la peregrina representaba ser una gran señora; y aunque en la edad mostraba ser de cuarenta o poco más años, no por eso dejaba de parecer hermosa en todo extremo. Venía enferma y descolorida, y tan fatigada, que mandó que luego le hiciesen la cama, y en esta misma sala se la hicieron sus criados. Preguntáronme cuál era el médico de más fama desta ciudad. Díjeles que el doctor de la Fuente. Fueron luego por él, y él vino luego; comunicó a solas con él su enfermedad, y lo que de su plática resultó fue que mandó el médico que se le hiciese la cama en otra parte y en lugar donde no le diesen ningun ruido. Al momento la mudaron a otro aposento que está aquí arriba apartado, y con la comodidad que el doctor pedía. Ninguno de los criados entraba donde su señora, y solas las dos dueñas y la doncella la servían. Yo y mi mujer preguntamos a los criados quién era la tal señora y cómo se llamaba, de a dónde venía y a dónde iba; si era casada, viuda o doncella, y por qué causa se vestía aquel hábito de peregrina. A todas estas preguntas, que le hicimos una y muchas veces, no hubo alguno que nos respondiese otra cosa sino que aquella peregrina era una señora principal y rica de Castilla la Vieja, y que era viuda, y que no tenía hijos que la heredasen, y que porque había algunos meses que estaba enferma de hidropesía había ofrecido de ir a Nuestra Señora de Guadalupe en romería, por la cual promesa iba en aquel hábito. En cuanto a decir su nombre, tenían orden de no llamarla sino la señora peregrina. Esto supimos por entonces; pero a cabo de tres días que, por enferma, la señora peregrina se estaba en casa, una de las dueñas nos llamó a mí y a mi mujer de su parte; fuimos a ver lo que quería, y a puerta cerrada y delante de sus criadas, casi con lágrimas en los ojos, nos dijo, creo que estas mismas razones: «Señores míos, los cielos me son testigos que sin culpa mía me hallo en el riguroso trance que ahora os diré. Yo estoy preñada, y tan cerca del parto, que ya los dolores me van apretando. Ninguno de los criados que vienen conmigo saben mi necesidad ni desgracia; a estas mis mujeres ni he podido ni he querido encubrírselo. Por huir de los maliciosos ojos de mi tierra y porque esta hora no me tomase en ella, hice voto de ir a Nuestra Señora de Guadalupe; ella debe de haber sido servida que en esta vuestra casa me tome el parto; a vosotros está ahora el remediarme y acudirme, con el secreto que merece la que su honra pone en vuestras manos. La paga de la merced que hiciéredes, que así quiero llamarla, si no respondiere al gran beneficio que espero, responderá, a lo menos, a dar muestra de una voluntad muy agradecida; y quiero que comiencen a dar muestras de mi voluntad estos doscientos escudos de oro que van en este bolsillo.» Y sacando debajo de la almohada de la cama un bolsillo de aguja, de oro y verde, se lo puso en las manos de mi mujer, la cual, como simple y sin mirar lo que hacía, porque estaba suspensa y colgada de la peregrina, tomó el bolsillo, sin responderle palabra de agradecimiento ni de comedimiento alguno. Yo me acuerdo que le dije que no era menester nada de aquello: que no éramos personas que por interés más que por caridad, nos movíamos a hacer bien cuando se ofrecía. Ella prosiguió, diciendo: «Es menester, amigos, que busquéis dónde llevar lo que pariere luego luego, buscando también mentiras que decir a quien lo entregáredes; que por ahora será en la ciudad, y después quiero que se lleve a una aldea. De lo que después se hubiere de hacer, siendo Dios servido de alumbrarme y de llevarme a cumplir mi voto, cuando de Guadalupe vuelva lo sabréis, porque el tiempo me habrá dado lugar de que piense y escoja lo mejor que me convenga. Partera no la he menester, ni la quiero: que otros partos más honrados que he tenido me aseguran que con sola la ayuda destas mis criadas facilitaré sus dificultades y ahorraré de un testigo más de mis sucesos.»

»Aquí dio fin a su razonamiento la lastimada peregrina, y principio a un copioso llanto, que en parte fue consolado por las muchas y buenas razones que mi mujer, ya vuelta en más acuerdo, le dijo. Finalmente, yo salí luego a buscar donde llevar lo que pariese, a cualquier hora que fuese, y entre las doce y la una de aquella misma noche, cuando toda la gente de casa estaba entregada al sueño, la buena señora parió una niña, la más hermosa que mis ojos hasta entonces habían visto, que es esta misma que vuesa merced acaba de ver ahora. Ni la madre se quejó en el parto ni la hija nació llorando: en todos había sosiego y silencio maravilloso, y tal cual convenía para el secreto de aquel extraño caso. Otros seis días estuvo en la cama, y en todos ellos venía el médico a visitarla, pero no porque ella le hubiese declarado de qué procedía su mal, y las medicinas que le ordenaba nunca las puso en ejecución, porque sólo pretendió engañar a sus criados con la visita del médico. Todo esto me dijo ella misma después que se vio fuera de peligro, y a los ocho días se le levantó con el mismo bulto, o con otro que se parecía a aquel con que se había echado.

»Fue a su romería, y volvió de allí a veinte días, ya casi sana, porque poco a poco se iba quitando del artificio con que después de parida se mostraba hidrópica. Cuando volvió estaba ya la niña dada a criar por mi orden, con nombre de mi sobrina, en una aldea dos leguas de aquí. En el bautismo se le puso por nombre Costanza, que así lo dejó ordenado su madre, la cual, contenta de lo que yo habia hecho, al tiempo de despedirse me dio una cadena de oro, que hasta agora tengo, de la cual quitó seis trozos, los cuales dijo que trairía la persona que por la niña viniese. También cortó un blanco pergamino a vueltas y a ondas, a la traza y manera como cuando se enclavijan las manos y en los dedos se escribe alguna cosa, que estando enclavijados los dedos se puede leer y después de apartadas las manos queda dividida la razón, porque se dividen las letras, que en volviendo a enclavijar los dedos se juntan y corresponden de manera que se pueden leer continuadamente; digo que el un pergamino sirve de alma del otro, y encajados se leerán, y divididos no es posible, si no es adivinando la mitad del pergamino; y casi toda la cadena quedó en mi poder, y todo lo tengo, esperando el contraseño hasta ahora, puesto que ella me dijo que dentro de dos años enviaría por su hija, encargándome que la criase no como quien ella era, sino del modo que se suele criar una labradora. Encargóme también por si por algún suceso no le fuese posible enviar tan presto por su hija, que aunque creciese y llegase a tener entendimiento no le dijese del modo que había nacido, y que la perdonase el no decirme su nombre ni quién era, que lo guardaba para otra ocasión más importante. En resolución, dándome otros cuatrocientos escudos de oro y abrazando a mi mujer con tiernas lágrimas, se partió dejándonos admirados de su discreción, valor, hermosura y recato. Costanza se crió en el aldea dos años, y luego la truje conmigo, y siempre la he traído en hábito de labradora, como su madre me lo dejó mandado. Quince años, un mes y cuatro días ha que guardo a quien ha de venir por ella, y la mucha tardanza me ha consumido la esperanza de ver esta venida; y si en este año en que estamos no vienen, tengo determinado de prohijalla y darle toda mi hacienda, que vale más de seis mil ducados, Dios sea bendito.

»Resta ahora, señor Corregidor, decir a vuesa merced, si es posible que yo sepa decirlas, las bondades y las virtudes de Costancica. Ella, lo primero y principal, es devotísima de Nuestra Señora; confiesa y comulga cada mes; sabe escribir y leer; no hay mayor randera[77] en Toledo; canta a la almohadilla[78] como unos ángeles; en ser honesta no hay quien la iguale. Pues en lo que

[77] Randa: «Cierta labor que se hace con el aguja o con los bolillos o en tela.» (Covarrubias.) Por tanto, randera es la mujer que hace esta labor.

[78] Que canta bien, pero para su propia diversión.

toca a ser hermosa, ya vuesa merced lo ha visto. El señor don Pedro, hijo de vuesa merced, en su vida la ha hablado, bien es verdad que de cuando en cuando le da alguna música, que ella jamás escucha. Muchos señores y de título han posado en esta posada, y aposta, por hartarse de verla, han detenido su camino muchos días; pero yo sé bien que no habrá ninguno que con verdad se pueda alabar que ella le haya dado lugar de decirle una palabra sola ni acompañada. Esta es, señor, la verdadera historia de *la ilustre fregona*, que no friega, en la cual no he salido de la verdad un punto.

Calló el huésped, y tardó un gran rato el Corregidor en hablarle: tan suspenso le tenía el suceso que el huésped le había contado. En fin, le dijo que le trujese allí la cadena y el pergamino, que quería verlo. Fue el huésped por ello, y trayéndoselo, vio que era así como le había dicho; la cadena era de trozos, curiosamente labrada; en el pergamino estaban escritas, una debajo de otra, en el espacio que había de henchir el vacío de la otra mitad, estas letras: E T E L S Ñ V D D R, por las cuales letras vio ser forzoso que se juntasen con las de la mitad del otro pergamino para poder ser entendidas. Tuvo por discreta la señal de conocimiento, y juzgó por muy rica a la señora peregrina que tal cadena había dejado al huésped; y teniendo en pensamiento de sacar de aquella posada a la hermosa muchacha cuando hubiese concertado un monasterio donde llevarla, por entonces se contentó de llevar sólo el pergamino, encargando al huésped que si acaso viniesen por Costanza, le avisase y diese noticia de quién era el que por ella venía, antes que le mostrase la cadena, que dejaba en su poder. Con esto se fue tan admirado del cuento y suceso de *la ilustre fregona* como de su incomparable hermosura.

Todo el tiempo que gastó el huésped en estar con el Corregidor y el que ocupó Costanza cuando la llamaron, estuvo Tomás fuera de sí, combatida el alma de mil varios pensamientos, sin acertar jamás con ninguno de su gusto; pero cuando vio que el Corregidor se iba y que Costanza se quedaba, respiró su espíritu y volviéronle los pulsos, que ya casi desamparado le tenían. No osó preguntar al huésped lo que el Corregidor quería, ni el huésped lo dijo a nadie sino a su mujer, con que ella también volvió en sí, dando gracias a Dios que de tan grande sobresalto la había librado.

El día siguiente, cerca de la una, entraron en la posada con cuatro hombres de a caballo dos caballeros ancianos de venerables presencias, habiendo primero preguntado uno de dos mozos que a pie con ellos venían si era aquélla la posada del Sevillano; y habiéndole respondido que sí, se entraron todos en ella. Apeáronse los cuatro, y fueron a apear a los dos ancianos, señal por do se conoció que aquellos dos eran señores de los seis[79]. Salió Costanza con su acostumbrada gentileza a ver los nuevos huéspedes, y apenas la hubo visto uno de los dos ancianos, cuando dijo el otro:

—Yo creo, señor don Juan, que hemos hallado todo aquello que venimos a buscar.

Tomás, que acudió a dar recado a las cabalgaduras, conoció luego a dos criados de su padre, y luego conoció a su padre y al padre de Carriazo, que eran los dos ancianos a quien los demás respectaban; y aunque se admiró de su venida, consideró que debían de ir a buscar a él y a Carriazo a las alma-

[79] Regidores.

drabas: que no habría faltado quien les hubiese dicho que en ellas, y no en Flandes, los hallarían; pero no se atrevió a dejarse conocer en aquel traje: antes, aventurándolo todo, puesta la mano en el rostro, pasó por delante dellos, y fue a buscar a Costanza, y quiso la buena suerte que la hallase sola; y apriesa y con lengua turbada, temeroso que ella no le daría lugar para decirle nada, le dijo:

—Costanza, uno destos dos caballeros ancianos que aquí han llegado ahora es mi padre, que es aquel que oyeres llamar don Juan de Avendaño; infórmate de sus criados si tiene un hijo que se llama don Tomás de Avendaño, que soy yo, y de aquí podrás ir coligiendo y averiguando que te he dicho verdad en cuanto a la calidad de mi persona y que te la diré en cuanto de mi parte te tengo ofrecido. Y quédate adiós, que hasta que ellos se vayan no pienso volver a esta casa.

No le respondió nada Costanza, ni él aguardó a que le respondiese; sino volviéndose a salir, cubierto como había entrado, se fue a dar cuenta a Carriazo de cómo sus padres estaban en la posada. Dio voces el huésped a Tomás que viniese a dar cebada; pero como no apareció, diola él mismo. Uno de los dos ancianos llamó aparte a una de las dos mozas gallegas, y preguntóle cómo se llamaba aquella muchacha hermosa que habían visto, y que si era hija o parienta del huésped o huéspeda de casa. La Gallega le respondió:

—La moza se llama Costanza; ni es parienta del huésped, ni de la huéspeda, ni sé lo que es, sólo digo que la doy a la mala landre[80], que no sé qué tiene que no deja hacer baza[81] a ninguna de las mozas que estamos en esta casa. ¡Pues en verdad que tenemos nuestras facciones como Dios nos la puso! No entra huésped que no pregunte luego quién es la hermosa, y que no diga: «Bonita es; bien parece; a fe que no es mala; mal año para las más pintadas; nunca peor me la depare la fortuna», y a nosotras no hay quien nos diga: «¿Qué tenéis ahí, diablos, o mujeres, o lo que sois?»

—Luego esta niña, a esa cuenta —replicó el caballero—, debe de dejarse manosear y requebrar de los huéspedes.

—¡Sí! —respondió la Gallega—: ¡tenedle el pie al herrar! ¡Bonita es la niña para eso! Por Dios, señor, si ella se dejara mirar siquiera, manara en oro; es más áspera que un erizo; es una tragaavemarías; labrando está todo el día y rezando. Para el día que ha de hacer milagros quisiera yo tener un cuento de renta. Mi ama dice que trae un silencio pegado a las carnes; ¡tome qué, mi padre!

Contentísimo el caballero de lo que había oído a la Gallega sin esperar a que le quitasen las espuelas, llamó al huésped, y retirándose con él aparte en una sala, le dijo:

—Yo, señor huésped, vengo a quitaros una prenda mía que ha algunos años que tenéis en vuestro poder; para quitárosla os traigo mil escudos de oro, y estos trozos de cadena, y este pergamino.

---

[80] Tumores producidos por la peste.

[81] Hablar mucho o prosperar en un asunto o negocio.

Y diciendo esto, sacó los seis de la señal de la cadena que él tenía. Asimismo conoció el pergamino, y alegre sobremanera con el ofrecimiento de los mil escudos, respondió:

—Señor, la prenda que queréis quitar está en casa; pero no está en ella la cadena ni el pergamino con que se ha de hacer la prueba de la verdad que yo creo que vuesa merced trata; y así, le suplico tenga paciencia, que yo vuelvo luego. Y al momento fue a avisar al Corregidor de lo que pasaba y de cómo estaban dos caballeros en su posada que venían por Costanza. Acababa de comer el Corregidor, y con el deseo que tenía de ver el fin de aquella historia, subió a caballo y vino a la posada del Sevillano, llevando consigo el pergamino de la muestra. Y apenas hubo visto a los dos caballeros cuando, abiertos los brazos, fue a abrazar al uno, diciendo.

—¡Válame Dios! ¿Qué buena venida es ésta, señor don Juan de Avendaño, primo y señor mío?

El caballero le abrazó asimismo, diciéndole:

—Sin duda, señor primo, habrá sido buena mi venida, pues os veo, y con la salud que siempre os deseo. Abrazad, primo, a este caballero, que es el señor don Diego de Carriazo, gran señor y amigo mío.

—Ya conozco al señor don Diego —respondió el Corregidor—, y le soy muy servidor.

Y abrazándose los dos, después de haberse recebido con grande amor y grandes cortesías, se entraron en una sala, donde se quedaron solos con el huésped, el cual ya tenía consigo la cadena, y dijo:

—Ya el señor Corregidor sabe a lo que vuesa merced viene, señor don Diego de Carriazo; vuesa merced saque los trozos que faltan a esta cadena, y el señor Corregidor sacará el pergamino que está en su poder, y hagamos la prueba que ha tantos años que espero a que se haga.

—Desa manera —respondió don Diego—, no habrá necesidad de dar cuenta de nuevo al señor Corregidor de nuestra venida, pues bien se verá que ha sido a lo que vos, señor huésped, habréis dicho.

—Algo me ha dicho; pero mucho me quedo por saber. El pergamino, hele aquí.

Sacó don Diego el otro, y juntando las dos partes se hicieron una, y a las letras que tenía el huésped, que, como se ha dicho, eran E T E L S Ñ V D D R, respondían en el otro pergamino éstas: S A S A E A L E R A E A, que todas juntas decían: ESTA ES LA SEÑAL VERDADERA. Cotejáronse luego los trozos de la cadena, y hallaron ser las señas verdaderas.

—¡Esto está hecho! —dijo el Corregidor—. Resta ahora saber, si es posible, quiénes son los padres desta hermosísima prenda.

—El padre —respondió don Diego— yo lo soy; la madre ya no vive: basta saber que fue tan principal, que pudiera yo ser su criado. Y porque como se encubre su nombre no se encubra su fama ni se culpe lo que en ella parece manifiesto error y culpa conocida, se ha de saber que la madre desta prenda, siendo viuda de un gran caballero, se retiró a vivir a una aldea suya, y allí, con recato y con honestidad grandísima, pasaba con sus criados y vasallos una vida sosesagada y quieta. Ordenó la suerte que un día, yendo yo a caza por el término de su lugar, quise visitarla, y era la hora de siesta cuando llegué a su alcázar, que así se puede llamar su gran casa; dejé el caballo a un criado mío; subí sin topar con nadie hasta el mismo aposento donde ella estaba durmiendo la siesta sobre un estrado negro. Era por extremo hermosa, y el silencio, la soledad, la ocasión, despertaron en mí un deseo más atrevido que honesto, y sin ponerme a hacer discretos discursos cerré tras mí la puerta, y llegándome a ella la desperté, y teniéndola asida fuertemente, le dije: «Vuesa merced, señora mía, no grite, que las voces que diere serán pregoneras de su deshonra: nadie me ha visto entrar en este aposento; que mi suerte, para que la tenga bonísima en gozaros, ha llovido sueño en todos vuestros criados, y cuando[82] ellos acudan a vuestras voces no podrán más que quitarme la vida, y esto ha de ser en vuestros mismos brazos, y no por mi muerte dejara de quedar en opinión vuestra fama.» Finalmente, yo la gocé contra su voluntad y a pura fuerza mía: ella, cansada, rendida y turbada, o no pudo o no quiso hablarme palabra, y yo, dándola como atontada y suspensa, me volvía a salir por los mismos pasos donde había entrado, y me vine a la aldea de otro amigo mío, que estaba a dos leguas de la suya. Esta señora se mudó de aquel lugar a otro, y sin que yo jamás la viese, ni lo procurase, se pasaron dos años, al cabo de los cuales supe que era muerta; y podrá haber veinte días que con grandes encarecimientos, escribiéndome que era cosa que me importaba en ella el contento y la honra, me envió a llamar un mayordomo desta señora. Fui a ver lo que me quería, bien lejos de pensar en lo que me dijo; halléle a punto de muerte, y, por abreviar razones, en muy breves me dijo cómo al tiempo que murió su señora le dijo todo lo que conmigo le había sucedido y cómo había quedado preñada de aquella fuerza, y que por encubrir el bulto había venido en romería a Nuestra Señora de Guadalupe, y cómo había parido en esta casa una niña, que se había de llamar Costanza. Diome las señas con que la hallaría, que fueron las que habéis visto de la cadena y pergamino, y diome ansimismo treinta mil escudos de oro, que su señora dejó para casar a su hija. Díjome ansimismo que el no habérmelos dado luego como su señora había muerto, ni declarádome lo que ella encomendó a su confianza y secreto, había sido por pura codicia y por poderse aprovechar de aquel dinero; pero que ya que estaba a punto de ir a dar cuenta a Dios, por descargo de su conciencia me daba el dinero y me avisaba a dónde y cómo había de hallar a mi hija. Recebí el dinero y las señales, y dando cuenta desto al señor don Juan de Avendaño, nos pusimos en camino desta ciudad.

A estas razones llegaba don Diego, cuando oyeron que en la puerta de la calle decían a grandes voces:

—Díganle a Tomás Pedro, el mozo de la cebada, cómo llevan a su amigo el Asturiano preso; que acuda a la cárcel, que allí le espera.

A la voz de *cárcel* y de *preso* dijo el Corregidor que entrase el preso y el alguacil que le llevaba. Dijeron al alguacil que el Corregidor, que estaba allí, le mandaba entrar con el preso, y así lo hubo de hacer.

Venía el Asturiano todos los dientes bañados en sangre, y muy mal parado, y muy bien asido del alguacil; y así como entró en la sala, conoció a su padre y al de Avendaño. Turbóse, y, por no ser conocido, con un paño, como que se limpiaba la sangre, se cubrió el rostro. Preguntó el Corregidor qué

[82] Aunque.

había hecho aquel mozo, que tan mal parado le llevaban. Respondió el alguacil que aquel mozo era un aguador que le llamaban el Asturiano, a quien los muchachos por las calles decían: «¡Daca la cola, Asturiano; daca la cola!», y luego en breves palabras contó la causa por qué le pedían la tal cola, de que no riyeron poco todos. Dijo más: que saliendo por la puente de Alcántara, dándole los muchachos priesa con la demanda de la cola, se había apeado del asno, y dando tras todos, alcanzó a uno, a quien dejaba medio muerto a palos; y que queriéndole prender, se había resistido, y que por eso iba tan mal parado.

Mandó el Corregidor que se descubriese el rostro, y porfiando a no querer descubrirse, llegó el alguacil y quitóle el pañuelo, y al punto le conoció su padre, y dijo, todo alterado:

—Hijo don Diego, ¿como estás desta manera? ¿Qué traje es éste? ¿Aún no se te han olvidado tus picardías?

Hincó las rodillas Carriazo, y fuese a poner a los pies de su padre, que, con lágrimas en los ojos, le tuvo abrazado un buen espacio. Don Juan de Avendaño, como sabía que don Diego había venido con don Tomás su hijo, preguntóle por él, a lo cual respondió que don Tomás de Avendaño era el mozo que daba cebada y paja en aquella posada. Con esto que el Asturiano dijo se acabó de apoderar la admiración en todos los presentes, y mandó el Corregidor al huésped que trujese allí al mozo de la cebada.

—Yo creo que no está en casa —respondió el huésped—, pero yo le buscaré.

Y así, fue a buscalle.

Preguntó don Diego a Carriazo que qué transformaciones eran aquéllas y qué les había movido a ser él aguador y don Tomás mozo de mesón. A lo cual respondió Carriazo que no podía satisfacer a aquellas preguntas tan en público, que él respondería a solas.

Estaba Tomás Pedro escondido en su aposento, para ver desde allí, sin ser visto, lo que hacían su padre y el de Carriazo. Teníale suspenso la venida del Corregidor y el alboroto que en toda la casa andaba. No faltó quien le dijese al huésped como estaba allí escondido; subió por él, y más por fuerza que por grado le hizo bajar, y aún no bajara si el mismo Corregidor no saliera al patio y le llamara por su nombre, diciendo:

—Baje vuestra merced, señor pariente, que aquí no le aguardan osos ni leones.

Bajó Tomás, y con los ojos bajos y sumisión grande se hincó de rodillas ante su padre, el cual le abrazó con grandísimo contento, a fuer del que tuvo el padre del Hijo Pródigo cuando le cobró de perdido.

Ya en esto había venido un coche del Corregidor, para volver en él, pues la gran fiesta no permitía volver a caballo. Hizo llamar a Costanza, y tomándola de la mano se la presentó a su padre, diciendo:

—Recibid, señor don Diego, esta prenda, y estimadla por la más rica que acertárades a desear. Y vos, hermosa doncella, besad la mano de vuestro padre y dad gracias a Dios, que con tan honrado suceso ha enmendado, subido y mejorado la bajeza de vuestro estado.

Costanza, que no sabía ni imaginaba lo que había acontecido, toda turbada y temblando, no supo hacer otra cosa que hincarse de rodillas ante su padre, y tomándole las manos, se las comenzo a besar tiernamente, bañándoselas con infinitas lágrimas que por sus hermosísimos ojos derramaba.

En tanto que esto pasaba había persuadido el Corregidor a su primo don Juan que se viniesen todos con él a su casa; y aunque don Juan lo rehusaba, fueron tantas las persuasiones del Corregidor, que lo hubo de conceder; y así, entraron en el coche todos. Pero cuando dijo el Corregidor a Costanza que entrase también en el coche, se le anubló el corazón, y ella y la huéspeda se asieron una a otra y comenzaron a hacer tan amargo llanto, que quebraba los corazones de cuantos escuchaban. Decía la huéspeda:

—¿Cómo es esto, hija de mi corazón, que te vas y me dejas? ¿Cómo tienes ánimo de dejar a esta madre, que con tanto amor te ha criado?

Costanza lloraba, y la respondía con no menos tiernas palabras. Pero el Corregidor, enternecido, mandó que asimismo la huéspeda entrase en el coche, y que no se apartase de su hija, pues por tal la tenía, hasta que saliese de Toledo. Así, la huéspeda y todos entraron en el coche, y fueron a casa del Corregidor, donde fueron bien recebidos de su mujer, que era una principal señora. Comieron regalada y sumptuosamente, y después de comer contó Carriazo a su padre cómo por amores de Costanza don Tomás se había puesto a servir en el meson, y que estaba enamorado de tal manera della, que sin que le hubiera descubierto ser tan principal como era siendo su hija, la tomara por mujer en el estado de fregona. Vistió luego la mujer del Corregidor a Costanza con unos vestidos de una hija que tenía de la misma edad y cuerpo de Costanza, y si parecía hermosa con los de labradora, con los cortesanos parecia cosa del cielo: tan bien la cuadraban, que daba a entender que desde que nació había sido señora y usado los mejores trajes que el uso trae consigo.

Pero entre tantos alegres, no pudo faltar un triste, que fue don Pedro, el hijo del Corregidor, que luego se imaginó que Costanza no había de ser suya, y así fue la verdad; porque entre el Corregidor y don Diego de Carriazo y don Juan de Avendaño se concertaron en que don Tomás se casase con Costanza, dándole su padre los treinta mil escudos que su madre le había dejado, y el aguador don Diego de Carriazo casase con la hija del Corregidor, y don Pedro, el hijo del Corregidor, con una hija de don Juan de Avendaño; que su padre se ofrecía a traer dispensación del parentesco.

Desta manera quedaron todos contentos, alegres y satisfechos, y la nueva de los casamientos y de la ventura de *la fregona ilustre* se extendió por la ciudad, y acudía infinita gente a ver a Costanza en el nuevo hábito, en el cual tan señora se mostraba como se ha dicho. Vieron al mozo de la cebada Tomás Pedro vuelto en don Tomás de Avendaño y vestido como señor; notaron que Lope Asturiano era muy gentilhombre después que había mudado vestido y dejado el asno y las aguaderas; pero, con todo eso, no faltaba quien, en el medio de su pompa, cuando iba por la calle, no le pidiese la cola.

Un mes se estuvieron en Toledo, al cabo del cual se volvieron a Burgos don Diego de Carriazo y su mujer, su padre, y Costanza con su marido don Tomás, y el hijo del Corregidor, que quiso ir a ver su parienta y esposa. Quedó el Sevillano rico con los mil escudos, y con muchas joyas que Costanza dio a su señora: que siempre con este nombre llamaba a la que la había criado. Dio ocasión la historia de *la fregona ilustre* a que los poetas del dorado Tajo ejercitasen sus plumas en solemnizar y en alabar la sin par hermosura de Costanza, la cual aún vive en compañía de su buen mozo del mesón, y Carriazo ni más ni menos, con tres hijos, que sin tomar el estilo del padre ni acordarse si hay almadrabas en el mundo, hoy están todos estudiando en Salamanca; y su padre, apenas ve algún asno de aguador, cuando se le representa y viene a la memoria el que tuvo en Toledo, y teme que cuando menos se cate ha de remanecer en alguna sátira el «¡Daca la cola, Asturiano! ¡Asturiano, daca la cola!».

EL CASAMIENTO ENGAÑOSO

Salía del hospital de la Resurrección, que está en Valladolid, fuera de la Puerta del Campo, un soldado que, por servirle su espada de báculo y por la flaqueza de sus piernas y amarillez de su rostro, mostraba bien claro que, aunque no era el tiempo muy caluroso, debía de haber sudado en veinte días todo el humor que quizá granjeó en una hora. Iba haciendo pinitos y dando traspiés, como convaleciente; y al entrar por la puerta de la ciudad vio que hacia él venía un su amigo a quien no había visto en más de seis meses; el cual, santiguándose, como si viera alguna mala visión, llegándose a él, le dijo:

—¿Qué es esto, señor Alférez Campuzano? ¿Es posible que está vuesa merced en esta tierra? Como quien soy que le hacía en Flandes, antes terciando allá la pica que arrastrando aquí la espada. ¿Qué color, qué flaqueza es ésa?

A lo cual respondió Campuzano:

—A lo si estoy en esta tierra o no, señor Licenciado Peralta, el verme en ella le responde; a las demás preguntas no tengo que decir sino que salgo de aquel hospital, de sudar catorce cargas de bubas[1] que me echó a cuestas una mujer que escogí por mía, que no debiera.

—¿Luego casóse vuesa merced? —replicó Peralta.

—Sí, señor —respondió Campuzano.

—Sería por amores —dijo Peralta—, y tales casamientos traen consigo aparejada la ejecución del arrepentimiento.

—No sabré decir si fue por amores —respondió el Alférez—, aunque sabré afirmar que fue por dolores, pues de mi casamiento, o cansamiento, saqué tantos en el cuerpo y en el alma, que los del cuerpo, para entretenerlos, me cuestan cuarenta sudores, y los del alma no hallo remedio para aliviarlos siquiera. Pero porque no estoy para tener largas pláticas en la calle, vuesa merced me perdone; que otro día con más comodidad le daré cuenta de mis sucesos, que son los más nuevos y peregrinos que vuesa merced habrá oído en todos los días de su vida.

—No ha de ser así —dijo el Licenciado—, sino que quiero que venga conmigo a mi posada, y allí haremos penitencia[2] juntos; que la olla es muy de enfermo, y aunque está tasada para dos, un pastel suplirá con mi criado; y si la convalecencia lo sufre unas lonjas de jamón de Rute nos harán la salva[3], y,

---

[1] Se refiere a las bubas producidas por cierta enfermedad venérea. La curación de este mal consistía en hacer sudar al paciente por distintos métodos.

[2] Hacer penitencia equivalía a comer parcamente.

[3] Hoy diríamos: «nos servirán un aperitivo». «Hacer la salva» equivale a preceder a la comida.

sobre todo, la buena voluntad con que lo ofrezco, no sólo esta vez, sino todas las que vuesa merced quisiere.

Agradecióselo Campuzano, y aceptó el convite y los ofrecimientos. Fueron a San Llorente[4], oyeron misa, llevóle Peralta a su casa, diole lo prometido y ofreciósele de nuevo, y pidióle, en acabando de comer, le contase los sucesos que tanto le había encarecido. No se hizo de rogar Campuzano; antes comenzó a decir desta manera:

—Bien se acordará vuesa merced, señor Licenciado Peralta como yo hacía en esta ciudad camarada[5] con el Capitán Pedro de Herrera, que ahora está en Flandes.

—Bien me acuerdo—respondió Peralta.

—Pues un día —prosiguió Campuzano— que acabábamos de comer en aquella posada de la Solana[6], donde viviamos entraron dos mujeres de gentil parecer, con dos criados; la una se puso a hablar con el Capitán en pie, arrimados a una ventana, y la otra se sentó en una silla junto a mí, derribado el manto hasta la barba[7], sin dejar ver el rostro más de aquello que concedía la raridad del manto; y aunque le supliqué que por cortesía me hiciese merced de descubrirse, no fue posible acabarlo con ella, cosa que me encendió más el deseo de verle; y para acrecentarle más, o ya fuese de industria o acaso, sacó la señora una muy blanca mano, con muy buenas sortijas. Estaba yo entonces bizarrísimo, con aquella gran cadena que vuesa merced debió de conocerme, el sombrero con plumas y cintillos, el vestido de colores, a fuer de soldado[8], y tan gallardo a los ojos de mi locura, que me daba a entender que las podía matar en el aire. Con todo esto, le rogué que se descubriese; a lo que ella me respondió:

—No seáis importuno; casa tengo; haced a un paje que me siga, que aunque yo soy más honrada de lo que promete esta respuesta, todavía, a trueco de ver si responde vuestra discreción a vuestra gallardía, holgaré de que me veáis.

Beséle las manos por la grande merced que me hacía, en pago de la cual le prometí montes de oro. Acabó el Capitán su plática; ellas se fueron; siguiólas un criado mío. Díjome el Capitán que lo que la dama le quería era que le llevase unas cartas a Flandes a otro Capitán, que decía ser su primo, aunque él sabía que no era sino su galán. Yo quedé abrasado con las manos de nieve que había visto y muerto por el rostro que deseaba ver; y así, otro día, guiándome mi criado, dióseme libre entrada. Hallé una casa muy bien aderezada y una mujer de hasta treinta años, a quien conocí por las manos. No era hermosa en extremo; pero éralo de suerte que podía enamorar comunicada[9], porque tenía un tono de habla tan suave que se entraba por los oídos

[4] Es la iglesia de San Lorenzo.

[5] Según Covarrubias, «Hacer camarada»: «compañero de cámara, que come y duerme en una misma posada. Este término se usa entre soldados y vale compañero y amigo familiar, que está en la misma compañía».

[6] Posada que existió en la ciudad y de la que A. González de Amezúa cita curiosos detalles.

[7] El manto le llegaba a la barba.

[8] Se refiere al tipo de vestido que usaban los soldados, de colores vistosos, con plumas, etc.

[9] «Tratada en conversación y amistad familiar» (A. González de Amezúa.)

en el alma. Pasé con ella luengos y amorosos coloquios. Blasoné, hendí, rajé, prometí ofrecí, prometí e hice todas las demostraciones que me pareció ser necesarias para hacerme bienquisto con ella; pero como ella estaba hecha a oír semejantes o mayores ofrecimientos y razones, parecía que les daba atento oído antes que crédito alguno. Finalmente, nuestra plática se pasó en flores[10] cuatro días que continué en visitalla, sin que llegase a coger el fruto que deseaba.

En el tiempo que la visité siempre hallé la casa desembarazada, sin que viese visiones en ella de parientes fingidos ni de amigos verdaderos. Servíala una moza más taimada que simple. Finalmente, tratando mis amores como soldado que está en víspera de mudar, apuré a mi señora doña Estefanía de Caicedo (que éste es el nombre de la que así me tiene), y respondióme: «Señor Alférez Campuzano, simplicidad sería si yo quisiera venderme a vuesa merced por santa. Pecadora he sido, y aún ahora lo soy; pero no de manera que los vecinos me murmuren ni los apartados me noten. Ni de mis padres ni de otro pariente heredé hacienda alguna, y con todo esto vale el menaje de mi casa, bien validos, dos mil y quinientos escudos; y éstos en cosas que, puestas en almoneda, lo que se tardare en ponellas se tardaría en convertirse en dineros. Con esta hacienda busco marido a quien entregarme y a quien tener obediencia; a quien, juntamente con la enmienda de mi vida, le entregaré una increíble solicitud de regalarle y servirle; porque no tiene príncipe cocinero más goloso[11] ni que mejor sepa dar el punto a los guisados que lo sé dar yo cuando, mostrando ser casera, me quiero poner a ello. Sé ser mayordomo en casa, mozo en la cocina y señora en la sala; en efeto, sé mandar y sé hacer que me obedezcan. No desperdicio nada, y allego mucho; mi real no vale menos, sino mucho más cuando se gasta por mi orden. La ropa blanca que tengo, que es mucha y muy buena, no se sacó de tiendas ni lenceros; estos pulgares y los de mis criadas la hilaron; y si pudiera tejerse en casa, se tejiera. Digo estas alabanzas mías porque no acarrean vituperio cuando es forzosa la necesidad de decirlas. Finalmente, quiero decir que yo busco marido que me ampare, me mande y me honre, y no galán que me sirva y me vitupere. Si vuesa merced gustare de aceptar la prenda que se le ofrece, aquí estoy moliente y corriente, sujeta a todo aquello que vuesa merced ordenare, sin andar en venta, que es lo mismo andar en lenguas de casamenteros, y no hay ninguno tan bueno para concertar el todo como las mismas partes.»

Yo, que tenía entonces el juicio, no en la cabeza, sino en los calcañares, haciéndoseme el deleite en aquel punto mayor de lo que en la imaginación le pintaba y ofreciéndoseme tan a la vista la cantidad de la hacienda, que ya la contemplaba en dinero convertida, sin hacer otros discursos de aquellos a que daba lugar el gusto, que me tenía echados grillos al entendimiento, le dije que yo era el venturoso y bien afortunado en haberme dado el Cielo, casi por milagro, tal compañera, para hacerla señora de mi voluntad y de mi hacienda, que no era tan poco que no valiese, con aquella cadena que traía al cuello y con otras joyuelas que tenía en casa, y con deshacerme de algunas

---

[10] «Irse todo en flores, no haber cosa de sustancia.» (Covarrubias.)

[11] Con el sentido de: preparar alimentos que incitan a la gula.

galas de soldado, más de dos mil ducados, que juntos con los dos mil y quinientos suyos, eran suficiente cantidad para retirarnos a vivir a una aldea de donde yo era natural y a donde tenía algunas raíces[12], hacienda tal, que, sobrellevada con el dinero, vendiendo los frutos a su tiempo, nos podía dar una vida alegre y descansada. En resolución, aquella vez se concertó nuestro desposorio, y se dio traza como los dos hiciésemos información de solteros, y en los tres días de fiesta que vinieron luego juntos en una pascua se hicieron las amonestaciones, y al cuarto día nos desposamos, hallándose presente al desposorio dos amigos míos y un mancebo que ella dijo ser primo suyo, a quien yo me otrecí por pariente con palabras de mucho comedimiento, como lo habían sido todas las que hasta entonces a mi nueva esposa había dado, con intención tan torcida y traidora, que la quiero callar; porque aunque estoy diciendo verdades, no son verdades de confesión, que no pueden dejar de decirse.

Mudó mi criado el baúl de la posada a casa de mi mujer; encerré en él, delante della, mi magnífica cadena; mostréle otras tres o cuatro si no tan grandes, de mejor hechura, con otros tres o cuatro cintillos de diversas suertes; hícele patentes mis galas y mis plumas, y entreguéle para el gasto de casa hasta cuatrocientos reales que tenía. Seis días gocé del plan de la boda, espaciándome en casa como el yerno ruin en la del suegro rico; pisé ricas alfombras, ahajé sábanas de holanda, alumbréme con candeleros de plata; almorzaba en la cama, levantábame a las once, comía a las doce, y a las dos sesteaba en el estrado; bailábanme doña Estefanía y la moza el agua delante[13]. Mi mozo, que hasta allí le había conocido perezoso y lerdo, se había vuelto un corzo. El rato que doña Estefanía faltaba de mi lado, la habían de hallar en la cocina, todo solícita en ordenar guisados que me despertasen el gusto y me avivasen el apetito. Mis camisas, cuellos y pañuelos eran un nuevo Aranjuez de flores, según olían, bañados en la agua de ángeles[14] y de azahar que sobre ellos se derramaba.

Pasáronse estos días volando, como se pasan los años que están debajo de la jurisdicción del tiempo; en los cuales días, por verme tan regalado y tan bien servido, iba mudando en buena la mala intención con que aquel negocio había comenzado. Al cabo de los cuales, una mañana —que aún estaba con doña Estefanía en la cama— llamaron con grandes golpes a la puerta de la calle. Asomóse la moza a la ventana, y quitándose al momento, dijo:

—¡Oh, que sea ella la bienvenida! ¿Han visto y cómo ha venido más presto de lo que escribió el otro día?

—¿Quién es la que ha venido, moza? —le pregunté.

—¿Quién? —respondió ella—. Es mi señora doña Clementa Bueso, y viene con ella el señor don Lope Meléndez de Almendárez, con otros dos criados, y Hortigosa, la dueña que llevó consigo.

—¡Corre, moza, bien haya yo, y ábreles!—dijo a este punto doña Estefanía—. Y vos, señor, por mi amor que no os alborotéis ni respondáis por mí a ninguna cosa que contra mí oyéredes.

---

[12] Fincas o bienes raíces.

[13] «Bailar el agua delante» equivale, en sentido figurado, a halagar.

[14] Agua perfumada.

—Pues, ¿quién ha de deciros cosa que os ofenda, y más estando yo delante? Decidme: ¿qué gente es ésta, que me parece que os ha alborotado su venida?

—No tengo lugar de responderos —dijo doña Estefanía— sólo sabed que todo lo que aquí pasaré es fingido y que tira a cierto designio y efeto que después sabréis.

Y aunque quisiera replicarle a esto, no me dio lugar la señora doña Clementa Bueso, que se entró en la sala, vestida de raso verde prensado, con muchos pasamanos de oro, capotillo de lo mismo y con la misma guarnición, sombrero con plumas verdes, blancas y encarnadas, y con rico cintillo de oro, y con un delgado velo cubierta la mitad del rostro. Entró con ella el señor don Lope Meléndez de Almendárez, no menos bizarro que ricamente vestido de camino. La dueña Hortigosa fue la primera que habló, diciendo:

—¡Jesús! ¿Qué es esto? ¿Ocupado el lecho de mi señora doña Clementa, y más con ocupación de hombre? ¡Milagros veo hoy en esta casa! ¡A fe que se ha ido bien del pie a la mano la señora Estefanía, fiada en la amistad de mi señora!

—Yo te lo prometo, Hortigosa —replicó doña Clementa—; pero yo me tengo la culpa. ¡Que jamás escarmiente yo en tomar amigas que no lo saben ser si no es cuando les viene a cuento!

A todo lo cual respondió doña Estefanía:

—No reciba vuesa merced pesadumbre, mi señora doña Clementa Bueso, y entienda que no sin misterio ve lo que ve en esta su casa; que cuando lo sepa, yo sé que quedaré desculpada y vuesa merced sin ninguna queja.

En esto ya me había puesto yo en calzas y jubón, y tomándome doña Estefanía por la mano me llevó a otro aposento, y allí me dijo que aquella su amiga quería hacer una burla a aquel don Lope que venía con ella, con quien pretendía casarse, y que la burla era darle a entender que aquella casa y cuanto estaba en ella era todo suyo, de lo cual pensaba hacerle carta de dote, y que hecho el casamiento se le daba poco que se descubriese el engaño, fiada en el grande amor que el don Lope le tenía.

—Y luego se me volverá lo que es mío, y no se le tendrá a mal a ella ni a otra mujer alguna de que procure buscar marido honrado, aunque sea por medio de cualquier embuste.

Yo le respondí que era grande extremo de amistad el que quería hacer, y que primero se mirase bien en ello, porque después podría ser tener necesidad de valerse de la justicia para cobrar su hacienda. Pero ella me respondió con tantas razones, representando tantas obligaciones que la obligaban a servir a doña Clementa, aun en cosas de más importancia, que, mal de mi grado, y con remordimiento de mi juicio, hube de condescender con el gusto de doña Estefanía, asegurándome ella que solos ocho días podía durar el embuste, los cuales estaríamos en casa de otra amiga suya. Acabábamos de vestirnos ella y yo, y luego, entrándose a despedir de la señora doña Clementa Bueso y del señor don Lope Meléndez de Almendárez, hizo a mi criado que se cargase el baúl y que la siguiese, a quien yo también seguí, sin despedirme de nadie.

Paró doña Estefanía en casa de una amiga suya, y antes que entrásemos dentro estuvo un buen espacio hablando con ella, al cabo del cual salió una moza y dijo que entrásemos yo y mi criado. Llevónos a un aposento estrecho, en el cual había dos camas tan juntas que parecían una, a causa de que no había espacio que las dividiese, y las sábanas de entrambas se besaban. En efeto, allí estuvimos seis días, y en todos ellos no pasó hora que no tuviésemos pendencia, diciéndole la necedad que había hecho en haber dejado su casa y su hacienda, aunque fuera a su misma madre.

En esto iba yo y venía por momentos, tanto que la huéspeda de casa, un día que doña Estefanía dijo que iba a ver en qué término estaba su negocio, quiso saber de mí qué era la causa que me movía a reñir tanto con ella, y qué cosa había hecho que tanto se le afeaba diciéndole que había sido necedad notoria más que amistad perfecta. Contéle todo el cuento, y cuando llegué a decir que me había casado con doña Estefanía, y la dote que trujo, y la simplicidad que había hecho en dejar su casa y hacienda a doña Clementa, aunque fuese con tan santa intención como era alcanzar tan principal marido como don Lope, se comenzó a santiguar y a hacer cruces con tanta priesa y con tanto «¡Jesús Jesús, de la mala hembra!», que me puso en gran turbación, y al fin me dijo:

—Señor Alférez, no sé si voy contra mi conciencia en descubriros lo que me parece que también la cargaría si lo callase; pero, a Dios y a ventura sea lo que fuere, ¡viva la verdad y muera la mentira! La verdad es que doña Clementa Bueso es la verdadera señora de la casa y de la hacienda que os hicieron la dote; la mentira es todo cuanto os ha dicho doña Estefanía; que ni ella tiene casa, ni hacienda, ni otro vestido del que trae puesto. Y el haber tenido lugar y espacio para hacer este embuste fue que doña Clementa fue a visitar unos parientes suyos a la ciudad de Plasencia, y de allí fue a tener novenas en Nuestra Señora de Guadalupe, y en este entretanto dejó su casa a doña Estefanía, que mirase por ella, porque, en efeto, son grandes amigas; aunque, bien mirado, no hay que culpar a la pobre señora, pues ha sabido granjear a una tal persona como la del señor Alférez por marido.

Aquí dio fin a su plática y yo di principio a desesperarme, y sin duda lo hiciera si tantico se descuidara el ángel de mi guarda en socorrerme acudiendo a decirme en el corazón que mirase que era cristiano y que el mayor pecado de los hombres era el de la desesperación, por ser pecado de demonios. Esta consideración o buena inspiración me conhortó[15] algo, pero no tanto que dejase de tomar mi capa y espada y salir a buscar a doña Estefanía, con presupuesto de hacer en ella un ejemplar castigo; pero la suerte, que no sabré decir si mis cosas empeoraba o mejoraba, ordenó que en ninguna parte donde pensé hallar a doña Estefanía la hallase. Fuime a San Llorente, encomendéme a Nuestra Señora, sentéme sobre un escaño, y con la pesadumbre me tomó un sueño tan pesado, que no despertara tan presto si no me despertaran.

Fui lleno de pensamientos y congojas a casa de doña Clementa, y halléla con tanto reposo como señora de su casa; no le osé decir nada porque estaba el señor don Lope delante; volví en casa de mi huéspeda, que me dijo haber contado a doña Estefanía cómo yo sabía toda su maraña y embuste, y que ella le preguntó qué semblante había yo mostrado con tal nueva, y que

[15] Consoló.

le había respondido que muy malo, y que, a su parecer, había salido yo con mala intención y peor determinación a buscarla; díjome, finalmente, que doña Estefanía se había llevado cuanto en el baúl tenía, sin dejarme en él sino un solo vestido de camino.

¡Aquí fue ello! ¡Aquí me detuvo de nuevo Dios de su mano! Fui a ver mi baúl, y halléle abierto y como sepultura que esperaba cuerpo difunto, y a buena razón había de ser el mío, si yo tuviera entendimiento para saber sentir y ponderar tamaña desgracia.

—Bien grande fue —dijo a esta sazón el Licenciado Peralta— haberse llevado doña Estefanía tanta cadena y tanto cintillo; que, como suele decirse, todos los duelos..., etc.[16].

—Ninguna pena me dio esa falta —respondió el Alférez—, pues también podré decir: «Pensóse don Simueque que me engañaba con su hija la tuerta, y por el Dío, contrecho soy de un lado.»[17]

—No sé a qué propósito pueda vuesa merced decir eso —respondió Peralta.

—El propósito es —respondió el Alférez— de que toda aquella balumba y aparato de cadenas, cintillos y brincos podía valer hasta diez o doce escudos.

—Eso no es posible —replicó el Licenciado—; porque la que el señor Alférez traía al cuello mostraba pesar más de doscientos ducados.

—Así fuera —respondió el Alferez— si la verdad respondiera al parecer; pero como no es todo oro lo que reluce, las cadenas, cintillos, joyas y brincos, con sólo ser de alquimia se contentaron, pero estaban tan bien hechas, que sólo el toque o el fuego podían descubrir su malicia.

—Desa manera —dijo el Licenciado—, entre vuesa merced y la señora doña Estefanía, pata es la traviesa.

—Y tan pata —respondió el Alférez—, que podemos volver a barajar; pero el daño está, señor Licenciado, en que ella se podrá deshacer de mis cadenas y yo no de la falsía de su término; y, en efeto, mal que me pese, es prenda mía.

—Dad gracias a Dios, señor Campuzano —dijo Peralta—, que fue prenda con pies, y que se os ha ido, y que no estáis obligado a buscarla.

—Así es —respondió el Alférez—; pero, con todo eso, sin que la busque, la hallo siempre en la imaginación, y adondequiera que estoy tengo afrenta presente.

—No sé qué responderos —dijo Peralta—, si no es traeros a la memoria dos versos de Petrarca, que dicen:

Che chi prende diletto di far frode;
Non si de lamentar s'altri l'inganna

Que responden en nuestro castellano: «que el que tiene costumbre y gusto de engañar a otro no se debe quejar cuando es engañado.»

---

[16] El dicho completo es: «todos los duelos con pan son menos».

[17] Refrán judío que según escribe De Mal Lara y cita Amezúa es: «¿Piensa don Braga que con su hija tuerta me engaña? Pues por el Dío, hermano, que soy contrahecho de un lado.»

—Yo no me quejo —respondió el Alférez—, sino lastímome; que el culpado no por conocer su culpa deja de sentir la pena del castigo. Bien veo que quise engañar y fui engañado, porque me hirieron por mis propios filos; pero no puedo tener tan a raya el sentimiento que no me queje de mí mismo. Finalmente, por venir a lo que hace más el caso a mi historia (que este nombre se le puede dar al cuento de mis sucesos), digo que supe que se había llevado a doña Estefanía el primo que dije que se halló a nuestros desposorios, el cual de luengos tiempos atrás era su amigo a todo ruedo. No quise buscarla, por no hallar el mal que me faltaba. Mudé posada y mudé el pelo dentro de pocos días, porque comenzaron a pelárseme las cejas y las pestañas, y poco a poco me dejaron los cabellos, y antes de edad me hice calvo, dándome una enfermedad que llaman lupicia, y por otro nombre más claro, la pelarela. Halléme verdaderamente hecho pelón, porque ni tenía barbas que peinar ni dineros que gastar. Fue la enfermedad caminando al paso de mi necesidad, y como la pobreza atropella a la honra, y a unos lleva a la horca y a otros al hospital, y a otros les hace entrar por las puertas de sus enemigos con ruegos y sumisiones, que es una de las mayores miserias que puede suceder a un desdichado, por no gastar en curarme los vestidos que me habían de cubrir y honrar en salud, llegado el tiempo en que se dan los sudores en el hospital de la Resurrección, me entré en él, donde he tomado cuarenta sudores. Dicen que quedaré sano si me guardo; espada tengo; lo demás, Dios lo remedie.

Ofreciósele de nuevo el Licenciado, admirándose de las cosas que le había contado.

—Pues de poco se maravilla vuesa merced, señor Peralta —dijo el Alférez—; que otros sucesos me quedan por decir que exceden a toda imaginación, pues van fuera de todos los términos de naturaleza: no quiera vuesa merced saber más sino que son de suerte que doy por bien empleadas todas mis desgracias, por haber sido parte de haber ne puesto en el hospital donde vi lo que ahora diré, que es lo que ahora ni nunca vuesa merced podrá creer, ni habrá persona en el mundo que lo crea.

Todos estos preámbulos y encarecimientos que el Alférez hacía antes de contar lo que había visto encendían el deseo de Peralta de manera que, con no menores encarecimientos, le pidió que luego luego le dijese las maravillas que le quedaban por decir.

—Ya vuesa merced habrá visto —dijo el Alférez— dos perros que con dos lanternas andan de noche con los hermanos de la Capacha, alumbrándoles cuando piden limosna.

—Sí he visto —respondió Peralta.

—También habrá visto u oído vuesa merced —dijo el Alférez— lo que dellos se cuenta: que si acaso echan limosna de las ventanas y se cae en el suelo, ellos acuden luego a alumbrar y a buscar lo que se cae, y se paran delante de las ventanas donde saben que tienen costumbre de darles limosna, y con ir allí con tanta mansedumbre que más parecen corderos que perros, en el hospital son unos leones, guardando la casa con grande cuidado y vigilancia.

—Yo he oído decir —dijo Peralta— que todo es así, pero eso no me puede ni debe causar maravilla.

—Pues lo que ahora diré dellos es razón que la cause, y que sin hacerse cruces, ni alegar imposibles ni dificultades, vuesa merced se acomode a creerlo, y es que yo oí y casi vi con mis ojos a estos dos perros, que uno se llama Cipión y otro Berganza, estar una noche, que fue la penúltima que acabé de sudar, echados detrás de mi cama en unas esteras viejas, y a la mitad de aquella noche, estando a escuras y desvelado, pensando en mis pasados sucesos y presentes desgracias, oí hablar allí junto, y estuve con atento oído escuchando, por ver si podía venir en conocimiento de los que hablaban y de lo que hablaban, y al poco rato vine a conocer, por lo que hablaban, los que hablaban, y eran los dos perros Cipión y Berganza.

Apenas acabó de decir esto Campuzano, cuando, levantándose el Licenciado, dijo:

—Vuesa merced quede mucho en buena hora, señor Campuzano, que hasta aquí estaba en duda si creería o no lo que de su casamiento me había contado, y esto que ahora me cuenta de que oyó hablar los perros me ha hecho declarar por la parte de no creelle ninguna cosa. Por amor de Dios, señor Alférez, que no cuente estos disparates a persona alguna, si ya no fuere a quien sea tan su amigo como yo.

—No me tenga vuesa merced por tan ignorante —replicó Campuzano— que no entienda que si no es por milagro no pueden hablar los animales; que bien sé que si los tordos, picazas y papagayos hablan no son sino la palabra que aprenden y toman de memoria, y por tener la lengua estos animales cómoda para poder pronunciarlas; mas no por esto pueden hablar y responder con discursos concertados, como estos perros hablaron, y así, muchas veces, después que los oí, yo mismo no he querido dar crédito a mí mismo, y he querido tener por cosa soñada lo que realmente estando despierto, con todos mis cinco sentidos, tales cuales nuestro Señor fue servido de dármelos, oí, escuche y, finalmente, escribí, sin faltar palabra por su concierto; de donde se puede tomar indicio bastante que mueva y persuada a creer esta verdad que digo. Las cosas de que trataron fueron grandes y diferentes, y más para ser tratadas por varones sabios que para ser dichas por bocas de perros; así que, pues yo no las pude inventar de mío, a mi pesar y contra mi opinión vengo a creer que no soñaba y que los perros hablaban.

—¡Cuerpo de mí! —replicó el Licenciado—. ¡Si se nos ha vuelto el tiempo de Maricastaña, cuando hablaban las calabazas, o el de Isopo[18], cuando departía el gallo con la zorra y unos animales con otros!

—Uno de ellos sería yo, y el mayor —replicó el Alférez—, si creyese que ese tiempo ha vuelto, y aun también lo sería si dejase de creer lo que oí, y lo que vi, y lo que me atreveré a jurar con juramento que obligue, y aun fuerce, a que lo crea la misma incredulidad. Pero puesto caso que me haya engañado, y que mi verdad sea sueño, y el porfiarla disparate, ¿no se holgará vuesa merced, señor Peralta, de ver escritas en un coloquio las cosas que estos perros, o sean quien fueren, hablaron?

—Como vuesa merced —replicó el Licenciado— no se canse más en persuadirme que oyó hablar a los perros, de muy buena gana oiré ese colo-

---

[18] Esopo, fabulista griego.

quio, que por ser escrito y notado del buen ingenio del señor Alférez, ya le juzgo por bueno.

—Pues hay en esto otra cosa —dijo el Alférez—: que como yo estaba tan atento y tenía delicado el juicio, delicada, sotil y desocupada la memoria (merced a las muchas pasas y almendras que había comido), todo lo tomé de coro[19], y casi por las mismas palabras que había oído lo escribí otro día, sin buscar colores retóricas para adornarlo, ni que añadir ni quitar para hacerle gustoso. No fue una noche sola la plática, que fueron dos consecutivamente, aunque yo no tenga escrita más de una, que es la vida de *Berganza*, y la del compañero *Cipión* pienso escribir (que fue la que se contó la noche segunda) cuando viere, o que ésta se crea, o, a lo menos, no se desprecie. El coloquio traigo en el seno; púselo en forma de coloquio por ahorrar de dijo *Cipión, respondió Berganza*, que suele alargar la escritura.

Y en diciendo esto, sacó del pecho un cartapacio y lo puso en las manos del Licenciado, el cual lo tomó riyéndose y como haciendo burla de todo lo que había oído y de lo que pensaba leer.

—Yo me recuesto —dijo el Alférez— en esta silla en tanto que vuesa merced lee, si quiere, esos sueños o disparates, que no tienen otra cosa de bueno si no es el poderlos dejar cuando enfaden.

—Haga vuesa merced su gusto —dijo Peralta—, que yo con brevedad me despediré de esta letura.

Recostóse el Alférez, abrió el Licenciado el cartapacio, y en el principio vio que estaba puesto este título:

[19] Lo aprendí de memoria.

EL COLOQUIO DE LOS PERROS

COLOQUIO QUE PASÓ ENTRE CIPIÓN Y BERGANZA, PERROS DEL HOSPITAL DE LA RESURRECCIÓN, QUE ESTÁ EN LA CIUDAD DE VALLADOLID, FUERA DE LA PUERTA DEL CAMPO, A QUIEN COMÚNMENTE LLAMAN LOS PERROS DE MAUDES[1]

CIPIÓN.—Berganza, amigo, dejemos esta noche el Hospital en guarda de la confianza y retirémonos a esta soledad y entre estas esteras, donde podremos gozar sin ser sentidos desta no vista merced que el Cielo en un mismo punto a los dos nos ha hecho.

BERGANZA.—Cipión, hermano, óyote hablar y sé que te hablo, y no puedo creerlo, por parecerme que el hablar nosotros pasa de los términos de naturaleza.

CIPIÓN.—Así es la verdad, Berganza, y viene a ser mayor este milagro en que no solamente hablamos, sino en que hablamos con discurso, como si fuéramos capaces de razón, estando tan sin ella que la diferencia que hay del animal bruto al hombre es ser el hombre animal racional, y el bruto, irracional.

BERGANZA.—Todo lo que dices, Cipión, entiendo, y el decirlo tú y entenderlo yo me causa nueva admiración y nueva maravilla. Bien es verdad que en el discurso de mi vida diversas y muchas veces he oído decir grandes prerrogativas nuestras; tanto, que parece que algunos han querido mentir que tenemos un natural distinto[2], tan vivo y tan agudo en muchas cosas, que da indicios y señales de faltar poco para mostrar que tenemos un no sé qué de entendimiento capaz de discurso.

CIPIÓN.—Lo que yo he oído alabar y encarecer es nuestra mucha memoria, el agradecimiento y gran fidelidad nuestra; tanto que nos suelen pintar por símbolo de la amistad, y así, habrás visto (si has mirado

[1] Todos los datos que aquí aparecen son reales. Alonso de Mahudes fue un limosnero que recogía donativos para el Hospital de la Resurrección.
[2] «Distinto» por instinto.

en ello) que en las sepulturas de alabastro, donde suelen estar las figuras de los que allí están enterrados, cuando son marido y mujer ponen entre los dos, a los pies, una figura de perro, en señal que se guardaron en la vida amistad y fidelidad inviolable.

Berganza.—Bien sé que ha habido perros tan agradecidos que se han arrojado con los cuerpos difuntos de sus amos en la misma sepultura donde estaban enterrados sus señores, sin apartarse dellas, sin comer, hasta que se les acababa la vida. Sé también que, después del elefante, el perro tiene el primer lugar de parecer que tiene entendimiento; luego, el caballo, y el último, la jimia.

Cipión—Ansí es; pero bien confesarás que ni has visto ni oído decir jamás que haya hablado ningún elefante, perro, caballo o mona, por donde me doy a entender que este nuestro hablar tan de improviso cae debajo del número de aquellas cosas que llaman portentos, las cuales, cuando se muestran y parecen, tiene averiguado la experiencia que alguna calamidad grande amenaza a las gentes.

Berganza.—Desa manera no haré yo mucho en tener por señal portentosa lo que oí decir los días pasados a un estudiante, pasando por Alcalá de Henares.

Cipión.—¿Qué le oíste decir?

Berganza.—Que de cinco mil estudiantes que cursaban aquel año en la Universidad, los dos mil oían Medicina.

Cipión.—Pues, ¿qué vienes a inferir deso?

Berganza.—Infiero, o que estos dos mil médicos han de tener enfermos que curar (que sería harta plaga y mala ventura), o ellos se han de morir de hambre.

Cipión.—Pero sea lo que fuere, nosotros hablamos, sea portento o no; que lo que el Cielo tiene ordenado que suceda, no hay diligencia ni sabiduría humana que lo pueda prevenir, y así, no hay para qué ponernos a disputar nosotros cómo o por qué hablamos; mejor será que este buen día, o buena noche, la metamos en nuestra casa[3], y pues la tenemos tan buena en estas esteras y no sabemos cuánto durará esta nuestra ventura, sepamos aprovecharnos della y hablemos toda esta noche, sin dar lugar al sueño que nos impida este gusto, de mí por largo tiempo deseado.

---

[3] «... no perder la ocasión de la buena suerte y tiempo oportuno». (Covarrubias.)

BERGANZA.—Y aun de mí, que desde que tuve fuerzas para roer un hueso tuve el deseo de hablar, para decir cosas que depositaba en la memoria, y allí, de antiguas y muchas, o se enmohecían o se me olvidaban. Empero ahora, que tan sin pensarlo me veo enriquecido deste divino don de la habla, pienso gozarle y aprovecharme dél lo más que pudiere, dándome priesa a decir todo aquello que se me acordare, aunque sea atropellada y confusamente, porque no sé cuándo me volverán a pedir este bien, que por prestado tengo.

CIPIÓN.—Sea ésta la manera, Berganza amigo: que esta noche me cuentes tu vida y los trances por donde has venido al punto en que ahora te hallas, y si mañana en la noche estuviéremos con habla, yo te contaré la mía; porque mejor será gastar el tiempo en contar las propias que en procurar saber las ajenas vidas.

BERGANZA.—Siempre, Cipión, te he tenido por discreto y por amigo, y ahora más que nunca, pues como amigo quieres decirme tus sucesos y saber los míos, y como discreto has repartido el tiempo donde podamos manifestallos. Pero advierte primero si nos oye alguno.

CIPIÓN.—Ninguno, a lo que creo, puesto que[4] aquí cerca está un soldado tomando sudores; pero en esta sazón más estará para dormir que para ponerse a escuchar.

BERGANZA.—Pues si puedo hablar con ese seguro, escucha, y si te cansare lo que te fuere diciendo, o me reprehendes o mandas que calle.

CIPIÓN.—Habla hasta que amanezca, o hasta que seamos sentidos; que yo te escucharé de muy buena gana, sin impedirte sino cuando viere ser necesario.

BERGANZA.—Paréceme que la primera vez que vi el sol fue en Sevilla, y en su Matadero, qué esta fuera de la Puerta de la Carne[5], por donde imaginara (si no fuera por lo que después te diré) que mis padres debieron de ser alanos de aquellos que crían los ministros de aquella confusión, a quien llaman jiferos[6]. El primero que conocí por amo fue uno llamado Nicolás el Romo, mozo robusto, doblado[7] y colérico, como lo son todos aquellos que ejercitan la jifería; este tal Nicolás me enseñaba a mí y a otros cachorros a que, en compañía de alanos viejos, arremetiésemos a los toros y les hiciésemos presa por las orejas. Con mucha facilidad salí un águila en esto.

---

[4] Aunque.

[5] Llamada así porque toda la carne del matadero para las carnicerías de Sevilla entraba por ella.

[6] Matarifes.

[7] «Persona de mediana estatura, pero recia y fuerte de miembros.» (Dic. Aut.)

Cipión.—No me maravillo, Berganza; que como el hacer mal viene de natural cosecha, fácilmente se aprende el hacerlo.

Berganza.—¿Qué te diría, Cipión hermano, de lo que vi en aquel Matadero y de las cosas exorbitantes que en él pasan? Primero, has de presuponer que todos cuantos en él trabajan, desde el menor hasta el mayor, es gente ancha de conciencia, desalmada, sin temer al Rey ni a su justicia; los más, amancebados; son aves de rapiña carniceras; mantiénense ellos y sus amigas de lo que hurtan. Todas las mañanas que son días de carne, antes que amanezca están en el Matadero gran cantidad de mujercillas y muchachos, todos con talegas que, viniendo vacías, vuelven llenas de pedazos de carne, y las criadas, con criadillas y lomos medio enteros. No hay res alguna que se mate de quien no lleve esta gente diezmos y primicias de lo más sabroso y bien parado, y como en Sevilla no hay obligado[8] de la carne, cada uno puede traer la que quisiere, y la que primero se mata, o es la mejor, o la de más baja postura, y con este concierto hay siempre mucha abundancia. Los dueños se encomiendan a esta buena gente que he dicho, no para que no les hurten (que esto es imposible), sino para que se moderen en las tajadas y socaliñas que hacen en las reses muertas, que las escamondan y podan como si fuesen sauces o parras. Pero ninguna cosa me admiraba más ni me parecía peor que el ver que estos jiferos con la misma facilidad matan a un hombre que a una vaca; por quítame allá esa paja, a dos por tres[9]; meten un cuchillo de cachas amarillas por la barriga de una persona, como si acocotasen un toro. Por maravilla se pasa el día sin pendencias y sin heridas, y a veces sin muertes; todos se pican[10] de valientes, y aun tienen sus puntas de rufianes; no hay ninguno que no tenga su ángel de guarda en la plaza de San Francisco, granjeado con lomos y lenguas de vaca. Finalmente, oí decir a un hombre discreto que tres cosas tenía el Rey por ganar en Sevilla: la calle de la Caza, la Costanilla y el Matadero[11].

Cipión.—Si en contar las condiciones de los amos que has tenido y las faltas de sus oficios te has de estar, amigo Berganza, tanto como esta vez, menester será pedir al Cielo nos conceda la habla siquiera por un año, y aun temo que, al paso que llevas, no llegarás a la mitad de tu historia. Y quiérote advertir de una cosa de la cual verás la experiencia cuando te cuente los sucesos de mi vida, y es que los cuentos unos encierran y tienen la gracia en ellos mismos; otros, en el modo de contarlos; quiero decir que algunos hay que aunque se cuenten sin preámbulos y ornamentos de palabras, dan contento; otros hay que es

[8] «Persona a cuya cuenta corre el abastecer a un pueblo o ciudad de algún genero: como nieve, carbón, carne, etc.» (Dic. Aut.) En este caso, encargada de abastecer carne.

[9] «... sin miedo, sin reparar en nada.» (Dic. Aut.)

[10] Se precian.

[11] Lugares de Sevilla muy unidos a la vida picaresca.

menester vestirlos de palabras, y con demostraciones del rostro y de las manos y con mudar la voz se hacen algo de nonada, y de flojos y desmayados se vuelven agudos y gustosos, y no se te olvide este advertimiento, para aprovecharte dél en lo que te queda por decir.

Berganza.—Yo lo haré así, si pudiere y si me da lugar la grande tentacion que tengo de hablar, aunque me parece que con grandísima dificultad me podré ir a la mano[12].

Cipión.—Vete a la lengua, que en ella consisten los mayores daños de la humana vida.

Berganza.—Digo, pues, que mi amo me enseñó a llevar una espuerta en la boca y a defenderle de quien quitármela quisiese; enseñóme también la casa de su amiga, y con esto se excusó la venida de su criada al Matadero, porque yo le llevaba las madrugadas lo que el había hurtado las noches. Y un día que, entre dos luces, iba yo diligente a llevarle la porción, oí que me llamaban por mi nombre desde una ventana; alcé los ojos y vi una moza hermosa en extremo; detúveme un poco, y ella bajó a la puerta de la calle, y me tornó a llamar; lleguéme a ella, como si fuera a ver lo que me quería, que no fue otra cosa que quitarme lo que llevaba en la cesta y ponerme en su lugar un chapín viejo. Entonces dije entre mí: «La carne se ha ido a la carne.» Díjome la moza en habiéndome quitado la carne: «Andad, Gavilán, o como os llaméis, y decir a Nicolás el Romo, vuestro amo, que no se fíe de animales, y que del lobo, un pelo[13], y ése, de la espuerta.» Bien pudiera yo volver a quitar lo que me quitó; pero no quise, por no poner mi boca jifera y sucia en aquellas manos limpias y blancas.

Cipión.—Hiciste muy bien, por ser prerrogativa de la hermosura que siempre se la tenga respecto.

Berganza.—Así lo hice yo; y así, me volví a mi amo sin la porción y con el chapín. Parecióle que volví presto, vio el chapín, imaginó la burla, sacó uno de cachas[14] y tiróme una puñalada que, a no desviarme, nunca tú oyeras ahora este cuento, ni aun otros muchos que pienso contarte. Puse pies en polvorosa, y tomando el camino en las manos y en los pies, por detrás de San Bernardo me fui por aquellos campos de Dios a donde la fortuna quisiese llevarme. Aquella noche dormí al cielo abierto, y otro día me deparó la suerte un hato o rebaño de ovejas y carneros. Así como le vi, creí que había hallado en él el centro de mi reposo, pareciéndome ser propio y natural oficio de los perros guardar

[12] Me podré contener, moderar.

[13] Refrán: «Del lobo un pelo y ése del copete.» otra versión: «Del lobo un pelo y ése de la frente», viene a decir que del que no se puede esperar mucho se tome lo primero que te dé.

[14] Sobreentendiéndose «cuchillo».

ganado, que es obra donde se encierra una virtud grande, como es amparar y defender de los poderosos y soberbios los humildes y los que poco pueden. Apenas me hubo visto uno de los tres pastores que el ganado guardaban, cuando diciendo: «¡To, to!», me llamó y yo, que otra cosa no deseaba, me llegué a él bajando la cabeza y meneando la cola. Trújome la mano por el lomo, abrióme la boca, escupióme en ella, miróme las presas, conoció mi edad, y dijo a otros pastores que yo tenía todas las señales de ser perro de casta. Llegó a este instante el señor del ganado sobre una yegua rucia a la jineta, con lanza y adarga, que más parecia atajador[15] de la costa que señor de ganado. Preguntó al pastor: «¿Qué perro es éste, que tiene señales de ser bueno?» «Bien lo pueda vuesa merced creer —respondió el pastor—, que yo le he cotejado bien y no hay señal en él que no muestre y prometa que ha de ser un gran perro. Agora se llegó aquí, y no sé cúyo sea aunque sé que no es de los rebaños de la redonda[16]». «Pues así es —respondió el señor—, ponle luego el collar de Leoncillo, el perro que se murió, y denle la ración que a los demás, y acaríciale, por que tome cariño al hato y se quede en él.» En diciendo esto se fue, y el pastor me puso luego al cuello unas carlancas llenas de puntas de acero, habiéndome dado primero en un dornajo[17] gran cantidad de sopas en leche. Y asimismo me puso nombre, y me llamó Barcino[18]. Vime harto y contento con el segundo amo y con el nuevo oficio; mostréme solícito y diligente en la guarda del rebaño, sin apartarme dél sino las siestas, que me iba a pasarlas, o ya a la sombra de algún árbol, o de algún ribazo o peña, o a la de alguna mata, a la margen de algún arroyo de los muchos que por allí corrían. Y estas horas de mi sosiego no las pasaba ociosas, porque en ellas ocupaba la memoria en acordarme de muchas cosas, especialmente en la vida que había tenido en el Matadero, y en la que tenía mi amo y todos los como él, que están sujetos a cumplir los gustos impertinentes de sus amigas. ¡Oh, qué de cosas te pudiera decir ahora de las que aprendí en la escuela de aquella jifera dama de mi amo! Pero habrélas de callar, por que no me tengas por largo y por murmurador.

Cipión.—Por haber oído decir que dijo un gran poeta de los antiguos que era difícil cosa el no escribir sátiras, consentiré que murmures un poco de luz y no de sangre[19]; quiero decir que señales y no hieras ni des mate a ninguno en cosa señalada; que no es buena la murmuración, aunque haga reír a muchos, si matan a uno, y si puedes agradar sin ella, te tendré por muy discreto.

---

[15] Vigilante de la costa que avisa de posibles desembarcos de corsarios moriscos.

[16] Alrededores.

[17] Artesa pequeña y redonda para dar de comer a los lechones.

[18] De barcino: de color blanco con manchas pardas o rojas.

[19] En las cofradías religiosas había dos clases de hermanos: los «de luz», aquellos que portaban velas, y «de sangre», los que se iban flagelando.

Berganza.—Yo tomaré tu consejo, y esperaré con gran deseo que llegue el tiempo en que me cuentes tus sucesos; que de quien tan bien sabe conocer y enmendar los defectos que tengo en contar los míos, bien se puede esperar que contará los suyos de manera que enseñen y deleiten a un mismo punto. Pero anudando el roto hilo de mi cuento, digo que en aquel silencio y soledad de mis siestas, entre otras cosas, consideraba que no debía de ser verdad lo que había oído contar de la vida de los pastores, a lo menos, de aquellos que la dama de mi amo leía en unos libros cuando yo iba a su casa, que todos los trataban de pastores y pastoras diciendo que les pasaba toda la vida cantando y tañendo con gaitas, zampoñas, rabeles y chirumbelas y con otros instrumentos extraordinarios. Deteníame a oírla leer, y leía cómo el pastor de Anfriso cantaba extremada y divinamente, alabando a la sin par Belisarda[20], sin haber en todos los montes de Arcadia árbol en cuyo tronco no se hubiese sentado a cantar desde que salía el sol en los brazos de la Aurora hasta que se ponía en los de Tetis, y aun después de haber tendido la negra noche por la faz de la tierra sus negras y escuras alas, él no cesaba de sus bien cantadas y mejor lloradas quejas. No se le quedaba entre renglones el pastor Elicio[21] más enamorado que atrevido, de quien decía que, sin atender a sus amores ni a su ganado, se entraba en los cuidados ajenos. Decía también que el gran pastor de Fílida[22], único pintor de un retrato, había sido más confiado que dichoso. De los desmayos de Sireno y arrepentimiento de Diana, decía que daba gracias a Dios y a la sabia Felicia[23], que con su agua encantada deshizo aquella máquina de enredos y aclaró aquel laberinto de dificultades. Acordábame de otros muchos libros que deste jaez la había oído leer, pero no eran dignos de traerlos a la memoria.

Cipión.—Aprovechándote vas, Berganza, de mi aviso; murmura, pica y pasa, y sea tu intención limpia, aunque la lengua no lo parezca.

Berganza.—En estas materias nunca tropieza la lengua si no cae primero la intención, pero si acaso por descuido o malicia murmurare, responderé a quien me reprehendiere lo que respondió Mauleón[24], poeta tonto y académico de burla de la Academia de los Imitadores, a uno que le preguntó que qué quería decir *Deum de deo*, y respondió que *dé donde diere*.

---

[20] Anfriso y Belisarda, personajes de *La Arcadia* (1599), de Lope de Vega.

[21] Personaje de *La Galatea* (1585), del mismo Cervantes.

[22] Personaje de la novela *El pastor de Fílida* (1582), de Luis Gálvez de Montalvo.

[23] Sireno, Diana, Felicia, personajes de *Los siete libros de la Diana* (1559), de Jorge de Montemayor.

[24] Segun González de Amezúa, Mauleón era personaje real que tenía fama de poeta tonto.

Cipión.—Esa fue la respuesta de un simple; pero tú, si eres discreto o lo quieres ser, nunca has de decir cosa de que debas dar disculpa. Di adelante.

Berganza.—Digo que todos los pensamientos que he dicho, y muchos más, me causaron ver los diferentes tratos y ejercicios que mis pastores y todos los demás de aquella marina tenían de aquellos que había oído leer que tenían los pastores de los libros; porque si los míos cantaban, no eran canciones acordadas y bien compuestas, sino un

Cata el lobo dó va, Juanica,

y otras cosas semejantes, y esto no al son de chirumbelas, rabeles o gaitas, sino al que hacía el dar un cayado con otro o al de algunas tejuelas puestas entre los dedos, y no con voces delicadas, sonoras y admirables, sino con voces roncas, que, solas o juntas, parecía, no que cantaban, sino que gritaban o gruñían. Lo más del día se les pasaba espulgándose o remendando sus abarcas; ni entre ellos se nombraban Amarilis, Fílidas, Galateas y Dianas, ni había Lisardos, Lausos, Jacintos ni Riselos; todos eran Antones, Domingos, Pablos o Llorentes por donde vine a entender lo que pienso que deben de creer todos: que todos aquellos libros son cosas soñadas y bien escritas para entretenimiento de los ociosos, y no verdad alguna; que a serlo, entre mis pastores hubiera alguna reliquia de aquella felicísima vida, y de aquellos amenos prados, espaciosas selvas, sagrados montes, hermosos jardines, arroyos claros y cristalinas fuentes, y de aquellos tan honestos cuanto bien declarados requiebros, y de aquel desmayarse aquí el pastor, allí la pastora, acullá resonar la zampona del uno, acá el caramillo[25] del otro.

Cipión.—Basta, Berganza; vuelve a tu senda y camina.

Berganza.—Agradézcotelo, Cipión amigo; porque si no me avisaras, de manera se me iba calentando la boca que no parara hasta pintarte un libro entero destos que me tenían engañado; pero tiempo vendrá en que lo diga todo con mejores razones y con mejor discurso que ahora.

Cipión.—Mírate los pies, y desharás la rueda[26], Berganza: quiero decir que mires que eres un animal que carece de razón, y si ahora muestras tener alguna, ya hemos averiguado entre los dos ser cosa sobrenatural y jamás vista.

---

[25] Flauta delgada usada por los pastores.

[26] Alude al pavo real y el adagio recuerda que las personas envanecidas abandonan su altanería cuando advierten sus defectos.

Berganza.—Eso fuera ansí si yo estuviera en mi primera ignorancia, mas ahora que me ha venido a la memoria lo que te había de haber dicho al principio de nuestra plática, no sólo no me maravillo de lo que hablo, pero espántome de lo que dejo de hablar.

Cipión.—Pues, ¿ahora no puedes decir lo que ahora se te acuerda?

Berganza.—Es una cierta historia que me pasó con una grande hechicera, discípula de la Camacha de Montilla.

Cipión.—Digo que me la cuentes antes que pases más adelante en el cuento de tu vida.

Berganza.—Eso no haré yo, por cierto, hasta su tiempo; ten paciencia, y escucha por su orden mis sucesos, que así te darán más gusto, si ya no te fatiga querer saber los medios antes de los principios.

Cipión.—Sé breve, y cuenta lo que quisieres y como quisieres.

Berganza.—Digo, pues, que yo me hallaba bien con el oficio de guardar ganado, por parecerme que comía el pan de mi sudor y trabajo, y que la ociosidad, raíz y madre de todos los vicios, no tenía que ver conmigo, a causa que si los días holgaba, las noches no dormía, dándonos asaltos a menudo y tocándonos a arma los lobos, y apenas me habían dicho los pastores: «¡Al lobo, *Barcino*!», cuando acudía, primero que los otros perros, a la parte que me señalaban que estaba el lobo; corría los valles, escudriñaba los montes, desentrañaba las selvas, saltaba barrancos, cruzaba caminos, y a la mañana volvía al hato, sin haber hallado lobo ni rastro dél, anhelando, cansado, hecho pedazos y los pies abiertos de los garranchos[27], y hallaba en el hato, o ya una oveja muerta, o un carnero degollado y medio comido del lobo. Desesperábame de ver de cuán poco servía mi mucho cuidado y diligencia. Venía el señor del ganado, salían los pastores a recebirle con las pieles de la res muerta; culpaba a los pastores por negligentes y mandaba castigar a los perros por perezosos; llovían sobre nosotros palos, y sobre ellos reprehensiones y así, viéndome un día castigado sin culpa y que mi cuidado, ligereza y braveza no eran de provecho para coger el lobo, determiné de mudar estilo, no desviándome a buscarle, como tenía de costumbre, lejos del rebaño, sino estarme junto a él: que pues el lobo allí venía, allí sería más cierta la presa. Cada semana nos tocaban a rebato, y en una oscurísima noche tuve yo vista para ver los lobos, de quien era imposible que el ganado se guardase. Agachéme detrás de una mata, pasaron los perros, mis compañeros, adelante, y desde allí oteé, y vi que dos pastores asieron de un carnero de los mejores del aprisco, y lo mata-

[27] «Ramo quebrado de algun árbol o cosa semejante.» (Dic. Aut.)

ron, de manera que verdaderamente pareció a la mañana que había sido su verdugo el lobo. Pasméme, quedé suspenso cuando vi que los pastores eran los lobos y que despedazaban el ganado los mismos que le habían de guardar. Al punto hacían saber a su amo la presa del lobo, dábanle el pellejo y parte de la carne, y comíanse ellos lo más y lo mejor. Volvía a reñirles el señor, y volvía también el castigo de los perros. No había lobos, menguaba el rebaño; quisiera yo descubrillo; hallábame mudo; todo lo cual me traía lleno de admiración y de congoja.«¡Válgame Dios! —decía entre mí—. ¿Quién podrá remediar esta maldad? ¿Quién será poderoso a dar a entender que la defensa ofende, que las centinelas duermen, que la confianza roba y el que os guarda os mata?»

Cipión.—Y decías muy bien, Berganza: porque no hay mayor ni más sotil ladrón que el doméstico, y así mueren muchos más de los confiados que de los recatados, pero el daño está en que es imposible que puedan pasar bien las gentes en el mundo si no se fía y se confía. Mas quédese aquí esto, que no quiero que parezcamos predicadores. Pasa adelante.

Berganza.—Paso adelante, y digo que determiné dejar aquel oficio, aunque parecía tan bueno, y escoger otro donde por hacerle bien, ya que no fuese remunerado, no fuese castigado. Volvíme a Sevilla, y entré a servir a un mercader muy rico.

Cipión.—¿Qué modo tenías para entrar con amo? Porque según lo que se usa, con gran dificultad el día de hoy halla un hombre de bien señor a quien servir. Muy diferentes son los señores de la tierra del Señor del cielo; aquéllos, para recebir un criado, primero le espulgan el linaje, examinan la habilidad, le marcan la apostura, y aun quieren saber los vestidos que tienen; pero para entrar a servir a Dios, el más pobre es más rico; el más humilde, de mejor linaje, y con sólo que se disponga con limpieza de corazón a querer servirle, luego le manda poner en el libro de sus gajes, señalándoselos tan aventajados, que, de muchos y de grandes, apenas pueden caber en su deseo.

Berganza.—Todo eso es predicar, Cipión amigo.

Cipión.—Así me lo parece a mí, y así, callo.

Berganza.—A lo que me preguntaste del orden que tenía para entrar con amo, digo que ya tú sabes que la humildad es la base y fundamento de todas las virtudes, y que sin ella no hay alguna que lo sea. Ella allana inconvenientes, vence dificultades, y es un medio que siempre a gloriosos fines nos conduce; de los enemigos hace amigos, templa la cólera de los airados y menoscaba la arrogancia de los soberbios; es madre de la modestia y hermana de la templanza; en fin, con ella no pueden atravesar triunfo que les sea de provecho los vicios, porque en su blandura y mansedumbre se embotan y despuntan las flechas de los pecados. Désta, pues, me aprovechaba yo cuando quería entrar a servir en alguna casa, habiendo primero considerado y mirado muy bien ser casa que pudiese mantener y donde pudiese entrar un perro grande. Luego arrimábame a la puerta y cuando, a mi parecer, entraba algún forastero, le ladraba, y cuando venía el señor bajaba la cabeza y, moviendo la cola, me iba a él, y con la lengua le limpiaba los zapatos. Si me echaban a palos. sufríalos, y con la misma mansedumbre volvía a hacer halagos al que me apaleaba, que ninguno segundaba viendo mi porfía y mi noble término. Desta manera, a dos porfías me quedaba en casa; servía bien, queríanme luego bien, y nadie me despidió, si no era que yo me despidiese, o, por mejor decir, me fuese, y tal vez hallé amo que éste fuera el día que yo estuviera en su casa, si la contraria suerte no me hubiera perseguido.

Cipión.—De la misma manera que has contado entraba yo con los amos que tuve, y parece que nos leímos los pensamientos.

Berganza.—Como en esas cosas nos hemos encontrado, si no me engaño, y yo te las diré a su tiempo, como tengo prometido, y ahora escucha lo que me sucedió después que dejé el ganado en poder de aquellos perdidos. Volvíme a Sevilla, como dije, que es amparo de pobres y refugio de desechados, que en su grandeza no sólo caben los pequeños, pero no se echan de ver los grandes. Arriméme a la puerta de una gran casa de un mercader, hice mis acostumbradas diligencias, y a pocos lances me quedé en ella. Recibiéronme para tenerme atado detrás de la puerta de día y suelto de noche; servía con gran cuidado y diligencia; ladraba a los forasteros y gruñía a los que no eran muy conocidos; no dormía de noche, visitando los corrales, subiendo a los terrados, hecho universal centinela de la mía y de las casas ajenas. Agradóse tanto mi amo de mi buen servicio, que mandó que me tratasen bien y me diesen ración de pan y los huesos que se levantasen o arrojasen de su mesa, con las sobras de la cocina, a lo que yo me mostraba agradecido, dando infinitos saltos cuando veía a mi amo, especialmente cuando venía de fuera; que eran tantas las muestras de regocijo que daba y tantos saltos, que mi amo ordenó que me desatasen y me dejasen andar suelto de día y de noche. Como me vi suelto corrí a él, rodeéle todo, sin osar llegarle con las manos, acordándome de la fábula de Isopo, cuando aquel asno tan asno que quiso hacer a su señor las mismas caricias que le hacía una perrilla regalada suya, que le granjearon ser molido a palos. Parecióme que en esta fábula se nos dio a entender que las gracias y donaires de algunos no están bien en otros; apode el truhán, juegue de manos y voltee el histrión, rebuzne el picaro, imite el canto de los pájaros y los diversos gestos y acciones de los animales y los hombres el hombre bajo que se hubiese dado a ello, y no lo quiera hacer el hombre principal, a quien ninguna habilidad déstas le puede dar crédito ni nombre honroso.

CIPIÓN.—Basta; adelante, Berganza, que ya estás entendido.

BERGANZA.—¡Ojalá que como tú me entiendes me entendiesen aquellos por quien lo digo; que no se qué tengo de buen natural, que me pesa infinito cuando veo que un caballero se hace chocarrero y se precia que sabe jugar los cubiletes y las agallas[28] y que no hay quien como él sepa bailar la chacona! Un caballero conozco que se alababa que, a ruegos de un sacristán, había cortado de papel treinta y dos florones para poner en un monumento sobre paños negros, y destas cortaduras hizo tanto caudal[29], que así llevaba a sus amigos a verlas como si los llevara a ver las banderas y despojos de enemigos que sobre la sepultura de sus padres y abuelos estaban puestas. Este mercader, pues, tenía dos hijos, el uno de doce y el otro de hasta catorce años, los cuales estudiaban gramática en el estudio de la Compañía de Jesús; iban con autoridad, con ayo y con pajes, que les llevaban los libros y aquel que llaman *vademécum*[30]. El verlos ir con tanto aparato, en sillas[31] si hacía sol, en coche si llovía, me hizo considerar y reparar en la mucha llaneza con que su padre iba a la Lonja[32] a negociar sus negocios, porque no llevaba otro criado que un negro, y algunas veces se desmandaba a ir en un machuelo aun no bien aderezado.

CIPIÓN.—Has de saber, Berganza, que es costumbre y condición de los mercaderes de Sevilla, y aun de las otras ciudades, mostrar su autoridad y riqueza, no en sus personas, sino en las de sus hijos; porque los mercaderes son mayores en su sombra que en sí mismos. Y como ellos por maravilla atienden a otra cosa que a sus tratos y contratos, tratándose modestamente, y como la ambición y la riqueza muere por manifestarse, revienta por sus hijos, y así los tratan y autorizan como si fuesen hijos de algún príncipe, y algunos hay que les procuran títulos y ponerles en el pecho la marca[33] que tanto distingue a la gente principal de la plebeya.

BERGANZA.—Ambición es, pero ambición generosa, la de aquel que pretende mejorar su estado sin perjuicio de tercero.

---

[28] Juego de manos.

[29] Dio tanta importancia (a las cortaduras).

[30] Carpeta donde los estudiantes guardan sus papeles.

[31] Refiriéndose a las sillas de mano.

[32] Alude a la Lonja de Sevilla, construida según los planos de Juan de Herrera; se comenzó en 1585 y se terminó en 1598.

[33] Refiriéndose a las insignias de las Órdenes Militares.

Cipión.—Pocas o ninguna vez se cumple con la ambición que no sea con daño de tercero.

Berganza.—Ya hemos dicho que no hemos de murmurar.

Cipión.—Sí, que yo no murmuro de nadie.

Berganza.—Ahora acabo de confirmar por verdad lo que muchas veces he oído decir. Acaba un maldiciente murmurador de echar a perder diez linajes y de calumniar veinte buenos, y si alguno le reprehende por lo que ha dicho, responde que él no ha dicho nada, y que si ha dicho algo, no lo ha dicho por tanto, y que si pensara que alguno se había de agravar, no lo dijera. A la fe, Cipión, mucho ha de saber y muy sobre los estribos[34] ha de andar el que quisiere sustentar dos horas de conversación sin tocar los limites de la murmuración; porque yo veo en mí que, con ser un animal como soy, a cuatro razones que me digo me acuden palabras a la lengua como mosquitos al vino, y todas maliciosas y murmurantes; por lo cual vuelvo a decir lo que otra vez he dicho; que el hacer y decir mal lo heredamos de nuestros primeros padres y lo mamamos en la leche. Véese claro en que apenas ha sacado el niño el brazo de las fajas cuando levanta la mano con muestras de querer vengarse de quien, a su parecer, le ofende, y casi la primera palabra articulada que habla es llamar puta a su ama o a su madre.

Cipión.—Así es verdad, y yo confieso mi yerro, y quiero que me lo perdones, pues te he perdonado tantos; echemos pelillos a la mar, como dicen los muchachos, y no murmuremos de aquí adelante, y sigue tu cuento, que le dejaste en la autoridad con que los hijos del mercader tu amo iban al estudio de la Compañía de Jesús.

Berganza.—A Él me encomiendo en todo acontecimiento, y aunque el dejar de murmurar lo tengo por dificultoso, pienso usar de un remedio que oí decir que usaba un gran jurador, el cual, arrepentido de su mala costumbre, cada vez que después de su arrepentimiento juraba, se daba un pellizco en el brazo, o besaba la tierra, en pena de su culpa; pero, con todo esto, juraba. Así yo, cada vez que fuere contra el precepto que me has dado de que no murmure, y contra la intención que tengo de no murmurar, me morderé el pico de la lengua de modo que me duela, y me acuerde de mi culpa para no volver a ella.

Cipión.—Tal es ese remedio, que si usas dél espero que te has de morder tantas veces que has de quedar sin lengua, y así, quedarás imposibilitado de murmurar.

[34] Estar atento, cuidadoso, vigilante.

BERGANZA—A lo menos, yo haré de mi parte mis diligencias, y supla las faltas el Cielo. Y así, digo que los hijos de mi amo se dejaron un día un cartapacio en el patio, donde yo a la sazón estaba, y como estaba enseñado a llevar la esportilla del jifero mi amo, así del *vademécum* y fuime tras ellos, con intención de no soltalle hasta el estudio. Sucedióme todo como lo deseaba: que mis amos, que me vieron venir con el *vademécum* en la boca, asido sotilmente de las cintas, mandaron a un paje me le quitase; mas yo no lo consentí ni le solté hasta que entré en el aula con él, cosa que causó risa a todos los estudiantes. Lleguéme al mayor de mis amos, y, a mi parecer, con mucha crianza se lo puse en las manos, y quedéme sentado en cuclillas a la puerta del aula, mirando de hito en hito al maestro que en la cátedra leía. No sé qué tiene la virtud, que, con alcanzárseme a mí tan poco, o nada, della, luego recibí gusto de ver el amor, el término, la solicitud y la industria con que aquellos benditos padres y maestros enseñaban a aquellos niños, enderezando las tiernas varas de su juventud, por que no torciesen ni tomasen mal siniestro en el camino de la virtud, que juntamente con las letras les mostraban. Consideraba cómo los reñían con suavidad, los castigaban con misericordia, los animaban con ejemplos, los incitaban con premios y los sobrellevaban con cordura, y, finalmente, cómo les pintaban la fealdad y horror de los vicios y les dibujaban la hermosura de las virtudes, para que, aborrecidos ellos y amadas ellas, consiguiesen el fin para que fueron criados.

CIPIÓN.—Muy bien dices, Berganza; porque yo he oído decir desta bendita gente que para repúblicos del mundo no los hay tan prudentes en todo él, y para guiadores y adalides del camino del cielo, pocos les llegan. Son espejos donde se mira la honestidad, la católica doctrina, la singular prudencia, y finalmente la humildad profunda, basa sobre quien se levanta todo el edificio de la bienaventuranza.

BERGANZA.—Todo es así como lo dices. Y, siguiendo mi historia, digo que mis amos gustaron de que les llevase siempre el *vademécum*, lo que hice de muy buena voluntad; con lo cual tenía una vida de rey, aun mejor, porque era descansada, a causa que los estudiantes dieron en burlarse conmigo, y domestiquéme con ellos de tal manera que me metían la mano en la boca y los más chiquillos subían sobre mí; arrojaban los bonetes o sombreros, y yo se los volvía a la mano limpiamente y con muestras de grande regocijo. Dieron en darme de comer cuanto ellos podían, y gustaban de ver que cuando me daban nueces o avellanas las partía como mona, dejando las cáscaras y comiendo lo tierno. Tal hubo que, por hacer prueba de mi habilidad, me trujo en un pañuelo gran cantidad de ensalada, la cual comí como si fuera persona. Era tiempo de invierno, cuando campean en Sevilla los molletes[35] y mantequillas de quien era tan bien servido, que más de dos *Antonios*[36] se empeñaron o vendieron para que yo almorzase. Finalmente, yo pasaba una vida de estudiante sin hambre y sin sarna, que es lo más que se puede encarecer para decir que era buena; porque si la sarna y la hambre no fuesen tan unas con los estudiantes, en las vidas no habría otra de más gusto y pasatiempo, porque corren parejas en ella la virtud y el gusto, y se pasa la mocedad aprendiendo y holgándose. Desta gloria y desta quietud me vino a quitar una señora que, a mi parecer, llaman por ahí razón de estado, que cuando con ella se cumple se ha de descumplir con otras razones muchas. Es el caso que a aquellos señores maestros les pareció que la media hora que hay de lición[37] a lición la ocupaban los estudiantes, no en repasar las liciones, sino en holgarse conmigo, y así, ordenaron a mis amos que no me llevasen más al estudio; obedecieron, volviéronme a casa y a la antigua guarda de la puerta, y, sin acordarse el señor viejo de la merced que me habían hecho de que de día y de noche suelto, volví a entregar el cuello a la cadena y el cuerpo a una esterilla que detrás de la puerta me pusieron. ¡Ay, amigo Cipión, si supieses cuán dura cosa es de sufrir el pasar de un estado felice a un desdichado! Mira: cuando las miserias y desdichas tienen larga la corriente y son continuas, o se acaban presto, con la muerte, o la continuación dellas hace un hábito y costumbre en padecellas, que suele en su mayor rigor servir de alivio; mas cuando de la suerte desdichada y calamitosa, sin pensarlo y de improviso, se sale a gozar de otra suerte próspera, venturosa y alegre, y de allí a poco se vuelve a padecer la suerte primera y a los primeros trabajos y desdichas, es un dolor tan riguroso que si no acaba la vida es por atormentarla más viviendo. Digo, en fin, que volví a mi ración perruna y a los huesos que una negra de casa me arrojaba, y aun éstos me diezmaban dos gatos romanos[38], que, como sueltos y ligeros, érales fácil quitarme lo que no caía debajo del distrito que alcanzaba mi cadena. Cipión hermano, así el Cielo te conceda el bien que deseas, que, sin que te enfades, me dejes ahora filosofar un poco; porque si dejase de decir las cosas que en este instante me han venido a la memoria de aquellas que entonces me ocurrieron, me parece que no sería mi historia cabal ni de fruto alguno.

Cipión.—Advierte, Berganza, no sea tentación del demonio esa gana de filosofar que dices te ha venido; porque no tiene la murmuración mejor velo para paliar y encubrir su maldad disoluta que darse a entender el murmurador que todo cuanto dice son sentencias de filósofos y

[35] Panecillos semejantes a los llamados franceses, blandos y muy tiernos.
[36] Se refiere a dos ejemplares del Arte de gramática, de Antonio de Nebrija.
[37] Lección.
[38] De piel manchada de color pardo y negro.

que el decirmal es reprehensión y el descubrir los defetos ajenos buen celo. Y no hay vida de ningún murmurante que, si la consideras y escudriñas, no halles llena de vicios y de insolencias. Y debajo de saber esto, filosofea ahora cuanto quisieres.

Berganza.—Seguro puedes estar, Cipión, de que más murmure, porque así lo tengo presupuesto. Es, pues, el caso, que como me estaba todo el día ocioso y la ociosidad sea madre de los pensamientos, di en repasar por la memoria algunos latines que me quedaron en ella de muchos que oí cuando fui con mis amos al estudio, con que, a mi parecer, me hallé algo más mejorado de entendimiento, y determiné, como si hablar supiera, aprovecharme dellos en las ocasiones que se me ofreciesen; pero en manera diferente de la que se suelen aprovechar algunos ignorantes. Hay algunos romancistas que en las conversaciones disparan de cuando en cuando con algún latín breve y compendioso, dando a entender a los que no lo entienden que son grandes latinos, y apenas saben declinar un nombre ni conjugar un verbo.

Cipión.—Por menor daño tengo ése que el que hacen los que verdaderamente saben latín, de los cuales hay algunos tan imprudentes que hablando con un zapatero o con un sastre arrojan latines como agua.

Berganza.—Deso podemos inferir que tanto peca el que dice latines delante de quien los ignora como el que los dice ignorándolos.

Cipión.—Pues otra cosa puedes advertir, y es que hay algunos que no les excusa el ser latinos de ser asnos.

Berganza.—Pues, ¿quién lo duda? La razón está clara, pues cuando en tiempo de los romanos hablaban todos latín, como lengua materna suya, algún majadero habría entre ellos, a quien no excusaría el hablar latín dejar de ser necio.

Cipión.—Para saber callar en romance y hablar en latín, discreción es menester, hermano Berganza.

Berganza.—Así es, porque también se puede decir una necedad en latín como en romance, y yo he visto letrados tontos, y gramáticos pesados, y romancistas vareteados con sus listas de latín[39], que con mucha facilidad pueden enfadar al mundo no una, sino muchas veces.

Cipión.—Dejemos esto, y comienza a decir tus filosofías.

Berganza.—Ya las he dicho: éstas son que acabo de decir.

---

[39] Vareteado: «Lo que está tejido a listas de diversos colores...» En este caso, «romancista vareteado»: Aquel que habla lengua romance intercalando frases y palabras latinas.

Cipión.—¿Cuáles?

Berganza.—Estas de los latines y romances, que yo comencé y tú acabaste.

Cipión.—¿Al murmurar llamas filosofar? ¡Así va ello! Canoniza, canoniza, Berganza, a la maldita plaga de la murmuración, y dale el nombre que quisieres, que ella dará a nosotros el de cínicos, que quiere decir perros murmuradores, y por tu vida que calles ya y sigas tu historia.

Berganza.—¿Cómo la tengo de seguir si callo?

Cipión.—Quiero decir que la sigas de golpe, sin que la hagas que parezca pulpo, según le vas añadiendo colas.

Berganza.—Habla con propiedad: que no se llaman colas las del pulpo.

Cipión.—Ese es el error que tuvo el que dijo que no era torpedad ni vicio nombrar las cosas por sus propios nombres, como si no fuese mejor, ya que sea forzoso nombrarlas, decirlas por circunloquios y rodeos que templen la asquerosidad que causa el oírlas por sus mismos nombres. Las honestas palabras dan indicio de la honestidad del que las pronuncia o las escribe.

Berganza.—Quiero creerte, y digo que, no contenta mi fortuna de haberme quitado de mis estudios y de la vida que en ellos pasaba, tan regocijada y compuesta, y haberme puesto atraillado tras de una puerta, y de haber trocado la liberalidad de los estudiantes en la mezquindad de la negra, ordenó de sobresaltarme en lo que ya por inquietud y descanso tenía. Mira, Cipión, ten por cierto y averiguado, como yo lo tengo, que al desdichado las desdichas le buscan y le hallan, aunque se esconda en los últimos rincones de la tierra. Dígolo porque la negra de casa estaba enamorada de un negro, asimismo esclavo de casa, el cual negro dormía en el zaguán, que es entre la puerta de la calle y la de en medio, detrás de la cual yo estaba, y no se podían juntar sino de noche, y para esto habían hurtado o contrahecho las llaves, y así, las más de las noches bajaba la negra, y, tapándome la boca con algún pedazo de carne o queso, abría al negro, con quien se daba buen tiempo, facilitándolo mi silencio, y a costa de muchas cosas que la negra hurtaba. Algunos días me estragaron la conciencia las dádivas de la negra, pareciéndome que sin ellas se me apretarían las ijadas y daría de mastín en galgo, pero, en efeto, llevado de mi buen natural, quise responder a lo que a mi amo debía, pues tiraba sus gajes[40] y comía su pan, como lo deben hacer

[40] Cobraba su salario.

no sólo los perros honrados, a quien se les da renombre de agradecidos, sino todos aquellos que sirven.

CIPIÓN.—Esto sí, Berganza, quiero que pase por filosofia, porque son razones que consisten en buena verdad y en buen entendimiento, y adelante y no hagas soga[41], por no decir cola, de tu historia.

BERGANZA—Primero te quiero rogar me digas, si es que lo sabes, qué quiere decir filosofia; que aunque yo la nombro, no sé lo que es; sólo me doy a entender que es cosa buena.

CIPIÓN.—Con brevedad te lo diré. Este nombre se compone de dos nombres griegos, que son *filos* y *sofía; filos* quiere decir *amor,* y *sofía,* la *ciencia*; así que *filosofía* significa *amor de la ciencia,* y *filósofo, amador de la ciencia.*

BERGANZA.—Mucho sabes, Cipión. ¿Quién diablos te enseñó a ti nombres griegos?

CIPIÓN.—Verdaderamente, Berganza, que eres simple, pues desto haces caso; porque éstas son cosas que las saben los niños de la escuela, y también hay quien presume saber la lengua griega, sin saberla, como la latina, ignorándola.

BERGANZA.—Eso es lo que yo digo, y quisiera que a estos tales los pusieran en una prensa, y a fuerza de vueltas les sacaran el jugo de lo que saben, por que no anduviesen engañando el mundo con el oropel de sus greguescos[42] rotos y sus latines falsos, como hacen los portugueses con los negros de Guinea.

CIPIÓN.—Ahora sí, Berganza, que te puedes morder la lengua, y tarazármela[43] yo; porque todo cuanto decimos es murmurar.

BERGANZA.—Sí que no estoy obligado a hacer lo que he oído decir que hizo uno llamado Corondas, tirio, el cual puso ley que ninguno entrase en el ayuntamiento de su ciudad con armas, so pena de la vida. Descuidóse desto, y otro día entró en el cabildo ceñida la espada; advirtiéronselo, y acordáronse de la pena por él puesta; al momento desenvainó su espada y se pasó con ella el pecho, y fue el primero que puso y quebrantó la ley y pagó la pena. Lo que yo dije no fue poner ley, sino prometer que me mordería la lengua cuando murmurase, pero ahora no van las cosas por el tenor y rigor de las antiguas; hoy se hace una ley, y mañana se rompe, y quizá conviene que así sea. Ahora pro-

---

[41] Hacer soga: «Introducir alguno más cosas de las que conviene en la conversación que se trata para la inteligencia de ella.» (Dic. Aut.)

[42] Alude con la palabra greguescos a la lengua griega y a los pantalones así llamados.

[43] Mordérmela.

mete uno de enmendarse de sus vicios, y de allí a un momento cae en otros mayores. Una cosa es alabar la disciplina y otra el darse con ella, y, en efeto, del dicho al hecho hay gran trecho. Muérdase el diablo, que yo no quiero morderme ni hacer finezas detrás de una estera, donde de nadie soy visto que pueda alabar mi honrosa determinación.

Cipión.—Según eso, Berganza, si tú fueras persona, fueras hipócrita, y todas las obras que hicieras fueran aparentes fingidas y falsas, cubiertas con la capa de la virtud, sólo por que te alabaran, como todos los hipócritas hacen.

Berganza.—No sé lo que entonces hiciera; esto sé que quiero hacer ahora, que es no morderme, quedándome tantas cosas por decir que no sé cómo ni cuándo podré acabarlas, y más estando temeroso que al salir del sol nos hemos de quedar a escuras, faltándonos la habla.

Cipión.—Mejor lo hará el Cielo. Sigue tu historia y no te desvíes del camino carretero con impertinentes disgresiones, y así, por larga que sea la acabarás presto.

Berganza.—Digo, pues, que habiendo visto la insolencia, ladronicio y deshonestidad de los negros, determiné, como buen criado, estorbarlo, por los mejores medios que pudiese, y pude tan bien, que salí con mi intento. Bajaba la negra, como has oído, a refocilarse con el negro, fiada en que me enmudecían los pedazos de carne, pan o queso que me arrojaba... ¡Mucho pueden las dádivas, Cipión!

Cipión.—Mucho. No te divertas[44], pasa adelante

Berganza.—Acuérdome que cuando estudiaba oí decir al preceptor un refrán latino, que ellos llaman adagio, que decía: *Habet bovem in lingua*[45].

Cipión.—¡Oh, que en hora mala hayáis encajado vuestro latín! ¿Tan presto se te ha olvidado lo que poco ha dijimos contra los que entremeten latines en las conversaciones de romance.

Berganza.—Este latín viene aquí de molde; que has de saber que los atenienses usaban, entre otras, de una moneda sellada con la figura de un buey, y cuando algún juez dejaba de decir o hacer lo que era razón y justicia, por estar cohechado, decían: «Este tiene el buey en la lengua.»

Cipión.—La aplicación falta.

[44] No te distraigas.

[45] Proverbio popular que equivalía a «callar por dinero».

Berganza.—¿No está bien clara, si las dádivas de la negra me tuvieron muchos días mudo, que ni quería ni osaba ladrarla cuando bajaba a verse con su negro enamorado? Por lo que vuelvo a decir que pueden mucho las dádivas.

Cipión.—Ya te he respondido que pueden mucho, y si no fuera por no hacer ahora una larga digresión, con mil ejemplos probara lo mucho que las dadivas pueden; mas quizás lo diré, si el Cielo me concede tiempo, lugar y habla para contarte mi vida.

Berganza.—Dios te dé lo que deseas, y escucha. Finalmente, mi buena intención rompió por las malas dádivas de la negra; a la cual, bajando una noche muy oscura a su acostumbrado pasatiempo, arremetí sin ladrar, porque no se alborotasen los de la casa, y en un instante le hice pedazos toda la camisa y le arranqué un pedazo de muslo; burla que fue bastante a tenerla de veras más de ocho días en la cama, fingiendo para con sus amos no sé qué enfermedad. Sanó, volvió otra noche, y yo volví a la pelea con mi perra[46], y, sin morderla, la arañé todo el cuerpo como si la hubieracardado como manta. Nuestras batallas eran a la sorda, de las cuales salía siempre vencedor, y la negra, malparada y peor contenta. Pero sus enojos se parecían bien en mi pelo y en mi salud; alzóseme con la ración y los huesos, y los míos poco a poco iban señalando los nudos del espinazo. Con todo esto, aunque me quitaron el comer, no me pudieron quitar el ladrar. Pero la negra, por acabarme de una vez, me trujo una esponja frita con manteca; conocí la maldad; vi que era peor que comer zarazas[47], porque a quien la come se le hincha en el estómago y no sale dél sin llevarse tras sí la vida; y pareciéndome ser imposible guardarme de las asechanzas de tan indignados enemigos, acordé de poner tierra en medio, quitándomelos delante de los ojos. Halléme un día suelto, y sin decir adiós a ninguno de casa, me puso en la calle, y a menos de cien pasos me deparó la suerte al alguacil que dije al principio de mi historia, que era grande amigo de mi amo Nicolás el Romo; el cual, apenas me hubo visto, cuando me conoció y me llamó por mi nombre; también le conocí yo y al llamarme me llegué a él con mis acostumbradas ceremonias y caricias; asióme del cuello y dijo a dos corchetes suyos: «Este es famoso perro de ayuda que fue de un grande amigo mío; llevémosle a casa.» Holgáronse los corchetes, y dijeron que si era de ayuda a todos sería de provecho; quisieron asirme para llevarme, y mi amo dijo que no era menester asirme, que yo me iria, porque le conocía. Háseme olvidado decirte que las carlancas con puntas de acero que saqué cuando me desgarré y ausenté del ganado me las quitó un gitano en una venta, y ya en Sevilla andaba sin ellas; pero

[46] Esclava.

[47] Veneno para perros y otros animales.

el alguacil me puso un collar tachonado todo de latón morisco. Considera, Cipión, ahora esta rueda variable de la fortuna mía: ayer me vi estudiante, y hoy me ves corchete.

Cipión.—Así va el mundo, y no hay para qué te pongas ahora a exagerar los vaivenes de fortuna, como si hubiera mucha diferencia de ser mozo de un jifero a serlo de un corchete. No puedo sufrir ni llevar en paciencia oír las quejas que dan de la fortuna algunos hombres que la mayor que tuvieron fue tener premisas y esperanzas de llegar a ser escuderos. ¡Con qué maldiciones la maldicen! ¡Con cuántos improperios la deshonran! Y no por más de que porque piense el que los oye que de alta, próspera y buenaventura han venido a la desdichada y baja en que los miran.

Berganza.—Tienes razón; y has de saber que este alguacil tenía amistad con un escribano, con quien se acompañaba; estaban los dos amancebados con dos mujercillas, no de poco más o menos, sino de menos en todo; verdad es que tenían algo de buenas caras, pero mucho de desenfado y de taimería putesca. Éstas le servían de red y de anzuelo para pescar en seco, en esta forma: vestíanse de suerte que por la pinta descubrían la figura, y a tiro de arcabuz mostraban ser damas de la vida libre, andaban siempre a caza de extranjeros, y cuando llegaba la vendeja[48] a Cádiz y a Sevilla llegaba la huella de su ganancia, no quedando bretón[49] con quien no embistiesen; y en cayendo el grasiento con alguna de estas limpias, avisaban al alguacil y al escribano adónde y a qué posada iban, y en estando juntos les daban asalto y los prendían por amancebados; pero nunca los llevaban a la cárcel, a causa que los extranjeros siempre redimían la vejación con dineros.

«Sucedió, pues, que la Colindres, que así se llamaba la amiga del alguacil, pescó un bretón unto y bisunto[50], concertó con él cena y noche en su posada, dio el cañuto[51] a su amigo, y apenas se habían desnudado, cuando el alguacil, el escribano, dos corchetes y yo dimos con ellos. Alborotáronse los amantes; exageró el alguacil el delito; mandólos vestir a toda prisa para llevarlos a la cárcel; afligióse el bretón; terció, movido de caridad, el escribano, y a puros ruegos redujo la pena a solos cien reales. Pidió el bretón unos follados[52] de camuza que había puesto en una silla a los pies de la cama, donde tenía dineros para pagar su libertad, y no parecían los follados, ni podían parecer; porque así co-

[48] Feria que se hacía en los puertos del sur cuando llegaban naves extranjeras que venían a vender lienzos y otras mercaderías, cargando aceites y vinos.

[49] Extranjero.

[50] Grasiento, sucio.

[51] Avisó, delató.

[52] Calzas muy huecas y arrugadas.

mo yo entré en el aposento, llegó a mis narices un olor de tocino que me consoló todo, descubríle con el olfato, y halléle en una faldriquera de los follados; digo que hallé en ella un pedazo de jamón famoso, y por gozarle y poderle sacar sin rumor saqué los follados a la calle, y allí me entregué en el jamón a toda mi voluntad, y cuando volví al aposento hallé que el bretón daba voces diciendo en lenguaje adúltero y bastardo, aunque se entendía, que le volviesen sus calzas, que en ellas tenía cincuenta *escuti d'oro in oro*[53]. Imaginó el escribano o que la Colindres o los corchetes se los habían robado; el alguacil pensó lo mismo; llamólos aparte, no confesó ninguno, y diéronse al diablo todos. Viendo yo lo que pasaba, volví a la calle donde había dejado los follados, para volverlos, pues a mí no me aprovechaba nada el dinero; no los hallé, porque ya algún venturoso que pasó se los había llevado. Como el alguacil vio que el bretón no tenía dinero para el cohecho, se desesperaba, y pensó sacar de la huéspeda de casa lo que el bretón no tenía; llamóla, y vino medio desnuda, y como oyó las voces y quejas del bretón, y a la Colindres desnuda y llorando, al alguacil en cólera y al escribano enojado y a los corchetes despabilando[54] lo que hallaban en el aposento, no le plugo mucho. Mandó el alguacil que se cubriese y se viniese con él a la cárcel, porque consentía en su casa hombres y mujeres de mal vivir. ¡Aquí fue ello! ¡Aquí sí que fue cuando se aumentaron las voces y creció la confusión!, porque dijo la huéspeda: «Señor alguacil y señor escribano, no conmigo tretas, que entrevo[55] toda costura; no conmigo dijes ni poleos, callen la boca y váyanse con Dios; si no, por mi santiguada que arroje el bodegón por la ventana, y que saque a plaza toda la chirinola[56] desta historia; que bien conozco a la señora Colindres, y sé que ha muchos meses que es su cobertor[57] el señor alguacil; y no hagan que me aclare más, sino vuélvase el dinero a este señor, y quedemos todos por buenos; porque yo soy mujer honrada y tengo un marido con su carta de ejecutoria, y con a *perpenan rei de memoria*[58], con sus colgaderos de plomo, Dios sea loado, y hago este oficio muy limpiamente y sin daño de barra[59]. El arancel tengo clavado donde todo el mundo le vea; y no conmigo cuentos, que, por Dios, que sé despolvorearme. ¡Bonita soy yo para que por mi orden entre mujeres con los huéspedes! Ellos tienen las llaves de sus aposentos, y yo no soy quince[60], que tengo de ver tras siete paredes.

---

[53] Escudos en monedas de oro.
[54] Robando.
[55] Entiendo.
[56] Junta de rufianes.
[57] Protector.
[58] Por «ad perpetuam rei memoriam»: frase con la que comenzaban las bulas de los Pontífices.
[59] Sin riesgo.
[60] Lince.

»Pasmados quedaron mis amos de haber oído la arenga de la huéspeda y de ver cómo les leía la historia de sus vidas; pero como vieron que no tenían de quién sacar dinero si della no, porfiaban en llevarla a la cárcel. Quejábase ella al Cielo de la sinrazón y justicia que la hacían, estando su marido ausente y siendo tan principal hidalgo. El bretón bramaba por sus cincuenta *escuti*. Los corchetes porfiaban que ellos no habían visto los follados, ni Dios permitiese lo tal. El escribano, por lo callado, insistía al alguacil que mirase los vestidos de la Colindres, que le daba sospecha que ella debía de tener los cincuenta *escuti*, por tener de costumbre visitar los escondrijos y faldriqueras de aquellos que con ella se envolvían. Ella decía que el bretón estaba borracho y que debía de mentir en lo del dinero. En efeto, todo era confusión, gritos y juramentos, sin llevar modo de apaciguarse, ni se apaciguaran si al instante no entrara en el aposento el Tiniente de Asistente, que viniendo a visitar aquella posada, las voces le llevaron a donde era la grita. Preguntó la causa de aquellas voces; la huéspeda se la dio muy por menudo: dijo quién era la ninfa Colindres, que ya estaba vestida; publicó la pública amistad suya y del alguacil, echó en la calle sus tretas y modo de robar; disculpóse a sí misma de que con su consentimiento jamás había entrado en su casa mujer de mala sospecha; canonizóse por santa y a su marido por un bendito, y dio voces a una moza que fuese corriendo y trujese de un cofre la carta ejecutoria de su marido, para que la viese el señor Tiniente, diciéndole que por ella echaría de ver que mujer de tan honrado marido no podía hacer cosa mala, y que si tenía aquel oficio de casa de camas era a no poder más; que Dios sabía lo que le pesaba, y sí quisiera ella tener alguna renta y pan cuotidiano para pasar la vida que tener aquel ejercicio. El Tiniente, enfadado de su mucho hablar y presumir de ejecutoria, le dijo: "Hermana camera, yo quiero creer que vuestro marido tiene carta de hidalguía con que vos me confeséis que es hidalgo mesonero." "Y con mucha honra —respondió la huéspeda—. ¿Y qué linaje hay en el mundo, por bueno que sea, que no tenga algún dime y direte?" "Lo que yo os digo, hermana, es que os cubráis, que habéis de venir a la cárcel." La cual nueva dio con ella en el suelo; arañóse el rostro, alzó el grito; pero, con todo eso, el Tiniente, demasiadamente severo, los llevó a todos a la cárcel, conviene a saber: al bretón, a la Colindres y a la huéspeda. Después supe que el bretón perdió sus cincuenta *escuti*[61], y más diez, en que le condenaron en las costas; la huéspeda pagó otro tanto, y la Colindres salió libre por la puerta afuera. Y el mismo día que la soltaron pescó a un marinero, que pagó por el bretón, con el mismo embuste del soplo; porque veas, Cipión, cuántos y cuán grandes inconvenientes nacieron de mi golosina.»

[61] Escudos.

CIPIÓN.—Mejor dijeras de la bellaquería de tu amo.

BERGANZA.—Pues escucha, que aun más adelante tiraban la barra[62], puesto que me pesa de decir mal de alguaciles y de escribanos.

CIPIÓN.—Sí, que decir mal de uno no es decirlo de todos; sí, que muchos y muy muchos escribanos hay buenos, fieles y legales, y amigos de hacer placer sin daño de tercero; si, que no todos entretienen los pleitos, ni avisan a las partes, ni todos llevan más de sus derechos, ni todos van buscando e inquiriendo las vidas ajenas para ponerlas en tela de juicio, ni todos se aúnan con el juez para «háceme la barba y hacerte he el copete», ni todos los alguaciles se conciertan con los vagamundos y fulleros, ni tienen todos las amigas de tu amo para sus embustes. Muchos y muy muchos hay hidalgos por naturaleza y de hidalgas condiciones; muchos no son arrojados, insolentes, ni mal criados, ni rateros, como los que andan por los mesones midiendo las espadas a los extranjeros, y hallándolas un pelo más de la marca[63] destruyen a sus dueños. Sí, que no todos como prenden sueltan y son jueces y abogados cuando quieren.

BERGANZA.—Más alto picaba mi amo; otro camino era el suyo; presumía de valiente y de hacer prisiones famosas; sustentaba la valentía sin peligro de su persona, pero a costa de su bolsa. Un día acometió en la puerta de Jerez él solo a seis famosos rufianes, sin que yo le pudiese ayudar en nada porque llevaba con un freno de cordel impedida la boca; que así me traía de día, y de noche me lo quitaba. Quedé maravillado de ver su atrevimiento, su brío y su denuedo; así se entraba y salía por las seis espadas de los rufos como si fueran varas de mimbre: era cosa maravillosa ver la ligereza con que acometía, las estocadas que tiraba, los reparos, la cuenta, el ojo alerta porque no le tomasen las espaldas. Finalmente, él quedó en mi opinión y en la de todos cuantos la pendencia miraron y supieron por un nuevo Rodamonte[64], habiendo llevado a sus enemigos desde la puerta de Jerez hasta los mármoles del Colegio de Mase Rodrigo[65], que hay más de cien pasos. Dejólos encerrados, y volvió a coger los trofeos de la batalla, que fueron tres vainas, y luego se las fue a mostrar al Asistente, que, si mal no me acuerdo, lo era entonces el licenciado Sarmiento de Valladares[66], famoso por la destruición de la Sauceda. Miraban a mi amo por las calles do pasaba señalándole con el dedo, como si dijeran: «Aquél es el valiente que se

[62] Se atrevieron a más.

[63] Más grande que el tamaño legal.

[64] Personaje de *Orlando furioso*, de Ariosto, que simboliza la bravura y la temeridad.

[65] Este colegio existió en realidad y era el Colegio Mayor de Santa María de Jesús, llamado popularmente de Maese Rodrigo por ser su fundador Rodrigo Fernández de Santaella.

[66] Personaje real que ejerció como asistente de Sevilla, desde 1589 hasta 1590.

atrevió a reñir solo con la flor de los bravos de la Andalucía.» En dar vueltas a la ciudad, para dejarse ver, se pasó lo que quedaba del día, y la noche nos halló en Triana, en una calle junto al Molino de la Pólvora; y habiendo mi amo avizorado (como en la jácara se dice) si alguien le veía, se entró en una casa, y yo tras él, y hallamos en un patio a todos los jayanes de la pendencia, sin capas. ni espadas, y todos desabrochados; y uno, que debía de ser el huésped, tenía un gran jarro de vino en la una mano y en la otra una copa grande de taberna, la cual, colmándola de vino generoso y espumante, brindaba a toda la compañía. Apenas hubieron visto a mi amo, cuando todos se fueron a él con los brazos abiertos, y todos le brindaron, y él hizo la razón a todos, y aun la hiciera a otros tantos si le fuera algo en ello, por ser de condición afable y amigo de no enfadar a nadie por pocas cosas. Quererte yo contar ahora lo que allí se trató, la cena que cenaron, las peleas que se contaron, los hurtos que se refirieron, las damas que de su trato se calificaron y las que se reprobaron, las alabanzas que los unos a los otros se dieron, los bravos ausentes que se nombraron, la destreza que allí se puso en su punto, levantándose en mitad de la cena a poner en práctica las tretas que se les ofrecían, esgrimiendo con las manos, los vocablos tan exquisitos de que usaban, y, finalmente, el talle de la persona del huésped, a quien todos respetaban como a un señor y padre, sería meterme en un laberinto donde no me fuese posible salir cuando quisiese. Finalmente, vine a entender con toda certeza que el dueño de la casa, a quien llamaban Monipodio, era encubridor de ladrones y pala de rufianes[67], y que la gran pendencia de mi amo había sido primero concertada con ellos, con las circunstancias del retirarse y de dejar las vainas, las cuales pagó mi amo allí, luego, de contado, con todo cuanto Monipodio dijo que había costado la cena, que se concluyó casi al amanecer, con mucho gusto de todos.

Y fue su postre dar soplo a mi amo de un rufián forastero que, nuevo y flamante, había llegado a la ciudad: debía de ser más valiente que ellos, y de envidia le soplaron. Prendióle mi amo la siguiente noche, desnudo en la cama; que si vestido estuviera, yo vi en su talle que no se dejara prender tan a mansalva. Con esta prisión, que sobrevino sobre la pendencia, creció la fama de mi cobarde, que lo era mi amo más que una liebre, y a fuerza de merienda y tragos sustentaba la fama de ser valiente, y todo cuanto con su oficio y con sus inteligencias granjeaba se le iba y desaguaba por la canal de la valentía.

«Pero ten paciencia, y escucha ahora un cuento que le sucedió, sin añadir ni quitar de la verdad una tilde. Dos ladrones hurtaron en

[67] Hacer la pala: «cuando se pone un ladrón delante de uno, a quien quieren robar, para ocuparle la vista.» (Vocabulario germanesco de Juan Hidalgo.)

Antequera un caballo muy bueno; trujéronle a Sevilla, y para venderle sin peligro usaron de un ardid que, a mi parecer, tiene del agudo y del discreto. Fuéronse a posar a posadas diferentes, y el uno se fue a la juticia y pidió por una petición que Pedro de Losada le debía cuatrocientos reales prestados, como parecía por una cédula firmada de su nombre, de la cual hacía presentación. Mandó el Tiniente que el tal Losada reconociese la cédula, y que si la reconociese, le sacasen prendas de la cantidad o le pusiesen en la carcel; tocó hacer esta diligencia a mi amo y al escribano su amigo; llevóles el ladrón a la posada del otro, y al punto reconoció su firma, y confesó la deuda, y señaló por prenda de la ejecución el caballo, el cual visto por mi amo, le creció el ojo[68] y le marcó por suyo si acaso se vendiese. Dio el ladrón por pasados los términos de la ley, y el caballo se puso en venta, y se remató en quinientos reales en un tercero que mi amo echó de manga[69] para que se le comprase. Valía el caballo tanto y medio más de lo que dieron por él, pero como el bien del vendedor estaba en la brevedad de la venta, a la primer postura remató su mercaduría. Cobró el un ladrón la deuda que no le debían, y el otro la carta de pago que no había menester, y mi amo se quedó con el caballo, que para él fue peor que el Seyano lo fue para sus dueños. Mondaron luego la haza[70] los ladrones, y de allí a dos días, después de haber trastejado mi amo las guarniciones y otras faltas del caballo, apareció sobre él en la plaza de San Francisco, más hueco y pomposo que aldeano vestido de fiesta. Diéronle mil parabienes de la buena compra afirmándole que valía ciento y cincuenta ducados como un huevo un maravedí, y él, volteando y revolviendo el caballo, representaba su tragedia en el teatro de la referida plaza. Y estando en sus caracoles y rodeos, llegaron dos hombres de buen talle y de mejor ropaje, y el uno dijo: "¡Vive Dios, que éste es *Piedehierro*, mi caballo, que ha pocos días que me le hurtaron en Antequera!" Todos los que venían con él, que eran cuatro criados, dijeron que así era la verdad: que aquél era *Piedehierro*, el caballo que le habían hurtado. Pasmóse mi amo, querellóse el dueño, hubo pruebas, y fueron las que hizo el dueño tan buenas, que salió la sentencia en su favor y mi amo fue desposeído del caballo. Súpose la burla y la industria de los ladrones, que por manos e intervención de la misma justicia vendieron lo que habían hurtado, y casi todos se holgaban de que la codicia de mi amo le hubiese rompido el saco.

»Y no paró en esto su desgracia: que aquella noche, saliendo a rondar el mismo Asistente, por haberle dado noticias que hacia los barrios de San Julián andaban ladrones, al pasar de una encrucijada vieron pa-

---

[68] Le creció la codicia.

[69] «... ponerse con astucia un tercero que fingidamente aparenta lo qu, en realidad no hace...» (Gonzalez de Amezúa.)

[70] «... desembarazar algun puesto...» (Covarrubias).

sar un hombre corriendo, y dijo a este punto el Asistente, asiéndome por el collar y zuzándome: "¡Al ladrón Gavilán! ¡Ea, Gavilán, hijo, al ladrón, al ladrón, al ladrón!" Yo, a quien ya tenían cansado las maldades de mi amo, por cumplir lo que el señor Asistente me mandaba sin discrepar en nada arremetí con mi propio amo, y sin que pudiese valerse, di con él en el suelo; y si no me lo quitaran, yo hiciera a más de cuatro vengados; quitáronme con mucha pesadumbre de entrambos. Quisieran los corchetes castigarme, y aun matarme a palos, y lo hicieran si el Asistente no les dijera: "No le toque nadie, que el perro hizo lo que le mandé." Entendióse la malicia, y yo, sin despedirme de nadie, por un agujero de la muralla salí al campo, y antes que amaneciese me puse en Mairena, que es un lugar que está a cuatro leguas de Sevilla. Quiso mi buena suerte que hallé allí una compañía de soldados que según oí decir, se iban a embarcar a Cartagena. Estaban en ella cuatro rufianes de los amigos de mi amo, y el atambor era uno que había sido siempre corchete, y gran chocarrero, como lo suelen ser los más atambores. Conociéronme todos y todos me hablaron, y así me preguntaban por mi amo como si les hubiera de responder; pero el que más afición me mostró fue el atambor, y así, determiné de acomodarme con él, si él quisiese, y seguir aquella jornada, aunque me llevase a Italia o a Flandes; porque me parece a mí, y aun a ti te debe parecer lo mismo, que puesto que dice el refrán: "Quien necio es en su villa, necio es en Castilla", el andar tierras y comunicar con diversas gentes hace a los hombres discretos.»

Cipión.—Es eso tan verdad, que me acuerdo haber oído decir a un amo que tuve de bonísimo ingenio que al famoso griego llamado Ulises le dieron renombre de prudente por sólo haber andado muchas tierras y comunicado con diversas gentes y varias naciones; y así, alabo la intención que tuviste de irte donde te llevasen.

Berganza.—Es, pues, el caso que el atambor, por tener que mostrar más sus chocarrerías, comenzó a enseñarme a bailar al son del atambor y a hacer otras monerías, tan ajenas de poder aprenderlas otro perro que no fuera yo como las oirás cuando te las diga. Por acabarse el distrito de la comisión, se marchaba poco a poco; no había comisario que nos limitase; el capitán era mozo, pero muy buen caballero y gran cristiano, el alférez no hacía muchos meses que había dejado la corte y el tinelo[71]; el sargento era matrero[72] y sagaz, y grande harriero de compañía, desde donde se levantaban hasta el embarcadero. Iba la compañía llena de rufianes churrulleros[73], los cuales hacían algunas

---

[71] «Lugar o aposento donde la familia de un señor se junta a comer...» (Covarrubias.)

[72] Sagaz, astuto.

[73] Desertores.

insolencias por los lugares do pasábamos, que redundaban en maldecir a quien no lo merecía; infelicidad es del buen príncipe ser culpado de sus súbditos por la culpa de sus súbditos, a causa que los unos son verdugos de los otros, sin culpa del señor; pues aunque quiera y lo procure no puede remediar estos daños, porque todas o las más cosas de la guerra traen consigo aspereza, riguridad y desconveniencia. En fin, en menos de quince días, con mi buen ingenio y con la diligencia que puso el que había escogido por patrón, supe saltar por el Rey de Francia y no saltar por la mala tabernera, enseñóme a hacer corvetas como caballo napolitano y a andar a la redonda como mula de atahona, con otras cosas que, si yo no tuviera cuenta en no adelantarme a mostrarlas, pusiera en duda si era algún demonio en figura de perro el que las hacía. Púsome nombre del «perro sabio», y no habíamos llegado al alojamiento cuando, tocando su atambor andaba por todo el lugar pregonando que todas las personas que quisiesen venir a ver las maravillosas gracias y habilidades del perro sabio, en tal casa, o en tal hospital, las mostraban, a ocho, o a cuatro maravedis, según era el pueblo grande o chico. Con estos encarecimientos no quedaba persona en todo lugar que no me fuese a ver, y ninguno había que no saliese admirado y contento de haberme visto. Triunfaba mi amo con la mucha ganancia, y sustentaba seis camaradas como unos reyes. La codicia y la envidia despertó en los rufianes voluntad de hurtarme, y andaban buscando ocasión para ello que esto del ganar de comer holgando tiene muchos aficionados y golosos; por esto hay tantos titereros en España, tantos que muestran retablos, tantos que venden alfileres y coplas, que todo su caudal, aunque le vendiesen todo, no llega a poderse sustentar un día; y con esto los unos y los otros no salen de los bodegones y tabernas en todo el año; por do me doy a entender que de otra parte que de la sus oficios sale la corriente de sus borracheras. Toda esta gente es vagamunda, inútil y sin provecho; esponjas del vino y gorgojos del pan.

Cipión.—No más, Berganza; no volvamos a lo pasado; sigue, que se va la noche, y no querría que al salir del sol quedásemos a la sombra del silencio.

Berganza.—Tenle, y escucha. Como sea cosa fácil añadir a lo ya inventado, viendo mi amo cuán bien sabía imitar el corcel napolitano, hízome unas cubiertas de guadamecí[74] y una silla pequeña, que me acomodó en las espaldas, y sobre ella puso una figura liviana de hombre con una lancilla de correr sortija[75] y enseñóme a correr derechamente a una sortija que entre los palos ponía; y el día que había de correrla pregonaba que aquel día corría sortija el perro sabio, y hacía otras nuevas

[74] Cuero adobado y adornado con dibujos.
[75] Fiesta de a caballo.

y nunca vistas galanterías, las cuales de mi santiscario[76], como dicen, las hacía, por no sacar mentiroso a mi amo. Llegamos, pues, por nuestras jornadas contadas a Montilla, villa del famoso y gran cristiano Marqués de Priego, señor de la casa de Aguilar y de Montilla. Alojaron a mi amo, porque él lo procuró, en un hospital; echó luego el ordinario bando, y como ya la fama se había adelantado a llevar las nuevas de las habilidades y gracias del perro sabio, en menos de una hora se llenó el patio de gente. Alegróse mi amo viendo que la cosecha iba de guilla[77], y mostróse aquel día chocarrero en demasía. Lo primero en que comenzaba la fiesta era en los saltos que yo daba por un aro de cedazo, que parecía de cuba; conjurábame por las ordinarias preguntas, y cuando él bajaba una varilla de membrillo que en la mano tenía era señal de salto; y cuando la tenía alta, de que me estuviese quedo. El primer conjuro deste día (memorable entre todos los de mi vida) fue decirme: «Ea, Gavilán amigo, salta por aquel viejo verde que tú conoces que se escabecha[78] las barbas; y si no quieres, salta por la pompa y el aparato de doña Pimpinela de Plafagonia, que fue compañera de la moza gallega que servía en Valdeastillas. ¿No te cuadra el conjuro, hijo Gavilán? Pues salta por el bachiller Pasillas, que se firma licenciado sin tener grado alguno. ¡Oh, perezoso estás! ¿Por qué no saltas? Pero ya entiendo y alcanzo tus marrullerías: ahora salta por el licor de Esquivias, famoso al par del de Ciudad Real, San Martín y Ribadavia.» Bajó la varilla y salté yo, y noté sus malicias y malas entrañas. Volvióse luego al pueblo, y en voz alta dijo: «No piense vuesa merced, senado valeroso, que es cosa de burla lo que este perro sabe: veinte y cuatro piezas le tengo enseñadas, que por la menor dellas volaría un gavilán; quiero decir que por ver la menor se pueden caminar treinta leguas. Sabe bailar la zarabanda y chacona mejor que su inventora misma; bébese una azumbre de vino sin dejar gota; entona un *sol fa mi re* tan bien como un sacristán; todas estas cosas, y otras muchas que me quedan por decir, las irán viendo vuesas mercedes en los días que estuviese aquí la compañía; y por ahora dé otro salto nuestro sabio, y luego entraremos en lo grueso.» Con esto suspendió el auditorio que había llamado senado, y les encendió el deseo de no dejar de ver todo lo que yo sabía. Volvióse a mí mi amo y dijo: «Volved, hijo Gavilán, y con gentil agilidad y destreza deshaced los saltos que habéis hecho; pero ha de ser a devoción de la famosa hechicera que dicen que hubo en este lugar.» Apenas hubo dicho esto, cuando alzó la voz la hospitalera, que era una vieja, al parecer, de más de setenta años, diciendo: «¡Bellaco charlatán, embaidor e hijo de puta, aquí no hay hechicera alguna! Si lo decís por la Camacha, ya

[76] De mi cosecha, de mi invención.
[77] Abundante.
[78] Se tiñe.

ella pagó su pecado, y está donde Dios se sabe; si lo decís por mí, chocarrero, ni yo soy ni he sido hechicera en mi vida; y si he tenido fama de haberlo sido, merced a los testigos falsos, y a la ley del encaje[79], y al juez arrojadizo y mal informado, ya sabe todo el mundo la vida que hago, en penitencia. no de los hechizos que no hice. sino de otros muchos pecados, otros que como pecadora he cometido. Así que, socarrón tamborilero, salid del hospital: si no, por vida de mi santiguada que os haga salir más que de paso.» Y con esto comenzó a dar tantos gritos y a decir tantas y tan atropelladas injurias a mi amo, que le puso en confusión y sobresalto; finalmente, no dejó que pasase adelante la fiesta en ningún modo. No le pesó a mi amo el alboroto, porque se quedó con los dineros y aplazó para otro día y en otro hospital lo que en aquél había faltado. Fuese la gente maldiciendo a la vieja, añadiendo al nombre de hechicera el de bruja, y el de barbuda sobre vieja. Con todo esto, nos quedamos en el hospital aquella noche; y encontrándome la vieja en el corral solo, me dijo: «¿Eres tú, hijo Montiel? ¿Eres tú, por ventura, hijo?» Alcé la cabeza y miréla muy despacio; lo cual visto por ella, con lágrimas en los ojos se vino a mí, y me echó los brazos al cuello, y si la dejara me besara en la boca, pero tuve asco y no lo consentí.

CIPIÓN.—Bien hiciste; porque no es regalo, sino tormento, el besar ni dejar besarse de una vieja.

BERGANZA.—Esto que ahora te quiero contar te lo había de haber dicho al principio de mi cuento, y así excusáramos la admiración que nos causó el vernos con habla. Porque has de saber que la vieja me dijo: «Hijo Montiel, vente tras mí, y sabrás mi aposento, y procura que esta noche nos veamos a solas en él, que yo dejaré abierta la puerta; y sabe que tengo muchas cosas que decirte de tu vida y para tu provecho.» Bajé yo la cabeza en señal de obedecerla, por lo cual se acabó de enterar en que yo era el perro Montiel que buscaba, según después me lo dijo. Quedé atónito y confuso, esperando la noche, por ver en lo que paraba aquel misterio o prodigio de haberme hablado la vieja; y como había oído llamarla de hechicera, esperaba de su vista y habla grandes cosas. Llegóse, en fin, el punto de verme con ella en su aposento, que era oscuro, estrecho y bajo, y solamente claro con la débil luz de un candil de barro que en él estaba, atizóle la vieja y sentóse sobre una arquilla y llegóme junto a sí, y, sin hablar palabra, me volvió a abrazar, y yo volví a tener cuenta con que no me besase. Lo primero que me dijo fue:

«Bien esperaba yo en el Cielo que antes que estos mis ojos se cerrasen con el último sueño te había de ver, hijo mío, y ya que te he visto,

[79] Resolución que toma el juez según su criterio, sin atender a lo que las leyes disponen.

venga la muerte y lléveme desta cansada vida. Has de saber, hijo, que en esta villa vivió la más famosa hechicera que hubo en el mundo, a quien llamaron *la Camacha de Montilla*[80]; fue tan única en su oficio, que las Eritos, las Circes, las Medeas[81], de quien he oído decir que están las historias llenas, no la igualaron. Ella congelaba las nubes cuando quería, cubriendo con ellas la faz del sol, y cuando se le antojaba volvía sereno el más turbado cielo; traía los hombres en un instante de lejanas tierras; remediaba maravillosamente las doncellas que habían tenido algún descuido en guardar su entereza; cubría a las viudas que con honestidad fuesen deshonestas; descasaba las casadas, y casaba las que ella quería. Por diciembre tenía rosas frescas en su jardín y por enero segaba trigo. Esto de hacer nacer berros en una artesa era lo menos que ella hacía, ni el hacer ver en un espejo, o en la uña de una criatura, los vivos o los muertos que le pedían que mostrase; tuvo fama que convertía los hombres en animales, y que se había servido de un sacristán seis años, en forma de asno, real y verdaderamente, lo que yo nunca he podido alcanzar cómo se haga, porque lo que se dice de aquellas antiguas magas, que convertían a los hombres en bestias, dicen los que más saben que no era otra cosa sino que ellas, con su mucha hermosura y con sus halagos, atraían a los hombres de manera a que las quisiesen bien, y los sujetaban de suerte, sirviéndose dellos en todo cuanto querían, que parecían bestias. Pero en ti, hijo mío, la experiencia me muestra lo contrario: que sé que eres persona racional y te veo en semejanza de perro, si ya no es que esto se hace con aquella ciencia que llaman *tropelía*, que hace parecer una cosa por otra. Sea lo que fuere, lo que me pesa es que yo ni tu madre, que fuimos discípulas de la buena Camacha, nunca llegamos a saber tanto como ella; y no por falta de ingenio, ni de habilidad, ni de ánimo, que antes nos sobraba que faltaba, sino por sobra de su malicia, que nunca quiso enseñarnos las cosas mayores, porque las reservaba para ella.

»Tu madre, hijo, se llamó *la Montiela*, que después de la Camacha fue famosa; yo me llamo *la Cañizares*, y si no tan sabia como las dos, a lo menos de tan buenos deseos como cualquiera dellas. Verdad es que al ánimo que tu madre tenía de hacer y entrar en un cerco y encerrarse en él con una legión de demonios no le hacía ventaja la misma Camacha. Yo fui siempre algo medrosilla; con conjurar media legión me contentaba; pero, con paz sea dicho de entrambas, en esto de conficionar las unturas con que las brujas nos untamos, a ninguna de las dos diera ventaja, ni la daré a cuantas hoy siguen y guardan nuestras reglas. Que has de saber, hijo, que como yo he visto y veo que la vida, que

[80] Personaje real, que vivió en Montilla a mediados del siglo XVI y fue condenada por la Inquisición de Córdoba acusada de bruja.

[81] Hechiceras de la antigüedad clásica.

corre sobre las ligeras alas del tiempo, se acaba, he querido dejar todos los vicios de la hechicería en que estaba engolfada muchos años hacía, y sólo me he quedado con la curiosidad de ser bruja, que es un vicio dificultosísimo de dejar. Tu madre hizo lo mismo: de muchos vicios se apartó; muchas buenas obras hizo en esta vida; pero al fin murió bruja, y no murió de enfermedad alguna, sino de dolor de que supo que la Camacha, su maestra, de envidia que la tuvo porque se le iba subiendo a las barbas en saber tanto como ella, o por otra pendenzuela de celos, que nunca pude averiguar, estando tu madre preñada, y llegándose la hora del parto, fue su comadre la Camacha, la cual recibió en sus manos lo que tu madre parió, y mostróle que había parido dos perritos; y así como los vio dijo: "¡Aquí hay maldad, aquí hay bellaquería! Pero, hermana Montiela, tu amiga soy; yo encubriré este parto, y atiende tú a estar sana, y haz cuenta que esta tu desgracia queda sepultada en el mismo silencio; no te dé pena alguna este suceso, que ya sabes tú que puedo yo saber que si no es con Rodríguez, el ganapán tu amigo, días ha que no tratas con otro; así que este perruno parto de otra parte viene y algún misterio contiene." Admiradas quedamos tu madre y yo, que me hallé presente a todo, del extraño suceso. La Camacha se fue y se llevó a los cachorros; yo me quedé con tu madre para asistir a su regalo, la cual no podía crer lo que le había sucedido. Llegóse el fin de la Camacha, y estando en la última hora de su vida llamó a tu madre y le dijo cómo ella había convertido a sus hijos en perros por cierto enojo que con ella tuvo; pero que no tuviese pena: que ellos volverían a su ser cuando menos lo pensasen; mas que no podía ser primero que ellos por sus mismos ojos viesen lo siguiente:

Volverán a su forma verdadera
Cuando vieren con presta diligencia
Derribar los soberbios levantados
Y alzar a los humildes abatidos
Por poderosa mano para hacello.

»Esto dijo la Camacha a tu madre al tiempo de su muerte, como ya te he dicho. Tomólo tu madre por escrito y de memoria y yo la fijé en la mía para si sucediese de poderlo decir a algunos de vosotros; y para poder conoceros, a todos los perros que veo de tu color los llamo con el nombre de tu madre, no por pensar que los perros han de saber el nombre, sino por ver si respondían al ser llamados tan diferentemente como se llaman los otros perros. Y esta tarde, como te vi hacer tantas cosas, y que te llaman *el perro sabio*, y también cómo alzaste la cabeza a mirarme cuando te llamé en el corral, he creído que tú eres hijo de la Montiela, a quien con grandísimo gusto doy noticia de tus sucesos y del modo con que has de cobrar tu forma primera, el cual modo quisiera yo que fuera tan fácil como el que se dice de Apuleyo[82] en *El asno de oro*, que consistía en sólo comer una rosa; pero este tuyo va fundado en acciones ajenas, y no en tu diligencia. Lo que has de hacer, hijo, es encomendarte a Dios allá en tu corazón, y espera que éstas, que no quiero llamarlas profecías, sino adivinanzas, han de suceder presto y prósperamente; que pues la buena de la Camacha las dijo, sucederán sin duda alguna, y tú y tu hermano, si es vivo, os veréis como deseáis.

»De lo que a mí me pesa es que estoy tan cerca de mi acabamiento quc no tendré lugar de verlo. Muchas veces he querido preguntar a mi cabrón [83] qué fin tendrá vuestro suceso; pero no me he atrevido, porque nunca a lo que le preguntamos responde a derechas, sino con razones torcidas y de muchos sentidos; así, que a este nuestro amo y señor no hay que preguntarle nada, porque con una verdad mezcla mil mentiras; y a lo que yo he colegido de sus respuestas, él no sabe nada de lo por venir ciertamente, sino por conjeturas. Con todo esto, nos trae tan engañadas a las que somos brujas, que, con hacernos mil burlas, no le podemos dejar. Vamos a verle muy lejos de aquí, a un gran campo, donde nos juntamos infinidad de gente, brujos y brujas, y allí nos da de comer desabridamente, y pasan otras cosas que en verdad y en Dios y en mi ánima que no me atrevo a contarlas, según son sucias y asquerosas, y no quiero ofender tus castas orejas. Hay opinión que no vamos a estos convites sino con la fantasía en la cual nos representa el demonio las imágenes de todas aquellas cosas que después contamos que nos han sucedido. Otros dicen que no, sino que verdaderamente vamos en cuerpo y ánima; y entrambas opiniones tengo para mí que son verdaderas, puesto que nosotras no sabemos cuándo vamos de una o de otra manera, porque todo lo que nos pasa en la fantasía es tan interesante que no hay diferenciarlo de cuando vamos real y verdaderamente. Algunas experiencias desto han hecho los señores inquisidores con algunas de nosotras que han tenido presas, y pienso que han hallado ser verdad[84] lo que digo.

»Quisiera yo, hijo, apartarte deste pecado, y para ello he hecho mis diligencias: heme acogido a ser hospitalera; curo a los pobres, algunos se mueren que me dan a mí la vida con lo que me mandan o con lo que se les queda entre los remiendos, por el cuidado que yo tengo de espulgarles los vestidos; rezo poco, y en público; murmuro mucho, y en secreto; vame mejor con ser hipócrita que con ser pecadora declarada: las apariencias de mis buenas obras presentes van borrando en la me-

[82] Escritor latino-africano del siglo II.
[83] El Demonio bajo la apariencia de macho cabrío.
[84] Exacto.

moria de los que me conocen las malas obras pasadas. En efeto: la santidad fingida no hace daño a ningún tercero, sino al que la usa. Mira hijo Montiel, este consejo te doy: que seas bueno en todo cuanto pudieres; y si has de ser malo, procura no parecerlo en todo cuanto pudieres. Bruja soy, no te lo niego; bruja y hechicera fue tu madre, que tampoco te lo puedo negar, pero las buenas apariencias de las dos podían acreditarnos en todo el mundo; tres días antes que muriese habíamos estado las dos en un valle de los montes Perineos[85] en una gran jira; y con eso, cuando murió fue con tal sosiego y reposo, que si no fueron algunos visajes que hizo un cuarto de hora antes que rindiese el alma, no parecía sino que estaba en aquella cama como en un tálamo de flores. Llevaba atravesados en el corazón sus dos hijos, y nunca quiso, aun en el artículo de la muerte, perdonar a la Camacha: tal era ella de entera y firme en sus cosas. Yo le cerré los ojos; y fui con ella hasta la sepultura; allí la dejé para no verla más, aunque no tengo perdida la esperanza de verla antes que me muera, porque se ha dicho por el lugar que la han visto algunas personas andar por los cementerios y encrucijadas en diferentes figuras, y quizá alguna vez la toparé yo, y le preguntaré si manda que haga alguna cosa en descargo de su conciencia.»

«Cada cosa destas que la vieja me decía en alabanza de la que decía ser mi madre era una lanzada que me atravesaba el corazón, y quisiera arremeter a ella y hacerla pedazos entre los dientes; y si lo dejé de hacer fue porque no le tomase la muerte en tan mal estado. Finalmente, me dijo que aquella noche pensaba untarse para ir a uno de sus usados convites, y que cuando allá estuviese pensaba preguntar a su dueño algo de lo que estaba por suceder. Quisiérale yo preguntar qué unturas eran aquellas que decía, y parece que me leyó el deseo, pues respondió a mi intención como si se lo hubiera preguntado, pues dijo:

»Este ungüento con que las brujas nos untamos es compuesto de jugos de yerbas en todo extremo fríos, y no es, como dice el vulgo, hecho con la sangre de los niños que ahogamos. Aquí pudieras también preguntarme qué gusto o provecho saca el demonio de hacernos matar las criaturas tiernas, pues sabe que estando bautizadas, como inocentes y sin pecado, se van al cielo, y él recibe pena particular con cada alma cristiana que se le escapa; a lo que no te sabré responder otra cosa sino lo que dice el refrán: que tal hay que se quiebra dos ojos porque su enemigo se quiebre uno; y por la pesadumbre que da a sus padres matándoles los hijos, que es la mayor que se puede imaginar. Y lo que más le importa es hacer que nosotras cometamos a cada paso tan cruel y perverso pecado; y todo esto lo permite Dios por nuestros

[85] Por Pirineos.

pecados, que sin su permisión yo he visto por experiencia que no puede ofender el diablo a una hormiga; y es tan verdad esto, que rogándole yo una vez que destruyese una viña de un mi enemigo, me respondió que ni aun tocar a una hoja della no podía, porque Dios no quería; por lo cual podrás venir a entender cuando seas hombre que todas las desgracias que vienen a las gentes, a los reinos, a las ciudades y a los pueblos; las muertes repentinas, los naufragios, las caídas, en fin, todos los males que llaman de daño, vienen de la mano del Altísimo y de su voluntad permitente; y los daños y males que llaman de culpa, vienen y se causan por nosotros mismos. Dios es impecable; de do se infiere que nosotros somos autores del pecado, formándole en la intención en la palabra y en la obra, todo permitiéndolo Dios por nuestros pecados, como ya he dicho. Dirás tú ahora, hijo, si es que acaso me entiendes, que quién me hizo a mí teóloga, y aun quizá dirás entre ti: "¡Cuerpo de tal con la puta vieja! ¿Por qué no deja de ser bruja, pues sabe tanto, y se vuelve a Dios, pues sabe que está más prompto a perdonar pecados que a permitirlos?" A esto respondo, como si me lo preguntaras, que la costumbre del vicio se vuelve en naturaleza, y éste de ser bruja se convierte en sangre y carne, y en medio de su ardor, que es mucho, trae un frío que pone en el alma tal, que la resfría y entorpece aun en la Fe, de donde nace un olvido de sí misma, y ni se acuerda de los temores con que Dios la amenaza ni de la gloria con que la convida; y, en efeto, como es pecado de carne y de deleites, es fuerza que amortigüe todos los sentidos, y los embelese y absorte, sin dejarlos usar sus oficios como deben; y así, quedando el alma inutil, floja y desmazalada, no puede levantar la consideración siquiera a tener algún buen pensamiento; y así, dejándose estar sumida en la profunda sima de su miseria, no quiere alzar la mano a la de Dios que se la está dando, por sola su misericordia, para que se levante. Yo tengo una destas almas que te he pintado: todo lo veo y todo lo entiendo, y como el deleite me tiene echados grillos a la voluntad, siempre he sido y seré mala.

»Pero dejemos esto y volvamos a lo de las unturas; y digo que son tan frías, que nos privan de todos los sentidos en untándonos con ellas, y quedamos tendidas y desnudas en el suelo, y entonces dicen que en la fantasía pasamos todo aquello que nos parece pasar verdaderamente. Otras veces, acabadas de untar, a nuestro parecer, mudamos de forma, y convertidas en gallos, lechuzas o cuervos, vamos al lugar donde nuestro dueño nos espera, y allí cobramos nuestra primera forma y gozamos de los deleites que te dejo de decir, por ser tales que la memoria se escandaliza en acordarse dellos, y así, la lengua huye de contarlos; y con todo esto soy bruja, y cubro con la capa de la hipocresía todas mis muchas faltas. Verdad es que si algunos me estiman y honran por buena, no faltan muchos que me dicen, no dos dedos del oído, el nombre de las fiestas[86], que es el que les imprimió la furia de un juez colérico que en los tiempos pasados tuvo que ver conmigo y con tu madre, depositando su ira en las manos de un verdugo que, por no estar sobornado, usó de toda su plena potestad y rigor con nuestras espaldas. Pero esto ya pasó, y todas las cosas pasan; las memorias se acaban, las vidas no vuelven, las lenguas se cansan, los sucesos nuevos hacen olvidar los pasados. Hospitalera soy; buena muestra doy de mi proceder; buenos ratos me dan mis unturas; no soy tan vieja que no pueda vivir un año, puesto que tengo setenta y cinco; y ya que no puedo ayunar, por la edad; ni rezar, por los vaguidos; ni andar romerías, por la flaqueza de mis piernas; ni dar limosna, porque soy pobre; ni pensar en bien, porque soy amiga de murmurar, y para haberlo de hacer es forzoso pensarlo primero; así que siempre mis pensamientos han de ser malos; con todo esto, sé que Dios es bueno y misericordioso y que Él sabe lo que ha de ser de mí, y basta, y quédese aquí esta plática, que verdaderamente me entristece. Ven, hijo, verásme untar; que todos los duelos con pan son menos; el buen día, meterle en casa, pues mientras se ríe no se llora; quiero decir que aunque los gustos que nos da el demonio son aparentes y falsos, todavía nos parecen gustos, y el deleite mucho mayor es imaginado que gozado, aunque en los verdaderos gustos debe de ser al contrario.»

«Levantóse en diciendo esta larga arenga, y tomando el candil se entró en otro aposentillo más estrecho; seguíla combatido de mil varios pensamientos y admirado de lo que había oído y de lo que esperaba ver. Colgó la Cañizares el candil de la pared, y con mucha priesa se desnudó hasta la camisa, y sacando de un rincón una olla vidriada, metió en ella la mano, y murmurando entre dientes, se untó desde los pies a la cabeza, que tenía sin toca. Antes que se acabase de untar me dijo que, ora se quedase su cuerpo en aquel aposento, sin sentido, ora desapareciese dél, que no me espantase, ni dejase de aguardar allí hasta la mañana, porque sabría las nuevas de lo que me quedaba por pasar hasta ser hombre. Díjele bajando la cabeza que sí haría, y con esto acabó su untura, y se tendió en el suelo como muerta. Llegué mi boca a la suya, y vi que no respiraba poco ni mucho. Una verdad te quiero confesar, Cipión amigo: que me dio gran temor verme encerrado en aquel estrecho aposento con aquella figura delante, la cual te la pintaré como mejor supiere. Ella era larga de más de siete pies, toda era notomía[87] de huesos, cubiertos con una piel negra, vellosa y curtida; con la barriga, que era de badana, se cubría las partes deshonestas, y aun le colgaba hasta la mitad de los muslos; las tetas semejaban dos vejigas de vaca se-

[86] Me insultaban a gritos.
[87] Esqueleto.

cas y arrugadas; denegridos los labios, traspillados los dientes, la nariz corva y entablada, desencasados los ojos, la cabeza desgreñada, las mejillas chupadas, angosta la garganta y los pechos sumidos; finalmente, toda era flaca y endemoniada. Púseme de espacio a mirarla, y apriesa comenzó a apoderarse de mí el miedo considerando la mala visión de su cuerpo y la peor ocupación de su alma. Quise morderla, por ver si volvía en sí, y no hallé parte en toda ella que el asco no me lo estorbase; pero, con todo esto, la así de un carcaño y la saqué arrastrando al patio, mas ni por esto dio muestras de tener sentido. Allí, con mirar el cielo y verme en parte ancha, se me quitó el temor; a lo menos, se templó de manera que tuve ánimo de esperar a ver en lo que paraba la ida y vuelta de aquella mala hembra y lo que me contaba de mis sucesos. En esto me preguntaba yo a mí mismo: "¿Quién hizo a esta mala vieja tan discreta y tan mala? ¿De dónde sabe ella cuáles son males de daño y cuáles de culpa? ¿Cómo entiende y habla tanto de Dios y obra tanto del diablo? ¿Cómo peca tan de malicia no excusándose en ignorancia?"

»En estas consideraciones se pasó la noche y se vino el día, que nos halló a los dos en mitad del patio, ella no vuelta en sí y a mí junto a ella, en cuclillas, atento, mirando su espantosa y fea catadura. Acudió la gente del hospital, y viendo aquel retablo unos decían: "Ya la bendita Cañizares es muerta, mirad cuán desfigurada y flaca la tenía la penitencia"; otros, más considerados, le tomaron el pulso, y vieron que le tenía, y que no era muerta, por do se dieron a entender que estaba en éxtasis y arrobada, de puro buena. Otros hubo que dijeron: "Esta puta vieja, sin duda debe de ser bruja, y debe de estar untada; que nunca los santos hacen tan deshonestos arrobos, y hasta ahora, entre los que la conocemos, más fama tiene de bruja que de santa." Curiosos hubo que se llegaron a hincarle alfileres por las carnes, desde la punta hasta la cabeza; ni por eso recordaba[88] la dormida, ni volvió en sí hasta las siete del día; y como se sintió acribillada de alfileres, y mordida de los carcañares, y magullada del arrastramiento fuera de su aposento, y a vista de tantos ojos que la estaban mirando, creyó, y creyó la verdad, que yo había sido autor de su deshonra; y así, arremetió a mí, y echándome ambas manos a la garganta, procuraba ahogarme, diciendo: "¡Oh, bellaco, desagradecido, ignorante y malicioso! ¿Y es éste el pago que merecen las buenas obras que a tu madre hice y de las que te pensaba hacer a ti?" Yo, que me vi en peligro de perder la vida entre las uñas de aquella fiera arpía, sacudíme, y asiéndola de las luengas faldas de su vientre la zamarreé y arrastré por todo el patio; ella daba voces que la librasen de los dientes de aquel maligno espíritu.

---

[88] Despertaba.

»Con estas razones de la mala vieja creyeron los más que yo debía de ser algún demonio de los que tienen ojeriza continua con los buenos cristianos, y unos acudieron a echarme agua bendita, otros no osaban llegar a quitarme, otros daban voces que me conjurasen; la vieja gruñía; yo apretaba los dientes; crecía la confusión, y mi amo, que ya había llegado al ruido, se desesperaba oyendo decir que yo era demonio. Otros, que no sabían de exorcismos, acudieron a tres o cuatro garrotes, con los cuales comenzaron a santiguarme los lomos; escocióme la burla, solté a la vieja, y en tres saltos me puse en la calle, y en pocos más salí de la villa, perseguido de una infinidad de muchachos, que iban a grandes voces diciendo: "¡Apártense, que rabia el perro sabio!" Otros decían: "¡No rabia, sino que es demonio en figura de perro!" Con este molimiento, a campana herida[89] salí del pueblo, siguiéndome muchos que indudablemente creyeron que era demonio, así por las cosas que me habían visto hacer como por las palabras que la vieja dijo cuando despertó de su maldito sueño. Dime tanta priesa a huir y a quitarme delante de sus ojos, que creyeron que me había desaparecido como demonio; en seis horas anduve doce leguas, y llegué a un rancho de gitanos que estaba en un campo junto a Granada. Allí me reparé un poco porque algunos de los gitanos me conocieron por el perro sabio, y con no pequeño gozo me acogieron y escondieron en una cueva, por que no me hallasen si fuese buscado, con intención, a lo que después entendí, de ganar conmigo como lo hacía el atambor de mi amo. Veinte dias estuve con ellos, en los cuales supe y noté su vida y costumbres, que por ser notables es forzoso que te las cuente.»

Cipión.—Antes, Berganza, que pases adelante, es bien que reparemos en lo que te dijo la bruja y averigüemos si puede ser de verdad la grande mentira a quien das crédito. Mira, Berganza, grandísimo disparate sería creer que la Camacha mudase los hombres en bestias y que el sacristán en forma de jumento la sirviese los años que dicen que la sirvió; todas estas cosas y las semejantes son embelecos, mentiras o apariencias del demonio; y si a nosotros nos parece ahora que tenemos algún entendimiento y razón, pues hablamos siendo verdaderamente perros, o estando en su figura, ya hemos dicho que éste es el caso portentoso y jamás visto, que aunque le tocamos con las manos, no le habemos de dar crédito hasta tanto que el suceso dél nos muestre lo que conviene que creamos. ¿Quiéreslo ver más claro? Considera en cuán vanas cosas y en cuán tontos puntos dijo la Camacha que consistía nuestra restauración; y aquellas que a ti te deben parecer profecías no son sino palabras de consejas o cuentos de viejas, como aquellos del caballo sin cabeza y de la varilla de virtudes, con que se entretienen al

[89] Toque rápido de campana que anuncia alguna catástrofe o alarma.

fuego las dilatadas noches del invierno, porque, a ser otra cosa, ya estaban cumplidas, si no es que sus palabras se han de tomar en un sentido que he oído decir se llama alegórico, el cual sentido no quiere decir lo que la letra suena, sino otra cosa, que, aunque diferente, le haga semejanza, y así decir:

> Volverán a su forma verdadera
> Cuando vieren con presta diligencia
> Derribar los soberbios levantados
> Y alzar a los humildes abatidos
> Por mano poderosa para hacello,

tomándolo en el sentido que he dicho, paréceme que quiere decir que cobraremos nuestra forma cuando viéremos que los que ayer estaban en la cumbre de la rueda de la Fortuna, hoy están hollados y abatidos a los pies de la desgracia y tenidos en poco de aquellos que más los estimaban; y asimismo, cuando viéremos que otros que no ha dos horas que no tenían deste mundo otra parte que servir en él de número que acrecentase el de las gentes, y ahora están tan encumbrados sobre la buena dicha que los perdemos de vista; y si primero no parecían por pequeños y encogidos, ahora no los podemos alcanzar por grandes y levantados. Y si en esto consistiera volver nosotros a la forma que dices, ya lo hemos visto y lo vemos a cada paso; por do me doy a entender que no en el sentido alegórico, sino en el literal, se han de tomar los versos de la Camacha; ni tampoco en éste consiste nuestro remedio, pues muchas veces hemos visto lo que dicen y nos estamos tan perros como ves, así que la Camacha fue burladora falsa, y la Cañizares embustera, y la Montiela tonta, maliciosa y bellaca, con perdón sea dicho, si acaso es nuestra madre, de entrambos o tuya, que yo no la quiero tener por madre. Digo, pues, que el verdadero sentido es un juego de bolos, donde con presta diligencia derriban los que están en pie y vuelven a alzar los caídos, y esto por la mano de quien lo puede hacer. Mira, pues, si en el discurso de nuestra vida habremos visto jugar a los bolos, y si hemos visto por esto haber vuelto a ser hombres, si es que lo somos.

Berganza.—Digo que tienes razón, Cipión hermano, y que eres más discreto de lo que pensaba; y de lo que has dicho vengo a pensar y creer que todo lo que hasta aquí hemos pasado y lo que estamos pasando es sueño, y que somos perros; pero no por esto dejemos de gozar deste bien de la habla que tenemos y de la excelencia tan grande de tener discurso humano todo el tiempo que pudiéramos, y así, no te canse el oírme contar lo que pasó con los gitanos que me escondieron en la cueva.

Cipión.—De buena gana te escucho, por obligarte a que me escuches cuando te cuente, si el Cielo fuere servido, los sucesos de mi vida.

Berganza.—La que tuve con los gitanos fue considerar en aquel tiempo sus muchas malicias, sus embaimientos y embustes, los hurtos en que se ejercitan así gitanas como gitanos, desde el punto casi que salen de las mantillas y saben andar. ¿Ves la multitud que hay dellos esparcida por España? Pues todos se conocen y tienen noticias los unos de los otros, y trasiegan y trasponen los hurtos déstos en aquéllos, y los de aquéllos en éstos. Dan la obediencia, mejor que a su rey, a uno que llaman Conde, al cual, y a todos los que dél suceden, tienen el sobrenombre de Maldonado; y no porque vengan del apellido deste noble linaje, sino porque un paje de un caballero deste nombre se enamoro de una gitana, la cual no le quiso conceder su amor si no se hacía gitano y la tomaba por mujer. Hízolo así el paje, y agradó tanto a los demás gitanos, que le alzaron por señor y le dieron la obediencia, y, como en señal de vasallaje, le acuden con parte de los hurtos que hacen, como sean de importancia. Ocúpanse, por dar color a su ociosidad, en labrar cosas de hierro, haciendo instrumentos con que facilitan sus hurtos; y así, los verás siempre traer a vender por las calles tenazas, barrenas, martillos, y ellas, trébedes y badiles. Todas ellas son parteras, y en esto llevan ventaja a las nuestras, porque sin costa ni adherentes sacan sus partos a luz, y lavan a las criaturas con agua fría en naciendo; y desde que nacen hasta que mueren se curten y muestran a sufrir las inclemencias y rigores del cielo, y así verás que todos son alentados, volteadores, corredores y bailadores. Cásanse siempre entre ellos, por que no salgan sus malas costumbres a ser conocidas de otros; ellas guardan el decoro a sus maridos, y pocas hay que les ofendan con otros que no sean de su generación. Cuando piden limosna, más la sacan con invenciones y chocarrerías que con devociones, y a título que no hay quien se fíe dellas, no sirven, y dan en ser holgazanas; y pocas o ninguna vez he visto, si mal no me recuerdo, ninguna gitana a pie de altar comulgando, pues que muchas veces he entrado en las iglesias. Son sus pensamientos imaginar cómo han de engañar y dónde han de hurtar, confieren sus hurtos, y el modo que tuvieron en hacellos; y así, un día contó un gitano delante de mí a otros un engaño y hurto que un día había hecho a un labrador, y fue que el gitano tenía un asno rabón, y en el pedazo de la cola que tenía sin cerdas le ingirió otra peluda, que parecia ser suya natural. Sacóle al mercado, comprósele un labrador por diez ducados, y en habiéndosele vendido y cobrado el dinero, le dijo que si quería comprarle otro asno hermano del mismo, y tan bueno como el que llevaba, que se lo vendería por más buen precio. Respondióle el labrador que fuese por él y le trujese, que él se lo compraría, y que en tanto que volviese llevaría el comprado a su posada. Fuese el labrador, siguióle el gitano, y sea como sea, el gitano tuvo maña de hurtar al labrador el asno que le había vendido, y al mismo instante le quitó la cola postiza, y quedó con la suya pelada; mudóle la albarda y jáquima, y atrevióse a ir a buscar al labrador para que se lo comprase, y hallóse antes que hubiese echado menos el asno primero, y a pocos lances compró el segundo. Fuésele a pagar a la posada, donde halló menos la bestia a la bestia; y aunque lo era mucho, sospechó que el gitano se lo había hurtado, y no quería pagarle. Acudió el gitano por testigos, y trujo a los que habían cobrado la alcabala del primer jumento, y juraron que el gitano había vendido al labrador un asno con una cola muy larga y muy diferente del asno segundo que vendía. A todo esto se halló presente un alguacil, que hizo las partes del gitano con tantas veras que el labrador hubo de pagar el asno dos veces. Otros muchos hurtos contaron, y todos, o los más, de bestias, en quien son ellos graduados y en los que más se ejercitan. Finalmente, ella es mala gente, y aunque muchos y muy prudentes jueces han salido contra ellos, no por eso se enmiendan.

A cabo de veinte días me quisieron llevar a Murcia; pasé por Granada, donde ya estaba el capitán cuyo atambor era mi amo; como los gitanos lo supieron, me encerraron en un aposento del mesón donde vivían; oíles decir la causa, no me pareció bien el viaje que llevaban, y así, determiné soltarme, como lo hice, y saliéndome de Granada di en una huerta de un morisco, que me acogió de buena voluntad, y yo quedé con mejor, pareciéndome que no me querría para más de para guardarle la huerta, oficio, a mi cuenta, de menos trabajo que el guardar ganado; y como no había allí altercar sobre tanto más cuanto al salario, fue cosa fácil hallar el morisco criado a quien mandar y yo amo a quien servir. Estuve con él más de un mes, no por el gusto de la vida que tenía, sino por el que me daba saber la de mi amo, y por ella la de todos cuantos moriscos viven en España. ¡Oh, cuántas y cuales cosas te pudiera decir, Cipión amigo, desta morisca canalla, si no temiera no poderlas dar fin en dos semanas! Y si las hubiera de particularizar, no acabara en dos meses; mas, en efeto, habré de decir algo; y así, oye en general lo que yo vi y noté en particular desta buena gente. Por maravilla se hallará entre tantos uno que crea derechamente en la sagrada ley cristiana; todo su intento es acuñar y guardar dinero acuñado, y para conseguirlo trabajan y no comen; en entrando el real en su poder, como no sea sencillo, lo condenan a cárcel perpetua y a oscuridad eterna; de modo que ganando siempre y gastando nunca, llegan y amontonan la mayor cantidad de dinero que hay en España. Ellos son su hucha, su polilla, sus picazas y sus comadrejas; todo lo llegan, todo lo esconden y todo lo tragan. Considérese que ellos son muchos y que cada día ganan y esconden poco o mucho, y que una calentura lenta acaba la vida como la de un tabardillo; y como van creciendo, se van aumentando los escondedores, que crecen y han de crecer en infinito, como la experiencia lo muestra. Entre ellos no hay castidad, ni entran en religión ellos ni ellas; todos se casan, todos multiplican, porque el vivir sobriamente aumenta las causas de la generación. No los consume la guerra, ni ejercicio que demasiadamente los trabaje; róbannos a pie quedo[90] y con los frutos de nuestras heredades, que nos revenden, se hacen ricos. No tienen criados, porque todos lo son de sí mismos; no gastan con sus hijos en los estudios, porque su ciencia no es otra que la del robarnos. De los doce hijos de Jacob que he oído decir que entraron en Egipto, cuando los sacó Moisés de aquel cautiverio, salieron seiscientos mil varones, sin niños y mujeres; de aquí se podrá inferir lo que multiplicarán las déstos, que, sin comparación, son en mayor número.

Cipión.—Buscado se ha remedio para todos los daños que has apuntado y bosquejado en sombra: que bien sé que son más y mayores los que callas que los quc cuentas, y hasta ahora no se ha dado con el que conviene, pero celadores prudentísimos tiene nuestra república, que considerando que España cría y tiene en su seno tantas víboras como moriscos, ayudados de Dios hallarán a tanto daño cierta, presta y segura salida. Di adelante.

Berganza.—Como mi amo era mezquino, como lo son todos los de su casta, sustentábame con pan de mijo y con algunas sobras de zahínas[91], común sustento suyo; pero esta miseria me ayudó a llevar el Cielo por un modo tan extraño como el que ahora oirás. Cada mañana, juntamente con el alba, amanecía sentado al pie de un granado, de muchos que en la huerta había, un mancebo, al parecer estudiante, vestido de bayeta, no tan negra ni tan peluda que no pareciese parda y tundida. Ocupábase en escribir en un cartapacio, y de cuando en cuando se daba palmadas en la frente y se mordía las uñas, estando mirando al Cielo, y otras veces se ponía tan imaginativo, que no movía ni pie ni mano, ni aun las pestañas; tal era su embelesamiento. Una vez me llegué junto a él sin que me echase de ver; oíle murmurar entre dientes, y al cabo de un buen espacio dio una gran voz, diciendo: «¡Vive el Señor que es la mejor octava que he hecho en todos los días de mi vida!» Y escribiendo apriesa en su cartapacio, daba muestras de gran contento; todo lo cual me dio a entender que el desdichado era poeta. Hícele mis acostumbradas caricias por asegurarle de mi mansedumbre; echéme a sus pies, y él, con esta seguridad, prosiguió en sus pensamientos y tornó a rascarse la cabeza, y a sus arrobos, y a volver a escribir lo que

[90] Calladamente, sigilosamente.
[91] Gachas o sopas.

había pensado. Estando en esto entró en la huerta otro mancebo, galán y bien aderezado, con unos papeles en la mano, en los cuales de cuando en cuando leía; llegó donde estaba el primero y díjole: «¿Habéis acabado la primera jornada?» «Ahora le di fin —respondió el poeta—, lo más gallardamente que imaginar se puede.» «¿De qué manera?», preguntó el segundo. «Désta —respondió el primero—: sale Su Santidad el Papa vestido de pontifical, con doce cardenales, todos vestidos de morado, porque cuando sucedió el caso que cuenta la historia de mi comedia era tiempo de *mutatio caparum*[92], en el cual los cardenales no se visten de rojo, sino de morado; y así, en todas maneras conviene, para guardar la propiedad, que estos cardenales salgan de morado; y éste es un punto que hace mucho al caso para la comedia, y a buen seguro dieran en él, y así hacen a cada paso mil impertinencias y disparates. Yo no he podido errar en esto, porque he leído todo el ceremonial romano, por sólo acertar en estos vestidos.» «Pues, ¿de dónde queréis vos —replicó el otro— que tenga mi autor[93] vestidos morados para doce cardenales?» «Pues si me quita uno tan sólo —respondió el poeta—, así le daré yo mi comedia como volar. ¡Cuerpo de tal! ¿Esta apariencia tan grandiosa se ha de perder? Imaginad vos desde aquí lo que parecerá en un teatro un Sumo Potífice con doce graves cardenales y con otros ministros de acompañamiento que forzosamente han de traer consigo. ¡Viva el Cielo que sea uno de los mayores y más altos espectáculos que se haya visto en comedia, aunque sea la del *Ramillete de Daraja*!» Aquí acabé de entender que el uno era poeta y el otro comediante. El comediante aconsejó al poeta que cercenase algo de los cardenales, si no quería imposibilitar al autor el hacer la comedia. A lo que dijo el poeta que le agradeciesen que no había puesto todo el cónclave que se halló junto al acto memorable que pretendía traer a la memoria de las gentes en su felicísima comedia. Rióse el recitante, y dejóle en su ocupación por irse a la suya, que era estudiar un papel de una comedia nueva. El poeta, después de haber escrito algunas coplas de su magnífica comedia, con mucho sosiego y espacio sacó de la faltriquera algunos mendrugos de pan y obra de veinte pasas, que, a mi parecer, entiendo que se las conté, y aun estoy duda si eran tantas, porque juntamente con ellas hacían bulto ciertas migajas de pan que las acompañaban. Sopló y apartó las migajas, y una a una se comió las pasas y los palillos, porque no le vi arrojar ninguno, ayudándolas con los mendrugos, que morados con la borra de la faltriquera, parecían mohosos, y eran tan duros de condición, que aunque él procuró enternecerlos paseándolos por la boca una y muchas veces, no fue posible moverlos de su terquedad; todo lo cual redundó en mi provecho, porque me los arrojó, diciendo: «¡To, to!

[92] Cambio de capas.

[93] Director de comedias.

Toma, que buen provecho te hagan.» «¡Mirad —dije entre mí— qué néctar o ambrosía me da este poeta, de los que ellos dicen que se mantienen los dioses y su Apolo allá en el cielo!» En fin, por la mayor parte, grande es la miseria de los poetas; pero mayor era mi necesidad, pues me obligó a comer lo que él desechaba. En tanto que duró la composición de su comedia no dejó de venir a la huerta ni a mí me faltaron mendrugos, porque los repartía conmigo con mucha liberalidad, y luego nos íbamos a la noria, donde, yo de bruces y él con un cangilón, satisfacíamos la sed como unos monarcas. Pero faltó el poeta, y sobró a mí la hambre, tanto, que determiné dejar al morisco y entrarme en la ciudad a buscar ventura, que la halla el que se muda. Al entrar de la ciudad vi que salía del famoso monasterio de San Jerónimo mi poeta, que como me vio se vino a mí con los brazos abiertos, y yo me fui a él con nuevas muestras de regocijo por haberle hallado. Luego al instante comenzó a desembaular pedazos de pan, más tiernos de los que solía llevar a la huerta, y a entregarlos a mis dientes sin repasarlos por los suyos, merced que con nuevo gusto satisfizo mi hambre. Los tiernos mendrugos y el haber visto salir a mi poeta del monasterio dicho me pusieron en sospecha de que tenía las musas vergonzantes como otros muchos las tienen. Encaminóse a la ciudad, y yo le segui, con determinación de tenerle por amo si él quisiese, imaginando que de las sobras de su castillo se podía mantener mi real[94], porque no hay mayor ni mejor bolsa que la de la caridad, cuyas liberales manos jamás están pobres, y, así, no estoy bien con aquel refrán que dice: «Más da el duro que el desnudo», como si el duro y avaro diese algo, como lo da el liberal desnudo, que, en efeto, da el buen deseo cuando más no tiene. De lance en lance, paramos en la casa de un autor de comedias que, a lo que me acuerdo, se llamaba Angulo el Malo[95], de otro Angulo, no autor, sino representante, el más gracioso que entonces tuvieron y ahora tienen las comedias. Juntóse toda la compañía a oír la comedia de mi amo, que yo por tal le tenía, y a la mitad de la jornada primera, uno a uno y dos a dos se fueron saliendo todos, excepto el autor y yo, que servíamos de oyentes. La comedia era tal, que con ser un asno en esto de la poesía me pareció que la había compuesto el mismo Satanás, para total ruina y perdición del mismo poeta, que ya iba tragando saliva viendo la soledad en que el auditorio le había dejado; y no era mucho, si el alma, présaga, le decía allá dentro la desgracia que le estaba amenazando, que fue volver todos los recitantes, que pasaban de doce, y sin hablar palabra asieron de mi poeta, y si no fuera porque la autoridad del autor, llena de ruegos y voces, se puso de por medio, sin duda le mantearan. Quedé yo del caso pasmado; el autor, desabrido; los farsantes, alegres, y el poeta,

[94] Campamento.
[95] Personaje real, que representaba obras en Madrid en 1582.

mohíno; el cual con mucha paciencia, aunque algo torcido el rostro, tomó su comedia, y encerrándosela en el seno, medio murmurando, dijo: «No es bien echar las margaritas a los puercos.» Y con esto se fue con mucho sosiego. Yo, de corrido, ni pude ni quise seguirle; y acertélo, a causa que el autor me hizo tantas caricias que me obligaron a que con él me quedase, y en menos de un mes salí grande entremesista y gran farsante de figuras mudas. Pusiéronme un freno de orillos y enseñáronme a que arremetiese en el teatro a quien ellos querían; de modo que como los entremeses solían acabar por la mayor parte en palos, en la compañía de mi amo acababan en zuzarme, y yo derribaba y atropellaba a todos, con que daba que reír a los ignorantes y mucha ganancia a mi dueño. ¡Oh, Cipión, quién te pudiera contar lo que vi en esta y en otras dos compañías de comediantes en que anduve! Mas por no ser posible reducirlo a narración sucinta y breve, lo habré de dejar para otro día, si es que ha de haber otro día en que nos comuniquemos. ¿Ves cuán larga ha sido mi plática? ¿Ves mis muchos y diversos sucesos? ¿Consideras mis caminos y mis amos tantos? Pues todo lo que has oído es nada comparado a lo que te pudiera contar de lo que noté, averigüé y vi desta gente, su proceder, su vida, sus costumbres, sus ejercicios, su trabajo, su ociosidad, su ignorancia y su agudeza, con otras infinitas cosas, unas para decirse al oído y otras para aclamallas en público, y todas para hacer memoria dellas y para desengaño de muchos que idolatran en figuras fingidas y en bellezas de artificio y de transformación.

Cipión.—Bien se me trasluce, Berganza, el largo campo que se te descubría para dilatar tu plática, y soy de parecer que la dejes para cuento particular y para sosiego no sobresaltado.

Berganza.—Sea así, y escucha. Con una compañía llegué a esta ciudad de Valladolid, donde en un entremés me dieron una herida que me llegó casi al fin de la vida; no pude vengarme, por estar enfrenado entonces, y después, a sangre fría, no quise: que la venganza pensada arguye crueldad y mal ánimo. Cansóme aquel ejercicio, no por ser trabajo, sino porque veía en él cosas que juntamente pedían enmienda y castigo; y como a mí estaba más el sentillo que el remediallo, acordé de no verlo, y así me acogí a sagrado, como hacen aquellos que dejan los vicios cuando no pueden ejercitallos, aunque más vale tarde que nunca. Digo, pues, que viéndote una noche llevar la linterna con el buen cristiano Mahudes, te consideré contento y justa y santamente ocupado; y lleno de buena envidia quise seguir tus pasos, y con esta loable intención me puse delante de Mahudes, que luego me eligió para tu compañero y me trujo a este hospital. Lo que en él me ha sucedido no es tan poco que no haya menester espacio para cantallo, especialmente lo que oí a cuatro enfermos que la suerte y la necesidad trujo a este hospital y a estar todos cuatro juntos en cuatro camas apareadas. Perdóname, porque el cuento es breve, y no sufre dilación, y viene aquí de molde.

Cipión.—Sí perdono. Concluye, que, a lo que creo, no debe de estar lejos el día.

Berganza.—Digo que en las cuatro camas que están al cabo desta enfermería, en la una estaba un alquimista, en la otra un poeta, en la otra un matemático y en la otra uno de los que llaman arbitristas.

Cipión.—Ya me acuerdo haber visto a esa buena gente.

Berganza.—Digo, pues, que una siesta de las del verano pasado, estando cerradas las ventanas y yo cogiendo el aire debajo de la cama del uno dellos, el poeta se comenzó a quejar lastimosamente de su fortuna, y preguntándole el matemático de qué se quejaba, respondió que de su corta suerte. «¿Cómo y no será razón que me queje —prosiguió—, que habiendo yo guardado lo que Horacio manda en su *Poética*, que no salga a luz la obra que después de compuesta no hayan pasado diez años por ella, y que tenga yo una de veinte años de ocupación y doce de pasante, grande en el sujeto, admirable y nueva en la invención, grave en el verso, entretenida en los episodios, maravillosa en la división, porque el principio responde al medio y al fin, de manera que constituyen el poema alto, sonoro, heroico, deleitable y sustancioso, y que, con todo esto, no hallo un príncipe a quien dirigirle? Príncipe, digo, que sea inteligente, liberal y magnánimo. ¡Mísera edad y depravado siglo nuestro!» «¿De qué trata el libro?», preguntó el alquimista. Respondió el poeta: «Trata de lo que dejó de escribir el Arzobispo Turpín del Rey Artús de Inglaterra, con otro suplemento de la *Historia de la demanda del Santo Brial*, y todo en verso heroico, parte en octavas y parte en verso suelto; pero todo esdrújulamente, digo, en esdrújulos de nombres sustantivos, sin admitir verbo alguno.» «A mí —respondió el alquimista— poco se me entiende de poesía; y así, no sabré poner en su punto la desgracia de que vuesa merced se queja, puesto que, aunque fuera mayor, no se igualaba a la mía, que es que, por faltarme instrumento, o un príncipe que me apoye y me dé a la mano los requisitos que la ciencia de la alquimia pide, no estoy ahora manando en oro y con más riquezas que los Midas, que los Crasos y Cresos.» «¿Ha hecho vuesa merced —dijo a esta sazon el matemático—, señor alquimista, la experiencia de sacar plata de otros metales?» «Yo —respondió el alquimista— no la he sacado hasta agora, pero realmente sé que se saca, y a mí no me faltan dos meses para acabar la piedra filosofal, con que se puede hacer plata y oro de las mismas piedras.» «Bien han exagerado vuesas mercedes sus desgracias —dijo a esta sazón el matemático—; pero, al fin, el uno tiene libro que dirigir y el otro está en potencia propincua de sacar la piedra filosofal; mas, ¿qué diré yo de la mía, que es tan sola que no tiene donde arrimarse? Veinte y dos años ha que ando tras de hallar el punto fijo, y aquí lo dejo y allí lo tomo, y pareciéndome que ya lo he hallado y que no se me puede escapar en ninguna manera, cuando no me cato [96], me hallo tan lejos dél, que me admiro. Lo mismo me acaece con la cuadratura del círculo: que he llegado tan al remate de hallarla, que no sé ni puedo pensar cómo no la tengo ya en la faldriquera; y así, es mi pena semejante a las de Tántalo, que está cerca del fruto y muere de hambre, y propincuo al agua, y perece de sed. Por momentos pienso dar en la coyuntura de la verdad, y por minutos me hallo tan lejos della, que vuelvo a subir al monte que acabé de bajar, con el canto de mi trabajo a cuestas, como otro nuevo Sísifo.» Había hasta este punto guardado silencio el arbitrista, y aquí lo rompió, diciendo: «Cuatro quejosos tales que lo pueden ser del Gran Turco ha juntado en este hospital la pobreza, y reniego yo de oficios y ejercicios que ni entretienen ni dan de comer a sus dueños. Yo, señores, soy arbitrista, y he dado a Su Majestad en diferentes tiempos muchos y diferentes arbitrios, todos en provecho y sin daño del reino, y ahora tengo hecho un memorial donde le suplico me señale persona con quien comunique un nuevo arbitrio que tengo, tal que ha de ser la total restauración de sus empeños; pero por lo que me ha sucedido con otros memoriales, entiendo que éste también ha de parar en el carnero. Mas porque vuesas mercedes no me tengan por mentecapto, aunque mi arbitrio quede desde este punto público, le quiero decir que es éste. Hase de pedir en Cortes que todos los vasallos de Su Majestad, desde edad de catorce a sesenta años, sean obligados a ayudar una vez en el mes a pan y agua, y esto ha de ser el día que se escogiere y señalare, y que todo el gasto que en otros condumios de fruta, carne y pescado, vino, huevos y legumbres que han de gastar aquel día, se reduzga a dinero, y se dé a su Majestad, sin defraudalle un ardite, so cargo de juramento; y con esto, en veinte años queda libre de socaliñas y desempeñado. Porque si se hace la cuenta, como yo la tengo hecha, bien hay en España más de tres millones de personas de la dicha edad, fuera de los enfermos, más viejos o más muchachos, y ninguno déstos dejará de gastar, y esto contado al menorete[97], cada día real y medio; y yo quiero que sea no más de un real, que no puede ser menos aunque coma alholvas. Pues, ¿paréceles a vuestras mercedes que sería barro[98] tener cada mes tres millones de reales como ahechados[99]? Y esto antes sería provecho que daño a los ayunantes, porque con el ayuno agradarían al Cielo y servirían a su Rey; y tal podría ayunar que le fuese

[96] De improviso.
[97] Por bajo.
[98] Cosa de poco valor.
[99] Limpios como el grano después de ser cribado.

conveniente para su salud. Este es arbitrio limpio de polvo y de paja, y podríase coger por parroquias, sin costa de comisarios, que destruyen la república.» Riyéronse todos del arbitrio y del arbitrante, y él también se riyó de sus disparates, y yo quedé admirado de haberlos oído y de ver que, por la mayor parte, los de semejantes humores venían a morir en los hospitales.

CIPIÓN.—Tienes razón, Berganza. Mira si te queda más que decir.

BERGANZA.—Dos cosas no más, con que daré fin a mi plática, que ya me parece que viene el día. Yendo una noche mi mayor a pedir limosna en casa del corregidor de esta ciudad, que es un gran caballero y muy cristiano, hallámosle solo, y parecióme a mí tomar ocasión de aquella soledad para decirle ciertos advertimientos que había oído decir a un viejo enfermo deste hospital acerca de cómo se podía remediar la perdición tan notoria de las mozas vagamundas, que por no servir dan en malas, y tan malas, que pueblan los veranos todos los hospitales de los perdidos que las siguen: plaga intolerable y que pedía presto y eficaz remedio. Digo que queriendo decírselo, alcé la voz, pensando que tenía habla, y en lugar de pronunciar razones concertadas ladré con tanta priesa y con tan levantado tono, que, enfadado el Corregidor, dio voces a sus criados que me echasen de la sala a palos; y un lacayo que acudió a la voz de su señor, que fuera mejor que por entonces estuviera sordo, asió de una cantimplora de cobre que le vino a la mano, y diome tal en mis costillas, que hasta agora guardo las reliquias de aquellos golpes.

CIPIÓN.—¿Y quéjaste deso, Berganza?

BERGANZA.—Pues, ¿no me tengo de quejar, si hasta agora me duele como he dicho, y si me parece que no merecía tal castigo mi buena intención?

CIPIÓN.—Mira, Berganza, nadie se ha de meter donde no le llaman, ni ha de querer usar del oficio que por ningún caso le toca. Y has de considerar que nunca el consejo del pobre, por bueno que sea, fue admitido, ni el pobre humilde ha de tener presumpción de aconsejar a los grandes y a los que piensan que se lo saben todo. La sabiduría en el pobre está asombrada[100], que la necesidad y miseria son las sombras y nubes que la escurecen, y si acaso se descubre, la juzgan por tontedad y la tratan con menosprecio.

BERGANZA.—Tienes razón, y escarmentando en mi cabeza, de aquí adelante seguiré tus consejos. Entré asimismo otra noche en casa de

[100] En la oscuridad.

una señora principal, la cual tenía en los brazos una perrilla destas que llaman de falda, tan pequeña, que la pudiera esconder en el seno; la cual, cuando me vio, saltó de los brazos de su señora y arremetió a mí ladrando, y con tan gran denuedo, que no paró hasta morderme en una pierna. Volvíla a mirar con respecto y con enojo, y dije entre mí: «Si yo os cogiera, animalejo ruin, en la calle, o no hiciera caso de vos, u os hiciera pedazos entre los dientes.» Consideré en ella que hasta los cobardes y de poco ánimo son atrevidos e insolentes cuando son favorecidos, y se adelantan a ofender a los que valen más que ellos.

Cipión.—Una muestra y señal desa verdad que dices nos dan algunos hombrecillos que a la sombra de sus amos se atreven a ser insolentes; y si acaso la muerte u otro accidente de fortuna derriba el árbol donde se arriman, luego se descubre y manifiesta su poco valor, porque, en efeto, no son de más quilates sus prendas que los que les dan sus dueños y valedores. La virtud y el buen entendimiento siempre es una y siempre es uno: desnudo o vestido, solo o acompañado. Bien es verdad que puede padecer acerca de la estimación de las gentes, mas no en la realidad verdadera de lo que merece y vale. Y con esto pongamos fin a esta plática, que la luz que entra por estos resquicios muestra que es muy entrado el día, y esta noche que viene, si no nos ha dejado este grande beneficio de la habla, será la mía, para contarte mi vida.

Berganza.—Sea ansí, y mira que acudas a este mismo puesto.

El acabar el *Coloquio* el Licenciado y el despertar el Alférez fue todo a un tiempo, y el Licenciado dijo:

—Aunque este coloquio sea fingido y nunca haya pasado, paréceme que está tan bien compuesto que puede el señor Alférez pasar adelante con el segundo.

—Con ese parecer —respondió el Alférez— me animaré y dispondré a escribir, sin ponerme más en disputas con vuesa merced si hablaron los perros o no.

A lo que dijo el Licenciado:

—Señor Alférez, no volvamos más a esa disputa. Yo alcanzo el artificio del *Coloquio* y la invención, y basta. Vámonos al Espolón[101] a recrear los ojos del cuerpo, pues ya he recreado los del entendimiento.

—Vamos —dijo el Alférez.

Y con esto, se fueron.

[101] Plaza situada a un lado de Campo Grande desde donde se disfrutaba de una bella vista.

ENTREMESES

PRÓLOGO AL LECTOR

No puedo dejar, lector carísimo, de suplicarte me perdones, si vieres que en este prólogo salgo algún tanto de mi acostumbrada modestia; los días pasados me hallé en una conversación de amigos, donde se trató de comedias y de las cosas a ellas concernientes y de tal manera las subtilizaron y atildaron, que, a mi parecer, vinieron a quedar en punto de toda perfección. Tratóse también de quién fue el primero que en España las sacó de mantillas y las puso en toldo y vistió de gala y apariencia; yo, como más viejo que allí estaba, dije que me acordaba de haber visto representar al gran Lope de Rueda, varón insigne en la representación y en el entendimiento. Fue natural de Sevilla, y de oficio batihoja, que quiere decir de los que hacen panes de oro; fue admirable en la poesía pastoril, y en este modo, ni entonces ni después acá ninguno le ha llevado ventaja; y aunque, por ser muchacho yo entonces, no podía hacer juicio firme de la bondad de sus versos, por algunos que me quedaron en la memoria, vistos agora en la edad madura que tengo, hallo ser verdad lo que he dicho; y, si no fuera por no salir del propósito de prólogo, pusiera aquí algunos que acreditaran esta verdad. En tiempo deste célebre español, todos los aparatos de un autor de comedias se encerraban en un costal, y se cifraban en cuatro pellicos blancos guarnecidos de guadamecí dorado, y en cuatro barbas y cabelleras y cuatro cayados poco más o menos. Las comedias eran unos coloquios como églogas, entre dos o tres pastores y alguna pastora; aderezábanlas y dilatábanlas con dos o tres entremeses, ya de *negra*, ya de *rufián*, ya de *bobo* y ya de *vizcaíno*, que todas estas cuatro figuras y otras muchas hacía el tal Lope con la mayor excelencia y propiedad que pudiera imaginarse. No había en aquel tiempo tramoyas, ni desafíos de moros y cristianos a pie ni a caballo, no había figura que saliese o pareciese salir del centro de la tierra por lo hueco del teatro, al cual componían cuatro bancos en cuadro y cuatro o seis tablas encima, con que se levantaba del suelo cuatro palmos, ni menos bajaban del cielo nubes con ángeles o con almas. El adorno del teatro era una manta vieja tirada con dos cordeles de una parte a otra, que hacía lo que llaman vestuario, detrás de la cual estaban los músicos, cantando sin guitarra algún romance antiguo. Murió Lope de Rueda, y por hombre excelente y famoso le enterraron en la Iglesia Mayor de Córdoba (donde murió), entre los dos coros, donde también está enterrado aquel famoso loco Luis López.

Sucedió a Lope de Rueda, Navarro, natural de Toledo, el cual fue famoso en hacer la figura de un rufián cobarde. Éste levantó algún tanto más el adorno de las comedias y mudó el costal de vestidos en cofres y en baúles. Sacó la música, que antes se cantaba detrás de la manta, al teatro público;

quitó las barbas de los farsantes, que hasta entonces ninguno representaba sin barba postiza, y hizo que todos representasen a cureña rasa, sino los que habían de representar a los viejos o otras figuras que pidiesen mudanza de rostro. Inventó tramoyas, nubes, truenos y relámpagos, desafíos y batallas; pero esto no llegó al sublime punto en que está agora.

Y esto es verdad que no se me puede contradecir, y aquí entra el salir yo de los límites de mi llaneza, que se vieron en los teatros de Madrid representar *Los tratos de Argel*, que yo compuse; *La destrucción de Numancia* y *La batalla naval*, donde me atreví a reducir las comedias a tres jornadas de cinco que tenían. Mostré, o por mejor decir, fui el primero que representase las imaginaciones y los pensamientos escondidos del alma, sacando figuras morales al teatro con general y gustoso aplauso de los oyentes. Compuse en este tiempo hasta veinte comedias o treinta, que todas ellas se recitaron sin que se les ofreciese ofrenda de pepinos ni de otra cosa arrojadiza; corrieron su carrera sin silbos, gritos ni baraúndas. Tuve otras cosas en que ocuparme; dejé la pluma y las comedias, y entró luego el monstruo de naturaleza, el gran Lope de Vega, y alzóse con la monarquía cómica. Avasalló y puso debajo de su jurisdición a todos los farsantes; llenó el mundo de comedias propias, felices y bien razonadas, y tantas que pasan de diez mil pliegos los que tiene escritos, y todas, que es una de las mayores cosas que puede decirse, las ha visto representar o oído decir, por lo menos, que se han representado; y, si algunos, que hay muchos, no han querido entrar a la parte y gloria de sus trabajos, todos juntos no llegan en lo que han escrito a la mitad de lo que él solo.

Pero no por esto, pues no lo concede Dios todo a todos, dejen de tener en precio los trabajos del doctor Ramón, que fueron los más después del gran Lope; estímense las trazas artificiosas en todo extremo del licenciado Miguel Sánchez; la gravedad del doctor Mira de Amescua, honra singular de nuestra nación; la discreción e innumerables conceptos del canónigo Tárraga; la suavidad y dulzura de don Guillén de Castro; la agudeza de Aguilar; el rumbo, el tropel, el boato, la grandeza de las comedias de Luis Vélez de Guevara, y las que ahora están en jerga del agudo ingenio de don Antonio de Galarza, y las que prometen *Las fullerías de amor*, de Gaspar de Ávila: que todos éstos y otros algunos han ayudado a llevar esta gran máquina al gran Lope.

Algunos años ha que volví yo a mi antigua ociosidad, y, pensando que aún duraban los siglos donde corrían mis alabanzas, volví a componer algunas comedias; pero no hallé pájaros en los nidos de antaño, quiero decir, que no hallé autor que me las pidiese, puesto que sabían que las tenía, y así las arrinconé en un cofre y las consagré y condené al perpetuo silencio. En esta sazón me dijo un librero que él me las comprara, si un autor de título no le hubiera dicho que de mi prosa se podía esperar mucho, pero que del verso nada; y, si va a decir la verdad, cierto que me dio pesadumbre el oírlo y dije entre mí: «O yo me he mudado en otro, o los tiempos se han mejorado mucho, sucediendo siempre al revés, pues siempre se alaban los pasados tiempos.» Torné a pasar los ojos por mis comedias y por algunos entremeses míos que con ellas estaban arrinconados, y vi no ser tan malas ni tan malos, que no mereciesen salir de las tinieblas del ingenio de aquel autor a la luz de otros autores menos escrupulosos y más entendidos. Aburríme y vendíselas al tal librero, que las ha puesto en la estampa como aquí te las ofrece; él me las pagó razonablemente; yo cogí mi dinero con suavidad, sin tener en cuenta con dimes ni diretes de recitantes. Querría que fuesen las mejores del mundo, o a lo menos razonables; tú lo verás, Lector mío, y, si hallares que tienen alguna cosa buena, en topando a aquel mi maldiciente autor, dile que se enmiende, pues yo no ofendo a nadie, y que advierta que no tienen necedades patentes y descubiertas, y que el verso es el mismo que piden las comedias, que ha de ser, de los tres estilos, el ínfimo, y que el lenguaje de los entremeses es proprio de las figuras que en ellos se introducen, y que para enmienda de todo esto le ofrezco una comedia que estoy componiendo y la intitulo *El engaño a los ojos*, que, si no me engaño, le ha de dar contento.

Con esto, Dios te dé salud, y a mí paciencia.

DEDICATORIA AL CONDE DE LEMOS

Ahora se agoste o no el jardín de mi corto ingenio, que los frutos que él ofreciere, en cualquier sazón que sea, han de ser de Vuestra Excelencia, a quien ofrezco el destas *Comedias y Entremeses*, no tan desabridos, a mi parecer, que no puedan dar algún gusto; y, si alguna cosa llevan razonable, es que no van manoseados ni han salido al teatro, merced a los farsantes que, de puro discretos, no se ocupan sino en obras grandes y de graves autores, puesto que tal vez se engañan. *Don Quijote de la Mancha* queda calzadas las espuelas en su *Segunda parte* para ir a besar los pies a Vuestra Excelencia. Creo que llegará quejoso, porque en Tarragona le han asendereado y malparado; aunque, por sí o por no, lleva información hecha de que no es él el contenido en aquella historia, sino otro supuesto, que quiso ser él y no acertó a serlo. Luego irá el gran *Persiles*, y luego las *Semanas del jardín*, y luego la segunda parte de *La Galatea*, si tanta carga pueden llevar mis ancianos hombros; y luego y siempre irán las muestras del deseo que tengo de servir a Vuestra Excelencia, como a mi verdadero señor, y firme y verdadero amparo, cuya persona, *etcetera*.

Criado de Vuestra Excelencia,
Miguel de Cervantes Saavedra

ENTREMÉS DEL JUEZ DE LOS DIVORCIOS

Sale el JUEZ, *y otros dos con él que son* ESCRIBANO *y* PROCURADOR, *y siéntase en una silla; salen el* VEJETE *y* MARIANA, *su mujer*

MARIANA.—Aun bien que está ya el señor juez de los divorcios sentado en la silla de su audiencia. Desta vez tengo de quedar dentro o fuera; desta vegada tengo de quedar libre de pedido y alcabala, como el gavilán.

VEJETE.—Por amor de Dios, Mariana, que no almodonees tanto tu negocio; habla paso, por la pasión que Dios pasó; mira que tienes atronada a toda la vecindad con tus gritos; y, pues tienes delante al señor juez, con menos voces le puedes informar de tu justicia.

JUEZ.—¿Qué pendencia traéis, buena gente?

MARIANA.—Señor, ¡divorcio, divorcio, y más divorcio, y otras mil veces divorcio!

JUEZ.—¿De quién, o por qué, señora?

MARIANA.—¿De quién? Deste viejo que está presente.

JUEZ.—¿Por qué?

MARIANA.—Porque no puedo sufrir sus impertinencias, ni estar contino atenta a curar todas sus enfermedades, que son sin número; y no me criaron a mí mis padres para ser hospitalera ni enfermera. Muy buen dote llevé al poder desta espuerta de huesos, que tiene consumidos los días de la vida; cuando entré en su poder, me relumbraba la cara como un espejo y agora la tengo con una vara de frisa encima. Vuesa merced, señor juez, me descase, si no quiere que me ahorque; mire, mire los surcos que tengo por este rostro, de lágrimas que derramo cada día, por verme casada con esta anatomía.

JUEZ.—No lloréis, señora; bajad la voz y enjugad las lágrimas, que yo os haré justicia.

MARIANA.—Déjeme vuesa merced llorar, que con esto descanso. En los reinos y en las repúblicas bien ordenadas había de ser limitado el tiempo de los matrimonios, y de tres en tres años se habían de deshacer, o confirmarse de nuevo, como cosas de arrendamiento, y no que hayan de durar toda la vida, con perpetuo dolor de entrambas partes.

JUEZ.—Si ese arbitrio se pudiera o debiera poner en prática, y por dineros, ya se hubiera hecho; pero especificad más, señora, las ocasiones que os mueven a pedir divorcio.

MARIANA.—El ivierno de mi marido, y la primavera de mi edad; el quitarme el sueño, por levantarme a media noche a calentar paños y saquillos de salvado para ponerle en la ijada; el ponerle ora aquesto. ora aquella ligadura, que ligado le vea yo a un palo por justicia; el cuidado que tengo de ponerle de noche alta cabecera de la cama, jarabes lenitivos, porque no se ahogue del pecho; y el estar obligada a sufrirle el mal olor de la boca, que le güele mal a tres tiros de arcabuz.

ESCRIBANO.—Debe de ser de alguna muela podrida.

VEJETE.—No puede ser, porque lleve el diablo la muela ni diente que tengo en toda ella.

PROCURADOR.—Pues ley hay, que dice, según he oído decir, que por sólo el mal olor de la boca se puede descasar la mujer del marido, y el marido de la mujer.

VEJETE.—En verdad, señores, que el mal aliento que ella dice que tengo, no se engendra en mis podridas muelas, pues no las tengo, ni menos procede de mi estómago, que está sanísimo, sino desa mala intención de su pecho. Mal conocen vuesas mercedes a esta señora; pues a fe que, si la conociesen, que la ayunarían, o la santiguarían. Veinte y dos años ha que vivo con ella mártir, sin haber sido jamás confesor de sus insolencias, de sus voces y de sus fantasías, y ya va para dos años que cada día me va dando vaivenes y empujones hacia la sepultura, a puras voces me tiene medio sordo, y, a puro reñir, sin juicio. Si me cura, como ella dice, cúrame a regañadientes; habiendo de ser suave la mano y la condición del médico. En resolución, señores, yo soy el que muero en su poder, y ella es la que vive en el mío, porque es señora, con mero mixto imperio, de la hacienda que tengo.

MARIANA.—¿Hacienda vuestra?, y ¿qué hacienda tenéis vos, que no la hayáis ganado con la que llevastes en mi dote? Y son míos la mitad de los bienes gananciales, mal que os pese; y dellos de la dote, si me muriese agora, no os dejaría valor de un maravedí, porque veáis el amor que os tengo.

JUEZ.—Decid, señor, cuando entrastes en poder de vuestra mujer, ¿no entrastes gallardo, sano, y bien acondicionado?

VEJETE.—Ya he dicho que ha veinte y dos años que entré en su poder, como quien entra en el de un cómitre calabrés a remar en galeras de por fuerza, y entré tan sano, que podía decir y hacer como quien juega a las pintas.

MARIANA.—Cedacido nuevo, tres días en estaca.

JUEZ.—Callad, callad, nora en tal, mujer de bien, y andad con Dios, que yo no hallo causa para descasaros; y, pues comistes las maduras, gustad de las duras, que no está obligado ningún marido a tener la velocidad y corrida del tiempo que no pase por su puerta y por sus días: y descontad los malos que ahora os da con los buenos que os dio, cuando pudo; y no repliquéis más palabra.

VEJETE.—Si fuese posible recibiría gran merced que vuesa merced me la hiciese de despenarme, alzándome esta carcelería, porque, dejándome así, habiendo ya llegado a este rompimiento, será de nuevo entregarme al verdugo que me martirice; y, si no, hagamos una cosa: enciérrese ella en un monesterio, y yo en otro; partamos la hacienda, y desta suerte podremos vivir en paz y en servicio de Dios lo que nos queda de la vida.

MARIANA.—¡Malos años! ¡Bonica soy yo para estar encerrada! No sino llegaos a la niña, que es amiga de redes, de tornos, rejas y escuchas; encerraos vos, que lo podréis llevar y sufrir, que, ni tenéis ojos con qué ver, ni oídos con qué oír, ni pies con qué andar, ni mano con qué tocar; que yo, que estoy sana y con todos mis cinco sentidos cabales y vivos, quiero usar dellos a la descubierta, y no por brújula, como quínola dudosa.

ESCRIBANO.—Libre es la mujer.

PROCURADOR.—Y prudente el marido; pero no puede más.

JUEZ.—Pues yo no puedo hacer este divorcio, quia nullam invenio causam.

Entra un SOLDADO *bien aderezado y su mujer,*
DOÑA GUIOMAR

GUIOMAR.—¡Bendito sea Dios!, que se me ha cumplido el deseo que tenía de verme ante la presencia de vuesa merced, a quien suplico, cuan encarecidamente puedo, sea servido de descasarme déste.

JUEZ.—¿Qué cosa es déste? ¿No tiene otro nombre? Bien fuera que dijérades siquiera: «deste hombre».

GUIOMAR.—Si él fuera hombre, no procurara yo descasarme.

JUEZ.—Pues, ¿qué es?

GUIOMAR.—Un leño.

SOLDADO.—(Aparte.) Por Dios, que he de ser leño en callar y en sufrir. Quizá con no defenderme, ni contradecir a esta mujer, el juez se inclinará a condenarme; y, pensando que me castiga, me sacará de cautiverio, como si por milagro se librase un cautivo de las mazmorras de Tetuán.

PROCURADOR.—Hablad más comedido, señora, y relatad vuestro negocio, sin improperios de vuestro marido, que el señor juez de los divorcios, que está delante, mirará rectamente por vuestra justicia.

GUIOMAR.—Pues, ¿no quieren vuesas mercedes que llame leño a una estatua, que no tiene más acciones que un madero?

MARIANA.—Ésta y yo nos quejamos sin duda de un mismo agravio.

GUIOMAR.—Digo, en fin, señor mío, que a mí me casaron con este hombre, ya que quiere vuesa merced que así lo llame, pero no es este hombre con quien yo me casé.

JUEZ.—¿Cómo es eso?, que no os entiendo.

GUIOMAR.—Quiero decir, que pensé que me casaba con un hombre moliente y corriente, y a pocos días hallé que me había casado con un leño, como tengo dicho; porque él no sabe cuál es su mano derecha, ni busca medios ni trazas para granjear un real con que ayude a sustentar su casa y familia. Las mañanas se le pasan en oír misa y en estarse en la puerta de Guadalajara murmurando, sabiendo nuevas, diciendo y escuchando mentiras; y las tardes, y aun las mañanas también, se va de casa en casa de juego, y allí sirve de número a los mirones, que, según he oído decir, es un género de gente a quien aborrecen en todo extremo los gariteros. A las dos de la tarde viene a comer, sin que le hayan dado un real de barato, porque ya no se usa el darlo; vuélvese a ir; vuelve a media noche; cena si lo halla; y si no, santíguase, bosteza, y acuéstase; y en toda la noche no sosiega, dando vueltas. Pregúntole qué tiene. Respóndeme que está haciendo un soneto en la memoria para un amigo que se le ha pedido; y da en ser poeta, como si fuese oficio con quien no estuviese vinculada la necesidad del mundo.

SOLDADO.—Mi señora doña Guiomar, en todo cuanto ha dicho, no ha salido de los límites de la razón; y, si yo no la tuviera en lo que hago, como ella la tiene en lo que dice, ya había yo de haber procurado algún favor de palillos de aquí o de allí, y procurar verme, como se ven otros hombrecitos aguditos y bulliciosos, con una vara en las manos, y sobre una mula de alquiler, pequeña, seca y maliciosa, sin mozo de mulas que le acompañe, porque las tales mulas nunca se alquilan sino a faltas y cuando están de nones; sus alforjitas a las ancas, en la una un cuello y una camisa, y en la otra su medio queso, y su pan y su bota; sin añadir a los vestidos que trae de rúa para hacellos de camino, sino unas polainas y una sola espuela; y, con una comisión, y aun comezón, en el seno, sale por esa Puente Toledana raspahilando, a pesar de las malas mañas de la harona, y, a cabo de pocos días, envía a su casa algún pernil de tocino, y algunas varas de lienzo crudo; en fin, de aquellas cosas que valen baratas en los lugares del distrito de su comisión, y con esto sustenta su casa como el pecador mejor puede; pero yo, que ni tengo oficio ni beneficio, no sé qué hacerme, porque no hay señor que quiera servirse de mí, porque soy casado; así que me será forzoso suplicar a vuesa merced, señor juez, pues ya por pobres son tan enfadosos los hidalgos, y mi mujer lo pide, que nos divida y aparte.

GUIOMAR.—Y hay más en esto, señor juez; que como yo veo que mi marido es tan para poco, y que padece necesidad, muérome por remedialle, pero no puedo, porque, en resolución, soy mujer de bien, y no tengo de hacer vileza.

SOLDADO.—Por esto sólo merecía ser querida esta mujer; pero, debajo deste pundonor, tiene encubierta la más mala condición de la tierra; pide celos sin causa; grita sin por qué; presume sin hacienda; y, como me ve pobre, no me estima en el baile del rey Perico; y es lo peor, señor juez que quiere que, a trueco de la fidelidad que me guarda, le sufra y disimule millares de millares de impertinencias y desabrimientos que tiene.

GUIOMAR.—¿Pues no? ¿Y por qué no me habéis vos de guardar a mí decoro y respeto, siendo tan buena como soy?

SOLDADO.—Oíd, señora doña Guiomar, aquí delante destos señores os quiero decir esto: ¿Por qué me hacéis cargo de que sois buena, estando vos obligada a serlo, por ser de tan buenos padres nacida, por ser cristiana, y por lo que debéis a vos misma? ¡Bueno es que quieran las mujeres que las respeten sus maridos porque son castas y honestas; como si en sólo esto consistiese, de todo en todo, su perfección, y no echan de ver los desaguaderos por donde desaguan la fineza de otras mil virtudes que les faltan! ¿Qué se me da a mí que seáis casta con vos misma, puesto que se me da mucho, si os descuidáis de que lo sea vuestra criada, y si andáis siempre rostrituerta, enojada, celosa, pensativa, manirrota, dormilona, perezosa, pendenciera, gruñidora, con otras insolencias desta jaez, que bastan a consumir las vidas de docientos maridos? Pero, con todo esto, digo, señor juez, que ninguna cosa désta tiene mi señora doña Guiomar; y confieso que yo soy el leño, el inhábil, el dejado y el perezoso, y que, por ley de buen gobierno, aunque no sea por otra cosa, está vuesa merced obligado a descasarnos; que desde aquí digo que no tengo ninguna cosa que alegar contra lo que mi mujer ha dicho, y que doy el pleito por concluso y holgaré de ser condenado.

GUIOMAR.—¿Qué hay que alegar contra lo que tengo dicho? Que no me dais de comer a mí, ni a vuestra criada, y monta que no son muchas, sino una, y aun ésa sietemesina, que no come por un grillo.

ESCRIBANO.—Sosiéguense; que vienen nuevos demandantes.

Entra uno vestido de médico, y es CIRUJANO; *y* ALDONZA DE MINJACA, *su mujer*

CIRUJANO.—Por cuatro causas bien bastantes, vengo a pedir a vuesa merced, señor juez, haga divorcio entre mí y la señora Aldonza de Minjaca, mi mujer, que está presente.

JUEZ.—Resoluto venís; decid las cuatro causas.

CIRUJANO.—La primera, porque no la puedo ver más que a todos los diablos; la segunda, por lo que ella se sabe; la tercera, por lo que yo me callo; la cuarta, porque no me lleven los demonios, cuando desta vida vaya, si he de durar en su compañía hasta mi muerte.

PROCURADOR.—Bastantísimamente ha probado su intención.

MINJACA.—Señor juez, vuesa merced me oiga, y advierta que, si mi marido pide por cuatro causas divorcio, yo le pido por cuatrocientas. La primera, porque, cada vez que le veo, hago cuenta que veo al mismo Lucifer; la segunda, porque fui engañada cuando con él me casé porque él dijo que era médico de pulso, y remaneció cirujano, y hombre que hace ligaduras y cura otras enfermedades, que va a decir desto a médico la mitad del justo precio; la tercera, porque tiene celos del sol que me toca; la cuarta, que, como no le puedo ver, querría estar apartada dél dos millones de leguas.

ESCRIBANO.—¿Quién diablos acertará a concertar estos relojes, estando las ruedas tan desconcertadas?

MINJACA.—La quinta...

JUEZ.—Señora, señora, si pensáis decir aquí todas las cuatrocientas causas, yo no estoy por escuchallas, ni hay lugar para ello; vuestro negocio se recibe a prueba; y andad con Dios, que hay otros negocios que despachar.

CIRUJANO.—¿Qué más pruebas, sino que yo no quiero morir con ella, ni ella gusta de vivir conmigo?

JUEZ.—Si esto bastase para descasarse los casados, infinitísimos sacudirían de sus hombros el yugo del matrimonio.

Entra uno vestido de GANAPÁN, *con su caperuza cuarteada*

GANAPÁN.—Señor juez, ganapán soy, no lo niego, pero cristiano viejo, y hombre de bien a las derechas; y, si no fuese que alguna vez me tomo del vino, o él me toma a mí, que es lo más cierto, ya hubiera sido prioste en la cofradía de los hermanos de la carga: pero, dejando esto aparte, porque hay mucho que decir en ello, quiero que sepa el señor juez, que, estando una vez muy enfermo de los vaguidos de Baco, prometí de casarme con una mujer errada; volví en mí, sané y cumplí la promesa, y caséme con una mujer que saqué de pecado; púsela a ser placera; ha salido tan soberbia y de tan mala condición, que nadie llega a su tabla con quien no riña, ora sobre el peso falto, ora sobre que le llegan a la fruta, y a dos por tres les da con una pesa en la cabeza, o adonde topa, y los deshonra hasta la cuarta generación, sin tener hora de paz con todas sus vecinas ya parleras, y yo tengo de tener todo el día la espada más lista que un sacabuche para defendella; y no ganamos para pagar penas de pesos no maduros, ni de condenaciones de pendencias. Querría, si vuesa merced fuese servido, o que me apartase della, o por lo menos le mudase la condición acelerada que tiene en otra más reportada y más blanda; y prométole a vuesa merced de descargalle de balde todo el carbón que comprare este verano, que puedo mucho con los hermanos mercaderes de la costilla.

CIRUJANO.—Ya conozco yo a la mujer deste buen hombre, y es tan mala como mi Aldonza; que no lo puedo más encarecer.

JUEZ.—Mirad, señores; aunque, algunos de los aquí estáis, habéis dado algunas causas que traen aparejada sentencia de divorcio, con todo eso, es menester que conste por escrito, y que lo digan los testigos; y así, a todos os recibo a prueba. Pero, ¿qué es esto? ¿Música y guitarras en mi audiencia? ¡Novedad grande es ésta!

Entran dos MÚSICOS

MÚSICO.—Señor juez, aquellos dos casados tan desavenidos, que vuesa merced concertó, redujo y apaciguó el otro día, están esperando a vuesa merced con una gran fiesta en su casa; y por nosotros le envían a suplicar sea servido de hallarse en ella y honrallos.

JUEZ.—Eso haré yo de muy buena gana, y pluguiese a Dios que todos los presentes se apaciguasen como ellos.

PROCURADOR.—Desa manera, moriríamos de hambre los escribanos y procuradores desta audiencia; que no, no, sino todo el mundo ponga demandas de divorcios, que al cabo, al cabo, los más se quedan como se estaban, y nosotros habemos gozado del fruto de sus pendencias y necedades.

MÚSICO.—Pues en verdad que desde aquí hemos de ir regocijando la fiesta. (*Cantan los* MÚSICOS.)

Entre casados de honor,
cuando hay pleito descubierto,
más vale el peor concierto,
que no el divorcio mejor.

Donde no ciega el engaño
simple, en que algunos están,
las riñas de por San Juan,
son paz para todo el año.

Resucita allí el honor,
y el gusto, que estaba muerto,
donde vale el peor concierto,
más que el divorcio mejor.

Aunque la rabia de celos
es tan fuerte y rigurosa,
si los pide una hermosa,
no son celos, sino cielos.

Tiene esta opinión Amor,
que es el sabio más experto:
que vale el peor concierto,
más que el divorcio mejor

FIN DESTE ENTREMÉS

ENTREMÉS DEL RUFIÁN VIUDO, LLAMADO TRAMPAGOS

Sale TRAMPAGOS *con un capuz de luto, y con él,* VADEMECUM *su criado, con dos espadas de esgrima*

TRAMPAGOS
¿Vademecum?

VADEMECUM
¿Señor?

TRAMPAGOS
¿Traes las morenas?

VADEMECUM
Tráigolas.

TRAMPAGOS
Está bien; muestra y camina,
Y saca aquí la silla de respaldo,
Con los otros asientos de por casa.

VADEMECUM
¿Qué asientos? ¿Hay alguno por ventura?

TRAMPAGOS
Saca el mortero puerco, el broquel saca,
Y el banco de la cama.

VADEMECUM
Está impedido;
fáltale un pie.

TRAMPAGOS
¿Y es tacha?

VADEMECUM
¡Y no pequeña!

Éntrase VADEMECUM

TRAMPAGOS
¡Ah Pericona, Pericona mía,
Y aun de todo el concejo! En fin, llegóse

El tuyo: yo quedé, tú te has partido,
Y es lo peor que no imagino adónde,
Aunque, según fue el curso de tu vida,
Bien se puede creer piadosamente
Que está en parte... aun no me determino
De señalarte asiento en la otra vida.
Tendréla yo, sin ti, como de muerte.
¡Que no me hallara yo a tu cabecera
Cuando diste el espíritu a los aires,
Para que le acogiera entre mis labios,
Y en mi estómago limpia le envasara!
¡Miseria humana! ¿Quién de ti confía?
Ayer fui Pericona, hoy tierra fría,
Como dijo un poeta celebérrimo.

Entra Chiquiznaque, *rufián*

Chiquiznaque
Mi so Trampagos, ¿es posible sea
Voacé tan enemigo suyo,
Que se entumbe, se encubra, y se trasponga
Debajo desa sombra bayetuna
El sol hampesco? So Trampagos, basta
Tanto gemir, tantos suspiros bastan;
Trueque voacé las lágrimas corrientes
En limosnas y en misas y oraciones
Por la gran Pericona, que Dios haya;
Que importan más que llantos y sollozos.

Trampagos
Voacé ha garlado como un teólogo,
Mi señor Chiquiznaque; pero, en tanto
Que encarrilo mis cosas de otro modo,
Tome vuesa merced, y platiquemos
Una levada nueva.

Chiquiznaque
So Trampagos,
No es este tiempo de levadas; llueven,
O han de llover hoy pésames muchos,
Y, ¿hémonos de ocupar en levadicas?

Entra Vademecum *con la silla, muy vieja y rota*

Vademecum
¡Bueno, por vida mía! Quien le quita
A mi señor de líneas y posturas,
Le quita de los días de la vida.

Trampagos
Vuelve por el mortero y por el banco,
Y el broquel no se olvide, Vademecum.

Vademecum

Y aun trairé el asador, sartén y platos.

Vuélvese a entrar

Trampagos

Después platicaremos una treta,
Única, a lo que creo y peregrina;
Que el dolor de la muerte de mi ángel,
Las manos ata y el sentido todo.

Chiquiznaque

¿De qué edad acabó la mal lograda?

Trampagos

Para con sus amigas y vecinas,
Treinta y dos años tuvo.

Chiquiznaque

¡Edad lozana!

Trampagos

Si va a decir verdad ella tenía
Cincuenta y seis; pero, de tal manera
Supo encubrir los años, que me admiro.
¡Oh, qué teñir de canas! ¡Oh, qué rizos,
Vueltos de plata en oro los cabellos!
A seis del mes que viene hará quince años
Que fue mi tributaria, sin que en ellos
Me pusiese en pendencia ni en peligro
De verme palmeadas las espaldas;
Quince cuaresmas, si en la cuenta acierto,
Pasaron por la pobre desde el día
Que fue mi cara, agradecida prenda,
En las cuales sin duda susurraron
A sus oídos treinta y más sermones,
Y en todos ellos, por respeto mío,
Estuvo firme, cual está a las olas
Del mar movible la inmovible roca.
¡Cuántas veces me dijo la pobreta,
Saliendo de los trances rigurosos
De gritos y plegarias y de ruegos,
Sudando y trasudando: «¡Plega al cielo,
Trampagos mío, que en descuento vaya
De mis pecados lo que aquí yo paso
Por ti, dulce bien mío!»

Chiquiznaque

¡Bravo triunfo!
¡Ejemplo raro de inmortal firmeza!
¡Allá lo habrá hallado!

TRAMPAGOS
¿Quién lo duda?
Ni aun una sola lágrima vertieron
Jamás sus ojos en las sacras pláticas,
Cual si de esparto o pedernal su alma
Formada fuera.

CHIQUIZNAQUE
¡Oh, hembra, benemérita
De griegas y romanas alabanzas!
¿De qué murió?

TRAMPAGOS
¿De qué? Casi de nada;
Los médicos dijeron que tenía
Malos los hipocondrios y los hígados,
Y que con agua de taray pudiera
Vivir, si la bebiera setenta años.

CHIQUIZNAQUE
¿No la bebió?

TRAMPAGOS
Murióse.

CHIQUIZNAQUE
Fue una necia.
¡Bebiérala hasta el día del juicio,
Que hasta entonces viviera! El yerro estuvo
En no hacerla sudar.

TRAMPAGOS
Sudó once veces.

Entra VADEMECUM *con los asientos referidos*

CHIQUIZNAQUE
¿Y aprovechóle alguna?

TRAMPAGOS
Casi todas:
Siempre quedaba como un ginjo verde,
Sana como un peruétano o manzana.

CHIQUIZNAQUE
Dícenme que tenía ciertas fuentes
En las piernas y brazos.

TRAMPAGOS
La sin dicha
Era un Aranjuez; pero, con todo,
Hoy come en ella, la que llaman tierra,
De las más blancas y hermosas carnes
Que jamás encerraron sus entrañas;

Y, si no fuera porque habrá dos años
Que comenzó a dañársele el aliento,
Era abrazarla, como quien abraza
Un tiesto de albahaca o clavellinas.

CHIQUIZNAQUE
Neguijón debió ser, o corrimiento,
El que dañó las perlas de su boca,
Quiero decir, sus dientes y sus muelas.

TRAMPAGOS
Una mañana amaneció sin ellos.

VADEMECUM
Así es verdad; mas fue deso la causa
que anocheció sin ellos; de los finos,
Cinco acerté a contarle; de los falsos,
Doce disimulaba en la covacha.

TRAMPAGOS
¿Quién te mete a ti en esto, mentecato?

VADEMECUM
Acredito verdades.

TRAMPAGOS
Chiquiznaque,
Ya se me ha reducido a la memoria
La treta de denantes; toma, y vuelve
Al ademán primero.

VADEMECUM
Pongan pausa,
Y quédese la treta en ese punto;
Que acuden moscovitas al reclamo,
La Repulida viene y la Pizpita,
Y la Mostrenca, y el jayán Juan Claros.

TRAMPAGOS
Vengan en hora buena; vengan ellos
En cien mil norabuenas.

Entran LA REPULIDA, LA PIZPITA, LA MOSTRENCA, *y el rufián* JUAN CLAROS

JUAN
En las mismas
Esté mi sor Trampagos.

REPULIDA
Quiera el cielo
Mudar su escuridad en luz clarísima.

PIZPITA

Desollado le viesen ya mis lumbres
De aquel pellejo lóbrego y escuro.

MOSTRENCA

¡Jesús, y qué fantasma noturnina!
Quítenmele delante.

VADEMECUM

¿Melindricos?

TRAMPAGOS

Fuera yo un Polifemo, un antropófago,
Un troglodita, un bárbaro Zoílo,
Un caimán, un caribe, un come vivos,
Si de otra suerte me adornara en tiempo
De tamaña desgracia.

JUAN

Razón tiene.

TRAMPAGOS

¡He perdido una mina potosisca,
Un muro de la hiedra de mis faltas,
Un árbol de la sombra de mis ansias!

JUAN

Era la Pericona un pozo de oro.

TRAMPAGOS

Sentarse a prima noche, y, a las horas
Que se echa el golpe, hallarse con sesenta
Numos en cuartos, ¿por ventura es barro?
Pues todo esto perdí en la que ya pudre.

REPULIDA

Confieso mi pecado; siempre tuve
Envidia a su no vista diligencia.
No puedo más; yo hago lo que puedo,
Pero no lo que quiero.

PIZPITA

No te penes,
Pues vale más aquel que Dios ayuda,
Que el que mucho madruga; ya me entiendes.

VADEMECUM

El refrán vino aquí como de molde;
¡Tal os dé Dios el sueño; mentecatas!

MOSTRENCA

Nacidas somos; no hizo Dios a nadie
A quien desamparase. Poco valgo;
Pero, en fin, como y ceno, y a mi cuyo
Le traigo más vestido que un palmito.

Ninguna es fea, como tenga bríos;
Feo es el diablo.

Vademecum
Alega la Mostrenca
Muy bien de su derecho, y alegara
Mejor, si se añadiera el ser muchacha
Y limpia, pues lo es por todo extremo.

Chiquiznaque
En el que está Trampagos me da lástima.

Trampagos
Vestíme este capuz; mis dos lanternas
Convertí en alquitaras,

Vademecum
¿De aguardiente?

Trampagos
Pues, ¿tanto cuelo yo, hi de malicias?

Vademecum
A cuatro lavanderas de la puente
Puede dar quince y falta en la colambre;
Miren qué ha de llorar, sino agua-ardiente.

Juan
Yo soy de parecer que el gran Trampagos
Ponga silencio a su continuo llanto,
Y vuelva al *sicut erat in principio.*
Digo a sus olvidadas alegrías;
Y tome prenda que las suyas quite,
Que es bien que el vivo vaya a la hogaza,
Como el muerto se va a la sepultura.

Repulida
Zonzorino Catón es Chiquiznaque.

Pizpita
Pequeña soy, Trampagos, pero grande
Tengo la voluntad para servirte;
No tengo cuyo, y tengo ochenta cobas.

Repulida
Yo ciento, y soy dispuesta y nada lerda.

Mostrenca
Veinte y dos tengo yo, y aun veinticuatro,
Y no soy mema.

Repulida
¡Oh, mi Jezúz! ¿Qué es esto?
¿Contra mí la Pizpita y la Mostrenca?
¿En tela quieres competir conmigo,
Culebrilla de alambre, y tú, pazguata?

Pizpita

Por vida de los huesos de mi abuela,
Doña Mari-Bobales, monda-níspolas,
Que no la estimo en un feluz morisco.
¡Han visto el ángel tonto almidonado,
Cómo quiere empinarse sobre todas!

Mostrenca

Sobre mí no, a lo menos, que no sufro
Carga que no me ajuste y me convenga.

Juan

Adviertan que defiendo a la Pizpita.

Chiquiznaque

Consideren que está la Repulida
Debajo de las alas de mi amparo.

Vademecum

Aquí fue Troya, aquí se hacen rajas;
Los de las cachas amarillas salen;
Aquí, otra vez fue Troya.

Repulida

Chiquiznaque,
No he menester que nadie me defienda;
Aparta, tomaré yo la venganza,
Rasgando con mis manos pecadoras
La cara de membrillo cuartanario.

Juan

¡Repulida, respeto al gran Juan Claros!

Pizpita

Déjala, venga; déjala que llegue
Esa cara de masa mal sobada.

Entra Uno *muy alborotado*

Uno

Juan Claros, ¡la justicia, la justicia!
El alguacil de la justicia viene
La calle abajo.

Éntrase luego

Juan

¡Cuerpo de mi padre!
¡No paro más aquí !

Trampagos

Ténganse todos;
Ninguno se alborote, que es mi amigo
El alguacil; no hay que tenerle miedo.

Torna a entrar

UNO
No viene acá, la calle abajo cuela. *(Vase.)*

CHIQUIZNAQUE
El alma me temblaba ya en las carnes,
Porque estoy desterrado.

TRAMPAGOS
Aunque viniera,
No nos hiciera mal, yo lo sé cierto;
Que no puede chillar, porque está untado.

VADEMECUM
Cese, pues, la pendencia, y mi sor sea
El que escoja la prenda que le cuadre
O le esquine mejor.

REPULIDA
Yo soy contenta

PIZPITA
Y yo también.

MOSTRENCA
Y yo.

VADEMECUM
Gracias al cielo
Que he hallado a tan gran mal, tan gran remedio.

TRAMPAGOS
Abúrrome, y escojo.

MOSTRENCA
Dios te guíe.

REPULIDA
Si te aburres, Trampagos, la escogida
También será aburrida.

TRAMPAGOS
Errado anduve;
Sin aburrirme escojo.
Mostrenca
Dios te guíe.

TRAMPAGOS
Digo que escojo aquí a la Repulida.

JUAN
Con su pan se la coma, Chiquiznaque.

CHIQUIZNAQUE
Y aun sin pan, que es sabrosa en cualquier modo.

REPULIDA
Tuya soy; ponme un clavo y una S
En estas dos mejillas.

PIZPITA
¡Oh, hechicera!

MOSTRENCA
No es sino venturosa; no la envidies,
Porque no es muy católico Trampagos,
Pues ayer enterró a la Pericona,
Y hoy la tiene olvidada.

REPULIDA
Muy bien dices.

TRAMPAGOS
Este capuz arruga, Vademecum,
Y dile al padre, que sobre él te preste
Una docena de reales.

VADEMECUM
Creo
Que tengo yo catorce.

TRAMPAGOS
Luego, luego,
Parte, y trae seis azumbres de lo caro.
Alas pon en los pies.

VADEMECUM
Y en las espaldas.

Éntrase VADEMECUM *con el capuz y queda en cuerpo* TRAMPAGOS

TRAMPAGOS
¡Por Dios, que si durara la bayeta,
Que me pudieran enterrar mañana!

REPULIDA
¡Ay, lumbre destas lumbres, que son tuyas,
Y cuán mejor estás en este traje,
Que en el otro sombrío y malencónico!

Entran dos MÚSICOS, *sin guitarras*

MÚSICO 1.°
Tras el olor del jarro nos venimos
Yo y mi compadre.

TRAMPAGOS
En hora buena sea;
¿Y las guitarras?

MÚSICO 1.°
En la tienda quedan;
Vaya por ellas Vademecum.

MÚSICO 2.°
Vaya;
Mas yo quiero ir por ellas.

MÚSICO 1.°
De camino.

Éntrase el un MÚSICO

Diga a mi oislo que, si viene alguno
Al rapio rapis, que me aguarde un poco;
Que no haré sino colar seis tragos,
Y cantar dos tonadas y partirme;
Que ya el señor Trampagos, según muestra,
Está para tomar armas de gusto.

Vuelve VADEMECUM.

VADEMECUM
Ya está en el antesala el jarro.

TRAMPAGOS
Traile.

VADEMECUM
No tengo taza.

TRAMPAGOS
Ni Dios te la depare.
El cuerno de orinar no está estrenado;
Tráele, que te maldiga el cielo santo;
Que eres bastante a deshonrar un duque.

VADEMECUM
Sosiéguese, que no ha de faltar copa,
Y aun copas, aunque sean de sombreros.
(Aparte.) A buen seguro que éste es churrullero.

Entra uno, como cautivo, con una cadena al hombro, y pónese a mirar a todos muy atento, y todos a él.

REPULIDA
¡Jesús!, ¿es visión ésta?, ¿qué es aquesto?
¿No es éste Escarramán? Él es sin duda.
¡Escarramán del alma, dame, amores,
Esos brazos, coluna de la hampa!

Trampagos

¡Oh, Escarramán, Escarramán amigo!
¿Cómo es esto? ¿A dicha eres estatua?
Rompe el silencio y habla a tus amigos.

Pizpita

¿Qué traje es éste y qué cadena es ésta?
¿Eres fantasma a dicha? Yo te toco,
Y eres de carne y hueso.

Mostrenca

Él es amiga;
No lo puede negar, aunque más calle.

Escarramán

Yo soy Escarramán, y estén atentos
Al cuento breve de mi larga historia.

Vuelve el Barbero *con dos guitarras,*
y da la una al compañero.

Dio la galera al traste en Berbería,
Donde la furia de un juez me puso
Por espalder de la siniestra banda;
Mudé de cautiverio y de ventura,
Quedé en poder de turcos por esclavo;
De allí a dos meses, como el cielo plugo,
Me levanté con una galeota;
Cobré mi libertad, y ya soy mío.
Hice voto y promesa inviolable
De no mudar de ropa ni de carga
Hasta colgarla en los muros santos
De una devota ermita, que en mi tierra
Llaman de San Millán de la Cogolla;
Y este es cuento de mi extraña historia,
Digna de atesorarla en mi memoria.
La Méndez no estará ya de provecho.
¿Vive?

Juan

Y está en Granada a sus anchuras.

Chiquiznaque

¡Allí le duele al pobre todavía!

Escarramán

¿Qué se ha dicho de mí en aqueste mundo,
En tanto que en el otro me han tenido
Mis desgracias y gracia?

Mostrenca

Cien mil cosas.
Ya te han puesto en la horca los farsantes.

PIZPITA

Los muchachos han hecho pepitoria
De todas tus medulas y tus huesos.

REPULIDA

Hante vuelto divino; ¿qué más quieres?

CHIQUIZNAQUE

Cántante por las plazas, por las calles;
Báilante en los teatros y en las casas;
Has dado que hacer a los poetas,
Más que dio Troya al mantuano Títiro.

JUAN

Óyente resonar en los establos.

REPULIDA

Las fregonas te alaban en el río;
Los mozos de caballos te almohazan.

CHIQUIZNAQUE

Túndete el tundidor con sus tijeras;
Muy más que el potro rucio eres famoso.

MOSTRENCA

Han pasado a las Indias tus palmeos,
En Roma se han sentido tus desgracias,
Y hante dado botines sine numero.

VADEMECUM

Por Dios que te han molido como alheña,
Y te han desmenuzado como flores,
Y que eres más sonado y más mocoso,
Que un reloj y que un niño de dotrina,
De ti han dado querella todos, cuantos
Bailes pasaron en la edad del gusto
Con apretada y dura residencia;
Pero llevóse el tuyo la excelencia.

ESCARRAMÁN

Tenga yo fama, y hágame pedazos;
De Éfeso el templo abrasaré por ella.

Tocan de improviso los MÚSICOS, *y comienzan a cantar este romance.*

«Ya salió de las gurapas
El valiente Escarramán,
Para asombro de la gura,
Y para bien de su mal.»

ESCARRAMÁN

¿Es aquesto brindarme por ventura?
¿Piensan se me ha olvidado el regodeo?

Pues más ligero vengo que solía;
Si no, toquen, y vaya, y fuera ropa.

PIZPITA
¡Oh, flor y fruto de los bailarines!
Y, ¡qué bueno has quedado!

VADEMECUM
Suelto y limpio.

JUAN
Él honrará las bodas de Trampagos.

ESCARRAMÁN
Toquen; verán que soy hecho de azogue.

MÚSICO
Váyanse todos por lo que cantare,
Y no será posible que se yerren.

ESCARRAMÁN
Toquen; que me deshago y que me bullo.

REPULIDA
Ya me muero por verle en la estacada.

MÚSICO
Estén alerta todos.

CHIQUIZNAQUE
Ya lo estamos.

Cantan

Ya salió de las gurapas
El valiente Escarramán,
Para asombro de la gura,
Y para bien de su mal.
Ya vuelve a mostrar al mundo
Su felice habilidad,
Su ligereza y su brío,
Y su presencia real.
Pues falta la Coscolina,
Supla agora en su lugar
La Repulida, olorosa
Más que la flor de azahar,
Y, en tanto que se remonda
La Pizpita sin igual,
De la gallarda el paseo
Nos muestre aquí Escarramán.

Tocan la gallarda, dánzala ESCARRAMÁN, *que le ha de hacer el bailarín, y, en habiendo hecho una mudanza, prosíguese el romance.*

La Repulida comience,
Con su brío a rastrear,
Pues ella fue la primera
Que nos le vino a mostrar.
Escarramán la acompañe,
La Pizpita otro que tal,
Chiquiznaque y la Mostrenca,
Con Juan Claros el galán.
¡Vive Dios que va de perlas!
No se puede desear
Más ligereza o más garbo,
Más certeza o más compás.
¡A ello, hijos, a ello!
No se pueden alabar
Otras ninfas, ni otros rufos,
Que nos pueden igualar.
¡Oh, qué desmayar de manos!
¡Oh, qué huir y qué juntar!
¡Oh, qué nuevos laberintos,
Donde hay salir y hay entrar!
Muden el baile a su gusto,
Que yo le sabré tocar;
El *canario*, o las *gambetas*,
O *Al villano se lo dan*,
Zarabanda, o *zambapalo*,
El *Pésame dello* y más;
El rey don Alonso el Bueno,
Gloria de la antigüedad.

ESCARRAMÁN
El *canario*, si le tocan,
A solas quiero bailar.

MÚSICO
Tocaréle yo de plata;
Tú de oro le bailarás.

Toca el canario y baila solo ESCARRAMÁN; *y en habiéndole bailado, diga:*

ESCARRAMÁN
Vaya el *villano* a lo burdo,
Con la cebolla y el pan,
Y acompáñenme los tres.

MÚSICO
Que te bendiga San Juan.

Bailan el villano, como bien saben y, acabado el villano, pida ESCARRAMÁN *el baile que quisiere, y, acabado, diga* TRAMPAGOS:

TRAMPAGOS

Mis bodas se han celebrado
Mejor que las de Roldán.
Todos digan, como digo:
¡Viva, viva Escarramán !

TODOS

¡Viva, viva!

ENTREMÉS DE LA ELECCIÓN DE LOS ALCALDES DE DAGANZO

Salen el BACHILLER PESUÑA; PEDRO ESTORNUDO, *escribano;* PANDURO, *regidor, y* ALONSO ALGARROBA, *regidor*

PANDURO

Rellánense, que todo saldrá a cuajo.
Si es que lo que quiere el cielo benditísimo.

ALGARROBA

Mas «echémosle a doce, y no se venda».

PANDURO

Paz, que no será mucho que salgamos
Bien del negocio, si lo quiere el cielo.

ALGARROBA

Que quiera, o que no quiera, es lo que importa.

PANDURO

¡Algarroba, la luenga se os deslicias!
Hablad acomedido y de buen rejo,
Que no me suenan bien esas palabras:
«Quiera o no quiera el cielo»; por San Junco,
Que, como presomís de resabido,
Os arrojáis a trochemoche en todo.

ALGARROBA

Cristiano viejo soy a todo ruedo,
Y creo en Dios a pies jontillas.

BACHILLER

Bueno;
No hay más que desear.

ALGARROBA

Y, si por suerte,
Hablé mal, yo confieso que soy ganso,
Y doy lo dicho por no dicho.

ESCRIBANO

Basta;
No quiere Dios, del pecador más malo,
Sino que viva y se arrepienta.

Algarroba

Digo
Que vivo y me arrepiento, y que conozco
Que el cielo puede hacer lo que él quisiere,
Sin que nadie le pueda ir a la mano,
Especial cuando llueve.

Panduro

De las nubes,
Algarroba, cae el agua, no del cielo.

Algarroba

¡Cuerpo del mundo! Si es que aquí venimos
A reprochar los unos a los otros,
Digánmoslo; que a fe que no le falten
Reproches a Algarroba a cada paso.

Bachiller

Redeamus ad rem, señor Panduro
Y señor Algarroba; no se pase
El tiempo en niñerías escusadas.
¿Juntámonos aquí para disputas
Impertinentes? ¡Bravo caso es éste,
Que siempre que Panduro y Algarroba
Están juntos, al punto se levantan
Entre ellos mil borrascas y tormentas
De mil contradictorias intenciones!

Escribano

El señor bachiller Pesuña tiene
Demasiada razón; véngase al punto,
Y mírese qué alcaldes nombraremos
Para el año que viene, que sean tales,
Que no los pueda calumniar Toledo,
Sino que los confirme y dé por buenos,
Pues para esto ha sido nuestra junta.

Panduro

De las varas hay cuatro pretensores:
Juan Berrocal, Francisco de Humillos,
Miguel Jarrete y Pedro de la Rana;
Hombres todos de chapa y de caletre,
Que pueden gobernar, no que a Daganzo,
Sino a la misma Roma.

Algarroba

A Romanillos.

Escribano

¿Hay otro apuntamiento? ¡Por san Pito,
Que me salga del corro!

Algarroba

Bien parece

Que se llama Estornudo el escribano,
Que así se le encarama y sube el humo.
Sosiéguese, que yo no diré nada.

PANDURO
¿Hallarse han por ventura en todo el sorbe?

ALGARROBA
¿Qué es sorbe, sorbe-huevos? Orbe diga
El discreto Panduro, y serle ha sano.

PANDURO
Digo que en todo el mundo no es posible
Que se hallen cuatro ingenios como aquéstos
De nuestros pretensores.

ALGARROBA
Por lo menos,
Yo sé que Berrocal tiene el más lindo
Distinto.

ESCRIBANO
¿Para qué?

ALGARROBA
Para ser sacre
En esto de mojón y cata vinos.
En mi casa probó los días pasados
Una tinaja, y dijo que sabía
El claro vino a palo, a cuero y hierro;
Acabó la tinaja su camino,
Y hallóse en el asiento della un palo
Pequeño, y dél pendía una correa
De cordobán y una pequeña llave.

ESCRIBANO
¡Oh, rara habilidad! ¡Oh, raro ingenio!
Bien puede gobernar, el que tal sabe,
a Alanís y Cazalla y aun a Esquivias.

ALGARROBA
Miguel Jarrete es águila.

BACHILLER
¿En qué modo?

ALGARROBA
En tirar con un arco de bodoques.

BACHILLER
¿Qué, tan certero es?

ALGARROBA
Es de manera,
Que, si no fuese porque los más tiros
Se da en la mano izquierda, no habría pájaro
En todo este contorno.

Bachiller

¡Para alcalde
Es rara habilidad, y necesaria!

Algarroba

¿Qué diré de Francisco de Humillos?
Un zapato remienda como un sastre
Pues Pedro de la Rana no hay memoria
Que a la suya se iguale; en ella tiene
Del antiguo y famoso perro de Alba
Todas las coplas, sin que letra falte.

Panduro

Éste lleva mi voto.

Escribano

Y aun el mío.

Algarroba

A Berrocal me atengo.

Bachiller

Yo a ninguno.
Si es que no dan más pruebas de su ingenio,
A la jurisprudencia encaminadas.

Algarroba

Yo daré buen remedio, y es aquéste:
Hagan entrar los cuatro pretendientes,
Y el señor bachiller Pesuña puede
Examinarlos, pues del arte sabe,
Y, conforme a su ciencia, así veremos
Quién podrá ser nombrado para el cargo.

Escribano

¡Vive Dios, que es rarísima advertencia!

Panduro

Aviso es, que podrá servir de arbitrio
Para su Jamestad; que, como en corte
Hay potra-médicos, haya potra-alcaldes.

Algarroba

Prota, señor Panduro; que no potra.

Panduro

Como vos no hay friscal en todo el mundo.

Algarroba

¡Fiscal, pese a mis males!

Escribano

¡Por Dios santo
Que es Algarroba impertinente!

Algarroba

Digo
Que, pues se hace examen de barberos,

De herradores, de sastres, y se hace
De cirujanos y otras zarandajas,
También se examinasen para alcaldes;
Y, al que se hallase suficiente y hábil
Para tal menester, que se le diese
Carta de examen, con la cual podría
El tal examinado remediarse;
Porque de lata en una blanca caja
La carta acomodando merecida,
A tal pueblo podrá llegar el pobre,
Que le pesen a oro; que hay hogaño
Carestía de alcaldes de caletre
En lugares pequeños casi siempre.

Bachiller
Ello está muy bien dicho y bien pensado;
Llamen a Berrocal, entre, y veamos
Dónde llega la raya de su ingenio.

Algarroba
Humillos, Rana, Berrocal, Jarrete,
Los cuatro pretensores, se han entrado.

Entran estos cuatro labradores

Ya los tienes presentes.

Bachiller
Bien venidos
Sean vuesas mercedes.

Berrocal
Bien hallados
Vuesas mercedes sean.

Panduro
Acomódense,
Que asientos sobran.

Humillos
¡Siéntome, y me siento!

Jarrete
Todos nos sentaremos, Dios loado.

Rana
¿De qué os sentís, Humillos?

Humillos
De que vaya
Tan a la larga nuestro nombramiento.
¿Hémoslo de comprar a gallipavos,
A cántaros de arrope y a abiervadas,

Y botas de lo añejo tan crecidas,
Que se arremetan a ser cueros? Díganlo,
Y pondráse remedio y diligencia.

Bachiller
No hay sobornos aquí, todos estamos
De un común parecer, y es, que el que fuere
Más hábil para alcalde, ése se tenga
Por escogido y por llamado.

Rana
Bueno;
Yo me contento.

Berrocal
Y yo.

Bachiller
Mucho en buen hora.

Humillos
También yo me contento.

Jarrete
Dello gusto.

Bachiller
Vaya de examen, pues.

Humillos
De examen venga.

Bachiller
¿Sabéis leer, Humillos?

Humillos
No, por cierto,
Ni tal se probará que en mi linaje
Haya persona tan de poco asiento,
Que se ponga a aprender esas quimeras
Que llevan a los hombres al brasero,
Y a las mujeres a la casa llana.
Leer no sé, más otras cosas tales,
Que llevan al leer ventajas muchas.

Bachiller
Y, ¿cuáles cosas son?

Humillos
Sé de memoria,
Todas cuatro oraciones y las rezo
Cada semana cuatro y cinco veces.

Rana
Y, ¿con eso pensáis de ser alcalde?

Humillos
Con esto, y con ser yo cristiano viejo,
me atrevo a ser un senador romano.

Bachiller
Está muy bien. Jarrete diga agora
Qué es lo que sabe hacer.

Jarrete
Yo, seor Pesuña,
Sé leer, aunque poco; deletreo,
Y ando en el be-a-ba bien ha tres meses,
Y en cinco más daré con ello a un cabo;
Y, además desta ciencia que ya aprendo,
Sé calzar un arado bravamente,
Y herrar, casi en tres horas, cuatro pares
De novillos briosos y cerreros;
Soy sano de mis miembros, y no tengo
Sordez ni cataratas, tos ni reumas;
Y soy cristiano viejo como todos,
Y tiro con un arco como un Tulio.

Algarroba
¡Raras habilidades para alcalde,
Necesarias y muchas!

Bachiller
Adelante,
¿Qué sabe Berrocal?

Berrocal
Tengo en la lengua
Toda mi habilidad, y en la garganta;
No hay mojón en el mundo que me llegue,
Sesenta y seis sabores estampados
Tengo en el paladar, todos vináticos.

Algarroba
Y, ¿quiere ser alcalde?

Berrocal
Y lo requiero;
Pues, cuando estoy armado a lo de Baco,
Así se me aderazan los sentidos,
Que me parece a mí que en aquel punto
Podría prestar leyes a Licurgo
Y limpiarme con Bártulo.

Panduro
¡Pasito;
Que estamos en concejo!

Berrocal
No soy nada
Melindroso ni puerco; sólo digo
Que no se me malogre mi justicia,
Que echaré el bodegón por la ventana.

BACHILLER
¿Amenazas aquí? Por vida mía,
Mi señor Berrocal, que valen poco.
¿Qué sabe Pedro Rana?

RANA
Como Rana,
Habré de cantar mal; pero, con todo,
Diré mi condición, y no mi ingenio.
Yo señores, si acaso fuese alcalde,
Mi vara no sería tan delgada
Como las que se usan de ordinario:
De una encina o de un roble la haría,
Y gruesa de dos dedos, temeroso
Que no me la encorvase el dulce peso
De un bolsón de ducados, ni otras dádivas,
O ruegos, o promesas o favores,
Que pesan como plomo, y no se sienten
Hasta que os han brumado las costillas
Del cuerpo y alma; y, junto con aquesto,
Sería bien criado y comedido,
Parte severo y nada riguroso;
Nunca deshonraría al miserable
Que ante mí le trujesen sus delitos;
Que suele lastimar una palabra
De un juez arrojado, de afrentosa,
Mucho más que lastima su sentencia,
Aunque en ella se intime cruel castigo.
No es bien que el poder quite la crianza,
Ni que la sumisión de un delincuente
Haga al juez soberbio y arrogante.

ALGARROBA
¡Vive Dios, que ha cantado nuestra Rana
Mucho mejor que un cisne cuando muere!

PANDURO
Mil sentencias ha dicho censorinas.

ALGARROBA
De Catón Censorino. bien ha dicho
El regidor Panduro.

PANDURO
¡Reprochadme

ALGARROBA
Su tiempo se vendrá.

ESCRIBANO
Nunca acá venga.
¡Terrible inclinación es, Algarroba,
La vuestra en reprochar!

ALGARROBA
No más, so escriba.

ESCRIBANO
¿Qué *escriba*, fariseo?

BACHILLER
¡Por San Pedro,
Que son muy demasiadas demasías
Éstas !

ALGARROBA
Yo me burlaba.

ESCRIBANO
Y yo me burlo.

BACHILLER
Pues no se burlen más, por vida mía.

ALGARROBA
Quien miente, miente.

ESCRIBANO
Y quien verdad pronuncia,
Dice verdad.

ALGARROBA
Verdad.

ESCRIBANO
Pues punto en boca.

HUMILLOS
Esos ofrecimientos que ha hecho Rana,
Son de lejos. A fe, que, si él empuña
Vara, que él se trueque y sea otro hombre
Del que ahora parece.

BACHILLER
Está de molde
Lo que Humillos ha dicho.

HUMILLOS
Y más añado:
Que, si me dan la vara, verán cómo
No me mudo ni trueco, ni me cambio.

BACHILLER
Pues veis aquí la vara, y haced cuenta
Que sois alcalde ya.

ALGARROBA
¡Cuerpo del mundo!
¡La vara le dan zurda!

HUMILLOS
¿Cómo zurda?

ALGARROBA
Pues, ¿no es zurda esta vara? Un sordo o mudo
Lo podrá echar de ver desde una legua.

HUMILLOS
¿Cómo, pues si me dan zurda la vara
quieren que juzgue yo derecho?

ESCRIBANO
El diablo
Tiene en el cuerpo este Algarroba; ¡miren
Dónde jamás se han visto varas zurdas!

Entra UNO

UNO
Señores, aquí están unos gitanos
Con unas gitanillas milagrosas;
Y, aunque la ocupación se les ha dicho
En que están sus mercedes, todavía
Porfían que han de entrar a dar solacio
A sus mercedes.

BACHILLER
Entren, y veremos
Si nos podrán servir para la fiesta
Del Corpus, de quien yo soy mayordomo.

PANDURO
Entren mucho en buen hora.

BACHILLER
Entren luego.

HUMILLOS
Por mí, ya los deseo.

JARRETE
Pues yo, pajas.

RANA
¿Ellos no son gitanos?, pues adviertan
Que no nos hurten las narices.

UNO
Ellos,
Sin que los llamen, vienen; ya están dentro.

Entran los MÚSICOS *de gitanos y dos gitanas bien aderezadas, al son deste romance, que han de cantar los músicos, ellas dancen.*

«Reverencia os hace el cuerpo.
Regidores de Daganzo,
Hombres buenos de repente,

Hombres buenos de pensado;
De caletre prevenidos
Para proveer los cargos
Que la ambición solicita
Entre moros y cristianos.
Parece que os hizo el cielo,
El ćielo, digo, estrellado,
Sansones para las letras,
Y para las fuerzas Bártulos.»

Jarrete
Todo lo que se canta toca historia.

Humillos
Ellas y ellos son únicos y ralos.

Algarroba
Algo tienen de espesos.

Bachiller
Ea, sufficit.

Músicos
«Como se mudan los vientos,
Como se mudan los ramos,
Que, desnudos en invierno,
Se visten en el verano,
Mudaremos nuestros bailes
Por puntos, y a cada paso,
Pues mudarse las mujeres
No es nuevo ni extraño caso.
¡Vivan de Daganzo los regidores,
Que parecen palmas, puesto que son robles!»

Bailan

Jarrete
¡Brava trova, por Dios!

Humillos
Y muy sentida.

Berrocal
Ésas se han de imprimir, para que quede
Memoria de nosotros en los siglos
De los siglos. Amén.

Bachiller
Callen, si pueden

Músicos
«Vivan y revivan,
Y en siglos veloces
Del tiempo los días
Pasen con las noches,

Sin trocar las edad,
Que treinta años forme,
Ni tocar las hojas,
De sus alcornoques.
Los vientos, que anegan,
Si contrarios corren,
Cual céfiros blandos
En sus mares soplen.
¡Vivan de Daganzo los regidores,
Que palmas parecen, puesto que son robles!»

Bachiller
El estribillo en parte me desplace;
Pero, con todo, es bueno.

Berrocal
Ea, callámos.

Músicos
«Pisaré yo el polvico,
A tan menudico,
Pisaré yo el polvó,
A tan menudó.»

Panduro
Estos músicos hacen pepitoria
De su cantar.

Humillos
Son diablos los gitanos.

Músicos
«Pisaré yo la tierra
Por más que esté dura,
Puesto que me abra en ella
Amor sepultura,
Pues ya mi buena ventura
Amor la pisó
A tan menudó.
Pisaré yo lozana
El más duro suelo,
Si en él acaso pisas
El mal que recelo;
Mi bien se ha pasado en vuelo,
Y el polvo dejó
A tan menudó.»

Entra un Sota-Sacristán, *muy mal endeliñado.*

Sacristán
Señores regidores, ¡voto a dico,
Que es de bellacos tanto pasatiempo!

¿Así se rige el pueblo, noramala,
Entre guitarras, bailes y bureos?

BACHILLER
¡Agarradle, Jarrete!

JARRETE
Ya le agarro.

BACHILLER
Traigan aquí una manta; que, por Cristo,
Que se ha de mantear este bellaco,
Necio, desvergonzado e insolente,
Y atrevido además.

SACRISTÁN
¡Oigan, señores

ALGARROBA
Volveré con la manta a las volandas.

Éntrase ALGARROBA

SACRISTÁN
Miren que les intimo que soy présbiter.

BACHILLER
¿Tú presbítero, infame?

SACRISTÁN
Yo presbítero;
O de prima tonsura, que es lo mismo.

PANDURO
Agora lo veredes, dijo Agrajes.

SACRISTÁN
No hay Agrajes aquí.

BACHILLER
Pues habrá grajos
Que te piquen la lengua y aun los ojos.

RANA
Dime, desventurado, ¿qué demonio
Se revistió en tu lengua? ¿Quién te mete
A ti en reprehender a la justicia?
¿Has tú de gobernar a la república?
Métete en tus campanas y en tu oficio.
Deja a los que gobiernan; que ellos saben
Lo que han de hacer, mejor que no nosotros.
Si fueren malos, ruega por su emienda;
Si buenos, porque Dios no nos los quite.

BACHILLER
Nuestro Rana es un santo y un bendito.

Vuelve Algarroba; *trae una manta*

Algarroba
No ha de quedar por manta.

Bachiller
Asgan, pues, todos
Sin que queden gitanos ni gitanas.
¡Arriba, amigos!

Sacristán
¡Dios, que va de veras!
¡Vive Dios, si me enojo, que bonito
Soy yo para estas burlas! ¡Por San Pedro,
Que están descomulgados todos, cuantos
Han tocado los pelos de la manta!

Rana
Basta, no más; aquí cese el castigo;
Que el pobre debe estar arrepentido.

Sacristán
Y molido, que es más. De aquí adelante
Me coseré la boca con dos cabos
De zapatero.

Rana
Aqueso es lo que importa.

Bachiller
Vénganse los gitanos a mi casa;
Que tengo qué decilles.

Gitano
Tras ti vamos.

Bachiller
Quedarse ha la elección para mañana,
Y desde luego le doy mi voto a Rana.

Gitano
¿Cantaremos, señor?

Bachiller
Lo que quisiéredes.

Panduro
No hay quien cante cual nuestra Rana canta.

Jarrete
No solamente canta, sino encanta.

Éntranse cantando: «Pisando yo el polvico.»

ENTREMÉS DE LA GUARDA CUIDADOSA

Sale un SOLDADO *a lo pícaro, con una muy mala banda y un antojo, y detrás dél un mal* SACRISTÁN

SOLDADO.—¿Qué me quieres, sombra vana?

SACRISTÁN.—No soy sombra vana, sino cuerpo macizo.

SOLDADO.—Pues, con todo eso, por la fuerza de mi desgracia, te conjuro que me digas quién eres, y qué es lo que buscas por esta calle.

SACRISTÁN.—A eso te respondo, por la fuerza de mi dicha, que soy Lorenzo Pasillas, sota-sacristán desta parroquia, y busco en esta calle lo que hallo, y tú buscas y no hallas.

SOLDADO.—¿Buscas por ventura a Cristinica, la fregona desta casa?

SACRISTÁN.—*Tu dixisti.*

SOLDADO.—Pues ven acá, sota-sacristán de Satanás.

SACRISTÁN.—Pues voy allá, caballo de Ginebra.

SOLDADO.—Bueno; sota y caballo, no falta sino el rey para tomar las manos. Ven acá, digo otra vez, ¿y tú no sabes, Pasillas, que pasado te vea yo con un chuzo, que Cristinica es prenda mía?

SACRISTÁN.—¿Y tú no sabes, pulpo vestido, que esa prenda la tengo yo rematada, que está por sus cabales y por mía?

SOLDADO.—¡Vive Dios, que te dé mil cuchilladas, y que te haga la cabeza pedazos!

SACRISTÁN.—Con las que le cuelgan desas calzas, y con los dese vestido, se podrá entretener, sin que se meta con los de mi cabeza.

SOLDADO.—¿Has hablado alguna vez a Cristina?

SACRISTÁN.—Cuando quiero.

SOLDADO.—¿Qué dádivas le has hecho?

SACRISTÁN.—Muchas.

SOLDADO.—¿Cuántas y cuáles?

SACRISTÁN.—Dile una destas cajas de carne de membrillo, muy grande, llena de cercenaduras de hostias, blancas como la misma nieve, y de añadidura cuatro cabos de velas de cera, asimismo blancas como un armiño.

SOLDADO.—¿Qué más le has dado?

SACRISTÁN.—En un billete envueltos, cien mil deseos de servirla.

SOLDADO.—Y ella, ¿cómo te ha correspondido?

SACRISTÁN.—Con darme esperanzas propincuas de que ha de ser mi esposa.

SOLDADO.—Luego, ¿no eres de epístola?.

SACRISTÁN.—Ni aun de completas. Motilón soy, y puedo casarme cada y cuando me viene en voluntad; y presto lo veredes.

SOLDADO.—Ven acá, motilón arrastrado; respóndeme a esto que preguntarte quiero. Si esta mochacha ha correspondido tan altamente, lo cual yo no creo, a la miseria de tus dádivas, ¿cómo corresponderá a la grandeza de las mías? Que el otro día le envié un billete amoroso, escrito por lo menos en un revés de un memorial que di a su Majestad, significándole mis servicios y mis necesidades presentes; que no cae en mengua el soldado que dice que es pobre; el cual memorial salió decretado y remitido al limosnero mayor, y, sin atender a que sin duda alguna me podía valer cuatro o seis reales con liberalidad increíble, y con desenfado notable, escribí en el revés dél, como he dicho, mi billete; y sé que de mis manos pecadoras llegó a las suyas casi santas.

SACRISTÁN.—¿Hasle enviado otra cosa?

SOLDADO.—Suspiros, lágrimas, sollozos, parasismos, desmayos, con toda la caterva de las demostraciones necesarias que para descubrir su pasión los buenos enamorados usan, y deben de usar en todo tiempo y sazón.

SACRISTÁN.—¿Hasle dado alguna música concertada?

SOLDADO.—La de mis lamentos y congojas, la de mis ansias y pesadumbres.

SACRISTÁN.—Pues a mí me ha acontecido dársela con mis campanas a cada paso; y tanto, que tengo enfadada a toda la vecindad con el continuo ruido que con ellas hago, sólo por darle contento y porque sepa que estoy en la torre, ofreciéndome a su servicio; y, aunque haya de tocar a muerto, repico a vísperas solenes.

SOLDADO.—En eso me llevas ventaja, porque no tengo qué tocar, ni cosa que lo valga.

SACRISTÁN.—¿Y de qué manera ha correspondido Cristina a la infinidad de tantos servicios como le has hecho?

SOLDADO.—Con no verme, con no hablarme, con maldecirme cuando me encuentra por la calle, con derramar sobre mí las lavazas cuando jabona, y el agua de fregar cuando friega; y esto es cada día, porque todos los días estoy en esta calle y a su puerta, porque soy su guarda cuidadosa; soy, en fin, el perro del hortelano, etcetera. Yo no la gozo, ni ha de gozarla ninguno mientras yo viviere; por eso, váyase de aquí el señor sota-sacristán; que, por haber tenido y tener respeto a las órdenes que tiene, no le tengo ya rompidos los cascos.

SACRISTÁN.—A rompérmelos como están rotos esos vestidos, bien rotos estuvieran.

SOLDADO.—El hábito no hace al monje; y tanta honra tiene un soldado roto por causa de la guerra, como la tiene un colegial con el manto hecho añicos, porque en él se muestra la antigüedad de sus estudios; ¡y váyase, que haré lo que dicho tengo!

SACRISTÁN.—¿Es porque me ve sin armas? Pues espérese aquí, señor guarda cuidadosa, y verá quién es Callejas.

SOLDADO.—¿Qué puede ser un Pasillas?

SACRISTÁN.—Ahora lo veredes, dijo Agrajes.

Éntrase el SACRISTÁN

SOLDADO.—¡Oh, mujeres, mujeres, todas, o las más, mudables y antojadizas! ¿Dejas, Cristina, a esta flor, a este jardín de la soldadesca y acomódaste con el muladar de un sota-sacristán, pudiendo acomodarte con un sacristán entero, y aun con un canónigo? Pero yo procuraré que te entre en mal provecho, si puedo, aguando tu gusto, con ojear desta calle y de tu puerta los que imaginare que por alguna vía pueden ser tus amantes; y así vendré a alcanzar nombre de la «guarda cuidadosa».

Entra UN MOZO *con su caja y ropa verde, como éstos que piden limosna para alguna imagen.*

MOZO.—Den por Dios, para la lámpara del aceite de señora Santa Lucía, que les guarde la vista de los ojos. ¡Ha de casa! ¿Dan limosna?

SOLDADO.—Hola, amigo Santa Lucía, venid acá; ¿qué es lo que queréis en esa casa?

MOZO.—¿Ya vuesa merced no lo ve? Limosna para la lámpara del aceite de señora Santa Lucía.

SOLDADO.—¿Pedís para la lámpara, o para el aceite de la lámpara? Que, como decís: «limosna para la lámpara del aceite», parece que la lámpara es del aceite, y no el aceite de la lámpara.

MOZO.—Ya todos entienden que pido para aceite de la lámpara, y no para la lámpara del aceite.

SOLDADO.—¿Y suelen os dar limosna en esta casa?

MOZO.—Cada día dos maravedís.

SOLDADO.—¿Y quién sale a dároslos?

MOZO.—Quien se halla más a mano; aunque la más veces sale una fregoncita, que se llama Cristina, bonita como un oro.

SOLDADO.—Así que, ¿es la fregoncita bonita como un oro?

MOZO.—¡Y como unas perlas!

SOLDADO.—¿De modo que no os parece mal a vos la muchacha?

MOZO.—Pues, aunque yo fuera hecho de leño no pudiera parecerme mal.

SOLDADO.—¿Cómo os llamáis? Que no querría volveros a llamar Santa Lucía.

MOZO.—Yo, señor, Andrés me llamo.

SOLDADO.—Pues, señor Andrés, esté en lo que quiero decirle: tome este cuarto de a ocho, y haga cuenta que va pagado por cuatro días de la limosna que le dan en esta casa, y suele recebir por mano de Cristina; y váyase con Dios, y séale aviso que por cuatro días no vuelva a llegar a esta puerta ni por lumbre, que le romperé las costillas a coces.

MOZO.—Ni aun volveré en este mes, si es que me acuerdo; no tome vuesa merced pesadumbre, que ya me voy. (Vase.)UNO.—SOLDADO.—¡No, sino dormíos, guarda cuidadosa!

Entra OTRO MOZO, *vendiendo y pregonando tranzaderas, holanda, cambray, randas de Flandes y hilo portugués.*

UNO.—¿Compran tranzaderas, randas de Flandes, holanda, cambray, hilo portugués?

CRISTINA, *a la ventana*

CRISTINA.—Hola, Manuel, ¿traéis vivos para unas camisas?
UNO.—Sí traigo, y muy buenos.
CRISTINA.—Pues entrá, que mi señora los ha menester.
SOLDADO.—¡Oh, estrella de mi perdición, antes que norte de mi esperanza! Tranzaderas, o como os llamáis, ¿conocéis aquella doncella que os llamó desde la ventana?
UNO.—Sí conozco, pero, ¿por qué me lo pregunta vuesa merced?
SOLDADO.—¿No tiene muy buen rostro y muy buena gracia?
UNO.—A mí así me lo parece.
SOLDADO.—Pues también me parece a mí que no entre dentro desa casa; si no, ¡por Dios de molelle los huesos, sin dejarle ninguno sano!
UNO.—Pues, ¿no puedo yo entrar adonde me llaman para comprar mi mercadería?
SOLDADO.—¡Vaya, no me replique, que haré lo que digo, y luego!
UNO.—¡Terrible caso! Pasito, señor soldado, que ya me voy. (*Vase* MANUEL.)

CRISTINA, *a la ventana*

CRISTINA.—¿No entras, Manuel?
SOLDADO.—Ya se fue Manuel, señora la de los vivos, y aun señora de los muertos, porque a muertos y a vivos tienes debajo de tu mando y señorío.
CRISTINA.—¡Jesús, y qué enfadoso animal! ¿Qué quieres en esta calle y en esta puerta?

Éntrase CRISTINA

SOLDADO.—Encubrióse y púsose mi sol detrás de las nubes.

Entra un ZAPATERO *con unas chinelas pequeñas nuevas en la mano, y, yendo a entrar en casa de* CRISTINA, *detiénele el* SOLDADO.

SOLDADO.—Señor bueno, ¿busca vuesa merced algo en esta casa?
ZAPATERO.—Sí busco.
SOLDADO.—¿Y a quién, si fuere posible saberlo?
ZAPATERO.—¿Por qué no? Busco a una fregona que está en esta casa, para darle esas chinelas que me mandó hacer.
SOLDADO.—¿De manera que vuesa merced es su zapatero?
ZAPATERO.—Muchas veces la he calzado.
SOLDADO.—¿Y hale de calzar ahora estas chinelas?
ZAPATERO.—No será menester; si fueran zapatillos de hombre, como ella los suele traer, sí calzara.
SOLDADO.—¿Y éstas, están pagadas, o no?

ZAPATERO.—No están pagadas; que ella me las ha de pagar agora.

SOLDADO.—¿No me haría vuesa merced una merced, que sería para mí muy grande, y es, que me fiase estas chinelas, dándole yo prendas que lo valiesen, hasta desde aquí a dos días, que espero tener dineros en abundancia?

ZAPATERO.—Sí haré, por cierto; venga la prenda, que, como soy pobre oficial, no puedo fiar a nadie.

SOLDADO.—Yo le daré a vuesa merced un mondadientes, que le estimo en mucho, y no le dejaré por un escudo. ¿Dónde tiene vuesa merced la tienda, para que vaya a quitarle?

ZAPATERO.—En la calle Mayor, en un poste de aquéllos, y llámome Juan Juncos.

SOLDADO.—Pues, señor Juan Juncos, el monda-dientes es éste, y estímele vuesa merced en mucho, porque es mío.

ZAPATERO.—Pues una biznaga que apenas vale dos maravedís, ¿quiere vuesa merced que estime en mucho?

SOLDADO.—¡Oh pecador de mí!, no la doy yo sino para recuerdo de mí mismo, porque, cuando vaya a echar mano a faldriquera y no halle la biznaga, me venga a la memoria que la tiene vuesa merced y vaya luego a quitalla; sí, a fe de soldado, que no la doy por otra cosa; pero, si no está contento con ella, añadiré esta banda y este antojo, que al buen pagador no le duelen prendas.

ZAPATERO.—Aunque zapatero, no soy tan descortés, que tengo de despojar a vuesa merced de sus joyas y preseas; vuesa merced se quede con ellas, que yo me quedaré con mis chinelas, que es lo que está más a cuento.

SOLDADO.—¿Cuántos puntos tienen?

ZAPATERO.—Cinco escasos.

SOLDADO.—Más escaso soy yo, chinelas de mis entrañas, pues no tengo seis reales para pagaros. ¡Chinelas de mis entrañas! Escuche vuesa merced, señor zapatero, que quiero glosar aquí de repente este verso, que me ha salido medido:

Chinelas de mis entrañas

ZAPATERO.—¿Es poeta vuesa merced?.

SOLDADO.—Famoso, y agora lo verá; estéme atento:

Chinelas de mis entrañas

GLOSA

Es amor tan gran tirano,
Que, olvidado de la fe
Que le guardo siempre en vano,
Hoy con la funda de un pie
Da a mi esperanza de mano.
Éstas son vuestras hazañas,
Fundas pequeñas y hurañas;

Que ya mi alma imagina
Que sois por ser de Cristina,
Chinelas de mis entrañas.

ZAPATERO.—A mí poco se entiende de trovas; pero éstas me han sonado tan bien, que me parecen de Lope, como son todas las cosas que son o parecen buenas.

SOLDADO.—Pues, señor, ya que no lleva remedio de fiarme estas chinelas, que no fuera mucho, y más sobre tan dulces prendas, por mi mal halladas, llévelo, a lo menos, de que vuesa merced me las guarde hasta desde aquí a dos días que yo vaya por ellas; y por ahora, digo, por esta vez, el señor zapatero no ha de ver ni hablar a Cristina.

ZAPATERO.—Yo haré lo que me manda el señor soldado, porque se me trasluce de qué pies cojea, que son dos: el de la necesidad y el de los celos.

SOLDADO.—Ése no es ingenio de zapatero, sino de colegial trilingüe.

ZAPATERO.—¡Oh, celos, celos, cuán mejor os llamaran duelos, duelos!

Éntrase el ZAPATERO

SOLDADO.—No, sino no seáis guarda, y guarda cuidadosa, y veréis cómo se os entran mosquitos en la cueva donde está el licor de vuestro contento. Pero. ¿qué voz es ésta?; sin duda es la de mi Cristina, que se desenfada cantando, cuando barre o friega.

Suenan dentro platos, como que friegan, y cantan:

Sacristán de mi vida,
tenme por tuya,
y, fiado en mi fe,
canta *alleluia.*

SOLDADO.—¡Oídos que tal oyen!, sin duda el sacristán debe de ser el brinco de su alma. ¡Oh, platera la más limpia que tiene, tuvo o tendrá el calendario de las fregonas! ¿Por qué, así como limpias esa loza talaveril que traes entre las manos, y la vuelves en bruñida y tersa plata, no limpias esa alma de pensamientos bajos, y sotas-acristaniles?

Entra el AMO *de* CRISTINA

AMO.—Galán, ¿qué quiere o qué busca a esta puerta?

SOLDADO.—Quiero más de lo que sería bueno, y busco lo que no hallo; pero, ¿quién es vuesa merced, que me lo pregunta?

AMO.—Soy el dueño desta casa.

SOLDADO.—¿El amo de Cristinica?

AMO.—El mismo.

SOLDADO.—Pues lléguese vuesa merced a esta parte, y tome este envoltorio de papeles; y advierta que ahí dentro van las informaciones de mis servicios, con veinte y dos fees de veinte y dos generales, debajo de cuyos estandartes he servido, amén de otras treinta y cuatro de otros tantos maestres de campo, que se han dignado de honrarme con ellas.

AMO.—¡Pues no ha habido, a lo que yo alcanzo, tantos generales ni maestres de campo de infantería española de cien años a esta parte!

SOLDADO.—Vuesa merced es hombre pacífico, y no está obligado a entendérsele mucho de las cosas de la guerra; pase los ojos por esos papeles, y verá en ellos, unos sobre otros, todos los generales y maestres de campo que he dicho.

AMO.—Yo los doy por pasados y vistos; pero, ¿de qué sirve darme cuenta desto?

SOLDADO.—De que hallará vuesa merced por ellos ser posible ser verdad una que agora diré, y estoy, que estoy consultado en uno de tres castillos y plazas, que están vacas en el reino de Nápoles; conviene a saber: Gaeta, Barleta y Rijobes.

AMO.—Hasta agora, ninguna cosa me importa a mí estas relaciones que vuesa merced me da.

SOLDADO.—Pues yo sé que le han de importar, siendo Dios servido.

AMO.—¿En qué manera?

SOLDADO.—En que, por fuerza, si no se cae el cielo, tengo de salir proveído en una destas plazas, y quiero casarme agora con Cristinica; y, siendo yo su marido, puede vuesa merced hacer de mi persona y de mi mucha hacienda como cosa propria; que no tengo de mostrarme desagradecido a la crianza que vuesa merced ha hecho a mi querida y amada consorte.

AMO.—Vuesa merced lo ha de los cascos, más que de otra parte.

SOLDADO.—Pues, ¿sabe cuánto le va, señor dulce? Que me la ha de entregar luego, luego, o no ha de atravesar los umbrales de su casa.

AMO.—¡Hay tal disparate! ¿Y quién ha de ser bastante para quitarme que no entre en mi casa?

Vuelve el SOTA-SACRISTÁN PASILLAS, *armado con un tapador de una tinaja y una espada muy mohosa; viene con él otro* SACRISTÁN, *con un morrión y una vara o palo, atado a él un rabo de zorra.*

SACRISTÁN.—¡Ea, amigo Grajales, que éste es el turbador de mi sosiego!

GRAJALES.—No me pesa sino que traigo las armas endebles y algo tiernas; que ya le hubiera despachado al otro mundo a toda diligencia.

AMO.—Ténganse, gentiles hombres; ¿qué desmán y qué acecinamiento es éste?

SOLDADO.—Ladrones, ¿a traición y en cuadrilla? Sacristanes falsos, voto a tal que os tengo que horadar, aunque tengáis más órdenes que un Ceremonial. Cobarde, ¿a mí con rabo de zorra? ¿Es notarme de borracho, o piensas que estás quitando el polvo a alguna imagen de bulto?

GRAJALES.—No pienso sino que estoy ojeando los mosquitos de una tinaja de vino.

A la ventana, CRISTINA *y su* AMA

CRISTINA.—¡Señora, señora, que matan a mi señor! Más de dos mil espadas están sobre él, que relumbran, que me quitan la vista.

ELLA.—Dices verdad, hija mía; Dios sea con él; santa úrsola con las once mil vírgenes sea en su guardia. Ven, Cristina, y bajemos a socorrerle como mejor pudiéremos.

AMO.—Por vida de vuesas mercedes, caballeros, que se tengan, y miren que no es bien usar de supercheria con nadie.

SOLDADO.—Tente, rabo, y tente, tapadorcillo; no acabéis de despertar mi cólera, que, si la acabo de despertar, os mataré, y os comeré, y os arrojaré por la puerta falsa dos leguas más allá del infierno.

AMO.—Ténganse, digo; si no, por Dios que me descomponga de modo que pese a alguno.

SOLDADO.—Por mí, tenido soy; que te tengo respeto, por la imagen que tienes en tu casa.

SACRISTÁN.—Pues, aunque esa imagen haga milagros, no os ha de valer esta vez.

SOLDADO.—¿Han visto la desvergüenza deste bellaco, que me viene a hacer cocos con un rabo de zorra, no habiéndome espantado ni atemorizado tiros mayores que el de Dio, que está en Lisboa?

Entran CRISTINA *y su* SEÑORA

ELLA.—¡Ay, marido mío! ¿Estáis, por desgracia, herido, bien de mi alma?

CRISTINA.—¡Ay, desdichada de mí! Por el siglo de mi padre, que son los de la pendencia mi sacristán y mi soldado.

SOLDADO.—Aun bien que voy a la parte con el sacristán; que también dijo: «mi soldado».

AMO.—No estoy herido, señora, pero sabed que toda esta pendencia es por Cristinica.

ELLA.—¿Cómo por Cristinica?

AMO.—A lo que yo entiendo, estos galanes andan celosos por ella.

ELLA.—Y, ¿es esto verdad, muchacha?

CRISTINA.—Sí, señora.

ELLA.—¡Mirad con qué poca vergüenza lo dice! Y, ¿hate deshonrado alguno dellos?

CRISTINA.—Sí, señora.

ELLA.—¿Cuál?

CRISTINA.—El sacristán me deshonró el otro día, cuando fui al Rastro.

ELLA.—¿Cuántas veces os he dicho yo, señor, que no saliese la muchacha fuera de casa, que ya era grande, y no convenía apartarla de nuestra vista? ¿Qué dirá ahora su padre, que nos la entregó limpia de polvo y de paja? Y, ¿dónde te llevó, traidora, para deshonrarte?

CRISTINA.—A ninguna parte, sino allí en mitad de la calle.

ELLA.—¿Cómo en mitad de la calle?

CRISTINA.—Allí, en mitad de la calle de Toledo, a vista de Dios y de todo el mundo, me llamó de sucia y deshonesta, de poca vergüenza y menos miramiento, y otros muchos baldones deste jaez; y todo por estar celoso de aquel soldado.

AMO.—Luego, ¿no ha pasado otra cosa entre ti ni él, sino esa deshonra que en la calle te hizo?

CRISTINA.—No por cierto, porque luego se le pasa la cólera.

ELLA.—El alma se me ha vuelto al cuerpo, que le tenía ya casi desamparado.

CRISTINA.—Y más, que todo cuanto me dijo fue confiando en esta cédula que me ha dado de ser mi esposo, que la tengo guardada como oro en paño.

AMO.—Muestra, veamos.

ELLA.—Leedla alto, marido.

AMO.—Así dice: «Digo yo, Lorenzo Pasillas, sota-sacristán desta parroquia, que quiero bien, y muy bien, a la señora Cristina de Parrazes; y en fee desta verdad, le di ésta, firmada de mi nombre. Fecha en Madrid, en el cimenterio de San Andrés, a seis de Mayo deste presente año de mil y seiscientos once. Testigos: mi corazón, mi entendimiento, mi voluntad y mi memoria. *Lorenzo Pasillas.*» ¡Gentil manera de cédula de matrimonio!

SACRISTÁN.—Debajo de decir que la quiero bien, se incluye todo aquello que ella quisiere que yo haga por ella, porque, quien da la voluntad, lo da todo.

AMO.—Luego, si ella quisiese, ¿bien os casaríades con ella?

SACRISTÁN.—De bonísima gana, aunque perdiese la espectativa de tres mil maravedís de renta, que ha de fundar agora sobre mi cabeza una agüela mía, según me han escrito de mi tierra.

SOLDADO.—Si voluntades se toman en cuenta, treinta y nueve días hace hoy que, al entrar de la Puente Segoviana, di yo a Cristina la mía, con todos los anejos a mis tres potencias; y, si ella quisiere ser mi esposa, algo irá a decir de ser castellano de un famoso castillo, a un sacristán no entero, sino en medio, y aun de la mitad le debe de faltar algo.

AMO.—¿Tienes deseo de casarte, Cristinica?

CRISTINA.—Sí tengo.

AMO.—Pues escoge, déstos dos que se te ofrecen, el que más te agradare.

CRISTINA.—Tengo vergüenza.

ELLA.—No la tengas, porque el comer y el casar ha de ser a gusto proprio, y no a voluntad ajena.

CRISTINA.—Vuesas mercedes, que me han criado, me darán marido como me convenga; aunque todavía quisiere escoger.

SOLDADO.—Niña, échame el ojo; mira el garbo; soldado soy, castellano pienso ser; brío tengo de corazón; soy el más galán hombre de mundo; y, por el hilo deste vestidillo podrás sacar el ovillo de mi gentileza.

SACRISTÁN.—Cristina, yo soy músico, aunque de campanas; para adornar una tumba y colgar una iglesia para fiestas solenes, ningún sacristán me puede llevar ventaja; y estos oficios bien los puedo ejercitar casado, y ganar de comer como un príncipe.

AMO.—Ahora bien, muchacha: escoge de los dos el que te agrada; que yo gusto dello, y con esto pondrás paz entre dos tan fuertes competidores.

SOLDADO.—Yo me allano.

SACRISTÁN.—Y yo me rindo.
CRISTINA.—Pues escojo al sacristán.

Han entrado los MÚSICOS

AMO.—Pues llamen esos oficiales de mi vecino el barbero, para que con sus guitarras y voces nos entremos a celebrar el desposorio, cantando y bailando; y el señor soldado será mi convidado.

SOLDADO.—Acepto:

Que, donde hay fuerza de hecho,
Se pierde cualquier derecho.

MÚSICOS.—Pues hemos llegado a tiempo, éste será el estribillo de nuestra letra.

Cantan el estribillo

SOLDADO:

Siempre escogen las mujeres
Aquello que vale menos,
Porque excede su mal gusto
A cualquier merecimiento.
Ya no se estima el valor,
Porque se estima el dinero,
Pues un sacristán prefieren
A un roto soldado lego;
Mas no es mucho, que, ¿quién vio
Que fue su voto tan necio,
Que a sagrado se acogiese,
Que es de delincuentes puerto?
Que a donde hay fuerza, etcetera.

SACRISTÁN:

Como es proprio de un soldado
Que es sólo en los años viejo,
Y se halla sin un cuarto
Porque ha dejado su tercio,
Imaginar que ser puede
Pretendiente de Gaiferos,
Conquistando por lo bravo
Lo que yo por manso adquiero,
No me afrentan tus razones,
Pues has perdido en el juego;
Que siempre un picado tiene
Licencia para hacer fieros.
Que a donde, etcetera.

Éntranse cantando y bailando.

ENTREMÉS DEL VIZCAÍNO FINGIDO

Entran SOLÓRZANO *y* QUIÑONES

SOLÓRZANO.—Éstas son las bolsas, y, a lo que parecen, son bien parecidas, y las cadenas que van dentro ni más ni menos; no hay sino que vos acudáis con mi intento; que, a pesar de la taimería desta sevillana, ha de quedar esta vez burlada.

QUIÑONES.—¿Tanta honra se adquiere, o tanta habilidad se muestra en engañar a una mujer, que lo tomáis con tanto ahínco, y ponéis tanta solicitud en ello?

SOLÓRZANO.—Cuando las mujeres son como éstas, es gusto el burlallas; cuanto más, que esta burla no ha de pasar de los tejados arriba; quiero decir, que ni ha de ser ofensa de Dios, ni con daño de la burlada; que no son burlas las que redundan en desprecio ajeno.

QUIÑONES.—Alto; pues vos lo queréis, sea así; digo que yo os ayudaré en todo cuanto me habéis dicho, y sabré fingir tan bien como vos, que no lo puedo más encarecer. ¿Adónde vais agora?

SOLÓRZANO.—Derecho en casa de la ninfa, y vos, no salgáis de casa; que yo os llamaré a su tiempo.

QUIÑONES.—Allí estaré clavado, esperando.

Éntranse los dos

Salen doña CRISTINA *y doña* BRÍGIDA: CRISTINA *sin manto, y* BRÍGIDA *con él, toda asustada y turbada.*

CRISTINA.—¡Jesús! ¿Qué es lo que traes, amiga doña Brígida, que parece que quieres dar el alma a su Hacedor?

BRÍGIDA.—Doña Cristina, amiga, hazme aire, rocíame con un poco de agua este rostro, que me muero, que me fino, que se me arranca el alma. ¡Dios sea conmigo; confesión a toda priesa!

CRISTINA.—¿Qué es esto? ¡Desdichada de mí! ¿No me dirás, amiga, lo que ha sucedido? ¿Has visto alguna mala visión? ¿Hante dado alguna mala nueva de que es muerta tu madre, o de que viene tu marido, o hante robado tus joyas?

BRÍGIDA.—Ni he visto visión alguna, ni se ha muerto mi madre, ni viene mi marido, que aún le faltan tres meses para acabar el negocio donde fue, ni me han robado mis joyas; pero hame sucedido otra cosa peor.

Cristina.—Acaba, dímela, doña Brígida mía; que me tienes turbada y suspensa hasta saberla.

Brígida.—¡Ay, querida!, que también te toca a ti parte deste mal suceso. Límpiame este rostro, que él y todo el cuerpo tengo bañado en sudor más frío que la nieve. ¡Desdichadas de aquellas que andan en la vida libre, que, si quieren tener algún poquito de autoridad, granjeada de aquí o allí, se la dejarretan y se la quitan al mismo tiempo!

Cristina.—Acaba, por tu vida, amiga, y dime lo que te ha sucedido, y qué es la desgracia de quien yo también tengo de tener parte.

Brígida.—Y, ¡cómo si tendrás parte!, y mucha, si eres discreta, como lo eres. Has de saber, hermana, que, viniendo agora a verte, al pasar por la puerta de Guadalajara, oí que, en medio de infinita justicia y gente, estaba un pregonero, pregonando que quitaban los coches y que las mujeres descubriesen los rostros por las calles.

Cristina.—Y, ¿ésa es la mala nueva?

Brígida.—Pues para nosotras, ¿puede ser peor en el mundo?

Cristina.—Yo creo, hermana, que debe de ser alguna reformación de los coches; que no es posible que los quiten de todo punto, y será cosa muy acertada, porque, según he oído decir, andaba muy decaída la caballería en España, porque se empañaban diez o doce caballeros mozos en un coche, y azotaban las calles de noche y de día, sin acordárseles que había caballos y jineta en el mundo. Y, como les falte la comodidad de las galeras de la tierra, que son los coches, volverán al ejercicio de la caballería, con quien sus antepasados se honraron.

Brígida.—¡Ay, Cristina de mi alma!, que también oí decir que, aunque dejan algunos, es de condición que no se presten, ni que en ellos ande ninguna..., ya me entiendes.

Cristina.—Ese mal nos hagan; porque has de saber, hermana, que está en opinión, entre los que siguen la guerra, cuál es mejor, la caballería o la infantería, y hase averiguado que la infantería española lleva la gala a todas las naciones; y agora podremos las alegres mostrar a pie nuestra gallardía, nuestro garbo y nuestra bizarría, y más yendo descubiertos los rostros, quitando la ocasión de que ninguno se llame a engaño si nos sirviese, pues nos ha visto.

Brígida.—¡Ay, Cristina!, no me digas eso, qué linda cosa era ir sentada en la popa de un coche, llenándola de parte a parte, dando rostro a quien y como y cuando quería. Y, en Dios y en mi anima te digo, que cuando alguna vez me le prestaban, y me vía sentada en él con aquella autoridad, que me desvanecía tanto, que creía bien y verdaderamente que era mujer principal, y que más de cuatro señoras de título pudieran ser mis criadas.

Cristina.—¿Veis, doña Brígida, cómo tengo yo razón en decir que ha sido bien quitar los coches, siquiera por quitarnos a nosotras el pecado de la vanagloria? Y más, que no era bien que un coche igualase a las no tales con las tales; pues, viendo los ojos extranjeros a una persona en un coche, pomposa en galas, reluciente por joyas, echaría a perder la cortesía, haciéndose a ella como si fuera a una principal señora. Así, que, amiga, no debes congojarte, sino acomoda tu brío y tu limpieza, y tu manto de soplillo sevillano, y tus nuevos chapines, en todo caso, con las virillas de plata, y déjate ir por esas calles: que yo te aseguro que no falten moscas a tan buena miel, si quisieres dejar que a ti se lleguen, que engaño en más va que en besarla durmiendo.

BRÍGIDA.—Dios te lo pague, amiga, que me has consolado con tus advertimientos y consejos; y en verdad que los pienso poner en práctica, y pulirme y repulirme, y dar rostro a pie, y pisar el polvico a tan menudico, pues no tengo quien me corte la cabeza, que éste, que piensan que es mi marido, no lo es, aunque me ha dado palabra de serlo.

CRISTINA.—¡Jesús!, ¿tan a la sorda y sin llamar se entra en mi casa, señor? ¿Qué es lo que vuesa merced manda?

Entra SOLÓRZANO

SOLÓRZANO.—Vuesa merced perdone el atrevimiento, que «la ocasión hace el ladrón»; hallé la puerta abierta, y entréme, dándome ánimo al entrarme, venir a servir a vuesa merced, y no con palabras, sino con obras; y, si es que puedo hablar delante desta señora, diré a lo que vengo, y la intención que traigo.

CRISTINA.—De la buena presencia de vuesa merced, no se puede esperar sino que han de ser buenas sus palabras y sus obras. Diga vuesa merced lo que quisiere; que la señora doña Brígida es tan mi amiga, que es otra yo misma.

SOLÓRZANO.—Con este seguro y con esa licencia, hablaré con verdad; y con verdad, señora, soy un cortesano a quien vuesa merced no conoce.

CRISTINA.—Así es la verdad.

SOLÓRZANO.—Y ha muchos días que deseo servir a vuesa merced, obligado a ello de su hermosura, buenas partes y mejor término; pero estrechezas, que no faltan, han sido freno a las obras hasta agora, que la suerte ha querido que de Vizcaya me enviase un grande amigo mío a un hijo suyo, vizcaíno, muy galán, para que yo le lleve a Salamanca y le ponga de mi mano en compañía que le honre y le enseñe. Porque, para decir la verdad a vuesa merced, él es un poco burro, y tiene algo de mentecapto; y añádesele a esto una tacha, que es lástima decirla, cuanto más tenerla, y es que se toma algún tanto, un sí es no es, del vino; pero no de manera que de todo en todo pierda el juicio, puesto que se le turba; y, cuando está asomado, y aun casi todo el cuerpo fuera de la ventana, es cosa maravillosa su alegría y su liberalidad: da todo cuanto tiene a quien se lo pide y a quien no se lo pide; y yo querría que, ya que el diablo se ha de llevar cuanto tiene, aprovecharme de alguna cosa, y no he hallado mejor medio que traerle a casa de vuesa merced, porque es muy amigo de damas, y aquí le desollaremos, cerrado como a gato. Y para principio traigo aquí a vuesa merced esta cadena en este bolsillo, que pesa ciento y veinte escudos de oro, la cual tomará vuesa merced y me dará diez escudos agora, que yo he menester para ciertas cosillas, y gastará otros veinte en una cena esta noche, que vendrá acá nuestro burro o nuestro búfalo, que le llevo yo por el naso, como dicen, y a dos idas y venidas, se quedará vuesa merced con toda la cadena, que yo no quiero más de los diez escudos de ahora. La cadena es bonísima, y de muy buen oro, y vale algo de hechura: hela aquí, vuesa merced la tome.

Cristina.—Beso a vuesa merced las manos por la que me ha hecho en acordarse de mí en tan provechosa ocasión; pero, si he decir lo que siento, tanta liberalidad me tiene algo confusa y algún tanto sospechosa.

Solórzano.—Pues, ¿de qué es la sospecha, señora mía?

Cristina.—De que podrá ser esta cadena de alquimia que se suele decir que no es oro todo lo que reluce.

Solórzano.—Vuesa merced habla discretísimamente; y no en balde tiene vuesa merced fama de la más discreta dama de la corte, y hame dado mucho gusto el ver cuán sin melindres ni rodeos me ha descubierto su corazón; pero para todo hay remedio, si no es para la muerte. Vuesa merced se cubra su manto, o envíe, si tiene de quien fiarse, y vaya a la Platería, y en el contraste se pese y toque esa cadena, y cuando fuera fina, y de la bondad que yo he dicho, entonces vuesa merced me dará los diez escudos, harála una regalaría al borrico, y se quedará con ella.

Cristina.—Aquí pared y medio tengo yo un platero mi conocido, que con facilidad me sacará de duda.

Solórzano.—Eso es lo que yo quiero, y lo que amo y lo que estimo, que las cosas claras Dios las bendijo.

Cristina.—Si es que vuesa merced se atreve a fiarme esta cadena en tanto que me satisfago, de aquí a un poco podrá venir, que yo tendré los diez escudos en oro.

Solórzano.—¡Bueno es eso! Fío mi honra de vuesa merced, ¿y no le había de fiar la cadena? Vuesa merced la haga tocar y retocar; que yo me voy, y volveré de aquí a media hora.

Cristina.—Y aun antes, si es que mi vecino está en casa.

Éntrase Solórzano

Brígida.—Esta, Cristina mía, no sólo es ventura, sino venturón llovido. ¡Desdichada de mí! Y, ¡qué desgraciada soy, que nunca topo quien me dé un jarro de agua, sin que me cueste mi trabajo primero! Sólo me encontré el otro día en la calle a un poeta, que de bonísima voluntad y con mucha cortesía me dio un soneto de la historia de Píramo y Tisbe, y me ofreció trecientos en mi alabanza.

Cristina.—Mejor fuera que te hubieras encontrado con un ginovés que te diera trecientos reales.

Brígida.—¡Sí, por cierto; ahí están los ginoveses de manifiesto y para venirse a la mano, como halcones al señuelo! Andan todos melancónicos y tristes con el decreto.

Cristina.—Mira, Brígida, desto quiero que estés cierta: que vale más un ginovés quebrado, que cuatro poetas enteros; mas, ¡ay!, el viento que corre en popa; mi platero es éste. Y, ¿qué quiere mi buen vecino? Que a fe que me ha quitado el manto de los hombros, que ya me le quería cubrir para buscarle.

Entra el Platero

Platero.—Señora doña Cristina, vuesa merced me ha de hacer una merced, de hacer todas sus fuerzas por llevar mañana a mi mujer a la comedia, que me conviene y me importa quedar mañana en la tarde libre de tener quien me siga y me persiga.

CRISTINA.—Eso haré yo de muy buena gana; y aun, si el señor vecino quiere mi casa y cuanto hay en ella, aquí la hallará sola y desembarazada; que bien sé en qué caen estos negocios.

PLATERO.—No, señora; entretener a mi mujer me basta. Pero, ¿qué quería vuesa merced de mí, que quería ir a buscarme?

CRISTINA.—No más, sino que me diga el señor vecino qué pesará esta cadena, y si es fina, y de qué quilates.

PLATERO.—Esta cadena he tenido yo en mis manos muchas veces, y sé que pesa ciento y cincuenta escudos de oro de a veinte y dos quilates; y que, si vuesa merced la compra y se la dan sin hechura, no perderá nada en ella.

CRISTINA.—Alguna hechura me ha de costar, pero no mucha.

PLATERO.—Mire cómo la concierta la señora vecina que yo le haré dar, cuando se quisiere deshacer della, diez ducados de hechura.

CRISTINA.—Menos me ha de costar, si yo puedo; pero mire el vecino no se engañe en lo que dice de la fineza del oro y cantidad del peso.

PLATERO.—¡Bueno sería que yo me engañase en mi oficio! Digo, señora, que dos veces la he tocado eslabón por eslabón, y la he pesado, y la conozco como a mis manos.

BRÍGIDA.—Con eso nos contentamos.

PLATERO.—Y por más señas, sé que la ha llegado a pesar y a tocar un gentil hombre cortesano, que se llama Tal de Solórzano.

CRISTINA.—Basta, señor vecino; vaya con Dios que yo haré lo que me deja mandado; yo la llevaré, y entretendré dos horas más, si fuere menester, que bien sé que no podrá dañar una hora más de entretenimiento.

PLATERO.—Con vuesa merced me entierren, que sabe de todo, y adiós, señora mía.

Éntrase el PLATERO

BRÍGIDA.—¿No haríamos con este Solórzano, que así se debe llamar sin duda, que trujese con el vizcaíno para mí alguna ayuda de costa, aunque fuese de algún borgoñón más borracho que un zaque?

CRISTINA.—Por decírselo no quedará; pero vesle, aquí vuelve, priesa trae, diligente anda, sus diez escudos le aguijan y espolean.

Entra SOLÓRZANO

SOLÓRZANO.—Pues, señora doña Cristina, ¿ha hecho vuesa merced sus diligencias? ¿Está acreditada la cadena?

CRISTINA.—¿Cómo es el nombre de vuesa merced, por su vida?

SOLÓRZANO.—Don Esteban de Solórzano me suelen llamar en mi casa; pero, ¿por qué me lo pregunta vuesa merced?

CRISTINA.—Por acabar de echar el sello a su mucha verdad y cortesía. Entretenga vuesa merced un poco a la señora doña Brígida, en tanto que entro por los diez escudos.

Éntrase CRISTINA

BRÍGIDA.—Señor don Solórzano, ¿no tendrá vuesa merced por ahí algún mondadientes para mí? Que en verdad no soy para desechar, y que tengo yo tan buenas entradas y salidas en mi casa como la señora doña Cristina que, a no temer que nos oyera alguna, le dijera yo al señor Solórzano más de cuatro tachas suyas; que sepa que tiene las tetas comos dos alforjas vacías, y que no le huele muy bien el aliento, porque se afeita mucho; y con todo eso la buscan, solicitan y quieren, que estoy por arañarme esta cara, más de rabia que de envidia, porque no hay quien me dé la mano, entre tantos que me dan el pie; en fin, la ventura de las feas...

SOLÓRZANO.—No se desespere vuesa merced, que, si yo vivo, otro gallo cantará en su gallinero.

Vuelve a entrar CRISTINA

CRISTINA.—He aquí, señor don Esteban, los diez escudos, y la cena se aderezará esta noche como para un príncipe.

SOLÓRZANO.—Pues nuestro burro está a la puerta de la calle, quiero ir por él; vuesa merced me le acaricie, aunque sea como quien toma una píldora.

Vase SOLÓRZANO

BRÍGIDA.—Ya le dije, amiga, que trujese quien me regalase a mí, y dijo que sí haría, andando el tiempo.

CRISTINA.—Andando el tiempo en nosotras, no hay quien nos regale; amiga, los pocos años traen la mucha ganancia, y los muchos, la mucha pérdida.

BRÍGIDA.—También le dije cómo vas muy limpia, muy linda y muy agraciada, y que toda eras ámbar, almizcle y algalia entre algodones.

CRISTINA.—Ya yo sé, amiga, que tienes muy buenas ausencias.

BRÍGIDA.—*(Aparte.)* Mirad quién tiene amartelados; que vale más la suela de mi botín, que las arandelas de su cuello; otra vez vuelvo a decir: la ventura de las feas.

Entran QUIÑONES *y* SOLÓRZANO

QUIÑONES.—Vizcaíno, manos bésame vuesa merced, que mándeme.

SOLÓRZANO.—Dice el señor vizcaíno, que besa las manos de vuesa merced, y que le mande.

BRÍGIDA.—¡Ay, qué linda lengua! Yo no la entiendo a lo menos, pero paréceme muy linda.

CRISTINA.—Yo beso las de mi señor vizcaíno, y más adelante.

QUIÑONES.—Pareces buena, hermosa; también noche esta cenamos; cadena quedas, duermas nunca, basta que doyla.

SOLÓRZANO.—Dice mi compañero que vuesa merced le parece buena y hermosa; que se apareje la cena: que él le da la cadena, aunque no duerma acá, que basta que una vez la haya dado.

BRÍGIDA.—¿Hay tal Alejandro en el mundo? ¡Venturón, venturón, y cien mil veces venturón!

SOLÓRZANO.—Si hay algún poco de conserva, y algún traguito del devoto para el señor vizcaíno, yo sé que nos valdrá por uno ciento.

CRISTINA.—Y, ¡cómo si lo hay! Y yo entraré por ello, y se lo daré mejor que al Preste Juan de las Indias.

Éntrase CRISTINA

QUIÑONES.—Dama que quedaste, tan buena como entraste.

BRÍGIDA.—¿Qué le ha dicho, señor Solórzano?

SOLÓRZANO.—Que la dama que se queda, que es vuesa merced, es tan buena como la que se ha entrado.

BRÍGIDA.—Y, ¡cómo que está en lo cierto el señor vizcaíno! A fe que en este parecer que no es nada burro.

QUIÑONES.—Burro el diablo; vizcaíno ingenio queréis cuando tenerlo.

BRÍGIDA.—Ya le entiendo: que dice que el diablo es el burro, y que los vizcaínos, cuando quieren tener ingenio, le tienen.

SOLÓRZANO.—Así es, sin faltar un punto.

Vuelve a salir CRISTINA *con un* CRIADO *o* CRIADA, *que traen una caja de conserva, una garrafa con vino, su cuchillo, y servilleta.*

CRISTINA.—Bien puede comer el señor vizcaíno, y sin asco; que todo cuanto hay en esta casa es la quinta esencia de la limpieza.

QUIÑONES.—Dulce conmigo, vino y agua llamas bueno, santo le muestras, ésta le bebo y otra también.

BRÍGIDA.—¡Ay, Dios, y con qué donaire lo dice el buen señor, aunque no le entiendo!

SOLÓRZANO.—Dice que, con lo dulce, también bebe vino como agua; y que este vino es de San Martín, y que beberá otra vez.

CRISTINA.—Y aun otras ciento; su boca puede ser medida.

SOLÓRZANO.—No le den más, que le hace mal, y ya se le va echando de ver; que le he dicho al señor Azcaray que no beba más vino en ningún modo, y no aprovecha.

QUIÑONES.—Vamos que vino que subes y bajas, lengua es grillos y corma es pies. Marde vuelvo, señora, Dios, que te guárdate.

SOLÓRZANO.—¡Miren lo que dice, y verán si tengo yo razón!

CRISTINA.—¿Qué es lo que ha dicho, señor Solórzano?

SOLÓRZANO.—Que el vino es grillo de su lengua y corma de sus pies; que vendrá esta tarde, y que vuesas mercedes se queden con Dios.

BRÍGIDA.—¡Ay, pecadora de mí, y cómo que se le turban los ojos y se trastraba la lengua! ¡Jesús, que ya va dando traspiés! ¡Pues monta que ha bebido mucho! La mayor lástima es ésta que he visto en mi vida; ¡miren qué mocedad y qué borrachera!

Solórzano.—Ya venía él refrendado de casa. Vuesa merced, señora Cristina, haga aderezar la cena, que yo le quiero llevar a dormir el vino, y seremos temprano esta tarde.

Éntranse el VIZCAÍNO *y* Solórzano

Cristina.—Todo estará como de molde; vayan vuesas mercedes en hora buena.

Brígida.—Amiga Cristina, muéstrame esa cadena, y déjame dar con ella dos filos al deseo. ¡Ay qué linda, qué nueva, qué reluciente, y qué barata! Digo, Cristina, que, sin saber cómo ni cómo no, llueven los bienes sobre ti, y se te entra la ventura por las puertas, sin solicitalla. En efeto, eres venturosa sobre las venturosas; pero todo lo merece tu desenfado, tu limpieza, y tu magnífico término: hechizos bastantes a rendir las más descuidadas y exentas voluntades; y no como yo, que «no soy para dar migas a un gato». Toma tu cadena, hermana, que estoy para reventar en lágrimas, y no de envidia que a ti te tengo, sino de lástima que me tengo a mí.

Vuelve a entrar Solórzano

Solórzano.—¡La mayor desgracia nos ha sucedido del mundo!

Brígida.—¡Jesús! ¿Desgracia? ¿Y qué es, señor Solórzano?

Solórzano.—A la vuelta desta calle, yendo a la casa, nos encontramos con un criado del padre de nuestro vizcaíno, el cual trae cartas y nuevas de que su padre queda a punto de espirar, y le manda que al momento se parta, si quiere hallarle vivo. Trae dinero para la partida, que sin duda ha de ser luego. Yo le he tomado diez escudos para vuesa merced, y velos aquí con los diez que vuesa merced me dio denantes, y vuélvaseme la cadena; que, si el padre vive, el hijo volverá a darla, o yo no seré don Esteban de Solórzano.

Cristina.—En verdad, que a mí me pesa; y no por mi interés, sino por la desgracia del mancebo, que ya le había tomado afición.

Brígida.—Buenos son diez escudos ganados tan holgando; tómalos amiga, y vuelve la cadena al señor Solórzano.

Cristina.—Vela aquí, y venga el dinero; que en verdad que pensaba gastar más de treinta en la cena.

Solórzano.—Señora Cristina, «al perro viejo nunca tus tus»; estas tretas con «los de las galleruzas» y «con este perro a otro hueso».

Cristina.—¿Para qué son tantos refranes, señor Solórzano?

Solórzano.—Para que entienda vuesa merced que la codicia rompe el saco. ¿Tan presto se desconfió de mi palabra, que quiso vuesa merced curarse en salud, y salir al lobo al camino, como la gansa de Cantipalos? Señora Cristina, señora Cristina, lo bien ganado se pierde, y cómalo ello y su dueño. Venga mi cadena verdadera, y tómese vuesa merced su falsa, que no ha de haber conmigo transformaciones de Ovidio en tan pequeño espacio. ¡Oh, hi de puta, y qué bien que la amoldaron, y qué presto!

CRISTINA.—¿Qué dice vuesa merced señor mío, que no le entiendo?

SOLÓRZANO.—Digo que no es ésta la cadena que yo dejé a vuesa merced, aunque le parece; que ésta es de alquimia y la otra es de oro de a veinte y dos quilates.

BRÍGIDA.—En mi ánima, que así lo dijo el vecino, que es platero.

CRISTINA.—¿Aun el diablo sería eso?

SOLÓRZANO.—El diablo o la diabla, mi cadena venga y dejémonos de voces, y escúsense juramentos y maldiciones.

CRISTINA.—El diablo me lleve, lo cual querría que no me llevase, si no es esa la cadena que vuesa merced me dejó, y que no he tenido otra en mis manos. ¡Justicia de Dios, si tal testimonio se me levantase!

SOLÓRZANO.—Que no hay qué dar gritos, y más estando ahí el señor Corregidor, que guarda su derecho a cada uno.

CRISTINA.—Si a las manos del Corregidor llega este negocio, yo me doy por condenada; que tiene de mí tan mal concepto, que ha de tener mi verdad por mentira, y mi virtud por vicio. Señor mío, si yo he tenido otra cadena en mis manos, sino aquésta, de cáncer las vea yo comidas.

Entra un ALGUACIL

ALGUACIL.—¿Qué voces son éstas, qué gritos, qué lágrimas y qué maldiciones?

SOLÓRZANO.—Vuesa merced, señor alguacil, ha venido aquí como de molde. A esta señora del rumbo sevillano le empeñé una cadena, habrá una hora, en diez ducados, para cierto efecto; vuelvo agora, a desempeñarla, y, en lugar de una que le di, que pesaba ciento y cincuenta ducados de oro de veinte y dos quilates, me vuelve ésta de alquimia, que no vale dos ducados; y quiere poner mi justicia a la venta de la Zarza, a voces y a gritos, sabiendo que será testigo desta verdad esta misma señora, ante quien ha pasado todo.

BRÍGIDA.—Y, ¡cómo si ha pasado!, y aun repasado; y en Dios y en mi ánima, que estoy por decir que este señor tiene razón; aunque no puede imaginar dónde se pueda haber hecho trueco, porque la cadena no ha salido de aquesta sala.

SOLÓRZANO.—La merced que el señor alguacil me ha de hacer, es llevar a la señora al Corregidor; que allá nos averiguaremos.

CRISTINA.—Otra vez torno a decir que, si ante el Corregidor me lleva, me doy por condenada.

BRÍGIDA.—Sí, porque no está bien con sus huesos.

CRISTINA.—Desta vez me ahorco. Desta vez me desespero. Desta vez me chupan brujas.

SOLÓRZANO.—Ahora bien, yo quiero hacer una cosa por vuesa merced, señora Cristina, siquiera porque no la chupen brujas, o por lo menos se ahorque: esta cadena se parece mucho a la fina del vizcaíno; él es mentecapto y algo borrachuelo; yo se la quiero llevar, y darle a entender que es la suya, y vuesa merced contente aquí al señor alguacil y gaste la cena desta noche, y sosiegue su espíritu, pues la pérdida no es mucha.

CRISTINA.—Págueselo a vuesa merced todo el cielo; al señor alguacil daré media docena de escudos, y en la cena gastaré uno, y quedaré por esclava perpetua del señor Solórzano.

Brígida.—Y yo me haré rajas bailando en la fiesta.

Alguacil.—Vuesa merced ha hecho como liberal y buen caballero, cuyo oficio ha de ser servir a las mujeres.

Solórzano.—Vengan los diez escudos que di demasiados.

Cristina.—Hélos aquí, y más los seis para el señor alguacil.

Entran dos Músicos, *y* Quiñones, *el vizcaíno*

Músico.—Todo lo hemos oído, y acá estamos.

Quiñones.—Ahora sí que puede decir a mi señora Cristina: mamóla una y cien mil veces.

Brígida.—¿Han visto qué claro que habla el vizcaíno?

Quiñones.—Nunca hablo yo turbio, si no es cuando quiero.

Cristina.—Que me maten si no me la han dado a tragar estos bellacos.

Quiñones.—Señores músicos, el romance que les di y que saben, ¿para qué se hizo?

Músicos:

La mujer más avisada,
O sabe poco, o no nada,
  La mujer que más presume
De cortar como navaja
Los vocablos repulgados,
Entre las godeñas pláticas;
La que sabe de memoria,
A Lofraso y a Diana
y al *Caballero del Febo*,
Con *Olivante de Laura*,
La que seis veces al mes
Al gran *Don Quijote* pasa.
Aunque más sepa de aquesto,
O sabe poco o no nada.
  La que se fía en su ingenio,
Lleno de fingidas trazas,
Fundadas en interés
Y en voluntades tiranas;
La que no sabe guardarse,
Cual dicen, del agua mansa,
Y se arroja a las corrientes
Que ligeramente pasan;
La que piensa que ella sola
Es el colmo de la nata
En esto del trato alegre,
O sabe poco o no nada.

Cristina.—Ahora bien, yo quedo burlada, y, con todo esto, convido a vuesas mercedes para esta noche.

Quiñones.—Aceptamos el convite, y todo saldrá en la colada.

ENTREMÉS DEL RETABLO DE LAS MARAVILLAS

Salen CHANFALLA *y la* CHIRINOS

CHANFALLA.—No se te pasen de la memoria, Chirinos, mis advertimientos, principalmente los que te he dado para este nuevo embuste, que ha de salir tan a luz, como el pasado del llovista.

CHIRINOS.—.—Chanfalla ilustre, lo que en mí fuere, tenlo como en molde, que tanta memoria tengo como entendimiento, a quien se junta en voluntad de acertar a satisfacerte, que excede a las demás potencias; pero dime: ¿de qué te sirve este Rabelín que hemos tomado? Nosotros dos solos, ¿no pudiéramos salir con esta empresa?

CHANFALLA.—Habíamosle menester como el pan de la boca, para tocar en los espacios que tardaren en salir las figuras del Retablo de las Maravillas.

CHIRINOS.—Maravilla será si no nos apedrean por solo el Rabelín ; porque tan desventurada criaturilla no la he visto en todos los días de mi vida.

Entra el RABELÍN

RABELÍN.—¿Hase de hacer algo en este pueblo, señor Autor? Que ya me muero, porque vuesa merced vea que no me tomó a carga cerrada.

CHIRINOS.—Cuatro cuerpos de los vuestros no harán un tercio, cuanto más una carga; si no sois más gran músico que grande, medrados estamos.

RABELÍN.—Ello dirá; que en verdad que me han escrito para entrar en una compañía de partes, por chico que soy.

CHANFALLA.—Si os han de dar la parte a medida del cuerpo, casí será invisible. Chirinos, poco a poco estamos ya en el pueblo, y estos que aquí vienen deben de ser, como lo son sin duda, el Gobernador y los Alcaldes. Salgámosles al encuentro, y date un filo a la lengua en la piedra de la adulación; pero no despuntes de aguda.

Salen el GOBERNADOR, y BENITO REPOLLO, *alcalde*, JUAN CASTRADO, *regidor*, y PEDRO CAPACHO, *escribano*.

Beso a vuesas mercedes las manos: ¿quién de vuesas mercedes es el Gobernador deste pueblo?

GOBERNADOR.—Yo soy el Gobernador; ¿qué es lo que queréis, buen hombre?

CHANFALLA.—A tener yo dos onzas de entendimiento, hubiera echado de ver que esa peripatética y anchurosa presencia no podía ser otro que del dignísimo Gobernador deste honrado pueblo; que, con venirlo a ser de las Algarrobillas, lo deseche vuesa merced.

CHIRINOS.—En vida de la señora y de los señoritos, si es que el señor Gobernador los tiene.

CAPACHO.—No es casado el señor Gobernador.

CHIRINOS.—Para cuando lo sea, que no se perderá nada.

GOBERNADOR.—Y bien, ¿qué es lo que queréis, hombre honrado?

CHIRINOS.—Honrados días viva vuesa merced, que así nos honra; en fin, la encina da bellotas, el pero peras, la parra uvas, y el honrado honra, sin poder hacer otra cosa.

BENITO.—Sentencia ciceronianca, sin quitar ni poner un punto.

CAPACHO.—*Ciceroniana* quiso decir el señor alcalde Benito.

BENITO.—Siempre quiero decir lo que es mejor, sino que las más veces no acierto; en fin, buen hombre, ¿qué queréis?

CHANFALLA.—Yo, señores míos, soy Montiel, el que trae el Retablo de las Maravillas: hanme enviado a llamar de la corte de los señores cofrades de los hospitales, porque no hay autor de comedias en ella, y perecen los hospitales, y con mi ida se remediará todo.

GOBERNADOR.—Y, ¿qué quiere decir Retablo de las Maravillas?

CHANFALLA.—Por las maravillosas cosas que en él se enseñan y muestran, viene a ser llamado Retablo de las Maravillas; el cual fabricó y compuso el sabio Tontonelo, debajo de tales paralelos, rumbos, astros y estrellas, con tales puntos, caracteres y observaciones, que ninguno puede ver las cosas que en él se muestran, que tenga alguna raza de confeso, o no sea habido y procreado de sus padres de legítimo matrimonio; y el que fuere contagiado destas dos tan usadas enfermedades, despídase de ver las cosas, jamás vistas ni oídas, de mi Retablo.

BENITO.—Ahora echo de ver que cada día se ven en el mundo cosas nuevas. Y, ¡qué!, ¿se llamaba Tontonelo el sabio que el Retablo compuso?

CHIRINOS.—Tontonelo se llamaba, nacido en la ciudad de Tontonela; hombre de quien hay fama que le llegaba la barba a la cintura.

BENITO.—Por la mayor parte, los hombres de grandes barbas son sabihondos.

GOBERNADOR.—Señor regidor, Juan Castrado, yo determino, debajo de su buen parecer, que esta noche se despose la señora Teresa Castrada, su hija, de quien yo soy padrino, y, en regocijo de la fiesta, quiero que el señor Montiel muestre en vuestra casa su Retablo.

JUAN.—Eso tengo yo por servir al señor Gobernador, con cuyo parecer me convengo, entablo y arrimo, aunque haya otra cosa en contrario.

CHIRINOS.—La cosa que hay en contrario es que, si no se nos paga primero nuestro trabajo, así verán las figuras, como por el cerro de Ubeda. ¿Y vuesas mercedes, señores Justicias, tienen conciencia y alma en estos cuerpos? ¡Bueno sería que entrase esta noche todo el pueblo en casa del señor Juan Castrado, o como es su gracia, y viese lo contenido en el tal Retablo, y mañana, cuando quisiésemos mostralle al pueblo, no hubiese ánima que le viese! No, señores, no señores; *ante omnia* nos ha de pagar lo que fuere justo.

BENITO.—Señora Autora, aquí no os ha de pagar ninguna Antona, ni ningún Antoño; el señor regidor Juan Castrado os pagará más que honradamente, y si no, el Concejo. ¡Bien conocéis el lugar, por cierto! Aquí, hermana, no aguardamos a que ninguna Antona pague por nosotros.

CAPACHO.—¡Pecador de mí, señor Benito Repollo, y qué lejos da del blanco! No dice la señora Autora que pague ninguna Antona, sino que le paguen por adelantado y «ante todas cosas», que eso quiere decir *ante omnia.*

BENITO.—Mirad, escribano Pedro Capacho, haced vos que me hablen a derechas, que yo entenderé a pie llano; vos, que sois leído y escribido, podéis entender esas algarabías de allende, que yo no.

JUAN.—Ahora bien; ¿contentarse ha el señor Autor con que yo le dé adelantados media docena de ducados? Y más, que se tendrá cuidado que no entre gente del pueblo esta noche en mi casa.

CHANFALLA.—Soy contento; porque yo me fío de la diligencia de vuesa merced y de su buen término.

JUAN.—Pues véngase conmigo, recibirá el dinero, y verá mi casa y la comodidad que hay en ella para mostrar ese Retablo.

CHANFALLA.—Vamos, y no se les pase de las mientes las calidades que han de tener los que se atrevieren a mirar el maravilloso Retablo.

BENITO.—A mi cargo queda eso, y séle decir que, por mi parte, puedo ir seguro a juicio, pues tengo el padre alcalde; cuatro dedos de enjundia de cristiano viejo rancioso tengo sobre los cuatro costados de mi linaje: ¡miren si veré el tal Retablo!

CAPACHO.—Todos le pensamos ver, señor Benito Repollo.

JUAN.—«No nacimos acá en las malvas», señor Pedro Capacho.

GOBERNADOR.—Todo será menester, según voy viendo, señores Alcalde, Regidor y Escribano.

JUAN.—Vamos, Autor, y manos a la obra; que Juan Castrado me llamo, hijo de Antón Castrado y de Juana Macha; y no digo más, en abono y seguro que podré ponerme cara a cara y a pie quedo delante del referido Retablo.

CHIRINOS.—¡Dios lo haga!

Éntranse JUAN CASTRADO *y* CHANFALLA

GOBERNADOR.—Señora Autora, ¿qué poetas se usan ahora en la corte, de fama y rumbo, especialmente de los llamados cómicos? Porque yo tengo mis puntas y collar de poeta y pícome de la farándula y carátula. Veinte y dos comedias tengo, todas nuevas, que se veen las unas a las otras; estoy aguardando coyuntura para ir a la corte y enriquecer con ellas media docena de autores.

CHIRINOS.—A lo que vuesa merced, señor Gobernador, me pregunta de los poetas, no le sabré responder; porque hay tantos, que quitan el sol; y todos piensan que son famosos. Los poetas cómicos son los ordinarios y que siempre se usan, y así no hay para qué nombrallos. Pero dígame vuesa merced, por su vida, ¿cómo es su buena gracia? ¿Cómo se llama?

GOBERNADOR.—A mí, señora Autora, me llaman el Licenciado Gomecillos.

CHIRINOS.—¡Válame Dios! ¿Y qué, vuesa merced es el señor Licenciado Gomecillos, el que compuso aquellas coplas tan famosas de *Lucifer estaba malo* y *Tómale mal de fuera*?

GOBERNADOR.—Malas lenguas hubo que me quisieron ahijar esas coplas, y así fueron mías como del Gran Turco. Las que yo compuse, y no quiero negar, fueron aquellas que trataron del diluvio de Sevilla; que, puesto que los poetas son ladrones unos de otros, nunca me precié de hurtar nada a nadie; con mis versos me ayude Dios, y hurte el que quisiere.

Vuelve CHANFALLA

CHANFALLA.—Señores, vuesas mercedes vengan, que todo está a punto, y no falta más que comenzar.

CHIRINOS.—¿Está ya el dinero *in corbona*?

CHANFALLA.—Y aun entre las telas del corazón.

CHIRINOS.—Pues doite por aviso, Chanfalla, que el Gobernador es poeta.

CHANFALLA.—¿Poeta? ¡Cuerpo del mundo! Pues dale por engañado, porque todos los de humor semejante son hechos a la mazacona, gente descuidada, crédula y no nada maliciosa.

BENITO.—Vamos, Autor; que me saltan los pies por ver

Éntranse todos

Salen JUANA CASTRADA *y* TERESA REPOLLA, *labradoras; la una como desposada, que es la* CASTRADA.

CASTRADA.—Aquí te puedes sentar, Teresa Repolla amiga, que tendremos el Retablo enfrente; y pues sabes las condiciones que han de tener los miradores del Retablo, no te descuides, que sería una gran desgracia.

TERESA.—Ya sabes, Juana Castrada, que soy tu prima, y no digo más. ¡Tan cierto tuviera yo el cielo, como tengo cierto ver todo aquello que el Retablo mostrare! ¡Por el siglo de mi madre, que me sacase los mismos ojos de mi cara, si alguna desgracia me aconteciese! ¡Bonita soy yo para eso!

CASTRADA.—Sosiégate, prima; que toda la gente viene.

Entran el GOBERNADOR, BENITO REPOLLO, JUAN CASTRASDO, PEDRO CAPACHO, *el* AUTOR *y la* AUTORA, *y el Músico, y otra gente del pueblo, y un* SOBRINO DE BENITO, *que ha de ser aquel gentil hombre que baila.*

CHANFALLA.—Siéntense todos; el Retablo ha de estar detrás deste repostero, y la Autora también, y aquí el músico.

BENITO.—¿Músico es éste? Métanle también detrás del repostero, que, a trueco de no velle, dará por bien empleado el no oílle.

CHANFALLA.—No tiene vuesa merced razón, señor alcalde Repollo, de descontentarse del músico, que en verdad que es muy buen cristiano, y hidalgo de solar conocido.

GOBERNADOR.—¡Calidades son bien necesarias para ser buen músico!

BENITO.—De solar, bien podrá ser; mas de sonar, abrenuncio.

RABELÍN.—¡Eso se merece el bellaco que se viene a sonar delante de...!

BENITO.—¡Pues por Dios que hemos visto aquí sonar a otros músicos tan...!

GOBERNADOR.—Quédese esta razón en el de del señor Rabel, y en el tan del Alcalde, que será proceder en infinito; y el señor Montiel comience su obra.

BENITO.—Poca balumba trae este Autor para tan gran Retablo.

JUAN.—Todo debe de ser de maravillas.

CHANFALLA.—Atención señores, que comienzo: ¡Oh tú, quien quiera que fuiste, que fabricaste este Retablo con tan maravilloso artificio, que alcanzó renombre *de las Maravillas*: por la virtud que en él se encierra, te conjuro, apremio y mando que luego *incontinenti* muestres a estos señores algunas de tus maravillosas maravillas, para que se recocijen y tomen placer, sin escándalo alguno! Ea, que ya veo que has otorgado mi petición, pues por aquella parte asoma la figura del valentísimo Sansón, abrazado con las columnas del templo, para deriballe por el suelo y tomar venganza de sus enemigos. ¡Tente, valeroso caballero, tente, por la gracia de Dios Padre; no hagas tal desaguisado, porque no cojas debajo y hagas tortilla tanta y tan noble gente como aquí se ha juntado!

BENITO.—¡Téngase, cuerpo de tal conmigo! ¡Bueno sería que, en lugar de habernos venido a holgar, quedásemos aquí hechos plasta! ¡Téngase, señor Sansón, pesia a mis males, que se lo ruegan buenos!

CAPACHO.—¿Veisle vos, Castrado?

JUAN.—Pues, ¿no le había de ver? ¿Tengo yo los ojos en el colodrillo?

GOBERNADOR.—¡Milagroso caso es éste! Así veo yo a Sansón ahora como el Gran Turco. Pues en verdad me tengo por legítimo y cristiano viejo.

CHIRINOS.—¡Guárdate, hombre, que sale el mesmo toro que mató al ganapán en Salamanca! ¡Échate, hombre; échate hombre; Dios te libre, Dios te libre!

CHANFALLA.—¡Échense todos, échense todos! ¡Húcho, ho!, ¡húcho, ho!, ¡húcho, ho!.

Échanse todos, y alborótanse

BENITO.—El diablo lleva en el cuerpo el torillo; sus partes tiene de hosco y de bragado; si no me tiendo, me lleva de vuelo.

JUAN.—Señor Autor, haga, si puede, que no salgan figuras que nos alboroten; y no lo digo por mí, sino por estas mochachas, que no les ha quedado gota de sangre en el cuerpo, de la ferocidad del toro.

CASTRADA.—Y, ¡cómo, padre! No pienso volver en mí en tres días; ya me vi en sus cuernos, que los tiene agudos como una lesna.

JUAN.—No fueras tú mi hija, y no lo vieras.

GOBERNADOR.—Basta, que todos ven lo que yo no veo; pero al fin habré de decir que lo veo, por la negra honrilla.

CHIRINOS.—Esa manada de ratones que allá va, deciende por línea recta de aquellos que se criaron en el Arca de Noé; dellos son blancos, dellos albarazados, dellos jaspeados, y dellos azules; y, finalmente, todos son ratones.

CASTRADA.—¡Jesús!, ¡ay de mí!, ¡ténganme, que me arrojaré por aquella ventana! ¿Ratones? ¡Desdichada! Amiga, apriétate las faldas, y mira no te muerdan; y ¡monta que son pocos!, ¡por el siglo de mi abuela, que pasan de milenta!

REPOLLO.—Yo sí soy la desdichada, porque se me entran sin reparo ninguno; un ratón morenico me tiene asida de una rodilla: ¡socorro venga del cielo, pues en la tierra me falta!

BENITO.—Aun bien que tengo gregüescos: que no hay ratón que se me entre, por pequeño que sea.

CHANFALLA.—Esta agua, que con tanta priesa se deja descolgar de las nubes, es de la fuente que da origen y principio al río Jordán. Toda mujer a quien tocare en el rostro, se le volverá como de plata bruñida, y a los hombres se les volverán las barbas como de oro.

CASTRADA.—¿Oyes, amiga? Descubre el rostro, pues ves lo que te importa. ¡Oh, qué licor tan sabroso! Cúbrase, padre, no se moje.

JUAN.—Todos nos cubrimos, hija.

BENITO.—Por las espaldas me ha calado el agua hasta la canal maestra.

CAPACHO.—Yo estoy más seco que un esparto.

GOBERNADOR.—¿Qué diablos puede ser esto, que aun no me ha tocado una gota, donde todos se ahogan? Mas, ¿si viniera yo a ser bastardo entre tantos legítimos?

BENITO.—Quítenme de allí aquel músico; si no, voto a Dios que me vaya sin ver más figura. ¡Válgate el diablo por músico aduendado, y qué hace de menudear sin cítola y sin son!

RABELÍN.—Señor Alcalde, no tome conmigo la hincha; que yo toco como Dios ha sido servido de enseñarme.

BENITO.—¿Dios te había de enseñar, sabandijas? ¡Métete tras la manta; si no, por Dios que te arroje este banco!

RABELÍN.—El diablo creo que me ha traído a este pueblo.

CAPACHO.—Fresca es el agua del santo río Jordán; y, aunque me cubrí lo que pude, todavía me alcanzó un poco en los bigotes, y apostaré que los tengo rubios como un oro.

BENITO.—Y aun peor cincuenta veces.

CHIRINOS.—Allí van hasta dos docenas de leones rampantes y de osos colmeneros; todo viviente se guarde; que, aunque fantásticos, no dejarán de dar alguna pesadumbre, y aun de hacer las fuerzas de Hércules, con espadas desenvainadas.

JUAN.—Ea, señor Autor, ¡cuerpo de nosla!; ¿y agora nos quiere llenar la casa de osos y de leones?

BENITO.—¡Mirad qué ruiseñores y calandrias nos envía Tontonelo, sino leones y dragones! Señor Autor, o salgan figuras más apacibles, o aquí nos contentamos con las vistas, y Dios le guíe, y no pare más en el pueblo un momento.

CASTRADA.—Señor Benito Repollo, deje salir ese oso y leones, siquiera por nosotros, y recebiremos mucho contento.

JUAN.—Pues, hija, ¿de antes te espantabas de los ratones, y agora pides osos y leones?

CASTRADA.—Todo lo nuevo aplace, señor padre.

CHIRINOS.—Esa doncella, que agora se muestra tan galana y tan compuesta, es la llamada Herodías, cuyo baile alcanzó en premio la cabeza del Precursor de la Vida. Si hay quien la ayude a bailar, verán maravillas.

BENITO.—¡Ésta sí, cuerpo del mundo, que es figura hermosa, apacible y reluciente! ¡Hi de puta, y cómo que se vuelve la mochacha! Sobrino Repollo, tú, que sabes de achaque de castañetas, ayúdala, y será la fiesta de cuatro capas.

SOBRINO.—Que me place, tío Benito Repollo.

Tocan la zarabanda

CAPACHO.—¡Toma mi abuelo, si es antiguo el baile de la zarabanda y de la chacona!

BENITO.—Ea, sobrino, ténselas tiesas a esa bellaca jodía; pero, si ésta es jodía, ¿cómo vee estas maravillas?

CHANFALLA.—Todas las reglas tienen excepción, señor Alcalde.

Suena una Trompeta o Corneta del teatro, y entra un FURRIER *de compañías.*

FURRIER.—.—¿Quién es aquí el señor Gobernador?

GOBERNADOR.—Yo soy. ¿Qué manda vuesa merced?

FURRIER.—Que luego, al punto mande hacer alojamiento para treinta hombres de armas, que llegarán aquí dentro de media noche, y aun antes, que ya suena la trompeta; y adiós. *(Vase.)*

BENITO.—Yo apostaré que los envía el sabio Tontonelo.

CHANFALLA.—No hay tal; que ésta es una compañía de caballos, que estaba alojada dos leguas de aquí.

BENITO.—Ahora yo os conozco bien a Tontonelo, y sé que vos y él sois unos grandísimos bellacos, no perdonando al músico; y mirá que os mando que mandéis a Tontonelo no tenga atrevimiento de enviar estos hombres de armas, que le haré dar docientos azotes en las espaldas, que se vean unos a otros.

CHANFALLA.—¡Digo, señor Alcalde, que no los envía Tontonelo!

BENITO.—Digo que los envía Tontonelo, como ha enviado las otras sabandijas que yo he visto.

CAPACHO.—Todos las habemos visto, señor Benito Repollo.

BENITO.—No digo yo que no, señor Pedro Capacho. No toques más, músico de entre sueños, que te romperé la cabeza.

Vuelve el FURRIER

FURRIER.—Ea, ¿está ya hecho el alojamiento?, que ya están los caballos en el pueblo.

BENITO.—¿Qué, todavía ha salido con la suya Tontonelo? ¡Pues yo os voto a tal, Autor de humos y de embelecos, que me los habéis de pagar!

CHANFALLA.—Séanme testigos que me amenaza el Alcalde.

CHIRINOS.—Seánme testigos que dice el Alcalde que, lo que manda Su Magestad, lo manda el sabio Tontonelo.

BENITO.—Atontoneleada te vean mis ojos, plega a Dios Todopoderoso.

GOBERNADOR.—Yo para mí tengo que verdaderamente estos hombres de armas no deben de ser de burlas.

FURRIER.—¿De burlas habían de ser, señor Gobernador? ¿Está en su seso?

JUAN.—Bien pudieran ser atontoneleados; como esas cosas habemos visto aquí. Por vida del Autor, que haga salir otra vez a la doncella Herodías, porque vea este señor lo que nunca ha visto; quizá con esto le cohecharemos para que se vaya presto del lugar.

CHANFALLA.—Eso en buena hora, y véisla aquí a do vuelve, y hace de señas a su bailador a que de nuevo la ayude.

SOBRINO.—Por mí no quedará, por cierto.

BENITO.—Eso sí, sobrino, cánsala, cánsala; vueltas y más vueltas; ¡vive Dios, que es una azogue la muchacha! ¡Al hoyo, al hoyo! ¡A ello, a ello!

FURRIER.—¿Está loca esta gente? ¿Qué diablos de doncella es ésta, y qué baile y qué Tontonelo?

CAPACHO.—Luego, ¿no vee la doncella herodiana el señor Furrier?

FURRIER.—¿Qué diablos de doncella tengo que ver?

CAPACHO.—Basta: de *ex illis es.*

GOBERNADOR.—De *ex illis es,* de *ex illis es.*

JUAN.—«Dellos es»; dellos el señor Furrier; dellos es.

FURRIER.—¡Soy de la mala puta que los parió; y, por Dios vivo, que, si echo mano a la espada, que los haga salir por las ventanas, que no por la puerta!

CAPACHO.—Basta: de *ex illis es.*

BENITO.—Basta: «dellos es», pues no vee nada.

FURRIER.—Canalla barretina, si otra vez me dicen que soy dellos, no les dejaré hueso sano.

BENITO.—Nunca los confesos ni bastardos fueron valientes; y por eso no podemos dejar de decir: «dellos es», «dellos es».

FURRIER.—¡Cuerpo de Dios con los villanos! ¡Esperad!

Mete mano a la espada, y acuchíllase con todos; y el ALCALDE *aporrea al* RABELLEJO*; y la* CHIRINOS *descuelga la manta y dice:*

CHIRINOS.—El diablo ha sido la trompeta y la venida de los hombres de armas; parece que los llamaron con campanilla.

CHANFALLA.—El suceso ha sido extraordinario, la virtud del Retablo se queda en su punto, y mañana lo podemos mostrar al pueblo; y nosotros mismos podemos cantar el triunfo desta batalla, diciendo: ¡Vivan Chirinos y Chanfalla!

ENTREMÉS DE LA CUEVA DE SALAMANCA

Salen PANCRACIO, LEONARDA *y* CRISTINA

PANCRACIO.—Enjugad, señora, esas lágrimas, y poned pausa a vuestros suspiros, considerando que cuatro días de ausencia no son siglos; yo volveré, a lo más largo, a los cinco, si Dios no me quita la vida; aunque será mejor, por no turbar la vuestra, romper mi palabra, y dejar esta jornada, que sin mi presencia se podrá casar mi hermana.

LEONARDA.—No quiero yo, mi Pancracio y mi señor, que por respeto mío vos parezcáis descortés; id en hora buena, y cumplid con vuestras obligaciones, pues las que os llevan son precisas, que yo me apretaré con mi llaga, y pasaré mi soledad lo menos mal que pudiere. Sólo os encargo la vuelta, y que no paséis del término que habéis puesto. Tenme Cristina, que se me aprieta el corazón.

Desmáyase LEONARDA

CRISTINA.—¡Oh, que bien hayan las bodas y las fiestas! En verdad, señor, que, si yo fuera que vuesa merced, que nunca allá fuera.

PANCRACIO.—Entra, hija, por un vidro de agua para echársela en el rostro. Mas espera; diréle unas palabras que sé al oído, que tienen virtud para hacer volver de los desmayos.

Dícele las palabras; vuelve LEONARDA *diciendo:*

LEONARDA.—Basta; ello ha de ser forzoso, no hay sino tener paciencia, bien mío; cuanto más os detuviéredes más dilatáis mi contento. Vuestro compadre Leoniso os debe de aguardar ya en el coche. Andad con Dios, que él os vuelva tan presto y tan bueno como yo deseo.

PANCRACIO.—Mi ángel, si gustas que me quede, no me moveré de aquí más que una estatua.

LEONARDA.—No, no, descanso mío; que mi gusto está en el vuestro; y, por agora, más que os váis, que no os quedéis, pues es vuestra honra la mía.

CRISTINA.—¡Oh, espejo del matrimonio! A fe que, si todas las casadas quisiesen tanto a sus maridos como mi señora Leonarda quiere al suyo, que otro gallo les cantase.

Leonarda.—Entra, Cristinica, y saca mi manto, que quiero acompañar a tu señor hasta dejarle en el coche.

Pancracio.—No, por mi amor; abrazadme, y quedaos por vida mía. Cristinica, ten cuenta de regalar a tu señora, que yo te mando un calzado cuando vuelva, como tú le quisieres.

Cristina.—Vaya, señor, y no lleve pena de mi señora, porque la pienso persuadir de manera a que nos holguemos, que no imagine en la falta que vuesa merced le ha de hacer.

Leonarda.—¿Holgar yo? ¡Qué bien estás en la cuenta, niña!, porque, ausente de mi gusto, no se hicieron los placeres ni las glorias para mí; penas y dolores sí.

Pancracio.—Ya no lo puedo sufrir. Quedad en paz, lumbre destos ojos, los cuales no verán cosa que les dé placer, hasta volveros a ver.

Éntrase Pancracio

Leonarda.—«Allá darás, rayo, en casa de Ana Díaz.» Vayas, y no vuelvas; «la ida del humo». Por Dios, que esta vez no os han de valer vuestras valentías ni vuestros recatos.

Cristina.—Mil veces temí que con tus extremos habías de estorbar su partida y nuestros contentos.

Leonarda.—¿Si vendrán esta noche los que esperamos?

Cristina.—¿Pues no? Ya los tengo avisados, y ellos están tan en ello, que esta tarde enviaron con la lavandera, nuestra secretaria, como que eran paños, una canasta de colar, llena de mil regalos y de cosas de comer, que no parece sino uno de los serones que da el rey el Jueves Santo a sus pobres; sino que la canasta es de Pascua, porque hay en ella empanadas, fiambreras, manjar blanco, y dos capones que aún no están acabados de pelar, y todo género de fruta de la que hay ahora; y sobre todo, una bota de hasta una arroba de vino, de lo de una oreja que huele que traciende.

Leonarda.—Es muy cumplido, y lo fue siempre, mi Reponce, sacristán de las telas de mis entrañas.

Cristina.—Pues, ¿qué le falta a mi maese Nicolás, barbero de mis hígados y navaja de mis pesadumbres, que así me las rapa y quita cuando le veo, como si nunca las hubiese tenido?

Leonarda.—¿Pusiste la canasta en cobro?

Cristina.—En la cocina la tengo, cubierta con un cernadero, por el disimulo.

Llama a la puerta el Estudiante Carraolano, *y, en llamando, sin esperar que le respondan, entra.*

Leonarda.—Cristina, mira quién llama.

Estudiante.—Señoras, soy yo, un pobre estudiante.

Cristina.—Bien se os parece que sois pobre y estudiante, pues lo uno muestra vuestro vestido, y el ser pobre vuestro atrevimiento. ¡Cosa extraña es ésta, que no hay pobre que espere a que le saquen la limosna a la puerta, sino que se entran en las casas hasta el último rincón, sin mirar si despierta a quien duerme, o si no!

ESTUDIANTE.—Otra más blanda respuesta esperaba yo de la buena gracia de vuesa merced; cuanto más que yo no quería ni buscaba otra limosna, sino alguna caballeriza o pajar donde defenderme esta noche de las inclemencias del cielo, que, según se me trasluce, parece que con grandísismo rigor a la tierra amenazan.

LEONARDA.—Y, ¿de dónde bueno sois, amigo?

ESTUDIANTE.—Salmantino soy, señora mía; quiero decir, que soy de Salamanca. Iba a Roma con un tío mío, el cual murió en el camino, en el corazón de Francia. Vime solo; determiné volverme a mi tierra; robáronme los lacayos o compañeros de Roque Guinarde, en Cataluña, porque él estaba ausente; que, a estar allí, no consintiera que se me hiciera agravio, porque es muy cortés y comedido, y además limosnero. Hame tomado a esas santas puertas la noche, que por las tales las juzgo, y busco mi remedio.

LEONARDA.—¡En verdad, Cristina, que me ha movido a lástima el estudiante!

CRISTINA.—Ya me tiene a mí rasgadas las entrañas. Tengámosle en casa esta noche, pues de las sobras del castillo se podrá mantener el real; quiero decir, que en las reliquias de la canasta habrá en quien adore su hambre; y más, que me ayudará a pelar la volatería que viene en la cesta.

LEONARDA.—Pues, ¿cómo, Cristina, quieres que metamos en nuestra casa testigos de nuestras liviandades?

CRISTINA.—Así tiene él talle de hablar por el colodrillo, como por la boca. Venga acá, amigo, ¿sabe pelar?

ESTUDIANTE.—¿Cómo si sé pelar? No entiendo eso de saber pelar, si no es que quiere vuesa merced motejarme de pelón; que no hay para qué, pues yo me confieso por el mayor pelón del mundo.

CRISTINA.—No digo yo por eso, en mi ánima, sino por saber si sabía pelar dos o tres pares de capones.

ESTUDIANTE.—Lo que sabré responder es, que yo, señoras, por la gracia de Dios, soy graduado de bachiller por Salamanca, y no digo...

LEONARDA.—Desta manera, ¿quién duda sino que sabrá pelar no sólo capones, sino gansos y avutardas? Y en esto del guardar secreto, ¿cómo le va?, y, a dicha, ¿[es] tentado de decir todo lo que vee, imagina o siente?

ESTUDIANTE.—Así pueden matar delante de mí más hombres que carneros en el Rastro, que yo desplegue mis labios para decir palabra alguna.

CRISTINA.—Pues atúrese esa boca, y cósase esa lengua con una agujeta de dos cabos, y amuélese esos dientes y éntrese con nosotras, y verá misterios y cenará maravillas, y podrá medir en un pajar los pies que quisiere para su cama.

ESTUDIANTE.—Con siete tendré demasiado, que no soy nada codicioso ni regalado.

Entran el SACRISTÁN REPONCE *y el* BARBERO

SACRISTÁN.—¡Oh, que en hora buena estén los automedones y guías de los carros de nuestros gustos, las luces de nuestras tinieblas, y las dos recíprocas voluntades que sirven de basas y columnas a la amorosa fábrica de nuestros deseos!

LEONARDA.—¡Esto solo me enfada dél! Reponce mío; habla por tu vida, a lo moderno, y de modo que te entienda, y no te encarames donde no te alcance.

BARBERO.—Eso tengo yo bueno, que hablo más llano que una suela de zapato; pan por vino y vino por pan, o como suele decirse.

SACRISTÁN.—Sí, que diferencia ha de haber de un sacristán gramático a un barbero romancista.

CRISTINA.—Para lo que yo he menester a mi barbero tanto latín sabe, y aun más, que supo Antonio de Nebrija; y no se dispute agora de ciencia, ni de modos de hablar, que cada uno habla, si no como debe, a lo menos como sabe; y entrémonos, y manos a la labor, que hay mucho que hacer.

ESTUDIANTE.—Y mucho que pelar.

SACRISTÁN.—¿Quién es este buen hombre?

LEONARDA.—Un pobre estudiante salamanqueso, que pide albergo para esta noche.

SACRISTÁN.—Yo le daré un par de reales para cena y para lecho, y váyase con Dios.

ESTUDIANTE.—Señor sacristán Reponce, recibo y agradezco la merced y la limosna; pero yo soy mudo, y pelón además, como lo ha menester esta señora doncella, que me tiene convidado; y voto a... de no irme esta noche desta casa, si todo el mundo me lo manda. Confíese vuesa merced mucho de enhoramala de un hombre de mis prendas, que se contenta de dormir en un pajar; y, si lo han por sus capones, péleselos el Turco y cómanselos ellos, y nunca del cuero les salgan.

BARBERO.—Éste más parece rufián que pobre. Talle tiene de alzarse con toda la casa.

CRISTINA.—No medre yo, si no me contenta el brío. Entrémonos todos, y demos orden en lo que se ha de hacer; que el pobre pelará y callará como en misa.

ESTUDIANTE.—Y aun como en vísperas.

SACRISTÁN.—Puesto me ha miedo el pobre estudiante; yo apostaré que sabe más latín que yo.

LEONARDA.—De ahí le deben de nacer los bríos que tiene; pero no te pese, amigo, de hacer caridad, que vale para todas las cosas.

Éntranse todos, y sale LEONISO, *compadre de Pancracio, y* PANCRACIO.

COMPADRE.—Luego lo vi yo que nos había de faltar la rueda; no hay cochero que no sea temático; si él rodeara un poco y salvara aquel barranco, ya estuviéramos dos leguas de aquí.

PANCRACIO.—A mí no se me da nada; que antes gusto de volverme y pasar esta noche con mi esposa Leonarda, que en la venta, porque la dejé esta tarde casi para espirar del sentimiento de mi partida.

COMPADRE.—¡Gran mujer! ¡De buena os ha dado el cielo, señor compadre! Dadle gracias por ello.

PANCRACIO.—Yo se las doy como puedo, y no como debo; no hay Lucrecia que se [le] llegue, ni Porcia que se le iguale: la honestidad y el recogimiento han hecho en ella su morada.

COMPADRE.—Si la mía no fuera celosa, no tenía yo más que desear. Por esta calle está más cerca mi casa; tomad, compadre, por éstas, y estaréis presto en la vuestra; y veámonos mañana, que [no] me faltará coche para la jornada. Adiós.

PANCRACIO.—Adiós.

Éntranse los dos

Vuelven a salir el SACRISTÁN *y el* BARBERO, *con sus guitarras;* LEONARDA, CRISTINA *y el* ESTUDIANTE. *Sale el* SACRISTÁN *con la sotana alzada y ceñida al cuerpo, danzando al son de su misma guitarra; y, a cada cabriola, vaya diciendo estas palabras:*

SACRISTÁN:

¡Linda noche, lindo rato,
linda cena y lindo amor!

CRISTINA.—Señor sacristán Reponce, no es este tiempo de danzar; dése orden en cenar, y en las demás cosas, y quédense las danzas para mejor coyuntura.

SACRISTÁN:

¡Linda noche, lindo rato,
linda cena y lindo amor!

LEONARDA.—Déjale, Cristina; que en extremo gusto de ver su agilidad.

Llama PANCRACIO *a la puerta, y dice:*

PANCRACIO.—Gente dormida, ¿no oís? ¡Cómo! ¿Y tan temprano tenéis atrancada la puerta? Los recatos de mi Leonarda deben de andar por aquí.

LEONARDA.—¡Ay, desdichada! A la voz y a los golpes mi marido Pancracio es éste; algo le debe de haber sucedido, pues él se vuelve. Señores, a recogerse a la carbonera, digo al desván, donde está el carbón. *(A Cristina.)* Corre, Cristina y llévalos; que yo entretendré a Pancracio de modo que tengas lugar para todo.

ESTUDIANTE:

¡Fea noche, amargo rato,
mala cena y peor amor!

CRISTINA.—¡Gentil relente, por cierto! ¡Ea, vengan todos!

PANCRACIO.—¿,Qué diablos es esto? ¿Cómo no me abrís, lirones?

ESTUDIANTE.—Es el toque, que yo no quiero correr la suerte destos señores. Escóndanse ellos donde quisieren, y llévenme a mí al pajar, que, si allí me hallan, antes pareceré pobre que adúltero.

CRISTINA.—Caminen, que se hunde la casa a golpes.

SACRISTÁN.—El alma llevo en los dientes.

BARBERO.—Y yo en los carcañares.

Éntranse todos, y asómase LEONARDA *a la ventana.*

LEONARDA.—¿Quién está ahí? ¿Quién llama?

PANCRACIO.—Tu marido soy, Leonarda mía; ábreme, que ha media hora que estoy rompiendo a golpes estas puertas.

LEONARDA.—En la voz bien me parece a mí que oigo a mi cepo Pancracio; pero la voz de un gallo se parece a la de otro gallo y no me aseguro.

PANCRACIO.—¡Oh, recato inaudito de mujer prudente! Que yo soy, vida mía, tu marido Pancracio: ábreme con toda seguridad.

LEONARDA.—Venga acá, yo lo veré agora. ¿Qué hice yo cuando él se partió esta tarde?

PANCRACIO.—Suspiraste, lloraste, y al cabo te desmayaste.

LEONARDA.—Verdad; pero, con todo esto, dígame: ¿qué señales tengo yo en uno de mis hombros?

PANCRACIO.—En el izquierdo tienes un lunar del grandor de medio real, con tres cabellos como tres mil hebras de oro.

LEONARDA.—Verdad; pero, ¿cómo se llama la doncella de casa?

PANCRACIO.—¡Ea, boba, no seas enfadosa: Cristinica se llama! ¿Qué más quieres?

LEONARDA.—¡Cristinica, Cristinica, tu señor es, ábrele niña!

CRISTINA.—Ya voy señora; que él sea muy bien venido. *(A Pancracio.)* ¿Qué es esto, señor de mi alma? ¿Qué acelerada vuelta es ésta?

LEONARDA.—¡Ay, bien mío! Decídnoslo presto, que el temor de algún mal suceso me tiene ya sin pulsos.

PANCRACIO.—No ha sido otra cosa sino que en un barranco se quebró la rueda del coche, y mi compadre y yo determinamos volvernos, y no pasar la noche en el campo; y mañana buscaremos en qué ir, pues hay tiempo. Pero, ¿qué voces hay?

Dentro, y como de muy lejos, diga el ESTUDIANTE:

ESTUDIANTE.—¡Ábranme aquí, señores, que me ahogo!

PANCRACIO.—¿Es en casa, o en la calle?

CRISTINA.—Que me maten si no es el pobre estudiante que encerré en el pajar, para que durmiese esta noche.

PANCRACIO.—¿Estudiante encerrado en mi casa, y en mi ausencia? ¡Malo! En verdad, señora, que, si no me tuviera asegurado vuestra mucha bondad, que me causara algún recelo este encerramiento. Pero ve, Cristina, y ábrele; que se le debe de haber caído toda la paja a cuestas.

CRISTINA.—Ya voy. *(Vase.)*

LEONARDA.—Señor, que es un pobre salamanqueso, que pidió que le acogiésemos esta noche, por amor de Dios, aunque fuese en el pajar; y, ya sabes mi condición, que no puedo negar nada de lo que se me pide, y encerrámosle; pero veisle aquí, y mirad cuál sale.

Salen el ESTUDIANTE *y* CRISTINA*; él lleno de paja las barbas, cabeza y vestido.*

ESTUDIANTE.—Si yo no tuviera tanto miedo, y fuera menos escrupuloso, yo hubiera escusado el peligro de ahogarme en el pajar, y hubiera cenado mejor, y tenido más blanda y menos peligrosa cama.

PANCRACIO.—Y, ¿quién os había de dar, amigo, mejor cena y mejor cama?

ESTUDIANTE.—¿Quién? Mi habilidad; sino que el temor de la justicia me tiene atadas las manos.

PANCRACIO.—¡Peligrosa habilidad debe de ser la vuestra, pues os teméis de la justicia!

ESTUDIANTE.—La ciencia que aprendí en la Cueva de Salamanca, de donde yo soy natural, si se dejara usar sin miedo de la Santa Inquisición, yo sé que cenara y recenara a costa de mis herederos; y aun quizá no estoy muy fuera de usalla, siquiera por esta vez, donde la necesidad me fuerza y me disculpa; pero no sé yo si estas señoras serán tan secretas como yo lo he sido.

PANCRACIO.—No se cure dellas, amigo, sino haga lo que quisiere, que yo les haré que callen; y ya deseo en todo extremo ver alguna destas cosas que dicen que se aprenden en la Cueva de Salamanca.

ESTUDIANTE.—¿No se contentará vuesa merced con que le saque de aquí dos demonios en figuras humanas, que traigan a cuestas una canasta llena de cosas fiambres y comederas?

LEONARDA.—¿Demonios en mi casa y en mi presencia? ¡Jesús! Librada sea yo de lo que librarme no sé.

CRISTINA.—El mismo diablo tiene el estudiante en el cuerpo: ¡plega a Dios que vaya a buen viento esta parva! Temblándome está el corazón en el pecho.

PANCRACIO.—Ahora bien; si ha de ser sin peligro y sin espantos, yo me holgaré de ver esos señores demonios y a la canasta de las fiambreras; y torno a advertir, que las figuras no sean espantosas.

ESTUDIANTE.—Digo que saldrán en figura del sacristán de la parroquia, y en la de un barbero su amigo.

CRISTINA.—¿Mas que lo dice por el sacristán Reponce, y por maese Roque, el barbero de casa? ¡Desdichados dellos, que se han de ver convertidos en diablos! *(Al estudiante.)* Y dígame, hermano, ¿y éstos han de ser diablos bautizados?

ESTUDIANTE.—¡Gentil novedad! ¿A dónde diablos hay diablos bautizados, o para qué se han de bautizar los diablos? Aunque podrá ser que éstos lo fuesen, porque no hay regla sin excepción; y apártense, y verán maravillas.

LEONARDA.—¡Ay, sin ventura! Aquí se descose; aquí salen nuestras maldades a plaza; aquí soy muerta.

CRISTINA.—¡Ánimo, señora, que buen corazón quebranta mala ventura!

ESTUDIANTE:

Vosotros, mezquinos, que en la carbonera
Hallasteis amparo a vuestra desgracia,
Salid, y en los hombros, con priesa y con gracia,
Sacad la canasta de la fiambrera;

No me incitéis a que de otra manera
Más dura os conjure. Salid; ¿qué esperáis?
Mirad que si a dicha el salir rehusáis,
Tendrá mal suceso mi nueva quimera.

Hora bien; yo sé cómo me tengo de haber con estos demonicos humanos: quiero entrar allá dentro, y a solas hacer un conjuro tan fuerte, que los haga salir más que de paso; aunque la calidad destos demonios, más está en sabellos aconsejar, que en conjurallos.

Éntrase el Estudiante

Pancracio.—Yo digo que, si éste sale con lo que ha dicho, que será la cosa más nueva y más rara que se haya visto en el mundo.

Leonarda.—Sí saldrá, ¿quién lo duda?; pues, ¿habíanos de engañar?

Cristina.—Ruido anda allá dentro; yo apostaré que los saca; pero vee aquí do vuelve con los demonios y el apatusco de la canasta.

Salen el Estudiante, *el* Sacristán *y el* Barbero

Leonarda.—¡Jesús! ¡Qué parecidos son los de la carga al sacristán Reponce y al barbero de la plazuela!

Cristina.—Mirá, señora, que donde hay demonios no se ha de decir Jesús.

Sacristán.—Digan lo que quisieren; que nosotros somos «como los perros del herrero, que dormimos al son de las martilladas», ninguna cosa nos espanta ni turba.

Leonarda.—Lléguense a que yo coma de lo que viene de la canasta, no tomen menos.

Estudiante.—Yo haré la salva y comenzaré por el vino. *(Bebe.)* Bueno es, ¿es de Esquivias, señor Sacridiablo?

Sacristán.—De Esquivias es, juro a...

Estudiante.—Téngase, por vida suya, y no pase adelante. ¡Amiguito soy yo de diablos juradores! Demonico, demonico, aquí no venimos a hacer pecados mortales, sino a pasar una hora de pasatiempo, y cenar, y irnos con Cristo.

Cristina.—¿Y éstos, han de cenar con nosotros?

Pancracio.—Sí, que los diablos no comen.

Barbero.—Sí comen algunos, pero no todos; y nosotros somos de los que comen.

Cristina.—¡Ay, señores! Quédense acá los pobres diablos, pues han traído la cena; que sería poca cortesía dejarlos ir muertos de hambre, y parecen diablos muy honrados y muy hombres de bien.

Leonarda.—Como no nos espanten, y si mi marido gusta, quédense en buen hora.

Pancracio.—Queden; que quiero ver lo que nunca he visto.

Barbero.—Nuestro Señor pague a vuesas mercedes la buena obra, señores míos.

Cristina.—¡Ay, qué bien criados, qué corteses! Nunca medre yo, si todos los diablos son como éstos, si no han de ser amigos de aquí adelante.

SACRISTÁN.—Oigan, pues, para que se enamoren de veras.

Toca el SACRISTÁN *y canta; ayúdale el* BARBERO *con el último verso no más.*

Oigan los que poco saben
Lo que con mi lengua franca
Digo del bien que en sí tiene.
BARBERO:
La Cueva de Salamanca.
SACRISTÁN:
Oigan lo que dejó escrito
Della el Bachiller Tudanca
En el cuero de una yegua,
Que dicen que fue potranca,
En la parte de la piel
Que confina con el anca,
Poniendo sobre las nubes.
BARBERO:
La Cueva de Salamanca.
SACRISTÁN:
En ella estudian los ricos
Y los que no tienen blanca,
Y sale entera y rolliza
La memoria que está manca.
Siéntanse los que allí enseñan
De alquitrán en una banca,
Porque estas bombas encierra.
BARBERO:
La Cueva de Salamanca.
SACRISTÁN:
En ella se hacen discretos
Los moros de la Palanca;
Y el estudiante más burdo
Ciencias de su pecho arranca.
A los que estudian en ella,
Ninguna cosa les manca;
Viva, pues, siglos eternos.
BARBERO:
La Cueva de Salamanca.
SACRISTÁN:
Y nuestro conjurador
Si es a dicha de Loranca,
Tenga en ella cien mil vides
De uva tinta y de uva blanca;
Y al diablo que le acusare,
Que le den con una tranca,
Y para el tal jamás sirva

BARBERO:
La Cueva de Salamanca.

CRISTINA.—Basta, ¿que también los diablos son poetas?
BARBERO.—Y aun todos los poetas son diablos.
PANCRACIO.—Dígame, señor mío, pues los diablos lo saben todo, ¿dónde inventaron todos estos bailes de las *Zarabandas, Zambapalo* y *Dello me pesa*, con el famoso del nuevo *Escarramán*?
BARBERO.—¿Adónde?, en el infierno; allí tuvieron su origen y principio.
PANCRACIO.—Yo así lo creo.
LEONARDA.—Pues en verdad, que tengo yo mis puntas y collar escarramanesco; sino que por mi honestidad y por guardar el decoro de quien soy, no me atrevo a bailarle.
SACRISTÁN.—Con cuatro mudanzas que yo le enseñase a vuesa merced cada día en una semana, saldría única en el baile; que sé que le falta bien poco.
ESTUDIANTE.—Todo se andará; por agora entrémonos a cenar, que es lo que importa.
PANCRACIO.—Entremos; que quiero averiguar si los diablos comen o no, con otras cien mil cosas que dellos cuentan; y, por Dios, que no han de salir de mi casa hasta que me dejen enseñado en la ciencia y ciencias que se enseñan en la Cueva de Salamanca.

ENTREMÉS DEL VIEJO CELOSO

Salen DOÑA LORENZA; CRISTINA, *su criada, y* HORTIGOSA, *su vecina*

DOÑA LORENZA.—Milagro ha sido éste, señora Hortigosa, el no haber dado la vuelta a la llave mi duelo, mi yugo y mi desesperación; éste es el primero día, después que me casé con él, que hablo con persona de fuera de casa; que fuera le vea yo desta vida a él y a quien con él me casó.

HORTIGOSA.—Ande, mi señora Lorenza, no se queje tanto; que «con una caldera vieja se compra otra nueva».

DOÑA LORENZA.—Y aun con esos y otros semejantes villancicos o refranes me engañaron a mí; que malditos sean sus dineros, fuera de las cruces; malditas sus joyas, malditas sus galas y maldito todo cuanto me da y promete. ¿De qué me sirve a mí todo aquesto, si en mitad de la riqueza estoy pobre, y en medio de la abundancia con hambre?

CRISTINA.—En verdad, señora tía, que tienes razón; que más quisiera yo andar con un trapo atrás y otro adelante, y tener un marido mozo, que verme casada y enlodada con ese viejo podrido que tomaste por esposo.

DOÑA LORENZA.—¿Yo le tomé, sobrina? A la fe, diómele quien pudo; y yo, como muchacha, fui más presta al obedecer que al contradecir; pero, si yo tuviera tanta experiencia destas cosas, antes me tarazara la lengua con los dientes, que pronunciar aquel sí, que se pronuncia con dos letras y da que llorar dos mil años; pero yo imagino que no fue otra cosa sino que había de ser ésta, y que, las que han de suceder forzosamente, no hay prevención ni diligencia humana que las prevenga.

CRISTINA.—¡Jesús, y del mal viejo! Toda la noche: «Dacá el orinal, toma el orinal; levántate, Cristinica, y caliéntame unos paños que me muero de la ijada; dame aquellos juncos, que me fatiga la piedra.» Con más ungüentos y medicinas en el aposento, que si fuera una botica; y yo, que apenas sé vestirme, tengo de servirle de enfermera. ¡Pux, pux, pux, el viejo clueco, tan potroso como celoso, y el más celoso del mundo!

DOÑA LORENZA.—Dice la verdad mi sobrina.

CRISTINA.—¡Pluguiera a Dios que nunca yo la dijera en esto!

HORTIGOSA.—Ahora bien, señora doña Lorenza; vuesa merced haga lo que le tengo aconsejado, y verá cómo se halla muy bien con mi consejo. El mozo es como un ginjo verde; quiere bien, sabe callar y agradecer lo que por él se hace; y pues los celos y el recato del viejo no nos dan lugar a demandas ni a respuestas, resolución y buen ánimo, que, por la orden que hemos dado, yo le pondré al galán en su aposento de vuesa merced y le sacaré, si bien tuviese el viejo más ojos que Argos, y viese más que un zahorí, que dicen que vee siete estados debajo de la tierra.

DOÑA LORENZA.—Como soy primeriza, estoy temerosa, y no querría, a trueco del gusto, poner a riesgo la honra.

CRISTINA.—Eso me parece, señora tía, a lo del cantar de Gómez Arias:

Señor Gómez Arias,
Doleos de mí; Soy niña y muchacha,
Nunca en tal me vi.

DOÑA LORENZA.—Algún espíritu malo debe de hablar en ti, sobrina, según las cosas que dices.

CRISTINA.—Yo no sé quién habla; pero yo sé que haría todo aquello que la señora Hortigosa ha dicho, sin faltar punto.

DOÑA LORENZA.—¿Y la honra, sobrina?

CRISTINA.—¿Y el holgarnos, tía?

DOÑA LORENZA.—¿Y si se sabe?

CRISTINA.—¿Y si no se sabe?

DOÑA LORENZA.—Y, ¿quién me asegurará a mí que no se sepa?

HORTIGOSA.—¿Quién? La buena diligencia, la sagacidad, la industria; y, sobre todo, el buen ánimo y mis trazas.

CRISTINA.—Mire, señora Hortigosa, tráyanosle galán, limpio, desenvuelto, un poco atrevido, y, sobre todo, mozo.

HORTIGOSA.—Todas esas partes tiene el que he propuesto, y otras dos más, que es rico y liberal.

DOÑA LORENZA.—Que no quiero riquezas, señora Hortigosa; que me sobran las joyas, y me ponen en confusión las diferencias de colores de mis muchos vestidos; hasta eso no tengo que desear que Dios le dé salud a Cañizares, más vestida me tiene que un palmito, y con más joyas que la vedriera de un platero rico. No me clavara él las ventanas, cerrara las puertas, visitara a todas las horas la casa, desterrara della los gatos y los perros, solamente porque tienen nombre de varón; que, a trueco de que no hiciera esto y otras cosas no vistas en materia de recato, yo le perdonara sus dádivas y mercedes.

HORTIGOSA.—¿Que tan celoso es?

DOÑA LORENZA.—¡Digo!, que le vendían el otro día una tapicería a bonísimo precio, y por ser de figuras no la quiso, y compró otra de verduras, por mayor precio, aunque no era tan buena. Siete puertas hay antes que se llegue a mi aposento, fuera de la puerta de la calle, y todas se cierran con llave; y las llaves no me ha sido posible averiguar dónde las esconde de noche.

CRISTINA.—Tía, la llave de loba creo que se la pone entre las faldas de la camisa.

DOÑA LORENZA.—No lo creas, sobrina; que yo duermo con él y jamás le he visto ni sentido que tenga llave alguna.

CRISTINA.—Y más, que toda la noche anda como trasgo por toda la casa; y si acaso dan alguna música en la calle, les tira de pedradas porque se vayan: es un malo, es un brujo, es un viejo, que no tengo más que decir.

DOÑA LORENZA.—Señora Hortigosa, váyase, no venga el gruñidor y la halle conmigo, que sería echarlo a perder todo; y lo que ha de hacer, hágalo luego, que estoy tan aburrida, que no me falta sino echarme una soga al cuello, por salir de tan mala vida.

HORTIGOSA.—Quizá con ésta que ahora se comenzará, se le quitará toda esa mala gana y le vendrá otras más saludable y que más le contente.

CRISTINA.—Así suceda, aunque me costase a mí un dedo de la mano, que quiero mucho a mi señora tía, y me muero de verla tan pensativa y angustiada en poder deste viejo y reviejo, y más que viejo; y no me puedo hartar de decille viejo.

DOÑA LORENZA.—Pues en verdad que te quiere bien, Cristina.

CRISTINA.—¿Deja por eso de ser viejo? Cuanto más, que yo he oído decir que siempre los viejos son amigos de las niñas.

HORTIGOSA.—Así es la verdad, Cristina, y adiós, que en acabando de comer, doy la vuelta. Vuesa merced esté muy en lo que dejamos concertado, y verá cómo salimos y entramos bien en ello.

CRISTINA.—Señora Hortigosa, hágame merced de traerme a mí un frailecico pequeñito, con quien yo me huelgue.

HORTIGOSA.—Yo se lo traeré a la niña pintado.

CRISTINA.—¡Que no le quiero pintado, sino vivo, vivo, chiquito, como unas perlas!

HORTIGOSA.—¿Y si lo vee tío?

CRISTINA.—Diréle yo que es un duende, y tendrá dél miedo, y holgaréme yo.

HORTIGOSA.—Digo que yo le trairé, y adiós.

Vase HORTIGOSA

CRISTINA.—Mire tía, si Hortigosa trae al galán y a mi frailecico, y si el señor los viere, no tenemos más que hacer, sino cogerle entre todos y ahogarle, y echarle en el pozo o enterrarle en la caballeriza.

DOÑA LORENZA.—Tal eres tú, que creo lo harías mejor que lo dices.

CRISTINA.—Pues no sea viejo celoso, y déjenos vivir en paz, pues no le hacemos mal alguno, y vivimos como unas santas.

Éntranse

Entran CAÑIZARES, *viejo, y un* COMPADRE *suyo.*

CAÑIZARES.—Señor compadre, señor compadre, el setentón que se casa con quince, o carece de entendimiento, o tiene gana de visitar el otro mundo lo más presto que le sea posible. Apenas me casé con doña Lorencica, pensando tener en ella compañía y regalo, y persona que se hallase en mi cabecera, y me cerrase los ojos al tiempo de mi muerte, cuando me embistieron una turbamulta de trabajos y desasosiegos; tenía casa, y busqué casar; estaba posado y desposéme.

COMPADRE.—Compadre, error fue, pero no muy grande; porque, según el dicho del Apóstol, «mejor es casarse que abrasarse».

Cañizares.—¡Qué no había de abrasar en mí, señor compadre, que con la menor llamarada quedara hecho ceniza! Compañía quise, compañía busqué, compañía hallé; pero Dios lo remedie, por quien él es.

Compadre.—¿Tiene celos, señor compadre?

Cañizares.—Del sol que mira a Lorencita, del aire que le toca, de las faldas que la vapulan.

Compadre.—¿Dale ocasión?

Cañizares.—Ni por pienso, ni tiene por qué, ni cómo, ni cuándo, ni adónde: las ventanas, amén de estar con llave, las guarnecen rejas y celosías; las puertas, jamás se abren; vecina no atraviesa mis umbrales, ni los atravesará mientras Dios me diere vida. Mirad, compadre, no les vienen los malos aires a las mujeres de ir a los jubileos ni a las procesiones, ni a todos los actos de regocijos públicos; donde ellas se mancan, donde ellas se estropean, y adonde ellas se dañan, es en casa de las vecinas y de las amigas; más maldades encubre una mala amiga, que la capa de la noche; más conciertos se hacen en su casa y más se concluyen, que en una semblea.

Compadre.—Yo así lo creo; pero, si la señora doña Lorenza no sale de casa, ni nadie entra en la suya, ¿de dónde vive descontento mi compadre?

Cañizares.—De que no pasará mucho tiempo en que no caiga Lorencica en lo que le falta; que será un mal caso, y tan malo, que en sólo pensallo le temo, y de temerle me desespero, y de desesperarme vivo con disgusto.

Compadre.—Y con razón se puede tener ese temor; porque las mujeres querrían gozar enteros los frutos del matrimonio.

Cañizares.—La mía los goza doblados.

Compadre.—Ahí está el daño, señor compadre.

Cañizares.—No, no, ni por pienso; que es más simple Lorencica que una paloma, y hasta agora no entiende nada desas filaterías; y adiós, señor compadre, que me quiero entrar en casa.

Compadre.—Yo quiero entrar allá, y ver a mi señora doña Lorenza.

Cañizares.—Habéis de saber, compadre, que los antiguos latinos usaban de un refrán, que decía: *Amicus usque ad aras*, que quiere decir: «El amigo hasta el altar»; infiriendo que el amigo ha de hacer por su amigo todo aquello que no fuere contra Dios; y yo digo que mi amigo *usque ad portam*, «hasta la puerta»; que ninguno ha de pasar mis quicios; y adiós, señor compadre, y perdóneme.

Éntrase Cañizares.

Compadre.—En mi vida he visto hombre más recatado, ni más celoso, ni más impertinente; pero éste es de aquellos que traen la soga arrastrando, y de los que siempre vienen a morir del mal que temen.

Éntrase el Compadre

Salen Doña Lorenza *y* Cristina

Cristina.—Tía, mucho tarda tío, y más tarda Hortigosa.

DOÑA LORENZA.—Mas que nunca él acá viniese, ni ella tampoco, porque él me enfada, y ella me tiene confusa.

CRISTINA.—Todo es probar, señora tía; y, cuando no saliere bien, darle del codo.

DOÑA LORENZA.—¡Ay, sobrina!, que estas cosas, o yo sé poco, o sé que todo el daño está en probarlas.

CRISTINA.—A fe, señora tía, que tiene poco ánimo, y que, si yo fuera de su edad, que no me espantaran hombres armados.

DOÑA LORENZA.—Otra vez torno a decir, y diré cien mil veces, que Satanás habla en tu boca; mas, ¡ay! ¿Cómo se ha entrado señor?

CRISTINA.—Debe de haber abierto con la llave maestra.

DOÑA LORENZA.—Encomiendo yo al diablo sus maestrías y sus llaves.

Entra CAÑIZARES

CAÑIZARES.—¿Con quién hablábades, doña Lorenza?

DOÑA LORENZA.—Con Cristinica hablaba.

CAÑIZARES.—Miradlo bien, doña Lorenza.

DOÑA LORENZA.—Digo que hablaba con Cristinica, ¿con quién había de hablar? ¿Tengo yo, por ventura, con quién?

CAÑIZARES.—No querría que tuviésedes algún soliloquio con vos misma, que redundase en mi perjuicio.

DOÑA LORENZA.—Ni entiendo esos circunloquios que decís, ni aun los quiero entender; y tengamos la fiesta en paz.

CAÑIZARES.—Ni aun las vísperas no querría yo tener en guerra con vos; pero, ¿quién llama a aquella puerta con tanta priesa? Mira, Cristinica, quién es, y, si es pobre, dale limosna y despídele.

CRISTINA.—¿Quién está ahí?

HORTIGOSA.—La vecina Hortigosa es, señora Cristina.

CAÑIZARES.—¿Hortigosa y vecina? Dios sea conmigo. Pregúntale, Cristina, lo que quiere, y dáselo, con condición que no atraviese esos umbrales.

CRISTINA.—¿Y qué quiere, señora vecina?

CAÑIZARES.—El nombre de vecina me turba y sobresalta; llámala por su propio nombre, Cristina.

CRISTINA.—Responda: ¿Y qué quiere, señora Hortigosa?

HORTIGOSA.—Al señor Cañizares quiero suplicar un poco, en que me va la honra, la vida y el alma.

CAÑIZARES.—Decidle, sobrina, a esa señora, que a mí me va todo eso y más en que no entre acá dentro.

DOÑA LORENZA.—¡Jesús, y qué condición tan extravagante! ¿Aquí no estoy delante de vos? ¿Hanme de comer de ojo? ¿Hanme de llevar por los aires?

CAÑIZARES.—Entre con cien mil Bercebuyes, pues vos lo queréis.

CRISTINA.—Entre, señora vecina.

CAÑIZARES.—¡Nombre fatal para mí es el de vecina!

Entra Hortigosa, *y tray un guadamecí, y en las pieles de las cuatro esquinas han de venir pintados Rodamonte, Madricardo, Rugero y Gradaso, y Rodamonte venga pintado como arrebozado.*

Hortigosa.—Señor mío de mi alma, movida y incitada de la buena fama de vuesa merced, de su gran caridad y de sus muchas limosnas, me he atrevido de venir a suplicar a vuesa merced me haga tanta merced, caridad y limosna y buena obra de comprarme este guadamecí, porque tengo un hijo preso por unas heridas que dio a un tundidor, y ha mandado la Justicia que declare el cirujano, y no tengo con qué pagalle, y corre peligro no le echen otros embargos, que podrían ser muchos, a causa que es muy travieso mi hijo; y querría echarle hoy o mañana, si fuese posible, de la cárcel. La obra es buena, el guadamecí nuevo, y con todo eso, le daré por lo que vuesa merced quisiere darme por él, que en más está la monta y como esas cosas he perdido yo en esta vida. *(A Cristina.)* Tenga vuesa merced desta punta, señora mía, y descojámosle, porque no vea el señor Cañizares que hay engaño en mis palabras; alce más, señora mía, y mire cómo es bueno de caída, y las pinturas de los cuadros parece que están vivas.

Al alzar y mostrar el guadamecí, entra por detrás dél Un Galán; *y, como* Cañizares *vee los retratos, dice:*

Cañizares.—¡Oh, qué lindo Rodamonte! ¿Y qué quiere el señor rebozadito en mi casa? Aun si supiese que tan amigo soy yo destas cosas y destos rebocitos, se espantaría.

Cristina.—Señor tío, yo no sé nada de rebozados; y si él ha entrado en casa la señora Hortigosa tiene la culpa; que a mí el diablo me lleve, si dije ni hice nada para que él entrase; no, en mi conciencia, aun el diablo sería, si mi señor tío me echase a mí la culpa de su entrada.

Cañizares.—Ya yo lo veo, sobrina, que la señora Hortigosa tiene la culpa; pero no hay de qué maravillarme, porque ella no sabe mi condición, ni cuán enemigo soy de aquestas pinturas.

Doña Lorenza.—Por las pinturas lo dice, Cristinica, y no por otra cosa.

Cristina.—Pues por ésas digo yo. ¡Ay, Dios sea conmigo! Vuelto se me ha el ánima al cuerpo, que ya andaba por los aires.

Doña Lorenza.—¡Quemado vea yo ese pico de once varas! En fin, «quien con muchachos se acuesta», et cætera.

Cristina.—¡Ay, desgraciada, y en qué peligro pudiera haber puesto toda esta baraja!

Cañizares.—Señora Hortigosa, yo no soy amigo de figuras rebozadas ni por rebozar; tome este doblón, con el cual podrá remediar su necesidad, y váyase de mi casa lo más presto que pudiere, y ha de ser luego, y llévese su guadamecí.

Hortigosa.—Viva vuesa merced más años que Matute el de Jerusalén, en vida de mi señora doña... no sé cómo se llama, a quien suplico me mande, que la serviré de noche y de día, con la vida y con el alma, que la debe tener ella como la de una tortolica simple.

CAÑIZARES.—Señora Hortigosa, abrevie y váyase, y no esté agora juzgando almas ajenas.

HORTIGOSA.—Si vuesa merced hubiere menester algún pegadillo para la madre, téngolos milagrosos, y si para mal de muelas, sé unas palabras que quitan el dolor como con la mano.

CAÑIZARES.—Abrevie, señora Hortigosa; que doña Lorenza, ni tiene madre, ni dolor de muelas; que todas las tiene sanas y enteras, que en su vida se ha sacado muela alguna.

HORTIGOSA.—Ella se las sacará placiendo al cielo, porque le dará muchos años de vida; y la vejez es la total destruición de la dentadura.

CAÑIZARES.—¡Aquí de Dios! ¿Que no será posible que me deje esta vecina? ¡Hortigosa, o diablo, o vecina, o lo que eres, vete con Dios y déjame en mi casa!

HORTIGOSA.—Justa es la demanda, y vuesa merced no se enoje, que ya me voy.

Vase HORTIGOSA

CAÑIZARES.—¡Oh, vecinas, vecinas! Escaldado quedo aun de las buenas palabras desta vecina, por haber salido por boca de vecina.

LORENZA.—Digo que tenéis condición de bárbaro y de salvaje; y, ¿qué ha dicho esta vecina para que quedéis con la ojeriza contra ella? Todas vuestras buenas obras las hacéis en pecado mortal: dístesle dos docenas de reales, acompañados con otras dos docenas de injurias, boca de lobo, lengua de escorpión y silo de malicias.

CAÑIZARES.—No, no, a mal viento va esta parva; no me parece bien que volváis tanto por vuestra vecina.

CRISTINA.—Señora tía, éntrese allá dentro y desenójese, y deja a tío, que parece que está enojado.

LORENZA.—Así lo haré, sobrina; y aun quizá no me verá la cara en estas dos horas; y a fe que yo se la dé a beber, por más que la rehúse.

Entrase DOÑA LORENA

CRISTINA.—Tío, ¿no ve cómo ha cerrado de golpe? Y creo que va a buscar una tranca para asegurar la puerta.

DOÑA LORENZA, *por dentro*

DOÑA LORENZA.—¿Cristinica? ¿Cristinica?

CRISTINA.—¿Qué quiere, tía?

DOÑA LORENZA.—¡Si supieses qué galán me ha deparado la buena suerte! Mozo, bien dispuesto, pelinegro, y que le huele la boca a mil azahares.

CRISTINA.—¡Jesús, y qué locuras y qué niñerías! ¿Está loca, tía?

Doña Lorenza.—No estoy sino en todo mi juicio; y en verdad que, si le vieses, que se te alegrase el alma.

Cristina.—¡Jesús, y qué locuras y qué niñerías! Ríñala, tío, porque no se atreva, ni aun burlando, a decir deshonestidades.

Cañizares.—¿Bobeas, Lorenza? Pues a fe que no estoy yo de gracia para sufrir esas burlas.

Doña Lorenza.—Que no son sino veras, y tan veras, que en este género no pueden ser mayores.

Cristina.—¡Jesús, y qué locuras y qué niñerías! Y dígame tía, ¿está ahí también mi frailecito?

Doña Lorenza.—No, sobrina; pero otra vez vendrá, si quiere Hortigosa, la vecina.

Cañizares.—Lorenza di lo que quisieres, pero no to mes en tu boca el nombre de vecina, que me tiemblan las carnes en oírle.

Doña Lorenza.—También me tiemblan a mí por amor de la vecina.

Cristina.—¡Jesús, y qué locuras y qué niñerías!

Doña Lorenza.—Ahora echo de ver quién eres, viejo maldito, que hasta aquí he vivido engañada contigo.

Cristina.—Ríñala, tío, ríñala, tío; que se desvergüenza mucho.

Doña Lorenza.—Lavar quiero a un galán las pocas barbas que tiene con una bacía llena de agua de ángeles, porque su cara es como la de un ángel pintado.

Cristina.—¡Jesús, y qué locuras y qué niñerías! Despedácela, tío.

Cañizares.—No la despedazaré yo a ella, sino a la puerta que la encubre.

Doña Lorenza.—No hay para qué, vela aquí abierta; entre, y verá cómo es verdad cuanto le he dicho.

Cañizares.—Aunque sé que te burlas, sí entraré para desenojarte.

Al entrar Cañizares, *danle con una bacía de agua en los ojos; él vase a limpiar; acuden sobre él* Cristina *y* Doña Lorena, *y en este ínterin sale el* Galán *y vase.*

Cañizares.—¡Por Dios, que por poco me cegaras, Lorenza! Al diablo se dan las burlas que se arremeten a los ojos.

Doña Lorenza.—¡Mirad con quién me casó mi suerte, sino con el hombre más malicioso del mundo! ¡Mirad cómo dio crédito a mis mentiras, por su..., fundadas en materia de celos, que menoscaba y asendereada sea mi ventura! Pagad vosotros, cabellos, las deudas deste viejo; llorad vosotros, ojos, las culpas deste maldito; mirad en lo que tiene mi honra y mi crédito, pues de las sospechas hace certezas; de las mentiras, verdades; de las burlas veras, y de los entretenimientos maldiciones. ¡Ay, que se me arranca el alma!

Cristina.—Tía, no dé tantas voces, que se juntará la vecindad.

Alguacil.—*(De dentro)*. ¡Abran esas puertas! Abran luego; si no, echarélas en el suelo.

Doña Lorenza.—Abre, Cristinica, y sepa todo el mundo mi inocencia, y la maldad deste viejo.

Cañizares.—¡Vive Dios, que creí que te burlabas, Lorenza! Calla.

Entran el ALGUACIL *y los* MÚSICOS *y el* BAILARÍN *y* HORTIGOSA.

ALGUACIL.—¿Qué es esto? ¿Qué pendencia es ésta? ¿Quién daba aquí voces?

CAÑIZARES.—Señor, no es nada; pendencias son entre marido y mujer, que luego se pasan.

MÚSICOS.—¡Por Dios, que estábamos mis compañeros y yo, que somos músicos, aquí pared y medio, en un desposorio, y a las voces hemos acudido, con no pequeño sobresalto, pensando que era otra cosa!

HORTIGOSA.—Y yo también, en mi ánima pecadora.

CAÑIZARES.—Pues en verdad, señora Hortigosa, que si no fuera por ella, que no hubiera sucedido nada de lo sucedido.

HORTIGOSA.—Mis pecados lo habrán hecho; que soy tan desdichada, que, sin saber por dónde ni por dónde no, se me echan a mí las culpas que otros cometen.

CAÑIZARES.—Señores, vuesas mercedes todos se vuelvan norabuena, que yo les agradezco su buen deseo; que ya yo y mi esposa quedamos en paz.

DOÑA LORENZA.—Sí quedaré, como le pida primero perdón a la vecina, si alguna cosa mala pensó contra ella.

CAÑIZARES.—Si a todas las vecinas de quien yo pienso mal hubiese de pedir perdón, sería nunca acabar; pero, con todo eso, yo se le pido a la señora Hortigosa.

HORTIGOSA.—Y yo le otorgo para aquí y para delante de Pero García.

MÚSICOS.—Pues en verdad, que no habemos de haber venido en balde; toquen mis compañeros, y baile el bailarín, y regocíjense las paces con esta canción.

CAÑIZARES.—Señores, no quiero música; yo la doy por recebida.

MÚSICOS:

Pues aunque no la quiera.

(Cantan.)

El agua de por San Juan
Quita el vino y no da pan.
Las riñas de por San Juan,
Todo el año paz nos dan.

Llover el trigo en las eras,
Las viñas estando en cierne,
No hay labrador que gobierne
Bien sus cubas y paneras;

Mas las riñas más de veras.
Si suceden por San Juan,
Todo el año paz nos dan.

(Baila.)

Por la canícula ardiente
Está la cólera a punto;
Pero, pasando aquel punto,
Menos activa se siente.

Y así el que dice, no miente,
Que las riñas de por San Juan,
Todo el año paz nos dan.

(Baila.)

Las riñas de los casados
Como aquesta siempre sean,
Para que después se vean,
Sin pensar regocijados.

Sol que sale tras nublados,
Es contento tras afán;
Las riñas de por San Juan,
Todo el año paz nos dan.

Cañizares.—Porque vean vuesas mercedes las revueltas y vueltas en que me ha puesto una vecina, y si tengo razón de estar mal con las vecinas.

Doña Lorenza.—Aunque mi esposo está mal con las vecinas, yo beso a vuesas mercedes las manos, señoras vecinas.

Cristina.—Y yo también; mas si mi vecina me hubiera traído mi frailecico, yo la tuviera por mejor vecina; y adiós, señoras vecinas.

FIN DE LOS ENTREMESES

LA GALATEA

PRIMERA PARTE
DE *LA GALATEA*, DIVIDIDA
EN SEIS LIBROS

[TASA]

Yo, Miguel de Ondarza Zavala, escribano de cámara de Su Majestad, de los que residen en el su Consejo, doy fe que, habiéndose visto por los dichos señores del Consejo un libro que con privilegio real imprimió Miguel de Cervantes, intitulado *Los seis libros de Galatea*, tasaron a tres maravedís el pliego escripto en molde, para que sin pena alguna se pueda vender. Y mandaron que esta tasa se ponga al principio de cada volumen de los que ansí fueren impresos, para que no se exceda dello; y, en fe dello, lo firmé de mi nombre. Fecha en Madrid, a trece días del mes de marzo de mil y quinientos y ochenta y cinco años.

Miguel de Ondarza Zavala

ERRATAS

Folio 2, página 2, línea 1: la desdeñaba, *le desdeñaba*; folio 3, página 1, línea 8: tal mala, *tan mala*; folio 20, página 2, línea 9: acababan, *acababa*; folio 25, página 1, línea 14: sus a padres, *a sus padres*; folio 29, página 2, línea 15: esfogado, *desfogado*; folio 69, página 2, línea última: por toda, *por todo*; folio 90, página 1, línea penúltima: valla, *allá*; folio 90, página 2, línea 10: ne se diese, *no se diese*; folio 93, página 2, línea 5: que tan doloroso, *que en tan doloroso*; folio 98, página 2, línea 1: no da la luz, *no da luz*; folio 105, página 2, línea 18: se hallase, *me hallase*; folio 107, página 1, línea 2: acordara, *acobardara*; folio 119, página 1, línea 11: ePro, *Pero*; folio 138, página 1, línea penúltima: no pudo, *no puedo*; folio 144, página 1, línea 4: tierra, *tierna*; folio 147, página 1, línea 2: flor tierra, *flor tierna*; folio 203, página 2, línea 22: derriban, *derivan*; folio 214, página 1, línea 13: deleitar, *dilatar*; folio 219, página 1, línea 4: alegar, *alegra*; folio 221, página 1, línea 5: creer que, *creer lo que*; folio 223, página 1, línea 14; es gusto, *es justo*; folio 229, página 1, línea 17: al te adora, *al que te adora*; folio 262, página 2, línea 8: ímpelu, *ímpetu*; folio 278, página 1, línea 19: valeroso amo, *valeroso ánimo*; folio 330, página 2, línea 2: Y así, *Y si*; folio 335, página 1, línea 2: León el que, *León es el que*; folio 339, página 1, línea 10: Romero, *Romeo*; folio 343, página 1, línea 14: sin las obras, *sin las sombras*; folio 344, página 1, línea 16: un fin hermosos, *si un fin hermoso*; folio 354, página 2, línea 5: desechas, *endechas*; folio 355, página 1, tras el verso 5: *di este, anchas, cortas y extendidas;* folio 362, página 2, línea 1: a[r]diente, *ardientes*; folio 193, página 1, línea 13: después que dice el oro, el brocado, diga *que sobre nuestros cuerpos echamos. Como, &c.*

Yo, el licenciado Várez de Castro, corrector por Su Majestad en esta Universidad de Alcalá, vi este libro, intitulado *Primera parte de la Galatea*, y le hallé bien impreso conforme a su original, sacadas las erratas arriba dichas; y por la verdad, di ésta, firmada de mi nombre. Fecha hoy, postrero de febrero de ochenta y cinco años.

El licenciado Várez de Castro

[APROBACIÓN]

Por mandado de los señores del Real Consejo, he visto este libro, intitulado *Los seis libros de Galatea*, y lo que me parece es que se puede y debe imprimir, atento a ser tratado apacible y de mucho ingenio, sin perjuicio de nadie, así la prosa como el verso; antes, por ser libro provechoso, de muy casto estilo, buen romance y galana invención, sin tener cosa malsonante, deshonesta ni contraria a buenas costumbres, se le puede dar al autor, en premio de su trabajo, el privilegio y licencia que pide. Fecha en Madrid, a primero de febrero de MDLXXXIIII.

Lucas Gracián de Antisco

EL REY

Por cuanto por parte de vos, Miguel de Cervantes, estante en nuestra Corte, nos ha sido hecha relación que vos habíades compuesto un libro intitulado *Galatea*, en verso y en prosa castellano, y que os había costado mucho trabajo y estudio, por ser obra de mucho ingenio, suplicándonos os mandásemos dar licencia para lo poder imprimir, y privilegio por doce años, o como la nuestra merced fuese; lo cual visto por los del nuestro Consejo, y como por su mandado se hizo en el dicho libro la diligencia que la pregmática por nos ahora nuevamente hecha sobre ello dispone, fue acordado que debíamos mandar dar esta nuestra cédula para vos en la dicha razón, e nos tuvímoslo por bien, por lo cual vos damos licencia y facultad para que, por tiempo de diez años primeros siguientes, que corren y se cuentan desde el día de la data della, vos, o la persona que vuestro poder hubiere, podáis imprimir y vender el dicho libro, que desuso se hace mención, en estos nuestros reinos. Y por la presente damos licencia y facultad a cualquier impresor dellos que vos nombráredes para que por esta vez le pueda imprimir por el original que en el nue[stro] Consejo se vio, que van rubricadas las planas y firmado al fin dél de Miguel de Ondarza Zavala, nuestro escribano de Cámara de los que en el nuestro Consejo residen; y con que, antes que se venda, le traigáis al nuestro Consejo, juntamente con el original, para que se vea si la dicha impresión está conforme a él, o trayáis fe en pública forma en cómo por el corretor nombrado por nuestro mandado se vio y corrigió la dicha impresión con el original, y se imprimió conforme a él, y quedan asimismo impresas las erratas por él apuntadas para cada un libro de los que así fueren impresos; y tase el precio que por cada volumen hubiéredes de haber, so pena de caer e incurrir en las penas contenidas en la dicha pregmática y leyes de nuestros reinos. Y mandamos que, durante el dicho tiempo, persona alguna, sin vuestra licencia, no lo pueda imprimir, so pena que el que le imprimiere o vendiere en estos nuestos reinos haya perdido y pierda todos y cualesquier libros y moldes que dél tuviere y vendiere; y más, incurra en pena de cincuenta mil maravedís: la tercera parte para el denunciador, y la otra tercera parte para la nuestra Cámara, y la otra tercera parte para el juez que lo sentenciare. Y mandamos a los del nuestro Consejo, presidentes, oidores de las nuestras audiencias, alcaldes, alguaciles de la nuestra Casa y Corte y chancillerías, y a todos los corregidores, asistentes, gobernadores, alcaldes mayores y ordinarios, y otros jueces y justicias cualesquier de todas las ciudades, villas y lugares de nuestros reinos y señoríos, así a los que ahora son como los que serán de aquí adelante, que vos guarden y cumplan esta cédula y merced que así vos hacemos, y contra el tenor y forma della no vayan ni pasen en manera alguna, so pena de la nuestra merced y de diez mil maravedís para la nuestra Cámara. Fecha en Madrid, a XXII días del mes de febrero de mil y quinientos y ochenta y cuatro años.

YO, EL REY.
Por mandado de Su Majestad:

Antonio de Eraso

DEDICATORIA

Al Ilustrísimo señor Ascanio Colona,
abad de Sancta Sofía.

Ha podido tanto conmigo el valor de V. S. Ilust[r]ísima, que me ha quitado el miedo que, con razón, debiera tener en osar ofrescerle estas primicias de mi corto ingenio. Mas, considerando que el estremado de V. S. Ilustrísima no sólo vino a España para ilustrar las mejores universidades della, sino también para ser norte por donde se encaminen los que alguna virtuosa sciencia profesan, especialmente los que en la de la poesía se ejercitan, no he querido perder la ocasión de seguir esta guía, pues sé que en ella y por ella todos hallan seguro puerto y favorable acogimiento. Hágale V. S. Ilustrísima bueno a mi deseo, el cual envío delante, para dar algún ser a este mi pequeño servicio. Y si por esto no lo meresciere, merézcalo, a lo menos, por haber seguido algunos años las vencedoras banderas de aquel sol de la milicia que ayer nos quitó el cielo delante de los ojos, pero no de la memoria de aquellos que procuran tenerla de cosas dignas della, que fue el Excelentísimo padre de V. S. Ilustrísima. Juntando a esto el efecto de reverencia que hacían en mi ánimo las cosas que, como en profecía, oí muchas veces decir de V. S. Ilustrísima al cardenal de Aquaviva, siendo yo su camarero en Roma, las cuales ahora no sólo las veo cumplidas, sino todo el mundo que goza de la virtud, cristiandad, magnificiencia y bondad de V. S. Ilustrísima, con que da cada día señales de la clara y generosa estirpe do deciende, la cual en antigüedad compite con el principio y príncipes de la grandeza romana, y en las virtudes y heroicas obras con la mesma virtud y más encumbradas hazañas, como nos lo certifican mil verdaderas historias, llenas de los famosos hechos del tronco y ramos de la real casa Colona, debajo de cuya fuerza y sitio yo me pongo ahora, para hacer escudo a los murmuradores que ninguna cosa perdonan; aunque si V. S. Ilustrísima perdona este mi atrevimiento, ni tendré qué temer, ni más que desear, sino que Nuestro Señor guarde la Ilustrísima persona de V. S. con el acrescentamiento de dignidad y estado que sus servidores deseamos.

Ilustrísimo Señor,
B. L. M. de V. S.
Su mayor servidor:

Miguel de Cervantes Saavedra

CURIOSOS LECTORES

S.

La ocupación de escrebir églogas en tiempo que, en general, la poesía anda tan desfavorescida, bien recelo que no será tenido por ejercicio tan loable que no sea necesario dar alguna particular satisfación a los que, siguiendo el diverso gusto de su inclinación natural, todo lo que es diferente dél estiman por trabajo y tiempo perdido. Mas, pues a ninguno toca satisfacer a ingenios que se encierran en términos tan limitados, sólo quiero responder a los que, libres de pasión, con mayor fundamento se mueven a no admitir las diferencias de la poesía vulgar, creyendo que los que en esta edad tratan della se mueven a publicar sus escriptos con ligera consideración, llevados de la fuerza que la pasión de las composiciones proprias suele tener en los autores dellas; para lo cual puedo alegar de mi parte la inclinación que a la poesía siempre he tenido y la edad, que, habiendo apenas salido de los límites de la juventud, parece que da licencia a semejantes ocupaciones. De más de que no puede negarse que los estudios desta facultad (en el pasado tiempo, con razón, tan estimada) traen consigo más que medianos provechos, como son enriquecer el poeta, considerando su propria lengua, y enseñorearse del artificio de la elocuencia que en ella cabe, para empresas más altas y de mayor importancia, y abrir camino para que, a su imitación, los ánimos estrechos, que en la brevedad del lenguaje antiguo quieren que se acabe la abundancia de la lengua castellana, entiendan que tienen campo abierto, fértil y espacioso, por el cual, con facilidad y dulzura, con gravedad y elocuencia, pueden correr con libertad, descubriendo la diversidad de conceptos agudos, graves, sotiles y levantados que en la fertilidad de los ingenios españoles la favorable influencia del cielo con tal ventaja en diversas partes ha producido, y cada hora produce en la edad dichosa nuestra, de lo cual puedo ser yo cierto testigo, que conozco algunos que, con justo derecho, y sin el empacho que yo llevo, pudieran pasar con seguridad carrera tan peligrosa.

Mas son tan ordinarias y tan diferentes las humanas dificultades, y tan varios los fines y las acciones, que unos, con deseo de gloria, se aventuran; otros, con temor de infamia, no se atreven a publicar lo que, una vez descubierto, ha de sufrir el juicio del vulgo, peligroso y casi siempre engañado. Yo, no porque tenga razón para ser confiado, he dado muestras de atrevido en la publicación deste libro, sino porque no sabría determinarme destos dos inconvinientes cuál sea el mayor: o el de quien con ligereza, deseando comunicar el talento que del cielo ha rescib[id]o, temprano se aventura a ofrescer los frutos de su ingenio a su patria y amigos, o el que, de puro escrupuloso, perezoso y tardío, jamás acabando de contentarse de lo que hace y entiende, tiniendo sólo por acertado lo que no alcanza, nunca se determina a descubrir y comunicar sus escriptos. De manera que, así como la osadía y confianza del uno podría condemnarse por la licencia demasiada, que con seguridad se concede, asimesmo el recelo y la tardanza del otro es vicioso, pues tarde o nunca aprovecha con el fruto de su ingenio y estudio a los que esperan y desean ayudas y ejemplos semejantes para pasar adelante en sus ejercicios.

Huyendo destos dos inconvinientes, no he publicado antes de ahora este libro, ni tampoco quise tenerle para mí solo más tiempo guardado, pues para más que para mi gusto solo le compuso mi entendimiento. Bien sé lo que suele condemnarse exceder nadie en la materia del estilo que debe guardarse en ella, pues el príncipe de la poesía latina fue calumniado en alguna de sus églogas por haberse levantado más que en las otras; y así, no temeré mucho que alguno condemne haber mezclado razones de filosofía entre algunas amorosas de pastores, que pocas veces se levantan a más que a tratar cosas del campo, y esto con su acostumbrada llaneza. Mas, advirtiendo, como en el discurso de la obra alguna vez se hace, que muchos de los disfrazados pastores della lo eran sólo en el hábito, queda llana esta objectión. Las demás que en la invención y en la disposición se pudieren poner, discúlpelas la intención segura del que leyere, como lo hará siendo discreto, y la voluntad del autor, que fue de agradar, haciendo en esto lo que pudo y alcanzó; que, ya que en esta parte la obra no responda a su deseo, otras ofresce para adelante de más gusto y de mayor artificio.

DE LUIS GÁLVEZ DE MONTALVO AL AUTOR

Soneto

Mientra del yugo sarracino anduvo
tu cuello preso y tu cerviz domada,
y allí tu alma, al de la fe amarrada,
a más rigor, mayor firmeza tuvo,
gozóse el cielo; mas la tierra estuvo
casi viuda sin ti, y, desamparada
de nuestras musas, la real morada
tristeza, llanto, soledad mantuvo.
Pero después que diste al patrio suelo
tu alma sana y tu garganta suelta
dentre las fuerzas bárbaras confusas,
descubre claro tu valor el cielo,
gózase el mundo en tu felice vuelta
y cobra España las perdidas musas.

DE DON LUIS DE VARGAS MANRIQUE

Soneto

Hicieron muestra en vos de su grandeza,
gran Cervantes, los dioses celestiales,
y, cual primera, dones inmortales
sin tasa os repartió naturaleza.
Jove su rayo os dio, que es la viveza
de palabras que mueven pedernales;
Dïana, en exceder a los mortales
en castidad de estilo con pureza;
Mercurio, las historias marañadas;
Marte, el fuerte vigor que el brazo os mueve;
Cupido y Venus, todos sus amores;
Apolo, las canciones concertadas;
su sciencia, las hermanas todas nueve;
y, al fin, el dios silvestre, sus pastores.

DE LÓPEZ MALDONADO

Soneto

Salen del mar, y vuelven a sus senos,
después de una veloz, larga carrera,
como a su madre universal primera,
los hijos della largo tiempo ajenos.
Con su partida no la hacen menos,
ni con su vuelta más soberbia y fiera,
porque tiene, quedándose ella entera,
de su humor siempre sus estanques llenos.
La mar sois vos, ¡oh Galatea estremada!,
los ríos, los loores, premio y fruto
con que ensalzáis la más ilustre vida.
Por más que deis, jamás seréis menguada,
y menos cuando os den todos tributo,
con él vendréis a veros más crescida.

PRIMERO LIBRO DE *GALATEA*

Mientras que al triste, lamentable acento
del mal acorde son del canto mío,
en eco amarga de cansado aliento,
responde el monte, el prado, el llano, el río,
demos al sordo y presuroso viento
las quejas que del pecho ardiente y frío
salen a mi pesar, pidiendo en vano
ayuda al río, al monte, al prado, al llano.

Crece el humor de mis cansados ojos
las aguas deste río, y deste prado
las variadas flores son abrojos
y espinas que en el alma s'han entrado.
No escucha el alto monte mis enojos,
y el llano de escucharlos se ha cansado;
y así, un pequeño alivio al dolor mío
no hallo en monte, en llano, en prado, en río.

Creí que el fuego que en el alma enciende
el niño alado, el lazo con que aprieta,
la red sotil con que a los dioses prende,
y la furia y rigor de su saeta,
que así ofendiera como a mí me ofende
al subjeto sin par que me subjeta;
mas contra un alma que es de mármol hecha,
la red no puede, el fuego, el lazo y flecha.

Yo sí que al fuego me consumo y quemo,
y al lazo pongo humilde la garganta,
y a la red invisible poco temo,
y el rigor de la flecha no me espanta.
Por esto soy llegado a tal estremo,
a tanto daño, a desventura tanta,
que tengo por mi gloria y mi sosiego
la saeta, la red, el lazo, el fuego.

Esto cantaba Elicio, pastor en las riberas de Tajo, con quien naturaleza se mostró tan liberal, cuanto la fortuna y el amor escasos, aunque los discursos del tiempo, consumidor y renovador de las humanas obras, le trujeron a términos que tuvo por dichosos los infinitos y desdichados en que se había visto, y en los que su deseo le había puesto, por la incomparable belleza de la sin par Galatea, pastora en las mesmas riberas nacida; y, aunque en el pastoral y rústico ejercicio criada, fue de tan alto y subido entendimiento, que las discretas damas, en los reales palacios crescidas y al discreto tracto de la corte acostumbradas, se tuvieran por dichosas de parescerla en algo, así en la discreción como en la hermosura. Por los infinitos y ricos dones con que el cielo a Galatea había adornado, fue querida, y con entrañable ahínco amada, de muchos pastores y ganaderos que por las riberas de Tajo su ganado apascentaban; entre los cuales se atrevió a quererla el gallardo Elicio, con tan puro y sincero amor cuanto la virtud y honestidad de Galatea permitía.

De Galatea no se entiende que aborresciese a Elicio, ni menos que le amase; porque a veces, casi como convencida y obligada a los muchos servicios de Elicio, con algún honesto favor le subía al cielo; y otras veces, sin tener cuenta con esto, de tal manera le desdeñaba que el enamorado pastor la suerte de su estado apenas conoscía. No eran las buenas partes y virtudes de Elicio para aborrecerse, ni la hermosura, gracia y bondad de Galatea para no amarse. Por lo uno, Galatea no desechaba de todo punto a Elicio; por lo otro, Elicio no podía, ni debía, ni quería olvidar a Galatea. Parescíale a Galatea que, pues Elicio con tanto miramiento de su honra la amaba, que sería demasiada ingratitud no pagarle con algún honesto favor sus honestos pensamientos. Imaginábase Elicio que, pues Galatea no desdeñaba sus servicios, que tendrían buen suceso sus deseos. Y cuando estas imaginaciones le aviva[ba]n la esperanza, hallábase tan contento y atrevido, que mil veces quiso descubrir a Galatea lo que con tanta dificultad encubría. Pero la discreción de Galatea conoscía bien, en los movimientos del rostro, lo que Elicio en el alma traía; y tal el suyo mostraba, que al enamorado pastor se le helaban las palabras en la boca, y quedábase solamente con el gusto de aquel primer movimiento, por parescerle que a la honestidad de Galatea se le hacía agravio en tratarle de cosas que en alguna manera pudiesen tener sombra de no ser tan honestas que la misma honestidad en ella[s] se transformase.

Con estos altibajos de su vida, la pasaba el pastor tan mala que a veces tuviera por bien el mal de perderla, a trueco de no sentir el que le causaba no acabarla. Y así, un día, puesta la consideración en la variedad de sus pensamientos, hallándose en medio de un deleitoso prado, convidado de la soledad y del murmurio de un deleitoso arroyuelo que por el llano corría, sacando de su zurrón un polido rabel, al son del cual sus querellas con el cielo cantando comunicaba, con voz en estremo buena, cantó los siguientes versos:

Amoroso pensamiento,
si te precias de ser mío,
camina con tan buen tiento
que ni te humille el desvío
ni ensoberbezca el contento.

Ten un medio —si se acierta
a tenerse en tal porfía—:
no huyas el alegría,
ni menos cierres la puerta
al llanto que amor envía.

Si quieres que de mi vida
no se acabe la carrera,
no la lleves tan corrida
ni subas do no se espera
sino muerte en la caída.
Esa vana presumpción
en dos cosas parará:
la una, en tu perdición;
la otra, en que pagará
tus deudas el corazón.

Dél naciste, y en naciendo,
pecaste, y págalo él;
huyes dél, y si pretendo
recogerte un poco en él,
ni te alcanzo ni te entiendo.
Ese vuelo peligroso
con que te subes al cielo,
si no fueres venturoso,
ha de poner por el suelo
mi descanso y tu reposo.

Dirás que quien bien se emplea
y se ofrece a la ventura,
que no es posible que sea
del tal juzgado a locura
el brío de que se arrea.
Y que, en tan alta ocasión,
es gloria que par no tiene
tener tanta presumpción,
cuanto más si le conviene
al alma y al corazón.

Yo lo tengo así entendido,
mas quiero desengañarte;
que es señal ser atrevido
tener de amor menos parte
qu'el humilde y encogido.
Subes tras una beldad
que no puede ser mayor:
no entiendo tu calidad,
que puedas tener amor
con tanta desigualdad.

Que si el pensamiento mira
un subjeto levantado,
contémplalo, y se retira,
por no ser caso acertado
poner tan alta la mira.
Cuanto más, que el amor nasce
junto con la confianza,
y en ella [se] ceba y pace;
y, en faltando la esperanza,
como niebla se deshace.

Pues tú, que vees tan distante
el medio del fin que quieres,
sin esperanza y constante,
si en el camino murieres,
morirás como ignorante.
Pero no se te dé nada,
que, en esta empresa amorosa,
do la causa es sublimada,
el morir es vida honrosa;
la pena, gloria estremada.

No dejara tan presto el agradable canto el enamorado Elicio, si no sonaran a su derecha mano las voces de Erastro, que con el rebaño de sus cabras hacia el lugar donde él estaba se venía. Era Erastro un rústico ganadero, pero no le valió tanto su rústica y selvática suerte, que defendiese que de su robusto pecho el blando amor no tomase entera posesión, haciéndole querer más que a su vida a la hermosa Galatea, a la cual sus querellas, cuando ocasión se le ofrecía, declaraba. Y, aunque rústico, era, como verdadero enamorado, en las cosas del amor tan discreto que cuando en ellas hablaba, parecía que el mesmo amor se las mostraba y por su lengua las profería; pero, con todo eso, puesto que de Galatea eran escuchadas, eran en aquella cuenta tenidas en que las cosas de burla se tienen. No le daba a Elicio pena la competencia de Erastro, porque entendía del ingenio de Galatea que a cosas más altas la inclinaba. Antes tenía lástima y envidia a Erastro: lástima, en ver que al fin amaba, y en parte donde era imposible coger el fruto de sus deseos; envidia, por parescerle que quizá no era tal su entendimiento, que diese lugar al alma a que sintiese los desdenes o favores de Galatea, de suerte, o que los unos le acabasen, o los otros lo enloqueciesen.

Venía Erastro acompañado de sus mastines, fieles guardadores de las simples ovejuelas (que debajo de su amparo están seguras de los carniceros dientes de los hambrientos lobos), holgándose con ellos, y por sus nombres los llamaba, dando a cada uno el título que su condición y ánimo merescía: a quién llamaba *León*, a quién *Gavilán*, a quién *Robusto*, a quién *Manchado*; y ellos, como si de entendimiento fueran dotados, con el mover las cabezas, viniéndose para él, daban a entender el gusto que de su gusto sentían. Desta manera llegó Erastro adonde de Elicio fue agradablemente rescibido, y aun rogado que, si en otra parte no había determinado de pasar el sol de la calurosa siesta, pues aquella en que estaban era tan aparejada para ello, no le fuese enojoso pasarla en su compañía.

—Con nadie —respondió Erastro— la podría yo tener mejor que contigo, Elicio, si ya no fuese con aquélla que está tan enrobrescida a mis demandas, cuan hecha encina a tus continuos quejidos.

Luego los dos se sentaron sobre la menuda yerba, dejando andar a sus anchuras el ganado despuntando con los rumiadores dientes las tiernas yerbezuelas del herboso llano. Y como Erastro, por muchas y descubiertas señales, conocía claramente que Elicio a Galatea amaba, y que el merescimiento de Elicio era de mayores quilates que el suyo, en señal de que reconoscía esta verdad, en medio de sus pláticas, entre otras razones, le dijo las siguientes:

—No sé, gallardo y enamorado Elicio, si habrá sido causa de darte pesadumbre el amor que a Galatea tengo; y si lo ha sido, debes perdonarme, porque jamás imaginé de enojarte, ni de Galatea quise otra cosa que servirla. Mala rabia o cruda roña consuma y acabe mis retozadores chivatos, y mis ternezuelos corderillos, cuando dejaren las tetas de las queridas madres, no hallen en el verde prado para sustentarse sino amargos tueros y ponzoñosas adelfas, si no he procurado mil veces quitarla de la memoria, y si otras tantas no he andado a los médicos y curas del lugar a que me diesen remedio para las ansias que por su causa padezco. Los unos me mandan que tome no sé qué bebedizos de paciencia; los otros dicen que me encomiende a Dios, que todo lo cura, o que todo es locura. Permíteme, buen Elicio, que yo la quiera, pues puedes estar seguro que si tú con tus habilidades y estremadas gracias y razones no la ablandas, mal podré yo con mis simplezas enternecerla. Esta licencia te pido por lo que estoy obligado a tu merescimiento; que, puesto que no me la dieses, tan imposible sería dejar de amarla, como hacer que estas aguas no mojasen, ni el sol con sus peinados cabellos no nos alumbrase.

No pudo dejar de reírse Elicio de las razones de Erastro y del comedimiento con que la licencia de amar a Galatea le pedía; y ansí, le respondió:

—No me pesa a mí, Erastro, que tú ames a Galatea; pésame bien de entender de su condición que podrán poco para con ella tus verdaderas razones y no fingidas palabras; déte Dios tan buen suceso en tus deseos, cuanto meresce la sinceridad de tus pensamientos. Y de aquí adelante no dejes por mi respecto de querer a Galatea, que no soy de tan ruin condición que, ya que a mí me falte ventura, huelgue de que otros no la tengan; antes te ruego, por lo que debes a la voluntad que te muestro, que no me niegues tu conversación y amistad, pues de la mía puedes estar tan seguro como te he certificado. Anden nuestros ganados juntos, pues andan nuestros pensamientos apareados. Tú, al son de tu zampoña, publicarás el contento o pena que el alegre o triste rostro de Galatea te causare; yo, al de mi rabel, en el silencio de las sosegadas noches, o en el calor de las ardientes siestas, a la fresca sombra de los verdes árboles de que esta nuestra ribera está tan adornada, te ayudaré a llevar la pesada carga de tus trabajos, dando noticia al cielo de los míos. Y, para señal de nuestro buen propósito y verdadera amistad, en tanto que se hacen mayores las sombras destos árboles y el sol hacia el occidente se declina, acordemos nuestros instrumentos y demos principio al ejercicio que de aquí adelante hemos de tener.

No se hizo de rogar Erastro; antes, con muestras de estraño contento por verse en tanta amistad con Elicio, sacó su zampoña y Elicio su rabel; y, comenzando el uno y replicando el otro, cantaron lo que sigue:

ELICIO

Blanda, suave, reposadamente,
ingrato Amor, me subjetaste el día
que los cabellos de oro y bella frente
miré del sol que al sol escurecía;
tu tósigo cruel, cual de serpiente,
en las rubias madejas se escondía;
yo, por mirar el sol en los manojos,
todo vine a beberle por los ojos.

ERASTRO

Atónito quedé y embelesado,
como estatua sin voz de piedra dura,
cuando de Galatea el estremado
donaire vi, la gracia y hermosura.
Amor me estaba en el siniestro lado,
con las saetas de oro, ¡ay muerte dura!,
haciéndome una puerta por do entrase
Galatea y el alma me robase.

ELICIO

¿Con qué *milagro*, amor, abres el pecho
del miserable amante que te sigue,
y de la llaga interna que le has hecho
crecida gloria muestra que consigue?
¿Cómo el daño que haces es provecho?
¿Cómo en tu muerte alegre vida vive?
L'alma que prueba estos efectos todos
la causa sabe, pero no los modos.

ERASTRO

No se ven tantos rostros figurados
en roto espejo, o hecho por tal arte
que, si uno en él se mira, retratados
se ve una multitud en cada parte,
cuantos nacen cuidados y cuidados
de un cuidado crüel que no se parte
del alma mía, a su rigor vencida,
hasta apartarse junto con la vida.

ELICIO

La blanca nieve y colorada rosa,
qu'el verano no gasta ni el invierno;

el sol de dos luceros, do reposa
el blando amor, y a do estará *in eterno*;
la voz, cual la de Orfeo poderosa
de suspender las furias del infierno,
y otras cosas que vi quedando ciego,
yesca me han hecho al invisible fuego.

Erastro

Dos hermosas manzanas coloradas,
que tales me semejan dos mejillas,
y el arco de dos cejas levantadas,
quel de Iris no llegó a sus maravillas;
dos rayos, dos hileras estremadas
de perlas entre grana, y, si hay decillas,
mil gracias que no tienen par ni cuento,
niebla m'han hecho al amoroso viento.

Elicio

Yo ardo y no me abraso, vivo y muero;
estoy lejos y cerca de mí mismo;
espero en solo un punto y desespero;
súbome al cielo, bájome al abismo;
quiero lo que aborrezco, blando y fiero;
me pone el amaros parasismo;
y con estos contrarios, paso a paso,
cerca estoy ya del último traspaso.

Erastro

Yo te prometo, Elicio, que le diera
todo cuanto en la vida me ha quedado
a Galatea, porque me volviera
el alma y corazón que m'ha robado;
y después del ganado, le añadiera
mi perro *Gavilán con el Manchado;*
pero, como ella debe de ser diosa,
el alma querrá más que no otra cosa.

Elicio

Erastro, el corazón que en alta parte
es puesto por el hado, suerte o signo,
quererle derribar por fuerza o arte
o diligencia humana, es desatino.
Debes de su ventura contentarte;
que, aunque mueras sin ella, yo imagino
que no hay vida en el mundo más dichosa
como el morir por causa tan honrosa.

Ya se aparejaba Erastro para seguir adelante en su canto, cuando sintieron, por un espeso montecillo que a sus espaldas estaba, un no pequeño estruendo y ruido; y, levantándose los dos en pie por ver lo que era, vieron que del monte salía un pastor corriendo a la mayor priesa del mundo, con un cuchillo desnudo en la mano y la color del rostro mudada; y que tras él venía otro ligero pastor, que a pocos pasos alcanzó al primero; y, asiéndole por el cabezón del pellico, levantó el brazo en el aire cuanto pudo, y un agudo puñal que sin vaina traía se le escondió dos veces en el cuerpo, diciendo:

—Recibe, ¡oh mal lograda Leonida!, la vida deste traidor, que en venganza de tu muerte sacrifico.

Y esto fue con tanta presteza hecho que no tuvieron lugar Elicio y Erastro de estorbárselo, porque llegaron a tiempo que ya el herido pastor daba el último aliento, envuelto en estas pocas y mal formadas palabras.

—Dejárasme, Lisandro, satisfacer al cielo con más largo arrepentimiento el agravio que te hice, y después quitárasme la vida, que agora, por la causa que he dicho, mal contenta destas carnes se aparta.

Y, sin poder decir más, cerró los ojos en sempiterna noche.

Por las cuales palabras imaginaron Elicio y Erastro que no con pequeña causa había el otro pastor ejecutado en él tan cruda y violenta muerte. Y, por mejor informarse de todo el suceso, quisieran preguntárselo al pastor homicida, pero él, con tirado paso, dejando al pastor muerto y a los dos admirados, se tornó a entrar por el montecillo adelante. Y, queriendo Elicio seguirle y saber dél lo que deseaba, le vieron tornar a salir del bosque; y, estando por buen espacio desviado dellos, en alta voz les dijo:

—Perdonadme, comedidos pastores, si yo no lo he sido en haber hecho en vuestra presencia lo que habéis visto, porque la justa y mortal ira que contra ese traidor tenía concebida no me dio lugar a más moderados discursos. Lo que os aviso es que, si no queréis enojar a la deidad que en el alto cielo mora, no hagáis las obsequias ni plegarias acostumbradas por el alma traidora dese cuerpo que delante tenéis, ni a él deis sepultura, si ya aquí en vuestra tierra no se acostumbra darla a los traidores.

Y, diciendo esto, a todo correr se volvió a entrar por el monte, con tanta priesa que quitó la esperanza a Elicio de alcanzarle aunque le siguiese. Y así, se volvieron los dos con tiernas entrañas a hacer el piadoso oficio y dar sepultura, como mejor pudiesen, al miserable cuerpo que tan repentinamente había acabado el curso de sus cortos días. Erastro fue a su cabaña, que no lejos estaba, y, trayendo suficiente aderezo, hizo una sepultura en el mesmo lugar do el cuerpo estaba, y, dándole el último vale, le pusieron en ella; y, no sin compasión de su desdichado caso, se volvieron a sus ganados, y, recogiéndolos con alguna priesa, porque ya el sol se entraba a más andar por las puertas de occidente, se recogieron a sus acostumbrados albergues, donde no su sosiego dellos, ni el poco que sus cuidados le concedían, podían apartar a Elicio de pensar qué causas habían movido a los dos pastores para venir a tan desesperado trance; y ya le pesaba de no haber seguido al pastor homicida, y saber dél, si fuera posible, lo que deseaba.

Con este pensamiento y con los muchos que sus amores le causaban, después de haber dejado en segura parte su rebaño, se salió de su cabaña, como otras veces solía; y con la luz de la hermosa Diana, que resplandeciente en el cielo se mostraba, se entró por la espesura de un espeso bosque adelante, buscando algún solitario lugar adonde en el silencio de la noche con más quietud pudiese soltar la rienda a sus amorosas imaginaciones, por ser cosa ya averiguada que a los tristes imaginativos corazones ninguna cosa les es de mayor gusto que la soledad, despertadora de memorias tristes o alegres. Y así, yéndose poco a poco gustando de un templado céfiro que en el rostro le hería, lleno del suavísimo olor que de las olorosas flores, de que el verde suelo estaba colmado, al pasar por ellas blandamente robaba, envuelto en el aire delicado, oyó una voz como de persona que dolorosamente se quejaba; y, recogiendo por un poco en sí mismo el aliento, porque el ruido no le estorbase de oír lo que era, sintió que de unas apretadas zarzas que poco desviadas dél estaban, la entristecida voz salía; y, aunque interrota de infinitos sospiros, entendió que estas tristes razones pronunciaba:

—Cobarde y temeroso brazo, enemigo mortal de lo que a ti mesmo debes; mira que ya no queda de quién tomar venganza, sino de ti mesmo. ¿De qué te sirve alargar la vida que tan aborrecida tengo? Si piensas que es nuestro mal de los que el tiempo suele curar, vives engañado, porque no hay cosa más fuera de remedio que nuestra desventura; pues quien la pudiera hacer buena la tuvo tan corta que en los verdes años de su alegre juventud ofreció la vida al carnicero cuchillo, que se la quitase por la traición del malvado Carino, que hoy, con perder la suya, habrá aplacado en parte a aquella venturosa alma de Leonida, si en la celeste parte donde mora puede caber deseo de venganza alguna. ¡Ah, Carino, Carino! Ruego yo a los altos cielos, si dellos las justas plegarias son oídas, que no admitan la disculpa, si alguna dieres, de la traición que me heciste, y que permitan que tu cuerpo carezca de sepultura, así como tu alma careció de misericordia. Y tú, hermosa y mal lograda Leonida, recibe en muestra del amor que en vida te tuve, las lágrimas que en tu muerte derramo; y no atribuyas a poco sentimiento el no acabar la vida con el que de tu muerte recibo, pues sería poca recompensa a lo que debo y deseo sentir, el dolor que tan presto se acabase. Tú verás, si de las cosas de acá tienes cuenta, cómo este miserable cuerpo quedará un día consumido del dolor poco a poco, para mayor pena y sentimiento: bien ansí como la mojada y encendida pólvora, que, sin hacer estrépito ni levantar llama en alto, entre sí mesma se consume, sin dejar de sí sino el rastro de las consumidas cenizas. Duéleme cuanto puede dolerme, ¡oh alma del alma mía!, que ya que no pude gozarte en la vida, en la muerte no puedo hacerte las obsequias y honras que a tu bondad y virtud se convenían. Pero yo te prometo y juro que el poco tiempo —que será bien poco— que esta apasionada ánima mía rigiere la pesada carga deste miserable cuerpo, y la voz cansada tuviere aliento que la forme, de no tratar otra cosa en mis tristes y amargas canciones que de tus alabanzas y merescimientos.

A este punto cesó la voz, por la cual Elicio conoció claramente que aquél era el pastor homicida, de que recibió mucho gusto, por parecerle que estaba en parte donde podría saber dél lo que deseaba. Y, queriéndose llegar más cerca, hubo de tornarse a parar, porque le pareció que el pastor templaba un rabel, y quiso escuchar primero si al son dél alguna cosa diría; y no tardó mucho que con suave y acordada voz oyó que desta manera cantaba:

Lisandro

¡Oh alma venturosa,
que del humano velo
libre al alta región viva volaste,
dejando en tenebrosa
cárcel de desconsuelo
mi vida, aunque contigo la llevaste!
Sin ti, escura dejaste
la luz clara del día;
por tierra derribada,
la esperanza fundada
en el más firme asiento de alegría;
en fin, con tu partida
quedó vivo el dolor, muerta la vida.

Envuelto en tus despojos,
la muerte s'ha llevado
el más subido estremo de belleza,
la luz de aquellos ojos
qu'en haberte mirado
tenían encerrada su riqueza;
con presta ligereza,
del alto pensamiento
y enamorado pecho,
la gloria se ha deshecho,
como la cera al sol o niebla al viento;
y toda mi ventura
cierra la piedra de tu sepultura.
¿Cómo pudo la mano
inexorable y cruda,
y el intento cruel, facinoroso,
del vengativo hermano
dejar libre y desnuda
tu alma del mortal velo hermoso?
¿Por qué tu[r]bó el reposo
de nuestros corazones?
Que, si no se acabaran,
en uno se juntaran
con honestas y sanctas condiciones.
¡Ay, fiera mano esquiva!,
¿cómo ordenaste que muriendo viva?

En llanto sempiterno
mi ánima mezquina
los años pasará, meses y días;
la tuya, en gozo eterno
y edad firme y contina,
no temerá del tiempo las porfías;

con dulces alegrías
verás firme la gloria
que tu loable vida
te tuvo merescida;
y si puede caber en tu memoria
del suelo no perderla,
de quien tanto te amó debes tenerla.

Mas, ¡oh!, cuán simple he sido,
alma bendita y bella,
de pedir que te acuerdes, ni aun burlando
de mí que t'he querido,
pues sé que mi querella
se irá con tal favor eternizando.
Mejor es que, pensando
que soy de ti olvidado,
me apriete con mi llaga,
hasta que se deshaga
con el dolor la vida, qu'ha quedado
en tan estraña suerte,
que no tiene por mal el de la muerte.
Goza en el sancto coro
con otras almas sanctas,
alma, de aquel seguro bien entero,
alto, rico tesoro,
mercedes, gracias tantas
que goza el que no huye el buen sendero;
allí gozar espero,
si por tus pasos guío,
contigo en paz entera
de eterna primavera,
sin temor, sobresalto ni desvío;
a esto me encamina,
pues será hazaña de tus obras digna.

Y, pues vosotras, celestiales almas,
veis el bien que deseo,
creced las alas a tan buen deseo.

Aquí cesó la voz, pero no los sospiros del desdichado que cantado había, y lo uno y lo otro fue parte de acrescentar en Elicio la gana de saber quién era. Y, rompiendo por las espinosas zarzas, por llegar más presto a do la voz salía, salió a un pequeño prado, que todo en redondo, a manera de teatro, de espesísimas e intrincadas matas estaba ceñido, en el cual vio un pastor que con estremado brío estaba con el pie derecho delante y el izquierdo atrás, y el diestro brazo levantado, a guisa de quien esperaba hacer algún recio tiro. Y así era la verdad, porque, con el ruido que Elicio al romper por las matas había hecho, pensando ser alguna fiera de la cual convenía defenderse, el pastor del bosque se había puesto a punto de arrojarle una pesada piedra que en la mano tenía. Elicio, conociendo por su postura su intento, antes que le efectuase le dijo:

—Sosiega el pecho, lastimado pastor, que el que aquí viene trae el suyo aparejado a lo que mandarle quisieres, y quien el deseo de saber tu ventura le ha hecho romper tus lágrimas y turbar el alivio que de estar solo se te podría seguir.

Con estas blandas y comedidas palabras de Elicio, se sosegó el pastor, y con no menos blandura le respondió diciendo:

—Tu buen ofrecimiento agradezco, cualquiera que tú seas, comedido pastor, pero si ventura quieres saber de mí, que nunca la tuve, mal podrás ser satisfecho.

—Verdad dices —respondió Elicio—, pues por las palabras y quejas que esta noche te he oído, muestras bien claro la poca o ninguna que tienes; pero no menos satisfarás mi deseo con decirme tus trabajos que con declararme tus contentos; y así la fortuna te los dé en lo que deseas, que no me niegues lo que te suplico si ya el no conocerme no lo impide; aunque, para asegurarte y moverte, te hago saber que no tengo el alma tan contenta que no sienta en el punto que es razón las miserias que me contares. Esto te digo porque sé que no hay cosa más escusada, y aun perdida, que contar el miserable sus desdichas a quien tiene el pecho colmo de contentos.

—Tus buenas razones me obligan —respondió el pastor— a que te satisfaga en lo que me pides, así porque no imagines que de poco y acobardado ánimo nacen las quejas y lamentaciones que dices que de mí has oído, como porque conozcas que aún es muy poco el sentimiento que muestro a la causa que tengo de mostrarlo.

Elicio se lo agradeció mucho; y, después de haber pasado entre los dos más palabras de comedimiento, dando señales Elicio de ser verdadero amigo del pastor del bosque, y conociendo él que no eran fingidos ofrecimientos, vino a conceder lo que Elicio rogaba. Y, sentándose los dos sobre la verde yerba, cubiertos con el resplandor de la hermosa Diana, que en claridad aquella noche con su hermano competir podía, el pastor del bosque, con muestras de un interno dolor, comenzó a decir desta manera:

—«En las riberas de Betis, caudalosísimo río que la gran Vandalia enriquece, nació Lisandro —que éste es el nombre desdichado mío—, y de tan nobles padres cual pluviera al soberano Dios que en más baja fortuna fuera engendrado; porque muchas veces la nobleza del linaje pone alas y esfuerza el ánimo a levantar los ojos adonde la humilde suerte no osara jamás levantarlos, y de tales atrevimientos suelen suceder a menudo semejantes calamidades como las que de mí oirás si con atención me escuchas.

»Nació ansimesmo en mi aldea una pastora, cuyo nombre era Leonida, summa de toda la hermosura que en gran parte de la tierra —según yo imagino—pudiera hallarse; de no menos nobles y ricos padres nacida que su hermosura y virtud merescían. De do nació que, por ser los parientes de entrambos de los más principales del lugar y estar en ellos el mando y gobernación del pueblo, la envidia, enemiga mortal de la sosegada vida, sobre algunas diferencias del gobierno del pueblo, vino a poner entre ellos cizaña y mortalísima discordia; de manera que el pueblo fue dividido en dos parcialidades: la una seguía la de mis parientes, la otra la de los de Leonida, con tan arraigado rencor y mal ánimo, que no ha sido parte para ponerlos en paz ninguna humana diligencia. Ordenó, pues, la suerte, para echar de todo punto el sello a nuestra enemistad, que yo me enamorase de la hermosa Leonida, hija de Parmindro, principal cabeza del bando contrario. Y fue mi amor tan de veras que, aunque procuré con infinitos medios quitarle de mis entrañas, el fin de todos venía a parar a quedar más vencido y subjeto. Poníaseme delante un monte de dificultades que conseguir el fin de mi deseo me estorbaban, como eran el mucho valor de Leonida, la endurecida enemistad de nuestros padres, las pocas coyunturas, o ninguna, que se me ofrecían para descubrirle mi pensamiento; y, con todo esto, cuando ponía los ojos de la imaginación en la singular belleza de Leonida, cualquiera dificultad se allanaba, de suerte que me parecía poco romper por entre agudas puntas de diamantes, para llegar al fin de mis amorosos y honestos pensamientos. Habiendo, pues, por muchos días combatido conmigo mesmo, por ver si podría apartar el alma de tan ardua empresa, y viendo ser imposible, recogí toda mi industria a considerar con cuál podría dar a entender a Leonida el secreto amor de mi pecho; y, como los principios en cualquier negocio sean siempre dificultosos, en los que tratan de amor son, por la mayor parte, dificultosísimos, hasta que el mesmo Amor, cuando se quiere mostrar favorable, abre las puertas del remedio donde parece que están más cerradas. Y así se pareció en mí, pues, guiado por su pensamiento el mío, vine a imaginar que ningún medio se ofrecía mejor a mi deseo que hacerme amigo de los padres de Silvia, una pastora que era en estremo amiga de Leonida, y muchas veces la una a la otra, en compañía de sus padres, en sus casas se visitaban. Tenía Silvia un pariente que se llamaba Carino, compañero familiar de Crisalbo, hermano de la hermosa Leonida, cuya bizarría y aspereza de costumbres le habían dado renombre de cruel; y así, de todos los que le conoscían, "el cruel Crisalbo" era llamado; y ni más ni menos a Carino, el pariente de Silvia y compañero de Crisalbo, por ser entremetido y agudo de ingenio, "el astuto Carino" le llamaban; del cual y de Silvia, por parecerme que me convenía, con el medio de muchos presentes y dádivas, forjé la amistad —al parecer— posible; a lo menos, de parte de Silvia fue más firme de lo que yo quisiera, pues los regalos y favores que ella con limpias entrañas me hacía, obligada de mis continuos servicios, tomó por instrumentos mi fortuna para ponerme en la desdicha en que agora me veo.

»Era Silvia hermosa en estremo, y de tantas gracias adornada que la dureza del crudo corazón de Crisalbo se movió a amarla; y esto yo no lo supe sino con mi daño, y de allí a muchos días. Y, ya que con la larga experiencia estuve seguro de la voluntad de Silvia, un día, ofreciéndoseme comodidad, con las más tiernas palabras que pude, le descubrí la llaga de mi lastimado pecho, diciéndole que, aunque era tan profunda y peligrosa, no la sentía tanto, sólo por imaginar que en su solicitud estaba el remedio della; advirtiéndole ansimesmo el honesto fin a que mis pensamientos se encaminaban, que era a juntarme por legítimo matrimonio con la bella Leonida; y que, pues era causa tan justa y buena, no se había de desdeñar de tomarla a su cargo.

»En fin, por no serte prolijo, el amor me ministró tales palabras que le dijese, que ella, vencida dellas, y más por la pena que ella, como discreta, por las señales de mi rostro conoció que en mi alma moraba, se determinó de tomar a su cargo mi remedio y decir a Leonida lo que yo por ella sentía, prometiendo de hacer por mí todo cuanto su fuerza e industria alcanzase, puesto que se le hacía dificultosa tal empresa, por la inimicicia grande que entre nuestros padres conocía, aunque, por otra parte, imaginaba poder dar principio al fin de sus discordias si Leonida conmigo se casase. Movida, pues, con esta buena intención, y enternecida de las lágrimas que yo derramaba —como ya he dicho—, se aventuró a ser intercesora de mi contento. Y, discurriendo consigo qué entrada tendría para con Leonida, me mandó que le escribiese una carta, la cual ella se ofrecía a darla cuando tiempo le pareciese. Parecióme a mí bien su parecer, y aquel mesmo día le envié una que, por haber sido principio del contento que por su respuesta sentí, siempre la he tenido en la memoria, puesto que fuera mejor no acordarme de cosas alegres en tiempo tan triste como es el en que agora me hallo. Recibió la carta Silvia, y aguardaba ocasión de ponerla en las manos de Leonida.»

—No —dijo Elicio, atajando las razones de Lisandro—, no es justo que me dejes de decir la carta que a Leonida enviaste, que por ser la primera y por hallarte tan enamorado en aquella sazón, sin duda debe de ser discreta. Y, pues me has dicho que la tienes en la memoria y el gusto que por ella granjeaste, no me lo niegues agora en no decírmela.

—Bien dices, amigo —respondió Lisandro—; que yo estaba entonces tan enamorado y temeroso, como agora descontento y desesperado, y por esta razón me parece que no acerté a decir alguna, aunque fue harto acertamiento que Leonida las creyese las que en la carta iban. Ya que tanto deseas saberlas, decía desta manera:

«LISANDRO A LEONIDA

> Mientras que he podido, aunque con grandísimo dolor mío, resistir con las proprias fuerzas a la amorosa llama que por ti, ¡oh, hermosa Leonida!, me abrasa, jamás he tenido ardimiento, temeroso del subido valor que en ti conozco, de descubrirte el amor que te tengo; mas, ya que es consumida aquella virtud que hasta aquí me ha hecho fuerte, hame sido forzoso, descubriendo la llaga de mi pecho, tentar con escrebirte su primero y último remedio. Que sea el primero, tú lo sabes, y de ser el último está en tu mano, de la cual espero la misericordia que tu hermosura promete y mis honestos deseos merescen, los cuales y el fin adonde se encaminan conoscerás de Silvia, que ésta te dará. Y, pues ella se ha atrevido, con ser quien es, a llevártela, entiende que son tan justos cuanto a tu merescimiento se deben.»

No le parecieron mal a Elicio las razones de la carta de Lisandro, el cual, prosiguiendo la historia de sus amores, dijo:

—«No pasaron muchos días sin que esta carta viniese a las hermosas manos de Leonida, por medio de las piadosas de Silvia, mi verdadera amiga, la cual, junto con dársela, le dijo tales cosas que con ellas templó en gran parte la ira y alteración que con mi carta Leonida había recebido: como fue decirle cuánto bien se siguiría si por nuestro casamiento la enemistad de nuestros padres se acababa, y que el fin de tan buena intención la había de mover a no desechar mis deseos; cuanto más, que no se debía compadecer con su hermosura dejar morir sin más respecto a quien tanto como yo la amaba; añadiendo a estas otras razones que Leonida conoció que lo eran. Pero, por no mostrarse al primer encuentro rendida y a los primeros pasos alcanzada, no dio tan agradable respuesta a Silvia como ella quisiera. Pero, con todo esto, por intercesión de Silvia, que a ello le forzó, respondió con esta carta que agora te diré:

Leonida a Lisandro

> Si entendiera, Lisandro, que tu mucho atrevimiento había nacido de mi poca honestidad, en mí mesma ejecutara la pena que tu culpa meresce; pero, por asegurarme desto lo que yo de mí conozco, vengo a conocer que más ha procedido tu osadía de pensamientos ociosos que de enamorados. Y, aunque ellos sean de la manera que dices, no pienses que me has de mover a mí para remediallos como a Silvia para creellos, de la cual tengo más queja por haberme forzado a responderte que de ti que te atreviste a escrebirme, pues el callar fuera digna respuesta a tu locura. Si te retraes de lo comenzado, harás como discreto, porque te hago saber que pienso tener más cuenta con mi honra que con tus vanidades.

»Ésta fue la respuesta de Leonida, la cual, junto con las esperanzas que Silvia me dio, aunque ella parecía algo áspera, me hizo tener por el más bien afortunado del mundo.

»Mientras estas cosas entre nosotros pasaban, no se descuidaba Crisalbo de solicitar a Silvia con infinitos mensajes, presentes y servicios; mas, era tan fuerte y desabrida la condición de Crisalbo, que jamás pudo mover a la de Silvia a que un pequeño favor le diese, de lo cual estaba tan desesperado e impaciente como un agarrochado y vencido toro.

»Por causa de sus amores había tomado amistad con el astuto Carino, pariente de Silvia, habiendo los dos sido primero mortales enemigos, porque en cierta lucha que un día de una grande fiesta delante de todo el pueblo los zagales más diestros del lugar tuvieron, Carino fue vencido de Crisalbo y maltratado; de manera que concibió en su corazón odio perpetuo contra Crisalbo. Y no menos lo tenía contra otro hermano mío, por haberle sido contrario en unos amores, de los cuales mi hermano llevó el fruto que Carino esperaba. Este rancor y mala voluntad tuvo Carino secreta, hasta que el tiempo le descubrió ocasión cómo a un mesmo punto se vengase de entrambos por el más cruel estilo que imaginarse puede.

»Yo le tenía por amigo, porque la entrada en casa de Silvia no se me impidiese; Crisalbo le adoraba, porque favoreciese sus pensamientos con Silvia; y era de suerte su amistad, que todas las veces que Leonida venía a casa de Silvia Carino la acompañaba. Por la cual causa le pareció bien a Silvia darle cuenta, pues era mi amigo, de los amores que yo con Leonida trataba, que en aquella sazón andaban ya tan vivos y venturosos, por la buena intercesión de Silvia, que ya no esperábamos sino tiempo y lugar donde coger el honesto fruto de nuestros limpios deseos, los cuales sabidos de Carino, tomó por instrumento para hacer la mayor traición del mundo. Porque un día, haciendo del leal con Crisalbo, y dándole a entender que tenía en más su amistad que la honra de su parienta, le dijo que la principal causa porque Silvia no le amaba ni favorescía era por estar de mí enamorada, y que él lo sabía inefaliblemente; y que ya nuestros amores iban tan al descubierto, que si él no hubiera estado ciego de la pasión amorosa, en mil señales lo hubiera ya conocido; y que para certificarse más de la verdad que le decía, que de allí adelante mirase en ello, porque vería claramente cómo, sin empacho alguno, Silvia me daba extraordinarios favores. Con estas nuevas debió de quedar tan fuera de sí Crisalbo, como pareció por lo que dellas sucedió.

»De allí adelante Crisalbo traía espías por ver lo que yo con Silvia pasaba; y, como yo muchas veces procurase hallarme solo con ella para tratar, no de los amores que él pensaba, sino de lo que a los míos convenía, éranle a Crisalbo referidas, con otros favores que, de limpia amistad procedidos, Silvia a cada paso me hacía; por lo que vino Crisalbo a términos tan desesperados que muchas veces procuró matarme, aunque yo no pensaba que era por semejante ocasión, sino por lo de la antigua enemistad de nuestros padres. Mas, por ser él hermano de Leonida, tenía yo más cuenta con guardarme que con ofenderle, teniendo por cierto que si yo con su hermana me casaba, tendrían fin nuestras enemistades; de lo que él estaba bien ajeno, antes se pensaba que por serle yo enemigo, había procurado tratar amores con Silvia, y no porque yo bien la quisiese. Y esto le acrescentaba la cólera y enojo de manera que le sacaba de juicio, aunque él tenía tan poco, que poco era menester para acabárselo. Y pudo tanto en él este mal pensamiento, que vino a aborrecer a Silvia tanto cuanto la había querido, sólo porque a mí me favorecía, no con la voluntad que él pensaba, sino como Carino le decía. Y así, en cualesquier corrillos y juntas que se hallaba, decía mal de Silvia, dándole títulos y renombres deshonestos; pero, como todos conoscían su terrible condición y la bondad de Silvia, daban poco o ningún crédito a sus palabras.

»En este medio, había concertado Silvia con Leonida que los dos nos desposásemos, y que, para que más a nuestro salvo se hiciese, sería bien que un día que con Carino Leonida viniese a su casa, no volviese por aquella noche a la de sus padres, sino que desde allí, en compañía de Carino, se fuese a una aldea que media legua de la nuestra estaba, donde unos ricos parientes míos vivían, en cuya casa con más quietud podíamos poner en efecto nuestras intenciones; porque si del suceso dellas los padres de Leonida no fuesen contentos, a lo menos estando ella ausente sería más fácil el concertarse. Tomado, pues, este apuntamiento y dada cuenta dél a Carino, se ofreció, con muestras de grandísimo ánimo, que llevaría a Leonida a la otra aldea, como ella fuese contenta. Los servicios que yo hice a Carino por la buena voluntad que mostraba, las palabras de ofrecimiento que le dije, los abrazos que le di, me parece que bastaran a deshacer en un corazón de acero cualquiera mala intención que contra mí tuviera. Pero el traidor de Carino, echando a las espaldas mis palabras, obras y promesas, sin tener cuenta con la que a sí mesmo debía, ordenó la traición que agora oirás.

»Informado Carino de la voluntad de Leonida, y viendo ser conforme a la que Silvia le había dicho, ordenó que la primera noche que, por las muestras del día, entendiesen que había de ser escura, se pusiese por obra la ida de Leonida, ofreciéndose de nuevo a guardar el secreto y lealtad posible. Después de hecho este concierto que has oído, se fue a Crisalbo, según después acá he sabido, y le dijo que su parienta Silvia iba tan adelante en los amores que conmigo traía, que en una cierta noche había determinado de sacarla de casa de sus padres y llevarla a la otra aldea, do mis parientes moraban; donde se le ofrecía coyuntura de vengar su corazón en entrambos: en Silvia, por la poca cuenta que de sus servicios había hecho; en mí, por nuestra vieja enemistad y por el enojo que le había hecho en quitarle a Silvia, pues por sólo mi respecto le dejaba. De tal manera le supo encarecer y decir Carino lo que quiso, que con mucho menos a otro corazón no tan cruel como el suyo moviera a cualquier mal pensamiento.

»Llegado, pues, ya el día que yo pensé que fuera el de mi mayor contento, dejando dicho a Carino, no lo que hizo, sino lo que había de hacer, me fui a la otra aldea a dar orden cómo recebir a Leonida. Y fue el dejarla encomendada a Carino como quien deja a la simple corderuela en poder de los hambrientos lobos, o a la mansa paloma entre las uñas del fiero gavilán que la despedace. ¡Ay, amigo!, que llegando a este paso con la imaginación, no sé cómo tengo fuerzas para sostener la vida, ni pensamiento para pensarlo, cuanto más lengua para decirlo. ¡Ay, mal aconsejado Lisandro!, ¿cómo, y no sabías tú las condiciones dobladas de Carino? ¿Mas, quién no se fiara de sus palabras, aventurando él tan poco en hacerlas verdaderas con las obras? ¡Ay, mal lograda Leonida, cuán mal supe gozar de la merced que me heciste en escogerme por tuyo.

»En fin, por concluir con la tragedia de mi desgracia, sabrás, discreto pastor, que la noche que Carino había de traer consigo a Leonida a la aldea donde yo la esperaba, él llamó a otro pastor, que debía de tener por enemigo, aunque él se lo encubría debajo de su falsa acostumbrada disimulación, el cual Libeo se llamaba, y le rogó que aquella noche le hiciese compañía, porque determinaba llevar una pastora, su aficionada, a la aldea que te he dicho, donde pensaba desposarse con ella. Libeo, que era gallardo y enamorado, con facilidad le ofreció su compañía. Despidióse Leonida de Silvia con estrechos abrazos y amorosas lágrimas, como présaga que había de ser la última despedida. Debía de considerar entonces la sin ventura la traición que a sus padres hacía, y no la que a ella Carino le ordenaba, y cuán mala cuenta daba de la buena opinión que della en el pueblo se tenía. Mas, pasando de paso por todos estos pensamientos, forzado del enamorado que la vencía, se entregó a la guardia de Carino, que adonde yo la aguardaba la trujese.

»¡Cuántas veces se me viene a la memoria, llegando a este punto, lo que soñé el día que le tuviera yo por dichoso, si en él feneciera la cuenta de los de mi vida! Acuérdome que, saliendo del aldea un poco antes que el sol acabase de quitar sus rayos de nuestro horizonte, me senté al pie de un alto fresno, en el mesmo camino por donde Leonida había de venir, esperando que cerrase algo más la noche para adelantarme y recebilla; y, sin saber cómo y sin yo quererlo, me quedé dormido. Y apenas hube entregado los ojos al sueño, cuando me pareció que el árbol donde estaba arrimado, rindiéndose a la furia de un recísimo viento que soplaba, desarraigando las hondas raíces de la tierra, sobre mi cuerpo se caía; y que, procurando yo evadirme del grave peso, a una y otra parte me revolvía. Y, estando en esta pesadumbre, me pareció ver una blanca cierva junto a mí, a la cual yo ahincadamente suplicaba que, como mejor pudiese, apartase de mis hombros la pesada carga; y que, queriendo ella, movida de compasión, hacerlo, al mismo instante salió un fiero león del bosque, y, cogiéndola entre sus agudas uñas, se metía con ella por el bosque adelante; y que, después que con gran trabajo me había escapado del grave peso, la iba a buscar al monte, y la hallaba despedazada y herida por mil partes; de lo cual tanto dolor sentía, que el alma se me arrancaba sólo por la compasión que ella había mostrado de mi trabajo. Y así, comencé a llorar entre sueños, de manera que las mismas lágrimas me despertaron, y, hallando las mejillas bañadas del llanto quedé fuera de mí, considerando lo que había soñado. Pero con la alegría que esperaba tener de ver a mi Leonida, no eché de ver entonces que la fortuna en sueños me mostraba lo que de allí a poco rato despierto me había de suceder.

»A la sazón que yo desperté, acababa de cerrar la noche, con tanta escuridad, con tan espantosos truenos y relámpagos, como convenía para cometerse con más facilidad la crueldad que en ella se cometió. Así como Carino salió de casa de Silvia con Leonida, se la entregó a Libeo, diciéndole que se fuese con ella por el camino de la aldea que he dicho; y, aunque Leonida se alteró de ver a Libeo, Carino le aseguró que no era menor amigo mío Libeo que él proprio, y que con toda seguridad podía ir con él poco a poco, en tanto que él se adelantaba a darme a mí las nuevas de su llegada. Creyó la simple —en fin, como enamorada—las palabras del falso Carino, y, con menor recelo del que convenía, guiada del comedido Libeo, tendía los temerosos pasos para venir a buscar el último de su vida, pensando hallar el mejor de su contento.

»Adelantóse Carino de los dos, como ya te he dicho, y vino a dar aviso a Crisalbo de lo que pasaba, el cual, con otros cuatro parientes suyos, en el mesmo camino por donde habían de pasar, que todo era cerrado de bosque de una y otra parte, escondidos estaban. Y díjoles cómo Silvia venía, y solo yo que la acompañaba, y que se alegrasen de la buena ocasión que la suerte les ponía en las manos para vengarse de la injuria que los dos les habíamos hecho; y que él sería el primero que en Silvia, aunque era parienta suya, probase los filos de su cuchillo. Apercibiéronse luego los cinco crueles carniceros para colorarse en la inocente sangre de los dos que tan sin cuidado de traición semejante por el camino se venían, los cuales, llegados a do la celada estaba, al instante fueron con ellos los pérfidos homicidas y cerráronlos en medio. Crisalbo se llegó a Leonida, pensando ser Silvia, y con injuriosas y turbadas palabras, con la infernal cólera que le señoreaba, con seis mortales heridas la dejó tendida en el suelo, a tiempo que ya Libeo por los otros cuatro —creyendo que a mí me las daban— con infinitas puñaladas se revolcaba por la tierra. Carino, que vio cuán bien había salido el traidor intento suyo, sin aguardar razones, se les quitó delante, y los cinco traidores, contentísimos, como si hubieran hecho alguna famosa hazaña, se volvieron a su aldea; y Crisalbo se fue a casa de Silvia a dar él mesmo a sus padres la nueva de lo que había hecho, por acrescentarles el pesar y sentimiento, diciéndoles que fuesen a dar sepultura a su hija Silvia, a quien él había quitado la vida por haber hecho más caudal de la fría voluntad de Lisandro, su enemigo, que no de los continuos sirvicios suyos. Silvia, que sintió lo que Crisalbo decía, dándole el alma lo que había sido, le dijo cómo ella estaba viva, y aun libre de todo lo que la imputaba, y que mirase no hubiese muerto a quien le doliese más su muerte que perder él mismo la vida. Y con esto le dijo que su hermana Leonida se había partido aquella noche de su casa en traje no acostumbrado. Atónito quedó Crisalbo de ver a Silvia viva, teniendo él por cierto que la dejaba ya muerta, y con no pequeño sobresalto acudió luego a su casa, y, no hallando en ella a su hermana, con grandísima confusión y furia volvió él solo a ver quién era la que había muerto, pues Silvia estaba viva.

»Mientras todas estas cosas pasaban, estaba yo con una ansia estraña esperando a Carino y Leonida, y, pareciéndome que ya tardaban más de lo que debían, quise ir a encontrarlos, o a saber si por algún caso aquella noche se habían detenido, y no anduve mucho por el camino cuando oí una lastimada voz que decía: "¡Oh soberano hacedor del cielo!, encoge la mano de tu justicia y abre la de tu misericordia, para tenerla desta alma, que presto te dará cuenta de las ofensas que te ha hecho. ¡Ay, Lisandro, Lisandro!, y cómo la amistad de Carino te costará la vida, pues no es posible sino que te la acabe el dolor de haberla yo por ti perdido. ¡Ay, cruel hermano!, ¿es posible que sin oír mis disculpas tan presto me quesiste dar la pena de mi yerro?" Cuando estas razones oí, en la voz y en ellas conocí luego ser Leonida la que las decía, y présago de mi desventura, con el sentido turbado, fui a tiento a dar adonde Leonida estaba envuelta en su propria sangre; y, habiéndola conocido luego, dejándome caer sobre el herido cuerpo, haciendo los estremos de dolor posible, le dije: "¿Qué desdicha es esta, bien mío? Ánima mía, ¿cuál fue la cruel mano que no ha tenido respecto a tanta hermosura?" En estas palabras fui conocido de Leonida, y, levantando con gran trabajo los cansados brazos, los echó por cima de mi cuello, y, apretando con la mayor fuerza que pudo, juntando su boca con la mía, con flacas y mal pronunciadas razones, me dijo solas estas: "Mi hermano me ha muerto; Carino, vendido; Libeo está sin vida, la cual te dé Dios a ti, Lisandro mío, largos y felices años, y a mí me deje gozar en la otra del reposo que aquí me ha negado." Y, juntando más su boca con la mía, habiendo cerrado los labios para darme el primero y último beso, al abrillos se le salió el alma y quedó muerta en mis brazos. Cuando yo lo sentí, abandonándome sobre el helado cuerpo, quedé sin ningún sentido. Y si como era yo el vivo, fuera el muerto, quien en aquel trance nos viera, el lamentable de Píramo y Tisbe trujera a la memoria. Mas, después que volví e mí, abriendo ya la boca para llenar el aire de voces y suspiros, sentí que hacia donde yo estaba venía uno con apresurados pasos; y, llegándose cerca, aunque la noche hacía escura, los ojos del alma me dieron a conoscer que el que allí venía era Crisalbo; como era la verdad, porque él tornaba a certificarse si por ventura era su hermana Leonida la que había muerto. Y, como yo le conocí, sin que de mí se guardase, llegué a él como sañudo león y, dándole dos heridas, di con él en tierra; y, antes que acabase de espirar, le llevé arrastrando adonde Leonida estaba; y, puniendo en la mano muerta de Leonida el puñal que su hermano traía, que era el mesmo con que él la había muerto, ayudándole yo a ello, tres veces se le hinqué por el corazón. Y, consolado en algo el mío con la muerte de Crisalbo, sin más detenerme, tomé sobre mis hombros el cuerpo de Leonida y llevéle al aldea donde mis parientes vivían; y, contándoles el caso, les rogué le diesen honrada sepultura, y luego puse por obra y determiné de tomar en Carino la venganza que en Crisalbo; la cual, por haberse él ausentado de nuestra aldea, se ha tardado hasta hoy, que le hallé a la salida deste bosque, después de haber seis meses que ando en su demanda. Él ha hecho ya el fin que su traición merescía, y a mí no me queda ya de quién tomar venganza, si no es de la vida que tan contra mi voluntad sostengo.» Esta es, pastor, la causa de do proceden los lamentos que me has oído. Si te parece que es bastante para causar mayores sentimientos, a tu buena discreción dejo que lo considere.

Y con esto dio fin a su plática y principio a tantas lágrimas, que no pudo dejar Elicio de tenerle compañía en ellas. Pero, después que por largo espacio habían desfogado con tiernos sospiros, el uno la pena que sentía, el otro la compasión que della tomaba, Elicio comenzó con las mejores razones que supo a consolar a Lisandro, aunque era su mal tan sin consuelo como por el suceso dél había visto. Y entre otras cosas que le dijo, y la que a Lisandro más le cuadró, fue decirle que en los males sin remedio, el mejor era no esperarles ninguno; y que, pues de la honestidad y noble condición de Leonida se podría creer —según él decía— que de dulce vida gozaba, antes debía alegrarse del bien que ella había ganado, que no entristecerse por el que él había perdido. A lo cual respondió Lisandro:

—Bien conozco, amigo, que tienen fuerza tus razones para hacerme creer que son verdaderas, pero no que la tienen, ni la tendrán las que todo el mundo decirme pudiere, para darme consuelo alguno. En la muerte de Leonida comenzó mi desventura, la cual se acabará cuando yo la torne a ver; y, pues esto no puede ser sin que yo muera, al que me induciere a procurar la muerte tendré yo por más amigo de mi vida.

No quiso Elicio darle más pesadumbre con sus consuelos, pues él no los tenía por tales; sólo le rogó que se viniese con él a su cabaña, en la cual estaría todo el tiempo que gusto le diese, ofreciéndole su amistad en todo aquello que podía ser buena para servirle. Lisandro se lo agradeció cuanto fue posible; y, aunque no quería acetar el venir con Elicio, todavía lo hubo de hacer forzado de su importunación, y así los dos se levantaron y se vinieron a la cabaña de Elicio, donde reposaron lo poco que de la noche quedaba. Pero ya que la blanca Aurora dejaba el lecho del celoso marido y comenzaba a dar muestras del venidero día, levantándose Erastro, comenzó a poner en orden el ganado de Elicio y suyo, para sacarle al pasto acostumbrado. Elicio convidó a Lisandro a que con él se viniese, y así, viniendo los tres pastores con el manso rebaño de sus ovejas por una cañada abajo, al subir de una ladera oyeron el sonido de una suave zampoña, que luego por Elicio y Erastro fue conocido que era Galatea quien la sonaba. Y no tardó mucho que por la cumbre de la cuesta se comenzaron a descubrir algunas ovejas, y luego tras ellas Galatea, cuya hermosura era tanta que sería mejor dejarla en su punto, pues faltan palabras para encarecerla. Venía vestida a la serrana, con los luengos cabellos sueltos al viento, de quien el mesmo sol parescía tener envidia, porque, hiriéndoles con sus rayos, procuraba quitarles la luz si pudiera, mas la que la salía de la vislumbre dellos, otro nuevo sol semejaba. Estaba Erastro fuera de sí mirándola, y Elicio no podía apartar los ojos de verla. Cuando Galatea vio que el rebaño de Elicio y Erastro con el suyo se juntaba, mostrando no gustar de tenerles aquel día compañía, llamó a la borrega mansa de su manada, a la cual siguieron las demás, y encaminóla a otra parte diferente de la que los pastores llevaban. Viendo Elicio lo que Galatea hacía, sin poder sufrir tan notorio desdén, llegándose a do la pastora estaba, le dijo:

—Deja, hermosa Galatea, que tu rebaño venga con el nuestro, y si no gustas de nuestra compañía, escoge la que más te agradare; que no por tu ausencia dejarán tus ovejas de ser bien apacentadas, pues yo, que nací para servirte, tendré más cuenta dellas que de las mías proprias. Y no quieras tan a la clara desdeñarme, pues no lo merece la limpia voluntad que te tengo; que, según el viaje que traías, a la fuente de las Pizarras le encaminabas, y agora que me has visto quieres torcer el camino. Y si esto es así como pienso, dime adónde quieres hoy y siempre apascentar tu ganado, que yo te juro de no llevar allí jamás el mío.

—Yo te prometo, Elicio —respondió Galatea—, que no por huir de tu compañía ni de la de Erastro he vuelto del camino que tú imaginas que llevaba, porque mi intención es pasar hoy la siesta en el arroyo de las Palmas, en compañía de mi amiga Florisa, que allá me aguarda, porque desde ayer concertamos las dos de apascentar hoy allí nuestros ganados; y, como yo venía descuidada sonando mi zampoña, la mansa borrega tomó el camino de las Pizarras, como della más acostumbrado. La voluntad que me tienes y ofrecimientos que me haces te agradezco, y no tengas en poco haber dado yo disculpa a tu sospecha.

—¡Ay, Galatea! —replicó Elicio—, y cuán bien que finges lo que te parece, teniendo tan poca necesidad de usar conmigo artificio, pues al cabo no tengo de querer más de lo que tú quisieres. Ora vayas al arroyo de las Palmas, al soto del Concejo o a la fuente de las Pizarras, ten por cierto que no has de ir sola, que siempre mi alma te acompaña, y si tú no la vees, es porque no quieres verla, por no obligarte a remediarla.

—Hasta agora —respondió Galatea— tengo por ver la primera alma, y así no tengo culpa si no he remediado a ninguna.

—No sé cómo puedes decir eso —respondió Elicio—, hermosa Galatea, que las veas para herirlas y no para curarlas.

—Testimonio me levantas —replicó Galatea— en decir que yo, sin armas, pues a mujeres no son concedidas, haya herido a nadie.

—¡Ay, discreta Galatea! —dijo Elicio—, cómo te burlas con lo que de mi alma sientes, a la cual invisiblemente has llagado, y no con otras armas que con las de tu hermosura. Y no me quejo yo tanto del daño que me has hecho, como de que le tengas en poco.

—En menos me tendría yo —respondió Galatea— si en más le tuviese.

A esta sazón llegó Erastro, y, viendo que Galatea se iba y les dejaba, le dijo:

—¿Adónde vas, o de quién huyes, hermosa Galatea? Si de nosotros, que te adoramos, te alejas, ¿quién esperará de ti compañía? ¡Ay, enemiga!, cuán al desgaire te vas, triunfando de nuestras voluntades. El cielo destruya la buena que tengo, si no deseo verte enamorada de quien estime tus quejas en el grado que tú estimas las mías. ¿Ríeste de lo que digo, Galatea? Pues yo lloro de lo que tú haces.

No pudo Galatea responder a Erastro, porque andaba guiando su ganado hacia el arroyo de las Palmas, y, abajando desde lejos la cabeza en señal de despedirse, los dejó. Y, como se vio sola, en tanto que llegaba adonde su amiga Florisa creyó que estaría, con la estremada voz que al cielo plugo darle, fue cantando este soneto:

GALATEA

Afuera el fuego, el lazo, el yelo y flecha
de amor, que abrasa, aprieta, enfría y hiere;
que tal llama mi alma no la quiere,
ni queda de tal ñudo satisfecha.
Consuma, ciña, yele, mate; estrecha
tenga otra la voluntad cuanto quisiere;
que por dardo, o por nieve, o red no'spere
tener la mía en su calor deshecha.
Su fuego enfriará mi casto intento,
el ñudo romperé por fuerza o arte,
la nieve deshará mi ardiente celo,
la flecha embotará mi pensamiento;
y así, no temeré en segura parte
de amor el fuego, el lazo, el dardo, el yelo.

Con más justa causa se pudieran parar los brutos, mover los árboles y juntar las piedras a escuchar el suave canto y dulce armonía de Galatea, que cuando a la cítara de Orfeo, lira de Apolo y música de Anfión los muros de Troya y Tebas por sí mismos se fundaron, sin que artífice alguno pusiese en ellos las manos, y las hermanas, negras moradoras del hondo caos, a la estremada voz del incauto amante se ablandaron. El acabar el canto Galatea y llegar adonde Florisa estaba, fue todo a un tiempo, de la cual fue con alegre rostro recebida, como aquélla que era su amiga verdadera y con quien Galatea sus pensamientos comunicaba. Y, después que las dos dejaron ir a su albedrío a sus ganados a que de la verde yerba paciesen, convidadas de la claridad del agua de un arroyo que allí corría, determinaron de lavarse los hermosos rostros, pues no era menester para acrecentarles hermosura el vano y enfadoso artificio con que los suyos martirizan las damas que en las grandes ciudades se tienen por más hermosas. Tan hermosas quedaron después de lavadas como antes lo estaban, excepto que por haber llegado las manos con movimiento al rostro, quedaron sus mejillas encendidas y sonroseadas, de modo que un no sé qué de hermosura les acrescentaba; especialmente a Galatea, en quien se vieron juntas las tres Gracias, a quien los antiguos griegos pintaban desnudas por mostrar, entre otros efectos, que eran señoras de la belleza. Comenzaron luego a coger diversas flores del verde prado, con intención de hacer sendas guirnaldas con que recoger los desornados cabellos que sueltos por las espaldas traían.

En este ejercicio andaban ocupadas las dos hermosas pastoras, cuando por el arroyo abajo vieron al improviso venir una pastora de gentil donaire y apostura, de que no poco se admiraron, porque les pareció que no era pastora de su aldea ni de las otras comarcanas a ella, a cuya causa con más atención la miraron, y vieron que venía poco a poco hacia donde ellas estaban. Y, aunque estaban bien cerca, ella venía tan embebida y transportada en sus pensamientos, que nunca las vio hasta que ellas quisieron mostrarse. De trecho en trecho se paraba, y, vueltos los ojos al cielo, daba unos sospiros tan dolorosos que de lo más íntimo de sus entrañas parecían arrancados. Torcía asimesmo sus blancas manos y dejaba correr por sus mejillas algunas lágrimas, que líquidas perlas semejaban. Por los estremos de dolor que la pastora hacía, conocieron Galatea y Florisa que de algún interno dolor traía el alma ocupada, y por ver en qué paraban sus sentimientos, entrambas se escondieron entre unos cerrados mirtos, y desde allí con curiosos ojos miraban lo que la pastora hacía. La cual, llegándose al margen del arroyo, con atentos ojos se paró a mirar el agua que por él corría, y, dejándose caer a la orilla dél como persona cansada, corvando una de sus hermosas manos, cogió en ella del agua clara, con la cual lavándose los húmidos ojos, con voz baja y debilitada dijo:

—¡Ay, claras y frescas aguas!, ¡cuán poca parte es vuestra frialdad para templar el fuego que en mis entrañas siento! Mal podré esperar de vosotras, ni aun de todas las que contiene el gran mar océano, el remedio que he menester, pues, aplicadas todas al ardor que me consume, haríades el mesmo efecto que suele hacer la pequeña cantidad en la ardiente fragua, que más su llama acrecienta. ¡Ay, tristes ojos, causadores de mi perdición, y en qué fuerte punto os alcé para tan gran caída! ¡Ay, fortuna, enemiga de mi descanso, con cuánta velocidad me derribaste de la cumbre de mis contentos al abismo de la miseria en que me hallo! ¡Ay, cruda hermana!, ¿cómo no aplacó la ira de tu desamorado pecho la humilde y amorosa presencia de Artidoro? ¿Qué palabras te pudo decir él para que le dieses tan aceda y cruel respuesta? Bien parece, hermana, que tú no le tenías en la cuenta que yo le tengo, que si así fuera, a fe que tú te mostraras tan humilde cuanto él a ti subjeto.

Todo esto que la pastora decía mezclaba con tantas lágrimas, que no hubiera corazón que escuchándola no se enterneciera. Y, después que por algún espacio hubo sosegado el afligido pecho, al son del agua que mansamente corría, acomodando a su propósito una copla antigua, con suave y delicada voz cantó esta glosa:

Ya la esperanza es perdida,
y un solo bien me consuela:
qu'el tiempo, que pasa y vuela,
llevará presto la vida.

Dos cosas hay en amor
con que su gusto se alcanza:
deseo de lo mejor,
es la otra la esperanza
que pone esfuerzo al temor.
Las dos hicieron manida
en mi pecho, y no las veo;
antes en l'alma afligida,

porque me acabe el deseo,
ya la esperanza es perdida.

Si el deseo desfallece
cuando la esperanza mengua,
al contrario en mí parece,
pues cuanto ella más desmengua
tanto más él s'engrandece.
Y no hay usar de cautela
con las llagas que me atizan,
que en esta amorosa escuela
mil males me martirizan,
y un solo bien me consuela.

Apenas hubo llegado
el bien a mi pensamiento,
cuando el cielo, suerte y hado,
con ligero movimiento
l'han del alma arrebatado.
Y si alguno hay que se duela
de mi mal tan lastimero,
al mal amaina la vela,
y al bien pasa más ligero
qu'el tiempo, que pasa y vuela.

¿Quién hay que no se consuma
con estas ansias que tomo?,
pues en ellas se ve en suma
ser los cuidados de plomo
y los placeres de pluma.
Y aunque va tan de caída
mi dichosa buena andanza
en ella este bien se anida:
que quien llevó la esperanza
llevará presto la vida.

Presto acabó el canto la pastora, pero no las lágrimas con que lo solemnizaba, de las cuales movidas a compasión Galatea y Florisa, salieron de do escondidas estaban, y con amorosas y corteses palabras a la triste pastora saludaron, diciéndole, entre otras razones:

—Así los cielos, hermosa pastora, se muestren favorables a lo que pedirles quisieres, y dellos alcances lo que deseas, que nos digas, si no te es enojoso, qué ventura o qué destino te ha traído por esta tierra, que según la plática que nosotras tenemos della, jamás por estas riberas te habemos visto. Y por haber oído lo que poco ha cantaste, y entender por ello que no tiene tu corazón el sosiego que ha menester, y por las lágrimas que has derramado, de que dan indicio tus húmidos y hermosos ojos, en ley de buen comedimiento estamos obligadas a procurarte el consuelo que de nuestra parte fuere posible. Y si fuere tu mal de los que no sufren ser consolados, a lo menos conoscerás en nosotras una buena voluntad de servirte.

—No sé con qué poder pagaros —respondió la forastera pastora—, hermosas zagalas, los corteses ofrecimientos que me hacéis, si no es con callar y agradecello, y estimarlos en el punto que merescen, y con no negaros lo que de mí saber quisiéredes, puesto que me sería mejor pasar en silencio los sucesos de mi ventura, que no, con decirlos, daros indicios para que me tengáis por liviana.

—No muestra tu rostro y gentil apostura, hermosa pastora —respondió Galatea—, que el cielo te ha dado tan grosero entendimiento que con él hicieses cosa que después hubieses de perder reputación en decirla. Y, pues tu vista y palabras en tan poco ha hecho esta impresión en nosotras, que ya te tenemos por discreta, muéstranos, con contarnos tu vida, si llega a tu discreción tu ventura.

—A lo que yo creo —respondió la pastora—, en un igual andan entrambas, si ya no me ha dado la suerte más juicio para que sienta más los dolores que se ofrecen. Pero yo estoy bien cierta que sobrepujan tanto mis males a mi discreción, cuanto dellos es vencida toda mi habilidad, pues no tengo ninguna para saber remediallos. Y, porque la experiencia os desengañe, si quisiéredes oírme, bellas zagalas, yo os contaré con las más breves razones que pudiere, cómo, del mucho entendimiento que juzgáis que tengo, ha nascido el mal que le hace ventaja.

—Con ninguna cosa, discreta zagala, satisfarás más nuestros deseos —respondió Florisa—, que con darnos cuenta de lo que te hemos rogado.

—Apartémonos, pues —dijo la pastora—, deste lugar y busquemos otro donde, sin ser vistas ni estorbadas, pueda deciros lo que me pesa de haberos prometido, porque adivino que no estará más en perderse la buena opinión que con vosotras he cobrado, que cuanto tarde en descubriros mis pensamientos, si acaso los vuestros no han sido tocados de la enfermedad que yo padezco.

Deseosas de que la pastora cumpliese lo que prometía, se levantaron luego las tres y se fueron a un lugar secreto y apartado que ya Galatea y Florisa sabían, donde, debajo de la agradable sombra de unos acopados mirtos, sin ser vistas de alguno, podían todas tres estar sentadas. Y luego, con estremado donaire y gracia, la forastera pastora comenzó a decir desta manera:

—«En las riberas del famoso Henares, que al vuestro dorado Tajo, hermosísimas pastoras, da siempre fresco y agradable tributo, fui yo nascida y criada, y no en tan baja fortuna que me tuviese por la peor de mi aldea. Mis padres son labradores y a la labranza del campo acostumbrados, en cuyo ejercicio les imitaba, trayendo yo una manada de simples ovejas por las dehesas concejiles de nuestra aldea, acomodando tanto mis pensamientos al estado en que mi suerte me había puesto, que ninguna cosa me daba más gusto que ver multiplicar y crecer mi ganado, sin tener cuenta con más que con procurarle los más fructíferos y abundosos pastos, claras y frescas aguas que hallar pudiese. No tenía ni podía tener más cuidados que los que podían nascer del pastoral oficio en que me ocupaba. Las selvas eran mis compañeras, en cuya soledad muchas veces, convidada de la suave armonía de los dulces pajarillos, despedía la voz a mil honestos cantares, sin que en ellos mezclase sospiros ni razones que de enamorado pecho diesen indicio alguno. ¡Ay!, cuántas veces, sólo por contentarme a mí mesma y por dar lugar al tiempo que se pasase, andaba de ribera en ribera, de valle en valle, cogiendo aquí la blanca azucena, allí el cárdeno lirio, acá la colorada rosa, acullá la olorosa clavellina, haciendo de todas suertes de odoríferas flores una tejida guirnalda, con que adornaba y recogía mis cabellos; y después, mirándome en las claras y reposadas aguas de alguna fuente, quedaba tan gozosa de haberme visto que no trocara mi contento por otro alguno. Y cuántas hice burla de algunas zagalas que, pensando hallar en mi pecho alguna manera de compasión del mal que los suyos sentían, con abundancia de lágrimas y sospiros, los secretos enamorados de su alma me descubrían.

»Acuérdome agora, hermosas pastoras, que llegó a mí un día una zagala amiga mía, y, echándome los brazos al cuello y juntando su rostro con el mío, hechos sus ojos fuentes, me dijo: "¡Ay, hermana Teolinda —que éste es el nombre desta desdichada—, y cómo creo que el fin de mis días es llegado, pues amor no ha tenido la cuenta conmigo que mis deseos merescían!" Yo, entonces, admirada de los estremos que la veía hacer, creyendo que algún gran mal le había sucedido de pérdida de ganado, o de muerte de padre o hermano, limpiándole los ojos con la manga de mi camisa, le rogué que me dijese qué mal era el que tanto la aquejaba. Ella, prosiguiendo en sus lágrimas y no dando tregua a sus sospiros, me dijo: "¿Qué mayor mal quieres, ¡oh Teolinda!, que me haya sucedido que el haberse ausentado sin decirme nada el hijo del mayoral de nuestra aldea, a quien yo quiero más que a los proprios ojos de la cara; y haber visto esta mañana en poder de Leocadia, la hija del rabadán Lisalco, una cinta encarnada que yo había dado a aquel fementido de Eugenio, por donde se me ha confirmado la sospecha que yo tenía de los amores que el traidor con ella trataba?" Cuando yo acabé de entender sus quejas, os juro, amigas y señoras mías, que no pude acabar conmigo de no reírme y decirle: "Mía fe, Lidia —que así se llama la sin ventura—, pensé que de otra mayor llaga venías herida, según te quejabas, pero agora conozco cuán fuera de sentido andáis vosotras, las que presumís de enamoradas, en hacer caso de semejantes niñerías. Dime, por tu vida, Lidia amiga: ¿cuánto vale una cinta encarnada, para que te duela de verla en poder de Leocadia, ni de que se la haya dado Eugenio? Mejor harías de tener cuenta con tu honra y con lo que conviene al pasto de tus ovejas, y no entremeterte en estas burlerías de amor, pues no se saca dellas, según veo, sino menoscabo de nuestras honras y sosiego." Cuando Lidia oyó de mi boca tan contraria respuesta de la que esperaba de mi piadosa condición, no hizo otra cosa sino abajar la cabeza, y, acrescentando lágrimas a lágrimas y sollozos a sollozos, se apartó de mí; y, volviendo a cabo de poco trecho el rostro, me dijo: "Ruego yo a Dios, Teolinda, que presto te veas en estado que tengas por dichoso el mío, y que el amor te trate de manera que cuentes tu pena a quien la estime y sienta en el grado que tú has hecho la mía." Y con esto se fue, y yo me quedé riyendo de sus desvaríos. Mas, ¡ay, desdichada, y cómo a cada paso conozco que me va alcanzando bien su maldición, pues aun agora temo que estoy contando mi pena a quien se dolerá poco de haberla sabido!»

A esto respondió Galatea:

—Pluviera a Dios, discreta Teolinda, que así como hallarás en nosotras compasión de tu daño, pudieras hallar el remedio dél, que presto perdieras la sospecha que de nuestro conocimiento tienes.

—Vuestra hermosa presencia y agradable conversación, dulces pastoras —respondió Teolinda—, me hace esperar eso, pero mi corta ventura me fuerza a temer estotro. Mas, suceda lo que sucediere, que al fin habré de contaros lo que os he prometido.

«Con la libertad que os he dicho, y en los ejercicios que os he contado, pasaba yo mi vida tan alegre y sosegadamente que no sabía qué pedirme el deseo, hasta que el vengativo Amor me vino a tomar estrecha cuenta de la poca que con él tenía, y alcanzóme en ella de manera que, con quedar su esclava, creo que aún no está pagado ni satisfecho.

»Acaeció, pues, que un día —que fuera para mí el más venturoso de los de mi vida, si el tiempo y las ocasiones no hubieran traído tal descuento a mis alegrías—, viniendo yo con otras pastoras de nuestra aldea a cortar ramos y a coger juncia y flores y verdes espadañas para adornar el templo y calles de nuestro lugar, por ser el siguiente día solemnísima fiesta y estar obligados los moradores de nuestro pueblo por promesa y voto a guardalla, acertamos a pasar todas juntas por un deleitoso bosque que entre el aldea y el río está puesto, adonde hallamos una junta de agraciados pastores, que a la sombra de los verdes árboles pasaban el ardor de la caliente siesta, los cuales, como nos vieron, al punto fuimos dellos conoscidas, por ser todos cuál primo y cuál hermano y cuál pariente nuestro. Y, saliéndonos al encuentro y entendido de nosotras el intento que llevábamos, con corteses palabras nos persuadieron y forzaron a que adelante no pasásemos, porque algunos dellos tomarían el trabajo de traer hasta allí los ramos y flores por que íbamos. Y así, vencidas de sus ruegos, por ser ellos tales, hubimos de conceder lo que querían; y luego seis de los más mozos, apercebidos de sus hocinos, se partieron con gran contento a traernos los verdes despojos que buscábamos. Nosotras, que seis éramos, nos juntamos donde los demás pastores estaban, los cuales nos recibieron con el comedimiento posible, especialmente de un pastor forastero que allí estaba, que de ninguna de nosotras fue conoscido, el cual era de tan gentil donaire y brío que quedaron todas admiradas en verle; pero yo quedé admirada y rendida. No sé qué os diga, pastoras, sino que, así como mis ojos le vieron, sentí enternecérseme el corazón, y comenzó a discurrir por todas mis venas un yelo que me encendía, y, sin saber cómo, sentí que mi alma se alegraba de tener puestos los ojos en el hermoso rostro del no conocido pastor. Y en un punto, sin ser en los casos de amor experimentada, vine a conoscer que era amor el que salteado me había. Y luego quisiera quejarme dél si el tiempo y la ocasión me dieran lugar a ello.

»En fin, yo quedé cual ahora estoy, vencida y enamorada, aunque con más confianza de salud que la que ahora tengo. ¡Ay!, cuántas veces en aquella sazón me quise llegar a Lidia, que con nosotras estaba y decirle: "Perdóname, Lidia hermana, de la desabrida respuesta que te di el otro día, porque te hago saber que ya tengo más experiencia del mal de que te quejabas que tú mesma." Una cosa me tiene maravillada: de cómo cuantas allí estaban no conocieron, por los movimientos de mi rostro, los secretos de mi corazón; y debiólo de causar que todos los pastores se volvieron al forastero y le rogaron que acabase de cantar una canción que había comenzado antes que nosotras llegásemos; el cual, sin hacerse de rogar, siguió su comenzado canto con tan estremada y maravillosa voz, que todos los que la escuchaban estaban transportados en oírla. Entonces acabé yo de entregarme de todo en todo a todo lo que el amor quiso, sin quedar en mí más voluntad que si no la hubiera tenido para cosa alguna en mi vida. Y, puesto que yo estaba más suspensa que todos escuchando la suave armonía del pastor, no por eso dejé de poner grandísima atención a lo que en sus versos cantaba, porque me tenía ya el amor puesta en tal estremo que me llegara al alma si le oyera cantar cosas de enamorado, que imaginara que ya tenía ocupados sus pensamientos, y quizá en parte que no tuviesen alguna los míos en lo que deseaban. Mas lo que él entonces cantó no fueron sino ciertas alabanzas del pastoral estado y de la sosegada vida del campo, y algunos avisos útiles a la conservación del ganado, de que no poco quedé yo contenta, pareciéndome que si el pastor estuviera enamorado, que de ninguna cosa tratara que de sus amores, por ser condición de los amantes parecerles mal gastado el tiempo que en otra cosa que en ensalzar y alabar la causa de sus tristezas o contentos se gasta. Ved, amigas, en cuán poco espacio estaba ya maestra en la escuela de amor.

»El acabar el pastor su canto y el descubrir los que con los ramos venían fue todo a un tiempo; los cuales, a quien de lejos los miraba, no parecían sino un pequeño montecillo que con todos sus árbores se movía, según venían pomposos y enramados. Y, llegando ya cerca de nosotras, todos seis entonaron sus voces, y comenzando el uno y respondiendo todos, con muestras de grandísimo contento, y con muchos placenteros alaridos, dieron principio a un gracioso villancico. Con este contento y alegría llegaron más presto de lo que yo quisiera, porque me quitaron la que yo sentía de la vista del pastor. Descargados, pues, de la verde carga, vimos que traía cada uno una hermosa guirnalda enroscada en el brazo, compuesta de diversas y agradables flores, las cuales con graciosas palabras a cada una de nosotras la suya presentaron, y se ofrecieron de llevar los ramos hasta el aldea. Mas, agraciéndoles nosotras su buen comedimiento, llenas de alegría, queríamos dar la vuelta al lugar, cuando Eleuco, un anciano pastor que allí estaba, nos dijo: "Bien será, hermosas pastoras, que nos paguéis lo que por vosotras nuestros zagales han hecho, con dejarnos las guirnaldas, que demasiadas lleváis de lo que a buscar veníades; pero ha de ser con condición que de vuestra mano las deis a quien os pareciere." "Si con tan pequeña paga quedaréis de nosotras satisfechos —respondió la una—, yo por mí soy contenta." Y, tomando la guirnalda con ambas manos, la puso en la cabeza de un gallardo primo suyo. Las otras, guiadas deste ejemplo, dieron las suyas a diferentes zagales que allí estaban; que todos, sus parientes eran. Yo, que a lo último quedaba, y que allí deudo alguno no tenía, mostrando hacer de la desenvuelta, me llegué al forastero pastor, y, puniéndole la guirnalda en la cabeza, le dije: "Ésta te doy, buen zagal, por dos cosas: la una, por el contento que a todos nos has dado con tu agradable canto; la otra, porque en nuestra aldea se usa honrar a los estranjeros". Todos los circunstantes recibieron gusto de lo que yo hacía; pero, ¿qué os diré yo de lo que mi alma sintió, viéndome tan cerca de quien me la tenía robada, sino que diera cualquiera otro bien que acertara a desear en aquel punto, fuera de quererle, por poder ceñirle con mis brazos al cuello, como le ceñí las sienes con la guirnalda? El pastor se me humilló y con discretas palabras me agradeció la merced que le hacía, y, al despedirse de mí, con voz baja, hurtando la ocasión a los muchos ojos que allí había, me dijo: "Mejor te he pagado de lo que piensas, hermosa pastora, la guirnalda que me has dado: prenda llevas contigo que si la sabes estimar, conocerás que me quedas deudora." Bien quisiera yo responderle, pero la priesa que mis compañeras me daban era tanta, que no tuve lugar de replicarle.

»Desta manera me volví al aldea, con tan diferente corazón del con que había salido, que yo mesma de mí mesma me maravillaba. La compañía me era enojosa, y cualquiera pensamiento que me viniese, que a pensar en mi pastor no se encaminase, con gran presteza procuraba luego de desecharle de mi memoria, como indigno de ocupar el lugar que de amorosos cuidados estaba lleno. Yo no sé cómo en tan pequeño espacio de tiempo me transformé en otro ser del que tenía, porque yo ya no vivía en mí, sino en Artidoro —que ansí se llama la mitad de mi alma que ando buscando—: doquiera que volvía los ojos me parecía ver su figura; cualquiera cosa que escuchaba, luego sonaba en mis oídos su suave música y armonía; a ninguna parte movía los pies, que no diera por hallarle en ella mi vida, si él la quisiera; en los manjares no hallaba el acostumbrado gusto, ni las manos acertaban a tocar cosa que se le diese. En fin, todos mis sentidos estaban trocados del ser que primero tenían, ni el alma obraba por ellos como era acostumbrada.

»En considerar la nueva Teolinda que en mí había nacido, y en contemplar las gracias del pastor, que impresas en el alma me quedaron, se me pasó todo aquel día y la noche antes de la solemne fiesta, la cual venida, fue con grandísimo regocijo y aplauso de todos los moradores de nuestra aldea y de los circunvecinos lugares solemnizada. Y, después de acabadas en el templo las sacras oblaciones, y cumplidas las debidas ceremonias, en una ancha plaza que delante del templo se hacía, a la sombra de cuatro antiguos y frondosos álamos que en ella estaban, se juntó casi la más gente del pueblo, y, haciéndose todos un corro, dieron lugar a que los zagales vecinos y forasteros se ejercitasen, por honra de la fiesta, en algunos pastoriles ejercicios. Luego en el instante, se mostraron en la plaza un buen número de dispuestos y gallardos pastores, los cuales, dando alegres muestras de su juventud y destreza, dieron principios a mil graciosos juegos: ora tirando la pesada barra, ora mostrando la ligereza de sus sueltos miembros en los desusados saltos, ora descubriendo su crescida fuerza e industriosa maña en las intrincadas luchas, ora enseñando la velocidad de sus pies en las largas carreras, procurando cada uno de ser tal en todo, que el primero premio alcanzase de muchos que los mayorales del pueblo tenían puestos para los mejores que en tales ejercicios se aventajasen. Pero, en estos que he contado, ni en otros muchos que callo por no ser prolija, ningunos de cuantos allí estaban, vecinos y comarcanos, llegó al punto que mi Artidoro, el cual con su presencia quiso honrar y alegrar nuestra fiesta, y llevarse el primero honor y premio de todos los juegos que se hicieron. Tal era, pastoras, su destreza y gallardía; las alabanzas que todas le daban eran tantas, que yo mesma me ensoberbecía, y un desusado contento en el pecho me retozaba, sólo en considerar cuán bien había sabido ocupar mis pensamientos. Pero, con todo esto, me daba grandísima pesadumbre que Artidoro, como forastero, se había de partir presto de nuestra aldea y que si él se iba sin saber, a lo menos, lo que de mí llevaba —que era el alma—, ¿qué vida sería la mía en su ausencia, o cómo podría yo aliviar mi pena siquiera con quejarme, pues no tenía de quién, sino de mí mesma? Estando yo, pues, en estas imaginaciones, se acabó la fiesta y regocijo, y queriendo Artidoro despedirse de los pastores sus amigos, todos ellos juntos le rogaron que, por los días que había de durar el octavario de la fiesta, fuese contento de pasarlos con ellos, si otra cosa de más gusto no se lo impidía. "Ninguna me la puede dar a mí mayor, graciosos pastores —respondió Artidoro—, que serviros en esto y en todo lo que más fuere vuestra voluntad, que, puesto que la mía era por agora querer buscar a un hermano mío que pocos días ha falta de nuestra aldea, cumpliré vuestro deseo, por ser yo el que gano en ello." Todos se lo agradecieron mucho, y quedaron contentos de su quedada, pero más lo quedé yo, considerando que en aquellos ocho días no podía dejar de ofrecérseme ocasión donde le descubriese lo que ya encubrir no podía. Toda aquella noche casi se nos pasó en bailes y juegos, y en contar unas a otras las pruebas que habíamos visto hacer a los pastores aquel día, diciendo: "Fulano bailó mejor que fulano, puesto que el tal sabía más mudanzas que el tal; Mingo derribó a Bras, pero Bras corrió más que Mingo." Y, al fin fin, todas concluían que Artidoro, el pastor forastero, había llevado la ventaja a todos, loándole cada una en particular sus particulares gracias; las cuales alabanzas, como ya he dicho, todas en mi contento redundaban.

»Venida la mañana del día después de la fiesta, antes que la fresca aurora perdiese el rocío aljofarado de sus hermosos cabellos, y que el sol acabase de descubrir sus rayos por las cumbres de los vecinos montes, nos juntamos hasta una docena de pastoras, de las más miradas del pueblo, y asidas unas de otras de las manos, al son de una gaita y de una zampoña, haciendo y deshaciendo intricadas vueltas y bailes, nos salimos de la aldea a un verde prado que no lejos della estaba, dando gran contento a todos los que nuestra enmarañada danza miraban. Y la ventura, que hasta entonces mis cosas de bien en mejor iba guiando, ordenó que en aquel mesmo prado hallásemos todos los pastores del lugar, y con ellos a Artidoro, los cuales, como nos vieron, acordando luego el son de un tamborino suyo con el de nuestras zampoñas, con el mesmo compás y baile nos salieron a recebir, mezclándonos unos con otros confusa y concertadamente, y mudando los instrumentos el son, mudamos el baile, de manera que fue menester que las pastoras nos desasiésemos y diésemos las manos a los pastores; y quiso mi buena dicha que acerté yo a dar la mía a Artidoro. No sé cómo os encarezca, amigas, lo que en tal punto sentí, si no es deciros que me turbé de manera que no acertaba a dar paso concertado en el baile; tanto, que le convenía a Artidoro llevarme con fuerza tras sí, porque no rompiese, soltándome, el hilo de la concertada danza. Y, tomando dello ocasión, le dije: "¿En qué te ha ofendido mi mano, Artidoro, que ansí la aprietas?" Él me respondió, con voz que de ninguno pudo ser oída: "Mas, ¿qué te ha hecho a ti mi alma, que así la maltratas?" "Mi ofensa es clara —respondí yo mansamente—; mas la tuya, ni la veo ni podrá verse." "Y aun ahí está el daño —replicó Artidoro—: que tengas vista para hacer el mal y te falte para sanarle." En esto cesaron nuestras razones, porque los bailes cesaron, quedando yo contenta y pensativa de lo que Artidoro me había dicho; y, aunque consideraba que eran razones enamoradas, no me aseguraban si era de enamorado.

»Luego nos sentamos todos los pastores y pastoras sobre la verde yerba; y, habiendo reposado un poco del cansancio de los bailes pasados, el viejo Eleuco, acordando su instrumento, que un rabel era, con la zampoña de otro pastor, rogó a Artidoro que alguna cosa cantase, pues él más que otro alguno lo debía hacer, por haberle dado el cielo tal gracia que sería ingrato si encubrirla quisiese. Artidoro, agradeciendo a Eleuco las alabanzas que le daba, comenzó luego a cantar unos versos, que, por haberme puesto en mí sospecha [a]quel[l]as palabras que antes me había dicho, los tomé tan en la memoria que aun hasta agora no se me han olvidado: los cuales, aunque os dé pesadumbre oírlos, sólo porque hacen al caso para que entendáis punto por punto por los que me ha traído el amor al desdichado en que me hallo, os los habré de decir; que son estos:

En áspera, cerrada, oscura noche,
sin ver jamás el esperado día,
y en contino, crecido, amargo llanto,
ajeno de placer, contento y risa,
meresce estar, y en una viva muerte,
aquel que sin amor pasa la vida.

¿Qué puede ser la más alegre vida,
sino una sombra de una breve noche,
o natural retrato de la muerte,
si en todas cuantas horas tiene el día,
puesto silencio al congojoso llanto,
no admite del amor la dulce risa?

Do vive el blando amor, vive la risa,
y adonde muere, muere nuestra vida,
y el sabroso placer se vuelve en llanto,
y en tenebrosa sempiterna noche
la clara luz del sosegado día,
y es el vivir sin él amarga muerte.

Los rigurosos trances de la muerte
no huye el amador; antes con risa
desea la ocasión y espera el día
donde pueda ofrescer la cara vida
hasta ver la tranquila última noche,
al amoroso fuego, al dulce llanto.

No se llama de amor el llanto, llanto,
ni su muerte llamarse debe muerte,
ni a su noche dar título de noche;

[que] su risa llamarse debe risa,
y su vida tener por cierta vida,
y sólo festejar su alegre día.

¡Oh venturoso para mí este día,
do pude poner freno al triste llanto,
y alegrarme de haber dado mi vida
a quien dármela puede, o darme muerte!
¿Mas qué puede esperarse, si no es risa,
de un rostro que al sol vence y vuelve en noche?

Vuelto ha mi escura noche en claro día
amor, y en risa mi crecido llanto,
y mi cercana muerte en larga vida.

»Estos fueron los versos, hermosas pastoras, que con maravillosa gracia y no menos satisfacción de los que le escuchaban aquel día, cantó mi Artidoro, de los cuales y de las razones que antes me había dicho, tomé yo ocasión de imaginar si por ventura mi vista algún nuevo accidente amoroso en el pecho de Artidoro había causado; y no me salió tan vana mi sospecha que él mesmo no me la certificase al volvernos al aldea.»

A este punto del cuento de sus amores llegaba Teolinda, cuando las pastoras sintieron grandísimo estruendo de voces de pastores y ladridos de perros, que fue causa para que dejasen la comenzada plática y se parasen a mirar por entre las ramas lo que era. Y así, vieron que por un verde llano que a su mano derecha estaba, atravesaban una multitud de perros, los cuales venían siguiendo una temerosa liebre, que a toda furia a las espesas matas venía a guarecerse. Y no tardó mucho que por el mesmo lugar donde las pastoras estaban la vieron entrar y irse derecha al lado de Galatea; y allí, vencida del cansa[n]cio de la larga carrera y casi como segura del cercano peligro, se dejó caer en el suelo con tan cansado aliento que parecía que faltaba poco para dar el espíritu. Los perros, por el olor y rastro, la siguieron hasta entrar adonde estaban las pastoras; mas Galatea, tomando la temerosa liebre en los brazos, estorbó su vengativo intento a los cobdiciosos perros, por parecerle no ser bien si dejaba de defender a quien della había querido valerse. De allí a poco llegaron algunos pastores, que en seguimiento de los perros y de la liebre venían, entre los cuales venía el padre de Galatea, por cuyo respecto ella, Florisa y Teolinda le salieron a rescebir con la debida cortesía. Él y los pastores quedaron admirados de la hermosura de Teolinda, y con deseo de saber quién fuese, porque bien conocieron que era forastera. No poco les pesó desta llegada a Galatea y Florisa, por el gusto que les había quitado de saber el suceso de los amores de Teolinda, a la cual rogaron fuese servida de no partirse por algunos días de su compañía, si en ello no se estorbaba acaso el cumplimiento de sus deseos.

—Antes, por ver si pueden cumplirse —respondió Teolinda—, me conviene estar algún día en esta ribera; y, así por esto como por no dejar imperfecto mi comenzado cuento, habré de hacer lo que me mandáis.

Galatea y Florisa la abrazaron y le ofrecieron de nuevo su amistad, y de servirla en cuanto sus fuerzas alcanzasen. En este entretanto, habiendo el padre de Galatea y los otros pastores en el margen del claro arroyo tendido sus gabanes y sacado de sus zurrones algunos rústicos manjares, convidaron a Galatea y a sus compañeras a que con ellos comiesen. Acetaron ellas el convite; y, sentándose luego, desecharon la hambre, que por ser ya subido el día comenzaba a fatigarles. En estos y en algunos cuentos que, por entretener el tiempo, los pastores contaron, se llegó la hora acostumbrada de recogerse al aldea. Y luego Galatea y Florisa, dando vuelta a sus rebaños, los recogieron, y en compañía de Teolinda y de los otros pastores hacia el lugar poco a poco se encaminaron; y, al quebrar de la cuesta donde aquella mañana habían topado a Elicio, oyeron todos la zampoña del desamorado Lenio, el cual era un pastor en cuyo pecho el amor jamás pudo hacer morada, y desto vivía él tan alegre y satisfecho que, en cualquiera conversación y junta de pastores que se hallaba, no era otro su intento sino decir mal de amor y de los enamorados, y todos sus cantares a este fin se encaminaban. Y por esta tan estraña condición que tenía, era de los pastores de todas aquellas comarcas conocido, y de unos aborrecido y de otros estimado. Galatea y los que allí venían se pararon a escuchar, por ver si Lenio, como de costumbre tenía, alguna cosa cantaba. Y luego vieron que, dando su zampoña a otro compañero suyo, al son della comenzó a cantar lo que se sigue:

Lenio

Un vano, descuidado pensamiento,
una loca, altanera fantasía,
un no sé qué, que la memoria cría,
sin ser, sin calidad, sin fundamento;
una esperanza que se lleva el viento,
un dolor con renombre de alegría,
una noche confusa do no hay día,
un ciego error de nuestro entendimiento,
son las raíces proprias de do nasce
esta quimera antigua celebrada
que amor tiene por nombre en todo el suelo.
Y el alma qu'en amor tal se complace,
meresce ser del suelo desterrada,
y que no la recojan en el cielo.

A la sazón que Lenio cantaba lo que habéis oído, habían ya llegado con sus rebaños Elicio y Erastro, en compañía del lastimado Lisandro; y, pareciéndole a Elicio que la lengua de Lenio en decir mal de amor a más de lo que era razón se estendía, quiso mostrarle a la clara su engaño; y, aprovechándose del mesmo concepto de los versos que él había cantado, al tiempo que ya llegaban Galatea, Florisa y Teolinda y los demás pastores, al son de la zampoña de Erastro, comenzó a cantar desta manera:

Elicio

Meresce quien en el suelo
en su pecho a amor no encierra,
que lo desechen del cielo
y no le sufra la tierra.

Amor, que es virtud entera,
con otras muchas que alcanza,
de una en otra semejanza
sube a la causa primera.
Y meresce el que su celo
de tal amor le destierra,
que le desechen del cielo
y no le acoja la tierra.

Un bello rostro y figura,
aunque caduca y mortal,
es un traslado y señal
de la divina hermosura.
Y el que lo hermoso en el suelo
desama y echa por tierra,
desechado sea del cielo
y no le sufra la tierra.

Amor tomado en sí solo,
sin mezcla de otro accidente,
es al suelo conviniente,
como los rayos de Apolo.
Y el que tuviere recelo
de amor que tal bien encierra,
meresce no ver el cielo
y que le trague la tierra.

Bien se conoce que amor
está de mil bienes lleno,
pues hace del malo bueno,
y del qu'es bueno, mejor.
Y así el que discrepa un pelo
en limpia amorosa guerra,
ni meresce ver el cielo,
ni sustentarse en la tierra.

El amor es infinito,
si se funda en ser honesto,
y aquel que se acaba presto,
no es amor sino apetito.
Y al que sin alzar el vuelo,
con su voluntad se cierra,

mátele rayo del cielo
y no le cubra la tierra.

No recibieron poco gusto los enamorados pastores de ver cuán bien Elicio su parte defendía, pero no por esto el desamorado Lenio dejó de estar firme en su opinión; antes, quería de nuevo volver a cantar y a mostrar en lo que cantase de cuán poco momento eran las razones de Elicio para escurecer la verdad tan clara que él a su parecer sustentaba. Mas el padre de Galatea, que Aurelio el venerable se llamaba, le dijo:

—No te fatigues por agora, discreto Lenio, en querernos mostrar en tu canto lo que en tu corazón sientes, que el camino de aquí al aldea es breve, y me parece que es menester más tiempo del que piensas para defenderte de los muchos que tienen tu contrario parescer. Guarda tus razones para lugar más oportuno, que algún día te juntarás tú y Elicio con otros pastores en la fuente de las Pizarras o arroyo de las Palmas, donde con más comodidad y sosiego podáis argüir y aclarar vuestras diferentes opiniones.

—La que Elicio tiene es opinión —respondió Lenio—, que la mía no es sino sciencia averiguada, la cual en breve o en largo tiempo, por traer ella consigo la verdad, me obligo a sustentarla; pero no faltará tiempo, como dices, más aparejado para este efecto.

—Ese procuraré yo —respondió Elicio—, porque me pesa que tan subido ingenio como el tuyo, amigo Lenio, le falte quien le pueda requintar y subir de punto, como es el limpio y verdadero amor, de quien te muestras tan enemigo.

—Engañado estás, ¡oh Elicio! —replicó Lenio—, si piensas con afeitadas y sofísticas palabras hacerme mudar de lo que no me tendría por hombre si me mudase.

—Tan malo es —dijo Elicio— ser pertinaz en el mal, como bueno perseverar en el bien, y siempre he oído decir a mis mayores que de sabios es mudar consejo.

—No niego yo eso —respondió Lenio—, cuando yo entendiese que mi parecer no es justo, pero en tanto que la esperiencia y la razón no me mostraren el contrario de lo que hasta aquí me han mostrado, yo creo que mi opinión es tan verdadera cuanto la tuya falsa.

—Si se castigasen los herejes de amor —dijo a esta sazón Erastro—, desde agora comenzara yo, amigo Lenio, a cortar leña con que te abrasaran, por el mayor hereje y enemigo que el amor tiene.

—Y aun si yo no viera otra cosa del amor sino que tú, Erastro, le sigues, y eres del bando de los enamorados —respondió Lenio—, sola ella me bastara a renegar dél con cien mil lenguas, si cien mil lenguas tuviera.

—Pues, ¿parécete, Lenio —replicó Erastro—, que no soy bueno para enamorado?

—Antes me parece —respondió Lenio— que los que fueren de tu condición y entendimiento son proprios para ser ministros suyos; porque quien es cojo, con el más mínimo traspié da de ojos, y el que tiene poco discurso, poco ha menester para que le pierda del todo. Y los que siguen la bandera deste vuestro valeroso capitán, yo tengo para mí que no son los más sabios del mundo, y si lo han sido, en el punto que se enamoraron dejaron de serlo.

Grande fue el enojo que Erastro recibió de lo que Lenio le dijo, y así le respondió:

—Paréceme, Lenio, que tus desvariadas razones merescen otro castigo que palabras, mas yo espero que algún día pagarás lo que agora has dicho, sin que te valga lo que en tu defensa dijeres.

—Si yo entendiese de ti, Erastro —respondió Lenio—, que fueses tan valiente como enamorado, no dejarían de darme temor tus amenazas; mas, como sé que te quedas tan atrás en lo uno como vas adelante en lo otro, antes me causan risa que espanto.

Aquí acabó de perder la paciencia Erastro, y si no fuera por Lisandro y por Elicio, que en medio se pusieron, él respondiera a Lenio con las manos, porque ya su lengua, turbada con la cólera, apenas podía usar su oficio. Grande fue el gusto que todos recibieron de la graciosa pendencia de los pastores, y más de la cólera y enojo que Erastro mostraba, que fue menester que el padre de Galatea hiciese las amistades de Lenio y suyas; aunque Erastro, si no fuera por no perder el respecto al padre de su señora, en ninguna manera las hiciera. Luego que la cuestión fue acabada, todos con regocijo se encaminaron al aldea; y, en tanto que llegaban, la hermosa Florisa, al son de la zampoña de Galatea, cantó este soneto:

FLORISA

Crezcan las simples ovejuelas mías
en el cerrado bosque y verde prado,
y el caluroso estío e invierno helado
abunde en yerbas verdes y aguas frías.
Pase en sueños las noches y los días,
en lo que toca al pastoral estado,
sin que de amor un mínimo cuidado
sienta, ni sus ancianas niñerías.
Éste mil bienes del amor pregona;
aquél publica dél vanos cuidados;
yo no sé si los dos andan perdidos,
ni sabré al vencedor dar la corona:
sé bien que son de amor los escogidos
tan pocos, cuanto muchos los llamados.

Breve se les hizo a los pastores el camino, engañados y entretenidos con la graciosa voz de Florisa, la cual no dejó el canto hasta que estuvieron bien cerca del aldea y de las cabañas de Elicio y Erastro, que con Lisandro se quedaron en ellas, despidiéndose primero del venerable Aurelio, de Galatea y Florisa, que con Teolinda al aldea se fueron, y los demás pastores cada cual adonde tenía su cabaña. Aquella mesma noche pidió el lastimado Lisandro licencia a Elicio para volverse a su tierra, o adonde pudiese, conforme a sus deseos, acabar lo poco que, a su parecer, le quedaba de vida. Elicio, con todas las razones que supo decirle y con infinitos ofrecimientos de verdadera amistad que le ofreció, jamás pudo acabar con él que en su compañía, siquiera algunos días, se quedase. Y así, el sin ventura pastor, abrazando a Elicio, con abundantes lágrimas y sospiros se despidió dél, prometiendo de avisarle de su estado donde quiera que estuviese. Y, habiéndole acompañado Elicio hasta media legua de su cabaña, le tornó a abrazar estrechamente; y, tornándose a hacer de nuevo nuevos ofrecimientos, se apartaron, quedando Elicio con harto pesar del que Lisandro llevaba. Y así, se volvió a su cabaña a pasar lo más de la noche en sus amorosas imaginaciones, y a esperar el venidero día para gozar el bien que de ver a Galatea se le causaba. La cual, después que llegó a su aldea, deseando saber el suceso de los amores de Teolinda, procuró hacer de manera que aquella noche estuviesen solas ella y Florisa y Teolinda; y, hallando la comodidad que deseaba, la enamorada pastora prosiguió su cuento, como se verá en el segundo libro.

Fin del primero libro de *Galatea*

SEGUNDO LIBRO DE *GALATEA*

Libres ya y desembarazadas de lo que aquella noche con sus ganados habían de hacer, procuraron recogerse y apartarse con Teolinda en parte donde, sin ser de nadie impedidas, pudiesen oír lo que del suceso de sus amores les faltaba. Y así, se fueron a un pequeño jardín que estaba en casa de Galatea; y, sentándose las tres debajo de una verde y pomposa parra que entricadamente por unas redes de palos se entretejía, tornando a repetir Teolinda algunas palabras de lo que antes había dicho, prosiguió diciendo:

—«Después de acabado nuestro baile y el canto de Artidoro —como ya os he dicho, bellas pastoras—, a todos nos pareció volvernos al aldea a hacer en el templo los solemnes sacrificios, y por parecernos asimesmo que la solemnidad de la fiesta daba en alguna manera licencia para [que], no teniendo cuenta tan a punto con el recogimiento, con más libertad nos holgásemos; y por esto, todos los pastores y pastoras, en montón confuso, alegre y regocijadamente al aldea nos volvimos, hablando cada uno con quien más gusto le daba. Ordenó, pues, la suerte y mi diligencia, y aun la solicitud de Artidoro, que sin mostrar artificio en ello, los dos nos apareamos, de manera que a nuestro salvo pudiéramos hablar en aquel camino más de lo que hablamos, si cada uno por sí no tuviera respecto a lo que a sí mesmo y al otro debía. En fin, yo, por sacarle a barrera —como decirse suele—, le dije: "Años se te harán, Artidoro, los días que en nuestra aldea estuvieres, pues debes de tener en la tuya cosas en que ocuparte que te deben de dar más gusto." "Todo el que yo puedo esperar en mi vida trocara yo —respondió Artidoro— porque fueran, no años, sino siglos, los días que aquí tengo de estar, pues, en acabándose, no espero tener otros que más contento me hagan". "¿Tanto es el que rescibes —respondí yo— en mirar nuestras fiestas?" "No nasce de ahí —respondió él—, sino de contemplar la hermosura de las pastoras desta vuestra aldea". "¡Es verdad —repliqué yo—, que deben de faltar hermosas zagalas en la tuya!" "Verdad es que allá no faltan —respondió él—, pero aquí sobran, de manera que una sola que yo he visto, basta para que, en su comparación, las de allá se tengan por feas." "Tu cortesía te hace decir eso, ¡oh Artidoro! —respondí yo—, porque bien sé que en este pueblo no hay ninguna que tanto se aventaje como dices." "Mejor sé yo ser verdad lo que digo —respondió él—, pues he visto la una y mirado las otras." "Quizá la miraste de lejos, y la distancia del lugar —dije yo— te hizo parecer otra cosa de lo que debe de ser." "De la mesma maner —respondió él— que a ti te veo y estoy mirando agora, la he mirado y visto a ella; y yo me holgaría de haberme engañado, si no conforma su condición con su hermosura". "No me pesara a mí ser la que dices, por el gusto que debe sentir la que se vee pregonada y tenida por hermosa." "Harto más —respondió Artidoro— quisiera yo que tú no fueras." "Pues, ¿qué perdieras tú —respondí yo— si, como yo no soy la que dices, lo fuera?" "Lo que he ganado —respondió él— bien lo sé; de lo que he de perder estoy incierto y temeroso." "Bien sabes hacer del enamorado —dije yo—, ¡oh Artidoro!" "Mejor sabes tú enamorar, ¡oh Teolinda!", respondió él. A esto le dije: "No sé si te diga, Artidoro, que deseo que ninguno de los dos sea el engañado." A lo que él respondió: "De que yo no me engaño estoy bien seguro, y de querer tú desengañarte, está en tu mano, todas las veces que quisieres hacer experiencia de la limpia voluntad que tengo de servirte". "Ésa te pagaré yo con la mesma —repliqué yo—, por parecerme que no sería bien a tan poca costa quedar en deuda con alguno."

»A esta sazón, sin que él tuviese lugar de responderme, llegó Eleuco, el mayoral, y dijo con voz alta: "¡Ea, gallardos pastores y hermosas pastoras!, haced que sientan en el aldea vuestra venida, entonando vosotras, zagalas, algún villancico, de modo que nosotros os respondamos; porque vean los del pueblo cuánto hacemos al caso los que aquí vamos para alegrar nuestra fiesta." Y porque en ninguna cosa que Eleuco mandaba dejaba de ser obedecido, luego los pastores me dieron a mí la mano para que comenzase. Y así, yo, sirviéndome de la ocasión y aprovechándome de lo que con Artidoro había pasado, di principio a este villancico:

En los estados de amor,
nadie llega a ser perfecto,
sino el honesto y secreto.

Para llegar al süave
gusto de amor, si se acierta,
es el secreto la puerta,
y la honestidad la llave.
Y esta entrada no la sabe
quien presume de discreto,
sino el honesto y secreto.

Amar humana beldad
suele ser reprehendido,
si tal amor no es medido
con razón y honestidad.
Y amor de tal calidad
luego le alcanza, en efecto,
el qu'es honesto y secreto.

Es ya caso averiguado,
que no se puede negar,
que a veces pierde el hablar

lo qu'el callar ha ganado.
Y el que fuere enamorado,
jamás se verá en aprieto,
si fuere honesto y secreto.

Cuanto una parlera lengua
y unos atrevidos ojos
suelen causar mil enojos
y poner al alma en mengua,
tanto este dolor desmengua
y se libra deste aprieto
el qu'es honesto y secreto.

»No sé si acerté, hermosas pastoras, en cantar lo que habéis oído, pero sé bien que se supo aprovechar dello Artidoro, pues, en todo el tiempo que en nuestra aldea estuvo, puesto que me habló muchas veces, fue con tanto recato, secreto y honestidad, que los ociosos ojos y lenguas parleras ni tuvieron ni vieron que decir cosa que a nuestra honra perjudicase. Mas con el temor que yo tenía que, acabado el término que Artidoro había prometido de estar en nuestra aldea, se había de ir a la suya, procuré, aunque a costa de mi vergüenza, que no quedase mi corazón con lástima de haber callado lo que después fuera escusado decirse estando Artidoro ausente. Y así, después que mis ojos dieron licencia que los suyos amorosamente me mirasen, no estuvieron quedas las lenguas, ni dejaron de mostrar con palabras lo que hasta entonces por señas los ojos habían bien claramente manifestado.

»En fin, sabréis, amigas mías, que un día, hallándome acaso sola con Artidoro, con señales de un encendido amor y comedimiento, me descubrió el verdadero y honesto amor que me tenía; y, aunque yo quisiera entonces hacer de la retirada y melindrosa, porque temía, como ya os he dicho, que él se partiese, no quise desdeñarle ni despedirle; y también por parecerme que los sinsabores que se dan y sienten en el principio de los amores son causa de que abandonen y dejen la comenzada empresa los que en sus sucesos no son muy experimentados. Y por esto le di respuesta tal cual yo deseaba dársela, quedando, en resolución, concertados en que él se fuese a su aldea, y que, de allí a pocos días, con alguna honrosa tercería me enviase a pedir por esposa a mis padres; de lo que él fue tan contento y satisfecho, que no acababa de llamar venturoso el día en que sus ojos me miraron. De mí os sé decir que no trocara mi contento por ningún otro que imaginar pudiera, por estar segura que el valor y calidad de Artidoro era tal, que mi padre sería contento de recebirle por yerno.

»En el dichoso punto que habéis oído, pastoras, estaba el de nuestros amores, que no quedaban sino dos o tres días a la partida de Artidoro, cuando la fortuna, como aquella que jamás tuvo término en sus cosas, ordenó que una hermana mía de poco menos edad que yo a nuestra aldea tornase, de otra donde algunos días había estado en casa de una tía nuestra que mal dispuesta se hallaba. Y porque consideréis, señoras, cuán estraños y no pensados casos en el mundo suceden, quiero que entendáis una cosa que creo no os dejará de causar alguna admiración estraña; y es que esta hermana mía que os he dicho, que hasta entonces había estado ausente, me parece tanto en el rostro, estatura, donaire y brío, si alguno tengo, que no sólo los de nuestro lugar, sino nuestros mismos padres muchas veces nos han desconocido, y a la una por la otra hablado; de manera que, para no caer en este engaño, por la diferencia de los vestidos, que diferentes eran, nos diferenciaban. En una cosa sola, a lo que yo creo, nos hizo bien diferentes la naturaleza, que fue en las condiciones, por ser la de mi hermana más áspera de lo que mi contento había menester, pues por ser ella menos piadosa que advertida, tendré yo que llorar todo el tiempo que la vida me durare.

»Sucedió, pues, que luego que mi hermana vino al aldea, con el deseo que tenía de volver al agradable pastoral ejercicio suyo, madrugó luego otro día más de lo que yo quisiera, y con las ovejas proprias que yo solía llevar se fue al prado; y, aunque yo quise seguirla, por el contento que se me seguía de la vista de mi Artidoro, con no sé qué ocasión, mi padre me detuvo todo aquel día en casa, que fue el último de mis alegrías. Porque aquella noche, habiendo mi hermana recogido su ganado, me dijo, como en secreto, que tenía necesidad de decirme una cosa que mucho me importaba. Yo, que cualquiera otra pudiera pensar de la que me dijo, procuré que presto a solas nos viésemos, adonde ella, con rostro algo alterado, estando yo colgada de sus palabras, me comenzó a decir: "No sé, hermana mía, lo que piense de tu honestidad, ni menos sé si calle lo que no puedo dejar de decirte, por ver si me das alguna disculpa de la culpa que imagino que tienes; y, aunque yo, como hermana menor, estaba obligada a hablarte con más respecto, debes perdonarme, porque en lo que hoy he visto hallarás la disculpa de lo que te dijere." Cuando yo desta manera la oí hablar, no sabía qué responderle, sino decirle que pasase adelante con su plática. "Has de saber, hermana —siguió ella—, que esta mañana, saliendo con nuestras ovejas al prado, y yendo sola con ellas por la ribera de nuestro fresco Henares, al pasar por el alameda del Concejo, salió a mí un pastor que con verdad osaré jurar que jamás le he visto en estos nuestros contornos, y, con una estraña desenvoltura, me comenzó a hacer tan amorosas salutaciones que yo estaba con vergüenza y confusa, sin saber qué responderle; y él, no escarmentado del enojo que, a lo que yo creo, en mi rostro mostraba, se llegó a mí diciéndome: '¿Qué silencio es éste, hermosa Teolinda, último refugio de esta ánima que os adora?' Y faltó poco que no me tomó las manos para besármelas, añadiendo a lo que he dicho un catálogo de requiebros, que parecía que los traía estudiados. Luego di yo en la cuenta, considerado que él daba en el error en que otros muchos han dado, y que pensaba que con vos estaba hablando, de donde me nació sospecha que si vos, hermana, jamás le hubiérades visto, ni familiarmente tratado, no fuera posible tener el atrevimiento de hablaros de aquella manera. De lo cual tomé tanto enojo, que apenas podía formar palabra para responderle; pero al fin respondí de la suerte que su atrevimiento merescía, y cual a mí me pareció que estábades vos, hermana, obligada a responder a quien con tanta libertad os hablara. Y si no fuera porque en aquel instante llegó la pastora Licea, yo le añadiera tales razones, que fuera bien arrepentido de haberme dicho las suyas. Y es lo bueno, que nunca le quise decir el engaño en que estaba, sino que así creyó él que yo era Teolinda como si con vos mesma estuviera hablando. En fin, él se fue llamándome ingrata, desagradecida y de poco conocimiento; y, a lo que yo puedo juzgar del semblante que él llevaba, a fe, hermana, que otra vez no ose hablaros, aunque más sola os encuentre. Lo que deseo saber es quién es este pastor y qué conversación ha sido la de entrambos, de do nasce que con tanta desenvoltura él se atreviese a hablaros."

»A vuestra mucha discreción dejo, discretas pastoras, lo que mi alma sintiría, oyendo lo que mi hermana me contaba. Pero al fin, disimulando lo mejor que pude, le dije: "La mayor merced del mundo me has hecho, hermana Leonarda —que así se llama la turbadora de mi descanso—, en haberme quitado con tus ásperas razones el fastidio y desasosiego que me daban las importunas de ese pastor que dices, el cual es un forastero que habrá ocho días que está en esta nuestra aldea, en cuyo pensamiento ha cabido tanta arrogancia y locura que, doquiera que me vee, me trata de la manera que has visto, dándose a entender que tiene granjeada mi voluntad; y, aunque yo le he desengañado, quizá con más ásperas palabras de las que tú le dijiste, no por eso deja él de proseguir en su vano propósito; y a fe, hermana, que deseo que venga ya el nuevo día , para ir a decirle que si no se aparta de su vanidad, que espere el fin della que mis palabras siempre le han significado." Y así era la verdad, dulces amigas, que diera yo porque ya fuera el alba cuanto pedírseme pudiera, sólo por ir a ver a mi Artidoro y desengañarle del error en que había caído, temerosa que con la aceda y desabrida respuesta que mi hermana le había dado, él no se desdeñase y hiciese alguna cosa que en perjuicio de nuestro concierto viniese.

»Las largas noches del escabroso deciembre no dieron más pesadumbre al amante que del venidero día algún contento esperase, cuanto a mí me dio disgusto aquella, puesto que era de las cortas del verano, según deseaba la nueva luz, para ir a ver a la luz por quien mis ojos veían. Y así, antes que las estrellas perdiesen del todo la claridad, estando aún en duda si era de noche o de día, forzada de mi deseo, con la ocasión de ir a apacentar las ovejas, salí del aldea; y, dando más priesa al ganado de la acostumbrada para que caminase, llegué al lugar adonde otras veces solía hallar a Artidoro, el cual hallé solo y sin ninguno que dél noticia me diese, de que no pocos saltos me dio el corazón, que casi adevinó el mal que le estaba guardado. ¡Cuántas veces, viendo que no le hallaba, quise con mi voz herir el aire, llamando el amado nombre de mi Artidoro, y decir: "Ven, bien mío, que yo soy la verdadera Teolinda, que más que a sí te quiere y ama!", sino que el temor que de otro que dél fuesen mis palabras oídas, me hizo tener más silencio del que quisiera. Y así, después que hube rodeado una y otra vez toda la ribera y el soto del manso Henares, me senté cansada al pie de un verde sauce, esperando que del todo el claro sol sus rayos por la faz de la tierra estendiese, para que con su claridad no quedase mata, cueva, espesura, choza ni cabaña que de mí mi bien no fuese buscado. Mas, apenas había dado la nueva luz lugar para discernir las colores, cuando luego se me ofreció a los ojos un cortecido álamo blanco, que delante de mí estaba, en el cual y en otros muchos vi escritas unas letras, que luego conocí ser de la mano de Artidoro allí fijadas; y, levantándome con priesa a ver lo que decían, vi, hermosas pastoras, que era esto:

Pastora en quien la belleza
en tanto estremo se halla,
que no hay a quien comparalla
sino a tu mesma crüeza.
Mi firmeza y tu mudanza
han sembrado a mano llena
tus promesas en la arena
y en el viento mi esperanza.
Nunca imaginara yo
que cupiera en lo que vi,
tras un dulce alegre *sí*,
tan amargo y triste *no*.
Mas yo no fuera engañado
si pusiera en mi ventura,
así como en tu hermosura,
los ojos que te han mirado.
Pues cuanto tu gracia estraña
promete, alegra y concierta,
tanto turba y desconcierta
mi desdicha, y enmaraña.
Unos ojos me engañaron,
al parecer pïadosos.
¡Ay, ojos falsos, hermosos!,
los que os ven, ¿en qué pecaron?
Dime, pastora crüel:
¿a quién no podrá engañar
tu sabio honesto mirar
y tus palabras de miel?
De mí ya está conoscido
que, con menos que hicieras,
días ha que me tuvieras
preso, engañado y rendido.
Las letras que fijaré
en esta áspera corteza
crecerán con más firmeza
que no ha crecido tu fe;
la cual pusiste en la boca
y en vanos prometimientos,
no firme al mar y a los vientos,
como bien fundada roca.
Tan terrible y rigurosa
como víbora pisada,
tan cruel como agraciada,
tan falsa como hermosa;
lo que manda tu crueldad
cumpliré sin más rodeo,
pues nunca fue mi deseo
contrario a tu voluntad.

Yo moriré desterrado
porque tú vivas contenta,
mas mira que amor no sienta
del modo que me has tratado;
porque, en la amorosa danza,
aunque amor ponga estrecheza,
sobre el compás de firmeza
no se sufre hacer mudanza.
Así como en la belleza
pasas cualquiera mujer,
creí yo que en el querer
fueras de mayor firmeza;
mas ya sé, por mi pasión,
que quiso pintar natura
un ángel en tu figura,
y el tiempo en tu condición.
Si quieres saber dó voy
y el fin de mi triste vida,
la sangre por mí vertida
te llevará donde estoy;
y, aunque nada no te cale
de nuestro amor y concierto,
no niegues al cuerpo muerto
el triste y último *vale;*
que bien serás rigurosa,
y más que un diamante dura,
si el cuerpo y la sepultura
no te vuelven piadosa.
Y en caso tan desdichado
tendré por dulce partido,
si fui vivo aborrecido,
ser muerto y por ti llorado.

»¿Qué palabras serán bastantes, pastoras, para daros a entender el estremo de dolor que ocupó mi corazón cuando claramente entendí que los versos que había leído eran de mi querido Artidoro? Mas no hay para qué encarescérosle, pues no llegó al punto que era menester para acabarme la vida, la cual, desde entonces acá tengo tan aborrecida, que no sentiría ni me podría venir mayor gusto que perderla. Los sospiros que entonces di, las lágrimas que derramé, las lástimas que hice, fueron tantas y tales, que ninguno me oyera que por loca no me juzgara.

»En fin, yo quedé tal que, sin acordarme de lo que a mi honra debía, propuse de desamparar la cara patria, amados padres y queridos hermanos, y dejar con la guardia de sí mesmo al simple ganado mío. Y, sin entremeterme en otras cuentas, mas de en aquellas que para mi gusto entendí ser necesarias, aquella mesma mañana, abrazando mil veces la corteza donde las manos de mi Artidoro habían llegado, me partí de aquel lugar con intención de venir a estas riberas, donde sé que Artidoro tiene y hace su habitación, por ver si ha sido tan inconsiderado y cruel consigo que haya puesto en ejecución lo que en los últimos versos dejó escripto; que si así fuese, desde aquí os prometo, amigas mías, que no sea menor el deseo y presteza con que le siga en la muerte, que ha sido la voluntad con que le he amado en la vida. Mas, ¡ay de mí, y cómo creo que no hay sospecha que en mi daño sea que no salga verdadera!, pues ha ya nueve días que a estas frescas riberas he llegado, y en todos ellos no he sabido nuevas de lo que deseo; y quiera Dios que cuando las sepa, no sean las últimas que sospecho.» Veis aquí, discretas zagalas, el lamentable suceso de mi enamorada vida. Ya os he dicho quién soy y lo que busco; si algunas nuevas sabéis de mi contento, así la fortuna os conceda el mayor que deseáis, que no me las neguéis.

Con tantas lágrimas acompañaba la enamorada pastora las palabras que decía, que bien tuviera corazón de acero quien dellas no se doliera. Galatea y Florisa, que naturalmente eran de condición piadosa, no pudieron detener las suyas, ni menos dejaron, con las más blandas y eficaces razones que pudieron, de consolarla, dándole por consejo que se estuviese algunos días en su compañía; quizá haría la fortuna que en ellos algunas nuevas de Artidoro supiese; pues no permitiría el cielo que, por tan estraño engaño, acabase un pastor tan discreto como ella le pintaba el curso de sus verdes años; y que podría ser que Artidoro, habiendo con el discurso del tiempo vuelto a mejor discurso y propósito su pensamiento, volviese a ver la deseada patria y dulces amigos; y que por esto, allí mejor que en otra parte podía tener esperanza de hallarle. Con estas y otras razones, la pastora, algo consolada, holgó de quedarse con ellas, agradeciéndoles la merced que le hacían y el deseo que mostraban de procurar su contento. A esta sazón, la serena noche, aguijando por el cielo el estrellado carro, daba señal que el nuevo día se acercaba; y las pastoras, con el deseo y necesidad de reposo, se levantaron y del fresco jardín a sus estancias se fueron. Mas, apenas el claro sol había con sus calientes rayos deshecho y consumido la cerrada niebla que en las frescas mañanas por el aire suele estenderse, cuando las tres pastoras, dejando los ociosos lechos, al usado ejercicio de apascentar su ganado se volvieron, con harto diferentes pensamientos Galatea y Florisa del que la hermosa Teolinda llevaba, la cual iba tan triste y pensativa que era maravilla. Y a esta causa, Galatea, por ver si podría en algo divertirla, le rogó que, puesta aparte un poco la melancolía, fuese servida de cantar algunos versos al son de la zampoña de Florisa. A esto respondió Teolinda:

—Si la mucha causa que tengo de llorar, con la poca que de cantar tengo, entendiera que en algo se menguara, bien pudieras, hermosa Galatea, perdonarme porque no hiciera lo que me mandas; pero, por saber ya por experiencia que lo que mi lengua cantando pronuncia mi corazón llorando lo solemniza, haré lo que quieres, pues en ello, sin ir contra mi deseo, satisfaré el tuyo.

Y luego la pastora Florisa tocó su zampoña, a cuyo son Teolinda cantó este soneto:

TEOLINDA

Sabido he por mi mal adónde llega
la cruda fuerza de un notorio engaño,
y cómo amor procura, con mi daño,

darme la vida qu'el temor me niega.
Mi alma de las carnes se despega,
siguiendo aquella que, por hado estraño,
la tiene puesta en pena, en mal tamaño,
qu'el bien la turba y el dolor sosiega.
Si vivo, vivo en fe de la esperanza,
que, aunque es pequeña y débil, se sustenta
siendo a la fuerza de mi amor asida.
¡Oh firme comenzar, frágil mudanza,
amarga suma de una dulce cuenta,
cómo acabáis por términos la vida!

No había bien acabado de cantar Teolinda el soneto que habéis oído, cuando las tres pastoras sintieron a su mano derecha, por la ladera de un fresco valle, el son de una zampoña, cuya suavidad era de suerte que todas se suspendieron y pararon, para con más atención gozar de la suave armonía. Y de allí a poco oyeron que al son de la zampoña el de un pequeño rabel se acordaba, con tanta gracia y destreza que las dos pastoras Galatea y Florisa estaban suspensas, imaginando qué pastores podrían ser los que tan acordadamente sonaban, porque bien vieron que ninguno de los que ellas conocían, si Elicio no, era en la música tan diestro. A esta sazón, dijo Teolinda:

—Si los oídos no me engañan, hermosas pastoras, yo creo que tenéis hoy en vuestras riberas a los dos nombrados y famosos pastores Tirsi y Damón, naturales de mi patria; a lo menos Tirsi, que en la famosa Compluto, villa fundada en las riberas de nuestro Henares, fue nacido. Y Damón, su íntimo y perfecto amigo, si no estoy mal informada, de las montañas de León trae su origen, y en la nombrada Mantua Carpentanea fue criado: tan aventajados los dos en todo género de discreción, sciencia y loables ejercicios, que no sólo en el circuito de nuestra comarca son conocidos, pero por todo el de la tierra conocidos y estimados. Y no penséis, pastoras, que el ingenio destos dos pastores sólo se estiende en saber lo que al pastoral estado se conviene, porque pasa tan adelante que lo escondido del cielo y lo no sabido de la tierra, por términos y modos concertados, enseñan y disputan. Y estoy confusa en pensar qué causa les habrá movido a dejar Tirsi su dulce y querida Fili, y Damón su hermosa y honesta Amarili: Fili de Tirsi, Amarili de Damón, tan amadas, que no hay en nuestra aldea, ni en los contornos della, persona, ni en la campaña, bosque, prado, fuente o río, que de sus encendidos y honestos amores no tengan entera noticia.

—Deja por agora, Teolinda —dijo Florisa—, de alabarnos estos pastores, que más nos importa escuchar lo que vienen cantando, pues no menor gracia me parece que tienen en la voz que en la música de los instrumentos.

—Pues ¿qué diréis —replicó Teolinda— cuando veáis que a todo eso sobrepuja la excelencia de su poesía, la cual es de manera que al uno ya le ha dado renombre de «divino» y al otro de «más que humano»?

Estando en estas razones las pastoras, vieron que por la ladera del valle por donde ellas mesmas iban, se descubrían dos pastores de gallarda dispusición y estremado brío, de poca más edad el uno que el otro; tan bien vestidos, aunque pastorilmente, que más parescían en su talle y apostura bizarros cortesanos que serranos ganaderos. Traía cada uno un bien tallado pellico de blanca y finísima lana, guarnecidos de leonado y pardo, colores a quien más sus pastoras eran aficionadas; pendían de sus hombros sendos zurrones, no menos vistosos y adornados que los pellicos; venían de verde laurel y fresca yerba coronados, con los retorcidos cayados debajo del brazo puestos. No traían compañía alguna, y tan embebecidos en su música venían, que estuvieron gran espacio sin ver a las pastoras, que por la mesma ladera iban caminando, no poco admiradas del gentil donaire y gracia de los pastores; los cuales, con concertadas voces, comenzando el uno y replicando el otro, esto que se sigue cantaban:

DAMÓN TIRSI

DAMÓN

Tirsi, qu'el solitario cuerpo alejas,
con atrevido paso, aunque forzoso,
de aquella luz con quien el alma dejas:
¿cómo en son no te dueles doloroso,
pues hay tanta razón para quejarte
del fiero turbador de tu reposo?

TIRSI

Damón, si el cuerpo miserable parte
sin la mitad del alma en la partida,
dejando della la más alta parte,
¿de qué virtud o ser será movida
mi lengua, que por muerta ya la cuento,
pues con el alma se quedó la vida?
Y, aunque muestro que veo, oigo y siento,
fantasma soy por el amor formada,
que con sola esperanza me sustento.

DAMÓN

¡Oh Tirsi venturoso, y qué invidiada
es tu suerte de mí con causa justa,
por ser de las de amor más estremada!
A ti sola la ausencia te disgusta,
y tienes el arrimo de esperanza
con quien el alma en sus desdichas gusta.
Pero, ¡ay de mí!, que adonde voy me alcanza
la fría mano del temor esquiva
y del desdén la rigurosa lanza.
Ten la vida por muerta, aunque más viva
se te muestre, pastor; que es cual la vela,
que cuando muere, más su luz aviva.
Ni con el tiempo que ligero vuela,
ni con los medios que el ausencia ofrece,
mi alma fatigada se consuela.

TIRSI

El firme y puro amor jamás descrece
en el discurso de la ausencia amarga;
antes en fe de la memoria crece.
Así que, en el ausencia, corta o larga,
no vee remedio el amador perfecto
de dar alivio a la amorosa carga.
Que la memoria puesta en el objecto
que amor puso en el alma, representa
la amada imagen viva al intelecto.
Y allí en blando silencio le da cuenta
de su bien o su mal, según la mira
amorosa, o de amor libre y esenta.
Y si ves que mi alma no sospira,
es porque veo a Fili acá en mi pecho,
de modo que a cantar me llama y tira.

DAMÓN

Si en el hermoso rostro algún despecho
vieras de Fili, cuando te partiste
del bien que así te tiene satisfecho,
yo sé, discreto Tirsi, que tan triste
vinieras como yo cuitado vengo,
que vi al contrario de lo que tú viste.

TIRSI

Damón, con lo que he dicho me entretengo,
y el estremo del mal de ausencia tiemplo,
y alegre voy, si voy, si quedo o vengo.
Que aquella que nació por vivo ejemplo
de la inmortal belleza acá en el suelo,
digna de mármol, de corona y templo,
con su rara virtud y honesto celo
así los ojos codiciosos ciega,
que de ningún contrario me recelo.
La estrecha sujeción que no le niega
mi alma al alma suya, el alto intento,
que sólo en la adorar para y sosiega,
el tener deste amor conocimiento
Fili, y corresponder a fe tan pura,
destierran el dolor, traen el contento.

DAMON

¡Dichoso Tirsi, Tirsi con ventura,
de la cual goces siglos prolongados
en amoroso gusto, en paz segura!
Yo, a quien los cortos implacables hados
trujeron a un estado tan incierto,

pobre en el merecer, rico en cuidados,
bien es que muera; pues, estando muerto,
no temeré a Amarili rigurosa,
ni del ingrato amor el desconcierto.
¡Oh más que el cielo, oh más que el sol hermosa,
y para mí más dura que un diamante,
presta a mi mal y al bien muy perezosa!
¿Cuál ábrego, cuál cierzo, cuál levante
te sopló de aspereza, que así ordenas
que huiga el paso y no te esté delante?
Yo moriré, pastora, en las ajenas
tierras, pues tú lo mandas, condemnado
a hierros, muertes, yugos y cadenas.

Tirsi

Pues con tantas ventajas te ha dotado,
Damón amigo, el pïadoso cielo
de un ingenio tan vivo y levantado,
tiempla con él el llanto, tiempla el duelo,
considerando bien que no contino
nos quema el sol ni nos enfría el yelo.
Quiero decir, que no sigue un camino
siempre con pasos llanos reposados
para darnos el bien nuestro destino;
que alguna vez, por trances no pensados,
lejos, al parecer, de gusto y gloria,
nos lleva a mil contentos regalados.
Revuelve, dulce amigo, la memoria
por los honestos gustos que algún tiempo
amor te dio por prendas de victoria;
y si es posible, busca un pasatiempo
que al alma engañe, en tanto que se pasa
este desamorado airado tiempo.

Damón

Al yelo que por términos me abrasa,
y al fuego que sin término me yela,
¿quién le pondrá, pastor, término o tasa?
En vano cansa, en vano se desvela
el desfavorecido que procura
a su gusto cortar de amor la tela,
que si sobra en amor, falta en ventura.

Aquí cesó el estremado canto de los agraciados pastores, pero no el gusto que las pastoras habían recebido en escucharle; antes quisieran que tan presto no se acabara, por ser de aquellos que no todas veces suelen oírse. A esta sazón, los dos gallardos pastores encaminaban sus pasos hacia donde las pastoras estaban, de que pesó a Teolinda, porque temió ser dellos conocida; y por esta causa rogó a Galatea que de aquel lugar se desviasen. Ella lo hizo, y ellos pasaron, y, al pasar, oyó Galatea que Tirsi a Damón decía:

—Estas riberas, amigo Damón, son en las que la hermosa Galatea apascienta su ganado, y adonde trae el suyo el enamorado Elicio, íntimo y particular amigo tuyo, a quien dé la ventura tal suceso en sus amores, cuanto merescen sus honestos y buenos deseos. Yo ha muchos días que no sé en qué términos le trae su suerte; pero, según he oído decir de la recatada condición de la discreta Galatea, por quien él muere, temo que más aína debe de estar quejoso que satisfecho.

—No me maravillaría yo deso —respondió Damón—, porque con cuantas gracias y particulares dones que el cielo enriqueció a Galatea, al fin fin la hizo mujer, en cuyo frágil subjeto no se halla todas veces el conocimiento que se debe, y el que ha menester el que por ellas lo menos que aventura es la vida. Lo que yo he oído decir de los amores de Elicio, es que él adora a Galatea sin salir del término que a su honestidad se debe, y que la discreción de Galatea es tanta, que no da muestras de querer ni de aborrecer a Elicio. Y así, debe de andar el desdichado subjeto a mil contrarios accidentes, esperando en el tiempo y la fortuna, medios harto perdidos, que le alarguen o acorten la vida, de los cuales está más cierto el acortarla que el entretenerla.

Hasta aquí pudo oír Galatea de lo que della y de Elicio los pastores tratando iban, de que no recibió poco contento, por entender que lo que la fama de sus cosas publicaba era lo que a su limpia intención se debía. Y, desde aquel punto, determinó de no hacer por Elicio cosa que diese ocasión a que la fama no saliese verdadera en lo que de sus pensamientos publicaba. A este tiempo, los dos bizarros pastores, con vagarosos pasos, poco a poco hacia el aldea se encaminaban, con deseo de hallarse a las bodas del venturoso pastor Daranio, que con Silveria «de los verdes ojos» se casaba. Y ésta fue una de las causas por que ellos habían dejado sus rebaños y al lugar de Galatea se venían. Pero, ya que les faltaba poco del camino, a la mano derecha dél sintieron el son de un rabel que acordada y suavemente sonaba; y parándose Damón, trabó a Tirsi del brazo, diciéndole:

—Espera y escucha un poco, Tirsi, que si los oídos no me mienten, el son que a ellos llega es del rabel de mi buen amigo Elicio, a quien dio naturaleza tanta gracia en muchas y diversas habilidades, cuanto las oirás si le escuchas y conocerás si le tratas.

—No creas, Damón —respondió Tirsi—, que hasta agora estoy por conocer las buenas partes de Elicio, que días ha que la fama me las tiene bien manifiestas. Pero calla agora, y escuchemos si canta alguna cosa que del estado de su vida nos dé algún manifiesto indicio.

—Bien dices —replicó Damón—, mas será menester, para que mejor le oigamos, que nos lleguemos por entre estas ramas, de modo que, sin ser vistos dél, de más cerca le escuchemos.

Hiciéronlo ansí, y pusiéronse en parte tan buena que ninguna palabra que Elicio dijo o cantó dejó de ser de ellos oída, y aun notada. Estaba Elicio en compañía de su amigo Erastro, de quien pocas veces se apartaba por el entretenimiento y gusto que de su buena conversación recibía, y todos o los más ratos del día en cantar y tañer se les pasaba. Y, a este punto, tocando su rabel Elicio y su zampoña Erastro, a estos versos dio principio Elicio:

Elicio

Rendido a un amoroso pensamiento,
con mi dolor contento,
sin esperar más gloria,
sigo la que persigue mi memoria,
porque contino en ella se presenta
de los lazos de amor libre y esenta.

Con los ojos del alma aun no es posible
ver el rostro apacible
de la enemiga mía,
gloria y honor de cuanto el cielo cría;
y los del cuerpo quedan, sólo en vella,
ciegos por haber visto el sol en ella.

¡Oh dura servidumbre, aunque gustosa!
¡Oh mano poderosa
de Amor, que así pudiste
quitarme, ingrato, el bien que prometiste
de hacerme, cuando libre me burlaba
de ti, del arco tuyo y de tu aljaba!

¡Cuánta belleza, cuánta blanca mano
me mostraste, tirano!
¡Cuánto te fatigaste
primero que a mi cuello el lazo echaste!
Y aun quedaras vencido en la pelea,
si no hubiera en el mundo Galatea.

Ella fue sola la que sola pudo
rendir el golpe crudo
el corazón esento,
y avasallar el libre pensamiento,
el cual, si a su querer no se rindiera,
por de mármol o acero le tuviera.

¿Qué libertad puede mostrar su fuero
ante el rostro severo,
y más quel sol hermoso,
de la que turba y cansa mi reposo?
¡Ay rostro, que en el suelo
descubres cuanto bien encierra el cielo!

¿Cómo pudo juntar naturaleza
tal rigor y aspereza
con tanta hermosura,
tanto valor y condición tan dura?
Mas mi dicha consiente
en mi daño juntar lo diferente.

Esle tan fácil a mi corta suerte
ver con la amarga muerte
junta la dulce vida,
y estar su mal a do su bien se anida,
que entre contrarios veo
que mengua la esperanza, y no el deseo.

No cantó más el enamorado pastor, ni quisieron más detenerse Tirsi y Damón; antes, haciendo de sí gallarda e improvisa muestra, hacia donde estaba Elicio se fueron; el cual, como los vio, conociendo a su amigo Damón, con increíble alegría le salió a rescebir, diciéndole:

—¿Qué ventura ha ordenado, discreto Damón, que la des tan buena con tu presencia a estas riberas, que grandes tiempos ha que te desean?

—No puede ser sino buena —respondió Damón—, pues me ha traído a verte, ¡oh Elicio!, cosa que yo estimo en tanto, cuanto es el deseo que dello tenía, y la larga ausencia y la amistad que te tengo me obligaba. Pero si por alguna cosa puedes decir lo que has dicho, es porque tienes delante al famoso Tirsi, gloria y honor del castellano suelo.

Cuando Elicio oyó decir que aquél era Tirsi, dél solamente por fama conocido, rescibiéndole con mucha cortesía, le dijo:

—Bien conforma tu agradable semblante, nombrado Tirsi, con lo que de tu valor y discreción en las cercanas y apartadas tierras la parlera fama pregona. Y así, a mí, a quien tus escriptos han admirado e inclinado a desear conocerte y servirte, puedes, de hoy más, tener y tratar como verdadero amigo.

—Es tan conocido lo que yo gano en eso —respondió Tirsi—, que en vano pregonaría la fama lo que la afición que me tienes te hace decir que de mí pregona, si no conociese la merced que me haces en querer ponerme en el número de tus amigos; y, porque entre los que lo son las palabras de comedimiento han de ser escusadas, cesen las nuestras en este caso, y den las obras testimonio de nuestras voluntades.

—La mía será contino de servirte —replicó Elicio—, como lo verás, ¡oh Tirsi!, si el tiempo o la fortuna me ponen en estado que valga algo para ello; porque el que agora tengo, puesto que no le trocaría con otro de mayores ventajas, es tal, que apenas me deja con libertad de ofrecer el deseo.

—Tiniendo como tienes el tuyo en lugar tan alto —dijo Damón—, por locura tendría procurar bajarle a cosa que menos fuese. Y así, amigo Elicio, no digas mal del estado en que te hallas, porque yo te prometo que, cuando se comparase con el mío, hallaría yo ocasión de tenerte más envidia que lástima.

—Bien parece, Damón —dijo Elicio—, que ha muchos días que faltas destas riberas, pues no sabes lo que en ellas amor me hace sentir; y si esto no es, no debes conocer ni tener experiencia de la condición de Galatea; que si della tuvieses noticia, trocarías en lástima la envidia que de mi tendrías.

—Quien ha gustado de la condición de Amarili, ¿qué cosa nueva puede esperar de la de Galatea? —respondió Damón.

—Si la estada tuya en estas riberas —replicó Elicio— fuere tan larga como yo deseo, tú, Damón, conocerás y verás en ella, y oirás en otros, cómo andan en igual balanza su crueldad y gentileza: estremos que acaban la vida al que su desventura trujo a términos de adorarla.

—En las riberas de nuestro Henares —dijo a esta sazón Tirsi— más fama tiene Galatea de hermosa que de cruel; pero, sobre todo, se dice que es discreta; y si esta es la verdad, como lo debe ser, de su discreción nasce conocerse, y de conocerse estimarse, y de estimarse no querer perderse, y del no querer perderse viene el no querer contentarte; y viendo tú, Elicio, cuán mal corresponde a tus deseos, das nombre de crueldad a lo que debrías llamar honroso recato; y no me maravillo, que, en fin, es condición propria de los enamorados poco favorescidos.

—Razón tendrías en lo que has dicho, ¡oh Tirsi! —replicó Elicio—, cuando mis deseos se desviaran del camino que a su honra y honestidad conviene; pero si van tan medidos como a su valor y crédito se debe, ¿de qué sirve tanto desdén, tan amargas y desabridas respuestas, y tan a la clara esconder el rostro al que tiene puesta toda su gloria en sólo verle?

—¡Ay, Tirsi, Tirsi! —respondió Elicio—, y cómo te debe tener el amor puesto en lo alto de sus contentos, pues con tan sosegado espíritu hablas de sus efectos. No sé yo cómo viene bien lo que tú agora dices con lo que un tiempo decías cuando cantabas:

> ¡Ay, de cuán ricas esperanzas vengo
> al deseo más pobre y encogido!;

con lo demás que a esto añadiste.

Hasta este punto había estado callando Erastro, mirando lo que entre los pastores pasaba, admirado de ver su gentil donaire y apostura, con las muestras que cada uno daba de la mucha discreción que tenía. Pero, viendo que, de lance en lance, a razonar de casos de amor se habían reducido, como aquél que tan experimentado en ellos estaba, rompió el silencio y dijo:

—Bien creo, discretos pastores, que la larga experiencia os habrá mostrado que no se puede reducir a continuado término la condición de los enamorados corazones, los cuales, como se gobiernan por voluntad ajena, a mil contrarios accidentes están subjetos. Y así, tú, famoso Tirsi, no tienes de qué maravillarte de lo que Elicio ha dicho, ni él tampoco de lo que tú dices, ni traer por ejemplo aquello que él dice que cantabas; ni menos lo que yo sé que cantaste cuando dijiste:

> La amarillez y la flaqueza mía;

donde claramente mostrabas el afligido estado que entonces poseías; porque de allí a poco llegaron a nuestras cabañas las nuevas de tu contento, solemnizadas en aquellos versos tan nombrados tuyos, que si mal no me acuerdo comenzaban:

Sale el aurora y de su fértil manto.

Por do claro se conoce la diferencia que hay de tiempos a tiempos, y cómo con ellos suele mudar amor los estados, haciendo que hoy se ría el que ayer lloraba y que mañana llore el que hoy ríe. Y, por tener yo tan conocida esta su condición, no puede la aspereza y desdén zahareño de Galatea acabar de derribar mis esperanzas, puesto que yo no espero della otra cosa si no es que se contente de que yo la quiera.

—El que no esperase buen suceso de un tan enamorado y medido deseo como el que has mostrado, ¡oh pastor! —respondió Damón—, renombre más que de desesperado merescía. Por cierto que es gran cosa la que de Galatea pretendes. Pero dime, pastor, así ella te la conceda: ¿es posible que tan a regla tienes tu deseo, que no se adelanta a desear más de lo que has dicho?

—Bien puedes creerle, amigo Damón —dijo Elicio—, porque el valor de Galatea no da lugar a que della otra cosa se desee ni se espere; y aun ésta es tan difícil de obtenerse, que a veces a Erastro se entibia la esperanza y a mí se enfría, de manera que él tiene por cierto, y yo por averiguado, que primero ha de llegar la muerte que el cumplimiento della. Mas, porque no es razón rescebir tan honrados huéspedes con los amargos cuentos de nuestras miserias, quéde[n]se ellas aquí y recojámonos al aldea, donde descansaréis del pesado trabajo del camino, y con más sosiego, si dello gustáredes, entenderéis el desasosiego nuestro.

Holgaron todos de acomodarse a la voluntad de Elicio, el cual y Erastro, recogiendo sus ganados, puesto que era algunas horas antes de lo acostumbrado, en compañía de los dos pastores, hablando en diversas cosas, aunque todas enamoradas, hacia el aldea se encaminaron. Mas, como todo el pasatiempo de Erastro era tañer y cantar, así por esto como por el deseo que tenía de saber si los dos nuevos pastores lo hacían tan bien como dellos se sonaba, por moverlos y convidarlos a que otro tanto hiciesen, rogó a Elicio que su rabel tocase, al son del cual así comenzó a cantar:

Erastro

Ante la luz de unos serenos ojos
que al sol dan luz con que da luz al suelo,
mi alma así se enciende, que recelo
que presto tendrá muerte sus despojos.
Con la luz se conciertan los manojos
de aquellos rayos del señor de Delo:
tales son los cabellos de quien suelo
adorar su beldad puesto de hinojos.
¡Oh clara luz, oh rayos del sol claro,
antes el mesmo sol! De vos espero

sólo que consintáis que Erastro os quiera.
  Si en esto el cielo se me muestra avaro,
antes que acabe del dolor que muero,
haced, ¡oh rayos!, que de un rayo muera.

No les pareció mal el soneto a los pastores, ni les descontentó la voz de Erastro; que, puesto que no era de las muy estremadas, no dejaba de ser de las acordadas. Y luego Elicio, movido del ejemplo de Erastro, le hizo que tocase su zampoña, al son de la cual este soneto dijo:

ELICIO

¡Ay, que al alto designio que se cría
en mi amoroso firme pensamiento,
contradicen el cielo, el fuego, el viento,
la agua, la tierra y la enemiga mía!
  Contrarios son de quien temer debría,
y abandonar la empresa el sano intento;
mas, ¿quién podrá estorbar lo qu'el violento
hado implacable quiere, amor porfía?
  El alto cielo, amor, el viento, el fuego,
la agua, la tierra y mi enemiga bella,
cada cual con fuerza, y con mi hado,
  mi bien estorbe, esparza, abrase y luego
deshaga mi esperanza; que, aun sin ella,
imposible es dejar lo comenzado.

En acabando Elicio, luego Damón, al son de la mesma zampoña de Erastro, desta manera comenzó a cantar:

DAMÓN

  Más blando fui que no la blanda cera,
cuando imprimí en mi alma la figura
de la bella Amarili, esquiva y dura
cual duro mármol o silvestre fiera.
  Amor me puso entonces en la esfera
más alta de su bien y su ventura;
y agora temo que la sepultura
ha de acabar mi presumpción primera.
  Arrimóse el amor a la esperanza
cual vid al olmo, y fue subiendo apriesa;
mas faltóle el humor, y cesó el vuelo:
  no el de mis ojos, que por larga usanza,
fortuna sabe bien que jamás cesa
de dar tributo al rostro, al pecho, al suelo.

Acabó Damón y comenzó Tirsi, al son de los instrumentos de los tres pastores, a cantar este soneto:

Tirsi

Por medio de los filos de la muerte
rompió mi fe, y a tal punto he llegado,
que no envidio el más alto y rico estado
que encierra humana venturosa suerte.
Todo este bien nasció de sólo verte,
hermosa Fili, ¡oh Fili!, a quien el hado
dotó de un ser tan raro y estremado,
que en risa el llanto, el mal en bien convierte.
Como amansa el rigor de la sentencia
si el condenado el rostro del rey mira,
y es ley que nunca tuerce su derecho,
así ante tu hermosísima presencia
la muerte huye, el daño se retira,
y deja en su lugar vida y provecho.

Al acabar de Tirsi, todos los intrumentos de los pastores formaron tan agradable música, que causaba grande contento a quien la oía; y más, ayudándoles de entre las espesas ramas mil suertes de pintados pajarillos que, con divina armonía, parece que como a coros les iban respondiendo. Desta suerte habían caminado un trecho, cuando llegaron a una antigua ermita que en la ladera de un montecillo estaba, no tan desviada del camino que dejase de oírse el son de una arpa que dentro, al parecer, tañían; el cual oído por Erastro, dijo:

—Deteneos, pastores, que según pienso, hoy oiremos todos lo que ha días que yo deseo oír, que es la voz de un agraciado mozo que dentro de aquella ermita habrá doce o catorce días se ha venido a vivir una vida más áspera de lo que a mí me parece que puedan llevar sus pocos años, y algunas veces que por aquí he pasado, he sentido tocar una arpa y entonar una voz tan suave que me ha puesto en grandísimo deseo de escucharla; pero siempre he llegado a punto que él le ponía en su canto. Y, aunque con hablarle he procurado hacerme su amigo, ofreciéndole a su servicio todo lo que valgo y puedo, nunca he podido acabar con él que me descubra quién es y las causas que le han movido a venir de tan pocos años a ponerse en tanta soledad y estrecheza.

Lo que Erastro decía del mozo y nuevo ermitaño puso en los pastores el mesmo deseo de conocerle que él tenía. Y así, acordaron de llegarse a la ermita de modo que, sin ser sentidos, pudiesen entender lo que cantaba antes que llegasen a hablarle; y, haciéndolo así, les sucedió tan bien, que se pusieron de parte donde, sin ser vistos ni sentidos, oyeron que al son de la arpa, el que estaba dentro semejantes versos decía:

Si han sido el cielo, amor y la fortuna,
sin ser de mí ofendidos,
contentos de ponerme en tal estado,
en vano al aire envío mis gemidos,
en vano hasta la luna
se vio mi pensamiento levantado.

¡Oh riguroso hado!,
¡por cuán estrañas desusadas vías
mis dulces alegrías
han venido a parar en tal estremo,
que estoy muriendo y aun la vida temo!

Contra mí mesmo estoy ardiendo en ira,
por ver que sufro tanto
sin romper este pecho, y dar al viento
esta alma, qu'en mitad del duro llanto
al corazón retira
las últimas reliquias del aliento;
y allí de nuevo siento
que acude la esperanza a darme fuerza,
y, aunque fingida, a mi vivir es fuerza,
y no es piedad del cielo, porque ordena
a larga vida dar más larga pena.

Del caro amigo el lastimado pecho
enterneció este mío,
y la empresa difícil tomé a cargo.
¡Oh discreto fingir de desvarío!
¡Oh nunca visto hecho!
¡Oh caso gustosísimo y amargo!
¡Cuán dadivoso y largo
[el] amor se mostró por bien ajeno,
y cuán avaro y lleno
de temor y lealtad para conmigo!
Pero a más nos obliga un firme amigo.

Injustas pagas a voluntades justas
a cada paso vemos,
dadas por mano de fortuna esquiva;
y de ti, falso amor, de quien sabemos
que te alegras y gustas
de que un firme amador muriendo viva,
abrasadora y viva
llama se encienda en tus ligeras alas,
y las buenas y malas
saetas en ceniza se resuelvan,
o al dispararlas, contra ti se vuelvan.

¿Por qué camino, con qué fraude y mañas,
por qué estraño rodeo
entera posesión de mí tomaste?
Y ¿cómo en mi piadoso alto deseo
y en mis limpias entrañas
la sana voluntad, falso, trocaste?

¿Juicio habrá que baste
a llevar en paciencia el ver, perjuro,
que entré libre y seguro
a tratar de tus glorias y tus penas,
y agora al cuello siento tus cadenas?

Mas no de ti, sino de mí sería
razón que me quejase,
que a tu fuego no hice resistencia.
Yo me entregué, yo hice que soplase
el viento que dormía
de la ocasión con furia y violencia.
Justísima sentencia
ha dado el cielo contra mí que muera,
aunque sólo se espera
de mi infelice hado y desventura
que no acabe mi mal la sepultura.

¡Oh amigo dulce, oh dulce mi enemiga,
Timbrio y Nísida bella,
dichosos juntamente y desdichados!
¿Cuál dura, inicua, inexorable estrella,
de mi daño enemiga;
cuál fuerza injusta de implacables hados
nos tiene así apartados?
¡Oh miserable, humana, frágil suerte!
¡Cuán presto se convierte
en súbito pesar un alegría,
y sigue escura noche al claro día!

De la instabilidad, de la mudanza
de las humanas cosas,
¿cuál será el atrevido que se fíe?
Con alas vuela el tiempo presurosas,
y tras sí la esperanza
se lleva del que llora y del que ríe;
y ya que el cielo envíe
su favor, sólo sirve al que con celo
sancto levanta al cielo
el alma, en fuego de su amor deshecha,
y al que no, más le daña que aprovecha.

Yo, como puedo, buen señor, levanto
la una y otra palma,
los ojos, la intención al cielo sancto,
por quien espera el alma
ver vuelto en risa su contino llanto.

Con un profundo sospiro dio fin al lastimado canto el recogido mozo que dentro de la ermita estaba. Y, sintiendo los pastores que adelante no procedía, sin detenerse más, todos juntos entraron en ella, donde vieron a un cabo, sentado encima de una dura piedra, a un dispuesto y agraciado mancebo, al parecer de edad de veinte y dos años, vestido de un tosco buriel con los pies descalzos y una áspera soga ceñida al cuerpo, que de cordón le servía. Estaba con la cabeza inclinada a un lado, y la una mano asida de la parte de la túnica que sobre el corazón caía, y el otro brazo a la otra parte flojamente derribado. Y, por verle desta manera, y por no haber hecho movimiento al entrar de los pastores, claramente conocieron que desmayado estaba, como era la verdad, porque la profunda imaginación de sus miserias, muchas veces a semejante término le conducía. Llegóse a él Erastro, y, trabándole recio del brazo, le hizo volver en sí, aunque tan desacordado que parecía que de un pesado sueño recordaba, las cuales muestras de dolor no pequeño le causaron a los que le veían, y luego Erastro le dijo:

—¿Qué es esto, señor? ¿Qué es lo que siente vuestro fatigado pecho? No dejéis de decirlo, que presentes tenéis quien no rehusará fatiga alguna por dar remedio a la vuestra.

—No son esos —respondió el mancebo con voz algo desmayada— los primeros ofrecimientos, comedido pastor, que me has hecho, ni aun serían los últimos que yo acertase a servir si pudiese; pero hame traído la fortuna a términos, que ni ellos pueden aprovecharme ni yo satisfacerlos más de con el deseo. Éste puedes tomar en cuenta del bueno que me ofreces; y si otra cosa de mí deseas saber, el tiempo, que no encubre nada, te dirá más de lo que yo quisiera.

—Si al tiempo dejas que me satisfaga de lo que me dices —respondió Erastro—, poco debe agradecerse tal paga, pues él, a pesar nuestro, echa en las plazas lo más secreto de nuestros corazones.

A este tiempo, todos los demás pastores le rogaron que la ocasión de su tristeza les contase, especialmente Tirsi, que con eficaces razones le persuadió, y dio a entender que no hay mal en esta vida que con ella su remedio no se alcanzase, si ya la muerte, atajadora de los humanos discursos, no se opone a ellos. Y a esto añadió otras palabras que al obstinado mozo movieron a que con la suyas hiciese satisfechos a todos de lo que dél saber deseaban. Y así, les dijo:

—Puesto que a mí me fuera mejor, ¡oh agradable compañía!, vivir lo poco que me queda de vida sin ella, y haberme recogido a mayor soledad de la que tengo, todavía, por no mostrarme esquivo a la voluntad que me habéis mostrado, determino de contaros todo aquello que entiendo bastará, y los términos por donde la mudable fortuna me ha traído al estrecho estado en que me hallo; pero, porque me parece que es ya algo tarde, y, según mis desventuras son muchas, sería posible que antes de contároslas la noche sobreviniese, será bien que todos juntos a la aldea nos vamos, pues a mí no me hace otra descomodidad de hacer el camino esta noche que mañana tenía determinado, y esto me es forzoso, pues de vuestra aldea soy proveído de lo que he menester para mi sustento, y por el camino, como mejor pudiere, os haré ciertos de mis desgracias.

A todos pareció bien lo que el mozo ermitaño decía, y, puniéndole en medio dellos, con vagarosos pasos tornaron a seguir el camino de la aldea, y luego el lastimado ermitaño, con muestras de mucho dolor, desta manera al cuento de sus miserias dio principio:

—«En la antigua y famosa ciudad de Jerez, cuyos moradores de Minerva y Marte son favorescidos, nasció Timbrio, un valeroso caballero, del cual, si sus virtudes y generosidad de ánimo hubiese de contar, a difícil empresa me pondría. Basta saber que, no sé si por la mucha bondad suya o por la fuerza de las estrellas, que a ello me inclinaban, yo procuré, por todas las vías que pude, serle particular amigo, y fueme el cielo en esto tan favorable que, casi olvidándose a los que nos conoscían el nombre de Timbrio y el de Silerio —que es el mío—, solamente los dos amigos nos llamaban, haciendo nosotros, con nuestra continua conversación y amigables obras, que tal opinión no fuese vana.

»Desta suerte los dos, con increíble gusto y contento, los mozos años pasábamos, ora en el campo en el ejercicio de la caza, ora en la ciudad en el del honroso Marte entreteniéndonos, hasta que un día, de los muchos aciagos que el enemigo tiempo en el discurso de mi vida me ha hecho ver, le sucedió a mi amigo Timbrio una pesada pendencia con un poderoso caballero, vecino de la mesma ciudad. Llegó a término la quistión que el caballero quedó lastimado en la honra, y a Timbrio fue forzoso ausentarse, por dar lugar a que la furiosa discordia cesase que entre los dos parentales se comenzaba a encender, dejando escrita una carta a su enemigo, dándole aviso que le hallaría en Italia, en la ciudad de Milán o de Nápoles, todas las veces que, como caballero, de su agravio satisfacerse quisiese. Con esto cesaron los bandos entre los parientes de entrambos, y ordenóse que a igual y mortal batalla el ofendido caballero, que Pransiles se llamaba, a Timbrio desafiase, y que, en hallando campo seguro para la batalla, se avisase a Timbrio. Ordenó más mi suerte: que al tiempo que esto sucedió yo me hallase tan falto de salud, que apenas del lecho levantarme podía, y por esta ocasión se me pasó la de seguir a mi amigo dondequiera que fuese, el cual al partir se despidió de mí con no pequeño descontento, encargándome que, en cobrando fuerzas, le buscase, que en la ciudad de Nápoles le hallaría. Y así, se partió, dejándome con más pena que yo sabré agora significaros. Mas, al cabo de pocos días, pudiendo en mí más el deseo que de verle tenía, que no la flaqueza que me fatigaba, me puse luego en camino; y, para que con más brevedad y más seguro le hiciese, la ventura me ofreció la comodidad de cuatro galeras que en la famosa Isla de Cádiz, de partida para Italia, prestas y aparejadas estaban. Embarquéme en una dellas, y, con próspero viento, en tiempo breve, las riberas catalanas descubrimos; y, habiendo dado fondo en un puerto dellas, yo, que algo fatigado de la mar venía, asegurado primero de que por aquella noche las galeras de allí no partirían, me desembarqué con solo un amigo y un criado mío. Y no creo que debía de ser la media noche, cuando los marineros y los que a cargo las galeras llevaban, viendo que la serenidad del cielo calma o próspero viento señalaba, por no perder la buena ocasión que se les ofrecía, a la segunda guardia hicieron la señal de partida, y, zarpando las áncoras, dieron con mucha presteza los remos al sesgo mar y las velas al sosegado viento. Y fue, como digo, con tanta diligencia hecho que, por mucha que yo puse para volver a embarcarme, no fui a tiempo; y así, me hube de quedar en la marina con el enojo que podrá considerar quien por semejantes y ordinarios casos habrá pasado, porque quedaba mal acomodado de todas las cosas que para seguir mi viaje por tierra eran necesarias. Mas, considerando que, de quedarme allí, poco remedio se esperaba, acordé de volverme a Barcelona, adonde, como ciudad más grande, podría ser hallar quien me acomodase de lo que me faltaba, correspondiendo a Jerez o a Sevilla con la paga dello.

»Amanecióme en estos pensamientos, y, con determinación de ponerlos en efecto, aguardaba a que el día más se levantase; y, estando a punto de partirme, sentí un grande estruendo por la tierra y que toda la gente corría a la calle más principal del pueblo, y, preguntando a uno qué era aquello, me respondió: "Llegaos, señor, a aquella esquina, que a voz de pregonero sabréis lo que deseáis." Hícelo así, y lo primero en que puse los ojos fue en un alto crucifijo y en mucho tumulto de gente, señales que alguno sentenciado a muerte entre ellos venía, todo lo cual me certificó la voz del pregonero, que declaraba que, por haber sido salteador y bandolero, la justicia mandaba ahorcar un hombre, que, como a mí llegó, luego conocí que era el mi buen amigo Timbrio, el cual venía a pie, con unas esposas a las manos y una soga a la garganta, los ojos enclavados en el crucifijo que delante llevaba, diciendo y protestando a los clérigos que con él iban, que por la estrecha cuenta que pensaba dar en breves horas al verdadero Dios, cuyo retrato delante los ojos tenía, que nunca en todo el discurso de su vida había cometido cosa por donde públicamente meresciese rescebir tan ignominiosa muerte; y que a todos rogaba rogasen a los jueces le diesen algún término para probar cuán inocente estaba de lo que le acusaban.

»Considérese aquí, si tanto la consideración pudo levantarse, cuál quedaría yo al horrendo espectáculo que a los ojos se me ofrecía. No sé qué os diga, señores, sino que quedé tan embelesado y fuera de mí, y de tal modo quedé ajeno de todos mis sentidos, que una estatua de mármol debiera de parecer a quien en aquel punto me miraba. Pero ya que el confuso rumor del pueblo, las levantadas voces de los pregoneros, las lastimosas palabras de Timbrio y las consoladoras de los sacerdotes, y el verdadero conocimiento de mi buen amigo, me hubieron vuelto de aquel embelesamiento primero, y la alterada sangre acudió a dar ayuda al desmayado corazón, y despertado en él la cólera debida a la notoria venganza de la ofensa de Timbrio, sin mirar al peligro que me ponía, sino al de Timbrio, por ver si podía librarle, o seguirle hasta la otra vida, con poco temor de perder la mía, eché mano a la espada, y con más que ordinaria furia entré por medio de la confusa turba, hasta que llegué adonde Timbrio iba, el cual, no sabiendo si en provecho suyo tantas espadas se habían desenvainado, con perplejo y angustiado ánimo, estaba mirando lo que pasaba, hasta que yo le dije: "¿Adónde está, ¡oh Timbrio!, el esfuerzo de tu valeroso pecho? ¿Qué esperas, o qué aguardas? ¿Por qué no te favoreces de la ocasión presente? Procura, ¡oh verdadero amigo!, salvar tu vida, en tanto que esta mía hace escudo a la sinrazón que, según creo, aquí te es hecha." Estas palabras mías y el conocerme Timbrio, fue parte para que, olvidado todo temor, rompiese las ataduras o esposas de las manos; mas todo su ardimiento fuera poco si los sacerdotes, de compasión movidos, no ayudaran su deseo, los cuales, tomándole en peso, a pesar de los que estorbarlo querían, se entraron con él en una iglesia que allí junto estaba, dejándome a mí en medio de toda la justicia, que con grande instancia procuraba prenderme, como al fin lo hizo, pues a tantas fuerzas juntas no fue poderosa la sola mía de resistirlas. Y, con más ofensas que, a mi parecer, mi pecado merescía, a la cárel pública, herido de dos heridas, me llevaron.

»El atrevimiento mío, y el haberse escapado Timbrio, augmentó mi culpa y el enojo en los jueces, los cuales, condenando bien el exceso por mí cometido, pareciéndoles ser justo que yo muriese, y luego luego, la cruel sentencia pronunciaron, y para otro día guardaban la ejecución. Llegó a Timbrio esta triste nueva allá en la iglesia donde estaba, y, según yo después supe, más alteración le dio mi sentencia que le había dado la de su muerte; y, por librarme della, de nuevo se ofrecía a entregarse otra vez en poder de la justicia, pero los sacerdotes le aconsejaron que servía de poco aquello, antes era añadir mal a mal y desgracia a desgracia, pues no sería parte el entregarse él para que yo fuese suelto, pues no lo podía ser sin ser castigado de la culpa cometida. No fueron menester pocas razones para persuadir a Timbrio no se diese a la justicia; pero sosegóse con proponer en su ánimo de hacer otro día por mí lo que yo por él había hecho, por pagarme en la mesma moneda, o morir en la demanda. De toda su intención fui avisado por un clérigo que a confesarme vino, con el cual le envié a decir que el mejor remedio que mi desdicha podía tener era que él se salvase, y procurase que, con toda brevedad, el virrey de Barcelona supiese todo el suceso antes que la justicia de aquel pueblo la ejecutase en él. Supe también la causa por que a mi amigo Timbrio llevaban al amargo suplicio, según me contó el mesmo sacerdote que os he dicho; y fue que, viniendo Timbrio caminando por el reino de Cataluña, a la salida de Perpiñán, dieron con él una cantidad de bandoleros, los cuales tenían por señor y cabeza a un valeroso caballero catalán, que por ciertas enemistades andaba en la compañía, como es ya antiguo uso de aquel reino, cuando los enemistados son personas de cuenta, salirse a ella y hacerse todo el mal que pueden, no solamente en las vidas, pero en las haciendas: cosa ajena de toda cristiandad y digna de toda lástima.

»Sucedió, pues, que, al tiempo que los bandoleros estaban ocupados en quitar a Timbrio lo que llevaba, llegó en aquella sazón el señor y caudillo dellos, y como en fin era caballero, no quiso que delante de sus ojos agravio alguno a Timbrio se hiciese; antes, pareciéndole hombre de valor y prendas, le hizo mil corteses ofrecimientos, rogándole que por aquella noche se quedase con él en un lugar allí cerca, que otro día por la mañana le daría una señal de seguro para que sin temor alguno pudiese seguir su camino hasta salir de aquella provincia. No pudo Timbrio dejar de hacer lo que el cortés caballero le pedía, obligado de las buenas obras dél rescibidas. Fuéronse juntos, y llegaron a un pequeño lugar, donde por los del pueblo alegremente rescebidos fueron. Mas la fortuna, que hasta entonces con Timbrio se había burlado, ordenó que aquella mesma noche diesen con los bandoleros una compañía de soldados, sólo para este efecto juntada; y, habiéndolos cogido de sobresalto, con facilidad los desbarataron, y, puesto que no pudieron prender al caudillo, prendieron y mataron a otros muchos, y uno de los presos fue Timbrio, a quien tuvieron por un famoso salteador que en aquella compañía andaba; y, según se debe imaginar, sin duda le debía de parecer mucho, pues con atestiguar los demás presos que aquél no era el que pensaban, contando la verdad de todo el caso, pudo tanto la malicia en el pecho de los jueces que, sin más averiguaciones, le sentenciaron a muerte, la cual fuera puesta en efecto si el cielo, favorescedor de los justos intentos, no ordenara que las galeras se fuesen y yo en tierra quedase, para hacer lo que hasta agora os he contado que hice.

»Estábase Timbrio en la iglesia, y yo en la cárcel, ordenando de partirse aquella noche a Barcelona; y yo, que esperando estaba en qué pararía la furia de los ofendidos jueces, [cuando] con otra mayor desventura suya, Timbrio y yo de la nuestra fuimos librados. Mas, ¡ójala fuera servido el cielo que en mí solo se ejecutara la furia de su ira, con tal que la alzaran de aquel pequeño y desventurado pueblo, que a los filos de mil bárbaras espadas tuvo puesto el miserable cuello! Poco más de media noche sería, hora acomodada a facinerosos insultos, y en la cual la trabajada gente suele entregar los trabajados miembros en brazos del dulce sueño, cuando improvisamente por todo el pueblo se levantó una confusa vocería, diciendo: "¡Al arma, al arma, que turcos hay en tierra!" Los ecos destas tristes voces ¿quién duda que no causaron espanto en los mujeriles pechos, y aun pusieron confusión en los fuertes ánimos de los varones? No sé qué os diga, señores, sino que en un punto la miserable tierra comenzó a arder con tanta gana, que no parecía sino que las mesmas piedras, con que las casas fabricadas estaban, ofrecían acomodada materia al encendido fuego, que todo lo consumía. A la luz de las furiosas llamas se vieron relucir los bárbaros alfanjes y parecerse las blancas tocas de la turca gente, que, encendida, con sigures o hachas de duro acero, las puertas de las casas derribaban, y, entrando en ellas, de cristianos despojos salían cargados. Cuál llevaba la fatigada madre, y cuál el pequeñuelo hijo, que con cansados y débiles gemidos, la madre por el hijo, y el hijo por la madre, preguntaba; y alguno sé que hubo que con sacrílega mano estorbó el cumplimiento de los justos deseos de la casta recién desposada virgen y del esposo desdichado, ante cuyos llorosos ojos quizá vio coger el fruto de que el sin ventura pensaba gozar en tiempo breve. La confusión era tanta, tantos los gritos y mezclas de las voces tan diferentes, que gran espanto ponían. La fiera y endiablada canalla, viendo cuán poca resistencia se les hacía, se atrevieron a entrar en los sagrados templos y poner las descomulgadas manos en las sanctas reliquias, poniendo en el seno el oro con que guarnecidas estaban, y arrojándolas en el suelo con asqueroso menosprecio. Poco le valía al sacerdote su santimonia, y al fraile su retraimiento, y al viejo sus nevadas canas, y al mozo su juventud gallarda, y al pequeño niño su inocencia simple, que de todos llevaban el saco aquellos descreídos perros; los cuales, después de abrasadas las casas, robado los templos, desflorado las vírgines, muertos los defensores, más cansados que satisfechos de lo hecho, al tiempo que el alba venía, sin impedimento alguno se volvieron a sus bajeles, habiéndolos ya cargado de todo lo mejor que en el pueblo había, dejándole desolado y sin gente, porque toda la más gente se llevaban, y la otra a la montaña se había recogido.

»¿Quién en tan triste espectáculo pudiera tener quedas las manos y enjutos los ojos? Mas, ¡ay!, que está tan llena de miserias nuestra vida, que en tan doloroso suceso como el que os he contado, hubo cristianos corazones que se alegraron; y estos fueron los de aquellos que en la cárcel estaban, que con la desdicha general cobraron la dicha propria, porque, en son de ir a defender el pueblo, rompieron las puertas de la prisión y en libertad se pusieron, procurando cada uno, no de ofender a los contrarios, sino de salvar a sí mesmos, entre los cuales yo gocé de la libertad tan caramente adquirida. Y, viendo que no había quien hiciese rostro a los enemigos, por no venir a su poder ni tornar al de la prisión, desamparando el consumido pueblo, con no pequeño dolor de lo que había visto y con el que mis heridas me causaban, seguí a un hombre que me dijo que seguramente me llevaría a un monasterio que en aquellas montañas estaba, donde de mis llagas sería curado, y aun defendido si de nuevo prenderme quisiesen. Seguíle, en fin, como os he dicho, con deseo de saber qué habría hecho la fortuna de mi amigo Timbrio, el cual, como después supe, con algunas heridas se había escapado y seguido por la montaña otro camino diferente del que yo llevaba; vino a parar al puerto de Rosas, donde estuvo algunos días, procurando saber qué suceso habría sido el mío, y que, en fin, sin saber nuevas algunas, se partió en una nave y con próspero viento llegó a la gran ciudad de Nápoles. Yo volví a Barcelona, y allí me acomodé de lo que menester había; y después, ya sano de mis heridas, torné a seguir mi viaje, y, sin sucederme revés alguno, llegué a Nápoles, donde hallé enfermo a Timbrio; y fue tal el contento que en vernos los dos recibimos, que no me siento con fuerzas para encarecéroslе por agora.

»Allí nos dimos cuenta de nuestras vidas y de todo aquello que hasta aquel momento nos había sucedido; pero todo este placer mío se aguaba con el ver a Timbrio no tan bueno como yo quisiera; antes, tan malo, y de una enfermedad tan estraña, que si yo a aquella sazón no llegara, pudiera llegar a tiempo de hacerle las obsequias de su muerte y no solemnizar las alegrías de su vista. Después que él hubo sabido de mí todo lo que quiso, con lágrimas en los ojos, me dijo: "¡Ay, amigo Silerio, y cómo creo que el cielo procura cargar la mano en mis desventuras, para que, dándome la salud por la vuestra, quede yo cada día con más obligación de serviros!" Palabras fueron estas de Timbrio que me enternecieron; mas, por parecerme de comedimientos, tan poco usados entre nosotros, me admiraron. Y, por no cansaros en deciros punto por punto lo que yo le respondí y lo que él más replicó, sólo os diré que el desdichado de Timbrio estaba enamorado de una señora principal de aquella ciudad, cuyos padres eran españoles, aunque ella en Nápoles había nascido. Su nombre era Nísida y su hermosura tanta, que me atrevo a decir que la naturaleza cifró en ella el estremo de sus pe[r]fectiones; y andaban tan a una en ella la honestidad y belleza, que lo que la una encendía la otra enfriaba, y los deseos que su gentileza hasta el más subido cielo levantaba, su honesta gravedad hasta lo más bajo de la tierra abatía. A esta causa estaba Timbrio tan pobre de esperanza, cuan rico de pensamientos, y sobre todo falto de salud, y en términos de acabar la vida sin descubrirlos: tal era el temor y reverencia que había cobrado a la hermosa Nísida. Pero, después que tuve bien conocida su enfermedad y hube visto a Nísida, y considerado la calidad y nobleza de sus padres, determiné de posponer por él la hacienda, la vida y la honra, y más si más tuviera y pudiera. Y así, usé de un artificio, el más estraño que hasta hoy se habrá oído ni leído; y fue que acordé de vestirme como truhán y con una guitarra entrarme en casa de Nísida, que por ser, como ya he diho, sus padres de los principales de la ciudad, de otros muchos truhanes era continuada. Parecióle bien este acuerdo a Timbrio, y resignó luego en las manos de mi industria todo su contento. Hice yo hacer luego muchas y diferentes galas, y, en vistiéndome, comencé a ensayarme en el nuevo oficio delante de Timbrio, que no poco reía de verme tan truhanamente vestido; y, por ver si la habilidad correspondía al hábito, me dijo que, haciendo cuenta que él era un gran príncipe y que yo de nuevo venía a visitarle, le dijese algo. Y si yo no me acuerdo mal, y si vosotros, señores, no os cansáis de escucharme, diréos lo que entonces le canté, con ser la primera vez.»

Todos dijeron que ninguna cosa les daría más contento que saber por estenso todo el suceso de su negocio, y que así, le rogaban que ninguna cosa, por de poco momento que fuese, dejase de contarles.

—Pues esa licencia me dais —dijo el ermitaño—, no quiero dejaros de decir cómo comencé a dar muestras de mi locura; que fue con estos versos que a Timbrio canté, imaginando ser un gran señor a quien los decía:

«SILERIO

De príncipe que en el suelo
va por tan justo nivel,
¿qué se puede esperar dél
que no sean obras del cielo?

No se vee en la edad presente,
ni se vio en la edad pasada,
república gobernada
de príncipe tan prudente.

Y del que mide su celo
por tan cristiano nivel,
¿qué se puede esperar dél
que no sean obras del cielo?

Del que trae por bien ajeno,
sin codiciar más despojos,
misericordia en los ojos
y la justicia en el seno;

del que lo más deste suelo
es lo menos que hay en él,
¿qué se puede esperar dél
que no sean obras del cielo?

La liberal fama vuestra,
que hasta'l cielo se levanta,
de que tenéis alma sancta
nos da indicio y clara muestra.

Del que no discrepa un pelo
de ser al cielo fiel,
¿qué se puede esperar dél
que no sean obras del cielo?

Del que con cristiano pecho
siempre en el rigor se tarda,
y a la justicia le guarda,
con clemencia, su derecho;
de aquel que levanta el vuelo
do ninguno llega a él,
¿qué se puede esperar dél
que no sean obras del cielo?

»Estas y otras cosas de más risa y juego canté entonces a Timbrio, procurando acomodar el brío y donaire del cuerpo a que en todo diese muestras de ejercitado truhán; y salí tan bien con ello que en pocos días fui conocido de toda la más gente principal de la ciudad; y la fama del truhán español por toda ella volaba, hasta tanto que ya en casa del padre de Nísida me deseaban ver, el cual deseo les cumpliera yo con mucha facilidad, si de industria no aguardara a ser rogado. Mas, en fin, no me pude escusar que un día de un banquete allá no fuese, donde vi más cerca la justa causa que Timbrio tenía de padecer, y la que el cielo me dio para quitarme el contento todos los días que en esta vida durare. Vi a Nísida, a Nísida vi, para no ver más, ni hay más que ver después de haberla visto. ¡Oh fuerza poderosa de amor, contra quien valen poco las poderosas nuestras! ¿Y es posible que en un punto, en un momento, los reparos y pertrechos de mi lealtad pusieses en términos de dar con todos ellos por tierra? ¡Ay, que si se tardara un poco en socorrerme la consideración de quien yo era, la amistad que a Timbrio debía, el mucho valor de Nísida, el afrentoso hábito en que me hallaba[...]; que todo era impedimento a que, con el nuevo y amoroso deseo que en mí había nascido, no nasciese también la esperanza de alcanzarla, que es el arrimo con que el amor camina o vuelve atrás en los enamorados principios! En fin, vi la belleza que os he dicho, y, porque me importaba tanto el verla, siempre procuré granjear el amistad de sus padres y de todos los de su casa, y esto con hacer del gracioso y bien criado, haciendo mi oficio con la mayor discreción y gracia a mí posible. Y, rogándome un caballero que aquel día a la mesa estaba que alguna cosa en loor de la hermosura de Nísida cantase, quiso la ventura que me acordase de unos versos que muchos días antes, para otra ocasión casi semejante, yo había hecho; y, sirviéndome para la presente, los dije; que eran estos:

Silerio

Nísida, con quien el cielo
tan liberal se ha mostrado,
que en daros a vos, dio al suelo
una imagen y traslado
de cuanto encubre su velo,
si él no tuvo más que os dar,
ni vos más que desear,
con facilidad se entiende
que lo posible pretende
quien os pretende loar.

Desa beldad peregrina
la perfectión soberana,
que al cielo nos encamina,
pues no es posible la humana,
cante la lengua divina,
y diga: bien se conviene
que al alma que en sí contiene
ser tan alto y milagroso,
se le diese el velo hermoso
más qu'el mundo tuvo o tiene.

Tomó del sol los cabellos;
del sesgo cielo, la frente;
la luz de los ojos bellos,
de la estrella más luciente,
que ya no da luz ante ellos.
Como quien puede y se atreve,
a la grana y a la nieve
robó las colores bellas,
que lo más perfecto dellas
a tus mejillas se debe.

De marfil y de coral
formó los dientes y labios,
do sale rico caudal
de agudos dichos y sabios,
y armonía celestial.
De duro mármol ha hecho
el blanco y hermoso pecho,
y de tal obra ha quedado
tanto el suelo mejorado,
cuanto el cielo satisfecho.

»Con estas y otras cosas que entonces canté, quedaron todos tan mis aficionados, especialmente los padres de Nísida, que me ofrecieron todo lo que menester hubiese, y me rogaron que ningún día dejase de visitarlos. Y así, sin descubrirse ni imaginarse mi industria, vine a salir con mi primero disignio, que era facilitar la entrada en casa de Nísida, la cual gustaba en estremo de mis desenvolturas. Pero ya que los muchos días y la mucha conversación mía, y la grande amistad que todos los de aquella casa me mostraban, hubieron quitado algunas sombras al demasiado temor que de descubrir mi intento a Nísida tenía, determiné ver a do llegaba la ventura de Timbrio, que sólo de mi solicitud la esperaba. Mas, ¡ay de mí!, que yo estaba entonces más para pedir medicina para mi llaga que salud para la ajena, porque el donaire, belleza, discreción, gravedad de Nísida, habían hecho en mi alma tal efecto, que no estaba en menos estremo de dolor y de amor puesta que la del lastimado Timbrio. A vuestra consideración discreta dejo el imaginar lo que podía sentir un corazón a quien de una parte combatían las leyes de la amistad, y de otra las inviolables de Cupido; porque si las unas le obligaban a no salir de lo que ellas y la razón le pedían, las otras le forzaban que tuviese cuenta con lo que a su contento era obligado.

»Estos sobresaltos y combates me apretaban de manera que, sin procurar la salud ajena, comencé a dudar de la propria y a ponerme tan flaco y amarillo que causaba general compasión a todos los que me miraban; y los que más la mostraban eran los padres de Nísida; y aun ella mesma, con limpias y cristianas entrañas, me rogó muchas veces que la causa de mi enfermedad le dijese, ofreciéndome todo lo necesario para el remedio della. "¡Ay —decía yo entre mí cuando Nísida tales ofrecimientos me hacía—, y con cuánta facilidad, hermosa Nísida, podría remediar vuestra mano el mal que vuestra hermosura ha hecho! Pero préciome tanto de buen amigo que, aunque tuviese tan cierto mi remedio como le tengo por imposible, imposible sería que le acetase." Y, como estas consideraciones en aquellos instantes me turbasen la fantasía, no acertaba a responder a Nísida cosa alguna, de lo cual ella y otra hermana suya, que Blanca se llamaba, de menos años, aunque no de menos discreción y hermosura que Nísida, estaban maravilladas; y con más deseo de saber el origen de mi tristeza, con muchas importunaciones me rogaban que nada de mi dolor les encubriese. Viendo, pues, yo que la ventura me ofrecía la comodidad de poner en efecto lo que hasta aquel punto mi industria había fabricado, una vez que, acaso, Nísida y su hermana solas se hallaban, tornando ellas de nuevo a pedirme lo que tantas veces, les dije: "No penséis, señoras, que el silencio que hasta agora he tenido en no deciros la causa de la pena que imagináis que siento lo haya causado tener yo poco deseo de obedeceros, pues ya se sabe que si algún bien mi abatido estado en esta vida tiene, es haber granjeado con él venir a términos de conoceros y como criado serviros; sólo ha sido la causa imaginar que, aunque la descubra, no servirá para más de daros lástima, viendo cuán lejos está el remedio della. Pero, ya que me es forzoso satisfaceros en esto, sabréis, señoras, que en esta ciudad está un caballero natural de mi mesma patria, a quien tengo por señor, por amparo y por amigo, el más liberal, discreto y gentilhombre que en gran parte hallarse pueda, el cual está aquí ausente de la amada patria por ciertas quistiones que allá le sucedieron, que le forzaron a venir a esta ciudad, creyendo que si allá en la suya dejaba enemigos, acá en la ajena no le faltarán amigos; más hale salido tan al revés su pensamiento, que un solo enemigo, que él mesmo, sin saber cómo, aquí se ha procurado, le tiene puesto en tal estremo, que si el cielo no le socorre, con acabar la vida acabará sus amistades y enemistades. Y como yo conozco el valor de Timbrio —que este es el nombre del caballero cuya desgracia os voy contando—, y sé lo que perderá el mundo en perderle, y lo que yo perderé si le pierdo, doy las muestras de sentimiento que habéis visto, y aun son pocas, según a lo que me obliga el peligro en que Timbrio está puesto. Bien sé que desearéis saber, señoras, quién es el enemigo que a tan valeroso caballero, como es el que os he pintado, tiene puesto en tal estremo; pero también sé que, en diciéndoosle, no os maravillaréis sino de cómo ya no le tiene consumido y muerto. Su enemigo es amor, universal destruidor de nuestros sosiegos y bienandanzas. Este fiero enemigo tomó posesión de sus entrañas. En entrando en esta ciudad, vio Timbrio una hermosa dama, de singular valor y hermosura, mas tan principal y honesta que jamás el miserable se ha aventurado a descubrirle su pensamiento."

»A este punto llegaba yo cuando Nísida me dijo: "Por cierto, Astor —que entonces era este el nombre mío—, que no sé yo si crea que ese caballero sea tan valeroso y discreto como dices, pues tan fácilmente se ha dejado rendir a un mal deseo tan recién nacido, entregándose tan sin ocasión alguna en los brazos de la desesperación. Y, aunque a mí se me alcanza poco destos amorosos efectos, todavía me parece que es simplicidad y flaqueza dejar, el que se vee fatigado dellos, de descubrir su pensamiento a quien se le causa, puesto que sea del valor que imaginar se puede; porque, ¿qué afrenta se le puede seguir a ella de saber que es bien querida, o a él qué mayor mal de su aceda y desabrida respuesta, que la muerte que él mesmo se procura callando? Y no sería bien que por tener un juez fama de riguroso, dejase alguno de alegar de su derecho. Pero pongamos que sucede la muerte de un amante tan callado y temeroso como ese tu amigo; dime, ¿llamarías tú cruel a la dama de quien estaba enamorado? No, por cierto; que mal puede remediar nadie la necesidad que no llega a su noticia, ni cae en su obligación procurar saberla para remediarla. Así que, Astor, perdóname, que las obras de ese tu amigo no hacen muy verdaderas las alabanzas que le das."

»Cuando yo oí a Nísida semejantes razones, luego luego quisiera con las mías descubrirle todo el secreto de mi pecho; mas, como yo entendía la bondad y llaneza con que ella las hablaba, hube de detenerme y esperar más sola y mejor coyuntura; y así, le respondí: "Cuando los casos de amor, hermosa Nísida, con libres ojos se miran, tantos desatinos se veen en ellos, que no menos de risa que de compasión son dignos; pero si de la sotil red amorosa se halla enlazada el alma, allí están los sentidos tan trabados y tan fuera de su proprio ser, que la memoria sólo sirve de tesorera y guardadora del objecto que los ojos miraron, y el entendimiento en escudriñar y conocer el valor de la que bien ama, y la voluntad de consentir de que la memoria y entendimiento en otra cosa no se ocupen; y así, los ojos veen como por espejo de alinde, que todas las cosas se les hacen mayores: ora cresce la esperanza cuando son favorescidos, ora el temor cuando desechados; y así, sucede a muchos lo que a Timbrio ha sucedido, que, pareciéndoles a los principios altísimo el objecto a quien los ojos levantaron, pierden la esperanza de alcanzarle; pero no de manera que no les diga amor allá dentro en el alma: '¿Quién sabe? Podría ser...' Y con esto anda la esperanza, como decirse suele, entre dos aguas, la cual si del todo les desamparase, con ella huiría el amor. Y de aquí nasce andar, entre el temor y osar, el corazón del amante tan afligido que, sin aventurarse a decirla, se recoge y aprieta en su llaga, y espera, aunque no sabe de quién, el remedio de que se vee tan apartado. En este mesmo estremo he yo hallado a Timbrio, aunque todavía, a persuasiones mías, ha escripto una carta a la dama por quien muere, la cual me dio para que la viese y mirase si en alguna manera se mostraba en ella descomedido, porque la enmendaría. Encargóme asimesmo que buscase orden de ponerla en manos de su señora, que creo será imposible, no porque yo no me aventure a ello, pues lo menos que aventuraré será la vida por servirle, mas porque me parece que no he de hallar ocasión para darla." "Veámosla —dijo Nísida—, porque deseo ver cómo escriben los enamorados discretos."

Luego saqué yo una carta del seno, que algunos días antes estaba escripta, esperando ocasión de que Nísida la viese; y, ofreciéndome la ventura ésta, se la mostré; la cual, por haberla yo leído muchas veces, se me quedó en la memoria, cuyas razones eran éstas:

Timbrio a Nísida

Determinado había, hermosa señora, que el fin desastrado mío os diese noticia de quien yo era, pareciéndome ser mejor que alabárades mi silencio en la muerte, que no que vituperárades mi atrevimiento en la vida; mas, porque imagino que a mi alma conviene partirse deste mundo en gracia vuestra, porque en el otro no le niegue amor el premio de lo que ha padecido, os hago sabidora del estado en que vuestra rara beldad me tiene puesto, que es tal, que, a poder significarle, no procurara su remedio, pues por pequeñas cosas nadie se ha de aventurar a ofender el valor estremado vuestro, del cual y de vuestra honesta liberalidad espero restaurar la vida para serviros, o alcanzar la muerte para nunca más ofenderos.

»Con mucha atención estuvo Nísida escuchando esta carta, y, en acabándola de oír, dijo: "No tiene de qué agraviarse la dama a quien esta carta se envía, si ya de puro grave no da en ser melindrosa, enfermedad de quien no se escapa la mayor parte de las damas desta ciudad. Pero, con todo eso, no dejes, Astor, de dársela, pues, como ya te he dicho, no se puede esperar más mal de su respuesta, que no sea peor el que agora dices que tu amigo padece. Y, para más animarte, te quiero asegurar que no hay mujer tan recatada y tan puesta en atalaya para mirar por su honra, que le pese mucho de ver y saber que es querida, porque entonces conoce ella que no es vana la presumpción que de sí tiene, lo cual sería al revés si viese que de nadie era solicitada". "Bien sé, señora, que es verdad lo que dices —respondí yo—, mas tengo temor que el atreverme a darla, por lo menos, me ha de costar negarme de allí adelante la entrada en aquella casa, de que no menor daño me vendría a mí que a Timbrio". "No quieras, Astor —replicó Nísida—, confirmar tú la sentencia que aún el juez no tiene dada. Muestra buen ánimo, que no es riguroso trance de batalla éste a que te aventuras". "¡Pluguiera al cielo, hermosa Nísida —respondí yo—, que en ese término me viera, que de mejor gana ofreciera el pecho al peligro y rigor de mil contrapuestas armas, que no la mano a dar esta amorosa carta a quien temo que, siendo con ella ofendida, ha de arrojar sobre mis hombros la pena que la ajena culpa meresce! Pero, con todos estos inconvinientes, pienso seguir, señora, el consejo que me has dado, puesto que aguardaré tiempo en que el temor no tenga tan ocupados mis sentidos como agora; y en este entretanto te suplico que, haciendo cuenta que tú eres a quien esta carta se envía, me des alguna respuesta que lleve a Timbrio, para que con este engaño él se entretenga un poco, y a mí el tiempo y las ocasiones me descubran lo que tengo de hacer". "De mal artificio quieres usar —respondió Nísida—, porque, puesto caso que yo agora diese en nombre ajeno alguna blandao esquiva respuesta, ¿no ves que el tiempo, descubridor de nuestros fines, aclarará el engaño y Timbrio quedará de ti más quejoso que satisfecho?; cuanto más que, por no haber dado hasta agora respuesta a semejantes cartas, no querría comenzar a darlas mentirosa y fingidamente; mas, aunque sepa ir contra lo que a mí mesma debo, si me prometes de decir quién es la dama, yo te diré qué digas a tu amigo, y cosa tal, que él quede contento por agora; y, puesto que después las cosas sucedan al revés de lo que él pensare, no por eso se averiguará la mentira." "Eso no me lo mandes, ¡oh Nísida! —respondí yo—, porque en tanta confusión me pone decirte yo a ti su nombre, como me pondría el darle a ella la carta; basta saber que es principal, y que, sin hacerte agravio alguno, no te debe nada en la hermosura, que con esto me parece que la encarezco sobre cuantas son nascidas." "No me maravillo que digas eso de mí —dijo Nísida—, pues los hombres de vuestra condición y trato, lisonjear es su propio oficio. Mas, dejando todo esto a una parte, porque deseo que no pierdas la comodidad de un tan buen amigo, te aconsejo que le digas que fuiste a dar la carta a su dama, y que has pasado con ella todas las razones que conmigo, sin faltar punto, y cómo leyó tu carta, y el ánimo que te daba para que a su dama la llevases, pensando que no era ella a quien venía; y que, aunque no te atreviste a declarar del todo, que has conoscido della que, cuando sepa ser ella para quien la carta venía, no le causará el engaño y desengaño mucha pesadumbre. Desta suerte rescibirá él algún alivio en su trabajo; y después, al descubrir tu intención a su dama, puedes responder a Timbrio lo que ella te respondiere, pues hasta el punto que ella lo sepa, queda en fuerza esta mentira y la verdad de lo que sucediere, sin que haga al caso el engaño de agora."

»Admirado quedé de la discreta traza de Nísida, y aun no sin sospecha de la verdad de mi artificio. Y así, besándole las manos por el buen aviso, y quedando con ella que de cualquiera cosa que en este negocio sucediere le había de dar particular cuenta, vine a contar a Timbrio todo lo que con Nísida me había sucedido, que fue parte para que la tuviese en su alma la esperanza, y volviese de nuevo a sustentarle y a desterrar de su corazón los nublados del frío temor que hasta entonces le tenían ofuscado. Y todo este gusto se le acrescentaba el prometerle yo a cada paso que los míos no serían dados sino en servicio suyo, y que otra vez que con Nísida me hallase, sacaría el juego de maña con tan buen suceso como sus pensamientos merecían. Una cosa se me ha olvidado de deciros: que en todo el tiempo que con Nísida y su hermana estuve hablando, jamás la menor hermana habló palabra, sino que, con un estraño silencio, estuvo siempre colgada de las mías. Y seos decir, señores, que si callaba, no era por no saber hablar con toda discreción y donaire, porque en estas dos hermanas mostró naturaleza todo lo que ella puede y vale; y, con todo esto, no sé si os diga que holgara que me hubiera negado el cielo la ventura de haberlas conocido, especialmente a Nísida, principio y fin de toda mi desdicha. Pero, ¿qué puedo hacer, si lo que los hados tienen ordenado no puede por discursos humanos estorbarse? Yo quise, quiero y querré bien a Nísida, tan sin ofensa de Timbrio cuanto lo ha mostrado bien mi cansada lengua, que jamás la habló que en favor de Timbrio no fuese, encubriendo siempre, con más que ordinaria discreción, la pena propria por remediar la ajena.

»Sucedió, pues, que, como la belleza de Nísida tan esculpida en mi alma quedó desde el primer punto que mis ojos la vieron, no pudiendo tener mi pecho tan rico tesoro encubierto, cuando solo o apartado alguna vez me hallaba, con algunas amorosas y lamentables canciones le descubría con velo de fingido nombre. Y así, una noche, pensando que ni Timbrio ni otro alguno me escuchaba, por dar alivio un poco al fatigado espíritu, en un retirado aposento, sólo de un laúd acompañado, canté unos versos, que, por haberme puesto en una confusión gravísima, os los habré de decir, que eran éstos:

Silerio

¿Qué laberinto es éste do se encierra
mi loca, levantada fantasía?
¿Quién ha vuelto mi paz en cruda guerra,
y en tal tristeza toda mi alegría?
¿O cuál hado me trujo a ver la tierra
qu'ha de servir de sepoltura mía,
o quién reducirá mi pensamiento
al término que pide un sano intento?

Si por romper este mi frágil pecho
y despojarme de la dulce vida,
quedase el suelo y cielo satisfecho
de que a Timbrio guardé la fe debida,
sin que me acobardara el crudo hecho,
yo fuera de mí mesmo el homicida;
mas si yo acabo, en él acaba luego
la amorosa esperanza y cresce el fuego.

Lluevan y caigan las doradas flechas
del ciego dios, y con rigor insano
al triste corazón vengan derechas,
disparadas con fiera airada mano;
que, aunque ceniza y polvo queden hechas
las heridas entrañas, lo que gano
en encubrir su dolorosa llaga
es rica de mi mal ilustre paga.

Silencio eterno a mi cansada lengua
pondrá la ley de la amistad sincera,
por cuya sin igual virtud desmengua
la pena que acabar jamás espera;
mas, aunque nunca acabe y ponga en mengua
la honra y la salud, será cual era
mi limpia fe: más firme y contrastada
que roca en medio de la mar airada.

Del humor que derraman estos ojos,
y de la lengua el pïadoso oficio;
del bien que se le debe a mis enojos,
y de la voluntad el sacrificio,
lleve los dulces premios y despojos
el caro amigo, y muéstrese propicio
el cielo a mi deseo, que pretende
el bien ajeno y a sí mismo ofende.

Socorre, ¡oh blando amor!, levanta y guía
mi bajo ingenio en la ocasión dudosa;
y al esperado punto esfuerzo envía
al alma y a la lengua temerosa,
la cual podrá, si lleva tu osadía,
facilitar la más difícil cosa,
y romper contra el hado y desventura,
hasta llegar a la mayor ventura.

»El estar tan trasportado en mis continuas imaginaciones fue ocasión para que yo no tuviese cuenta en cantar estos versos que he dicho con tan baja voz como debiera, ni el lugar do estaba era tan escondido que estorbara que de Timbrio no fueran escuchados, el cual, así como los oyó, le vino al pensamiento que el mío no estaba libre de amor, y que si yo alguno tenía, era a Nísida, según se podía colegir de mi canto. Y, aunque él alcanzó la verdad de mis pensamientos, no alcanzó la de mis deseos; antes, entendiendo ser al contrario de lo que yo pensaba, determinó de ausentarse aquella mesma noche e irse adonde de ninguno fuese hallado, sólo por dejarme comodidad de que solo a Nísida sirviese. Todo esto supe yo de un paje suyo, sabidor de todos sus secretos, el cual vino a mí muy angustiado y me dijo: "Acudid, señor Silerio, que Timbrio, mi señor y vuestro amigo, nos quiere dejar y partirse esta noche, y no me ha dicho adónde, sino que le apareje no sé qué dineros, y que a nadie diga que se parte. Principalmente me dijo que a vos no lo dijese. Y este pensamiento le ha venido después que estuvo escuchando no sé qué versos que poco ha cantábades, y, según los estremos que le he visto hacer, creo que va a desesperarse. Y, por parecerme que debo antes acudir a su remedio que a obedecer su mandado, os lo vengo a decir, como a quien puede ser parte para que no ponga en efecto tan dañado propósito."

»Con estraño sobresalto escuché lo que el paje me decía, y fui luego a ver a Timbrio a su aposento, y, antes que dentro entrase, me paré a ver lo que hacía, el cual estaba tendido encima de su lecho boca abajo, derramando infinitas lágrimas, acompañadas de profundos sospiros, y con baja voz y mal formadas razones me pareció que éstas decía: "Procura, verdadero amigo Silerio, alcanzar el fruto que tu solicitud y trabajo tiene bien merescido, y no quieras, por lo que te parece que debes a mi amistad, dejar de dar gusto a tu deseo, que yo refrenaré el mío, aunque sea con el medio estremo de la muerte, que, pues tú della me libraste, cuando con tanto amor y fortaleza al rigor de mil espadas te ofreciste, no es mucho que yo agora te pague en parte tan buena obra con dar lugar a que, sin el impedimento que mi presencia causarte puede, goces de aquélla en quien cifró el cielo toda su belleza y puso el amor todo mi contento. De una sola cosa me pesa, dulce amigo, y es que no puedo despedirme de ti en esta amarga partida; mas, admite por disculpa el ser tú la causa della. ¡Oh Nísida, Nísida, y cuán cierto está de tu hermosura, que se ha de pagar la culpa del que se atreve a mirarla con la pena de morir por ella! Silerio la vio, y si no quedara cual imagino que ha quedado, perdiera en gran parte conmigo la opinión que tiene de discreto. Mas, pues mi ventura así lo ha querido, sepa el cielo que no soy menos amigo de Silerio que él lo es mío; y, para muestras desta verdad, apártese Timbrio de su gloria, destiérrese de su contento, vaya peregrino de tierra en tierra, ausente de Silerio y de Nísida, dos verdaderas y mejores mitades de su alma." Y luego, con mucha furia, se levantó del lecho y abrió la puerta, y, hallándome allí, me dijo: "¿Qué quieres, amigo, a tales horas? ¿Hay, por ventura, algo de nuevo?" "Hay tanto —le respondí yo— que, aunque hubiera menos no me pesara." En fin, por no cansaros más, yo llegué a tales términos con él, que le persuadí y di a entender ser su imaginación falsa, no en cuanto estaba yo enamorad, sino en el de quién, porque no era de Nísida, sino de su hermana Blanca; y súpelo decir esto de manera que él lo tuvo por verdadero. Y, porque más crédito a ello diese, la memoria me ofreció unas estancias que muchos días antes yo mesmo había hecho a otra dama del mesmo nombre, y díjele que para la hermana de Nísida las había compuesto, las cuales vinieron tan a propósito que, aunque sea fuera dél decirlas ahora, no las quiero pasar en silencio, que fueron estas:

Silerio

¡Oh Blanca, a quien rendida está la nieve,
y en condición más que la nieve helada!,
no presumáis ser mi dolor tan leve
que estéis de remediarle descuidada.
Mirad que si mi mal no ablanda y mueve
vuestra alma, en mi desdicha conjurada,
se volverá tan negra mi ventura
cuanta sois blanca en nombre y hermosura.

¡Blanca gentil, en cuyo blanco pecho
el contento de amor se anida y cierra!:
antes qu'el mío, en lágrimas deshecho,
se vuelva polvo y miserable tierra,
mostrad el vuestro en algo satisfecho
del amor y dolor qu'el mío encierra,
que ésta será tan caudalosa paga,
que a cuanto mal padezco satisfaga.

Blanca, sois vos por quien trocar querría
de oro el más finísimo ducado,
y por tan alta posesión tendría
por bien perder la del más alto estado.
Pues esto conocéis, ¡oh Blanca mía!,
dejad ese desdén desamorado,
y haced, ¡oh Blanca!, que el amor acierte
a sacar, si sois vos, blanca mi suerte.

Puesto que con pobreza tal me hallara
que tan sola una blanca poseyera,
si ella fuérades vos, no me trocara

por el más rico que en el mundo hubiera;
y si mi ser en aquel ser tornara
de Juan de Espera en Dios, dichoso fuera
si al tiempo que las tres blancas buscase,
a vos, ¡oh Blanca!, entre ellas os hallase.»

Adelante pasara con su cuento Silerio, si no lo estorbara el son de muchas zampoñas y acordados caramillos que a sus espaldas se oía; y, volviendo la cabeza, vieron venir hacia ellos hasta una docena de gallardos pastores puestos en dos hileras, y en medio venía un dispuesto pastor, coronado con una guirnalda de madreselva y de otras diferentes flores. Traía un bastón en la una mano, y con grave paso poco a poco se movía; y los demás pastores, andando con el mesmo aplauso y tocando todos sus instrumentos, daban de sí agradable y estraña muestra. Luego que Elicio los vio, conosció ser Daranio el pastor que en medio traían, y los demás ser todos circunvecinos que a sus bodas querían hallarse, a las cuales asimesmo Tirsi y Damón vinieron, y, por alegrar la fiesta del desposorio y honrar al nuevo desposado, de aquella manera hacia el aldea se encaminaban. Pero, viendo Tirsi que su venida había puesto silencio al cuento de Silerio, le rogó que aquella noche juntos en la aldea la pasasen, donde sería servido con la voluntad posible, y haría satisfechas las suyas con acabar el comenzado suceso. Silerio lo prometió. Y a esta sazón llegó el montón alegre de pastores, los cuales conosciendo a Elicio y Daranio, a Tirsi y a Damón, sus amigos, con señales de grande alegría se recibieron; y, renovando la música y renovando el contento, tornaron a proseguir el comenzado camino; y, ya que llegaban junto al aldea, llegó a sus oídos el son de la zampoña del desamorado Lenio, de que no poco gusto recibieron todos, porque ya conocían la estremada condición suya. Y, así como Lenio los vio y conoció, sin interromper el suave canto, desta manera cantando hacia ellos se vino:

Lenio

Por bienaventurada,
por llena de contento y alegría,
será por mí juzgada
tan dulce compañía,
si no siente de amor la tiranía.
Y besaré la tierra
que pisa aquel que de su pensamiento
el falso amor destierra
y tiene el pecho esento
desta furia cruel, deste tormento.
Y llamaré dichoso
al rústico advertido ganadero
que vive cuidadoso

del pobre manso apero
y muestra el rostro al crudo amor severo.
Deste tal las corderas,

antes que venga la sazón madura,
serán ya parideras,
y en la peña más dura
hallarán claras aguas y verdura.
  Si, estando amor airado
con él, pusiere en su salud desvío,
llevaré su ganado,
con el ganado mío,
al abundoso pasto, al claro río.
  Y en tanto, del enciènso
el humo sancto irá volando al cielo,
a quien decirle pienso
con pío y justo celo,
las rodillas prostradas por el suelo:
  «¡Oh cielo sancto y justo!,
pues eres protector del que pretende
hacer lo que es tu gusto,
a la salud atiende
de aquel que por servirte amor le ofende.
  No lleve este tirano
los despojos a ti solo debidos;
antes, con larga mano
y premios merescidos,
restituye su fuerza a los sentidos.»

En acabando de cantar Lenio, fue de todos los pastores cortésmente rescibido, el cual, como oyese nombrar a Damón y a Tirsi, a quien él sólo por fama conoscía, quedó admirado en ver su estremada presencia; y así, les dijo:

—¿Qué encarecimientos bastarían, aunque fueran los mejores que en la elocuencia pudieran hallarse, a poder levantar y encarecer el valor vuestro, famosos pastores, si por ventura las niñerías de amor no se mezclaran con las veras de vuestros celebrados escriptos? Pero, pues ya estáis éticos de amor, enfermedad al parecer incurable, puesto que mi rudeza, con estimar y alabar vuestra rara discreción, os pague lo que os debe, imposible será que yo deje de vituperar vuestros pensamientos.

—Si los tuyos tuvieras, discreto Lenio —respondió Tirsi—, sin las sombras de la vana opinión que los ocupa, vieras luego la claridad de los nuestros, y que, por ser amorosos, merescen más gloria y alabanza que por ninguna otra sutileza o discreción que encerrar pudieran.

—No más, Tirsi, no más —replicó Lenio—, que bien sé que contra tantos y tan obstinados enemigos poca fuerza tendrán mis razones.

—Si ellas lo fueran —respondió Elicio—, tan amigos son de la verdad los que aquí están, que ni aun burlando la contradijeran; y en esto podrás ver, Lenio, cuán fuera vas della, pues no hay ninguno que apruebe tus palabras, ni aun tenga por buenas tus intenciones.

—Pues, a fe —dijo Lenio—, que no te salve a ti la tuya, ¡oh Elicio! Si no, dígalo el aire, a quien contino acrescientas con sospiros, y la yerba destos prados, que va cresciendo con tus lágrimas, y los versos que el otro día en las hayas de aquel bosque escribiste, que en ellos se verá qué es lo que en ti alabas y en mí vituperas.

No quedara Lenio sin respuesta, si no vieran venir hacia donde ellos estaban a la hermosa Galatea con las discretas pastoras Florisa y Teolinda, la cual, por no ser conoscida de Damón y Tirsi, se había puesto un blanco velo ante su hermoso rostro. Llegaron y fueron de los pastores con alegre acogimiento rescebidas, principalmente de los enamorados Elicio y Erastro, que con la vista de Galatea tan estraño contento rescibieron que, no pudiendo Erastro disimularle, en señal dél, sin mandárselo alguno, hizo señas a Elicio que su zampoña tocase, al son de la cual, con alegres y suaves acentos, cantó los siguientes versos:

Erastro

Vea yo los ojos bellos
deste sol que estoy mirando,
y si se van apartando,
váyase el alma tras ellos.
Sin ellos no hay claridad,
ni mi alma no la espere,
que, ausente dellos, no quiere
luz, salud, ni libertad.
Mire quien puede estos ojos,
que no es posible alaballos;
mas ha de dar por mirallos
de la vida los despojos.
Yo los veo y yo los vi,
y cada vez que los veo
les doy un nuevo deseo
tras el alma que les di.
Ya no tengo más que dar
ni imagino más que dé,
si por premio de mi fe
no se admite el desear.
Cierta está mi perdición
si estos ojos do el bien sobra
los pusieren en la obra
y no en la sana intención.
Aunque durase este día
mil siglos, como deseo,
a mí, que tanto bien veo,
un punto parecería.
No hace el tiempo ligero
curso en alterar mi edad,
mientras miro la beldad
de la vida por quien muero.
En esta vista reposa
mi alma y halla sosiego,

y vive en el vivo fuego
de su luz pura, hermosa.
Y hace amor tan alta prueba
con ella, que en esta llama
a dulce vida la llama
y, cual fénix, la renueva.
Salgo con mi pensamiento
buscando mi dulce gloria,
y al fin hallo en mi memoria
encerrado mi contento.
Allí está y allí se encierra,
no en mandos, no en poderíos,
no en pompas, no en señoríos
ni en riquezas de la tierra.

Aquí acabó su canto Erastro, y se acabó el camino de llegar a la aldea, adonde Tirsi y Damón y Silerio en casa de Elicio se recogieron, por no perder la ocasión de saber en qué paraba el comenzado cuento de Silerio. Las hermosas pastoras Galatea y Florisa, ofreciendo de hallarse el venidero día a las bodas de Daranio, dejaron a los pastores, y todos o los más con el desposado se quedaron, y ellas a sus casas se fueron. Y aquella mesma noche, solicitado Silerio de su amigo Erastro, y por el deseo que le fatigaba de volver a su ermita, dio fin al suceso de su historia, como se verá en el siguiente libro.

Fin del segundo libro

TERCERO LIBRO DE *GALATEA*

El regocijado alboroto que con la ocasión de las bodas de Daranio aquella noche en el aldea había, no fue parte para que Elicio, Tirsi, Damón y Erastro dejasen de acomodarse en parte donde, sin ser de alguno estorbados, pudiese seguir Silerio su comenzada historia. El cual, después que todos juntos grato silencio le prestaron, siguió desta manera:

—«Con las fingidas estancias de Blanca que os he dicho que a Timbrio dije, quedó él satisfecho de que mi pena procedía, no de amores de Nísida, sino de su hermana. Y, con este seguro, pidiéndome perdón de la falsa imaginación que de mí había tenido, me tornó a encargar su remedio. Y así, yo, olvidado del mío, no me descuidé un punto de lo que al suyo tocaba. Algunos días se pasaron, en los cuales la fortuna no me mostró tan abierta ocasión como yo quisiera para descubrir a Nísida la verdad de mis pensamientos, aunque ella siempre me preguntaba cómo a mi amigo en sus amores le iba, y si su dama tenía ya alguna noticia dellos. A lo que yo le dije que todavía el temor de ofenderla no me dejaba aventurar a decirle cosa alguna. De lo cual Nísida se enojaba mucho, y me llamaba cobarde y de poca discreción, añadiendo a esto que, pues yo me acobardaba, o que Timbrio no sentía el dolor que yo dél publicaba, o que yo no era tan verdadero amigo suyo como decía. Todo esto fue parte para que me determinase y en la primera ocasión me descubriese, como lo hice un día que sola estaba, la cual escuchó con estraño silencio todo lo que decirle quise; y yo, como mejor pude, le encarecí el valor de Timbrio, el verdadero amor que le tenía, el cual era de suerte que me había movido a mí a tomar tan abatido ejercicio como era el de truhán, sólo por tener lugar de decirle lo que le decía, añadiendo a éstas otras razones que a Nísida le debió parecer que lo eran. Mas no quiso mostrar entonces por palabras lo que después con obras no pudo tener cubierto; antes, con gravedad y honestidad estraña, reprehendió mi atrevimiento, acusó mi osadía, afeó mis palabras y desmayó mi confianza; pero no de manera que me desterrase de su presencia, que era lo que yo más temía. Sólo concluyó con decirme que de allí adelante tuviese más cuenta con lo que a su honestidad era obligado, y procurase que el artificio de mi mentido hábito no se descubriese. Conclusión fue esta que cerró y acabó la tragedia de mi vida, pues por ella entendí que Nísida daría oídos a las quejas de Timbrio.

»¿En qué pecho pudo caber ni puede el estremo de dolor que entonces en el mío se encerraba, pues el fin de su mayor deseo era el remate y fin de su contento? Alegrábame el buen principio que al remedio de Timbrio había dado, y esta alegría en mi pesar redundaba, por parecerme, como era la verdad, que en viendo a Nísida en poder ajeno el proprio mío se acababa. ¡Oh fuerza poderosa de verdadera amistad, a cuánto te estiendes y a cuánto me obligaste, pues yo mismo, forzado de tu obligación, afilé con mi industria el cuchillo que había de degollar mis esperanzas, las cuales, muriendo en mi alma, vivieron y resucitaron en la de Timbrio cuando de mí supo todo lo que con Nísida pasado había! Pero ella andaba tan recatada con él y conmigo, que nunca de todo punto dio a entender que de la solicitud mía y amor de Timbrio se contentaba, ni menos se desdeñó de suerte que sus sinsabores y desvíos hiciesen a los dos abandonar la empresa, hasta que, habiendo llegado a noticia de Timbrio cómo su enemigo Pransiles —aquel caballero a quien él había agraviado en Jerez—, deseoso de satisfacer su honra, le enviaba a desafiar, señalándole campo franco y seguro en una tierra del estado del duque de Gravina, dándole término de seis meses, desde entonces hasta el día de la batalla. El cuidado deste aviso no fue parte para que se descuidase de lo que a sus amores convenía; antes, con nueva solicitud mía y servicios suyos, vino a estar Nísida de manera que no se mostraba esquiva aunque la mirase Timbrio y en casa de sus padres visitase, guardando en todo tan honesto decoro, cuanto a su valor era obligada. Acercándose ya el término del desafío, y viendo Timbrio serle inescusable aquella jornada, determinó de partirse, y, antes que lo hiciese, escribió a Nísida una carta tal, que acabó con ella en un punto lo que yo en muchos meses atrás y en muchas palabras no había comenzado. Tengo la carta en la memoria, y, por hacer al caso de mi cuento, no os dejaré de decir que así decía:

TIMBRIO A NÍSIDA

Salud te envía aquél que no la tiene,
Nísida, ni la espera en tiempo alguno
si por tus manos mismas no le viene.
El nombre aborrescible de importuno
temo me adquirirán estos renglones,
escriptos con mi sangre de uno en uno.
Mas, la furia cruel de mis pasiones
de tal modo me turba, que no puedo
huir las amorosas sinrazones.
Entre un ardiente osar y un frío miedo,
arrimado a mi fe y al valor tuyo,
mientras ésta rescibes triste quedo,
por ver que en escrebirte me destruyo,
si tienes a donaire lo que digo
y entregas al desdén lo que no es suyo.
El cielo verdadero me es testigo
si no te adoro desde el mesmo punto
que vi ese rostro hermoso y mi enemigo.

El verte y adorarte llegó junto;
porque, ¿quién fuera aquél que no adorara
de un ángel bello el sin igual trasumpto?
Mi alma tu belleza, al mundo rara,
vio tan curiosamente que no quiso
en el rostro parar la vista clara.
Allá en el alma tuya un paraíso
fue descubriendo de bellezas tantas,
que dan de nueva gloria cierto aviso.
Con estas ricas alas te levantas
hasta llegar al cielo, y en la tierra
al sabio admiras y al que es simple espantas.
Dichosa el alma que tal bien encierra,
y no menos dichoso el que por ella
la suya rinde a la amorosa guerra.
En deuda soy a mi fatal estrella,
que me quiso rendir a quien encubre
en tan hermoso cuerpo alma tan bella.
Tu condición, señora, me descubre
el desengaño de mi pensamiento,
y de temor a mi esperanza cubre.
Pero, en fe de mi justo honroso intento,
hago buen rostro a la desconfianza,
y cobro al postrer punto nuevo aliento.
Dicen que no hay amor sin esperanza;
pienso que es opinión, que yo no espero,
y del amor la fuerza más me alcanza.
Por sola tu bondad te adoro y quiero,
atraído también de tu belleza,
que fue la red que amor tendió primero
para atraer con rara subtileza
al alma descuidada libre mía
al amoroso ñudo y su estrecheza.
Sustenta amor su mando y tiranía
con cualquiera belleza en algún pecho;
pero no en la curiosa fantasía,
que mira, no de amor el lazo estrecho
que tiende en los cabellos de oro fino,
dejando al que los mira satisfecho,
ni en el pecho, a quien llama alabastrino
quien del pecho no pasa más adentro,
ni en el marfil del cuello peregrino,
sino del alma el escondido centro
mira, y contempla mil bellezas puras
que le acuden y salen al encuentro.
Mortales y caducas hermosuras
no satisfacen a la inmortal alma,
si de la luz perfecta no anda a escuras.

Tu sin igual virtud lleva la palma
y los despojos de mis pensamientos,
y a los torpes sentidos tiene en calma.
Y en esta subjeción están contentos,
porque miden su dura amarga pena
con el valor de tus merescimientos.
Aro en el mar y siembro en el arena
cuando la fuerza estraña del deseo
a más que a contemplarte me condemna.
Tu alteza entiendo, mi bajeza veo,
y, en estremos que son tan diferentes,
ni hay medio que esperar ni le poseo.
Ofrécense por esto inconvinientes
tantos a mi remedio, cuantas tiene
el cielo estrellas y la tierra gentes.
Conozco lo que al alma le conviene,
sé lo mejor, y a lo peor me atengo,
llevado del amor que me entretiene.
Mas ya, Nísida bella, al paso vengo,
de mí con mortal ansia deseado,
do acabaré la pena que sostengo.
El enemigo brazo levantado
me espera, y la feroz aguda espada,
contra mí con tu saña conjurado.
Presto será tu voluntad vengada
del vano atrevimiento desta mía,
de ti sin causa alguna desechada.
Otro más duro trance, otra agonía,
aunque fuera mayor que de la muerte
no turbara mi triste fantasía,
si cupiera en mi corta amarga suerte
verte de mis deseos satisfecha,
así como al contrario puedo verte.
La senda de mi bien hállola estrecha;
la de mi mal, tan ancha y espaciosa,
cual de mi desventura ha sido hecha.
Por ésta corre airada y presurosa
la muerte, en tu desdén fortalecida,
de triunfar de mi vida deseosa.
Por aquélla mi bien va de vencida,
de tu rigor, señora, perseguido,
qu'es el que ha de acabar mi corta vida.
A términos tan tristes conducido
me tiene mi ventura, que ya temo
al enemigo airado y ofendido,
sólo por ver qu'el fuego en que me quemo
es yelo en ese pecho, y esto es parte
para que yo acobarde al paso estremo;

que si tú no te muestras de mi parte,
¿a quién no temerá mi flaca mano,
aunque más le acompañe esfuerzo y arte?
Pero si me ayudaras, ¿qué romano
o griego capitán me contrastara,
que al fin su intento no saliera vano?
Por el mayor peligro me arrojara,
y de las fieras manos de la muerte
los despojos seguro arrebatara.
Tú sola puedes levantar mi suerte
sobre la humana pompa, o derribarla
al centro do no hay bien con que se acierte;
que, si como ha podido sublimarla
el puro amor, quisiera la fortuna
en la difícil cumbre sustentarla,
subida sobre el cielo de la luna
se viera mi esperanza, que ahora yace
en lugar do no espera en cosa alguna.
Tal estoy ya, que ya me satisface
el mal que tu desdén airado, esquivo,
por tan estraños términos me hace,
sólo por ver que en tu memoria vivo,
y que te acuerdas, Nísida, siquiera
de hacerme mal, que yo por bien rescibo.
Con más facilidad contar pudiera
del mar los granos de la blanca arena,
y las estrellas de la octava esfera,
que no las ansias, el dolor, la pena
a qu'el fiero rigor de tu aspereza,
sin haberte ofendido, me condemna.
No midas tu valor con mi bajeza,
que al respecto de tu ser famoso,
por tier[r]a quedará cualquiera alteza.
Así cual soy te amo, y decir oso
que me adelanto en firme enamorado
al más subido término amoroso.
Por esto no merezco ser tratado
como enemigo; antes, me parece
que debría de ser remunerado.
Mal con tanta beldad se compadece
tamaña crueldad, y mal asienta
ingratitud do tal valor floresce.
Quisiérate pedir, Nísida, cuenta
de un alma que te di: ¿dónde la echaste,
o cómo, estando ausente, me sustenta?
Ser señora de un alma no aceptaste;
pues, ¿qué te puede dar quien más te quiera?
¡Cuán bien tu presumpción aquí mostra[s]te!

Sin alma estoy desde la vez primera
que te vi, por mi mal y por bien mío,
que todo fuera mal si no te viera.
  Allí el freno te di de mi albedrío,
tú me gobiernas, por ti sola vivo,
y aun puede mucho más tu poderío.
  En el fuego de amor puro me avivo
y me deshago, pues, cual fénix, luego
de la muerte de amor vida rescibo.
  En fe desta mi fe, te pido y ruego
sólo que creas, Nísida, que es cierto
que vivo ardiendo en amoroso fuego,
  y que tú puedes ya, después de muerto,
reducirme a la vida, y en un punto
del mar airado conducirme al puerto;
  que está para conmigo en ti tan junto
el querer y el poder, que es todo uno,
sin discrepar y sin faltar un punto;
y acabo, por no ser más importuno.

»No sé si las razones desta carta, o las muchas que yo antes a Nísida había dicho, asegurándole el verdadero amor que Timbrio la tenía, o los continuos servicios de Timbrio, o los cielos, que así lo tenían ordenado, movieron las entrañas de Nísida para que, en el punto que la acabó de leer, me llamase y con lágrimas en los ojos me dijese: "¡Ay, Silerio, Silerio, y cómo creo que a costa de la salud mía has querido granjear la de tu amigo! Hagan los hados, que a este punto me han traído, con las obras de Timbrio verdaderas tus palabras. Y si las unas y las otras me han engañado, tome de mi ofensa venganza el cielo, al cual pongo por testigo de la fuerza que el deseo me hace, para que no le tenga más encubierto. Mas ¡ay, cuán liviano descargo es éste para tan pesada culpa, pues debiera yo primero morir callando porque mi honra viviera, que, con decir lo que agora quiero decirte, enterrarla a ella y acabar mi vida!" Confuso me tenían estas palabras de Nísida, y más el sobresalto con que las decía; y, queriendo con las mías animarla a que sin temor alguno se declarase, no fue menester importunarla mucho, que al fin me dijo que no sólo amaba, pero que adoraba a Timbrio, y que aquella voluntad tuviera ella cubierta siempre, si la forzosa ocasión de la partida de Timbrio no la forzara a descubrirla.

»Cuál yo quedé, pastores, oyendo lo que Nísida decía y la voluntad amorosa que tener a Timbrio mostraba, no es posible encarecerlo, y aun es bien que carezca de encarecimiento dolor que a tanto se estiende; no porque me pesase de ver a Timbrio querido, sino de verme a mí imposibilitado de tener jamás contento, pues estaba y está claro que ni podía, ni puedo vivir sin Nísida, a la cual, como otras veces he dicho, viéndola en ajenas manos puesta, era enajenarme yo de todo gusto. Y si alguno la suerte en este trance me concedía, era considerar el bien de mi amigo Timbrio, y esto fue parte para que no llegase a un mesmo punto mi muerte. Y la declaración de la voluntad de Nísida escuchéla como pude, y aseguréla como supe de la entereza del pecho de Timbrio, a lo cual ella me respondió que ya no había necesidad de asegurarle aquello, porque estaba de manera que no podía, ni le convenía, dejar de creerme, y que sólo me rogaba, si fuese posible, procurase de persuadir a Timbrio buscase algún medio honroso para no venir a batalla con su enemigo; y, respondiéndole yo ser esto imposible sin quedar deshonrado, se sosegó, y, quitándose del cuello unas preciosas reliquias, me las dio para que a Timbrio de su parte las diese. Quedó ansimesmo concertado entre los dos que ella sabía que sus padres habían de ir a ver el combate de Timbrio, y que llevarían a ella y a su hermana consigo; mas, porque no le bastaría el ánimo de estar presente al riguroso trance de Timbrio, que ella fingiría estar mal dispuesta, con la cual ocasión se quedaría en una casa de placer donde sus padres habían de posar, que media legua estaba de la villa donde se había de hacer el combate; y que allí esperaría su buena o mala suerte, según la tuviese Timbrio. Mandóme también que, para acortar el deseo que tendría de saber el suceso de Timbrio, que llevase yo conmigo una toca blanca que ella me dio, y que si Timbrio venciese, me la atase al brazo y volviese a darle las nuevas; y si fuese vencido, que no la atase, y así ella sabría por la señal de la toca desde lejos el principio de su contento o el fin de su vida.

»Prometíle de hacer todo lo que me mandaba, y, tomando las reliquias y la toca, me despedí della, con la mayor tristeza y el mayor contento que jamás tuve: mi poca ventura causaba la tristeza, y la mucha de Timbrio el alegría. Él supo de mí lo que de parte de Nísida le llevaba, y quedó con ello tan lozano, contento y orgulloso, que el peligro de la batalla que esperaba por ninguno le tenía, pareciéndole que en ser favorescido de su señora, aun la mesma muerte contrastar no le podría. Paso agora en silencio los encarecimientos que Timbrio hizo para mostrarse agradecido a lo que a mi solicitud debía, porque fueron tales, que mostraba estar fuera de seso tratando en ello.

»Esforzado, pues, y animado con esta buena nueva, comenzó a aparejar su partida, llevando por padrinos un principal caballero español y otro napolitano. Y a la fama deste particular duelo, se movió a verlo infinita gente del reino, y yendo también allá los padres de Nísida, llevando con ellos a ella y a su hermana Blanca. Y, como a Timbrio tocaba escoger las armas, quiso mostrar que no en la ventaja dellas, sino en la razón que tenía fundaba su derecho; y así, las que escogió fueron espada y daga, sin otra arma defensiva alguna. Pocos días faltaban al término señalado, cuando de la ciudad de Nápoles se partieron, con otros muchos caballeros, Nísida y sus padres, habiendo llegado primero ella, acordá[n]dome muchas veces que no se olvidase nuestro concierto. Pero mi cansada memoria, que jamás sirvió sino de acordarme solas las cosas de mi desgusto, por no mudar su condición, se olvidó tanto de lo que Nísida me había dicho, cuanto vio que convenía para quitarme la vida, o, a lo menos, para ponerme en el miserable estado en que agora me veo.»

Con grande atención estaban los pastores escuchando lo que Silerio contaba, cuando interrompió el hilo de su cuento la voz de un lastimado pastor que entre unos árboles cantando estaba, y no tan lejos de las ventanas de la estancia donde ellos estaban que dejase de oírse todo lo que decía. La voz era de suerte que puso silencio a Silerio, el cual en ninguna manera quiso pasar adelante, antes rogó a los demás pastores que la escuchasen, pues, "para lo poco que de mi cuento quedaba, tiempo habría de acabarlo". Hiciéraseles de mal esto a Tirsi y Damón, si no les dijera Elicio:

—Poco se perderá, pastores, en escuchar al desdichado Mireno —que, sin duda, es el pastor que canta—, y a quien ha traído la fortuna a términos que imagino que no espera él ninguno en su contento.

—¿Cómo le ha de esperar —dijo Erastro—, si mañana se desposa Daranio con la pastora Silveria, con quien él pensaba casarse? Pero en fin, han podido más con los padres de Silveria las riquezas de Daranio que las habilidades de Mireno.

—Verdad dices —replicó Elicio—, pero con Silveria más había de poder la voluntad que de Mireno tenía conocida que otro tesoro alguno; cuanto más, que no es Mireno tan pobre que, aunque Silveria se casara con él, fuera su necesidad notada.

Por estas razones que Elicio y Erastro dijeron, creció el deseo en los pastores de escuchar lo que Mireno cantaba. Y así, rogó Silerio que más no se hablase, y todos con atento oído se pararon a escucharle, el cual, afligido de la ingratitud de Silveria, viendo que otro día con Daranio se desposaba, con la rabia y dolor que le causaba este hecho, se había salido de su casa, acompañado de solo su rabel; y, convidándole la soledad y silencio de un pequeño pradecillo que junto a las paredes de la aldea estaba, y confiado que en tan sosegada noche ninguno le escucharía, se sentó al pie de un árbol, y, templando su rabel, desta manera cantando estaba:

MIRENO

Cielo sereno, que con tantos ojos
los dulces amorosos hurtos miras,
y con tu curso alegras o entristeces
a aquel que en tu silencio sus enojos
a quien los causa dice, o al que retiras
de gusto tal y espacio no le ofreces:
si acaso no careces
de tu benignidad para conmigo,
pues ya con sólo hablar me satisfago,
y sabes cuanto hago,
no es mucho que ahora escuches lo que digo,
que mi voz lastimera
saldrá con la doliente ánima fuera.

Ya mi cansada voz, ya mis lamentos
bien poco ofenderán al aire vano,
pues a término tal soy reducido,
que ofrece amor a los airados vientos
mis esperanzas, y en ajena mano
ha puesto el bien que tuve merescido.
Será el fruto cogido
que sembró mi amoroso pensamiento
y regaron mis lágrimas cansadas,
por las afortunadas

manos a quien faltó merescimiento
y sobró la ventura,
que allana lo difícil y asegura.

Pues el que vee su gloria convertida
en tan amarga dolorosa pena,
y tomando su bien cualquier camino,
¿por qué no acaba la enojosa vida?
¿Por qué no rompe la vital cadena
contra todas las fuerzas del destino?
Poco a poco camino
al dulce trance de la amarga muerte,
y así, atrevido aunque cansado brazo,
sufrid el embarazo
del vivir, pues ensalza nuestra suerte
saber que a amor le place
qu'el dolor haga lo qu'el hierro hace.

Cierta mi muerte está, pues no es posible
que viva aquél que tiene la esperanza
tan muerta y tan ajeno está de gloria;
pero temo que amor haga imposible
mi muerte, y que una falsa confianza
dé vida, a mi pesar, a la memoria.
Mas, ¿qué?, si por la historia
de mis pasados bienes la poseo,
y miro bien que todos son pasados,
y los graves cuidados
que triste agora en su lugar poseo,
ella será más parte
para que della y del vivir me aparte.

¡Ay, bien único y solo al alma mía,
sol que mi tempestad aserenaste,
término del valor que se desea!
¿Será posible que se llega el día
donde he de conocer que me olvidaste,
y que permita amor que yo le vea?
Primero que esto sea,
primero que tu blanco hermoso cuello
esté de ajenos brazos rodeado,
primero que el dorado
—oro es mejor decir— de tu cabello
a Daranio enriquezca,
con fenecer mi vida el mal fenezca.

Nadie por fe te tuvo merescida
mejor que yo; mas veo que es fe muerta

la que con obras no se manifiesta.
Si se estimara el entregar la vida
al dolor cierto y a la gloria incierta,
pudiera yo esperar alegre fiesta;
mas no se admite en esta
cruda ley que amor usa el buen deseo,
pues es proverbio antiguo entre amadores,
que son obras amores;
y yo, que por mi mal sólo poseo
la voluntad de hacellas,
¿qué no m'ha de faltar faltando en ellas?

En ti pensaba yo que se rompiera
esta ley del avaro amor usada,
pastora, y que los ojos levantaras
a una alma de la tuya prisionera,
y a tu proprio querer tan ajustada,
que si la conoscieras, la estimaras.
Pensé que no trocaras
una fe que dio muestras de tan buena
por una que quilata sus deseos
con los vanos arreos
de la riqueza, de cuidados llena:
entregástete al oro,
por entregarme a mí contino al lloro.

Abatida pobreza, causadora
deste dolor que me atormenta el alma,
aquel te loa que jamás te mira.
Turbóse en ver tu rostro mi pastora,
a su amor tu aspereza puso en calma;
y así, por no encontrarte, el pie retira.
Mal contigo se aspira
a conseguir intentos amorosos:
tú derribas las altas esperanzas,
y siembras mil mudanzas
en mujeriles pechos codiciosos;
tú jamás perfecionas
con amor el valor de las personas.

Sol es el oro cuyos rayos ciegan
la vista más aguda, si se ceba
en la vana apariencia del provecho.
A liberales manos no se niegan
las que gustan de hacer notoria prueba
de un blando, codicioso, hermoso pecho.
Oro tuerce el derecho
de la limpia intención y fe sincera,

y más que la firmeza de un amante,
acaba un diamante,
pues su dureza vuelve un pecho cera,
por más duro que sea,
pues se le da con él lo que desea.

De ti me pesa, dulce mi enemiga,
que tantas tuyas puras perfectiones
con una avara muestra has afeado.
Tanto del oro te mostraste amiga,
que echaste a las espaldas mis pasiones
y al olvido entregaste mi cuidado.
En fin, ¡que te has casado!
¡Casado te has, pastora! El cielo haga
tan buena tu electión como querrías,
y de las penas mías
injustas no rescibas justa paga;
mas, ¡ay!, que el cielo amigo
da premio a la virtud, y al mal, castigo.

Aquí dio fin a su canto el lastimado Mireno, con muestras de tanto dolor, que le causó a todos los que escuchándole estaban, principalmente a los que le conocían y sabían sus virtudes, gallarda dispusición y honroso trato. Y, después de haber dicho entre los pastores algunos discursos sobre la estraña condición de las mujeres, en especial sobre el casamiento de Silveria, que, olvidada del amor y bondad de Mireno, a las riquezas de Daranio se había entregado, deseosos de que Silerio diese fin a su cuento, puesto silencio a todo, sin ser menester pedírselo, él comenzó a seguir diciendo:

—«Llegado, pues, el día del riguroso trance, habiéndose quedado Nísida media legua antes de la villa en unos jardines, como conmigo había concertado, con escusa que dio a sus padres de no hallarse bien dispuesta, al partirme della me encargó la brevedad de mi tornada con la señal de la toca, porque, en traerla o no, ella entendiese el bueno o el mal suceso de Timbrio. Tornéselo yo a prometer, agraviándome de que tanto me lo encargase; y con esto me despedí della y de su hermana, que con ella se quedaba. Y, llegado al puesto del combate, y llegada la hora de comenzarle, después de haber hecho los padrinos de entrambos las ceremonias y amonestaciones que en tal caso se requieren, puestos los dos caballeros en el estacado, al temeroso son de una ronca trompeta, se acometieron con tanta destreza y arte que causaba admiración en quien los miraba. Pero el amor, o la razón —que es lo más cierto—, que a Timbrio favorescía, le dio tal esfuerzo que, aunque a costa de algunas heridas, en poco espacio puso a su contrario de suerte que, tiniéndole a sus pies herido y desangrado, le importunaba que si quería salvar la vida, se rindiese. Pero el desdichado Pransiles le persuadía que le acabase de matar, pues le era más fácil a él, y de menos daño, pasar por mil muertes que rendirse una. Mas el generoso ánimo de Timbrio es de manera que, ni quiso matar a su enemigo, ni menos que se confesase por rendido; sólo se contentó con que dijese y conociese que era tan bueno Timbrio como él, lo cual

Pransiles confesó de buena gana, pues hacía en esto tan poco que, sin verse en aquel término, pudiera muy bien decirlo.

»Todos los circunstantes, que entendieron lo que Timbrio con su enemigo había pasado, lo alabaron y estimaron en mucho. Y, apenas hube yo visto el felix suceso de mi amigo, cuando, con alegría increíble y presta ligereza, volví a dar las nuevas a Nísida. Pero, ¡ay de mí!, que el descuido de entonces me ha puesto en el cuidado de agora. ¡Oh memoria, memoria mía! ¿Por qué no la tuviste para lo que tanto me importaba? Mas creo que estaba ordenado en mi ventura que el principio de aquella alegría fuese el remate y fin de todos mis contentos. Yo volví a ver a Nísida con la presteza que he dicho, pero volví sin ponerme la blanca toca al brazo. Nísida, que con crecido deseo estaba esperando y mirando desde unos altos corredores mi tornada, viéndome volver sin la toca, entendió que algún siniestro revés a Timbrio había sucedido, y creyólo y sintiólo de manera que, sin ser parte otra cosa, faltándole todos los espíritus, cayó en el suelo con tan estraño desmayo que todos por muerta la tuvieron. Cuando ya yo llegué, hallé a toda la gente de su casa alborotada, y a su hermana haciendo mil estremos de dolor sobre el cuerpo de la triste Nísida. Cuando yo la vi en tal estado, creyendo firmemente que era muerta y viendo que la fuerza del dolor me iba sacando de sentido, temeroso que, estando fuera dél, no diese o descubriese algunas muestras de mis pensamientos, me salí de la casa, y poco a poco volvía a dar las desdichadas nuevas al desdichado Timbrio. Pero, como me hubiesen privado las ansias de mi fatiga las fuerzas de cuerpo y alma, no fueron tan ligeros mis pasos que no lo hubiesen sido más otros que la triste nueva a los padres de Nísida llevasen, certificándoles cierto que de un agudo paracismo había quedado muerta. Debió de oír esto Timbrio, y debió de quedar cual yo quedé, si no quedó peor; sólo sé decir que cuando llegué a do pensaba hallarle, era ya algo anochecido, y supe de uno de sus padrinos que con el otro, y por la posta, se había partido a Nápoles, con muestras de tanto descontento, como si de la contienda venido y deshonrado salido hubiera. Luego imaginé yo lo que ser podía, y púseme luego en camino para seguirle; y, antes que a Nápoles llegase, tuve nuevas ciertas de que Nísida no era muerta, sino que le había dado un desmayo que le duró veinte y cuatro horas, al cabo de las cuales había vuelto en sí con muchas lágrimas y sospiros. Con la certidumbre desta nueva me consolé, y con más contento llegué a Nápoles, pensando hallar allí a Timbrio; pero no fue así, porque el caballero con quien él había venido me certificó que, en llegando a Nápoles, se partió sin decir cosa alguna, y que no sabía a qué parte; sólo imaginaba que, según le vio triste y malencólico después de la batalla, que no podía creer sino que a desesperarse hubiese ido.

»Nuevas fueron estas que me tornaron a mis primeras lágrimas; y aun no contenta mi ventura con esto, ordenó que, al cabo de pocos días, llegasen a Nápoles los padres de Nísida, sin ella y sin su hermana, las cuales, según supe y según era pública voz, entrambas a dos se habían ausentado una noche viniendo con sus padres a Nápoles, sin que se supiese dellas nueva alguna. Tan confuso quedé con esto, que no sabía qué hacerme ni decirme; y, estando puesto en esta confusión tan estraña, vine a saber, aunque no muy cierto, que Timbrio, en el puerto de Gaeta, en una gruesa nave que para

España iba, se había embarcado. Y, pensando que podría ser verdad, me vine luego a España, y en Jerez y en todas las partes que imaginé que podría estar, le he buscado sin hallar dél rastro alguno. Finalmente, he venido a la ciudad de Toledo, donde están todos los parientes de los padres de Nísida, y lo que he alcanzado a saber es que ellos se vuelven a Toledo sin haber sabido nuevas de sus hijas. Viéndome, pues, yo ausente de Timbrio, ajeno de Nísida, y considerando que ya que los hallase, ha de ser para gusto suyo y perdición mía, cansado ya y desengañado de las cosas deste falso mundo en que vivimos, he acordado de volver el pensamiento a mejor norte, y gastar lo poco que de vivir me queda en servicio del que estima los deseos y las obras en el punto que merescen. Y así, he escogido este hábito que veis y la ermita que habéis visto, adonde en dulce soledad reprima mis deseos y encamine mis obras a mejor paradero, puesto que, como viene de tan atrás la corrida de las malas inclinaciones que hasta aquí he tenido, no son tan fáciles de parar que no trascorran algo y vuelva la memoria a combatirme, representándome las pasadas cosas; y, cuando en estos puntos me veo, al son de aquella arpa que escogí por compañera en mi soledad, procuro aliviar la pesada carga de mis cuidados, hasta que el cielo le tenga y se acuerde de llamarme a mejor vida.» Éste es, pastores, el suceso de mi desventura; y si he sido largo en contárosle, es porque no ha ido ella corta en fatigarme. Lo que os ruego es me dejéis volver a mi ermita, porque, aunque vuestra compañía me es agradable, he llegado a términos que ninguna cosa me da más gusto que la soledad; y de aquí entenderéis la vida que paso y el mal que sostengo.

Acabó con esto Silerio su cuento, pero no las lágrimas con que muchas veces le había acompañado. Los pastores le consolaron en ellas lo mejor que pudieron, especialmente Damón y Tirsi, los cuales con muchas razones le persuadieron a no perder la esperanza de ver a su amigo Timbrio con más contento que él sabría imaginar, pues no era posible sino que tras tanta fortuna aserenase el cielo, del cual se debía esperar que no consintiría que la falsa nueva de la muerte de Nísida a noticia de Timbrio con más verdadera relación no viniese antes que la desesperación le acabase. Y que de Nísida se podía creer y conjecturar que, por ver a Timbrio ausente, se habría partido en su busca; y que si entonces la fortuna por tan estraños accidentes los había apartado, agora por otros no menos estraños sabría juntarlos. Todas estas razones y otras muchas que le dijeron le consolaron algo, pero no de manera que despertase en él la esperanza de verse en vida más contenta; ni aun él la procuraba, por parecerle que la que había escogido era la que más le convenía.

Gran parte era ya pasada de la noche, cuando los pastores acordaron de reposar el poco tiempo que hasta el día quedaba, en el cual se habían de celebrar las bodas de Daranio y Silveria. Mas, apenas había dejado la blanca aurora el enfadoso lecho del celoso marido, cuando dejaron los suyos todos los más pastores de la aldea, y cada cual, como mejor pudo, comenzó por su parte a regocijar la fiesta: cuál trayendo verdes ramos para adornar la puerta de los desposados, y cuál con su tamborino y flauta les daba la madrugada; acullá se oía la regocijada gaita; acá sonaba el acordado rabel; allí, el antiguo salterio; aquí, los cursados albogues; quién con coloradas cintas adornaba sus castañetas para los esperados bailes; quién pulía y repulía sus rústicos aderezos para mostrarse galán a los ojos de alguna su querida pastorcilla: de modo que, por cualquier parte de la aldea que se fuese, todo sabía a contento, placer y fiesta. Sólo el triste y desdichado Mireno era aquél a quien todas estas alegrías causaban summa tristeza; el cual, habiéndose salido de la aldea por no ver hacer sacrificio de su gloria, se subió en una costezuela que junto al aldea estaba, y allí, sentándose al pie de un antiguo fresno, puesta la mano en la mejilla y la caperuza encajada hasta los ojos, que en el suelo tenía clavados, comenzó a imaginar el desdichado punto en que se hallaba y cuán sin poderlo estorbar, ante sus ojos, había de ver coger el fruto de sus deseos. Y esta consideración le tenía de suerte, que lloraba tan tierna y amargamente, que ninguno en tal trance le viera que con lágrimas no le acompañara. A esta sazón, Damón y Tirsi, Elicio y Erastro se levantaron, y, asomándose a una ventana que al campo salía, lo primero en quien pusieron los ojos fue en el lastimado Mireno; y, en verle de la suerte que estaba, conocieron bien el dolor que padecía, y, movidos a compasión, determinaron todos de ir a consolarle, como lo hicieran si Elicio no les rogara que le dejaran ir a él solo, porque imaginaba que por ser Mireno tan amigo suyo, con é más abiertamente que con otro su dolor comunicaría. Los pastores se lo concedieron, y, yendo allá Elicio, hallóle tan fuera de sí y tan en su dolor trasportado, que ni le conoció Mireno, ni le habló palabra; lo cual visto por Elicio, hizo señal a los demás pastores que viniesen, los cuales, temiendo algún estraño accidente a Mireno sucedido, pues Elicio con priesa los llamaba, fueron luego allá, y vieron que estaba Mireno con los ojos tan fijos en el suelo, y tan sin hacer movimiento alguno, que una estatua semejaba, pues con la llegada de Elicio, ni con la de Tirsi, Damón y Erastro, no volvió de su estraño embelesamiento, si no fue que, a cabo de un buen espacio de tiempo, casi como entre dientes, comenzó a decir:

—¿Tú eres Silveria, Silveria? Si tú lo eres, yo no soy Mireno; y si soy Mireno, tú no eres Silveria: porque no es posible que esté Silveria sin Mireno, o Mireno sin Silveria. Pues, ¿quién soy yo, desdichado? ¿O quién eres tú, desconocida? Yo bien sé que no soy Mireno, porque tú no has querido ser Silveria; a lo menos, la Silveria que ser debías y yo pensaba que fueras.

A esta sazón, alzó los ojos, y, como vio alrededor de sí los cuatro pastores y conoció entre ellos a Elicio, se levantó, y, sin dejar su amargo llanto, le echó los brazos al cuello, diciéndole:

—¡Ay, verdadero amigo mío, y cómo agora no tendrás ocasión de envidiar mi estado, como le envidiabas cuando de Silveria me veías favorescido; pues si entonces me llamaste venturoso, agora puedes llamarme desdichado y trocar todos los títulos alegres que en aquel tiempo me dabas, en los de pesar que ahora puedes darme! Yo sí que te podré llamar dichoso, Elicio, pues te consuela más la esperanza que tienes de ser querido, que no te fatiga el verdadero temor de ser olvidado.

—Confuso me tienes, ¡oh Mireno! —respondió Elicio—, de ver los estremos que haces por lo que Silveria ha hecho, sabiendo que tiene padres a quien ha sido justo haber obedecido.

—Si ella tuviera amor —replicó Mireno—, poco inconviniente era la obligación de los padres para dejar de cumplir con lo que al amor debía; de do vengo a considerar, ¡oh Elicio!, que si me quiso bien, hizo mal en casarse, y si fue fingido el amor que me mostraba, hizo peor en engañarme; y ofréceme el desengaño a tiempo que no puede aprovecharme si no es con dejar en sus manos la vida.

—No está en términos la tuya, Mireno —replicó Elicio—, que tengas por remedio el acabarla, pues podría ser que la mudanza de Silveria no estuviese en la voluntad, sino en la fuerza de la obediencia de sus padres; y si tú la quisiste limpia y honestamente doncella, también la puedes querer agora casada, correspondiendo ella ahora como entonces a tus buenos y honestos deseos.

—Mal conoces a Silveria, Elicio —respondió Mireno—, pues imaginas della que ha de hacer cosa de que pueda ser notada.

—Esta mesma razón que has dicho te condemna —respondió Elicio—, pues si tú, Mireno, sabes de Silveria que no hará cosa que mal le esté, en la que ha hecho no debe de haber errado.

—Si no ha errado —respondió Mireno—, ha acertado a quitarme todo el buen suceso que de mis buenos pensamientos esperaba, y sólo en esto la culpo: que nunca me advirtió deste daño; antes, temiéndome dél, con firme juramento que me aseguraba que eran imaginaciones mías, y que nunca a la suya había llegado pensar con Daranio casarse, ni se casaría, si conmigo no, con él ni con otro alguno, aunque aventurara en ello quedar en perpetua desgracia con sus padres y parientes; y, debajo deste siguro y prometimiento, faltar y romper la fe agora de la manera que has visto, ¿qué razón hay que tal consienta, o qué corazón que tal sufra?

Aquí tornó Mireno a renovar su llanto, y aquí de nuevo le tuvieron lástima los pastores. A este instante, llegaron dos zagales adonde ellos estaban, que el uno era pariente de Mireno y el otro criado de Daranio, que a llamar a Elicio, Tirsi, Damón y Erastro venía, porque las fiestas de su desposorio querían comenzarse. Pesábales a los pastores de dejar solo a Mireno, pero aquel pastor su pariente se ofreció a quedar con él. Y aun Mireno dijo a Elicio que se quería ausentar de aquella tierra, por no ver cada día a los ojos la causa de su desventura. Elicio le loó su determinación, y le encargó que, doquiera que estuviese, le avisase de cómo le iba. Mireno se lo prometió, y, sacando del seno un papel, le rogó que, en hallando comodidad, se le diese a Silveria; y con esto se despidió de todos los pastores, no sin muestras de mucho dolor y tristeza. El cual no se hubo bien apartado de su presencia, cuando Elicio, deseoso de saber lo que en el papel venía, viendo que, pues estaba abierto, importaba poco leerle, le descogió, y, convidando a los otros pastores a escucharle, vio que en él venían escriptos estos versos:

Mireno a Silveria

El pastor que te ha entregado
lo más de cuanto tenía,
pastora, agora te envía
lo menos que l'ha quedado;

que es este pobre papel,
adonde claro verás
la fe que en ti no hallarás
y el dolor que queda en él.

Pero poco al caso hace
darte desto cuenta estrecha,
si mi fe no me aprovecha
y mi mal te satisface.
No pienses que es mi intención
quejarme porque me dejas,
que llegan tarde las quejas
de mi temprana pasión.
Tiempo fue ya que escucharas
el cuento de mis enojos,
y aun, si lloraran mis ojos,
las lágrimas enjugaras.
Entonces era Mireno
el que era de ti mirado;
mas ¡ay, cómo te has trocado,
tiempo bueno, tiempo bueno!
Si durara aquel engaño,
templárase mi desgusto,
pues más vale un falso gusto,
que un notorio y cierto daño.
Pero tú, por quien se ordena
mi terrible mala andanza,
has hecho con tu mudanza
falso el bien, cierta la pena.
Tus palabras lisonjeras
y mis crédulos oídos,
me han dado bienes fingidos
y males que son de veras.
Los bienes, con su aparencia,
crescieron mi sanidad;
los males, con su verdad,
han doblado mi dolencia.
Por esto juzgo y discierno,
por cosa cierta y notoria,
que tiene el amor su gloria
a las puertas del infierno,
y que un desdén acarrea
y un olvido en un momento
desde la gloria al tormento
al que en amar no se emplea.
Con tanta presteza has hecho
este mudamiento estraño,
que estoy ya dentro del daño
y no salgo del provecho:
porque imagino que ayer
era cuando me querías,
o a lo menos lo fingías,
que es lo que se ha de creer;

y el agradable sonido
de tus palabras sabrosas
y razones amorosas
aún me suena en el oído.
Estas memorias süaves
al fin me dan más tormento,
pues tus palabras el viento
llevó, y las obras, quien sabes.
¿Eras tú la que jurabas
que se acabasen tus días
si a Mireno no querías
sobre todo cuanto amabas?
¿Eres tú, Silveria, quien
hizo de mí tal caudal,
que siendo todo tu mal,
me tenías por tu bien?
¡Oh, qué títulos te diera
de ingrata, como mereces,
si como tú me aborreces,
también yo te aborreciera!
Mas no puedo aprovecharme
del medio de aborrecerte,
que estimo más el quererte
que tú has hecho el olvidarme.
Triste gemido a mi canto
ha dado tu mano fiera;
invierno a mi primavera,
y a mi risa amargo llanto.
Mi gasajo ha vuelto en luto,
y de mis blandos amores
cambio en abrojos las flores
y en veneno el dulce fruto.
Y aun dirás —y esto me daña—
que es el haberte casado
y el haberme así olvidado
una honesta honrosa hazaña.
¡Disculpa fuera admitida,
si no te fuera notorio
que estaba en tu desposorio
el fin de mi triste vida!
Mas, en fin, tu gusto fue
gusto; pero no fue justo,
pues con premio tan injusto
pagó mi inviolable fe;
la cual, por ver que se ofrece
de mostrar la fe que alcanza,
ni la muda tu mudanza,
ni mi mal la desfallece.

Quien esto vendrá a entender
cierto estoy que no se asombr[e],
viendo al fin que yo soy hombre,
y tú, Silveria, mujer,
adonde la ligereza
hace de contino asiento,
y adonde en mí el sufrimiento
es otra naturaleza.
Ya te contemplo casada,
y de serlo arrepentida,
porque ya es cosa sabida
que no estarás firme en nada.
Procura alegre llevallo
el yugo que echaste al cuello,
que podrás aborrecello
y no podrás desechallo.
Mas eres tan inhumana
y de tan mudable ser,
que lo que quisiste ayer
has de aborrecer mañana.
Y así, por estraña cosa,
dirá aquél que de ti hable:
«Hermosa, pero mudable;
mudable, pero hermosa».

No parecieron mal los versos de Mireno a los pastores, sino la ocasión a que se habían hecho, considerando con cuánta presteza la mudanza de Silveria le había traído a punto de desamparar la amada patria y queridos amigos, temeroso cada uno que en el suceso de sus pretensiones lo mesmo le sucediese. Entrados, pues, en el aldea y llegados adonde Daranio y Silveria estaban, la fiesta se comenzó tan alegre y regocijadamente, cuanto en las riberas de Tajo en muchos tiempos se había visto; que, por ser Daranio uno de los más ricos pastores de toda aquella comarca, y Silveria de las más hermosas pastoras de toda la ribera, acudieron a sus bodas toda o la más pastoría de aquellos contornos. Y así, se hizo una célebre junta de discretos pastores y hermosas pastoras, y entre los que a los demás en muchas y diversas habilidades se aventajaron, fueron el triste Orompo, el celoso Orfenio, el ausente Crisio y el desamado Masilio, mancebos todos y todos enamorados, aunque de diferentes pasiones oprimidos; porque al triste Orompo fatigaba la temprana muerte de su querida Listea; y al celoso Orfenio, la insufrible rabia de los celos, siendo enamorado de la hermosa pastora Eandra; al ausente Crisio, el verse apartado de Claraura, bella y discreta pastora, a quien él por único bien suyo tenía; y al desesperado Marsilio, el desamor que para con él en el pecho de Belisa se encerraba. Eran todos amigos y de una mesma aldea, y la pasión del uno el otro no la ignoraba; antes, en dolorosa competencia, muchas veces se habían juntado a encarecer cada cual la causa de su tormento, procurando cada uno mostrar, como mejor podía, que su dolor a cualquier otro se aventajaba, teniendo por summa gloria ser en la pena mejorado; y tenían todos tal ingenio, o por mejor decir, tal dolor padecían, que comoquiera que le significasen, mostraban ser el mayor que imaginar se podía. Por estas disputas y competencias eran famosos y conocidos en todas las riberas de Tajo, y habían puesto deseo a Tirsi y a Damón de conocerlos; y, viéndolos allí juntos, unos otros se hicieron corteses y agradables rescibimientos; principalmente, todos con admiración miraban a los dos pastores Tirsi y Damón, hasta allí dellos solamente por fama conocidos.

A esta sazón, salió el rico pastor Daranio a la serrana vestido: traía camisa alta de cuello plegado, almilla de frisa, sayo verde escotado, zaragüelles de delgado lienzo, antiparas azules, zapato redondo, cinto tachonado, y de la color del sayo una cuarteada caperuza. No menos salió bien aderezada su esposa Silveria, porque venía con saya y cuerpos leonados guarnecidos de raso blanco, camisa de pechos labrada de azul y verde, gorguera de hilo amarillo sembrado de argentería (invención de Galatea y Florisa, que la vistieron), garbín turquesado con fluecos de encarnada seda, alcorque dorado, zapatillas justas, corales ricos y sortija de oro; y, sobre todo, su belleza, que más que todo la adornaba. Salió luego tras ella la sin par Galatea, como sol tras el aurora, y su amiga Florisa, con otras muchas y hermosas pastoras que, por honrar las bodas, a ellas habían venido, entre las cuales también iba Teolinda, con cuidado de hurtar el rostro a los ojos de Damón y Tirsi, por no ser de ellos conocida. Y luego las pastoras, siguiendo a los pastores que guiaban, al son de muchos pastoriles instrumentos, hacia el templo se encaminaron, en el cual espacio le tuvieron Elicio y Erastro de cebar los ojos en el hermoso rostro de Galatea, deseando que durara aquel camino más que la larga peregrinación de Ulises. Y, con el contento de verla, iba tan fuera de sí Erastro que hablando con Elicio le dijo:

—¿Qué miras, pastor, si a Galatea no miras? Pero, ¿cómo podrás mirar el sol de sus cabellos, el cielo de su frente, las estrellas de sus ojos, la nieve de su rostro, la grana de sus mejillas, el color de sus labios, el marfil de sus dientes, el cristal de su cuello, el mármol de su pecho?

—Todo eso he podido ver, ¡oh Erastro! —respondió Elicio—, y ninguna cosa de cuantas has dicho es causa de mi tormento, si no es la aspereza de su condición, que si no fuera tal como tú sabes, todas las gracias y bellezas que en Galatea conoces fueran ocasión de mayor gloria nuestra.

—Bien dices —dijo Erastro—; pero todavía no me podrás negar que a no ser Galatea tan hermosa, no fuera tan deseada, y a no ser tan deseada, no fuera tanta nuestra pena, pues toda ella nace del deseo.

—No te puedo yo negar, Erastro —respondió Elicio—, que todo cualquier dolor y pesadumbre no nazca de la privación y falta de aquello que deseamos; mas juntamente con esto te quiero decir que ha perdido conmigo mucho la calidad del amor con que yo pensé que a Galatea querías; porque si solamente la quieres por ser hermosa, muy poco tiene que agradecerte, pues no habrá ningún hombre, por rústico que sea, que la mire que no la desea, porque la belleza, dondequiera que está, trae consigo el hacer desear. Así que, a este simple deseo, por ser tan natural, ningún premio se le debe, porque si se le debiera, con sólo desear el cielo le tuviéramos merescido; mas ya ves, Erastro, ser esto tan al revés como nuestra verdadera ley nos lo tiene mostrado. Y, puesto caso que la hermosura y belleza sea una principal parte para atraernos a desearla y a procurar gozarla, el que fuere verdadero enamorado no ha de tener tal gozo por último fin suyo, sino que, aunque la belleza le acarree este deseo, la ha de querer solamente por ser bueno, sin que otro algún interese le mueva. Y éste se puede llamar, aun en las cosas de acá, perfecto y verdadero amor, y es digno de ser agradecido y premiado, como vemos que premia conocida y aventajadamente el Hacedor de todas las cosas a aquellos que sin moverles otro interese alguno de temor, de pena o de esperanza de gloria, le quieren, le aman y le sirven solamente por ser bueno y digno de ser amado; y ésta es la última y mayor perfectión que en el amor divino se encierra, y en el humano también, cuando no se quiere más de por ser bueno lo que se ama, sin haber error de entendimiento; porque muchas veces lo malo nos parece bueno y lo bueno malo; y así, amamos lo uno y aborrecemos lo otro, y este tal amor no meresce premio, sino castigo. Quiero inferir de todo lo que he dicho, ¡oh Erastro!, que si tú quieres y amas la hermosura de Galatea con intención de gozarla, y en esto para el fin de tu deseo, sin pasar adelante a querer su virtud, su acrescentamiento de fama, su salud, su vida y bienes, entiede que no amas como debes, ni debes ser remunerado como quieres.

Quisiera Erastro replicar a Elicio y darle a entender cómo no entendía bien del amor con que a Galatea amaba, pero estorbólo el son de la zampoña del desamorado Lenio, el cual quiso también hallarse a las bodas de Daranio y regocijar la fiesta con su canto. Y así, puesto delante de los desposados, en tanto que al templo llegaban, al son del rabel de Eugenio, estos versos fue cantando:

Lenio

¡Desconocido, ingrato Amor, que asombras
a veces los gallardos corazones,
y con vanas figuras, vanas sombras,
pones al alma libre mil prisiones!,
si de ser dios te precias, y te nombras
con tan subido nombre, no perdones
al que, rendido al lazo de Himineo,
rindiere a nuevo ñudo su deseo.

En conservar la ley pura y sincera
del sancto matrimonio pon tu fuerza;
descoge en este campo tu bandera;
haz a tu condición en esto fuerza,
que bella flor, que dulce fruto espera,
por pequeño trabajo, el que se esfuerza
a llevar este yugo como debe,
que, aunque parece carga, es carga leve.

Tú puedes, si te olvidas de tus hechos
y de tu condición tan desabrida,
hacer alegres tálamos y lechos
do el yugo conyugal a dos anida.

Enciérrate en sus almas y en sus pechos
hasta que acabe el curso de su vida
y vayan a gozar, como se espera,
de la agradable eterna primavera.

Deja las pastoriles cabañuelas,
y al libre pastorcillo hacer su oficio;
vuela más alto ya, pues tanto vuelas,
y aspira a mejor grado y ejercicio.
En vano te fatigas y desvelas
en hacer de las almas sacrificio,
si no las rindes con mejor intento
al dulce de Himineo ayuntamiento.

Aquí puedes mostrar la poderosa
mano de tu poder maravilloso,
haciendo que la nueva tierna esposa
quiera, y que sea querida de su esposo,
sin que aquella infernal rabia celosa
les turbe su contento y su reposo,
ni el desdén sacudido y zahareño
les prive del sabroso y dulce sueño.

Mas si, ¡pérfido Amor!, nunca escuchadas
fueron de ti plegarias de tu amigo,
bien serán estas mías desechadas,
que te soy y seré siempre enemigo.
Tu condición, tus obras mal miradas,
de quien es todo el mundo buen testigo,
hacen que yo no espere de tu mano
contento alegre, venturoso y sano.

Ya se maravillaban los que al desamorado Lenio escuchando iban, de ver con cuanta mansedumbre las cosas de amor trataba, llamándole dios y de mano poderosa, cosa que jamás le habían oído decir. Mas, habiendo oído los versos con que acabó su canto, no pudieron dejar de reírse, porque ya les pareció que se iba colerizando, y, que si adelante en su canto pasara, él pusiera al amor como otras veces solía; pero faltóle el tiempo, porque se acabó el camino. Y así, llegados al templo y hechas en él por los sacerdotes las acostumbradas ceremonias, Daranio y Silveria quedaron en perpetuo y estrecho ñudo ligados, no sin envidia de muchos que los miraban, ni sin dolor de algunos que la hermosura de Silveria codiciaban; pero a todo dolor sobrepujara el que sintiera el sin ventura Mireno, si a este espectáculo se hallara presente. Vueltos, pues, los desposados del templo con la mesma compañía que habían llevado, llegaron a la plaza de la aldea, donde hallaron las mesas puestas, y adonde quiso Daranio hacer públicamente demostración de sus riquezas, haciendo a todo el pueblo un generoso y sumptuoso convite. Estaba la plaza tan enramada que una hermosa verde floresta parescía, entretejidas las ramas por cima de tal modo, que los agudos rayos del sol en todo aquel circuito no hallaban entrada para calentar el fresco suelo, que cubierto con muchas espadañas y con mucha diversidad de flores se mostraba.

Allí, pues, con general contento de todos, se solemnizó el generoso banquete, al son de muchos pastorales instrumentos, sin que diesen menos gusto que el que suelen dar las acordadas músicas que en los reales palacios se acostumbran. Pero lo que más autorizó la fiesta fue ver que, en alzándose las mesas, en el mesmo lugar, con mucha presteza, hicieron un tablado, para efecto de que los cuatro discretos y lastimados pastores, Orompo, Marsilo, Crisio y Orfenio, por honrar las bodas de su amigo Daranio, y por satisfacer el deseo que Tirsi y Damón tenían de escucharles, querían allí en público recitar una égloga que ellos mesmos de la ocasión de sus mesmos dolores habían compuesto. Acomodados, pues, en sus asientos todos los pastores y pastoras que allí estaban, después que la zampoña de Erastro y la lira de Lenio y los otros instrumentos hicieron prestar a los presentes un sosegado y maravilloso silencio, el primero que se mostró en el humilde teatro fue el triste Orompo, con un pellico negro vestido y un cayado de amarillo boj en la mano, el remate del cual era una fea figura de la muerte; venía con hojas de funesto ciprés coronado, insinias todas de la tristeza que en él reinaba por la inmatura muerte de su querida Listea; y, después que con triste semblante los llorosos ojos a una y a otra parte hubo tendido, con muestras de infinito dolor y amargura, rompió el silencio con semejantes razones:

Orompo

Salid de lo hondo del pecho cuitado,
palabras sangrientas, con muerte mezcladas;
y si los sospiros os tienen atadas,
abrid y romped el siniestro costado.
El aire os impide, que está ya inflamado
del fiero veneno de vuestros acentos;
salid, y siquiera os lleven los vientos,
que todo mi bien también me han llevado.

Poco perdéis en veros perdidas,
pues ya os ha faltado el alto subjecto
por quien en estilo grave y perfecto
hablábades cosas de punto subidas;
notadas un tiempo y bien conocidas
fuistes por dulces, alegres, sabrosas;
agora por tristes, amargas, llorosas,
seréis de la tierra y del cielo tenidas.

Pero, aunque salgáis, palabras, temblando,
¿con cuáles podréis decir lo que siento?,
si es incapaz mi fiero tormento
de irse cual es al vivo pintando.
Mas, ya que me falta el cómo y el cuándo
de significar mi pena y mi mengua,
aquello que falta y no puede la lengua,
suplan mis ojos, contino llorando.

¡Oh muerte, que atajas y cortas el hilo
de mil pretensiones gustosas humanas,
y en un volver de ojos las sierras allanas
y haces iguales a Henares y al Nilo!
¿Por qué no templaste, traidora, el estilo
tuyo cruel? ¿Por qué a mi despecho,
probaste en el blanco y más lindo pecho,
de tu fiero alfanje la furia y el filo?

¿En qué te ofendían, ¡oh falsa!, los años
tan tiernos y verdes de aquella cordera?
¿Por qué te mostraste con ella tan fiera?
¿Por qué en el suyo creciste mis daños?
¡Oh mi enemiga, y amiga de engaños!,
de mí, que te busco, te escondes y ausentas,
y quieres y trabas razones y cuentas
con el que más teme tus males tamaños.

En años maduros, tu ley, tan injusta,
pudiera mostrar su fuerza crecida,
y no descargar la dura herida
en quien del vivir ha poco que gusta.
Mas esa tu hoz, que todo lo ajusta,
y mando ni ruego jamás la doblega,
así con rigor la flor tierna siega,
como la caña ñudosa y robusta.

Cuando a Listea del suelo quitaste,
tu ser, tu valor, tu fuerza, tu brío,
tu ira, tu mando y tu señorío
con solo aquel triunfo al mundo mostraste.
Llevando a Listea, también te llevaste
la gracia, el donaire, belleza y cordura
mayor de la tierra, y en su sepultura
este bien todo con ella encerraste.

Sin ella, en tiniebla perpetua ha quedado
mi vida penosa, que tanto se alarga,
que es insufrible a mis hombros su carga:
que es muerte la vida del que es desdichado.
Ni espero en fortuna, ni espero en el hado,
ni espero en el tiempo, ni espero en el cielo,
ni tengo de quién espere consuelo,
ni es bien que se espere en mal tan sobrado.

¡Oh vos, que sentís qué cosa es dolores!,
venid y tomad consuelo en los míos;
que en viendo su ahínco, sus fuerzas, sus bríos,
veréis que los vuestros son mucho menores.
¿Dó estáis agora, gallardos pastores?
Crisio, Marsilo y Orfenio, ¿qué hacéis?
¿Por qué no venís? ¿Por qué no tenéis
por más que los vuestros mis daños mayores?

Mas, ¿quién es aquel que asoma y que quiebra
por la encrucijada de aqueste sendero?
Marsilo es, sin duda, de amor prisionero:
Belisa es la causa, a quien siempre celebra.
A éste le roe la fiera culebra
del crudo desdén el pecho y el alma,
y pasa su vida en tormenta sin calma,
y aun no es, cual la mía, su suerte tan negra.
Él piensa qu'el mal qu'el alma le aqueja
es más que el dolor de mi desventura.
Aquí será bien que entre esta espesura
me esconda, por ver si acaso se queja.
Mas, ¡ay!, que a la pena que nunca me deja
pensar igualarla es gran desatino,
pues abre la senda y cierra el camino
al mal que se acerca y al bien que se aleja.

MARSILO

¡Pasos que al de la muerte
me lleváis paso a paso,
forzoso he de acusar vuestra pereza!
Seguid tan dulce suerte,
que en este amargo paso
está mi bien y en vuestra ligereza.
Mirad que la dureza
de la enemiga mía
en el airado pecho,
contrario a mi provecho,
en su entereza está cual ser solía;
huigamos, si es posible,
del áspero rigor suyo terrible.
¿A qué apartado clima,
a qué región incierta
iré a vivir, que pueda asegurarme
del mal que me lastima,
del ansia triste y cierta
que no se ha de acabar hasta acabarme?
Ni estar quedo, o mudarme
a la arenosa Libia,
o al lugar donde habita
el fiero y blanco scita,
un solo punto mi dolor alivia:
que no está mi contento
en hacer de lugares mudamiento.
Aquí y allí me alcanza
el desdén riguroso
de la sin par cruel pastora mía,
sin que amor ni esperanza

un término dichoso
me puedan prometer en tal porfía.
¡Belisa, luz del día,
gloria de la edad nuestra,
si valen ya contigo
ruegos de un firme amigo,
tiempla el rigor airado de tu diestra,
y el fuego deste mío
pueda en tu pecho deshacer el frío!
  Más sorda a mi lamento,
más implacable y fiera
que a la voz del cansado marinero
el riguroso viento
qu'el mar turba y altera
y amenaza a la vida el fin postrero;
mármol, diamante, acero,
alpestre y dura roca,
robusta, antigua encina,
roble que nunca inclina
la altiva rama al cierzo que le toca:
todo es blando y suave,
comparado al rigor que'n tu alma cabe.
  Mi duro amargo hado,
mi inexorable estrella,
mi voluntad, que todo lo consiente,
me tienen condemnado,
Belisa ingrata y bella,
a que te sirva y ame eternamente.
Y, aunque tu hermosa frente,
con riguroso ceño,
y tus serenos ojos
me anuncien mil enojos,
serás desta alma conocida dueño,
en tanto que en el suelo
la cubriere mortal corpóreo velo.
  ¿Hay bien que se le iguale
al mal que me atormenta?
¿Y hay mal en todo el mundo tan esquivo?
El uno y otro sale
de toda humana cuenta,
y aun yo sin ella en viva muerte vivo.
En el desdén avivo
mi fe, y allí se enciende
con el helado frío;
mirad qué desvarío,
y el dolor desusado que me ofende,
y si podrá igualarse
al mal que más quisiere aventajarse.

Mas, ¿quién es el que mueve
las ramas intricadas
deste acopado mirto y verde asiento?

OROMPO

Un pastor que se atreve,
con razones fundadas
en la pura verdad de su tormento,
mostrar que el sentimiento
de su dolor crecido
al tuyo se aventaja,
por más que tú le estimes,
levantes y sublimes.

MARSILO

Vencido quedarás en tal baraja,
Orompo, fiel amigo,
y tú mesmo serás dello testigo.
Si de las ansias mías,
si de mi mal insano
la más mínima parte conocieras,
cesaran tus porfías,
Orompo, viendo llano
que tú penas de burla, y yo de veras.

OROMPO

Haz, Marsilo, quimeras
de tu dolor estraño,
y al mío menoscaba
que la vida me acaba,
que yo espero sacarte d'ese engaño,
mostrando al descubierto
que el tuyo es sombra de mi mal, que's cierto.
Pero la voz sonora
de Crisio oigo que suena,
pastor que en la opinión se te parece;
escuchémosle ahora,
que su cansada pena
no menos que la tuya la engrandece.

MARSILO

Hoy el tiempo me ofrece
lugar y coyuntura
donde pueda mostraros
a entrambos y enteraros
de que sola la mía es desventura.

Orompo

Atiende ahora, Marsilo,
la voz de Crisio y lamentable estilo.

Crisio

¡Ay dura, ay importuna, ay triste ausencia!,
¡cuán fuera debió estar de conocerte
el que igualó tu fuerza y violencia
al poder invencible de la muerte!
Que, cuando con mayor rigor sentencia,
¿qué puede más su limitada suerte
que deshacer el ñudo y recia liga
que a cuerpo y alma estrechamente liga?

Tu duro alfanje a mayor mal se estiende,
pues un espíritu en dos mitades parte.
¡Oh milagros de amor que nadie entiende,
ni se alcanzan por sciencia ni por arte!
¡Que deje su mitad con quien la enciende
allá mi alma, y traiga acá la parte
más frágil, con la cual más mal se siente
que estar mil veces de la vida ausente!

Ausente estoy de aquellos ojos bellos
que serenaban la tormenta mía;
ojos vida de aquél que pudo vellos,
si de allí no pasó la fantasía:
que verlos y pensar de merescellos
es loco atrevimiento y demasía.
Yo los vi, ¡desdichado!, y no los veo,
y mátame de verlos el deseo.

Deseo, y con razón, ver dividida,
por acortar el término a mi daño,
esta antigua amistad, que tiene unida
mi alma al cuerpo con amor tamaño,
que siendo de las carnes despedida
con ligereza presta y vuelo estraño,
podrá tornar a ver aquellos ojos,
que son descanso y gloria a sus enojos.

Enojos son la paga y recompensa
que amor concede al amador ausente,
en quien se cifra el mayor mal y ofensa
que en los males de amor s'encierra y siente.
Ni poner discreción a la defensa,
ni un querer firme, levantado, ardiente,
aprovecha a templar deste tormento
la dura pena y el furor violento.

Violento es el rigor desta dolencia;
pero junto con esto, es tan durable,
que se acaba primero la paciencia,

y aun de la vida el curso miserable.
Muertes, desvíos, celos, inclemencia
de airado pecho, condición mudable,
no atormentan así ni dañan tanto
como este mal, que'l nombre aun pone espanto.
Espanto fuera si dolor tan fiero
dolores tan mortales no causara;
pero todos son flacos, pues no muero,
ausente de mi vida dulce y cara.
Mas cese aquí mi canto lastimero,
que a compañía tan discreta y rara
como es la que allí veo, será justo
que muestre al verla más sabroso gusto.

Orompo

Gusto nos da, buen Crisio, tu presencia,
y más viniendo a tiempo que podremos
acabar nuestra antigua diferencia.

Crisio

Orompo, si es tu gusto, comencemos,
pues que juez de la contienda nuestra
tan recto aquí en Marsilo le tendremos.

Marsilo

Indicio dais y conocida muestra
del error en que os trae tan embebidos
esa vana opinión notoria vuestra,
pues queréis que a los míos preferidos
vuestros dolores, tan pequeños, sean,
harto llorados más que conoscidos.
Mas, porque el suelo y cielo juntos vean
cuánto vuestro dolor es menos grave
que las ansias que el alma me rodean,
la más pequeña que en mi pecho cabe
pienso mostrar en vuestra competencia,
así como mi ingenio torpe sabe;
y dejaré a vosotros la sentencia
y el juzgar si mi mal es muy más fuerte
qu'el riguroso de la larga ausencia,
o el amargo espantoso de la muerte,
de quien entrambos os quejáis sin tiento,
llamando dura y corta a vuestra suerte.

Orompo

Deso yo, soy, Marsilo, muy contento,
pues la razón que tengo de mi parte
el triunfo le asegura a mi tormento.

Crisio

Aunque de exagerar me falta el arte,
veréis, cuando yo os muestre mi tristeza,
cómo quedan las vuestras a una parte.

Marsilo

¿Qué ausencia llega a la inmortal dureza
de mi pastora?, que es, con ser tan dura,
señora universal de la belleza.

Orompo

¡Oh, a qué buen tiempo llega y coyuntura
Orfenio! ¿Veisle?, asoma. Estad atentos:
oiréisle ponderar su desventura.
Celos es la ocasión de sus tormentos:
celos, cuchillo y ciertos turbadores
de las paces de amor y los contentos.

Crisio

Escuchad, que ya canta sus dolores.

Orfinio

¡Oh sombra escura que contino sigues
a mi confusa triste fantasía;
enfadosa tiniebla, siempre fría,
que a mi contento y a mi luz persigues!
¿Cuándo será que tu rigor mitigues,
monstruo cruel y rigurosa harpía?
¿Qué ganas en turbarme la alegría,
o qué bien en quitármele consigues?
Mas, si la condición de que te arreas
se estiende a pretender quitar la vida
al que te dio la tuya y te ha engendrado,
no me debe admirar que de mí seas
y de todo mi bien fiero homicida,
sino de verme vivo en tal estado.

Orompo

Si el prado deleitoso,
Orfinio, te es alegre, cual solía
en tiempo más dichoso,
ven; pasarás el día
en nuestra lastimada compañía.
Con los tristes el triste
bien ves que se acomoda fácilmente;
ven, que aquí se resiste,
par desta clara fuente,
del levantado sol el rayo ardiente.

Ven, y el usado estilo
levanta, y como sueles te defiende
de Crisio y de Marsilio,
que cada cual pretende
mostrar que sólo es mal el que le ofende.
Yo solo, en este caso
contrario habré de ser a ti y a ellos,
pues los males que paso
bien podré encarecellos,
mas no mostrar la menor parte dellos.

Orfinio

No al gusto le es sabrosa
así a la corderuela deshambrida
la yerba, ni gustosa
salud restituida
a aquel que ya la tuvo por perdida,
como es a mí sabroso
mostrar en la contienda que se ofrece
que el dolor riguroso
que el corazón padece
sobr'el mayor del suelo se engrandece.
Calle su mal sobrado
Orompo; encubra Crisio su dolencia;
Marsilo esté callado:
muerte, desdén ni ausencia
no tengan con los celos competencia.
Pero si el cielo quiere
que hoy salga a campo la contienda nuestra,
comience el que quisiere,
y dé a los otros muestra
de su dolor con torpe lengua o diestra:
que no está en la elegancia
y modo de decir el fundamento
y principal sustancia
del verdadero cuento
que en la pura verdad tiene su asiento.

Crisio

Siento, pastor, que tu arrogancia mucha
en esta lucha de pasiones nuestras
dará mil muestras de tu desvarío.

Orfinio

Tiempla ese brío, o muéstralo a su tiempo;
que es pasatiempo, Crisio, tu congoja:
que el mal que afloja con volver el paso
no hay que hacer caso de su sentimiento.

Crisio

Es mi tormento tan estraño y fiero,
que presto espero que tú mesmo digas
que a mis fatigas no se iguala alguna.

Marsilo

Desde la cuna soy yo desdichado.

Orompo

Aun engendrado creo que no estaba,
cuando sobraba en mí la desventura.

Orfinio

En mí se apura la mayor desdicha.

Crisio

Tu mal es dicha, comparado al mío.

Marsilo

Opuesto al brío de mi mal estraño,
es gloria el daño que a vosotros daña.

Orompo

Esta maraña quedará muy clara
cuando a la clara mi dolor descubra.
Ninguno encubra agora su tormento,
que yo del mío doy principio al cuento.

Mis esperanzas, que fueron
sembradas en parte buena,
dulce fruto prometieron,
y cuando darle quisieron
convirtióle el cielo en pena.
Vi su flor maravillosa
en mil muestras deseosa
de darme una rica suerte,
y en aquel punto la muerte
cortómela de envidiosa.
Yo quedé cual labrador
que del trabajo contino
de su espaciosa labor
fruto amargo de dolor
le concede su destino;
y aun le quita la esperanza
de otra nueva buena andanza,
porque cubrió con la tierra
el cielo donde se encierra
de su bien la confianza.

Pues si a término he llegado
que de tener gusto o gloria
vivo ya desesperado,
de que yo soy más penado
es cosa cierta y notoria:
que la esperanza asegura
en la mayor desventura
un dichoso fin que viene;
mas, ¡ay de aquél que la tiene
cerrada en la sepultura!

MARSILO

Yo, qu'el humor de mis ojos
siempre derramado ha sido
en lugar donde han nascido
cien mil espinas y abrojos
qu'el corazón m'han herido;
yo sí soy el desdichado,
pues con nunca haber mostrado
un momento el rostro enjuto,
ni hoja, ni flor, ni fruto
he del trabajo sacado.

Que si alguna muestra viera
de algún pequeño provecho,
sosegárase mi pecho;
y, aunque nunca se cumpliera,
quedara al fin satisfecho,
porque viera que valía
mi enamorada porfía
con quien es tan desabrida,
que a mi yelo está encendida
y a mi fuego helada y fría.

Pues si es el trabajo vano
de mi llanto y sospirar,
y dél no pienso cesar,
a mi dolor inhumano,
¿cuál se le podrá igualar?
Lo que tu dolor concierta
es que está la causa muerta,
Orompo, de tu tristeza;
la mía, en más entereza,
cuanto más me desconcierta.

CRISIO

Yo, que tiniendo en sazón
el fruto que se debía
a mi contina pasión,
una súbita ocasión

de gozarle me desvía;
muy bien podré ser llamado
sobre todos desdichado,
pues que vendré a perecer,
pues no puedo parecer
adonde el alma he dejado.
Del bien que lleva la muerte
el no poder recobrallo
en alivio se convierte,
y un corazón duro y fuerte
el tiempo suele ablandallo.
Mas en ausencia se siente,
con un estraño accidente,
sin sombra de ningún bien,
celos, muertes y desdén,
que esto y más teme el ausente.
Cuando tarda el cumplimiento
de la cercana esperanza,
aflige más el tormento,
y allí llega el sufrimiento
adonde ella nunca alcanza.
En las ansias desiguales,
el remedio de los males
es el no esperar remedio;
mas carecen deste medio
las de ausencia más mortales.

Orfinio

El fruto que fue sembrado
por mi trabajo contino,
a dulce sazón llegado,
fue con próspero destino
en mi poder entregado.
Y apenas pude llegar
a términos tan sin par,
cuando vine a conocer
la ocasión de aquel placer
ser para mí de pesar.
Yo tengo el fruto en la mano,
y el tenerle me fatiga,
porque en mi mal inhumano,
a la más granada espiga
la roe un fiero gusano.
Aborrezco lo que quiero,
y por lo que vivo muero,
y yo me fabrico y pinto
un revuelto laberinto
de do salir nunca espero.

Busco la muerte en mi daño,
que ella es vida a mi dolencia;
con la verdad más me engaño,
y en ausencia y en presencia
va creciendo un mal tamaño.
No hay esperanza que acierte
a remediar mal tan fuerte,
ni por estar ni alejarme
es imposible apartarme
desta triste viva muerte.

Orompo

¿No es error conocido
decir que el daño que la muerte hace,
por ser tan estendido,
en parte satisface,
pues la esperanza quita
qu'el dolor administra y solicita?

Si de la gloria muerta
no se quedara viva la memoria
qu'el gusto desconcierta,
es cosa ya notoria
que el no esperar tenella,
tiempla el dolor en parte de perdella.

Pero si está presente
la memoria del bien ya fenescido,
más viva y más ardiente
que cuando poseído,
¿quién duda que esta pena
no está más que otras de miserias llena?

Marsilo

Si a un pobre caminante
le sucediese, por estraña vía,
huírsele delante,
al fenecer del día,
el albergue esperado
y con vana presteza procurado,

quedaría, sin duda,
confuso del temor que allí le ofrece
la escura noche y muda,
y más si no amanesce,
que el cielo a su ventura
no concede la luz serena y pura.

Yo soy el que camino
para llegar a un albergue venturoso,
y cuando más vecino
pienso estar del reposo,

cual fugitiva sombra,
el bien me huye y el dolor me asombra.

Crisio

Cual raudo y hondo río
suele impedir al caminante el paso,
y al viento, nieve y frío
le tiene en campo raso,
y el albergue delante
se le muestra de allí poco distante,
tal mi contento impide
esta penosa y tan prolija ausencia,
que nunca se comide
a aliviar su dolencia,
y casi ante mis ojos
veo quien remediará mis enojos.
Y el ver de mis dolores
tan cerca la salud, tanto me aprieta,
que los hace mayores,
pues por causa secreta,
cuanto el bien es cercano,
tanto más lejos huye de mi mano.

Orfinio

Mostróseme a la vista
un rico albergue de mil bienes lleno;
triunfé de su conquista,
y, cuando más sereno
se me mostraba el hado,
vilo en escuridad negra cambiado.
Allí donde consiste
el bien de los amantes bien queridos,
allí mi mal asiste;
allí se ven unidos
los males y desdenes
donde suelen estar todos los bienes.
Dentro desta morada
estoy, de do salir nunca procuro,
por mi dolor fundada
de tan estraño muro,
que pienso que le abaten
cuantos le quieren, miran y combaten.

Orompo

Antes el sol acabará el camino
que es proprio suyo, dando vuelta al cielo
después de haber tocado en cada signo,
que la parte menor de nuestro duelo
podamos declarar como se siente,

por más q[u]'[e]l bien hablar levante el vuelo.
Tú dices, Crisio, qu'el que vive ausente
muere; yo, que estoy muerto, pues mi vida
a muerte la entregó el hado inclemente.
Y tú, Marsilo, afirmas que perdida
tienes de gusto y bien toda esperanza,
pues un fiero desdén es tu homicida.
Tú repites, Orfinio, que la lanza
aguda de los celos te traspasa,
no sólo el pecho, que hasta el alma alcanza.
Y como el uno lo que el otro pasa
no siente, su dolor solo exagera,
y piensa que al rigor del otro pasa.
Y, por nuestra contienda lastimera,
de tristes argumentos está llena
del caudaloso Tajo la ribera.
Ni por esto desmengua nuestra pena;
antes, por el tratar la llaga tanto,
a mayor sentimiento nos condemna.
Cuanto puede decir la lengua, y cuanto
pueden pensar los tristes pensamientos,
es ocasión de renovar el llanto.
Cesen, pues, los agudos argumentos,
que en fin no hay mal que no fatigue y pene,
ni bien que dé siguros los contentos.
¡Harto mal tiene quien su vida tiene
cerrada en una estrecha sepultura,
y en soledad amarga se mantiene!
¡Desdichado del triste sin ventura
que padece de celos la dolencia,
con quien no valen fuerzas ni cordura,
y aquel que en el rigor de larga ausencia
pasa los tristes miserables días,
llegado al flaco arrimo de paciencia,
y no menos aquel qu'en sus porfías
siente, cuando más arde, en su pastora
entrañas duras e intenciones frías!

Crisio

Hágase lo que pide Orompo agora,
pues ya de recoger nuestro ganado
se va llegando a más andar la hora;
y, en tanto que al albergue acostumbrado
llegamos, y que el sol claro se aleja,
escondiendo su faz del verde prado,
con voz amarga y lamentable queja,
al son de los acordes instrumentos,
cantemos el dolor que nos aqueja.

Marsilo

Comienza, pues, ¡oh Crisio!, y tus acentos
lleguen a los oídos de Claraura,
llevados mansamente de los vientos,
como a quien todo tu dolor restaura.

Crisio

Al que ausencia viene a dar
su cáliz triste a beber,
no tiene mal que temer,
ni ningún bien que esperar.
En esta amarga dolencia
no hay mal que no esté cifrado:
temor de ser olvidado,
celos de ajena presencia;
quien la viniere a probar
luego vendrá a conocer
que no hay mal de que temer,
ni menos bien que esperar.

Orompo

Ved si es mal el que me aqueja
más que muerte conoscida,
pues forma quejas la vida
de que la muerte la deja.
Cuando la muerte llevó
toda mi gloria y contento,
por darme mayor tormento,
con la vida me dejó.
El mal viene, el bien se aleja
con tan ligera corrida,
que forma quejas la vida
de que la muerte la deja.

Marsilo

En mi terrible pesar
ya faltan, por más enojos,
las lágrimas a los ojos
y el aliento al sospirar.
La ingratitud y desdén
me tienen ya de tal suerte,
que espero y llamo a la muerte
por más vida y por más bien.
Poco se podrá tardar,
pues faltan en mis enojos
las lágrimas a los ojos
y el aliento al sospirar.

Orfinio

Celos, a fe, si pudiera,
que yo hiciera por mejor
que fueran celos amor,
y que el amor celos fuera.
Deste trueco granjeara
tanto bien y tanta gloria,
que la palma y la victoria
de enamorado llevara.
Y aun fueran de tal manera
los celos en mi favor,
que a ser los celos amor,
el amor yo solo fuera.

Con esta última canción del celoso Orfinio dieron fin a su égloga los discretos pastores, dejando satisfechos de su discreción a todos los que escuchado los habían; especialmente a Damón y a Tirsi, que gran contento en oírlos rescibieron, paresciéndoles que más que de pastoril ingenio parescían las razones y argumentos que para salir con su propósito los cuatro pastores habían propuesto. Pero, habiéndose movido contienda entre muchos de los circunstantes sobre cuál de los cuatro había alegado mejor de su derecho, en fin se vino a conformar el parecer de todos con el que dio el discreto Damón, diciéndoles que él para sí tenía que, entre todos los disgustos y sinsabores que el amor trae consigo, ninguno fatiga tanto al enamorado pecho como la incurable pestilencia de los celos; y que no se podían igualar a ella la pérdida de Orompo, ausencia de Crisio, ni la desconfianza de Marsilo.

—«La causa es —dijo— que no cabe en razón natural que las cosas que están imposibilitadas de alcanzarse, puedan por largo tiempo apremiar la voluntad a quererlas, ni fatigar al deseo por alcanzarlas, porque el que tuviese voluntad y deseo de alcanzar lo imposible, claro está que, cuanto más el deseo le sobrase, tanto más el entendimiento le faltaría. Y por esta mesma razón digo que la pena que Orompo padece no es sino una lástima y compasión del bien perdido; y, por haberle perdido de manera que no es posible tornarle a cobrar, esta imposibilidad ha de ser causa para que su dolor se acabe; que, puesto que el humano entendimiento no puede estar tan unido siempre con la razón que deje de sentir la pérdida del bien que cobrar no se puede, y que en efecto, ha de dar muestras de su sentimiento con tiernas lágrimas, ardientes sospiros y lastimosas palabras, so pena de que quien esto no hiciese, antes por bruto que por hombre racional sería tenido; en fin fin, el discurso del tiempo cura esta dolencia, la razón la mitiga y las nuevas ocasiones tienen mucha parte para borrarla de la memoria.

»Todo esto es al revés en el ausencia, como apuntó bien Crisio en sus versos, que, como la esperanza en el ausente ande tan junta con el deseo, dale terrible fatiga la dilación de la tornada, porque, como no le impide otra cosa el gozar su bien sino algún brazo de mar, o alguna distancia de tierra, parécele que tiniendo lo principal, que es la voluntad de la persona amada, que se hace notorio agravio a su gusto que cosas que son tan menos como un poco de agua o tierra le impidan su felicidad y gloria. Júntase asimesmo a esta pena el temor de ser olvidado, las mudanzas de los humanos corazones; y, en tanto que la ausencia dura, sin duda alguna que es estraño el rigor y aspereza con que trata al alma del desdichado ausente; pero, como tiene tan cerca el remedio, que consiste en la tornada, puédese llevar con algún alivio su tormento, y si sucediere ser la ausencia de manera que sea imposible volver a la presencia deseada, aquella imposibilidad viene a ser el remedio, como en el de la muerte.

»El dolor de que Marsilo se queja, puesto que es como el mesmo que yo padezco, y por esta causa me había de parescer mayor que otro alguno, no por eso dejaré de decir lo que en él la razón me muestra, antes que aquello a que la pasión me incita. Confieso que es terrible dolor querer y no ser querido, pero mayor sería amar y ser aborrecido. Y si los nuevos amadores nos guiásemos por lo que la razón y la experiencia nos enseña, veríamos que todos los principios en cualquier cosa son dificultosos, y que no padece esta regla excepción en los casos de amor, antes en ellos más se confirma y fortalece; así que, quejarse el nuevo amante de la dureza del rebelde pecho de su señora, va fuera de todo razonable término, porque, como el amor sea y ha de ser voluntario, y no forzoso, no debo yo quejarme de no ser querido de quien quiero, ni debo hacer caudal del cargo que le hago, diciéndole que está obligada a amarme porque yo la amo; que, puesto que la persona amada debe, en ley de naturaleza y en buena cortesía, no mostrarse ingrata con quien bien la quiere, no por eso le ha de ser forzoso y de obligación que corresponda del todo y por todo a los deseos de su amante; que si esto así fuese, mil enamorados importunos habría que por su solicitud alcanzasen lo que quizá no se les debría de derecho. Y, como el amor tenga por padre al conocimiento, puede ser que no halle en mí la que es de mí bien querida, partes tan buenas que la muevan e inclinen a quererme; y así, no está obligada, como ya he dicho, a amarme, como yo estaré obligado a adorarla, porque hallé en ella lo que a mí me falta. Y por esta razón no debe el desdeñado quejarse de su amada, sino de su ventura, que le negó las gracias que al conocimiento de su señora pudieran mover a bien quererle. Y así, debe procurar con continos servicios, con amorosas razones, con la no importuna presencia, con las ejercitadas virtudes, adobar y enmendar en él la falta que naturaleza hizo, que este es tan principal remedio, que estoy por afirmar que será imposible dejar de ser amado el que con tan justos medios procurase granjear la voluntad de su señora. Y, pues este mal del desdén tiene el bien deste remedio, consuélese Marsilo y tenga lástima al desdichado y celoso Orfinio, en cuya desventura se encierra la mayor que en las de amor imaginar se puede.

»¡Oh celos, turbadores de la sosegada paz amorosa; celos, cuchillo de las más firmes esperanzas! No sé yo qué pudo saber de linajes el que a vosotros os hizo hijos del amor, siendo tan al revés, que por el mesmo caso dejara el amor de serlo si tales hijos engendrara. ¡Oh celos, hipócritas y fementidos ladrones, pues, para que se haga cuenta de vosotros en el mundo, en viendo nascer alguna centella de amor en algún pecho, luego procuráis mezclaros con ella, volviéndoos de su color, y aun procuráis usurparle el mando y señorío que tiene! Y de aquí nasce que, como os ven tan unidos con el amor, puesto que por vuestros efectos dais a conoscer que no sois el mesmo amor, todavía procuráis que entienda el ignorante que sois sus hijos, siendo, como lo sois, nascidos de una baja sospecha, engendrados de un vil y desastrado temor, criados a los pechos de falsas imaginaciones, crescidos entre vilísimas envidias, sustentados de chismes y mentiras. Y, porque se vea la destruición que hace en los enamorados pechos esta maldita dolencia de los rabiosos celos, en siendo el amante celoso, conviene —con paz sea dicho de los celosos enamorados—, conviene, digo, que sea, como lo es, traidor, astuto, revoltoso, chismero, antojadizo y aun mal criado; y a tanto se estiende la celosa furia que le señorea, que a la persona que más quiere es a quien más mal desea. Querría el amante celoso que sólo para él su dama fuese hermosa, y fea para todo el mundo; desea que no tenga ojos para ver más de lo que él quisiere, ni oídos para oír, ni lengua para hablar; que sea retirada, desabrida, soberbia y mal acondicionada; y aun a veces desea, apretado desta pasión diabólica, que su dama se muera y que todo se acabe.

»Todas estas pasiones engendran los celos en los ánimos de los amantes celosos; al revés de las virtudes que el puro y sencillo amor multiplica en los verdaderos y comedidos amadores, porque en el pecho de un buen enamorado se encierra discreción, valentía, liberalidad, comedimiento y todo aquello que le puede hacer loable a los ojos de las gentes. Tiene más, asimesmo, la fuerza deste crudo veneno: que no hay antídoto que le preserve, consejo que le valga, amigo que le ayude, ni disculpa que le cuadre; todo esto cabe en el enamorado celoso, y más: que cualquiera sombra le espanta, cualquiera niñería le turba y cualquier sospecha, falsa o verdadera, le deshace; y a toda esta desventura se le añade otra: que con las disculpas que le dan, piensa que le engañan. Y no habiendo para la enfermedad de los celos otra medicina que las disculpas, y no queriendo el enfermo celoso admitirlas, síguese que esta enfermedad es sin remedio, y que a todas las demás debe anteponerse. Y así, es mi parecer que Orfinio es el más penado, pero no el más enamorado, porque no son los celos señales de mucho amor, sino de mucha curiosidad impertinente; y si son señales de amor, es como la calentura en el hombre enfermo, que el tenerla es señal de tener vida, pero vida enferma y mal dispuesta; y así, el enamorado celoso tiene amor, mas es amor enfermo y mal acondicionado. Y también el ser celoso es señal de poca confianza del valor de sí mesmo. Y que sea esto verdad nos lo muestra el discreto y firme enamorado, el cual, sin llegar a la escuridad de los celos, toca en las sombras del temor, pero no se entra tanto en ellas que le escurezcan el sol de su contento, ni dellas se aparta tanto que le descuiden de andar solícito y temeroso; que si este discreto temor faltase en el amante, yo le tendría por soberbio y demasiadamente confiado, porque, como dice un común proverbio nuestro: "quien bien ama, teme"; teme, y aun es razón que tema el amante que, como la cosa que ama es en estremo buena, o a él le pareció serlo, no parezca lo mesmo a los ojosde quien la mirare, y por la mesma causa se engendre el amor en otro que pueda y venga a turbar el suyo. Teme y tema el buen enamorado las mudanzas de los tiempos, de las nuevas occasiones que en su daño podrían ofrecerse, de que con brevedad no se acabe el dichoso estado que goza; y este temor ha de ser tan secreto que no le salga a la lengua para decirle, ni aun a los ojos para significarle; y hace tan contrarios efectos este temor del que los celos hacen en los pechos enamorados, que cría en ellos nuevos deseos de acrescentar más el amor, si pudiesen; de procurar con toda solicitud que los ojos de su amada no vean en ellos cosa que no sea digna de alabanza, mostrándose liberales, comedidos, galanes, limpios y bien criados; y tanto cuanto este virtuoso temor es justo se alabe, tanto y más es digno que los celos se vituperen.»

Calló en diciendo esto el famoso Damón, y llevó tras la suya las contrarias opiniones de algunos que escuchado le habían, dejando a todos satisfechos de la verdad que con tanta llaneza les había mostrado. Pero no se quedara sin respuesta si los pastores Orompo, Crisio, Marsilo y Orfinio hubieran estado presentes a su plática, los cuales, cansados de la recitada égloga, se habían ido a casa de su amigo Daranio.

Estando todos en esto, ya que los bailes y danzas querían renovarse, vieron que por una parte de la plaza entraban tres dispuestos pastores, que luego de todos fueron conoscidos, los cuales eran el gentil Francenio, el libre Lauso y el anciano Arsindo, el cual venía en medio de los dos pastores con una hermosa guirnalda de verde lauro en las manos; y, atravesando por medio de la plaza, vinieron a parar adonde Tirsi, Damón, Elicio y Erastro y todos los más principales pastores estaban, a los cuales con corteses palabras saludaron, y con no menor cortesía fueron dellos rescebidos, especialmente Lauso de Damón, de quien era antiguo y verdadero amigo. Cesando los comedimientos, puestos los ojos Arsindo en Damón y en Tirsi, comenzó a hablar desta manera:

—La fama de vuestra sabiduría, que cerca y lejos se estiende, discretos y gallardos pastores, es la que a estos pastores y a mí nos trae a suplicaros queráis ser jueces de una graciosa contienda que entre estos dos pastores ha nascido; y es que la fiesta pasada, Francenio y Lauso, que están presentes, se hallaron en una conversación de hermosas pastoras, entre las cuales, por pasar sin pesadumbre las horas ociosas del día, entre otros muchos juegos, ordenaron el que se llama de los propósitos. Sucedió, pues, que, llegando la vez de proponer y comenzar a uno destos pastores, quiso la suerte que la pastora que a su lado estaba y a la mano derecha tenía, fuese, según él dice, la tesorera de los secretos de su alma, y la que por más discreta y más enamorada en la opinión de todos estaba. Llegándosele, pues, al oído, le dijo: «Huyendo va la esperanza.». La pastora, sin detenerse en nada, prosiguió adelante, y al decir después cada uno en público lo que al otro había dicho en secreto, hallóse que la pastora había seguido el propósito, diciendo: «Tenella con el deseo.» Fue celebrada por los que presentes estaban la agudeza desta respuesta, pero el que más la solemnizó fue el pastor Lauso; y no menos le pareció bien a Francenio. Y así, cada uno, viendo que lo propuesto y respondido eran versos medidos, se ofreció de glosallos; y, después de haberlo hecho, cada cual procura que su glosa a la del otro se aventaje; y, para asegurarse desto, me quisieron hacer juez dello. Pero, como yo supe que vuestra presencia alegraba nuestras riberas, aconsejéles que a vosotros viniesen, de cuya estremada sciencia y sabiduría questiones de mayor importancia pueden bien fiarse. Han seguido ellos mi parecer, y yo he querido tomar trabajo de hacer esta guirnalda, para que sea dada en premio al que vosotros, pastores, viéredes que mejor ha glosado.

Calló Arsindo y esperó la respuesta de los pastores, que fue agradecerle la buena opinión que dellos tenía, y ofrecerse de ser jueces desapasionados en aquella honrosa contienda. Con este seguro, luego Francenio tornó a repetir los versos y a decir su glosa, que era ésta:

Huyendo va la esperanza;
tenella con el deseo

GLOSA

Cuando me pienso salvar
en la fe de mi querer,
me vienen luego a espantar
las faltas del merescer
y las sobras del pesar.
Muérese la confianza,
no tiene pulsos la vida,
pues se ve en mi mala andanza
que, del temor perseguida,
huyendo va la esperanza.

Huye y llévase consigo
todo el gusto de mi pena,
dejando, por más castigo,
las llaves de mi cadena
en poder de mi enemigo.
Tanto se aleja que creo
que presto se hará invisible,
y en su ligereza veo
que, ni puedo, ni es posible
tenerla con el deseo.

Dicha la glosa de Francenio, Lauso comenzó la suya, que así decía:

En el punto que os miré,
como tan hermosa os vi,
luego temí y esperé;
pero, en fin, tanto temí
que con el temor quedé.
De veros, esto se alcanza:
una flaça confianza
y un temor acobardado,
que, por no verle a su lado,
huyendo va la esperanza.

Y, aunque me deja y se va
con tan estraña corrida,
por milagro se verá

que se acabará mi vida
y mi amor no acabará.
Sin esperanza me veo;
mas, por llevar el trofeo
de amador sin interese,
no querría, aunque pudiese,
tenella con el deseo.

En acabando Lauso de decir su glosa, dijo Arsindo:

—Veis aquí, famosos Damón y Tirsi, declarada la causa sobre que es la contienda destos pastores; sólo resta agora que vosotros deis la guirnalda a quien viéredes que con más justo título la meresce: que Lauso y Francenio son tan amigos, y vuestra sentencia será tan justa, que ellos tendrán por bien lo que por vosotros fuere juzgado.

—No entiendas Arsindo —respondió Tirsi—, que con tanta presteza, aunque nuestros ingenios fueran de la calidad que tú los imaginas, se puede ni debe juzgar la diferencia, si hay alguna, destas discretas glosas. Lo que yo sé decir dellas, y lo que Damón no querrá contradecirme, es que igualmente entrambas son buenas, y que la guirnalda se debe dar a la pastora que dio la ocasión a tan curiosa y loable contienda. Y si deste parecer quedáis satisfechos, pagádnosle con honrar las bodas de nuestro amigo Daranio, alegrándolas con vuestras agradables canciones y autorizándolas con vuestra honrosa presencia.

A todos pareció bien la sentencia de Tirsi; los dos pastores la consintieron y se ofrecieron de hacer lo que Tirsi les mandaba. Pero las pastoras y pastores que a Lauso conoscían se maravillaban de ver la libre condición suya en la red amorosa envuelta, porque luego vieron en la amarillez de su rostro, en el silencio de su lengua y en la contienda que con Francenio había tomado, que no estaba su voluntad tan esenta como solía; y andaban entre sí imaginando quién podría ser la pastora que de su libre corazón triunfado había. Quién imaginaba que la discreta Belisa, y quién que la gallarda Leandra, y algunos que la sin par Arminda, moviéndoles a imaginar esto la ordinaria costumbre que Lauso tenía de visitar las cabañas destas pastoras, y ser cada una dellas para subjectar con su gracia, valor y hermosura otros tan libres corazones como el de Lauso. Y desta duda tardaron muchos días en certificarse, porque el enamorado pastor apenas de sí mesmo fiaba el secreto de sus amores. Acabado esto, luego toda la joventud del pueblo renovó las danzas, y los pastoriles instrumentos formaron una agradable música. Pero, viendo que ya el sol apresuraba su carrera hacia el ocaso, cesaron las concertadas voces, y todos los que allí estaban determinaron de llevar a los desposados hasta su casa. Y el anciano Arsindo, por cumplir lo que a Tirsi había prometido, en el espacio que había desde la plaza hasta la casa de Daranio, al son de la zampoña de Erastro, estos versos fue cantando:

Arsindo

Haga señales el cielo
de regocijo y contento
en tan venturoso día;

celébrese en todo el suelo
este alegre casamiento
con general alegría.
Cámbiese de hoy más el llanto
en süave y dulce canto,
y, en lugar de los pesares,
vengan gustos a millares
que destierren el quebranto.

Todo el bien suceda en colmo
entre desposados tales,
tan para en uno nascidos:
peras les ofrezca el olmo,
cerezas los carrascales,
guindas los mirtos floridos;
hallen perlas en los riscos,
uvas les den los lentiscos,
manzanas los algarrobos,
y sin temor de los lobos
ensanchen más sus apriscos.

Y sus machorras ovejas
vengan a ser parideras,
con que doblen su ganancia;
las solícitas abejas
en los surcos de sus eras
hagan miel en abundancia;
logren siempre su semilla
en el campo y en la villa,
cogida a tiempo y sazón;
no entre en sus viñas pulgón,
ni en su trigo la neguilla.

Y dos hijos presto tengan,
tan hechos en paz y amor
cuanto pueden desear;
y, en siendo crescidos, vengan
a ser el uno doctor,
y otro, cura del lugar.
Sean siempre los primeros
en virtudes y en dineros,
que sí serán, y aun señores,
si no salen fiadores
de agudos alcabaleros.

Más años que Sarra vivan,
con salud tan confirmada
que dello pese al doctor;

y ningún pesar resciban,
ni por hija mal casada,
ni por hijo jugador.
Y, cuando los dos estén
viejos cual Matusalén,
mueran sin temor de daño,
y háganles su cabo de año
por siempre jamás, amén.

Con grandísimo gusto fueron escuchados los rústicos versos de Arsindo, en los cuales más se alargara si no lo impidiera el llegar a la casa de Daranio, el cual, convidando a todos los que con él venían, se quedó en ella, si no fue que Galatea y Florisa, por temor que Teolinda de Tirsi y Damón no fuese conocida, no quisieron quedarse a la cena de los desposados. Bien quisiera Elicio y Erastro acompañar a Galatea hasta su casa, pero no fue posible que lo consintiese; y así, se hubieron de quedar con sus amigos, y ellas se fueron cansadas de los bailes de aquel día; y Teolinda con más pena que nunca, viendo que en las solemnes bodas de Daranio, donde tantos pastores habían acudido, sólo su Artidoro faltaba. Con esta penosa imaginación, pasó aquella noche en compañía de Galatea y Florisa, que con más libres y desapasionados corazones la pasaron, hasta que, en el nuevo venidero día, les sucedió lo que se dirá en el libro que se sigue.

Fin del tercero libro

CUARTO LIBRO
DE
GALATEA

Con gran deseo esperaba la hermosa Teolinda el venidero día, para despedirse de Galatea y Florisa y acabar de buscar por todas las riberas de Tajo a su querido Artidoro, con intención de fenecer la vida en triste y amarga soledad, si fuese tan corta de ventura que del amado pastor alguna nueva no supiese. Llegada, pues, la hora deseada, cuando el sol comenzaba a tender sus rayos por la faz de la tierra, ella se levantó, y, con lágrimas en sus ojos, pidió licencia a las dos pastoras para proseguir su demanda, las cuales con muchas razones la persuadieron que en su compañía algunos días más esperase, ofreciéndole Galatea de enviar algún pastor de los de su padre a buscar a Artidoro por todas las riberas de Tajo y por donde se imaginase que podría ser hallado. Teolinda agradeció sus ofrecimientos, pero no quiso hacer lo que le pedían; antes, después de haber mostrado, con las mejores palabras que supo, la obligación en que quedaba de servir todos los días de su vida las obras que dellas había rescebido, abrazándolas con tierno sentimiento, les rogaba que una sola hora no la detuviesen. Viendo, pues, Galatea y Florisa cuán en vano trabajaban en pensar detenerla, le encargaron que de cualquier suceso bueno o malo que en aquella amorosa demanda le sucediese, procurase de avisarlas, certificándola del gusto que de su contento o la pena que de su desgracia rescibirían. Teolinda se ofreció ser ella mesma quien las nuevas de su buena dicha trujese, pues las malas no tendría sufrimiento la vida para resistirlas, y así, sería escusado que della saberse pudiesen. Con esta promesa de Teolinda se satisficieron Galatea y Florisa, y determinaron de acompañarla algún trecho fuera del lugar. Y así, tomando las dos solos sus cayados, y habiendo proveído el zurrón de Teolinda de algunos regalos para el trabajoso camino, se salieron con ella del aldea a tiempo que ya los rayos del sol más derechos y con más fuerzas comenzaban a herir la tierra.

Y, habiéndola acompañado casi media legua del lugar, al tiempo que ya querían volverse y dejarla, vieron atravesar, por una quebrada que poco desviada dellas estaba, cuatro hombres de a caballo y algunos de a pie, que luego conoscieron ser cazadores en el hábito y en los halcones y perros que llevaban. Y, estándolos con atención mirando, por ver si los conoscían, vieron salir de entre unas espesas matas que cerca de la quebrada estaban, dos pastoras de gallardo talle y brío. Traían los rostros rebozados con dos blancos lienzos; y, alzando la una dellas la voz, pidió a los cazadores que se detuviesen, los cuales así lo hicieron, y, llegándose entrambas a uno dellos, que en su talle y postura el principal de todos parecía, le asieron las riendas del caballo y estuvieron un poco hablando con él, sin que las tres pastoras pudiesen oír palabra de las que decían, por la distancia del lugar, que lo estorbaba. Solamente vieron que, a poco espacio que con él hablaron, el caballero se apeó, y, habiendo, a lo que juzgarse pudo, mandado a los que le acompañaban que se volviesen, quedando sólo un mozo con el caballo, trabó a las dos pastoras de las manos, y poco a poco comenzó a entrar con ellas por medio de un cerrado bosque que allí estaba. Lo cual visto por las tres pastoras, Galatea, Florisa y Teolinda, determinaron de ver, si pudiesen, quiénes eran las disfrazadas pastoras y el caballero que las llevaba; y así, acordaron de rodear por una parte del bosque, y mirar si podían ponerse en alguna que pudiese serlo para satisfacerles de lo que deseaban. Y, haciéndolo así como pensado lo habían, atajaron al caballero y a las pastoras, y, mirando Galatea por entre las ramas lo que hacían, vio que, torciendo sobre la mano derecha, se emboscaban en lo más espeso del bosque, y luego por sus mesmas pisadas les fueron siguiendo, hasta que el caballero y las pastoras, pareciéndoles estar bien adentro del bosque, en medio de un estrecho pradecillo, que de infinitas breñas estaba rodeado, se pararon. Galatea y sus compañeras se llegaron tan cerca que, sin ser vistas ni sentidas, veían todo lo que el caballero y las pastoras hacían y decían; las cuales, habiendo mirado a una y a otra parte por ver si podrían ser vistas de alguno, aseguradas desto, la una se quitó el rebozo; y apenas se le hubo quitado cuando de Teolinda fue conoscida, y, llegándose al oído de Galatea, le dijo con la más baja voz que pudo:

—Estrañísima ventura es ésta, porque, si no es que con la pena que traigo he perdido el conoscimiento, sin duda alguna aquella pastora que se ha quitado el rebozo es la bella Rosaura, hija de Roselio, señor de una aldea que a la nuestra está vecina, y no sé qué pueda ser la causa que la haya movido a ponerse en tan estraño traje y a dejar su tierra, cosas que tan en perjuicio de su honestidad se declaran. Mas, ¡ay desdichada! —añadió Teolinda—, que el caballero que con ella está es Grisaldo, hijo mayor del rico Laurencio, que junto a esta vuestra aldea tiene otras dos suyas.

—Verdad dices, Teolinda —respondió Galatea—, que yo le conozco; pero calla y sosiégate, que presto veremos con qué intento ha sido aquí su venida.

Quietóse con esto Teolinda, y con atención se puso a mirar lo que Rosaura hacía, la cual, llegándose al caballero, que de edad de veinte años parecía, con voz turbada y airado semblante, le comenzó a decir:

—En parte estamos, fementido caballero, donde podré tomar de tu desamor y descuido la deseada venganza. Pero, aunque yo la tomase de ti tal que la vida te costase, poca recompensa sería al daño que me tienes hecho. Vesme aquí, desconocido Grisaldo, desconoscida por conoscerte; ves aquí que ha mudado el traje por buscarte la que nunca mudó la voluntad de quererte. Considera, ingrato y desamorado, que la que apenas en su casa y con sus criadas sabía mover el paso, agora por tu causa anda de valle en valle y de sierra en sierra con tanta soledad buscando tu compañía.

Todas estas razones que la bella Rosaura decía las escuchaba el caballero con los ojos hincados en el suelo y haciendo rayas en la tierra con la punta de un cuchillo de monte que en la mano tenía. Pero, no contenta Rosaura con lo dicho, con semejantes palabras prosiguió su plática:

—Dime: ¿conoces, por ventura, conoces, Grisaldo, que yo soy aquélla que no ha mucho tiempo que enjugó tus lágrimas, atajó tus sospiros, remedió tus penas, y sobre todo, la que creyó tus palabras? ¿O, por suerte, entiendes tú que eres aquél a quien parecían cortos y de ninguna fuerza todos los juramentos que imaginarse podían, para asegurarme la verdad con que me engañabas? ¿Eres tú, acaso, Grisaldo, aquél cuyas infinitas lágrimas ablandaron la dureza del honesto corazón mío? Tú eres, que ya te veo, y yo soy, que ya me conozco. Pero si tú eres Grisaldo, el que yo creo, y yo soy Rosaura, la que tú imaginas, cúmpleme la palabra que me diste; darte he yo la promesa que nunca te he negado. Hanme dicho que te casas con Leopersia, la hija de Marcelio, tan a gusto tuyo que eres tú mesmo el que la procuras; si esta nueva me ha dado pesadumbre, bien se puede ver por lo que he hecho por venir a estorbar el cumplimiento della; y si tú la puedes hacer verdadera, a tu consciencia lo dejo. ¿Qué respondes a esto, enemigo mortal de mi descanso? ¿Otorgas, por ventura, callando, lo que por el pensamiento sería justo que no te pasase? Alza los ojos ya, y ponlos en estos que por su mal te miraron; levántalos y mira a quién engañas, a quién dejas y a quién olvidas. Verás que engañas, si bien lo consideras, a la que siempre te trató verdades, dejas a quien ha dejado a su honra y a sí mesma por seguirte, olvidas a la que jamás te apartó de su memoria. Considera, Grisaldo, que en nobleza no te debo nada, y que en riqueza no te soy desigual, y que te aventajo en la bondad del ánimo y en la firmeza de la fe. Cúmpleme, señor, la que me diste, si te precias de caballero y no te desprecias de cristiano. Mira que si no correspondes a lo que me debes, que rogaré al cielo que te castigue, al fuego que te consuma, al aire que te falte, al agua que te anegue, a la tierra que no te sufra, y a mis parientes que me venguen. Mira que si faltas a la obligación que me tienes, que has de tener en mí una perpetua turbadora de tus gustos en cuanto la vida me durare; y aun después de muerta, si ser pudiere, con continuas sombras espantaré tu fementido espíritu, y con espantosas visiones atormentaré tus engañadores ojos. Advierte que no pido sino lo que es mío, y que tú ganas en darlo lo que en negarlo pierdes. Mueve agora tu lengua para desengañarme de cuantas la has movido para ofenderme.

Calló diciendo esto la hermosa dama, y estuvo un poco esperando a ver lo que Grisaldo respondía; el cual, levantando el rostro, que hasta allí inclinado había tenido, encendido con la vergüenza que las razones de Rosaura le habían causado, con sosegada voz le respondió desta manera:

—Si yo quisiese negar, ¡oh Rosaura!, que no te soy deudor de más de lo que dices, negaría asimesmo que la luz del sol no es clara, y aun diría que el fuego es frío y el aire duro. Así que, en esta parte confieso lo que te debo, y que estoy obligado a la paga. Pero, que yo confiese que puedo pagarte como quieres, es imposible, porque el mandamiento de mi padre lo ha prohibido y tu riguroso desdén imposibilitado; y no quiero en esta verdad poner otro testigo que a ti mesma, como a quien tan bien sabe cuántas veces y con cuántas lágrimas rogué que me aceptases por esposo, y que fueses servida que yo cumpliese la palabra que de serlo te había dado. Y tú, por las causas que te imaginaste, o por parecerte ser bien corresponder a las vanas promesas de

Artandro, jamás quisiste que a tal ejecución se llegase; antes, de día en día me ibas entretiniendo y haciendo pruebas de mi firmeza, pudiendo asegurarla de todo punto con admitirme por tuyo. También sabes, Rosaura, el deseo que mi padre tenía de ponerme en estado y la priesa que daba a ello, trayendo los ricos honrosos casamientos que tú sabes, y cómo yo con mil escusas me apartaba de sus importunaciones, dándotelas siempre a ti para que no dilatases más lo que tanto a ti convenía y yo deseaba; y que al cabo de todo esto, te dije un día que la voluntad de mi padre era que yo con Leopersia me casase; y tú, en oyendo el nombre de Leopersia, con una furia desesperada me dijiste que más no te hablase, y que me casase norabuena con Leopersia o con quien más gusto me diese. Sabes también que te persuadí muchas veces que dejases aquellos celosos devaneos, que yo era tuyo, y no de Leopersia, y que jamás quisiste admitir mis disculpas ni condescender con mis ruegos; antes, perseverando en tu obstinación y dureza, y en favorescer a Artandro, me enviaste a decir que te daría gusto en que jamás te viese. Yo hice lo que me mandaste, y, por no tener ocasión de quebrar tu mandamiento, viendo también que cumplía el de mi padre, determiné de desposarme con Leopersia, o, a lo menos, desposaréme mañana, que así está concertado entre sus parientes y los míos; porque veas, Rosaura, cuán disculpado estoy de la culpa que me pones, y cuán tarde has tú venido en conoscimiento de la sinrazón que conmigo usabas. Mas, porque no me juzgues de aquí adelante por tan ingrato como en tu imaginación me tienes pintado, mira bien si hay algo en que yo pueda satisfacer tu voluntad, que, como no sea casarme contigo, aventuraré por servirte la hacienda, la vida y la honra.

En tanto que estas palabras Grisaldo decía, tenía la hermosa Rosaura los ojos clavados en su rostro, vertiendo por ellos tantas lágrimas que daban bien a entender el dolor que en el alma sentía; pero, viendo ella que Grisaldo callaba, dando un profundo y doloroso sospiro, le dijo:

—Como no puede caber en tus verdes años tener, ¡oh Grisaldo!, larga y conoscida experiencia de los infinitos accidentes amorosos, no me maravillo que un pequeño desdén mío te haya puesto en la libertad que publicas; pero si tú conoscieras que los celosos temores son espuelas que hacen salir al amor de su paso, vieras claramente que los que yo tuve de Leopersia, en que yo más te quisiese redundaban. Mas, como tú tratabas tan de pasatiempo mis cosas, con la menor ocasión que te imaginaste, descubriste el poco amor de tu pecho, y confirmaste las verdaderas sospechas mías, y en tal manera, que me dices que mañana te casas con Leopersia. Pero yo te certifico que, antes que a ella lleves al tálamo, me has de llevar a mí a la sepoltura, si ya no eres tan cruel que niegues de darla al cuerpo de cuya alma fuiste siempre señor absoluto. Y, porque claro conozcas y veas que la que perdió por ti su honestidad y puso en detrimento su honra tendrá en poco perder la vida, este agudo puñal que aquí traigo pondrá en efecto mi desesperado y honroso intento, y será testigo de la crueldad que en ese tu fementido pecho encierras.

Y, diciendo esto, sacó del seno una desnuda daga, y con gran celeridad se iba a pasar el corazón con ella, si con mayor presteza Grisaldo no le tuviera el brazo y la rebozada pastora, su compañera, no aguijara a abrazarse con ella. Gran rato estuvieron Grisaldo y la pastora primero que quitasen a Rosaura la daga de las manos, la cual a Grisaldo decía:

—¡Déjame, traidor enemigo, acabar de una vez la tragedia de mi vida, sin que tantas tu desamorado desdén me haga probar la muerte!

—Esa no gustarás tú por mi ocasión —replicó Grisaldo—, pues quiero que mi padre falte antes la palabra que por mí a Leopersia tiene dada, que faltar yo un punto a lo que conozco que te debo. Sosiega el pecho, Rosaura, pues te aseguro que este mío no sabrá desear otra cosa que la que fuere de tu contento.

Con estas enamoradas razones de Grisaldo resucitó Rosaura de la muerte de su tristeza a la vida de su alegría, y, sin cesar de llorar, se hincó de rodillas ante Grisaldo, pidiéndole las manos en señal de la merced que le hacía. Grisaldo hizo lo mesmo, y, echándole los brazos al cuello, estuvieron gran rato sin poderse hablar el uno al otro palabra, derramando entrambos cantidad de amorosas lágrimas. La pastora arrebozada, viendo el feliz suceso de su compañera, fatigada del cansancio que había tomado en ayudar a quitar la daga a Rosaura, no pudiendo más sufrir el velo, se le quitó, descubriendo un rostro tan parescido al de Teolinda, que quedaron admiradas de verle Galatea y Florisa; pero más lo fue Teolinda, pues sin poderlo disimular, alzó la voz, diciendo:

—¡Oh cielos!, y ¿qué es lo que veo? ¿No es, por ventura, ésta mi hermana Leonarda, la turbadora de mi reposo? Ella es, sin duda alguna.

Y, sin más detenerse, salió de donde estaba, y con ella Galatea y Florisa. Y, como la otra pastora viese a Teolinda, luego la conosció, y con abiertos brazos se fueron la una a la otra, admiradas de haberse hallado en tal lugar y en tal sazón y coyuntura. Viendo, pues, Grisaldo y Rosaura lo que Leonarda con Teolinda hacía, y que habían sido descubiertos de las pastoras Galatea y Florisa, con no poca vergüenza de que los hubiesen hallado de aquella suerte, se levantaron, y, limpiándose las lágrimas, con disimulación y comedimiento rescibieron a las pastoras, que luego de Grisaldo fueron conoscidas. Mas, la discreta Galatea, por volver en siguridad el disgusto que, quizá, de su vista los dos enamorados habían recibido, con aquel donaire con que ella todas las cosas decía, les dijo:

—No os pese de nuestra venida, venturosos Grisaldo y Rosaura, pues sólo servirá de acrescentar vuestro contento, pues se ha comunicado con quien siempre le tendrá en serviros. Nuestra ventura ha ordenado que os viésemos, y en parte donde ninguna se nos ha encubierto de vuestros pensamientos; y, pues el cielo los ha traído a término tan dichoso, en satisfación dello, asegurad vuestros pechos y perdonad nuestro atrevimiento.

—Nunca tu presencia, hermosa Galatea —respondió Grisaldo—, dejó de dar gusto doquiera que estuviese; y, siendo esta verdad tan conoscida, antes quedamos en obligación a tu vista que con desabrimiento de tu llegada.

Con éstas, pasaron otras algunas comedidas razones, harto diferentes de las que entre Leonarda y Teolinda pasaban, las cuales, después de haberse abrazado una y dos veces, con tiernas palabras mezcladas con amorosas lágrimas, la cuenta de su vida se demandaban, tiniendo suspensos mirándolas a todos los que allí estaban, porque se parescían tanto que casi no se podían decir semejantes, sino una mesma cosa; y si no fuera porque el traje de

Teolinda era diferente del de Leonarda, sin duda alguna que Galatea y Florisa no supieran diferenciallas; y entonces vieron con cuánta razón Artidoro se había engañado en pensar que Leonarda Teolinda fuese. Mas, viendo Florisa que el sol estaba hacia la mitad del cielo, y que sería bien buscar alguna sombra que de sus rayos las defendiese, o, a lo menos, volverse a la aldea, pues, faltándoles la ocasión de apascentar sus ovejas, no debían estarse tanto en el prado, dijo a Teolinda y a Leonarda:

—Tiempo habrá, pastoras, donde con más comodidad podáis satisfacer nuestros deseos y daros más larga cuenta de vuestros pensamientos, y por agora busquemos a do pasar el rigor de la siesta que nos amenaza: o en una fresca fuente que está a la salida del valle que atrás dejamos, o tornándonos a la aldea, donde será Leonarda tratada con la voluntad que tú, Teolinda, de Galatea y de mí conoces. Y si a vosotras, pastoras, hago sólo este ofrecimiento, no es porque me olvide de Grisaldo y Rosaura, sino porque me parece que a su valor y merescimiento no puedo ofrecerles más del deseo.

—Ése no faltará en mí mientras la vida me durare —respondió Grisaldo—, de hacer, pastora, lo que fuere en tu servicio, pues no se debe pagar con menos la voluntad que nos muestras. Mas, por parecerme que será bien hacer lo que dices, y por tener entendido que no ignoráis lo que entre mí y Rosaura ha pasado, no quiero deteneros ni detenerme en referirlo. Sólo os ruego seáis servidas de llevar a Rosaura en vuestra compañía a vuestra aldea, en tanto que yo aparejo en la mía algunas cosas que son necesarias para concluir lo que nuestros corazones desean. Y, porque Rosaura quede libre de sospecha, y no la pueda tener jamás de la fe de mi pensamiento, con voluntad considerada mía, siendo vosotras testigos della, le doy la mano de ser su verdadero esposo.

Y, diciendo esto, tendió la suya y tomó la de la bella Rosaura. Y ella quedó tan fuera de sí de ver lo que Grisaldo hacía, que apenas pudo responderle palabra, sino que se dejó tomar la mano; y, de allí a un pequeño espacio, dijo:

—A términos me había traído el amor, Grisaldo, señor mío, que con menos que por mí hicieras, te quedara perpetuamente obligada; pero, pues tú has querido corresponder antes a ser quien eres que no a mi merescimiento, haré yo lo que en mí es, que es darte de nuevo el alma, en recompensa deste beneficio; y después, el cielo de tan agradescida voluntad te dé la paga.

—No más —dijo a esta sazón Galatea—, no más, señores, que adonde andan las obras tan verdaderas, no han de tener lugar los demasiados comedimientos. Lo que resta es rogar al cielo que traiga a dichoso fin estos principios, y que en larga y saludable paz gocéis vuestros amores. Y en lo que dices, Grisaldo, que Rosaura venga a nuestra aldea, es tanta la merced que en ello nos haces, que nosotras mesmas te lo suplicamos.

—De tan buena gana iré en vuestra compañía —dijo Rosaura—, que no sé con qué la encarezca más que con deciros que no sentiré mucho el ausencia de Grisaldo, estando en vuestra compañía.

—Pues, ¡ea! —dijo Florisa—, que el aldea es lejos y el sol mucho, y nuestra tardanza de volver a ella notada. Vos, señor Grisaldo, podéis ir a hacer lo que os conviniere, que en casa de Galatea hallaréis a Rosaura, y a éstas, una pastora, que no merescen ser llamadas dos las que tanto se parecen.

—Sea como queréis —dijo Grisaldo.

Y, tomando a Rosaura de la mano, se salieron todos del bosque, quedando concertado entre ellos que otro día enviaría Grisaldo un pastor, de los muchos de su padre, a avisar a Rosaura de lo que había de hacer; y que, enviando aquel pastor, sin ser notado, podría hablar a Galatea o a Florisa, y dar la orden que más conviniese. A todas pareció bien este concierto; y, habiendo salido del bosque, vio Grisaldo que le estaba esperando su criado con el caballo; y, abrazando de nuevo a Rosaura y despidiéndose de las pastoras, se fue acompañado de lágrimas y de los ojos de Rosaura, que nunca dél se apartaron hasta que le perdieron de vista. Como las pastoras solas quedaron, luego Teolinda se apartó con Leonarda, con deseo de saber la causa de su venida; y Rosaura asimesmo fue contando a Galatea y Florisa la ocasión que la había movido a tomar el hábito de pastora y a venir a buscar a Grisaldo, diciendo:

—«No os causara admiración, hermosas pastoras, el verme a mí en este traje, si supiérades hasta dó se estiende la poderosa fuerza de amor, la cual no sólo hace mudar el vestido a los que bien quieren, sino la voluntad y el alma de la manera que más es de su gusto; y hubiera yo perdido el mío eternamente si de la invención deste traje no me hubiera aprovechado, porque sabréis, amigas, que, estando yo en el aldea de Leonarda, de quien mi padre es señor, vino a ella Grisaldo con intención de estarse allí algunos días ocupado en el sabroso ejercicio de la caza; y, por ser mi padre muy amigo del suyo, ordenó de hospedarle en casa y de hacerle todos los regalos que pudiese. Hízolo así; y la venida de Grisaldo a mi casa fue para sacarme a mí della, porque, en efecto, aunque sea a costa de mi vergüenza, os habré de decir que la vista, la conversación, el valor de Grisaldo, hicieron tal impresión en mi alma que, sin saber cómo, a pocos días que él allí estuvo, yo no estuve más en mí, ni quise ni pude estar sin hacerle señor de mi libertad; pero no fue tan arrebatadamente que primero no estuviese satisfecha que la voluntad de Grisaldo de la mía un punto no discrepaba, según él me lo dio a entender con muchas y muy verdaderas señales. Enterada, pues, yo en esta verdad, y viendo cuán bien me estaba tener a Grisaldo por esposo, vine a condescender con sus deseos y a poner en efecto los míos. Y así, con la intercesión de una doncella mía, en un apartado corredor nos vimos Grisaldo y yo muchas veces, sin que nuestra estada solos a más se estendiese que a vernos y a darme él la palabra que hoy con más fuerza delante de vosotras me ha tornado a dar.

»Ordenó, pues, mi triste ventura, que en el tiempo que yo de tan dulce estado gozaba, vino asimesmo a visitar a mi padre un valeroso caballero aragonés que Artandro se llama, el cual, vencido, a lo que él mostró, de mi hermosura —si alguna tengo—, con grandísima solicitud procuró que yo con él me casase sin que mi padre lo supiese. Había en este medio procurado Grisaldo traer a efecto su propósito, y, mostrándome yo algo más dura de lo que fuera menester, le iba entretiniendo con palabras, con intención que mi padre saliese al camino de casarme, y que entonces Grisaldo me pidiese por esposa; pero no quería él hacer esto, porque sabía que la voluntad de su padre era casarle con la rica y hermosa Leopersia, que bien debéis conocerla por la fama de su riqueza y hermosura. Vino esto a mi noticia, y tomé ocasión de pedirle celos, aunque fingidos, sólo por hacer prueba de la entereza de su fe, y fui tan descuidada, o por mejor decir, tan simple, que, pensando que granjeaba algo en ello, comencé a hacer algunos favores a Artandro, lo cual visto por Grisaldo, muchas veces me significó la pena que rescibía de lo que yo con Artandro pasaba; y aun me avisó que, si no era mi voluntad de que él me cumpliese la palabra que me había dado, que no podía dejar de obedecer a la de su padre. A todas estas amonestaciones y avisos respondí yo sin ninguno, llena de soberbia y arrogancia, confiada en que los lazos que mi hermosura habían echado al alma de Grisaldo no podían tan fácilmente ser rompidos ni aun tocados de otra cualquier belleza. Mas salióme tan al revés mi confianza como me lo mostró presto Grisaldo, el cual, cansado de mis necios y esquivos desdenes, tuvo por bien de dejarme y venir obediente al mandado de su padre. Pero, apenas se hubo él partido de mi aldea y apartado de mi presencia, cuando yo conocí el error en que había caído, y con tanto ahínco me comenzó a fatigar el ausencia de Grisaldo y los celos de Leopersia, que el ausencia dél me acababa y los celos della me consumían.

»Considerando, pues, que si mi remedio se dilataba, había de dejar por fuerza en las manos del dolor la vida, determiné de aventurar a perder lo menos, que a mi parecer era la fama, por ganar lo más, que es a Grisaldo. Y así, con escusa que di a mi padre de ir a ver una tía mía, señora de otra aldea a la nuestra cercana, salí de mi casa acompañada de muchos criados de mi padre; y, llegada en casa de mi tía, le descubrí todo el secreto de mi pensamiento, y le rogué fuese servida de que yo me pusiese en este hábito y viniese a hablar a Grisaldo, certificándole que si yo mesma no venía, que tendrían mal suceso mis negocios. Ella me lo concedió, con condición que trujese a Leonarda conmigo, como persona de quien ella mucho se fiaba; y, enviando por ella a nuestra aldea, y acomodándome destos vestidos, y advirtiéndonos de algunas cosas que las dos habíamos de hacer, nos despedimos della habrá ocho días; y, habiendo seis que llegamos a la aldea de Grisaldo, jamás hemos podido hallar lugar de hablarle a solas, como yo deseaba, hasta esta mañana que supe que venía a caza, y le aguardé en el mesmo lugar adonde él se despidió. Y he pasado con él todo lo que vosotras, amigas, habéis visto, del cual venturoso suceso quedo tan contenta cuanto es razón lo quede la que tanto lo deseaba.» Esta es, pastoras, la historia de mi vida, y si os he cansado en contárosla, echad la culpa al deseo que teníades de saberla, y al mío, que no pudo hacer menos de satisfaceros.

—Antes quedamos tan obligadas —respondió Florisa— a la merced que nos has hecho que, aunque siempre nos ocupemos en servirla, no saldremos de la deuda.

—Yo soy la que quedo en ella —replicó Rosaura—, y la que procuraré pagarla como mis fuerzas alcanzaren. Pero, dejando esto aparte, volved los ojos, pastoras, y veréis los de Teolinda y Leonarda tan llenos de lágrimas que moverán a los vuestros a no dejar de acompañarlos en ellas.

Volvieron Galatea y Florisa a mirarlas, y vieron ser verdad lo que Rosaura decía; y lo que el llanto de las dos hermanas causaba era que, después de haberle dicho Leonarda a su hermana todo lo que Rosaura había contado a Galatea y a Florisa, le dijo:

—«Sabrás, hermana, que así como tú faltaste de nuestra aldea, se imaginó que te había llevado el pastor Artidoro, que aquel mesmo día faltó él también, sin que de nadie se despidiera. Confirmé yo esta opinión en mis padres, porque les conté lo que con Artidoro había pasado en la floresta. Con este indicio creció la sospecha, y mi padre procuraba venir en tu busca y de Artidoro, y en efecto lo pusiera por obra si de allí a dos días no viniera a nuestra aldea un pastor que, al momento que fue visto, todos le tuvieron por Artidoro. Llegando estas nuevas a mi padre de que allí estaba el robador tuyo, luego vino con la justicia adonde el pastor estaba, al cual le preguntaron si te conoscía, o adónde te había llevado. El pastor negó con juramento que en toda su vida te había visto, ni sabía qué era lo que le preguntaban. Todos los que estaban presentes se maravillaron de ver que el pastor negaba conocerte, habiendo estado diez días en el pueblo, y hablado y bailado contigo muchas veces, y sin duda alguna creyeron todos que Artidoro era culpado en lo que se le imputaba; y, sin querer admitir disculpa suya ni escucharle palabra, le llevaron a la prisión, donde estuvo algunos días sin que ninguno le hablase, al cabo de los cuales, yéndole a tomar su confisión, tornó a jurar que no te conoscía y que en toda su vida había estado más de aquella vez en nuestra aldea, y que mirasen —y esto otras veces lo había dicho— que aquel Artidoro que ellos pensaban ser él, por ventura no fuese un hermano suyo que le parecía en tanto estremo, como descubriría la verdad cuando les mostrase que se habían engañado tiniendo a él por Artidoro, porque él se llamaba Galercio, hijo de Briseno, natural de la aldea de Grisaldo. Y, en efecto, tantas demonstraciones dio y tantas pruebas hizo, que conocieron claramente todos que él no era Artidoro, de que quedaron más admirados; y decían que tal maravilla como la de parecernos yo a ti, y Galercio a Artidoro, no se había visto en el mundo.

»Esto que de Galercio se publicaba me movió a ir a verle muchas veces a do estaba preso; y fue la vista de suerte que quedé sin ella, a lo menos para mirar cosas que me den gusto en tanto que a Galercio no viere. Pero lo que más mal hay en esto, hermana, es que él se fue de la aldea sin que supiese que llevaba consigo mi libertad, ni yo tuve lugar jamás de decírselo; y así, me quedé con la pena que imaginarse puede, hasta que la tía de Rosaura me envió a pedir a mi padre por algunos días, todo a fin de venir a acompañar a Rosaura, de lo que recebí summo contento, por saber que veníamos a la aldea de Galercio y que allí le podría hacer sabidor de la deuda en que me estaba. Pero he sido tan corta de ventura que ha cuatro días que estamos en su aldea y nunca le he visto, aunque he preguntado por él, y me dicen que está en el campo con su ganado. He preguntado también por Artidoro, y hanme dicho que de unos días a esta parte no parece en el aldea; y, por no apartarme de Rosaura, no he tenido lugar de ir a buscar a Galercio, del cual podría ser saber nuevas de Artidoro.» Esto es lo que a mí me ha sucedido, y lo demás que has visto, con Grisaldo, después que faltas, hermana, del aldea.

Admirada quedó Teolinda de lo que su hermana le contaba; pero, cuando llegó a saber que en el aldea de Artidoro no se sabía dél nueva alguna, no pudo tener las lágrimas, aunque en parte se consoló, creyendo que Galercio sabría nuevas de su hermano. Y así, determinó de ir otro día a buscar a Galercio, doquiera que estuviese. Y, habiéndole contado con la más brevedad que pudo a Leonarda todo lo que le había sucedido después que en busca de Artidoro andaba, abrazándola otra vez, se volvió adonde las pastoras estaban, que, un poco desviadas del camino, iban por entre unos árboles, que del calor del sol un poco las defendían. Y, en llegando a ellas, Teolinda les contó todo lo que su hermana le había dicho, con el suceso de sus amores y la semejanza de Galercio y Artidoro, de que no poco se admiraron, aunque dijo Galatea:

—Quien vee la semejanza tan estraña que hay entre ti, Teolinda, y tu hermana, no tiene de qué maravillarse aunque otras vea, pues ninguna, a lo que yo creo, a la vuestra iguala.

—No hay duda —respondió Leonarda— sino que la que hay entre Artidoro y Galercio es tanta que, si a la nuestra no excede, a lo menos en ninguna cosa se queda atrás.

—Quiera el cielo —dijo Florisa—, que así como los cuatro os semejáis unos a otros, así os acomodéis y parezcáis en la ventura, siendo tan buena la que la fortuna conceda a vuestros deseos, que todo el mundo envidie vuestros contentos, como admira vuestras semejanzas.

Replicara a estas razones Teolinda, si no lo estorbara una voz que oyeron que dentre los árboles salía; y, parándose todas a escucharla, luego conoscieron ser del pastor Lauso, de que Galatea y Florisa grande contento rescibieron, porque en estremo deseaban saber de quién andaba Lauso enamorado, y creyeron que desta duda las sacaría lo que el pastor cantase. Y, por esta ocasión, sin moverse de donde estaban, con grandísimo silencio le escucharon. Estaba el pastor sentado al pie de un verde sauce, acompañado de solos sus pensamientos y de un pequeño rabel, al son del cual desta manera cantaba:

Lauso

Si yo dijere el bien del pensamiento,
en mal se vuelva cuanto bien poseo;
que no es para decirse el bien que siento.

De mí mesmo se encubra mi deseo,
enmudezca la lengua en esta parte
y en el silencio ponga su trofeo.

Pare aquí el artificio, cese el arte
de exagerar el gusto qu'en un alma
con mano liberal amor reparte.

Baste decir que en sosegada calma
paso el mar amoroso, confiado
de honesto triunfo y vencedera palma.

Sin saberse la causa, lo causado
se sepa; que es un bien tan sin medida
que sólo para el alma es reservado.

Ya tengo nuevo ser, ya tengo vida,
ya puedo cobrar nombre en todo el suelo
de ilustre y clara fama conocida;

qu'el limpio intento, al amoroso celo
que encierra el pecho enamorado mío,
alzarme puede al más subido cielo.
  En ti, Silena, espero; en ti confío,
Silena, gloria de mi pensamiento,
norte por quien se rige mi albedrío.
  Espero qu'el sin par entendimiento
tuyo levantes a entender que valgo
por fe lo que no está en merescimiento.
  Confío que tendrás, pastora, en algo,
después de hacerte cierta la experiencia,
la sana voluntad de un pecho hidalgo.
  ¿Qué bienes no asegura tu presencia?
¿Qué males no destierra? ¿Y quién sin ella
sufrirá un punto la terrible ausencia?
  ¡Oh, más que la belleza misma bella,
más que la propria discreción discreta,
sol a mis ojos y a mi mar estrella!
  No la que fue de la nombrada Creta
robada por el falso hermoso toro
igualó a tu hermosura tan perfecta;
  ni aquella que en sus faldas granos de oro
sintió llover, por quien después no pudo
guardar el virginal rico tesoro;
  ni aquella que con brazo airado y crudo,
en la sangre castísima del pecho
tiñó el puñal, en su limpieza, agudo;
  ni aquella que a furor movió y despecho
contra Troya los griegos corazones,
por quien fue el Ilión roto y desecho;
  ni la que los latinos escuadrones
hizo mover contra la teucra gente,
a quien Juno causó tantas pasiones;
  ni menos la que tiene diferente
fama de la entereza y el trofeo
con que su honestidad guardó excelente:
  digo de aquella que lloró a Siqueo,
del mantuano Títiro notada
de vano antojo y no cabal deseo;
  no en cuantas tuvo hermosas la pasada
edad, ni la presente tiene agora,
ni en la de por venir será hallada
  quien llegase ni llegue a mi pastora
en valor, en saber, en hermosura,
en merecer del mundo ser señora.
  ¡Dichoso aquél que con firmeza pura
fuere de ti, Silena, bien querido,
sin gustar de los celos la amargura!

¡Amor, que a tanta alteza me has subido,
no me derribes con pesada mano
a la bajeza escura del olvido!
¡Sé conmigo señor, y no tirano!

No cantó más el enamorado pastor, ni por lo que cantado había pudieron las pastoras venir en conocimiento de lo que deseaban; que, puesto que Lauso nombró a Silena en su canto, por este nombre no fue la pastora conoscida. Y así, imaginaron que, como Lauso había andado por muchas partes de España y aun de toda la Asia y Europa, que alguna pastora forastera sería la que había rendido la libre voluntad suya. Mas, volviendo a considerar que le habían visto pocos días atrás triunfar de la libertad y hacer burla de los enamorados, sin duda alguna creyeron que con disfrazado nombre celebraba alguna conocida pastora a quien había hecho señora de sus pensamientos. Y así, sin satisfacerse en su sospecha, se fueron hacia el aldea, dejando al pastor en el mesmo lugar do se estaba. Mas no hubieron andado mucho, cuando vieron venir de lejos algunos pastores, que luego fueron conoscidos, porque eran Tirsi, Damón, Elicio, Erastro, Arsindo, Francenio, Crisio, Orompo, Daranio, Orfinio y Marsilo, con todos los más principales pastores de la aldea, y entre ellos el desamorado Lenio, con el lastimado Silerio, los cuales salían a tener la siesta a la fuente de las Pizarras, a la sombra que en aquel lugar hacían las entricadas ramas de los espesos y verdes árboles. Y, antes que los pastores llegasen, tuvieron cuidado Teolinda, Leonarda y Rosaura de rebozarse cada una con un blanco lienzo, porque de Tirsi y Damón no fuesen conocidas. Los pastores llegaron haciendo cortés rescibimiento a las pastoras, convidándolas que en su compañía la siesta pasar quisiesen; mas Galatea se escusó con decir que aquellas forasteras pastoras que con ella venían tenían necesidad de ir a la aldea. Con esto se despidió dellos, llevando tras sí las almas de Elicio y Erastro, y aun las encubiertas pastoras los deseos de conoscerlas de cuantos allí estaban.

Ellas se fueron al aldea y los pastores a la fresca fuente, pero, antes que allá llegasen, Silerio se despidió de todos, pidiendo licencia para volverse a su ermita; y, puesto que Tirsi, Damón, Elicio y Erastro le rogaron que por aquel día con ellos se quedase, jamás lo pudieron acabar con él, antes, abrazándolos a todos, se despidió, encargando y rogando a Erastro que no dejase de verle todas las veces que por su ermita pasase. Erastro se lo prometió; y con esto, torciendo el camino, acompañado de su continua pesadumbre, se volvió a la soledad de su ermita, dejando a los pastores no sin dolor de ver la estrecheza de vida que en tan verdes años había escogido; pero más se sentía entre aquellos que le conoscían y sabían la calidad y valor de su persona.

Llegados los pastores a la fuente, hallaron en ella a tres caballeros y a dos hermosas damas que de camino venían, y, fatigados del cansancio y convidados del ameno y fresco lugar, les pareció ser bien dejar el camino que llevaban y pasar allí las calurosas horas de la siesta. Venían con ellos algunos criados, de manera que, en su apariencia, mostraban ser personas de calidad. Quisieran los pastores, así como los vieron, dejarles el lugar desocupado, pero uno de los caballeros, que el principal parescía, viendo que los pastores de comedidos se querían ir a otra parte, les dijo:

—Si era, por ventura, vuestro contento, gallardos pastores, pasar la siesta en este deleitoso sitio, no os lo estorbe nuestra compañía; antes, nos haced merced de que con la vuestra augmentéis nuestro contento, pues no promete menos vuestra gentil dispusición y manera; y, siendo el lugar, como lo es, tan acomodado para mayor cantidad de gente, haréis agravio a mí y a estas damas si no venís en lo que yo en su nombre y el mío os pido.

—Con hacer, señor, lo que nos mandas —respondió Elicio—, cumpliremos nuestro deseo, que por agora no se estendía a más que venir a este lugar a pasar en él en buena conversación las enfadosas horas de la siesta; y, aunque fuera diferente nuestro intento, lo torciéramos sólo por hacer lo que pides.

—Obligado quedo —respondió el caballero— a muestras de tanta voluntad; y, para más certificarme y obligarme con ella, sentaos, pastores, alrededor desta fresca fuente, donde, con algunas cosas que estas damas traen para regalo del camino, podáis despertar la sed y mitigarla en las frescas aguas que esta clara fuente nos ofrece.

Todos lo hicieron así, obligados de su buen comedimiento. Hasta este punto, habían tenido las damas cubiertos los rostros con dos ricos antifaces; pero, viendo que los pastores se quedaban, se descubrieron, descubriendo una belleza tan estraña que en gran admiración puso a todos los que la vieron, pareciéndoles que, después de la de Galatea, no podía haber en la tierra otra que se igualase. Eran las dos damas igualmente hermosas, aunque la una dellas, que de más edad parescía, a la más pequeña en cierto donaire y brío se aventajaba. Sentado[s], pues, y acomodados todos, el segundo caballero, que hasta entonces ninguna cosa había hablado, dijo:

—Cuando me paro a considerar, agradables pastores, la ventaja que hace al cortesano y soberbio trato el pastoral y humilde vuestro, no puedo dejar de tener lástima a mí mesmo y a vosotros una honesta envidia.

—¿Por qué dices eso, amigo Darinto? —dijo el otro caballero.

—Dígolo, señor —replicó estotro—, porque veo con cuánta curiosidad vos y yo, y los que siguen el trato nuestro, procuramos adornar las personas, sustentar los cuerpos y augmentar las haciendas, y cuán poco viene a lucirnos, pues la púrpura, el oro, el brocado que sobre nuestros cuerpos echamos, como los rostros están marchitos de los mal degiridos manjares, comidos a deshoras, y tan costosos como malgastados, ninguna cosa nos adornan, ni pulen, ni son parte para que más bien parezcamos a los ojos de quien nos mira. Todo lo cual puedes ver diferente en los que siguen el rústico ejercicio del campo, haciendo experiencia en los que tienes delante, los cuales podría ser, y aun es así, que se hubiesen sustentado y sustentan de manjares simples y en todo contrarios de la vana compostura de los nuestros; y, con todo eso, mira el moreno de sus rostros, que promete más entera salud que la blancura quebrada de los nuestros; y cuán bien les está a sus robustos y sueltos miembros un pellico de blanca lana, una caperuza parda y unas antiparas de cualquier color que sean; y con esto, a los ojos de sus pastoras, deben de parecer más hermosos que los bizarros cortesanos a los de las retiradas damas. ¿Qué te diría, pues, si quisiese, de la sencillez de su vida, de la llaneza de su condición y de la honestidad de sus amores? No te digo más, sino que conmigo puede tanto lo que de la vida pastoral conozco, que de buena gana trocaría la mía con ella.

—En deuda te estamos los pastores —dijo Elicio— por la buena opinión que de nosotros tienes; pero, con todo eso, te sé decir que hay en la rústica vida nuestra tantos resbaladeros y trabajos como se encierran en la cortesana vuestra.

—No podré yo dejar de venir en lo que dices, amigo —replicó Darinto—, porque ya se sabe bien que es una guerra nuestra vida sobre la tierra. Pero, en fin, en la pastoral hay menos que en la ciudadana, por estar más libre de ocasiones que alteren y desasosieguen el espíritu.

—Cuán bien se conforma con tu opinión, Darinto —dijo Damón—, la de un pastor amigo mío que Lauso se llama, el cual, después de haber gastado algunos años en cortesanos ejercicios y algunos otros en los trabajosos del duro Marte, al fin se ha reducido a la pobreza de nuestra rústica vida; y, antes que a ella viniese, mostró desearlo mucho, como parece por una canción que compuso y envió al famoso Larsileo, que en los negocios de la Corte tiene larga y ejercitada experiencia. Y, por haberme a mí parecido bien, la tomé toda en la memoria, y aun os la dijera si imaginara que a ello diera lugar el tiempo y a vosotros no os cansara el escucharla.

—Ninguna otra cosa nos dará más gusto que escucharte, discreto Damón —respondió Darinto, llamando a Damón por su nombre, que ya le sabía, por haberle oído nombrar a los otros pastores, sus amigos—; y así, yo de mi parte te ruego nos digas la canción de Lauso; que, pues ella es hecha, como dices, a mi propósito y tú la has tomado de memoria, imposible será que deje de ser buena.

Comenzaba Damón a arrepentirse de lo que había dicho y procuraba escusarse de lo prometido; mas, los caballeros y damas se lo rogaron tanto, y todos los pastores, que él no pudo escusar el decirla. Y así, habiéndose sosegado un poco, con gentil donaire y gracia, dijo desta manera:

DAMÓN

El vano imaginar de nuestra mente,
de mil contrarios vientos arrojada
acá y allá con curso presuroso;
la humana condición, flaca, doliente,
en caducos placeres ocupada,
do busca, sin hallarle, algún reposo;
el falso, el mentiroso
mundo, prometedor de alegres gustos;
la voz de sus sirenas,
mal escuchada apenas
cuando cambia su gusto en mil disgustos;
la Babilonia, el caos que miro y leo
en todo cuanto veo;
el cauteloso trato cortesano,
junto con mi deseo,
puesto han la pluma en la cansada mano.

Quisiera yo, señor, que allí llegara
do llega mi deseo, el corto vuelo
de mi grosera mal cortada pluma,
sólo para que luego se ocupara
en levantar el más subido vuelo
vuestra rara bondad y virtud summa.
Mas, ¿quién hay que presuma
echar sobre sus hombros tanta carga,
si no es un nuevo Adlante,
en fuerzas tan bastante
que poco el cielo le fatiga y carga?
Y aun le será forzoso que se ayude
y el grave peso mude
sobre los brazos de otro Alcides nuevo;
y, aunque se encorve y sude,
yo tal fatiga por descanso apruebo.

Ya que a mis fuerzas esto es imposible
y el inútil deseo doy por muestra
de lo que encierra el justo pensamiento,
veamos si, quizá, será posible
mover la flaca mal contenta diestra
a mostrar por enigma algún contento;
mas, tan sin fuerzas siento
mi fuerza en esto, que será forzoso
que apliquéis los oídos
a los tristes gemidos
de un desdeñado pecho congojoso,
a quien el fuego, el aire, el mar, la tierra
hacen contino guerra,
todos en su desdicha conjurados,
que se remata y cierra
con la corta ventura de sus hados.

Si esto no fuera, fácil cosa fuera
tender por la región del gusto el paso,
y reducir cien mil a la memoria,
pintando el monte, el río y la ribera
do amor, el hado, la fortuna y caso
rindieron a un pastor toda su gloria.
Mas desta dulce historia
el tiempo triunfa, y sólo queda della
una pequeña sombra,
que ahora espanta, asombra
al pensamiento que más piensa en ella:
condición propria de la humana suerte,
que el gusto nos convierte
en pocas horas en mortal disgusto,

y nadie habrá que acierte
en muchos años con un firme gusto.

Vuelva y revuelva; en alto suba o baje
el vano pensamiento al hondo abismo;
corra en un punto desde Tile a Batro,
qu'él dirá, cuanto más sude y trabaje,
y del término salga de sí mismo,
puesto en la esfera o en el cruel Baratro:
¡oh, una, y tres, y cuatro,
cinco, y seis y más veces venturoso
el simple ganadero,
que con un pobre apero
vive con más contento y más reposo
qu'el rico Craso o el avariento Mida,
pues con aquella vida
robusta, pastoral, sencilla y sana,
de todo punto olvida
esta mísera, falsa, cortesana!

En el rigor del erizado invierno,
al tronco entero de robusta encina,
de Vulcano abrazada, se calienta
y allí en sosiego trata del gobierno
mejor de su ganado, y determina
dar de sí al cielo no entricada cuenta.
Y cuando ya se ahuyenta
el encogido, estéril, yerto frío,
y el gran señor de Delo
abrasa el aire, el suelo,
en el margen sentado de algún río,
de verdes sauces y álamos cubierto,
con rústico concierto
suelta la voz o toca el caramillo,
y a veces se vee cierto
las aguas detenerse por oíllo.

Poco allí le fatiga el rostro grave
del privado, que muestra en apariencia
mandar allí do no es obedecido,
ni el alto exagerar con voz süave
del falso adulador, que en poca ausencia
muda opinión, señor, bando y partido;
ni el desdén sacudido
del sotil secretario le fatiga,
ni la altivez honrada
de la llave dorada,
ni de los varios príncipes la liga,

ni del manso ganado un punto parte,
porque el furor de Marte
a una y a otra parte suene airado,
regido por tal arte
que apenas su secuaz se ve medrado.

Reduce a poco espacio sus pisadas,
del alto monte al apacible llano,
desde la fresca fuente al claro río,
sin que, por ver las tierras apartadas,
las movibles campañas de Oceano
are con loco antiguo desvarío.
No le levanta el brío
saber qu'el gran monarca invicto vive
bien cerca de su aldea,
y, aunque su bien desea,
poco disgusto en no verle rescibe;
no como el ambicioso entremetido,
que con seso perdido
anda tras el favor, tras la privanza,
sin nunca haber teñido
en turca o en mora sangre espada o lanza.

No su semblante o su color se muda
porque mude color, mude semblante,
el señor a quien sirve, pues no tiene
señor que fuerce a que con lengua muda
siga, cual Clicie a su dorado amante,
el dulce o amargo gusto que le viene.
No le veréis que pene
de temor que un descuido, una nonada,
en el ingrato pecho
del señor el derecho
borre de sus servicios, y sea dada
de breve despedida la sentencia.
No muestra en apariencia
otro de lo que encierra el pecho sano;
que la rústica sciencia
no alcanza el falso trato cortesano.

¿Quién tendrá vida tal en menosprecio?
¿Quién no dirá que aquélla sola es vida
que al sosiego del alma se encamina?
El no tenerla el cortesano en precio
hace que su bondad sea conoscida
de quien aspira al bien y al mal declina.
¡Oh vida, do se afina
en soledad el gusto acompañado!

¡Oh pastoral bajeza,
más alta que la alteza
del cetro más subido y levantado!
¡Oh flores olorosas, oh sombríos
bosques, oh claros ríos!
¡Quién gozar os pudiera un breve tiempo,
sin que los males míos
turbasen tan honesto pasatiempo!

¡Canción, a parte vas do serán luego
conocidas tus faltas y tus [s]obras!
Mas di, si aliento cobras,
con rostro humilde enderezado a ruego:
«¡Señor, perdón, porque el que acá me envía,
en vos y en su deseo se confía!»

—Ésta es, señores, la canción de Lauso —dijo Damón en acabándola—, la cual fue tan celebrada de Lariseo, cuanto bien admitida de los que en aquel tiempo la vieron.

—Con razón lo puedes decir —respondió Darinto—, pues la verdad y artificio suyo es digno de justas alabanzas.

—Estas canciones son las de mi gusto —dijo a este punto el desamorado Lenio—, y no aquellas que a cada paso llegan a mis oídos, llenas de mil simples conceptos amorosos, tan mal dispuestos e intricados que osaré jurar que hay algunas que, ni las alcanza quien las oye, por discreto que sea, ni las entiende quien las hizo. Pero no menos fatigan otras que se enzarzan en dar alabanzas a Cupido y en exagerar su poder, su valor, sus maravillas y milagros, haciéndole señor del cielo y de la tierra, dándole otros mil atributos de potencia, de mando y señorío. Y lo que más me cansa de los que las hacen es que, cuando hablan de amor, entienden de un no sé quién que ellos llaman Cupido, que la mesma significación del nombre nos declara quién es él, que es un apetito sensual y vano, digno de todo vituperio.

Habló el desamorado Lenio, y en fin hubo de parar en decir mal de amor; pero, como todos los más que allí estaban conoscían su condición, no repararon mucho en sus razones, si no fue Erastro, que le dijo:

—¿Piensas, Lenio, por ventura, que siempre estás hablando con el simple Erastro, que no sabe contradecir tus opiniones ni responder a tus argumentos? Pues quiérote advertir que te será sano el callar por agora, o, a lo menos, tratar de otras cosas que de decir mal de amor, si ya no gustas que la discreción y sciencia de Tirsi y de Damón te alumbren de la ceguedad en que estás, y te muestren a la clara lo que ellos entienden y lo que tú debes entender del amor y de sus cosas.

—¿Qué me podrán ellos decir que yo no sepa? —dijo Lenio—. O ¿qué les podré yo replicar que ellos no ignoren?

—Soberbia es esa, Lenio —respondió Elicio—, y en ella muestras cuán fuera vas del camino de la verdad de amor, y que te riges más por el norte de tu parecer y antojo, que no por el que te debías regir, que es el de la verdad y experiencia.

—Antes por la mucha que yo tengo de sus obras —respondió Lenio—, le soy tan contrario como muestro y mostraré mientras la vida me durare.

—¿En qué fundas tu razón? —dijo Tirsi.

—¿En qué, pastor? —respondió Lenio—. En que, por los efectos que hace, conozco cuán mala es la causa que los produce.

—¿Cuáles son los efectos de amor que tú tienes por tan malos? —replicó Tirsi.

—Yo te los diré, si con atención me escuchas —dijo Lenio—; pero no querría que mi plática enfadase los oídos de los que están presentes, pudiendo pasar el tiempo en otra conversación de más gusto.

—Ninguna cosa habrá que sea más del nuestro —dijo Darinto— que oír tratar desta materia, especialmente entre personas que tan bien sabrán defender su opinión; y así, por mi parte, si la destos pastores no lo estorba, te ruego, Lenio, que sigas adelante la comenzada plática.

—Eso haré yo de buen grado —respondió Lenio—, porque pienso mostrar claramente en ella cuántas razones me fuerzan a seguir la opinión que sigo y a vituperar cualquiera otra que a la mía se opusiere.

—Comienza, pues, ¡oh Lenio! —dijo Damón—, que no estarás más en ella de cuanto mi compañero Tirsi descubra la suya.

A esta sazón, ya que Lenio se preparaba a decir los vituperios de amor, llegaron a la fuente el venerable Aurelio, padre de Galatea, con algunos pastores, y con él asimesmo venían Galatea y Florisa, con las tres rebozadas pastoras, Rosaura, Teolinda y Leonarda, a las cuales, habiéndolas topado a la entrada de la aldea y sabiendo dellas la junta de pastores que en la fuente de las Pizarras quedaba, a ruego suyo las hizo volver, fiadas las forasteras pastoras en que, por sus rebozos, no serían de alguno conocidas. Levantáronse todos a rescebir a Aurelio y a las pastoras, las cuales se sentaron con las damas, y Aurelio y los pastores con los demás pastores. Pero, cuando las damas vieron la singular belleza de Galatea, quedaron tan admiradas que no podían apartar los ojos de mirarla. No lo fue menos Galatea de la hermosura dellas, especialmente de la que de mayor edad parescía. Pasó entre ellas algunas palabras de comedimiento; pero todo cesó cuando supieron lo que entre el discreto Tirsi y el desamorado Lenio estaba concertado, de lo que se holgó infinito el venerable Aurelio, porque en estremo deseaba ver aquella junta y oír aquella disputa; y más entonces, donde tendría Lenio quien tan bien le supiese responder. Y así, sin más esperar, sentándose Lenio en un tronco de un desmochado olmo, con voz al principio baja y después sonora, desta manera comenzó a decir:

Lenio

—Ya casi adivino, valerosa y discreta compañía, cómo ya en vuestro entendimiento me vais juzgando por atrevido y temerario, pues con el poco ingenio y menos experiencia que puede prometer la rústica vida en que yo algún tiempo me he criado, quiero tomar contienda, en materia tan ardua como ésta, con el famoso Tirsi, cuya crianza en famosas academias y cuyos bien sabidos estudios no pueden asegurar en mi pretensión sino segura pérdida. Pero confiado que, a las veces, la fuerza del natural ingenio, adornado con algún tanto de experiencia, suele descubrir nuevas sendas con que facilitan las sciencias por largos años sabidas, quiero atreverme hoy a mostrar en público las razones que me han movido a ser tan enemigo de amor, que he merescido por ello alcanzar renombre de desamorado. Y, aunque otra cosa no me moviera a hacer esto sino vuestro mandamiento, no me escusara de hacerla; cuanto más, que no será pequeña la gloria que de aquí he de granjear, aunque pierda la empresa, pues al fin dirá la fama que tuve ánimo para competir con el nombrado Tirsi. Y así, con este presupuesto, sin querer ser favorescido si no es de la razón que tengo, a ella sola invoco y ruego dé tal fuerza a mis palabras y argumentos, que se muestre en ellas y en ellos la que tengo para ser tan enemigo del amor como publico. Es, pues, amor, según he oído decir a mis mayores, un deseo de belleza, y esta difinición le dan, entre otras muchas, los que en esta questión han llegado más al cabo. Pues, si se me concede que el amor es deseo de belleza, forzosamente se me ha conceder que, cual fuere la belleza que se amare, tal será el amor con que se ama. Y, porque la belleza es en dos maneras, corpórea a incorpórea, el amor que la belleza corporal amare como último fin suyo, este tal amor no puede ser bueno, y éste es el amor de quien yo soy enemigo. Pero, como la belleza corpórea se divide asimesmo en dos partes, que son en cuerpos vivos y en cuerpos muertos, también puede haber amor de belleza corporal que sea bueno. Muéstrase la una parte de la belleza corporal en cuerpos vivos de varones y de hembras, y ésta consiste en que todas las partes del cuerpo sean de por sí buenas, y que todas juntas hagan un todo perfecto y formen un cuerpo proporcionado de miembros y suavidad de colores. La otra belleza de la parte corporal no viva consiste en pinturas, estatuas, edificios, la cual belleza puede amarse sin que el amor con que se amare se vitupere. La belleza incorpórea se divide también en dos partes, en las virtudes y sciencias del ánima; y el amor que a la virtud se tiene, necesariamente ha de ser bueno, y ni más ni menos el que se tiene a las virtuosas sciencias y agradables estudios. Pues, como sean estas dos suertes de belleza la causa que engendra el amor en nuestros pechos, síguese que en el amar la una a la otra, consista ser el amor bueno o malo. Pero, como la belleza incorpórea se considera con los ojos del entendimiento, limpios y claros, y la belleza corpórea se mire con los ojos corporales, en comparación de los incorpóreos, turbios y ciegos, y, como sean más prestos los ojos del cuerpo a mirar la belleza presente corporal, que agrada, que no los del entendimiento a considerar la ausente incorpórea, que glorifica, síguese que más ordinariamente aman los mortales la caduca y mortal belleza, que los destruye, que no la singular y divina, que los mejora. Pues deste amor o desear la corporal belleza, han nascido, nascen y nascerán en el mundo asolación de ciudades, ruina de estados, destruición de imperios y muertes de amigos; y, cuando esto generalmente no suceda, ¿qué desdichas mayores, qué tormentos más graves, qué incendios, qué celos, qué penas, qué muertes puede imaginar el humano entendimiento que a las que padece el miserabre amante puedan compararse? Y es la causa desto que, como toda la felicidad del amante consista en gozar la belleza que desea, y esta belleza sea imposible poseerse y gozarse enteramente, aquel no poder llegar al fin que se desea, engendra en él los sospiros, las lágrimas, las quejas y desabrimientos. Pues, que sea verdad que la belleza de quien hablo no se puede gozar perfecta y enteramente, está manifiesto y claro, porque no está en mano del hombre gozar cumplidamente cosa que esté fuera dél y no sea toda suya; porque las estrañas, conoscida cosa es que están siempre debajo del arbitrio de la que llamamos fortuna y caso, y no en poder de nuestro albedrío. Y así, se concluye que, donde hay amor, hay dolor, y quien esto negase negaría asimesmo que el sol es claro y que el fuego abrasa. Mas, porque se venga con más facilidad en conocimiento de la amargura que amor encierra, por las pasiones del ánimo discurriendo se verá clara la verdad que sigo. Son, pues, las pasiones del ánimo, como mejor vosotros sabéis, discretos caballeros y pastores, cuatro generales, y no más: desear demasiado, alegrarse mucho, gran temor de las futuras miserias, gran dolor de las presentes calamidades; las cuales pasiones, por ser como vientos contrarios que la tranquilidad del ánima perturban, con más proprio vocablo, perturbaciones son llamadas. Y destas perturbaciones la primera es propria del amor, pues el amor no es otra cosa que deseo; y así, es el deseo principio y origen de do todas nuestras pasiones proceden, como cualquier arroyo de su fuente; y de aquí viene que todas las veces que el deseo de alguna cosa se enciende en nuestros corazones luego nos mueve a seguirla y a buscarla; y, buscándola y siguiéndola, a mil desordenados fines nos conduce. Este deseo es aquél que incita al hermano a procurar de la amada hermana los abominables abrazos, la madrastra del alnado, y lo que peor es, el mesmo padre de la propria hija. Este deseo es el que nuestros pensamientos a dolorosos peligros acarrea: ni aprovecha que le hagamos obstáculo con la razón, que, puesto que nuestro mal claramente conozcamos, no por eso sabemos retirarnos dél. Y no se contenta amor de tenernos a una sola voluntad atentos; antes, como del deseo de las cosas, como ya está dicho, todas las pasiones nascen, así, del primer deseo que nasce en nosotros, otros mil se derivan; y éstos son en los enamorados no menos diversos que infinitos. Y, aunque todas las más de las veces miren a un solo fin, con todo eso, como son diversos los objectos y diversa la fortuna de cada uno de los amadores, sin duda alguna, diversamente se desea. Hay algunos que, por llegar a alcanzar lo que desean, ponen toda su fuerza en una carrera, en la cual ¡oh cuántas y cuán duras cosas se encuentran, cuántas veces se cae, y cuántas agudas espinas atormentan sus pies, y cuántas veces primero se pierde la fuerza y el aliento, que den alcance a lo que procuran! Algunos otros hay que ya de la cosa amada son poseedores, y ninguna otra desean, ni piensan sino en mantenerse en aquel estado; y, tiniendo en esto sólo ocupados sus pensamientos, y en esto sólo todas sus obras y tiempo consumido, en la felicidad son míseros, en la riqueza pobres y en la ventura desventurados. Otros, que ya están fuera de la posesión de sus bienes, procuran tornar a ellos, usando para ello mil ruegos, mil promesas, mil condiciones, infinitas lágrimas, y al cabo, en estas miserias ocupándose, se ponen a términos de perder la vida. Mas no se ven estos tormentos en la entrada de los primeros deseos, porque entonces el engañoso amor nos muestra una senda por do entremos, al parecer ancha y espaciosa, la cual después poco a poco se va cerrando, de manera que para volver ni pasar adelante ningún camino se ofrece. Y así, engañados y atraídos los míseros amantes con una dulce y falsa risa, con un solo volver de ojos, con dos malformadas palabras que en sus pechos una falsa y flaca esperanza engendran, arrójanse luego a caminar tras ella, aguijados del deseo; y después, a poco trecho y a pocos días, hallando la senda de su remedio cerrada y el camino de su gusto impedido, acuden luego a regar su rostro con lágrimas, a turbar el aire con sospiros, a fatigar los oídos con lamentables quejas; y lo peor es que, si acaso con las lágrimas, con los sospiros y con las quejas no puede venir al fin de lo que desea, luego muda estilo y procura alcanzar por malos medios lo que por bunos no puede. De aquí nascen los odios, las iras, las muertes, así de amigos como de enemigos; por esta causa se han visto, y se veen a cada paso, que las tiernas y delicadas mujeres se ponen a hacer cosas tan estrañas y temerarias que aun sólo el imaginarlas pone espanto; por ésta se veen los sanctos y conyugales lechos de roja sangre bañados, ora de la triste mal advertida esposa, ora del incauto y descuidado marido. Por venir al fin deste deseo, es traidor el hermano al hermano, el padre al hijo y el amigo al amigo. Éste rompe enemistades, atropella respectos, traspasa leyes, olvida obligaciones y solicita parientas. Mas, porque claramente se vea cuánta es la miseria de los enamorados, ya se sabe que ningún apetito tiene tanta fuerza en nosotros, ni con tanto ímpetu al objecto propuesto nos lleva, como aquél que de las espuelas de amor es solicitado; y de aquí viene que ninguna alegría o contento pasa tanto del debido término, como aquélla del amante cuando viene a conseguir alguna cosa de las que desea. Y esto se vee porque, ¿qué persona habrá de juicio, si no es el amante, que tenga a summa felicidad un tocar la mano de su amada, una sortijuela suya, un breve amoroso volver de ojos y otras cosas semejantes, de tan poco momento cual las considera un entendimiento desapasionado? Y no por estos gustos tan colmados que, a su parecer, los amantes consiguen, se ha de decir que son felices y bienaventurados, porque no hay ningún contento suyo que no venga acompañado de innumerables disgustos y sinsabores, con que amor se los agua y turba, y nunca llegó gloria amorosa adonde llega y alcanza la pena. Y es tan mala el alegría de los amantes, que los saca fuera de sí mesmos, tornándolos descuidados y locos, porque, como ponen todo su intento y fuerzas en mantenerse en aquel gustoso estado que ellos se imaginan, de toda otra cosa se descuidan, de que no poco daño se les sigue, así de hacienda como de honra y vida, pues, a trueco de lo que he dicho, se hacen ellos mesmos esclavos de mil congojas y enemigos de sí proprios pues que, cuando sucede que en medio de la carrera de sus gustos les toca el hierro frío de la pesada lanza de los celos, allí se les escurece el cielo, se les turba el aire y todos los elementos se les vuelven contrarios. No tienen entonces de quién esperar contento, pues no se le puede dar el conseguir el fin que desean; allí acude el temor contino, la desesperación ordinaria, las agudas sospechas, los pensamientos varios, la solicitud sin provecho, la falsa risa y el verdadero llanto, con otros mil estraños y terribles accidentes que le consumen y atierran. Todas las ocasiones de la cosa amada les fatigan: si mira, si ríe, si torna, si vuelve, si calla, si habla; y, finalmente, todas las gracias que le movieron a querer bien, son las mesmas que atormentan al amante celoso. ¿Y quién no sabe que si la ventura a manos llenas no favoresce a los amorosos principios, y con presta diligencia a dulce fin los conduce, cuán costosos le son al amante cualesquier otros medios que el desdichado pone para conseguir su intento? ¿Qué de lágrimas derrama, qué de sospiros esparce, cuántas cartas escribe, cuántas noches no duerme, cuántos y cuán contrarios pensamientos le combaten, cuántos recelos le fatigan y cuántos temores le sobresaltan? ¿Hay, por ventura, Tántalo que más fatiga tenga entre las aguas y el manzano puesto, que la que tiene el miserable amante entre el temor y la esperanza colocado? Son los servicios del amante no favorescido los cántaros de las hijas de Dánao, tan sin provecho derramados que jamás llegan a conseguir una mínima parte de su intento. ¿Hay águila que así destruya las entrañas de Ticio, como destruyen y roen los celos las del amante celoso? ¿Hay piedra que tanto cargue las espaldas de Sísifo, como carga el temor contino los pensamientos de los enamorados? ¿Hay rueda de Ixión que más presto se vuelva y atormente, que las prestas y varias imaginaciones de los temerosos amantes? ¿Hay Minos ni Radamanto que así castiguen y apremien las desdichadas condemnadas almas, como castiga y apremia el amor al eamorado pecho que al insufrible mando suyo está subjeto? No hay cruda Megera, ni rabiosa Tesifón, ni vengadora Alecto que así maltraten el ánima do se encierran, como maltrata esta furia, este deseo, a los sin ventura que le reconocen por señor y se le humillan como vasallos; los cuales, por dar alguna disculpa de las locuras que hacen, dicen, o a lo menos dijeron los antiguos gentiles, que aquel instinto que incita y mueve al enamorado para amar más que a su propria vida la ajena, era un dios a quien pusieron por nombre Cupido, y que así, forzados de su deidad, no podían dejar de seguir y caminar tras lo que él quería. Movióles a decir esto y a dar nombre de dios a este deseo, el ver los efectos sobrenaturales que hace en los enamorados. Sin duda, parece que es sobrenatural cosa estar un amante en un instante mesmo temeroso y confiado, arder lejos de su amada y helarse cuando más cerca della, mudo cuando parlero y parlero cuando mudo. Estraña cosa es asimesmo seguir a quien me huye, alabar a quien me vitupera, dar voces a quien no me escucha, servir a una ingrata y esperar en quien jamás promete ni puede dar cosa que buena sea. ¡Oh amarga dulzura, oh venenosa medicina de los amantes no sanos, oh triste alegría, oh flor amorosa que ningún fruto señalas, si no es de tardo arrepentimiento! Éstos son los efectos deste dios imaginado, éstas son sus hazañas y maravillosas obras. Y aun también puede verse en la pintura con que figuraban a este su vano dios cuán vanos ellos andaban: pintábanle niño, desnudo, alado, vendados los ojos, con arco y saetas en las manos, por darnos a entender, entre otras cosas, que, en siendo uno enamorado, se vuelve de la condición de un niño simple y antojadizo, que es ciego en las pretensiones, ligero en los pensamientos, cruel en las obras, desnudo y pobre de las riquezas del entendimiento. Decían asimesmo que entre las saetas suyas tenía dos, la una de plomo y la otra de oro, con las cuales diferentes efectos hacía, porque la de plomo engendraba odio en los pechos que tocaba, y la de or, crescido amor en los que hería, por sólo avisarnos que el oro rico es aquél que hace amar, y el plomo pobre aborrecer. Y, por esta ocasión, no en balde cantan los poetas a Atalante vencida de tres hermosas manzanas de oro, y a la bella Dánae preñada de la dorada lluvia, y al piadoso Eneas descender al infierno con el ramo de oro en la mano. En fin, el oro y la dádiva es una de las más fuertes saetas que el amor tiene y con la que más corazones subjeta; bien al revés de la de plomo, metal bajo y menospreciado, como lo es la pobreza, la cual antes engendra odio y aborrecimiento donde llega, que otra benevolencia alguna. Pero si las razones hasta agora por mí dichas no bastan a persuadir la que yo tengo de estar mal con este pérfido amor de quien trato, oí en algunos ejemplos verdaderos y pasados los efectos suyos, y veréis, como yo veo, que no vee ni tiene ojos de entendimiento el que no alcanza la verdad que sigo. Veamos, pues: ¿quién, sino este amor, es aquel que al justo Loth hizo romper el casto intento y violar a las proprias hijas suyas? Éste es, sin duda, el que hizo que el escogido David fuese adúltero y homicida; y el que forzó al libidinoso Amón a procurar el torpe ayuntamiento de Tamar, su querida hermana; y el que puso la cabeza del fuerte Sansón en las traidoras faldas de Dalida, por do, perdiendo él su fuerza, perdieron los suyos su amparo, y al cabo, él y otros muchos la vida; éste fue el que movió la lengua de Herodes para prometer a la bailadora niña la cabeza del precursor de la vida; éste hace que se dude de la salvación del más s[a]bio y rico rey de los reyes, y aun de todos los hombres; éste redujo los fuertes brazos del famoso Hércules, acostumbrados a regir la pesada maza, a torcer un pequeñuelo huso y a ejercitarse en mujeriles ejercicios; éste hizo que la furiosa y enamorada Medea esparciese por el aire los tiernos miembros de su pequeño hermano; éste cortó la lengua a Progne, arrastró a Hipólito, infamó a Pasífae, destruyó a Troya, mató a Egisto; éste hizo cesar las comenzadas obras de la ueva Cartago, y que su primera reina pasase su casto pecho con la aguda espada; éste puso en las manos de la nombrada y hermosa Sofonisba el vaso del mortífero veneno que le acabó la vida; éste quitó la suya al valiente Turno, y el reino a Tarquino, el mando a Marco Antonio, y la vida y la honra a su amiga; éste, en fin, entregó nuestras Españas a la bárbara furia agarena, llamada a la venganza del desordenado amor del miserable Rodrigo. Mas, porque pienso que primero nos cubriría la noche con su sombra, que yo acabase de traeros a la memoria los ejemplos que se ofrecen a la mía de las hazañas que el amor ha hecho y cada día hace en el mundo, no quiero pasar más adelante en ellos, ni aun en la comenzada plática, por dar lugar a que el famoso Tirsi me responda, rogándoos primero, señores, no os enfade oír una canción que días ha tengo hecha en vituperio deste mi enemigo, la cual, si bien me acuerdo, dice desta manera:

Sin que me pongan miedo el yelo y fuego,
el arco y flechas del amor tirano,
en su deshonra he de mover mi lengua;
que ¿quién ha de temer a un niño ciego,
de vario antojo y de juicio insano,
aunque más amenace daño y mengua?
Mi gusto cresce y el dolor desmengua
cuando la voz levanto
al verdadero canto
qu'en vituperio del amor se forma,
con tal verdad, con tal manera y forma,
que a todo el mundo su maldad descubre,
y claramente informa
del cierto daño qu'el amor encubre.

Amor es fuego que consume al alma,
yelo que yela, flecha que abre el pecho
que de sus mañas vive descuidado;
turbado mar do no se ha visto calma,
ministro de ira, padre del despecho,
enemigo en amigo disfrazado,
dador de escaso bien y mal colmado,
afable, lisonjero,
tirano crudo y fiero,
y Circe engañadora que nos muda
en varios mostruos, sin que humana ayuda
pueda al pasado ser nuestro volvernos,
aunque ligera acuda
la luz de la razón a socorrernos;

yugo que humilla al más erguido cuello,
blanco a do se encaminan los deseos
del ocio blando sin razón nascidos,
red engañosa de sotil cabello
que cubre y prende en torpes actos feos
los que del mundo son en más tenidos,
sabroso mal de todos los sentidos,
ponzoña disfrazada
cual píldora dorada,
rayo que adonde toca abrasa y hiende,
airado brazo que a traición ofende,
verdugo del captivo pensamiento
y del que se defiende
del dulce halago de su falso intento;

daño que aplace en los principios, cuando
se regala la vista en el subjeto,
que, cual el cielo, bello le parece;
mas tanto cuanto más pasa mirando,
tanto más pena en público y secreto
el corazón, que todo lo padece.
Mudo hablador, parlero que enmudece,
cuerdo que desatina,
pura total ruïna
de la más concertada alegre vida,
sombra de bien en males convertida,
vuelo que nos levanta hasta la esfera,
para que en la caída
quede vivo el pesar y el gusto muera;

invisible ladrón que nos destruye
y roba lo mejor de nuestra hacienda,
llevándonos el alma a cada paso;

ligereza que alcanza al que más huye,
enigma que ninguno hay que la entienda,
vida que de contino está en traspaso,
guerra elegida y que nasce acaso,
tregua que poco dura,
amada desventura,
preñez que por jamás a sazón llega,
enfermedad que al ánima se pega,
cobarde que se arroja al mal y atreve,
deudor que siempre niega
la deuda averiguada que nos debe,

cercado laberinto do se anida
una fiera crüel que se sustenta
de rendidos humanos corazones,
lazo donde se enlaza nuestra vida,
señor que al mayordomo pide cuenta
de las obras, palabras e intenciones;
codicia de mil varias pretensiones,
gusano que fabrica
estancia pobre o rica,
do poco espacio habita, y al fin muere;
querer que nunca sabe lo que quiere,
nube que los sentidos escurece,
cuchillo que nos hiere.
Éste es el amor. ¡Seguidle, si os parece!

Con esta canción acabó su razonamiento el desamorado Lenio, y con ella y con él dejó admirados a algunos de los que presentes estaban, especialmente a los caballeros, pareciéndoles que lo que Lenio había dicho de más caudal que de pastoril ingenio parecía; y con gran deseo y atención estaban esperando la respuesta de Tirsi, prometiéndose todos en su imaginación que, sin duda alguna, a la de Lenio haría ventaja, por la que Tirsi le hacía en la edad y en la experiencia y en los más acostumbrados estudios; y asimesmo les aseguraba esto porque deseaban que la opinión desamorada de Lenio no prevaleciese. Bien es verdad que la lastimada Teolinda, la enamorada Leonarda, la bella Rosaura y aun la dama que con Darinto y su compañero venía claramente vieron figurados en el discurso de Lenio mil puntos de los sucesos de sus amores, y esto fue cuando llegó a tratar de lágrimas y sospiros y de cuán caros se compraban los contentos amorosos. Solas la hermosa Galatea y la discreta Florisa iban fuera desta cuenta, porque hasta entonces no se la había tomado amor de sus hermosos y rebeldes pechos; y así, estaban atentas, no más de a escuchar la agudeza con que los dos famosos pastores disputaban, sin que de los efectos de amor que oían viesen alguno en sus libres voluntades. Pero, siendo la de Tirsi reducir a mejor término la opinión del desamorado pastor, sin esperar ser rogado, tiniendo de su boca colgados los ánimos de los circunstantes, puniéndose frontero de Lenio, con suave y levantado tono, desta manera comenzó a decir:

Tirsi

—Si la agudeza de tu buen ingenio, desamorado pastor, no me asegurara que con facilidad puede alcanzar la verdad, de quien tan lejos agora se halla, antes que ponerme en trabajo de contradecir tu opinión, te dejara con ella por castigo de tus sinrazones. Mas, porque me advierten las que en vituperio del amor has dicho los buenos principios que tienes para poder reducirte a mejor propósito, no quiero dejar con mi silencio, a los que nos oyen, escandalizados; al amor, desfavorescido, y a ti, pertinaz y vanaglorioso. Y así, ayudado del amor, a quien llamo, pienso en pocas palabras dar a entender cuán otras son sus obras y efectos de los que tú dél has publicado, hablando sólo del amor que tú entiendes, el cuál tú definiste diciendo que era un deseo de belleza, declarando asimesmo qué cosa era belleza, y poco después desmenuzaste todos los efectos que el amor, de quien hablamos, hacía en los enamorados pechos, confirmándolo al cabo con varios y desdichados sucesos por el amor causados. Y, aunque la difinición que del amor hiciste sea la más general que se suele dar, todavía no lo es tanto que no se pueda contradecir, porque amor y deseo son dos cosas diferentes: que no todo lo que se ama se desea, ni todo lo que se desea se ama. La razón está clara en todas las cosas que se poseen, que entonces no se podrá decir que se desean, sino que se aman, como el que tiene salud no dirá que desea la salud, sino que la ama, y el que tiene hijos no podrá decir que desea hijos, sino que ama los hijos; ni tampoco las cosas que se desean se pueden decir que se aman, como la muerte de los enemigos, que se desea y no se ama. Y así, que, por esta razón, el amor y deseo vienen a ser diferentes afectos de la voluntad. Verdad es que amor es padre del deseo, y entre otras difiniciones que del amor se dan, ésta es una: amor es aquella primera mutación que sentimos hacer en nuestra mente, por el apetito que nos conmueve y nos tira a sí, y nos deleita y aplace; y aquel placer engendra movimiento en el ánimo, el cual movimiento se llama deseo; y, en resolución, deseo es movimiento del apetito acerca de lo que se ama, y un querer de aquello que se posee, y el objecto suyo es el bien; y, como se hallan diversas especies de deseos, y el amor es una especie de deseo que atiende y mira al bien que se llama bello. Pero para más clara difinición y diversión del amor, se ha de entender que en tres maneras se divide: en amor honesto, en amor útil y en amor deleitable. Y a estas tres suertes de amor se reducen cuantas maneras de amar y desear pueden caber en nuestra voluntad, porque el amor honesto mira a las cosas del cielo, eternas y divinas; el útil, a las de la tierra, alegres y perecederas, como son las riquezas, mandos y señoríos; el deleitable, a las gustosas y placenteras, como son las bellezas corporales vivas, que tú, Lenio, dijiste. Y cualquiera suerte destos amores que he dicho no debe ser de ninguna lengua vituperada, porque el amor honesto siempre fue, es y ha de ser limpio, sencillo, puro y divino, y que sólo en Dios para y sosiega; el amor provechoso, por ser, como es, natural, no debe condemnarse; ni menos el deleitable, por ser más natural que el provechoso. Que sean naturales estas dos suertes de amor en nosotros la experiencia nos lo muestra claro, porque luego que el atrevido primer padre nuestro pasó el divino mandamiento, y de señor quedó hecho siervo, y de libre esclavo, luego conoció la miseria en que había caído y la pobreza en que estaba; y así, tomó en el momento las hojas de los árboles que le cubriesen, y sudó y trabajó, rompiendo la tierra para sustentarse y vivir con la menos incomodidad que pudiese; y, tras esto, obedeciendo mejor a su Dios en ello que en otra cosa, procuró tener hijos y perpetuar y dilatar en ellos la generación humana; y, así como por su inobediencia entró la muerte en él y por él en todos sus descendientes, así heredamos juntamente todos sus afectos y pasiones, como heredamos su mesma naturaleza; y, como él procuró remediar su necesidad y pobreza, también nosotros no podemos dejar de procurar y desear remedia la nuestra. Y de aquí nasce el amor que tenemos a las cosas útiles a la vida humana, y tanto cuanto más alcanzamos dellas, tanto más nos parece que remediamos nuestra falta, y por el mesmo consiguiente heredamos el deseo de perpetuarnos en nuestros hijos; y deste deseo se sigue el que tenemos de gozar la belleza viva corporal, como solo y verdadero medio que tales deseos a dichoso fin conduce. Así que, este amor deleitable, solo y sin mezcla de otro accidente, es digno antes de alabanza que de vituperio, y este es el amor que tú, Lenio, tienes por enemigo; y cáusalo que no le entiendes ni conoces, porque nunca le has visto solo y en su mesma figura, sino siempre acompañado de deseos perniciosos, lascivos y mal colocados. Y esto no es culpa de amor, que siempre es bueno, sino de los accidentes que se le llegan, como vemos que acaece en algún caudaloso río, el cual tiene su nascimiento de alguna líquida y clara fuente que siempre claras y frescas aguas le va ministrando, y, a poco espacio que de la limpia madre se aleja, sus dulces y cristalinas aguas en amargas y turbias son convertidas, por los muchos y no limpios arroyos que de una y otra parte se le juntan. Así que, este primer movimiento —amor o deseo, como llamarlo quisieres— no puede nascer sino de buen principio; y aun dellos es el conocimiento de la belleza, la cual, conoscida por tal, casi parece imposible que de amar se deje. Y tiene la belleza tanta fuerza para mover nuestros ánimos, que ella sola fue parte para que los antiguos filósofos, ciegos y sin lumbre de fe que los encaminase, llevados de la razón natural, y traídos de la belleza que en los estrellados cielos y en la máquina y redondez de la tierra contemplaban, admirados de tanto contento y hermosura, fueron con el entendimiento rastreando, haciendo escala por estas causas segundas, hasta llegar a la primera causa de las causas; y conoscieron que había un solo principio sin principio de todas las cosas. Pero lo que más los admiró y levantó la consideración, fue ver la compostura del hombre, tan ordenada, tan perfecta y tan hermosa, que le vinieron a llamar mundo abreviado; y así es verdad, que en todas las obras hechas por el mayordomo de Dios, naturaleza, ninguna es de tanto primor ni que más descubra la grandeza y sabiduría de su Hacedor, porque en la figura y compostura del hombre se cifra y cierra la belleza que en todas las otras partes della se reparte, y de aquí nasce que esta belleza conoscida se ama, y como toda ella más se muestre y resplandezca en el rostro, luego como se ve un hermoso rostro, llama y tira la voluntad a amarle. De do se sigue que, como los rostros de las mujeres hagan tanta ventaja en hermosura al de los varones, ellas son las que son de nosotros más queridas, servidas y solicitadas, como a cosa en quien consiste la belleza que naturalmente más a nuestra vista contenta. Pero, viendo el hacedor y criador nuestro que es propria naturaleza del ánima nuestra estar contino en perpetuo movimiento y deseo, por no poder ella parar sino en Dios, como en su proprio centro, quiso, porque no se arrojase a rienda suelta a desear las cosas perecederas y vanas, y esto sin quitarle la libertad del libre albedrío, ponerle encima de sus tres potencias una despierta centinela que la avisase de los peligros que la contrastaban y de los enemigos que la perseguían, la cual fue la razón, que corrige y enfrena nuestros desordenados deseos. Y, viendo asimesmo que la belleza humana había de llevar tras sí nuestros afectos e inclinaciones, ya que no le pareció quitarnos este deseo, a lo menos quiso templarle y corregirle, ordenando el sancto yugo del matrimonio, debajo del cual al varón y a la hembra los más de los gustos y contentos amorosos naturales le[s] son lícitos y debidos. Con estos dos remedios, puestos por la divina mano, se viene a templar la demasía que puede haber en el amor natural, que tú, Lenio, vituperas, el cual amor de sí es tan bueno que si en nosotros faltase, el mundo y nosotros acabaríamos. En este mesmo amor de quien voy hablando están cifradas todas las virtudes, porque el amo es templanza que el amante, conforme la casta voluntad de la cosa amada, la suya tiempla; es fortaleza, porque el enamorado cualquier variedad puede sufrir por amor de quien ama; es justicia, porque con ella a la que bien quiere sirve, forzándole la mesma razón a ello; es prudencia, porque de toda sabiduría está el amor adornado. Mas yo te demando, ¡oh Lenio!, tú que has dicho que el amor es causa de ruina de imperios, destruición de ciudades, de muertes de amigos, de sacrílegos hechos, inventor de traiciones, transgresor de leyes, digo que te demando que me digas cuál loable cosa hay hoy en el mundo, por buena que sea, que el uso della no pueda en mal ser convertida. Condémnese la filosofía, porque muchas veces nuestros defectos descubre, y muchos filósofos han sido malos; abrásense las obras de los heroicos poetas, porque con sus sátiras y versos los vicios reprehenden y vituperan; vitupérese la medicina, porque los venenos descubre; llámese inútil la elocuencia, porque algunas veces ha sido tan arrogante que ha puesto en duda la verdad conoscida; no se forjen armas, porque los ladrones y los homicidas las usan; no se fabriquen casas, porque puedan caer sobre sus habitadores; prohíbanse la variedad de los manjares, porque suelen ser causa de enfermedad; ninguno procure tener hijos, porque Edipo, instigado de cruelísima furia, mató a su padre, y Oreste hirió el pecho de la madre propria; téngase por malo el fuego, porque suele abrasar las casas y consumir las ciudades; desdéñese el agua, porque con ella se anegó toda la tierra; condémnense, en fin, los elementos, porque pueden ser de algunos perversos perversamente usados; y desta manera cualquier cosa buena puede ser en mala convertida, y proceder della efectos malos, si en las manos de aquéllos son puestas que, como irracionales sin mediocridad, del apetito gobernar se dejan. Aquella antigua Cartago, émula del imperio romano; la belicosa Numancia, la adornada Corinto, la soberbia Tebas, la docta Atenas y la ciudad de Dios, Hierusalém, que fueron vencidas y asladas: digamos por eso que el amor fue causa de su destruición y ruina. Así que, debrían los que tienen por costumbre de decir mal del amor, decirlo dellos mesmos, porque los dones de amor, si con templanza se usan, son dignos de perpetua alabanza, pues siempre los medios fueron alabados en todas las cosas, como vituperados los estremos; que si abrazamos la virtud más de aquello que basta, el sabio granjeará nombre de loco y el justo de inicuo. Del antiguo Cremo trágico fue opinión que, como el vino mezclado con el agua es bueno, así el amor templado es provechoso, lo que es al revés en el immoderado. La generación de los animales racionales y brutos sería ninguna si el amor no procediese, y, faltando en la tierra, quedaría desierta y vacua. Los antiguos creyeron que el amor era obra de los dioses, dada para conservación y cura de los hombres. Pero, viniendo a lo que tú, Lenio, dijiste de los tristes y estraños efectos que el amor en los enamorados pechos hace, tiniéndolos siempre en continas lágrimas, profundos sospiros, desesperadas imaginaciones, sin co[n]cederles jamás una hora de reposo, veamos, por ventura, ¿qué cosa puede desearse en esta vida que el alcanzarla no cueste fatiga y trabajo? Y tanto cuanto más es de valor la cosa, tanto más se ha de padecer y se padece por ella, porque el deseo presupone falta de lo deseado, y hasta conseguirlo es forzosa la inquietud del ánimo nuestro, pues si todos los deseos humanos se pueden pagar y contentarse sin alcanzar de todo punto lo que desean, con que se les dé parte dello, y con todo eso se padece por cons[e]guirla, ¿qué mucho es que, por alcanzar aquello que no puede satisfacer ni contentar al deseo sino con ello mesmo, se padezca, se llore, se tema y se espere? El que desea señoríos, mandos, honras y riquezas, ya que ve que no puede subir al último grado que quisiera, como llegue a ponerse en algún buen punto, queda en parte satisfecho, porque la esperanza que le falta de no poder subir a más, le hace parar donde puede y como mejor puede, todo lo cual es contrario en el amor, porque el amor no tiene otra paga ni otra satisfación sino el mesmo amor, y él proprio es su propria y verdadera paga. Y por esta razón es imposible que el amante esté contento hasta que a la clara conozca que verdaderamente es amado, certificándole desto las amorosas señales que ellos saben. Y así, estiman en tanto un regalado volver de ojos, una prenda cualquiera que sea de su amada, un no sé qué de risa, de habla, de burlas, que ellos de veras toman, como indicios que le[s] van asegurando la paga que desean, y así, todas las veces que ven señales en contrario déstas, esle fuerza al amante lamentarse y afligirse, sin tener medio en sus dolores, pues no le puede tener en sus contentos, cuando la favorable fortuna y el blando amor se los concede. Y, como sea hazaña de tanta dificultad reducir una voluntad ajena a que sea una propria con la mía, y juntar dos diferentes almas en tan disoluble ñudo y estrecheza que de las dos sean uno los pensamientos y una todas las obras, no es mucho que, por conseguir tan alta empresa, se padezca más que por otra cosa alguna, pues, después de conseguida, satisface y alegra sobre todas las que en esta vida se desean. Y no todas veces son las lágrimas con razón y causa derramadas, ni esparcidos los sospiros de los enamorados, porque si todas sus lágrimas y sospiros se causaron de ver que no se responde a su voluntad como se debe y con la paga que se requiere, habría de considerar primero adónde levantaron la fantasía, y si la subieron más arriba de lo que su merescimiento alcanza, no es maravilla que, cual nuevos Ácaros, caigan abrasados en el río de las miserias, de las cuales no tendrá la culpa amor, sino su locura. Con todo eso, yo no niego, sino afirmo, que el deseo de alcanzar lo que se ama por fuerza ha de causar pesadumbre, por la razón de la carestía que presupone, como ya otras veces he dicho; pero también digo que el conseguirla sea de grandísimo gusto y contento, como lo es al cansado el reposo y la salud al enfermo. Junto con esto, confieso que si los amantes señalasen, como en el uso antiguo, con piedras blancas y negras sus tristes o dichosos días, sin duda alguna que serían más las infelices; mas, también conozco que la calidad de sola una blanca piedra haría ventaja a la cantidad de otras infinitas negras. Y, por prueba desta verdad, vemos que los enamorados jamás de serlo se arrepienten; antes, si alguno les prometiese librarles de la enfermedad amorosa, como a enemigo le desecharían, porque aun el sufrirla les es suave. Y por esto, ¡oh amadores!, no os impida ningún temor para dejar de ofreceros y dedicaros a amar lo que más os pareciere dificultoso, ni os quejéis ni arrepintáis si a la grandeza vuestra las cosas bajas habéis levantado, que amor iguala lo pequeño a lo sublime, y lo menos a lo más; y con justo acuerdo tiempla las diversas condiciones de los amantes, cuando con puro afecto la gracia suya en sus corazones rescibe. No cedáis a los peligros, porque la gloria será tanta que quite el sentimiento de todo dolor. Y, como a los antiguos capitanes y emperadores, en premio de sus trabajos y fatigas, les eran, según la grandeza de sus victorias, aparejados triunfos, así a los amantes les están guardados muchedumbre de placeres y contentos, y, como a aquéllos el glorioso rescibimiento les hacía olvidar todos los incomodos y disgustos pasados, así al amante de la amada amado. Los espantosos sueños, el dormir no seguro, las veladas noches, los inquietos días, en summa tranquilidad y alegría se convierten. De manera, Lenio, que si por sus efectos tristes les condemnas, por los gustosos y alegres les debes de absolver; y a la interpretación que diste de la figura de Cupido, estoy por decir que vas tan engañado en ella, como casi en las demás cosas que contra el amor has dicho. Porque, píntanle niño, ciego, desnudo, con las alas y saetas; no quiere significar otra cosa, sino que el amante ha de ser niño en no tener condición doblada, sino pura y sencilla; ha de ser ciego a todo cualquier otro objecto que se le ofreciere, sino es a aquel a quien ya supo mirar y entregarse; ha de ser desnudo, porque no ha de tener cosa que no sea de la que ama; ha de tener alas de ligereza, para estar prompto a todo lo que por su parte se le quisiere mandar; píntanle con saetas, porque la llaga del enamorado pecho ha de ser profunda y secreta, y que apenas se descubra sino a la mesma causa que ha de remedialla. Que el amor hiera con dos saetas, las cuales obran en diferentes maneras, es darnos a entender que en el perfecto amor, no ha de haber medio de querer y no querer en un mesmo punto, sino que el amante ha de amar enteramente, sin mezcla de alguna tibieza. En fin, ¡oh Lenio!, este amor es el que si consumió a los troyanos, engrandeció a los griegos; si hizo cesar las obras de Cartago, hizo crescer los edificios de Roma; si quitó el reino a Tarquino, redujo a libertad la república. Y, aunque pudiera traer aquí muchos ejemplos en contrario de los que tú trujiste de los efectos buenos que el amor hace, no me quiero ocupar en ellos, pues de sí son tan notorios; sólo quiero rogarte te dispongas a creer lo que he mostrado, y que tengas paciencia para oír una canción mía, que parece que en competencia de la tuya se hizo; y si por ella y por lo que te he dicho no quisieres reducirte a ser de la parte de amor, y te pareciere que no quedas satisfecho de las verdades que dél he declarado, si el tiempo de agora lo concede, o en otro cualquiera que tú escogieres y señalares, te prometo de satisfacer a todas las réplicas y argumentos que en contrario de los míos decir quisieres. Y, por agora, estáme atento y escucha:

Canción de Tirsi

Salga del limpio enamorado pecho
la voz sonora, y en süave acento
cante de amor las altas maravillas,
de modo que contento y satisfecho
quede el más libre y suelto pensamiento,
sin que las sienta con no más de oíllas.
Tú, dulce amor, que puedes referillas
por mi lengua, si quieres,
tal gracia le concede,
que con la palma quede
de gusto y gloria por decir quién eres,
que si me ayudas, como yo confío,
veráse en presto vuelo
subir al cielo tu valor y el mío.

Es el amor principio del bien nuestro,
medio por do se alcanza y se granjea
el más dichoso fin que se pretende;
de todas sciencias sin igual maestro;
fuego que, aunque de yelo un pecho sea,
en claras llamas de virtud le enciende;
poder que al flaco ayuda, al fuerte ofende;
raíz de adonde nasce
la venturosa planta
que al cielo nos levanta,
con tal fruto que al alma satisface
de bondad, de valor, de honesto celo,
de gusto sin segundo,
que alegra al mundo y enamora al cielo;

cortesano, galán, sabio, discreto,
callado, liberal, manso, esforzado;
de aguda vista, aunque de ciegos ojos;
guardador verdadero del respecto,
capitán que en la guerra do ha triunfado
sola la honra quiere por despojos;
flor que cresce entre espinas y entre abrojos,
que a vida y alma adorna;
del temor enemigo,
de la esperanza amigo;
huésped que más alegra cuando torna;
instrumento de honrosos ricos bienes,
por quien se mira y medra
la honrosa yedra en las honradas sienes;

Instinto natural que nos conmueve
a levantar los pensamientos, tanto

que apenas llega allí la vista humana;
escala por do sube, el que se atreve,
a la dulce región del cielo sancto;
sierra en su cumbre deleitosa y llana,
facilidad que lo intricado allana,
norte por quien se guía
en este mar insano
el pensamiento sano,
alivio de la triste fantasía,
padrino que no quiere nuestra afrenta;
farol que no se encubre,
mas nos descubre el puerto en la tormenta;

pintor que en nuestras ánimas retrata,
con apacibles sombras y colores,
ora mortal, ora inmortal belleza;
sol que todo ñublado desbarata,
gusto a quien son sabrosos los dolores;
espejo en quien se ve naturaleza
liberal, que en su punto la franqueza
pone con justo medio;
espíritu de fuego
que alumbra al que es más ciego;
del odio y del temor solo remedio;
Argos que nunca puede estar dormido,
por más que a sus orejas
lleguen consejas de algún dios fingido;

ejército de armada infantería
que atropella cien mil dificultades,
y siempre queda con victoria y palma;
morada adonde asiste el alegría;
rostro que nunca encubre las verdades,
mostrando claro lo que está en el alma;
mar donde la tormenta es dulce calma
con sólo que se espere
tenerla en tiempo alguno;
refrigerio oportuno
que cura al desdeñado cuando muere;
en fin, amor es vida, es gloria, es gusto,
almo feliz sosiego.
¡Seguilde luego, qu'el seguirle es justo!

El fin del razonamiento y canción de Tirsi fue principio para confirmar de nuevo en todos la opinión que de discreto tenía, si no fue en el desamorado Lenio, a quien no pareció tan bien su respuesta que le satisficiese al entendimiento y le mudase de su primer propósito. Viose esto claro, porque ya iba dando muestras de querer responder y replicar a Tirsi, si las alabanzas que a los dos daban Darinto y su compañero, y todos los pastores y pastoras presentes, no lo estorbaran, porque, tomando la mano el amigo de Darinto, dijo:

—En este punto acabo de conoscer cómo la potencia y sabiduría de amor por todas las partes de la tierra se estiende, y que donde más se afina y apura es en los pastorales pechos, como nos lo ha mostrado lo que hemos oído al desamorado Lenio y al discreto Tirsi, cuyas razones y argumentos más parescen de ingenios entre libros y las aulas criados, que no de aquéllos que entre pajizas cabañas son crescidos. Pero no me maravillaría yo tanto desto si fuese de aquella opinión del que dijo que el saber de nuestras almas era acordarse de lo que ya sabían, prosuponiendo que todas se crían enseñadas; mas, cuando veo que debo seguir el otro mejor parecer del que afirmó que nuestra alma era como una tabla rasa, la cual no tenía ninguna cosa pintada, no puedo dejar de admirarme de ver cómo haya sido imposible que en la compañía de las ovejas, en la soledad de los campos, se puedan aprender las sciencias que apenas saben disputarse en las nombradas universidades, si ya no quiero persuadirme a lo que primero dije, que el amor por todo se estiende y a todos se comunica, al caído levanta, al simple avisa y al avisado perfeciona.

—Si conoscieras, señor —respondió a esta sazón Elicio—, cómo la crianza del nombrado Tirsi no ha sido entre los árboles y florestas, como tú imaginas, sino en las reales cortes y conoscidas escuelas, no te maravillaras de lo que ha dicho, sino de lo que ha dejado de decir. Y, aunque el desamorado Lenio, por su humildad, ha confesado que la rusticidad de su vida pocas prendas de ingenio puede prometer, con todo eso, te aseguro que los más floridos años de su edad gastó, no en el ejercicio de guardar las cabras en los montes, sino en las riberas del claro Tormes, en loables estudios y discretas conversaciones. Así que, si la plática que los dos han tenido de más que de pastores te parece, contémplalos como fueron y no como agora son. Cuanto más, que hallarás pastores en estas nuestras riberas que no te causarán menos admiración, si los oyes, que los que ahora has oído, porque en ellas apascientan sus ganados los famosos y conoscidos Eranio, Siralbo, Filardo, Silvano, Lisardo y los dos Matuntos, padre y hijo, uno en la lira y otro en la poesía sobre todo estremo estremados. Y, para remate de todo, vuelve los ojos y conoce al conoscido Damón, que presente tienes, donde puede parar tu deseo, si desea conoscer el estremo de discreción y sabiduría.

Responder quería el caballero a Elicio, cuando una de aquellas damas que con él venían dijo a la otra:

—Paréceme, señora Nísida, que, pues el sol va ya declinando, que sería bien que nos fuésemos, si habemos de llegar mañana adonde dicen que está nuestro padre.

No hubo bien dicho esto la dama, cuando Darinto y su compañero la miraron, mostrando que les había pesado de que hubiese llamado por su nombre a la otra. Pero, ansí como Elicio oyó el nombre de Nísida, le dio el alma si era aquella Nísida de quien el ermitaño Silerio tantas cosas había contado, y el mismo pensamiento les vino a Tirsi, Damón y a Erastro; y, por certificarse Elicio de lo que sospechaba, dijo:

—Pocos días ha, señor Darinto, que yo y algunos de los que aquí estamos oímos nombrar el nombre de Nísida, como aquella dama agora ha hecho; pero de más lágrimas acompañado y con más sobresaltos referido.

—Por ventura —respondió Darinto—, ¿hay alguna pastora en estas vuestras riberas que se llame Nísida?

—No —respondió Elicio—; pero esta que yo digo en ellas nasció y en las apartadas del famoso Sebeto fue criada.

—¿Qué es lo que dices, pastor? —replicó el otro caballero.

—Lo que oyes —respondió Elicio—, y lo que más oirás si me aseguras una sospecha que tengo.

—Dímela —dijo el caballero—, que podría ser se te satisficiese.

A esto replicó Elicio:

—¿A dicha, señor, tu proprio nombre es Timbrio?

—No te puedo negar esa verdad —respondió el otro—, porque Timbrio me llamo, el cual nombre quisiera encubrir hasta otra sazón más oportuna; mas la voluntad que tengo de saber por qué sospechaste que así me llamaba me fuerza a que no te encubra nada de lo que de mí saber quisieres.

—Según eso, tampoco me negarás —dijo Elicio— que esta dama que contigo traes se llame Nísida, y aun, por lo que yo puedo conjeturar, la otra se llama Blanca, y es su hermana.

—En todo has acertado —respondió Timbrio—; pero, pues yo no te he negado nada de lo que me has preguntado, no me niegues tú la causa que te ha movido a preguntármelo.

—Ella es tan buena y será tan de tu gusto —replicó Elicio— cual lo verás antes de muchas horas.

Todos los que no sabían lo que el ermitaño Silerio a Elicio, Tirsi, Damón y Erastro había contado, estaban confusos oyendo lo que entre Timbrio y Elicio pasaba; mas a este punto dijo Damón, volviéndose a Elicio:

—No entretengas, ¡oh Elicio!, las buenas nuevas que puedes dar a Timbrio.

—Y aun yo —dijo Erastro— no me detendré un punto de ir a dárselas al lastimado Silerio del hallazgo de Timbrio.

—¡Sanctos cielos! ¿Y qué es lo que oigo —dijo Timbrio—, y qué es lo que dices, pastor? ¿Es por ventura ese Silerio que has nombrado el que es mi verdadero amigo, el que es la mitad de mi alma, el que yo deseo ver más que otra cosa que me pueda pedir el deseo? ¡Sácame desta duda luego, así crezcan y multipliquen tus rebaños de manera que te tengan envidia todos los vecinos ganaderos!

—No te fatigues tanto, Timbrio —dijo Damón—, que el Silerio que Erastro dice es el mesmo que tú dices, y el que desea saber más de tu vida que sostener y augmentar la suya propria; porque, después que te partiste de Nápoles, según él nos ha contado, ha sentido tanto tu ausencia que la pena della, con la que le causaban otras pérdidas que él nos contó, le ha reducido a términos que en una pequeña ermita que poco menos de una legua está de aquí distante, pasa la más estrecha vida que imaginarse puede, con determinación de esperar allí la muerte, pues de saber el suceso de tu vida no podía ser satisfecho. Esto sabemos cierto Tirsi, Elicio, Erastro y yo, porque él mesmo nos ha contado la amistad que contigo tenía, con toda la historia de los casos a entrambos sucedidos hasta que la fortuna por tan estraños accidentes os apartó, para apartarle a él a vivir en tan estraña soledad que te causará admiración cuando le veas.

—Véale yo, y llegue luego el último remate de mis días —dijo Timbrio—; y así, os ruego, famosos pastores, por aquella cortesía que en vuestros pechos mora, que satisfagáis éste mío con decirme adónde está esa ermita adonde Silerio vive.

—Adonde muere, podrás mejor decir —dijo Erastro—; pero de aquí adelante vivirá con las nuevas de tu venida; y, pues tanto su gusto y el tuyo deseas, levántate y vamos, que antes que el sol se ponga, te pondré con Silerio; mas ha de ser con condición que en el camino nos cuentes todo lo que te ha sucedido después que de Nápoles te partiste, que de todo lo demás, hasta aquel punto, satisfechos están algunos de los presentes.

—Poca paga me pides —respondió Timbrio— para tan gran cosa como me ofreces, porque, no digo yo contarte eso, pero todo aquello que de mí saber quisieres.

Y más, volviéndose a las damas que con él venían, les dijo:

—Pues con tan buena ocasión, querida y señora Nísida, se ha rompido el prosupuesto que traíamos de no decir nuestros proprios nombres, con el alegría que requiere la buena nueva que nos han dado, os ruego que no nos detengamos, sino que luego vamos a ver a Silerio, a quien vos y yo debemos las vidas y el contento que poseemos.

—Escusado es, señor Timbrio —respondió Nísida—, que vos me roguéis que haga cosa que tanto deseo y que tan bien me está el hacerla. Vamos en hora buena, que ya cada momento que tardare de verle se me hará un siglo.

Lo mesmo dijo la otra dama, que era su hermana Blanca, la mesma que Silerio había dicho, y la que más muestras dio de contento. Sólo Darinto, con las nuevas de Silerio, se puso tal que los labios no movía; antes, con un estraño silencio, se levantó, y mandando a un su criado que le trujese el caballo en que allí había venido, sin despedirse de ninguno, subió en él, y, volviendo las riendas, a paso tirado se desvió de todos. Cuando esto vio Timbrio, subió en otro caballo, y con mucha priesa siguió a Darinto hasta que le alcanzó; y, trabando por las riendas del caballo, le hizo estar quedo, y allí estuvo con él hablando un buen rato, al cabo del cual Timbrio se volvió adonde los pastores estaban, y Darinto siguió su camino, enviando a disculparse con Timbrio del haberse partido sin despedirse dellos. En este tiempo Galatea, Rosaura, Teolinda, Leonarda y Florisa a las hermosas Nísida y Blanca se llegaron; y la discreta Nísida, en breves razones, les contó la amistad tan grande que entre Timbrio y Silerio había, con mucha parte de los sucesos por ellos pasados; pero, con la vuelta de Timbrio, todos quisieron ponerse en camino para la ermita de Silerio; sino que a la mesma sazón llegó a la fuente una hermosa pastorcilla de hasta edad de quince años, con su zurrón al hombro y cayado en la mano; la cual, como vio tanta y tan agradable compañía, con lágrimas en los ojos, les dijo:

—Si por ventura hay entre vosotros, señores, quien de los estraños efectos y casos de amor tenga alguna noticia, y las lágrimas y sospiros amorosos le suelen enternecer el pecho, acuda quien esto siente a ver si es posible remediar y detener las más amorosas lágrimas y profundos sospiros que jamás de ojos y pechos enamorados salieron. Acudid, pues, pastores, a lo que os digo: veréis cómo, con la experiencia de lo que os muestro, hago verdaderas mis palabras.

Y, en diciendo esto, volvió las espaldas, y todos cuantos allí estaban la siguieron. Viendo, pues, la pastora que la seguían, con presuroso paso se entró por entre unos árboles que a un lado de la fuente estaban; y no hubo andado mucho cuando, volviéndose a los que tras ella iban, les dijo:

—Veis allí, señores, la causa de mis lágrimas; porque aquel pastor que allí parece es un hermano mío, que por aquella pastora ante quien está hincado de hinojos, sin duda alguna, él dejará la vida en manos de su crueldad.

Volvieron todos los ojos a la parte que la pastora señalaba, y vieron que al pie de un verde sauce estaba arrimada una pastora, vestida como cazadora ninfa, con una rica aljaba que del lado le pendía y un encorvado arco en las manos, con sus hermosos y rubios cabellos cogidos con una verde guirnalda. El pastor estaba ante ella de rodillas, con un cordel echado a la garganta y un cuchillo desenvainado en la derecha mano, y con la izquierda tenía asida a la pastora de un blanco cendal que encima de los vestidos traía. Mostraba la pastora ceño en su rostro, y estar disgustada de que el pastor allí por fuerza la detuviese. Mas, cuando ella vio que la estaban mirando, con grande ahínco procuraba desasirse de la mano del lastimado pastor, que con abundancia de lágrimas, tiernas y amorosas palabras, la estaba rogando que siquiera le diese lugar para poderle significar la pena que por ella padecía. Pero la pastora, desdeñosa y airada, se apartó dél, a tiempo que ya todos los pastores llegaban cerca, tanto, que oyeron al enamorado mozo que en tal manera a la pastora hablaba:

—¡Oh ingrata y desconocida Gelasia, y con cuán justo título has alcanzado el renombre de cruel que tienes! Vuelve, endurescida, los ojos a mirar al que por mirarte está en el estremo de dolor que imaginarse puede. ¿Por qué huyes de quien te sigue? ¿Por qué no admites a quién te sirve? ¿Y por qué aborreces al [que] te adora? ¡Oh, sin razón enemiga mía, dura cual levantado risco, airada cual ofendida sierpe, sorda cual muda selva, esquiva como rústica, rústica como fiera, fiera como tigre, tigre que en mis entrañas se ceba! ¿Será posible que mis lágrimas no te ablanden, que mis sospiros no te apiaden y que mis servicios no te muevan? Sí que será posible, pues ansí lo quiere mi corta y desdichada suerte, y aun será también posible que tú no quieras apretar este lazo que a la garganta tengo, ni atravesar este cuchillo por medio deste corazón que te adora. Vuelve, pastora, vuelve, y acaba la tragedia de mi miserable vida, pues con tanta facilidad puedes añudar este cordel a mi garganta o ensangrentar este cuchillo en mi pecho.

Estas y otras semejantes razones decía el lastimado pastor, acompañadas de tantos sollozos y lágrimas que movía a compasión a todos cuantos le escuchaban. Pero no por esto la cruel y desamorada pastora dejaba de seguir su camino, sin querer aun volver los ojos a mirar al pastor que por ella en tal estado quedaba, de que no poco se admiraron todos los que su airado desdén conoscieron; y fue de manera que hasta al desamorado Lenio le pareció mal la crueldad de la pastora. Y ansí, él, con el anciano Arsindo, se adelantaron a rogarla tuviese por bien de volver a escuchar las quejas del enamorado mozo, aunque nunca tuviese intención de remediarlas. Mas no fue posible mudarla de su propósito; antes, les rogó que no la tuviesen por descomedida en no hacer lo que le mandaban, porque su intención era de ser enemiga mortal del amor y de todos los enamorados, por muchas razones que a ello la movían, y una dellas era haberse desde su niñez dedicado a seguir el ejercicio de la casta Diana; añadiendo a éstas tantas causas para no hacer el ruego de los pastores, que Arsindo tuvo por bien de dejarla y volverse, lo que no hizo el desamorado Lenio, el cual, como vio que la pastora era tan enemiga del amor como parecía, y que tan de todo en todo con la condición desamorada suya se conformaba, determinó de saber quién era y de seguir su compañía por algunos días. Y así, le declaró cómo él era el mayor enemigo que el amor y los enamorados tenían, rogándole que, pues tanto en las opiniones se conformaban, tuviese por bien de no enfadarse con su compañía, que no sería más de lo que ella quisiese.

La pastora se holgó de saber la intención de Lenio, y le concedió que con ella viniese hasta su aldea, que dos leguas de la de Lenio era. Con esto, se despidió Lenio de Arsindo, rogándole que le disculpase con todos sus amigos y les dijese la causa que le había movido a irse con aquella pastora, y sin esperar más, él y Gelasia alargaron el paso, y en poco rato desaparecieron. Cuando Arsindo volvió a decir lo que con la pastora había pasado, halló que todos aquellos pastores habían llegado a consolar al enamorado pastor, y que las dos de las tres rebozadas pastoras, la una estaba desmayada en las faldas de la hermosa Galatea y la otra abrazada con la bella Rosaura, que asimesmo el rostro cubierto tenía. La que con Galatea estaba era Teolinda, y la otra, su hermana Leonarda; las cuales, así como vieron al desesperado pastor que con Gelasia hallaron, un celoso y enamorado desmayo les cubrió el corazón, porque Leonarda creyó que el pastor era su querido Galercio, y Teolinda tuvo por verdad que era su enamorado Artidoro; y, como las dos le vieron tan rendido y perdido por la cruel Gelasia, llególes tan al alma el sentimiento que, sin sentido alguno, la una en las faldas de Galatea, la otra en los brazos de Rosaura, desmayadas cayeron. Pero de allí a poco rato, volviendo en sí Leonarda, a Rosaura dijo:

—¡Ay, señora mía, y cómo creo que todos los pasos de mi remedio me tiene tomados la fortuna, pues la voluntad de Galercio está tan ajena de ser mía, como se puede ver por las palabras que aquel pastor ha dicho a la desamorada Gelasia! Porque te hago saber, señora, que aquél es el que ha robado mi libertad y aun el que ha de dar fin a mis días.

Maravillada quedó Rosaura de lo que Leonarda decía, y más lo fue cuando, habiendo también vuelto en sí Teolinda, ella y Galatea la llamaron; y, juntándose todas con Florisa y Leonarda, Teolinda dijo cómo aquel pastor era el su deseado Artidoro. Pero aún no le hubo bien nombrado, cuando su hermana le respondió que se engañaba, que no era sino Galercio, su hermano.

—¡Ay, traidora Leonarda! —respondió Teolinda—. ¿Y no te basta haberme una vez apartado de mi bien, sino agora que le hallo quieres decir que es tuyo? Pues desengáñate que en esto no te pienso ser hermana, sino declarada enemiga.

—Sin duda que te engañas, hermana —respondió Leonarda—, y no me maravillo, que en ese mesmo error cayeron todos los de nuestra aldea, creyendo que este pastor era Artidoro, hasta que claramente vinieron a entender que no era sino su hermano Galercio, que tanto se parece el uno al otro como nosotras la una a la otra, y aun, si puede haber mayor semejanza, mayor semejanza tienen.

—No lo quiero creer —respondió Teolinda—, porque, aunque nosotras nos parecemos tanto, no tan fácilmente se hallan estos milagros en naturaleza; y así, te hago saber que en tanto que la esperiencia no me haga más cierta de la verdad que tus palabras me hacen, yo no pienso dejar de creer que aquel pastor que allí veo es Artidoro; y si alguna cosa me lo pudiera poner en duda, es no pensar que de la condición y firmeza que yo de Artidoro tengo conocida, se puede esperar o temer que tan presto haya hecho mudanza y me olvide.

—Sosegáos, pastoras —dijo entonces Rosaura—, que yo os sacaré presto de la duda en que estáis.

Y, dejándolas a ellas, se fue adonde el pastor estaba dando a aquellos pastores cuenta de la estraña condición de Gelasia y de las infinitas sinrazones que con él usaba. A su lado tenía el pastor la hermosa pastorcilla que decía que era su hermano, a la cual llamó Rosaura, y, apartándose con ella a un cabo, la importunó y rogó le dijese cómo se llamaba su hermano y si tenía otro alguno que le pareciese, a lo cual la pastora respondió que se llamaba Galercio y que tenía otro, llamado Artidoro, que le parecía tanto que apenas se diferenciaban, si no era por alguna señal de los vestidos o por el órgano de la voz, que en algo difería. Preguntóle también qué se había hecho Artidoro. Respondióle la pastora que andaba en unos montes algo de allí apartados, repastando parte del ganado de Grisaldo con otro rebaño de cabras suyas, y que nunca había querido entrar en el aldea ni tener conversación con hombre alguno después que de las riberas de Henares había venido. Y con éstas le dijo otras particularidades, tales que Rosaura quedó satisfecha de que aquel pastor no era Artidoro, sino Galercio, como Leonarda había dicho y aquella pastora decía, de la cual supo el nombre, que se llamaba Maurisa; y, trayéndola consigo adonde Galatea y las otras pastoras estaban, otra vez, en presencia de Teolinda y Leonarda, contó todo lo que de Artidoro y Galercio sabía, con lo que quedó Teolinda sosegada y Leonarda descontenta, viendo cuán descuidadas estaban las mientes de Galercio de pensar en cosas suyas. En las pláticas que las pastoras tenían, acertó que Leonarda llamó por su nombre a la encubierta Rosaura, y oyéndolo Maurisa, dijo:

—Si yo no me engaño, señora, por vuestra causa ha sido aquí mi venida y la de mi hermano.

—¿En qué manera? —dijo Rosaura.

—Yo os lo diré si me dais licencia de que a solas os lo diga —respondió la pastora.

—De buena gana —replicó Rosaura.

Y, apartándose con ella, la pastora le dijo:

—Sin duda algun y yo con un recaudo de nuestro amo Grisaldo venimos.

—Así debe ser —respondió Rosaura.

Y, llamando a Galatea, entrambas escucharon lo que Maurisa de Grisaldo decía, que fue avisarles cómo de allí a dos días vendría con dos amigos suyos a llevarla en casa de su tía, adonde en secreto celebrarían sus bodas, y juntamente con esto dio de parte de Grisaldo a Galatea unas ricas joyas de oro, como en agradecimiento de la voluntad que de hospedar a Rosaura había mostrado. Rosaura y Galatea agradecieron a Maurisa el buen aviso, y en pago dél, la discreta Galatea quería partir con ella el presente que Grisaldo le había enviado, pero nunca Maurisa quiso rescebirlo. Allí de nuevo se tornó a informar Galatea de la semejanza estraña que entre Galercio y Artidoro había. Todo el tiempo que Galatea y Rosaura gastaban en hablar a Maurisa, le entretenían Teolinda y Leonarda en mirar a Galercio; porque, cebados los ojos de Teolinda en el rostro de Galercio, que tanto al de Artidoro semejaba, no podía apartarlos de mirar, y, como los de la enamorada Leonarda sabían lo que miraban, también le era imposible a otra parte volverlos.

A esta sazón ya los pastores habían consolado a Galercio, aunque, para el mal que él padecía, cualesquier consejos y consuelos tenía por vanos y escusados, todo lo cual redundaba en daño de Leonarda. Rosaura y Galatea, viendo que los pastores hacia ella[s] se venían, despidieron a Maurisa, diciéndole que dijese a Grisaldo cómo Rosaura estaría en casa de Galatea. Maurisa se despidió dellas, y, llamando a su hermano en secreto, le contó lo que con Rosaura y Galatea pasado había; y [a]sí, con buen comedimiento, se despidió de ellas y de los pastores, y con su hermana dio la vuelta a su aldea. Pero las enamoradas hermanas Teolinda y Leonarda, que vieron que en irse Galercio se les iba la luz de sus ojos y la vida de su vida, entrambas a dos se llegaron a Galatea y a Rosaura y les rogaron les diesen licencia para seguir a Galercio, dando por escusa Teolinda que Galercio le diría adónde Artidoro estaba, y Leonarda que podría ser que la voluntad de Galercio se trocase, viendo la obligación en que la estaba. Las pastoras se la concedieron, con la condición que antes Galatea a Teolinda había pedido, que era que de todo su bien o su mal la avisase. Tornóselo a prometer Teolinda de nuevo, y de nuevo despidiéndose, siguió el camino que Galercio y Maurisa llevaban. Lo mesmo hicieron luego, aunque por diferente parte, Timbrio, Tirsi, Damón, Orompo, Crisio, Marsilo y Orfinio, que a la ermita de Silerio con las hermosas hermanas Nísida y Blanca se encaminaron, habiendo primero ellos y ellas despedídose del venerable Aurelio, y de Galatea, Rosaura y Florisa, y ansimismo de Elicio y Erastro, que no quisieron dejar de volver con Galatea, ofreciéndose Aurelio que, en llegando a su aldea, iría luego con Elicio y Erastro a buscarlos a la ermita de Silerio, y llevaría algo con que satisfacer la incomodidad que para agasajar tales huéspedes Silerio tendría. Con este prosupuesto, unos por una y otros por otra parte se apartaron, y, echando al despedirse menos al anciano Arsindo, miraron por él y vieron que, sin despedirse de ninguno, ibaya lejos por el mesmo camino que Galercio y Maurisa y las rebozadas pastoras llevaban, de que se maravillaron. Y, viendo que ya el sol apresuraba su carrera para entrarse por las puertas de occidente, no quisieron detenerse allí más, por llegar al aldea antes que las sombras de la noche. Viéndose, pues, Elicio y Erastro ante la señora de sus pensamientos, por mostrar en algo lo que encubrir no podían, y por aligerar el cansancio del camino, y aun por cumplir el mandado de Florisa, que les mandó que, en tanto que a la aldea llegaban, algo cantasen, al son de la zampoña de Florisa, desta manera comenzó a cantar Elicio, y a responderle Erastro:

Elicio Erastro

Elicio

El que quisiere ver la hermosura
mayor que tuvo, o tiene o terná el suelo;
el fuego y el crisol donde se apura
la blanca castidad, el limpio celo;
todo lo que es valor, ser y cordura,
y cifrado en la tierra un nuevo cielo,
juntas en uno alteza y cortesía,
venga a mirar a la pastora mía.

Erastro

Venga a mirar a la pastora mía
quien quisiere contar de gente en gente
que vio otro sol que daba luz al día,
más claro qu'el que sale del oriente.
Podrá decir cómo su fuego enfría
y abrasa al alma que tocar se siente
del vivo rayo de sus ojos bellos,
y que no hay más que ver después de vellos.

Elicio

Y que no hay más que ver después de vellos
sábenlo bien estos cansados ojos,
ojos que, por mi mal, fueron tan bellos,
ocasión principal de mis enojos.
Vilos y vi que se abrasaba en ellos
mi alma, y que entregaba los despojos
de todas sus potencias a su llama,
que me abrasa y me yela, arroja y llama.

Erastro

Que me abrasa y me yela, arroja y llama
esta dulce enemiga de mi gloria,
de cuyo ilustre ser puede la fama
hacer estraña y verdadera historia.
Sólo sus ojos, do el amor derrama
toda su gracia y fuerza más notoria,
darán materia que levante al cielo
la pluma del más bajo humilde vuelo.

Elicio

La pluma del más bajo humilde vuelo,
si quiere levantarse hasta la esfera,
cante la cortesía y justo celo
desta fénix sin par, sola y primera,
gloria de nuestra edad, honra del suelo,
valor del claro Tajo y su ribera,
cordura sin igual, rara belleza
donde más se estremó naturaleza.

Erastro

Donde más se estremó naturaleza,
donde ha igualado al pensamiento el arte,
donde juntó el valor y gentileza
que en diversos subjetos se reparte,
y adonde la humildad con la grandeza
ocupan solas una mesma parte,
y adonde tiene amor su albergue y nido,
la bella ingrata mi enemiga ha sido.

Elicio

La bella ingrata mi enemiga ha sido
quien quiso, pudo y supo en un momento
tenerme de un sotil cabello asido
el libre vagaroso pensamiento.
Y, aunque al estrecho lazo estoy rendido,
tal gusto y gloria en las prisiones siento,
que estiendo el pie y el cuello a las cadenas,
llamando dulces tan amargas penas.

Erastro

Llamando dulces tan amargas penas
paso la corta fatigada vida,
del alma triste sustentada apenas,
y aun apenas del cuerpo sostenida.
Ofrecióle fortuna a manos llenas
a mi breve esperanza fe cumplida:
¿qué gusto, pues, qué gloria o bien se ofrece,
do mengua la esperanza y la fe crece?

Elicio

Do mengua la esperanza y la fe crece
se descubre y parece el alto intento
del firme pensamiento enamorado,
que sólo confiado en amor puro,
vive cierto y seguro de una paga
que al alma satisfaga limpiamente.

Erastro

El mísero doliente a quien subjeta
la enfermedad y aprieta, se contenta,
cuando más le atormenta el dolor fiero,
con cualquiera ligero breve alivio;
mas, cuando ya más tibio el daño toca,
a la salud invoca y busca entera.
Así, desta manera, el tierno pecho
del amador, deshecho en llanto triste,
dice que el bien consiste de su pena
en que la luz serena de los ojos,
a quien dio los despojos de su vida,
le mire con fingida o cierta muestra;
mas luego amor le adiestra y le desmanda
y más cosas demanda que primero.

Elicio

Ya traspone el otero el sol hermoso,
Erastro, y a reposo nos convida
la noche denegrida que se acerca.

Erastro

Y el aldea está cerca, y yo cansado.

Elicio

Pongamos, pues, silencio al canto usado.

Bien tomaran por partido los que escuchando a Elicio y a Erastro iban que más el camino se alargara, por gustar más del agradable canto de los enamorados pastores. Pero el cerrar de la noche, y el llegar a la aldea, hizo que dél cesasen, y que Aurelio, Galatea, Rosaura y Florisa en su casa se recogiesen. Elicio y Erastro hicieron lo mesmo en las suyas, con intención de irse luego adonde Tirsi y Damón y los demás pastores estaban, que así quedó concertado entre ellos y el padre de Galatea. Sólo esperaban a que la blanca luna desterrase la escuridad de la noche, y así como ella mostró su hermoso rostro, ellos se fueron a buscar a Aurelio, y todos juntos la vuelta de la ermita se encaminaron, donde les sucedió lo que se verá en el siguiente libro.

Fin del cuarto libro

QUINTO LIBRO DE *GALATEA*

Era tanto el deseo que el enamorado Timbrio y las dos hermosas hermanas Nísida y Blanca llevaban de llegar a la ermita de Silerio, que la ligereza de los pasos, aunque era mucha, no era posible que a la de la voluntad llegase; y, por conoscer esto, no quisieron Tirsi y Damón importunar a Timbrio cumpliese la palabra que había dado de contarles en el camino todo lo por él sucedido después que se apartó de Silerio. Pero todavía, llevados del deseo que tenían de saberlo, se lo iban ya a preguntar, si en aquel punto no hiriera en los oídos de todos una voz de un pastor que, un poco apartado del camino, entre unos verdes árboles, cantando estaba, que luego, en el son no muy concertado de la voz y en lo que cantaba, fue de los más que allí venían conoscido, principalmente de su amigo Damón, porque era el pastor Lauso el que, al son de un pequeño rabel, unos versos decía; y, por ser el pastor tan conoscido y saber ya todos la mudanza que de su libre voluntad había hecho, de común parecer recogieron el paso y se pararon a escuchar lo que Lauso cantaba, que era esto:

LAUSO

¿Quién mi libre pensamiento
me le vino a sujetar?
¿Quién pudo en flaco cimiento
sin ventura fabricar
tan altas torres de viento?
¿Quién rindió mi libertad,
estando en seguridad
de mi vida satisfecho?
¿Quién abrió y rompió mi pecho,
y robó mi voluntad?

¿Dónde está la fantasía
de mi esquiva condición?
¿Dó el alma que ya fue mía,
y dónde mi corazón,
que no está donde solía?
Mas, yo todo, ¿dónde estoy,
dónde vengo, o adónde voy?

A dicha, ¿sé yo de mí?
¿Soy, por ventura, el que fui,
o nunca he sido el que soy?

Estrecha cuenta me pido,
sin poder averigualla,
pues a tal punto he venido,
que aquello que en mí se halla,
es sombra de lo que he sido.
No me entiendo de entenderme,
ni me valgo por valerme,
y en tan ciega confusión,
cierta está mi perdición,
y no pienso de perderme.

La fuerza de mi cuidado
y el amor que lo consiente
me tienen en tal estado,
que adoro el tiempo presente,
y lloro por el pasado.
Véome en éste morir,
y en el pasado, vivir;
y en éste adoro mi muerte,
y en el pasado, la suerte,
que ya no puede venir.

En tan estraña agonía,
el sentido tengo ciego,
pues viendo que amor porfía
y que estoy dentro del fuego,
aborrezco el agua fría;
que si no es la de mis ojos,
qu'el fuego augmenta y despojos,
en esta amorosa fragua,
no quiero ni busco otro agua
ni otro alivio a mis enojos.

Todo mi bien comenzara,
todo mi mal feneciera,
si mi ventura ordenara
que de ser mi fe sincera
Silena se asegurara.
Sospiros, aseguralda;
ojos míos, enteralda
llorando en esta verdad;
pluma, lengua, voluntad,
en tal razón confirmalda.

No pudo ni quiso el presuroso Timbrio aguardar a que más adelante el pastor Lauso con su canto pasase, porque, rogando a los pastores que el camino de la ermita le enseñasen, si ellos quedarse querían, hizo muestras de adelantarse; y así, todos le siguieron, y pasaron tan cerca de donde el enamorado Lauso estaba, que no pudo dejar de sentirlo y de salirles al encuentro, como lo hizo, con cuya compañía todos se holgaron, especialmente Damón, su verdadero amigo, con el cual se acompañó todo el camino que desde allí a la ermita había, razonando en diversos y varios acaecimientos que a los dos habían sucedido después que dejaron de verse, que fue desde el tiempo que el valeroso y nombrado pastor Astraliano había dejado los cisalpinos pastos por ir a reducir aquéllos que del famoso hermano y de la verdadera religión se habían rebelado; y al cabo, vinieron a reducir su razonamiento a tratar de los amores de Lauso, preguntándole ahincadamente Damón que le dijese quién era la pastora que con tanta facilidad la libre voluntad le había rendido. Y, cuando esto no pudo saber de Lauso, le rogó que, a lo menos, le dijese en qué estado se hallaba, si era de temor o de esperanza, si le fatigaba ingratitud o si le atormentaban celos. A todo lo cual le satisfizo bien Lauso, contándole algunas cosas que con su pastora le habían sucedido; y, entre otras, le dijo cómo, hallándose un día celoso y desfavorescido, había llegado a términos de desesperarse o de dar alguna muestra que en daño de su persona y en el del crédito y honra de su pastora redundase; pero que todo se remedió con haberla él hablado, y haberle ella asegurado ser falsa la sospecha que tenía, confirmando todo esto con darle un anillo de su mano, que fue parte para volver a mejor discurso su entendimiento y para solemnizar aquel favor con un soneto, que de algunos que le vieron fue por bueno estimado. Pidió entonces Damón a Lauso que le dijese. Y así, sin poder escusarse, le hubo de decir; que era éste:

Lauso

¡Rica y dichosa prenda que adornaste
el precioso marfil, la nieve pura!
¡Prenda que de la muerte y sombra escura
a la nueva luz y vida me tornaste!
El claro cielo de tu bien trocaste
con el infierno de mi desventura,
porque viviese en dulce paz segura
la esperanza que en mí resuscitaste.
Sabes cuánto me cuestas, dulce prenda,
el alma, y aun no quedo satisfecho,
pues menos doy de aquello que rescibo.
Mas, porque el mundo tu valor entienda,
sé tú mi alma, enciérrate en mi pecho,
verán cómo por ti sin alma vivo.

Dijo Lauso el soneto, y Damón le tornó a rogar que, si otra alguna cosa a su pastora había escripto, se la dijese, pues sabía de cuánto gusto le eran a él oír sus versos. A esto respondió Lauso:

—Eso será, Damón, por haberme sido tú maestro en ellos, y el deseo que tienes de ver lo que en mí aprovechaste te hace desear oírlos; pero sea lo que fuere, que ninguna cosa de las que yo pudiere te ha de ser negada. Y ansí, te digo que, en estos mesmos días, cuando andaba celoso y mal seguro, envié estos versos a mi pastora:

Lauso a Silena

En tan notoria simpleza,
nascida de intento sano,
el amor rige la mano,
y la intención tu belleza.
El amor y tu hermosura,
Silena, en esta ocasión,
juzgarán a discreción
lo que tendrás tú a locura.
Él me fuerza y ella mueve
a que te adore y escriba;
y como en los dos estriba
mi fe, la mano se atreve.
Y, aunque en esta grave culpa
me amenaza tu rigor,
mi fe, tu hermosura, amor,
darán del yerro disculpa.
Pues con un arrimo tal,
puesto que culpa me den,
bien podré decir el bien
que ha nascido de mi mal;
el cual bien, según yo siento,
no es otra cosa, Silena,
sino que tenga en la pena
un estraño sufrimiento.
Y no lo encarezco poco
este bien de ser sufrido,
que si no lo hubiera sido,
ya el mal me tuviera loco.
Mas mis sentidos, de acuerdo
todos, han dado en decir
que, ya que haya de morir,
que muera sufrido y cuerdo.
Pero, bien considerado,
mal podrá tener paciencia
en la amorosa dolencia
un celoso y desamado;
que, en el mal de mis enojos,
todo mi bien desconcierta
tener la esperanza muerta
y el enemigo a los ojos.

Goces, pastora, mil años
el bien de tu pensamiento,
que yo no quiero contento
granjeado con tus daños.
Sigue tu gusto, señora,
pues te parece tan bueno,
que yo por el bien ajeno
no pienso llorar agora.
Porque fuera liviandad
entregar mi alma al alma
que tiene por gloria y palma
el no tener libertad.
Mas, ¡ay!, que fortuna quiere
y el amor que viene en ello,
que no pueda huir el cuello
del cuchillo que me hiere.
Conozco claro que voy
tras quien ha de condemnarme,
y cuando pienso apartarme,
más quedo y más firme estoy.
¿Qué lazos, qué redes tienen,
Silena, tus ojos bellos,
que cuanto más huigo dellos,
más me enlazan y detienen?
¡Ay, ojos, de quien recelo
que si soy de vos mirado,
es por crecerme el cuidado
y por menguarme el consuelo!
Ser vuestras vistas fingidas
conmigo, es pura verdad,
pues pagan mi voluntad
con prendas aborrecidas.
¡Qué recelos, qué temores
persiguen mi pensamiento,
y qué de contrarios siento
en mis secretos amores!
Déjame, aguda memoria;
olvídate, no te acuerdes
del bien ajeno, pues pierdes
en ello tu propria gloria.
Con tantas firmas afirmas
el amor que está en tu pecho,
Silena, que a mi despecho,
siempre mis males confirmas.
¡Oh pérfido amor cruel!
¿Cuál ley tuya me condemna
que dé yo el alma a Silena
y que me niegue un papel?

No más, Silena, que toco
en puntos de tal porfía,
qu'el menor dellos podría
dejarme sin vida o loco.
No pase de aquí mi pluma,
pues tú la haces sentir
que no puede reducir
tanto mal a breve summa.

En lo que se detuvo Lauso en decir estos versos y en alabar la singular hermosura, discreción, donaire, honestidad y valor de su pastora, a él y a Damón se les aligeró la pesadumbre del camino y se les pasó el tiempo sin ser sentido, hasta que llegaron junto de la ermita de Silerio, en la cual no querían entrar Timbrio, Nísida y Blanca, por no sobresaltarle con su no pensada venida. Mas la suerte lo ordenó de otra manera, porque, habiéndose adelantado Tirsi y Damón a ver lo que Silerio hacía, hallaron la ermita abierta y sin ninguna persona dentro; y, estando confusos, sin saber dónde podría estar Silerio a tales horas, llegó a sus oídos el son de su arpa, por do entendieron que él no debía estar lejos; y, saliendo a buscarle, guiados por el sonido de la arpa, con el resplandor claro de la luna vieron que estaba sentado en el tronco de un olivo, solo y sin otra compañía que la de su arpa, la cual tan dulcemente tocaba que, por gozar de tan suave armonía, no quisieron los pastores llegar luego a hablarle, y más cuando oyeron que con estremada voz estos versos comenzó a cantar:

SILERIO

Ligeras horas del ligero tiempo,
para mí perezosas y cansadas:
si no estáis en mi daño conjuradas,
parézcaos ya que es de acabarme tiempo.
Si agora me acabáis, haréislo a tiempo
que están mis desventuras más colmadas;
mirad que menguarán si sois pesadas,
qu'el mal se acaba si da tiempo al tiempo.
No os pido que vengáis dulces, sabrosas,
pues no hallaréis camino, senda o paso
de reducirme al ser que ya he perdido.
¡Horas a cualquier otro venturosas,
aquélla dulce del mortal traspaso,
aquélla de mi muerte sola os pido!

Después que los pastores escucharon lo que Silerio cantado había, sin que él los viese, se volvieron a encontrar los demás que allí venían, con intención que Timbrio hiciese lo que agora oiréis: que fue que, habiéndole dicho de la manera que habían hallado a Silerio y en el lugar do quedaba, le rogó a Tirsi que, sin que ninguno dellos se le diese a conoscer, se fuesen llegando poco a poco hacia él, ora les viese o no, porque aunque la noche hacía clara, no por eso sería alguno conoscido; y que hiciese ansimesmo que Nísida o él algo cantasen; y todo esto hacía por entretener el gusto que de su venida había de rescibir Silerio. Contentóse Timbrio dello, y, diciéndoselo a Nísida, vino en su mesmo parescer. Y así, cuando a Tirsi le paresció que estaban ya tan cerca que de Silerio podían ser oídos, hizo a la bella Nísida que comenzase, la cual, al son del rabel del celoso Orfino, desta manera comenzó a cantar:

NÍSIDA

Aunque es el bien que poseo
tal que al alma satisface,
le turba en parte y deshace
otro bien que vi y no veo;
que amor y fortuna escasa,
enemigos de mi vida,
me dan el bien por medida
y el mal sin término o tasa.
En el amoroso estado,
aunque sobre el merescer,
tan solo viene el placer,
cuanto el mal acompañado.
Andan los males unidos,
sin un momento apartarse;
los bienes, por acabarse,
en mil partes divididos.
Lo que cuesta, si se alcanza,
del amor algún contento,
declárelo el sufrimiento,
el amor y la esperanza.
Mil penas cuesta una gloria;
un contento, mil enojos:
sábenlo bien estos ojos
y mi cansada memoria;
la cual se acuerda contino
de quien pudo mejoralla,
y para hallarle no halla
alguna senda o camino.
¡Ay, dulce amigo de aquél
que te tuvo por tan suyo
cuanto él se tuvo por tuyo
y cuanto yo lo soy dél!
Mejora con tu presencia
nuestra no pensada dicha,
y no la vuelva en desdicha
tu tan larga esquiva ausencia.
A duro mal me provoca
la memoria, que me acuerda
que fuiste loco y yo cuerda,
y eres cuerdo y yo estoy loca.

Aquel que, por buena suerte,
tú mesmo quisiste darme
no ganó tanto en ganarme
cuanto ha perdido en perderte.
Mitad de su alma fuiste,
y medio por quien la mía
pudo alcanzar la alegría
que tu ausencia tiene triste.

Si la estremada gracia con que la hermosa Nísida cantaba causó admiración a los que con ella iban, ¿qué causaría en el pecho de Silerio, que, sin faltar punto, notó y escuchó todas las circunstancias de su canto? Y, como tenía tan en el alma la voz de Nísida, apenas llegó a sus oídos el acento suyo, cuando él se comenzó a alborotar, y a suspender y enajenar de sí mesmo, elevado en lo que escuchaba. Y, aunque verdaderamente le pareció que era la voz de Nísida aquélla, tenía tan perdida la esperanza de verla, y más en semejante lugar, que en ninguna manera podía asegurar su sospecha. Desta suerte llegaron todos donde él estaba, y, en saludándole, Tirsi le dijo:

—Tan aficionados nos dejaste, amigo Silerio, de la condición y conversación tuya, que, atraídos Damón y yo de la experiencia, y toda esta compañía de la fama della, dejando el camino que llevábamos, te hemos venido a buscar a tu ermita, donde, no hallándote, como no te hallamos, quedara sin cumplirse nuestro deseo, si el son de tu arpa y el de tu estimado canto aquí no nos hubiera encaminado.

—Harto mejor fuera, señores —respondió Silerio—, que no me halláredes, pues en mí no hallaréis sino ocasiones que a tristeza os mueva[n], pues la que yo padezco en el alma, tiene cuidado el tiempo cada día renovarla, no sólo con la memoria del bien pasado, sino con las sombras del presente, que al fin lo serán, pues de mi ventura no se puede esperar otra cosa que bienes fingidos y temores ciertos.

Lástima pusieron las razones de Silerio en todos los que le conoscían, principalmente en Timbrio, Nísida y Blanca, que tanto le amaban, y luego quisieran dársele a conoscer, si no fuera por no salir de lo que Tirsi les había rogado; el cual hizo que todos sobre la verde yerba se sentasen, y de manera que los rayos de la clara luna hiriesen de espaldas los rostros de Nísida y Blanca, porque Silerio no los conosciese. Estando, pues, desta suerte, y después que Damón a Silerio había dicho algunas palabras de consuelo, porque el tiempo no se pasase todo en tratar en cosas de tristeza, y por dar principio a que la de Silerio feneciese, le rogó que su arpa tocase, al son de la cual el mesmo Damón cantó este soneto:

Damón

Si el áspero furor del mar airado
por largo tiempo en su rigor durase,
mal se podría hallar quien entregase
su flaca nave al piélago alterado.
No permanesce siempre en un estado
el bien ni el mal, que el uno y otro vase;

porque si huyese el bien y el mal quedase,
ya sería el mundo a confusión tornado.
  La noche al día, y el calor al frío,
la flor al fruto van en seguimiento,
formando de contrarios igual tela.
  La sujeción se cambia en señorío,
en placer el pesar, la gloria en viento,
che per tal variar natura è bella.

Acabó Damón de cantar, y luego hizo de señas a Timbrio que lo mesmo hiciese; el cual, al proprio son de la arpa de Silerio, dio principio a un soneto que en el tiempo del hervor de sus amores había hecho, el cual de Silerio era tan sabido como del mesmo Timbrio:

Timbrio

  Tan bien fundada tengo la esperanza,
que, aunque más sople riguroso viento,
no podrá desdecir de su cimiento:
tal fe, tal suerte y tal valor alcanza.

No pudo acabar Timbrio el comenzado soneto, porque el oír Silerio su voz y el conocerle todo fue uno; y, sin ser parte a otra cosa, se levantó de do sentado estaba y se fue a abrazar del cuello de Timbrio, con muestras de tan estraño contento y sobresalto que, sin hablar palabra, se transpuso y estuvo un rato sin acuerdo, con tanto dolor de los presentes, temerosos de algún mal suceso, que ya condemnaban por mala el astucia de Tirsi; pero quien más estremos de dolor hacía era la hermosa Blanca, como aquélla que tiernamente le amaba. Acudió luego Nísida y su hermana a remediar el desmayo de Silerio, el cual, a cabo de poco espacio, volvió en sí diciendo:

—¡Oh poderoso cielo! ¿Y es posible que el que tengo presente es mi verdadero amigo Timbrio? ¿Es Timbrio el que oigo? ¿Es Timbrio el que veo? Sí es, si no me burla mi ventura, y mis ojos no me engañan.

—Ni tu ventura te burla, ni tus ojos te engañan, dulce amigo mío —respondió Timbrio—, que yo soy el que sin ti no era, y el que no lo fuera jamás si el cielo no permitiera que te hallara. Cesen ya tus lágrimas, Silerio amigo, si por mí las has derramado, pues ya me tienes presente; que yo atajaré las mías, pues te tengo delante, llamándome el más dichoso de cuantos viven en el mundo, pues mis desventuras y adversidades han traído tal descuento, que goza mi alma de la posesión de Nísida, y mis ojos de tu presencia.

Por estas palabras de Timbrio, entendió Silerio que la que cantado había y la que allí estaba era Nísida; pero certificóse más en ello cuando ella mesma le dijo:

—¿Qué es esto, Silerio mío? ¿Qué soledad y qué hábito es éste, que tantas muestras dan de tu descontento? ¿Qué falsas sospechas o qué engaños te han conducido a tal estremo, para que Timbrio y yo le tuviésemos de dolor toda la vida, ausentes de ti, que nos la diste?

—Engaños fueron, hermosa Nísida —respondió Silerio—; mas, por haber traído tales desengaños, serán celebrados de mi memoria el tiempo que ella me durare.

Lo más deste tiempo tenía Blanca asida una mano de Silerio, mirándole atentamente al rostro, derramando algunas lágrimas que de la alegría y lástima de su corazón daban manifiesto indicio. Largo sería de contar las palabras de amor y contento que entre Silerio, Timbrio, Nísida y Blanca pasaron, que fueron tan tiernas y tales, que todos los pastores que las escuchaban tenían los ojos bañados en lágrimas de alegría. Contó luego Silerio brevemente la ocasión que le había movido a retirarse en aquella ermita, con pensamiento de acabar en ella la vida, pues de la dellos no había podido saber nueva alguna; y todo lo que dijo fue ocasión de avivar más en el pecho de Timbrio el amor y amistad que a Silerio tenía, y en el de Blanca la lástima de su miseria. Y, así como acabó de contar Silerio lo que después que partió de Nápoles le había sucedido; y así, rogó a Timbrio que lo mesmo hiciese, porque en estremo lo deseaba, y que no se recelase de los pastores que estaban presentes, que todos ellos, o los más, sabían ya su mucha amistad y parte de sus sucesos. Holgóse Timbrio de hacer lo que Silerio pedía, y más se holgaron los pastores, que ansimesmo lo deseaban; que ya, porque Tirsi se lo había contado, todos sabían los amores de Timbrio y Nísida, y todo aquello que el mesmo Tirsi de Silerio había oído. Sentados, pues, todos, como ya he dicho, en la verde yerba, con maravillosa atención estaban esperando lo que Timbrio diría, el cual dijo:

—«Después que la fortuna me fue tan favorable y tan adversa, que me dejó vencer a mi enemigo y me venció con el sobresalto de la falsa nueva de la muerte de Nísida, con el dolor que pensar se puede, en aquel mesmo instante me partí para Nápoles, y, confirmándose allí el desdichado suceso de Nísida, por no ver las casas de su padre, donde yo la había visto, y porque las calles, ventanas y otras partes donde yo la solía ver no me renovasen continuamente la memoria de mi bien pasado, sin saber qué camino tomase y sin tener algún discurso mi albedrío, salí de la ciudad, y a cabo de dos días llegué a la fuerte Gaeta, donde hallé una nave que ya quería desplegar las velas al viento para partirse a España. Embarquéme en ella, no más de por huir la odiosa tierra donde dejaba mi cielo; mas, apenas los diligentes marineros zarparon los ferros y descogieron las velas, y al mar algún tanto se alargaron, cuando se levantó una no pensada y súbita borrasca, y una ráfiga de viento imbistió las velas del navío con tanta furia que rompió el árbol del trinquete, y la vela mezana abrió de arriba abajo. Acudieron luego los prestos marineros al remedio, y, con dificultad grandísima, amainaron todas las velas, porque la borrasca crescía, y la mar comenzaba a alterarse, y el cielo daba señales de durable y espantosa fortuna. No fue volver al puerto posible, porque era maestral el viento que soplaba, y con tan grande violencia que fue forzoso poner la vela de trinquete al árbol mayor y amollar —como dicen— en popa, dejándose llevar donde el viento quisiese. Y así, comenzó la nave, llevada de su furia, a correr por el levantado mar con tanta ligereza que, en dos días que duró el maestral, discurrimos por todas las islas de aquel derecho, sin poder en ninguna tomar abrigo, pasando siempre a vista dellas, sin que Estrómbalo nos abrigase, ni Lípar nos acogiese, ni el Cimbalo, Lampadosa ni Pantanalea sirviesen para nuestro remedio; y pasamos tan cerca de Berbería que los recién derribados muros de la Goleta se descubrían y las antiguas ruinas de Cartago se manifestaban. No fue pequeño el miedo de los que en la nave iban, temiendo que, si el viento algo más reforzaba, era forzoso embestir en la enemiga tierra; mas, cuando desto estaban más temerosos, la suerte, que mejor nos la tenía guardada, o el cielo, que escuchó los votos y promesas que allí se hicieron, ordenó que el maestral se cambiase en un mediodía tan reforzado, y que tocaba en la cuarta del jaloque, que en otros dos días nos volvió al mesmo puerto de Gaeta, donde habíamos partido, con tanto consuelo de todos que algunos se partieron a cumplir las romerías y promesas que en el peligro pasado habían hecho.

»Estuvo allí la nave otros cuatro días, reparándose de algunas cosas que le faltaban, al cabo de los cuales tornó a seguir su viaje con más sosegado mar y próspero viento, llevando a vista la hermosa ribera de Génova, llena de adornados jardines, blancas casas y relumbrantes capiteles, que, heridos de los rayos del sol, reverberan con tan encendidos rayos que apenas dejan mirarse. Todas estas cosas que desde la nave se miraban pudieran causar contento, como le causaban a todos los que en la nave iban, sino a mí, que me era ocasión de más pesadumbre. Sólo el descanso que tenía era entretenerme lamentando mis penas, cantándolas o, por mejor decir, llorándolas al son de un laúd de uno de aquellos marineros. Y una noche, me acuerdo —y aun es bien que me acuerde, pues en ella comenzó a amanecer mi día— que, estando sosegado el mar, quietos los vientos, las velas pegadas a los árboles, y los marineros, sin cuidado alguno, por diferentes partes del navío tendidos, y el timonero casi dormido por la bonanza que había y por la que el cielo le aseguraba, en medio deste silencio y en medio de mis imaginaciones, como mis dolores no me dejaban entregar los ojos al sueño, sentado en el castillo de popa, tomé el laúd y comencé a cantar unos versos que habré de repetir agora, porque se advierta de qué estremo de tristeza y cuán sin pensarlo me pasó la suerte al mayor de alegría que imaginar supiera. Era, si no me acuerdo mal, lo que cantaba esto:

TIMBRIO

Agora que calla el viento
y el sesgo mar está en calma,
no se calle mi tormento:
salga con la voz el alma,
para mayor sentimiento.
Que, para contar mis males,
mostrando en parte que son,
por fuerza han de dar señales
el alma y el corazón
de vivas ansias mortales.

Llevóme el amor en vuelo
por uno y otro dolor
hasta ponerme en el cielo,
y agora muerte y amor
me han derribado en el suelo.
Amor y muerte ordenaron

una muerte y amor tal,
cual en Nísida causaron,
y de mi bien y su mal
eterna fama ganaron.

Con nueva voz y terrible,
de hoy más, y en son espantoso,
hará la fama creíble
qu'el amor es poderoso
y la muerte es invencible.
De su poder satisfecho
quedará el mundo, si advierte
qué hazaña los dos han hecho,
qué vida llevó la muerte,
qué tal tiene amor mi pecho.

Mas creo, pues no he venido
a morir o estar más loco
con el daño que he sufrido,
o que muerte puede poco
o que no tengo sentido.
Que si sentido tuviera,
según mis penas crescidas
me persiguen dondequiera,
aunque tuviera mil vidas,
cien mil veces muerto fuera.

Mi victoria tan subida,
fue con muerte celebrada
de la más ilustre vida
que en la presente o pasada
edad fue ni es conoscida.
Della llevé por despojos
dolor en el corazón,
mil lágrimas en los ojos,
en el alma confusión
y en el firme pecho enojos.

¡Oh fiera mano enemiga!
¡Cómo, si allí me acabaras,
te tuviera por amiga,
pues, con matarme, estorbaras
las ansias de mi fatiga!
¡Oh!, ¡cuán amargo descuento
trujo la victoria mía,
pues pagaré, según siento,
el gusto solo de un día
con mil siglos de tormento!

¡Tú, mar, que escuchas mi llanto;
tú, cielo, que le ordenaste;
amor, por quien lloro tanto;
muerte, que mi bien llevaste;
acabad ya mi quebranto!
¡Tú, mar, mi cuerpo rescibe;
tú, cielo, acoge mi alma;
tú, amor, con la fama escribe
que muerte llevó la palma
desta vida que no vive!

¡No os descuidéis de ayudarme,
mar, cielo, amor y la muerte!
¡Acabad ya de acabarme,
que será la mejor suerte
que yo espero y podréis darme!
Pues si no me anega el mar,
y no me recoge el cielo,
y el amor ha de durar,
y de no morir recelo,
no sé en qué habré de parar.

»Acuérdome que llegaba a estos últimos versos que he dicho, cuando, sin poder pasar adelante, interrompido de infinitos sospiros y sollozos que de mi lastimado pecho despedía, aquejado de la memoria de mis desventuras, del puro sentimiento dellas, vine a perder el sentido, con un parasismo tal que me tuvo un buen rato fuera de todo acuerdo; pero ya, después que el amargo accidente hubo pasado, abrí mis cansados ojos y halléme puesta la cabeza en las faldas de una mujer vestida en hábito de peregrina, y a mi lado estaba otra con el mesmo traje adornada, la cual, estando de mis manos asida, la una y la otra tiernamente lloraban. Cuando yo me vi de aquella manera, quedé admirado y confuso, y estaba dudando si era sueño aquello que veía, porque nunca tales mujeres había visto jamás en la nave después que en ella andaba; pero desta confusión me sacó presto la hermosa Nísida, que aquí está, que era la peregrina que allá estaba, diciéndome: "¡Ay Timbrio, verdadero señor y amigo mío! ¿Qué falsas imaginaciones o qué desdichados accidentes han sido parte para poneros donde agora estáis, y para que yo y mi hermana tuviésemos tan poca cuenta con lo que a nuestras honras debíamos, y que, sin mirar en inconviniente alguno, hayamos querido dejar nuestros amados padres y nuestros usados trajes, con intención de buscaros y desengañaros de tan incierta muerte mía que pudiera causar la verdadera vuestra?" Cuando yo tales razones oí, de todo punto acabé de creer que soñaba, y que era alguna visión aquella que delante los ojos tenía, y que la continua imaginación, que de Nísida no se apartaba, era la causa que allí a los ojos viva la representase. Mil preguntas les hice, y a todas ellas enteramente me satisficieron, primero que pudiese sosegar el entendimiento y enterarme que ellas eran Nísida y Blanca. Mas, cuando yo fui conosciendo la verdad, el gozo que sentí fue de manera que también me puso en condición de perder la vida, como el dolor pasado había hecho. Allí supe de Nísida cómo el engaño y descuido que tuviste, ¡oh Silerio!, e hacer la señal de la toca fue la causa para que, creyendo algún mal suceso mío, le sucedi[e]se el parasismo y desmayo, tal que todos creyeron que era muerta, como yo lo pensé, y tú, Silerio, lo creíste. Díjome también cómo, después de vuelta en sí, supo la verdad de la victoria mía, junto con mi súbita y arrebatada partida, y la ausencia tuya, cuyas nuevas la pusieron en estremo de hacer verdaderas las de su muerte. Pero ya que al último término no la llegaron, hicieron con ella y con su hermana, por industria de una ama suya que con ellas venía, que vistiéndose en hábitos de peregrinas, desconocidamente se saliesen de con sus padres una noche que llegaban junto a Gaeta, a la vuelta que a Nápoles se volvían; y fue a tiempo que la nave donde yo estaba embarcado, después de reparada de la pasada tormenta, estaba ya para pa[r]tirse. Y, diciendo al capitán que querían pasar en España para ir a Sanctiago de Galicia, se concertaron con él y se embarcaron, con prosupuesto de venir a buscarme a Jerez, do pensaban hallarme o saber de mí nueva alguna, y en todo el tiempo que en la nave estuvieron, que sería cuatro días, no habían salido de un aposento que el capitán en la popa les había dado, hasta que, oyéndome cantar los versos que os he dicho, y conosciéndome en la voz y en lo que en ellos decía, salieron al tiempo que os he contado, donde, solemnizando con alegres lágrimas el contento de habernos hallado, estábamos mirando los unos a los otros, sin saber con qué palabras engrandecer nuestra nueva y no pensada alegría, la cual se acrescentara más y llegara al término y punto que agora llega, si de ti, amigo Silerio, allí supiéramos nueva alguna; pero, como no hay placer que venga tan entero que de todo en todo al corazón satisfaga, en el que entonces teníamos, no sólo nos faltó tu presencia, pero aun las nuevas della. La claridad de la noche, el fresco y agradable viento, que en aquel instante comenzó a herir las velas próspera y blandamente, el mar tranquilo y desembarazado cielo, parece que todos juntos, y cada uno por sí, ayudaban a solemnizar la alegría de nuestros corazones.

»Mas la fortuna variable, de cuya condición no se puede prometer firmeza alguna, envidiosa de nuestra ventura, quiso turbarla con la mayor desventura que imaginar se pudiera, si el tiempo y los prósperos sucesos no la hubieran reducido a mejor término. Sucedió, pues, que a la sazón que el viento comenzaba a refrescar, los solícitos marineros izaron más todas las velas, y con general alegría de todos, seguro y próspero viaje se aseguraban. Uno dellos, que a una parte de la proa iba sentado, descubrió, con la claridad de los bajos rayos de la luna, que cuatro bajeles de remo, a larga y tirada boga, con gran celeridad y priesa, hacia la nave se encaminaban, y al momento conosció ser de contrarios, y con grandes voces comenzó a gritar: "¡Arma, arma, que bajeles turquescos se descubren!" Esta voz y súbito alarido puso tanto sobresalto en todos los de la nave que, sin saber darse maña en el cercano peligro, unos a otros se miraban; mas el capitán della, que en semejantes ocasiones algunas veces se había visto, viniéndose a la proa, procuró reconoscer qué tamaño de bajeles y cuántos eran, y descubrió dos más que el marinero, y conoció que eran galeotas forzadas, de que no poco temor debió de rescibir; pero, disimulando lo mejor que pudo, mandó luego alistar la artillería y cargar las velas todo lo más que se pudiese la vuelta de los contrarios bajeles, por ver si podría entrarse entre ellos y jugar de todas bandas la artillería. Acudieron luego todos a las armas, y repartidos por sus postas como mejor se pudo, la venida de los enemigos esperaban.

»¡Quién podrá significaros, señores, la pena que yo a esta sazón tenía, viendo con tanta celeridad turbado mi contento y tan cerca de poder perderle, y más cuando vi que Nísida y Blanca se miraban, sin hablarse palabra, confusas del estruendo y vocería que en la nave andaba y viéndome a mí rogarles que en su aposento se encerrasen y rogasen a Dios que de las enemigas manos nos librase! Paso y punto fue éste que desmaya la imaginación cuando dél se acuerda la memoria. Sus descubiertas lágrimas, y la fuerza que yo me hacía por no mostrar las mías, me tenían de tal manera, que casi me olvidaba de lo que debía hacer, o quién era, y a lo que el peligro obligaba. Mas, en fin, las hice retraer a su estancia casi desmayadas, y, cerrándolas por defuera, acudí a ver lo que el capitán ordenaba, el cual, con prudente solicitud, todas las cosas al caso necesarias estaba proveyendo; y, dando cargo a Darinto —que es aquel caballero que hoy se partió de nosotros— de la guarda del castillo de proa y encomendándome a mí el de popa, él con algunos marineros y pasajeros, por todo el cuerpo de la nave, a una y a otra parte discurría. No tardaron mucho en llegar los enemigos, y tardó harto menos en calmar el viento, que fue la total causa de la perdición nuestra. No osaron los enemigos llegar a bordo, porque, viendo que el viento calmaba, les pareció mejor aguardar el día para embestirnos. Hiciéronlo así, y, el día venido, aunque ya los habíamos contado, acabamos de ver que eran quince bajeles gruesos los que cercados nos tenían, y entonces se acabó de confirmar en nuestros pechos el temor de perdernos. Con todo eso, no desmayando el valeroso capitán ni alguno de los que con él estaban, esperó a ver lo que los contrarios harían, los cuales, luego como vino la mañana, echaron de su capitana una barquilla al agua, y con un renegado enviaron a decir a nuestro capitán que se rindiese, pues veía ser imposible defenderse de tantos bajeles; y más, que eran todos los mejores de Argel, amenazándole de parte de Arnaut Mamí, su general, que si disparaba alguna pieza el navío, que le había de colgar de una entena en cogiéndole, y añadiendo a éstas otras amenazas. El renegado le persuadió que se rindiese; mas, no quiriéndolo hacer el capitán, respondió al renegado que se alargase de la nave, si no, que le echaría a fondo con la artillería. Oyó Arnaute esta respuesta, y luego, cebando el navío por todas partes, comenzó a jugar desde lejos el artillería con tanta priesa, furia y estruendo que era maravilla. Nuestra nave comenzó a hacer lo mesmo, tan venturosamente, que a uno de los bajeles que por la popa la combatían echó a fondo, porque le acertó con una bala junto a la cinta, de modo que, sin ser socorrido, en breve espacio se le sorbió el mar. Viendo esto los turcos, apresuraron el combate, y en cuatro horas nos embistieron cuatro veces, y otras tantas se retiraron, con mucho daño suyo y no con poco nuestro.

»Mas, por no iros cansando contándoos particularmente las cosas sucedidas en este combate, sólo diré que, después de habernos combatido diez y seis horas, y después de haber muerto nuestro capitán y toda la más gente del navío, a cabo de nueve asaltos que nos dieron, al último dellos entraron furiosamente en el navío. Tampoco, aunque quiera, no podré encarecer el dolor que a mi alma llegó cuando vi que las amadas prendas mías, que ahora tengo delante, habían de ser entonces entregadas y venidas a poder de aquellos crueles carniceros. Y así, llevado de la ira que este temor y consideración me causaba, con pecho desarmado me arrojé por medio de las bárbaras espadas, deseoso de morir al rigor de sus filos, antes que ver a mis ojos lo que esperaba. Pero sucedióme al revés mi pensamiento, porque, abrazándose conmigo tres membrudos turcos, y yo forcejando con ellos, de tropel venimos a dar todos en la puerta de la cámara donde Nísida y Blanca estaban; y con el ímpetu del golpe se rompió y abrió la puerta, que hizo manifiesto el tesoro que allí estaba encerrado, del cual codiciosos los enemigos, el uno dellos asió a Nísida y el otro a Blanca; y yo, que de los dos me vi libre, al otro que me tenía hice dejar la vida a mis pies, y de los dos pensaba hacer lo mesmo, si ellos, advertidos del peligro, no dejaran la presa de las damas y con dos grandes heridas no me derribaran en el suelo; lo cual visto por Nísida, arrojándose sobre mi herido cuerpo, con lamentables voces pedía a los dos turcos que la acabasen.

»En este instante, atraído de las voces y lamento[s] de Blanca y Nísida, acudió a aquella estancia Arnaute, el general de los bajeles, e, informándose de los soldados de lo que pasaba, hizo llevar a Nísida y a Blanca a su galera, y, a ruegos de Nísida, mandó también que a mí me llevasen, pues no estaba aún muerto. Desta manera, sin tener yo sentido alguno, me llevaron a la enemiga galera capitana, donde fui luego curado con alguna diligencia, porque Nísida había dicho al capitán que yo era hombre principal y de gran rescate, con intención que, cebados de la codicia y del dinero que de mí podrían haber, con algo más recato mirasen por la salud mía. Sucedió, pues, que estando curándome las heridas, con el dolor dellas volví en mi acuerdo, y, volviendo los ojos a una parte y a otra, conoscí que estaba en poder de mis enemigos y en el bajel contrario; pero ninguna cosa me llegó tan al alma como fue ver en la popa de la galera a Nísida y Blanca, sentadas a los pies del perro general, derramando por sus ojos infinitas lágrimas, indicios del interno dolor que padecían. No el temor de la afrentosa muerte que esperaba cuando tú della, buen amigo Silerio, en Cataluña me libraste; no la falsa nueva de la muerte de Nísida, de mí por verdadera creída; no el dolor de mis mortales heridas ni otra cualquiera aflición que imaginar pudiera me causó ni causará más sentimiento que el que me vino de ver a Nísida y Blanca en poder de aquel bárbaro descreído, donde a tan cercano y claro peligro estaban puestas sus honras. El dolor deste sentimiento hizo tal operación en mi alma, que torné de nuevo a perder los sentidos y a quitar la esperanza de mi salud y vida al cirujano que me curaba, de tal modo que, creyendo que era muerto, paró en medio de la cura, certificando a todos que ya yo desta vida había pasado. Oídas estas nuevas por las dos desdichadas hermanas, digan ellas lo que sintieron, si se atreven; que yo sólo sé decir que después supe que, levantándose las dos de do estaban, tirando de sus rubios cabellos y arañando sus hermoso rostros, sin que nadie pudiese detenerlas, vinieron adonde yo desmayado estaba, y allí comenzaron a hacer tan lastimero llanto que a los mesmos pechos de los crueles bárbaros enternecieron. Con las lágrimas de Nísida que en el rostro me caían, o por las ya frías y enconadas heridas, que gran dolor me causaban, torné a volver de nuevo en mi acuerdo, para acordarme de mi nueva desventura. Pasaré en silencio agora las lastimeras y amorosas palabras que en aquel desdichado punto entre mí y Nísida pasaron, por no entristecer tanto el alegre en que ahora nos hallamos, ni quiero decir por extenso los trances que ella me contó que con el capitán había pasado, el cual, vencido de su hermosura, mil promesas, mil regalos, mil amenazas le hizo porque viniese a condecender con la desordenada voluntad suya; pero, mostrándose ella con él tan esquiva como honrada, y tan honrada como esquiva, pudo todo aquel día y otra noche siguiente defenderse de las pesadas importunaciones del cosario. Mas, como la continua presencia de Nísida iba cresciendo en él por puntos el libidinoso deseo, sin duda alguna se pudiera temer, como yo temía, que, dejando los ruegos y usando la fuerza, Nísida perdiera su honra, o la vida, que era lo más cierto que de su bondad se podía esperar.

»Pero, cansada ya la fortuna de habernos puesto en el más bajo estado de miseria, quiso darnos a entender ser verdad lo que de la instabilidad suya se pregona, por un medio que nos puso en términos de rogar al cielo que en aquella desdichada suerte nos mantuviese, a trueco de no perder la vida sobre las hinchadas ondas del mar airado, el cual, a cabo de dos días que captivos fuimos, y a la sazón que llevábamos el derecho viaje de Berbería, movido de un furioso jaloque, comenzó a hacer montañas de agua y a azotar con tanta furia la cosaria armada que, sin poder los cansados remeros aprovecharse de los remos, afrenillaron y acudieron al usado remedio de la vela del trinquete al árbol, y a dejarse llevar por donde el viento y mar quisiese; y de tal manera cresció la tormenta que en menos de media hora esparció y apartó a diferentes partes los bajeles, sin que ninguno pudiese tener cuenta con seguir su capitán; antes, en poco rato divididos todos, como he dicho, vino nuestro bajel a quedar solo y a ser el que más el peligro amenazaba, porque comenzó a hacer tanta agua por las costuras que, por mucho que por todas las cámaras de popa, proa y medianía le agotaban, siempre en la centina llegaba el agua a la rodilla; y añadióse a toda esta desgracia sobrevenir la noche, que en semejantes casos, más que en otros algunos, el medroso temor acrescienta; y vino con tanta escuridad y nueva borrasca que, de todo en todo, todos desesperamos de remedio. No queráis más saber, señores, sino que los mesmos turcos rogaban a los cristianos que iban al remo captivos que invocasen y llamasen a sus sanctos y a su Cristo para que de tal desventura los librase; y no fueron tan en vano las plegarias de los míseros cristianos que allí iban, que, movido el alto cielo dellas, dejase sosegar el viento; antes, le cresció con tanto ímpetu y furia que al amanescer del día, que sólo pudo conoscerse por las horas del reloj de arena por quien se rigen, se halló el mal gobernado bajel en la costa de Cataluña, tan cerca de tierra y tan sin poder apartase della, que fue forzoso alzar un poco más la vela para que con más furia embistiese en una ancha playa que delante se nos ofrecía: que el amor de la vida les hizo parecer dulce a los turcos la esclavitud que esperaban.

»Apenas hubo la galera embestido en tierra, cuando luego acudió a la playa mucha gente armada, cuyo traje y lengua dio a entender ser catalanes y ser de Cataluña aquella costa, y aun aquel mesmo lugar donde, a riesgo de la tuya, amigo Silerio, la vida mía escapaste. ¡Quién pudiera exagerar agora el gozo de los cristianos, que del insufrible y pesado yugo del amargo captiverio veían libres y desembarazados sus cuellos, y las plegarias y ruegos que los turcos, poco antes libres y señores, hacían a sus mesmos esclavos, rogándoles fuesen parte para que de los indignados cristianos maltratados no fuesen, los cuales ya en la playa los esperaban, con deseo de vengarse de la ofensa que estos mesmos turcos les habían hecho, saqueándoles su lugar, como tú, Silerio, sabes! Y no les salió vano el temor que tenían, porque, en entrando los del pueblo en la galera, que encallada en la arena estaba, hicieron tan cruel matanza en los cosarios, que muy pocos quedaron con la vida; y si no fuera que les cegó la codicia de robar la galera, todos los turcos en aquel primero ímpetu fueran muertos. Finalmente, los turcos que quedaron y cristianos captivos que allí veníamos, todos fuimos saqueados, y si los vestidos que yo traía no estuvieran sangrentados, creo que aun no me los dejaran. Darinto, que también allí venía, acudió luego a mirar por Nísida y Blanca y a procurar que me sacasen a tierra donde fuese curado.

»Cuando yo salí y reconocí el lugar donde estaba, y consideré el peligro en que en él me había visto, no dejó de darme alguna pesadumbre, causada de temor no fuese conoscido y castigado por lo que no debía; y así, rogué a Darinto que, sin poner dilación alguna, procurase que a Barcelona nos fuésemos, diciéndole la causa que me movía a ello; pero no fue posible, porque mis heridas me fatigaban de manera que me forzaron a que allí algunos días estuviese, como estuve, sin ser de más de un cirujano visitado. En este entretanto fue Darinto a Barcelona, donde proveyéndose de lo que menester habíamos, dio la vuelta; y, hallándome mejor y con más fuerza, luego nos pusimos en camino para la ciudad de Toledo, por saber de los parientes de Nísida que sí sabían de sus padres, a quien ya hemos escripto todo el suceso de nuestras vidas, pidiéndole perdón de nuestros pasados yerros. Y todo el contento y dolor destos buenos y malos sucesos, lo ha acrescentado o diminuido la ausencia tuya, Silerio. Mas, pues el cielo agora con tantas ventajas ha dado remedio a nuestras calamidades, no resta otra cosa sino que, dándole las debidas gracias por ello, tú, Silerio amigo, deseches la tristeza pasada con la ocasión de la alegría presente, y procures darla a quien ha muchos días que por tu causa vive sin ella, como lo sabrás cuando más a solas y contigo las comunique. Otras algunas cosas me quedan por decir que me han sucedido en el discurso desta mi peregrinación; pero dejarlas he por agora, por no dar con la prolijidad dellas disgusto a estos pastores, que han sido el instrumento de todo mi placer y gusto.» Éste es, pues, Silerio amigo y amigos pastores, el suceso de mi vida: ved si, por la que he pasado y por la que agora paso, me puedo llamar el más lastimado y venturoso hombre de los que hoy viven.

Con estas últimas palabras dio fin a su cuento el alegre Timbrio, y todos los que presentes estaban se alegraron del felice suceso que sus trabajos habían tenido, pasando el contento de Silerio a todo lo que decir se puede; el cual, tornando de nuevo a abrazar a Timbrio, forzado del deseo de saber quién era la persona que por su causa sin contento vivía, pidiendo licencia a los pastores, se apartó con Timbrio a una parte, donde supo dél que la hermosa Blanca, hermana de Nísida, era la que más que a sí le amaba desde el mesmo día y punto que ella supo quién él era y el valor de su persona; y que jamás, por no ir contra aquello que a su honestidad estaba obligada, había querido descubrir este pensamiento sino a su hermana, por cuyo medio esperaba tenerle honrado en el cumplimiento de sus deseos. Díjole asimismo Timbrio cómo aquel caballero Darinto, que con él venía, y de quien él había hecho mención en la plática pasada, conosciendo quién era Blanca y llevado de su hermosura, se había enamorado della con tantas veras que la pidió por esposa a su hermana Nísida, la cual le desengañó que Blanca no lo haría en manera alguna, y que, agraviado desto Darinto, creyendo que por el poco valor suyo le desechaban, y por sacarle desta sospecha, le hubo de decir Nísida cómo Blanca tenía ocupados los pensamientos en Silerio; mas, que no por esto Darinto había desmayado ni dejado la empresa, «porque, como supo que de ti, Silerio, no se sabía nueva alguna, imaginó que los servicios que él pensaba hacer a Blanca, y el tiempo, la apartarían de su intención primera; y con este presupuesto jamás nos quiso dejar, hasta que ayer, oyendo a los pastores las ciertas nuevas de tu vida y conosciendo el contento que con ellas Blanca había rescibido, y considerando ser imposible que, paresciendo Silerio, pudiese Darinto alcanzar lo que deseaba, sin despedirse de ninguno, se había, con muestras de grandísimo dolor, apartado de todos». Junto con esto, aconsejó Timbrio a su amigo fuese contento de que Blanca le tuviese, escogiéndola y aceptándola por esposa, pues ya la conoscía y no ignoraba su valor y honestidad, encareciéndole el gusto y placer que los dos tendrían viéndose con tales dos hermanas casados. Silerio le respondió que le diese espacio para pensar en aquel hecho, aunque él sabía que al cabo era imposible dejar de hacer lo que él le mandase.

A esta sazón, comenzaba ya la blanca aurora a dar señales de su nueva venida, y las estrellas poco a poco iban escondiendo la claridad suya; y a este mesmo punto llegó a los oídos de todos la voz del enamorado Lauso, el cual, como su amigo Damón había sabido que aquella noche la habían de pasar en la ermita de Silerio, quiso venir a hallarse con él y con los demás pastores; y, como todo su gusto y pasatiempo era cantar al son de su rabel los sucesos prósperos o adversos de sus amores, llevado de la condición suya, y convidado de la soledad del camino y de la sabrosa armonía de las aves, que ya comenzaban con su dulce y concertado canto a saludar el venidero día, con baja voz, semejantes versos venía cantando:

Lauso

Alzo la vista a la más noble parte
que puede imaginar el pensamiento,
donde miro el valor, admiro el arte
que suspende el más alto entendimiento.
Mas, si queréis saber quién fue la parte
que puso fiero yugo al cuello esento,
quién me entregó, quién lleva mis despojos,
mis ojos son, Silena, y son tus ojos.

Tus ojos son, de cuya luz serena
me viene la que al cielo me encamina:
luz de cualquiera escuridad ajena,
segura muestra de la luz divina.

Por ella el fuego, el yugo y la cadena
que me consume, carga y desatina,
es refrigerio, alivio, es gloria, es palma
al alma, y vida que te ha dado el alma.

¡Divinos ojos, bien del alma mía,
término y fin de todo mi deseo;
ojos que serenáis el turbio día,
ojos por quien yo veo si algo veo!
En vuestra luz mi pena y mi alegría
ha puesto amor; en vos contemplo y leo
la dulce, amarga, verdadera historia
del cierto infierno, de mi incierta gloria.

En ciega escuridad andaba cuando
vuestra luz me faltaba, ¡oh bellos ojos!;
acá y allá, sin ver el cielo, errando
entre agudas espinas y entre abrojos;
mas luego, en el momento que tocando
fueron al alma mía los manojos
de vuestros rayos claros, vi a la clara
la senda de mi bien abierta y clara.

Vi que sois y seréis, ojos serenos,
quien me levanta y puede levantarme
a que entre el corto número de buenos
venga como mejor a señalarme.
Esto podréis hacer no siendo ajenos
y con pequeño acuerdo de mirarme,
que el gusto del más bien enamorado
consiste en el mirar y ser mirado.

Si esto es verdad, Silena, ¿quién ha sido,
es ni será que, con firmeza pura,
cual yo te quiera ni te habrá querido,
por más que amor le ayude y la ventura?
La gloria de tu vista he merescido
por mi inviolable fe; mas es locura
pensar que pueda merecerse aquello
que apenas puede contemplarse en ello.

El canto y el camino acabó en un mesmo punto el enamorado Lauso, el cual de todos los que con Silerio estaban fue amorosamente recibido, acrescentando con su presencia el alegría que todos tenían por el buen suceso que los trabajos de Silerio habían tenido. Y, estándoselos Damón contando, vieron asomar por junto a la ermita al venerable Aurelio, que, con algunos de sus pastores, traía algunos regalos con que regalar y satisfacer a los que allí estaban, como lo había prometido el día antes que dellos se partió.

Maravillados quedaron Tirsi y Damón de verle venir sin Elicio y Erastro; y más lo fueron cuando vinieron a entender la causa del haberse quedado. Llegó Aurelio, y su llegada augmentara más el contento de todos, si no dijera, encaminando su razón a Timbrio:

—Si te precias, como es razón que te precies, valeroso Timbrio, de ser verdadero amigo del que lo es tuyo, agora es tiempo de mostrarlo, acudiendo a remediar a Darinto, que no lejos de aquí queda tan triste y apasionado, y tan fuera de admitir consuelo alguno en el dolor que padece, que algunos que yo le di no fueron parte para que él los tuviese por tales. Hallámosle Elicio, Erastro y yo, habrá dos horas, en medio de aquel monte que a esta mano derecha se descubre, el caballo arrendado a un pino, y él en el suelo boca abajo tendido, dando tiernos y dolorosos sospiros, y de cuando en cuando decía algunas palabras que a maldecir su ventura se encaminaban; al son lastimero de las cuales, llegamos a él, y con el rayo de la luna, aunque con dificultad, fue de nosotros conoscido; e importunado que la causa de su mal nos dijese, díjonosla, y por ella entendimos el poco remedio que tenía. Con todo eso, se han quedado con él Elicio y Erastro, y yo he venido a darte las nuevas del término en que le tienen sus pensamientos; y, pues a tí te son tan manifiestos, procura remediarlos con obras, o acude a consolarlos con palabras.

—Palabras serán todas, buen Aurelio —respondió Timbrio—, las que yo en esto gastaré, si ya él no quiere aprovecharse de la ocasión del desengaño y disponer sus deseos a que el tiempo y la ausencia hagan en él sus acostumbrados efectos. Mas, porque no se piense que no correspondo a lo que a su amistad estoy obligado, enséñame, Aurelio, a qué parte le dejaste, que yo quiero ir luego a verle.

—Yo iré contigo —respondió Aurelio.

Y luego, al momento, se levantaron todos los pastores para acompañar a Timbrio y saber la causa del mal de Darinto, dejando a Silerio con Nísida y Blanca, con tanto contento de los tres que no se acertaban a hablar palabra. En el camino que había desde allí adonde Aurelio a Darinto había dejado, contó Timbrio a los que con él iban la ocasión de la pena de Darinto y el poco remedio que della se podría esperar, pues la hermosa Blanca, por quien él penaba, tenía ocupados sus deseos en su buen amigo Silerio; diciéndoles, asimesmo, que había de procurar con toda su industria y fuerzas que Silerio viniese en lo que Blanca deseaba, suplicándoles que todos fuesen en ayudar a favorescer su intención, porque, en dejando a Darinto, quería que todos a Silerio rogasen diese el sí de rescibir a Blanca por su ligítima esposa. Los pastores se ofrecieron de hacer lo que se les mandaba, y en estas pláticas llegaron adonde creyó Aurelio que Elicio, Darinto y Erastro estarían; pero no hallaron alguno, aunque rodearon y anduvieron gran parte de un pequeño bosque que allí estaba, de que no poco pesar rescibieron todos. Pero, estando en esto, oyeron un tan doloroso sospiro que les puso en confusión y deseo de saber quién le había dado; mas sacóles presto desta duda otro que oyeron no menos triste que el pasado, y, acudiendo todos a aquella parte adonde el sospiro venía, vieron estar no lejos dellos, al pie de un crescido nogal, dos pastores: el uno sentado sobre la yerba verde, y el otro tendido en el suelo y la cabeza puesta sobre las rodillas del otro. Estaba el sentado con la cabeza inclinada, derramando lágrimas y mirando atentamente al que en las rodillas tenía; y, así por esto como por estar el otro con color perdida y rostro desmayado, no pudieron luego conoscer quién era; mas, cuando más cerca llegaron, luego conoscieron que los pastores eran Elicio y Erastro: Elicio, el desmayado, y Erastro, el lloroso. Grande admiración y tristeza causó en todos los que allí venían la triste semblanza de los dos lastimados pastores, por ser tan amigos suyos y por ignorar la causa que de tal modo los tenía; pero el que más se maravilló fue Aurelio, por ver que tan poco antes los había dejado en compañía de Darinto con muestras de todo placer y contento, como si él no hubiera sido la causa de toda su desdicha. Viendo, pues, Erastro, que los pastores a él se llegaban, estremeció a Elicio, diciéndole:

—Vuelve en ti, lastimado pastor; levántate y busca lugar donde puedas a solas llorar tu desventura, que yo pienso hacer lo mesmo hasta acabar la vida.

Y, diciendo esto, cogió con las dos manos la cabeza de Elicio, y, quitándola de sus rodillas, la puso en el suelo, sin que el pastor pudiese volver en su acuerdo; y, levantándose Erastro, volvía las espaldas para irse, si Tirsi y Damón y los demás pastores no se lo impidieran. Llegó Damón adonde Elicio estaba, y, tomándole entre los brazos, le hizo volver en sí. Abrió Elicio los ojos, y, porque conosció a todos los que allí estaban, tuvo cuenta con que su lengua, movida y forzada del dolor, no dijese algo que la causa dél manifestase; y, aunque ésta le fue preguntada por todos los pastores, jamás respondió sino que no sabía otra cosa de sí mismo sino que, estando hablando con Erastro, le había tomado un recio desmayo. Lo proprio decía Erastro, y a esta causa los pastores dejaron de preguntarle más la causa de su pasión; antes, le rogaron que con ellos a la ermita de Silerio se volviese, y que desde allí le llevarían a la aldea o a su cabaña; mas no fue posible que con él esto se acabase, sino que le dejasen volver a la aldea. Viendo, pues, que ésta era su voluntad, no quisieron contradecírsela; antes, se ofrecieron de ir con él; pero de ninguno quiso compañía, ni la llevara si la porfía de su amigo Damón no le venciera; y así, se hubo de partir con él, dejando concertado Damón con Tirsi que se viesen aquella noche en el aldea o cabaña de Elicio, para dar orden de volverse a la suya. Aurelio y Timbrio preguntaron a Erastro por Darinto, el cual les respondió que, ansí como Aurelio se había apartado dellos, le tomó el desmayo a Elicio, y que entretanto que él le socorría, Darinto se había partido con toda priesa, y que nunca más le habían visto. Viendo, pues, Timbrio y los que con él venían que a Darinto no hallaban, determinaron de volver a la ermita a rogar a Silerio aceptase a la hermosa Blanca por su esposa, y con esta intención se volvieron todos, excepto Erastro, que quiso seguir a su amigo Elicio. Y así, despidiéndose dellos, acompañado de solo su rabel, se apartó por el mesmo camino que Elicio había ido, el cual, habiéndose un rato apartado con su amigo Damón de la demás compañía, con lágrimas en los ojos y con muestras de grandísima tristeza, así le comenzó a decir:

—Bien sé, discreto Damón, que tienes de los efectos de amor tanta experiencia que no te maravillarás de los que agora pienso contarte, que son tales que, a la cuenta de mi opinión, los estimo y tengo por de los más desastrados que en el amor se hallan.

Damón, que no deseaba otra cosa que saber la causa del desmayo y tristeza suya, le aseguró que ninguna cosa le sería a él nueva, como tocase a los males que el amor suele hacer. Y así, Elicio, con este seguro, y con el mayor que de su amistad tenía, prosiguió diciendo:

—Ya sabes, amigo Damón, cómo la buena suerte mía —que este nombre de buena le daré siempre, aunque me cueste la vida el haberla tenido—; digo, pues, que la buena suerte mía quiso, como todo el cielo y todas estas riberas saben, que yo amase, ¿qué digo amase?, que adorase a la sin par Galatea, con tan limpio y verdadero amor cual a su merescimiento se debe; juntamente te confieso, amigo, que, en todo el tiempo que ha que ella tiene noticia de mi cabal deseo, no ha correspondido a él con otras muestras que las generales que suele y debe dar un casto y agradescido pecho; y así, ha algunos años que, sustentada mi esperanza con una honesta correspondencia amorosa, he vivido tan alegre y satisfecho de mis pensamientos, que me juzgaba por el más dichoso pastor que jamás apascentó ganado, contentándome sólo de mirar a Galatea y de ver que, si no me quería, no me aborrecía, y que otro ningún pastor no se podría alabar que aun della fuese mirado; que no era poca satisfación de mi deseo tener puestos mis pensamientos en tan segura parte que de otros algunos no me recelaba, confirmándome en esta verdad la opinión que conmigo tiene el valor de Galatea, que es tal, que no da lugar a que se le atreva el mesmo atrevimiento. Contra este bien que tan a poca costa el amor me daba, contra esta gloria tan sin ofensa de Galatea gozada, contra este gusto tan justamente de mi deseo merescido, se ha dado hoy irrevocable sentencia: que el bien se acabe, que la gloria fenezca, que el gusto se cambie y que, finalmente, se concluya la tragedia de mi dolorosa vida. Porque sabrás, Damón, que esta mañana, viniendo con Aurelio, padre de Galatea, a buscaros a la ermita de Silerio, en el camino me dijo cómo tenía concertado de casar a Galatea con un pastor lusitano que en las riberas del blando Lima gran número de ganado apascienta. Pidióme que le dijese qué me parescía, porque, de la amistad que me tenía y de mi entendimiento, esperaba ser bien aconsejado. Lo que yo le respondí fue que me parescía cosa recia poder acabar con su voluntad privarse de la vista de tan hermosa hija, desterrándola a tan apartadas tierras, y que si lo hacía llevado y cebado de las riquezas del estranjero pastor, que considerase que no carecía él tanto dellas que no tuviese para vivir en su lugar mejor que cuantos en él de ricos presumían, y que ninguno de los mejores de cuantos habitan las riberas de Tajo dejaría de tenerse por venturoso cuando alcanzase a Galatea por esposa. No fueron mal admitidas mis razones del venerable Aurelio; pero, en fin, se resolvió diciendo que el rabadán mayor de todos los aperos se lo mandaba, y él era el que lo había concertado y tratado, y que era imposible deshacerse. Preguntéle con qué semblante Galatea había rescibido las nuevas de su destierro. Díjome que se había conformado con su voluntad, y que disponía la suya a hacer todo lo que él quisiese, como obediente hija. Esto supe de Aurelio, y ésta es, Damón, la causa de mi desmayo, y la que será de mi muerte, pues de ver a Galatea en poder ajeno y ajena de mi vista, no se puede esperar otra cosa que el fin de mis días.

Acabó su razón el enamorado Elicio y comenzaron sus lágrimas, derramadas en tanta abundancia que, enternecido el pecho de su amigo Damón, no pudo dejar de acompañarle en ellas; más, a cabo de poco espacio, comenzó, con las mejores razones que supo, a consolar a Elicio; pero todas sus palabras en ser palabras paraban, sin que ningún otro efecto hiciesen. Todavía quedaron de acuerdo que Elicio a Galatea hablase y supiese della si de su volun[t]ad consintía en el casamiento que su padre le trataba; y que, cuando no fuese con el gusto suyo, se le ofreciese de librarla de aquella fuerza, pues para ello no le faltaría ayuda. Parecióle bien a Elicio lo que Damón decía, y determinó de ir a buscar a Galatea, para declararle su voluntad y saber la que ella en su pecho encerraba. Y así, trocando el camino que de su cabaña llevaban, hacia el aldea se encaminaron; y, llegando a una encrucijada que junto a ella cuatro caminos dividía, por uno dellos vieron venir hasta ocho dispuestos pastores, todos con azagayas en las manos, excepto uno dellos, que a caballo venía sobre una hermosa yegua, vestido con un gabán morado, y los demás a pie, y todos rebozados los rostros con unos pañizuelos. Damón y Elicio se pararon hasta que los pastores pasasen, los cuales, pasando junto a ellos, bajando las cabezas, cortésmente les saludaron, sin que alguno alguna palabra hablase. Maravillados quedaron los dos de ver la estrañeza de los ocho, y estuvieron quedos por ver qué camino seguían; pero luego vieron que el de la aldea tomaban, aunque por otro diferente que por el que ellos iban. Dijo Damón a Elicio que los siguiesen, mas no quiso, diciendo que por aquel camino que él quería seguir, junto a una fuente que no lejos dél estaba, solía estar muchas veces Galatea con algunas pastoras del lugar, y que sería bien ver si la dicha se la ofrescía tan buena que allí la hallasen. Contentóse Damón de lo que Elicio quería; y así, le dijo que guiase por do quisiese. Y sucedióle la suerte como él mesmo se había imaginado, porque no anduvieron mucho cuano llegó a sus oídos la zampoña de Florisa, acompañada de la voz de la hermosa Galatea, que, como de los pastores fue oída, quedaron enajenados de sí mesmos. Entonces acabó de conoscer Damón cuánta verdad decían todos los que las gracias de Galatea alababan, la cual estaba en compañía de Rosaura y Florisa, y de la hermosa y recién casada Silveria, con otras dos pastoras de la mesma aldea. Y, puesto que Galatea vio venir a los pastores, no por eso quiso dejar su comenzado canto; antes, pareció dar muestras de que recibía contento en que los pastores la escuchasen, los cuales ansí lo hicieron con toda la atención posible; y lo que alcanzaron a oír de lo que la pastora cantaba fue lo siguiente:

GALATEA

¿A quién volveré los ojos
en el mal que se apareja,
si, cuanto mi bien se aleja,
se acercan más mis enojos?

A duro mal me condemna
el dolor que me destierra,
que si me acaba en mi tierra,
¿qué bien me hará en el ajena?

¡Oh justa amarga obediencia,
que por cumplirte he de dar
el sí que ha de confirmar
de mi muerte la sentencia!

Puesta estoy en tanta mengua,
que por gran bien estimara
que la vida me faltara,
o, por lo menos, la lengua.
Breves horas y cansadas
fueron las de mi contento;
eternas las del tormento,
mas confusas y pesadas.
Gocé de mi libertad
en mi temprana sazón;
pero ya la subjeción
anda tras mi voluntad.
Ved si es el combate fiero
que dan a mi fantasía,
si al cabo de su porfía
he de querer y no quiero.
¡Oh fastidioso gobierno,
que a los respectos humanos
tengo de cruzar las manos
y abajar el cuello tierno!
¿Que tengo de despedirme
de ver el Tajo dorado?
¿Que ha de quedar mi ganado,
y yo, triste, he de partirme?
¿Que estos árboles sombríos
y estos anchos verdes prados
no serán ya más mirados
de los tristes ojos míos?
Severo padre, ¿qué haces?
Mira que es cosa sabida
que a mí me quitas la vida
con lo que a ti satisfaces.
Si mis sospiros no valen
a descubrirte mi mengua,
lo que no puede mi lengua
mis ojos te lo señalen.
Ya triste se me figura
el punto de mi partida,
la dulce gloria perdida
y la amarga sepultura.
El rostro que no se alegra
del no conoscido esposo,
el camino trabajoso,
la antigua enfadosa suegra,
y otros mil inconvinientes,
todos para mí contrarios;
los gustos extraordinarios
del esposo y sus parientes.

Mas todos estos temores
que me figura mi suerte
se acabarán con la muerte,
que es el fin de los dolores.

No cantó más Galatea, porque las lágrimas que derramaba le impidieron la voz, y aun el contento a todos los que escuchado la habían, porque luego supieron claramente lo que en confuso imaginaban del casamiento de Galatea con el lusitano pastor, y cuán contra su voluntad se hacía; pero a quien más sus lágrimas y sospiros lastimaron fue a Elicio, que diera él por remediarlas su vida, si en ella consistiera el remedio dellas; pero, aprovechándose de su discreción y disimulando el rostro el dolor que el alma sentía, él y Damón se llegaron adonde las pastoras estaban, a las cuales cortésmente saludaron, y con no menos cortesía fueron dellas rescibidos. Preguntó luego Galatea a Damón por su padre, y respondióle que en la ermita de Silerio quedaba, en compañía de Timbrio y Nísida y de todos los otros pastores que a Timbrio acompañaron; y asimesmo le dio cuenta del conoscimiento de Silerio y Timbrio y de los amores de Darinto y Blanca, la hermana de Nísida, con todas las particularidades que Timbrio había contado de lo que en el discurso de sus amores le había sucedido, a lo cual Galatea dijo:

—Dichoso Timbrio y dichosa Nísida, pues en tanta felicidad han parado los desasosiegos hasta aquí padecidos, con la cual pondréis en olvido los pasados desastres; antes servirán ellos de acrescentar vuestra gloria, pues se suele decir que la memoria de las pasadas calamidades augmenta el contento en las alegrías presentes. Mas, ¡ay del alma desdichada que se vee puesta en términos de acordarse del bien perdido, y con temor del mal que está por venir, sin que vea ni halle remedio ni medio alguno para estorbar la desventura que le está amenazando, pues tanto más fatigan los dolores cuanto más se temen!

—Verdad dices, hermosa Galatea —dijo Damón—, que no hay duda sino que el repentino y no esperado dolor que viene no fatiga tanto, aunque sobresalta, como el que con largo discurso de tiempo amenaza y quita todos los caminos de remediarse. Pero, con todo eso, digo, Galatea, que no da el cielo tan apurados los males que quite de todo en todo el remedio dellos, principalmente cuando nos los deja ver primero, porque parece que entonces quiere dar lugar al discurso de nuestra razón para que se ejercite y ocupe en templar o desviar las venideras desdichas, y muchas veces se contenta de fatigarnos con sólo tener ocupados nuestros ánimos con algún espacioso temor, sin que se venga a la ejecución del mal que se teme; y, cuando a ella se viniese, como no acabe la vida, ninguno, por ningún mal que padezca, debe desesperar del remedio.

—No dudo yo deso —replicó Galatea—, si fuesen tan ligeros los males que se temen o se padecen, que dejasen libre y desembarazado el discurso de nuestro entendimiento; pero bien sabes, Damón, que, cuando el mal es tal que se le puede dar este nombre, lo primero que hace es añublar nuestro sentido y aniquilar las fuerzas de nuestro albedrío, descaeciendo nuestra virtud de manera que apenas puede levantarse aunque más la solicite la esperanza.

—No sé yo, Galatea —respondió Damón—, cómo en tus verdes años puede caber tanta experiencia de los males, si no es que quieres que entendamos que tu mucha discreción se estiende a hablar por sciencia de las cosas; que, por otra manera, ninguna noticia dellas tienes.

—Pluguiera al cielo, discreto Damón —replicó Galatea—, que no pudiera contradecirte lo que dices, pues en ello granjeara dos cosas: quedar en la buena opinión que de mí tienes, y no sentir la pena que me hace hablar con tanta experiencia en ella.

Hasta este punto estuvo callando Elicio; pero, no pudiendo sufrir más ver a Galatea dar muestras del amargo dolor que padecía, le dijo:

—Si imaginas, por ventura, sin par Galatea, que la desdicha que te amenaza puede por alguna ser remediada, por lo que debes a la voluntad que para servirte de mí tienes conoscida, te ruego me la declares; y si esto no quisieres, por cumplir con lo que a la paternal obediencia debes, dame, a lo menos, licencia para que yo me oponga contra quien quisiere llevarnos destas riberas el tesoro de tu hermosura, que en ellas se ha criado. Y no entiendas, pastora, que presumo yo tanto de mí mesmo, que solo me atreva a cumplir con las obras lo que agora por palabras te ofrezco; que, puesto que el amor que te tengo para mayor empresa me da aliento, desconfío de mi ventura; y así, la habré de poner en las manos de la razón y en las de todos los pastores que por estas riberas de Tajo apascientan sus ganados, los cuales no querrán consentir que se les arrebate y quite delante de sus ojos el sol que los alumbra, y la discreción que los admira, y la belleza que los incita y anima a mil honrosas competencias. Ansí que, hermosa Galatea, en fe de la razón que he dicho y de la que tengo de adorarte, te hago este ofrescimiento, el cual te ha de obligar a que tu voluntad me descubras, para que yo no caiga en error de ir contra ella en cosa alguna; pero, considerando que la bondad y honestidad incomparable tuya te ha de mover a que correspondas antes al querer de tu padre que al tuyo, no quiero, pastora, que me le declares, sino tomar a mi cargo hacer lo que me pareciere, con presupuesto de mirar por tu honra con el cuidado que tú mesma has mirado siempre por ella.

Iba Galatea a responder a Elicio y a agradecerle su buen deseo, mas estorbólo la repentina llegada de los ocho rebozados pastores que Damón y Elicio habían visto pasar poco antes hacia el aldea. Llegaron todos donde las pastoras estaban, y, sin hablar palabra, los seis dellos, con increíble celeridad, arremetieron a abrazarse con Damón y con Elicio, teniéndolos tan fuertemente apretados que en ninguna manera pudieron desasirse. En este entretanto, los otros dos, que era el uno el que a caballo venía, se fueron adonde Rosaura estaba dando gritos por la fuerza que a Damón y a Elicio se les hacía; pero, sin aprovecharle defensa alguna, uno de los pastores la tomó en brazos y púsola sobre la yegua y en los del que en ella venía, el cual, quitándose el rebozo, se volvió a los pastores y pastoras, diciendo:

—No os maravilléis, buenos amigos, de la sinrazón que al parecer aquí se os ha hecho, porque la fuerza de amor y la ingratitud de esta dama han sido causa della; ruégoos me perdonéis, pues no está más en mi mano; y si por estas partes llegare, como creo que presto llegará, el conoscido Grisaldo, diréisle cómo Artandro se lleva a Rosaura, porque no pudo sufrir ser burlado della; y que si el amor y esta injuria le movieren a querer vengarse, que ya sabe que Aragón es mi patria y el lugar donde vivo.

Estaba Rosaura desmayada sobre el arzón de la silla, y los demás pastores no querían dejar a Elicio ni a Damón, hasta que Artandro mandó que los dejasen, los cuales, viéndose libres, con valeroso ánimo sacaron sus cuchillos y arremetieron contra los siete pastores, los cuales todos juntos les pusieron las azagayas que traían a los pechos, diciéndoles que se tuviesen, pues veían cuán poco podían ganar en la empresa que tomaban.

—Harto menos podrá ganar Artandro —les respondió Elicio— en haber cometido tal traición.

—No la llames traición —respondió uno de los otros—, porque esta señora ha dado la palabra de ser esposa de Artandro, y agora, por cumplir con la condición mudable de mujer, la ha negado y entregádose a Grisaldo, que es agravio tan manifiesto, y tal, que no pudo ser disimulado de nuestro amo Artandro. Por eso, sosegaos, pastores, y tenednos en mejor opinión que hasta aquí, pues el servir a nuestro amo en tan justa ocasión nos disculpa.

Y, sin decir más, volvieron las espaldas, recelándose todavía de los malos semblantes con que Elicio y Damón quedaron, los cuales estaban con tanto enojo por no poder deshacer aquella fuerza, y por hallarse inhabilitados de vengarse de lo que a ellos se les hacía, que ni sabían qué decirse ni qué hacerse. Pero los estremos que Galatea y Florisa hacían, por ver llevar de aquella manera a Rosaura, eran tales, que movieron a Elicio a poner su vida en manifiesto peligro de perderla, porque, sacando su honda, y haciendo Damón lo mesmo, a todo correr fue siguiendo a Artandro, y desde lejos, con mucho ánimo y destreza, comenzaron a tirarles tantas piedras que les hicieron detener y tornarse a poner en defensa. Pero, con todo esto, no dejara de sucederles mal a los dos atrevidos pastores, si Artandro no mandara a los suyos que se adelantaran y los dejaran, como lo hicieron, hasta entrarse por un espeso montezuelo que a un lado del camino estaba, y con la defensa de los árboles hacían poco efecto las hondas y piedras de los enojados pastores. Y, con todo esto, los siguieran, si no vieran que Galatea y Florisa y las otras dos pastoras a más andar hacia donde ellos estaban se venían, y por esto se detuvieron, haciendo fuerza al enojo que los incitaba y a la deseada venganza que pretendían; y, adelantándose a rescebir a Galatea, ella les dijo:

—Templad vuestra ira, gallardos pastores, pues a la ventaja de nuestros enemigos no puede igualar vuestra diligencia, aunque ha sido tal, cual nos la ha mostrado el valor de vuestros ánimos.

—El ver el tuyo descontento, Galatea —dijo Elicio—, creí yo que diera tales fuerzas al mío, que no se alabaran aquellos descomedidos pastores de la que nos han hecho; pero en mi ventura cabe no tenerla en cuanto deseo.

—El amoroso que Artandro tiene —dijo Galatea— fue el que le movió a tal descomedimiento; y así, conmigo en parte queda desculpado.

Y luego, punto por punto, les contó la historia de Rosaura, y cómo estaba esperando a Grisaldo para rescebirle por esposo, lo cual podría haber llegado a noticia de Artandro, y que la celosa rabia le hubiese movido a hacer lo que habían visto.

—Si así pasa como dices, discreta Galatea —dijo Damón—, del descuido de Grisaldo, y atrevimiento de Artandro, y mudable condición de Rosaura, temo que han de nascer algunas pesadumbres y diferencias.

—Eso fuera —respondió Galatea— cuando Artandro residiera en Castilla, pero si él se encierra en Aragón, que es su patria, quedarse ha Grisaldo con sólo el deseo de vengarse.

—¿No hay quien le pueda avisar deste agravio? —dijo Elicio.

—Sí —respondió Florisa—; que yo seguro que, antes que la noche llegue, él tenga dél noticia.

—Si eso así fuese —respondió Damón—, podría ser cobrar su prenda antes que a Aragón llegasen; porque un pecho enamorado no suele ser perezoso.

—No creo yo que lo será el de Grisaldo —dijo Florisa—; y, porque no le falte tiempo y ocasión para mostrarlo, suplícote, Galatea, que al aldea nos volvamos, porque yo quiero enviar a avisar a Grisaldo de su desdicha.

—Hágase como lo mandas, amiga —respondió Galatea—, que yo te daré un pastor que lleve la nueva.

Y con esto se querían despedir de Damón y de Elicio, si ellos no porfiaran a querer ir con ellas; y ya que se encaminaban al aldea, a su mano derecha sintieron la zampoña de Erastro, que luego de todos fue conoscida, el cual venía en siguimiento de su amigo Elicio. Paráronse a escucharlo, y oyeron que, con muestras de tierno dolor, esto venía cantando:

Erastro

Por ásperos caminos voy siguiendo
el fin dudoso de mi fantasía,
siempre en cerrada noche escura y fría
las fuerzas de la vida consumiendo.
Y, aunque morir me veo, no pretendo
salir un paso de la estrecha vía;
que en fe de la alta fe sin igual mía,
mayores miedos contrastar entiendo.
Mi fe es la luz que me señala el puerto
seguro a mi tormenta, y sola es ella
quien promete buen fin a mi viaje,
por más que el medio se me muestre incierto,
por más que el claro rayo de mi estrella
me encubra amor, y el cielo más me ultraje.

Con un profundo sospiro acabó el enamorado canto el lastimado pastor, y, creyendo que ninguno le oía, soltó la voz a semejantes razones:

—¡Amor, cuya poderosa fuerza, sin hacer ninguna a mi alma, fue parte para que yo la tuviese de tener tan bien ocupados mis pensamientos! Ya que tanto bien me heciste, no quieras mostrarte agora, haciéndome el mal en que me amenazas, que es más mudable tu condición que la de la variable fortuna. Mira, señor, cuán obediente he estado a tus leyes, cuán prompto a seguir tus mandamientos, y cuán subjeta he tenido mi voluntad a la tuya. Págame esta obediencia con hacer lo que a ti tanto importa que hagas: no permitas que estas riberas nuestras queden desamparadas de aquella hermosura que la ponía y la daba a sus frescas y menudas yerbas, a sus humildes plantas y levantados árboles; no consientas, señor, que al claro Tajo se le quite la prenda que le enriquece y por quien él tiene más fama que no por las arenas de oro que en su seno cría; no quites a los pastores destos prados la luz de sus ojos, la gloria de sus pensamientos y el honroso estímulo que a mil honrosas y virtuosas empresas les incitaba. Considera bien que, si desta a la ajena tierra consientes que Galatea sea llevada, que te despojas del dominio que en estas riberas tienes, pues por Galatea sola le usas, y si ella falta, ten por averiguado que no serás en todos estos prados conoscido, que todos cuantos en ellos habitan te negarán la obediencia y no te acudirán con el usado tributo. Advierte que lo que te suplico es tan conforme y llegado a razón, que irías de todo en todo fuera della si no me lo concedieses. Porque, ¿qué ley ordena, o qué razón consiente que la hermosura que nosotros criamos, la discreción que en estas selvas y aldeas nuestras tuvo principio, el donaire por particular don del cielo a nuestra patria concedido, agora que esperábamos coger el honesto fruto de tantos bienes y riquezas, se haya de llevar a estraños reinos, a ser poseído y tratado de ajenas y no conoscidas manos? No, no quiera el cielo piadoso hacernos tan notable daño. ¡Oh verdes prados, que con su vista os alegrábades! ¡Oh flores olorosas, que de sus pies tocadas, de mayor fragancia érades llenas! ¡Oh plantas, oh árboles desta deleitosa selva!, haced todos, en la mejor forma que pudiéredes, aunque a vuestra naturaleza no se conceda, algún género de sentimiento que mueva al cielo a concederme lo que le suplico!

Decía esto derramando tantas lágrimas el enamorado pastor, que no pudo Galatea disimular las suyas, ni menos ninguno de los que con ella iban, haciendo todos un tan notable sentimiento, como si lloraran en las obsequias de su muerte. Llegó a este punto a ellos Erastro, a quien rescibieron con agradable comedimiento, el cual, como vio a Galatea con señales de haberle acompañado en las lágrimas, sin apartar los ojos della, la estuvo atento mirando por un rato, al cabo del cual dijo:

—Agora acabo de conoscer, Galatea, que ninguno de los humanos se escapa de los golpes de la variable fortuna, pues tú, de quien yo entendía que, por particular privilegio, habías de estar esenta dellos, veo que con mayor ímpetu te acometen y fatigan, de donde averiguo que ha querido el cielo con un solo golpe lastimar a todos los que te conoscen y a todos los que del valor tuyo tienen alguna noticia; pero, con todo eso, tengo esperanza que no se ha de estender tanto su rigor que lleve adelante la comenzada desgracia, viniendo tan en perjuicio de tu contento.

—Antes, por esa mesma razón —respondió Galatea— estoy yo menos segura de mi desdicha, pues jamás la tuve en lo que desease; mas, porque no está bien a la honestidad de que me precio que tan a la clara descubra cuán por los cabellos me lleva tras sí la obediencia que a mis padres debo, ruégote, Erastro, que no me des ocasión de renovar mi sentimiento, ni de ti ni de otro alguno se trate cosa que antes de tiempo despierte en mí la memoria del disgusto que temo. Y con esto asimesmo os ruego, pastores, me dejéis adelantar a la aldea, porque, siendo avisado Grisaldo, le quede tiempo para satisfacerse del agravio que Artandro le ha hecho.

Ignorante estaba Erastro del suceso de Artandro, pero la pastora Florisa, en breves razones, se lo contó todo; de que se maravilló Erastro, estimando que no debía de ser poco el valor de Artandro, pues a tan dificultosa empresa se había puesto. Querían ya los pastores hacer lo que Galatea les mandaba, si en aquella sazón no descubrieran toda la compañía de caballeros, pastores y damas que la noche antes en la ermita de Silerio se quedaron, los cuales, en señal de grandísimo contento, a la aldea se venían, trayendo consigo a Silerio con diferente traje y gusto que hasta allí había tenido, porque ya había dejado el de ermitaño, mudándole en el de alegre desposado, como ya lo era de la hermosa Blanca, con igual contento y satisfación de entrambos y de sus buenos amigos Timbrio y Nísida, que se lo persuadieron, dando con aquel casamiento fin a todas sus miserias, y quietud y reposo a los pensamientos que por Nísida le fatigaban. Y así, con el regocijo que tal suceso les causaba, venían todos dando muestras dél con agradable música y discretas y amorosas canciones, de las cuales cesaron cuando vieron a Galatea y a los demás que con ella estaban, rescibiéndose unos a otros con mucho placer y comedimiento, dándole Galatea a Silerio el parabién de su suceso, y a la hermosa Blanca el de su desposorio; y lo mesmo hicieron los pastores Damón, Elicio y Erastro, que en estremo a Silerio estaban aficionados. Luego que cesaron entre ellos los parabienes y cortesías, acordaron de proseguir su camino al aldea; y para entretenerle, rogó Tirsi a Timbrio que acabase el soneto que había comenzado a decir cuando de Silerio fue conoscido; y, no escusándose Timbrio de hacerlo, al son de la flauta del celoso Orfinio, con estremada y suave voz, le cantó y acabó; que era éste:

Timbrio

Tan bien fundada tengo la esperanza,
que, aunque más sople riguroso viento,
no podrá desdecir de su cimiento:
tal fe, tal fuerza y tal valor alcanza.
Tan lejos voy de consentir mudanza
en mi firme amoroso pensamiento,
cuan cerca de acabar en mi tormento
antes la vida que la confianza.
Que si al contraste del amor vacila
el pecho enamorado, no meresce
del mesmo amor la dulce paz tranquila.
Por esto el mío, que su fe engrandece,
rabie Caribdis o amenace Cila,
al mar se arroja y al amor se ofresce.

Pareció bien el soneto de Timbrio a los pastores, y no menos la gracia con que cantado le había, y fue de manera que le rogaron que otra alguna cosa dijese; mas escusóse con decir a su amigo Silerio respondiese por él en aquella causa, como lo había hecho siempre en otras más peligrosas. No pudo Silerio dejar de hacer lo que su amigo le mandaba; y así, con el gusto de verse en tan felice estado, al son de la mesma flauta de Orfinio, cantó lo que se sigue:

SILERIO

Gracias al cielo doy, pues he escapado
de los peligros deste mar incierto,
y al recogido favorable puerto,
tan sin saber por dónde, he ya llegado.
Recójanse las velas del cuidado,
repárese el navío pobre abierto,
cumpla los votos quien con rostro muerto
hizo promesas en el mar airado.
Beso la tierra, reverencio al cielo,
mi suerte abrazo mejorada y buena,
llamo dichoso a mi fatal destino,
y a la nueva sin par blanda cadena,
con nuevo intento y amoroso celo,
el lastimado cuello alegre inclino.

Acabó Silerio y rogó a Nísida fuese servida de alegrar aquellos campos con su canto, la cual, mirando a su querido Timbrio, con los ojos le pidió licencia para cumplir lo que Silerio le pedía; y, dándosela él ansimesmo con la vista, ella, sin más esperar, con mucho donaire y gracia, cesando el son de la flauta de Orfinio, al de la zampoña de Orompo, cantó este soneto:

NÍSIDA

Voy contra la opinión de aquel que jura
que jamás del amor llegó el contento
a do llega el rigor de su tormento,
por más que al bien ayude la ventura.
Yo sé qué es bien, yo sé qué es desventura,
y sé de sus efectos claro, y siento
que cuanto más destruye el pensamiento
el mal de amor, el bien más lo asegura.
No el verme en brazos de la amarga muerte,
por la mal referida triste nueva,
ni a los cosarios bárbaros rendida,
fue dura pena, fue dolor tan fuerte,
que agora no conozca y haga prueba
que es más el gusto de mi alegre vida.

Admiradas quedaron Galatea y Florisa de la estremada voz de la hermosa Nísida, la cual, por parecerle que por entonces en cantar Timbrio y los de su parte habían tomado la mano, no quiso que su hermana quedase sin hacerlo; y así, sin importunarle mucho, con no menos gracia que Nísida, haciendo señal a Orfinio que su flauta tocase, al son della, cantó desta manera:

BLANCA

Cual si estuviera en la arenosa Libia,
o en la apartada Citia siempre helada,

tal vez del frío temor me vi asaltada,
y tal del fuego que jamás se entibia.
  Mas la esperanza, que el dolor alivia,
en uno y otro estremo, disfrazada
tuvo la vida en su poder guardada,
cuándo con fuerzas, cuándo flaca y tibia.
  Pasó la furia del invierno helado,
y, aunque el fuego de amor quedó en su punto,
llegó la deseada primavera,
  donde, en un solo venturoso punto,
gozo del dulce fruto deseado,
con largas pruebas de una fe sincera.

No menos contentó a los pastores la voz y lo que cantó Blanca, que todas las demás que habían oído. Y, ya que ellos querían dar muestras de que no toda la habilidad se encerraba en los cortesanos caballeros, y para esto, casi de un mesmo pensamiento movidos, Orompo, Crisio, Orfinio y Marsilo comenzaban a templar sus instrumentos, les forzó a volver las cabezas un ruido que a sus espaldas sintieron, el cual causaba un pastor que con furia iba atravesando por las matas del verde bosque, el cual fue de todos conoscido, que era el enamorado Lauso, de que se maravilló Tirsi, porque la noche antes se había despedido dél, diciendo que iba a un negocio que importaba el acabarle acabar su pesar y comenzar su gusto, y que, sin decirle más, con otro pastor su amigo se había partido, y que no sabía qué podía haberle sucedido agora, que con tanta priesa caminaba. Lo que Tirsi dijo movió a Damón a querer llamar a Lauso, y así, le dio voces que viniese; mas, viendo que no las oía y que ya a más andar iba traspuniendo un recuesto, con toda ligereza se adelantó, y desde encima de otro collado le tornó a llamar con mayores voces, las cuales oídas por Lauso, y conosciendo quién le llamaba, no pudo dejar de volver, y, en llegando a Damón, le abrazó con señales de estraño contento, y tanto, que admiraron a Damón las muestras que de estar alegre daba; y así, le dijo:

—¿Qué es esto, amigo Lauso? ¿Has, por ventura, alcanzado el fin de tus deseos, o hante desde ayer acá correspondido a ellos de manera que halles con facilidad lo que pretendes?

—Mucho mayor es el bien que traigo, Damón, verdadero amigo —respondió Lauso—, pues la causa que a otros suele ser desesperación y muerte, a mí me ha servido de esperanza y vida; y ésta ha sido de un desdén y desengaño, acompañado de un melindroso donaire que en mi pastora he visto, que me ha restituido a mi ser primero. Ya, ya, pastor, no siente mi trabajado cuello el pesado yugo amoroso, ya se han deshecho en mi sentido las encumbradas máquinas de pensamientos que desvanecido me traían, ya tornaré a la perdida conversación de mis amigos, ya me parescerán lo que son las verdes yerbas y olorosas flores destos apacibles campos, ya tendrán treguas mis sospiros, vado mis lágrimas y quietud mis desasosiegos; porque consideres, Damón, si es causa ésta bastante para mostrarme alegre y regocijado.

—Sí es, Lauso —respondió Damón—, pero temo que alegría tan repentinamente nascida no ha de ser duradera, y tengo ya esperiencia que todas las libertades que de desdenes son engendradas se deshacen como el humo, y torna luego la enamorada intención con mayor priesa a seguir sus intentos. Así que, amigo Lauso, plega al cielo que sea más firme tu contento de lo que yo imagino, y goces largos tiempos la libertad que pregonas; que no sólo me holgaría por lo que debo a nuestra amistad, sino por ver un no acostumbrado milagro en los deseos amorosos.

—Comoquiera que sea, Damón —respondió Lauso—, yo me siento agora libre y señor de mi voluntad; y, porque se satisfaga la tuya de ser verdad lo que digo, mira qué quieres que haga en prueba dello. ¿Quieres que me ausente? ¿Quieres que no visite más las cabañas donde imaginas que puede estar la causa de mis pasadas penas y presentes alegrías? Cualquiera cosa haré por satisfacerte.

—La importancia está en que tú, Lauso, estés satisfecho —respondió Damón—; y veré yo que lo estás cuando de aquí a seis días te vea en ese mesmo propósito. Y por agora no quiero otra cosa de ti sino que dejes el camino que llevabas y te vengas conmigo adonde todos aquellos pastores y damas nos esperan, y que la alegría que traes la solemnices con entretenernos con tu canto mientras que al aldea llegamos.

Fue contento Lauso de hacer lo que Damón le mandaba, y así, volvió con él a tiempo que Tirsi estaba haciendo señas a Damón que se volviese; y, en llegando que él y Lauso llegaron, sin gastar palabras de comedimiento, Lauso dijo:

—No vengo, señores, para menos que para fiestas y contentos; por eso, si le rescibiréis de escucharme, suene Marsilo su zampoña, y aparejaos a oír lo que jamás pensé que mi lengua tuviera ocasión de decirlo, ni aun mi pensamiento para imaginarlo.

Todos los pastores respondieron a una que les sería de gran gusto el oírle. Y luego Marsilo, con el deseo que tenía de escucharle, tocó su zampoña, al son de la cual Lauso comenzó a cantar desta manera:

Lauso

¡Con las rodillas en el suelo hincadas,
las manos en humilde modo puestas
y el corazón de un justo celo lleno,
te adoro, desdén sancto, en quien cifradas
están las causas de las dulces fiestas
que gozo en tiempo sosegado y bueno!
¡Tú del rigor del áspero veneno
que el mal de amor encierra
fuiste la cierta y presta medicina;
tú mi total ruïna
volviste en bien, en sana paz mi guerra,
y así como a mi rico almo tesoro,
no una vez sola, mas cien mil te adoro!

Por ti la luz de mis cansados ojos,
tanto tiempo turbada, y aun perdida,

al ser primero ha vuelto que tenía;
por ti torno a gozar de los despojos
que de mi voluntad y de mi vida
llevó de amor la antigua tiranía;
por ti la noche de mi error en día
de sereno discurso
se ha vuelto, y la razón, que antes estaba
en posesión de esclava,
con sosegado y advertido curso,
siendo agora señora, me conduce
do el bien eterno más se muestra y luce.

Mostrásteme, desdén, cuán engañosas,
cuán falsas y fingidas habían sido
las señales de amor que me mostraban,
y que aquellas palabras amorosas,
que tanto regalaban el oído
y al alma de sí mesma enajenaban,
en falsedad y en burla se forjaban,
y el regalado y tierno
mirar de aquellos ojos sólo era
porque mi primavera
se convirtiese en desabrido invierno,
cuando llegase el claro desengaño;
mas tú, dulce desdén, curaste el daño.

¡Desdén, que sueles ser espuela aguda
que hace caminar al pensamiento
tras la amorosa deseada empresa!
En mí tu efecto y condición se muda,
que yo por ti me aparto del intento
tras quien corría con no vista priesa,
y, aunque contino el fiero amor no cesa,
mal de mí satisfecho,
tender de nuevo el lazo por cogerme,
y por más ofenderme,
encarar mil saetas a mi pecho,
tú, desdén, solo, sólo tú bien puedes
romper sus flechas y rasgar sus redes.

No era mi amor tan flaco, aunque sencillo,
que pudiera un desdén echarle a tierra;
cien mil han sido menester primero:
que fue, cual suele, sin poder sufrillo,
venir al suelo el pino que le atierra,
en virtud de otros golpes, el postrero.
Grave desdén, de parecer severo,
en desamor fundado

y en poca estimación de ajena suerte:
dulce me ha sido el verte,
el oírte y tocarte, y que gustado
haya sido del alma en coyuntura
que derribas y acabas mi locura.

Derribas mi locura y das la mano
al ingenio, desdén, que se levante
y sacuda de sí el pesado sueño,
para que con mejor intento sano,
nuevas grandezas, nuevos loores cante
de otro, si le halla, agradescido dueño.
Tú has quitado las fuerzas al beleño
con que el amor ingrato
adormecía a mi virtud doliente,
y con la tuya ardiente,
soy reducido a nueva vida y trato:
que ahora entiendo que yo soy quien puedo
temer con tasa, y esperar sin miedo.

No cantó más Lauso, aunque bastó lo que cantado había para poner admiración en los presentes; que, como todos sabían que el día antes estaba tan enamorado y tan contento de estarlo, maravillábales verle en tan pequeño espacio de tiempo tan mudado y tan otro del que solía. Y, considerando bien esto, su amigo Tirsi le dijo:

—No sé si te dé el parabién, amigo Lauso, del bien en tan breves horas alcanzado, porque temo que no debe de ser tan firme y seguro como tú imaginas; pero todavía me huelgo de que goces, aunque sea pequeño espacio, del gusto que acarrea al alma la libertad alcanzada, pues podría ser que, conosciendo agora en lo que se debe estimar, aunque tornases de nuevo a las rotas cadenas y lazos, hicieses más fuerza para romperlos, atraído de la dulzura y regalo que goza un libre entendimiento y una voluntad desapasionada.

—No tengas temor alguno, discreto Tirsi —respondió Lauso—, que ninguna otra nueva asechanza sea bastante a que yo torne a poner los pies en el cepo amoroso, ni me tengas por tan liviano y antojadizo que no me haya costado ponerme en el estado en que estoy infinitas consideraciones, mil averiguadas sospechas y mil cumplidas promesas hechas al cielo porque a la perdida luz me tornase; y, pues en ella veo agora cuán poco antes veía, yo procuraré conservarla en el mejor modo que pudiere.

—Ninguno otro será tan bueno —dijo Tirsi— como no volver a mirar lo que atrás dejas, porque perderás, si vuelves, la libertad que tanto te ha costado, y quedarás cual quedó aquel incauto amante, con nuevas ocasiones de perpetuo llanto. Y ten por cierto, Lauso amigo, que no hay tan enamorado pecho en el mundo, a quien los desdenes y arrogancias escusadas no entibien y aun le hagan retirar de sus mal colocados pensamientos; y háceme creer más esta verdad, saber yo quién es Silena, aunque tú jamás no me lo has dicho, y saber ansimesmo la mudable condición suya, sus acelerados ímpetus y la llaneza, por no darle otro nombre, de sus deseos; cosas que, a no templarlas y disfrazarlas con la sin igual hermosura de que el cielo la ha dotado, fuera por ellas de todo el mundo aborrescida.

—Verdad dices, Tirsi —respondió Lauso—, porque, sin duda alguna, la singular belleza suya y las aparencias de la incomparable honestidad de que se arrea, son partes para que no sólo sea querida, sino adorada de todos cuantos la miraren; y así, no debe maravillarse alguno que la libre voluntad mía se haya rendido a tan fuertes y poderosos contrarios: sólo es justo que se maraville de cómo me he podido escapar dellos, que, puesto que salgo de sus manos tan maltratado, estragada la voluntad, turbado el entendimiento, descaecida la memoria, todavía me parece que puedo triunfar de la batalla.

No pasaron más adelante en su plática los dos pastores, porque a este punto vieron que, por el mesmo camino que ellos iban, venía una hermosa pastora, y poco desviado della un pastor, que luego fue conoscido que era el anciano Arsindo, y la pastora era la hermana de Galercio, Maurisa; la cual, como fue conoscida de Galatea y de Florisa, entendieron que con algún recaudo de Grisaldo para Rosaura venía; y, adelantándose las dos a rescebirla, Maurisa llegó a abrazar a Galatea, y el anciano Arsindo saludó a todos los pastores y abrazó a su amigo Lauso, el cual estaba con grande deseo de saber lo que Arsindo había hecho después que le dijeron que en seguimiento de Maurisa se había partido; y, viéndole agora volver con ella, luego comenzó a perder con él y con todos el crédito que sus blancas canas le habían adquirido; y aun le acabara de perder, si los que allí venían no supieran tan de experiencia adónde y a cuánto la fuerza del amor se estendía; y así, en los mesmos que le culpaban halló la disculpa de su yerro. Y paresce que, adivinando Arsindo lo que los pastores dél adivinaban, como en satisfación y disculpa de su cuidado, les dijo:

—Oíd, pastores, uno de los más estraños sucesos amorosos que por largos años en estas nuestras riberas ni en las ajenas se habrá visto. Bien creo que conoscéis y conoscemos todos al nombrado pastor Lenio, aquel cuya desamorada condición le adquirió renombre de desamorado; aquel que no ha muchos días que, por sólo decir mal de amor, osó tomar competencia con el famoso Tirsi, que está presente; aquel, digo, que jamás supo mover la lengua que para decir mal de amor no fuese; aquel que con tantas veras reprehendía a los que de la amorosa dolencia veía lastimados. Éste, pues, tan declarado enemigo del amor, ha venido a término que tengo por cierto que no tiene el amor quien con más veras le siga, ni aun él tiene vasallo a quien más persiga, porque le ha hecho enamorar de la desamorada Gelasia, aquella cruel pastora que al hermano désta —señalando a Maurisa—, que tanto en la condición se le parece, tuvo el otro día, como vistes, con el cordel a la garganta, para fenecer a manos de su crueldad sus cortos y mal logrados días. Digo, en fin, pastores, que Lenio el desamorado muere por la endurescida Gelasia, y por ella llena el aire de sospiros y la tierra de lágrimas; y lo que hay más malo en esto es que me parece que el amor ha querido vengarse del rebelde corazón de Lenio, rindiéndole a la más dura y esquiva pastora que se ha visto, y conosciéndolo él, procura agora en cuanto dice y hace reconciliarse con el amor, y por los mesmos términos que antes le vituperaba, ahora le ensalza y honra; y, con todo esto, ni el amor se mueve a favorescerle, ni Gelasia se inclina a remediarle, como lo he visto por los ojos, pues no ha muchas horas que, viniendo yo en compañía desta pastora, le hallamos en la fuente de las Pizarras, tendido en el suelo, cubierto el rostro de un sudor frío y anhelando el pecho con una estraña priesa. Lleguéme a él y conocíle, y con el agua de la fuente le rocié el rostro, con que cobró los perdidos espíritus; y, sentándome junto a él, le pregunté la causa de su dolor, la cual él me dijo sin faltar punto, contándomela con tan tierno sentimiento que le puso en esta pastora, en quien creo que jamás cupo señal de compasión alguna. Encarecióme la crueldad de Gelasia y el amor que la tenía, y la sospecha que en él reinaba de que el amor le había traído a tal estado por vengarse en un solo punto de las muchas ofensas que le había hecho. Consoléle yo lo mejor que supe, y, dejándole libre del pasado parasismo, [vengo] acompañando a esta pastora, y a buscarte a ti, Lauso, para que si fueres servido, volvamos a nuestras cabañas, pues ha ya diez días que dellas nos partimos, y podrá ser que nuestros ganados sientan el ausencia nuestra más que nosotros la suya.

—No sé si te responda, Arsindo —respondió Lauso—, que creo que más por cumplimiento que por otra cosa me convidas a que a nuestras cabañas nos volvamos, teniendo tanto que hacer en las ajenas, cuanto la ausencia que de mí has hecho estos días lo ha mostrado. Pero, dejando lo más que en esto te pudiera decir para mejor sazón y coyuntura, tórname a decir si es verdad lo que de Lenio dices, porque, si así es, podré yo afirmar que ha hecho amor en estos días de los mayores milagros que en todos los de su vida ha hecho, como son rendir y avasallar el duro corazón de Lenio y poner en libertad el tan subjeto mío.

—Mira lo que dices —dijo entonces Orompo—, amigo Lauso, que si el amor te tenía subjeto, como hasta aquí has significado, ¿cómo el mesmo amor ahora te ha puesto en la libertad que publicas?

—Si me quieres entender, Orompo —replicó Lauso—, verás que en nada me contradigo, porque digo, o quiero decir, que el amor que reinaba y reina en el pecho de aquella a quien yo tan en estremo quería, como se encamina a diferente intento que el mío, puesto que todo es amor, el efecto que en mí ha hecho es ponerme en libertad, y a Lenio en servidumbre; y no me hagas, Orompo, que cuente con éstos otros milagros.

Y, diciendo esto, volvió los ojos a mirar al anciano Arsindo, y con ellos dijo lo que con la lengua callaba, porque todos entendieron que el tercero milagro que pudiera contar fuera ver enamoradas las canas de Arsindo de los pocos y verdes años de Maurisa, la cual todo este tiempo estuvo hablando aparte con Galatea y Florisa, diciéndoles cómo otro día sería Grisaldo en el aldea en hábito de pastor, y que allí pensaba desposarse con Rosaura en secreto, porque en público no podía, a causa que los parientes de Leopersia, con quien su padre tenía concertado de casarle, habían sabido que Grisaldo quería faltar en la prometida palabra, y en ninguna manera querían que tal agravio se les hiciese; pero que, con todo esto, estaba Grisaldo determinado de corresponder antes a lo que a Rosaura debía, que no a la obligación en que a su padre estaba.

—Todo esto que os he dicho, pastoras —prosiguió Maurisa—, mi hermano Galercio me dijo que os lo dijese, el cual a vosotras con este recaudo venía; pero la cruel Gelasia, cuya hermosura lleva siempre tras sí el alma de mi desdichado hermano, fue la causa que él no pudiese venir a deciros lo que he dicho, pues, por seguir a ella, dejó de seguir el camino que traía, fiándose de mí como de hermana. Ya habéis entendido, pastoras, a lo que vengo; decidme dó está Rosaura, para decírselo, o decídselo vosotras, porque la angustia en que mi hermano queda puesto no consiente que un punto más aquí me detenga.

En tanto que la pastora esto decía, estaba Galatea considerando la amarga respuesta que pensaba darle, y las tristes nuevas que habían de llegar a los oídos del desdichado Grisaldo; pero, viendo que no escusaba de darlas y que era peor detenerla, luego le contó todo lo que a Rosaura había sucedido, y cómo Artandro la llevaba, de que quedó maravillada Maurisa; y al instante quisiera dar la vuelta a avisar a Grisaldo, si Galatea no la detuviera, preguntándole qué se habían hecho las dos pastoras que con ella y con Galercio se habían ido, a lo que respondió Maurisa:

—Cosas te pudiera contar dellas, Galatea, que te pusieran en mayor admiración que no en la en que a mí me ha puesto el suceso de Rosaura, pero el tiempo no me da lugar a ello; sólo te digo que, la que se llamaba Leonarda se ha desposado con mi hermano Artidoro por el más sotil engaño que jamás se ha visto, y Teolinda, la otra, está en término de acabar la vida o de perder el juicio, y sólo la entretiene la vista de Galercio, que, como se parece tanto a la de mi hermano Artidoro, no se aparta un punto de su compañía, cosa que es a Galercio tan pesada y enojosa, cuanto le es dulce y agradable la compañía de la cruel Gelasia. El modo como esto pasó te contaré más despacio, cuando otra vez nos veamos, porque no será razón que por mi tardanza se impida el remedio que Grisaldo puede tener en su desgracia, usando en remediarla la diligencia posible, porque si no ha más que esta mañana que Artandro robó a Rosaura, no se podrá haber alejado tanto destas riberas que quite la esperanza a Grisaldo de cobrarla, y más si yo aguijo los pies, como pienso.

Parecióle bien a Galatea lo que Maurisa decía; y así, no quiso más detenerla; sólo le rogó que fuese servida de tornarla a ver lo más presto que pudiese, para contarle el suceso de Teolinda y lo que haría en el hecho de Rosaura. La pastora se lo prometió, y, sin más detenerse, despidiéndose de los que allí estaban, se volvió a su aldea, dejando a todos satisfechos de su donaire y hermosura; pero quien más sintió su partida fue el anciano Arsindo, el cual, por no dar claras muestras de su deseo, se hubo de quedar tan solo sin Maurisa, cuanto acompañado de sus pensamientos. Quedaron también las pastoras suspensas de lo que de Teolinda habían oído, y en estremo deseaban saber su suceso. Y, estando en esto, oyeron el claro son de una bocina que a su diestra mano sonaba, y, volviendo los ojos a aquella parte, vieron encima de un recuesto algo levantado dos ancianos pastores, que en medio tenían un antiguo sacerdote, que luego conoscieron ser el anciano Telesio; y, habiendo uno de los pastores tocado otra vez la bocina, todos tres se bajaron del recuesto y se encaminaron hacia otro que allí junto estaba, donde subidos, de nuevo tornaron a tocarla, a cuyo son de diferentes partes se comenzaron a mover muchos pastores, para venir a ver lo que Telesio quería, porque con aquella señal solía él convocar todos los pastores de aquella ribera cuando quería hacerles algún provechoso razonamiento, o decirles la muerte de algún conoscido pastor de aquellos contornos, o para traerles a la memoria el día de alguna solemne fiesta o el de algunas tristes obsequias. Tiniendo, pues, Aurelio, y casi los más pastores que allí venían, conoscida la costumbre y condición de Telesio, todos se fueron acercando adonde él estaba, y cuando llegaron, ya se habían juntado. Pero, como Telesio vio venir tantas gentes y conosció cuán principales todos eran, bajando de la cuesta, los fue a rescebir con mucho amor y cortesía, y con la mesma fue de todos rescibido, y, llegándose Aurelio a Telesio, le dijo:

—Cuéntanos, si fueres servido, honrado y venerable Telesio, qué nueva causa te mueve a querer juntar los pastores destos prados. ¿Es, por ventura, de alegres fiestas o de tristes y fúnebres sucesos? ¿O quiéresnos mostrar alguna cosa pertenesciente al mejoramiento de nuestras vidas? Dinos, Telesio, lo que tu voluntad ordena, pues sabes que no saldrán las nuestras de todo aquello que la tuya quisiere.

—Págueos el cielo, pastores —respondió Telesio—, la sinceridad de vuestras intenciones, pues tanto se conforman con la de aquel que sólo vuestro bien y provecho pretende. Mas, por satisfacer el deseo que tenéis de saber lo que quiero, quiéroos traer a la memoria la que debéis tener perpetuamente del valor y fama del famoso y aventajado pastor Meliso, cuyas dolorosas obsequias se renuevan y se irán renovando de año en año tal día como mañana, en tanto que en nuestras riberas hubiere pastores y en nuestras almas no faltare el conoscimiento de lo que se debe a la bondad y valor de Meliso. A lo menos, de mí os sé decir que, en tanto que la vida me durare, no dejaré de acordaros a su tiempo la obligación en que os tiene puestos la habilidad, cortesía y virtud del sin par Meliso; y así, agora os la acuerdo, y os advierto que mañana es el día en que se ha de renovar el desdichado, donde tanto bien perdimos, como fue perder la agradable presencia del prudente pastor Meliso. Por lo que a la bondad suya debéis, y por lo que a la intención que tengo de serviros estáis obligados, os ruego, pastores, que mañana, al romper del día, os halléis todos en el Valle de los Cipreses, donde está el sepulcro de las honradas cenizas de Meliso, para que allí, con tristes cantos y piadosos sacrificios, procuremos alegerar la pena, si alguna padece, a aquella venturosa alma, que en tanta soledad nos ha dejado.

Y, diciendo esto, con el tierno sentimiento que la memoria de la muerte de Meliso le causaba, sus venerables ojos se llenaron de lágrimas, acompañándole en ellas casi los más de los circunstantes; los cuales, todos de una mesma conformidad, se ofrecieron de acudir otro día adonde Telesio les mandaba, y lo mesmo hicieron Timbrio y Silerio, Nísida y Blanca, por parecerles que no sería bien dejar de hallarse en ocasión tan piadosa y en junta de tan célebres pastores como allí imaginaron que se juntarían. Con esto se despidieron de Telesio y tornaron a seguir el comenzado camino de la aldea; mas no se habían apartado mucho de aquel lugar, cuando vieron venir hacia ellos al desamorado Lenio, con semblante tan triste y pensativo que puso admiración en todos; y tan transportado en sus imaginaciones venía, que pasó lado con lado de los pastores, sin que los viese; antes, torciendo el camino a la izquierda mano, no hubo andado muchos pasos, cuando se arrojó al pie de un verde sauce, y, dando un recio y profundo sospiro, levantó la mano, y, puniéndola por el collar del pellico, tiró tan recio que le hizo pedazos hasta abajo, y luego se quitó el zurrón del lado, y, sacando dél un pulido rabel, con grande atención y sosiego se le puso a templar, y, a cabo de poco espacio, con lastimada y concertada voz, comenzó a cantar, de manera que forzó a todos los que le habían visto a que se parasen a escucharle hasta el fin de su canto, que fue éste:

Lenio

¡Dulce amor, ya me arrepiento
de mis pasadas porfías;
ya de hoy más confieso y siento
que fue sobre burlerías
levantado su cimiento;
ya el rebelde cuello erguido
humilde pongo y rendido
al yugo de tu obediencia;
ya conozco la potencia
de tu valor estendido!
Sé que puedes cuanto quieres,
y que quieres lo imposible;
sé que muestras bien quién eres
en tu condición terrible,
en tus penas y placeres;
y sé, en fin, que yo soy quien
tuvo siempre a mal tu bien,
tu engaño por desengaño,
tus certezas por engaño,
por caricias tu desdén.

Estas cosas, bien sabidas,
han agora descubierto
en mis entrañas rendidas
que tú solo eres el puerto
do descansan nuestras vidas;
tú la implacable tormenta
que al alma más atormenta
vuelves en serena calma;
tú eres gusto y luz del alma,
y manjar que la sustenta.

Pues esto juzgo y confieso,
aunque tarde vengo en ello,
tiempla tu rigor y exceso,
amor, y del flaco cuello
aligera un poco el peso.
Al ya rendido enemigo,
no se ha de dar el castigo
como a aquél que se defiende;
cuanto más, que aquí se ofende
quien ya quiere ser tu amigo.

Salgo de la pertinacia
do me tuvo mi malicia
y el estar en tu desgracia,
y apelo de tu justicia
ante el rostro de tu gracia;
que si a mi poco valor
no le quilata en favor
de tu gracia conoscida,
presto dejaré la vida
en las manos del dolor.
Las de Gelasia me han puesto
en tan estraña agonía,
que si más porfía en esto,
mi dolor y su porfía
sé que acabarán bien presto.
¡Oh dura Gelasia, esquiva,
zahareña, dura, altiva!,
¿por qué gustas, di, pastora,
que el corazón que te adora
en tantos tormentos viva?

Poco fue lo que cantó Lenio, pero lo que lloró fue tanto que allí quedara deshecho en lágrimas, si los pastores no acudieran a consolarle. Mas, como él los vio venir, y conosció entre ellos a Tirsi, sin más detenerse, se levantó y fue a arrojar a sus pies, abrazándole estrechamente las rodillas; y, sin dejar las lágrimas, le dijo:

—Ahora puedes, famoso pastor, tomar justa venganza del atrevimiento que tuve de competir contigo, defendiendo la injusta causa que mi ignorancia me proponía. Ahora digo que puedes levantar el brazo y con algún agudo cuchillo traspasar este corazón, donde cupo tan notoria simpleza como era no tener al amor por universal señor del mundo. Pero de una cosa te quiero advertir: que si quieres tomar al justo la venganza de mi yerro, que me dejes con la vida que sostengo, que es tal, que no hay muerte que se le compare.

Había ya Tirsi levantado del suelo al lastimado Lenio, y, teniéndole abrazado, con discretas y amorosas palabras procuraba consolarle, diciéndole:

—La mayor culpa que hay en las culpas, Lenio amigo, es el estar pertinaces en ellas, porque es de condición de demonios el nunca arrepentirse de los yerros cometidos, y, asimesmo, una de las principales causas que mueve y fuerza a perdonar las ofensas es ver el ofendido arrepentimiento en el que ofende; y más cuando está el perdonar en manos de quien no hace nada en hacerlo, pues su noble condición le tira y compele a que lo haga, quedando más rico y satisfecho con el perdón que con la venganza, como se ve esto a cada paso en los grandes señores y reyes, que más gloria granjean en perdonar las injurias que en vengarlas. Y, pues tú, Lenio, confiesas el error en que has estado, y conosces agora las poderosas fuerzas del amor, y entiendes dél que es señor universal de nuestros corazones, por este nuevo conoscimiento, y por el arrepentimiento que tienes, puedes estar confiado y vivir seguro que el generoso y blando amor te reducirá presto a sosegada y amorosa vida; que si ahora te castiga con darte la penosa que tienes, hácelo porque le conozcas y porque después tengas y estimes en más la alegre que sin duda piensa darte.

A estas razones añadieron otras muchas Elicio y los demás pastores que allí estaban, con las cuales pareció que quedó Lenio algo más consolado. Y luego les contó cómo moría por la cruel pastora Gelasia, exagerándoles la esquiva y desamorada condición suya, y cuán libre y esenta estaba de pensar en ningún efecto amoroso, encareciéndoles también el insufrible tormento que por ella el gentil pastor Galercio padecía; de quien ella hacía tan poco caso, que mil veces le había puesto en términos de desesperarse. Mas, después que por un rato en estas cosas hubieron razonado, tornaron a seguir su camino, llevando consigo a Lenio; y, sin sucederles otra cosa, llegaron al aldea, llevándose consigo Elicio a Tirsi, Damón, Erastro, Lauso y Arsindo. Con Daranio se fueron Crisio, Orfinio, Marsilo y Orompo. Florisa y las otras pastoras se fueron con Galatea y con su padre, Aurelio, quedando primero concertado que otro día, al salir del alba, se juntasen para ir al valle de los Cipreses, como Telesio les había mandado, para celebrar las obsequias de Meliso, en las cuales, como ya está dicho, quisieron hallarse Timbrio, Silerio, Nísida y Blanca, que con el venerable Aurelio aquella noche se fueron.

Fin del libro quinto

SEXTO Y ÚLTIMO LIBRO DE *GALATEA*

Apenas habían los rayos del dorado Febo comenzado a dispuntar por la más baja línea de nuestro horizonte, cuando el anciano y venerable Telesio hizo llegar a los oídos de todos los que en el aldea estaban el lastimero son de su bocina, señal que movió a los que le escucharon a dejar el reposo de los pastorales lechos y acudir a lo que Telesio pedía. Pero los primeros que en esto tomaron la mano fueron Elicio, Aurelio, Daranio y todos los pastores y pastoras que con ellos estaban, no faltando las hermosas Nísida y Blanca y los venturosos Timbrio y Silerio, con otra cantidad de gallardos pastores y bellas pastoras que a ellos se juntaron y al número de treinta llegarían, entre los cuales iban la sin par Galatea, nuevo milagro de hermosura, y la recién desposada Silveria, la cual llevaba consigo a la hermosa y zahareña Belisa, por quien el pastor Marsilo tan amorosas y mortales angustias padecía. Había venido Belisa a visitar a Silveria y darle el parabién del nuevo rescibido estado, y quiso ansimesmo hallarse en tan célebres obsequias como esperaba serían las que tantos y tan famosos pastores celebraban.

Salieron, pues, todos juntos de la aldea, fuera de la cual hallaron a Telesio con otros muchos pastores que le acompañaban, todos vestidos y adornados de manera que bien mostraban que para triste y lamentable negocio habían sido juntados. Ordenó luego Telesio, porque con intenciones más puras y pensamientos más reposados se hiciesen aquel día los solemnes sacrificios, que todos los pastores fuesen juntos por su parte y desviados de las pastoras, y que ellas lo mesmo hiciesen, de que los menos quedaron contentos y los más no muy satisfechos, especialmente el apasionado Marsilo, que ya había visto a la desamorada Belisa, con cuya vista quedó tan fuera de sí y tan suspenso, cual lo conoscieron bien sus amigos Orompo, Crisio y Orfinio, los cuales, viéndole tal, se llegaron a él, y Orompo le dijo:

—Esfuerza, amigo Marsilo, esfuerza y no des ocasión con tu desmayo a que se descubra el poco valor de tu pecho. ¿Qué sabes si el cielo, movido a compasión de tu pena, ha traído a tal tiempo a estas riberas a la pastora Belisa para que las remedie?

—Antes para más acabarme, a lo que yo creo —respondió Marsilo—, habrá ella venido a este lugar, que de mi ventura esto y más se debe temer; pero yo haré, Orompo, lo que mandas, si acaso puede conmigo en este duro trance más la razón que mi sentimiento.

Y con esto volvió algo más en sí Marsilo, y luego los pastores por una parte y las pastoras por otra, como de Telesio estaba ordenado, se comenzaron a encaminar al Valle de los Cipreses, llevando todos un maravilloso silencio, hasta que, admirado Timbrio de ver la frescura y belleza del claro Tajo, por do caminaba, vuelto a Elicio, que al lado le venía, le dijo:

—No poca maravilla me causa, Elicio, la incomparable belleza destas frescas riberas; y no sin razón, porque quien ha visto, como yo, las espaciosas del nombrado Betis y las que visten y adornan al famoso Ebro y al conoscido Pisuerga, y en las apartadas tierras ha paseado las del sancto Tíber y las amenas del Po, celebrado por la caída del atrevido mozo, sin dejar de haber rodeado las frescuras del apascible Sebeto, grande ocasión había de ser la que a maravilla me moviese de ver otras algunas.

—No vas tan fuera de camino en lo que dices, según yo creo, discreto Timbrio —respondió Elicio—, que con los ojos no veas la razón que de decirlo tienes; porque, sin duda, puedes creer que la amenidad y frescura de las riberas deste río hace notoria y conoscida ventaja a todas las que has nombrado, aunque entrase en ellas las del apartado Janto, y del conoscido Anfriso y el enamorado Alfeo; porque tiene y ha hecho cierto la experiencia que, casi por derecha línea, encima de la mayor parte destas riberas se muestra un cielo luciente y claro, que con un largo movimiento y con vivo resplandor, parece que convida a regocijo y gusto al corazón que dél está más ajeno. Y si ello es verdad que las estrellas y el sol se mantienen, como algunos dicen, de las aguas de acá bajo, creo firmemente que las deste río sean en gran parte ocasión de causar la belleza del cielo que le cubre, o creeré que Dios, por la mesma razón que dicen que mora en los cielos, en esta parte haga lo más de su habitación. La tierra que lo abraza, vestida de mil verdes ornamentos, parece que hace fiesta y se alegra de poseer en sí un don tan raro y agradable, y el dorado río, como en ca[m]bio, en los abrazos della dulcemente entretejiéndose, forma como de industria mil entradas y salidas, que a cualquiera que las mira llenan el alma de placer maravilloso, de donde nasce que, aunque los ojos tornen de nuevo muchas veces a mirarle, no por eso dejan de hallar en él cosas que les causen nuevo placer y nueva maravilla. Vuelve, pues, los ojos, valeroso Timbrio, y mira cuánto adornan sus riberas las muchas aldeas y ricas caserías que por ellas se ven fundadas. Aquí se vee en cualquiera sazón del año andar la risueña primavera con la hermosa Venus en hábito subcinto y amoroso, y Céfiro que la acompaña, con la madre Flora delante, esparciendo a manos llenas varias y odoríferas flores. Y la industria de sus moradores ha hecho tanto, que la naturaleza, encorporada con el arte, es hecha artífice y connatural del arte, y de entrambas a dos se ha hecho una tercia naturaleza, a la cual no sabré dar nombre. De sus cultivados jardines, con quien los huertos Hespérides y de Alcino pueden callar; de los espesos bosques, de los pacíficos olivos, verdes laureles y acopados mirtos; de sus abundosos pastos, alegres valles y vestidos collados, arroyos y fuentes que en esta ribera se hallan, no se espere que yo diga más, sino que, si en alguna parte de la tierra los Campos Elíseos tienen asiento, es, sin duda, en ésta. ¿Qué diré de la industria de las altas ruedas, con cuyo continuo movimiento sacan las aguas del profundo río y humedecen abundosamente las eras que por largo espacio están apartadas? Añádese a todo esto criarse en estas riberas las más hermosas y discretas pastoras que en la redondez del suelo pueden hallarse, para cuyo testimonio, dejando aparte el que la experiencia nos muestra y lo que tú, Timbrio, ha que estás en ellas y que has visto, bastará traer por ejemplo a aquella pastora que allí ves, ¡oh Timbrio!

Y, diciendo esto, señaló con el cayado a Galatea; y, sin decir más, dejó admirado a Timbrio de ver la discreción y palabras con que había alabado las riberas de Tajo y la hermosura de Galatea. Y, respondiéndole que no se le podía contradecir ninguna cosa de las dichas, en aquellas y en otras entretenían la pesadumbre del camino, hasta que, llegados a vista del Valle de los Cipreses, vieron que dél salían casi otros tantos pastores y pastoras como los que con ellos iban. Juntáronse todos, y con sosegados pasos comenzaron a entrar por el sagrado valle, cuyo sitio era tan estraño y maravilloso que, aun a los mesmos que muchas veces le habían visto, causaba nueva admiración y gusto. Levántanse en una parte de la ribera del famoso Tajo, en cuatro diferentes y contrapuestas partes, cuatro verdes y apacibles collados, como por muros y defensores de un hermoso valle que en medio contienen, cuya entrada en él por otros cuatro lugares es concedida, los cuales mesmos collados estrechan de modo que vienen a formar cuatro largas y apacibles calles, a quien hacen pared de todos lados altos e infinitos cipreses, puestos por tal orden y concierto que hasta las mesmas ramas de los unos y de los otros paresce que igualmente van cresciendo, y que ninguna se atreve a pasar ni salir un punto más de la otra. Cierran y ocupan el espacio que entre ciprés y ciprés se hace, mil olorosos rosales y suaves jazmines, tan juntos y entretejidos como suelen estar en los vallados de las guardadas viñas las espinosas zarzas y puntosas cambroneras. De trecho en trecho destas apacibles entradas, se ven correr por entre la verde y menuda yerba claros y frescos arroyos de limpias y sabrosas aguas, que en las faldas de los mesmos collados tienen su nascimiento. Es el remate y fin destas calles una ancha y redonda plaza, que los recuestos y los cipreses forman, en medio de la cual está puesta una artificiosa fuente de blanco y precioso mármol fabricada, con tanta industria y artificio hecha, que las vistosas del conoscido Tíbuli y las soberbias de la anigua Tinacria no le pueden ser comparadas. Con el agua desta maravillosa fuente se humedecen y sustentan las frescas yerbas de la deleitosa plaza; y lo que más hace a este agradable sitio digno de estimación y reverencia es ser previlegiado de las golosas bocas de los simples corderuelos y mansas ovejas, y de otra cualquier suerte de ganado: que sólo sirve de guardador y tesorero de los honrados huesos de algunos famosos pastores que, por general decreto de todos los que quedan vivos en el contorno de aquellas riberas, se determina y ordena ser digno y merescedor de tener sepultura en este famoso valle. Por esto se veían, entre los muchos y diversos árboles que por las espaldas de los cipreses estaban, en el lugar y distancia que había dellos hasta las faldas de los collados, algunas sepulturas, cuál de jaspe y cuál de mármol fabricada, en cuyas blancas piedras se leían los nombres de los que en ellas estaban sepultados. Pero la que más sobre todas resplandecía, y la que más a los ojos de todos se mostraba, era la del famoso pastor Meliso, la cual, apartada de las otras, a un lado de la ancha plaza, de lisas y negras pizarras y de blanco y bien labrado alabastro hecha parecía. Y, en el mesmo punto que los ojos de Telesio la miraron, volviendo el rostro a toda aquella agradable compañía, con sosegada voz y lamentables acentos, les dijo:

—Veis allí, gallardos pastores, discretas y hermosas pastoras; veis allí, digo, la triste sepultura donde reposan los honrados huesos del nombrado Meliso, honor y gloria de nuestras riberas. Comenzad, pues, a levantar al cielo los humildes corazones, y con puros afectos, abundantes lágrimas y profundos sospiros, entonad los sanctos himnos y devotas oraciones, y rogalde tenga por bien de acoger en su estrellado asiento la bendita alma del cuerpo que allí yace.

Y, en diciendo esto, se llegó a un ciprés de aquéllos, y, cortando algunas ramas, hizo dellas una funesta guirnalda con que coronó sus blancas y veneradas sienes, haciendo señal a los demás que lo mesmo hiciesen; de cuyo ejemplo movidos todos, en un momento se coronaron de las tristes ramas, y, guiados de Telesio, llegaron a la sepultura, donde lo primero que Telesio hizo fue inclinar las rodillas y besar la dura piedra del sepulcro. Hicieron todos lo mesmo, y algunos hubo que, tiernos con la memoria de Meliso, dejaban regado con lágrimas el blanco mármol que besaban. Hecho esto, mandó Telesio encender el sacro fuego, y en un momento, alrededor de la sepultura, se hicieron muchas, aunque pequeñas, hogueras, en las cuales solas ramas de ciprés se quemaban; y el venerable Telesio, con graves y sosegados pasos, comenzó a rodear la pira y a echar en todos los ardientes fuegos alguna cantidad de sacro y oloroso incienso, diciendo cada vez que lo esparcía alguna breve y devota oración, a rogar por el alma de Meliso encaminada, al fin de la cual levantaba la tremante voz, y todos los circunstantes, con triste y piadoso acento, respondían: «Amén, amén», tres veces; a cuyo lamentable sonido resonaban los cercanos collados y apartados valles, y las ramas de los altos cipreses y de los otros muchos árboles de que el valle estaba lleno, heridas de un manso céfiro que soplaba, hacían y formaban un sordo y tristísimo susurro, casi como en señal de que por su parte ayudaban a la tristeza del funesto sacrificio.

Tres veces rodeó Telesio la sepultura, y tres veces dijo las piadosas plegarias, y otras nueve se escucharon los llorosos acentos del «amén», que los pastores repitían. Acabada esta ceremonia, el anciano Telesio se arrimó a un subido ciprés que a la cabecera de la sepultura de Meliso se levantaba, y con volver el rostro a una y otra parte, hizo que todos los circunstantes estuviesen atentos a lo que decir quería; y luego, levantando la voz todo lo que pudo conceder la antigüedad de sus años, con maravillosa elocuencia comenzó a alabar las virtudes de Meliso, la integridad de su inculpable vida, la alteza de su ingenio, la entereza de su ánimo, la graciosa gravedad de su plática y la excelencia de su poesía; y, sobre todo, la solicitud de su pecho en guardar y cumplir la sancta religión que profesado había, juntando a estas otras tantas y tales virtudes de Meliso, que, aunque el pastor no fuera tan conoscido de todos los que a Telesio escuchaban, sólo por lo que él decía, quedaran aficionados a amarle si fuera vivo, y a reverenciarle después de muerto. Concluyó, pues, el viejo su plática diciendo:

—Si a do llegaron, famosos pastores, las bondades de Meliso, y adonde llega el deseo que tengo de alabarlas, llegara la bajeza de mi corto entendimiento, y las flacas y pocas fuerzas adquiridas de mis tantos y tan cansados años no me acortaran la voz y el aliento, primero este sol que nos alumbra le viérades bañar una y otra vez en el grande océano, que yo cesara de la comenzada plática; mas, pues esto en mi marchita edad no se permite, suplid vosotros mi falta, y mostraos agradecidos a las frías cenizas de Meliso, celebrándolas en la muerte como os obliga el amor que él os tuvo en la vida. Y, puesto que a todos en general nos toca y cabe parte desta obligación, a quien en particular más obliga es a los famosos Tirsi y Damón, como a tan conoscidos amigos y familiares suyos; y así, les ruego, cuan encarecidamente puedo, correspondan a esta deuda supliendo y cantando ellos con más reposada y sonora voz lo que yo he faltado llorando con la trabajosa mía.

No dijo más Telesio, ni aun fuera menester decirlo para que los pastores se moviesen a hacer lo que se les rogaba; porque luego, sin replicar cosa alguna, Tirsi sacó su rabel y hizo señal a Damón que lo mesmo hiciese, a quien acompañaron luego Elicio y Lauso y todos los pastores que allí instrumentos tenían, y a poco espacio formaron una tan triste y agradable música que, aunque regalaba los oídos, movía los corazones a dar señales de tristeza con lágrimas que los ojos derramaban. Juntábase a esto la dulce armonía de los pintados y muchos pajarillos que por los aires cruzaban, y algunos sollozos que las pastoras, ya tiernas y movidas con el razonamiento de Telesio y con lo que los pastores hacían, de cuando en cuando, de sus hermosos pechos arrancaban; y era de suerte que, concordándose el son de la triste música y el de la alegre armonía de los jilguerillos, calandrias y ruiseñores, y el amargo de los profundos gemidos, formaba todo junto un tan estraño y lastimoso concento que no hay lengua que encarecerlo pueda. De allí a poco espacio, cesando los demás instrumentos, solos los cuatro de Tirsi, Damón, Elicio y de Lauso se escucharon, los cuales, llegándose al sepulcro de Meliso, a los cuatro lados del sepulcro, señal por donde todos los presentes entendieron que alguna cosa cantar querían; y así, les prestaron un maravilloso y sosegado silencio; y luego el famoso Tirsi, con levantada, triste y sonora voz, ayudándole Elicio, Damón y Lauso, desta manera comenzó a cantar:

TIRSI

Tal cual es la ocasión de nuestro llanto,
no sólo nuestro, más de todo el suelo,
pastores, entonad el triste canto.

DAMÓN

El aire rompan, lleguen hasta el cielo
los sospiros dolientes, fabricados
entre justa piedad y justo duelo.

ELICIO

Serán de tierno humor siempre bañados
mis ojos, mientras viva la memoria,
Meliso, de tus hechos celebrados.

Lauso

Meliso, digno de inmortal historia,
digno que goces en el cielo sancto
de alegre vida y de perpetua gloria.

Tirsi

Mientras que a las grandezas me levanto
de cantar sus hazañas, como pienso,
pastores, entonad el triste canto.

Damón

Como puedo, Meliso, recompenso
a tu amistad: con lágrimas vertidas,
con ruegos píos y sagrado incienso.

Elicio

Tu muerte tiene en llanto convertidas
nuestras dulces pasadas alegrías,
y a tierno sentimiento reducidas.

Lauso

Aquellos claros, venturosos días,
donde el mundo gozó de tu presencia,
se han vuelto en noches miserables frías.

Tirsi

¡Oh muerte, que con presta violencia
tal vida en poca tierra reduciste!
¿A quién no alcanzará tu diligencia?

Damón

Después, ¡oh muerte!, que aquel golpe diste
que echó por tierra nuestro fuerte arrimo,
de yerba el prado ni de flor se viste.

Elicio

Con la memoria deste mal reprimo
el bien, si alguno llega a mi sentido,
y con nueva aspereza me lastimo.

Lauso

¿Cuándo suele cobrarse el bien perdido?
¿Cuándo el mal sin buscarle no se halla?
¿Cuándo hay quietud en el mortal ruïdo?

Tirsi

¿Cuándo de la mortal fiera batalla
triunfó la vida, y cuándo contra el tiempo
se opuso o fuerte arnés o dura malla?

Damón

Es nuestra vida un sueño, un pasatiempo,
un vano encanto que desaparece
cuando más firme pareció en su tiempo.

Elicio

Día que al medio curso se escuresce,
y le sucede noche tenebrosa,
envuelta en sombras qu'el temor ofrece.

Lauso

Mas tú, pastor famoso, en venturosa
hora pasaste deste mar insano
a la dulce región maravillosa.

Tirsi

Después que en el aprisco veneciano
las causas y demandas decidiste
del gran pastor del ancho suelo hispano.

Damón

Después también que con valor sufriste
el trance de fortuna acelerado
que a Italia hizo, y aun a España, triste.

Elicio

Y después que, en sosiego reposado,
con las nueve doncellas solamente
tanto tiempo estuviste retirado.

Lauso

Sin que las fieras armas del oriente
ni la francesa furia inquietase
tu levantada y sosegada mente.

Tirsi

Entonces quiso el cielo que llegase
la fría mano de la muerte airada,
y en tu vida el bien nuestro arrebatase.

Damón

Quedó tu suerte entonces mejorada,
quedó la nuestra a un triste amargo lloro
perpetua, eternamente condemnada.

Elicio

Vióse el sacro virgíneo hermoso coro
de aquellas moradoras del Parnaso
romper llorando sus cabellos de oro.

Lauso

A lágrimas movió el doliente caso
al gran competidor del niño ciego,
que entonces de dar luz se mostró escaso.

Tirsi

No entre las armas y el ardiente fuego
los tristes teucros tanto se afligieron
con el engaño del astuto griego,
como lloraron, como repitieron
el nombre de Meliso los pastores
cuando informados de su muerte fueron.

Damón

No de olorosas varïadas flores
adornaron sus frentes, ni cantaron
con voz suave algún cantar de amores.
De funesto ciprés se coronaron,
y en triste repetido amargo llanto
lamentables canciones entonaron.

Elicio

Y así, pues hoy el áspero quebranto
y la memoria amarga se renueva,
pastores, entonad el triste canto,
qu'el duro caso que a doler nos lleva
es tal, que será pecho de diamante
el que a llorar en él no se conmueva.

Lauso

El firme pecho, el ánimo constante,
qu'en las adversidades siempre tuvo
este pastor por mil lenguas se cante,
como al desdén que de contino hubo
en el pecho de Filis indignado
cual firme roca contra el mar estuvo.

Tirsi

Repítanse los versos que ha cantado,
queden en la memoria de las gentes
por muestras de su ingenio levantado.

Damón

Por tierras de las nuestras diferentes,
lleve su nombre la parlera fama
con pasos prestos y alas diligentes.

ELICIO

Y de su casta y amorosa llama
ejemplo tome el más lascivo pecho
y el que en ardor menos cabal se inflama.

LAUSO

¡Venturoso Meliso, que a despecho
de mil contrastes fieros de fortuna,
vives ahora alegre y satisfecho!

TIRSI

Poco te cansa, poco te importuna
esta mortal bajeza que dejaste,
llena de más mudanzas que la luna.

DAMÓN

Por firme alteza la humildad trocaste,
por bien el mal, la muerte por la vida
tan seguro temiste y esperaste.

ELICIO

Desta mortal, al parecer, caída,
quien vive bien, al cabo se levanta,
cual tú, Meliso, a la región florida,
donde por más de una inmortal garganta
se despide la voz, que gloria suena,
gloria repite, dulce gloria canta;
donde la hermosa clara faz serena
se ve, en cuya visión se goza y mira
la summa gloria más perfecta y buena.
Mi flaca voz a tu alabanza aspira,
y tanto cuanto más cresce el deseo,
tanto, Meliso, el miedo le retira.
Que aquello que contemplo agora, y veo
con el entendimiento levantado,
del sacro tuyo sobrehumano arreo,
tiene mi entendimiento acobardado,
y sólo paro en levantar las cejas
y en recoger los labios de admirado.

LAUSO

Con tu partida, en triste llanto dejas
cuantos con tu presencia se alegraban,
y el mal se acerca porque tú te alejas.

TIRSI

En tu sabiduría se enseñaban
los rústicos pastores, y en un punto,
con nuevo ingenio y discreción quedaban.

Pero llegóse aquel forzoso punto
donde tú te partiste y do quedamos
con poco ingenio y corazón difunto.
Esta amarga memoria celebramos
los que en la vida te quisimos tanto,
cuanto ahora en la muerte te lloramos.
Por esto, al son de tan confuso llanto,
cobrando de contino nuevo aliento,
pastores, entonad el triste canto.
Lleguen do llega el duro sentimiento
las lágrimas vertidas y sospiros,
con quien se augmenta el presuroso viento.
Poco os encargo, poco sé pediros;
más habéis de sentir que cuanto ahora
puede mi atada lengua referiros.
Mas, pues Febo se ausenta, y descolora
la tierra, que se cubre en negro manto,
hasta que venga la esperada aurora,
pastores, cesad ya del triste canto.

Tirsi, que comenzado había la triste y dolorosa elegía, fue el que la puso fin, sin que le pusiesen por un buen espacio a las lágrimas todos los que el lamentable canto escuchado habían. Mas, a esta sazón, el venerable Telesio les dijo:

—Pues habemos cumplido en parte, gallardos y comedidos pastores, con la obligación que al venturoso Meliso tenemos, poned por agora silencio a vuestras tiernas lágrimas, y dad algún vado a vuestros dolientes sospiros, pues ni por ellas ni ellos podemos cobrar la pérdida que lloramos; y, puesto que el humano sentimiento no pueda dejar de mostrarle en los adversos acaecimientos, todavía es menester templar la demasía de sus accidentes con la razón que al discreto acompaña; y, aunque las lágrimas y sospiros sean señales del amor que se tiene al que se llora, más provecho consiguen las almas por quien se derraman con los píos sacrificios y devotas oraciones que por ellas se hacen, que si todo el mar océano por los ojos de todo el mundo hecho lágrimas se destilase. Y, por esta razón, y por la que tenemos de dar algún alivio a nuestros cansados cuerpos, será bien que, dejando lo que nos resta de hacer para el venidero día, por agora visitéis vuestros zurrones y cumpláis con lo que naturaleza os obliga.

Y, en diciendo esto, dio orden como todas las pastoras estuviesen a una parte del valle, junto a la sepultura de Meliso, dejando con ellas seis de los más ancianos pastores que allí había, y los demás, poco desviados dellas, en otra parte se estuvieron. Y luego, con lo que en los zurrones traían, y con el agua de la clara fuente, satisficieron a la común necesidad de la hambre, acabando a tiempo que ya la noche vestía de una mesma color todas las cosas debajo de nuestro horizonte contenidas, y la luciente luna mostraba su rostro hermoso y claro en toda la entereza que tiene cuando más el rubio hermano sus rayos le comunica. Pero, de allí a poco rato, levantándose un alterado viento, se comenzaron a ver algunas negras nubes, que algún tanto la luz de la casta diosa encubrían, haciendo sombras en la tierra, señales por donde algunos pastores que allí estaban, en la rústica astrología maestros, algún venidero turbión y borrasca esperaban. Mas todo paró en no más de quedar la noche parda y serena, y en acomodarse ellos a descansar sobre la fresca yerba, entregando los ojos al dulce y reposado sueño, como lo hicieron todos, si no algunos que repartieron como en centinelas la guarda de las pastoras, y la de algunas antorchas que alrededor de la sepultura de Meliso ardiendo quedaban. Pero, ya que el sosegado silencio se estendió por todo aquel sagrado valle, y ya que el perezoso Morfeo había con el bañado ramo tocado las sienes y párpados de todos los presentes, a tiempo que a la redonda de nuestro polo buena parte las errantes estrellas andado habían, señalando los puntuales cursos de la noche, en aquel instante, de la mesma sepultura de Meliso se levantó un grande y maravilloso fuego, tan luciente y claro que en un momento todo el escuro valle quedó con tanta claridad como si el mesmo sol le alumbrara; por la cual improvisa maravilla, los pastores que despiertos junto a la sepultura estaban, cayeron atónitos en el suelo, deslumbrados y ciegos con la luz del transparente fuego, el cual hizo contrario efecto en los demás que durmiendo estaban, porque, heridos de sus rayos, huyó dellos el pesado sueño, y, aunque con dificultad alguna, abrieron los dormidos ojos, y, viendo la estrañeza de la luz que se les mostraba, confusos y admirados quedaron. Y así, cuál en pie, cuál recostado, y cuál sobre las rodillas puesto, cada uno, con admiración y espanto, el claro fuego miraba. Todo lo cual visto por Telesio, adornándose en un punto de las sacras vestiduras, acompañado de Elicio, Tirsi, Damón, Lauso y otros animosos pastores, poco a poco se comenzó a llegar al fuego, con intención de, con algunos lícitos y acomodados exorcismos, procurar deshacer o entender de dó procedía la estraña visión que se les mostraba. Pero, ya que llegaban cerca de las encendidas llamas, vieron que, dividiéndose en dos partes, en medio dellas parecía una tan hermosa y agraciada ninfa, que en mayor admiración les puso que la vista del ardiente fuego. Mostraba estar vestida de una rica y sotil tela de plata, recogida y retirada a la cintura, de modo que la mitad de las piernas se descubrían, adornadas con unos coturnos, o calzado justo, dorados, llenos de infinitos lazos de listones de diferentes colores; sobre la tela de plata traía otra vestidura de verde y delicado cendal, que, llevado a una y a otra parte por un ventecillo que mansamente soplaba, estremadamente parecía; por las espaldas traía esparcidos los más luengos y rubios cabellos que jamás ojos humanos vieron, y sobre ellos una guirnalda sólo de verde laurel compuesta; la mano derecha ocupaba con un alto ramo de amarilla y vencedora palma, y la izquierda con otro de verde y pacífica oliva, con los cuales ornamentos tan hermosa y admirable se mostraba, que a todos los que la miraban tenía colgados de su vista; de tal manera que, desechando de sí el temor primero, con seguros pasos alrededor del fuego se llegaron, persuadiéndose que, de tan hermosa visión, ningún daño podía sucederles. Y estando, como se ha dicho, todos transportados en mirarla, la bella ninfa abrió los brazos a una y a otra parte, y hizo que las apartadas llamas más se apartasen y dividiesen, para dar lugar a que mejor pudiese ser mirada; y luego, levantando el sereno rostro, con gracia y gravedad estraña, a semejantes razones dio principio:

—Por los efectos que mi improvisa vista ha causado en vuestros corazones, discreta y agradable compañía, podéis considerar que no en virtud de malignos espíritus ha sido formada esta figura mía que aquí se os representa; porque una de las razones por do se conosce ser una visión buena o mala es por los efectos que hace en el ánimo de quien la mira; porque la buena, aunque cause en él admiración y sobresalto, el tal sobresalto y admiración viene mezclado con un gustoso alboroto, que a poco rato le sosiega y satisface; al revés de lo que causa la visión perversa, la cual sobresalta, descontenta, atemoriza y jamás asegura. Esta verdad os aclarará la experiencia cuando me conozcáis y yo os diga quién soy y la ocasión que me ha movido a venir de mis remotas moradas a visitaros. Y, porque no quiero teneros colgados del deseo que tenéis de saber quién yo sea, sabed, discretos pastores y bellas pastoras, que yo soy una de las nueve doncellas que en las altas y sagradas cumbres de Parnaso tienen su propria y conoscida morada. Mi nombre es Calíope; mi oficio y condición es favorescer y ayudar a los divinos espíritus, cuyo loable ejercicio es ocuparse en la maravillosa y jamás como debe alabada sciencia de la poesía. Yo soy la que hice cobrar eterna fama al antiguo ciego natural de Esmirna, por él solamente famosa; la que hará vivir el mantuano Títiro por todos los siglos venideros, hasta que el tiempo se acabe; y la que hace que se tengan en cuenta, desde la pasada hasta la edad presente, los escriptos tan ásperos como discretos del antiquísimo Enio. En fin, soy quien favoresció a Catulo, la que nombró a Horacio, eternizó a Propercio, y soy la que con inmortal fama tiene conservada la memoria del conoscido Petrarca, y la que hizo bajar a los escuros infiernos y subir a los claros cielos al famoso Dante. Soy la que ayudó a tejer al divino Ariosto la variada y hermosa tela que compuso; la que en esta patria vuestra tuvo familiar amistad con el agudo Boscán y con el famoso Garcilaso, con el docto y sabio Castillejo y el artificioso Torres Naharro, con cuyos ingenios, y con los frutos dellos, quedó vuestra patria enriquescida y yo satisfecha. Yo soy la que moví la pluma del celebrado Aldana, y la que no dejó jamás el lado de don Fernando de Acuña, y la que me precio de la estrecha amistad y conversación que siempre tuve con la bendita alma del cuerpo que en esta sepultura yace, cuyas obsequias, por vosotros celebradas, no sólo han alegrado su espíritu, que ya por la región eterna se pasea, sino que a mí me han satisfecho de suerte que, forzada, he venido a agradeceros tan loable y piadosa costumbre como es la que entre vosotros se usa; y así, os prometo, con las veras que de mi virtud pueden esperarse, que en pago del beneficio que a las cenizas de mi querido y amado Meliso habéis hecho, de hacer siempre que en vuestras riberas jamás falten pastores que en la alegre sciencia de la poesía a todos los de las otras riberas se aventajen; favoresceré ansimesmo siempre vuestros consejos, y guiaré vuestros entendimientos, de manera que nunca deis torcido voto cuando decretéis quién es merescedor de enterrarse en este sagrado valle; porque no será bien que, de honra tan particular y señalada, y que sólo es merescida de los blancos y canoros cisnes, la vengan a gozar los negros y roncos cuervos. Y así, me parece que será bien daros alguna noticia agora de algunos señalados varones que en esta vuestra España viven, y algunos en las apartadas Indias a ella subjetas; los cuales, si todos o alguno dellos su buena ventura le trujere a acabar el curso de sus días en estas riberas, sin duda alguna le podéis conceder sepultura en este famoso sitio. Junto con esto, os quiero advertir que no entendáis que los primeros que nombrare son dignos de más honra que los postreros, porque en esto no pienso guardar orden alguna: que, puesto que yo alcanzo la diferencia que el uno al otro y los otros a los otros hacen, quiero dejar esta declaración en duda, porque vuestros ingenios en entender la diferencia de los suyos tengan en qué ejercitarse, de los cuales dará testimonio sus obras. Irélos nombrando como se me vinieren a la memoria, sin que ninguno se atribuya a que ha sido favor que yo le he hecho en haberme acordado dél primero que de otro; porque, como digo, a vosotros, discretos pastores, dejo que después les deis el lugar que os paresciere que de justicia se les debe. Y, para que con menos pesadumbre y trabajo a mi larga relación estéis atentos, harélа de suerte que sólo sintáis disgusto por la brevedad della.

Calló diciendo esto la bella ninfa, y luego tomó una arpa que junto a sí tenía, que hasta entonces de ninguno había sido vista; y, en comenzándola a tocar, parece que comenzó a esclarecerse el cielo, y que la luna, con nuevo y no usado resplandor, alumbraba la tierra; los árboles, a despecho de un blando céfiro que soplaba, tuvieron quedas las ramas; y los ojos de todos los que allí estaban no se atrevían a abajar los párpados, porque aquel breve punto que se tardaban en alzarlos, no se privasen de la gloria que en mirar la hermosura de la ninfa gozaban; y aun quisieran todos que todos sus cinco sentidos se convirtieran en el del oír solamente: con tal estrañeza, con tal dulzura, con tanta suavidad tocaba la arpa la bella musa; la cual, después de haber tañido un poco, con la más sonora voz que imaginarse puede, en semejantes versos dio principio:

CANTO DE CALÍOPE

Al dulce son de mi templada lira,
prestad, pastores, el oído atento:
oiréis cómo en mi voz y en él respira
de mis hermanas el sagrado aliento.
Veréis cómo os suspende, y os admira,
y colma vuestras almas de contento,
cuando os dé relación, aquí en el suelo,
de los ingenios que ya son del cielo.

Pienso cantar de aquellos solamente
a quien la Parca el hilo aún no ha cortado,
de aquéllos que son dignos justamente
d'en tal lugar tenerle señalado,
donde, a pesar del tiempo diligente,
por el laudable oficio acostumbrado
vuestro, vivan mil siglos sus renombres,
sus claras obras, sus famosos nombres.

Y el que con justo título meresce
gozar de alta y honrosa preeminencia,
un don Alonso es, en quien floresce

del sacro Apolo la divina sciencia;
y en quien con alta lumbre resplandece
de Marte el brío y sin igual potencia,
de Leiva tiene el sobrenombre ilustre,
que a Italia ha dado, y aun a España, lustre.

Otro del mesmo nombre, que de Arauco
cantó las guerras y el valor de España,
el cual los reinos donde habita Glauco
pasó y sintió la embravescida saña.
No fue su voz, no fue su acento rauco,
que uno y otro fue de gracia estraña,
y tal, que Ercil[l]a, en este hermoso asiento
meresce eterno y sacro monumento.

Del famoso don Juan de Silva os digo
que toda gloria y todo honor meresce,
así por serle Febo tan amigo,
como por el valor que en él floresce.
Serán desto sus obras buen testigo,
en las cuales su ingenio resplandece
con claridad que al ignorante alumbra
y al sabio agudo a veces le deslumbra.

Crezca el número rico desta cuenta
aquel con quien la tiene tal el cielo,
que con febeo aliento le sustenta,
y con valor de Marte acá en el suelo.
A Homero iguala si a escrebir intenta,
y a tanto llega de su pluma el vuelo,
cuanto es verdad que a todos es notorio
el alto ingenio de don Diego Osorio.

Por cuantas vías la parlera fama
puede loar un caballero ilustre,
por tantas su valor claro derrama,
dando sus hechos a su nombre lustre.
Su vivo ingenio, su virtud, inflama
más de una lengua, a que de lustre en lustre,
sin que cursos de tiempos las espanten,
de don Francisco de Mendoza canten.

¡Feliz don Diego de Sarmiento, ilustre,
y Carvajal, famoso, producido
de nuestro coro y de Hipocrene lustre,
mozo en la edad, anciano en el sentido,
de siglo en siglo irá, de lustre en lustre,
a pesar de las aguas del olvido,

tu nombre, con tus obras excelentes,
de lengua en lengua y de gente en gentes!

Quiéro[o]s mostrar por cosa soberana,
en tierna edad, maduro entendimiento,
destreza y gallardía sobrehumana,
cortesía, valor, comedimiento,
y quien puede mostrar en la toscana
como en su propria lengua aquel talento
que mostró el que cantó la casa d'Este:
un don Gutierre Carvajal es éste.

Tú, don Luis de Vargas, en quien veo
maduro ingenio en verdes pocos días,
procura de alcanzar aquel trofeo
que te prometen las hermanas mías;
mas tan cerca estás dél, que, a lo que creo,
ya triunfas, pues procuras por mil vías
virtuosas y sabias que tu fama
resplandezca con viva y clara llama.

Del claro Tajo la ribera hermosa
adornan mil espíritus divinos,
que hacen nuestra edad más venturosa
que aquélla de los griegos y latinos.
Dellos pienso decir sola una cosa:
que son de vuestro valle y honra dignos
tanto cuanto sus obras nos lo muestran,
que al camino del cielo nos adiestran.

Dos famosos doctores, presidentes
en las sciencias de Apolo, se me ofrescen,
que no más que en la edad son diferentes,
y en el trato e ingenio se parecen.
Admíranlos ausentes y presentes,
y entre unos y otros tanto resplandecen
con su saber altísimo y profundo,
que presto han de admirar a todo el mundo.

Y el nombre que me viene más a mano,
destos dos que a loar aquí me atrevo,
es del doctor famoso Campuzano,
a quien podéis llamar segundo Febo.
El alto ingenio suyo, el sobrehumano
discurso nos descubre un mundo nuevo,
de tan mejores Indias y excelencias,
cuanto mejor qu'el oro son las sciencias.

Es el doctor SUÁREZ, que DE SOSA
el sobrenombre tiene, el que se sigue,
que de una y otra lengua artificiosa
lo más cendrado y lo mejor consigue.
Cualquiera que en la fuente milagrosa,
cual él la mitigó, la sed mitigue,
no tendrá que envidiar al docto griego,
ni a aquél que nos cantó el troyano fuego.

Del doctor VACA, si decir pudiera
lo que yo siento dél, sin duda creo
que cuantos aquí estáis os suspendiera:
tal es su sciencia, su virtud y arreo.
Yo he sido en ensalzarle la primera
del sacro coro, y soy la que deseo
eternizar su nombre en cuanto al suelo
diere su luz el gran señor de Delo.

Si la fama os trujere a los oídos
de algún famoso ingenio maravillas,
conceptos bien dispuestos y subidos,
y sciencias que os asombren en oíllas,
cosas que paran sólo en los sentidos
y la lengua no puede referillas,
el dar salida a todo dubio y traza,
sabed que es el licenciado DAZA.

Del maestro GARAY las dulces obras
me incitan sobre todos a alabarle;
tú, Fama, que al ligero tiempo sobras,
ten por heroica empresa el celebrarle.
Verás cómo en él más fama cobras,
Fama, que está la tuya en ensalzarle,
que hablando desta fama, en verdadera
has de trocar la fama de parlera.

Aquel ingenio que al mayor humano
se deja atrás, y aspira al que es divino,
y, dejando a una parte el castellano,
sigue el heroico verso del latino;
el nuevo Homero, el nuevo mantuano,
es el maestro CÓRDOBA, que es digno
de celebrarse en la dichosa España,
y en cuanto el sol alumbra y el mar baña.

De ti, el doctor FRANCISCO DÍAZ, puedo
asegurar a estos mis pastores
que con seguro corazón y ledo,
pueden aventajarse en tus loores.
Y si en ellos yo agora corta quedo,

debiéndose a tu ingenio los mayores,
es porque el tiempo es breve y no me atrevo
a poderte pagar lo que te debo.

Luján, que con la toga merescida
honras el proprio y el ajeno suelo,
y con tu dulce musa conoscida
subes tu fama hasta el más alto cielo,
yo te daré después de muerto vida,
haciendo que, en ligero y presto vuelo,
la fama de tu ingenio único, solo,
vaya del nuestro hasta el contrario polo.

El alto ingenio y su valor declara
un licenciado tan amigo vuestro
cuanto ya sabéis que es Juan de Vergara,
honra del siglo venturoso nuestro.
Por la senda qu'él sigue, abierta y clara,
yo mesma el paso y el ingenio adiestro,
y adonde él llega, de llegar me pago,
y en su ingenio y virtud me satisfago.

Otros quiero nombrar, porque se estime
y tenga en precio mi atrevido canto,
el cual hará que ahora más le anime
y llegue allí donde el deseo levanto.
Y es este que me fuerza y que me oprime
a decir sólo dél, y cantar cuanto
canto de los ingenios más cabales,
el licenciado Alonso de Morales.

Por la difícil cumbre va subiendo
al temp[l]o de la Fama, y se adelanta,
un generoso mozo, el cual, rompiendo
por la dificultad que más espanta,
tan presto ha de llegar allá, que entiendo
que en profecía ya la fama canta
del lauro que le tiene aparejado
al licenciado Hernando Maldonado.

La sabia frente del laurel honroso
adornada veréis de aquél que ha sido
en todas sciencias y artes tan famoso
que es ya por todo el orbe conoscido.
Edad dorada, siglo venturoso,
que gozar de tal hombre has merescido:
¿cuál siglo, cuál edad ahora te llega,
si en ti está Marco Antonio de la Vega?

Un DIEGO se me viene a la memoria,
que DE MENDOZA es cierto que se llama,
digno que sólo dél se hiciera historia
tal que llegara allí donde su fama.
Su sciencia y su virtud, que es tan notoria,
que ya por todo el orbe se derrama,
admira a los ausentes y presentes
de las remotas y cercanas gentes.

Un conoscido el alto Febo tiene;
¿qué digo un conoscido?, un verdadero
amigo, con quien sólo se entretiene,
que es de toda sciencia tesorero.
Y es éste que de industria se detiene
a no comunicar su bien entero,
DIEGO DURÁN, en quien contino dura
y durará el valor, ser y cordura.

¿Quién pensáis que es aquél que en voz sonora
sus ansias canta regaladamente,
aquél en cuyo pecho Febo mora,
el docto Orfeo y Arïón prudente?
Aquel que de los reinos del aurora
hasta los apartados de occidente
es conoscido, amado y estimado
por el famoso LÓPEZ MALDONADO.

¿Quién pudiera loaros, mis pastores,
un pastor vuestro amado y conoscido,
pastor mejor de cuantos son mejores,
que de Fílida tiene el apellido?
La habi[li]dad, la sciencia, los primores,
el raro ingenio y el valor subido
de LUIS DE MONTALBO, le aseguran
gloria y honor mientras los cielos duran.

El sacro Ibero, de dorado acanto,
de siempre verde yedra y blanca oliva
su frente adorne, y en alegre canto
su gloria y fama para siempre viva,
pues su antiguo valor ensalza tanto
que al fértil Nilo de su nombre priva
de PEDRO DE LIÑÁN la sotil pluma,
de todo el bien de Apolo cifra y suma.

De ALONSO DE VALDÉS me está incitando
el raro y alto ingenio a que dél cante,
y que os vaya, pastores, declarando

que a los más raros pasa, y va adelante.
Halo mostrado ya, y lo va mostrando
en el fácil estilo y elegante
con que descubre el lastimado pecho
y alaba el mal qu'el fiero amor l'ha hecho.

Admíreos un ingenio en quien se encierra
todo cuanto pedir puede el deseo,
ingenio que, aunque vive acá en la tierra,
del alto cielo es su caudal y arreo.
Ora trate de paz, ora de guerra,
todo cuanto yo miro, escucho y leo
del celebrado Pedro de Padilla,
me causa nuevo gusto y maravilla.

Tú, famoso Gaspar Alfonso, ordenas,
según aspiras a inmortal subida,
que yo no pueda celebrarte apenas,
si te he de dar loor a tu medida.
Las plantas fertilísimas amenas
que nuestro celebrado monte anida,
todas ofrescen ricas laureolas
para ceñir y honrar tus sienes solas.

De Cristóbal de Mesa os digo cierto
que puede honrar vuestro sagrado valle;
no sólo en vida, más después de muerto
podéis con justo título alaballe.
De sus heroicos versos el concierto,
su grave y alto estilo, pueden dalle
alto y honroso nombre, aunque callara
la fama dél, y yo no me acordara.

Pues sabéis cuánto adorna y enriquece
vuestras riberas Pedro de Ribera,
dalde el honor, pastores, que meresce,
que yo seré en honrarle la primera.
Su dulce musa, su virtud, ofresce
un subjeto cabal donde pudiera
la fama y cien mil famas ocuparse,
y en solos sus loores estremarse.

Tú, que de Luso el sin igual tesoro
trujiste en nueva forma a la ribera
del fértil río, a quien el lecho de oro
tan famoso le hace adonde quiera,
con el debido aplauso y el decoro
debido a ti, Benito de Caldera,

y a tu ingenio sin par, prometo honrarte
y de lauro y de yedra coronarte.

De aquel que la cristiana poesía
tan en su punto ha puesto en tanta gloria,
haga la fama y la memoria mía
famosa para siempre su memoria.
De donde nasce adonde muere el día,
la sciencia sea y la bondad notoria
del gran FRANCISCO DE GUZMÁN, qu'el arte
de Febo sabe, ansí como el de Marte.

Del capitán SALCEDO está bien claro
que llega su divino entendimiento
al punto más subido, agudo y raro
que puede imaginar el pensamiento.
Si le comparo, a él mesmo le comparo,
que no hay comparación que llegue a cuento
de tamaño valor, que la medida
ha de mostrar ser falta o ser torcida.

Por la curiosidad y entendimiento
de TOMÁS DE GRACIÁN, dadme licencia
que yo le escoja en este valle asiento
igual a su virtud, valor y sciencia,
el cual, si llega a su merescimiento,
será de tanto grado y preeminencia,
que, a lo que creo, pocos se le igualen:
tanto su ingenio y sus virtudes valen.

Agora, hermanas bellas, de improviso,
BAPTISTA DE VIVAR quiere alabaros
con tanta discreción, gala y aviso,
que podáis, siendo musas, admiraros.
No cantará desdenes de Narciso,
que a Eco solitaria cuestan caros,
sino cuidados suyos que han nascido
entre alegre esperanza y triste olvido.

Un nuevo espanto, un nuevo asombro y miedo
me acude y sobresalta en este punto,
sólo por ver que quiero y que no puedo
subir de honor al más subido punto
al grave BALTASAR, que DE TOLEDO
el sobrenombre tiene, aunque barrunto
que de su docta pluma el alto vuelo
le ha de subir hasta el impíreo cielo.

Muestra en un ingenio la experiencia
que en años verdes y en edad temprana
hace su habitación ansí la sciencia,
como en la edad madura, antigua y cana.
No entraré con alguno en competencia
que contradiga una verdad tan llana,
y más si acaso a sus oídos llega
que lo digo por vos, Lope de Vega.

De pacífica oliva coronado,
ante mi entendimiento se presenta
agora el sacro Betis, indignado,
y de mi inadvertencia se lamenta.
Pide que en el discurso comenzado,
de los raros ingenios os dé cuenta
que en sus riberas moran, y yo ahora
harélo con la voz muy más sonora.

Mas, ¿qué haré, que en los primeros pasos
que doy descubro mil estrañas cosas,
otros mil nuevos Pindos y Parnasos,
otros coros de hermanas más hermosas,
con que mis altos bríos quedan lasos,
y más cuando, por causas milagrosas,
oigo cualquier sonido servir de eco,
cuando se nombra el nombre de Pacheco?

Pacheco es éste, con quien tiene Febo
y las hermanas tan discretas mías
nueva amistad, discreto trato y nuevo
desde sus tiernos y pequeños días.
Yo desde entonces hasta agora llevo
por tan estrañas desusadas vías
su ingenio y sus escriptos, que han llegado
al título de honor más encumbrado.

En punto estoy donde, por más que diga
en alabanza del divino Herrera,
será de poco fruto mi fatiga,
aunque le suba hasta la cuarta esfera.
Mas, si soy sospechosa por amiga,
sus obras y su fama verdadera
dirán que en sciencias es Hernando solo
del Gange al Nilo, y de uno al otro polo.

De otro Fernando quiero daros cuenta,
que de Cangas se nombra, en quien se admira
el suelo, y por quien vive y se sustenta

la sciencia en quien al sacro lauro aspira.
Si al alto cielo algún ingenio intenta
de levantar y de poner la mira,
póngala en éste sólo, y dará al punto
en el más ingenioso y alto punto.

De don Cristóbal, cuyo sobrenombre
es de Villar[r]oel, tened creído
que bien meresce que jamás su nombre
toque las aguas negras del olvido.
Su ingenio admire, su valor asombre,
y el ingenio y valor sea conoscido
por el mayor estremo que descubre
en cuanto mira el sol o el suelo encubre.

Los ríos de elocuencia que del pecho
del grave antiguo Cicerón manaron;
los que al pueblo de Atenas satisfecho
tuvieron y a Demóstenes honraron;
los ingenios qu'el tiempo ha ya deshecho,
que tanto en los pasados se estimaron,
humíllense a la sciencia alta y divina
del maestro Francisco de Medina.

Puedes, famoso Betis, dignamente
al Mincio, al Arno, al Tibre aventajarte,
y alzar contento la sagrada frente
y en nuevos anchos senos dilatarte,
pues quiso el cielo, que en tu bien consiste,
tal gloria, tal honor, tal fama darte,
cual te la adquiere a tus riberas bellas
Baltasar del Alcázar, que está en ellas.

Otro veréis en quien veréis cifrada
del sacro Apolo la más rara sciencia,
que en otros mil subjectos derramada,
hace en todos de sí grave aparencia.
Mas, en este subjeto mejorada,
asiste en tantos grados de excelencia,
que bien puede Mosquera, el licenciado,
ser como el mesmo Apolo celebrado.

No se desdeña aquel varón prudente,
que de sciencias adorna y enriquesce
su limpio pecho, de mirar la fuente
que en nuestro monte en sabias aguas cresce;
antes, en la sin par clara corriente
tanto la sed mitiga, que floresce

por ello el claro nombre acá en la tierra
del gran doctor Domingo de Becerra.

Del famoso Espinel cosas diría
que exceden al humano entendimiento,
de aquellas sciencias que en su pecho cría
el divino de Febo sacro aliento;
mas, pues no puede de la lengua mía
decir lo menos de lo más que siento,
no diga más sino que al cielo aspira,
ora tome la pluma, ora la lira.

Si queréis ver en una igual balanza
al rubio Febo y colorado Marte,
procurad de mirar al gran Carranza,
de quien el uno y otro no se parte.
En él veréis, amigas, pluma y lanza
con tanta discreción, destreza y arte,
que la destreza, en partes dividida,
la tiene a sciencia y arte reducida.

De Lázaro Luis Iranzo, lira
templada había de ser más que la mía,
a cuyo son cantase el bien que inspira
en él el cielo, y el valor que cría.
Por las sendas de Marte y Febo aspira
a subir do la humana fantasía
apenas llega; y él, sin duda alguna,
llegará contra el hado y la fortuna.

Baltasar de Escobar, que agora adorna
del Tíber las riberas tan famosas,
y con su larga ausencia desadorna
las del sagrado Betis espaciosas;
fértil ingenio, si por dicha torna
al patrio amado suelo, a sus honrosas
y juveniles sienes les ofrezco
el lauro y el honor que yo merezco.

¿Qué título, qué honor, qué palma o lauro
se le debe a Juan Sanz, que de Zumeta
se nombra, si del Indo al Rojo Mauro
cual su musa no hay otra tan perfecta?
Su fama aquí de nuevo le restauro
con deciros, pastores, cuán acepta
será de Apolo cualquier honra y lustre
que a Zumeta hagáis que más le lustre.

Dad a Juan de las Cuevas el debido
lugar, cuando se ofrezca en este asiento,
pastores, pues lo tiene merescido
su dulce musa y raro entendimiento.
Sé que sus obras del eterno olvido,
a despecho y pesar del violento
curso del tiempo, librarán su nombre,
quedando con un claro alto renombre.

Pastores, si le viéredes, honraldo
al famoso varón que os diré ahora
y en graves dulces versos celebraldo,
como a quien tanto en ellos se mejora.
El sobrenombre tiene de Vivaldo;
de Asam el nombre, el cual ilustra y dora
con su florido ingenio y excelente
la venturosa nuestra edad presente.

Cual suele estar de variadas flores
adorno y rico el más florido mayo,
tal de mil varias sciencias y primores
está el ingenio de don Juan Aguayo.
Y, aunque más me detenga en sus loores,
sólo sabré deciros que me ensayo
ahora, y que otra vez os diré cosas
tales que las tengáis por milagrosas.

De Juan Gutiérrez Rufo el claro nombre
quiero que viva en la inmortal memoria,
y que al sabio y al simple admire, asombre
la heroica que compuso ilustre historia.
Déle el sagrado Betis el renombre
que su estilo meresce; denle gloria
los que pueden y saben; déle el cielo
igual la fama a su encumbrado vuelo.

En don Luis de Góngora os ofrezco
un vivo raro ingenio sin segundo;
con sus obras me alegro y enriquezco
no sólo yo, mas todo el ancho mundo.
Y si, por lo que os quiero, algo merezco,
haced que su saber alto y profundo
en vuestras alabanzas siempre viva
contra el ligero tiempo y muerte esquiva.

Ciña el verde laurel, la verde yedra,
y aun la robusta encina, aquella frente
de Gonzalo de Cervantes Saavedra,

pues la deben ceñir tan justamente.
Por él la sciencia más de Apolo medra;
en él Marte nos muestra el brío ardiente
de su furor, con tal razón medido
que por él es amado y es temido.

Tú, que de Celidón, con dulce plectro
heciste resonar el nombre y fama,
cuyo admirable y bien limado metro
a lauro y triunfo te convida y llama,
rescibe el mando, la corona y cetro,
Gonzalo Gómez, désta que te ama,
en señal que meresce tu persona
el justo señorío de Helicona.

Tú, Dauro, de oro conoscido río,
cual bien agora puedes señalarte,
y con nueva corriente y nuevo brío
al apartado Idaspe aventajarte,
pues Gonzalo Mateo Berrío
tanto procura con su ingenio honrarte,
que ya tu nombre la parlera fama,
por él, por todo el mundo le derrama.

Tejed de verde lauro una corona,
pastores, para honrar la digna frente
del licenciado Soto Barahona,
varón insigne, sabio y elocuente.
En él el licor sancto de Helicona,
si se perdiera en la sagrada fuente,
se pudiera hallar, ¡oh estraño caso!,
como en las altas cumbres del Parnaso.

De la región antártica podría
eternizar ingenios soberanos,
que si riquezas hoy sustenta y cría,
también entendimientos sobrehumanos.
Mostrarlo puedo en muchos este día,
y en dos os quiero dar llenas las manos:
uno, de Nueva España y nuevo Apolo;
del Perú, el otro, un sol único y solo.

Francisco, el uno, de Terrazas, tiene
el nombre acá y allá tan conoscido,
cuya vena caudal nueva Hipocrene
ha dado al patrio venturoso nido.
La mesma gloria al otro igual le viene,
pues su divino ingenio ha producido

en Arequipa eterna primavera,
que éste es DIEGO MARTÍNEZ DE RIBERA.

Aquí, debajo de felice estrella,
un resplandor salió tan señalado,
que de su lumbre la menor centella
nombre de oriente al occidente ha dado.
Cuando esta luz nasció, nasció con ella
todo el valor, nasció ALONSO PICADO;
nasció mi hermano y el de Palas junto,
que ambas vimos en él vivo transumpto.

Pues si he de dar la gloria a ti debida,
gran ALONSO DE ESTRADA, hoy eres digno
que no se cante así tan de corrida
tu ser y entendimiento peregrino.
Contigo está la tierra enriquescida
que al Betis mil tesoros da contino,
y aun no da el cambio igual: que no hay tal paga
que a tan dichosa deuda satisfaga.

Por prenda rara desta tierra ilustre,
claro don JUAN, te nos ha dado el cielo,
DE ÁVALOS gloria, Y DE RIBERA lustre,
honra del proprio y del ajeno suelo.
Dichosa España, do por más de un lustre
muestra serán tus obras y modelo
de cuanto puede dar naturaleza
de ingenio claro y singular nobleza.

El que en la dulce patria está contento,
las puras aguas de Limar gozando,
la famosa ribera, el fresco viento
con sus divinos versos alegrando,
venga, y veréis por summa deste cuento,
su heroico brío y discreción mirando,
que es SANCHO DE RIBERA, en toda parte
Febo primero, y sin segundo Marte.

Este mesmo famoso insigne valle
un tiempo al Betis usurpar solía
un nuevo Homero, a quien podemos dalle
la corona de ingenio y gallardía.
Las Gracias le cortaron a su talle,
y el cielo en todas lo mejor le envía;
éste, ya en vuestro Tajo conoscido,
PEDRO DE MONTESDOCA es su apellido.

En todo cuanto pedirá el deseo,
un Diego ilustre de Aguilar admira,
un águila real que en vuelo veo
alzarse a do llegar ninguno aspira.
Su pluma entre cien mil gana trofeo,
que, ante ella, la más alta se retira;
su estilo y su valor tan celebrado
Guánuco lo dirá, pues lo ha gozado.

Un Gonzalo Fernández se me ofresce,
gran capitán del escuadrón de Apolo,
que hoy de Sotomayor ensoberbece
el nombre, con su nombre heroico y solo.
En verso admira, y en saber floresce
en cuanto mira el uno y otro polo;
y si en la pluma en tanto grado agrada,
no menos es famoso por la espada.

De un Enrique Garcés, que al piruano
reino enriquece, pues con dulce rima,
con subtil, ingeniosa y fácil mano,
a la más ardua empresa en él dio cima,
pues en dulce español al gran toscano
nuevo lenguaje ha dado y nueva estima,
¿quién será tal que la mayor le quite,
aunque el mesmo Petrarca resucite?

Un Rodrigo de Fernández de Pineda,
cuya vena inmortal, cuya excelente
y rara habilidad gran parte hereda
del licor sacro de la equina fuente,
pues cuanto quiere dél no se le veda,
pues de tal gloria goza en occidente,
tenga también aquí tan larga parte,
cual la merescen hoy su ingenio y parte.

Y tú, que al patrio Betis has tenido
lleno de envidia, y con razón quejoso
de que otro cielo y otra tierra han sido
testigos de tu canto numeroso,
alégrate, que el nombre esclarescido
tuyo, Juan de Mestanza, generoso,
sin segundo será por todo el suelo
mientras diere su luz el cuarto cielo.

Toda la suavidad que en dulce vena
se puede ver, veréis en uno solo,
que al son sabroso de su musa enfrena

la furia al mar, el curso al dios Eolo.
El nombre déste es BALTASAR DE ORENA,
cuya fama del uno al otro polo
corre ligera, y del oriente a ocaso,
por honra verdadera de Parnaso.

Pues de una fértil y preciosa planta,
de allá traspuesta en el mayor collado
que en toda la Tesalia se levanta,
planta que ya dichoso fruto ha dado,
callaré yo lo que la fama canta
del ilustre don PEDRO DE ALVARADO,
ilustre, pero ya no menos claro,
por su divino ingenio, al mundo raro.

Tú, que con nueva musa extraordinaria,
CAIRASCO, cantas del amor el ánimo
y aquella condición del vulgo varia
donde se opone al fuerte el pusilánimo;
si a este sitio de la Gran Canaria
vinieres, con ardor vivo y magnánimo
mis pastores ofrecen a tus méritos
mil lauros, mil loores beneméritos.

¿Quién es, ¡oh anciano Tormes!, el que niega
que no puedes al Nilo aventajarte,
si puede sólo el licenciado VEGA
más que Títiro al Mincio celebrarte?
Bien sé, DAMIÁN, que vuestro ingenio llega
do alcanza deste honor la mayor parte,
pues sé, por muchos años de experiencia,
vuestra tan sin igual virtud y sciencia.

Aunque el ingenio y la elegancia vuestra,
FRANCISCO SÁNCHEZ, se me concediera,
por torpe me juzgara y poco diestra,
si a querer alabaros me pusiera.
Lengua del cielo única y maestra
tiene de ser la que por la carrera
de vuestras alabanzas se dilate,
que hacerlo humana lengua es disparate.

Las raras cosas y en estilo nuevas
que un espíritu muestran levantado,
en cien mil ingeniosas, arduas pruebas,
por sabio conoscido y estimado,
hacen que don FRANCISCO DE LAS CUEVAS
por mí sea dignamente celebrado,

en tanto que la fama pregonera
no detuviere su veloz carrera.

Quisiera rematar mi dulce canto
en tal sazón, pastores, con loaros
un ingenio que al mundo pone espanto
y que pudiera en éstasis robaros.
En él cifro y recojo todo cuanto
he mostrado hasta aquí y he de mostraros:
Fray Luis de León es el que digo,
a quien yo reverencio, adoro y sigo.

¿Qué modos, qué caminos o qué vías
de alabar buscaré para qu'el nombre
viva mil siglos de aquel gran Matías
que de Zúñiga tiene el sobrenombre?
A él se den las alabanzas mías,
que, aunque yo soy divina y él es hombre,
por ser su ingenio, como lo es, divino,
de mayor honra y alabanza es digno.

Volved el presuroso pensamiento
a las riberas de Pisuerga bellas:
veréis que augmentan este rico cuento
claros ingenios con quien se honran ellas.
Ellas no sólo, sino el firmamento,
do lucen las claríficas estrellas,
honrarse puede bien cuando consigo
tenga allá los varones que aquí digo.

Vos, Dámaso de Frías, podéis solo
loaros a vos mismo, pues no puede
hacer, aunque os alabe el mesmo Apolo,
que en tan justo loor corto no quede.
Vos sois el cierto y el seguro polo
por quien se guía aquel que le sucede
en el mar de las sciencias buen pasaje,
propicio viento y puerto en su viaje.

Andrés Sanz de Portillo, tú me envía
aquel aliento con que Febo mueve
tu sabia pluma y alta fantasía,
porque te dé el loor que se te debe.
Que no podrá la ruda lengua mía,
por más caminos que aquí tiente y pruebe,
hallar alguno así cual le deseo
para loar lo que en ti siento y veo.

Felicísimo ingenio, que te encumbras
sobre el que más Apolo ha levantado,
y con tus claros rayos nos alumbras
y sacas del camino más errado;
y, aunque ahora con ella me deslumbras
y tienes a mi ingenio alborotado,
yo te doy sobre muchos palma y gloria,
pues a mí me la has dado, doctor SORIA.

Si vuestras obras son tan estimadas,
famoso CANTORAL, en toda parte,
serán mis alabanzas escusadas,
si en nuevo modo no os alabo, y arte.
Con las palabras más calificadas,
con cuanto ingenio el cielo en mí reparte,
os admiro y alabo aquí callando,
y llego do llegar no puedo hablando.

Tú, HIERÓNIMO VACA DE QUIÑONES,
si tanto me he tardado en celebrarte,
mi pasado descuido es bien perdones,
con la enmienda que ofrezco de mi parte.
De hoy más en claras voces y pregones,
en la cubierta y descubierta parte
del ancho mundo, haré con clara llama
lucir tu nombre y estender tu fama.

Tu verde y rico margen, no de nebro,
ni de ciprés funesto enriquescido,
claro, abundoso y conoscido Ebro,
sino de lauro y mirto florescido,
ahora como puedo le celebro,
celebrando aquel bien qu'han concedido
el cielo a tus riberas, pues en ellas
moran ingenios claros más que estrellas.

Serán testigo desto dos hermanos,
dos luceros, dos soles de poesía,
a quien el cielo con abiertas manos
dio cuanto ingenio y arte dar podía.
Edad temprana, pensamientos canos,
maduro trato, humilde fantasía,
labran eterna y digna laureola
a LUPERCIO LEONARDO DE ARGENSOLA.

Con sancta envidia y competencia sancta
parece qu'el menor hermano aspira
a igualar al mayor, pues se adelanta

y sube do no llega humana mira.
Por esto escribe y mil sucesos canta
con tan suave y acordada lira,
que este Bartolomé menor meresce
lo que al mayor, Lupercio, se le ofresce.

Si el buen principio y medio da esperanza
que el fin ha de ser raro y excelente,
en cualquier caso ya mi ingenio alcanza
qu'el tuyo has de encumbrar, Cosme Pariente.
Y así, puedes, con cierta confianza,
prometer a tu sabia honrosa frente
la corona que tiene merescida
tu claro ingenio, tu inculpable vida.

En soledad, del cielo acompañado,
vives, ¡oh gran Morillo!, y allí muestras
que nunca dejan tu cristiano lado
otras musas más sanctas y más diestras.
De mis hermanas fuiste alimentado,
y ahora, en pago dello, nos adiestras
y enseñas a cantar divinas cosas,
gratas al cielo, al suelo provechosas.

Turia, tú que otra vez con voz sonora
cantaste de tus hijos la excelencia,
si gustas de escuchar la mía ahora,
formada no en envidia o competencia,
oirás cuánto tu fama se mejora
con los que yo diré, cuya presencia,
valor, virtud, ingenio, te enriquecen
y sobre el Indo y Gange te engrandecen.

¡Oh tú, don Juan Coloma, en cuyo seno
tanta gracia del cielo se ha encerrado,
que a la envidia pusiste en duro freno
y en la fama mil lenguas has criado,
con que del gentil Tajo al fértil Reno
tu nombre y tu valor va levantado!
Tú, conde de Elda, en todo tan dichoso,
haces el Turia más qu'el Po famoso.

Aquel en cuyo pecho abunda y llueve
siempre una fuente que es por él divina,
y a quien el coro de sus lumbres mueve
como a señor con gran razón se inclina,
a quien único nombre se le debe
de la etíope hasta la gente austrina,

don LUIS GARCERÁN es sin segundo,
maestre de Montesa y bien del mundo.

Meresce bien en este insigne valle
lugar ilustre, asiento conoscido,
aquel a quien la fama quiere dalle
el nombre que su ingenio ha merescido.
Tenga cuidado el cielo de loalle,
pues es del cielo su valor crescido:
el cielo alabe lo que yo no puedo
del sabio don ALONSO REBOLLEDO.

Alzas, doctor FALCÓN, tan alto el vuelo,
que al águila caudal atrás te dejas,
pues te remontas con tu ingenio al cielo
y deste valle mísero te alejas.
Por esto temo y con razón recelo
que, aunque te alabe, formarás mil quejas
de mí, porque en tu loa noche y día
no se ocupa la voz y lengua mía.

Si tuviera, cual tiene la Fortuna,
la dulce poesía varia rueda,
ligera y más movible que la luna,
que ni estuvo, ni está, ni estará queda,
en ella, sin hacer mudanza alguna,
pusiera sólo a MICER DE ARTIEDA,
y el más alto lugar siempre ocupara,
por sciencias, por ingenio y virtud rara.

Todas cuantas bien dadas alabanzas
diste a raros ingenios, ¡oh GIL POLO!,
tú las mereces solo y las alcanzas,
tú las alcanzas y mereces solo.
Ten ciertas y seguras esperanzas
que en este valle un nuevo mauseolo
te harán estos pastores, do guardadas
tus cenizas serán y celebradas.

CRISTÓBAL DE VIRUÉS, pues se adelanta
tu sciencia y tu valor tan a tus años,
tú mesmo aquel ingenio y virtud canta
con que huyes del mundo los engaños.
Tierna, dichosa y bien nascida planta,
yo haré que en proprios reinos y en estraños
el fruto de tu ingenio levantado
se conozca, se admire y sea estimado.

Si conforme al ingenio que nos muestra
Silvestre Espinosa, así se hubiera
de loar, otra voz más viva y diestra,
más tiempo y más caudal menester fuera.
Mas, pues la mía a su intención adiestra,
yo [le] daré por paga verdadera,
con el bien que del dios de Delo tiene,
el mayor de las aguas de Hipocrene.

Entre éstos, como Apolo, venir veo,
hermoseando al mundo con su vista,
al discreto galán García Romeo,
dignísimo de estar en esta lista.
Si la hija del húmido Peneo,
de quien ha sido Ovidio coronista,
en campos de Tesalia le hallara,
en él y no en laurel se transformara.

Rompe el silencio y sancto encerramiento,
traspasa el aire, al cielo se levanta
de fray Pedro de Huete aquel acento
de su divina musa, heroica y sancta.
Del alto suyo raro entendimiento
cantó la fama, ha de cantar y canta,
llevando, para dar al mundo espanto,
sus obras por testigos de su canto.

Tiempo es ya de llegar al fin postrero,
dando principio a la mayor hazaña
que jamás emprendí, la cual espero
que ha de mover al blando Apolo a saña,
pues, con ingenio rústico y grosero,
a dos soles que alumbran vuestra España
—no sólo a España, mas al mundo todo—
pienso loar, aunque me falte el modo.

De Febo la sagrada honrosa sciencia,
la cortesana discreción madura,
los bien gastados años, la experiencia,
que mil sanos consejos asegura;
la agudeza de ingenio, el advertencia
en apuntar y en descubrir la escura
dificultad y duda que se ofrece,
en estos soles dos sólo floresce.

En ellos un epílogo, pastores,
del largo canto mío ahora hago,
y a ellos enderezo los loores

cuantos habéis oído, y no los pago:
que todos los ingenios son deudores
a estos de quien yo me satisfago;
satisfácese dellos todo el suelo,
y aun los admira, porque son del cielo.

Estos quiero que den fin a mi canto,
y a nueva admiración comienzo;
y si pensáis que en esto me adelanto,
cuando os diga quién son, veréis que os venzo.
Por ellos hasta el cielo me levanto,
y sin ellos me corro y me avergüenzo:
tal es LAÍNEZ, tal es FIGUEROA,
dignos de eterna y de incesable loa.

No había aún bien acabado la hermosa ninfa los últimos acentos de su sabroso canto, cuando, tornándose a juntar las llamas, que divididas estaban, la cerraron en medio, y luego poco a poco consumiéndose, en breve espacio desapareció el ardiente fuego y la discreta musa delante de los ojos de todos, a tiempo que ya la clara aurora comenzaba a descubrir sus frescas y rosadas mejillas por el espacioso cielo, dando alegres muestras del venidero día. Y luego el venerable Telesio, puniéndose encima de la sepultura de Meliso, y rodeado de toda la agradable compañía que allí estaba, prestándole todos una agradable atención y estraño silencio, desta manera comenzó a decirles:

—Lo que esta pasada noche en este mesmo lugar y por vuestros mesmos ojos habéis visto, discretos y gallardos pastores y hermosas pastoras, os habrá dado a entender cuán acepta es al cielo la loable costumbre que tenemos de hacer estos anales sacrificios y honrosas obsequias por las felices almas de los cuerpos que por decreto vuestro en este famoso valle tener sepultura merescieron. Dígoos esto, amigos míos, porque de aquí adelante con más fervor y diligencia acudáis a poner en efecto tan sancta y famosa obra, pues ya veis de cuán raros y altos espíritus nos ha dado noticia la bella Calíope, que todos son dignos, no sólo de las vuestras, pero de todas las posibles alabanzas. Y no penséis que es pequeño el gusto que he rescibido en saber por tan verdadera relación cuán grande es el número de los divinos ingenios que en nuestra España hoy viven, porque siempre ha estado y está en opinión de todas las naciones estranjeras que no son muchos, sino pocos, los espíritus que en la sciencia de la poesía en ella muestran que le tienen levantado, siendo tan al revés como se parece, pues cada uno de los que la ninfa ha nombrado al más agudo estranjero se aventaja, y darían claras muestras dello, si en esta nuestra España se estimase en tanto la poesía como en otras provincias se estima. Y así, por esta causa, los insignes y claros ingenios que en ella se aventajan, con la poca estimación que dellos los príncipes y el vulgo hacen, con solos sus entendimientos comunican sus altos y estraños conceptos, sin osar publicarlos al mundo; y tengo para mí que el cielo debe de ordenarlo desta manera, porque no meresce el mundo ni el mal considerado siglo nuestro gozar de manjares al alma tan gustosos. Mas, porque me parece, pastores, que el poco sueño desta pasada noche y las largas ceremonias nuestras os tendrán algún tanto fatigados y deseosos de reposo, será bien que, haciendo lo poco que nos falta para cumplir nuestro intento, cada uno se vuelva a su cabaña o al aldea, llevando en la memoria lo que la musa nos deja encomendado.

Y, en diciendo esto, se abajó de la sepultura; y, tornándose a coronar de nuevas y funestas ramas, tornó a rodear la pira tres veces, siguiéndole todos y acompañándole en algunas devotas oraciones que decía. Esto acabado, teniéndole todos en medio, volvió el grave rostro a una y otra parte, y, bajando la cabeza y mostrando agradescido semblante y amorosos ojos, se despidió de toda la compañía, la cual, yéndose quién por una y quién por otra parte de las cuatro salidas que aquel sitio tenía, en poco espacio se deshizo y dividió toda, quedando solos los del aldea de Aurelio, y con ellos Timbrio, Silerio, Nísida y Blanca, con los famosos pastores Elicio, Tirsi, Damón, Lauso, Erastro, Daranio, Arsindo y los cuatro lastimados Orompo, Marsilo, Crisio y Orfinio, con las pastoras Galatea, Florisa, Silveria y su amiga Belisa, por quien Marsilo moría. Juntos, pues, todos estos, el venerable Aurelio les dijo que sería bien partirse luego de aquel lugar, para llegar a tiempo de pasar la siesta en el arroyo de las Palmas, pues tan acomodado sitio era para ello. A todos pareció bien lo que Aurelio decía; y luego, con reposados pasos, hacia donde él dijo se encaminaron. Mas, como la hermosa vista de la pastora Belisa no dejase reposar los espíritus de Marsilo, quisiera él, si pudiera y le fuera lícito, llegarse a ella y decirle la sinrazón que con él usaba; mas, por no perder el decoro que a la honestidad de Belisa se debía, estábase el triste más mudo de lo que había menester su deseo. Los mesmos efectos y accidentes hacía amor en las almas de los enamorados Elicio y Erastro, que cada cual por sí quisiera decir a Galatea lo que ya ella bien sabía. A esta sazón, dijo Aurelio:

—No me parece bien, pastores, que os mostréis tan avaros que no queráis corresponder y pagar lo que debéis a las calandrias y ruiseñoles y a los otros pintados pajarillos que por entre estos árboles con su no aprendida y maravillosa armonía os van entretiniendo y regocijando. Tocad vuestros instrumentos y levantad vuestras sonoras voces, y mostraldes que el arte y destreza vuestra en la música a la natural suya se aventaja; y con tal entretenimiento sentiremos menos la pesadumbre del camino y los rayos del sol, que ya parece que van amenazando el rigor con que esta siesta han de herir la tierra.

Poco fue menester para ser Aurelio obedecido, porque luego Erastro tocó su zampoña y Arsindo su rabel, al son de los cuales instrumentos, dando todos la mano a Elicio, él comenzó a cantar desta manera:

Elicio

Por lo imposible peleo,
y si quiero retirarme,
ni paso ni senda veo;
que hasta vencer o acabarme,
tras sí me lleva el deseo.
Y, aunque sé que aquí es forzoso
antes morir que vencer,

cuando estoy más peligroso,
entonces vengo a tener
mayor fe en lo más dudoso.

El cielo que me condemna
a no esperar buena andanza,
me da siempre a mano llena,
sin las sombras de esperanza,
mil certidumbres de pena.
Mas mi pecho valeroso,
que se abrasa y se resuelve
en vivo fuego amoroso,
en contracambio, le vuelve
mayor fe en lo más dudoso.

Inconstancia, firme duda,
falsa fe, cierto temor,
voluntad de amor desnuda,
nunca turban el amor
que de firme no se muda.
Vuele el tiempo presuroso,
suceda ausencia o desdén,
crezca el mal, mengüe el reposo,
que yo tendré por mi bien
mayor fe en lo más dudoso.

¿No es conoscida locura
y notable desvarío
querer yo lo que ventura
me niega, y el hado mío
y la suerte no asegura?
De todo estoy temeroso;
no hay gusto que me entretenga,
y en trance tan peligroso,
me hace el amor que tenga
mayor fe en lo más dudoso.

Alcanzo de mi dolor
que está en tal término puesto,
que llega donde el amor;
y el imaginar en esto,
tiempla en parte su rigor.
De pobre y menesteroso,
doy a la imaginación
alivio tan congojoso,
porque tenga el corazón
mayor fe en lo más dudoso.

Y más agora, que vienen
de golpe todos los males;
y para que más me penen,
aunque todos son mortales,
en la vida me entretienen.
Mas, en fin, si un fin hermoso
nuestra vida en honra sube,
el mío me hará famoso,
porque en muerte y vida tuve
mayor fe en lo más dudoso.

Parecióle a Marsilo que lo que Elicio había cantado tan a su propósito hacía, que quiso seguirle en el mesmo concepto; y así, sin esperar que otro le tomase la mano, al son de los mesmos instrumentos, desta manera comenzó a cantar:

Marsilo

¡Cuán fácil cosa es llevarse
el viento las esperanzas
que pudieron fabricarse
de las vanas confianzas
que suelen imaginarse!
Todo concluye y fenece:
las esperanzas de amor,
los medios qu'el tiempo ofresce;
mas en el buen amador
sola la fe permanece.

Ella en mí tal fuerza alcanza,
que, a pesar de aquel desdén,
lleno de desconfianza,
siempre me asegura un bien
que sustenta la esperanza.
Y, aunqu'el amor desfallece
en el blanco, airado pecho
que tanto mis males cresce,
en el mío, a su despecho,
sola la fe permanece.

Sabes, amor, tú, que cobras
tributo de mi fe cierta,
y tanto en cobrarle sobras,
que mi fe nunca fue muerta,
pues se aviva con mis obras.
Y sabes bien que descrece
toda mi gloria y contento
cuanto más tu furia cresce,
y que en mi alma de asiento
sola la fe permanece.

Pero si es cosa notoria,
y no hay poner duda en ella,
que la fe no entra en la gloria,
yo, que no estaré sin ella,
¿qué triunfo espero o victoria?
Mi sentido desvanece
con el mal que se figura;
todo el bien desaparece;
y entre tanta desventura,
sola la fe permanece.

Con un profundo sospiro dio fin a su canto el lastimado Marsilo; y luego Erastro, dando su zampoña, sin más detenerse, desta manera comenzó a cantar:

ERASTRO

En el mal que me lastima
y en el bien de mi dolor,
es mi fe de tanta estima
que ni huye del temor,
ni a la esperanza se arrima.
No la turba o desconcierta
ver que está mi pena cierta
en su difícil subida,
ni que consumen la vida
fe viva, esperanza muerta.

Milagro es éste en mi mal;
mas eslo porque mi bien,
si viene, venga a ser tal,
que, entre mil bienes, le den
la palma por principal.
La fama, con lengua experta,
dé al mundo noticia cierta
qu'el firme amor se mantiene
en mi pecho, adonde tiene
fe viva, esperanza muerta.

Vuestro desdén riguroso
y mi humilde merescer,
me tienen tan temeroso
que, ya que os supe querer,
ni puedo hablaros, ni oso.
Veo de contino abierta
a mi desdicha la puerta,
y que acabo poco a poco,
porque con vos valen poco
fe viva, esperanza muerta.

No llega a mi fantasía
un tan loco desvaneo,
como es pensar que podría
el menor bien que deseo
alcanzar por la fe mía.
Podéis, pastora, estar cierta
qu'el alma rendida acierta
a amaros cual merecéis,
pues siempre en ella hallaréis
fe viva, esperanza muerta.

Calló Erastro; y luego, el ausente Crisio, al son de los mesmos instrumentos, desta suerte comenzó a cantar:

Crisio

Si a las veces desespera
del bien la firme afición,
quien desmaya en la carrera
de la amorosa pasión,
¿qué fruto o qué premio espera?
Yo no sé quien se asegura
gloria, gustos y ventura
por un ímpetu amoroso,
si en él y en el más dichoso
no es fe la fe que no dura.

En mil trances ya sabidos
se han visto, y en los de amores,
los soberbios y atrevidos,
al principio vencedores,
y a la fin quedar vencidos.
Sabe el que tiene cordura
que en la firmeza se apura
el triunfo de la batalla,
y sabe que, aunque se halla,
no es fe la fe que no dura.

En el que quisiere amar
no más de por su contento,
es imposible durar
en su vano pensamiento
la fe que se ha de guardar.
Si en la mayor desventura
mi fe tan firme y segura
como en el bien no estuviera,
yo mismo della dijera:
no es fe la fe que no dura.

El ímpetu y ligereza
de un nuevo amador insano,
los llantos y la tristeza,
son nubes que en el verano
se deshacen con presteza.
No es amor el que le apura,
sino apetito y locura,
pues cuando quiere, no quiere:
no es amante el que no muere,
no es fe la fe que no dura.

A todos pareció bien la orden que los pastores en sus canciones guardaban, y con deseo atendían a que Tirsi o Damón comenzasen; mas presto se le cumplió Damón, pues, en acabando Crisio, al son de su mesmo rabel, cantó desta manera:

DAMÓN

Amarili, ingrata y bella,
¿quién os podrá enternecer,
si os vienen a enduresce
las ansias de mi querella
y la fe de mi querer?
¡Bien sabéis, pastora, vos
que en el amor que mantengo
a tan alto estremo vengo
que, después de la de Dios,
sola es fe la fe que os tengo!

Y, puesto que subo tanto
en amar cosa mortal,
tal bien encierra mi mal,
que al alma por él levanto
a su patria natural.
Por esto conozco y sé
que tal es mi amor, tan luengo
como muero y me entretengo,
y que, si en amor hay fe,
sola es fe la fe que os tengo.

Los muchos años gastados
en amorosos servicios,
del alma los sacrificios,
de mi fe y de mis cuidados
dan manifiestos indicios.
Por esto no os pediré
remedio al mal que sostengo;
y si a pedírosle vengo,
es, Amarili, porque
sola es fe la fe que os tengo.

En el mar de mi tormenta
jamás he visto bonanza,
y aquella alegre esperanza
con quien la fe se sustenta,
de la mía no se alcanza.
Del amor y de fortuna
me quejo; mas no me vengo,
pues por ellas a tal vengo
que, sin esperanza alguna,
sola es fe la fe que os tengo.

El canto de Damón acabó de confirmar en Timbrio y en Silerio la buena opinión que del raro ingenio de los pastores que allí estaban habían concebido; y más cuando, a persuasión de Tirsi y de Elicio, el ya libre y desdeñoso Lauso, al son de la flauta de Arsindo, soltó la voz en semejantes versos:

Lauso

Rompió el desdén tus cadenas,
falso amor, y a mi memoria
el mesmo ha vuelto la gloria
de la ausencia de tus penas.

Llame mi fe quien quisiere
antojadiza, y no firme,
y en su opinión me confirme
como más le pareciere.

Diga que presto olvidé,
y que de un sotil cabello,
que un soplo pudo rompello,
colgada estaba mi fe.

Digan que fueron fingidos
mis llantos y mis sospiros,
y que del Amor los tiros
no pasaron mis vestidos.

Que no el ser llamado vano
y mudable me atormenta,
a trueco de ver esenta
mi cerviz del yugo insano.

Sé yo bien quién es Silena
y su condición estraña,
y que asegura y engaña
su apacible faz serena.

A su estraña gravedad
y a sus bajos bellos ojos,
no es mucho dar los despojos
de cualquiera voluntad.

Esto en la vista primera;
mas, después de conoscida,
por no verla, dar la vida,
y más, si más se pudiera.

Silena del cielo y mía,
muchas veces la llamaba
porque tan hermosa estaba
que del cielo parecía;
Mas ahora, sin recelo,
mejor la podré llamar
serena falsa del mar,
que no Silena del cielo.
Con los ojos, con la pluma,
con las veras y los juegos,
de amantes vanos y ciegos
prende innumerable suma.
Siempre es primero el postrero;
mas el más enamorado
al cabo es tan maltratado
cuanto querido primero.
¡Oh cuánto más se estimara
de Silena la hermosura,
si el proceder y cordura
a su belleza igualara!
No le falta discreción;
mas empléala tan mal,
que le sirve de dogal
que ahoga su presumpción.
Y no hablo de corrido,
pues sería apasionado,
pero hablo de engañado
y sin razón ofendido.
Ni me ciega la pasión,
ni el deseo de su mengua:
que siempre siguió mi lengua
los términos de razón.
Sus muchos antojos varios,
su mudable pensamiento,
le vuelven cada momento
los amigos en contrarios.
Y pues hay por tantos modos
enemigos de Silena,
o ella no es toda buena,
o son ellos malos todos.

Acabó Lauso su canto; y, aunque él creyó que ninguno le entendía, por ignorar el disfrazado nombre de Silena, más de tres de los que allí iban la conoscieron, y aun se maravillaron que la modestia de Lauso a ofender alguno se estendiese: principalmente a la disfrazada pastora, de quien tan enamorado le habían visto. Pero en la opinión de Damón, su amigo, quedó bien disculpado, porque conoscía el término de Silena y sabía el que con Lauso había usado, y de lo que no dijo se maravillaba. Acabó, como se ha dicho,

Lauso; y, como Galatea estaba informada del estremo de la voz de Nísida, quiso, por obligarla, cantar ella primero; y por esto, antes que otro pastor comenzase, haciendo señal a Arsindo que en tañer su flauta procediese, al son della, con su estremada voz, cantó desta manera:

Galatea

Tanto cuanto el amor convida y llama
al alma con sus gustos de aparencia,
tanto más huye su mortal dolencia
quien sabe el nombre que le da la fama.
Y el pecho opuesto a su amorosa llama,
armado de una honesta resistencia,
poco puede empecerle su inclemencia,
poco su fuego y su rigor le inflama.
Segura está, quien nunca fue querida
ni supo querer bien, de aquella lengua
que en su deshonra se adelgaza y lima;
mas si el querer y el no querer da mengua,
¿en qué ejercicios pasará la vida
la que más que al vivir la honra estima?

Bien se echó de ver en el canto de Galatea que respondía al malicioso de Lauso, y que no estaba mal con las voluntades libres, sino con las lenguas maliciosas y los ánimos dañados, que, en no alcanzando lo que quieren, convierten el amor que un tiempo mostraron en un odio malicioso y detestable, como ella en Lauso imaginaba; pero quizá saliera deste engaño, si la buena condición de Lauso conosciera y la mala de Silena no ignorara. Luego que Galatea acabó de cantar, con corteses palabras rogó a Nísida que lo mesmo hiciese; la cual, como era tan comedida como hermosa, sin hacerse de rogar, al son de la zampoña de Florisa, cantó desta suerte:

Nísida

Bien puse yo valor a la defensa
del duro encuentro y amoroso asalto;
bien levanté mi presumpción en alto
contra el rigor de la notoria ofensa.
Mas fue tan reforzada y tan intensa
la batería, y mi poder tan falto,
que sin cogerme amor de sobresalto,
me dio a entender su potestad inmensa.
Valor, honestidad, recogimiento,
recato, ocupación, esquivo pecho,
amor con poco premio lo conquista.
Ansí que, para huir el vencimiento,
consejos jamás fueron de provecho:
desta verdad testigo soy de vista.

Cuando Nísida acabó de cantar y acabó de admirar a Galatea y a los que escuchado la habían, estaban ya bien cerca del lugar adonde tenían determinado de pasar la siesta; pero en aquel poco espacio le tuvo Belisa para cumplir lo que Silveria le rogó, que fue que algo cantase; la cual, acompañándola el son de la flauta de Arsindo, cantó lo que se sigue:

Belisa

Libre voluntad esenta,
atended a la razón
que nuestro crédito augmenta;
dejad la vana afición,
engendradora de afrenta;
que cuando el alma se encarga
de alguna amorosa carga,
a su gusto es cualquier cosa
compusición venenosa
con jugo de adelfa amarga.

Por la mayor cantidad
de la riqueza subida
en valor y en calidad,
no es bien dada ni vendida
la preciosa libertad.
¿Pues, quién se pondrá a perdella
por una simple querella
de un amador porfiado,
si cuanto bien hay crïado
no se compara con ella?

Si es insufrible dolor
tener en prisión esquiva
el cuerpo libre de amor,
tener el alma captiva
¿no será pena mayor?
Sí será, y aun de tal suerte,
que remedio a mal tan fuerte
no se halla en la paciencia,
en años, valor o sciencia,
porque sólo está en la muerte.

Vaya, pues, mi sano intento
lejos deste desvarío;
huiga tan falso contento;
rija mi libre albedrío
a su modo el pensamiento;
mi tierna cerviz esenta
no permita ni consienta
sobre sí el yugo amoroso,

por quien se turba el reposo
y la libertad se ausenta.

Al alma del lastimado Marsilo llegaron los libres versos de la pastora, por la poca esperanza que sus palabras prometían de ser mejoradas sus obras; pero, como era tan firme la fe con que la amaba, no pudieron las notorias muestras de libertad que había oído hacer que él no quedase tan sin ella como hasta entonces estaba. Acabóse en esto el camino de llegar al arroyo de las Palmas, y, aunque no llevaran intención de pasar allí la siesta, en llegando a él y en viendo la comodidad del hermoso sitio, él mismo a no pasar adelante les forzara. Llegados, pues, a él, luego el venerable Aurelio ordenó que todos se sentasen junto al claro y espejado arroyo, que por entre la menuda yerba corría, cuyo nascimiento era al pie de una altísima y antigua palma, que por no haber en todas las riberas de Tajo sino aquélla y otra que junto a ella estaba, aquel lugar y arroyo el de las Palmas era llamado. Y, después de sentados, con más voluntad y llaneza que de costosos manjares, de los pastores de Aurelio fueron servidos, satisfaciendo la sed con las claras y frescas aguas que el limpio arroyo les ofrescía; y, en acabando la breve y sabrosa comida, algunos de los pastores se dividieron y apartaron a buscar algún apartado y sombrío lugar donde restaurar pudiesen las no dormidas horas de la pasada noche; y sólo se quedaron solos los de la compañía y aldea de Aurelio, con Timbrio, Silerio, Nísida y Blanca, Tirsi y Damón, a quien les pareció ser mejor gustar de la buena conversación que allí se esperaba, que de cualquier otro gusto que el sueño ofrecerles podía. Adivinada, pues, y casi conoscida esta su intención de Aurelio, les dijo:

—Bien será, señores, que los que aquí estamos, ya que entregarnos al dulce sueño no habemos querido, que este tiempo que le hurtamos no dejemos de aprovecharle en cosa que más de nuestro gusto sea; y la que a mí me parece que no podrá dejar de dárnosle, es que cada cual, como mejor supiere, muestre aquí la agudeza de su ingenio, proponiendo alguna pregunta o enigma, a quien esté obligado a responder el compañero que a su lado estuviere; pues con este ejercicio se granjearán dos cosas: la una, pasar con menos enfado las horas que aquí estuviéremos; la otra, no cansar tanto nuestros oídos con oír siempre lamentaciones de amor y endechas enamoradas.

Conformáronse todos luego con la voluntad de Aurelio; y, sin mudarse del lugar do estaban, el primero que comenzó a preguntar fue el mesmo Aurelio, diciendo desta manera:

Aurelio

¿Cuál es aquel poderoso
que desde oriente a occidente
es conoscido y famoso?
A veces, fuerte y valiente:
otras, flaco y temeroso;
quita y pone la salud,
muestra y cubre la virtud

en muchos más de una vez,
es más fuerte en la vejez
que en la alegre joventud.

Múdase en quien no se muda
por estraña preeminencia,
hace temblar al que suda,
y a la más rara elocuencia
suele tornar torpe y muda;
con diferentes medidas,
anchas, cortas y estendidas,
mide su ser y su nombre,
y suele tomar renombre
de mil tierras conoscidas.

Sin armas vence al armado,
y es forzoso que le venza,
y aquél que más le ha tratado,
mostrando tener vergüenza,
es el más desvergonzado.
Y es cosa de maravilla
que en el campo y en la villa,
a capitán de tal prueba
cualquier hombre se le atreva,
aunque pierda en la rencilla.

Tocó la respuesta desta pregunta al anciano Arsindo, que junto a Aurelio estaba; y, habiendo un poco considerado lo que significar podía, al fin le dijo:

—Paréceme, Aurelio, que la edad nuestra nos fuerza a andar más enamorados de lo que significa tu pregunta que no de la más gallarda pastora que se nos pueda ofrecer, porque si no me engaño, el poderoso y conoscido que dices es el vino, y en él cuadran todos los atributos que le has dado.

—Verdad dices, Arsindo —respondió Aurelio—, y estoy para decir que me pesa de haber propuesto pregunta que con tanta facilidad haya sido declarada; mas di tú la tuya, que al lado tienes quien te la sabrá desatar, por más añudada que venga.

—Que me place —dijo Arsindo.

Luego propuso la siguiente:

ARSINDO

¿Quién es quien pierde el color
donde se suele avivar,
y luego torna a cobrar
otro más vivo y mejor?

Es pardo en su nascimiento,
y después negro atezado,
y al cabo tan colorado,
que su vista da contento.

No guarda fueros ni leyes,
tiene amistad con las llamas,
visita a tiempos las camas
de señores y de reyes.
Muerto, se llama varón,
y vivo, hembra se nombra;
tiene el aspecto de sombra;
de fuego, la condición.

Era Damón el que al lado de Arsindo estaba, el cual, apenas había acabado Arsindo su pregunta, cuando le dijo:

—Paréceme, Arsindo, que no es tan escura tu demanda como lo que significa, porque si mal no estoy en ella, el carbón es por quien dices que muerto se llama varón y encendido y vivo brasa, que es nombre de hembra, y todas las demás partes le convienen en todo como ésta; y si quedas con la mesma pena que Aurelio, por la facilidad con que tu pregunta ha sido entendida, yo os quiero tener compañía en ella, pues Tirsi, a quien toca responderme, nos hará iguales.

Y luego dijo la suya:

DAMÓN

¿Cuál es la dama polida,
aseada y bien compuesta,
temerosa y atrevida,
vergonzosa y deshonesta,
y gustosa y desabrida?
Si son muchas —porque asombre—,
mudan de mujer el nombre
en varón; y es cierta ley
que va con ellas el rey
y las lleva cualquier hombre.

—Bien es, amigo Damón —dijo luego Tirsi—, que salga verdadera tu porfía, y que quedes con la pena de Aurelio y Arsindo, si alguna tienen, porque te hago saber que sé que lo que encubre tu pregunta es la carta y el pliego de cartas.

Concedió Damón lo que Tirsi dijo, y luego Tirsi propuso desta manera:

TIRSI

¿Quién es la que es toda ojos
de la cabeza a los pies,
y a veces, sin su interés,
causa amorosos enojos?
También suele aplacar riñas,
y no le va ni le viene,
y, aunque tantos ojos tiene,
se descubren pocas niñas.

Tiene nombre de un dolor
que se tiene por mortal,
hace bien y hace mal,
enciende y tiempla el amor.

En confusión puso a Elicio la pregunta de Tirsi, porque a él tocaba responder a ella, y casi estuvo por darse, como dicen, por vencido; pero, a cabo de poco, vino a decir que era la celosía; y, concediéndolo Tirsi, luego Elicio preguntó lo siguiente:

ELICIO

Es muy escura y es clara;
tiene mil contrariedades:
encúbrenos las verdades,
y al cabo nos las declara.
Nasce, a veces, de donaire,
otras, de altas fantasías,
y suele engendrar porfías
aunque trate cosas de aire.
Sabe su nombre cualquiera,
hasta los niños pequeños;
son muchas y tiene dueños
de diferente manera.
No hay vieja que no se abrace
con una destas señoras;
son de gusto algunas horas:
cuál cansa, cuál satisface.
Sabios hay que se desvelan
por sacarles los sentidos,
y algunos quedan corridos
cuanto más sobre ello velan.
Cuál es nescia, cuál curiosa,
cuál fácil, cuál intricada,
pero sea o no sea nada,
decidme qué es cosa y cosa.

No podía Timbrio atinar con lo que significaba la pregunta de Elicio, y casi comenzó a correrse de ver que más que otro alguno se tardaba en la respuesta, mas ni aun por eso venía en el sentido della; y tanto se detuvo, que Galatea, que estaba después de Nísida, dijo:

—Si vale a romper la orden que está dada, y puede responder el que primero supiere, yo por mí digo que sé lo que significa la propuesta enigma, y estoy por declararla, si el señor Timbrio me da licencia.

—Por cierto, hermosa Galatea —respondió Timbrio—, que conozco yo que, así como a mí me falta, os sobra a vos ingenio para aclarar mayores dificultades; pero, con todo eso, quiero que tengáis paciencia hasta que Elicio la torne a decir, y si desta vez no la acertare, confirmarse ha con más veras la opinión que de mi ingenio y del vuestro tengo.

Tornó Elicio a decir su pregunta, y luego Timbrio declaró lo que era, diciendo:

—Con lo mesmo que yo pensé que tu demanda, Elicio, se escurescía, con eso mesmo me parece que se declara, pues el último verso dice que te digan qué es cosa y cosa, y así yo te respondo a lo que me dices, y digo que tu pregunta es el "qué es cosa y cosa"; y no te maravilles haberme tardado en la respuesta, porque más me maravillara yo de mi ingenio si más presto respondiera, el cual mostrará quién es en el poco artificio de mi pregunta, que es ésta:

Timbrio

¿Quién es [el] que, a su pesar,
mete sus pies por los ojos,
y sin causarles enojos,
les hace luego cantar?
El sacarlos es de gusto,
aunque, a veces, quien los saca,
no sólo su mal no aplaca,
mas cobra mayor disgusto.

A Nísida tocaba responder a la pregunta de Timbrio, mas no fue posible que la adevinasen ella ni Galatea, que se le seguían. Y, viendo Orompo que las pastoras se fatigaban en pensar lo que significaba, les dijo:

—No os canséis, señora[s], ni fatiguéis vuestros entendimientos en la declaración desta enigma, porque podría ser que ninguna de vosotras en toda su vida hubiese visto la figura que la pregunta encubre; y así, no es mucho que no deis en ella; que si de otra suerte fuera, bien seguros estábamos de vuestros entendimientos, que en menos espacio, otras más dificultosas hubiérades declarado. Y por esto, con vuestra licencia, quiero yo responder a Timbrio y decirle que su demanda significa un hombre con grillos, pues cuando saca los pies de aquellos ojos que él dice, o es para ser libre, o para llevarle al suplicio. Porque veáis, pastoras, si tenía yo razón de imaginar que quizá ninguna de vosotras había visto en toda su vida cárceles ni prisiones.

—Yo por mí sé decir —dijo Galatea— que jamás he visto aprisionado alguno.

Lo mesmo dijeron Nísida y Blanca; y luego Nísida propuso su pregunta en esta forma:

Nísida

Muerde el fuego, y el bocado
es daño y bien del mordido;
no pierde sangre el herido,
aunque se ve acuchillado;
mas, si es profunda la herida,
y de mano que no acierte,
causa al herido la muerte,
y en tal muerte está su vida.

Poco se tardó Galatea en responder a Nísida, porque luego le dijo:

—Bien sé que no me engaño, hermosa Nísida, si digo que a ninguna cosa se puede mejor atribuir tu enigma que a las tijeras de despabilar y a la vela o cirio que despabilan. Y si esto es verdad, como lo es, y quedas satisfecha de mi respuesta, escucha ahora la mía, que no con menos facilidad espero que será declarada de tu hermana, que yo he hecho la tuya.

Y luego la dijo; que fue ésta:

GALATEA

Tres hijos que de una madre
nascieron con ser perfecto,
y de un hermano era nieto
el uno, y el otro padre;
y estos tres tan sin clemencia
a su madre ma[l]trataban
que mil puñadas la daban,
mostrando en ello su sciencia.

Considerando estaba Blanca lo que podía significar la enigma de Galatea, cuando vieron atravesar corriendo, por junto al lugar donde estaban, dos gallardos pastores, mostrando en la furia con que corrían que alguna cosa de importancia les forzaba a mover los pasos con tanta ligereza; y luego, en el mismo instante, oyeron unas dolorosas voces, como de personas que socorro pedían. Y con este sobresalto se levantaron todos, y siguieron el tino donde las voces sonaban; y, a pocos pasos, salieron de aquel deleitoso sitio y dieron sobre la ribera del fresco Tajo, que por allí cerca mansamente corría; y, apenas vieron el río, cuando se les ofreció a la vista la más estraña cosa que imaginar pudieran, porque vieron dos pastoras, al parecer de gentil donaire, que tenían a un pastor asido de las faldas del pellico con toda la fuerza a ellas posible porque el triste no se ahogase, porque tenía ya el medio cuerpo en el río y la cabeza debajo del agua, forcejando con los pies por desasirse de las pastoras, que su desesperado intento estorbaban, las cuales ya casi querían soltarle, no pudiendo vencer al tesón de su porfía con las débiles fuerzas suyas. Mas, en esto, llegaron los dos pastores que corriendo habían venido, y, asiendo al desesperado, le sacaron del agua a tiempo que ya todos los demás llegaban, espantándose del estraño espectáculo, y más lo fueron cuando conoscieron que el pastor que quería ahogarse era Galercio, el hermano de Artidoro, y las pastoras eran Maurisa, su hermana, y la hermosa Teolinda; las cuales, como vieron a Galatea y a Florisa, con lágrimas en los ojos corrió Teolinda a abrazar a Galatea, diciendo:

—¡Ay, Galatea, dulce amiga y señora mía, cómo ha cumplido esta desdichada la palabra que te dio de volver a verte y a decirte las nuevas de su contento!

—De que le tengas, Teolinda —respondió Galatea—, holgaré yo tanto cuanto te lo asegura la voluntad que de mí para servirte tienes conoscida; mas parésceme que no acreditan tus ojos tus palabras, ni aun ellas me satisfacen de modo que imagine buen suceso de tus deseos.

En tanto que Galatea con Teolinda esto pasaba, Elicio y Arsindo, con los otros pastores, habían desnudado a Galercio; y, al desceñirle el pellico, que con todo el vestido mojado estaba, se le cayó un papel del seno, el cual alzó Tirsi, y abriéndole, vio que eran versos, y por no poderlos leer, por estar mojados, encima de una alta rama le puso al rayo del sol para que se enjugase. Pusieron a Galercio un gabán de Arsindo, y el desdichado mozo estaba como atónito y embelesado, sin hablar palabra alguna, aunque Elicio le preguntaba qué era la causa que a tan estraño término le había conducido; mas por él respondió su hermana Maurisa, diciendo:

—Alzad los ojos, pastores, y veréis quién es la ocasión que al desgraciado de mi hermano en tan estraños y desesperados puntos ha puesto.

Por lo que Maurisa dijo, alzaron los pastores los ojos, y vieron encima de una pendiente roca que sobre el río caía una gallarda y dispuesta pastora, sentada sobre la mesma peña, mirando con risueño semblante todo lo que los pastores hacían, la cual fue luego de todos conoscida por la cruel Gelasia.

—Aquella desamorada, aquella desconoscida —siguió Maurisa—, es, señores, la enemiga mortal deste desventurado hermano mío, el cual, como ya todas estas riberas saben y vosotras no ignoráis, la ama, la quiere y la adora; y, en cambio de los continuos servicios que siempre le ha hecho y de las lágrimas que por ella ha derramado, esta mañana, con el más esquivo y desamorado desdén que jamás en la crueldad pudiera hallarse, le mandó que de su presencia se partiese y que ahora ni nunca jamás a ella tornase. Y quiso tan de veras mi hermano obedecerla, que procuraba quitarse la vida, por escusar la ocasión de nunca traspasar su mandamiento; y si, por dicha, estos pastores tan presto no llegaran, llegado fuera ya el fin de mi alegría y el de los días de mi lastimado hermano.

En admiración puso lo que Maurisa dijo a todos los que la escucharon, y más admirados quedaron cuando vieron que la cruel Gelasia, sin moverse del lugar donde estaba, y sin hacer cuenta de toda aquella compañía, que los ojos en ella tenía puestos, con un estraño donaire y desdeñoso brío, sacó un pequeño rabel de su zurrón, y, parándosele a templar muy despacio, a cabo de poco rato, con voz en estremo buena, comenzó a cantar desta manera:

GELASIA

¿Quién dejará del verde prado umbroso
las frescas yerbas y las frescas fuentes?
¿Quién de seguir con pasos diligentes
la suelta liebre o jabalí cerdoso?

¿Quién, con el son amigo y sonoroso,
no detendrá las aves inocentes?
¿Quién, en las horas de la siesta ardiente[s],
no buscará en las selvas el reposo,

por seguir los incendios, los temores,
los celos, iras, rabias, muertes, penas
del falso amor, que tanto aflige al mundo?

Del campo son y han sido mis amores;
rosas son y jazmines mis cadenas;
libre nascí, y en libertad me fundo.

Cantando estaba Gelasia, y en el movimiento y ademán de su rostro, la desamorada condición suya descubría. Mas, apenas hubo llegado al último verso de su canto, cuando se levantó con una estraña ligereza, y, como si de alguna cosa espantable huyera, así comenzó a correr por la peña abajo, dejando a los pastores admirados de su condición y confusos de su corrida. Mas luego vieron qué era la causa della con ver al enamorado Lenio, que con tirante paso, por la mesma peña subía, con intención de llegar adonde Gelasia estaba; pero no quiso ella aguardarle, por no faltar de corresponder en un solo punto a la crueldad de su propósito. Llegó el cansado Lenio a lo alto de la peña cuando ya Gelasia estaba al pie della, y, viendo que no detenía el paso, sino que con más presteza por la espaciosa campaña le tendía, con fatigado aliento y laso espíritu, se sentó en el mesmo lugar donde Gelasia había estado, y allí comenzó con desesperadas razones a maldecir su ventura y la hora en que alzó la vista a mirar a la cruel pastora Gelasia; y en aquel mesmo instante, como arrepentido de lo que decía, tornaba a bendecir sus ojos y a tener por dichosa y buena la ocasión que en tales términos le tenía. Y luego, incitado y movido de un furioso accidente, arrojó lejos de sí el cayado, y, desnudándose el pellico, le entregó a las aguas del claro Tajo, que junto al pie de la peña corría, lo cual visto por los pastores que mirándole estaban, sin duda creyeron que la fuerza de la enamorada pasión le sacaba de juicio; y así, Elicio y Erastro comenzaron a subir la peña para estorbarle que no hiciese algún otro desatino que le costase más caro. Y, puesto que Lenio los vio subir, no hizo otro movimiento alguno si no fue sacar de su zurrón su rabel, y con un nuevo y estraño reposo se tornó asentar; y, vuelto el rostro hacia donde su pastora huía, con voz suave y de lágrimas acompañada, comenzó a cantar desta suerte:

Lenio

¿Quién te impele, crüel? ¿Quién te desvía?
¿Quién te retira del amado intento?
¿Quién en tus pies veloces alas cría,
con que corres ligera más qu'el viento?
¿Por qué tienes en poco la fe mía,
y desprecias el alto pensamiento?
¿Por qué huyes de mí ¿Por qué me dejas?
¡Oh, más dura que mármol a mis quejas!

¿Soy, por ventura, de tan bajo estado
que no merezca ver tus ojos bellos?
¿Soy pobre? ¿Soy avaro? ¿Hasme hallado
en falsedad desde que supe vellos?
La condición primera no he mudado.
¿No pende del menor de tus cabellos
mi alma? ¿Pues, por qué de mí te alejas?
¡Oh, más dura que mármol a mis quejas!

Tome escarmiento tu altivez sobrada
de ver mi libre voluntad rendida,

mira mi antigua presumpción trocada
y en amoroso intento convertida.
Mira que contra amor no puede nada
la más esenta descuidada vida.
Detén el paso ya: ¿por qué le aquejas?
¡Oh, más dura que mármol a mis quejas!

Vime cual tú te ves, y ahora veo
que como fui jamás espero verme:
tal me tiene la fuerza del deseo;
tal quiero, que se estrema en no quererme.
Tú has ganado la palma, tú el trofeo
de que amor pueda en su prisión tenerme;
tú me rendiste: ¿y tú de mí te quejas?
¡Oh, más dura que mármol a mis quejas!

En tanto que el lastimado pastor sus dolorosas quejas entonaba, estaban los demás pastores reprehendiendo a Galercio su mal propósito, afeándole el dañado intento que había mostrado. Mas el desesperado mozo a ninguna cosa respondía, de que no poco Maurisa se fatigaba, creyendo que, en dejándole solo, había de poner en ejecución su mal pensamiento. En este medio, Galatea y Florisa, apartándose con Teolinda, le preguntaron qué era la causa de su tornada y si por ventura había sabido ya de su Artidoro; a lo cual ella respondió llorando:

—«No sé qué os diga, amigas y señoras mías, sino que el cielo quiso que yo hallase a Artidoro para que enteramente le perdiese; porque habréis de saber que aquella mal considerada y traidora hermana mía, que fue el principio de mi desventura, aquella mesma ha sido la ocasión del fin y remate de mi contento; porque, sabiendo ella, así como llegamos con Galercio y Maurisa a su aldea, que Artidoro estaba en una montaña no lejos de allí con su ganado, sin decirme nada, se partió a buscarle. Hallóle, y, fingiendo ser yo —que para sólo este daño ordenó el cielo que nos pareciésemos—, con poca dificultad le dio a entender que la pastora que en nuestra aldea le había desdeñado era una su hermana que en estremo le parecía. En fin, le contó por suyos todos los pasos que yo por él he dado, y los estremos de dolor que he padecido; y, como las entrañas del pastor estaban tan tiernas y enamoradas, con harto menos que la traidora le dijera fuera dél creída, como la creyó, tan en mi perjuicio que, sin aguardar que la fortuna mezclase en su gusto algún nuevo impedimento, luego en el mesmo instante dio la mano a Leonarda de ser un legítimo esposo, creyendo que se la daba a Teolinda. Veis aquí, pastoras, en qué ha parado el fruto de mis lágrimas y sospiros; veis aquí ya arrancada de raíz toda mi esperanza; y lo que más siento es que haya sido por la mano que a sustentarla estaba más obligada. Leonarda goza de Artidoro por el medio del falso engaño que os he contado, y, puesto que ya él lo sabe, aunque debe de haber sentido la burla, hala disimulado, como discreto.

»Llegaron luego al aldea las nuevas de su casamiento, y con ellas las del fin de mi alegría. Súpose también el artificio de mi hermana, la cual dio por disculpa ver que Galercio, a quien tanto ella amaba, por la pastora Gelasia se perdía, y que así le pareció más fácil reducir a su voluntad la enamorada de Artidoro que no la desesperada de Galercio; y que, pues los dos eran uno solo en cuanto a la apariencia y gentileza, que ella se tenía por dichosa y bien afortunada con la compañía de Artidoro. Con esto se disculpa, como he dicho, la enemiga de mi gloria. Y así, yo, por no verla gozar de la que de derecho se me debía, dejé el aldea y la presencia de Artidoro, y, acompañada de las más tristes imaginaciones que imaginar se pueden, venía a daros las nuevas de mi desdicha en compañía de Maurisa, que ansimesmo viene con intención de contaros lo que Grisaldo ha hecho después que supo el hurto de Rosaura. Y esta mañana, al salir del sol, topamos con Galercio, el cual, con tiernas y enamoradas razones, estaba persuadiendo a Gelasia que bien le quisiese; mas ella, con el más estraño desdén y esquiveza que decir se puede, le mandó que se le quitase delante y que no fuese osado de jamás hallarla, y el desdichado pastor, apretado de tan recio mandamiento y de tan estraña crueldad, quiso cumplirle, haciendo lo que habéis visto. Todo esto es lo que por mí ha pasado, amigas mías, después que de vuestra presencia me partí.» Ved ahora si tengo más que llorar que antes, y si se ha augmentado la ocasión para que vosotras os ocupéis en consolarme, si acaso mi mal recibiese consuelo.

No dijo más Teolinda, porque la infinidad de lágrimas que le vinieron a los ojos, y los sospiros que del alma arrancaba, impidieron el oficio a la lengua; y, aunque las de Galatea y Florisa quisieron mostrarse expertas y elocuentes en consolarla, fue de poco efecto su trabajo. Y en el tiempo que entre las pastoras estas razones pasaban, se acabó de enjugar el papel que Tirsi a Galercio del seno sacado había, y deseoso de leerle, le tomó, y vio que desta manera decía:

Galercio a Gerlasia

¡Ángel de humana figura,
furia con rostro de dama,
fría y encendida llama
donde mi alma se apura!

Escucha las sinrazones,
de tu desamor causadas,
de mi alma trasladadas
en estos tristes renglones.

No escribo por ablandarte,
pues con tu dureza estraña
no valen ruegos ni maña,
ni servicios tienen parte.

Escríbote porque veas
la sinrazón que me haces,
y cuán mal que satisfaces
al valor de que te arreas.

Que alabes la libertad
es muy justo, y razón tienes;
mas mira que la mantienes
sólo con la crueldad;

y no es justo lo que ordenas:
querer, sin ser ofendida,
sustentar tu libre vida
con tantas muertes ajenas.
No imagines que es deshonra
que te quieran todos bien,
ni que está en usar desdén
depositada tu honra.
Antes, templando el rigor
de los agravios que haces,
con poco amor satisfaces
y cobras nombre mejor.
Tu crueldad me da a entender
que las sierras te engendraron,
o que los montes formaron
tu duro, indomable ser;
que en ellos es tu recreo,
y en los páramos y valles,
do no es posible que halles
quien te enamore el deseo.
En una fresca espesura
una vez te vi sentada,
y dije: «Estatua es formada
aquélla de piedra dura.»
Y, aunque el moverte después
contradijo a mi opinión,
«en fin, en la condición
—dije—, más que estatua es».
¡Y ojalá que estatua fueras
de piedra, que yo esperara
qu'el cielo por mí cambiara
tu ser, y en mujer volvieras!
Que Pigmaleón no fue
tanto a la suya rendido,
como yo te soy y he sido,
pastora, y siempre seré.
Con razón, y de derecho,
del mal y bien me das pago:
pena por el mal que hago,
gloria por el bien que he hecho.
En el modo que me tratas
tal verdad es conoscida:
con la vista me das vida,
con la condición me matas.
Dese pecho que se atreve
a esquivar de Amor los tiros,
el fuego de mis sospiros
deshaga un poco la nieve.

Concédase al llanto mío,
y al nunca admitir descanso,
que vuelva agradable y man[s]o
un solo punto tu brío.
Bien sé que habrás de decir
que me alargo, y yo lo creo;
pero acorta tú el deseo,
y acortaré yo el pedir.
Mas, según lo que me das
en cuantas demandas toco,
a ti te importa muy poco
que pida menos o más.
Si de tu estraña dureza
pudiera reprehenderte,
y aquella señal ponerte
que muestra nuestra flaqueza,
dijera, viendo tu ser,
y no así como se enseña:
«Acuérdate que eres peña,
y en peña te has de volver.»
Mas seas peña o acero,
duro mármol o diamante,
de un acero soy amante,
a una peña adoro y quiero.
Si eres ángel disfrazado,
o furia, que todo es cierto,
por tal ángel vivo muerto,
y por tal furia penado.

Mejor le parecieron a Tirsi los versos de Galercio que la condición de Gelasia; y, quiriéndoselos mostrar a Elicio, viole tan mudado de color y de semblante que una imagen de muerto parescía. Llegóse a él, y cuando le quiso preguntar si algún dolor le fatigaba, no fue menester esperar su respuesta para entender la causa de su pena, porque luego oyó publicar entre todos los que allí estaban cómo los dos pastores que a Galercio socorrieron eran amigos del pastor lusitano con quien el venerable Aurelio tenía concertado de casar a Galatea, los cuales venían a decirle cómo de allí a tres días el venturoso pastor vendría a su aldea a concluir el felicísimo desposorio, y luego vio Tirsi que estas nuevas más nuevos y estraños accidentes de los causados habían de causar en el alma de Elicio. Pero, con todo esto, se llegó a él y le dijo:

—Ahora es menester, buen amigo, que te sepas valer de la discreción que tienes, pues en el peligro mayor se muestran los corazones valerosos; y asegúrote que no sé quién a mí me asegura que ha de tener mejor fin este negocio de lo que tú piensas. Disimula y calla, que si la voluntad de Galatea no gusta de corresponder de todo en todo a la de su padre, tú satisfarás la tuya, aprovechándote de las nuestras, y aun de todo el favor que te puedan ofrescer cuantos pastores hay en las riberas deste río y en las del manso Henares, el cual favor yo te ofrezco, que bien imagino que el deseo que todos han conocido que yo tengo de servirles, les obligará a hacer que no salga en vano lo que aquí te prometo.

Suspenso quedó Elicio viendo el gallardo y verdadero ofrescimiento de Tirsi, y no supo ni pudo responderle más que abrazarle estrechamente y decirle:

—El cielo te pague, discreto Tirsi, el consuelo que me has dado, con el cual, y con la voluntad de Galatea, que, a lo que creo, no discrepará de la nuestra, sin duda entiendo que tan notorio agravio como el que se hace a todas estas riberas en desterrar dellas la rara hermosura de Galatea, no pase adelante.

Y, tornándole a abrazar, tornó a su rostro la color perdida. Pero no tornó al de Galatea, a quien fue oír la embajada de los pastores como si oyera la sentencia de su muerte. Todo lo notaba Elicio y no lo podía disimular Erastro, ni menos la discreta Florisa, ni aun fue gustosa la nueva a ninguno de cuantos allí estaban. A esta sazón, ya el sol declinaba a su acostumbrada carrera, y, así por esto como por ver que el enamorado Lenio había seguido a Gelasia, y que allí no quedaba otra cosa que hacer, trayendo a Galercio y a Maurisa consigo, toda aquella compañía movió los pasos hacia el aldea, y, al llegar junto a ella, Elicio y Erastro se quedaron en sus cabañas, y con ellos Tirsi, Damón, Orompo, Crisio, Marsilo, Arsindo y Orfinio se quedaron, con otros algunos pastores; y de todos ellos, con corteses palabras y ofrescimientos, se despidieron los venturosos Timbrio, Silerio, Nísida y Blanca, diciéndoles que otro día se pensaban partir a la ciudad de Toledo, donde había de ser el fin de su viaje; y, abrazando a todos los que con Elicio quedaban, se fueron con Aurelio, con el cual iban Florisa, Teolinda y Maurisa, y la triste Galatea, tan congojada y pensativa que, con toda su discreción, no podía dejar de dar muestras de estraño descontento. Con Daranio se fueron su esposa Silveria y la hermosa Belisa. Cerró en esto la noche y parecióle a Elicio que con ella se le cerraban todos los caminos de su gusto; y si no fuera por agasajar con buen semblante a los huéspedes que tenía aquella noche en su cabaña, él la pasara tan mala que desesperara de ver el día. La mesma pena pasaba el mísero Erastro, aunque con más alivio, porque sin tener respecto a nadie, con altas voces y lastimeras palabras maldecía su ventura y la acelerada determinación de Aurelio.

Estando en esto, ya que los pastores habían satisfecho a la hambre con algunos rústicos manjares, y algunos dellos entregádose en los brazos del reposado sueño, llegó a la cabaña de Elicio la hermosa Maurisa; y, hallando a Elicio a la puerta de su cabaña, le apartó y le dio un papel, diciéndole que era de Galatea, y que le leyese luego, que, pues ella a tal hora le traía, entendiese que era de importancia lo que en él debía de venir. Admirado el pastor de la venida de Maurisa, y más de ver en sus manos papel de su pastora, no pudo sosegar un punto hasta leerle. Y, entrándose en su cabaña, a la luz de una raja de teoso pino, le leyó, y vio que ansí decía:

Galatea a Elicio

En la apresurada determinación de mi padre está la que yo he tomado de escrebirte, y en la fuerza que me hace la que a mi mesma me he hecho hasta llegar a este punto. Bien sabes en el que estoy, y sé yo bien que quisiera verme en otro mejor, para pagarte algo de lo mucho que conozco que te debo; mas, si el cielo quiere que yo quede con esta deuda, quéjate dél, y no de la voluntad mía. La de mi padre quisiera mudar, si fuera posible, pero veo que no lo es; y así, no lo intento. Si algún remedio por allá imaginas, como en él no intervengan ruegos, ponle en efecto, con el miramiento que a tu crédito debes y a mi honra estás obligado. El que me dan por esposo, y el que me ha de dar sepultura, viene pasado mañana: poco tiempo te queda para aconsejarte, aunque a mí me quedará harto para arrepentirme. No digo más, sino que Maurisa es fiel y yo desdichada.

En estraña confusión pusieron a Elicio las razones de la carta de Galatea, pareciéndole cosa nueva, ansí el escribirle, pues hasta entonces jamás lo había hecho, como el mandarle buscar remedio a la sinrazón que se le hacía; mas, pasando por todas estas cosas, sólo paró en imaginar cómo cumpliría lo que le era mandado, aunque en ello aventurase mil vidas si tantas tuviera. Y, no ofreciéndosele otro algún remedio sino el que de sus amigos esperaba, confiado en ellos, se atrevió a responder a Galatea con una carta que dio a Maurisa, la cual desta manera decía:

Elicio a Galatea

Si las fuerzas de mi poder llegaran al deseo que tengo de serviros, hermosa Galatea, ni la que vuestro padre os hace, ni las mayores del mundo, fueran parte para ofenderos; pero, comoquiera que ello sea, vos veréis ahora, si la sinrazón pasa adelante, cómo yo no me quedo atrás en hacer vuestro mandamiento por la vía mejor que el caso pidiere. Asegúreos esto la fe que de mí tenéis conoscida, y haced buen rostro a la fortuna presente, confiada en la bonanza venidera; que el cielo, que os ha movido a acordaros de mí y a escribirme, me dará valor para mostrar que en algo merezco la merced que me habéis hecho; que, como sea obedeceros, ni recelo ni temor serán parte para que yo no ponga en efecto lo que a vuestro gusto conviene y al mío tanto importa. No más, pues lo más que en esto ha de haber sabréis de Maurisa, a quien yo he dado cuenta dello; y si vuestro parecer con el mío no se conforma, sea yo avisado, porque el tiempo no se pase, y con él la sazón de nuestra ventura, la cual os dé el cielo como puede y como vuestro valor meresce.

Dada esta carta a Maurisa, como está dicho, le dijo asimesmo cómo él pensaba juntar todos los más pastores que pudiese, y que todos juntos irían a hablar al padre de Galatea, pidiéndole por merced señalada fuese servido de no desterrar de aquellos prados la sin par hermosura suya; y, cuando esto no bastase, pensaba poner tales inconvinientes y miedos al lusitano pastor, que él mesmo dijese no ser contento de lo concertado; y, cuando los ruegos y astucias no fuesen de provecho alguno, determinaba usar la fuerza y con ella ponerla en su libertad; y esto con el miramiento de su crédito que se podía esperar de quien tanto la amaba. Con esta resolución se fue Maurisa, y esta mesma tomaron luego todos los pastores que con Elicio estaban, a quien él dio cuenta de sus pensamientos y pidió favor y consejo en tan arduo caso. Luego Tirsi y Damón se ofrescieron de ser aquéllos que al padre de

Galatea hablarían. Lauso, Arsindo y Erastro, con los cuatro amigos, Orompo, Marsilo, Crisio y Orfinio, prometieron de buscar y juntar para el día siguiente sus amigos, y poner en obra con ellos cualquiera cosa que por Elicio les fuese mandada.

En tratar lo que más al caso convenía y en tomar este apuntamiento, se pasó lo más de aquella noche, y, la mañana venida, todos los pastores se partieron a cumplir lo que prometido habían, si no fueron Tirsi y Damón, que con Elicio se quedaron. Y aquel mesmo día tornó a venir Maurisa a decir a Elicio cómo Galatea estaba determinada de seguir en todo su parecer. Despidióla Elicio con nuevas promesas y confianzas, y con alegre semblante y estraño alborozo estaba esperando el siguiente día, por ver la buena o mala salida que la fortuna daba a su hecho. Llegó en esto la noche, y, recogiéndose con Damón y Tirsi a su cabaña, casi todo el tiempo della pasaron en tantear y advertir las dificultades que en aquel negocio podían suceder, si acaso no movían a Aurelio las razones que Tirsi pensaba decirle. Mas Elicio, por dar lugar a los pastores que reposasen, se salió de su cabaña y se subió en una verde cuesta que frontero de ella se levantaba; y allí, con el aparejo de la soledad, revolvía en su memoria todo lo que por Galatea había padecido y lo que temía padecer si el cielo a sus intentos no favorescía. Y, sin salir desta imaginación, al son de un blando céfiro que mansamente soplaba, con voz suave y baja, comenzó a cantar desta manera:

Elicio

Si deste herviente mar y golfo insano,
donde tanto amenaza la tormenta,
libro la vida de tan dura afrenta
y toco el suelo venturoso y sano,
al aire alzadas una y otra mano,
con alma humilde y voluntad contenta,
haré que amor conozca, el cielo sienta,
qu'el bien les agradezco soberano.
Llamaré venturosos mis sospiros,
mis lágrimas tendré por agradables,
por refrigerio el fuego en que me quemo.
Diré que son de Amor los recios tiros
dulces al alma, al cuerpo saludables,
y que en su bien no hay medio, sino estremo.

Cuando Elicio acabó su canto, comenzaba a descubrirse por las orientales puertas la fresca aurora con sus hermosas y variadas mejillas, alegrando el suelo, aljofarando las yerbas y pintando los prados, cuya deseada venida comenzaron luego a saludar las parleras aves con mil suertes de concertadas cantilenas. Levantóse en esto Elicio, y tendió los ojos por la espaciosa campaña; descubrió no lejos dos escuadras de pastores, los cuales, según le paresció, hacia su cabaña se encaminaban, como era la verdad, porque luego conosció que eran sus amigos Arsindo y Lauso, con otros que consigo traían, y los otros, Orompo, Marsilo, Crisio y Orfinio, con todos los más amigos que juntar pudieron. Conoscidos, pues, de Elicio, bajó de la cuesta para ir a recebirlos; y, cuando ellos llegaron junto de la cabaña, ya estaban fuera della Tirsi y Damón, que a buscar a Elicio iban. Llegaron en esto todos los pastores, y con alegre semblante unos a otros se rescibieron. Y luego Lauso, volviéndose a Elicio, le dijo:

—En la compañía que traemos puedes ver, amigo Elicio, si comenzamos a dar muestras de querer cumplir la palabra que te dimos. Todos los que aquí vees vienen con deseo de servirte, aunque en ello aventuren las vidas; lo que falta es que tú no la hagas en lo que más conviniere.

Elicio, con las mejores razones que supo, agradeció a Lauso y a los demás la merced que le hacían, y luego les contó todo lo que con Tirsi y Damón estaba concertado de hacerse para salir bien con aquella empresa. Parecióles bien a los pastores lo que Elicio decía; y así, sin más detenerse, hacia el aldea se encaminaron, yendo delante Tirsi y Damón, siguiéndoles todos los demás, que hasta veinte pastores serían, los más gallardos y bien dispuestos que en todas las riberas de Tajo hallarse pudieran, y todos llevaban intención de que, si las razones de Tirsi no movían a que Aurelio la hiciese en lo que le pedían, de usar en su lugar la fuerza y no consentir que Galatea al forastero pastor se entregase, de que iba tan contento Erastro, como si el buen suceso de aquella demanda en sólo su contento de redundar hubiera; porque, a trueco de no ver a Galatea ausente y descontenta, tenía por bien empleado que Elicio la alcanzase, como lo imaginaba, pues tanto Galatea le había de quedar obligada.

El fin deste amoroso cuento y historia, con los sucesos de Galercio, Lenio y Gelasia, Arsindo y Maurisa, Grisaldo, Artandro y Rosaura, Marsilo y Belisa, con otras cosas sucedidas a los pastores hasta aquí nombrados, en la segunda parte desta historia se prometen, la cual, si con apacibles voluntades esta primera viere rescibida, tendrá atrevimiento de salir con brevedad a ser vista y juzgada de los ojos y entendimiento de las gentes.

Fin

ÍNDICE